KB177602

도스토옙스키(1821~1881) 초상　바실리 페로프. 1872.

《죄와 벌》삽화　니콜라이 카라진

《죄와 벌》삽화　니콜라이 카라진

'소냐는 흘끗 라스콜리니코프가 있는 쪽을 바라보더니 재빨리 마음을 가다듬고 읽기 시작했다.'—제4장

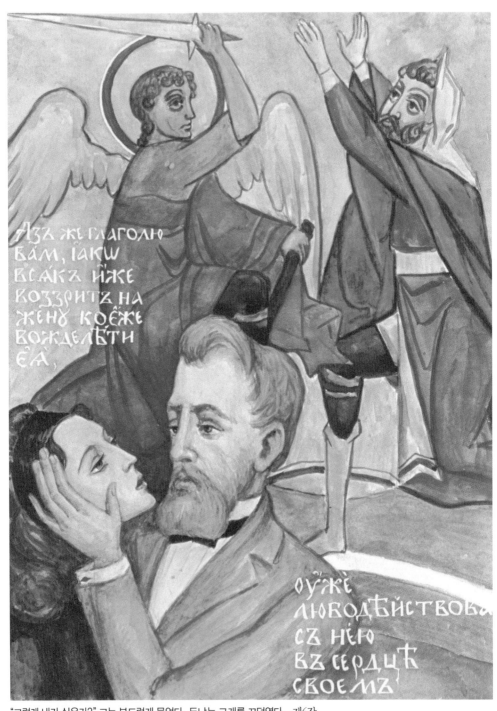

Азъ же глаголю вамъ, іакш всакъ иже коззритъ на жену коеже вожделѣти еа,

оуже любодѣйствова съ нею въ сердцѣ своемъ

"그렇게 내가 싫은가?" 그는 부드럽게 물었다. 두냐는 고개를 끄덕였다.—제6장

세계문학전집024
Фёдор Миха́йлович Достое́вский
ПРЕСТУПЛЕНИЕ И НАКАЗАНИЕ
죄와 벌
도스토옙스키 지음/채수동 옮김

동서문화사

죄와 벌

차례

1 가난한 청년의 범죄

1

찌는 듯이 무더운 7월 초순 어느 날 해질 무렵, S골목 전셋집에 방 한 칸을 빌려 하숙하고 있는 한 청년이 자기 방에서 거리로 나와 좀 망설이는 듯한 느린 걸음으로 K다리 쪽을 향해 걸었다.

그는 집에서 나올 때 다행히 층계에서 안주인과 마주치는 것을 피할 수 있었다. 그의 방은 5층집 꼭대기 다락에 있는데, 방이라기보다 차라리 벽장 같은 곳이었다. 그는 안주인에게서 식사뿐만 아니라 하녀까지 빌려쓰고 있었다. 안주인의 방은 그의 방에서 한 층 아래에 있으므로 외출을 하려면 언제나 층계 쪽을 향해 활짝 열려 있는 안주인네 부엌을 지나야 했다. 그럴 때마다 이 청년은 병적으로 두려움을 느꼈다. 그러면서도 그는 자기가 두려워한다는 사실 자체가 부끄러워 눈살을 찌푸렸다. 사실은 밀린 하숙비 때문에 안주인과 만나는 일을 꺼렸던 것이다.

그러나 본디 그렇게 위축되고 소심한 청년은 아니었다. 오히려 겁쟁이와는 정반대로 용감했다. 하지만 그는 얼마 전부터 화를 잘 내고 신경과민 비슷한 어떤 강박 관념에 사로잡혀 자기 혼자만의 세계에 빠져 사람들과의 접촉을 아주 꺼렸다. 그래서 안주인뿐만 아니라 어느 누구와도 만나기를 두려워했다. 그는 가난에 쪼들렸지만, 요즘 들어서는 이 절박한 사정에도 그다지 괴로워하지 않게 되었다. 먹고살기 위해 꼭 해야 하는 부업도 집어치웠다. 사실 그는 안주인이 무슨 꿍꿍이속을 지녔든 조금도 두려워하지 않았다. 그러나 층계에서 마주칠 때면 쓸데없는 수다를 늘어놓거나, 그 귀찮은 하숙비 독촉으로 위협과 애원을 퍼부을 것은 뻔한 일이었다. 그러면 이쪽에서도 뭐라고 변명하거나 말대꾸를 해야 하기에 차라리 이렇게 고양이처럼 슬그머니 빠져 아무도 모르게 밖으로 나와버리는 것이 상책이었다.

　무사히 거리로 나오자 하숙비 때문에 안주인을 두려워하는 자기 자신이 무척 우스꽝스럽게 생각되었다.

　'그런 큰일을 단행하려 하면서 이런 하찮은 일에 겁을 먹다니!' 그는 야릇한 미소를 입가에 떠올리면서 생각했다. '음, 그렇다! 인간의 힘으로 못할 일은 하나도 없다, 다만 겁을 먹기에 아무 일도 못 하는 것이다. 이건 절대적인 진리이다. 그런데 인간이 가장 두려워하는 것은 대체 무엇일까? 새로운 한 걸음, 새로운 자기 자신의 말, 이것을 가장 두려워하지……. 그건 그렇다치고, 난 지나치게 중얼거린다. 이렇게 생각만 하니까 아무 일도 못 하는 거야. 아니, 아무것도 하지 못하니까 생각하고 지껄이기만 하는 것이 아닐까? 이렇게 혼자 중얼대는 버릇이 생긴 것도, 내가 한 달 동안 방구석에서 꿈 같은 생각만 하고 있었기 때문이다. 그런데, 지금 난 왜 이렇게 망설이고 있을까? 정말 그 일을 할 수 있을까? 대체 그 일은 진실한 것일까? 쳇! 진실이라고? 진실은커녕 헛된 망상에 불과해! 그냥 장난에 지나지 않아! 그렇다, 장난이다!'

　거리는 지독히 무더웠다. 어디로 가든지 숨막히게 찌는 듯한 더위, 석회, 재목과 벽돌, 쓰레기, 먼지, 별장 따위로 피서를 가지 못하는 페테르부르크의 시민들이라면 누구나 잘 알고 있는 도시 특유의 그 악취들이 뒤범벅이 되어 그러잖아도 약해질 대로 약해져 있는 청년의 신경을 더욱 거슬리게 했다. 게다가 이 근처에 특히 많은 선술집에서 풍기는 이상한 냄새와, 아직 일할 시간인데도 여기저기서 부딪쳐오는 수많은 주정꾼들이 거리를 더욱더 음울하게 만들고 있었다. 이때 청년의 밝은 얼굴에는 참을 수 없는 혐오의 빛이 스치고 지나갔다.

　여기서 잠깐 언급해두자면, 그는 아름다운 검은 눈동자와 밤색 머리를 가진 뛰어난 미남자로, 훤칠한 키에 잘 균형 잡힌 몸집의 청년이었다. 지금 그는 명상이라기보다 어떤 망각 상태에 빠져 주위는 아랑곳하지 않은 채 그대로 걸어가고 있었다. 가끔가다 자기 자신도 인정한 그 언제나 혼잣말을 하는 버릇대로 무엇인가 입 속으로 중얼거렸다. 그리고 그때마다 자기 생각이 혼란스럽고 몸도 극도로 쇠약해져 있다는 것을 깨달았다. 그는 거의 이틀 동안 아무것도 입에 대지 못했던 것이다.

　그는 다른 사람이라면 아무리 궁한 처지라도 도저히 밝은 거리로 나설 수 없을 만큼 초라한 옷차림을 하고 있었다. 그러나 이 거리는 옷차림 따위로 놀라는 사람은 없었다. 센나야 광장[1] 근처인 데다 창부집들이 많은 페테르부르크 한복판인 이곳은, 거리와 뒷골목에 득실거리는 직공과 노동자들이 이 일대를 이상한 모습으로 꾸며 놓곤 하기 때문에, 괴상한 꼴을 한 사람을 보고 놀란다면 놀라는 쪽이 오히려 이상할 정도였다. 게다가 이 청년의 가슴속에는 경멸감이 가득 차 있어 날카로운 감수성에도 불구하고 자기의 초라한 옷차림에 대해 통 창피해하는 기색이 없었다. 하긴 아는 사람이나 불쑥 옛 친구라도 만난다면 문제가 다르겠지만.

때마침 큰 말이 끄는 짐마차 위에 얹혀 자기가 어디로 실려가는지조차 모르는 어느 술주정꾼이 "야, 이 독일 벙거지야!" 소리치며 그에게 손가락질을 했다. 청년은 저도 모르게 멈춘 채 떨리는 손으로 자기 모자를 움켜쥐었다. 그 모자는 윗부분이 둥글고 긴 침메르만[2] 제품으로 이미 낡을 대로 낡아 불그스름하게 퇴색된 데다 구멍이 뚫어졌고, 손때가 묻어, 떨어져나간 차양 한쪽 끝이 삐죽이 나와 있었다. 그러나 지금 그가 모자를 움켜쥔 이유는 수치심이 아니라 경악과도 같은 다른 종류의 감정이었다.

"나도 알고 있었어!" 그는 무척 당황하며 중얼댔다. "나도 그렇게 생각하고 있었지! 사실 큰일날 뻔했어. 이런 사소한 것이 모처럼의 계획을 망쳐버리는 법이지. 이 모자는 너무 사람 눈에 띄기 쉬워…… 이렇게 우스꽝스럽게 생겨먹었으니까…… 옷은 아무리 너절한 것이라도 괜찮지만 모자만은 학생모가 아니면 안 돼. 이런 낮도깨비 같은 건 안 돼. 이런 모자를 쓰고 있는 사람은 하나도 없잖아. 1킬로미터 밖에서도 금방 사람 눈을 끌 거야. 이상한 것은 오랫동안 기억에 남아 완벽한 증거물이 되지. 지금은 가능한 한 사람들의 주의를 끌지 않도록 해야 해. 이런 사소한 일이 중요한 거야…… 이런 사소한 일이 언제나 모든 것을 망쳐버리는 법이니까……"

목적지까지는 그리 멀지 않았다. 그는 자기 집에서 그곳까지 몇 걸음인지 잘 알고 있었다. 거의 730걸음이었다. 이 일에 대한 공상을 할 때 세어보았던 것이다. 그러나 그때까지만 해도 아직 이 공상을 믿을 수 없어 그저 추악하면서도

---

1) 평화광장 : 그즈음 농산물 시장.
2) 그 무렵 페테르부르크의 유명한 모자 공장주로, 넵스키 거리에 가게가 있었다.

매혹적이며 대담한 공상이라 생각하고 초조해할 뿐이었다. 그러던 것이 한 달이 지난 지금에 와서는 점점 구체적으로 되어 있었다. 그리고 자기의 무기력과 우유부단함에 대하여 온갖 자조적인 독백을 되풀이하는 동안 어느새 이 '추악한' 공상이 훌륭한 계획이라는 생각으로 바뀌어 갔다. 하기야 아직도 그것을 절대 확신하는 것은 아니었지만……. 지금 그는 그 계획을 미리 검토해보기 위해 가는 길이었다. 걸음을 옮길 때마다 그의 가슴은 몹시 울렁거렸다.

심장이 멎는 듯한 전율과 온몸의 신경이 팽팽하게 긴장되는 것을 느끼면서, 그는 한쪽 벽은 개천을 향하고 다른 한쪽은 어느 거리에 맞닿아 있는 아주 커다란 건물 근처로 걸어갔다. 이 집은 전체가 여러 개의 작은 셋방으로 이루어진 작은 아파트인데 여기에는 온갖 종류의 인간들—삯바느질하는 사람, 자물쇠 장수, 요리사로 일하는 여자, 독일 사람, 매춘부, 하급관리 등이 살고 있었다. 그들은 두 개의 출입구와 두 개의 안뜰로 끊임없이 북적대며 들락거렸다. 거기에는 문지기도 서너 명 있었다. 청년은 아무도 만나지 않은 것을 대단히 만족해하면서 문 안으로 들어서자 재빨리 오른편 층계 위로 올라섰다. 다행히 그 층계는 어둡고 좁았다. 그는 모든 일을 충분히 연구했으므로 이런 조건들이 마음에 들었다. 이런 어둠 속에서라면 아무리 호기심에 가득 찬 눈초리라도 위험하지 않을 것이기 때문이었다.

'벌써부터 지레 겁을 먹다니, 정작 실행에 옮길 때는 도대체 어쩔 셈인가?' 그는 4층으로 올라가면서 이렇게 생각했다. 그때 어느 방에서 가구를 끌어내고 있는 제대 군인 출신들 서너 명과 마주쳤다. 그는 전부터 이 방에 독일인 관리가 가족과 함께 살고 있다는 걸 알고 있었다. '그 독일 사람이 이사를 가는 모양이군. 그럼 이 층에서는 당분간 노파 혼자 사는 셈이 되지…….' '그것 참 잘 되었다. 혹시 만일의 경우가 생긴다면…….' 그는 다시 이런 생각을 하면서 노파가 사는 방 초인종을 눌렀다. 구리가 아니라 양철로 만든 듯한 초인종이 약한 소리를 내며 울렸다. 이런 아파트의 작은 방에는 대개 이런 초인종이 달려 있다. 그는 그 초인종 소리를 잊고 있었으나, 지금 그 독특한 음향을 듣는 순간 문득 무엇인가를 상기하고, 그것을 눈앞에 생생하게 떠올리는 것 같았다……. 청년은 흠칫 몸을 떨었다. 신경이 쇠약할 대로 쇠약해져 있었다.

이윽고 문이 빠끔히 열리더니 문틈으로 주인 노파가 수상쩍은 듯이 손님을 아래 위로 훑어보았다. 어둠 속에서 그녀의 조그만 눈은 쥐 눈처럼 반짝거렸다. 그러나 층계참에 사람들이 많은 것을 보고 용기를 내어 문을 활짝 열었다. 청년은 문턱을 넘어 칸막이가 있는 어두컴컴한 방으로 들어갔다. 칸막이 저쪽은 좁은 부엌이었다. 노파는 말없이 버티고 서서 수상쩍은 듯 바라보았다. 그녀는 심술궂고 날카로운 눈과 작고 끝이 뾰족한 코에 몸집이 조그만 예순 살 안팎의 야윈 노파로, 머리에는 아무것도 쓰고 있지 않았다. 눈썹과 속눈썹은 희었고 희끗희끗한 머리엔 머릿기름을 번지르르하게 발랐으며, 마치 닭 다리처럼 길고 가느다란 목엔 낡은 플란넬 천이 감겨 있었다. 노파는 이 무더운 날씨에도 어깨에 빛바랜 낡은 겉옷을 걸치고서 끊임없이 기침을 해대며 끙끙 앓는 소리를 내고 있었다. 노파는 앞에 서 있는 청년의 눈에서 심상치 않은 빛을 발견했는지 갑자기 경계하는 태도를 보였다.

"나는 라스콜리니코프이고 대학생입니다……. 한 달 전에 여기 온 일이 있지요." 되도록 부드럽게 굴어야겠다고 생각한 청년은 가볍게 허리를 굽혀 인사하며 재빨리 중얼거렸다.

"알고 있소, 잘 알고 있지. 당신이 여기 다녀간 건……."

노파는 여전히 그에게서 의심쩍은 눈초리를 떼지 않은 채 명확하게 대답했다.

"그래서……. 실은……. 먼저와 같은 용건으로……."

라스콜리니코프는 뜻밖에도 노파가 부쩍 의심스러워하는 데 놀라고 당황하여 떠듬떠듬 말했다.

'이 할망구가 늘 이런 식으로 손님을 대하는 것을 어째서 미처 깨닫지 못했을까.' 그는 잔뜩 기분이 상해서 생각했다.

노파는 무엇인가 생각하는 듯 잠시 말이 없더니 몸을 한쪽으로 비키며 방으로 들어가는 문을 가리켰다.

"그럼, 들어오우."

청년이 들어간 그리 크지 않은 방에는 누런 벽지가 발라졌고 제라늄 화분이 놓인 곳엔 모슬린 커튼이 쳐져 있었다. 때마침 넘어가는 저녁 햇살이 방 안을 환하게 비추고 있었다. '그때도 이렇게 햇빛이 비치고 있겠지.' 이런 생각이 문득 라스콜리니코프의 머릿속을 스쳐갔다. 그는 될 수 있는 대로 방 안을 자세히 기억해두기 위해 재빨리 눈길을 움직였다. 그러나 방에는 특별한 물건이 하나도 없었다. 가구는 모두 떡갈나무로 만든 낡은 것이었고, 등받이가 달린 기다란 나무의자와 그 앞에 놓인 타원형 탁자, 창가 벽 쪽에 놓여 있는 경대, 벽 가까이 놓인 의자 몇 개, 그리고 새를 손에 들고 있는 독일 처녀를 그린 싸구려 그림이 든 액자 두세 개—그것이 모두였다. 조그마한 성상 앞 한쪽엔 등불이 켜져 있었으며, 모든 것이 깨끗하게 손질되어 있었다. 가구와 마룻바닥은 반들반들하게 닦여 윤이 날 정도였다. '리자베타의 손이 간 모양이로군.' 청년은 생각했다. 어디에도 먼지 하나 떨어져 있지 않았다. '성질이 괴팍한 늙은 과부란 이렇게 해놓고 사는 게 보통이지.' 라스콜리니코프는 다시 생각했다. 그리고 옆의 작은 방으로 통하는 문에 드리워진 커튼을 호기심에 가득 차서 곁눈질해 보았다. 거기에는 노파의 침대와 장롱이 있었으나, 그는 그 안을 들여다본 적이 한 번도 없었다. 노파의 거처는 바로 이 두 개의 방이었다.

"그래, 그 용건이 뭐요?" 노파는 아까처럼 청년 앞에 힘주어 버티고 서서 날카롭게 그를 바라보며 물었다.

"잡힐 물건을 가져왔는데, 바로 이겁니다." 그는 주머니에서 납작한 은시계를 꺼냈다. 뚜껑 뒤에는 지구의(地球儀)가 새겨져 있고 시곗줄은 쇠줄이었다.

"여봐요. 지난번 것도 기한이 지났는데……. 바로 엊그제가 한 달 되는 날이었으니까."

"그건 한 달치 이자를 드릴 테니 좀 더 연기해주십시오."

"글쎄, 연기하든 팔아버리든 그야 내 마음이지."

"이 시계는 돈을 좀 많이 주시겠지요, 알료나 이바노브나."

"시원찮은 물건만 가져오는구먼! 이런 물건은 아무 값어치도 안 나가. 지난번 반지는 두 장이나 줬지만 그것도 보석상에 가면 1루블 반에 새것을 살 수 있어."

"오늘은 4루블만 돌려주십시오. 꼭 찾아가겠습니다. 아버지가 주신 시계니까……. 그리고 돈도 곧 올 예정이고……."

"1루블 반밖에 못 주겠소. 이자는 먼저 제하기로 해도 좋다면."

"1루블 반?" 청년은 소리쳤다.

"좋을 대로 하우." 노파는 시계를 도로 내밀었다. 청년은 홧김에 시계를 받아들고 그대로 나와버리고 싶었으나 달리 가볼 만한 곳도 없고 또 여기에 온 목적이 다른 데 있음을 생각하고는 마음을 고쳐먹었다.

"그렇게 해주십시오!" 그는 무뚝뚝하게 말했다.

노파는 주머니에 손을 넣어 열쇠를 찾으면서 다른 방으로 갔다.

청년은 방 한가운데 혼자 남자, 호기심에 가득 차서 열심히 귀를 기울이며 이것저것 궁리했다. 노파의 장롱 여는 소리가 들렸다. '위 서랍이 틀림없어.' 그는 생각했다. '그리고 열쇠는 오른쪽 주머니에 넣고 있었지……. 모두 강철고리에 끼워서……. 그중 다른 열쇠들보다 세 배나 큰 톱니 모양이 하나 있는데, 물론 장롱 열쇠는 아니겠지……. 따로 트렁크나 궤짝 같은 것이 있는 게 틀림없어. 이거 재미있겠는데. 트렁크 열쇠란 대개 그런 식이거든. 그건 그렇고, 지금 나는 얼마나 비열한 생각을 하고 있는 것일까!'

노파가 되돌아왔다.

"그러면……. 이자는 1루블에 대해 한 달에 1그리브나(10코페이카)로 쳐서 1루블 반에서 15코페이카를 우선 제하고, 먼젓번 것 2루블에 대한 이자가 20코페이카니 모두 35코페이카를 제하기로 하겠소. 그러니까 이 시계에 대해서는 지금 1루블 15코페이카를 주는 거요. 자, 받으슈."

"뭐라구요! 이번에는 그럼, 모두 합해서 1루블 15코페이카란 말입니까?"

"그렇다니까."

청년은 더 이상 실랑이하지 않고 돈을 받았다. 그는 아직 할 말이 남아 있는 듯, 돌아가려 하지 않고 노파의 얼굴을 물끄러미 바라보았다. 그러나 해야 할 말이 무엇인지 자기 자신도 모르는 것 같았다.

"알료나 이바노브나, 어쩌면 2, 3일 안으로 또 하나 가져올지도 모릅니다……. 은으로 만든……. 썩 훌륭한……. 담뱃갑인데……. 친구한테서 찾아오는 대로 가져오겠습니다……."

그는 갑자기 당황해서 입을 다물었다. "그건 그때 가서 말합시다."

"그럼, 할머니……. 그런데 할머니는 늘 혼자시로군요. 동생은 어디 갔나요?"

문밖으로 나가며 그는 가능한 한 천연덕스럽게 물어보았다.

"동생에게 무슨 볼일이라도 있소?"

"아니, 별로. 그냥 안 보여서 물어본 것뿐입니다. 할머니는 이제라도……. 아니,

안녕히 계십시오, 알료나 이바노브나."

라스콜리니코프는 당황하여 허둥대며 그곳을 나왔다. 이 당황스러운 생각은 점점 더 심해져 그는 층계를 내려오면서 몇 번이나 걸음을 멈추었다. 이윽고 거리로 나오자 그는 소리내어 중얼거렸다. "아, 이건 정말 기분 나쁜 일이다, 정말로 정말로 나는……. 아니, 이건 너무나 무의미한 일이다. 어리석은 짓이야. 대체 어떻게 이런 무서운 생각이 내 머릿속에 떠올랐을까? 정말 내가 그런 추악한 생각을 해낸 것일까? 이건 무엇보다도 더럽고 추악하고 너절한 생각이다! 아, 싫다! 정말 싫다! 그런 걸 나는 꼬박 한 달 동안이나……."

그러나 그는 잔뜩 흥분한 자기 마음을 말로도 절규로도 제대로 나타낼 수가 없었다. 아까 노파를 찾아나설 때부터 그의 마음을 짓누르고 괴롭혀온 끝없는 혐오감이 이제는 더욱 뚜렷하고 커다랗게 나타나 괴로움에서 벗어날 수가 없었다. 그는 마치 취한 사람처럼 지나가는 사람들과 마구 몸을 부딪치면서 휘청휘청 걸어갔다.

다음 거리에 이르러서야 제정신으로 돌아와 주위를 둘러보고 자기가 어느 술집 옆에 와 있다는 것을 깨달았다. 길가에서 층계를 내려가 지하실로 가게 되어 있었다. 그때 마침 문에서 술 취한 사나이 둘이 나와 서로 욕지거리를 주고받으며 보도로 올라왔다. 라스콜리니코프는 무심코 아래로 내려갔다. 이런 선술집에 들어가기는 처음이었으나, 지금 그는 머리가 어지러운 데다 타는 듯이 목이 말라 견딜 수가 없었다. 더욱이 팔다리가 휘청거리는 것이 허기가 진 탓이라고 느껴져 차디찬 맥주라도 한잔 들이켜고 싶었다. 그는 컴컴하고 더러운 선술집 한구석의 끈적끈적한 탁자 앞에 앉아 맥주를 주문하고, 처음 한 잔을 단숨에 들이켰다. 그러자 곧 기분이 가벼워지면서 정신이 맑아졌다.

"그러나저러나 모두 어리석은 짓이다." 그는 어떤 희망을 느끼면서도 중얼거렸다. "그렇게 허둥댈 필요는 없었어. 그저 몸이 좀 아팠을 뿐이니까! 단 한 잔의 맥주와 빵 한 조각으로 이처럼 기분이 상쾌해지고 머리도 맑아지지 않는가……. 정말로 어리석은 짓이야!"

그는 무섭고 무거운 짐을 내려놓은 밝은 기분으로 거기 모인 사람들을 둘러보았다. 그는 사람들에게 다정한 눈길을 보냈다. 그러나 그 순간에도 그의 마음 한구석에서는 이러한 행복감이 일종의 병적인 것임을 예감하고 있었다.

술집 안에는 손님이 몇 되지 않았다. 조금 전 층계에서 만났던 두 명의 술꾼에 이어 손풍금을 가진 다섯 사람의 패거리가 여자아이를 데리고 왁자지껄 떠들며 밖으로 나가버리자 술집 안은 갑자기 조용해졌다. 거기에 아직 남아 있는 사람은 맥주를 앞에 놓고 앉아 있는 거나하게 취한 장사꾼 같은 사나이와, 그의 짝패인 듯한 카프탄³⁾을 입고 잿빛 턱수염을 기른 몸집이 거대하고 뚱뚱한 사나이뿐이었다. 이 사나이는 몹시 취해 의자 위에서 조는가 하면, 꿈이라도 꾸는지 이따금 두 팔을 불쑥 내밀고 두 손을 벌리기도 하고, 상반신을 일으키려는지 엉덩이를 들썩이기도 하고, 노래 가사를 생각해내려고 애쓰기도 하며 돼먹지 않은 노래를 흥얼거리고 있었다.

1년을 꼬박 마누라를 품었다네
1년을 꼬오박 마누라를 품었다아네…….

잠시 잠잠한가 싶으면 다시 눈을 뜨고는 계속했다.

표쟈체스카야 거리를 지나다가
옛날 애인을 만났네그려…….

그러나 이 사나이의 흥을 맞춰주는 사람은 아무도 없었다. 입을 다문 그의 짝패는 친구가 기분 내는 것을 오히려 못마땅한 눈으로 흘겨보고 있었다. 그리고 술집에는 또 한 사람, 퇴직 관리인 듯한 사나이가 보였다. 술잔을 앞에 놓고 우두커니 앉아 이따금 생각난 듯 한 모금씩 들이켜며 주위를 두리번거리고 있었다. 그 또한 무언가 마음에 흥분이 이는 듯했다.

2

라스콜리니코프는 본디 사람들이 모여 있는 자리에 익숙하지 않았으며, 앞에서 말했듯이 요즘에는 특히 사람들과 어울리는 것을 꺼렸다. 그러나 지금은

---

3) 회교 문화권에 사는 사람들이 입는 긴 웃옷.

왠지 사람이 그리웠다. 무언가 새로운 것이 그의 마음속에 깃들면서 그와 함께 인간에 대한 갈망이 솟구쳤다. 그는 꼬박 한 달 동안이나 집착해온 우수와 암담한 초조에 지쳐 단 1분이라도 이제까지와는 다른 세계에서 쉬고 싶었다. 그래서인지 이처럼 지저분한 선술집 한구석에 앉아서도 자못 만족스러운 기분을 느꼈다.

술집 주인은 다른 방에 있었으나 어느새 층계를 내려와 이따금 안을 살피곤 했다. 그때마다 목이 접혀 붉은 속을 드러낸 커다랗고 멋진 장화가 약칠을 잘해 불빛에 번쩍거렸다. 그는 새까맣게 기름때가 묻은 털조끼에 소매 없는 반코트를 입고 있었는데 넥타이는 매지 않았으며, 얼굴은 마치 기름칠을 한 자물쇠처럼 번들거렸다. 판매대 저쪽에는 열네 살쯤 되어 보이는 소년이 있고, 그밖에 손님들의 잔심부름을 하는 더 어려 보이는 남자아이가 하나 있었다. 거기에는 썰어놓은 오이와 말라빠진 검은 빵이며 큼직하게 썰어놓은 생선 나부랭이가 놓여 있어 말할 수 없이 심한 악취를 풍기고 있었다. 견딜 수 없이 무더운데다 모든 것에 술 냄새가 배어 있어 냄새만 맡아도 취해버릴 것 같았다.

이 세상에는 전혀 낯선 사람임에도 그저 흘끗 보기만 해도 뜻밖의 흥미를 일으키게 하는 사람이 있다. 저쪽에 떨어져 앉아 있는 퇴직 관리인 듯한 사나이가 바로 라스콜리니코프에게 그런 인상을 주었다. 뒷날 청년은 몇 번인가 이 순간의 첫인상을 기억하며, 그것이 어떤 예감 같은 것이었다고 생각했다. 그는 끊임없이 그 관리가 앉아 있는 쪽을 바라보았다. 물론 상대편에서 이쪽을 자꾸 바라보기 때문이기도 했다. 상대편은 그에게 무척 말을 걸어보고 싶은 눈치였다. 주인을 포함해 그곳에 있는 사람들은 신분과 교양이 낮은 무리들이므로 상대할 흥미조차 없다는 듯한 태도였다. 그 관리는 그들에게 오만하고 경멸적인 태도를 취하고 있었다.

이미 50고개를 넘긴 중키의, 몸집이 단단한 사나이였다. 반백이 다 된 머리는 제법 많이 벗어졌고, 오랜 기간 음주로 인해 푸석푸석하고 누렇다 못해 푸르스름한 얼굴과는 어울리지 않게 조그맣고 빨간 눈이 번득이고 있었다. 그러나 그에게는 어딘가 묘한 점이 있었다. 그 눈동자에는 일종의 자랑스러움이 빛나고 있었다. 일찍이 그 눈동자에 사려와 분별이 가득 찼던 때도 분명 있었으리라―그러나 동시에 거기엔 어떤 광기 같은 것도 서려 있었다. 그는 단추도 없는 낡아빠진 검은 프록코트를 입고 있었다. 간신히 매달려 있는 한 개의 단추는 예의에 어긋나지 않으려는 듯 꼭 채우고 있었다. 무명 조끼 밑으로 술에 얼룩지고 구겨진 셔츠의 가슴 부분이 나와 있었다. 얼굴은 관리들이 하는 식으로 면도를 한 흔적이 보였으나, 그것도 오래전의 일인 듯 뻣뻣한 수염이 텁수룩하게 나 있었다. 그래도 그의 태도에는 어딘가 관리다운 의젓한 점이 있었다. 하지만 그는 불안한 듯이 두 손으로 머리칼을 헝클어뜨리기도 하고 술에 젖은 탁자 위에 구멍 뚫린 팔꿈치를 괴고 괴로운 듯이 머리를 움켜잡기도 했다. 마침내 그는 결심한 듯 라스콜리니코프를 똑바로 바라보며 커다란 목소리로 말을 걸었다.

"저, 대단히 죄송합니다만 나와 이야기 좀 하시지 않겠습니까? 보아하니 당신의 옷차림이 좋진 않지만 내가 느끼기엔 교양 있는 분이고 술도 많이 드시지 않는 것 같은데. 나는 성실한 교양인을 존경하는 사람으로 9등관 마르멜라도프라는 사람입니다. 실례지만 댁은 어디에 근무하십니까?"

"아닙니다, 공부하고 있는 사람입니다." 청년은 상대가 너무 정면으로 말을 건네와서인지 다소 당황하면서 대답했다. 바로 조금 전까지만 해도 누구하고든 이야기를 나누고 싶었지만, 막상 상대편이 말을 걸어오자 금방 불쾌해지면서 견딜 수 없는 혐오감이 느껴졌다. 그것은 누가 그의 개성을 건드리거나 건드리려 할 때 본능적으로 느끼는 그런 감정이었다.

"그럼, 대학생이시군. 혹은 전에 대학생이었든가!" 관리는 계속 외쳤다.

"그럴 줄 알았지요. 경험으로 알 수 있습니다, 오랜 경험으로!" 그는 우쭐한 기분이 되어 손가락으로 가볍게 자기 이마를 짚었다. "당신은 예전에 대학생이었거나, 아니면 상당히 많은 공부를 하신 분입니다. 그러면 잠깐 실례할까요……." 그는 일어서서 자기의 술잔을 들고 비틀거리며 청년에게 다가와 비스듬히 마주 앉았다. 그는 벌써 꽤 취해 있었으나 지치지도 않고 잘도 지껄여댔다. 그러나 그것은 두서없는 말이었다. 그리고 마치 한 달쯤 어느 누구와도 이야기를 못 해본 사람처럼 라스콜리니코프를 물고 늘어졌다.

"선생……." 그는 엄숙한 태도로 말하기 시작했다.

"가난은 죄악이 아니라는 말은 진리입니다. 그리고 음주가 선행이 아니라는 것도 진리입니다. 나도 그런 것쯤 모르는 건 아닙니다. 그렇지만 완전히 빈털터리가 되고 그야말로 맨주먹밖에 없게 되면 그건 죄악입니다. 사람이란 그저 가난하다는 정도에서는 어느 정도 타고난 고결한 품성을 잃지 않는 법이지만, 알거지가 되면 그런 고상한 감정 따위를 간직할 수가 없습니다. 아무것도 없는 맨주먹이 되고 보면 이건 인간사회에서 몽둥이로 두들겨 맞는 정도가 아니라 빗자루로 쓸어낸 쓰레기처럼 되고 말지요. 이건 정말 뼈에 사무치는 모욕이지만 알거지가 되면 그것도 당연하게 여겨집니다. 그쯤 되면 우선 자기 자신부터 스스로를 모욕하려 드니까요. 그래서 술을 찾는 겁니다! 그런데 선생, 한 달쯤 전의 일입니다만, 레베쟈트니코프가 내 여편네를 때린 적이 있지요. 여편네는 나 같은 인간이 아닌데 말입니다! 아시겠습니까? 그런데 잠깐, 한 가지 물어보고 싶은데, 당신은 네바강(江)의 건초 운반선에서 자본 적이 있습니까?"

"없습니다만" 하고 라스콜리니코프는 대답했다. "그래서 어쨌단 말씀입니까?"

"사실……. 난 지금 거기서 오는 길이거든요. 난 벌써 닷새나……."

그는 컵에 물을 가득 부어 마시고는 생각에 잠겼다. 정말 그의 옷과 머리에는 지푸라기가 군데군데 붙어 있었다. 분명히 그는 닷새 동안 옷도 갈아입지 않고 세수도 하지 않은 것 같았다. 특히 손톱 끝에 새까만 때가 낀 그의 붉은 손은 아주 더러웠다.

그의 이야기는 신통치 않았지만 술집 안에 있던 사람들의 주의를 끈 듯했다. 심부름하는 아이들이 판매대 저쪽에서 킥킥거리며 웃기 시작했다. 술집 주인은 일부러 이 '애물단지'의 이야기를 듣기 위해 위층에서 내려와 하품을 하며 조금 떨어진 곳에 자리잡고 앉았다. 마르멜라도프는 이 술집의 단골임에 분명했다. 과장된 그의 말투도 사실은 여태껏 모르는 사람들과 말을 주고받아온 데에서 생긴 습관일 것이다. 이런 습관은 특히 집안에서 기를 못펴고 지내는 사람들에게는 필연적으로 따르게 마련인 것이다. 그래서 그들은 같은 술친구에게서라도 위안받고 싶어 하며, 나아가서는 존경까지 받았으면 하고 기를 쓰는 법이다.

"여, 애물단지!" 주인이 큰 소리로 말했다. "당신은 관리라면서 왜 관청에 출근하지 않는 거요, 응?"

"왜 출근을 안 하느냐고?" 마르멜라도프는 마치 방금 질문한 사람이 라스콜리니코프인 것처럼 그를 바라보며 대답했다.

"왜 출근하지 않느냐고요, 선생? 그럼, 내가 이렇게 빈둥빈둥 노는 것이 마음 편하리라고 생각하십니까? 한 달쯤 전 레베쟈트니코프가 여편네를 때렸을 때도 난 취해서 누워 있었지만, 그때 내 마음이 괴롭지 않았을까요? 실례지만 젊은 양반, 당신은 이런 경험이 없었습니까? 말하자면……. 예컨대 갚을 길이 전혀 없는데도 돈을 꾸려고 한 경험이?"

"있었지요……. 그런데 갚을 길이 없다는 말은?"

"애당초 갚을 길이 없다는 걸 알면서도 빚을 지려는 겁니다. 예를 들어 당신이 어떤 사람한테 돈을 꾸러 간다고 합시다. 한데 그 사람은 대단히 건전한 생각을 가지고 있는 훌륭한 시민이므로 세상에 무슨 일이 생겨도 돈을 빌려주는 것 같은 실수는 하지 않는다는 것을 뻔히 알고 있다고 합시다. 그리고 사실 그런 사람은 사채놀이 같은 짓은 하지 않죠. 빌려주고 싶어도 당신이 갚지 않으리라는 걸 뻔히 알고 있으니까요. 그런데도 돈을 꾸러 가는 건 동정을 구하는 것밖에 안됩니다. 하지만 동정이라니, 그게 가능한 말입니까? 동정이란 것에 대해서는 말이지요, 새로운 사상을 좇고 있는 저 레베쟈트니코프가 저번에 이런 말을 합디다. 즉 오늘날에 동정이란 학문상으로도 금하고 있으며, 경제학이 발전한 영국 같은 나라에서는 벌써부터 그대로 실시하고 있다고요. 그러니 그 사람이 돈을 빌려주겠습니까? 댁은 어떻게 생각하시오? 그런데 말입니다, 빌려주지 않으리라는 것을 뻔히 알면서도 어정어정 찾아가는 것을……."

라스콜리니코프가 물었다. "그럼, 뭣하러 찾아가지요?"

"그야 어느 누구한테도 갈 데가 없으니까! 어떤 인간이라도 찾아갈 만한 곳이 한 군데쯤은 있어야 하지 않겠습니까? 그러니까 그 사람이라도 찾아가는 것입니다. 우리 딸애가 처음으로 노란 딱지[4]를 가지고 거리로 나갔을 때, 나는 밖으로 뛰쳐나오고 말았습니다. 실은 지금도 딸애의 노란 딱지로 살아가고 있는 형편입니다만……." 그는 다소 불안한 눈길로 상대방을 바라보면서 덧붙였다. "까짓 것, 상관없습니다! 내버려두십시오!" 그러고 나서 그는 판매대 뒤에서 두 아이가 웃음을 터뜨리고 주인이 히죽 웃는 것을 보자 황급히, 그러나 태연

---

4) 그 무렵 매춘업 종사자들은 등록한 뒤 신분증 겸 노란색 증명서류를 발급받았다.

한 표정으로 말을 계속했다.

"모두 상관없습니다. 아무리 손가락질해 봐야 별것 아닙니다. 뭐, 이건 새삼스러운 비밀도 아니니까 난 아무래도 좋습니다! 난 그래서 저런 것들을 경멸하는 게 아니라 오히려 겸손한 마음으로 받아들이고 있는 것입니다. 뭐, 상관없습니다! 상관없어요! 그런데 젊은 양반, 당신은 할 수 있을까요? …… 아니, 좀 더 구체적으로 말하자면, 당신에게 그런 일을 할 용기가 있습니까? 지금 나를 바라보면서 '너는 돼지가 아니다, 인간이다.'라고 단언할 수 있는 용기 말입니다!"

청년은 아무 말도 하지 않았다.

이 웅변가는 다시금 방 안의 웃음소리가 멈추기를 기다렸다가 더욱 위엄있는 목소리로 말을 이었다.

"그런데 말입니다……. 그런데 나는 돼지라 해도 상관없지만, 우리 집사람은 귀부인입니다. 나는 짐승 같은 놈이지만, 내 아내인 카테리나 이바노브나는 영관(領官)의 딸로 태어난 교양 있는 여자입니다. 나는 하찮은 쓰레기라 해도 좋습니다. 하지만 집사람은 숭고한 정신과 고상한 감정을 지니고 있는 교육받은 여자입니다. 다만……. 그 여자가 나에게 조금만 더 동정심을 가져주었다면! 이봐요, 선생, 어떤 인간이라도 한 군데쯤은 동정해줄 만한 점이 있지 않겠습니까? 그런 생각을 하면 한없이 너그러운 카테리나 이바노브나도 불공평한 여자입니다. 물론 나도 그 여편네가 내 머리카락을 움켜쥐고 질질 끌고다니는 게 모두 나를 가엾게 생각하기 때문이라는 걸 모르지 않습니다. 다시 말하지만, 그 여자가 그러는 건 내가 불쌍해서입니다. 알겠습니까, 젊은 양반?"

다시 킥킥거리고 웃는 소리가 들리자 그는 더욱 위엄 있는 태도로 말을 계속했다.

"하지만 말입니다, 단 한 번만이라도, 여편네가 단 한 번만이라도, 아니, 다! 모두 쓸데없는 소립니다. 새삼 말할 것도 없어요……. 내 뜻대로 된 적도 여러 번 있었고, 여러 사람에게 동정받은 적도 한두 번이 아니니까요. 나는 결국 천성이 짐승 같은 놈입니다! 내 본성은 짐승입니다!"

"지당한 말씀!" 하고 주인이 하품을 하며 말했다. 마르멜라도프는 주먹으로 탁자를 쾅 내리쳤다.

"이것은 나의 본성입니다, 선생, 아시겠소? 나는 마누라 양말까지 술로 바꿔 마셔버렸지요. 구두를 그랬다면 또 몰라도 양말까지 마셔버린 거요. 그리고 마누라의 염소 목도리도 마셔버렸답니다. 그건 아내가 어떤 사람한테 선물받은 것이니까 순전히 아내 것이지 사실 내 것이 아닙니다. 그 덕택에 지난 겨울 마누라는 감기로 목에서 피가 나오도록 기침을 했지요. 우린 몹시 추운 방에 살고 있으니까요. 애들은 어린애가 셋인데, 카테리나 이바노브나는 새벽부터 밤늦게까지 일합니다. 그 여잔 어려서부터 깨끗하게 자랐기 때문에 밤낮 빨래를 하거나 걸레질을 하거나 애들 뒤치다꺼리를 해주거든요. 그대로 버려두는 성미가 아닌걸요! 게다가 폐가 약해서 가끔 피를 토하곤 합니다. 사실 난 술을 마시면 마실수록 더욱 괴롭기만 합니다. 그러나 내가 술을 마시는 건, 이 술 속에서 마누라의 연민과 감상을 얻기 위해서입니다……. 괴로워하기 위해 마시는 겁니다!"

말하면서 그는 절망에 쫓기듯 탁자 위에 고개를 푹 떨구었다. 그는 다시 머리를 들며 말을 계속했다.

"하지만 젊은 양반, 당신 얼굴에선 어떤 슬픔 같은 것이 느껴지는구려. 난 당신이 여기 들어올 때부터 그걸 느꼈기 때문에 이렇게 말을 건넨 겁니다. 당신에게 신세타령을 늘어놓은 것도 사실은 내 얘길 잘 알고 있는 작자들에게 들으라고 한 것은 아니지요. 나는 내 이야기를 이해해줄 너그럽고 교양 있는 분을 찾고 있었습니다. 우리 집사람은 유서 깊은 귀족 여학교에서 교육을 받았고, 졸업식 때는 현지사와 내빈들 앞에서 무용으로 금메달과 상장까지 받았답니다. 메달…… 음, 그 메달은 팔아버렸지요……. 벌써 옛날에……. 음……. 그러나 상장만은 아직까지 간직하고 있답니다. 일전에 집사람이 안주인에게 그 상장을 보여주는 걸 봤지요. 그 안주인과는 밤낮 싸움만 하면서도 말입니다. 아내는 누구한테든 지난날 행복했던 시절을 자랑하고 싶었던 모양입니다. 나도 그냥 내버려두었지요. 절대로 비난 따윈 하지 않았습니다. 아내에게 지금 남아 있는 추억은 그것뿐이고, 다른 것은 모조리 형체도 없이 사라져버렸으니까요. 그렇지만 여편네는 성미가 급하고 오만하여 남에게 굽히기 싫어하는 여자랍니다. 비록 자기가 직접 마루를 닦고 검은 빵을 씹을지라도 남이 업신여기는 건 절대로 용납하지 않습니다. 레베쟈트니코프의 무례를 내버려두지 않은 것도 그래서입니다. 레베쟈트니코프가 아내를 때렸을 때도, 아내는 얻어맞은 것이 아픈 게 아니라 울화가 치밀어 자리에 눕고 말았지요. 그 여잔 본래 아이가 셋이나 딸린 과부였는데, 어떻게 하다가 나와 살게 된 겁니다. 전 남편인 보병 장교와는 서로 연애 끝에 집을 뛰쳐나와 결혼한 사이였습니다. 아낸 그를 지극히 사랑했지만, 사내는 노름에 손을 대어 그만 재판 끝에 죽어버리고 말았어요. 하긴 나중에는 그 사나이도 마누라에게 손찌검을 했던 모양이고, 아내 쪽에서도 가만 있지는 않은 모양입니다.

그때 일은 여러 가지 증거가 있어서 나도 잘 알고 있습니다. 아내는 무슨 일이 생길 때마다 그 사나일 들춰내 날 공박하곤 하지요. 그러나 난 오히려 그걸 기쁘게 생각합니다. 상상 속에서나마 아내가 옛날엔 행복했었다고 생각하는 게 즐겁거든요……. 아내는 그가 죽은 뒤 세 아이를 데리고 내가 부임해 간 시골에 살고 있었답니다. 그때의 그 비참한 꼴이란 이루 말할 수 없었지요. 나도 여태까지 온갖 경우를 겪었지만, 그렇게까지 비참한 건 처음이었죠. 친척도 누구 하나 돌봐주는 사람이 없었습니다. 그 여자는 자존심이 너무 강했거든요. 오만할 정도로 자존심이 강했습니다. 그때 나는 열네 살짜리 딸아이가 있는 홀아비였는데, 그 비참한 꼴을 도저히 볼 수 없어 청혼했습니다. 그것을 받아들인 것만 보아도 그때 형편이 얼마나 비참했는지 알 수 있지 않습니까? 그래서 결국 나와 살게 됐지요! 아무데도 갈 데가 없었으니까요. 아시겠어요, 선생? 이 아무데도 갈 곳이 없다는 뜻을? 아니, 당신은 아직 그런 걸 모를 겁니다.

나는 1년 동안 열심히 관청에 근무했습니다. 이 따위 물건—그는 보드카 병을 가리켰다—에는 손도 대지 않았지요. 그런데……. 내가 그만 실직을 한 겁니다. 그것도 내가 잘못해서가 아니라 감원 때문이었지요. 난 그때부터 이것에 손을 대기 시작했습니다……. 그럭저럭 1년이 되어가는 셈이군요. 우린 여기저기 떠돌아다니며 갖은 고생을 하다가 마침내 훌륭한 기념비가 많이 서 있는 이 수도로 들어와 살게 됐습니다. 여기서 나는 일자리를 구했는데……. 취직을 하자마자 또다시 실직해버리고 말았지요. 아시겠습니까? 이번에는 내게 잘못이 있었습니다. 그놈의 술버릇 때문이었으니까요……. 지금은 아말리야 표도로브나 리페베흐첼이라는 여자네 집 구석방을 하나 빌려 살고 있습니다만, 어떻게 살림을 하고 방세를 물어야 할지 난 통 모릅니다. 그 집에는 우리 말고도 여러 사람이 살고 있지요.

그러니까 소돔 같은 곳이라고나 할까……. 음……. 그래요……. 그러는 동안 전처에게서 태어난 딸아이 소냐도 점점 자라 제법 처녀티가 나게 됐습니다. 그동안 딸애가 계모에게 어떤 대접을 받으며 자랐는지는 말하지 않겠습니다. 카테리나 이바노브나는 마음씨가 곱고 너그러운 여자지만 성미가 급하고 고집이 세어서 그런 일을 저지르는 거니까요……. 그렇죠……. 새삼 더 말할 필요도 없습니다! 그런데 알다시피 소냐는 교육다운 교육을 받지 못했습니다. 한 4년쯤 내가 지리와 세계사를 가르쳐보았습니다만, 나 자신부터 시원찮은 데다 쓸 만한 참고서도 없었습니다. 갖고 있던 책이라고는……. 음……. 지금은 그것도 없어져버렸죠. 그래서 공부는 그때 집어치우고 말았지요. 페르시아 왕 키루스까지 공부했어요.

그 뒤 철이 들자 딸아이는 소설 같은 걸 읽더니 요즘은 레베쟈트니코프에게서 루이스의 《생리학》—이 책을 아십니까—이라는 책을 빌려다가 아주 재미있게 읽더군요. 군데군데 소리를 내어 우리에게 읽어주기까지 하면서……. 그게 딸애가 받은 교육의 전부인 셈이죠. 그런데 선생, 이번엔 내가 질문을 하나 해보겠는데—당신 생각엔 가난하고 순결한 처녀가 깨끗한 일을 해서 도대체 얼마나 벌 수 있으리라고 생각하십니까? 가난한 처녀가 별다른 기술도 없이 그저 쉬지 않고 일해서 버는 돈이란 하루에 15코페이카가 고작입니다. 5등관 크로프십토크 이반 이바노비치—들어보신 적이 있습니까—이 사람만 해도 아직까지 네덜란드식 셔츠 반 다스 샀도 주지 않을뿐더러, 칼라 치수가 맞지 않는다느니 바느질이 엉성하다느니 하고 온갖 트집을 잡은 끝에 욕설을 퍼붓고는 딸애를 내쫓아버리고 말았으니 정말 분통 터질 일입니다.

아이들은 집에서 굶주리고 있고, 얼굴에 붉은 반점이 돋아난 카테리나 이바노브나는 어쩔 줄 몰라 손을 비비면서 방 안을 왔다갔다하는데, 그런 병에는 흔히 있는 일이죠. 그녀는 소냐에게 '이 식충이 같은 것아, 편히 앉아서 놀고먹을 팔자가 되어서 좋겠구나!'라고 하지 않겠습니까? 사흘 동안 어린것들까지 굶고 있는 판인데, 먹고 말고 할 게 다 뭡니까? 그때 나는 누워 있었습니다……. 사실은 술에 취해 있었지요! 그래 소냐가 대답하는 소리를 듣자니—얌전한 애라 목소리도 여간 상냥한 게 아닙니다. 머리는 금발에다 얼굴은 늘 창백하게 야위었지요—'그럼, 카테리나 이바노브나, 내가 그런 짓을 하러 가야 하나요?' 하는 겁니다. 그 애가 그렇게 말하는건, 다리야 프란초브나라고, 가끔 경찰 신세를 지는 포주 노파가 안주인을 통해 벌써 여러 차례나 그 일을 권했기 때문입니다. '그래, 못 갈건 또 뭐니?' 카테리나 이바노브나가 코웃음치며 말했습니다. '그게 뭐라고 그렇게 소중히 모시는 거냐? 금테를 두른 것도 아닐 텐데…….' 그렇지만 여편네를 책망하지는 마십시오. 제정신으로 한 말이 아니니까요. 병에 걸린 데다 아이들은 배고파 울어대니, 정신이 뒤집힌 끝에 내뱉은 말일 뿐입니다.

카테리나 이바노브나는 성미가 워낙 급해서 어린것들이 아무리 배가 고파 울더라도 때리고야 말지요. 그날 저녁 5시가 되자 소냐는 일어나서 망토를 입고 숄을 두르고 나가더니 8시가 넘어서 돌아왔습니다. 돌아오자마자 곧장 카테리나 이바노브나 옆으로 가서 아무 말도 하지 않고 탁자 위에 1루블 은화 서른 개를 내놓더군요. 그러고는 말 한마디 없이 숄을 집어들더니—이 목도리는 식구들이 공동으로 사용하고 있지요—머리와 얼굴에 푹 뒤집어쓰고 그냥 침대 위에 쓰러지고 말았습니다. 그 조그마한 어깨와 야윈 몸뚱이가 한동안 떨리고 있었지요……. 나는 여전히 술에 취해 누워 있었습니다……. 그러자 말입니다, 선생. 그때 카테리나 이바노브나가 말없이 소냐가 쓰러져 있는 침대로 가더니 밤새도록 그 애의 발치에 꿇어앉아 발에 입을 맞추며 일어나질 않는 겁니다. 그러는 동안 두 사람은 잠들고 말았습니다. 둘이 꼭 껴안은 채 둘이……둘이서……. 그렇습니다, 둘이……. 그때도 나는……술이 취해 누워만 있었습니다."

마르멜라도프는 말문이 막힌 듯 거기서 갑자기 입을 다물어버렸다. 그리고 술잔에 재빨리 술을 부어 마시고 나서는 기침을 한 번 했다.

"그 뒤 말입니다, 선생……" 하고 그는 잠시 잠자코 있다가 다시 말을 계속했다.

"그 뒤에 좀 난처한 일이 생겼습니다. 나쁜 사람들이 밀고를 했지요. 다리야 프란초브나의 짓입니다. 자기에게 적당한 인사 표시를 하지 않았다고 소냐를 밀고한 거예요. 그래서 그때부터 우리 딸 소피야 세묘노브나는 노란 딱지를 받았고, 우리와 떨어져 살아야 했습니다. 집 주인 아말리야 표도로브나가 같이 사는 걸 허락하지 않았기 때문입니다. 전에는 자기가 소냐를 팔아먹으려고 다리야 프란초브나와 숙덕거리던 주제에 말입니다. 또 레베쟈트니코프도……. 음, 아내가 그 녀석과 싸움을 벌인 것도 사실은 소냐 때문이었지요. 전에는 그 녀석이 소냐를 호시탐탐 노렸는데, 일이 이렇게 되자 자기처럼 점잖은 사람이 어떻게 그런 여자와 한지붕 밑에서 살 수 있겠느냐는 거예요. 카테리나 이바노브나가 가만히 듣고만 있겠습니까? 싸움이 벌어질 밖에요……. 그 때문에 소냐는 어두워진 뒤에야 집에 와서 카테리나 이바노브나를 거들어주고, 있는 돈을 다 내놓고 갑니다. 지금 그 애는 재봉사 카페르나우모프라는 사람 집에서 방하나를 빌려서 살고 있습니다. 카페르나우모프는 언청이에다 절름발이 사나이인데, 그의 가족은 모두 말더듬이죠. 여편네까지 그 집 식구는 모두 한방에서 살고 있지만, 소냐만은 칸을 막아서 다른 방처럼 쓰고 있답니다.

음, 그런데 그즈음 어느 날 나는 아침에 일어나서 다 떨어진 옷을 걸치고 하늘에 기도를 올린 뒤 이반 아파나시예비치 각하를 찾아갔습니다. 이반 아파나시예비치 각하를 아시겠지요. 모르십니까? 아니, 하느님 같은 그분을 모르시다니! 그분은 밀랍 같은 분입니다. 주님 앞에 켜놓은 촛불 같은 분입니다. 초의 밀랍같이 녹아버리니까요……. 그분은 처음부터 끝까지 내 사정을 들으시더니 눈물을 흘리시며 "음, 마르멜라도프, 자네는 내 기대를 저버린 사람이지만 내가 한 번 더 책임을 지고 채용하겠네. 이번만은 내 말을 명심하게." 말씀하셨지요. 그때 나는 마음속으로 각하의 발에 달라붙은 먼지까지도 핥고 싶었지요. 왜냐하면 국가의 고관이며 진보적인 사상을 가지신 그분이 나를 쉽사리 용서해주리라고는 꿈에도 생각지 못했으니까요. 그 길로 집에 와서 일자리를 얻었다, 월급을 타게 되었다고 말하자―아, 그때 온 집안 식구가 기쁨에 날뛰던 모습이란……."

이 대목에서 마르멜라도프는 몹시 흥분하여 잠깐 입을 다물었다. 이때 거리에서 거나하게 취한 술꾼들 한 떼가 안으로 들어왔다.

술집 입구에서는 손풍금 켜는 소리와 '시골집'이라는 노래를 부르는 일곱 살쯤 된 소년의 째지는 목소리가 들려왔다. 주인과 심부름하는 애들은 새로 들어온 손님들을 접대하기 위해 분주하게 움직였다.

마르멜라도프는 그들은 거들떠보지도 않고 말을 계속하기 시작했다. 그는 꽤 취한 것 같았으나, 술기운이 돌수록 말은 점점 더 활기를 띠었다. 취직이 되었다는 최근의 회상은 그의 말에 더욱 활기를 불어넣어 얼굴에는 윤기까지 돌았다. 라스콜리니코프는 열심히 귀를 기울였다.

"그게 말입니다, 선생! 그게 5주일 전의 일이었습니다. 그렇지요……. 카테리나 이바노브나와 소냐는 사실을 알자마자 내게 천당에라도 간 듯한 대접을 했지요. 소냐 말처럼 밤낮 빈들빈들 누워만 있을 때는 바가지나 긁기 일쑤였는데, 그 뒤부터는 발 끝으로 조용조용 걸어다녔고, 내가 있는 데서는 아이들에게 말도 크게 못 하도록 꾸짖었습니다. "쉿, 조용히 해라! 세묜 자하르이치[5]께서 일하고 오셔서 피곤해 쉬고 계시잖니!" 이렇게 말입니다. 그리고 출근 전에는 커피를 끓인다, 크림을 내온다 하며 야단법석이었지요. 크림도 싸구려가 아니라 진짜 좋은 크림을 말입니다. 아시겠지요! 거기다 또 어디서 구해왔는지 11루블 50코페이카나 들여 멋진 옷을 마련해주었습니다. 구두, 흰 무명 셔츠, 그것도 상당히 고급 제품이었지요. 그리고 또 제복…….

그리고 출근 첫날 일찍 일을 마치고 집에 돌아와보니…… 카테리나 이바노브나는 식사를 두 가지나 준비하고 있었습니다. 수프와 소금에 절인 겨자뿌린 고기, 전에는 구경도 못 하던 음식이었습니다. 그리고 말이지요……. 카테리나 이바노브나는 웃옷이라고는 하나도 없었는데, 그땐 마치 나들이라도 가는 사람처럼 말쑥하게 차려입고 있는 게 아니겠습니까……. 이렇게 아무것도 없는 데서 모든 것을 만들어내는 게 아마 여자들의 재간인 모양이에요. 머리를 예쁘게 빗고 옷깃을 깨끗하게 갈아다니 전혀 다른 사람 같았습니다. 훨씬 더 젊고 예뻐보였지요. 그런데 소냐는, 그 귀염둥이 소냐는 대낮에 오기가 어려우니 어두울 때 오겠다고 하면서 돈만 조금 보내왔더군요. 이 말이 무슨 뜻인지 아시겠습니까? 이 못난 아비의 체면을 생각해서 그런 거랍니다. 그리고 식후에 한잠 자려고 하는데, 그때 무슨 일이 벌어졌는지 아십니까? 글쎄, 카테리나 이바노브나는 그동안을 못 참아서 안주인 아말리야 표도로브나를 청해 커피를 대접하는 거예요. 그 여자와는 일주일 전에도 크게 싸움을 한 사이인데도 말이지요.

두 여자는 두 시간 동안이나 무릎을 맞대고 앉아 뭐라고 소곤소곤 얘기를

---

5) 마르멜라도프의 이름과 부칭.

하더군요. '글쎄, 이번에 세묜 자하르이치가 취직해서 봉급을 타게 됐다우. 각하를 찾아갔더니, 각하께서 다른 사람을 다 제쳐놓고 몸소 나오셔서 세묜 자하르이치의 손을 잡고 친히 서재로 안내하셨지 뭐예요?' 여편네가 말한 거예요. 그러고는 '세묜 자하르이치, 내 자네의 공로는 잘 알고 있지. 물론 자네에게 술버릇이 있다는 결점은 있지만, 이번에 이렇게 서약까지 썼고 또 사실은 자네가 없어서 아쉬웠던 참이니—아시겠어요? 그런 말을 했답니다—앞으로는 자네의 언약만 믿기로 하겠네. 말씀하셨다지 뭡니까?' 사실 그건 모두 아내가 꾸민 말입니다. 그렇다고 아내가 경솔하거나 실없는 자랑을 하고 싶어서 그런 건 결코 아닙니다. 그저 자기자신이 제멋대로 공상해서 그렇게 믿고 위안을 삼았기 때문이죠.

그래서 나도 아내를 나무라지 않았습니다. 엿새 전에 첫 봉급으로 탄 23루블 40코페이카를 고스란히 가지고 돌아오자, 아내가 이런 소리를 하더군요. '아이 참, 좋은 분이셔!' 그것도 단둘이 있을 때 말이지요……. 그렇지만 대체 내 어느 구석에 좋은 점이 있다는 말입니까? 그래 내가 언제 한 번이라도 남편 구실을 제대로 했던가요? 그런데 아내는 그런 내 뺨을 살짝 꼬집으면서 '요 귀여운 양반아!' 하는 겁니다."

마르멜라도프는 여기서 말을 끊고 싱긋 웃으려 했으나, 갑자기 아래턱을 와들와들 떨기 시작했다. 그러나 그는 꾹 참으려고 애썼다. 이 선술집의 지저분한 꼬락서니와 타락한 자신의 모습, 건초 운반선에서 닷새나 자고 왔다는 이야기, 반쯤 남은 보드카 술병, 이러한 가운데에서 아내와 가족에 대한 병적인 애정을 늘어놓는 것은 듣는 사람을 어리둥절하게 만들었다.

라스콜리니코프는 바싹 긴장해서 그의 이야기를 듣고 있었다. 그는 이곳에 들른 것을 언짢게 생각하고 있었다.

"선생, 선생!" 마르멜라도프는 마음을 가다듬고 이렇게 소리쳤다. "아, 아마 당신에게도 이런 말은 다른 녀석들에게처럼 웃음거리밖에 되지 않을겁니다! 당신으로서는 이런 가정 생활의 비참한 이야기를 듣는 것이 고통스럽겠지만 나에게는 중요한 일입니다. 그 모든 사건 하나하나가 내 가슴에 맺혀 있으니까요……. 사실 나는 일생의 천국과도 같았던 그 하루를 날아갈 듯한 공상 속에서 보냈습니다. 앞으로는 모든 일을 좀 더 잘해 보자, 어린것들에게는 새 옷을 사 입혀야지. 그리고 마누라도 좀 편하게 해줘야겠다. 딸애도 이젠 그런 타락의 구렁텅이에서 건져 가정으로 돌아오게 하자—선생, 이런 공상도 무리가 아니지 않습니까? 그런데 말입니다, 선생!"

마르멜라도프는 갑자기 몸을 부르르 떨고는 머리를 들어 라스콜리니코프를 뚫어지게 쏘아보았다.

"그런데 바로 그 이튿날, 온갖 황홀한 공상을 다 하고 난 그 이튿날—그러니까 꼭 닷새 전입니다—저녁 때 나는 도둑처럼 카테리나 이바노브나의 열쇠를 훔쳐내어 남아 있는 봉급을 전부 꺼냈습니다. 모두 얼마였는지는 잊어버렸지만……. 자, 여러분, 모두 내 얼굴을 봐주십시오! 집을 나온 지 닷새째나 됩니다. 집에서는 찾고 있겠지요. 직장에서는 목이 잘리고 제복은 이집트 다릿목의 술집에서 굴러다니고 있습니다. 그 대신 바꿔 입은 게 지금 이 옷이지요. 모든 것이 끝장입니다!"

마르멜라도프는 주먹으로 자기 이마를 한 번 툭 치고는 이를 악물고 눈을 꼭 감으면서 팔꿈치로 탁자에 몸을 기댔다. 그러나 1분도 지나지 않아 그는 교활한 얼굴로 라스콜리니코프를 보고 웃었다.

"그래서 오늘 소냐한테 술값을 얻어내려고 다녀오는 길입니다. 헤헤헤……."

"그래, 주던가?" 지금 막 들어온 패거리 중 한 사람이 옆에서 소리쳤다. 그러고 나서 그는 큰 소리로 껄껄대고 웃었다.

"이 보드카도 그 애가 준 돈으로 산 거지요." 마르멜라도프는 라스콜리니코프 쪽을 보며 말했다.

"그 앤 30코페이카나 주더군요. 그게 딸애가 가지고 있는 돈 전부라는 것을 내 눈으로 똑똑히 보았지요……. 그 애는 아무 말도 없이 내 얼굴을 바라보았답니다……. 이쯤되면 난 이미 속세 사람이 아닙니다. 저세상 사람이지요……. 그 애는 인생살이를 탄식하며 눈물을 흘릴 뿐, 날 조금도 꾸짖지 않습니다. 꾸짖지 않더라구요! 나는 그게 더 괴롭습니다. 욕하고 꾸짖지 않는 게 더욱 괴롭습니다……. 30코페이카……그렇지요, 이건 딸애에게 당장 필요한 돈이 아니겠습니까? 선생, 그렇지 않습니까? 지금 딸애는 옷차림 같은 것도 신경 써야 할 처지니까요. 그 옷차림이라는 게 특별해야 돈이 들거든요. 우선 입술연지를 사야 합니다. 입술연지 없이는 안 될 테니까요……. 그 밖에도 풀먹인 치마라든가 웅덩이를 뛰어넘을 때 발이 곱게 보이는 예쁜 구두도 필요하지요. 선생, 이 옷차림의 뜻을 아시겠지요?……. 그런데 내가, 이 아비가…… 그 돈을 술값으로 빼앗아왔단 말입니다. 그리고 이렇게 마시고 있는 겁니다. 아니, 벌써 다 마셔버리고 말았지요!…… 자, 이런 꼴이니 누가 나를 불쌍히 여기겠습니까. 선생, 어떻습니까? 선생에겐 지금 내가 불쌍해 보입니까? 말해보십시오. 내가 불쌍한지, 불쌍하지 않은지? 헤헤헤……."

그는 또 술을 따르려 했지만, 병 속에는 이미 한 방울도 남아 있지 않았다. "당신 같은 사람을 대체 누가 불쌍히 여긴단 말이오?" 다시 그들 옆에 와 있던 주인이 대꾸했다.

와 하는 웃음소리가 터지고 욕지거리가 튀어나왔다. 그의 이야기를 듣던 사람은 물론이고, 듣고 있지 않던 사람까지 이 퇴직 관리의 꼴을 보고 웃으며 욕설을 퍼부었다.

"불쌍히 여겨? 뭣 때문에 나를 불쌍히 여겨야 되나?" 마르멜라도프는 주인의 이 말을 기다렸다는 듯이 손을 앞으로 내밀며 극도로 흥분해서 외쳤다.

"뭣 때문에 불쌍히 여겨야 하느냐 이 말이지? 그래! 조금도 동정할 여지가 없지. 나 같은 건 십자가에 못박아 죽여야 할 인간이야. 형틀에 못박아 죽여야 마땅하지! 가엾게 여겨서는 안 돼! 그러나 재판관이여, 형틀에 못박는 것은 좋으나 못박은 다음엔 나를 불쌍히 여겨주시오! 그렇다면 내 스스로 형장으로 찾아가리라! 지금 내가 바라는 것은 쾌락이 아니라 깊은 슬픔의 눈물이라오. 이보오, 주인. 당신은 내가 이 술병 때문에 즐거웠는 줄 아시오? 나는 술병의 밑바닥에서 슬픔을, 슬픔과 눈물을 구한 거요! 그리고 마침내 슬픔과 눈물을 맛보고 찾아낸 것이오! 그러나 하느님은 온 백성을 긍휼히 여기시오! 하느님만이 유일한 심판관이시란 말이오. 마지막 날이 오면 하느님께서는 물으실 것이오. '폐병 앓는 심술궂은 계모와 배다른 동생들을 위해 자기 몸을 판 딸은 어디에 있느냐? 술주정꾼에다 개망나니인 자기 아버지의 짐승 같은 행실도 두려워하지 않고 가엾게 여겨준 딸은 어디 있느냐?' 그리고 소냐에게 말씀하시기를 '오라! 내 일찍이 그대를 한 번 용서했노라……. 지금 너의 많은 죄는 구원을 받을지어다. 네가 많은 사랑을 베풀었기에.' 하느님은 이렇게 소냐를 용서해주실 것이오. 나는 용서해주실 것을 알고 있소.

아까 딸애를 찾아갔을 때, 나는 마음속으로 그렇게 느꼈지! 하느님은 모두를 심판하시고 모두를 용서해주실 것이오. 착한 사람이나 악한 사람이나, 현명한 사람이나 어리석은 사람이나 모두 용서해주실 것이오. 이렇게 모든 일이 끝나면 그때엔 우리를 부르셔서 '너희도 나오너라' 하고 말씀하시는 것이오. '너희도 나오너라. 주정꾼도, 겁쟁이도, 염치없는 자도 나오너라!' 그러면 우리 모두 뻔뻔스럽게 하느님 앞에 서는 것이오. 또 말씀하시되 '너희는 돼지나 다름없다! 짐승의 형체를 뒤집어썼느니라! 그러나 너희도 나오너라!' 그러자 지혜 있는 자와 현명한 자가 말하기를 '주여, 어찌하여 그들을 부르시나이까?' 그러면 하느님께서 대답하시되 '지혜 있는 자들아, 나는 그들을 부르겠노라. 현명한 자들아, 나는 그들을 부르겠노라. 저들 중에 한 사람도 자기의 가치를 아는 자가 없기 때문이다……' 이렇게 말씀하시며 우리에게 손을 내미시는 것이오. 우리는 일제히 꿇어엎드려……. 그때야말로 모든 것을 깨닫는 것이오. 한 사람도 빠짐없이 다 깨닫게 된단 말이오!……카테리나 이바노브나도……역시 깨닫게 될 것이오!……오, 주여, 어서 당신의 왕국이 이 땅에 임하시기를!"

그는 기진맥진해서 의자에 주저앉았다. 그의 말은 모두에게 얼마만큼 감명을 준 듯했다. 잠시 주위가 조용해졌으나, 이내 아까와 같은 비웃음과 욕설이 튀어나왔다.

"으스대지 마라!"

"큼직하게 나오는데!"

"여, 관리 양반!"

갑자기 마르멜라도프가 얼굴을 들고 라스콜리니코프에게 말했다.

"자, 나갑시다, 선생. 날 집까지 좀 바래다주시오……. 코젤리의 집 뒤쪽입니다……. 빨리 카테리나 이바노브나에게 가야겠소……."

라스콜리니코프는 벌써부터 그 퇴직 관리를 집에 데려다주려고 생각하던 참이었다. 마르멜라도프는 입과는 달리 다리가 영 말을 듣지 않아 청년에게 완전히 매달리다시피 했다.

그의 집까지는 2, 3백 걸음쯤 되었다. 집이 가까워지자 이 술취한 사내는 점점 착잡한 마음과 공포에 사로잡혔다.

"난 지금 카테리나 이바노브나를 무서워하는 게 아닙니다." 불안한 듯 중얼거렸다. "아내가 내 머리를 쥐어뜯는 게 두려운 건 아니에요. 그까짓 것 좀 쥐어뜯겨도 괜찮지요. 정말 머리털이 문제가 아닙니다! 내가 무서워하는 것은 그게 아니라…… 그 여자의 눈이 무섭습니다……. 그렇소, 눈이……그리고 그 여자의 뺨에 나타나는 붉은 반점이 무서운 거요. 그리고 또……. 그 여자의 숨결이……당신은 그 병에 걸린 사람의 숨결을 들어본 적이 있습니까? 특히 화가 났을 때의 숨결을? 그리고 애들이 우는 것도 무섭소. 사실 소냐가 먹여살리지 않았더라면 지금쯤 어떻게 됐을지 모를 애들이지요! 모르고 말고요. 그러니까 내가 두들겨 맞는 건 겁날 게 없지요.

나로서는 두들겨 맞는 게 아프기는커녕 오히려 기쁜 일이오. 왜냐하면 그렇게라도 하지 않으면 견딜 수 없을 테니까. 실컷 두들겨 맞는 편이 나아요……. 그게 훨씬 더 낫다구요……. 아, 벌써 집에 다 왔군! 코젤리의 집이지요. 자물쇠 장사를 하는 돈 많은 독일 사람입니다. 자, 데리고 올라가주십시오!"

그들은 뒤뜰로 들어가 4층으로 올라갔다. 층계는 올라갈수록 더 어두웠는데, 시각은 벌써 밤 11시였다. 이 계절의 페테르부르크에는 진짜 밤다운 밤이 없지만, 층계 위는 몹시 어두웠다.

맨 위층의 계단 끝에 시커멓게 그을린 문이 열려 있었다. 타다 남은 촛불이 열 걸음밖에 되지 않는 작고 초라한 방 안을 비추고 있었다. 입구에서 한눈에 방 안을 볼 수 있었다. 모든 것이 난잡하게 흩어져 있었는데 특히 애들의 누더기가 유난히 눈에 띄었다. 안쪽 구석에 구멍투성이의 시트가 포장처럼 쳐져 있는 것으로 보아 그 뒤에 침대가 있는 모양이었다. 방 안의 물건이라고는 의자 두 개와 갈기갈기 찢어진 기름천을 씌운 긴 의자, 그 앞에 놓여 있는 소나무로 만든 낡은 부엌용 식탁뿐이었다. 그나마 칠도 하지 않고 식탁보도 덮여 있지 않았다. 식탁 한쪽 끝에 놓인 쇠로 만든 촛대에 꽂힌 반쯤 타다 남은 촛불이 방 안을 비추고 있었다. 그리고 보면 마르멜라도프는 따로 방 한 칸을 빌려서 살고 있는 셈이긴 하나, 이 방이라는 게 다른 방으로 이어지는 통로로 쓰이고 있었다.

아말리야 표도로브나의 집을 여러 개로 갈라 나눈 안쪽―방 아니, 방이라기보다 새장 같은 곳으로 통하는 문은 지금 활짝 열려 있었다. 그 안에서 뭐라고 떠들어대는 소리가 들려왔다. 아마 차라도 마시면서 트럼프를 하는 모양이었다. 때때로 듣기에 거북한 말도 새어나오곤 했다.

라스콜리니코프는 카테리나 이바노브나를 금방 알아보았다. 그 여자는 늘씬한 키에 아직 윤기가 남아 있는 금발을 가진 깡마른 몸집으로 뺨에는 듣던 대로 멍이 든 듯한 붉은 반점이 나타나 있었다. 그녀는 두 손을 가슴에 모은 채 까칠한 입술로 고르지 못한 숨을 내쉬면서 좁은 방 안을 서성대고 있었다. 열기를 띤 두 눈이 번득였는데, 날카로운 눈초리는 허공의 한 점을 응시하고 있었다. 폐병 환자답게 흥분한 얼굴은 가물가물하는 불빛을 받아 무시무시하게 병적인 인상을 주었다. 라스콜리니코프의 눈에는 이 여자가 기껏해야 서른 살 정도밖에 안 되어 보였다. 사실 마르멜라도프에게는 과분한 상대였다……. 그녀는 사람이 들어오는 기척을 듣지 못했는지 돌아볼 생각조차 하지 않고 있었다. 일종의 방심 상태에 빠진 모양이었다. 방 안의 공기는 숨이 막힐 정도로 후텁지근했지만, 그녀는 창문도 열지 않았다. 층계 쪽에서 물씬물씬 악취가 풍겨 들어오는 데도 층계를 향한 문도 닫지 않고 있었다. 안쪽 방 안에서는 열린 문 틈으로 담배 연기가 흘러들어와 줄곧 기침을 하면서도 그녀는 문을 닫으려 하지 않았다.

겨우 여섯 살쯤 되어보이는 어린 여자아이가 긴 의자에 이마를 대고 바닥에 웅크린 채 잠들어 있었다. 그보다 한 살쯤 위인 듯한 남자아이는 한쪽 구석에서 오들오들 떨며 울고 있었다. 아마 방금 얻어맞은 모양이었다. 그 옆에 성냥개비처럼 마른 아홉 살쯤 된 여자아이가 떨어진 내의를 입고 드러난 어깨에는 모직 외투—그것도 지금은 무릎까지밖에 안 닿는 것으로 보아 아마 2, 3년 전에 만든 옷 같았다—를 걸치고서 역시 성냥개비처럼 가늘고 긴 팔로 우는 동생의 목을 끌어안고 있었다. 동생을 달래는지 뭐라고 소곤거리고 있었다. 어떻게 해서라도 동생이 다시 투정을 부리지 않도록 열심히 달래고 있었으나, 그와 동시에 커다랗고 어두운 눈은 잔뜩 겁에 질린 채 어머니 쪽을 힐끔힐끔 훔쳐보고 있었다. 겁먹은 표정의 여윈 얼굴이 그 눈을 더욱 커 보이게 했다.

마르멜라도프는 방 안에 들어가지 않고 문턱에 꿇어앉아서는 라스콜리니코프를 대신 안으로 떠밀었다. 여자는 낯선 사람을 보자 순간 정신을 차리고 그 앞에 멈춰서서, 어째서 이런 사람이 여기까지 들어왔는지 잠시 생각하는 듯했다. 그러나 자기네 방이 통로였으므로 이 사나이가 곧 다른 방으로 가리라고 믿었는지, 그녀는 거들떠보지도 않고 문을 닫으려고 앞으로 걸어왔다. 그러다가 문턱에 무릎을 꿇고 있는 남편을 보자 갑자기 소리를 질렀다.

"아!" 그녀는 정신없이 소리쳤다. "돌아왔구나! 짐승 같은 인간이…… 돈은 어디 있어? 주머니 속을 좀 봐요! 옷도 다른 것 아냐? 옷은 어쨌어요? 돈은? 어서 말하라니까……."

그녀는 덤벼들어 남편의 옷을 뒤지기 시작했다. 마르멜라도프는 좀 더 쉽게 뒤지도록 두 팔을 순순히 들어올렸다. 물론 돈은 한푼도 남아 있지 않았다.

"돈은 대체 어떻게 했지?" 하고 그녀는 악을 썼다. "아, 죄다 마셔버렸군! 궤짝 속에는 1루블 은화가 열두 개나 남아 있었는데!"

그러더니 와락 달려들어 남편의 머리를 움켜쥐고 방 안으로 끌어당겼다. 마르멜라도프는 순순히 무릎으로 기어서 아내의 수고를 덜어주었다.

"내겐 이것이 즐거움이오, 고통이 아니라……. 즈……즐거움이지요, 서, 선생!" 그는 머리채를 잡힌 채 끌려가다가 바닥에 이마를 부딪히며 외쳤다. 마룻바닥에서 자고 있던 여자아이가 깨어나서 울어대기 시작했다. 방 한구석에 있던 남자아이는 너무 놀라 오들오들 떨면서 누나에게 바싹 달라붙었다. 맨 위의 여자아이도 멍청하게 서서 사시나무처럼 떨어댔다.

"마셔버렸군! 몽땅 마셔버렸어." 불행한 여자는 절망적으로 울부짖었다. "옷마저 바뀌었어! 모두 굶주리고 있는 판에!" 그녀는 구석에서 떨고 있는 애들을 가리키며 "아 정말 지긋지긋해! 그래, 당신은 부끄럽지도 않아요?" 그녀는 갑자기 라스콜리니코프에게 덤벼들었다. "네놈도 술집에서 같이 마셨지? 냉큼 나가지 못해!"

라스콜리니코프는 아무 대꾸도 하지 않고 재빨리 그곳에서 나왔다. 이미 안쪽으로 통하는 문에서는 호기심에 찬 사람들이 이쪽을 바라보고 있었다. 담배며 파이프를 입에 문 사람, 터키 모자를 쓴 사람, 버릇없이 조소를 띤 사람들이 보였다. 그중에는 잠옷 바람인 사람, 단추를 모두 풀어헤친 사람, 아무렇게나 여름옷을 걸쳐입은 사람, 심지어는 손에 트럼프 짝을 들고 있는 사람도 있었다.

그들은 마르멜라도프가 머리를 잡혀 질질 끌려가면서 이것이 즐거움이라고 부르짖었을 때, 배꼽을 쥐며 웃어댔다. 구경꾼들은 방 안에까지 밀고 들어왔다. 이때 질그릇 깨지는 듯한 소리를 지르며 집주인 아말리야 표도로브나가 앞으로 나섰다. 그것은 자기 식의 해결책, 즉 당장 여기서 나가라는 욕설 반 명령 반의 잔소리를 하기 위해서였다. 이것은 벌써 백 번도 넘게 이 가련한 여자를 위협해온 말이었다.

라스콜리니코프는 그곳을 나오다가 술집에서 1루블의 거스름돈으로 받은 나머지 동전을 손에 잡히는 대로 꺼내 그 집 문턱에 슬쩍 올려놓았다. 그러나 층계를 다 내려오기도 전에 그는 방금 자기가 한 행동을 후회했다. 그는 다시 돌아가려 했다.

'내가 왜 그런 바보 같은 짓을 했는지 모르겠군.' 그는 생각했다. '그들에게는 그래도 소냐가 있지 않은가. 그것은 내게도 필요한 돈이다……' 그러나 이제 와서 되돌아가기도 쑥스러워 그는 손을 내저으며 하숙집을 향해 걷기 시작했다. '소냐에게는 루주가 필요할 테지.' 큰길을 걸으면서 그는 독기 어린 미소를 띠며 생각을 계속했다. '몸치장에 돈이 든다지……. 흠……그러나 소냐는 당장 오늘이라도 파산할지 모르지 않는가! 그건 역시 일종의 모험이니까. 값비싼 털가죽 짐승을 사냥하는 것이나 금광을 찾아헤매는 것처럼 위험해. 그러니까 그들은 내 돈이 없다면 내일 당장 굶어죽을지도 몰라……. 아, 장하다, 소냐! 그렇지만 그들은 정말 좋은 우물을 파낸 셈이군……. 그리고 이미 그 우물을 이용하고 있지 않은가! 그들은 그런 파렴치한 짓에 익숙해져서 아무렇지 않게 생각한단 말이다! 잠깐 눈물을 흘리고는 그것으로 그만이지. 인간이라는 비열한 동물은 무슨 일에나 곧 익숙해지는 법이니까 말이야!'

라스콜리니코프는 깊은 생각에 잠겼다.

"하지만 만일 이 생각이 잘못이라면……." 그는 저도 모르게 소리쳤다. "만일 실제로 인간이……인류 전체가 모두 비열한 자가 아니라면 나머지 생각은 모두 편견이며 꾸며낸 공포에 불과하다. 거기엔 아무런 장애도 없어. 마땅히 그렇게 되어야 할 일이 아닌가!"

3

이튿날 아침 늦게 라스콜리니코프는 불안한 잠에서 깨어났다. 그러나 잠도 그가 기운을 차리도록 하진 못 했다. 그는 불쾌하고 초조한 기분으로 잠이 깨자, 증오에 가득 찬 눈초리로 방 안을 둘러보았다. 그것은 길이가 여섯 걸음 정도밖에 되지 않는 곳간 같은 곳으로, 군데군데 찢어지고 누렇게 바랜 먼지투성이 벽지 때문에 몹시 초라해 보이는 방이었다. 게다가 천장이 어찌나 낮은지 키가 좀 큰 사람이라면 머리를 부딪힐까봐 조마조마할 정도였다. 가구도 그만한 방에 어울리는 것이어서 겨우 명색뿐인 낡은 의자 세 개와 방 한구석에 놓인 페인트 칠을 한 책상 하나뿐으로, 거기에 몇 권의 노트와 책이 놓여 있었다. 모든 것에 먼지가 뿌옇게 쌓여 있는 것으로 보아 오랫동안 손을 대지 않은 것 같았다. 끝으로, 벽의 거의 전부와 방 절반을 차지하고 있는 볼품없는 긴 의자가 하나 있었는데, 그 커버는 이미 누더기가 되었으며 라스콜리니코프는 벌써부터 이 긴 의자를 침대 대신 쓰고 있었다. 그는 곧잘 이 위에서 옷을 입은 채 시트도 없이 잠을 자곤 했다. 낡아빠진 학생 외투를 두른 채 그는 하나밖에 없는 조그마한 베개를 좀 더 높이기 위해서 때묻은 옷이며 새로 빤 옷까지 모조리 그 밑에 쑤셔넣었다. 긴 의자 앞에는 작은 탁자가 하나 놓여 있었다. 이보다 더 게으르고 무질서한 생활을 하기란 어려울 정도였다.

그러나 지금 라스콜리니코프의 심정으로는 이러한 상태가 오히려 더 마음 편했다. 그는 마치 거북이 목을 움츠리듯 모든 사람들을 피하고 있었으며, 그의 시중을 들어주는 하녀가 가끔 방 안을 기웃거리는 것조차 몹시 짜증스럽고 울화가 치밀 정도였다. 하긴 이런 증세는 어떤 일에 지나치게 몰두하고 있는 편집광들에게 흔히 있는 일이다. 안주인은 벌써 일주일 전부터 식사를 보내주지 않고 있지만, 그는 그대로 굶고 앉아서 따지러 갈 생각조차 하지 않았다. 안주인의 하나뿐인 하녀이며 부엌일까지 맡아하고 있는 나스타샤는 그의 이런 기분을 구실로 전혀 방을 정돈하거나 치우려 하지 않았고, 고작해야 일주일에 한 번쯤 생각난 듯 빗자루를 들고 찾아오는 형편이었다. 그런데 그 나스타샤가 지금 그를 깨우고 있었다.

"일어나요! 언제까지나 잠만 자는 거예요?" 그녀는 하숙인을 내려다보며 소리쳤다. "벌써 9시가 지났어요. 차를 가져왔으니 어서 일어나세요……. 차도 안 마실 작정이에요? 배가 고프실 텐데……."

라스콜리니코프는 눈을 뜨고 몸을 부르르 떨며 비로소 거기에 나스타샤가 있는 것을 발견했다.

"주인 아주머니가 차를 주시던가?"

그는 병자 같은 얼굴로 슬그머니 긴 의자에 일어나 앉았다.

"아주머니가 잘도 보내주겠어요!"

나스타샤는 여기저기 이빠진 찻잔을 그의 앞에 놓고 누런 설탕 두 덩어리를 넣어주었다. 찻잔에는 여러 번 우려낸 듯한 멀건 차가 들어 있었다.

"이봐, 나스타샤. 미안하지만 이걸 가지고 가서……." 라스콜리니코프는 주머니를 뒤져서—그는 옷을 입은 채 자고 있었다—동전을 한 움큼 끄집어내며 말했다. "빵 좀 사다주겠어? 소시지도 조금 사오고……. 싼 것으로 말이야."

"빵은 금방 사다 드리겠지만, 소시지 대신 양배추 수프는 어때요? 어제것이 긴 하지만 썩 좋은 수프예요. 어제 드리려다 남겨두었는데, 그만 늦게 들어오시는 바람에……."

수프를 가져오고 라스콜리니코프가 그것을 먹기 시작하자 나스타샤는 그 옆에 걸터앉아 지껄이기 시작했다. 그녀는 시골뜨기라서 여간 수다스럽지 않았다.

"아주머니가 말이에요, 당신을 경찰에 고발하겠다던데요." 그녀가 말했다.

라스콜리니코프는 눈살을 찌푸렸다. "경찰에? 뭣 때문에?"

"방세도 안 내고 다른 데로 이사도 안 가니까 그러는 거지 뭐예요."

"빌어먹을! 겨우 그걸 가지고!" 그는 이를 악물며 중얼거렸다. "아무튼 지금 내 처지로는 좀 곤란해. 주인 아주머니도 바보로군!" 그는 큰 소리로 덧붙였다. "오늘은 세상없어도 담판을 내야겠는걸."

"아주머니는 바보가 아니에요. 나도 그렇구요. 하지만 당신은 왜 그렇게 매일 같이 빈둥빈둥 놀면서 아무 일도 하지 않죠? 전에는 가정 교사를 하러 다니더니 요즘엔 어떻게 된 거예요?"

"하고 있지……!" 라스콜리니코프는 귀찮은 듯이 퉁명스럽게 대답했다.

"무얼 하고 있는데요?"

"일이지……."

"무슨 일인데요?"

잠시 가만 있다가 그는 정색을 하고 대답했다.

"생각하는 일."

나스타샤가 별안간 웃음을 터뜨렸다. 그녀는 굉장히 잘 웃는 성격이라 한 번 웃기 시작하면 온몸을 흔들어가며 숨이 막힐 때까지 웃어대는 것이었다. 때로는 상대가 불쾌할 정도로 그녀는 아무것도 아닌 일에 곧잘 웃음을 터뜨리곤 했다.

"그래, 그렇게 생각만 하고 있으니까 금송아지라도 나오던가요?" 나스타샤는 간신히 이렇게 말했다.

"애들을 가르치러 가고 싶어도 구두가 있어야지. 그리고 이제 그런 일엔 진저리가 나거든."

"그런 말은 우물에 침 뱉기나 마찬가지예요."

마치 자기 생각에 대답이라도 하듯이 라스콜리니코프는 시무룩한 태도로 말을 이었다. "애들을 가르쳐봐야 몇 푼 안 되는 푼돈밖에 못 받는다구. 그런 푼돈으로 할 게 있어야지."

"그럼, 당신은 단번에 한밑천 잡을 생각이에요?"

그는 이상한 눈으로 하녀를 바라보았다. 그는 잠시 입을 다물고 있다가 분명한 어조로 대답했다.

"그럼, 단번에 잡아야지."

"아니, 좀 조용히 말해요. 사람 놀라게 하지 말고……. 그런데 왜 그렇게 무서운 눈을 하고 그래? 참, 빵 사오는 걸 잊었네! 빵 사와요, 사오지 말아요?"

"마음대로 해……."

"참, 내 정신 좀 봐! 어제 편지가 왔어요……."

"편지가? 나한테? 어디서 온 거야?"

"어디서 왔는지는 잘 모르겠어요. 내가 집배원한테 3코페이카 물어주었으니까 그 돈이나 갚아요, 네?"

"빨리 가져와, 제발……." 라스콜리니코프는 몹시 들떠서 소리쳤다. "아, 그것은!"

잠시 뒤 나스타샤가 편지를 가져왔다. 역시 그것은 R지방에 사는 어머니에게서 온 편지였다. 그는 편지를 받는 순간 얼굴이 창백해졌다. 오랫동안 편지라고는 받아본 일이 없었다. 그러나 지금 그의 마음속에서는 다른 무언가가 무겁게 그를 짓눌렀다. "나스타샤, 좀 나가줘. 여기 3코페이카 있어……. 자, 어서 좀 나가줘!"

편지를 든 라스콜리니코프의 손이 후들후들 떨린다. 그는 하녀 앞에서 편지를 뜯고 싶지는 않았다. 나스타샤가 나가버리자 그는 재빨리 편지에 입을 맞추었다. 그러고는 잠시 동안 그리운 그 글씨, 어린 시절 그에게 처음으로 글씨를 가르쳐주던 어머니의 조금 비스듬히 누운 듯한 글씨를 들여다보았다. 라스콜리니코프는 주저했다. 무언가 두려운 빛이 그의 얼굴에 떠올랐다. 그러나 마침내 그는 편지를 뜯었다. 그것은 25그램이나 되는 상당히 두툼한 편지였다. 거기엔 두 장의 커다란 편지지에 깨알같이 자잘한 글씨가 새까맣고 빽빽하게 씌어 있었다. 그리운 로쟈야, 하고 어머니의 편지는 시작되었다.

편지로 너와 이야기를 나눈 지도 벌써 두 달이 지났구나. 그런 것을 생각하니 마음이 괴롭단다. 자주 편지 못한 것이 마음에 걸려 밤에는 잠도 제대로 못 이룰 지경이구나. 그러나 내가 속마음과 달리 연락을 소홀히 했다고 화를 내진 않을 테지? 내가 얼마나 너를 사랑하는지 너는 잘 알고 있을 테니까. 너는 나의 하나뿐인 아들이며, 나와 두냐에게는 무엇과도 바꿀 수 없는 단 하나의 희망이고 의지의 전부가 아니겠니. 학비가 없어 네가 벌써 몇 달 전에 학교를 그만두고 가정 교사와 그밖의 다른 일자리도 잃었다는 소식을 들었을 때, 내 마음이 어떠했겠느냐? 1년에 120루블밖에 안 되는 연금으로 난들 어떻게 너를 도와줄 수 있었겠니? 너도 이미 짐작하고 있겠지만, 넉 달 전에 네게 보내준 15루블도 사실은 이곳 상인인 아파나시 이바노비치 바프루쉰한테 연금을 저당잡히고 빌린 돈이란다. 그 친절하신 분은 아버지가 살아계실 때 가깝게 지내던 분이다. 그러나 나는 그 사람에게 나 대신 연금을 받을 권리를 양도했기 때문에 그 빚을 갚을 때까지 기다리는 수밖에 없었다.

그 돈을 이제야 겨우 갚았으니 그동안 너에게 조금이나마 돈을 보내지 못한 것도 무리가 아니지. 그러나 이제는 다행히 어느 정도 돈을 보내줄 수 있을 것 같고, 또한 다른 일에서도 여러 가지로 운이 열린 것 같아 이 소식을 너한테 빨리 알려주고 싶구나. 우선 로쟈야, 너도 대강 짐작을 했겠지만 네 누이동생이 벌써 달포 가까이나 나와 함께 살고 있다. 그리고 우리는 앞으로 헤어지지 않아도 된단다. 덕택에 그 애의 고생도 이젠 끝났지. 참, 너에게 좀 더 차근차근 이야기해야겠구나. 일이 어찌 된 것인지, 또 우리가 지금까지 너에게 숨기고 있었던 것이 무엇인지 모조리 이야기해야겠다. 두 달 전 너는 두냐가 스비드리가일로프 댁에서 억울한 일을 당하고 곤경에 처해 있다는 소문을 듣고 확실한 이야기를 들려달라고 한 적이 있었지. 그때 나로선 어떤 대답을 써보내야 할지 난감했단다. 만일 내가 사실을 숨김없이 써보냈더라면, 너는 반드시 모든 것을 팽개치고 걸어서라도 여기까지 달려왔을 게다. 누이동생이 억울하게 창피를 당하고 있는데 가만 있을 네가 아니니 말이다. 사실 그땐 나도 몹시 흥분했을 정도였으니까. 그러나 내가 자세한 사정을 모르고 있었으니 별다른 해결책을 마련할 도리가 없었단다.

　두냐가 작년에 그 집 가정 교사로 들어갈 때, 매달 갚기로 약속하고 미리 1백 루블을 빌려썼기 때문에 그 돈을 갚기까지는 그 집을 나올 수가 없었지. 지금이니까 모두 털어놓지만, 그 돈은 다름 아니라 네가 그때 꼭 필요하다고 연락해서 우리가 너에게 보내준 60루블 바로 그것이란다. 그때 우리는 너를 안심시키려고 두냐의 저금을 찾은 것이라고 말했지만, 실은 두냐가 널 위해 그 집에서 빌렸던 것이다. 이렇게 모두 너에게 털어놓는 것도 사실은 하느님의 은총으로 모든 일이 순조롭게 진행되어 사정이 좋아졌기 때문이다. 정말 두냐가 너를 얼마나 생각하고 있으며 착한 마음씨를 가졌는지 너도 좀 알아주었으면 한다. 스비드리가일로프 씨는 처음에 그 애를 무척 소홀히 대하며 식사 시간 같은 때, 온갖 무례한 짓과 모욕적인 언행을 한 모양이더구나. 하긴 나도 이미 지나간 옛날 이야기를 꺼내어 너를 우울하게 하고 싶진 않다만.

　한마디로 말하자면 스비드리가일로프 씨 부인인 마르파 페트로브나를 비롯해 온 집안 식구가 모두 한식구처럼 친절히 대해주었지만, 두냐에겐 무척 어려웠던 모양이더라. 더욱이 스비드리가일로프 씨가 옛날 군에 있을 때 배운 술버릇이 나올 땐 특히 난처했었다고 한다. 그런데 마지막에 어떤 일이 일어났는지 아니? 정말 놀라지 않을 수 없는 일이다. 글쎄, 이 미치광이 같은 작자가 사실은 오래전부터 그 애를 짝사랑하고 있었는데, 그것을 오히려 그 애에 대한 무례하고 모욕적인 태도 속에 감추고 있었던 거지 뭐냐. 하기야 나이도 그렇고 한 집안의 가장으로서 그런 점잖지 못한 생각을 하게 되었다는 게 두렵고 부끄러워서 그 사람이 일부러 그런 태도를 취했는지도 모르겠다. 그러나 두냐에게 속마음과 달리 화를 내고 조롱을 해서 남의 눈을 속이려든 게 분명해. 그러나 그는 끝내 자신을 억제하지 못하고 결국은 두냐에게 수작을 걸어왔단다.

그는 여러 가지 보수를 약속하기도 하고 자기와 둘이서 모든 것을 다 버리고 다른 고장—아니면 외국으로라도 도망가자고 유혹했더란다. 그때, 그 애의 고민이 얼마나 컸겠는지 짐작을 해보렴! 당장 가정 교사를 집어치우고 그 집을 뛰쳐나오고 싶어도 얻어쓴 돈도 문제려니와 그보다도 마르파 페트로브나의 처지를 생각하면 그것도 뜻대로 할 수 없었을 게 아니냐? 만일 그 애가 나와버리면 자연히 그 여자도 의심을 품어 가정에 불화가 생길 테니까 말이다. 그런 일이 생기면 그것은 두냐에게도 수치스러운 일이 되고, 그냥 참자니 견딜 수가 없이 괴롭고, 나오자니 그것도 여의치 않아 두냐는 혼자 가슴만 태우고 있었단다. 그 밖에도 이런저런 사정이 있어서 두냐는 6주일 동안이나 그 무서운 집에서 빠져나올 수가 없었단다. 너는 두냐를 잘 알고 있으니 그 애가 얼마나 영리하고 곧은 성품을 지녔는지 잘 알겠지! 두냐는 참을성이 대단하고 어떠한 궁지에 빠지더라도 곧은 성품을 잃지 않는 애란다.

그 애는 내게 걱정을 끼치지 않으려고 그토록 자주 편지를 주고받으면서도 나한테는 말 한마디 하지 않았단다. 그러는 동안 뜻하지 않은 일이 일어났지. 마르파 페트로브나가 우연히 마당에서 그 애를 구슬리고 있는 남편의 말을 엿듣고 만 것이란다. 여자는 일을 거꾸로 생각하고 모든 오해를 그 애의 죄로 뒤집어씌우고 말았던 거야. 곧 한바탕 끔찍한 소동이 벌어져서, 마르파 페트로브나는 이쪽 말은 들어보려고 하지도 않고 한 시간 가량이나 실랑이를 벌이다 두냐를 쫓아내고 말았지. 그 여자는 두냐를 농사꾼들이 흔히 타는 달구지에 태워 그 애의 물건들과 옷가지를 닥치는 대로 내던져 곧장 나한테로 보냈단다. 때마침 비가 쏟아지기 시작해서 길은 질퍽거리는데 창피한 꼴을 당한 두냐는 농사꾼들과 함께 덮개도 없는 달구지를 타고 18킬로미터나 되는 길을 터덜거리며 나한테로 왔던 거야.

자, 이런 형편이니 내가 너에게 뭐라고 답장을 쓸 수 있었겠니? 그땐 나 자신도 몹시 낙담하고 있었으므로 사실대로 써보낼 수가 없었지. 만약 내가 너에게 그대로 알린다면 너는 그 일로 괴로워하고 격분한 나머지 무슨 일을 저지를지 알 수 없기 때문이었단다. 자칫하다간 너까지 몸을 망칠 것 같고, 또 두냐도 굳이 말리길래 그만둔 게다. 그렇다고 해서 슬픈 마음을 감추고 다른 이야기만 늘어놓을 수도 없는 일 아니냐? 그 일이 있은 뒤 한 달 동안 여기서는 이 사건에 대한 소문이 퍼져 사람들은 경멸하는 눈초리와 쑥덕공론으로 우리를 대하더구나. 그중에는 우리에게 들으란 듯이 그 이야기를 하는 사람까지 있어서 우리는 교회에도 나가지 못할 형편이었지. 아는 사람들도 우리를 보면 외면하고 인사조차 하지 않았단다.

한번은 부근 상점의 점원과 관청 서기 나부랭이들이 우리집 대문에 콜타르 칠을 해서 모욕하려 한 적도 있었지. 그 일 때문에 집 주인은 우리더러 방을 내놓으라고 성화이고……. 이것은 모두 마르파 페트로브나가 집집마다 찾아다니며 소문을 퍼뜨렸기 때문이었단다. 그 여자는 이 근방에 아는 사람들이 많아서 한 달 내내 그러고 돌아다녔는데, 워낙 수다스러운지라 눈 깜짝할 사이에 소문은 날개를 달고 이 거리뿐 아니라 온 마을에 알려지게 되었단다. 나는 마침내 병이 나 자리에 눕고 말았지만, 두냐는 나보다 더 마음이 강했다. 그 애가 모든 수모를 꾹 참으며 오히려 나를 격려하고 위로하던 모습을 너에게 보여주고 싶구나! 그 애는 정말 천사야! 그러나 하느님의 자비로 우리의 괴로움은 곧 끝났단다. 다름 아니라 스비드리가일로프 씨가 모든 것을 반성하고 참회해주었기 때문이란다. 두냐가 가엾어서 그랬을 테지만, 그는 마르파 페트로브나에게 두냐의 결백을 증명하는 확실한 증거를 보여주었지. 그것은 마르파 페트로브나가 뜰에서 둘을 발견하기 이전에 두냐가 그 사람으로부터 만나주길 강요받고 이를 피하려고 그에게 써 보낸 편지가, 두냐가 그곳을 떠난 뒤에도 스비드리가일로프 씨의 손에 그대로 남아 있었던 거야.

편지에서 그 애는 마르파 페트로브나에 대한 그의 그릇된 행실을 격분에 가득찬 어조로 비난하고, 한 가정의 아버지이며 가장인 그가 의지할 데 없고 불쌍한 처녀를 이토록 괴롭히고 불행하게 만드는 것이 얼마나 비열한 소행인가를 분명하게 지적했단다. 로쟈야, 나는 그 편지를 읽으면서 울어버렸다. 지금도 나는 눈물 없이 그 편지를 읽을 수가 없단다. 그뿐만이 아니라 이번에는 하인들이 나서서 두냐와 그 사람 사이에 있었던 일을 증언해 주었단다. 이런 일은 흔히 있는 법이지만, 그 하인들은 모든 것을 보고 들어서 누구보다도 잘 알고 있었기 때문에 두냐 편을 드는 데 적극적이었단다. 일이 이렇게 되니 마르파 페트로브나는 놀라서 어쩔 줄 모르게 되었지. 그 여자가 나중에 우리에게 말한 것처럼 또 한 방 얻어맞은 격이지.

이리하여 두냐의 결백이 확실하게 되자, 그 여자는 다음 일요일 곧장 성당으로 달려가서 마리아 상 앞에 무릎 꿇고 이 새로운 시련을 견뎌냄으로써 자기의 허물을 속죄해달라고 눈물을 흘리며 빌었단다. 그리고 나서 그 여자는 곧장 우리 집으로 달려와 자초지종을 이야기하고 소리 내어 울며, 마음 속 깊이 후회하는 빛으로 두냐에게 용서해달라고 애원하지 않았겠니. 그러고는 바로 집집마다 찾아다니며 두냐의 결백을 설명하고 그 애의 마음씨와 행동이 결백했음을 칭찬했단다.

뿐만 아니라 그 여자는 두냐가 스비드리가일로프 씨에게 보낸 편지를 소리 내어 읽어주고 그 편지 내용을 받아쓰도록 하기까지 했단다. 나는 그게 좀 지나친 일이라고 생각했지만, 이런 식으로 그 여자는 며칠 동안이나 쉬지 않고 집집마다 찾아다녔지. 나중에는 왜 자기 집을 찾아주지 않느냐고 불평하는 사람들이 생기게 되자 결국 순번을 정해 돌아다니게 되었다는구나. 언제 아무개네 집에서 편지를 낭독한다는 소문이 나기만 하면 이미 자기 집에서 한 번 들은 적이 있는 사람들까지 모여드는 형편이었단다. 내가 보기에도 지나쳐 보였지만 그 여자의 성미가 그러니 난들 어쩌겠니. 아무튼 그 여자는 두냐의 명예를 훌륭하게 되찾아 준 셈이지. 그러나 그 대신 이 일의 추악함을 모조리 그 남편이 뒤집어쓰게 되어 우리로서는 좀 미안한 마음이 들었단다. 반미치광이라고는 하나 너무 가혹한 벌을 준 것 같아서 말이다.

이후 당장 두냐에게 가정 교사로 와달라는 곳이 여러 집 있었지만 두냐는 거절해버렸지. 그러자 사람들은 갑자기 그 애에게 존경심을 가지게 되었지 뭐냐. 그리고 이번 일이 계기가 되어 우리에게 운이 열렸다고도 할 수 있는 뜻밖의 일이 하나 생겼단다. 내 사랑하는 로쟈야, 그것은 다름 아니라 두냐에게 청혼해온 사람이 있는데, 그 애가 청혼을 받아들였기 때문에 우선 급한 대로 이 일을 네게 알리는 것이란다. 물론 너와 의논하지 않고 결정하긴 했지만 이 어미나 누이동생에 대해 서운하게 여기진 않을 줄 안다. 사정이 있어서 네 답장이 올 때까지 기다릴 수 없었기 때문이니까. 게다가 너로서도 보지 않고 일을 정확히 판단할 수 없을 테니까 말이다. 그 사정이란 대강 다음과 같다.

상대는 표트르 페트로비치 루진이라는 7등 문관으로, 마르파 페트로브나의 먼 친척 뻘 되는 사람이다. 그가 마르파 페트로브나를 통해 두냐와 사귀고 싶다는 뜻을 전해왔기에 한 번 초대해서 커피를 대접했었지. 바로 그 이튿날 편지를 보내왔더구나. 그 편지에서 그야말로 정중하게 구혼할 뜻을 밝히고, 곧 승낙 여부를 알려달라는 것이었단다. 그는 공무에 매인 바쁜 몸이라서 지금도 곧 페테르부르크로 가야 할 상황이니 잠시도 지체할 수 없다는 거야. 물론 처음에 우린 너무 갑작스러운 일이라 어찌해야 할지 몰랐단다. 우리는 하루 종일 생각해 보았다.

그는 아주 성실한 사람으로 장래성도 있어 보였고, 현재 두 군데나 근무하고 있는 재산가라고 하더구나. 나이가 좀 많아 마흔다섯 살이나 되지만 용모도 그만하면 호감이 가서 아직도 여자들의 눈길을 끌고, 한마디로 말해 나무랄 데 없는 훌륭한 사람이란다. 다만 약간 무뚝뚝하고 거만한 점이 있지만, 이것은 처음이라 그렇게 느꼈는지 모른다. 그러니 로쟈야, 너한테 미리 얘기해 두지만, 페테르부르크에서 그를 만나거든—아주 가까운 시일 안에 만나리라 생각되는데—첫눈에 마음에 들지 않더라도 네 성미대로 성급히 판단하지 마라. 비단 그 사람뿐만 아니라 누구라도 사람을 처음 대할 때는 나중에 후회하거나, 돌이킬 수 없는 오해와 짐작만으로 상대방을 평가하지 않도록 주의해 보아야 하느니라. 물론 그가 너에게 좋은 인상을 주리라고 믿지만 혹시나 하는 노파심에서 하는 말이다. 어쨌든 표트르 페트로비치 루진 씨는 여러 모로 훌륭한 사람이다. 첫 번째 방문 때도 그 사람은, 자기는 실제적인 인간이지만 여러 면에서—그의 말을 빌자면—'우리나라 새 세대의 신념'을 갖고 있으며, 모든 편견의 적이라고 말하더구나. 그 밖에도 여러 가지 이야기를 하던 것을 보면 조금 허영심도 있고 남에게 자기 이야기를 해주기 좋아하는 모양이더라만, 이런 정도야 그리 큰 결점이 아니잖겠니.

나는 잘 모르겠다만 두냐의 이야기로는, 그 사람이 교육을 많이 받지 못

했지만 똑똑하고 선량한 사람 같다는구나. 로쟈야, 너도 누이동생의 성격을 잘 알겠지만 그 애는 사리 분별이 분명하고 참을성도 있으며, 불같은 성질이면서도 실은 마음씨가 몹시 너그러운 애다. 그것은 누구보다 내가 잘 알고 있지. 게다가 두냐는 영리할 뿐 아니라 천사처럼 고결한 마음씨를 가진 아이다. 남편을 행복하게 하는 것이 곧 자기의 의무라 여길 것이고, 그러면 남자 쪽에서도 자연히 그 애의 행복을 생각하게 될 게 아니냐? 그러니 비록 서둘러서 한 약혼이긴 하지만 그 애의 행복에 대해 너무 걱정할 필요는 없을 것 같다. 더구나 루진 씨는 대단히 현명한 사람이니까 두냐의 행복이 자기의 행복이라는 걸 깨닫게 되리라 믿는다. 하기야 성격이 좀 다르다든가 오랜 습관이나 사고방식의 차이가 있기는 하겠지만—이것은 아무리 금실 좋은 부부 사이에서도 피할 수 없는 거란다—여기에 대해 두냐는 나한테 자신이 있다고 말했다. 그 밖에 걱정되는 점은 별로 없고 앞으로의 관계가 성실하고 바르게 지속된다면 어지간한 일은 참을 수 있을 거라고 말하더구나.

사람은 겉만 보아서는 잘 모르는 법이다. 가령 그 사람을 예로 들자면, 나도 처음 볼 땐 그리 탐탁지 않았다. 그건 분명 그 사람이 너무 고지식해서 그랬을 거야. 예를 들자면 그가 두 번째 방문했을 때의 일인데—그땐 이미 이쪽에서 승낙을 한 뒤였다—이런저런 얘기 끝에 이런 소리를 하더구나. 즉 자기는 두냐를 알기 전부터 반드시 정직하고 순결하며 결혼지참금 같은 건 가지지 않은, 그러니까 한 번쯤은 고생을 톡톡히 해 본 가난한 처녀를 아내로 맞겠다고 생각해왔다는 거야. 그의 말에 따르면 그 이유는 '처갓집 덕을 안 보는' 남편이어야 아내로부터 존경받을 수 있다는 거지. 물론 그의 말은 지금 내가 여기에 쓴 것보다 훨씬 더 부드러운 표현이었지만, 지금 난 그가 한 말을 잊어버려서 그 뜻만 기억하고 있는 게다. 그리고 이 말은 특별한 뜻이 있어서 한 이야기가 아니라 그저 말끝에 우연히 나온 것 같다. 그 뒤에 자꾸 고쳐 말하고 덧붙이기도 하는 걸 보면 알 수 있거든. 그렇지만 나로서는 좀 지나친 말처럼 여겨져 그가 간 다음에 두냐에게 말했더니, 두냐는 언짢은지 "말은 행동이 아니잖아요." 하지 않겠니, 그야 물론 그렇지.

그런데 막상 결혼을 결정짓기 전날 두냐는 내가 잠든 줄 알고 밤새도록 방 안을 이리저리 거닐다가 성모상 앞에 무릎을 꿇고 오랫동안 열심히 기도를 올리지 뭐냐. 그러고 나서 이튿날 아침에야 비로소 마음을 결정했다고 말하더구나. 이미 표트르 페트로비치 루진 씨가 며칠간 페테르부르크로 간다는 이야기는 했을 테지? 페데르부르크에는 큼직한 사건들이 많이 있어서 그 사람은 거기에다 변호사 사무소를 열 생각이란다. 그 사람은 벌써 오래전부터 많은 소송사건을 취급해왔고, 최근에도 어느 큰 소송에서 승소했단다. 페테르부르크에 가는 것도 대법원에 볼일이 있기 때문이란다. 그러니 로쟈야, 그는 모든 일에서 네게 도움이 되어줄 거야. 나와 두냐는 너도 오늘부터 당장 출세할 기반이 트일 거라는 이야기를 하고 있단다.

아, 정말 그렇게만 된다면 얼마나 좋겠니! 그야말로 하느님이 우리에게 직접 베풀어주신 은총이 아니냐! 두냐는 오로지 그것만을 꿈꾸고 있단다. 우리는 네 문제에 대해서 페트로비치와도 잠깐 상의해 보았다. 그는 조심스레 대답하더구나. 자기에게는 비서가 필요한데 이왕이면 남에게 월급을 주니 집안 식구에게 주는 것이 자기로서는 더 좋다고 말이다. 그러고 나서 "본인이 이런 일에 적임자이기만 하다면……." 이렇게 덧붙여 말하더라. 그러니 너를 제쳐놓고 또 누가 더 좋은 적임자일 수 있겠니! 그러나 대학 공부를 아직 마치지 않았으니 사무실에 나올 수 있을지 모르겠다고 걱정하기도 했지.

그 이야기는 그것으로 끝내고 말았지만 두냐는 지금 그 일만 생각하고 있단다. 그 애는 벌써 며칠 동안이나 네가 표트르 페트로비치의 오른팔 역할, 아니 그의 동료가 되어서 법률 문제를 함께 처리하게 되도록 온갖 계획을 다 세워놓고 있다. 더구나 네 전공이 법과니까 그 일엔 안성맞춤이라는 이야기야. 로쟈야, 그 일엔 나도 찬성이다. 그 애의 희망이나 계획에는 틀림이 없을 테니 어찌 기쁜 일이 아니겠니! 지금 당장 표트르페트로비치가 확실한 대답을 한 건 아니지만, 그가 아직 너를 잘 모르니 무리는 아니지. 그러나 두냐는 자기 힘으로 허락을 얻어낸다고 하더구나. 따라서 모든 일이 잘될 거라고 자못 확신하는 모양이다. 하긴 우리도 무척 조심하고 있어서 앞날에 대한 상상, 특히 너를 그와 함께 일하게 한다는 우리의 계획에 대해서는 페트로비치에게 한마디도 비치지 않고 있다.

그는 실제적인 사람이라 한낱 공상이라고 생각하게 되면 일이 틀어져버릴 테니 말이다. 또 그런 말을 아직 입 밖에 내지 않은 이유는, 이 일이 서둘러서 될 문제가 아니라는 것을 알기 때문이다. 우리가 가만있어도 그 사람이 알아서 처리할 문제니까. 그가 두냐의 청을 거절할 리 있겠느냐. 그러나 그보다도 네가 열심히 그 일을 도와준다면, 이건 도움을 받는 것이 아니라 네 힘으로 정정당당히 돈을 버는 것과 다름없는 일이잖니! 두냐는 그렇게 되기를 바라고 있고, 나 역시 대찬성이다. 그리고 그런 말을 하지 않은 또 하나의 이유는 머잖아 네가 그와 대면하게 될 때 너의 위치를 그와 대등하게 만들어 놓기 위해서란다. 두냐가 그에게 네 이야기를 하자 그는, 사람이란 이야기만 듣고서는 잘 모르는 법이니까 직접 한번 만난 뒤에 다시 의논해 보자고 하더란다.

그런데 로쟈야, 나는 여러 가지로 생각해 본 끝에―이것은 표트르 페트로비치와 관계없이 나 혼자의 생각이지만―두 사람이 결혼하면 그들과 헤어져 나 혼자 살아가겠다고 마음을 정했다. 하기야 그는 매우 자상한 사람이라 루진이 먼저 나를 모시겠다고 할 테지만 말이다. 아직 그런 말을 하진 않았지만, 그것은 너무도 당연한 일이기 때문일 거야. 하지만 난 거절할 생각이다. 여태까지의 경험으로 보아, 장모란 사위에게 달갑지 않은 존재라는 것쯤은 나도 잘 알고 있을 뿐 아니라, 누구에게든 폐를 끼치기 싫기 때문이다. 비록 많진 않지만 내게도 먹을 게 있고 너와 두냐가 있는 동안만은 남에게 신세 지고 싶지 않구나. 그저 한 가지 바라는 게 있다면 너희 둘과 가까이 살았으면 하는 생각뿐이다.

그런데 로쟈야, 일부러 제일 마지막에 쓰려고 남겨두었던 기쁜 이야기를 이제 알려주마. 머잖아 우리는 다시 한자리에 모여 거의 3년 만에 다시 서로 껴안아 볼 수 있게 될 모양이다! 나와 두냐가 페테르부르크로 가는 것은 이미 확정된 일이란다. 언제라고 꼭 집어서 말할 수는 없지만 빠르면 내주쯤이 될지도 몰라. 모두가 표트르 페트로비치의 지시에 달린 일이어서 그가 페테르부르크에서 용무가 끝나는 대로 우리에게 연락해주도록 되어 있다. 그 사람은 자기 형편상 되도록이면 빨리 결혼식을 올리자고 한단다. 가능하면 사순절이 끝나기 전이 좋겠고, 그게 여의치 않으면 성모승천제 뒤에 곧 올리자고 하는구나. 아, 너를 품에 껴안을 때 나는 얼마나 행복할까! 두냐도 널 만날 생각에 좋아서 어쩔 줄 모르고 있단다. 한번은 농담 비슷하게, 너를 만날 수 있다는 것만으로도 표트르 페트로비치에게 시집가도 좋다는 소리까지 하더구나. 정말 그 애는 천사란다! 그 애는 이번 편지에 아무것도 써보내지 않았지만, 그것은 할 말이 태산같이 많아 도저히 펜을 들 엄두가 안 나고, 대여섯 줄로 쓰자니 너무 안타까워서 그렇게 되었다고 전해달라는구나. 그리고 너를 꼭 껴안고 끝없는 키스를 보낸다고 써달란다.

어쨌든 우리는 곧 만나게 되리라 믿지만, 나는 되도록 빠른 시일 내에 많은 돈을 주선해 보낼 작정이다. 두냐가 표트르 페트로비치와 머잖아 결혼하리라는 소문이 퍼져서 지금은 내 신용이 갑작스럽게 좋아졌단다. 그러니 내 생각으로는 아파나시 이바노비치가 연금을 저당으로 잡고 75루블쯤은 변통해 주리라고 믿는다. 그러니까 너한테도 25루블이나 35루블 정도는 보내줄 수 있을 테지. 더 많이 보내주고 싶지만 우리 여비 문제도 생각해야 하니까. 하기야 표트르 페트로비치가 호의를 베풀어 페테르부르크까지 가는 여비 중 일부, 그러니까 트렁크 운임비는 자기가 부담하겠노라고 했지만—아마 누구 아는 사람을 통해서 부탁한 모양이더라—우리가 페테르부르크에 닿은 뒤의 일을 생각하면 다만 얼마라도 손에 쥐고 있어야 하지 않겠니. 비록 며칠 동안이지만 맨손으로 갈 수는 없는 일이야.

그래서 나와 두냐가 자세히 계산해 보니, 사실 여비는 그리 많이 들것 같지 않다. 집에서 역까지가 겨우 90베르스타[6]의 거리지만, 우리는 만약의 경우에 대비해서 벌써 잘 아는 농부의 짐마차를 부탁해놓았단다. 그다음에 나와 두냐는 삼등 기차편으로 편안히 갈 참이다. 그러니 너에게 25루블이 아니라 35루블이라도 보낼 수 있을 거라고 생각한다. 자, 이젠 그만 써야겠다. 편지지 두 장이 가득 차서 여백이 없구나. 정말 긴 편지가 되고 말았구나! 이런저런 할 이야기가 밀려 있었으니까. 나의 소중한 로쟈야, 만나는 날까지 너를 포옹하고 어머니의 축복을 보낸다. 로쟈야, 하나밖에 없는 누이동생 두냐를 사랑해 줘라. 그 애가 자기 자신보다도 너를 더 사랑하듯이! 그 애는 천사란다. 그리고 로쟈야, 너는 우리의 모든 것이다. 너는 우리의 모든 희망이며 모든 의지야. 너만 행복하다면 우리 또한 행복하단다. 로쟈야, 너는 예전

---

6) 1베르스타는 약 1킬로미터.

처럼 하느님께 기도를 올리고 있니? 우리의 창조주이시며 구세주이신 하느님의 은총을 믿느냐? 나는 네가 요즘 유행하는 불신앙 풍조에 물들지나 않을까 걱정되는구나. 만일 그런 일이 있다면 널 위해 기도하마. 돌이켜 생각해보렴. 네가 어리고 아버지가 살아계실 때, 곧잘 내 무릎에 앉아서 잘 안 돌아가는 혀로 열심히 기도하던 일을. 그리고 그 시절 우리가 얼마나 행복했었는지를! 그럼, 잘 있거라. 곧 만나자꾸나. 멀리 고향에서 너를 꼬옥 껴안고 끝없는 키스를 보낸다.

평생토록 변함없는 너의 어머니
풀리헤리야 라스콜리니코바

편지를 읽기 시작했을 때부터 끝까지 라스콜리니코프의 얼굴은 눈물로 흠뻑 젖어 있었다. 이윽고 다 읽고 나자 그의 얼굴은 파리해지고 경련으로 일그러졌다. 입술에는 침울하고 초조한 듯한 냉소가 떠올랐다. 그는 낡고 더러운 베개 위에 머리를 묻고 가만히 생각했다. 오랫동안 깊이 생각했다. 그의 가슴은 주체할 길 없이 두근거리고 마음은 한없이 산란했다. 마침내 그는 이 벽장 같은, 비좁은 방 안이 답답해서 견딜 수가 없었다. 눈길도 마음도 넓은 곳을 찾고 있었다.

그는 모자를 움켜쥐고 이번엔 층계에서 누구를 만나든 겁날 것 없다는 듯이 밖으로 뛰쳐나갔다. 아니, 그런 것은 까마득히 잊고 있었던 것이다. 그는 거리를 가로질러 마치 무슨 볼일이라도 있는 사람처럼 바실리예프스키섬 쪽을 향해 총총걸음으로 걸어갔다. 그리고 언제나의 버릇대로 주위는 전혀 개의치 않고 무어라 중얼거리기도 하고 커다랗게 소리 내어 지껄이기도 해서 지나가는 사람들을 놀라게 했다. 사람들은 그를 술주정꾼이라고 생각했다.

4

어머니의 편지는 그를 괴롭혔다. 그러나 가장 근본적인 문제는, 편지를 읽기 시작했을 때부터 벌써 그의 마음속에 결정지어져 있었다. 그것은 조금도 의심할 바 없는 너무나도 명백한 일이었다. '내가 살아 있는 한 이 따위 결혼은 안

시킨다! 루진 따윈 똥이나 처먹으라지!'

'모두가 뻔한 일이 아닌가!' 그는 자기의 결심이 결정이라도 된 것처럼 입가에 자랑스럽고 잔인한 미소를 띤 채 속으로 중얼거렸다. '안 돼요, 어머니! 안 돼, 두냐. 나를 속이려 하지만 그렇게는 안 될 거야! 그러면서도 나한테 상의하지 않고 일을 결정한 걸 사과하고 있거든……. 당연하지! 이제와선 파혼할 수 없는 것처럼 생각하는 모양이지만 뜻대로 될지 안 될지 두고 보렴! 얼마나 멋진 변명이냐!

표트르 페트로비치는 그처럼 바쁜 몸이라 우편마차나 기차 안에서라도 결혼식을 올려야 할 입장이라구? 안 돼, 두냐, 나는 모든 걸 알고 있다. 그리고 네가 밤새도록 방 안을 서성이며 생각한 게 무엇이었는지, 또 어머니 침실에 있는 카잔의 성모상 아래에서 기도한 것이 무엇이었는지 나도 알고 있다……. 골고다의 언덕에 오르기란 힘든 일이다. 흠……. 그래, 결정해버렸다는 거지?……수완도 있고 세상 물정을 잘 아는 재산가……. 재산가라고 하는 게 무게도 있고 남이 듣기에도 좋겠지! 그리고 두 군데나 직장에 근무하면서 새 세대의 신념도 가지고 있는 사람—이건 어머니의 말이었지만—즉 두냐 자신이 보기에 좋은 분 같아 보이는 사나이에게 시집가겠다는 거지?…… 좋은 분 같아 보인다고 했겠다. 그 보인다는 말이 정말 걸작이군! 그렇다면 두냐, 넌 결국 이 보인다를 믿고 시집가겠다는 거냐?……훌륭한 일이다. 좋은 일이야!…….

그런데 어머니는 왜 새 세대라는 말을 써보냈을까? 그저 그 작자의 성격을 말하기 위해서일까. 아니면 어떤 다른 목적이 있어서일까? 루진을 좀 돋보이게 하려고 그런 것이 아닐까? 정말 재치 있는 사람들이로군! 그런데 여기서 또 한 가지 분명히 밝혀두어야 할 일은, 그날 혹은 그날 밤, 또는 그 뒤에 어머니와 두냐가 어느 정도 서로의 마음을 터놓았을까 하는 점이다. 두 사람의 생각이 너무나 똑같기 때문에 굳이 입 밖에 낼 필요가 없다고 여기고 있는 건 아닐까? 그것은 편지를 보면 다 알 수 있지……. 자, 어머니에게는 그자가 좀 교만해 보였다. 그래서 어머니는 두냐에게 느낀 점을 그대로 말했다. 그러자 누이는 발칵해서 언짢은 대답을 했다고! 당연한 일이 아닌가!

그건 그렇고, 어머니가 편지에 쓴 말도 그렇다. '두냐를 사랑해줘라, 로쟈야. 그 애는 자기 자신보다도 너를 더 사랑하고 있단다'라고? 그거야말로 아들을 위해 딸을 희생시키는 데 어머니가 동의했으므로 벌써 마음 한구석에 양심의 가책을 받고 있는 게 아닌가? '너는 우리의 희망, 우리의 모든 것'이라고? 아, 어머니!……분노가 그의 마음속에서 점점 더 강하게 불타올랐다. 만일 이 자리에서 루진을 만났다면 당장 때려죽였으리라!

'음……. 이것이 진리로군.' 그는 머릿속에서 휘몰아치는 상념의 회오리바람을 뒤쫓으며 생각을 계속했다. '확실히 진리다. 사람을 알려면 천천히 주의깊게 그 사람과 가까이 해야 한다…….' 그렇지만 루진은 보지 않아도 속이 훤히 들여다보이는 사람이다. 문제는 '활동가이며 좋은 분 같아 보이는' 이 점에 있는 것이다……. 가소로운 일이지. 짐은 자기가 맡겠다고? 하긴 이것도 친절은 친절이지! 그렇지만 두 사람은, 자기의 아내감과 어머니는 어떻게 하란 말이냐……. 농사꾼의 짐마차를 타고 오라고……. 그건 나도 곧잘 타봤었지! 뭐, 괜찮아. 겨우 90베르스타 거리니까. 그런데 '거기서부터는 삼등 기차편으로 편히 갈 테니까'라니, 1천 베르스타의 길을! 빈틈없는 사람으로군. '제 분수를 알라'는 말씀이겠지? 그렇지만 루진, 당신은 어떻소? 두냐는 바로 당신 아내감이 아니오? 그리고 당신 장모가 연금을 저당잡혀서 여비를 마련한다는 사실을 모르지는 않을 테지? 하기야 당신 같은 장사치에게는 모든 것이 공동 부담이니까 여비도 반반씩 물자, 이거겠지. 속담에도 '음식은 같이 먹어도 담배만은 제 것을 피우라'는 말이 있으니까.

그런데 여기서도 그 실무가 선생은 훌륭한 수완을 발휘해서 두 사람을 속이고 있어……. 짐은 운임이 싸게 들고, 어쩌면 공짜일지도 모르지. 그런데 두 사람은 어째서 이런 것도 모르는 거지? 다 알면서도 일부러 모른 척하고 있는 게 아닌가? 그런데도 그저 좋다는 거지. 그렇지만 이쯤은 아직 껍데기에 불과하고 진짜 알맹이는 따로 있으니 생각만 해도 무서운 일이다! 무엇보다도 중요한 일은, 이건 맛보기 양념이고 진짜는 이제부터란 말이요. 정신 좀 차려요. 이 문제에서 중요한 점은 그 녀석의 노랑이 심보도 욕심도 아니고, 모든 일이 이런 식의 투자라는 점이지.

다시 말해서 장래의 결혼 생활도 이런 식으로 된다는 예언이란 말이야……. 그런데 어머니는 어쩌자고 쓸데없는 일에 낭비하려 하는 것일까? 페테르부르크에는 또 뭣하러 오신다는 걸까? 그 노파 말처럼 기껏해야 은화 세 개 아니면 지폐 두어 장을 가지고……음……. 그리고 앞으로 페테르부르크에서 어떻게 살아가려는 작정일까? 결혼 뒤에는 잠시도 두냐와 함께 살지 못한다는 걸 알고 계시면서. 그것도 친절해 보이는 신사가 슬쩍 그런 말을 비추었음에 틀림없어. 그래서 어머니가 두 손을 내저으며 '내 쪽에서 사양하겠다'고 말하게 된 거야. 어머니는 누구를 믿고 그런 말씀을 하셨을까? 아파나시 이바노비치의 빚을 갚고 남는 120루블의 연금일까? 지금도 어머니는 늙어서 희미한 눈으로 겨울 목도리를 짜고 수를 놓고 계시겠지. 그러나 그런 뜨개질이나 자수로는 그 120루블에다 겨우 20루블쯤밖에 더 보태지 못한다. 나는 잘 알고 있어. 그러니까 결국 어머니는 루진의 그 자상한 마음씨를 믿고 있는 셈이야. 자기 편에서 그렇게 부탁해올 거라는 이야기지. 그러나 어머니, 정신 차리세요! 이런 일은 세상에 흔한 법입니다……. 저 실러[7)]처럼 마지막까지 사람을 공작깃으로 꾸며놓고 나쁜 점은 보지 않으려는 식이야. 마음속으로는 좋지 않은 결과가 나올 것을 미리 예감하고 있으면서도 실제로 그렇게 될 때까지 결코 자기 자신에게 진실을 밝히려 하지 않는 법이거든.

그리고 그 아름다운 녀석이 스스로 그 정직한 자를 웃음거리로 삼을 때까지 열심히 그 진실을 외면하려고 기를 쓰고 있는 거야……. 그건 그렇고, 루진은 훈장을 갖고 있는지 모르겠군! 내기를 해도 좋지만 그의 양복 깃엔 틀림없이 저 안나 훈장(2등훈장)이 달려 있을걸. 그걸 청부업자나 장사치 나부랭이들이 모이는 연회 장소에 버젓이 달고 나갈 테지! 어쩌면 결혼식에도 달고 나올지 모르겠군……. 그러나 그 따위 녀석 일은 아무래도 상관없어!

……어머니는 본디 그런 분이니까 그런 대로 이해가 간다. 그러나 두냐는 대체 어떻게 된 일일까? 두냐, 내 사랑하는 누이야. 나는 어렸을 때부터 너를 잘 알고 있다. 마지막으로 우리가 만났을 때 너는 스무 살이었지. 어머니도 '두냐는 참을성 있는 아이란다.'라고 편지에 썼지만, 그런 것쯤은 나도 잘 알고 있다. 아니, 2년 반 전부터 알고 있었어. 그래, 꼬박 2년 반 동안이나 생각해 왔으니까 ─너의 참을성에 대해서 말이다. 아무튼 스비드리가일로프의 사건과 그에 따른 온갖 여파를 참아낸 걸 보면 정말 웬만한 일쯤은 참을 수 있을 게다. 그래

─────────────

7) 독일의 극작가이며 시인.

서 이번에도 초면이나 다름없는 자리에서, 가난하게 자라 시집가서 '남편의 은혜에 감사하는 아내'가 좋다는 수작을 하는 저 루진에게도 참을 수 있었을 테지! 하기야 그것은 무심코 한 말인지도 모른다—사실은 무심코 한 말이 아니라 분명한 의도가 있는 말일지도 모르지만.

그렇지만 두냐는 정말이지 어떻게 된 셈인가! 그 애는 그의 속셈을 빤히 알면서도 결혼하려는 게 아닌가? 그 애는 검은 빵과 물만 먹고사는 한이 있더라도 안락을 위해 자기 영혼을 팔 여자가 아닌데! 슐레스비히홀슈타인[8]을 준다 해도 영혼을 팔지는 않을 텐데! 하물며 루진 따위는 문제도 안 되지. 내가 아는 한 두냐는 그런 여자였어. 그리고…… 지금도 물론 그럴 거야…… 물론 그렇고말고! 스비드리가일로프의 집에서는 사실 두냐도 괴로웠을 거야. 그렇게 2백 루블이라는 돈 때문에 일생을 가정 교사로 이곳저곳 떠돌아다니는 것도 괴로웠을 테지. 그러나 나는 알고 있어. 누이동생은 자신의 안락을 위해서 존경하지도 않고 어울리지도 않는 남자와 영원한 인연을 맺어 자기의 영혼과 도덕적 감정을 영구히 더럽히기보다는 차라리 노예가 되어 농장으로 가든가, 발트해(海) 연안의 독일 사람에게 종으로 팔려갈 여자라는 것을! 틀림없어. 혹 루진의 몸 전체가 순금이나 다이아몬드로 되어 있다 해도 그런 사나이의 합법적인 첩 노릇을 할 리는 만무하다! 그렇다면 그 애는 왜 결혼을 허락했을까? 이 결혼의 의미는 무엇일까? 이 수수께끼의 해답은 과연 무엇일까?

그건 명백한 일이다. 자기 한몸을 위해서, 자기 한몸의 안락을 위해서, 아니, 자기 목숨을 구하기 위해서는 결코 자기의 영혼을 팔지 않지만, 사랑하는 사람을 위해서, 존경하는 사람을 위해서는 기꺼이 자신을 팔려는 것이다! 수수께끼의 열쇠는 바로 이것이다. 오빠를 위해, 어머니를 위해 두냐는 모든 것을 팔려는 것이다! 아, 사람이란 경우에 따라서는 자기의 도덕적 감정을 억누르고 자유와 양심까지도, 아니, 그 이상의 것까지도 서슴지 않고 고물 시장에 내놓는 법이다! 자기의 일생은 돌아보지 않는다! 다만 사랑하는 사람이 행복하게만 된다면…… 제멋대로 유리하게 생각하고, 때로는 제수이트파(派)의 논리를 빌려 그것을 합리화하려고 한다. 좋은 목적에서 하는 일이니까, 하고 자기를

---

8) 독일에 합병된 덴마크의 영토.

위로하기도 하고 타이르기도 하면서. 우리는 이런 인간인 것이다! 만사가 햇빛을 보는 것처럼 명백하다. 바로 이 로지온 로마노비치 라스콜리니코프가 여기에 주인공으로 등장한 것이다. 왜냐고? 오빠의 행복을 추구할 수도 있고, 대학을 졸업시킬 수도 있고, 법률사무소의 동료로 만들 수도 있으며, 일생의 운명을 보장할 수도 있기 때문이다. 그러면 세상 사람들의 존경을 받는 부호가 될지도, 아니면 명예와 존경을 한 몸에 받는 일류 명사로서 한평생을 마칠 수 있을지도 모르리라.

그런데 어머니는! 어머니에게는 이 로쟈가 맏아들이다! 이 소중한 맏아들을 위해서라면 아무리 훌륭한 딸이라도 희생시키려는 것이다. 아, 참으로 눈물겨운 이야기다. 어쩌면 두 사람이 똑같이 그렇게도 잘못 생각하는 것일까? 안 돼! 그렇게 되면 우리도 저 소네치카의 운명을 거부할 수 없게 되어버린다. 아, 소냐, 소네치카 마르멜라도바여! 이 세상이 계속되는 한 영원히 존재할 소냐여! 너희는 희생이란 것, 희생이란 말의 뜻을 끝까지 생각해 보았느냐? 그래, 무엇이 이익이더냐? 그게 과연 합리적인 길이더냐? 두냐야, 너는 알고 있니? 소냐의 운명을 말이다. 루진 따위에게 시집가는 운명에 비교해서 조금도 더러울 게 없을 것이다.

'피차에 이렇다 할 애정이야 없겠지' 하고 어머니의 편지에 적혀 있더라만……. 그러나 애정은커녕 존경조차 없다면, 아니, 오히려 혐오와 경멸과 증오만 생겨난다면 그때는 정말로 어쩔 셈이냐? 그렇게 되면 몸치장에 주의해야 하기 마련이다. 그렇지 않으냐? 그런데 너는 알고 있니, 이 몸치장이란 말이 무엇을 의미하는지? 루진 부인의 몸치장과 소냐의 몸치장은 같은 뜻이라는 것을? 아니, 오히려 더 천하고 더러운 것일지도 모른다는 것을? 왜냐하면 두냐야, 너는 뭐니뭐니해도 좀 안락한 생활을 해보자는 기대가 있겠지만, 소냐의 경우는 그야말로 먹고사느냐 굶어 죽느냐 하는 문제니까 말이다! 이 몸치장엔 돈이 많이 드는 법이다. 그런데 두냐야, 네가 뒷날 힘에 겨워 후회하게 되면, 그때 넌 얼마나 저주하고 한탄하며 슬퍼서 눈물을 흘리겠니? 너는 마르파 페트로브나처럼 활달한 성미도 아니니 말이다. 그리고 그때 어머니는? 어머니는 벌써부터 괴로워하고 계시니 말이다. 그다음엔……. 나다. 두냐야, 넌 나를 어떻게 생각하고 있니? 나는 너의 희생을 바라지 않는다! 내가 살아 있는 한 그런

짓은 절대로 시키지 않겠다. 절대로 안 시켜! 그것만은 죽어도 용납할 수 없다!'

그는 문득 제정신이 들어 걸음을 멈추었다.

'안 시킬 테다! 그런데, 안 시키겠다면 대체 어떻게 할 작정이냐? 결혼을 중지시키겠다는 거냐? 하지만 나에게 그럴 권리가 있는가? 그 권리와 바꿔 무엇을 약속할 수 있는가? 대학을 나와 취직을 하면 모든 운명, 모든 미래를 그들에게 바친다는 것인가? 그런 이야기는 이제 진저리가 난다. 그것은 단순한 약속어음에 지나지 않아. 그보다 지금은 어떤가! 당장이라도 무슨 수를 써야 하는데 넌 뭘 하고 있나? 반대로 두 사람을 쥐어짜서 돈을 우려내고 있지 않느냐! 더욱이 그 돈은 어머니가 120루블의 연금을 저당잡히고 두냐가 스비드리가일로프 집에서 수모를 받아가며 마련한 돈이 아닌가? 스비드리가일로프나 아파나시 이바노비치 바프루쉰 같은 놈팡이들한테서 너는 어떻게 그녀들을 보호할 작정이냐? 여보게, 미래의 백만장자, 두 여자의 운명을 쥐고 있는 제우스 신, 어디 말해보게나! 10년 뒤에 보자는 말씀인가? 10년, 그러나 그 10년 동안 어머니는 삯바느질 때문에, 아니 그보다 눈물 때문에 장님이 되고 말 것이다. 어쩌면 굶어죽어버릴 거야. 그러면 누이동생은 10년 뒤에, 아니, 10년도 채 못 가서 어떻게 될지 뻔한 일 아닌가?'

이렇게 그는 일종의 쾌감마저 느끼면서 갖가지 자문자답으로 자기 자신을 괴롭히고 비웃었다. 그러나 이런 의문은 새삼스럽거나 갑작스러운 것이 아니라 오래전부터 그를 괴롭혀오던 것이었다. 지금의 견딜 수 없는 이 우울은 오래전부터 그의 마음속에 싹터, 그것이 차츰 쌓이다가 요즘에 와서는 무르익고 응결되어 무섭고도 거칠고 환상적인 의문으로 변하여 조금도 망설임 없이 그 해결을 강요하면서 그의 이성과 감정을 괴롭혀왔다. 게다가 어머니의 편지가 갑작스레 벼락처럼 그를 내리친 것이다. 이제는 언제나처럼 문제의 해결만을 생각하며 수동적으로 고민하고 있을 때가 아니다. 당장 무엇인가 서둘러 해야 한다. 어쨌든 어떤 결정을 내리지 않으면 안 될 때다. 그러잖으면……

"그러지 않으면 삶을 완전히 포기해야 한다!" 갑자기 그는 미친 듯이 부르짖었다. "주어진 대로의 운명을 감수하고 일하면서 살아가거나 사랑하는 일체의 권리를 포기하고 마음속의 모든 생각을 죽여버려야 한다!"

"그렇지만 어느 누구한테도 갈 데가 없다면!" 느닷없이 어제 마르멜라도프가 한 말이 생각났다. "어떤 인간이라도 찾아갈 만한 곳이 한 군데쯤은 있어야 하지 않겠습니까?"

그러자 그는 갑자기 부르르 몸을 떨었다. 어제와 같은 어떤 무서운 상념이 그의 머리를 스쳐갔다. 그러나 그가 몸을 떤 것은 이 상념이 머릿속을 스쳐갔기 때문이 아니라, 그가 전부터 예감하고 있었기 때문이었다. 아니, 오히려 그는 그러기를 기다리고 있었던 것이다. 그러나 이 생각은 어제의 그것과는 아주 달랐다. 한 달 전까지, 아니, 어제까지만 해도 이 생각은 공상에 지나지 않았었는데, 지금은⋯⋯. 지금은 그 공상의 테두리를 벗어나 어떤 무시무시하고 새로운 모습으로 그의 앞에 나타난 것이다. 그는 뒤통수를 얻어맞은 것처럼 눈앞이 캄캄해졌다.

그는 얼른 주위를 둘러보았다. 그는 앉아서 잠깐 쉴 만한 벤치를 찾고 있었다. 그때 그는 가로수가 있는 K거리를 지나고 있었다. 1백 걸음쯤 앞에 벤치가 하나 눈에 띄었다. 그는 거의 뛰다시피 빠른 걸음으로 걸어갔다. 그러나 그 순간 어떤 일이 일어나 그의 주의는 잠시 그쪽으로 쏠렸다.

벤치를 향해 걷는 동안 그는 스무 걸음쯤 앞 쪽에서 걷고 있는 한 소녀를 보았다. 그러나 처음엔 그 여자에 대하여 아무런 주의를 기울이지 않았다. 그는 자기가 어느 길을 통해서 집으로 돌아왔는지 전혀 기억하지 못할 때가 한두 번이 아니었으며, 그러한 걸음걸이가 습관이기도 했다. 그런데 지금 앞에 걸어가는 여자를 한 번 본 순간 어딘가 이상한 점이 눈에 띄었다. 그래서 그의 주의가 점점 그 여자에게 쏠리기 시작했다. 처음엔 그다지 마음이 내키지 않았고 오히려 짜증스러운 기분이었으나 얼마 지나자 저도 모르게 이끌리게 되었다. 그래서 그는 그 여자의 이상한 점이 무엇인지 갑자기 알아내고 싶어졌다.

첫째, 이 여자는 아직 어린 처녀인데도 이 뙤약볕 아래 양산도 쓰지 않고 장갑조차 끼지 않은 채 이상하게 손을 흔들며 걷고 있었다. 엷고 가벼운 비단옷을 입었는데, 그 옷매무새 또한 우스꽝스러워 보였다. 단추는 당장 떨어져나갈 것 같았으며, 치마 뒤의 엉덩이 쪽이 곧 찢어질 듯 천조각이 덜렁덜렁 흔들거리고 있었다. 머리카락은 한쪽으로 늘어지고, 목도리를 두르고 있었으나 그것도 옆으로 비뚤어져 있었다. 그런 차림새로 비틀비틀 위태로운 걸음으로 걸어가는 그 여자의 모습은 라스콜리니코프의 주의를 완전히 사로잡고 말았다.

그는 벤치 바로 뒤에서 그 여자를 따라잡았으나, 여자는 벤치 한쪽에 쓰러지듯 앉더니 벤치 등받이에 머리를 기대고 피로한 듯이 눈을 감았다. 그 모습으로 보아 이 여자가 몹시 취했다는 걸 알 수 있었다. 대낮에 이런 모습을 본다는 게 이상하고 기괴했다. 그는 혹시 자기가 잘못 보지나 않았나 하는 생각마저 들었다. 지금 앞에 앉은 여자는 몹시 앳된—겨우 열네 살이나 열다섯 살밖에 안된 귀여운 소녀였다. 금발에 발그레하고 어딘지 부은 듯하지만 아름다운 얼굴이었다. 소녀는 제정신이 아닌 것 같았다. 한쪽 다리를 다른 다리 위에 포개고 있었는데, 보통 그러는 것보다 훨씬 다리를 많이 드러낸 채였다. 이런 점으로 보아 이 소녀는 지금 자기가 길거리에 있다는 걸 모르는 모양이었다.

라스콜리니코프는 조금 망설이면서 자리에 앉지도 않고 그곳을 떠나지도 않은 채 그대로 벤치 뒤에 서 있었다. 이 가로수길은 본디 지나다니는 사람이 적은 데다 한창 무더운 오후 1시 무렵이라 사람 그림자 하나 얼씬하지 않았다. 그런데 한 열댓 걸음 떨어진 곳에 한 신사가 서 있었는데 그는 무슨 목적에서인지 소녀에게로 가까이 오고 싶어 하는 모습이었다. 그 신사는 눈치채지 않을 정도로 라스콜리니코프에게 심술궂은 눈초리를 던지며 이 너절한 녀석이 어서 가버리고 그 대신 자기 차례가 왔으면 하고 바라는 듯했다.

사태는 명백했다. 나이가 서른 살쯤 되어보이는 이 신사는 피둥피둥 살찐 데다 우유에 피를 탄 듯한 혈색 좋은 얼굴이었다. 그의 장밋빛 입술 위엔 콧수염을 멋지게 기르고 호사스러운 옷차림을 하고 있었다. 라스콜리니코프는 몹시 비위가 상했다. 그는 갑자기 이 뚱뚱한 신사를 놀리고 싶어 소녀를 잠시 놔두고 신사에게 다가갔다.

"여, 스비드리가일로프![9] 자넨 여기에 무슨 볼일이 있나?" 그는 주먹을 불끈 쥐고 격분한 나머지 거품이 이는 입가에 비웃음을 띠며 이렇게 대들었다.

"그게 도대체 무슨 뜻이오?" 신사는 눈살을 찌푸리고 거드름을 피우며 좀 놀라서 되물었다.

"여기서 냉큼 꺼지란 말이야!" "뭐라고? 이 건방진 자식이!" 신사는 지팡이를 휘둘렀다. 라스콜리니코프는 자기 같은 사람 둘이 덤벼도 이 뚱뚱한 사나이를

---

[9] 색한이라는 뜻.

못당하리라는 것조차 잊고 주먹을 쥐고 덤벼들었다.

그러나 그때 누군가 뒤에서 그를 꽉 붙들었다. 두 사람 사이에 경관이 뛰어든 것이다.

"그만들 하시오. 길에서 싸우다니, 왜들 그러시오? 당신은 누구요?" 경관은 라스콜리니코프의 초라한 옷차림을 보고 엄한 태도로 물었다.

라스콜리니코프는 그의 얼굴을 찬찬히 들여다보았다. 흰 빛이 섞인 콧수염에 이해심 있는 눈이 씩씩한 군인 같은 경관이었다.

"마침 잘 되었군" 하고 라스콜리니코프는 경관의 손을 덥석 잡았다. "난 전에 대학생이었던 라스콜리니코프라는 사람입니다……. 이건 당신이 기억해두는 게 좋을 거요." 그는 신사 쪽으로 몸을 돌렸다. "자, 이리 오십시오, 보여드릴 게 있으니."

그는 경관을 벤치 있는 데로 데리고 갔다.

"자, 보십시오. 술이 취했지요? 이 여자는 방금 이 가로수길을 걸어왔습니다. 어떤 여자인지는 몰라도 술집 여자는 아닌 것 같습니다. 틀림없이 누군가에게 속아서 억지로 마신 걸 겁니다……. 처음으로……. 아시겠습니까? 그러고는 이렇게 거리로 내쫓긴 겁니다. 이 찢어진 옷이며 옷차림을 좀 보십시오. 이건 자기 손으로 입은 게 아닙니다. 누군지 모르지만 서투른 남자의 손으로 입혀진 것이 틀림없습니다. 그런데 저쪽 좀 보십시오. 저와 싸우려고 한 저 멋쟁이 아저씨는 얼굴도 모르는 이 소녀가 술 취한 것을 보고 눈독을 들여 여기까지 따라왔습니다.

이 소녀를 손에 넣어 어딘가로 데려가려는 겁니다. 틀림없습니다. 내 눈으로 똑똑히 봐서 잘 압니다만, 그는 아까부터 슬금슬금 소녀 뒤를 따라왔거든요……. 그런데 내가 나타나서 방해가 되자 어서 꺼지기를 기다리고 있는 거죠. 흠, 저놈이 이젠 나무에 기대서 담배를 붙여 물고 있군……. 아무튼 이 소녀가 저 녀석의 손에 들어가지 않도록 할 수 없을까요? 어떻게 해서라도 이 소녀를 자기 집에 보내주고 싶은데……. 방법을 좀 생각해보십시오!"

경관은 곧 일의 진상을 알아차렸다. 신사의 정체는 이미 드러났으므로 이제 남은 것은 이 소녀였다. 경관은 더 자세히 보려고 소녀 위로 허리를 굽혔다. 그 얼굴에는 진정으로 가엾은 빛이 떠올랐다.

"가엾게시리……." 그는 고개를 저으며 말했다. "아직 어린앤데……. 분명 누구한테 속았구먼……. 이봐, 아가씨!" 순경은 소녀를 부르기 시작했다. "집이 어디지?"

소녀는 흐릿한 눈을 뜨고 상대방을 물끄러미 쳐다보더니 귀찮은 듯 한손을 내저었다.

"잠깐만요." 라스콜리니코프는 경관에게 말했다. "이 돈으로—." 그는 주머니를 뒤져 20코페이카를 끄집어냈다. "이 돈으로 마차를 불러 이 소녀를 집까지 좀 데려다 주십시오. 그런데 집을 알아야지……."

순경은 돈을 받아쥐고 다시 소녀를 흔들어대기 시작했다.

"이봐, 아가씨! 내가 마차로 집에 데려다줄 테니 집을 가르쳐줘. 어디 살지?"

"저리 가요……. 아이, 귀찮아!"

"이거 참, 큰일났군! 젊은 처녀가 부끄럽지도 않나……. 원, 이게 무슨 꼴이람!"

경관은 창피함과 가엾음과 노여움을 함께 느끼면서 고개를 저었다.

"참, 큰일났군!" 그는 그렇지 않느냐는 듯 라스콜리니코프를 보았으나, 이내 머리끝에서 발 끝까지 훑어보기 시작했다. 이런 너절한 옷을 입은 사나이가 돈까지 내놓다니 조금 수상쩍은 모양이었다.

"당신은 어디서 이 두 사람을 발견했소?" 순경은 라스콜리니코프에게 물었다.

"방금 말하지 않았습니까? 이 가로수길에서 내 앞에 비틀비틀 걸어가고 있었지요. 그러더니 벤치까지 가서 갑자기 쓰러진 겁니다."

"정말이지 요즘 세상은 알 수 없단 말이야……. 이 찢어진 옷 좀 보라지……. 이렇게 새파란 처녀애가 벌써 술에 취해 돌아다니질 않나……. 분명 누구한테 속았어……. 참으로 기막힌 세상이로군……. 이 처녀는 가문은 좋지만 몰락한 집안의 딸임에 틀림없을 거야!……요즘 이런 여자가 부쩍 많아졌지요. 보아하니 좋은 집안의 아가씨 같은데……."

그는 다시 소녀에게 허리를 굽혔다. 어쩌면 그에게도 같은 또래의 딸이 있는지 모른다. 마치 상류사회 집안의 아가씨처럼 곱게 자라 교양 있는 체하면서 정말은 온갖 유행을 좇기 좋아하는 딸이…….

"중요한 것은" 하고 라스콜리니코프는 초조하게 말했다. "어떻게 해서든지 이 소녀를 저 신사에게 넘겨주어선 안된다는 겁니다! 더 이상 어떤 모욕을 줄지 알 수 없으니까요. 저 녀석이 뭘 바라고 있는지 속셈은 뻔하단 말입니다. 저것 보십시오. 저 악당이 아직도 그대로 서 있군요!"

라스콜리니코프는 큰 소리로 외치면서 신사 쪽을 가리켰다. 신사는 이 소리를 듣고 벌컥 화를 내려다가 생각을 고쳐먹은 듯 경멸에 찬 눈길을 이쪽으로 던졌다. 그리고 천천히 열 발짝쯤 걸어가다가 다시 걸음을 멈추었다.

"저 사나이한테야 넘어가지 않게 할 수 있지만……." 경관은 궁리하듯 말했다. "그런데 어디로 데려가야 할지 도무지 알 수 없으니……. 여봐, 아가씨!" 그는 다시 허리를 구부렸다.

소녀는 갑자기 눈을 크게 뜨고 멍하니 바라보았다. 그리고 뭔가 알았다는 듯이 벤치에서 일어나 아까 오던 길로 되돌아가려 했다.

"쳇! 짐승 같은 게 또 사람을 귀찮게 구네!" 소녀는 손을 내저으며 중얼거렸다. 걸음은 제법 빨랐으나 여전히 비틀거렸다. 신사는 그녀에게서 눈을 떼지 않은 채 반대쪽 보도를 걷기 시작했다.

"걱정 마십시오. 내가 지켜줄 테니까요" 하고 콧수염의 경관은 잘라 말하고 두 사람 뒤를 쫓기 시작했다. "정말이지 말이야, 말세……." 그는 거듭 탄식하면서 중얼거렸다.

이 순간 라스콜리니코프는 무언가 가슴을 쿡 찌르는 듯한 충동을 느꼈다. 삽시간에 그의 기분이 바뀌어버렸다.

"여보시오!" 그는 경관을 불렀다. 경관은 이쪽으로 고개를 돌렸다.

"내버려두십시오! 당신이 무슨 상관이 있다고 따라가는 거요? 그냥 내버려두십시오! 저 녀석더러 실컷 재미나 보라고 하시오!" 하고 그는 멋쟁이 사나이를 가리켰다. 경관은 영문을 몰라 눈을 껌벅거리며 그를 바라보았다. 라스콜리니코프는 껄껄 웃었다.

"쳇!" 경관은 한 손을 내젓고 다시 신사와 소녀의 뒤를 쫓아 걷기 시작했다. 그는 라스콜리니코프를 미친 사람—아니, 그보다 더 형편없는 사람으로 보는 모양이었다.

'내 20코페이카를 가지고 가버렸어…….' 홀로 남자 라스콜리니코프는 자조적으로 중얼거렸다. '쳇, 저 녀석한테서 돈을 받으라지! 그리고 소녀를 내주라지……. 그러면 모든 일이 끝나버리는 거야!……. 무엇 때문에 내가 참견했을까? 사람을 구해주다니, 주제넘은 짓이지! 내게 그럴 권리가 있을까? 사람들은 서로 잡아먹으며 살게 마련인데……. 그걸 왜 내가 참견한 것일까? 나와는 전혀 관계없는 일을……. 쓸데없이 20코페이카만 허비했군. 내 돈도 아닌데…….'

입으로는 이처럼 기묘한 말을 하면서도 마음속으로는 무척 착잡한 기분이었다. 그는 텅 빈 벤치에 걸터앉았다. 그의 머릿속은 몹시 혼란해서 무엇을 생각한다는 일이 몹시 괴롭게만 여겨졌다. 가능하면 완전히 의식을 잃고 모든 기억을 잊었다가 다시 정신을 차린 다음 모든 것을 처음부터 새로 생각하고 싶었다.

그는 빈 벤치 한구석을 바라보며 중얼거렸다.

"불쌍한 소녀! 이제 정신이 들면……울고……어머니가 알게 되겠지. 처음에는 손으로 때리다가 나중엔 몽둥이로 때리며 집에서 쫓아내리라……. 내쫓기진 않더라도 머잖아 다리야 프란초브나 같은 포주에게 넘어가 이 골목 저 골목에서 서성거리는 신세가 될 것이다……. 결국은 병원에 가게 되고—이런 일은 어머니 밑에서 얌전히 지내다가 철없이 불장난을 한 여자아이들에게 흔히 있는 일이지—그다음에 갈 곳이란……. 역시 병원이다……. 술이다……. 술집……. 그리고 다시 병원……. 이렇게 3년만 지나면 폐인이 되고 말 테지. 겨우 열아홉 살밖에 안 된 어린 나이에……. 아니, 자칫하면 열여덟 살에 인생을 망쳐버리는 거야……. 그런 여자들은 어쩌다가 그렇게 됐을까? 빌어먹을! 세상 사람들은 그게 당연한 일처럼 이야기하는 판이니……. 해마다 이런 여자들이 그 정도의 비율로 사라져갈 것이라고……. 어디로 사라진다고? 아마 귀신한테라도 잡아먹히는 게지. 다른 여자들이 순결을 지키게 하고 그들에게 방해가 되지 않도록 하기 위해 말이야……. 뭐, 비율이라고? 그럴 듯한 말이로군. 참으로 과학적이며 편안한 말이야. 비율이기 때문에 근심할 필요가 없다는 그런 말이지. 왜냐하면 이게 다른 이야기라면 조금은 마음에 걸릴 테니 말이야……. 하지만 두냐가 이 비율 안에 낀다면? 비율은 아니더라도 다른 비율에?"

'그런데 지금 난 어디로 가는 것일까?' 갑자기 그는 생각을 돌렸다. '분명히 볼일이 있어서 나왔을 텐데? 어머니의 편지를 읽고 나왔으니까……. 가만있자……. 그렇지, 바실리예프스키섬에 있는 라주미힌한테 갈 생각이었지……. 그런데 이상하군……내가 무엇 때문에 그를 찾아가려 했지? 왜 갑자기 라주미힌이 머리에 떠올랐을까? 이상한데…….'

그는 스스로도 이상해서 견딜 수가 없었다. 라주미힌은 그의 대학시절의 오직 하나뿐인 친구였다. 대학에 다닐 때, 이상하게도 라스콜리니코프에게는 친구가 거의 없었다. 그는 모든 사람을 피했고, 누구를 찾아가지도 않았다. 따라서 그를 찾아오는 사람도 없었으며, 그를 가까이하려는 친구도 없었다. 라주미힌도 그의 주소를 알지 못했다. 언젠가 두어 달 전에 한 번 길에서 마주친 적이 있었는데, 그때는 라스콜리니코프가 먼저 얼굴을 돌리고 말았다. 라주미힌도 물론 라스콜리니코프를 보았으나 친구의 기분을 상하게 하지 않으려고 그냥 모르는 척 지나가버렸다.

5

'그렇다, 바로 며칠 전에도 라주미힌을 찾아가려고 생각한 적이 있었지! 가정교사나 무슨 일자리를 하나 부탁하려고…….' 라스콜리니코프는 차츰 생각이 떠올랐다.

'하지만 이제 와서 그 친구가 무얼 할 수 있겠는가? 비록 가정 교사 자리를 찾아준다 한들, 아니, 한술 더 떠서 그의 마지막 1코페이카까지―하긴 그가 돈이 있다는 것을 전제로 한 이야기지만―나를 위해 털어주어 그 돈으로 가정 교사 노릇을 할 수 있도록 구두를 사고 옷을 수선해 입는다 해도……. 흥……. 그다음엔 대체 어떻게 하겠다는 거지? 그런 푼돈으로 대체 무엇을 할 수 있겠어? 지금 내게 필요한 것은 그런 게 아니거든. 정말 어리석은 일이야. 라주미힌한테 가는 건…….'

자기가 무엇 때문에 라주미힌을 찾아가는가 하는 의문에는 그 자신도 뜻밖으로 여겨질 만큼 마음에 걸리는 무엇이 있었다. 그는 불안해서 언뜻 보기에는 평범한 이 행위에서 어떤 불결한 의미를 찾아내려고 애썼다.

"그럼, 나는 라주미힌의 도움을 받아 모든 것을 해결하려 했단 말인가? 라주미힌이 구원의 신이란 말이지?"

그는 어이없는 듯한 얼굴로 중얼거렸다.

그는 손으로 이마를 문지르며 생각했다. 그러자 이상하게도 그의 머릿속에 전혀 예기치 못했던 어떤 기이한 생각이 떠올랐다.

'그렇지…… 라주미힌한테는…….' 그는 문득 자기의 이성을 되찾을 마지막 결론을 내린 듯한 말투로 중얼거렸다. "물론 라주미힌한테 가자. 하지만……. 그 것은 지금이 아니다……. 그에게는……. 그 일이……. 끝난 다음 날 가자. 그래, 그 일이 끝났을 때……. 모든 것을 새로 시작하게 될 때 가기로 하자."

그는 퍼뜩 제정신이 들었다.

'그 일이 끝난 뒤라고?' 그는 벤치에서 벌떡 일어나며 마음속으로 부르짖었다. '하지만……. 그 일을 할 것인가, 정말 할 생각이냐?'

그는 벤치를 떠나 거의 뛰듯이 걷기 시작했다. 아까 온 길로 되돌아가려 했으나 갑자기 견딜 수 없이 집에 가기가 싫어졌다. 그 진저리나는 컴컴한 벽장 같은 방 안에서 한 달 넘게 그 일을 공상해온 것이다. 그는 발길 닿는 대로 걸어갔다.

그의 신경질적인 전율은 열병에라도 걸린 듯 심해지면서 오한까지 일기 시작했다. 이 더위 속에서도 오싹오싹 추웠다. 그는 거의 무의식적으로 모든 것을 눈여겨 바라보기 시작했다. 마치 기분 전환이라도 될 어떤 대상을 찾는 듯이. 그러나 별다른 효과도 없이 그는 점점 더 깊은 생각에 빠져들었다. 그리고 다시 고개를 번쩍 들어 주위를 둘러보았으나 지금 자기가 무슨 생각을 했는지, 어디를 지나고 있는지조차 곧 잊어버리고 말았다. 이런 식으로 그는 바실리예프스키섬을 지나 네바 강가에 이르고, 다리를 건너 군도(群島) 쪽으로 꺾어져 걸어갔다.

푸른 나무와 신선한 공기는 거리의 먼지와 석회, 그리고 사람을 위압하는 듯한 거대한 건물들을 보아온 피로한 눈에 처음 한동안은 아주 상쾌하게 비쳤다. 거기에는 숨막힐 듯한 더위도, 악취도, 싸구려 술집도 없었다. 그러나 이런 쾌적하고 상쾌한 기분도 곧 병적인 초조감으로 바뀌고 말았다. 몇 번이나 그는 우거진 녹음에 둘러싸인, 아름답게 페인트 칠을 한 별장 앞에 멈춰 서서 울타리 안을 들여다보았다. 멀리 발코니며 테라스 위에 있는 화려한 옷을 입은 여자들과 뜰을 뛰어다니는 아이들을 바라보았다. 유난히 그의 흥미를 끈 것은 갖가지 나무와 꽃들이었다. 그는 다른 무엇보다도 그것에 정신이 팔려 오랫동안 바라보고 있었다. 아름답게 꾸민 포장마차와 말을 타고 달리는 남녀들과도 마주쳤다. 그는 호기심에 가득 차서 그들의 뒷모습을 지켜보았으나 그들이 눈앞에서 사라지기도 전에 벌써 모두 잊어버리곤 했다.

그는 걸음을 멈추고 서서 주머니에 남은 돈을 세어보았다. 모두 30코페이카쯤 있었다. '순경에게 20코페이카, 나스타샤에게 우표값으로 3코페이카……. 그러고 보니 어제 마르멜라도프네 집에는 47코페이카 아니면 50코페이카를 놓고 온 셈이군.' 그는 이렇게 계산을 하고 있었지만 시장기를 느꼈다. 그 집으로 들어가 보드카 한 잔을 들이켜고 무엇인가 속을 넣은 만두 한 개를 먹었다. 그러나 그것을 다 먹은 것은 밖으로 나와서였다. 오랫동안 보드카를 입에 대지 않았기 때문에 겨우 한 잔 마셨는데도 다리가 무거워지고 눈까풀이 스르르 감겨왔다. 집으로 돌아가려고 걷기 시작했으나, 페트로브스키섬까지 오자 더 이상 몸을 가눌 수가 없어 길가의 수풀 속에 들어가 쓰러져 잠들어버렸다.

병적인 상태에 있을 때의 꿈이란, 때로 뚜렷한 입체감과 선명함을 지니고 있으며 현실과 기묘한 유사성을 갖는 법이다. 때로는 기괴한 장면이 나타나는 경우도 있지만, 그런 경우에도 장면 배치와 과정 전체가 너무나 현실과 닮아서 예술적으로 충족시키기에 아주 적합하고, 기묘한 기상천외의 상세함을 지니게 마련이다. 이건 비록 푸시킨이나 투르게네프 같은 예술가일지라도 현실에서는 도저히 생각해낼 수 없는 일이다. 그리고 이러한 병적인 꿈은 늘 오래오래 기억 속에 남아 혼란스럽고 흥분한 사람의 뇌리에 강렬한 인상을 주는 것이다.

라스콜리니코프는 무서운 꿈을 꾸었다. 그것은 그가 아직 어렸을 적, 어느 조그만 마을에서 살던 때의 꿈이었다. 그는 일곱 살쯤 된 아이였는데, 어느 축제날 저녁 무렵 아버지와 함께 교외를 거닐고 있었다. 몹시 무덥고 음산한 날씨였으며, 장소는 그의 기억 속에 남아 있는 것과 똑같은 곳이었다. 아니, 오히려 지금 꿈에 나타난 것보다 그 기억이 훨씬 희미했다. 이 마을은 사방이 훤히 트인 벌판의 한복판에 자리잡고 있었으며 근처에는 버드나무 한 그루도 눈에 띄지 않았다. 아득히 멀리 보이는 지평선 부근에 겨우 수풀이 보일 정도였다.

마을 어귀에 있는 채소밭에서 몇 걸음 더 가면 술집이 하나 있었다. 그는 아버지와 함께 이 술집을 지날 때마다 불쾌한 인상이라기보다는 차라리 공포감을 느끼곤 했다. 거기에서는 늘 많은 사람들이 모여 떠들고, 웃고, 욕지거리를 퍼붓고, 쉰 목소리로 음탕한 노래를 부르면서 이따금 싸움질도 했다. 술집 근처에는 언제나 곤드레만드레 취한 무서운 얼굴을 한 사나이들이 우글거리고 있었다. 그런 사람을 만날 때마다 소년은 아버지 곁에 꼭 달라붙어 온몸을 오들오들 떨곤 했다.

술집 옆을 지나는 길은 일년 내내 먼지가 일었고, 먼지 색깔은 늘 시꺼먼 빛이었다. 길은 굽이쳐서 멀리까지 뻗어 있었는데, 3백 걸음쯤 떨어진 곳에서 묘지를 끼고 오른쪽으로 꺾였다. 묘지 한가운데에는 초록색 둥근 지붕을 한 돌로 지은 교회가 서 있었다. 소년은 돌아가신 할머니의 추도 미사를 드리기 위해 부모를 따라 이 교회에 온 적이 두어 번 있었다. 그때마다 부모님은 늘 흰 접시에 성반(聖飯)을 담아 냅킨에 싸서 들고 갔다. 그 성반은 설탕이 섞여 있었으며 쌀밥 위에 건포도로 십자가 모양이 찍혀 있었다. 그는 이 교회와 거기에 모셔놓은 거의 덮개가 없는 낡은 성상과 머리를 바르르 떠는 버릇이 있는 늙은 사제를 좋아했다. 넓적한 묘비가 서 있는 할머니의 무덤 곁에 태어난 지 여섯 달 만에 죽은 동생의 조그만 무덤이 있었다. 그 동생에 대한 기억은 전혀 없었지만 동생이 있었다는 것은 들어서 알고 있었으므로, 그는 이 묘지를 찾을 때마다 이 작은 무덤 앞에서 경건하게 성호를 긋고 머리를 숙여 묘석에 입 맞추었다. 그런데 꿈에서 그는 아버지와 함께 묘지 쪽을 향해 이 길을 걸어가면서 이제 막 술집 옆을 지나고 있었다. 그는 아버지 손을 꼭 붙잡고 겁에 잔뜩 질린 눈으로 술집 쪽을 바라보았다. 그러자 이상한 광경이 그의 주의를 끌었다. 때마침 축제날이었는지 새 옷을 차려입은 읍내의 여자들이며 농부와 그 남편들이 모여 있었다. 그들은 하나같이 술에 취해 노래를 부르고 있었다. 술집 입구 층계 옆에는 이상하게 생긴 짐마차가 한 대 서 있었는데, 그것은 짐이나 술통을 나르는 큼직한 마차였다. 라스콜리니코프는 예전부터 몸집이 크고, 긴 갈기와 굵은 다리를 가진 말이 조금도 피로한 기색을 보이지 않고 산더미 같은 짐을 예사롭게 규칙적인 걸음걸이로 끌고 가는 광경을 보는 것을 좋아했다. 그러나 지금 보이는 짐마차에는 그 커다란 마차에 어울리지 않는 작고 야윈 농사꾼의 말이 매여 있었다. 그는 이런 종류의 말을 많이 보아 잘 알지만, 이런 말은 가끔 장작과 건초를 산더미처럼 싣고 가다가 바퀴가 진흙탕에 빠지거나 하면 금세 가쁜 숨을 몰아쉬며 기진맥진하는 조랑말로, 그럴 적마다 농부에게

콧등과 눈을 회초리로 매섭게 얻어맞는 것이었다. 그는 이런 광경을 볼 때마다 말이 불쌍해서 곧잘 울먹였기 때문에, 어머니가 그를 창가에서 떼어내 다른 데로 데려간 적이 한두 번이 아니었다. 그런데 이때 갑자기 주위가 소란해지면서 술집에서 떠들고 노래부르며 발랄라이카[10]를 울리는, 붉고 푸른 셔츠 위에 외투를 걸쳐입은 곤드레만드레가 된 사나이들이 밀려나왔다. 모두 몸집이 크고 건장한 사나이들이었다.

"자, 타라! 타! 모두들 올라타." 목이 굵직하고 얼굴이 홍당무처럼 붉은 사나이가 소리쳤다. "다들 태워다 줄 테니 모두 타라!"

곧 와자지껄한 웃음소리가 터져나왔다. "그렇게 말라빠진 말이 어떻게 끈담?" "여어, 미코르카, 대체 정신이 있는 거야? 이토록 작은 말에 그렇게 큰 마차를 메우다니!" "이 사람아! 이 얼룩말은 스무 살은 된 할망구 말이야!"

"자, 어서들 타라니까, 태워다 줄 테니." 미코르카는 다시 한 번 외치더니 먼저 마차에 뛰어오르면서 고삐를 잡고 마부석에 우뚝 섰다. "밤색 말은 아까 마트베이가 타고 갔어!" 하고 그는 마차 위에서 소리쳤다. "그런데 요놈의 할망구 말은 애만 먹인단 말이야! 때려죽이고 싶거든! 처먹기만 하는 녀석이니까……. 자, 어서 타라. 달려볼 테니! 마음껏 달리게 해줄게!" 그러면서 그는 채찍을 손에 잡더니 유쾌한 듯이 얼룩말을 내리치려고 몸을 가누었다.

"그럼, 타보자꾸나!" 한 떼의 사람들이 웃으며 몰려들었다.

"달리게 한다니까!"

"달리게 하다니, 10년쯤은 달려본 적이 없어 보이는데!"

"어쨌든 달려보일 테야!"

"사정 볼 것 없네! 자, 모두 채찍을 들고 준비나 하게!"

"그렇고 말고, 후려갈겨라!"

모두 큰 소리로 웃고 익살을 떨면서 미코르카의 마차 위에 올랐다. 여섯 명이나 탔는데도 아직 탈 여유가 있었다. 혈색 좋은 아낙네 하나를 더 태웠다. 붉은 광목 옷을 입고 유리구슬이 달린 두건을 쓰고 발에는 털가죽신을 신은 그녀는 호두를 딱딱 깨물면서 킬킬거렸다. 주위 사람들 역시 웃고 있었다. 어찌

---

10) 기타 모양의 현악기.

우습지 않겠는가. 이처럼 말라비틀어진 할망구 말이 이만큼 무거운 짐을 싣고 달린다니 말이다. 짐마차에 올라탄 두 젊은이는 미코르카에게 합세하려고 곧 채찍을 들었다. "이랴!" 하는 고함 소리에 야윈 말은 있는 힘을 다해 끌려고 했으나, 달리기는커녕 발을 내딛는 것도 뜻대로 되지 않아 비실거리며 걸음을 헛디딜 뿐이었다. 내리치는 채찍에 얻어맞아 신음하며 금방이라도 쓰러질 것만 같았다. 마차 위에서나 구경꾼 속에서는 웃음소리가 더욱 커졌다. 미코르카는 화가 치밀어 정말 말이 달릴 것을 믿고 있기나 한 듯이 점점 더 호되게 채찍질했다.

"여러분, 나도 좀 탑시다!"."타요, 타! 모두 태워줄 테니! 달릴 때까지 때려줄 테다……." 미코르카는 소리쳤다.

그는 말을 때리고 또 때리다가 나중에는 미친 듯이 채찍을 휘둘렀다. 그러다가 채찍 말고 또 무엇으로 때리면 좋을까 궁리하는 듯한 눈치였다.

"아빠, 아빠!" 하고 라스콜리니코프는 아버지를 불렀다. "아빠, 저 사람들 무얼 하고 있는 거야! 왜 가엾은 말을 때리지?"

"어서 집에 가자!" 아버지가 말했다. "술 취한 나쁜 사람들이 장난을 치고 있는 거란다. 자, 저리 가자! 보지 말고……."

아버지는 그를 데리고 그곳을 떠나려 했다. 그러나 그는 아버지의 손에서 빠져나와 저도 모르게 말 있는 쪽으로 달려갔다. 그 불쌍한 말은 이미 지칠 대로 지쳐 헐떡거리며 몇 걸음을 끌다가는 멈추고, 또 끌기 시작하다가는 비틀비틀 쓰러지려 하고 있었다.

"죽을 때까지 때려라!" 미코르카는 몹시 흥분했다. "기왕 시작한 일이니 하는 수 없다. 마음껏 때려라!" 구경꾼 속에서 한 늙은이가 소리쳤다.

"자네는 십자가가 무섭지도 않나? 이 악당 같으니라구!"

"이렇게 늙고 말라비틀어진 말에다 저토록 무거운 짐을 지우다니. 저런 일은 듣지도 보지도 못했네!" 다른 사람이 거들었다.

"저러다가는 죽어버리겠는걸!" 하고 또 한 사람이 따라서 외쳤다.

"잔소리들 마! 이건 내 말이야! 내 것을 내 마음대로 하는데 무슨 참견이야! 자, 어서들 타십쇼. 어서……. 무슨 짓을 해서라도 달려볼 테니까!……."

갑자기 와 하는 웃음소리가 터져나왔다. 빗발치는 채찍질을 견디다 못해 늙은 암말이 뒷발질을 하기 시작한 것이었다. 말리던 늙은이까지도 그만 웃어버리고 말았다. 이 비참한 암말이 아직도 건방지게 뒷발질을 하려 하는 것이다.

구경꾼 가운데 또 두 젊은이가 말을 때리려고 채찍을 들고 양쪽에서 달려들었다.

"콧등을 때려! 눈 위를 때려주라구!" 미코르카가 부르짖었다.

"자, 여러분! 노래를 부릅시다!" 하고 누군가가 마차 위에서 소리를 지르자, 마차를 타고 있던 사람들이 일제히 노래를 부르기 시작했다. 음탕하고 난잡한 노래가 터져나오고 후렴에 휘파람 소리가 장단을 맞추었다. 그 혈색 좋은 아낙네는 호두를 까먹으면서 웃고 있었다.

라스콜리니코프는 말 곁으로 달려갔다. 그러고는 말이 눈을, 바로 눈 위를 정통으로 맞는 것을 보았다. 그는 울었다. 가슴이 떨리고 눈물이 저절로 흘러나왔다. 누군가 휘두르는 채찍이 그의 얼굴을 스쳤으나 그는 그것도 느끼지 못했다. 그는 아까부터 이 사람들을 비난하며 머리를 절레절레 젓는 머리가 하얗게 센 노인에게 바싹 달라붙었다. 한 아낙네가 그의 손을 잡고 억지로 끌어가려 했으나, 그는 그것을 뿌리치고 다시 말 있는 데로 달려갔다. 말은 거의 숨이 끊어질 지경이었으나 여전히 비실비실 뒷발질을 하고 있었다.

"빌어먹을 놈, 이렇게 해 줘야지!" 미코르카는 분통이 터지는지 채찍을 내던져버리고 마차 밑에서 굵은 멍에채를 꺼내어 한 끝을 두 손으로 잡고는 있는 힘을 다해 쳐들었다.

"때려죽일 작정인가!" 주위 사람들이 수군거렸다. "그렇게 때리면 죽고 말아!"

"이건 내 말이야!" 하고 외치면서 미코르카는 멍에채를 내리쳤다. 쿵! 하는 소리가 묵직하게 들려왔다.

"때려라! 때려 ! 왜 꾸물대고 있나!" 구경꾼들은 신이 나서 떠들어댔다. 미코르카는 두 번째로 멍에채를 치켜들었다. 이 두 번째 매가 불행한 말의 잔등에 떨어지자 말은 푹 고꾸라졌다. 그러나 다시 일어서더니 마차를 끌려고 마지막 힘을 다해 버둥거렸다. 그러는 동안에도 채찍은 사정없이 휘몰아쳤고 멍에채는 세 번째로 떨어졌으며, 다시 네 번째 다섯 번째로 잔등 위에 계속 떨어졌다. 미코르카는 단번에 말을 죽여버리지 못하자 미칠 듯이 날뛰었다.

"꽤 끈질긴데!"

"아니지! 이제 곧 쓰러질 테니 두고 보라구!" 구경꾼 가운데 누가 말했다. "차라리 도끼로 찍어버려! 단숨에 해치워버려라!" 다른 한 사람이 외쳤다.

"에이, 시끄러워, 저리 비켜!" 미코르카는 미친 듯이 부르짖으며 멍에채를 내던지더니 마차 밑으로 허리를 굽혀 쇠지렛대를 꺼냈다.

"자, 간다!" 그는 쇠지렛대를 잔뜩 둘러메더니 가엾은 말에게 힘껏 내리쳤다. 쇠지렛대는 쿵! 소리를 내며 떨어졌다. 말은 비실비실 주저앉으며 다시 일어서려 했으나, 쇠지렛대가 다시 힘껏 잔등을 내리치는 바람에 네 다리가 한꺼번에 잘려진 듯 땅바닥에 털썩 주저앉았다.

"아주 죽여버려야지!" 미코르카는 실성한 사람처럼 마차에서 뛰어내렸다. 역시 술이 취하여 얼굴이 시뻘건, 같이 탔던 젊은이들도 손에 잡히는 대로 몽둥이와 채찍을 들고 숨이 넘어가려는 암말을 두들기기 시작했다. 미코르카는 말 곁에 서서 쇠지렛대로 잔등을 후려갈겼다. 드디어 야윈 암말은 목을 길게 빼고 괴로운 듯이 숨을 몰아쉬며 죽어갔다.

"결국 죽여버렸군!" 하고 누가 소리쳤다. "달리지 않으니까 그런 거지."

"이건 내 말이야!" 미코르카는 여전히 쇠몽둥이를 손에 든 채 핏발선 눈으로 고함쳤다. 그는 마치 더 때릴 상대가 없어 분하다는 듯이 버티고 서 있었다.

"정말 자네는 십자가가 무섭지 않은 모양이로군." 이번에는 꽤 많은 사람들이 소리쳤다.

그러나 가엾은 소년은 저도 모르게 외마디 소리를 지르면서 사람들을 헤치고 죽어 넘어진 암말에게로 달려갔다. 그러고는 피투성이가 된 말의 목덜미를 끌어안고 그 눈과 입에 키스를 퍼부었다. 그리고 나서 그는 조그만 주먹을 움켜쥐고 미코르카에게 덤벼들었다. 그러나 그 순간 소년은 아까부터 쫓아다니던 아버지의 손에 붙들려 구경꾼들 밖으로 끌려 나오고 말았다.

"가자, 가자!" 아버지는 소년에게 말했다. "집으로 돌아가자!"

"아빠! 저 사람들이 불쌍한 말을 죽여버렸어!" 하며 그는 울먹였으나 목이 꽉 메어서 말이 제대로 나오지 않았다.

"주정꾼들이 장난을 한 거다. 그까짓 것 상관할 필요 없다! 자, 어서 집으로 가자!" 아버지는 그를 달랬다. 그는 두 팔로 아버지를 끌어안았으나 가슴이 답답해서 견딜 수가 없었다. 그는 숨을 몰아쉬며 무어라 소리치려 했다……. 그때 문득 잠에서 깨어났다.

그는 온몸이 땀에 흠뻑 젖고 머리털이 축축했으며, 숨결은 공포로 헐떡이고 있었다.

"꿈이어서 정말 다행이야!" 그는 나무 밑에 앉아 가쁜 숨을 몰아쉬며 중얼거렸다. "그런데 도대체 어떻게 된 거지? 열병에 걸린 것이 아닐까? 이런 무서운 꿈을 꾸다니!"

그는 얻어맞은 듯이 온몸이 나른했다. 마음도 뒤숭숭해서 갈피를 잡을 수 없었다. 그는 무릎 위에 팔꿈치를 괴고 두 손으로 이마를 받쳤다.

"아, 나는 정말 도끼로 사람의 머리를 내리칠 작정일까? 정말 정수리를 도끼로 쪼개버리려는 것일까?…… 아, 정말 내가 그런 짓을 할 수 있을까?" 이렇게 중얼거리며 그는 온몸을 사시나무처럼 오들오들 떨었다.

"아, 난 도대체 어떻게 된 셈일까!" 그는 다시 벌떡 몸을 일으키며 어떤 놀라움에 맞닥뜨린 사람처럼 혼잣말을 계속했다. "나는 내 손으로 그런 일을 할 수 없다는 것을 너무도 잘 알고 있지 않은가! 그런데도 무엇 때문에 여태까지 그토록 괴로워해온 것일까? 바로 어저께……. 그것을 연습하느라 거기에 찾아갔을 때 나는 분명히 할 수 없다고 깨닫지 않았는가. 그런데 지금 새삼스레 다시 그 생각을 떠올리는 것은 무엇 때문인가……. 어제 그 집 층계를 내려오면서 나 자신에게 말하지 않았던가? 이것은 비열한 짓이며, 추악한 짓이라고. 그리고 지금도 그 일을 생각만 해도 속이 뒤집힐 것 같지 않은가……. 사실 나는 그 일을 할 수 없다! 아무래도 할 수가 없다! 비록 이 모든 계산이 틀림없고, 이 한 달 동안에 결정한 모든 일이 대낮처럼 명백하고 수학처럼 정확하다 할지라도! 아, 나는 아무래도 결행할 수 없다! 아무래도 할 수 없다! 아무래도!……. 그런데 그것 때문에 지금까지 괴로워하고 있다니!"

그는 일어서서 놀란 듯이 주위를 두리번거렸다. 그는 자기가 왜 이런 곳에 와 있는지 새삼 놀랍다는 기색이었다. 이윽고 그는 T다리 쪽으로 걷기 시작했다. 얼굴이 파리하고 눈이 이글거리며 온몸이 나른했지만 어쩐지 기분이 편안해지는 것 같았다. 오랫동안 자기를 누르고 있던 무거운 짐을 내려놓은 듯 마음이 홀가분해졌다.

"하느님 아버지!" 그는 기도를 드렸다. "제 갈 길을 인도해 주시옵소서. 그리하면 저는 이 저주스러운 망상을 버리겠나이다……."

다리를 건너며 그는 차분한 심정으로 네바강을 내려다보며 태양이 지는 모습을 바라보았다. 그는 몸이 극도로 쇠약해졌음에도 조금도 피로를 느끼지 않았다. 마치 그의 가슴속에서 한 달 동안이나 곪아왔던 종기가 한꺼번에 탁 터져버린 기분이었다. 자유, 자유! 지금이야말로 그는 온갖 마술과 유혹과 속삭임으로부터 해방된 것이다.

훗날 그는 이때의 일—이 사흘 동안에 일어난 모든 일—을 1분 1초까지 모조리 생각해내고 어떤 미신과도 같은 사실에 꽤 놀랐다. 사실 그것은 별게 아니었으나 뒤에 올 어떤 운명의 예고처럼 느껴졌던 것이다.

다름이 아니라—그것은 자기가 집으로 돌아오려면 가장 가까운 길로 왔어야 했을 텐데, 무엇 때문에 그처럼 먼 길을 돌아서 왔는지 알 수가 없었다. 하기야 그 길이 그렇게 멀리 도는 것은 아니었지만 역시 도는 길임에는 틀림없었고, 또 볼일도 전혀 없었다. 물론 자기가 어떤 길로 해서 집으로 돌아왔는지 전혀 기억하지 못한다고 해서 놀랄 필요는 하나도 없었다. 그러나 그는 두고두고 왜 그때 그 길로 왔는지 스스로 물어보곤 했다. 어쩌면 그런 중요하고 결정적인, 그러면서도 우연스럽기 짝이 없는 그 센나야 노점 시장에서의 해후가 그의 운명에 결정적이고 최종적인 영향을 끼치게 된 것이 아닐까 하고 생각했다. 마치 거기에서 계획적으로 그를 기다리고 있었다는 듯이!

그가 센나야를 지나간 것은 그럭저럭 9시쯤이었다. 탁자와 쟁반 등을 벌여놓고 팔던 노점 상인들이 저마다 목판을 거두어 손님들과 더불어 집으로 돌아가기 시작할 무렵이었다. 지하실에 자리잡은 음식점 근처와 센나야광장에 늘어선 더러운 집들에서 악취가 풍기고 있었다. 뜰에는 직공들과 너절한 차림의 무리들이 우글거리고 있었는데, 특히 선술집 근처는 더욱 어지러웠다. 라스콜리니코프는 정처없이 거리에 나설 때면 이 일대를 거닐기를 좋아했다. 여기라면 그의 초라한 옷차림도 사람들의 주의를 끌지 않아 마음대로 돌아다닐 수 있었기 때문이었다.

K 뒷골목 한모퉁이에 어떤 부부가 장사하는 점포가 있었는데, 그들은 탁자 위에 실과 수건, 노끈 따위를 늘어놓고 팔았다. 그들도 집에 돌아가려고 물건을 챙기다가 마침 그곳에 들른 어떤 여자와 이야기를 하는 중이었다. 이 여자

가 바로 어제 라스콜리니코프가 시계를 전당잡히며 연습을 하고 온 14등관의 전당포 노파 알료나 이바노브나의 동생으로, 여느 때는 리자베타로 불리는 리자베타 이바노브나였다. 그는 오래전부터 이 리자베타 이바노브나에 대해 훤히 알고 있었고, 여자도 그를 조금 알고 있었다. 리자베타는 멋없이 키가 크고 겁이 많으며 순하기 짝이 없는 서른다섯 살의 노처녀인데, 언니 밑에서 노예처럼 일만 하고 매까지 얻어맞는 백치에 가까운 여자였다. 그녀는 지금 보따리를 하나 들고 어쩔 줄 모르는 표정으로 장사꾼 부부가 하는 말을 열심히 듣고 있었다. 그들은 무엇인가 리자베타를 설득하던 참이었다. 라스콜리니코프는 이 여자를 보자 놀라움 비슷한 어떤 기괴한 감정에 사로잡혔다. 이 해후는 참으로 우연한 것이었으나 그에게는 아주 의미심장한 사건이었다.

"리자베타 이바노브나, 잘 생각해서 결정해요" 하고 장사꾼은 큰 소리로 말했다. "내일 7시에 와요. 그분도 오실 테니까……."

"내일 말이죠?" 하고 리자베타는 아직도 주저하며 물었다.

"저런, 당신은 알료나 이바노브나가 무서워서 그러는 모양이군그래!" 활발한 성격인 장사꾼의 아내가 재빨리 말했다. "당신은 정말 어린아이 같아요! 그 사람은 당신의 친언니도 아닌데 뭘 그러우? 무서워할 것 조금도 없어요."

"그러나 이번 일은 알료나 이바노브나에게 절대로 말하지 말아요" 하고 남편이 거들었다. "내 충고대로 집에는 말하지 말고 내일 나와요. 벌이가 괜찮으니까. 언니도 나중엔 이해할 테지."

"그럼, 가기로 할까요?"

"내일 7시요. 그쪽에서도 사람이 오니까 잘 생각해서 결정해요. 흔치 않은 돈벌이니까."

"사모바르라도 준비해 놓겠어요" 하고 아내가 말했다.

"그럼, 내일 오겠어요" 하고 리자베타는 겨우 결심을 하고 대답했다. 그러고는 천천히 걸어가기 시작했다.

그때 라스콜리니코프는 이미 그들을 지나쳐 있었기 때문에 더 이상의 이야기는 들을 수가 없었다. 그는 그들의 말을 한마디도 놓치지 않으려고 애쓰면서 눈치채지 못하게 그곳을 지나쳤다. 그는 처음에 느낀 놀라움은 점점 공포로 변해갔다. 그는 마치 등에 찬물을 끼얹은 듯이 등줄기에 섬뜩한 전율을 느꼈다.

그는 안 것이다. 우연히 그것을 알아낸 것이다. 즉 내일 밤 7시에 노파의 유일한 동거인인 동생 리자베타가 집을 비운다. 따라서 노파는 내일 밤 7시 정각에 반드시 혼자 집에 있으리라는 것을 그는 안 것이다.

집까지는 몇 걸음 남지 않았다. 그는 사형 선고를 받은 사람처럼 비틀거리면서 자기 방으로 올라갔다. 그는 아무것도 생각하지 않았다. 생각할 수도 없고 의지도 없다는 것, 그리고 어쩔 수 없이 모든 일이 이미 결정지어졌다는 것을 절실히 느꼈다.

말할 것도 없이 그가 앞으로 몇 년 동안 이 계획을 실행에 옮길 기회를 기다린다 할지라도 이보다 더 좋은 기회란 찾을 수 없을 것이다. 이번처럼 확실하고 우연한 기회는 그렇게 쉽사리 찾아오는 법이 아니다. 그리고 계획의 첫걸음을 내딛는 데 이처럼 확실한 순간을 포착하기란 아주 힘든 법이다. 어쨌든 계획을 실천하는 바로 그 전날 밤에, 위험을 무릅쓰고 숨거나 탐색하지 않고 내일 그 시각에 노파가 혼자 있으리라는 것을 알아내기란 매우 어려운 일이 아닐 수 없었다.

6

그 뒤 우연히 라스콜리니코프는 그 장사꾼 부부가 왜 리자베타를 집으로 불렀는지 알게 되었다. 그것은 아주 흔한 용무로 특별한 일은 아니었다. 즉 다른 마을에서 이사 와서 살기가 궁핍해진 어떤 사람이 가구와 옷과 그 밖의 온갖 부인용 물건들을 팔게 되었는데, 시장에 내다팔면 밑지게 생겼기에 그것을 대신 팔아줄 여자를 찾고 있었던 것이다. 리자베타는 그런 데에 아주 적격이었다. 그녀는 수고료를 조금만 받고도 아주 정직하고 알맞게 일을 처리해주기 때문에 단골손님이 많았다. 그리고 말수가 적고 온순하며 겁 많은 여자라 사람들의 신용이 두터웠다.

라스콜리니코프는 요즘 좀 미신을 믿는 편이었다. 이 미신적인 흔적은 그 뒤에도 오랫동안 지워지지 않고 그의 마음속에 남아 있었다. 그래서 이번 사건에서도 물론, 뒷날 불가사의한 신비로움을 느꼈다. 그리고 어떤 특수한 작용과 온갖 우연의 일치가 존재한다고 생각했다. 바로 지난 겨울의 일이었다. 친구인 표코료프라는 대학생이 하리코프로 떠날 때, 무슨 말끝엔가 혹시 전당 잡힐 일이 생기거든 찾아가라고 알료나 이바노브나의 주소를 알려주었다. 하지만 그 때는 가정 교사 자리도 있어 그럭저럭 살아가고 있었기 때문에 오랫동안 그는 돈놀이꾼 노파를 잊고 있었다. 그런데 달포쯤 전에 어떻게 해서 주소가 생각났 다. 그에게는 전당 잡힐 물건이 두 개 있었는데, 하나는 아버지가 물려주신 은 시계이고, 또 하나는 헤어질 때 누이동생이 기념으로 준 붉은 보석이 세 개 박 혀 있는 조그만 금반지였다. 그는 반지를 가져가기로 마음먹었다. 노파의 집을 찾아가 처음으로 그 노파를 보았을 때, 그는 노파에 대해 아무것도 몰랐으나 그녀에 대해 참을 수 없는 혐오감을 느꼈다. 그는 지폐 두 장을 받아들고 돌아 오는 길에 어느 싸구려 음식점에 들렀다. 그는 차를 주문하고 앉아서 깊은 생 각에 잠겼다. 그러자 어떤 기괴한 공상이 마치 알에서 병아리가 깨어나오듯 그 의 마음속에 떠올라 대번에 그를 사로잡고 말았다. 바로 옆의 작은 탁자에는 전혀 본 적이 없는 대학생과 젊은 장교가 자리잡고 앉아 있었다. 그들은 당구 를 치고 나서 막 차를 마시러 온 길이었다. 그때 대학생이 젊은 장교에게 14등 관의 과부인 돈놀이꾼 노파 알료나 이바노브나의 이야기를 하면서 그 주소를 가르쳐 주는 소리가 들려왔다. 이 사실은 라스콜리니코프에게 어딘가 이상하 게 여겨졌다. 지금 막 거기서 오는 길인데, 여기에서도 그 노파의 이야기를 하 고 있다니! 물론 이것은 우연한 일이었다. 그러나 지금 그에게는 이것이 하나의 뜻깊은 암시처럼 여겨졌다. 대학생은 친구인 장교에게 노파에 대해 자세한 이 야기를 하기 시작했다.

"참 대단한 노파야." 그는 말했다. "그 노파에게 가면 언제라도 돈을 빌릴 수 있다네. 1루블짜리 물건도 받아주지, 내 친구들은 거의 다 그 노파 집에 드나 든다네. 그런데 지독한 노파야……."

그리고 대학생은 그 노파가 얼마나 심술궂고 변덕스러운지를 말하기 시작 했다. 기한이 하루만 지나도 물건을 처분하는 게 보통이고, 이자는 한 달에 5 부 내지 7부씩 받는 데다, 물건의 반값도 안 되는 돈으로 전당을 잡는다는 등 의 이야기였다. 대학생은 한바탕 지껄이고 나서 노파에게 리자베타라는 동생 이 있는데, 그 사나운 노파는 늘 동생을 때리며, 다섯 자 여섯 치나 되는 리자 베타를 갓난아이처럼 완전히 노예 취급하고 있다는 말을 했다.

"이것도 유례없는 이야기 아닌가!" 대학생은 큰 소리로 외치고 껄껄 웃었다.

그런 다음 그들은 리자베타 이야기를 다시 하기 시작했다. 이야기하면서도 대학생은 무슨 기분 좋은 일이 있는지 줄곧 싱글벙글 웃고 있었다. 장교도 흥미 있게 듣고 있다가 자기도 수선할 속옷을 갖고 있으니 리자베타를 좀 보내달라고 부탁했다. 라스콜리니코프는 그들의 대화를 한마디도 놓치지 않고 낱낱이 들었고, 또 모든 것을 이해했다. 리자베타는 노파의 동생이며 나이는 서른다섯 살이라는 것, 리자베타는 노파를 위해 밤낮으로 일하는데 집에서는 세탁부와 식모 노릇을 하고 밖에서는 남의 집 마루를 닦아주거나 삯바느질해서 번 돈을 모조리 노파의 허락없이는 결코 받지 못한다는 것, 노파는 이미 유언장까지 준비하고 있는데 거기에 보면 리자베타에게는 낡은 가구 외에는 한푼도 주지 않기로 되어 있다는 것, 리자베타도 이런 사실을 잘 알고 있다는 것, 노파는 돈을 모두 N현에 있는 어느 수도원에 자신이 죽은 뒤 추도비로 기부하게 되어 있다는 것, 그리고 리자베타는 상인의 딸로서 아주 못생긴 데다 멋없이 키가 크고 구부정한 다리에 늘 찌그러진 염소가죽 구두를 신고 있으나 몸치장은 꽤 산뜻하게 하고 있다는 것, 그러나 대학생이 놀라워하며 웃는 것은 리자베타가 늘 임신하고 있다는 사실이었다.

"하지만 이 사람아, 자네는 그 여자가 아주 못생겼다고 하지 않았나!" 장교가 말을 가로챘다.

"그야 그렇지. 피부가 어찌나 검은지 마치 변장한 군인 같은 여자라네. 하지만 그렇게 박색은 아니야. 눈과 얼굴이 한없이 착하고 부드러워 보이거든. 그 증거로 모든 사람들이 이 여자를 좋아한다네. 말이 없고 순해 빠져서 누가 뭐라고 해도 결코 거역하는 법이 없으니까. 게다가 웃는 얼굴도 보기에 괜찮지."

"자네도 마음에 드는 모양이군?" 장교는 웃기 시작했다.

"그거야 아무려면 어떤가? 아니, 그보다 자네에게 할 이야기가 있네. 나는 그 송충이 같은 할멈을 죽여버리고 돈을 모조리 빼앗는다 하더라도 절대로 양심의 가책을 받지 않으리라고 생각하네" 하고 대학생은 열을 내어 말했다.

장교는 다시 큰 소리로 웃었다. 라스콜리니코프는 흠칫했다. 일이 정말 묘하게 들어맞았다.

"나는 자네에게 진지한 문제를 제공할까 하네." 대학생은 점점 더 열을 올렸다. "지금 내가 한 말은 물론 농담이지. 그러나 자, 보게. 여기에 무의미하고 무가치한, 그리고 모든 사람에게 해가 되는 병든 노파가 있네. 뿐만 아니라 아무 짝에도 쓸모가 없으며 자기 자신도 왜 살아가는지 알지 못하는 다 늙어빠진 노파 말일세, 알겠나?"

"음, 알겠네." 열띤 목소리로 말하는 친구를 골똘히 바라보며 장교가 대답했다.

"그런데 또 한편에, 돈이 없어서 괜스레 좌절하고 마는 젊고 신선한 힘이 있네. 이건 어디를 가나 있지. 그런데 수도원에 기부하기로 한 노파의 돈만 가지면 부활하고 재생할 수 있는 백 가지 천 가지의 훌륭한 계획과 사업이 있네! 또는 그 돈만 가지면 몇백 몇천 명의 생활이 올바르게 영위될 수도 있을 테지! 또 몇십 개의 가정이 궁핍과 파멸과 타락과 화류병으로부터 구원받을지도 모르네!…… 이런 일은 모두 노파의 돈만 가지면 할 수 있는 문제 아닌가? 그 할멈을 죽여서 돈을 빼앗는다면—이건 물론 그 돈을 온 인류의 복지와 공공사업에 바친다는 조건 아래에서 하는 말일세—자네는 어떻게 생각하나? 하나의 사소한 범죄가 몇천 명에 대한 선행으로 보답될 순 없을까? 하나의 생명을 희생하여 몇천 몇만의 생명이 부패와 타락으로부터 구원받는다……. 이건 간단한 셈법 아닌가? 자네는 그 비열하고 간악한 폐병쟁이 노파의 생명이 인류 전체의 생명에 비해 얼마만한 가치가 있다고 생각하는가! 벌레와 마찬가지인 노파의 생명 아닌가! 아니, 오히려 벌레만도 못하지. 노파 쪽이 훨씬 더 해로우니까……. 그 할멈은 다른 사람의 생명을 좀먹고 있어! 요전에도 홧김에 리자베타의 손가락을 물어뜯어 하마터면 끊어질 뻔했지."

"물론 그런 존재는 살아 있을 가치가 없어." 장교가 말했다. "그러나 거기에는 자연의 법칙이라는 것도 있으니까……."

"아니, 여보게. 비록 그것이 자연이라 해도 인간은 그것을 수정하고 올바르게 지도해야 하지 않겠나? 그렇지 않다면 이 세상에 위대한 인물은 한 사람도 나오지 못했을 걸세. 세상 사람들은 흔히 '의무다, 양심이다' 하고 말하지. 물론 나는 이 의무나 양심에 대하여 왈가왈부할 생각은 없네. 그렇지만 우리는 의무나 양심을 어떻게 해석한다고 생각하나? 잠깐만, 자네에게 내가 또 한 가지 질문을 하겠네."

"아니, 이번엔 내가 한 가지 질문해도 좋겠나?"

"해보게!"

"자네는 지금 열변을 토했지만, 좀 더 구체적으로 말해 보게. 자네는 자기 손으로 노파를 죽일 셈인가?"

"그야 물론 아니지. 다만 난 정의를 위해서 부르짖는 것일세!"

"그러나 내가 보기엔 자신이 그것을 결행하지 않는다면 정의고 뭐고 다 없지 않은가? 자, 가서 당구나 한 게임 더 치세!"

라스콜리니코프는 야릇한 흥분에 휩싸였다. 물론 이것은 형식이나 제목이 다르긴 하지만, 자기도 몇십 번이나 자문해본, 아주 젊은이다운 평범한 의견이며 문제였다. 그러나 그의 머릿속에 이와 똑같은 생각이 일어난 이때, 어째서 그들의 이런 대화를 듣게 된 것일까? 왜 그 대학생은 자기가 생각한 것과 똑같은 이야기를 했을까?……. 그는 이러한 우연의 일치가 몹시 이상하게 느껴졌다. 이 싸구려 음식점에서의 이야기는 사건의 발전에 가장 커다란 영향을 주고 있었다. 마치 그 대화 속에 일종의 숙명, 일종의 계시라도 숨어있는 듯이……

센나야에서 돌아온 그는 긴 의자에 몸을 던지고 한 시간 가까이 손가락 하나 까딱하지 않고 있었다. 그러는 동안 날이 어두워졌다. 그의 방에는 초도 없지만 아예 불을 켤 생각도 않고 있었다. 그는 지금 자기가 무엇을 생각하고 있는지 알 수가 없었다. 이윽고 그는 아까처럼 오한과 열을 느꼈다. 그러나 이번에는 긴 의자에 누울 수 있다는 게 여간 다행이 아니었다. 곧 납덩이처럼 무거운 졸음이 짓누르듯 그를 덮쳐왔다.

그는 여느 때와 같이 꿈도 꾸지 않고 오랫동안 깊이 잠들었다. 이튿날 아침 10시에 그의 방에 들어온 나스타샤는 그를 간신히 흔들어 깨웠다. 차와 빵을 가져온 것이었다. 차는 역시 여러 번 우려낸 것으로 나스타샤 자신의 찻잔에 담겨 있었다.

"잘도 주무시는군!" 그녀는 못마땅한 듯이 소리쳤다. "항상 잠만 잔다니까!"

그는 겨우 몸을 일으켰다. 머리가 몹시 아팠다. 그는 일어나려 했으나 몸만 한 번 뒤척였을 뿐 다시 긴 의자 위에 쓰러지고 말았다. "또 자는 거예요?" 나스타샤가 소리쳤다. "어디 아프세요?"

그는 아무 대답도 하지 않았다.

"차 안 마셔요?"

“나중에⋯⋯”라스콜리니코프는 눈을 감고 벽 쪽으로 돌아누우며 간신히 대답했다. 나스타샤는 잠시 그를 내려다보고 서 있었다.

“정말 어디 아프신가 봐.” 말하고는 그녀는 몸을 돌려 밖으로 나가버렸다.

그녀는 다시 2시쯤에 수프를 가지고 들어왔다. 그는 여전히 그렇게 누워있었다. 차에는 손도 대지 않은 채였다. 나스타샤는 심통이 나서 그를 마구 흔들어 깨웠다.

“도대체 왜 잠만 자는 거예요!” 그녀는 그를 노려보며 소리쳤다. 그는 일어나 앉았지만 한마디도 하지 않고 마룻바닥만 내려다보았다.

“어디 아파요?” 나스타샤가 다시 다그쳐 물었으나 그는 여전히 아무 대답도 없었다.

“밖에 나가 바람이나 좀 쐬는 게 어때요?” 그녀는 잠시 뒤에 또 말했다. “뭣좀 안 드시겠어요?”

“나중에⋯⋯.” 그는 힘없이 말했다. “그만 나가줘!” 그는 간신히 손을 내저었다.

나스타샤는 잠시 그대로 서서 딱한 듯이 바라보고 있다가 나가버렸다. 몇 분 뒤 그는 눈을 들어 물끄러미 차와 수프를 바라보았다. 이윽고 빵을 들고 스푼으로 수프를 떠먹기 시작했다.

식욕이 있을 리 없었으나 그는 기계적으로 두세 숟가락 떠서 먹었다. 두통은 좀 가라앉았다. 식사를 마치고 나서 긴 의자 위에 누웠으나 더 이상 잠이 오지 않아 얼굴을 베개에 묻은 채 꼼짝도 하지 않고 엎드려 있었다. 그에게는 계속 환상이 떠올랐다. 모두 기묘한 환상들이었다. 가장 두드러진 것은 자신이 아프리카나 이집트의 오아시스 비슷한 곳에 가 있는 환상이었다. 대상(隊商)들은 쉬고 있고 낙타들은 엎드려 있다. 야자나무가 무성한 장소에서 모두 식사를 하고 있었다. 그는 옆에서 졸졸 흐르는 시냇물에 입을 대고 한참 동안 꿀꺽꿀꺽 물을 마셨다. 속이 후련해지는 시원한 물맛⋯⋯. 이상할 만큼 푸르고 차가운 물은 여러 모양의 돌멩이와 금빛으로 반짝이는 모래 위를 흘러갔다⋯⋯. 그때 갑자기 시계 종소리가 똑똑히 들려왔다.

그는 문득 제정신이 들었다. 머리를 들어 창 밖을 바라보면서 지금 몇 시나 되었을까 생각했다. 그러자 정신이 완전히 들어 그는 갑자기 벌떡 일어났다. 마치 누가 그를 긴 의자에서 퉁겨내기라도 한 듯이. 그리고 발 끝으로 살금살금 걸어가 층계 아래쪽에 귀를 기울였다. 심장이 무섭게 두근거렸다. 그러나 층계는 죽은 듯이 고요했다……. 그는 이제까지 내내 생각만 하고 아무런 준비도 하지 않은 것이 몹시 이상하게 느껴졌다……. 아마 지금 친 시계 종소리는 6시를 가리키는 것인지도 모르겠다……. 그러자 당치도 않은, 마치 열병 환자와도 같은 야릇한 초조함과 활동성이, 졸음과 무기력을 대신하여 그를 엄습해왔다. 준비라야 대수로운 것은 아니었다. 그는 모든 일에 실수가 없도록 사소한 점까지도 자세히 생각해 두었다. 그러나 심장이 몹시 두근거려 숨이 막혔다. 먼저 올가미를 만들어 외투 속에 꿰매달아야 한다……. 이것은 1분이면 충분히 할 수 있는 일이었다. 그는 베개 밑에 손을 넣어 그 안에 있는 빨랫감 가운데 가장 더럽고 낡은 셔츠 하나를 골라냈다. 거기에서 너비 31.5센티미터, 길이 36센티미터 되는 헝겊을 찢어내어 두 겹으로 포개서는 입고 있는 두꺼운 여름 외투—그의 유일한 외투—를 벗어 그 안쪽 왼편에 양 끝을 꿰매기 시작했다. 그의 손은 꿰매는 동안 후들후들 떨렸으나 억지로 참고 일했다. 그리하여 다시 외투를 입었을 때 겉에서는 그 올가미가 보이지 않았다. 바늘과 실은 이미 오래전에 준비해 종이에 싸서 서랍 속에 넣어 두었다. 올가미는 그의 독특한 고안품으로 도끼를 위한 것이었다. 도끼를 손에 들고 다닐 수는 없는 일이거니와 외투 속에 감춘다 하더라도 역시 손으로 누르고 있어야만 한다. 그렇지 않으면 남의 눈에 띄기 쉽다. 그런데 이 올가미에 도끼를 끼우면 도끼는 왼쪽 겨드랑이에 안전하게 걸려 있게 된다. 그리고 왼손을 주머니에 넣어 도끼가 흔들리지 않게 자루 끝을 누르고 있을 수도 있다. 외투가 자루처럼 헐렁헐렁하기 때문에 주머니 안에서 무엇을 누르고 있는지 겉으로 보아서는 모를 것이다. 이 올가미 또한 2주일 전에 고안한 것이었다.

이 일이 끝나자 그는 터키식 긴 의자와 마루청 사이의 조그만 틈새에 손가락을 넣어 역시 전부터 준비해두었던 전당물을 꺼냈다. 그러나 이 전당 잡힐 물건은 진짜가 아니라, 그저 은담뱃갑이라고 여길 정도의 나뭇조각에 불과했다. 이 나뭇조각은 그가 어느 뒷골목에 있는 공사장에서 우연히 주운 것이었다. 여기에다 그는 또한 길에서 주운 매끈한 쇳조각을 그럴 듯하게 붙였다. 쇳조각이 나뭇조각보다 작았지만, 그는 상관하지 않고 이것들을 십자가 모양으로 단단하게 묶었다. 그리고 흰 종이로 여러 번 싸서 풀기 힘들게 만들었다. 그 것은 노파가 매듭을 풀기 시작할 때 잠시나마 노파의 주의를 그쪽으로 기울어 지게 해서 결정적인 기회를 노리려는 의도에서였다. 그리고 쇳조각을 붙인 것은 노파가 처음부터 그것이 나뭇조각이라는 사실을 눈치채지 못하도록 무게를 더하기 위함이었다. 이렇게 그는 모든 것을 준비해두었던 것이다. 그가 막 전당 잡힐 물건을 꺼냈을 때 뒤뜰 어디선가 갑자기 외치는 목소리가 들려왔다.

"6시가 지난 지 언제인데⋯⋯."

"벌써? 이거 야단났군!"

그는 문 쪽으로 다가가 잠시 살펴본 다음 모자를 움켜쥔 채 고양이처럼 발소리를 죽여가며 열세 단의 층계를 내려가기 시작했다. 가장 중요한 일, 즉 부엌에서 도끼를 훔쳐내는 일이 아직 남아 있었다. 그는 전부터 도끼를 사용하기로 결심하고 있었다. 그에게는 접을 수 있는 정원용 칼이 하나 있었는데, 이 칼로는 아무래도 자신이 없어 결국 도끼로 정한 것이다.

여기서 한 가지 지적해야 될 사실은, 이 사건을 통해서 그가 내린 모든 결정에는 하나의 공통된 특성이 있다는 것이다. 그의 결심은 묘한 특징을 가지고 있어서 결심이 확고해지면 확고해질수록 그에게는 점점 더 추악하고 불합리한 것으로만 생각되었다. 이렇게 한없이 괴로운 내적 투쟁을 되풀이하면서도 그는 단 한순간이나마 자기의 계획이 실현 가능한 것이라는 확신을 가질 수가 없었다. 그래서 모든 것이 마지막 단계까지 분석이 끝나고 모든 결정이 철저히 검토되어 더 이상 염두에 두어야 할 것이 없다 하더라도 그는 모든 계획을 추악하고 우열한 실현성 없는 계획으로 돌려버렸을 것이다. 그러나 아직 해결되지 않은 일과 의혹은 얼마든지 남아 있었다. 도끼를 어디서 구하느냐 하는 문제는 중요한 일이었지만 그는 전혀 걱정하지 않았다. 왜냐하면 나스타샤는 곧잘 집을 비우고 특히 저녁때는 시장에 가거나 이웃집에 놀러가곤 하는데, 그때마다 문은 언제나 열려 있었다. 이 일로 해서 안주인은 그녀와 늘 다투었다. 그러니까 때를 보아 부엌에서 슬쩍 도끼를 집어내왔다가 한 시간쯤 뒤에 다시 제자리에 살며시 갖다놓으면 그만이었다. 그러나 전혀 걱정이 안 되는 바도 아니었다. 그가 한 시간 뒤에 도끼를 가져다둔다고 가정하고, 만일 그때 나스타샤가 부엌에 들어와 있다면? 그때는 물론 시치미를 뚝 떼고 그냥 지나쳤다가 그녀가 다시 부엌에서 나가기만을 기다려야 한다. 그러나 그동안 도끼가 없어진 것을 발견하고 여기저기 찾느라 수선을 피우면 그때는 혐의를 받게 될 뿐만 아니라 수사의 단서를 주고 마는 것이다.

그러나 그것은 아주 사소한 일이다. 그는 이런 것은 생각해보려고도 하지 않았고, 또 그럴 여유도 없었다. 그는 긴요한 점만 생각하고 그 밖의 사소한 점에 대해서는 모두 확신을 얻게 될 때까지 미루고 있었다. 그러나 그 확신을 얻기란 거의 불가능한 일처럼 여겨졌다. 적어도 그는 그렇게 생각했다. 즉 자기가 정말 도끼를 들고 노파를 찾아가리라고는 상상할 수도 없었다……. 어제의 예행 연습 때만 해도 그는 단지 그렇게 해본 것이지 정말로 죽일 생각을 한 것은 아니었다. 말하자면 '어쨌든 가보기나 하자. 밤낮 공상만 해봐야 아무 소용 없으니까!' 이런 기분이었던 것이다. 그러나 그때 자기가 그것을 결행할 수 없다는 것을 느꼈기 때문에 그는 자기 행동에 증오를 퍼부으며 그곳을 떠난 것이 아닌가?

하기야 이 문제의 도덕적 해결이라는 점에 대해서는 벌써 모든 검토가 끝난 듯이 보였다. 그의 결론은 칼날처럼 뚜렷해서 자기 자신으로서는 이미 의식적인 논박을 하지 않고 있었다. 그러나 막다른 경우에 이르면 그는 왜 그런지 자기의 결론이 믿어지지 않아 여기저기로 반박할 논리를 찾는 것이었다. 그러나 뜻밖에도 이 마지막 순간에 모든 것이 기계적으로 결정되고 말았다. 마치 어떤 초인간적인 힘이 그를 맹목적으로 끌고 들어가는 것 같이, 그리고 마치 그의 옷자락이 커다란 기계 바퀴에 휘말려 들어가는 것 같이…….

처음에는—이미 오래전 일이지만—하나의 의문이 그의 마음을 지배하고 있었다. 어째서 모든 범죄는 그렇게 쉽게 발견되어 진상이 드러나는 것일까? 어째서 많은 범죄자의 흔적이 그처럼 뚜렷하게 남는 것일까? 그리하여 그는 가지각색의 흥미 있는 결론에 이르렀다. 그 첫 번째 결론은 이렇다. 즉 범죄가 드러나는 가장 중요한 원인은 감쪽같이 흔적을 숨길 수 없어서가 아니다. 범죄자 자신의 심리적 갈등 때문이다. 다시 말해서 모든 범죄자는 범행 순간에 의지와 이성을 잃을 뿐 아니라, 그것이 가장 필요한 순간조차도 어린아이처럼 이상하게 경솔한 짓을 저지르기 때문이다. 그가 확신하는 바에 따르면 이성이 흐려지고 의지가 마비되는 상태는 병균처럼 사람에게 달려들어 점점 퍼져서 마침내 범행 직전에 이르면 그 극도에 달한다. 그리고 그 상태가 범행 순간까지, 사람에 따라서는 범행 뒤까지도 얼마간 이어진다. 그러나 마침내는 병이 낫듯이 그런 상태도 씻은 듯 사라져버리고 만다. 여기서 한 가지 문제되는 것은, 병이 범죄를 낳는가 아니면 범죄 자체가 병에 유사한 요소를 늘 내포하고 있는가 하는 점이었다. 그러나 이 문제는 그도 아직 해결하지 못하고 있었다.

이러한 결론에 이르자, 그는 자기 자신을 이렇게 단정했다. 이번 일을 통해 자기에게 병적인 변화는 결코 일어나지 않으리라. 그 일을 실행하는 동안 이성과 의지도 틀림없이 잘 유지될 것이다. 그것은 자기가 계획한 일이 결코 범죄가 아니라는 이유에서이다. 그러나 여기서는 그러한 결론에 도달한 과정은 생략하기로 하자. 그러잖아도 우리는 지금 자꾸 앞지르고 있으니까……. 다만 여기서 한마디 덧붙여두고 싶은 것은, 이 일에 따르는 실제의 물질적 곤란은 그의 머릿속에서 2차적인 역할밖에 하고 있지 않았다는 점이다. '자신의 이성과 의지를 그대로 간직하고만 있으면 이만한 곤란쯤은 세부적인 일의 진전을 검토해가는 동안 자연히 정복할 수가 있으리라…….' 그러나 일은 좀처럼 시작될 것 같지 않았다. 그는 자기의 마지막 결심을 신뢰하지 못했기 때문에, 막상 시간이 되자 그만 얼떨떨해져서 어쩐지 모든 것이 현실이 아닌 것처럼 느껴졌다.

그런데 한 가지 사소한 일이 미처 층계를 다 내려가기도 전에 그를 당황하게 만들었다. 언제나와 같이 활짝 열려 있는 부엌 앞에 이르자 그는 슬쩍 곁눈질을 해서 나스타샤가 그 안에 있는가, 혹은 나스타샤가 아니고 안주인이라도 있지 않은가, 다행히 거기 없더라도 그가 도끼를 집으러 들어갔을 때 엿보지나 않을까 하고 주의 깊게 안주인의 방을 살펴볼 필요가 있었다. 그런데 놀랍게도 나스타샤는 부엌에 있을 뿐 아니라 통에서 빨래를 꺼내 줄에 너는 일을 하고 있었다. 그러다가 그를 발견하자 이내 다 지나칠 때까지 바라보는 것이었다. 그는 모르는 체 지나갔다. 아, 모든 것이 다 틀렸다……. 도끼를 구할 수가 없다. 그는 뒤통수를 한 대 얻어맞은 것 같은 기분에 사로잡혔다.

'어째서 나는 반드시 그럴 것이라고 예측했을까?' 문 쪽으로 내려가면서 그는 생각했다. '왜 나스타샤가 지금 부엌에 없으리라고 단정했을까? 왜 나는 그렇게 생각했을까?' 그는 구둣발에 짓밟힌 듯한 기분이 들었다. 그는 자기 자신을 비웃고 싶었다. 마치 야수와도 같은 거센 분노가 그를 휩싸안았다.

그는 곰곰이 생각하며 문 앞에서 걸음을 멈추었다. 이제 와서 산책하러 밖으로 나갈 기분도 아니었고 더구나 다시 방으로 올라가고 싶지도 않았다.

"아, 모처럼 좋은 기회를 영 놓치고 말았구나!" 그는 혼자 중얼거리며 멍하니 서 있었다. 그가 서 있는 맞은 쪽은 문지기 방이었다. 그때…… 갑자기 몸이 부르르 떨려오는 것을 느꼈다. 두어 걸음 떨어진 문지기 방의 의자 오른쪽 밑에서 무언가 번쩍 눈에 띄는 것이 있었다……. 그는 주위를 둘러보았다. 아무도 보는 사람이 없었다. 그는 발 끝으로 가만가만 다가가 작은 목소리로 문지기를 불렀다.

'역시 아무도 없다! 그러나 문이 열려 있는 것으로 보아 뜰이나 어디 이 근처에 있음이 분명하다!' 그는 와락 도끼에 달려들었다. 그 번쩍이는 물건은 도끼였다. 그리고 의자 밑 장작개비 틈에 있는 그것을 들어 외투의 올가미에 걸고 두 손을 주머니에 넣은 채 거기서 나왔다. 아무도 본 사람은 없었다.

'이성이 시키는 일이 아니라 이건 악마의 짓이다!' 그는 기묘한 미소를 지으며 생각했다. 그러자 이 일이 그에게 용기를 주었다.

그는 어떤 혐의도 받지 않도록 조용히 점잖은 태도로 걸어갔다. 지나가는 사람들을 보려고도 하지 않았고, 또 상대방의 눈에도 띄지 않도록 조심했다. 그러다가 문득 모자가 생각났다. '잘못했다! 사흘 전부터 돈이 있었는데도 나는 학생모 살 것을 깜빡 잊어버렸군!' 저주스러운 말이 가슴속에서 튀어나왔다. 그는 얼핏 어느 상점 안을 들여다보고 가게 기둥에 걸린 시계가 벌써 7시 10분을 가리키고 있음을 알았다. '급히 서둘러야 한다. 밖으로부터 돌아서 그 집에 들어가야 할 테니까……'

전에 어쩌다 이 계획이 머리에 떠오를 때 그는 막상 닥치고 보면 반드시 주저하게 되리라고 생각했었다. 그러나 지금 그다지 망설이거나 공포를 느끼지는 않았다. 그리고 지금 그의 머릿속을 사로잡고 있는 생각은 이 일과는 아무 상관도 없는 전혀 다른 것들이었다. 그러나 그것도 잠시 동안이었다. 그는 유포프 공원을 지날 때, 모든 광장에 높은 분수를 만들어 놓으면 얼마나 공기가 시원해질까 하는 생각에 몰두할 정도였다. 그리고 그는 다시 여름 공원을 마르조보 평원 일대에 확장해서 미하일로브스키 궁전과 합친다면 그야말로 시(市)의 미관을 위해 더없이 좋은 일이라는 생각이 떠올랐다. 그러자 갑자기 새로운 문제가 그의 흥미를 끌었다. 대부분 대도시의 사람들은 반드시 필요에 쫓겨서만이 아니더라도 공원이나 분수도 없고 더럽고 악취가 나며 모든 죄악의 소굴인 뒷골목에서 살려는 경향이 있는데, 그 원인은 과연 무엇일까? 그러나 그는 자기가 즐겨 센나야를 거닐던 생각을 하고 정신이 들었다. "쓸데없는 생각이다!" 그는 중얼거렸다.

'아니, 아무것도 생각하지 않는 편이 차라리 나을 거야!'

'아마도 사형장으로 끌려가는 사람은 이렇듯 도중에서 만나는 모든 것에 마음이 끌리는 모양이다!' 이런 생각들이 문득 그의 머리를 스치고 지나갔다. 그러나 그것은 번개처럼 스쳐갔을 뿐이어서 그는 곧 이 생각을 지워버렸다…….
그러는 사이 어느새 그 집 가까이에 와 있었다. 드디어 문 앞에 이르렀다. 어디선가 시계가 한 번 쳤다.

'벌써 7시 30분인가! 그럴 리 없어! 분명 더 빠른 시계일 거야!' 다행히 문도 무사히 통과했다. 마침 건초를 잔뜩 실은 마차가 문 앞에 서 있어서 그가 문옆을 지날 때 그를 가려주었다. 그리고 마차가 안뜰로 들어설 때 그는 슬쩍 오른쪽으로 몸을 숨겼다. 마차 저쪽에서 몇 사람이 떠들고 있었지만, 아무도 그를 보지는 못했다. 이 네모난 안뜰 위에는 수많은 창문이 있었으므로 그는 감히 고개를 들어 위를 쳐다볼 용기가 나지 않았다. 노파방으로 통하는 층계는 바로 오른쪽에 있었다. 그는 벌써 층계 아래까지 와 있었다……. 두근거리는 가슴을 한 손으로 누르며 다시 한 번 도끼를 집어 위치를 바로잡고 나서 그는 조심스레 귀 기울이며 조용히 층계를 올라갔다. 층계는 텅 비었고 문이란 문은 모두 닫혀 있어서 도중에 그 누구도 만나지 않았다. 다만 2층에 빈 방이 하나 있고 칠장이들이 문을 활짝 열어젖힌 채 칠을 하고 있었으나, 그들은 층계 쪽에 신경 쓸 겨를이 없었다. 그는 걸음을 멈추고 잠시 생각한 다음 다시 앞으로 나아갔다. '물론 저 사람들이 없으면 더욱 좋겠지만……. 그보다도 아직 위로 두 층이 남아 있으니까…….'

그러는 동안 어느새 4층에 다다랐다. 문이 보였다. 노파의 맞은쪽 방이다. 그 방도 비어 있었다. 3층 노파의 방 아래 있는 방도 비어 있는 모양이었다. 문에 붙여놓았던 명함을 떼어낸 것을 보면 이사 간 것임에 틀림없다!……. 그는 숨이 가빴다.

'그냥 이대로 돌아가버릴까?' 하는 생각이 순간 스쳐갔다. 그러나 그는 거기에 반응하지 않고 노파 방으로부터의 기척에 귀 기울이기 시작했다. 죽은 듯이 조용할 뿐이다. 그는 다시 층계 아래쪽을 오랫동안 주의 깊게 살폈다. 그리고 마지막으로 주위를 둘러보고 마음을 가다듬으며 올가미에 건 도끼를 다시 한 번 만져보았다.

'내 얼굴이 너무 눈에 띄게 핼쑥해 보이지 않을까? 몹시 흥분해 있는 것은 아닐까? 본래 이 할멈은 의심이 많으니까! 좀 더 기다리는 게 좋지 않을까? 떨리는 가슴이 좀 가라앉을 때까지······.'

그러나 떨리는 가슴은 좀처럼 진정되지 않았다. 진정되기는커녕 오히려 점점 더 커다랗게 쿵쿵대기 시작했다······. 그는 더 견디지 못하고 천천히 손을 뻗쳐 초인종을 울렸다. 한 30초쯤 뒤에 다시 한 번 울렸다. 이번에는 조금 세게. 그러나 대답이 없었다. 이제 한 번 더 울려봐야 소용이 없으리라는 생각이 들었다. 물론 노파는 집에 있었으나 지독히 의심이 많은 데다 지금은 혼자 있다. 그도 조금은 노파의 버릇을 알고 있었다······. 그래서 다시 한 번 귀를 문 가까이에 댔다. 그의 청각이 예민해져 있었기 때문인지 아니면 정말로 잘 들렸는지, 어쨌든 그는 안쪽에서 자물쇠 손잡이를 조심스럽게 만지는 소리와 옷자락이 스치는 소리를 들을 수 있었다. 그가 이쪽에서 하고 있는 것과 같이 누군가가 안에서도 숨을 죽이고 이쪽의 동정을 살피고 있는 모양이었다······.

그는 숨듯이 보이지 않으려고 짐짓 몸을 움직이며 뭐라고 큰 소리로 중얼거렸다. 그리고 세 번째 초인종을 울렸다. 초조한 기색은 조금도 나타내지 않았다. 뒷날 그는 이 일을 떠올릴 때마다, 이 순간이 생생하게 마음속에 살아나곤 했다. 그것은 영원히 그의 기억 속에 새겨져 있었다. 사실 사고력이 흐려져 자신의 존재조차 의식하지 못한 그 순간에 어디서 그만한 지혜가 나왔는지 도무지 이해할 수가 없었다······. 이윽고 빗장을 여는 소리가 들렸다.

7

지난번처럼 문이 빼꼼히 열리며 날카롭고 못미더워하는 눈이 어둠 속에서 그를 쏘아보았다. 순간 라스콜리니코프는 너무나 당황하여 그만 큰 잘못을 저지를 뻔했다.

그는 밖에 사람이 하나도 없어 노파가 겁을 먹거나 또는 자기 모습이 노파의 의심을 살 것이라고 여겨 문에 손을 대자 노파가 닫아버리지 못하도록 재빨리 잡아당겼다. 이에 노파는 문을 다시 잡아당기려고 하지는 않았지만 손잡이를 꼭 잡고 있었기 때문에 층계 앞까지 끌려나오고 말았다. 그러자 노파는 문을 가로막고 서서 그를 들여보내지 않으려고 했다. 그는 노파에게 똑바로 다가갔다. 노파는 놀라서 뒷걸음질치며 뭐라고 말을 할 듯 하다가 그를 뚫어지게 쳐다보았다.

"안녕하시오, 알료나 이바노브나?" 그는 되도록 태연하게 말하려 했으나 목소리가 떨려서 자연히 더듬거리게 되었다. "난 전당물을 잡히려고 왔습니다만……. 저기 밝은 데로 좀 갑시다……."

그는 노파를 그냥 남겨두고 허락도 없이 곧장 방 안으로 들어갔다. 노파가 뒤쫓아 들어오며 묻기 시작했다.

"이봐요, 대체 무슨 일이오?……. 당신은 누구요? 무슨 일로 왔소?"

"무슨 말씀이시죠, 알료나 이바노브나? 잘 아시지 않습니까? 라스콜리니코프입니다……. 일전에 약속한 전당물을 가지고 왔습니다……."

그는 담뱃갑을 노파에게 내놓았다.

노파는 힐끗 전당물을 바라보더니 이내 이 불청객의 눈을 쏘아보았다. 그것은 무엇을 캐내려는 듯한 의심에 가득 찬 눈초리였다. 그렇게 1분쯤 지났을까. 노파의 눈에 모든 것을 알아낸 듯한 조소의 빛이 번뜩인 것 같았다. 그는 자기가 몹시 당황하고 있음을 깨닫자 갑자기 두려워졌다. 만일 노파가 30초만 더 노려보았다면 그는 제풀에 줄행랑을 쳤을 것이다.

"왜 그렇게 쳐다보십니까? 전혀 낯모르는 사람처럼……." 그는 갑자기 불쾌한 듯한 얼굴로 말했다. "마음에 드시면 받아주시고 그렇지 않으면 다른 데로 가보겠습니다. 바쁘니까요."

이런 말을 할 생각은 아니었는데 무심결에 입 밖으로 나오고 말았다. 노파는 제정신을 차렸다.

손님의 의연한 말투가 노파를 적잖이 안심시킨 모양이었다. "너무 갑자기 찾아와서……. 그런데 이건 뭐요?"

노파는 전당물을 가리켰다.

"은담뱃갑입니다. 전번에 말한⋯⋯." 노파는 손을 내밀었다.

"그런데 얼굴빛이 왜 그리 좋지 않소? 게다가 손까지 떨리고⋯⋯. 감기라도 들었소?"

"열이 좀 있어서요⋯⋯." 그는 더듬더듬 말했다. "그러니 창백해 보일 수밖에요⋯⋯. 아무것도 먹지 못했거든요." 그는 간신히 덧붙였다. 다시금 온몸에서 힘이 빠져나가는 것 같았다. 그러나 손님의 이러한 태도는 그 말이 진정이라는 느낌을 주었다. 노파는 물건을 집어들었다.

"이게 뭐요?" 다시 한 번 라스콜리니코프를 쳐다보고 한 손으로 전당물의 무게를 감지해 보면서 노파는 물었다.

"별로 대단치 않은 겁니다⋯⋯. 담뱃갑이지요⋯⋯. 은으로 만든⋯⋯. 펴보십시오."

"어쩐지 은 같지 않은데⋯⋯. 지독하게도 꽁꽁 묶었구려."

노파는 끈을 풀려고 애쓰면서 밝은 창문 쪽을 향해 돌아섰다―이 무더운 날씨에도 창문은 모두 닫혀 있었다. 잠시 동안 노파는 그렇게 그를 등지고 서 있었다. 그는 외투 단추를 끌러 올가미에서 도끼를 벗겼으나 아직 꺼내지는 않고 그냥 외투 속에서 잡고 있었다. 그의 손은 갑자기 맥이 풀리고 매순간마다 뻣뻣하게 굳어지는 것 같았다. 혹시 도끼를 꺼내다가 놓치지나 않을까 더럭 겁이 났다⋯⋯. 문득 그는 아찔하는 현기증을 느꼈다.

"왜 이리 꽁꽁 묶어놨담!" 노파는 신경질적인 목소리로 말하고 그가 있는 쪽으로 몸을 조금 움직였다.

잠깐의 여유도 놓칠 수 없었다. 그는 도끼를 쑥 빼들고 아무런 의식도 없이 두 손을 치켜들었다. 그리고 별 힘도 안 들이고 기계적으로 노파의 머리를 향해 내리쳤다. 이때 힘이라곤 전혀 없는 듯했으나 일단 도끼를 내리치려하자 갑자기 그는 힘이 솟구쳤다.

노파는 언제나처럼 맨머리였다. 흰 머리카락이 섞인 갈색 머리털은 여느 때와 같이 진득진득 기름이 발라져 쥐꼬리처럼 땋아져서 빗에 감겨 뒤통수에 곤두서 있었다. 도끼는 바로 정수리 한복판에 맞았다. 그것은 노파의 키가 작은 탓이기도 했다. 노파는 순간 악 하고 외쳤으나 몹시 가느다란 목소리였다. 그리고 반사적으로 두 손을 머리 위로 가져갔지만 그대로 비실비실 마루 위에 주저앉았다. 한 손에는 여전히 전당물을 쥔 채였다. 그는 있는 힘을 다해 다시 도끼 등으로 정수리를 두어 번 내리쳤다. 물이 담긴 컵을 엎어놓은 듯 피가 솟구쳐 나왔다. 그리고 몸은 뒤로 벌렁 나자빠졌다. 그는 물러서서 노파의 몸을 젖히 고 들여다보았다. 노파는 죽어 있었다. 눈은 금방 튀어나올 듯이 무섭게 일그 러져 있었다.

그는 도끼를 시체 옆에 내려놓고 흐르는 피에 닿지 않도록 주의하면서 노 파의 주머니에 손을 넣었다. 지난번에 열쇠를 꺼냈던 바로 그 오른쪽 주머니였 다. 그동안 그는 완전히 이성을 되찾고 현기증도 느끼지 않았으나 손만은 여전 히 떨리고 있었다. 그는 뒷날 그때 자기가 몹시 주의 깊고 세심했으며, 몸에 피 를 묻히지 않으려고 신경 썼던 것을 기억해냈다. 곧 열쇠를 꺼냈다. 지난번처럼 모두 쇠고리에 묶여 있었다. 그는 열쇠꾸러미를 들고 곧 침실로 뛰어갔다. 그 방은 아주 작은 방으로 성상을 모신 커다란 상자가 있고 반대편 벽면에는 큼 직한 침대가 하나 놓여 있었다. 그 침대 위에는 비단을 씌운 솜이불이 놓여 있 었다. 다른쪽 벽에는 장롱이 있었다. 그는 곧 열쇠를 장롱 열쇠구멍에 넣고 돌 렸으나 그 찰그락거리는 소리 때문에 온몸에 경련이 나는 듯했다. 그는 또다시 모든 것을 팽개치고 달아나버리고 싶은 충동을 느꼈다. 그러나 그러한 충동은 한순간에 그쳤다. 달아나기에는 이미 때가 늦은 것이다. 그러자 혹시 노파가 죽지 않고 살아 있어서 다시 깨어날지도 모른다는 생각이 퍼뜩 떠올랐다. 그 는 자신을 조롱하듯 히죽 웃었으나, 다음 순간 열쇠와 장롱을 그대로 둔 채 다 시 시체 쪽으로 달려갔다. 그는 도끼를 치켜들었으나 내리치지는 않았다. 틀림 없이 노파는 죽어 있었다. 더 가까이 다가가서 허리를 굽혀보니 두개골이 부서 져서 옆으로 찌그러져 있는 모양이 똑똑히 보였다. 그는 손가락으로 그것을 만 져보려다가 그만두었다. 그러는 사이에도 피는 계속 흘러나와 커다란 웅덩이를 이루고 있었다. 그는 문득 노파의 목에 끈이 달려 있는 것을 발견하고 잡아당 겼으나 좀처럼 끊어지지 않았다. 게다가 끈에는 피가 끈적끈적하게 묻어 있었 다. 그는 다시 도끼를 들고 끈을 찍으려다가 그만두고 잠시 망설이다가 도끼와 손에 피를 묻히면서 톱질하듯 간단히 끈을 끊었다. 과연 그의 추측은 적중했 다. 그것은 돈주머니였다. 끈에는 나무와 구리로 만든 십자가 두 개와 에나멜 로 만든 성상이 달려 있었다. 그리고 이 물건들과 함께 강철고리가 달린 때문은 조그만 양가죽 지갑이 매달려 있었다. 지갑은 두둑했다. 라스콜리니코프는 자세히 보지도 않고 그것을 주머니에 집어넣은 다음, 십자가는 노파의 가슴에 내던지고 도끼를 들고 다시 침실로 들어갔다.

그는 서둘러 열쇠를 쥐고 자물쇠 구멍에 넣었다. 그러나 어찌 된 일인지 자물쇠는 열리지 않았다. 열쇠가 구멍에 맞지 않았던 것이다. 손이 그다지 떨리지 않았는데도 자꾸 어긋나기만 했다. 열쇠가 맞지 않는 것을 보면서도 그는 계속 틀어넣고 있었다. 그러다가 문득 끝이 톱니처럼 된 열쇠는 장롱 것이 아니라 트렁크 열쇠가 분명하다는 생각이 들었다. 그 트렁크 안에 모든 것이 들어 있음에 틀림없었다. 그는 장롱을 버려두고 침대 밑으로 기어들어갔다. 늙은이들이 대개 트렁크를 침대 밑에 두는 것을 알고 있었기 때문이다. 과연 거기에는 길이가 1아르신[11]이 넘는 붉은 양가죽의 커다란 트렁크가 하나 있었다. 그 트렁크에는 불룩한 뚜껑이 달려 있고, 강철못이 여러 개 박혀 있었다. 톱니처럼 생긴 열쇠는 그 트렁크 뚜껑에 꼭 맞아 이내 뚜껑이 열렸다. 맨 위에는, 흰 천 밑에 빨간색 안을 댄 토끼가죽 외투가 들어 있었다. 그 밑에는 비단옷이며 목도리 그리고 남루하기 짝이 없는 헌옷들이 있었다. 그는 피가 엉겨붙은 손을 토끼가죽 외투와 빨간 목도리에 닦으려 했다. '빨간색에는 핏자국이 나타나지 않겠지.' 생각했으나 그는 곧 정신을 차렸다. '아, 난 미친 것이 아닐까?' 그는 놀라서 이렇게 생각했다.

그런데 그가 너저분한 헌옷가지를 조금 헤치자 별안간 외투 밑에서 금시계가 튀어나왔다. 그는 또 뒤지기 시작했다. 헌옷들 사이에는 그야말로 갖가지 금붙이가 섞여 있었다. 아마 모두 날짜가 지나거나 아직 덜 된 전당물들이리라. 대개 팔찌, 시곗줄, 귀걸이 같은 것들이었다. 어떤 것은 주머니에, 또 어떤 것은 신문지에 모두 꼼꼼하게 싸여 있었다. 그는 조금도 망설이지 않고 포장을 끌러 보지도 않은 채 그것들을 바지와 외투주머니 속에 집어넣기 시작했다. 그러나 많이 집어넣을 여유는 없었다……. 갑자기 노파가 쓰러져 있는 방에서 사람 발자국 소리가 들려왔기 때문이었다.

그는 동작을 멈추고 숨을 죽였다. 주위는 여전히 고요했다. 아마 잘못 들었

---

11) 1아르신은 1.7미터.

는지 모를 일이다. 그러나 그때 실낱 같은 외침이 들려왔다. 그 소리는 신음소리로 변하더니 이내 다시 잠잠해졌다. 1분쯤 다시 정적이 이어졌다. 그는 트렁크 옆에 쭈그리고 앉아 기다리고 있었다. 그러다가 갑자기 벌떡 일어나서 도끼를 들고는 후닥닥 튀어나갔다.

방 한가운데 리자베타가 두 손에 커다란 보따리를 든 채 넋이 빠져 언니의 시체를 바라보고 있었다. 얼굴이 하얗게 질리고 소리 지를 기력조차 없어 보였다. 갑자기 튀어나온 그를 보자 리자베타는 오들오들 떨기 시작했다. 가느다란 경련이 얼굴을 스쳐갔다. 그리고 한 손을 들어 얼굴을 가리면서 무어라고 소리치려 했으나 한마디도 말이 나오지는 않았다. 그러고 나서 한 걸음 한 걸음 뒷걸음질치며 벽 쪽으로 물러났으나 역시 한마디도 하지 못했다. 그는 도끼를 들고 덤벼들었다. 그러자 그녀의 입술이 가련하게 일그러졌다. 그것은 마치 어린 아이가 무엇에 놀랐을 때, 자기를 놀라게 한 대상을 바라보면서 금방 울음을 터뜨리려는 모습과도 같았다. 더욱이 이 불쌍한 여자는 너무나 마음이 착해서 학대만 받고 살아왔기 때문에 감히 손을 들어 막으려고 하지 못했다. 지금 도끼가 자기 머리 위에 올려졌으니까 그렇게 하는 것이 가장 자연스런 동작이었음에도 불구하고……. 그녀는 오른손을 조금 들었으나 그것도 얼굴보다 훨씬 아래쪽이었다. 그리고 그를 밀어내려는 듯이 느릿느릿 손을 앞으로 뻗쳤다. 그러나 도끼날은 바로 정수리에 맞아 단숨에 이마를 거의 관자놀이 근처까지 쪼개버렸다. 라스콜리니코프는 정신없이 그녀의 보따리를 집어들다가 다시 팽개치고는 입구 쪽으로 뛰어갔다.

그는 점점 공포에 사로잡혔다. 더구나 예상치 못한 두 번째 범행 뒤엔 더 심했다. 그는 빨리 이곳에서 도망치고 싶었다. 만약 그가 이 순간을 정확히 판단할 수 있는 상태에 있었더라면, 즉 자기가 지금 처해 있는 모든 곤란과 절망, 그리고 모든 추악하고 비열한 점을 생각할 수도 있고, 또한 여기서 집까지 가는 동안 얼마만큼 난처한 일을 겪어야 하며 상황에 따라서는 더 나쁜 짓을 하게 될 수도 있다는 사실에 생각이 미쳤더라면, 그는 당장에 모든 것을 내던지고 곧바로 자수하러 갔을 것이다. 비단 자기의 공포 때문만이 아니라 자신의 행동에 대한 공포 때문에……. 자기의 행위에 대한 공포와 혐오감이 점점 더 그를 사로잡았다. 지금은 어떤 경우가 생기더라도 트렁크를 뒤지기는커녕 다시 그 방에 돌아가지도 못할 것 같았다.

그러나 일종의 방심 상태랄까, 명상이랄까 하는 것이 차츰 그를 점령하기 시작했다. 중요한 일이 얼마든지 있었음에도 때때로 그는 정신을 잃고 아주 사소한 일에 집착하곤 했다. 그러나 부엌을 들여다보고 의자 위에 물이 반쯤 들어 있는 양동이를 보자 그는 갑자기 손과 도끼를 씻을 생각이 들었다. 그의 손은 피투성이가 되어 끈적거리고 있었다. 그는 도낏날을 첨벙 물속에 집어넣고 창턱 위에 놓인 깨진 접시에서 비눗조각을 가져다가 양동이에 있는 물에 손을 씻기 시작했다. 손을 다 씻자 도끼를 물속에서 건져내어 우선 도끼날을 씻은 다음, 한 3분쯤 비눗칠을 해가며 도낏자루를 씻은 뒤 부엌에 널어놓은 빨래로 깨끗이 닦고 창가로 다가가서는 오랫동안 주의 깊게 살펴보았다. 자루는 아직 젖은 채로였지만 핏자국은 남아 있지 않았다. 그는 조심스럽게 다시 올가미에 걸었다. 그리고 어둑어둑한 부엌에 서서 구두와 바지와 외투를 최대한 꼼꼼히 살펴보았다. 겉으로 얼핏 보면 아무것도 눈에 띄지 않았다. 다만 구두에 얼룩진 곳이 있어서 걸레로 닦아냈다. 그러나 그는 자기에겐 잘 보이지 않는 것도 다른 사람 눈에는 금방 띈다는 사실을 잘 알고 있었다. 그는 생각에 잠겨 망연히 방 한복판에 서 있었다. 괴롭고 착잡한 생각이 가슴속에서 일기 시작했다. 그것은 자기가 지금 미쳐가고 있기 때문에 상황을 정확히 판단하지 못하고 있다는 생각이었다. 그는 자기를 방어할 수도 없고, 따라서 불필요한 행동만 하고 있는 것인지도 몰랐다.

'아, 큰일이다. 어서 도망쳐야 한다. 어서 도망쳐야지!' 뇌까리며 그는 문 앞으로 달려갔다. 그러나 그곳에는 그가 아직 한 번도 체험하지 못한 또 다른 공포가 그를 기다리고 있었다……

그는 멍청히 선 채 자기 눈을 의심하였다. 조금 전에 그가 초인종을 울리고 들어온 그 입구의 층계로 통하는 문이 지금은 활짝 열려 있지 않은가! 지금까지 빗장도 지르지 않고 있었다니! 아마 노파가 만일을 염려해서 닫지 않았을지도 모른다. 그러나 그는 리자베타가 방 안에 들어온 것을 보지 않았던가? 그런데도 그녀가 어디로 들어왔는지 미처 깨닫지 못하고 있었단 말인가! 벽을 뚫고 들어왔을 리는 만무한데……

그는 문으로 달려가 빗장을 질렀다.

'아니, 그보다도 난 달아나야 한다! 달아나야 한다……'

그는 빗장을 뽑고 문을 연 뒤 층계 아래쪽을 살피기 시작했다.

그는 한동안 귀를 기울이고 있었다. 저 아래쪽 어디에서 두 사람이 큰 소리로 욕지거리를 하며 다투는 소리가 들렸다. '뭘 하고 있는 걸까?' 그는 참고 기다렸다. 이윽고 모든 것이 잠잠해졌다. 아마 다 가버린 모양이었다. 그가 막 그곳을 나서려 할 때, 이번에는 바로 아래층에서 층계로 향한 문이 열리며 누군가 층계를 내려가는 소리가 들렸다. '왜 이렇게 사람들이 북적댈까?' 하는 생각이 그의 머릿속을 지나갔다. 그는 손을 뒤로 하여 문을 닫고 다시 기다리기 시작했다. 어느덧 조용해지고 인기척 하나 들리지 않았다. 그는 층계로 한 걸음 내디뎠다. 그러자 다시 새로운 발소리가 들려왔다.

이번 발소리는 아주 멀어 층계 맨 아래층에서 들려왔지만, 왜 그런지 그는 그 발소리를 듣자 틀림없이 여기 4층 노파의 방으로 올라오는 사람이라고 생각했다. 왜 그렇게 느꼈을까? 그 발소리에 그럴 만한 무슨 특징이라도 있었을까? 그것은 무겁지만 여유있게 걷는 정확한 발소리였다. 아, 벌써 그 발소리는 2층을 지나쳤다. 그리고 또 이쪽으로 온다! 그는 문득 자기가 화석이 된 것처럼 느껴졌다. 그것은 마치 꿈속에서 누군가 자기를 해치려고 다가오는데 정작 본인은 뿌리가 박힌 듯이 손가락 하나 움직이지 못할 때와 같은 안타까운 심정이었다.

드디어 손님이 4층으로 올라오기 시작하자 그는 비로소 온몸을 부르르 떨며 살며시 방으로 들어가 손을 뒤로 하여 문을 닫았다. 그리고 빗장을 잡아서 소리 나지 않게 살그머니 고리에 걸었다. 본능적으로 그렇게 한 것이었다. 그런 다음 그는 숨을 죽이고 문 바로 옆에 몸을 붙였다. 밖의 사나이는 벌써 문 앞에 와 있었다. 그들은 서로 문을 가운데 두고 마주보고 서 있는 셈이었다. 마치 아까 그와 노파가 그렇게 했던 것처럼…….

손님은 몇 번이나 힘겹게 숨을 몰아쉬었다. '뚱뚱한 사람이 틀림없다!' 라스콜리니코프는 도끼를 고쳐 쥐며 생각했다. 사실 모든 일이 꿈속 같았다. 사나이는 초인종을 잡고 세 번 흔들었다.

함석으로 만든 그 초인종 소리가 나자, 그는 문득 방 안에서 누가 움직이는 것 같은 기척을 느꼈다. 몇 초 동안 그는 열심히 귀를 기울였다. 밖의 손님은 다시 초인종을 울리고 잠시 기다리더니 이번에는 힘껏 손잡이를 잡아당기기 시작했다. 라스콜리니코프는 구멍 속에서 덜그럭거리는 빗장대를 보면서 이제 빗장이 벗겨지지나 않을까 하는 염려에 휩싸였다. 사실 꼭 빗장이 벗겨질 것만 같았다. 사나이는 그만큼 힘껏 손잡이를 잡아당기고 있었다. 그는 손을 뻗쳐 빗장을 잡을까도 생각했으나 그렇게 하면 밖의 사나이가 여기에 사람이 있다는 것을 곧 눈치챌 것 같아서 그만두었다. 그는 어쩔 줄을 몰랐다. 다시 현기증이 일어났다. '나는 이제 쓰러질지도 모르겠다!' 하는 생각이 순간 스쳐갔으나, 바깥의 사나이가 뭐라고 중얼거리는 소리에 곧 제정신으로 돌아왔다.

"아니 이게 어찌 된 일이람! 정신없이 자고 있나, 아니면 죽었나?" 그는 통 속에서 울려나오는 듯한 목소리로 떠들었다. "알료나 이바노브나, 이 마귀 할멈! 리자베타 이바노브나, 이 절세의 미인! 어서 문을 열지 못하겠소? 이거 정말 잠들었나?"

그리고 그는 화가 나서 열 번 가까이 줄을 흔들었다. 아마 노파의 단골손님인 모양이었다.

이때 또다시 빠른 걸음으로 올라오는 다른 발소리가 들렸다. 또 누가 온 것이다. 라스콜리니코프는 처음에 이 소리는 듣지 못했다.

"아니, 아무도 없습니까?" 나중에 온 사나이가 먼젓번 사나이에게 쾌활한 목소리로 물었다.

"안녕하시오? 코흐 씨!"

'목소리로 보아 젊은 사람 같군.'

문득 라스콜리니코프는 그런 생각을 했다.

"글쎄, 어찌 된 일인지 모르겠군요. 그래서 막 자물쇠를 부숴버리려던 참이오." 코흐라고 불린 사나이가 대답했다.

"그런데 댁은 어떻게 날 아시우?"

"아니, 엊그제 함브리누스에서 나하고 당구를 쳐서 당신이 세 판이나 지지 않았소?"

"참, 그렇지!"

"그런데 아무도 없소? 이상한데……. 대체 그 할멈이 어딜 간 거지……. 큰일 났군! 급한 볼일이 있어서 왔는데……."

"나도 마찬가지요."

"하지만 도리없지, 돌아갈 수밖에……. 그것 참, 급히 돈 쓸 일이 있는데……." 젊은 사나이가 중얼거렸다.

"물론 돌아가야지요. 그런데 뭣 때문에 시간까지 정했을까? 빌어먹을, 할멈이 제멋대로 시간을 정해놓고 헛걸음치게 만드는군!……. 대체 어디 싸돌아다닐 데가 있는지 모르겠어! 정말 모를 일인데? 온종일 틀어박혀 있기만 하던 할망구가 갑자기 산책을 나갔을 리도 없고!"

"문지기한테 물어보는 게 어떨까요?"

"뭘 말이오?"

"어디로 갔는지……. 그리고 언제쯤 돌아오는지."

"음……. 문지기한테나 물어볼까?……. 도대체 어디 나갈 사람이 아닌데……." 그는 다시 한 번 손잡이를 잡아당겼다. "젠장! 하는 수 없군……. 자, 갑시다!"

"아니! 잠깐만!" 갑자기 나중에 온 사나이가 소리쳤다. "보시오! 잡아당기면 문이 혼자서 움직이잖습니까!"

"그건 그렇군요."

"이걸 보면 문에 자물쇠가 채워진 게 아니라 빗장이 질려 있는 겁니다. 좀 들어보십시오. 빗장 소리가 나지 않는가……."

"그래서요?"

"아직도 이해가 안 갑니까? 두 사람 중 누군가는 방 안에 있는 겁니다. 만일 두 사람이 다 나갔다면 밖에서 열쇠를 잠글 테니까 빗장을 지를 수가 없지요. 그런데 이렇게……. 들리지요, 빗장 소리가? 안에서 빗장을 지른 걸 보면 안에 누가 있는 게 틀림없소. 아시겠습니까? 방 안에 있으면서도 열어주지 않는 겁니다."

"정말 그렇군!" 놀랍다는 듯 코흐가 소리쳤다. "그럼, 왜 열어주지 않을까?" 하고 그는 문을 잡아당기기 시작했다.

"잠깐!" 젊은 사나이가 제지했다. "잡아당기지 마십시오! 아마 무슨 일이 일어난 모양입니다. 그렇지 않고서야 그렇게 초인종을 울렸는데도 들리지 않을 리 있겠습니까? 둘이 모두 기절했든지 그렇지 않으면……."

"그렇지 않으면?"

"아무튼 문지기를 불러옵시다. 문지기한테 열게 합시다."

"그게 좋겠군요!"

두 사람은 내려가려고 했다.

"아니! 당신은 여기 계십시오. 문지기는 내가 가서 데려올 테니……."

"그건 왜요?"

"무슨 일이 일어날지 모르잖습니까?"

"옳거니!"

"지금 나는 예심 판사가 될 준비를 하고 있답니다! 이건 확실히 이 안에서 무슨 심상찮은 일이 생긴 겁니다."

젊은 사나이는 그렇게 말하고 빠른 걸음으로 층계를 달려내려갔다.

코흐는 혼자 있게 되자 한 번 더 줄을 흔들었다. 초인종이 한 번 울렸다. 그는 무엇을 조사하기라도 하듯 이번에는 손잡이를 가만히 돌려보았다. 과연 빗장만 걸려 있는지를 확인하려고 손잡이를 당겼다 놓았다 하면서……. 그러고 나서 그는 숨을 죽이고 허리를 굽혀 열쇠구멍으로 들여다보았다. 그러나 안으로 열쇠가 끼워져 있어서 아무것도 볼 수가 없었다.

라스콜리니코프는 우뚝 선 채로 도낏자루를 거머쥐고 있었다. 그는 악몽이라도 꾸는 것 같았다. 만약 그들이 들어오면 할 수 없이 그들과 격투를 벌일 각오를 하고 있었다. 이들이 문밖에서 이야기를 주고받는 동안 그는 몇 번이나 고함을 지르고 싶은 충동을 느꼈다. 그들이 문을 부술 때까지 실컷 그들을 놀려주고도 싶었다. '이미 이렇게 된 바에야 한시바삐 결말을 지어버리자!' 하는 생각에 사로잡혔다. "이 망할 놈이……."

시간은 자꾸 지나갔다. 1분, 2분……. 아무도 오지 않았다. 코흐는 답답한 듯이 몸을 움직이기 시작했다.

"젠장!" 그렇게 내뱉고는 장화 소리를 내며 그는 층계 아래로 내려갔다. 좀이 쑤셔서 더 이상 참고 기다릴 수가 없는 모양이었다.

'아, 이제 어떻게 할 것인가?'

라스콜리니코프는 빗장을 빼고 문을 살며시 열었다. 아무 소리도 들리지 않았다. 그는 될 대로 되라는 심정으로 문을 꼭 닫고 아래로 내려가기 시작했다.

그가 이미 층계를 서너 단 내려갔을 때 갑자기 아래층에서 떠드는 소리가 들려왔다. 어디에 숨어야 하나? 아무데도 숨을 곳이라곤 없었다. 그는 다시 노파 방으로 되돌아가려고 했다.

"이 염병할 자식, 잠시 기다려!" 이때 갑자기 이런 목소리가 들리며 누가 아랫방에서 나와 달려간다기보다 오히려 구르듯 아래층으로 뛰어내려가는 소리가 들렸다. 목이 터져라 외치면서…….

"미치카! 미치카! 미치카! 미치카! 이놈의 자식, 죽여버릴 테다!"

외치는 소리가 차츰 작아지더니 이내 집 밖으로 멀어졌다. 다시 주위가 고요해졌다. 그러자 바로 다음 순간 몇몇 사람이 큰 소리로 떠들면서 층계를 올라오기 시작했다. 한 서너 명 되는 것 같았다. 그중에서 그는 아까 그 젊은이의 쩡쩡 울리는 목소리를 알아들을 수 있었다.

'그 패들이다!'

그는 완전히 절망적인 기분으로 그들을 향해서 나아갔다. 될 대로 되라! 만약 불러세우면 끝장이다. 얼굴이 알려지고 마니까. 그들은 점점 가까이 올라왔다. 이제 겨우 층계 하나가 남아있을 뿐이었다. 그때 생각지 않게 피할 길이 나타났다. 층계 오른쪽 몇 걸음 떨어진 곳에 빈 방이 하나 있었다. 그곳은 칠장이들이 일하던 방인데, 그들은 문을 그대로 열어놓은 채 돌아가버리고 만 것이다. 아까 소리를 지르며 뛰어나간 것은 아마 그들인 모양이었다. 마룻바닥은 금방 칠을 해놓은 상태였고, 방 한가운데에 페인트와 솔이 담긴 통이 놓여 있었다. 다음 순간 그는 열려 있는 문 안으로 들어가서 벽에 몸을 붙였다. 참으로 위험한 순간이었다! 바로 이 순간 밑에서 올라오는 사람들이 문 앞에 이르렀던 것이다. 그러나 그들은 시끄럽게 떠들면서 문 앞을 지나 4층으로 올라갔다. 그들이 지나가자마자 곧 발꿈치를 들고 살며시 그 방을 빠져나와 아래로 내려갔다.

층계에는 아무도 없었다! 대문 앞에도 마찬가지였다. 그는 재빨리 그곳을 나와 왼편 길로 접어들었다.

그는 손바닥을 들여다보듯 환히 알고 있었다. 그들이 지금 노파의 방에 들어가고 있으리라는 것도, 그리고 조금 전까지만 해도 잠겨 있던 문이 열려져 있는 것을 보고 놀라움을 감추지 못하고 있으리란 것도, 그리고 1분도 채 안 되어 지금까지 거기 있던 범인이 어디로 숨었다가 어떻게 그들을 피해 달아났으며 어쩌면 지금쯤은 그들이 올라올 때 그가 그 빈 방에 숨어 있었다는 사실도 깨달았을지 모른다……. 그러나 어찌 된 일인지 그는 아무리 애를 써도 걸음에 속도를 낼 수가 없었다. 첫 번째 골목으로 구부러지는 모퉁이까지는 겨우 1백 걸음 정도였다.

'어느 집 대문 안이라도 잠깐 몸을 숨길까? 아니면 어디 층계 밑에 숨어서 그들의 추격을 피할까? 아니, 그건 안될 말이다! 그보다는 우선 도끼를 처치해야 한다! 마차를 불러 탈까? 큰일났다! 큰일났어!'

마침내 길모퉁이까지 왔다. 그는 기진맥진해서 뒷골목으로 접어들었다. 이제 반쯤 성공한 셈이다. 그도 그것을 잘 알고 있었다. 이제는 혐의를 받을 걱정도 없거니와 무엇보다도 거기엔 행인이 많아 그는 그저 모래알처럼 군중 틈에 섞여들 수 있는 것이다. 그러나 여러 갈등이 그의 기력을 모조리 빼앗아 가 버렸기 때문에 그는 겨우 걸음을 떼어놓고 있을 뿐이었다. 땀이 비 오듯 흘러내려 목이고 등이고 할 것 없이 흠씬 적셔놓았다.

그가 개천 둑 위에 다다랐을 때 누군가가 소리쳤다. "이 친구, 어지간히 마셨구먼!"

이제 그는 아무것도 느낄 수 없었다. 그것은 앞으로 걸어가면 걸어갈수록 더욱 심해졌다. 그저 무의식 중에 개천 둑 위로 나왔을 뿐이고 갑자기 지나가는 사람들이 드물어진 것을 깨닫자 이런 데서는 남의 눈에 띄기 쉬우니 다시 뒷골목으로 되돌아가야 한다고 했던 일만 어렴풋이 기억났다. 그는 당장이라도 쓰러질 것 같았으나 그래도 길을 돌아 반대 방향으로 해서 집으로 돌아왔다.

절반쯤 의식을 잃은 채 그는 자기 집 대문에 들어섰다. 간신히 층계에 발을 올려놓고서야 비로소 도끼가 생각났다. 아직도 중대한 일이 하나 남아 있는 셈이었다. 요컨대 가능하면 사람 눈에 띄지 않게 제자리에 갖다놓는 것이 문제였다. 그러나 그는 몹시 지쳤으므로, 이 도끼를 지금 제자리에 갖다놓는 것보다 기회를 보아 어느 집 뒤뜰에 내던져두는 게 더 현명한 일이라는 것을 생각해낼 기력조차 없었다.

그러나 만사는 잘 풀렸다. 문지기 방은 닫혀 있었으나 잠겨 있지는 않았다. 사실 그렇다고 한다면 지금 문지기가 방에 있을 것이 분명한데도 그는 완전히 판단할 기능을 잃어버렸으므로 대뜸 문지기 방으로 가서 문을 열었다. 만일 문지기가 "무슨 일이오?" 하고 물었다면 그는 불쑥 도끼를 내주었을는지도 모를 일이었다. 그러나 다행히 문지기는 방 안에 없었다. 그래서 그는 도끼를 전처럼 의자 밑 장작 사이에 숨겨놓을 수 있었다.

그리고 자기 방까지 가는 동안 고양이 새끼 하나 만나지 않았다. 안주인의 방문도 닫혀 있었다. 자기 방으로 들어가자 전과 같이 긴 의자에 몸을 던졌다. 잠이 든 것은 아니었으나 아무것도 의식하지 못하는 망각 상태에 빠져들었다. 만일 그때 누가 방 안에 들어왔다면 그는 벌떡 일어나 소리를 질렀으리라. 그의 머릿속에서는 도무지 걷잡을 수 없는 온갖 상념의 조각들이 뒤섞여 있었다. 그는 아무리 애를 써보아도 그중 하나도 붙잡을 수가 없었고, 어느 한 가지에 주의를 집중할 수도 없었다……

2 소녀와의 만남

1

그대로 그는 오랫동안 누워 있었다. 가끔 잠이 깨어 밤이 꽤 이슥해진 것을 깨닫기도 했으나 좀처럼 일어날 생각은 나지 않았다. 날이 훤히 밝을 때까지도 그는 망각 상태에 빠진 채 그냥 긴 의자에 누워 있었다. 큰길 저쪽에서 기분 나쁜 외침 소리가 날카롭게 울려왔다. 그것은 매일 밤 2시가 지나면 창문 아래에서 곧잘 들리던 소리였다. 이 소리가 지금도 그의 잠을 깨운 것이었다. 그는 떠드는 소리에 정신이 번쩍 들었다. '아, 술꾼들이 이제 술집에서 나오는 모양이로구나!' 그는 생각했다. '그럼, 2시가 지났단 말인가!' 그는 누가 건드리기나 한 것처럼 후닥닥 긴 의자에서 튀어 일어났다. '벌써 2시가 지났다니!' 그는 긴 의자 위에 걸터앉았다. 그러자 그때 비로소 모든 기억이 되살아났다. 한순간 모든 것이 의식의 표면 위로 떠올랐다.

처음엔 미칠 것만 같았다. 무서운 오한이 온몸을 휩쌌다. 그 오한은 아직 자고 있을 때 몸에서 난 열 때문에 생긴 것이었다. 별안간 발작이라도 일으킨 듯 이가 덜덜 떨리고 온몸이 화끈거렸다. 그는 문을 조금 열고 가만히 귀를 기울였다. 집 안은 쥐죽은 듯이 고요했다. 그는 어리둥절해져서 자기의 몸과 방 안을 두리번거렸으나 아무것도 이해할 수가 없었다. 어제 돌아오자마자 문도 걸지 않고 옷을 입은 채 그냥 긴 의자에 쓰러져버렸다니 그럴 수 있단 말인가. 더구나 모자까지 그대로 쓰고서. 모자는 마루 위에 베개와 나란히 굴러떨어져 있었다. '만일 누가 여기 들어온다면 과연 어떻게 생각할까? 술이라도 취했다고 여길까? 그런데…….' 그는 창가로 달려갔다. 밖에서 들어오는 빛은 충분했다. 그는 무슨 흔적이라도 남아 있지 않을까 해서 황급히 머리부터 발 끝까지 살펴보기 시작했다. 옷도 모조리 살펴보았으나 그냥 입은 채로는 잘 알 수가 없어서 그는 추위에 덜덜 떨면서도 옷을 모조리 벗어들고 다시 샅샅이 살펴보기 시작했다. 그는 실오라기 하나, 헝겊 한 조각도 남기지 않고 살펴보았다. 그러나 아무 흔적도 찾아낼 수 없었다. 다만 바짓가랑이가 찢겨져 있었고, 그 찢어진 부분에 응고된 혈액이 진하게 스며있을 뿐이었다. 그는 접혀 있는 큰 나이프를 꺼내 피 묻은 곳을 잘라버렸다. 그 밖에는 아무것도 없는 것 같았다. 그때 문득 노파의 트렁크 속에서 꺼낸 지갑과 물건이 아직 그대로 주머니 속에 들어 있으리라는 생각이 났다. 지금껏 그는 그것들을 감출 생각도 하지 않고 있었던 것이다. 옷을 살펴보고 있을 때도 그 생각은 까마득히 잊고 있었다. 이건 정말 어떻게 된 셈인가! 그는 얼른 그것들을 꺼내 탁자 위에 올려놓기 시작했다. 물건을 다 꺼낸 뒤에도 아직 남아 있지나 않나 해서 주머니를 뒤집어보았다. 그러고 나서야 물건들을 쓸어안고 방 한구석으로 갔다. 그곳 가장 후미진 곳에 벽지가 찢겨져 구멍이 뚫린 장소가 하나 있었다. 그는 그 구멍 속에 물건을 되는 대로 쑤셔넣기 시작했다. '감쪽같군! 하나도 눈에 띄지 않는다. 지갑도!' 그는 두툼해진 벽 밑을 우두커니 바라보며 만족했다. 그러나 다음 순간 그는 공포에 몸을 부르르 떨었다. 그는 절망에 잠겨 중얼거렸다. '이건 아무래도……. 이래 가지고는 안전하게 숨겼다고 할 수가 없어. 당장 들키고 말 거야…….'

　그가 물건에 대한 것을 전혀 계산에 넣지 않았던 것은 사실이었다. 다만 돈 주머니만 생각했기 때문에 물건 숨겨둘 장소를 미리 준비해두지 못했던 것이다. '난 지금 무얼 안심했단 말인가?' 그는 생각했다. '이렇게 감추는 법이 어디 있는가? 나는 이성을 잃은 것일까?' 그는 허물어지듯 긴 의자에 주저앉았다. 또다시 견딜 수 없는 오한이 그를 엄습했다. 그는 탁자 위의 낡긴 했으나 아직 따뜻한 학생 시절에 입던 겨울 외투를 기계적으로 끌어당겨 뒤집어썼다. 그러자 졸음과 무의식 상태가 다시 한 번 그를 엄습했다. 그는 어쩔 수 없이 망각 상태에 빠져들었다. 그러나 채 5분도 못 되어 그는 다시 벌떡 일어나 정신없이 벗어놓은 옷을 집어들었다. '태평스레 잠을 자고 있다니!' 그는 올가미를 뜯어 갈기갈기 찢어진 베개 밑의 허드레 빨래 속에 쑤셔넣었다. '설마 넝마 조각이 증거물이 되지는 않겠지! 암 그렇고 말고!' 그는 방 한가운데 우뚝 서서 중얼거리며 방 안을 구석구석 둘러보기 시작했다. 그는 머리가 아플 만큼 꼼꼼

하고 자세하게 물건들을 샅샅이 살펴보았다. 그러나 단순한 판단력이나 기억력까지도 마비되었다고 생각하자 참을 수 없이 괴로웠다. '어찌 된 셈이냐, 벌써부터 벌이 시작된 것일까? 그렇다, 정말 벌이 내리기 시작한 모양이다!' 사실 그가 잘라낸 바지 조각이 아직 그대로 바닥에 떨어져 있었다. 누구든지 들어오면 곧 발견할 수 있는 곳에. "아, 난 대체 어떻게 된 것일까?" 그는 얼빠진 사람처럼 소리 질렀다.

그러자 기괴한 생각이 머리에 떠올랐다. 어쩌면 내 옷은 피투성이가 되어있는지도 모른다. 온통 피로 얼룩져 있는지 모르지. 내 이성이 흐려지고 판단력이 마비되었기 때문에 단지 눈에 보이지 않아 나만이 깨닫지 못하고 있는지도 몰라. 그러고 보니 지갑에도 피가 묻어 있던 것이 생각났다. '앗! 그러면 주머니에도 피가 묻어 있을 게 아닌가! 그때 피 묻은 지갑을 그대로 집어넣었으니까.' 그는 당장 주머니를 뒤집어보았다. 정말 주머니 안쪽에도 핏자국이 남아 있었다. 다행히 내게 아직도 이성이 남아 있기는 한 모양이군. 그렇고 말고, 판단력도 기억력도 아직은 문제없어. 그는 승리자 같은 기분이 들어 안도의 숨을 크게 내쉬었다. '열 때문에 몸이 조금 쇠약해졌던 거야. 잠시 제정신이 아니었을 뿐이니까.' 그는 왼쪽 주머니 안을 전부 잘라냈다. 그때 마침 아침 햇살이 환하게 왼쪽 장화를 비추었다. 그러자 장화 위에 나와 있는 양말 윗부분에 무슨 흔적이 보이는 것 같았다. 그는 장화를 벗었다. '과연 그렇군! 양말 끝이 피투성이구나.' 그때 잘못해서 피가 괴어 있는 곳을 밟았던 모양이다……. '그런데 이것들을 어떻게 처리한담? 양말과 바지 끝과 주머니 조각을 어디다 숨길까?' 그는 이 물건들을 손에 쥔 채 방 한복판에 우뚝 서 있었다. '난로 속에 감출까? 아니, 난로 속을 맨 먼저 뒤질 것이 분명해. 그럼 태워버릴까? 그렇지만 무엇으로 태운다지? 성냥도 없는데……. 차라리 그보다는 밖에 내버리는 게 좋겠다. 그렇지, 내다버리는 게 제일이야!' 그는 다시 의자에 앉으며 되풀이 중얼거렸다. '그것도 지금 당장 해야만 해, 우물쭈물하지 말고.' 그러나 그것은 생각뿐이고 어느새 머리가 베개 위로 기울어졌다. 또다시 소름 끼치는 오한이 몸을 얼음장처럼 만들었다. 그는 다시 외투를 뒤집어썼다. 그리고 오랫동안 몇 시간이 지나도록 움직이지 않고 그렇게 누워 있었다. 악몽과 환상이 계속 그를 괴롭혔다. '이제 당장 밖으로 나가서 어디에든 그 헝겊 조각들을 없애고 와야 돼. 사

람들 눈에 띄지 않도록 지금 당장, 한시바삐.' 몇 번인가 그는 몸을 뒤채며 일어
나려 했으나 헛수고였다. 요란하게 문을 두드리는 소리를 듣고야 겨우 정신을
차렸다.

"문 좀 열어봐요! 살았나 죽었나, 밤낮 잠만 자다니!" 나스타샤가 주먹으로
문을 두드리며 소리치고 있었다. "개처럼 매일 잠만 자는군요. 정말 개나 진배
없다니까. 어서 문 좀 열어줘요. 10시가 지났어요."

"아마 없는지도 모르지!" 하고 웬 사나이의 목소리가 들렸다.

'응? 저건 문지기의 목소리인데! 무슨 일로 왔을까?' 그는 벌떡 일어나서 의
자에 앉았다. 심장이 쿵쿵 뛰기 시작했다.

"그럼, 누가 문고리를 걸었단 말예요?" 나스타샤가 대꾸했다. "뭐야, 문고리까
지 걸어 잠그고 있단 말이야? 도둑맞을 물건이라도 있는 겐가. 자기 몸뚱이밖
에 없는 사람! 문 좀 열어요. 일어나래두요!"

'무슨 일일까? 어째서 문지기가? 날 찾아왔을까? 탄로난 것이 틀림없어. 저
항해야 되나 열어주어야 하나 이젠 끝장이구나.'

그는 몸을 조금 일으키고 앞으로 허리를 내밀어 문고리를 벗겼다. 방이 비좁
기 때문에 침대에서 일어나지 않고도 문고리를 벗길 수 있었던 것이다.

문밖에는 짐작했던 대로 문지기와 나스타샤가 서 있었다. 나스타샤는 굳은
얼굴로 그를 훑어보았다. 그는 자조적인 얼굴로 도전하듯 문지기의 얼굴을 쏘
아보았다. 그러나 문지기는 아무 말도 없이 두 겹으로 접어 값싼 밀랍으로 봉
인을 한 흰 종이 조각을 내밀었다.

"관청에서 온 소환장입니다." 그는 종이 쪽지를 내밀면서 말했다.

"어느 관청이오?"

"경찰에서 부르는 거니까 물론 경찰서겠지요."

"경찰서라고! 무슨 일로……."

"내가 그것을 어떻게 알겠소? 오라니까 가보면 알 테죠." 문지기는 유심히 그
를 살펴본 다음 방 안을 한 번 둘러보고 돌아서서 밖으로 나갔다.

"정말 어디 아픈 게 아니에요?" 나스타샤는 물끄러미 그를 지켜보며 말했다.
문지기도 가던 길을 멈추고 고개를 돌려 그를 바라보았다.

"하긴 어제부터 열이 심했으니까." 그녀는 덧붙였다.

그는 이런저런 대꾸 없이 아직 뜯지 않은 소환장을 손에 쥐고 있었다.

"일어나지 않는 게 좋겠어요."

그가 긴 의자에서 두 다리를 내리려는 것을 보고 나스타샤가 안됐다는 듯이 말을 이었다.

"몸이 아프면 안 가도 돼요. 도망치는 것도 아니니까요. 어머나, 그런데 뭘 그렇게 쥐고 계세요?"

깜짝 놀라서 보니 그는 오른손에 잘라낸 옷자락이며 양말, 그리고 주머니의 안감 등을 꼭 움켜쥐고 있었다. 그는 그것을 그냥 쥔 채로 잠들었던 것이다. 뒷날 이 일을 떠올렸을 때, 그는 신열에 들떠 무심결에 그것을 손에 쥐고 다시 깊은 잠에 빠져들었던 것이 생각났다.

"어머나, 이런 넝마조각을 끌어모아 마치 무슨 보물처럼 품고 자다니……." 나스타샤는 발작적으로 웃음을 터뜨렸다. 그는 움켜쥔 손을 외투 주머니에 쑤셔넣고 한참 동안 나스타샤를 뚫어지도록 바라보았다. 그때 그는 사리를 충분하게 판단할 수는 없었으나 사람을 체포하러 왔다면 이렇게 대하지는 않을 것이라고 짐작했다. '그런데 경찰서에서 오라고 하는 건 이상하지 않은가?…….'

"차라도 한 잔 마시는 게 어때요? 갖다드리지요. 남아 있으니까……."

"아니, 난 다녀와야겠어. 얼마 안 걸릴 테니까."

그는 중얼거리며 일어섰다.

"그런 상태로는 층계도 못 내려갈 것 같은데요."

"어쨌든 다녀오겠어."

"그럼, 좋을 대로 하세요."

그녀는 문지기를 따라 나가버렸다. 그는 곧 밝은 쪽으로 걸어가서 양말과 바지 조각을 살펴보았다.

'얼룩이 좀 지기는 했지만 눈에 그리 띄지는 않는다. 온통 더러움으로 색이 바랬으니까 무심코 보는 사람은 아무것도 알아채지 못할 거야. 아까 나스타샤도 저만큼 떨어져 있었으니까 모를 테지. 그거 참, 다행이로군!'

그는 가슴을 졸이며 소환장을 읽기 시작했다. 몇 번이나 읽어보고서야 겨우 그 뜻을 알 수 있었다. 그것은 오늘 아침 8시 30분까지 관할경찰서로 출두하라는 호출장이었다.

'이런 일은 여태껏 없었는데, 난 경찰서에 볼일이 전혀 없는 사람일 텐데, 그런데 왜 하필이면 오늘 오라는 걸까?' 그는 괴로운 의혹에 사로잡혀 곰곰이 생각했다. '아, 이렇게 된 바에야 빨리 끝장나버렸으면!' 그는 무릎을 꿇고 기도드리려 했으나 이내 그만두었다. 자기 자신이 가증스럽게 여겨졌기 때문이다. 그는 서둘러 옷을 갈아입기 시작했다. '파멸이 올 테면 와라! 결국 마찬가지니까……. 차라리 피 묻은 양말을 신고 가버리자!' 이런 생각이 갑자기 그의 머릿속에 솟아올랐다. '하기야 먼지 속에서 문지르면 핏자국도 없어져버리겠지.' 그러나 양말을 신자마자 그는 혐오와 공포에 휩싸여서 당장 잡아당겨 양말을 벗어 팽개쳐버렸다. 그러나 갈아 신을 만한 다른 것이 없음을 깨닫자 할 수 없이 그 양말을 다시 주워신었다. 쓴웃음이 저절로 흘러나왔다. '이런 것은 모두 생각하기 나름이다. 요컨대 모두 형식에 지나지 않는다.' 그는 대수롭지 않게 생각해버리고 싶었지만 몸은 여전히 떨렸다. '자, 이렇게 양말을 신어버렸다. 결국 신어버리면 그만이잖나!' 하지만 그 웃음은 절망적으로 변했다. '안 돼, 난 틀렸어…….' 그는 생각했다. 다리가 몹시 떨렸다. '겁내고 있군.' 하고 그는 중얼거렸다. 현기증도 나고 열 때문에 다리도 쑤셨다. '이건 술수가 분명하다! 녀석들이 술책으로 불러내 갑자기 체포하려는 수작이야!' 그는 층계로 나가면서 중얼거리듯 말했다. '그렇다면 큰일인걸. 머리가 이렇게 쑤시니까 무슨 헛소리를 지껄이게 될는지도 모르겠는걸…….'

층계를 거의 다 내려왔을 때, 그는 문득 물건을 벽지 사이에 감춰둔 일이 떠올랐다. '어쩌면 내가 집을 비운 틈에 가택 수색을 하려는 수작인지도 몰라.' 이런 생각이 퍼뜩 스쳐가자 그는 걸음을 멈추었다. 절망과 자포자기가 깔린 허세에 사로잡혀 멸망의 자조심이 그를 차지해버렸다. 그는 한 손을 내저으며 그대로 걸어갔다.

'어차피 닥칠 일이라면 빨리 닥치라지.'

거리는 여전히 짜증나리만큼 무더웠다. 요즘 며칠 동안 비 한 방울 뿌리지 않는다.

여전한 흙먼지, 벽돌과 석회, 노점과 술집에서 풍겨 나오는 악취, 끊임없이 마주치는 술주정꾼, 행상을 하는 핀란드인, 다 부서져가는 마차와 마부들, 태양은 강하게 내리쬐어 앞을 제대로 바라볼 수가 없었고, 머리는 어지럼증으로 말미암아 어찔어찔했다. 그것은 햇빛이 강렬한 날 갑자기 거리로 뛰어나온 열병 환자가 흔히 느끼는 감각이었다.

어제의 그 거리 모퉁이까지 오자 그는 질식할 것 같은 불안에 쫓기며 거리와 그 집을 한 번 힐끗 바라보았을 뿐 곧 눈길을 돌리고 말았다.

'만약 내가 심문을 당한다면 곧 자백해버릴지도 모르지.'

그는 담담하게 경찰서로 다가갔다. 경찰서는 그의 집에서 2, 3킬로미터쯤 떨어진 곳에 있었으며, 새로 지은 4층 건물로 옮긴 지 얼마 되지 않았다. 그는 언젠가 한 번 경찰서에 가본 적이 있었지만, 그것도 아주 오래전 일이었다. 정문으로 들어서자 오른쪽에 층계가 보였다. 서류 다발을 손에 든 시골 사람이 막 층계를 내려오고 있었다. '수위겠지. 그럼, 위층에 사무실이 있는 모양이군.' 그는 이렇게 생각하고 대강 짐작해서 층계를 오르기 시작했다. 누구에게도 묻고 싶지 않았던 것이다.

'들어가서 무릎을 꿇고 모두 자백해버리자……' 4층으로 올라가면서 그는 이런 생각을 했다.

층계는 좁고 가파른 데다 구정물에 젖어 있었다. 건물 전체가 방마다 주방문이 층계 쪽으로 나 있고, 그것도 온종일 열려 있어 매우 후텁지근한 공기가 깔려 있었다. 그리고 이 층계에는 옆구리에 장부를 낀 수위, 순경, 온갖 남녀 방문객들이 쉴 새 없이 오르내리고 있었다. 경찰서 사무실 문도 활짝 열려 있었다. 그는 안으로 들어가 대기실에서 멈춰 섰다. 그곳에는 농부 같은 사람들이 모여 서서 차례를 기다리고 있었다. 방 안은 숨 막힐 듯 무더웠고, 새로 칠한 벽의 페인트 냄새가 코를 찔러 비위를 상하게 만들었다. 그는 잠깐 기다리다가 다음 방으로 들어가기로 작정했다. 방들은 모두 천장이 낮고 비좁았다. 그는 말할 수 없이 초조한 기분으로 자꾸만 앞으로 걸어갔다. 그를 주목해 보는 사람은 아무도 없는 것 같았다. 다음으로 그가 들어선 방에는 그래도 말쑥하게 차려입은 서기 같아 보이는 사나이들이 앉아서 무언가 부지런히 쓰고 있었다. 모두가 처음 보는 낯선 사람들이었다. 그는 그중 한 사나이에게로 다가갔다.

"당신은 누구요?"

그는 소환장을 내밀었다.

소환장을 들여다보고 나서 그 사나이는 물었다. "학생이오?"

"네. 전에 대학생이었지요."

서기는 대충 그를 훑어보았다. 머리칼이 유난히 헝클어진 사나이로, 눈에는 어떤 고정관념 같은 것이 서려 있었다.

'이런 작자에게 물어봐야 아무 소용 없지. 아무것도 모를 테니까.' 하고 라스콜리니코프는 생각했다.

"저기 사무장한테 가보시오." 서기는 맨 끝 방을 가리켰다.

그는 네 번째 좁다란 방으로 들어섰다. 방에는 많은 사람들로 웅성이고 있었는데, 모두 다른 방에 있던 자들보다 차림새가 말쑥했다. 그 가운데 부인도 두 사람이나 있었다. 한 여자는 초라한 상복을 입고 사무장의 탁자에 마주 앉아 무엇인가를 받아쓰고 있었다. 또 한 여자는 거대한 몸집에 얼굴이 검붉었는데 화려한 옷을 입고 가슴에는 접시만큼 커다란 브로치를 달고 제법 의젓한 태도로 사무실 옆에 서서 차례를 기다리고 있었다. 라스콜리니코프는 앞으로 나가서 소환장을 내보였다. 그는 힐끗 보고 나서 "잠깐 기다리시오" 하더니 그대로 상복 입은 여자와의 일을 계속했다.

그는 안도의 숨을 내쉬었다. '분명히 그 일은 아니구나!' 그는 기운을 차렸다. '좀 더 정신을 바짝 차려야지.' 그는 자신을 격려했다.

'어떤 바보 같은 짓이나 조그만 실수로 자칫하면 모든 일이 들통나고 만다. 음……. 여기는 바람이 잘 통하지 않는 게 흠이군!' 그는 생각했다. '숨이 가쁘다……. 머리가 점점 더 빙빙 돈다…… 생각할 기력조차 없다.'

그는 온몸에 어지러운 혼란을 느꼈다. 약화된 자제력도 걱정스러웠다. 그는 어떤 생각에라도 매달려서 이 두려움을 잊고 싶었다. 자기와 아무런 상관도 없는 다른 일을 생각해보려고도 해보았으나 잘 되지 않았다. 그러다 우연히 사무장의 모습에 그는 몹시 흥미를 느끼기 시작했다. 그는 사무장의 얼굴을 뜯어보면서 무엇인가 추측해내려고 했다. 그 사나이는 20대 초반쯤 되어보이는 아직 젊은 사람이었으나, 표정이 풍부하고 가무잡잡한 얼굴은 나이보다 훨씬 더 늙어 보였다. 요즘 유행하는 날씬한 옷차림을 하고 포마드를 발라 단정하게 빗어 넘긴 머리는 뒤통수까지 가르마가 넘겨져 있고, 깨끗이 손질한 하얀 손가락에는 여러 개의 반지가 끼워져 있었으며, 조끼에는 금 시곗줄을 늘어뜨려 번쩍거리고 있었다. 그는 옆에 와 있는 어느 외국인과 프랑스 말로 두어 마디 주고받

앉는데, 상당히 능란한 모양새였다.

"루이자 이바노브나, 좀 앉으시지요." 사무장은 상냥한 태도로 화려한 옷을 입은 붉은 얼굴의 부인에게 말을 건넸다. 부인은 의자가 있었는데도 마음대로 앉는 것을 사양하듯이 줄곧 서 있었던 것이다.

"이히 당케."[1] 부인은 비단옷 스치는 소리를 내며 조용히 자리에 앉았다. 하얀 레이스가 달린 청자빛 옷이 마치 낙하산처럼 의자 주위에 퍼져 방 안을 거의 절반이나 차지했다. 향수 냄새가 진동했다. 부인은 향수 냄새를 의식하며 자못 미안한 듯이 어색한 미소를 띠었으나 분명 불안한 기색이었다.

상복을 입은 부인은 그제야 용무를 마치고 일어서서 나가려 했다. 이때 갑자기 구두 소리가 요란하게 나더니 1등 경위 한 사람이 기운차게 어깨를 흔들며 들어와 휘장 달린 모자를 아무렇게나 책상 위에 집어 던지고 털썩 의자에 주저앉았다. 화려한 옷을 입은 부인은 그를 보자 특별한 존경의 빛을 보이며 일어나 인사하려고 했다. 그러나 경위는 그녀에게 조금도 시선을 주지 않았으므로 부인은 앉지도 못 하고 우물쭈물했다. 이 1등 경위는 이 경찰서의 부서장으로 얼굴에 붉은 콧수염을 좌우로 꼬아붙인 것 말고는 달리 어떤 특징이 없는 좀 뻔뻔한 인상을 주는 사나이였다. 그는 곁눈으로 라스콜리니코프를 쏘아보았다. 초라한 옷차림을 한 주제에 좀 거만해 보였기 때문이다. 그런 데다가 라스콜리니코프는 지나치게 오랫동안 그를 바라보았다. 경위는 마침내 화를 버럭 냈다.

"자넨 뭔가, 응?" 그는 딱딱거렸다. 이 초라한 사나이가 자기의 날카로운 시선을 피하려 하지 않는 데 좀 놀란 모양이었다.

"호출을 받고 왔습니다만. 여기 소환장이……" 라스콜리니코프는 우물쭈물 겨우 대답했다.

"아, 그 사람은 채무 독촉건으로 불려온 사람입니다."

사무장이 서류에서 눈을 떼고 대답하며 라스콜리니코프를 보았다.

"바로 이 일 때문입니다" 하고 라스콜리니코프에게로 장부를 밀어던지며 한 곳을 가리켰다.

---

1) 감사합니다.

"그걸 읽어보시지요!"

'채무관계라고? 무슨 돈 말일까?' 라스콜리니코프는 의아하게 생각했다. '어쨌든 그 일은 아니구나!' 그는 기쁨에 들떴다. 온몸이 한순간에 날아갈 듯 가벼워졌다. 어깨에서 무거운 짐을 내린 듯한 느낌이었다.

"여봐, 이거 좀 자세히 보라구! 대체 자네더러 몇 시에 출두하라고 적혀 있느냐 말이야, 응!" 경위는 점점 더 모욕감을 느끼며 소리쳤다. "9시라고 적혀 있는데, 지금이 몇 시인가? 벌써 1시가 지났잖나!"

"난 겨우 15분 전에 소환장을 받았을 뿐이오." 라스콜리니코프는 슬며시 화가 치밀어 아무렇게나 응수했다. 그는 일종의 쾌감마저 느꼈다.

"더구나 난 환자입니다. 몸에 열이 있는데도 이렇게 나왔는데, 나더러 어쩌란 말입니까?"

"그렇다구 대들긴 왜 대들어, 엉?"

"대들긴 누가 대들었다는 겁니까? 난 이렇게 조용하게 말하고 있는데 오히려 당신이 큰 소리로 떠들고 있잖소? 난 이래 봬도 대학생입니다. 남한테 욕을 먹고 가만 있을 수는 없습니다."

부서장은 화가 머리끝까지 치밀어 말도 제대로 못 하고 입에 거품을 물었다. 그는 자리에서 벌떡 일어섰다.

"입 닥쳐! 자네는 지금 경찰서에 있는 거야. 말 조심해."

"그러는 당신은 경찰서에 있지 않은가요?" 라스콜리니코프도 지지 않고 대꾸했다. "그런데 당신은 소리만 지르는 게 아니라 담배까지 뻐끔뻐끔 피우고 있지 않소. 그건 우리를 무시하는 게 아니고 뭐요?" 라스콜리니코프는 그렇게 말하고 나자 이루 말할 수 없는 통쾌함을 느꼈다.

사무장은 빙글빙글 웃으면서 그들을 바라보고 있었다. 성미 급한 부서장이 한풀 꺾인 게 분명했다.

"그건 자네가 상관할 바 아냐!" 하고 마침내 그는 어딘가 맥빠진 태도로 소리쳤다. "잔말 말고 묻는 말에 대답이나 해. 여보게, 알렉산드르 그리고리치—사무장의 이름이다—그 고소장을 이 친구에게 보여주게. 자네는 고소를 당했단 말이야! 흥, 빚을 떼먹고 안 갚는다니 참 훌륭하신 분이군그래!"

그러나 라스콜리니코프는 부서장의 말이 이미 귀에 들어오지 않았다. 한시바삐 내용을 알고 싶어서 그는 덥석 서류 뭉치를 집어들었다. 두 번이나 연달아서 읽었으나 무슨 뜻인지 알 수가 없었다.

"대체 이건 뭡니까?" 그는 사무장에게 물어보았다.

"차용증서를 근거로 빚 독촉을 한 것입니다. 즉 지불 독촉이지요. 그러니까 당신은 과태료와 그 밖의 비용 모두를 지금 당장 지불하든지, 그렇지 않으면 언제까지 지불하겠다고 서면으로 약속해야만 합니다. 그리고 약속이 이행되기 전에는 수도에서 어디로 떠난다든지 재산을 매각 또는 은닉한다든지 할 수 없습니다. 채권자측은 당신의 소유품을 자유로이 처분할 수도 있고 당신에게 법률적 제재를 가할 수도 있는 셈이지요."

"그렇지만 나는 누구한테도 빚진 적이 없는데요."

"그런 건 나는 모릅니다. 경찰에 이렇게 채무 불이행 고소장이 제출되었으니까 우린 그대로 집행할 뿐이지요. 이 서류에 따르면 당신은 9개월 전에 8등관의 미망인 자르니츠이나에게 150루블 상당의 차용증서를 써 주었습니다. 그 뒤 이것이 어음 대신 자르니츠이나로부터 7등관 체바로프에게로 넘겨졌는데, 그것이 부도가 났기 때문에 이렇게 당신을 소환한 것입니다."

"아니, 그건 우리 하숙집 안주인 아닙니까?"

"하숙집 안주인은 고소를 못 하나요?"

사무장은 관대한 미소를 띠고 막 여러 사람한테 공격을 받기 시작한 이 풋내기 젊은이를 동정하는 듯이 바라보며 어떤가, 좀 놀랐지? 하는 듯한 표정을 보였다. 그러나 라스콜리니코프에게는 지금 차용증서 따위가 머릿속에 있을 리가 없었다. 그런 일은 아무래도 좋았다. 걱정하거나 불안에 떨 이유라고는 아무것도 없었다. 그는 선 채로 서류를 읽고 듣고 대답하고 질문까지 했으나, 모든 것이 사무적이었다. 위험에서 벗어나 있다는 자위본능의 승리감과 마음을 압박하는 위험에서 빠져나가고 싶다는 생각뿐 예측도, 분석도, 미래에 대한 상상도, 통찰도, 의문도, 지금의 그에게는 아무런 의미가 없었다. 그것은 완벽하고 직접적이고 지극히 본능적이며 순수한 동물적인 환희의 순간이었다. 그러나 바로 이때 사무실 안에는 벼락이 치는 듯한 소동이 일어났다. 젊은이의 건방진 태도에 치민 울화를 삭이지 못하던 경위가 떨어진 위신을 다시 세워보려고 했던지, 그가 사무실에 들어온 뒤로 줄곧 멍청이처럼 히죽히죽 웃음지으며 어쩔 줄 몰라하던 화려한 옷차림의 부인에게 가엾게도 벼락이라도 떨어지듯 꼭대기에서부터 호통을 친 것이다.

"뭐야, 너는? 이 멍청한 여편네 같으니!" 하고 경위는 갑작스럽게 큰 소리로 으르렁거렸다. (이때 상복 입은 부인은 이미 돌아가고 없었다.) "네 가게는 왜 밤낮 그 꼴이야, 응? 그저 언제든지 술주정에다 싸움판이니! 어젯밤엔 또 무슨 일이 있어? 유치장 맛 좀 보고 싶어서 그래? 내가 열 번은 더 말했을 텐데 열한 번째는 절대로 용서할 수 없어, 알겠어?"

라스콜리니코프는 손에 든 서류를 떨어뜨리고 여러 사람 앞에서 망신을 당하고 있는 화려한 옷차림의 부인을 넋 빠진 듯이 바라보고 있었다. 이윽고 사정을 알게 되자 그는 갑자기 이 사건이 재미있게 생각되었다. 그는 유쾌한 듯이 귀 기울이며 마음껏 큰 소리로 웃고 싶은 심정에 사로잡혔다. 온몸의 신경이 뛰노는 듯했다.

"일리야 페트로비치!" 하고 지켜보던 사무장이 말리려다 그만두었다. 좀 더 때를 기다리느라고 입을 다물었다. 여태까지의 경험으로 보아 이럴 때는 경위의 두 손을 붙들고 늘어지는 수밖에 없는 노릇이니까.

그러자 화려하게 정장을 한 부인이 처음에는 호통 소리에 그저 겁에 질려 떨고만 있더니 경위의 욕설이 차츰 심해지자 오히려 상냥한 태도로 아양을 떨기 시작했다. 그녀가 처음에는 안절부절못하며 내내 허리를 굽신거리다가 마침내 기회가 오자 재빨리 말을 가로챘다.

"어머나, 부서장님, 저희 집에서는 소란을 피우거나 싸움을 하는 일이 별로 없어요."

그녀는 독일어 어조가 심하긴 했으나 상당히 유창한 러시아 말로 쉴새없이 지껄여대기 시작했다.

"그리고 창피한 일이라고 말씀하셨지만, 그런 일은 조금도 없어요. 그분들이 술에 취해서 왔던 거예요. 정말 모두 말씀드리지만 제가 나빠서 그런 게 아니랍니다. 저희 집은 점잖은 집이지요, 서장님. 손님들도 점잖게 접대하고 있어요. 나쁜 소문이 나면 우선 제가 곤란하지 않겠어요? 서장님, 그런데 제 말 좀 들어주세요. 그분들이 다른 데서 잔뜩 취해가지고 와선 술을 또 세 병이나 시켰거든요. 그러더니 한 분이 다리를 번쩍 들고 피아노를 치기 시작했답니다. 점잖은 집에서 글쎄 이게 무슨 짓입니까? 피아노는 끝내 망가지고 말았지요. 예의고 뭐고 없는 사람들입니다. 그래서 제가 말렸더니 술병을 들고 때리려 하지 않겠어요? 저는 겁이 나서 문지기를 불렀더니 카르르가 달려왔습니다. 그러더니 이번엔 그자가 카르르를 붙들고 술병으로 눈을 때리지 뭡니까. 헨리에트도 눈을 얻어맞았지요. 전 아무 죄도 없이 뺨을 다섯 대나 맞았답니다. 서장님, 그래서 제가 소리를 치니까 그자는 개천 쪽으로 난 창문을 열고 돼지 새끼처럼 고함을 치지 뭡니까. 정말 창피한 짓이에요. 어떻게 그럴 수 있겠어요. 후이, 후이, 후이, 하고 말입니다. 할 수 없이 카르르가 그의 프록코트를 잡고 끌어내렸지요. 그러다가 그만 그의 옷소매가 조금 찢어진 거예요. 그 사람은 수선료로 15루블씩이나 내라고 떠들어대기 시작했어요. 그래서 저는 그 사람에게 5루블을 주었답니다. 글쎄 그 무례한 손님이 모든 소동을 일으켰어요. 그리고 뻔뻔스럽게 나를 모델로 풍자 소설을 쓰겠다느니, 신문에 내 악평을 싣겠다느니 하며 협박하는 게 아니겠어요."

"그럼, 그자는 문인인가?"

"제까짓 게 문인이면 뭘해요. 점잖은 남의 집에 와서 함부로 행패를 부리는 주제에……."

"됐어, 됐어. 너한테는 이미 말해두었으니까 이젠 그만해! 일리야 페트로비치!"

사무장이 다시 의미를 두고 말했다. 경위는 흘끗 그쪽으로 고개를 돌렸다. 사무장은 고개를 조금 끄덕여보였다.

"……. 자, 루이자 이바노브나, 이건 너한테 마지막으로 하는 훈계야. 정말 이번이 마지막이야" 하고 경위는 다짐했다. "앞으로 너의 그 품위 있는 집에서 단한 번이라도 더 소동이 나면 그땐 아주 혼날 줄 알아! 알아들었나? 그리고 그문인인지 작가인지 하는 사나이가 분명히 품위 있는 너의 집에서 옷소매가 조금 찢어진 것 때문에 5루블을 뜯어갔단 말이지? 소위 문인이란 작자들은 본디 그런 거야" 하고 그는 경멸에 찬 눈을 특히 라스콜리니코프를 향해 던졌다. "그저께도 선술집에서 그런 일이 있었지. 잔뜩 음식을 시켜먹고는 계산할 돈이 없으니까 한다는 소리가 '이 집을 무대로 유머 소설을 하나 써주지.' 하는 거야. 지난주 어느 기선에서도 작가라는 사나이한데 5등관의 아내와 딸이 차마 들을 수 없는 상소리를 들었어. 요전만 해도 찻집에서 쫓겨난 젊은 친구가 있었지. 요즈음 작가니 문인이니 대학생이니 신문 기자니 하는 따위의 인간들은 모두 그런 족속들이란 말이야. 쳇! 너는 이제 가도 좋아! 이번에는 내가 직접 조사하러 갈 테니까 다음엔 조심해야 돼! 알았나?"

루이자 이바노브나는 너무 기뻐서 몇 번이고 꾸벅꾸벅 절을 하며 뒷걸음질쳐서 문으로 갔다. 그러나 바로 문에서 어느 의젓한 경관에게 엉덩이를 부딪치고 말았다. 윤기 흐르는 얼굴에 밝은 빛깔의 멋진 구레나룻을 기른 경찰서 서장 니코짐 포미치였다. 루이자 이바노브나는 그만 당황하여 바닥에 코가 닿도록 인사를 하고는 총총걸음으로 재빠르게 사무실에서 나갔다.

"또 천둥, 번개, 회오리 바람, 태풍이 한꺼번에 일어난 모양이군!" 니코짐 포미치는 부드러운 어조로 부서장에게 말을 걸었다. "틀림없이 또 자네가 참을 수 없는 일이 생겨 흥분한 것이겠지. 층계까지 다 들리더군……."

"아니, 뭐!"

일리야 페트로비치는 겸연쩍은 듯이 말했는데, 그것도 '뭐'라고 하지 않고 '머'라고 말한 것처럼 들렸다. 그는 무슨 서류인가를 집어들고 한 걸음 한 걸음 옮길 때마다 어깨를 흔드는 유난스러운 걸음걸이로 다른 책상 쪽으로 걸어갔다.

"그런데 이 문인 양반, 참 그게 아니고 '전(前)'자가 붙은 대학생이었지. 빚을 갚지 않고 공수표만 떼고서 방까지 비우지 않는다고 끊임없이 진정이 온답니다. 그런데도 이 양반은 내가 자기 앞에서 담배를 좀 피운 것이 무척 거슬렸던 모양이지요. 자기야말로 염치없는 짓을 하고 있으면서. 어떻습니까. 자, 좀 보십시오. 대단한 옷차림이 아닙니까!"

"가난은 죄가 아니라네. 이 사람아, 상관있나. 보나마나 화약 중위인 자네가 참을 수 없었던 게지. 그런데 자네도 아마 무언가 이분에게 화가 나서 참을 수가 없었던 모양이군." 니코짐 포미치는 상냥하게 라스콜리니코프를 돌아보며 말을 이었다. "아니, 그건 오해였군요. 이 사람은 내가 보증하지만 정말 마음씨 좋은 친구요. 다만 좀 화약과 같아서 한 번 불이 붙으면 아무것도 가리지 않고 태워버리지요. 그러나 그것으로 그만이지, 뒤탈은 또 없지요. 남은 것이라곤 황금 같은 마음씨뿐이죠. 연대에서는 화약 중위라는 별명이 있었을 정도니까요……."

"암요, 그 연대가 또 굉장한 연대였었죠" 일리야 페트로비치는 서장이 치켜세우는 바람에 매우 만족한 듯했으나 그래도 아직 볼멘소리로 말했다.

라스콜리니코프는 슬그머니 여러 사람에게 무슨 유쾌한 이야기를 지껄이고 싶었다.

"아니, 천만의 말씀입니다, 서장님." 그는 니코짐 포미치를 돌아보며 무척 겸손한 태도로 사정을 늘어놓기 시작했다.

"제 사정도 좀 생각해주십시오. 저는 남에게 잘못을 했으면 그 자리에서 사과하는 성격이지요. 저는 가난한 사람입니다. 가난하고 병든 대학생이지요. 죽도록 가난에 시달리고—그는 '시달리고'라는 말을 썼다—있는 사람입니다. 지금은 학비가 없어서 학교에도 못 나가고 있지만, 돈은 곧 올 것입니다. X지방에 살고 있는 어머니와 누이동생이 돈을 부쳐준다고 했으니까요. 돈이 오면 하숙비를 곧 갚을 생각입니다. 우리집 안주인은 너그러운 사람이지만 내가 가정 교사 자리를 잃고 넉 달 동안이나 방세를 내지 못하니까 요즘은 식사도 안 보내주더군요……. 그런데 그 어음은 대체 어찌 된 영문인지 알 수가 없습니다. 하기야 방세를 내는 셈치고 이 차용증서를 물어주면 좋겠지만, 지금 제가 어떻게 갚을 수 있겠습니까. 생각 좀 해주십시오……."

"사정은 딱하지만 그것은 여기서 다루는 문제가 아니오……." 사무장이 주의를 주었다.

"예, 그야 물론 전적으로 옳으신 말씀이지요. 하지만 제 이야기를 마저 들어주십시오!" 라스콜리니코프는 다시 말꼬리를 잡고 사무장이 아니라 여전히 니코짐 포미치에게 말을 계속했다. 그러나 동시에 일리야 페트로비치도 될 수 있는 대로 이야기에 끌어들이려고 무진 애를 썼으나 그는 서류를 들여다보기에 바쁘다는 듯이 그의 존재를 무시하는 태도가 역력했다. "자, 제 사정을 좀 들어보십시오. 저는 그 집에서 3년이 넘도록 하숙하고 있습니다. 고향을 떠나 이곳에 온 뒤로 계속 그 집에 살고 있었지요. 그리고 전의 일입니다만, 처음엔 그 안주인 딸과 결혼할 약속이 되어 있었습니다. 물론 서로 얘기로만 주고받은 상태여서 자유로운 약속이기는 합니다만 그런 대로 마음에 들어서……. 말하자면 젊었던 거지요. 제가 말씀드리고 싶은 것은 다름이 아니라, 그래서 안주인이 신용 대부를 해주었기 때문에 저는 제법 편한 생활을 하고 있었지요…….
지금 생각하니 참 경솔한 짓을 했던 것 같군요…….”

“우린 자네의 사정 얘기를 듣자고 부른 게 아니야. 그리고 낭비할 시간도 없
고.” 일리야 페트로비치는 매정하게 끼어들었다.

라스콜리니코프는 내친 김에 그를 견제하고 나서 말을 이었다.

“사실은 갑자기 말하는 것이 귀찮아졌습니다만, 그래도 사정을 대강 설명할
수 있는 기회를 주십시오……. 그야 틀림없이 말씀대로 이런 이야기가 소용 없
을지도 모르지만요……. 그런데 그 처녀가 말입니다. 그런 뒤에도 저는 여전히
그 집에 하숙생으로 있었고, 주인 아주머니도 예전처럼 저를 대해 주셨지요.
그런데 어느 날 저더러 150루블에 대한 차용증서를 한 장 써달라고 하는 것이
아니겠습니까. 그저 차용증서만 한 장 써주면 다음에도 얼마든지 돈을 빌려줄
뿐만 아니라 그 차용증서를 가지고 저를 뭐 어쩌자는 건 아니라고 하면서요.
제가 돈 갚을 때까지 가만히 있겠다고 약속도 했습니다. 그런데 지금 제가 가
정 교사 자리도 없이 제대로 먹지도 못하는 처지에 이런 고소를 당하다니, 정
말 전 곤란하기 그지없습니다.”

“자네! 그런 감상적인 얘기는 말일세, 우리하고 아무 상관도 없네.” 일리야 페
트로비치가 거만하게 말을 막았다. “자네는 회답서를 쓰고 서약을 해야만 하
는 거야. 자네가 누구에게 반했건 그런 넋두리는 우리와 아무 관계도 없어.”

“하지만 여보게……. 그건 좀 정도가 지나친 말일세그려!” 니코짐 포미치는
책상에 앉아 서류에 서명을 하며 중얼거렸다. 그는 약간 의기소침해진 모양이
었다.

“자, 어서 쓰시오.” 사무장이 라스콜리니코프에게 말했다.

“무엇을 쓰라는 거요?” 라스콜리니코프는 좀 거센 말투로 되물었다.

“내가 부르는 대로 쓰기만 하면 됩니다.”

라스콜리니코프는 자기가 사정을 늘어놓은 뒤부터 사무장의 태도가 좀 거
만해졌다고 생각했다. 그러나 이상하게도 그 역시 누가 어떻게 생각하든 그런
건 아무래도 좋다는 생각이 느닷없이 들었다. 이러한 심경의 변화는 그야말로
눈깜짝할 사이에 일어난 것이었다. 만일 그에게 조금이라도 냉철한 이성이 남
아 있었더라면 그는 방금 전에 자기가 떠들어댄 말과 품었던 감정에 대하여 무

척 놀랐으리라. 도대체 왜 그런 감정이 솟아났을까.

그러나 지금 이 순간 이 방 안에 경관이 아니라 친구들이 가득 차 있다 하더라도 그는 친구를 위하여 인간다운 말 한마디조차 찾아내지 못하고 말았을 것이다. 그토록 그는 갑자기 공허한 상태에 빠지고 말았다. 끝없이 밀려오는 괴리감과 사물을 꺼리는 도피감만이 의식적으로 그를 사로잡았다. 그의 심사가 이토록 혼란에 빠진 것은 일리야 페트로비치에게 사정을 늘어놓았다는 비굴감도 아니었고, 중위가 승리감에 취해 있는 데 대한 굴욕감도 아니었다.

지금 이 순간 그에게는 자기의 비열함이나, 으스대는 1등 경위나, 독일 여자나, 고소당했다는 따위의 일은 이미 아무런 의미도 없었다. 그는 바로 이 순간에 화형선고를 받는다 하더라도 눈 하나 깜짝하지 않았을 것이다. 아마 선고 내용조차도 그냥 귓전으로 흘려버리고 말았으리라. 단지 지금 그의 내부에는 무언가 전혀 뜻하지 않은 낯선 것이 형성되었던 것이다. 그는 그것을 이해하기보다 모든 감각의 능력을 통하여 절실하게 느낀 것이다. 조금 전처럼 사정 이야기는 물론, 다른 어떤 말이라도 여기서는 더 이상 해서는 안된다는 것을 분명히 깨달았다. 여기 있는 사람이 경찰이 아니고 피를 나눈 형제들이라 하더라도 아무 말도 필요 없는 것이다. 그는 지금까지 한 번도 이와 같이 이상하고 무서운 관념을 체험해본 적이 없었다. 그러나 그로서 더욱 괴로웠던 것은 의식이라든가 관념이 아니라 감각이었다. 오늘날까지 살아오는 동안에 그가 경험한 감각 중에서 가장 괴롭고도 직접적인 감각이었다.

사무장은 이런 경우에 쓰는 답변 양식을 불러주기 시작했다. 즉 지금 지불하지 못하므로 언제까지 또는 그 이전에라도 돈이 생기면 지불하겠음, 지불이 끝날 때까지 수도에서 한 걸음도 떠나지 않겠음, 소유 재산을 매각하거나 은닉하지 않겠음 등등…….

"아니, 당신은 글씨도 제대로 못 쓰고 있군요. 잘못하면 펜을 놓치겠소." 사무장은 이상한 듯 라스콜리니코프를 바라보며 주의시켰다. "몸이 불편한가요?"

"네, 좀 어지러워서……. 계속 하십시다."

"다 썼으니 이젠 서명만 하시면 됩니다."

사무장은 서류를 뒤적이며 다른 일을 하기 시작했다.

라스콜리니코프는 서명을 마치고 펜을 돌려주었으나 일어서서 나가려 하지 않았다. 그는 팔꿈치를 책상에 올린 채 손으로는 머리를 감싸안았다. 마치 머리에 못이라도 박힌 듯한 느낌이었다. 이상한 충동이 머리를 스쳐갔다. 당장 니코짐 포미치에게 다가가 어제의 일을 모조리 자백하고 같이 집으로 가서 장물을 보여주고 싶은 강렬한 충동이었다. 이 충동은 몹시 강렬해서 그는 정말 그렇게 하기 위해 일어서기까지 했다. '하지만 단 1분이라도 다시 생각해보는 게 좋지 않을까!' 이런 생각이 그의 뇌리를 스쳐갔다. '아니다. 다른 생각 하지 말고 어서 이 무거운 짐을 어깨에서 벗어버려야 한다!' 그러나 그는 다음 순간 그 자리에 못박힌 것처럼 우뚝 서고 말았다. 니코짐 포미치가 일리야 페트로비치와 열띤 어조로 서로 나누고 있는 이야기가 그의 귀에까지 들려왔기 때문이다.

"그럴 리는 없지. 두 사람은 모두 무죄일세. 그들이 범인이라면 모든 게 모순투성이가 아닌가. 생각해 보게. 만일 그들 소행이라 치면 뭣 때문에 일부러 문지기를 불러왔겠나? 자기들을 신고하라고? 아니면 교활한 속임수인가? 하지만 그건 너무 지나쳐! 이 사건은 처음부터 다시 생각해야 되네. 대학생인 페스트랴코프만 해도 문에 들어설 때 문지기 두 사람과 상인의 아내가 보았다고 하거든. 그는 세 친구와 함께 와서 문 앞에서 헤어졌는데, 아직 친구들이 있는 데서 노파의 방을 물었다지 않나? 또 코흐를 보더라도 노파에게 오기 전에 3분 동안이나 아래층 은세공장에 앉아 있다가 정각 8시 15분 전에 노파에게로 올라간 거야. 그러니 범인이라면 그렇게 하겠는가."

"그러나 처음부터 그들의 말에는 모순이 있지 않습니까? 처음에 문을 두드렸을 때는 빗장이 걸려 있었다고 하면서 겨우 3분 뒤에 다시 가보니 문이 열려 있었다는 건 좀 우습지 않을까요!"

"바로 그 점에 문제가 있어. 분명 범인은 안에서 빗장을 지르고 숨어 있었을 거야……. 만약 코흐가 좀 신중히 처신해서 문지기를 부르러 덩달아 쫓아가지 않았더라면 범인은 현장에서 틀림없이 체포되었을 걸세. 범인은 그 틈에 방을 나와 숨어 있다가 그들이 층계로 올라가자 빠져나간 거지. 코흐는 '만일 내가 거기 그대로 있었더라면 범인이 뛰어나와 도끼로 내 머리를 쳐 죽였을 게 아닙니까' 하지 않았나. 러시아식으로 기도라도 드릴 듯한 기세였어. 하하하……."

"그러나 범인을 본 사람은 아무도 없잖습니까?"

"어떻게 볼 수 있었겠습니까? 그 집은 마치 노아의 방주 같던데요." 자기 자리에 앉아 귀 기울이고 있던 사무장이 끼어들었다.

"사건은 명확해, 지극히 명확하지!" 니코짐 포미치는 단호하게 말했다. "아니, 지극히 불명확합니다" 하고 일리야 페트로비치가 지지 않고 대꾸했다.

라스콜리니코프는 모자를 집어들고 슬그머니 문 앞으로 걸어가기 시작했다. 그러나 문 앞까지 도달하지는 못했다. 그는 정신을 잃고 쓰러져버리고 만 것이다.

정신이 좀 들자 그는 자기가 의자에 앉아 오른쪽의 누군가에게 부축을 받고 있는 것을 알았다. 왼쪽에는 한 사나이가 노란 물이 든 컵을 들고 서 있었다. 그는 비척거리며 의자에서 일어났다.

"왜 그러지요, 병이 났습니까?" 니코짐 포미치는 매우 날카롭게 물었다. "이분은 아까 서명을 할 때도 간신히 하던걸요." 사무장이 다시 제자리에 앉아 일을 시작하며 한마디 했다.

"벌써 오래전부터 앓고 있었던가?" 일리야 페트로비치 역시 자리에 앉은 채 서류를 뒤적이며 소리쳤다. 물론 그도 라스콜리니코프가 기절했을 때 자세히 살펴보았지만 정신이 들자 곧 제자리로 돌아왔던 것이다.

"어제부터입니다……." 라스콜리니코프는 간신히 중얼거렸다.

"어제 외출하지는 않았나?"

"했습니다."

"몸이 그렇게 불편한데도?"

"네, 몸이 불편한데도요."

"몇 시쯤?"

"저녁 7시 넘어서요."

"실례지만 어딜 갔었지?"

"거리로."

"간단명료하군."

라스콜리니코프는 시트처럼 파리한 얼굴에 타는 듯한 까만 눈으로 일리야 페트로비치의 눈을 정면으로 바라보면서 띄엄띄엄 날카롭게 대답했다.

"이분은 간신히 지탱하고 있군그래. 자넨 뭘하고 있나?" 하고 니코짐 포미치가 부하에게 주의를 주었다.

"아니, 뭐, 꼭 그렇지만도 않은 모양인데요." 일리야 페트로비치는 뭔가 석연찮은 빛을 띠었다. 니코짐 포미치는 뭐라고 한마디 더 하려 했으나 자기를 건네보는 사무장을 보자 입을 다물고 말았다. 무언가 야릇한 분위기였다.

"이젠 됐어! 더 붙잡지는 않겠으니 돌아가도 좋네." 일리야 페트로비치는 결론 내리듯 말했다.

라스콜리니코프는 밖으로 나왔다. 그가 나오자마자 방 안에서 일시에 활발한 대화가 시작되었다. 그도 그 목소리를 들을 수 있었다. 그중에서도 특히 니코짐 포미치의 미심쩍어하는 목소리가 가장 크게 울리고 있었다……. 거리로 나오자 그는 정신이 맑아졌다.

'수색! 수색! 곧 가택 수색이다!' 서둘러 집으로 향하면서 그는 마음속으로 중얼거렸다.

'빌어먹을 놈들, 날 의심하고 있는 게 아닌가!'

그러자 조금 전의 그 공포가 다시 그를 사로잡았다.

2

'벌써 집 안을 수색했으면 어쩌지? 만약 집에 가서 그들과 맞닥뜨린다면?'

그러는 사이 그는 자기 방에 돌아와 있었다. 아무 일도 없다. 아무도 없다. 누구 한 사람 다녀간 흔적도 없다. 나스타샤까지도 오지 않았다. 하지만 아! 어쩌자고 증거품을 거기다 그대로 두었을까?

그는 곧 방 한구석으로 뛰어가 뜯어진 벽지 속에 손을 넣어 숨겼던 물건을 끄집어내어 주머니에 쑤셔넣었다. 모두 여덟 가지였다. 귀걸이인지 뭔지 들어 있는 작은 상자가 둘, 모로코산 가죽 주머니가 넷, 신문지에 싼 시곗줄이 하나, 그리고 또 신문지에 말아 싼 훈장 같은 것이 있었다. 그는 이런 것들을 되는 대로 주머니에 처넣었다. 그러고도 남아 외투 주머니와 바지 주머니에까지 애써 틀어넣었다. 지갑도 같이 쑤셔넣었다. 그리고 문을 활짝 열어둔 채 곧 방을 빠져나갔다.

그는 재빠르고 힘차게 걸어나갔다. 온몸이 물에 젖은 솜처럼 축 늘어지고 피곤했지만 의식만은 분명했다. 그는 추적이 두려웠다. 반 시간, 아니 15분 뒤에라도 그에 대한 미행 명령이 내리지나 않을까 걱정했다. 될 수 있는 대로 빨리 증거품을 없애버려야 한다. 그나마 얼마간의 기운과 판단력이 남아 있을 때 처분해야지……. 하지만 어디로 가야 할까?

그건 진작부터 정해놓은 일이었다. '몰래 강물에 던져버리기만 하면 만사가 해결이다.' 그는 어제 고열에 시달리던 상황 속에서도 몇 번이고 일어나 나가려던 참에 그렇게 결심한 것이다.

'한시바삐 처리해야 한다.' 그러나 정작 버린다는 것도 그리 쉬운 일이 아니라는 것을 알았다.

그는 예카체리나 운하 기슭을 반 시간 동안이나 돌아다니며 적당한 장소를 찾아보았으나 쉽게 눈에 띄지 않았고, 기회도 마땅치 않았다. 뗏목 위에서 빨래하고 있는 여자들, 혹은 물가에 매어져 있는 보트, 어디를 보나 사람들투성이였다. 이런 데서 어설프게 물건을 처분하다가는 남의 의심을 사기 쉬우리라. 그리고 만약 상자가 가라앉지 않고 떠내려가는 걸 누가 보기라도 한다면? 그러잖아도 만나는 사람마다 흘끔흘끔 수상쩍은 듯 쳐다보는데. '왜 이럴까? 나만 이런 기분에 사로잡히는 것일까?' 그는 초조하게 생각했다.

생각다 못해 그는 네바 강가로 가기로 했다. 어쨌든 그곳은 사람들이 적으니까 남의 눈에 뜨일 염려가 없고, 더욱이 여기에서 멀리 떨어져 있었다. 그러자 갑자기 후회가 됐다. 어쩌자고 그런 생각이 이제 떠올랐을까? 반 시간 동안이나 이런 위험한 곳을 서성거리다니! 이렇게 겁 없이 낭비한 것이 아까웠다. 그는 멍청하게 넋이 빠진 자신을 발견했다. 서두르자!

그는 V거리를 따라서 네바강 쪽으로 걷기 시작했다. 그러자 문득 또 다른 생각이 떠올랐다. '하필 네바강까지 갈 건 뭐야. 왜 물속에 처넣어야 하지? 아주 먼 곳에, 이를테면 섬같이 외딴 곳이나 숲속 관목 밑에라도 파묻어두고 그걸 표시로 삼는 게 낫지 않을까?' 그는 벌써 자기가 명확한 판단력을 잃고 있다고 느꼈으나, 이 생각이 그리 잘못된 것 같지는 않았다.

그러나 섬으로 가려고 할 때 다른 일이 생겼다. 거리에서 광장으로 나오다 얼핏 보니 왼쪽에 창문 하나 없이 둘러싸인 뒤뜰의 출입구가 보였다. 그 문으로 들어가니 안쪽으로 영창도 달리지 않은 이웃의 4층 집 헌 벽이 우중충하게 뻗어 있었다. 왼쪽에는 그 낡은 벽을 끼고서 판자벽이 시작되고 한 스무 걸음쯤 들어가서 왼쪽으로 꺾여 있었다. 그곳은 바깥에서 멀리 떨어진 공지로 건축

재료를 쌓아두는 곳이었다. 좀 더 안쪽에 무슨 공장 같은, 연기에 그을린 낮은 석조 헛간이 서 있었다. 분명히 마차 제작소나 철공소 따위일 것이었다. 바로 문어귀로부터 사방에 석탄 가루가 까맣게 덮여 있었다.

'여기다 버리고 달아나는 게 가장 좋겠군!' 그는 아무도 없는 공지에 슬쩍 들어섰다. 사람은커녕 개 한 마리도 보이지 않았다. 다만 판자로 된 담 옆에 나무통이 하나 있는 것이 눈에 띄었다. 판자담 위에는 흔히 볼 수 있듯이 백묵으로 '이곳에 멈춰서지 말 것'[2]이라고 씌어 있었다. 그러고 보니 여기 들어와 멈춰서 있더라도 아무도 의심할 리 없으니 오히려 다행이다. '여기다 모두 버리고 달아나면 되겠군!'

다시 한 번 주위를 둘러본 뒤 손을 주머니에 집어넣었다. 문득 바깥벽 쪽의 문과 나무통 사이의 겨우 1아르신 밖에 안 되는 구석에 있는 다듬어지지 않은 큰 돌이 보였다. 거의 1푸드 반이나 되어 보이는 것이 거리 쪽 돌담 바로 아래 놓여 있었다. 담 밖에서는 오가는 사람들의 잇따른 발걸음 소리가 들려왔다. 그러나 담 너머에서는 그를 볼 수 없을 것이다. 그렇다고 사람이 안 들어온다는 법도 없으니 빨리 서둘러야 했다.

그는 몸을 숙이고 돌 한 귀퉁이를 두 손으로 잡은 다음 있는 힘을 다해 뒤집어 놓았다. 그랬더니 그 자리에 조그만 구덩이가 생겼다. 그는 주머니에 있는 걸 모두 그 안에 쏟아 넣었다. 맨 위에 지갑을 놓았으나 그래도 아직 더 넣을 자리가 있었다. 그런 다음 돌을 돌려 제자리에 엎어놓았다. 전보다 조금 솟아나 보였지만 흙을 긁어 모아 언저리를 발로 잘 밟아놓았다. 감쪽같이 되었다.

그러고 나서 그는 광장 쪽으로 활기차게 걸어갔다. 다시금 경찰서에서 맛보았던 터질 듯한 쾌감이 되살아왔다. '모든 일이 잘 되었다. 누가 저 돌 밑에 그런 물건들이 들었는지 알겠어? 그건 아마 집을 지을 때부터 있었던 걸 거야! 또 발견되더라도 내가 의심받을 이유는 없지. 이젠 아무 증거도 없단 말이야!' 하고 그는 빙그레 웃기까지 했다. 그렇다. 그 뒤에도 그는 히스테릭하고 끝없이 파동치되 소리 없는 그 웃음을 잊을 수가 없었다. 광장을 지나갈 때까지도 그는 계속 웃고 있었다. 그러나 그저께 소녀를 만났던 K거리에 이르자 웃음은 갑

---

2) 소변 금지라는 뜻.

자기 사라지고 말았다. 문득 그 생각이 떠올랐다. 그때 그 소녀를 보내고 난 뒤 혼자 앉아 이것저것 생각하던 벤치 옆을 지나기가 꺼림칙하고 무서웠다. 그리고 20코페이카를 쥐어준 수염투성이의 순경을 만날까 봐 겁이 났다. '빌어먹을 자식! 그 따위 녀석, 제멋대로 하라지!'

그는 초조하고 심술궂은 눈초리로 두리번거리며 정신없이 걸어갔다. 그의 모든 사고력이 바야흐로 중요한 지점에서 맴돌고 있었다. 뿐만 아니라 그것이 정말 중요한 점이라는 걸 그는 잘 알고 있었다. 그것은 두 달 만에 처음으로 느낀 감정이었다.

'제기랄, 내가 알 게 뭐람!' 그는 갑자기 발작적인 분노를 느끼면서 생각했다. 형벌이 시작된 거다. 그런 노파 따위나 새로운 생활이라는 달콤한 환상 속에서 생긴 악몽은 이젠 끝나버렸다……. 아, 나는 얼마나 어리석은 짓을 저지르고 만 것일까? 그리고 오늘 얼마나 간사한 거짓말을 늘어놓았던 것인가! 조금 전만 해도 그 거만한 일리야 페트로비치같은 자에게 수모를 당하지 않았는가……. 정말 바보 같은 짓이다! 그런 자식에겐 침이나 뱉어주면 되는 거야. 그리고 내가 아양을 떤 것도 마찬가지야! 그러는 게 아니야! 정말 그러는 게 아니었어…….'

그는 우뚝 걸음을 멈추었다. 전혀 뜻하지 않았던 새로운 의문, 매우 단순한 의문으로 인해 그는 순식간에 당황하고 쓰디쓴 놀라움을 맛보게 되었던 것이다.

'만일 그 일이 맹목적이 아니고 의식적으로 행한 것이라면, 다시 말해서 나에게 확고하고 분명한 목적이 있었던 것이라면 어째서 나는 지금까지 지갑을 열어보고 내가 무엇을 손에 넣었는지 알려고도 하지 않았는가? 그것을 위해 그토록 심한 압박을 받으며 잔인하고도 추악한 짓을 서슴지 않았는데 나는 지갑을 물속에 던져버리려고까지 하지 않았던가. 역시 안에 무엇이 들어 있는가 살펴보지 않은 다른 물건들과 함께 말이다……. 이건 어찌 된 일이냐, 이건?'

분명히 그랬다. 틀림없는 사실이었다. 하긴 그도 이것을 전부터 알고 있었으며 또한 이것은 그에게 그다지 새로운 의문도 아니었다. 더구나 어젯밤 물가에 버리려고 마음먹었을 때는 아무런 망설임이나 구애됨이 없이 그렇게 하는 것이 마땅하며, 그 밖에 다른 방법은 없다고 믿어 그렇게 작정했던 것이었다. 아니, 그는 그것을 모두 알고 있었다. 그리고 잘 기억하고 있었다. 그의 결심은 어제 거기서 트렁크 위로 몸을 굽혀 케이스를 옮겨쥐던 그 순간에 정해졌을지도 모른다……. 아니, 확실히 그랬던 것이다.

 '이런 생각을 하는 것은 내가 지독한 병에 걸렸기 때문이야.' 결국 그는 우울한 심정으로 결론지었다. '나는 스스로 자학하고 있으면서도 내가 무슨 짓을 저질렀는지 조금도 깨닫지 못하고 있다…… 어제도……그제도 계속 자신을 괴롭혀오기만 했어. 건강만 좋아진다면 자신을 괴롭히지는 않게 될 거야……. 하지만 만약 건강이 전혀 회복되지 않는다면? 아, 이제 이런 일은 진저리가 나.' 그는 멈추려고도 하지 않고 계속 걸었다. 무슨 짓을 해서라도 기분을 전환하고 싶어 못견디었으나 어떻게 하면 좋을지, 무엇을 하면 좋을지 알 수가 없었다. 어느 새롭고 저항할 수 없는 감각이 거의 매분마다 그를 사로잡았다. 그것은 마주치는 사람이나 눈에 띄는 모든 것에 대한 거의 끝없는 혐오감, 즉 육체적인 것에 대해서, 완고하고도 적의와 증오에 찬 혐오감이었다. 스쳐가는 모든 사람이 그에게는 귀찮기만 했다. 그들의 얼굴이며 걸음걸이며 동작이 모두 언짢았다. 만약 누가 말이라도 걸어온다면 그 사람에게 침을 뱉고 덤벼들어 물어뜯었을지도 모를 일이었다.

 바실리예프스키섬에 있는 작은 네바 강가까지 오자 그는 다릿목에서 문득 발을 멈추었다. '이것 봐라, 여기 이 집은 그 녀석의 집이 아닌가?' 그는 생각했다. '어찌 된 영문일까, 나도 모르게 라주미힌의 집까지 오고 말았네! 또 그때와 마찬가지로군……. 그건 그렇고, 이건 약간 재미있는걸. 나는 스스로 이리로 왔나, 아니면 걸어오는 동안에 나도 모르게 이곳에 오고 말았나? 하긴 아무려면 어떤가. 확실히 엊그제, 그 일을 해 치우고 난 다음 날 녀석에게 가기로 마음먹었었지. 그럼, 가자꾸나! 뭐, 이제 와서 못 갈 것도 없잖은가…….' 그는 5층 라주미힌의 방으로 올라갔다.

 마침 그는 집에 있었다. 자기의 작은 방에서 무얼 쓰고 있다가 손수 문을 열어주었다. 그를 못 보고 지낸 지도 벌써 넉 달이나 되었다. 그는 낡아빠진 가운을 걸치고 맨발에 덧신을 신고 있었다. 머리는 더부룩하고 수염은 자랄 대로 자라 있었으며, 세수조차 하지 않은 것 같았다. 그는 얼굴에 놀란 기색을 띠었다.

"웬일인가?" 그는 큰 소리로 말하며 들어온 친구를 위에서부터 아래까지 훑어보았다. 그러고 나서 그는 휘파람을 획 불었다. "여보게, 왜 그런 꼴이 되었나? 나보다 한술 더 뜨는군그래." 그는 라스콜리니코프의 남루한 옷차림을 바라보며 말했다. "우선 이리 앉게, 피로한 모양이군!"

라스콜리니코프가 자기의 것보다 훨씬 더 낡은 기름천을 씌운 터키식 소파에 털썩 주저앉았다. 라주미힌은 그제야 친구의 병색을 발견했다.

"여보게, 자네 병이 심한 모양일세. 알고 있나?"

라주미힌은 그의 맥을 짚어보려 했다. 라스콜리니코프는 손을 뿌리쳤다. "그만두게. 내가 찾아온 이유는……. 사실 난 가정 교사 자리를 놓쳤거든……. 그래서 혹 자리가 있다면 하고……. 하지만 가정 교사 따윈 아무래도 좋아……."

"여보게, 자네 열 때문에 헛소리를 하고 있는 게 아닌가?" 찬찬히 그를 바라보고 있던 라주미힌이 물었다.

"아냐, 헛소리를 하고 있지는 않아……." 라스콜리니코프는 의자에서 천천히 일어났다. 라주미힌의 방으로 올라오면서 당연히 그는 라주미힌과 단둘이 얼굴을 맞대야 한다는 것을 예상했어야 함에도 그것을 전혀 생각하지 못했던 것이다. 그런데 지금 와서 그는 한순간에, 아니, 그보다 자기의 경험으로 미루어 보아서 지금의 심정으로는 비록 상대가 누구건 간에 둘이 얼굴을 맞대고 있다는 것은 적당치 않다는 생각이 들었던 것이다. 왈칵 울화가 치밀어올랐다. 라주미힌의 방 문턱을 넘어서자 그는 자기 자신에 대한 혐오로 숨이 막힐 지경이었다.

"잘 있게." 그는 갑자기 인사하고 문 쪽으로 걸어나갔다.

"여보게, 잠깐만……. 기다리래도, 이 변덕스런 녀석아!"

"괜찮다니까!" 그는 다시 손을 뿌리치면서 말했다.

"그렇게 갈 거라면 무엇 때문에 찾아왔나? 자네 미쳤나? 도대체……실례 아닌가. 이대로는 돌려보내지 않겠어."

"그럼, 말하지. 내가 찾아온 건, 자네 말고는 나의 출발을 도와줄 사람이 없기 때문일세……. 사실 자네는 누구보다도 친절하고, 머리도 좋고 판단력도 훌륭하기 때문이지……. 그런데 지금 와서 나는 깨달은 거야. 나에게는 아무것도 필요 없다는 것을, 알겠나? 정말 아무것도 필요 없거든……. 상대가 누구건 도움이나 동정 따위는 필요하지 않다는 걸 말일세……. 나는……혼자뿐일세…….
아니, 그만두는 게 좋겠군! 나를 그대로 내버려두게!"

"여보게, 잠깐 기다리면 어떤가. 이 굴뚝 청소부 녀석!³⁾ 마치 돌아버린 것 같
군! 우선 내 말부터 들어본 뒤에 자네 멋대로 하게나. 사실은 말일세, 내게도
가정 교사 자리는 전혀 없네. 더구나 이젠 그런 일이 지긋지긋하기도 하고. 그
런데 토르크치 거리에 헤르비모프라는 책장수가 있는데, 그 녀석이 가정 교사
자리 구실을 한다네. 지금이라면 장사치들 집의 가정 교사 자리가 다섯 개 있
다 해도 이것과 바꿀 생각이 없네. 이 사나이는 출판일을 하고 있으며 자연과
학 종류의 팸플릿 따위를 찍어내고 있는데, 꽤 팔리는 모양이야. 거기다가 제목
이 아주 멋지거든! 자넨 언제나 나보고 바보라고 놀렸지만, 천만에, 나보다 한
술 더 뜨는 친구도 있더군. 요즘 와서는 제법 유식한 말도 지껄이고 말일세. 하
긴 당사자는 무슨 소리인지 그야말로 뜻도 모르고 엉터리로 지껄이는 말이지
만, 물론 나는 적당히 치켜세워주고 있다네. 그런데 여기 독일어 원문으로 된
두 꼭지⁴⁾쯤 되는 일거리가 있다네. 내가 본 바로는, 터무니없는 엉터리 논문이
더군. 요컨대 여자는 인간이냐 아니냐를 따져서—물론 대단한 논법이긴 하지
만—결국에는 인간이라고 증명하고 있는 그런 따위일세. 헤르비모프가 이걸
여성 문제의 책으로 출판하겠다고 해서 내가 번역하고 있는 것일세. 녀석은 이
두 꼭지 반쯤 되는 논문을 여섯 꼭지쯤으로 적당히 늘려 반 페이지나 될까 하
는 엄청나게 화려한 제목을 붙여 50코페이카로 팔아보겠다는 걸세. 그렇게 하
면 수지가 맞거든. 그리고 번역료는 한 꼭지에 6루블이니 다 끝내버리면 15루
블인 셈이야. 그러나 나는 6루블을 미리 받아 썼다네. 이게 끝나면 〈고래(鯨)
이야기〉를 번역하고, 그러고 나서 《참회록》⁵⁾ 제2부에 있는 좀 지루하고 시시한
이야기를 몇 개 추려놓은 것이 있는데 그걸 번역할 작정일세. 누군가가 헤르비
모프에게 루소는 일종의 라디셰프⁶⁾라고 선전해 놓았거든. 물론 나로서는 반

---

3) 러시아에서는 비밀이 많은 사람을 이렇게 말한다.
4) 한 꼭지는 16페이지.
5) 장 자크 루소의 《고백록》.
6) 알렉산드르 라디셰프(1749~1802). 러시아의 소설가, 사상가. 1790년 급진주의적 작품 《페테르
   부르크에서 모스크바로의 여행》을 출판하고 시베리아 유형에 처해졌다.

대하지 않네. 멋대로 하게 내버려두는 거지. 그런데 〈여자란 인간인가?〉의 둘째 꼭지를 번역할 의사가 없나? 만약 그럴 마음이 있다면 지금 이 원문을 가지고 가게나. 펜이나 원고지는 모두 그쪽에서 대주는 것이니까 가져가도 상관없네. 그리고 자, 3루블도 가져가게. 나는 첫 꼭지하고 둘째 꼭지로 돈을 미리 받아 왔으니까 3루블은 자네 차지가 되는 셈일세. 번역이 끝나면 나머지 3루블을 받을 수 있다네. 그리고 이건 내가 자네를 봐주는 것으로 오해하지는 말아주게. 봐주기는커녕 자네가 들어오자마자 이젠 살았구나 생각했을 정도니까. 우선 나는 철자법이 서투르고, 둘째로는 내 독일어 실력이란 것이 엉터리나 다름없으니 내가 창작하는 것이 더 많은 형편이라네. 그러는 게 더 훌륭한 원고가 된다고 자위하면서 말일세. 사실 좋아지기는커녕 더 나빠졌는지도 모르네……. 어떤가? 가져가겠나?"

라스콜리니코프는 잠자코 독일어 원문과 3루블을 받아 쥐자 그대로 말도 없이 뒤돌아서 나갔다. 라주미힌은 어이없다는 표정으로 그를 바라보았다. 그러나 라스콜리니코프는 첫 길목 어귀를 돌다가 다시 발길을 돌려 라주미힌에게로 돌아왔다. 그리고 책상 위에 독일어 원문과 3루블을 놓아두고 또다시 아무런 말도 없이 밖으로 나갔다.

"자네 정신분열증에라도 걸렸나?" 드디어 화가 치민 라주미힌이 큰 소리로 말했다. "뭣 때문에 어릿광대 같은 연극을 하고 있나! 나마저 머리가 돌 지경이군……. 그렇다면 뭣하러 여기까지 일부러 왔냔 말일세."

"필요 없어…… 번역 따위……." 라스콜리니코프는 이미 층계를 내려가면서 중얼거리듯 말했다.

"그럼, 도대체 뭐가 필요하단 말이야?" 라주미힌은 위에서 고함을 질렀다.

그러나 그는 잠자코 층계를 내려가기만 했다.

"여보게, 그럼 자네, 지금 어디에 살고 있나?"

대답이 없었다.

"제기랄, 마음대로 하렴!"

라스콜리니코프는 벌써 거리로 나와 있었다. 니콜라옙스키 다리 위에서 그는 또 한 번의 아주 불쾌한 사건 덕택으로 말미암아 완전히 자기의식을 회복할 수 있었다. 어느 마차의 마부가 세 번 네 번 소리쳤는데도 그가 하마터면 마차에 치일 뻔했기 때문에 채찍으로 그의 등을 힘껏 후려갈긴 것이었다.

채찍으로 얻어맞고 놀란 그는 재빨리 난간 쪽으로 물러서며―왜 그가 인도로 걷지 않고 마차가 다니는 다리 한복판을 걷고 있었는지 알 수 없었다―화가 난 듯 눈을 흘기며 주먹을 불끈 쥐었다. 당연한 일이지만 주변에서 조롱하는 소리가 일어났다.

"꼴 좋구나!"

"상습범이야!"

"모두가 잘 알고 있는 방법이지 뭐. 술 취한 척하고 일부러 마차에 치어서는, 자 이제 어떻게 하겠나, 하는 식의 족속들이지."

"저게 직업이거든요. 그럼요, 직업이고말고."

그러나 난간 곁에 서서 잔등을 문지르며 아직도 밉살맞은 듯한 눈으로 멀어져가는 마차를 우두커니 보고 있는데, 갑자기 누군가가 그의 손에 돈을 쥐어주려고 하는 것을 느꼈다. 깜짝 놀라서 돌아보니 수건을 쓰고 염소 가죽구두를 신은 상인 아낙네가, 모자를 쓰고 녹색 양산을 든 딸인 듯싶은 소녀를 데리고 서 있었다.

"자, 받으세요. 예수님의 은혜랍니다."

그는 엉겁결에 돈을 받았다. 두 여자는 그의 옆을 지나가버렸다. 쥐어준 돈은 20코페이카짜리 은화였다. 아마 그 여자는 그의 형편없는 행색을 보고 진짜 거지로 착각했던 모양이다. 게다가 20코페이카나 되는 적잖은 돈을 준 것은 아마 그 채찍질이 두 사람의 동정을 자아내게 했던 모양이었다.

그는 20코페이카 은화를 쥐고 열 걸음쯤 걸어가 네바 강가를 바라보았다. 멀리 궁전이 보였다. 하늘에는 구름 한 점 없고, 강물은 좀처럼 볼 수 없는 짙은 청색 빛을 띠고 있었다. 이 다리 위에서 바라다보이는 사원의 둥근 지붕은 밝게 빛나고 있었으며, 맑게 갠 날씨 탓으로 장식 하나하나를 뚜렷하게 분간할 수 있었다. 채찍으로 맞은 아픔이 가라앉자 라스콜리니코프는 채찍으로 얻어맞았다는 사실조차 잊고 말았다. 지금 그가 의식할 수 있는 것은 하나, 불안하고 어딘가 몽롱한 생각뿐이었다. 그 자리에 우뚝 서서 그는 언제까지나 먼 경치에 정신을 팔고 있었다. 이곳은 그에게 특히 그리운 곳이었다. 대학 다닐 무렵 대개는 돌아오는 길에 그는 몇 번이나―아마 1백 번쯤 될 것이다―지금

이 자리에 걸음을 멈추고 이 호화로운 정경을 바라보며, 그때마다 무어라 표현할 수 없는 막연한 인상에 넋을 잃곤 했다. 이 호화로운 정경은 평소처럼 으스스함을 느끼게 했다. 이 화려한 한 폭의 그림은 싸늘하고 음산한 기운이 어려 있는 듯이 느껴지는 것이었다. 그는 그럴 때마다 자신도 모르게 그 음울하고 수수께끼 같은 인상을 의아하게 여기면서도 확신을 갖지 못한 채, 그 해명을 미루어 오기만 했었다. 그런데 지금 그는 불현듯 그동안 품어왔던 의구심을 뚜렷하게 기억해냈다. 그러나 이를 기억해낸 것이 단순히 우연만은 아닌 것 같았다. 자기가 전과 다름없이 이 자리에 발걸음을 멈춘 것만 해도 그에게는 섬뜩한 기분을 느끼게 하는 야릇한 마력처럼 여겨졌다. 마치 이곳에 서 있으면 지금도 그전과 마찬가지로 사고할 수 있고, 바로 얼마 전까지도 관심이 있었던 명제나 광장에 지금도 다시금 관심을 가질 수 있을 것 같은 기분에 사로잡혔다. 그는 거의 우스꽝스러울 정도의 심정마저 느꼈다. 그와 동시에 쓰라릴 정도로 가슴이 죄어옴을 느꼈다. 지금의 그에게는 과거의 모든 것이 어디론가 아득히 먼 곳으로 숨어버린 듯이 느껴졌다. 그전의 생각이나 문제들, 명제와 모든 풍경까지도, 자기 자신 외에 모든 것이 그러했다. 마치 자기 자신이 어딘가 높은 곳으로 훨훨 날아가버려, 그의 시야에서 아예 사라져버린 듯했다. 하지만 그때 아무런 생각 없이 문득 손을 움직이는 순간, 그는 자기가 꼭 움켜쥐고 있는 20코페이카 은화가 생각났다. 그는 손바닥을 펴서 찬찬히 은화를 들여다보았다. 그런 뒤 팔을 높이 들어 은화를 물속으로 집어던졌다. 그리고 돌아서서 집을 향해 걸음을 옮겼다. 이 순간 그는 모든 인간과 모든 사물로부터 자기 존재를 가위로 잘라버린 듯한 느낌이 들었다. 집에 돌아왔을 때는 이미 저녁 무렵이었다. 그러고 보니 여섯 시간 동안이나 돌아다닌 셈이었다. 어디를 거쳐 어떻게 돌아왔는지 전혀 기억에 없었다. 억지로 달려야만 했던 말처럼 온몸을 부들부들 떨면서 간신히 옷을 뒤집어썼다. 긴 의자에 몸을 눕히자 그는 곧 혼수 상태에 빠지고 말았다……

저녁 노을이 짙어갈 무렵 그는 무서운 고함 소리에 정신이 번쩍 들었다. 아, 얼마나 무서운 고함 소리인가! 그토록 이상한 소리, 고함 소리, 비명, 이 가는 소리, 통곡과 구타와 욕지거리를 그는 여태까지 한 번도 들어본 적이 없었다. 그는 공포에 사로잡혀서 침대에서 몸을 일으켰다. 똑바로 앉아서 가슴 아프도록 사태의 진전에 신경을 기울였다. 그러나 구타의 통곡과 욕설은 점점 높아가기만 했다. 그러한 소리들 속에서 문득 하숙집 주인 마누라의 목소리를 듣고는 소스라치게 놀랐다. 주인 마누라는 짖어대는 듯한 소리로 신음하고 비명을 지르며 울부짖었다. 그러면서도 급한 말투로 뭔가 푸념을 늘어놓고 있었지만, 그 말이 무슨 뜻인지 한마디도 알아들을 수가 없었다. 무언가를 애원하고 있는 것 같았다. 아마도 층계에서 사정없이 얻어맞으며 용서를 빌고 있는 모양이었다. 그녀를 때리고 있는 사내도 증오와 흥분에 사로잡혀 간신히 숨을 몰아쉴 정도였다. 그래도 그는 아직 빠른 투로 떠듬거리며 무언가 뚜렷하지 않은 말을 쉴 새 없이 지껄이고 있었다.

그때 라스콜리니코프는 갑자기 와들와들 떨기 시작했다. 그 목소리의 주인이 바로 일리야 페트로비치임을 알았기 때문이다. 경찰서 부서장인 일리야 페트로비치가 여기 와서 주인 마누라를 때리고 있는 것이다. 그는 발길로 차고 머리를 층계에 쥐어박고 있다. 쿵쾅거리는 소리라든가, 비명, 구타하는 소리로 미루어 보아 뚜렷하게 알 수 있다. 도대체 어찌 된 일일까? 하늘과 땅이 뒤집혀지기라도 했단 말인가? 이 층계 저 층계로 사람들이 밀어닥쳤는지 어지럽게 말소리와 고함 소리가 들려오고 있다. 모두들 방문을 두들기고 문을 여닫으며 모여드는 기색이 역력했다. '왜 저 야단일까? 무엇 때문에, 어쨌다고 저 야단일까?' 그는 몇 번이고 거듭 되뇌이다가 자기 머리가 돈 것이 아닐까 하고 모든 걸 단념하기도 했다. 하지만 환각이라고 하기엔 이 모든 소리가 너무나도 뚜렷했다. 하지만 이 일들이 사실이라면 모두 그의 방으로 곧 찾아올 것이 아닌가. '아무튼 큰일났구나…… 이건 확실히 그 일 때문에, 어제 일 때문에 일어난 것이다!' 그는 일어나 빗장을 걸려 했지만 손이 말을 듣지 않았다……. 그래봐야 무슨 소용이 있으랴. 공포가 얼음처럼 그의 마음을 사로잡아 순식간에 얼어붙게 했다.

그러나 꼬박 10분쯤 이어지던 이 소동도 점차 가라앉기 시작했다. 주인 마누라는 한숨을 내쉬면서 신음하고 있었으며, 일리야 페트로비치는 여전히 욕을 퍼부었지만 이윽고 그 목소리도 가라앉아 버렸다. 그리고는 마침내 아무 소리도 들려오지 않았다. '정말 가버렸을까, 이젠 살았구나!' 주인 마누라도 울면서 제 방으로 기어들어가는 모양이다. 한참 지나자 그녀 방에서 쾅! 문 닫는 소리가 들려왔다. 모여들었던 사람들도 제각기 흩어졌다. 한숨 쉬는 소리며 이야기를 주고받거나 서로 부르는 목소리가 들려왔다. 때로는 외치듯이 큰 소리가 되었다가 때로는 속삭이듯 낮아지는 그 소리, 아마 사람들이 무척 많이 모여든 모양이었다. '하지만 이런 일이 있을 수 있을까? 왜 그 자식이 와서 소동을 벌였지?'

라스콜리니코프는 맥이 풀려 긴 의자에 쓰러졌지만 눈이 감기지가 않았다. 생전 처음으로 끝없는 공포심에 사로잡혀서 참을 수 없는 느낌과 형용할 수 없는 고통으로 30분 동안이나 그대로 쓰러져 있었다. 갑자기 밝은 빛이 그의 방 안을 비추었다. 나스타샤가 촛불과 수프를 가지고 들어왔다. 주의 깊게 그를 훑어보다가 그가 자고 있지 않은 것을 보자 촛불을 탁자 위에 놓은 다음 가지고 온 물건들을 늘어놓았다……. 빵, 소금, 수프, 접시, 숟가락.

"어제부터 한술도 뜨지 않고, 열이 나서 떨고 있으면서도 온종일 쏘다니기만 하시니 웬일이세요?"

"나스타샤……. 안주인이 왜 얻어맞았지?"

나스타샤는 물끄러미 그를 바라보고만 있었다.

"때리긴 누가 때렸단 말이에요?"

"방금 한 30분 전에 일리야 페트로비치가, 그 경찰서 부서장이 층계 위에서 안주인을 왜 그렇게 때렸느냐 말이야? ……무엇 때문에 그랬느냐고?"

나스타샤는 잠자코 그를 지켜보기만 했다. 그러한 태도에 라스콜리니코프는 기분이 나빠졌다. 그리고 무섭기까지 했다.

"나스타샤, 왜 잠자코 있지?" 마침내 그가 힘없이 물어보았다.

"피 때문에 그렇겠지요."

"피……무슨 피?" 라스콜리니코프는 창백한 얼굴로 벽으로 뒷걸음치며 중얼거렸다. 나스타샤는 역시 잠자코 그를 바라보고 있다가 단호하게 말했다.

"아무도 안주인을 때리지 않았어요."

그는 숨을 헐떡이며 괴로운 표정으로 나스타샤를 바라보았다.

"틀림없이 들었는데……. 난 자지 않았어……. 앉아 있었다구……." 그는 더 자신 없는 목소리로 말했다. "난 한참 동안이나 듣고 있었어……. 부서장이 와서 모두 층계 쪽으로 모여들었지……. 이 근방 사람들이 모두……."

"대체 누가 왔단 말이에요? 그건 당신 몸 속에서 피가 끓고 있기 때문일 거예요. 피가 빠져나갈 데가 없어지면 기분이 묘해지고, 이상한 게 보이기도 하고 들리기도 한대요. 식사는 어쩌실래요? 드실 거예요?"

라스콜리니코프는 대답하지 않았다. 나스타샤는 베갯머리에 선 채 나가려고 하지 않았다.

"물 좀 줘, 나스타샤."

그녀는 곧 아래로 내려가더니 2분쯤 지나 흰 손잡이가 달린 사기 컵에 물을 가득 담아가지고 올라왔다. 그 뒤로는 아무 기억도 나지 않았다. 다만 냉수를 한 모금 마시고 가슴에 물을 엎지른 것밖에. 그러고는 의식을 잃어버렸다.

3

그러나 그가 병들어 있는 동안 완전히 의식을 잃어버린 채로 있었던 것은 아니었다. 헛소리를 지껄이다가 반쯤은 의식이 되살아나는 열병 특유의 증상을 보이기도 했다.

뒷날 그는 여기에 대해서 여러 가지 일들을 기억해냈다. 어떤 때는 자기 주위에 사람들이 잔뜩 모여들어 자기 몸을 붙들고 어디론가 데리고 가려는 듯이, 자신에 관한 이야기로 서로 다투고 있는 것 같았다. 또 어느 때는 갑자기 자기만 남겨놓고 모두 밖으로 나가서는 자기를 무서워하는 듯 이따금 문틈으로 이쪽을 엿보다가는 그들끼리 무언가 수군거리고 웃고 떠들며 놀리는 듯했다. 나스타샤가 줄곧 자기 옆에 있어 준 일도 생각났다. 그리고 또 한 사람 매우 잘 알고 있는 듯한 사나이에 대해서도 생각이 떠올랐지만, 그자가 누구인지는 끝내 알 수가 없어 안타까운 나머지 울기까지 했다. 때로는 이미 한 달 넘도록 앓아 누워 있는 듯한 생각이 들기도 했고, 그런가 하면 그날그날이 줄곧 계속되고 있는 듯한 환각에 빠지기도 했다. 그러나 그 일에 대해서는 완전히 잊고 있었다. 그러면서도 항상 뭔가 잊어서는 안 될 일을 잊고 있는 듯한 심정에 늘 사로잡혀 그것을 생각해내려고 고민하고 몸부림치며 헛소리를 하고 흥분 상태에 빠지는가 하면, 견딜 수 없을 만큼 격렬하게 엄습해 오는 공포감에 빠지기도 했다. 그럴 때마다 그는 벌떡 일어나서 뛰어나가려 했지만 그때마다 옆에서 누가 억센 힘으로 찍어누르는 듯했고 그래서 그는 다시금 허탈과 무의식 상태로 빠져들어가는 것이었다. 하지만 마침내 그도 제정신을 되찾았다.

그것은 오전 10시쯤이었다. 아침 시간이면 갠 날씨에 밝은 햇살이 언제나 방 안의 오른쪽 벽에 가느다랗고 긴 줄무늬를 만들어 문 가까운 한구석을 밝게 비추었다. 머리맡에서는 낯선 사나이가 호기심에 가득 찬 눈빛으로 그를 지켜보고 있었다. 카프탄을 입고 턱수염을 기른 이 젊은 사나이는 얼핏 보아 조합 노동자 같은 인상을 주었다. 반쯤 열린 문 틈으로 주인 마누라가 들여다보고 있는 것도 보였다. 라스콜리니코프는 몸을 일으켰다.

"저건 누구야, 나스타샤?" 그가 젊은 사나이를 가리키며 물었다.

"이제야 정신이 드셨군요." 그녀가 말했다.

"정신이 좀 나신 모양이지요?" 조합 노동자가 말을 받았다.

문틈으로 엿보던 주인 마누라는 그가 정신차린 것을 보고는 곧 문을 닫고 사라졌다. 그 여자는 수줍음을 몹시 타서 남과 귀찮은 이야기하는 것을 좋아하지 않았다. 유달리 뚱뚱하고 기름진 몸매를 한 마흔쯤 되어 보이는 여자로 눈과 눈썹이 검고 몸집 때문에 동작이 느릿느릿한 폼이 호인처럼 보였다. 생김새가 보통 이상이었다. 다만 지나칠 정도로 수줍어했다.

"누구신가요?……당신은……당신은 누구요?" 라스콜리니코프는 조합 노동자를 향해 물었다.

그때 문이 열리고 라주미힌이 들어왔다. 그는 큰 키 때문에 허리를 좀 굽히며 들어와야 했다. "꼭 선실 같군." 방 안으로 들어오면서 그는 큰 소리로 지껄였다.

"언제나 이마를 부딪친단 말이야. 이래도 셋집이란 말인가? 한데 자네가 정신이 좀 들었다고 지금 파센카한테서 들었네."

나스타샤가 대답한다.

"방금 정신을 차리셨어요."

"네, 바로 지금 정신이 드셨습니다." 조합 노동자도 미소를 띠며 맞장구쳤다.

"그런데 댁은 누구시지요?" 갑자기 라주미힌이 노동자에게로 몸을 돌리며 물었다. "실례입니다만 나는 브라주미힌이라고 합니다. 보통 라주미힌이라고 불리기도 하지만, 사실은 브라주미힌입니다. 대학생이며 귀족 출신이지요. 그리고 이 사람은 내 친구입니다만, 당신은?"

"전 노동조합 사무소에 있습니다. 세라파에프라는 상인의 심부름으로 왔습니다만."

"이 의자에 앉으시지요" 하면서 라주미힌은 탁자 반대쪽 의자에 앉았다. "정신이 들어서 다행일세." 그는 라스콜리니코프 쪽으로 향하면서 말을 걸었다.

"나흘 동안 아무것도 먹지도 마시지도 않았단 말이야. 차를 숟가락으로 떠먹여주고 야단법석이었거든. 조시모프를 두 번이나 데리고 왔었지. 기억하겠나? 조시모프가 왔던 것을? 자넬 자세히 진찰하더니 신경이 과민한 상태라고 하더군. 가벼운 신경성이고 영양이 나빠서, 즉 맥주와 겨자가 부족해서 그런 거지만 곧 낫는다더군. 조시모프는 실력이 있어. 치료하는 솜씨가 대단하지. 아참, 방해가 됐군." 그는 이번에는 조합 노동자 쪽을 향해 이야기를 걸었다. "무슨 용무로 오셨는지 말씀해주시지요. 이봐, 로쟈, 이분의 사무소로부터는 벌써 두 번이나 사람이 왔지 뭐야. 요전에는 다른 사람이 왔었지. 그 사람하곤 인사했지. 지난번에 오셨던 분은 누구시지요?"

"그저께 왔던 사람 말인가요? 알렉세이 세묘니치라는 친구입니다. 우리 사무소에서 같이 일하고 있는 사람이지요."

"그분 이해심이 많으시더군요."

"그렇지요, 믿음직스럽습니다."

"그건 그렇고, 용무를 말씀해주십시오."

"잘 아시겠지만, 아파나시 이바노비치 바프루쉰을 통해 어머니께서 당신에게로 발행한 어음이 저희 사무소에 와 있습니다." 조합 노동자는 직접 라스콜리니코프를 향해 입을 열었다. "그래서 댁이 완전히 몸이 나으면 35루블을 내드리게 되어 있습니다. 다시 말하자면, 세묜 세묘니치가 아파나시 이바노비치를 통해서 종전과 같이 댁에게 보내온 송금 통지를 받으신 것입니다. 아시겠어요?"

"네, 알겠습니다……바프루쉰……." 하고 라스콜리니코프는 생각을 더듬는 것 같았다.

"이봐요, 들었지?…… 상인인 바프루쉰을 안다는군!" 라주미힌이 소리쳤다.

"이런 데도 어째서 정신이 없단 말인가요? 하지만 지금 와서 생각났지만, 당신도 제법 이해심이 많은 편이로군요. 그렇고말고! 재치있는 말이란 듣기만 해도 기분이 좋아지는 법이거든."

"바로 그분입니다. 바프루쉰 씨……. 그분이 당신 어머님의 부탁으로 전에도 한 번 그러신 적이 있습니다만, 이번에도 수고스럽게 2, 3일 전에 거기서 세묜 세묘니치한테 '35루블을 전해주십시오. 모든 일이 잘 풀리기를.'라는 통지가 있었습니다."

"모든 일이 잘 풀리기를 바란다는 말은 정말 걸작입니다. 그런데 당신 의견은 어떻소? 이 사람이 완전히 정신이 든 것 같습니까, 아닌 것 같습니까?"

"저에게 그런 식견이 있겠습니까? 그저 영수증만 받으면 되지요."

"어떻게 쓸 수 있죠? 장부를 가지고 오셨나요?"

"장부요? 여기 있습니다."

"이리 주시지요. 자, 로쟈, 일어나 보게. 내가 붙잡아줄 테니 펜을 들고 여기에 라스콜리니코프라고 서명하게. 지금 우리에게 돈은 꿀보다 더 달 테니까 말일세."

"필요 없어." 라스콜리니코프는 펜을 밀어놓았다.

"뭐가 필요 없단 말인가?"

"서명하지 않겠네."

"아니, 이 사람아. 돈을 안 찾겠단 말인가?"

"필요 없어…… 돈 따위는……."

"뭐라고? 돈이 필요 없다니! 여보게, 자네 정신없는 소리 말게. 제가 증인이 될 테니 걱정하지 마십시오. 아직 꿈을 꾸고 있는 모양입니다……. 하긴 이 녀석은 다른 때도 흔히 이런 일이 있었지요……. 당신은 사려 깊은 분이시니 둘이서 한 번 이 녀석을 도와주는 게 어떨까요? 즉 손을 잡고 움직여 주자는 것이지요. 그러면 서명할 테니까요. 자, 그럼, 해봅시다……."

"차라리 제가 다시 한 번 더 들르지요."

"아닙니다. 아무 걱정 마시고……. 자, 로쟈. 손님을 이렇게 대접해서야 쓰겠나?" 그는 라스콜리니코프의 손을 잡아주려고 했다.

"그만둬, 내가 할 테니!"

그는 펜을 들어 장부에 서명했다. 조합 노동자는 돈을 놓고 돌아갔다. "됐어! 그런데 뭘 좀 먹고 싶지 않나?"

"먹고 싶어." 라스콜리니코프는 대답했다.

"이 집에 수프 좀 있나?"

"어제 것이 좀 남아 있어요." 그동안 내내 옆에 서 있던 나스타샤가 대답했다.

"감자와 쌀을 갈아넣은 것 말이지?"

"네."

"안 봐도 알겠군. 그럼, 수프하고 물을 좀 가져다줘요."

"곧 가져오겠어요."

라스콜리니코프는 이 모든 광경을 놀라움과 두려움에 찬 눈으로 바라보았다. 그는 잠자코 앞으로 일어날 일들을 묵묵히 기다리기로 했다. '허깨비를 보고 있는 건 아닌 것 같다.' 그는 생각했다. '사실일 거야.'

한 2분쯤 지나서 나스타샤가 수프를 갖고 들어왔다. 그리고는 차도 가져오겠다고 했다. 수프에는 숟가락 두 개, 그 밖에 소금단지, 후춧가루병, 겨자 그릇 등이 곁들여져 있었다. 이렇게 갖추어진 식사는 정말 오랜만이었다. 식탁보도 깨끗했다.

"여봐, 나스타샤! 안주인 프라스코비야한테 부탁해서 맥주 두 병만 보내줬으면 좋겠는데. 한잔하고 싶군."

"어머나, 당신은 넉살도 좋군요, 이 키다리 양반!" 나스타샤는 중얼거리며 시키는 대로 술을 가지러 나갔다.

라스콜리니코프는 긴장한 시선으로 줄곧 날카롭게 주시하고 있었다. 그러는 동안 라주미힌은 그의 곁에 다가앉아, 라스콜리니코프가 스스로 일어날 수 있는데도 왼손으로 그의 머리를 껴안고 오른손으로 숟가락을 들어 몇 번이나 후후 불어 그의 입에 떠넣어 주었다. 그러나 수프는 그리 뜨겁지 않았다. 라스콜리니코프는 기갈이라도 난 사람처럼 계속해서 주는 대로 서너 숟가락 받아마셨다. 그러나 라주미힌은 몇 숟가락을 입에 넣어주고 나서 갑자기 손을 멈추더니, 그 이상은 조시모프에게 상의해봐야겠다고 말했다.

이때 나스타샤가 맥주 두 병을 가지고 들어왔다.

"차 마시고 싶나?"

"그래, 먹고 싶어."

"나스타샤, 차 좀 빨리 가져와요. 차는 의사 선생한테 물어보지 않아도 될 거야. 그건 그렇고, 맥주가 왔군!" 라주미힌은 자기 의자에 옮겨앉아 수프와 소고기 냄비를 끌어다 놓고 한 사흘 굶은 사람처럼 먹어대기 시작했다.

"여보게, 로쟈! 난 요새 자네 집에서 매일 이렇게 대접받고 있네." 입 속에 소고기를 잔뜩 넣고 씹으며 그는 웅얼거렸다. "이건 모두 파센카, 그러니까 자네 하숙집 안주인이 한턱 쓰는 거라네. 정말 대접이 융숭해. 물론 내가 부탁한 것은 아니지만 그렇다고 거절할 까닭도 없지. 보게, 나스타샤가 차를 가져왔군. 정말 재빠른데. 나스타샤, 맥주 한 잔 따라줄까?"

"정신 나간 소리 하지 말아요!"

"그럼, 차는?"

"차라면야……."

"그럼, 따라먹어. 아니, 잠깐, 내가 따라주지. 여기 와 앉아."

라주미힌은 나스타샤에게 한 잔 따라주고 나서 또 다른 잔에 가득 채운 다음 식사를 그만두고 다시 라스콜리니코프에게로 와서 아까처럼 환자의 머리를 안아들고 열심히 후후 불며 차를 떠먹이기 시작했다. 마치 입김을 부는 방법에 건강이 회복되는 비결이라도 있다는 듯이. 라스콜리니코프는 얼마든지 혼자 일어나 앉을 수도 있고 차를 마실 만큼 손을 놀릴 수도 있으며 또 걸어다닐 수도 있다고 느꼈으나 그대로 있었다. 이상스러울 만큼 거의 야수와도 같은 교활함과 본능으로 어느 시기까지는 자신의 힘을 감추어두고 때에 따라선 전혀 의식이 없는 척 가장하면서, 그 사이에 주위에 어떤 사태가 벌어지는지 귀를 기울여 알아내보려는 생각이 문득 머릿속에 떠올랐다. 그러나 자신에 대한 혐오감을 억누를 수는 없었다. 차를 몇 번 받아마시고 나서 그는 갑자기 고개를 저으며 숟가락을 밀어젖히고 다시 베개 위에 쓰러졌다. 머리맡에는 전에 없던 새 커버를 씌운 고급 새털 베개가 있었다. 그는 이것을 알아차리고 이미 머릿속에서 헤아리고 있었던 것이다.

"파센카한테 말해서 오늘 당장이라도 딸기를 보내달라고 해야겠군. 이 친구에게 마실 것을 만들어줘야겠어."

라주미힌은 다시금 제자리에 앉아 수프와 맥주를 마시면서 말했다.

"무엇 때문에 당신에게 딸기를 보내줘요?" 손바닥 위에 나무 접시를 받쳐들고 입에 각설탕을 문 채 차를 마시던 나스타샤가 톡 쏘았다.

"뭘, 딸기는 가게에 가서 사오면 되잖아. 그런데 로쟈, 자네가 잠든 동안 실은 커다란 사건이 있었다네. 자네가 그렇게 나를 곯려놓고는 주소도 가르쳐주지 않고 달아나버렸을 때, 어찌나 자네가 밉살스러웠던지 자네를 찾아내서 혼을 내주려고 했어. 당장 그날로 이 골목 저 골목 찾아다니며 묻고 또 묻고……! 자네 주소를 잊어버렸으니 찾을 도리가 있나? 아니, 잊어버린 게 아니라 애초에 자네가 가르쳐주질 않았었지. 그런데 자네의 전 주소가 페치우글로프 근처 파르라모프의 집이라는 것만 겨우 기억해내고 거기를 샅샅이 뒤지며 진땀을 빼다보니 파르라모프가 아니라 부프의 집이라는 생각이 들잖아……. 가끔 발음이 헛갈릴 수 있으니까. 홧김에 이튿날 무턱대고 경찰서 거류 안내소로 가봤지. 그랬더니 겨우 2분 만에 자네 이름을 찾아주더군."

"정말 내 이름이 적혀 있었어?"

"그럼! 그런데 코벨료프 장군이라는 사람은, 끝내 찾아내지 못하더군. 사실 이야기하자면 길다네. 그래서 내가 찾아와보니 이 지경이 아닌가. 나는 자네 사건에 관한 전부를 알게 되었지. 정말 난 자네의 모든 걸 알고 있다네. 이 여자가 증인이지. 난 서장인 니코짐 포미치도 알게 됐고, 일리야 페트로비치도 소개받았네. 그리고 문지기도, 또 자묘토프 씨—알렉산드르 그리고리치, 즉 경찰서 사무장 말이야—그리고 끝으로 파센카와도 알게 됐지……. 이건 나의 공로에 대한 월계관과 같은 거야. 이 여자도 알고 있겠지만……."

"사탕발림이나 잔뜩 해놓았으니 안 그래요?"교활한 듯한 웃음을 킬킬 웃으면서 나스타샤가 종알거렸다.

"이번엔 당신 차에도 쳐줄까, 나스타샤 니키프로브나?"

"개 같은 수작 말아요!"갑자기 나스타샤가 외치며 웃었다. 웃음을 그치고 그녀는 쏘아붙였다. "이봐요, 나는 페트로브나예요. 니키프로브나가 아니에요."

"앞으로 주의하지. 그런데 농담은 그만하고……. 처음에 나는 이 고장의 갖가지 편견을 없애버리기 위해서 여기저기로 전류(電流)를 보내려고 마음먹었는데 말이야, 그만 파센카한테 당하고 말았다네. 여보게, 난 말이야, 그녀에게 그처럼 매력이 있으리라고는 꿈에도 생각지 못했어. 자넨 어떻게 생각하나?"

라스콜리니코프는 불안한 눈초리로 계속 그를 쏘아보며 입을 다물고 있었다.

"이게 또 보통이 아니란 말일세." 상대방의 침묵 따위는 아랑곳없다는 투로 마치 상대의 대답에 맞장구라도 치듯이 그는 말을 이었다. "암, 그렇고 말고. 나무랄 데 없는 명품이거든."

"어머, 짓궂어라." 다시금 나스타샤가 호들갑을 떨었다. 아마 이런 대화에서 그녀는 말할 수 없는 행복감을 느끼는 모양이었다.

"곤란한 건 딴 게 아니라 자네가 애당초 손을 잘못 썼기 때문이야. 주인 마누라를 그런 식으로 해서는 안 되지. 좀 별난 성격의 소유자니까! 아니, 성격 이야기는 나중에 하고……. 어쩌다 밥도 못 얻어먹게 되었느냐 말이야. 예를 들어 그 증서 같은 건 또 뭐야. 그런 따위에 서명을 하다니, 정신 나간 거 아냐? 그리고 그녀의 딸 나탈리야 예고로브나가 살아 있을 무렵의 그 혼담 말이야……. 난 다 알고 있다네. 하기야 이 문제는 워낙 복잡하고 미묘해서 이 점에 대해서는 나도 맹추나 다름없다는 것을 인정하지만 말일세……. 실없는 이야기지만 어차피 꺼낸 김에 말하겠는데, 자네는 도대체 어떻게 생각하나? 프라스코비야 파블로브나는 자네가 생각하는 것처럼 그렇게 바보가 아냐. 그렇지 않은가?"

"음……." 라스콜리니코프는 외면한 채 아무 흥미가 없다는 듯이 대답했지만, 이 이야기를 계속하는 것이 좋겠다고 생각했다.

라주미힌은 대답을 들은 것이 정말 기쁜지 큰 소리로 말했다.

"그렇잖아? 하기야 영리하다고는 할 수 없겠지. 아니, 정말 이상한 성격이야! 솔직히 말하면 나도 좀 당황했을 정도야. 아마 마흔이 넘었겠지. 자기는 서른 여섯이라고 말하는데, 그게 조금도 어색하지 않거든. 맹세코 말하자면, 그 여자에 대한 나의 판단은 오히려 지적이고 순전히 형이상학의 범위 안에 머무르고 있다네. 아무튼 여보게, 나와 그녀의 관계로 말할 것 같으면 자네의 대수학을 뺨칠 정도로 신비스러운 수수께끼거든! 뭐가 뭔지 영문을 알 수 없는 걸세! 이런 건 다 실없는 소리고, 단지 그 여자는 자네가 이미 대학생도 아니고 일거리도 없지, 게다가 입을 옷조차 없는 데다 딸마저 죽어버렸으니 자연히 마음이 변한 것 같아. 그리고 자넨 자네대로 방구석에만 틀어박혀서 약속을 지키지 않으니……. 아마 자넬 쫓아내려는 작정이었나봐. 오래전부터 그런 속셈이었고, 어음 약속 날짜가 가까워지고, 더군다나 자네는 어머니가 갚아줄 것이라고 약속을 해놓았으니……."

"그건 거짓말이었어……. 어머니는 혼자 살아가기도 힘드신데. 쫓겨나지 않으려고 그런 소릴 했지."

라스콜리니코프는 큰 소리로 또렷하게 말했다.

"응, 그건 제법이로군. 하지만 문제는 7등관 체바로프라는 빈틈없는 작자가 나타난 데 있어. 그 사나이만 없었다면 파센카가 그런 궁리를 하지는 못했을 걸세. 그렇게 악착스럽지는 않으니까. 하지만 이 수단꾼은 우선 어떻게 이 어음을 살릴 수 없나 하고 계산해봤지. 자네에게는 어머니가 계시니 자기는 굶더라도 귀여운 로쟈만은 150루블이라는 연금 중에서 얼마를 마련하여 구해줄 것이고, 또 오빠를 위해서는 몸이라도 팔 누이동생이 있다는 걸 빤히 알고 있으니까 말이지. 그런데 자넨 어쩌자고 그러고만 있나? 자네 비밀을 속속들이 알고 하는 이야기네만, 자네가 파센카와 친척같이 지내고 있을 때 너무 터놓고 지껄인 게 탈이었어. 난 자넬 사랑하니까 말하네만……. 정직하고 착한 사람들은 저도 모르게 함부로 털어놓고 이야기하지만, 수단꾼은 그런 말만 들어도 이게 웬 떡이냐 하는 법일세. 그러고는 통째로 삼켜버리지. 그래서 그 여자는 돈을 빌린 것처럼 해서 어음을 체바로프에게 양도하고, 그는 정식 수속을 밟아 돈을 청구한 거지. 난 이 사실을 알자마자 양심을 씻어주기 위해 이 사나이에게도 전류를 쏘아줄까 생각했지만, 마침 그때 파센카와 나는 이른바 합의가 이루어져 난 자네가 반드시 지불할 것이라는 보증을 서고 그 사건을 빨리 중단할 것을 전해주었지. 여보게, 내가 자네 보증을 선 거야. 알겠나? 그래서 체바로프를 불러서는 10루블을 눈앞에 던져주고 어음을 되찾은 거라구. 이제 그걸 자네에게 바치는 영광을 누리게 되었지. 구두 약속만으로 신용해 주지……. 자, 받게. 적당히 한쪽 끝을 찢어두었네."

라주미힌은 차용증서를 탁자 위에 놓았다. 라스콜리니코프는 힐끗 돌아보고는 아무런 인사도 없이 벽 쪽으로 돌아누워버렸다. 이쯤 되고 보니, 아무리 마음씨 좋은 라주미힌도 화가 치밀어올랐다.

"그런가." 1분쯤 지나서 그는 말했다. "또 실없는 짓을 했군. 나는 지껄이기라도 해서 자네를 위로해주려고 한 것인데 그만 또 자네 비위만 건드렸군."

"여보게, 내가 열에 시달리고 있을 때 자네를 알아보던가?" 1분쯤 잠자코 있던 라스콜리니코프가 얼굴을 돌리지도 않은 채 물었다.

"전혀. 그뿐만 아니라 자묘토프를 한 번 데려왔을 때는 그야말로 미친 듯이 화를 내더군."

"자묘토프를? ⋯⋯그 사무장 말인가? 무엇 때문에?"

라스콜리니코프는 갑자기 몸을 돌리며 라주미힌을 쏘아보았다.

"왜 그렇게 놀라나? 자네와 사귀고 싶다고 하더군. 둘이서 자네 이야기를 많이 했기 때문이지⋯⋯. 그렇지 않고서야 내가 어떻게 자네 사정을 잘 알 수 있었겠나? 참 좋은 친구더군. 아주 훌륭해⋯⋯ 물론 어느 일면이지만. 지금은 아주 친해져 매일같이 만나네. 그래서 이쪽으로 이사까지 한 거지. 자넨 아직 모를 거야. 최근 일이니까. 그 친구와 루이자한테도 두 번이나 갔었지. 루이자를 기억하고 있나, 라비자 이바노브나를?"

"내가 무슨 헛소리를 하지 않던가?"

"했지. 제정신이 아니었으니까."

"무슨 소리를 하던가?"

"아니, 뭐라고 헛소리를 했느냐고? 뻔하잖나⋯⋯. 자, 이러고 있을 게 아니라 빨리 일을 해야겠는걸."

그는 긴 의자에서 일어나 모자를 집었다.

"도대체 무슨 헛소리를 했나?"

"이 사람이, 왜 이렇게 따지고 드나? 무슨 비밀이라도 있나? 걱정할 건 없네. 백작 따님 이야긴 하지 않았으니까. 누구 집 불독이 어떻다느니, 귀걸이가 어떻다느니, 쇠사슬이 어떻다느니, 코레스드프스키섬이며 어디 문지기며 니코짐 포미치가 어떻다느니 할 소리 안 할 소리 다 하더군. 그리고 또 자네는 양말에 꽤 신경을 쓰더군그래. 마치 애원하듯 '양말을 줘, 양말을 내놔.' 연신 떠들었어. 그래 듣다못해 자묘토프가 이 구석 저 구석 찾아 손수 자네에게 그 냄새나는 넝마 조각을 주었다네. 향수로 씻고 반지를 낀 그 손으로 말일세. 그제야 얼마간 진정하고는 꼬박 하루 동안을 뺏을 수도 없게 꽉 움켜쥐고 있더군. 아마 지금도 담요 아래에서 뒹굴고 있을 거야. 그러고 나서 이번에는 바짓가랑이 잘라낸 것을 달라고 하더군. 눈물까지 흘리면서 말이야! 도대체 무슨 누더기 조각일까 하고 끈덕지게 물어봤지만 끝내 알 수가 없더군⋯⋯. 그건 그렇고, 먼저 용건을 이야기 하겠네! 여기 35루블이 있는데 내가 10루블만 가져가네. 두 시간 뒤 계산서를 가지고 오지. 가는 길에 조시모프에게도 알려놓겠어. 그렇잖아도 그 사람은 진작 여기에 와 있어야 하는데……. 벌써 11시가 지났어. 그런데 여봐, 나스타샤, 나 없는 동안 잘 돌봐줘. 마실 것이든 뭐든 원하는 대로……. 파센카한테 일러놓을 테니까. 그럼, 실례하네."

"주인 마님을 보고 파센카라고 부르다니! 참 넉살도 좋아."

나스타샤가 그의 등에 대고 지껄였다. 그리고 문틈으로 귀 기울이다가는 더 이상 참지 못하겠다는 듯 아래로 달려내려갔다. 그녀는 라주미힌이 주인마님과 무슨 수작을 하는지 궁금했던 것이다. 어쨌든 라주미힌한테 흠뻑 반한 모양이었다.

나스타샤가 나가고 문이 닫히자 환자는 담요를 팽개치듯 밀치며 미친 듯이 벌떡 일어났다. 그는 타는 듯한 초조감에 사로잡혀서 한시바삐 아무도 없는 틈을 타 일을 시작할 것을 기다려왔던 것이다. 그런데 뭘까! 무얼 해야 하지? 이제와서 그만 감쪽같이 잊어버린 것이다.

'하느님이시여! 단 한마디만 가르쳐주십시오……. 과연 그들이 내 비밀을 모조리 알고 있는지, 또는 모르고 있는지? 다 알고서도 모르는 체 내가 잠든 동안 시치미를 떼고 놀린 다음 갑작스레 뛰어들어, 벌써 전부터 다 알고 있으면서도 모르는 척했을 뿐이라고 말한다면 어떻게 하겠다는 거냐? 마치 일부러 잊어버리기라도 한 듯이 갑자기 잊어버렸구나. 방금까지도 생각났었건만 까맣게 잊어버렸구나!'

그는 방 한가운데 장승처럼 서서 고민과 의혹에 잠긴 눈으로 주위를 둘러보았다. 문께로 다가가서 문을 열고 귀를 기울여봤다. 그러나 잊어버렸던 일은 그런 것이 아니었다. 또는 문득 생각난 듯이 벽 쪽으로 달려가 해진 벽지 속을 살펴보고 구멍에 손을 넣어 속을 더듬기 시작했다. 그러나 이런 일도 아니었다. 난로를 열고 잿속을 뒤져보았다. 바지에서 떨어진 헝겊조각이며 찢어낸 주머니 조각들이 그때 던져놓은 그대로 있었다. 그러고 보니 아무도 본 사람은 없었던 모양이다. 이때 문득 라주미힌이 말하던 양말이 생각났다. 과연 그것은 긴 의자 위에 깔아놓은 요 밑에 그대로 있었다. 하지만 그 일이 있고 나서부터 무척 낡고 더럽혀졌기 때문에 자묘토프 역시 아무것도 눈치채지 못했을 것이 분명했다.

'아니, 자묘토프라고! …… 경찰서! …… 내가 어째서 경찰서에 출두해야 했지? 소환장은 어디 갔을까? 아냐, 나는 혼동하고 있어. 그건 그때 어음 때문에 호출당한 게 아닌가! 그때도 나는 양말을 조사해보았지. 하지만 지금은…… 지금은 병들었어. 그런데 자묘토프는 대체 무슨 일로 여기에 왔을까? 라주미힌은 무슨 이유로 녀석을 데리고 왔을까?' 그는 다시 긴 의자에 걸터앉으며 정신 나간 사람처럼 중얼거렸다. '도대체 이건 어찌 된 일일까? 아직도 열이 가시지 않은 걸까? 그렇지 않으면 사실일까? 아무래도 현실인 것 같군……. 옳지, 이제 생각이 난다. 도망쳐야 해! 빨리 도망쳐야 하는 거야! 어쨌든 도망쳐야 한다……. 어디로! 내 옷이 어디 있지? 구두는? 없애버렸구나! 감춰놨어! 옳지, 여기 외투가 있군. 보지 못한 모양이지. 돈도 탁자 위에 있구나. 다행이야. 어음도 있다……. 이 돈도 갖고 달아나자. 그리고 먼 곳에 가서 방을 빌리자. 날 찾아내지 못할 곳에. 하지만 거류 신고는? 날 찾아낼 거야. 라주미힌도 날 찾아내고 말겠지. 아주 멀리 도망을 쳐야지……. 멀리……아메리카에라도. 그래서 녀석들에게 침이나 뱉어주는 거야! 어음도 가지고 가자. 혹시 어디서라도 쓰일지 몰라. 또 무엇을 가지고 가나? ……저들은 내가 병이 난 줄 알고 있겠지. 내가 걸어다닐 수 있다고는 꿈에도 알지 못할 거야. 헤헤헤……. 녀석들이 모른다는 건 눈초리만 봐도 뻔해. 다만 층계만 내려갈 수 있다면……. 그러나 밑에 순경들이 보초를 서고 있다면! 아니, 이건 뭔가? 차인가? 야, 맥주도 반 병이나 남아 있군. 차갑구나!'

그는 남아 있는 맥주를 따라 마치 가슴속의 타는 불이라도 끄려는 듯 단숨에 들이켰다. 1분도 지나지 않아 취기가 올라와 등골에 가볍고 상쾌한 오한이 스쳤다. 그는 누워서 담요를 끌어당겨 덮었다. 그러잖아도 병적으로 혼란스러운 그의 머릿속이 차츰 뒤죽박죽이 되어 이내 가볍고 기분 좋은 잠 속으로 빠져들어갔다. 그는 황홀한 기분으로 베개를 바로 베고 다 떨어진 외투 대신 푹신한 솜이불을 덮고는 가벼운 한숨을 내쉬며 깊고 편안한 병을 고치기라도 할 듯한 잠에 빠져들어갔다.

그는 누군가가 방으로 들어오는 기척에 눈을 떴다. 눈을 떠보니 문을 열고 문턱 위에 선 채 망설이는 라주미힌의 모습이 보였다. 라스콜리니코프는 재빨리 몸을 일으켜 무엇인가 생각해내려고 하는 듯 그를 바라보았다.

"아니, 자네 깨어 있었군. 나야! 나스타샤, 보따리를 이리 줘!" 라주미힌이 아래를 향해 소리 질렀다.

"이제 곧 계산서를 보여주지……."

"몇 시지?" 라스콜리니코프는 불안한 듯 주위를 둘러보며 물었다.

"꽤 잤군. 밖은 벌써 저녁때야. 6시쯤 되었을걸. 그러니까 여섯 시간쯤 잤군그래……."

"큰일났군. 어쩌자고……이렇게……."

"무슨 소리를 하는 거야? 잠은 약일세! 뭘 그리 서두르나? 여자라도 만나러 가나? 우리의 자유로운 시간이 아닌가. 세 시간 동안이나 자네가 깨길 기다리고 있었네. 두 번이나 와봤지만 자고 있더군. 조시모프한테도 두 번이나 가봤지만 그도 자리를 비우고 없었어. 하지만 곧 올 거야……. 무슨 일이 있나보지. 나는 오늘 완전히 이사했네. 큰아버지가 지금 와 계시네……. 그런 이야기는 그만두고, 어서 용건이나 끝내세……. 나스타샤, 보따리를 이리로 가져와. 그런데 자네 기분은 어떤가?"

"난 건강해. 병이 아냐. 라주미힌, 자네는 줄곧 와 있었나?"

"세 시간이나 기다렸다고 말하지 않았나."

"아니, 그전에 말이야."

"그전이라니?"

"언제부터 여기 와 있었느냔 말이야."

"아까 말하지 않았나. 벌써 잊어버렸어?"

라스콜리니코프는 생각에 잠겼다. 얼마 전에 있었던 일이 마치 꿈속에서의 사건처럼 눈앞에 어른거렸다. 그런데 아무래도 한 가지 생각나지 않는 것이 있어서 그는 물어보고 싶은 듯이 라주미힌을 쳐다봤다.

"원참!" 하고 라주미힌이 말했다. "잊어버렸나보군. 아까는 아무래도 자네가 완전히……제정신이 들지 않은 것 같았단 말이야……. 이제야 겨우 꿈에서 깨어난 참이군……. 정말 얼굴도 좋아졌어. 잘됐네! 자, 볼일이나 보세! 이번에는 생각해낼 거야. 이걸 한번 보게." 그는 보따리를 풀기 시작했다. 아무래도 이 보따리에 관심이 꽤 쏠리는 모양이었다. "알겠나, 자네. 이건 내가 가장 신경 쓰고 있던 일일세. 아무튼 자네를 사람다운 모습으로 꾸며놓아야 하니 말이야. 그럼,

우선 위에서부터 시작해 볼까? 어떤가, 이 모자는?"그는 보따리 속에서 깨끗한, 그러나 흔한 싸구려 모자를 꺼내며 말했다.

"어디 맞나 보세."

"나중에 할게, 나중에." 라스콜리니코프가 못마땅한 듯 손을 뿌리치며 말했다.

"여보게, 로쟈. 고집부리지 말고 늦기 전에 한번 써보게. 재보지도 않고 그냥 사 왔으니까. 이러다간 오늘 밤새도록 못 잘 거야. 야! 꼭 맞는군!"모자를 머리에 대보더니 그는 신이 나서 소리쳤다. "맞춘 거나 다름없는데. 모자는 옷차림 중에서 가장 중요하고 간판과 같은 걸세. 트레쟈코프라는 내 친구는 공식 석상에 나갈 때마다 다른 사람은 다 모자를 쓰고 있는데, 그는 꼭 머리에 쓴 것을 벗었다네. 남들은 이걸 노예 근성이라고 하지만, 사실은 까치집 같은 자기 모자가 창피했었던 것뿐이야. 정말 굉장히 수줍음을 타는 놈이었거든. 그런데 나스타샤, 여기 모자가 둘 있어. 그래, 이 팔메르스톤―그는 구석에서 라스콜리니코프의 찌그러진 둥근 모자를 꺼냈다. 왜 그런지는 몰라도 그는 그것을 팔메르스톤이라고 불렀다―과 이쪽의 보석 같은 걸작과 어느 쪽이 낫다고 생각하나? 한번 맞춰봐, 로쟈. 얼마에 산 것 같나? 나스타샤."라스콜리니코프가 잠자코 있는 것을 보자 그는 나스타샤 쪽으로 말을 걸었다.

"글쎄, 한 20코페이카쯤 줬겠지요." 나스타샤가 대답했다.

"20코페이카라고, 바보 같으니!"그는 화를 내며 소리쳤다. "요즘 세상에 20코페이카 가지고는 너 같은 것도 못 살걸. 말도 안돼. 80코페이카나 줬어. 그것도 조금 낡은 것이니까 그렇지. 하긴 이 모자를 못쓰게 되면 내년엔 다른 것을 공짜로 주겠다는 조건이 붙어 있긴 하지만. 자, 이번엔 미합중국을 시작해볼까. 왜 중학교 때 우리가 곧잘 그렇게 말하지 않았나?[7] 미리 말해두겠네만, 이 바지는 정말 다른 물건에 비해 싸게 산 셈이야!"

그는 얇은 여름천으로 만든 회색 바지를 라스콜리니코프 앞에 펼쳐놓았다. "이만하면 괜찮지. 구멍 하나 얼룩 하나 없고, 헌옷인 것은 분명하지만 충분히 입을 수 있거든. 더구나 조끼도 요즘 유행하는 것처럼 바지와 같은 색깔이

---

7) 러시아어로 미국 공식 명칭(Соединённые Штаты Америки)은 바지를 뜻하는 단어(штаны)와 발음이 비슷해서, 중고등학교 학생들이 '바지를 입는다'를 '미합중국을 입는다'로 말장난을 한 것.

야. 솔직히 말해서 중고가 오히려 더 좋은 법이거든. 더 부들부들하니까. 알겠나, 로쟈? 소위 출세라는 것을 하기 위해서는 내 생각에는 어엿하게 계절만 지킬 줄 알면 되는 걸세. 정월에 아스파라거스를 먹고 싶다는 따위의 소리만 하지 않으면 언제나 지갑 속에 몇 루블쯤 남게 마련일세. 물건 사는 것도 마찬가지야. 지금은 여름이니까 여름옷을 산 거야. 가을이 되면 좀 더 따뜻한 걸 입어야 하거든. 더구나 그때쯤 되면 다 떨어지고 말겠지. 사치를 부려서가 아니라 옷 안감이 다 해져 그런 것이지. 자, 이게 얼마나 돼 보이나? 2루블 25코페이카야. 그나마 기억이나 해둬. 모자와 마찬가지로 입지 못할 정도로 낡아빠지면 내년에는 다른 것을 그냥 주기로 했으니까. 페쟈예프 상점에서는 그런 식으로만 장사하지. 한 번 돈을 지불해놓으면 그걸로 평생 그만이야. 산 쪽에서도 두 번 다시 사지 않으니까. 자, 이번엔 구두를 신어보게. 중고품이지만 두 달은 충분히 신을 수 있을 거야. 뭐니 뭐니 해도 바다를 건너온 외국 제품이거든. 지난주에 영국 대사관의 서기가 고물 시장에 내놓은 거래. 엿새밖에 안 신은 건데 돈이 몹시 필요해서 팔았다더군. 값은 1루블 50코페이카야. 이만하면 됐지?"

"하지만 안 맞는 거 아녜요?" 나스타샤가 끼어들었다.

"맞지 않는다고? 이게 뭔지 알아?" 그는 주머니에서 다 떨어진 라스콜리니코프의 구두 한 짝을 꺼내놓았다.

"혹시나 해서 이렇게 준비하고 갔단 말일세. 이 도깨비 같은 걸로 실제 치수를 알아내더라고. 만사를 성심껏 했다는 말일세. 셔츠는 주인 마누라한테 치수를 물어봤고. 자, 여기 셔츠가 세 벌 있네. 아마포로 유행하는 깃이 달려 있어……. 그러니까 모자가 80코페이카, 의류가 2루블 25코페이카, 모두 더해 3루블 5코페이카, 그리고 구두가 1루블 50코페이카 —이건 고급이기 때문이야 —, 이 합계가 4루블 55코페이카, 그리고 셔츠가 5루블 —도맷값으로 깎은 거야 — 모두 합해서 9루블 55코페이카. 45코페이카가 거스름돈인데, 모두 5코페이카짜리 동전이야. 자, 받게. 자네도 이젠 한 벌 다 갖춘 셈이야. 자네 외투는 아직 입을 만한 것 같아. 게다가 그건 다른 데서는 찾아보기 힘든 독특한 운치까지 있거든—샤르메르 양복점에서 맞춰 입은 것 같다니까. 양말이라든가 자질구레한 것은 자네에게 맡기겠네. 돈이 아직 25루블 남아 있겠다, 더구나 파셴카의 하숙비에 대해선 걱정하지 않아도 돼. 무기한의 신용이 있으니 말일세. 자, 셔츠를 갈아입지. 아무래도 그놈의 병이 낡은 셔츠 속에 도사리고 있는 것 같군……."

"그만둬! 싫다니까!" 라스콜리니코프는 손을 내저었다. 그는 아까부터 옷을 장만하는 일치고는 지나치게 부산스러운 라주미힌의 보고를 언짢은 기색으로 듣고 있었다.

"그게 무슨 소리인가? 그렇다면 뭣 때문에 내가 구두가 닳도록 돌아다녔단 말인가!" 라주미힌도 쉽게 물러서지는 않았다. "나스타샤, 부끄러워하지 말고 좀 도와줘요. 옳지, 옳지."

그는 라스콜리니코프가 반항하는데도 그럭저럭 셔츠를 갈아입혔다. 라스콜리니코프는 베개 위에 쓰러져 2분 동안 한마디도 하지 않았다. '아직 얼마 동안은 해방되지 못하겠구나!' 하고 그는 생각했다.

이윽고 그는 벽 쪽을 향해 누운 채로 물었다. "대체 무슨 돈으로 이런 것들을 사왔는가?"

"무슨 돈이라니? 어이가 없군. 이건 자네 돈이야. 아까 노동조합에서 가져오지 않았나. 바프루쉰을 통해 어머니가 보내신 걸세. 그런 것까지 잊어버렸나?"

"아, 생각나는군……." 오랫동안 침울한 생각에 잠겨 있다가 라스콜리니코프는 말했다.

라주미힌은 이마를 찌푸리며 불안하다는 듯이 그를 바라보고 있었다. 그때 문이 열리며 키가 큰 건장한 몸집의 사나이가 들어왔다. 라스콜리니코프는 그의 얼굴을 보고 낯이 익은 듯한 생각이 들었다.

"조시모프! 이제야 오는군." 라주미힌이 기뻐 소리쳤다.

4

조시모프는 키가 크고 뚱뚱한 몸집에 수염을 깨끗이 면도했다. 얼굴은 부은 것처럼 파리하고 부석부석했으며 머리카락은 하얬다. 게다가 도수 높은 안경을 걸치고 피둥피둥하게 살찐 손가락에는 큼직한 금반지를 끼고 있었다. 나이는 스물일곱이나 여덟쯤으로, 여유 있고 사치스러운 느낌도 드는 가벼운 외투에 밝은 빛깔의 여름 바지를 입고 있었다. 대체로 그가 걸치고 있는 의복 전체가 모두 품위 있고 멋진, 새로 지은 것뿐이었다. 셔츠는 흠잡을 데 하나 없이 깨끗했고, 조끼에 늘어뜨린 시곗줄은 묵직해 보였다. 그의 동작은 조금 느릿하여 언뜻 보기에는 둔중한 느낌이 들기도 했으나, 일부러 호탕한 체하는 듯이 보이기도 했다. 그러나 비록 겉으로 드러내지 않으려 해도 그의 태도에는 어딘가 거만한 점이 엿보였다. 그를 아는 사람들 말에 따르면 그는 사귀기 힘든 사람이었다. 그러나 의술만은 훌륭하다는 평판이 나 있었다.

"난 벌써 두 번이나 자네한테 들렀었지……. 이 녀석은 이제 겨우 제정신이 돌아왔다네, 보다시피!" 라주미힌이 커다란 목소리로 말했다.

"글쎄, 알고 있다니까! 그래, 좀 어떠시오?" 라스콜리니코프에게로 몸을 굽히면서 조시모프가 말했다. 그리고 나서 그는 발치 쪽에 있는 의자에 편안한 자세로 걸터앉았다.

"여전히 개운하지는 않은 모양이야!" 라주미힌이 말을 이었다. "이제 막 셔츠를 갈아입혔는데, 그야말로 울음을 터뜨릴 것만 같더군."

"그야 그렇겠지. 마음이 내키지 않는다면 셔츠 같은 건 나중에 갈아입혀도 괜찮았는데……. 맥박이 좋아졌는걸. 머리는 아직도 아픈가요?"

"나는 건강해, 완전히 건강하단 말이야!" 라스콜리니코프는 갑자기 벌떡 일어나 눈을 번들거리면서 완강하고 조급한 어조로 내뱉고는, 금방 다시 쓰러져서 벽 쪽으로 돌아누워버렸다.

조시모프는 가만히 그를 지켜보고 있었다.

"그만하면 아무 걱정 없습니다. 별 탈 없을 겁니다." 그는 따분한 듯 말했다. "무얼 좀 먹여볼까?" 라주미힌은 지금까지의 일을 말해주고 나서 무얼 먹이면 좋을지 물었다.

"글쎄, 이젠 아무거나 괜찮겠지……. 수프, 차……. 버섯이나 오이 같은 것은 물론 안 되지만, 또 소고기도 해로울 거야. 그런데……아니 뭐, 그다지 주의할 것은 없어." 그는 라주미힌에게 눈짓을 보냈다. "물약은 이제 그만 먹어도 되고, 다른 것도 필요 없을 거야. 내일 또 와볼 테니까……. 아니면 이따 한 번 더 와볼까?…… 아무튼……."

"내일 저녁엔 내가 데리고 산책을 나가겠어!" 하고 라주미힌이 혼자 정했다. "유스포프 공원으로 해서 수정궁이나 들러봐야겠군."

"내일까지는 아직 움직이지 않는 게 좋을 듯싶은데……. 조금이라면 괜찮겠지만, 아무튼 좀 더 두고 보면 알겠지."

"그건 좀 유감인걸. 오늘은 내가 집들이를 한단 말일세. 가까운 거리라 라스콜리니코프도 참석해주었으면 했던 거야. 긴 의자에 누워 있기만 해도 되는데! 자넨 올 수 있겠지?" 라주미힌은 조시모프 쪽을 힐끗 쳐다보며 말했다. "잊지 말고 오도록 하게, 약속일세."

"아마 조금 늦을 거야. 그런데 뭘 준비했나?"

"뭐 차린 건 그리 없어. 차, 보드카, 청어, 고기만두 등이지. 그저 한 집안 사람처럼 조촐하게 모여보는 거야."

"누구누구 오나?"

"모두 가까운 친구들이지. 아마 자넨 처음 보는 사람들일 걸세. 늙은 내 큰아버지는 예외지만. 그러나 그분과도 구면은 아니잖나. 바로 볼일이 있어 페테르부르크에 오셨다네. 5년 전에 한 번 만났을 뿐이니까."

"뭘 하시는 분이었지?"

"평생을 시골 우체국장으로 보내시고는 지금은 쥐꼬리만한 연금으로 지내시지. 금년이 예순다섯인가, 그렇지. 이렇다할 건 없어도 난 큰아버지를 좋아한다네. 그리고 포르피리 페트로비치도 올 거야. 이곳 예심 판사로 법률가지. 왜 자네도 알잖나……."

"그 양반도 자네 친척인가?"

"아주 먼 친척이 되지. 그런데 자네 왜 얼굴을 찌푸리나? 한 번 싸운 녀석하고는 자리를 같이 하지 않겠다는 건가?"

"누가 그까짓 녀석을 겁낸대!"

"그렇다면 다행이로군. 그 밖에 대학생 몇몇과 교사와 관리가 한 사람씩, 음악가 한 사람, 또 자묘토프……."

"여보게, 자네한테 한 가지 물어볼 것이 있는데, 자네나 이 사람이나" 하고 조시모프는 라스콜리니코프를 턱으로 가리켰다. "그 자묘토프란 사나이와 대체 어떤 공통 관심사가 있단 말인가?"

"참, 자넨 까다로운 친구로군! 말만 꺼내면 곧 주의(主義)가 어떠니 하니……. 자넨 꼭 용수철 장치가 아니라 주의 장치를 한 인형 같아. 자기 의사대로 몸의 방향조차 가누지 못하니 말일세. 내 생각으론 사람만 좋다면 그것으로 이미 훌륭한 주의라고 할 수 있네. 그 이상 아무것도 알려고는 하지 않으니까. 자묘토프는 멋진 사나이야."

"적당히 자기 뱃속도 채우니까 말인가?"

"아니, 그가 잇속을 차린다고 해서 우리가 아랑곳할 건 없잖나! 잇속을 채우기로서니 어쨌단 말인가?"라주미힌은 좀 어색할 정도로 흥분하며 갑자기 큰소리로 말했다. "그가 잇속을 차린다고 해서 내가 칭찬이라도 할 줄 아나? 나는 다만 어떤 의미에서는 좋은 사람이라고 했을 따름이네! 이것저것 따지고 보면 모든 면에 흠 없이 완전히 선량한 사람이란 거의 없지! 말이야 바른 대로 하랬다고, 나 같은 놈은 오장육부를 다 쏟아내도 구운 양파 조각 하나의 값어치도 못될 걸세. 그것도 덤으로 자네까지 넣어서 말이지⋯⋯."

"그건 너무 싼데. 나 같으면 자네에게 두 개 정도의 값을 주겠네."

"나는 자네를 하나밖엔 안 쳐주겠어, 얼마든지 익살을 부려보게나! 그런데 자묘토프는 아직 도련님일세. 그래서 내가 여기저기 데리고 다니며 교육시키는 거라네. 녀석은 그냥 내버려두는 것보다 꼭 붙잡아두어야 할 그런 존재이거든. 대체로 인간을 바로잡으려 할 때는 그대로 방임해 두어서는 절대로 안 되네. 하물며 도련님이라면 특히 더하지. 정말 자네들 같은 진보파의 멍텅구리들은 아무것도 모른단 말일세! 남을 존경하지 않는 자는 스스로를 욕되게 하는 법일세. 더구나 알고 싶다면 설명해 주겠네만, 그와 나 사이에는 아무래도 하나의 공통 관심이 싹트는 모양이야."

"들어보고 싶은데."

"말하자면 왜 그 칠장이, 페인트장이 사건 말이야⋯⋯. 나는 정말 그를 구해내고 말겠어! 하긴 지금도 그가 결백하다는 것은 조금도 의심할 여지가 없지만. 그야말로 뻔한 사건이거든! 그러니 조금만 뒤를 밀어주면 되는 걸세."

"대체 그 칠장이가 어쨌단 말인가?"

"아니, 그럼, 내가 아직 이야기 안 해 주었던가? 이제 보니 그렇군⋯⋯. 왜 저 죽은 관리의 부인 있잖나, 돈놀이하는 노파 말일세. 그녀를 누군가가 살해했다는군. 그런데 그 칠장이가 혐의를 받고 잡혀들어갔지 뭔가⋯⋯."

"아, 그 살인 사건이라면 나도 알고 있다네. 그리고 대단히 흥미를 느끼고 있었지⋯⋯. 부분적이긴 하지만⋯⋯한 가지 마음에 걸리는 점이 있어서⋯⋯. 신문에서도 읽었지! 그래서……."

"노파 말인가요? 리자베타까지 죽여버렸더군요!" 나스타샤가 라스콜리니코프 쪽을 향해 입을 열었다. 그녀는 문가에 기대서서 죽 이야기를 듣고 있었다.

"리자베타?" 라스콜리니코프는 조그맣게 입속말로 중얼거렸다.

"아, 왜 헌옷장수 리자베타 말예요. 저, 지난번에 당신 셔츠도 고쳐주지 않았어요?"

그러나 라스콜리니코프는 벽 쪽으로 돌아눕고 말았다. 그리고 흰 꽃무늬가 새겨진 낡고 색바랜 벽지 위에 희미한 밤색 선으로 줄쳐진 흰 꽃 한 송이를 골라 잎사귀와 그 가장자리에 있는 톱니형 금이 몇 개나 되나, 또 선은 몇 개나 되는가 열심히 헤아려보기 시작했다. 그는 마치 손발이 마비된 듯 몸이 말을 듣지 않고 있음을 알면서도 몸을 움직여보려고도 하지 않은 채 끈덕지게 꽃만 노려보고 있었다.

"그래, 그 칠장이가 어찌됐단 말인가?" 어쩐지 못마땅한 표정을 지으며 조시모프가 나스타샤의 말을 가로챘다.

그녀는 무겁게 한숨을 내쉬고는 입을 다물었다.

"아무튼 살인 혐의를 받고 있다네!" 라주미힌은 흥분한 어조로 말했다.

"무슨 증거라도 있는가?"

"증거는 무슨 증거, 그들은 증거가 있다지만 그 증거란 것이 증거가 되지 못하거든. 그 점을 증명해야 해. 처음에 왜 그……. 코흐와 페스트랴코프에게 혐의를 두고 구속한 것과 똑같은 수작이지. 염병할! 무슨 돼먹지 못한 수작들이람. 옆에서 보기만 해도 구역질이 날 지경이야! 페스트랴코프는 어쩌면 오늘 우리 집에 들를지 몰라. 그건 그렇고, 로쟈, 자네도 이 사건을 알고 있겠지? 자네가 앓기 전에 일어난 사건이니까. 그렇지, 자네가 경찰서에서 졸도하기 바로 전날 저녁에 생긴 일이라, 그때 경찰서에서도 마침 그 이야기들을 하고 있었지."

조시모프는 호기심 어린 빛을 띠며 라스콜리니코프를 쳐다보았으나 그는 여전히 꼼짝하지 않았다.

"그건 그렇고, 라주미힌. 이제 보니 자네는 남의 일에 걱정도 많은 사람이군" 하고 조시모프가 말을 건넸다.

그러자 라주미힌은 주먹으로 탁자까지 치며 대꾸했다.

"그런지도 모르지. 그렇지만 나는 그 칠장이를 구해내고 말 거야. 그런데 가장 화나는 일이 뭔지 아나? 그건 경찰이 엉터리 발표를 해서가 아니야. 그런 엉터리쯤은 봐줄 수도 있고 애교도 있는 법이야. 왜냐하면 그건 진리로 이르는 하나의 단계이기 때문이지. 그런데 울화가 치미는 건 녀석들이 엉터리 발표를 할 뿐만 아니라 자기네의 그 엉터리를 받들어 모시고 있다는 걸세. 난 포르피리를 존경해. 하지만……이를테면 애초부터 경찰들을 허둥대게 한 것이 뭔 줄 아나? 처음엔 문이 닫혀 있었다는 거야. 그런데 두 사람이 문지기를 데리고 와보니 문이 열려 있었다는 거지. 그러니까 코흐와 페스트랴코프가 죽였을 거라는 녀석들의 논리야."

"뭐, 그렇게 격분할 건 없네. 그 두 사람을 잠시 구류시킨 정도니까. 그건 그럴 수밖에 없는 일이었지. 언젠가 나도 코흐를 본 적이 있네만 그가 노파에게서 날짜가 지난 물건을 도맡아 사들이고 있었다고 하잖나? 안 그래?"

"그렇네. 말하자면 일종의 사기꾼이지! 어음도 그런 식으로 사들이고 있으니까. 약삭빠른 장사치야. 하지만 그 녀석에 관한 일은 아무래도 상관없어! 내가 이토록 분개하는 까닭은 수사 방법 때문일세……. 대체로 이 사건에 대해서는 말이야. 완전히 새로운 계기를 마련할 수도 있는 걸세. 심리적인 자료만 가지고도 진짜 범인을 체포할 수 있는 충분한 증거를 얻을 수 있어. 녀석들은 '우리는 확실한 단서를 잡았다!' 말하고 있네. 하지만 겉으로 드러나는 사실만 갖고는 범인을 검거하는 데 충분한 방법이 될 수 없지. 적어도 사건의 반 이상이 사실을 다루는 수완에 달려 있어!"

"그럼, 자네에겐 사실을 다룰 만한 수완이 있단 말인가?"

"그렇지 않나. 사건 해결에 도움이 될 수 있다고 느끼면서, 그야말로 확실히 느끼면서 잠자코 있을 수는 없잖은가……. 안 그래! ……그런데 자네는 이 사건 전체를 자세히 알고나 있나?"

"잘 모르니까 이렇게 칠장이의 이야기를 기다리고 있잖나?"

"참, 그랬었군! 그럼, 먼저 경위나 들어보게. 살인이 있은 지 사흘째 되는 날 아침 코흐와 페스트랴코프가 각기 자기의 행동을 증명해서 무죄임이 드러났는데도 경찰들이 그 둘을 붙들고 여전히 지분거리고 있을 때 꿈에도 생각지 못한 사태가 벌어졌네. 즉 그 집 맞은편에서 선술집을 하는 두쉬킨이란 사람이 경찰에 자진 출두해서는 금귀걸이가 든 손궤를 내놓으며 믿어지지 않는 진술을 했다는 거야. '사실은 저희 집에 엊그제 저녁 8시가 지나서 말입죠.' 했는데, 이 날짜와 시간에 주의해야 하네! '그전에도 하루에 몇 번이나 들르던 칠장이 니콜라이라는 사나이가 금귀걸이와 보석이 든 이 상자를 가지고 와서 이걸 담보로 2루블을 빌려달라고 했습죠. 제가 어디서 났느냐고 물어보자 그냥 길에서 주웠다고만 하더군요. 그래서 저도 더 이상 캐묻지 않았습죠.' 두쉬킨이 말하더라네. 그리고 덧붙이길 '그래서 지폐를 한 장 내주었죠.' 즉 1루블 말이겠지. '왜냐하면 우리가 전당 잡히지 않으면 딴집으로 갈 게 뻔하고 결국은 마셔 없애버릴 테니, 일단 잡아두고 봐야겠다는 생각에서지요. 뿐만 아니라 소문이 나서 일이 벌어지는 경우엔 즉시 경찰서에 신고하면 된다는 생각이 들었습죠.' 했다니, 되는 대로 지껄인 꿈 같은 거짓말이 아니겠나. 나도 두쉬킨이란 자를 잘 알지만, 그 역시 전당업을 하는 동시에 장물아비 노릇을 하고 있지. 방금 한 얘기로도 알겠지만 30루블이나 나갈 물건을 단 1루블에 빼앗고서 여차 하면 신고하겠다는 소리가 될 법이나 한가. 단지 겁에 질려 선수친 셈이지. 그러나 그것까진 또 괜찮아, 좀 더 들어보게. 그자는 이어서 말하기를 '저와 그 니콜라이 제멘케프는 어릴 적부터 아는 사이로 같은 자라이스코현(縣) 출신의 농부니까 저희들은 말하자면 랴잔 태생입죠. 니콜라이는 굉장한 술꾼은 아니지만 좀 하는 편이지요. 그자가 바로 그 집에서 미트레이와 함께 페인트 칠을 하고 있었다는 사실은 저도 익히 알고 있었습니다. 미트레이도 그자와 같은 마을 출신이고요. 그런데 그는 돈을 받아들자 이내 술을 두어 잔 마셔버리고는 거스름돈을 가지고 나가버렸습죠. 그땐 미트레이와 같이 오진 않았습니다. 그런데 그다음 날 알료나 이바노브나와 그 동생 리자베타 이바노브나가 도끼로 피살됐다는 소문을 듣고 문득 그 귀걸이가 수상하게 여겨졌습죠. 그 이유는 죽은 노파가 그 귀걸이를 전당 잡고 있었다는 걸 잘 알고 있었기 때문입니다. 그래서 전 몰래 염탐해볼 양으로 놈의 집에 가서 우선 니콜라이가 있느냐고 물어봤지요. 그러자 미트레이의 말이 니콜라이는 잔뜩 술을 퍼마시고 새벽녘에야 돌아왔으나, 1분도 채 못 되어 또다시 어디로 사라졌기에 저 혼자 일을 하고 있다는 것이 아니겠습니까? 맡은 일은 그 살인이 난 방과 같은 편 층계에 붙어 있는 방에서 한다고 하면서요. 이런 말은 아무한테도 하지 않았습죠.' 이렇게 두쉬킨은 말하더군. '그러곤 살인사건에 대한 얘길 다 듣고 아무래도 미심쩍다고 여기면서 집으로 돌아왔습죠. 그런데 오늘 아침 8시쯤' 그러니까 사흘째 되는 날 이야기라네. '니콜라이가 저희 집엘 들렀습죠. 좀 술기가 있긴 했지만 잔뜩 취한 정도는 아니더군요. 그는 의자에 털썩 앉더니 아무 말 없이 잠자코만 있었습죠. 그때 가게 안에는 그 밖에도 낯선 사나이 하나와 또 안면이 있는 한 친구가 다른 의자에 기대어 누워 있고 우리 집 애들이 둘 있었지요. 그래서 제가 '미트레이를 봤느냐?' 물었더니 '아직 못 봤어' 하지 않겠습니까? '집에도 안 들어갔던가?' 물으니 '안 갔어, 그제부터' 하더군요. 또 '어젠 어디서 잤나?' 하니까 '페스키의 부랑자들이 있는 곳에서'라고 대답했지요. '그런데 그 귀걸이는 어디서 났지?' 물었더니 '한길에서 주웠어.'라고 하는데, 어딘지 모르게 주저하는 빛으로 고개를 돌렸지요. 그래서 이번엔 '자넨 그날 밤 그 시간에 그 층계에서 무슨 소릴 못 들었나?' 했더니 '아무 소리도 못 들었어.' 하며 눈을 둥그렇게 뜨더니만 얼굴빛이 새파랗게 질려버리지 않겠습니까. 제가 계속 얘기를 붙이면서 마음을 떠보니까 그는 모자를 움켜쥐고 일어나려 했지요. 그래서 전 그를 붙들어놓을 작정으로 '여보게, 니콜라이. 한잔 하고 가지 그래.' 하면서 애들에게 문을 잠그라고 눈짓을 하고 다가서니까 후다닥 문밖으로 뛰어나가더니 어느 결에 도망쳐버리더군요. 눈 깜짝할 사이였습니다. 그제야 제가 의심하던 것이 제대로 들어맞아 그의 짓이 틀림없다고 생각했습죠.' 이랬다는군."

"뻔하잖나!" 조시모프가 말을 받았다.

"잠깐! 끝까지 듣게! 이렇게 되니 니콜라이를 잡는 데 온통 혈안이 될 수밖에. 두쉬킨은 구속되고 가택 수색을 당했지. 미트레이도 물론이고 부랑자 떼거지들도 모조리 조사받았네. 그러다가 엊그제 갑자기 니콜라이가 연행되어 온 걸세. 그가 어느 선술집에 들어와서 걸고 있던 은십자가를 벗어던지며 그걸로 술 한잔 달라고 하길래 부어주었다는 거야. 그런데 잠시 뒤 그집 여편네가 외양간에 가다 무심결에 바라보니 그 옆 헛간 대들보에 밧줄을 매고 올가미에 목을 걸려 하고 있다지 뭔가. 그래 그 여편네는 소스라치게 놀라 있는 힘을 다해 소리를 질러 곧 사람들이 달려왔네. '넌 대체 웬 놈이냐?' 물어보니까 '날 경찰에 넘겨주시오. 모든 것을 자백하겠소'라고 했다나. 그래서 수속을 밟아 여기 경찰서로 끌고 왔다는 거야. 그래 이름, 직업, 나이 등을 적고 나서 진술이 있었다네.

'네가 2층에서 미트레이와 같이 일을 하고 있을 때, 누가 층계를 올라가는 것을 못 보았나? 시간은?'

'분명히 누가 우리 옆을 지나간 것 같은데 누구였는지 모르겠습니다.'

'그럼, 이상한 소리는 들었겠지?'

'별다른 소린 못 들었습니다.'

'그럼, 넌 그날 이러이러한 시간에 이러이러한 과부와 그 동생이 피살되고 금품을 빼앗긴 사실을 몰랐나?'

'그런 건 모릅니다. 전혀 모릅니다. 사흘 뒤에야 비로소 아파나시 파블리치라는 선술집 주인에게서 들었을 뿐입니다.'

'그럼, 그 귀걸이는 어디서 났지?'

'한길에서 주웠습니다.'

'왜 그 이튿날은 미트레이한테 일하러 오지 않았나?'

'돌아다니느라고요.'

'어디를 다녔나?'

'여기저기요.'

'두쉬킨네 가게에서는 왜 도망쳤지?'

'그땐 왠지모르게 두려운 생각이 들었기 때문입니다.'

'뭐가 두려웠나?'

'엄한 벌을 받을 것만 같아서입니다.'

'자기가 죄를 짓지 않았다면 조금도 두려울 것이 없잖은가?'

그런데 조시모프, 자네는 어떻게 생각할지 모르지만, 이런 질문이 완전히 지금과 같은 표현 방법으로 시작된 걸세. 장담할 수 있네만, 이 질문만은 정확하게 전해졌을 거야. 어떤가? 어떻게 생각하나?"

"하지만 증거가 있는걸."

"아니, 이건 증거 얘기가 아니라 다시 말해서 경찰이 자기들의 임무를 어떻게 이해하느냐 하는 얘길세! 하지만 그런 것은 아무래도 상관없네! ……요컨대 그 녀석들은 니콜라이를 족치고 또 족쳐서 끝내 자백을 받고 만 걸세. '한길에서 주운 것이 아닙니다. 실은 미트레이와 벽에 칠을 하던 그 아파트에서 발견

한 것입니다.' 하고 말일세. '어떻게 발견했나?'

'경위는 이렇습니다. 그날도 미트레이와 둘이 8시까지 종일 일을 하고 돌아갈 준비를 하고 있는데, 미트레이가 갑자기 제 얼굴에 페인트 칠을 하고 달아났지 뭡니까. 그래서 나도 소리를 지르며 그 뒤를 쫓아서 달려갔죠. 그런데 층계를 나서자 문간 어귀에서 그만 문지기와 같이 오던 나리들과 부딪쳐버렸습니다. 나리들이 몇 분이었는지는 모르겠습니다만……. 문지기는 제게 욕을 퍼부었지요. 또 다른 문지기도 마찬가지로 함께 와서 욕을 했습니다. 게다가 문지기 여편네까지 끼어들어 우리에게 소리쳤습니다. 때마침 부인과 같이 문 안으로 들어서신 나리 한 분도 저희를 꾸짖었구요. 그도 그럴것이 저와 미트레이가 길을 막고 뒹굴고 있었거든요. 제가 미트레이의 머리털을 쥐어잡아 쓰러뜨려놓고 때리려 하니까 미트레이도 내 머리를 쥐고 치려 했습니다. 우린 진짜로 화가 나서가 아니라 꽤 친한 사이라서 장난으로 그랬던 거지요. 그러다가 미트레이가 몸을 빼서 한길로 도망치길래 저도 쫓아갔습니다. 하지만 더 이상 쫓아갈 수가 없어 저 혼자 방으로 돌아와 버렸습니다. 아직 연장을 덜 챙겼으니까요. 그러면서 전 미트레이가 돌아오길 기다렸습니다. 그때 문간방의 문 뒷구석에서 무언가가 발에 밟혔습니다. 돌아보니 종이에 싼 이 손궤였습니다. 그래서 얼른 종이를 펴보았더니 조그만 열쇠가 있길래 그 열쇠로 열어보니까 그 안에 바로 그 금귀걸이가……'

"문 뒤에? 문 뒤에 떨어져 있었단 말인가?" 라스콜리니코프가 갑자기 소리치면서 겁에 질린 듯한 흐리멍덩한 눈으로 라주미힌을 쳐다보았다. 그는 한 손을 짚고 천천히 일어나 앉았다.

"그렇다네……. 그런데 왜 그러나? 뭘 그렇게?" 라주미힌도 자리에서 몸을 일으켰다.

"아무것도 아냐!" 라스콜리니코프는 간신히 들릴 만큼 작은 목소리로 얼버무리고 다시 베개에 얼굴을 묻고 쓰러지더니 벽 쪽으로 돌아누웠다. 잠시 침묵이 흘렀다.

"잠결에 헛소리를 한 모양이야." 라주미힌은 이상한 듯이 조시모프를 보며 말했다.

그러나 조시모프는 그게 아니라는 듯이 가볍게 머리를 저었다. "좀 더 얘기를 계속하세. 그다음에는 어찌됐나?"

"그래서 어찌되었느냐고? 니콜라이는 귀걸이를 보자마자 방 안 일도, 미트레이 생각도 잊어버리고 모자만 집어들고 두쉬킨한테 달려간 거지. 그래서 주인한테는 지금 말한 대로 거짓말을 하고 1루블을 받자 곧장 놀러 갔던 거야. 그 살인사건에 대해서는 맨 처음 진술을 되풀이할 뿐이고. '그건 모르는 일입니다. 전혀 모르는 일입니다. 사흘 뒤에야 비로소 들었을 뿐입니다.' '그럼, 왜 지금까지 숨어 있었나?' '겁이 나서요.' '그럼 왜 죽으려고 했지?' '생각다 못해서 그랬습죠.' '어떤 생각을 했는데?' '잡혀가면 어떻게 하나 하고요.' 이게 얘기의 전부지. 그래서 말이야, 녀석들이 그런 뒤에 어떤 결론을 내렸는지 아나?"

"뭐, 달리 생각할 것 있나. 어쨌거나 증거가 있는데. 사실이 있단 말이지. 자네 역시 그 페인트장이를 무죄로 석방시킬 수야 없지 않은가?"

"그런데 그 치들은 벌써 녀석을 진범으로 단정짓고 있단 말일세. 손톱만큼의 의심도 없이……."

"그럴 리가 있겠나. 좀 진정하라구. 그럼, 귀걸이는 어찌 된 거지? 같은 날 같은 시각에 노파의 트렁크 속에 들어 있던 귀걸이가 어찌 된 일인지 니콜라이의 손에 있다면 자네 역시 인정하지 않을 수 없을 걸세. 또한 그것을 어떤 방법으로 녀석이 손에 넣었든 간에 말일세. 이러한 일은 사건 조사에서 아주 큰 문제가 되는 거라네."

"어떤 방법으로 손에 넣었느냐고? 어떤 방법으로라니?"

라주미힌은 목소리를 높였다. "여보게, 닥터. 자넨 직업상 누구보다도 인간을 연구할 의무가 있고 또 누구보다도 인간을 살펴볼 기회가 많은 사람이 아닌가. 그런 자네가 이 정도의 자료를 가지고도 니콜라이가 어떤 종류의 인간인지를 모르겠는가? 도대체 자네는 니콜라이가 신문받을 때 진술한 내용이 모두 신성하기 이를 데 없는 진실이라고 직감적으로 느껴지지 않는가 말일세. 그는 진술대로의 경로를 통해 손에 넣은 걸세. 상자를 무심코 밟았다가 주운 것뿐이라구!"

"신성하기 이를 데 없는 진실이라! 그러나 자네도 처음엔 거짓말을 했다고 인정하지 않았나."

"여보게, 잘 듣게! 그 문지기나, 코흐나, 페스트랴코프나, 또 다른 문지기의 여편네 방에 있던 여자나, 그리고 그때 마차에서 내려 부인과 팔짱을 끼고 문을 들어선 클류코프나 모두들—다시 말해서 여덟 내지 열 명의 증인이 입을 모아 증언하고 있는 걸세. 니콜라이가 미트레이를 땅바닥에 쓰러뜨리고 깔고 앉아 주먹질을 해대니까 미트레이도 니콜라이의 머리를 쥐고 같이 때리고 있었다고 말일세. 두 사람은 길 한복판에 쓰러져 보행을 방해했으므로 여기저기에서 그들에게 욕설을 퍼부은 거지. 그러니까 그 두 사람은 '아이들처럼—증인의 말을 그대로 빌리자면—엎치락뒤치락하면서 큰 소리로 아귀다툼을 벌이면서도 서로 킬킬거리며 웃고 있었다'는 걸세. 그것도 우스꽝스럽기 짝이 없는 몰골로 결국은 숨바꼭질하듯이 거리로 뛰어나간 거야. 알겠나? 거기서 한 가지 알아둬야 할 점은, 그때 위층에서는 아직도 따뜻한 시체가 뒹굴고 있었다는 걸세. 안 그런가? 발견했을 때에도 아직 따뜻했거든! 만일 그 둘이, 그렇잖으면 니콜라이 혼자서 살인을 하고 동시에 트렁크를 부수고 도둑질을 했다든가, 또는 어떤 식으로든 강도를 도와주었다고 하세. 그렇다면 자네한테 한 가지 묻겠네만, 도대체 어떻게 그러한 정신 상태, 다시 말해서 소리를 지르거나 킬킬대며 문 앞에서 애들 장난 같은 격투를 벌일 수 있는 상태였겠는가 말일세. 도끼며 피며 교활함이 그런 세밀한 주의나 강탈 같은 따위와 어떻게 서로 양립할 수 있겠나? 사람을 해치고 기껏해야 5분 내지 10분밖에 안됐을 텐데……. 그렇지 않겠는가, 그때까진 시체가 따뜻했다니까—시체도 그냥 버려두고 방문도 열어둔 채, 더욱이 방금 그쪽으로 사람들이 몰려간 것을 알면서도 강탈한 물건까지 내던진 채 길 복판에서 애들처럼 뒹굴며 킬킬댈 수 있겠는가 말일세. 이 점은 열 명의 증인이 한결같이 똑같은 진술을 하고 있잖나!"

"확실히 이상해! 틀림없이 불가능한 일이기는 해. 그러나……."

"아니, 자네, 그러나가 아닐세. 그런 것이 아니라 같은 날 같은 시각에 니콜라이 손에 들어온 귀걸이가 그에게 불리하고 중요한 증거가 된다면 말이지—하긴 이것도 녀석의 진술로써 충분히 설명되었기 때문에 아직 확실치 않은 증거인 셈이지만—또 다른 측면에선 그를 변호한다는 사실도 고려해야만 하지 않겠나. 더구나 이 사실은 반박할 여지조차 없는 사실이니 말일세. 하지만 자네는 어떻게 생각하나? 우리나라 법률상으로 보아서 단순한 심리적 불가능성이라든가 정신 상태만을 바탕으로 한 그러한 사실을 반박할 수 없는 물적 증거에 의한 기소를 뒤엎을 만한 사실로 인정할 수 있겠나? 아니, 인정할 만한 솜씨를 가진 녀석이 있겠나? 천만에, 인정하지 않지. 결코 인정할 리가 없지. 상자가 발견되고, 사나이가 목을 매려 했으니 '아무 죄도 저지른 일이 없다면 그런 짓을 할 리가 없어!'라고 말하거든. 이게 관건일세. 그러니 나도 분개하는 거야. 이해해 주게."

"그래, 자네가 분개하는 이유를 잘 알겠네. 그런데 잠깐, 깜빡 잊고 물어보지 않았는데, 그 귀걸이가 든 상자가 노파의 트렁크에서 나온 것이라는 건 어떻게 증명됐나?"

"그건 증명이 됐지!" 라주미힌은 얼굴을 찌푸리며 귀찮은 듯이 대답했다. "코흐가 그 물건을 알고 있어서 전당 잡힌 사람을 가르쳐 주었다네. 그 사람은 자기 물건이 틀림없다고 증언했고."

"안 되겠군. 그럼, 또 한 가지……. 코흐와 페스트랴코프가 올라갔을 때, 니콜라이를 본 사람은 혹시 없었나? 그 점을 어떻게 증명할 수는 없나?"

라주미힌은 답답한 듯이 대답했다.

"바로 그거지. 아무도 본 사람이 없다는 걸세. 그게 바로 곤란한 점인데, 코흐와 페스트랴코프까지도 위로 올라갈 때 그를 보지 못했거든. 하긴 그 두 사람의 증언은 지금에 와서는 대수로운 것도 없네만. '방이 비어있는 것을 보긴 했습니다만, 그 안에서 누가 일하고 있었는지 어떤지 층계를 올라가면서 그리 살펴보지 않았기 때문에 분명히 기억할 수 없습니다.'라고 말한 걸세."

"흠, 그러고 보면 그의 변명이 될 만한 것은 서로 때리고 킬킬거렸다는 한 가지 사실뿐이로군. 그게 결정적인 증거가 될까? 그런데 자네로서는 이 사건 전체를 어떻게 설명하겠나? 귀걸이가 발견되었다는 사실이 정말 그의 진술대로 주운 게 틀림없다면 그것을 어떻게 설명하겠나 말일세."

"어떻게 설명하다니? 설명이고 뭐고도 없잖나……. 뻔한 일 아닌가! 적어도 수사의 기본 방침은 이것으로 뚜렷이 드러난 셈일세. 아니, 그 손궤 덕분에 그것이 드러나게 된 거야. 범인은 코흐와 페스트랴코프가 문을 두드릴 때 분명히 방 안에 있었어. 그런데 코흐가 어리석게도 아래로 내려가는 바람에 범인은 빗장을 빼고 나와서 아래로 내려간 거지. 그 밖엔 달아날 길이 없으니까. 그리고 범인은 코흐와 페스트랴코프와 문지기들을 피해 그 빈방에 몸을 숨겼을 거야.

그것은 바로 미트레이와 니콜라이가 밖으로 뛰어나가고 없을 때지. 그래서 범인은 문지기와 두 사나이가 4층으로 올라가는 동안 문 뒤에 숨어 있다가 발소리가 멀어지기를 기다려 아래로 내려가버렸던 거야. 거기엔 아무도 없었으니까. 하기야 범인을 본 사람이 어딘가 있을지도 모르지만, 특별히 눈여겨보지는 않았을 게 아닌가. 많은 사람이 길을 오가고 있었을 테니까. 손궤는 문 뒤에 서 있을 때 떨어뜨린 게 분명해, 범인은 정신이 없어서 미처 그걸 발견하지 못한 것일 테고……. 그 손궤야말로 범인이 거기 있었다는 뚜렷한 증거가 아니겠어?. 결국 내막이란 이런 걸세.”

“교묘한 걸, 여보게, 너무나도 교묘해!”

“무엇이 도대체 무엇이 그렇단 말인가?”

“너무 지나치도록 교묘하게 꾸며져 있잖나? 너무나……마치 연극같이…….”

“예끼, 이 사람!” 하고 라주미힌이 소리쳤다.

이때 마침 방문이 열리며 거기에 모여 있던 사람들과 전혀 안면이 없는 새로운 인물이 방으로 들어왔다.

5

그는 중년 남자로 거만한 인상의 신사였으며, 매우 신중하고 까다로워 보이는 얼굴을 하고 있었다. 그는 입구에 들어서자 불쾌함과 놀라움을 띤 표정으로 ‘이거 굉장한 곳에 뛰어들었구나.’ 하는 듯한 눈으로 주위를 두리번거리며 훑어보았다. 그리고 미심쩍은 듯이 과장된 몸짓으로 마치 놀라움을 느끼거나 분개하기라도 한 듯한 태도로 라스콜리니코프의 비좁고 찬장이 낮은 ‘선실’을 훑어보았다. 이어서 그는 역시 놀라운 표정으로 시선을 돌려 옷도 제대로 입지 않고 세수도 하지 않았으며 머리도 부시시한 채로, 더럽고 낡아빠진 긴 의자 위에 누워 눈도 깜박이지 않으며 그를 지켜보고 있는 라스콜리니코프를 물끄러미 바라보았다. 그리고 여전히 느릿한 동작으로 텁석부리 수염에 쑥대머리를 한 라주미힌도 의자에서 일어날 생각조차하지 않고 대항하듯 날카로운 눈초리로 상대의 얼굴을 똑바로 지켜보았다.

긴장된 침묵이 잠시 이어졌다. 하지만 얼마간의 시간이 지나자 예상대로 방 안 분위기에 조금 변화가 생겼다. 아마 상대방의 반응으로 미루어 보아, 이 새로운 신사는 그렇게 위엄만 차리고 있어 봐야 이 '선실'에서 아무런 소용이 없다는 걸 깨달은 모양이었다. 얼마쯤 태도를 느긋하게 갖더니, 좀 거들먹거리는 기색이 있긴 했으나 공손히 조시모프를 향해 한마디 한마디를 또박또박 끊으면서 물었다.

"로지온 로마노비치 라스콜리니코프 씨입니까? 대학생, 아니, 전에 대학생이었던?"

조시모프는 천천히 몸을 움직여 뭐라고 대답하려 했으나 그보다 먼저 라주미힌이 불쑥 말했다.

"저기 긴 의자에 누워 있는 사람이 바로 당신이 찾는 그 사람입니다. 그런데 무슨 일이죠?"

이 '무슨 일이죠?' 하는 허물없는 말투에 신사는 좀 당황한 모양이었다. 그는 라주미힌에게로 돌아서려다가 그냥 그대로 조시모프 쪽을 향했다.

"저 사람이 라스콜리니코프입니다." 조시모프도 환자를 턱으로 가리키며 입 속으로 중얼거렸다. 그는 꽤 한동안 입을 벌려 하품을 하더니 조끼 주머니에 천천히 손을 넣어 바닥이 볼록 튀어나온 금시계를 꺼내어 시간을 본 뒤 다시 느릿한 동작으로 주머니에 집어넣었다.

라스콜리니코프는 그러는 동안 자리에 반듯이 누워서 특별한 생각도 없이 들어온 신사를 유심히 관찰하고 있었다. 이제껏 벽지의 꽃무늬만 뚫어져라 들여다보던 그의 얼굴은 처참할 정도로 창백했으며, 막 괴로운 수술을 받았거나 무서운 고문에서 풀려난 듯한 고통스러운 빛을 띠고 있었다. 그러나 이윽고 그의 신경은 새로 들어온 신사에게 쏠리기 시작했으며 그것은 차츰 의혹이 되고 불신이 되고 마침내는 의구심에까지 이르렀다. 조시모프가 그를 가리키며 "저 사람이 라스콜리니코프입니다"라고 했을 때 라스콜리니코프는 반사적으로 긴 의자 위에 벌떡 일어나 앉으며 공격적인 듯하면서도 가냘픈 목소리로 띄엄띄엄 말했다.

"그렇소! 내가 바로 라스콜리니코프입니다. 무슨 볼일이십니까?"

손님은 조심스럽게 그를 바라보고 점잔을 빼면서 말했다.

"나는 표트르 페트로비치 루진이라는 사람입니다. 내 이름은 이미 들으셨을 줄 압니다만."

그러나 전혀 다른 쪽을 예상하던 라스콜리니코프는 생각에 잠긴 듯이 물끄러미 그를 바라볼 뿐 아무런 대답도 하지 않았다. 루진의 이름 따윈 처음으로 들어본다는 태도였다.

"아니, 그럼 당신은 아직까지 아무 소식도 받지 못하셨나요?" 좀 불쾌한 듯이 루진이 물었다.

라스콜리니코프는 아무런 대답도 하지 않고 다시 자리에 누워 깍지낀 손을 머리에 받친 채 천장을 바라보기 시작했다. 루진의 얼굴에 괴로운 빛이 나타났다. 조시모프와 라주미힌은 한층 호기심을 띠고 신사의 행동을 주시했다. 마침내 신사는 어색해진 모양이었다.

"난 미리 연락이 된 줄로 알고 있었지요. 벌써 2주일이나 열흘쯤 전에 편지가 도착했을 텐데……."

"여보시오, 그렇게 문가에만 서 있을 건 없잖소?" 라주미힌이 불쑥 나섰다. "할 말이 있으면 들어와 앉으시죠. 나스타샤, 길 좀 비켜드려! 자, 여기 의자가 있으니 이쪽으로 들어오십시오."

그는 자기 의자를 탁자에서 떼어 탁자와 자기 무릎 사이에 조그만 틈을 내고 손님이 이 틈 사이로 비집고 들어오기를 좀 긴장한 자세로 기다렸다. 라주미힌의 그러한 태도가 어찌나 상냥했던지 손님은 거절할 수도 없어 얼결에 넘어질 뻔하면서 그 비좁은 틈으로 겨우 들어왔다. 간신히 의자까지 다가오자 그는 걸터앉으면서 수상쩍은 듯이 라주미힌을 바라보았다.

"언짢게 생각진 마십시오." 라주미힌이 서슴없이 말을 건넸다. "로쟈는 닷새 동안이나 앓아누워 있답니다. 처음 한 사흘 동안은 헛소리도 하고 열이 심했지만 지금은 어느 정도 회복해서 식욕도 돌아온 모양입니다. 이분이 의사 선생님으로 지금 막 진찰을 끝냈지요. 나는 로쟈의 친구로 역시 전에는 대학생이었습니다. 지금은 보시다시피 이 녀석의 시중꾼 노릇을 하고 있습니다만. 그러니까 꺼릴 것 없이 볼일이 있으면 어서 보시도록 하십시오."

"감사합니다. 하지만 내가 지금 여기서 얘기를 해도 환자에게 해롭지 않을까요?" 루진은 조시모프에게 물었다.

"네." 조시모프가 중얼거렸다. "오히려 기분 전환이 될지도 모르죠." 그는 다시 하품을 했다.

"그렇고말고! 아침부터 제정신이 들었으니까요." 라주미힌이 말을 이어받았다. 그의 친절한 태도에는 거짓없는 순박함이 있었으므로 루진도 불쾌감이 사라지고 용기가 생겼다. 하긴 이 염치 좋고 너절한 사나이가 재빨리 대학생이라고 밝혔기 때문인지도 모른다.

"당신 어머님은……." 루진이 말을 시작했다.

"흠!" 갑자기 라주미힌이 큰 소리를 냈다.

루진은 의아한 눈으로 그를 돌아보았다.

"아니, 아무것도 아닙니다. 어서 말씀을 계속하십시오." 루진은 어깨를 한 번 움츠렸다.

"당신 어머님께서는 내가 아직 거기에 머물러 있을 때부터 편지를 쓰기 시작했지요. 이곳에 도착해서도 나는 일부러 사나흘 동안 방문을 미루어 당신이 모든 사실을 알고 난 다음에 찾아뵈려 했는데, 지금 들어보니 놀랍게도……."

"아! 알고 있죠, 알고 말고요!" 갑자기 라스콜리니코프가 짜증 섞인 말투로 말했다. "당신이었군요? 신랑감은! 그럼요, 알고 말고요! ……그러니 이제 충분하오."

루진은 정말 불쾌해졌지만 잠자코 있었다. 그는 이러한 그의 태도가 무엇을 뜻하는 것인지 알아내려고 생각에 골몰했다. 1분쯤 침묵이 이어졌다.

그동안 대답을 하기 위해서 그에게로 조금 몸을 돌리고 있던 라스콜리니코프는 문득 각별한 호기심을 가지고 상대편을 샅샅이 살펴보기 시작했다. 마치 그를 관찰할 시간이 없었거나, 그렇지 않으면 그에게서 어떤 놀랄 만한 새로운 점을 발견했다는 듯이. 사실 아닌 게 아니라 그의 모습에는 어딘가 남다른 데가 있었다. 다시 말하면 지금 무례하게 내뱉은 신랑감이라는 말을 뒷받침할 만한 그 무엇이 있었다. 그가 이곳에 며칠 머무르는 동안 신부가 도착하기까지 한껏 멋을 부려 사나이다운 차림을 꾸미려 했음이 훤히 들여다보였다. 보인다기보다 너무나도 뚜렷이 드러나 있다고 하는 것이 옳을 것이다. 그러나 이런 것은 귀엽게 보아줄 수도 있는 문제였다. 아니, 자기의 풍채가 훨씬 좋아졌다는 의식이나, 좀 지나칠 정도의 자만심을 가진 것도 이러한 경우에는 허용될 일일는지도 몰랐다. 아무튼 지금의 루진은 신랑감으로 불릴 수 있는 신분인 것이다. 그의 양복은 모두 새로 맞춰 입은 것으로 조금도 나무랄 데가 없었다. 다만 흠을 잡는다면 모두가 새것이기 때문에 너무나 분명한 의도를 드러내고 있는 것이 아닌가 할 정도였다. 신제품인 멋진 둥근 모자마저도 이 의도를 보충해주고 있었다. 그 둥근 모자를 루진은 아주 소중히 다뤘으며 그래서 두 손으로 받쳐 들고 있었다. 진짜 쥬뱅[8] 상점 제품인 아름다운 라일락 빛깔의 장갑마저도 그 것을 끼지 않고 단순히 과시용으로 들고다니는 것만 보더라도 확실히 같은 의도를 증명해주는 것이었다. 또 입은 옷의 색상도 젊은이에게 어울릴 법한 밝은 빛깔이 많이 들어 있었다. 웃옷은 품질 좋은 엷은 밤색 여름 옷감으로 거기에 밝은 느낌의 가벼운 바지를 입고 같은 빛깔의 조끼와 새로 맞춰 입은 셔츠, 장미빛 줄무늬가 새겨진 아주 가벼운 대마 제품의 넥타이를 맨 차림이었으나 무엇보다 감탄할 만한 것은 이렇게 조화된 옷차림이 루진에게 꼭 어울린다는 것이었다. 그의 얼굴은 윤기가 돌아 보기 좋았으며, 그래서 마흔다섯의 나이로는 도저히 보이지 않았다. 검실검실한 구레나룻은 햄버거 스테이크를 두 개 붙여 놓은 것처럼 양쪽에서 그의 얼굴을 멋지게 덮고 있었으며, 깔끔히 면도한 턱 언저리에는 아름다운 그림자가 감돌고 있었다.

이발사의 솜씨로 말끔히 빗어넘겨 끝을 곱슬하게 말아붙인 머리카락에는 흰 머리가 조금 섞여 있긴 했으나 그리 흉하거나 얼빠진 듯한 느낌을 주지 않았다. 곱슬하게 말아붙인 머리 형태는 흔히 결혼식에 임하는 독일 사람을 연상케 했지만 제법 아름답고 당당한 이 용모에 만일 어딘가 불쾌한 반감을 품게 하는 것이 있다면 그것은 전혀 다른 이유에서였다.

라스콜리니코프는 루진을 무례하게 훑어보고 나자 적의에 찬 냉소를 띤 채 다시금 베개에 머리를 파묻고는 아까처럼 천장만 바라보기 시작했다.

그러나 루진은 꾹 참는 수밖에 없었다. 어느 시기가 올 때까지는 그의 이 기묘한 행동을 그냥 내버려두기로 결심했던 것이다.

그는 애써 어색한 침묵을 깨뜨리려는 듯이 입을 열었다.

"당신이 이런 상태일 때 찾아오게 되어 나로서는 정말 유감입니다. 이렇게 병이 심하신 줄 알았더라면 좀 더 일찍 찾아뵐 것을 그랬군요. 워낙 일이 바빠서……. 이번에도 대법원의 소송사건에 변호를 맡았거든요. 게다가 아시다시피

---

8) 그 무렵 페테르부르크에서 장갑 장인으로 유명했던 프랑스인.

이런저런 개인 사정도 있고 해서요. 그래서 사실은 당신의 가족, 그러니까 어머님과 여동생을 손꼽아 기다리고 있는 참이라……."

라스콜리니코프는 무슨 이야기를 하려는 듯 몸을 조금 움직였다. 얼굴에는 야릇한 흥분의 빛까지 떠올랐다. 그래서 루진은 말을 끊고 기다렸으나 그가 아무 말도 하지 않자 다시 이야기를 계속했다.

"난 지금 그 두 분을 무척 기다리고 있습니다. 벌써 두 분의 숙소까지 마련해 두었지요……."

"어디에?" 라스콜리니코프는 가느다란 목소리로 물었다.

"바로 이 근처지요. 바카레예프네 집입니다……."

"그럼, 보즈네센스키 거리로군." 라주미힌이 가로챘다. "그 집은 2층이 모두 셋집이지. 유신이라는 상인이 경영하는 셋집인데 나도 한 번 가본 적이 있네."

"그렇죠, 셋집입니다……."

"지독한 곳이지요……. 더럽고 냄새가 나는 고약한 집입니다. 게다가 가끔 이상한 소동이 벌어지곤 하죠. 대체 어떤 작자들이 살고 있는지 모르겠어……. 내가 갔을 때만 해도 무슨 소동이 벌어졌었지. 하기야 값은 싸지만."

"그렇지요. 이곳 사정에는 어두워서 충분히 살펴보지 못한 점이 있습니다만……." 루진은 쩔쩔매며 변명했다. "그러나 가장 깨끗한 방으로 두 개 빌려놓았습니다. 그저 잠시 머무를 곳이니까요……. 나는 앞으로 우리가 살 집도 보아두었습니다." 그는 라스콜리니코프를 돌아보았다. "지금 수리를 하고 있지요. 사실 나부터도 여기서 셋방살이가 한두 가지 불편한 정도가 아니니까요. 비교적 가까운 곳인데 리페베브젤이라는 부인의 집에 머무르고 있습니다. 지금은 나의 젊은 친구 안드레이 세묘노이치 레베쟈트니코프와 한 방을 쓰고 있지요. 바카레예프네 집도 실은 그 친구가 소개해 준 것입니다."

"레베쟈트니코프?" 라스콜리니코프는 무엇을 생각해낸 것처럼 천천히 중얼거렸다.

"그렇습니다. 모 관청에 근무하고 있는 사람이죠. 알고 계십니까?"

"네……. 아니……." 라스콜리니코프가 얼버무렸다.

"실례했습니다. 어쩐지 알고 계신 것 같아서요……. 실은 내가 그 사람의 후견인이었지요. 인상이 아주 좋은 청년이고 공부도 열심히 하고 있습니다……. 난

늘 젊은 사람들과 어울리기를 아주 좋아한답니다. 새로운 것을 배울 수가 있거든요."

루진은 어떤 기대 같은 것이 담긴 눈길로 모두를 둘러보았다. 라주미힌이 물었다.

"그건 어떤 점에서입니까?"

"가장 성실한 의미입니다. 이를테면 본질에 관한 문제지요."

그는 그러한 문제에 생기를 얻은 듯이 곧 말을 이었다. "난 사실 10년 동안이나 페테르부르크를 떠나 있었거든요. 하기야 시골에서도 시대의 흐름이라든가 개혁이라든가 사상들을 접촉할 수 없었던 것은 아니지만, 좀 더 확실히 알기 위해서는 역시 페테르부르크에 있어야 한다고 생각합니다. 내 생각은 그렇습니다. 즉 사람들이 다 좀 더 많은 사실을 인식하기 위해서는 무엇보다도 새 세대를 관찰함으로써 더욱 많은 지식을 얻을 수 있다는 겁니다. 솔직히 말씀드린다면 나는 그것을 기쁘게 생각한답니다."

"대체 무엇을 말입니까?"

"당신 질문은 너무 범위가 넓군요. 혹시 내가 잘못 생각한 것인지도 모릅니다만, 나는 그들에게서 더욱 명석한 견해, 즉 한결 비판적이며 좀 더 실제적인 정신을 느낀답니다."

조시모프가 동조했다. "그건 맞아."

"거짓말 말게. 실제적인 정신 따위가 어디 있나." 라주미힌이 참견했다. "실제적인 정신이란 그렇게 쉽사리 얻어지는 게 아니야. 하늘에서 거저 떨어지는 게 아니라는 뜻일세. 우리는 그럭저럭 2백 년이나 모든 실제적 행동에서 동떨어져 있었던 사실을 기억하게. 사상은 아마 발효하고 있는지도 모르지만." 그는 루진에게 말을 걸었다. "그리고 비록 유치한 것이라 해도 선(善)에 대한 염원도 있을 테니까요. 아니, 결백한 마음도 있을는지 모릅니다. 요즘 세상엔 사기꾼들이 우글거리고 있지만 말입니다. 그러나 실제적 정신만은 역시 없습니다. 실제적 정신은 흔하게 뒹굴고 있진 않습니다."

"당신의 주장에는 동의할 수 없군요." 루진은 자못 기쁜 듯이 반박했다. "물론 젊은이에게는 경솔하게 오는 정열도 있을 것이고, 시행착오도 있습니다. 그러나 그런 정도는 너그럽게 생각해주셔야 하지 않을까요? 열중한다는 것은 일에 대한 의욕과 외부적 조건 사이가 신통치 않다는 증거입니다. 만일 일을 아직 끝맺지 못했다면 그것은 시간이 부족했기 때문입니다. 방법에 대해서는 언급하지 않겠습니다만, 내 생각으로는 이미 다소나마 성과를 올리고 있다고 생각합니다. 지금은 새로운 진보적 사상들이 보급되고 있으니까요. 그리고 책도 예전의 낭만적이고 몽상적인 것 대신에 유익하고 실제적인 저서들이 보급되고 있지요. 문학만 해도 이미 성숙기에 접어들었고, 쓸모없는 편견들은 아주 말살되고 말았습니다. 요컨대 우리는 과거와 완전히 절연한 것입니다. 내 생각으로는 이것이 이미 하나의 사업이라고 보지요……."

"줄줄 외어대는군! 자기 선전을 하고 싶었던 모양이지." 라스콜리니코프가 퉁명스럽게 한마디 던졌다.

"뭐라고요?"

루진은 잘 알아듣지 못하여 되물었으나 대답이 없었다.

"옳은 말씀입니다." 조시모프는 당황하면서 한마디 거들었다.

"그렇지요?" 루진은 기분이 좋아져서 조시모프를 바라보며 계속 말을 이었다. "물론 댁도 찬성이겠지만—." 이번에는 라주미힌 쪽을 보고 덧붙였으나 그는 기분이 우쭐해진 나머지 하마터면 "안 그런가? 젊은이!" 하고 말할 뻔했다. "다시 말해서 놀라운 진보라고 할까, 현대식으로 말한다면 진보, 즉 발전이 있다는 겁니다. 적어도 과학이나 경제학 부문에서는 특히 그렇다는 말입니다……."

"진부한 논설이오."

루진은 재빨리 말을 이었다.

"아니, 결코 진부하지 않습니다. 예를 들면 여태까지는 이웃을 사랑하라고 말해왔습니다만, 만일 내가 그말 그대로 남을 사랑했다고 치면 그 결과가 어떻게 되었을까요? 그 결과란 대체로 자기 웃옷을 찢어 이웃 사람에게 나누어주었다면 두 사람 다 알몸이 될 수밖에 없다는 것과 마찬가지입니다. 러시아 속담에도 있는, 한꺼번에 두 마리의 토끼를 쫓는 자는 두 마리 다 놓치고 만다는 격이지요. 그러나 새로운 사상은 이렇게 가르치고 있습니다……우선 무엇보다도 자기 하나만을 사랑하라. 왜냐하면 이 세상은 모든 개인의 이해 위에 바탕을 두었기 때문이니라. 그러므로 자기 한 사람을 사랑한다면 자기 자신의 일도 잘 풀려나갈 터이고 그렇다면 누군가를 위해 웃옷을 반쪽으로 찢지 않아도 될 것이다……그런 말씀입니다. 게다가 경제학 논리는 한 걸음 더 나아가서 이렇게 말하고 있지요. 이 세상에 기초가 잡힌 개인 사업, 즉 무사한 웃옷이 많으면 많을수록 점점 더 견고한 사회적 기초가 쌓이는 동시에 이 세상의 복지는 향상될 것이라고. 그러니까 자기 개인을 위해 이룩한 이익은 곧 인류 전체의 이익이 되는 셈입니다. 그리고 이웃 사람에게도 반쪽 난 웃옷을 주기보다는 나중에 온전한 웃옷을 한 벌 줄 수가 있게 되는 것입니다. 그것은 이미 개인적으로 부를 쌓은 것이 아니라 사회 전체가 부유해진 결과입니다. 이러한 사상은 지극히 단순한 것입니다만, 불행하게도 이 사상은 연민을 자아내는 얄팍한 감정들과 쓸데없는 공상에 덮인 채 너무나 오랫동안 우리를 찾아오지 않았던 겁니다. 이 정도를 터득하기에는 그리 대단한 지혜도 필요 없을 텐데요……."

라주미힌이 날카롭게 가로막았다.

"실례의 말씀입니다만 나는 그리 지혜롭지 못한 편이라서요. 그러니 이따위 이야기는 그만 집어치웁시다. 사실 난 목적이 있어서 꺼낸 것이며, 그런 자기도취에 빠진 자신만만한 이론은 지난 3년 동안 귀에 못이 박이도록 들어왔지요. 그래서 내가 지껄이는 이야기는 물론 다른 사람이 그 비슷한 소리를 꺼내기만 해도 얼굴이 붉어질 정도입니다. 물론 당신은 자기의 지식을 자랑하고 싶으시겠지만, 그렇다고 난 비난하려는 의도는 아닙니다. 내가 말을 꺼낸 목적은 그저 당신의 인품을 알아보기 위해서니까요. 아시다시피 요즘 세상은 사업을 한답시고 손에 닿는 대로 모조리 등쳐먹는 놈들이 하나둘이 아니거든요. 어쨌든 이 얘기는 그만둡시다."

"여보시오." 루진은 자못 화가 난 듯한 태도를 보이며 말을 걸었다. "당신은 아주 무례한 말씀을 하시는데, 요컨대 말씀하고 싶은 것은, 나도……"

"아니, 천만의 말씀……. 내가 감히……자, 이젠 됐습니다."

라주미힌은 딱 잡아떼고 나서 조금 전의 이야기를 계속하려고 조시모프 쪽으로 홱 돌아서버렸다.

루진은 그 변명을 즉시 받아들일 만한 아량을 갖고 있었다. 하지만 그는 이제 곧 돌아가겠다고 마음먹고 있었다.

"지금 알게 되었습니다만." 그는 라스콜리니코프에게 말을 던졌다. "완쾌하신 뒤에는 좀 더 친하게 지내고 싶습니다. 아시다시피 우린 이제 남이 아니니까요……. 부디 몸조리 잘 하십시오.”

그러나 라스콜리니코프는 고개도 돌리지 않았다. 루진은 의자에서 일어나려 했다.

그때 조시모프는 확고한 태도로 단언했다.

“틀림없이 전당 잡히러 갔던 어떤 녀석이 노파를 죽였을 거야!”

“그래, 틀림없이. 그놈일 거야.” 라주미힌이 맞장구쳤다. “포르피리는 아직 자기 견해를 밝히지 않았지만 역시 전당 잡힌 사람들을 조사하고 있다 하더군…….”

“뭐라고? 전당 잡힌 사람을 조사하고 있다고?” 갑자기 라스콜리니코프가 큰소리로 물었다.

“그런다네, 그게 어쨌단 말인가?”

“아니, 아무 것도 아닐세.”

“어떤 식으로 전당 잡혔던 사람들을 알아냈을까?” 조시모프가 물어보았다.

“코흐가 가르쳐 준 사람도 있고. 물건 쌌던 포장지에 이름이 적힌 사람도 있고, 자진해서 찾아온 사람도 더러 있고…….”

“어쨌든 그놈은 교묘한 솜씨를 가진 악당일 거야. 참으로 대담한 범행이거든……. 너무나 대담해.”

라주미힌이 말을 막았다.

“꼭 그렇지도 않네! 그렇게만 생각하는 것이 자네들의 판단을 그르치게 하는 원인이야. 내 생각으로는 솜씨도 서투르고 익숙하지 못한 녀석일세. 이번 일이 아마 처음이었을 거야. 치밀하고 노련한 범인을 상상해보게. 전혀 앞뒤가 맞지 않잖나. 그런데 서투른 녀석을 상상해본다면, 녀석은 정말 우연 하나로만 살아난 셈이지. 그런데 이 우연이라는 것이 만만치가 않았거든. 아마 범인은 장애가 있으리라는 것조차 전혀 예상치 못 했던 걸로 생각돼! 범행 솜씨를 보게! 겨우 10루블 아니면 20루블쯤의 금품을 훔쳐서 그걸 주머니에 쑤셔 넣고, 할멈의 트렁크라든가 누더기 속을 뒤졌을 뿐이니까. 그런데 장롱 위 서랍에는 증권은 그만두고라도 현금만도 자그마치 1천5백 루블이나 들어 있었거든! 훔쳐내는 요령도 모르면서 겨우 죽여놓기만 했어! 처음 하는 짓이니 그럴 수밖에!

도망친 것도 계산에 의해서가 아니라 어쩌다 그렇게 됐을 뿐이지."

"그건 지난번의 관리 부인 살해사건 이야기 같군요." 루진이 옆에서 조시모프를 돌아보며 끼어들었다. 그는 나가려고 모자와 장갑을 들고 서 있었으나, 떠나기 전에 두세 마디쯤 그럴 듯한 말을 남겨놓고 싶었던 모양이었다. 그는 확실히 좋은 인상을 남기고 싶어 애가 탄 나머지 허영이 이성에 앞선 듯했다.

"그렇습니다. 들으신 적이 있습니까?"

"듣고 말고요. 그 노파의 집이 바로 우리 이웃인걸요."

"자세한 내용을 아십니까?"

"그렇지는 않습니다만, 나는 사건의 진상보다 어떤 다른 문제 때문에 흥미를 느끼고 있습니다. 최근 5년 동안에 하류 계층에서 범죄가 증가하고 강도와 방화사건이 빈번해졌다는 것은 그리 새삼스러운 이야기가 아닙니다만, 내가 이해할 수 없는 것은 상류사회에서도 마찬가지로 범죄 사건이 최근 급증하고 있다는 것입니다. 어디선가는 전에 대학생이었던 사람이 대낮에 큰길에서 우편물을 약탈한 사건이 발생했고, 또 어디에서는 사회적 위치로 보더라도 일류급에 속하는 사람들이 위조지폐를 만들었는가 하면, 모스크바에서는 복권 부채권을 위조한 일당이 붙잡혔는데, 그 주모자 가운데는 세계사를 가르치는 강사 나리가 끼어 있었다지 뭡니까. 그리고 해외 주재 서기관이 금전상의 문제로 쥐도 새도 모르게 암살을 당하기도 했다더군요⋯⋯. 그리고 예컨대 이번 노파 사건까지도 범인이 상류계급이나 지식층 사람이라고 한다면—사실 농민 같은 하층민은 전당 잡힐 만한 금붙이도 없을 테니까요—그렇다면 우리는 이 문화계급의 부패를 대체 어떻게 설명해야 하겠습니까?"

"경제 변화가 심하니까요⋯⋯" 하고 조시모프가 대꾸했다.

"어떻게 설명하겠느냐고?" 라주미힌이 또 말꼬리를 붙잡고 늘어졌다.

"그것을 설명하는 것이 바로 너무나 뿌리 깊은 비실제적 정신이 아닙니까?"

"그러시다면?"

"그건 말이지요, 저 모스크바에서 세계사를 강의하던 강사가 한 말입니다. 왜 복권을 위조했느냐고 추궁받았을 때, '모든 사람들이 저마다 자기 나름의 방법으로 부자가 되고 있다. 나도 한시바삐 부자가 되고 싶었다.'라고 대답했지요. 정확한 말을 기억하지는 못합니다만 대략 요지는 힘 안 들이고 손쉽게 부자가 되어보자는 이야기입니다. 즉 비실제적인 생각 때문이죠. 요즘 사람들은 남이 지어주는 밥을 먹고, 남의 불에 반찬을 만들고, 씹어주는 음식을 그저 삼키기만 하는 데 아주 익숙해졌거든요. 더욱이 지금은 위대한 때[9]가 찾아왔으니 모두가 정체를 드러낼 수밖에……."

"그러나 도덕이라는 게 있잖습니까……. 뭐라고 할까, 규율이라는 것이……."

"대체 당신은 무엇 때문에 쓸데없는 걱정을 하는 겁니까?" 갑자기 라스콜리니코프가 참다못해 소리쳤다. "당신 이론대로 됐잖습니까?"

"뭐가 이론대로란 말입니까?"

"당신이 아까 하던 얘기를 끝까지 밀고 나가면 결국 사람은 찢어죽여도 괜찮다는 결론이 되지!"

"말도 안 되는 소릴!" 루진이 고함쳤다.

"아니, 그건 아니야!" 조시모프도 한마디 거들었다.

라스콜리니코프는 윗입술을 바르르 떨며 여전히 핼쑥한 얼굴로 옆으로 누운 채 괴로운 듯이 숨을 몰아쉬고 있었다.

"모든 일에는 한계라는 게 있는 법이오." 루진은 거만한 태도로 말했다. "경제적인 사상이 그대로 살인을 부추길 수는 없습니다. 말하자면……."

"그런데 참, 그건 사실이오?" 하고 라스콜리니코프는 갑자기 증오에 찬 목소리로 말을 가로챘다. 그 목소리에는 그를 모욕하는 것을 즐기는 듯한 기분마저 서려 있었다. "당신이 신부 될 사람에게 했다는 이야기 말입니다. 그러니까 신부가 당신의 청혼을 승낙했을 때, 그 여자가 가난한 집 딸이어서 무척 다행이다, 왜냐하면 가난한 처녀를 아내로 삼아야 나중에 결혼한 다음에도 마음대로 부려먹을 수 있기 때문이다, 그리고 어쨌든 넌 내 은혜를 입은 여자가 아니냐고 몰아세울 핑계가 되기 때문이다, 라고 말했다는 것 말이오!"

루진은 벌컥 화가 나서 악의를 품은 조급한 목소리로 외쳤다.

"여보시오! 당신이 그렇게까지 뜻을 오해하다니……. 실례지만 나도 한마디 해야겠소. 당신이 들었다는 소문은, 아니 일종의 중상모략이라고밖에 할 수 없는 그 이야기는 털끝만큼도 사실이 아닙니다! ……내 생각엔…… 누구의 짓이

---

9) 1861년 알렉산드르 2세가 공표한 농노해방령을 의미한다.

아니라면…… 한마디로 당신 어머니께서 하신…… 그분은 몹시 훌륭한 기품을 지닌 분이지만, 좀 낭만적인 면이 있다고 평소부터 생각했었지요……. 하지만 그렇다 하더라도 설마 그렇게까지 말도 안 되는 공상 때문에 그 일을 일그러지게 해석하고 생각하셨으리라고는 그야말로 상상조차 못 했습니다……. 더구나…… 거기에다가…… 거기에다가."

"당신, 그거 알겠나?" 라스콜리니코프는 베개에서 머리를 들고는 번뜩이는 눈으로 상대를 쏘아보며 외쳤다. "알겠냐고?"

"뭘 말입니까?" 루진은 말을 멈추고 도전적인 눈빛으로 마주 노려보면서 대답을 기다리고 있었다.

몇 초 간의 침묵이 흘렀다.

"말해주지……. 만약 자네가 앞으로 단 한마디라도…… 어머니에 대한 말을 했다가는…… 그때는 층계 아래로 거꾸로 차 던질 줄 알아!"

"아니, 왜 이러나!" 라주미힌이 소리쳤다.

"역시 그렇군요!" 루진은 새파랗게 질린 채 입술을 꽉 깨물었다. "사실은 그게 아니고―." 그는 조금 여유를 되찾아 힘들게 자신을 억제하면서 말하기 시작했으나 숨결은 몹시 거칠었다. "나는 아까 이 방에 들어온 순간부터 당신이 나에게 적의를 품고 있다고 짐작했지요. 그러나 사정을 좀 더 알기 위해 일부러 웬만한 일쯤은 눈감아줄 작정이었소. 그러나 이렇게 된 이상 이젠 결코……."

"난 병자가 아니야!" 라스콜리니코프가 소리쳤다.

"그렇다면 더욱……."

"썩 꺼지지 못해!"

할 수 없이 루진은 채 말끝도 맺지 못하고 방을 나가려 했다. 또 한 번 그는 탁자와 의자 사이로 난 좁다란 통로를 거쳐 나가야 했다. 라주미힌은 길을 비켜주려고 자리에서 일어섰다.

루진은 아무에게도 눈길을 보내지 않았다. 아까부터 고갯짓으로 환자를 흥분시키지 말라고 신호를 보내던 조시모프에게까지도 목례조차 하지 않았다. 그는 조심스럽게 모자를 어깨 근처까지 올리고는 허리를 굽혀서 낮은 방문으로 나갔다. 상황이 이렇다 보니 이때 허리를 굽힌 것까지도 사뭇 굴욕을 당한 것처럼 느껴졌다.

"자네 너무 심한데! 그런 말을 해서 상관없겠나?" 라주미힌이 고개를 저으며 걱정스러운 듯이 물었다.

"내버려 둬! 모두들 참견 말라니까!" 라스콜리니코프는 자제력을 잃고 정신없이 소리쳤다. "자네들은 언제쯤이면 나를 그만 괴롭히겠나! 난 자네들을 무서워하지 않아! 난 이젠 아무도, 아무도 무섭지 않다구. 나가줘! 혼자 있고 싶어! 혼자, 혼자서!"

"가세." 조시모프가 라주미힌에게 고개를 끄덕이며 말했다.

"하지만 이대로 두고 그냥 가도 괜찮을까?"

"어서 가자니까!" 조시모프는 완강하게 고집부리며 나가버렸다. 라주미힌은 잠깐 생각하더니 뒤쫓아나갔다.

"병자의 말을 듣지 않으면 더 악화되거든." 층계를 다 내려왔을 때 조시모프가 말했다. "절대로 화나게 해선 안 돼."

"대체 녀석은 어떻게 된 셈인가?"

"무슨 좋은 자극이라도 있으면 좋을 텐데……. 아까는 그처럼 활발하더니……. 아마도 뭔가 마음에 걸리는 일이 있었던 거야! 무슨 강박관념에 사로잡혀 있는 걸세……. 나는 그게 못 견디게 걱정되는군. 틀림없이 뭔가 있는 걸세!"

"혹시 루진이라는 그 신사 때문에 기분이 상한 게 아닐까? 얘기를 들어보니 그 사람은 그의 누이동생하고 결혼할 사람인가본데……. 그 일에 관해서 로쟈는 병이 나기 전에 무슨 편지를 받은 모양이지?"

"정말, 하필이면 왜 그때 왔담. 자칫하면 이걸로 만사 도로아미타불일세. 그런데 여보게, 자넨 이상하게 생각되지 않나? 환자가 다른 얘기는 아무 관심없이 그냥 듣고 있다가 그 살인 얘기만 나오면 이상하게 흥분하거든."

"그래, 정말 그랬지!" 라주미힌이 맞장구쳤다. "알고 있었어! 무척 관심을 갖고 듣더군. 병에 걸리던 날에도 서장실에서 들었기 때문에 충격을 받은 거야. 기절했을 정도였으니까……."

"거기에 대해서는 저녁때 다시 이야길 좀 자세히 해주게. 그리고 나도 할 이야기가 있으니까……. 사실 나는 이 환자에게 흥미를 느끼고 있다네. 30분쯤 뒤에 다시 와보기로 하겠지만……. 설마 염증 같은 거야 생기지 않겠지……."

"고맙네. 그럼, 그동안 난 파센카네 집에서 기다리기로 하지……. 이따금 나스타샤를 보내서 알아볼 테니까……."

라스콜리니코프는 그들이 나가버리자 짜증스럽고 원망스러운 듯이 나스타샤를 바라보고 있었지만 그녀는 아직 나가기를 주저하고 있었다.

"차라도 드시지 않겠어요?" 그녀가 물었다.

"이따가……. 난 한잠 자야겠어! 날 그냥 놔둬, 좀……." 라스콜리니코프는 거칠게 몸을 홱 뒤척이며 벽을 향해 돌아누웠다. 나스타샤는 밖으로 나갔다.

6

나스타샤가 나가자마자 라스콜리니코프는 곧 일어나서 문을 잠가버렸다. 그러고는 조금 전에 라주미힌이 가져온 옷 보따리를 끌러 옷을 갈아입기 시작했다. 이상하게도 그는 마음의 평정을 되찾은 듯이 보였다. 얼마 전까지의 미친 듯한 헛소리도 나오지 않았고, 그동안 줄기차게 그를 괴롭히던 공포심도 사라져버렸다. 그것은 처음으로 갑자기 찾아든 야릇한 안정의 순간이었다. 그의 동작은 명확했으며 어떤 견고한 의도를 나타내고 있었다.

"오늘이야말로, 오늘이야말로……." 라스콜리니코프는 중얼거렸다. 그러나 아직 몸의 기운이 약하다는 것과, 격심한 긴장이 온몸에 퍼져 있어 오히려 안정이랄까, 정신 집중 같은 것이 생겨 그것이 자기에게 기력과 자신감을 주고 있음을 깨달았다. 그렇다고는 해도 길바닥에서 쓰러지거나 하는 일만은 없기를 그는 마음으로 빌었다. 새 옷으로 완전히 갈아입은 그는 탁자 위에 놓인 돈을 보고 잠시 생각하다가 그것을 주머니에 집어넣었다. 돈은 25루블이었다. 라주미힌이 옷값을 치르고 모두 5코페이카짜리 동전으로 거슬러받은 45코페이카도 집어넣었다. 그리고 조용히 문을 열고 층계를 내려가면서 그는 활짝 열린 부엌을 쳐다보았다. 나스타샤는 등을 돌린 채 구부려서 주인 마님의 사모바르를 후후 불어 식히고 있었다. 그녀는 아무것도 깨닫지 못하고 있었다. 아니, 누구도 그가 나가리라는 것은 상상할 수도 없었다. 1분쯤 뒤, 그는 거리를 걷고 있었다.

저녁 8시쯤이라 해가 저물어가고 있었다. 여전히 더위는 찌는 듯했다. 라스콜리니코프는 악취와 먼지로 가득 찬 도회지의 공기를 마음껏 들이마셨다. 가벼운 현기증을 느끼면서도 일종의 야성적인 정력이 타는 듯한 두 눈과 파리한 얼굴에 흘러넘쳤다. 그는 가야 할 목적지도 없었을뿐더러 그런 생각조차 하지 않았다. 그에게는 오직 한가지 생각뿐이었다.

'이 일은 오늘 안으로 꼭 해치워야 한다. 그렇지 않고서 어떻게 집으로 돌아갈 수 있겠는가? 이 꼴로 살기는 정말 싫다.' 그러나 무엇으로 어떻게 해치울 것인가. 여기에 대해서는 아무런 생각도 없었다. 한낱 상념을 몰아낼 뿐이었다. 상념은 언제나 그를 괴롭혔다. 지금 그는 어떻게 해서든 모든 일들을 잊고 싶었다. '어떤 식이든 상관있나!' 그의 심정에는 절망과 흔들리지 않는 자신감과 결심이 뒤섞인 심정 같은 것이 몇 번이나 교차되었다.

오랜 습관대로 라스콜리니코프는 산책길을 따라 센나야 쪽으로 걸어갔다. 센나야를 채 못 간 작은 노점 앞 차도에 손풍금을 멘 젊은 사내 하나가 열다섯 살쯤 돼 보이는 소녀와 함께 매우 구슬픈 노래를 반주하고 있었다. 소녀는 귀족 아가씨처럼 불룩하니 폭이 넓은 치마를 입고 케이프를 걸쳤으며 장갑을 끼고 빨간 새털이 달린 밀짚모자를 썼으나 모두 아주 낡은 것이었다. 그녀는 거리의 가수답게 목 쉰, 그러나 제법 듣기 좋은 목소리로 상점 안에 있는 사람들이 코페이카 동전을 던져주기를 바라면서 사랑 노래를 부르고 있었다. 서너 사람의 청중들 틈에 끼어 귀 기울이고 있던 라스콜리니코프는 5코페이카짜리 동전 하나를 꺼내 소녀의 손에 쥐어주었다. 갑자기 소녀는 높이 올려뽑던 노래를 뚝 끊고는 풍금을 켜던 사람에게 "이제 됐어요" 하고 거칠게 소리쳤다. 그리고 둘은 다음 상점으로 천천히 사라져갔다.

"당신은 거리의 노래를 좋아하시나요?" 라스콜리니코프는 옆에 있던 부랑자 같은 그리 젊지 않은 사내에게 느닷없이 말을 걸었다. 그 사내는 어리둥절한 눈으로 그를 보면서 놀란 표정을 지었다.

"나는 아주 좋아한답니다." 라스콜리니코프는 말을 계속했으나, 그 태도는 도저히 거리의 가수 이야기를 하는 것으로 보이지 않았다. "나는 좋아하지요. 춥고 어둡고 음산한 가을밤, 그렇지, 꼭 음산해야 해요. 모두 창백하고 병자 같은 얼굴을 하고 있는 사람들 틈에 끼어 손풍금에 맞춰 노래 부르는 것을 듣는 거요. 아니, 그보다 더 좋은 것은 바람 부는 날 함박눈이 펑펑 쏟아질 때이지요. 어떻습니까? 눈송이 사이로 가스 등이 빛나고 있는……."

"무슨 말씀인지 통 모르겠군요……. 이만 실례하겠습니다." 라스콜리니코프의 기괴한 태도에 놀란 사내는 입 속으로 뭐라고 중얼거리면서 저쪽으로 가버렸다.

라스콜리니코프는 똑바로 걸어서 지난번 상인 부부가 리자베타와 이야기를 나누던 센나야 광장의 모퉁이까지 걸어갔다. 그러나 지금은 그들의 모습이 보이지 않았다. 그는 걸음을 멈추고 두리번거리다가 마침 밀가루 가게 문 옆에서 하품하고 있는 붉은 셔츠 차림의 사내에게 말을 걸었다.

"저 모퉁이에서 한 부부가 가게를 내고 장사하고 있었지?"

"여러 사람들이 장사하고 있었지요." 사내가 무슨 소리를 하느냐는 듯이 라스콜리니코프를 훑어보며 대답했다.

"그 장사꾼 이름이 뭐지?"

"부모가 지어준 이름대로 부르겠지요."

"자네도 자라이스키 태생이군! 어느 읍인가?"

청년은 다시 라스콜리니코프를 바라보았다.

"우리 집은 읍이 아니라 군입니다. 선생님은 여기저기 여행을 하시니까 잘 아실 테지만, 저야 집에만 틀어박혀 있는걸요. 이젠 그만 물으십시오."

"이 집 2층은 식당인가?"

"술집이죠. 당구장도 있고, 날씬한 색시도 있지요…… 놀다 가시지요!"

라스콜리니코프는 광장을 가로질러갔다. 맞은편 거리 모퉁이에는 한 때의 군중들이 웅성대고 있었다. 모두 농부들 뿐이었다. 그들을 살피면서 그는 군중 틈을 빠져나갔다. 웬일인지 아무나 붙들고 이야기하고 싶어졌다. 그러나 군중은 자기네들끼리만 떠들어댈 뿐 아무도 그를 거들떠보려고 하지 않았다. 그는 잠시 거기서 머뭇거리면서 궁리하다가 이윽고 오른쪽으로 꺾어 V거리로 걸음을 옮겼다. 그리고 광장을 지나 옆골목으로 빠졌다.

전에도 그는 샤토바야 거리로 통하는 이 길을 곧잘 걷곤 했었다. 요즘은 마음이 울적해지면 '더 울적해져라'는 일종의 자포자기적인 심정으로 일부러 이 근처를 헤매고 싶어질 때도 있었다.

그러나 지금은 아무 생각도 없이 옆골목으로 들어온 것이었다. 여기에는 아래위층이 모두 술집이라든가 또는 다른 음식점으로 이루어진 커다란 건물이 있었다. 이러한 가게에는 잠깐 옆집에 다녀온다는 기분으로 머리에 아무것도 쓰지 않은 채[10] 집에서 입는 옷가지만을 걸치고 뛰쳐나오는 여자가 잇따라 나타났다.

그녀들은 길가 이곳저곳—그렇다기보다는 대개 지하실로 내려가는 입구 근처—에 몇 사람씩 몰려 있기 일쑤였다. 입구에서 아래쪽으로 두 단만 층계를 내려가면 별난 재미를 볼 수 있는 온갖 유흥장으로 통했다. 그와 같은 유흥장 가운데 한군데에서 때마침 거리에 가득 울려퍼질 듯한 소란이 벌어지고 있었다. 기타 소리와 노랫소리가 들려오는 품이 무척이나 즐거워보였다.

입구에는 여자들이 잔뜩 모여 있었다. 더러는 층계에 걸터앉아 있거나 길가에 주저앉아 있었으며 또는 서서 이야기를 나누고 있기도 했다. 그 근방의 길에서는 술 취한 군인이 담배를 입에 문 채 큰 소리로 욕지거리를 하면서 비틀거리고 있었다. 어디로 들어갈 생각인 모양이다.

그러나 가게를 잊어버린 듯했다. 부랑자끼리 싸움을 하는 것도 눈에 띄었다. 길바닥에 시체처럼 쓰러져 있는 주정꾼의 모습도 보였다. 라스콜리니코프는 여자들이 잔뜩 모여 있는 곁에 발을 멈추었다. 여자들은 갈라진 소리로 떠들고 있었다. 대부분 흰 무명베 옷에 산양 가죽구두를 신고 모자는 쓰고 있지 않았다. 마흔이 넘은 여자가 있는가 하면 열일곱 살쯤 되어보이는 어린 소녀도 있었다. 거의 모두가 눈언저리에 검은 기미가 끼어 있었다.

웬일인지 그는 지하실에서 울려오는 노랫소리라든가 스텝을 밟으며 소란을 피우는 흥겨움에 마음이 끌렸다. 거기서는 깔깔대는 웃음소리며, 고함 소리에 섞여 젊은이의 신명 나는 노랫소리와 기타 반주에 누군가가 구두 뒤축으로 박자를 맞추어 흥겹게 춤추면서 돌아다니는 소리도 들렸다. 라스콜리니코프는 길가 입구에서 허리를 굽혀 층계 안을 신기한 듯이 들여다보며, 생각에 잠긴 듯한 어두운 표정으로 가만히 그 소리를 듣고 있었다.

그대는 소중한 나의 님
함부로 나를 때리지 마세요.

---

10) 러시아에서는 예부터 내려온 습관으로 머리에 아무것도 쓰지 않고 다니는 것을 매우 천한 짓으로 여겨왔다.

가수의 가냘픈 노랫소리가 흘러나왔다. 라스콜리니코프는 그 노래가 한없이 듣고 싶어졌다. 마치 그것 하나에 그의 모든 것이 달려 있는 듯했다.

'들어가볼까?' 그는 생각했다. '웃고 있구나! 취한 거겠지. 나도 곤드레만드레가 되도록 취해볼까?'

"아저씨 놀다 가세요." 한 여자가 아직 온전히 쉬지 않은 제법 맑은 목소리로 불렀다. 아직 젊어 보이는, 그리 밉지 않게 생긴 여자였다. 그녀는 옹기종기 몰려 있는 여자 가운데서도 유난히 눈에 돋보였다.

"거 미인인데!" 그는 얼굴을 들어 그녀를 쳐다보며 말했다.

여자가 방긋 웃었다. 치켜세우는 그의 말이 꽤 기뻤던 모양이다.

"당신도 무척 미남이시네요." 여자가 말했다.

"어머나, 어쩌면 저렇게 갈비씨일까." 다른 여자가 굵은 목소리로 말했다. "병원에서 방금 퇴원한 사람 같아."

"야, 장군 나리의 따님들이 모여 계시는가 했더니 모두 납작코로군그래." 농부 하나가 다가오더니 불쑥 말했다. 얼큰히 취한 모양으로 농부들이 입는 무명 외투의 앞자락을 드러낸 채 싱글벙글 얄궂은 웃음을 짓고 있었다.

"제기랄, 기분 내는군!"

"들어오세요, 모처럼 왔으니!"

"들어가고말고! 못 들어갈 줄 알고?"

그 남자는 지하실로 내려갔다. 라스콜리니코프는 걷기 시작했다.

"나 좀 봐요!" 아까 그 여자가 불렀다.

"왜 그래?"

그녀는 잠깐 머뭇거렸다.

"저, 아저씨. 난 당신하고라면 언제든지 같이 놀아줄 수 있어요. 그런데 오늘 밤은 기분이 내키질 않는군요. 그러니까 멋쟁이 아저씨, 한잔 마셨으면 좋겠는데, 6코페이카쯤 주실 수 있겠어요?"

라스콜리니코프는 무턱대고 돈을 끄집어냈다. 5코페이카짜리 동전 세 개였다.

"어머나, 어쩌면 이렇게 상냥한 분이실까!"

"당신 이름이 뭐지?"

"두클리다라고 불러줘요."

"어머나, 기가 막혀!" 갑자기 또 한 여자가 두클리다를 보고 고개를 설레설레 저으면서 불쑥 말을 꺼냈다. "아무리 낯짝이 두껍기로서니 그렇게 조르는 법이 어디 있니. 내 얼굴이 화끈해진다, 애!"

라스콜리니코프는 그 여자를 호기심 어린 눈으로 바라보았다. 그녀는 얼굴이 얽은 서른 살쯤 된 여자였다. 얼굴에는 온통 얻어맞은 상처투성이였으며 윗입술도 조금 부어 있었다. 그녀는 침착한 말투로 두클리다를 나무랐다.

라스콜리니코프는 걸으면서 생각했다.

'무슨 책이었더라? 어디서 읽었더라? 사형 선고를 받은 어떤 사나이가 죽음한 시간 전에 이런 말을 했다던가 아니면 생각했다던가 하는 것인데, 만일 자기가 어느 높은 절벽 위나 그렇지 않으면 겨우 두 발로 서 있을 정도로 비좁은 장소에서 절벽과 바다와 영원한 어둠과 영원한 고독과 영원한 폭풍에 갇힌 채 살아야 한다 하더라도, 그리고 사방 한 자밖에 되지 않는 장소에 평생토록, 천 년이든 만년이든 영원히 서 있어야만 한다 할지라도 지금 죽는 것보다는 사는 편이 그래도 낫다는 것이었어. 어떻게든 살고 싶다! 살고 싶단 말이야! 어떤 식으로 살더라도 살고 싶다⋯⋯. 이보다 더한 진실이 어디 있겠나! 이보다 더 진실한 목소리가 어디 있단 말인가? 하지만 그렇기 때문에 인간을 염치없는 놈이라고 부르는 녀석도 역시 염치없는 놈이란 말이야.'

1분쯤 지나자 그는 생각을 계속하며 다른 거리로 나섰다.

'앗! 저건 수정궁이 아닌가? 아까 라주미힌이 수정궁 얘기를 했었지. 그런데 내가 왜 여길 왔을까? 옳지, 신문을 보려고 했지⋯⋯. 조시모프가 신문에서 읽었다고 했어.'

"신문 있소?" 그는 널찍하고 깨끗한 레스토랑으로 들어갔다. 방은 많은 편이었으나 손님은 많지 않았다. 손님 몇 명이 차를 마시고 있었고, 조금 떨어진 다른 방에서는 네 사람이 함께 샴페인을 들고 있었다.

라스콜리니코프는 그 틈바구니에서 얼핏 자묘토프를 본 듯한 느낌이 들었지만, 멀어서 똑똑히 분간할 수가 없었다.

'있으면 어때?' 그는 생각했다.

"보드카를 드시겠습니까?" 종업원이 물었다.

"그보다는 차를 먼저 주게. 그리고 신문 좀 갖다줘. 한 닷새 전 것부터. 팁은 줄 테니까."

"알겠습니다. 이건 오늘 신문입니다. 그리고 보드카도 가져올까요?"

낡은 신문과 차가 왔다. 라스콜리니코프는 편안한 자세로 앉아서 기사를 찾기 시작했다.

'이즈레르—이즈레르—앗체키—앗체키—이즈레르—바르토라—마시모 앗체키—이즈레르—젠장! 앗! 여기 있구나. 여자가 층계에서 굴러떨어지다—술취한 상인의 죽음—페스키의 화재—페테르부르크구(區)의 화재—또 페테르부르크구의 화재—또 페테르부르크구의 화재—이즈레르—마시모, 앗! 바로 이거다……'

마침내 그는 기사를 찾아내어 읽기 시작했다. 활자가 눈앞에서 춤추는 것 같았으나, 그는 기사를 모조리 읽고 나서 다음 호 추가 기사를 찾기 시작했다. 페이지를 넘기는 그의 손이 초조하게 떨렸다. 갑자기 누가 다가와 앞자리에 마주 앉았다. 그는 얼굴을 들었다. 자묘토프가, 바로 사무장 자묘토프가 그때와 마찬가지로 반지를 끼고 시곗줄을 늘어뜨리고 기름바른 머리에 가르마를 곧게 탄 모습으로 앉아 있었다. 멋진 조끼에 프록코트를 입고 그다지 희다고는 할 수 없는 셔츠를 입고 있었다. 그는 기분이 무척 좋아보였다. 거무스름한 얼굴은 샴페인 몇 잔으로 붉어져 있었다.

"어떻게 여길 다 오셨소?" 자묘토프는 뜻밖이라는 듯이 그러나 친근한 태도로 물어왔다. "어제까지만 해도 라주미힌은 당신이 혼수상태에 있다고 했는데……. 나도 댁에 갔었습니다만……."

라스콜리니코프는 그가 곧 자기 옆자리로 오리라는 것을 알고 있었으므로 신문을 옆으로 밀어놓고 자묘토프를 바라보았다. 라스콜리니코프의 입가에 냉소가 떠올랐다. 그러나 그 냉소에는 일종의 초조가 엿보였다.

"오셨다는 건 알고 있었습니다." 그는 대답했다. "들었습니다. 양말을 찾아주셨다고요……. 그건 그렇고, 라주미힌이 당신에게 열중하고 있다는 걸 아시나요? 함께 라비자 이바노브나를 방문하셨다고요. 그렇지, 그 여자에 대해서는 요전번에 당신이 무척 애가 달아서 화약 중위에게 눈짓을 보내고 있었는데도 상대는 전혀 모르는 모양이더군요. 기억나시오? 모르실 리가 없을 텐데……. 분명한 일이니까요……. 안 그렇습니까?"

"정말이지 그 사람은 너무 거칠어!"

"화약 중위 말입니까?"

"아니, 당신 친구 라주미힌 말이오."

"당신 생활도 대단하군요. 이렇게 유쾌한 장소에 공짜로 척척 출입하시니! 방금 당신에게 샴페인을 대접하던 그 사람은 누구입니까?"

"뭐, 그건……. 모두 같이 마시는 거지요……. 당신도 한잔 하신 게 아닙니까?"

"대번에 응수하는군! 빈틈없으십니다." 라스콜리니코프는 껄껄 웃었다. "아니, 아닙니다. 여보시오. 신경 쓰지 않아도 되오!" 그는 자묘토프의 어깨를 툭 치며 덧붙여 말했다. "나는 무슨 악의가 있어 말한 것이 아니라 뭐랄까요, 칠장이가 미트레이를 때렸을 때, '너무 사이가 좋으니까 장난 삼아'라고 말한 것과 같은 거죠. 그 노파를 죽인 살인사건 말이오!"

"그 이야기는 누구한테서 들었소?"

"글쎄요, 어쩌면 당신보다 많이 알고 있을지도 모르죠."

"어쩐지 당신 좀 이상하군요……. 아마 아직도 병이 대단히 심한 모양입니다. 외출 같은 것은 하지 말았어야 했는데……."

"그렇게 이상해 보이나요?"

"그럼요. 그런데 신문을 읽고 계셨소?"

"신문을 읽었지요."

"화재 기사가 많지요?"

"천만에, 난 화재 기사는 보지도 않았소." 그는 수수께끼 같은 눈빛을 띠고 자묘토프를 바라보았다. 사람을 경멸하는 듯한 미소가 다시금 그의 입술을 일그러뜨렸다. "아니 내가 읽던 것은 화재 기사가 아닙니다." 그는 자묘토프에게 눈을 껌벅거리면서 말을 이었다. "그러지 말고 실토하시죠. 당신은 내가 무슨 기사를 읽고 있었는지 알고 싶어 못 견디겠죠?"

"전혀 알고 싶지 않소. 그저 물어봤을 뿐입니다. 그런데 물어봐서는 안 되는 것이었소? 어째서 당신은 그렇게……."

"보시오, 당신은 교양 있고 문학적인 분이죠, 그렇지요?"

"나는 중학교를 6학년까지 다녔지요." 자묘토프는 사뭇 자랑스럽다는 듯이 말했다.

"6학년까지! 거참, 대단하군, 참새 씨. 머리카락은 가르마를 타서 딱 붙이고, 반지를 끼고, 부자 양반은 역시 다르군요. 정말 귀여운 도련님이야!" 이렇게 말하고서 라스콜리니코프는 자묘토프의 얼굴을 똑바로 응시하면서 신경질적으로 웃어젖혔다. 자묘토프는 불쾌하다기보다 너무도 어이가 없는 모양이었다.

"아무리 봐도 이상하군!" 자묘토프는 정색을 하고 되풀이했다. "내가 보기에 당신은 아무래도 열이 대단한 것 같군요."

"그럼, 내가 지금 헛소리를 하고 있다는 거요? 바보 같은 소리 마시오. 내가 그렇게도 이상하게 보입니까? 아니, 당신은 나에게 흥미를 느끼고 있지요?"

"있고 말고요."

"한마디로 말해서 내가 신문에서 뭘 읽었나 궁금하지요? 이렇게 신문이 잔뜩 놓여 있으니 이상하다 싶지요?"

"계속하십시오."

"귀가 정수리에 걸리셨다 이거로군."

"그게 무슨 뜻입니까?"

"정수리에 대해서는 다음에 이야기하지요. 그런데 귀여운 도련님, 지금은 이렇게 선언하기로 하지요……. 아니, '자백하겠다'고 하는 편이 낫겠군. 그보다는…… 그렇지, '진술하겠으니 기록하십시오.'가 더 어울리겠군. 그럼, 들어보시오……. 나는 떨면서 신문을 읽었지요. 물론 흥미를 가지고 신문을 샅샅이 뒤졌습니다." 라스콜리니코프는 눈을 가늘게 뜨고 잠시 기다렸다. "솔직히 말해서 여기에 들른 것도 관리의 아내인 그 노파의 살인사건 때문입니다." 그는 자기 얼굴을 자묘토프 얼굴에 바짝 갖다 대며 거의 속삭이듯이 말했다. 그러나 자묘토프는 얼굴을 돌리려 하지 않았다. 꼼짝하지 않고 라스콜리니코프를 계속 바라볼 뿐이었다. 나중에 자묘토프가 무엇보다도 이상하게 생각한 것은 1분 가까이 서로가 입을 다문 채 삼킬 듯이 노려보았던 점이었다.

"그래서, 그게 어쨌다는 거요, 그 기사를 읽었다는 게?" 자묘토프는 문득 초조와 의혹을 느끼며 덤벼들었다. "그게 나와 무슨 상관있다는 겁니까? 그게 어떻다는 겁니까?"

"그게 말이죠, 왜 있잖습니까? 그 할멈 사건이란 말입니다." 라스콜리니코프는 자묘토프의 고함 소리에도 몸 한번 까딱 움직이지 않고 여전히 속삭이는 듯한 어조로 "내가 기절했던 일을 기억하시죠? 그 할멈 말이오. 어떻소, 이제 아셨겠지요?"

"도대체 무슨 말입니까? 뭐가 '아셨겠지요'란 말입니까?" 자묘토프는 자못 불안한 듯이 말했다. 그러자 라스콜리니코프의 안색 한번 변하지 않던 긴장한 표정이 한순간 싹 가시더니 다시금 아까와 같은 신경질적인 너털웃음이 터져 나왔다. 이젠 스스로 억제하지 못하는 듯했다. 바로 그때, 도끼를 들고 노파의 방 문 앞에 서 있었던 며칠 전의 한 순간이 소름 끼치게 눈앞으로 다가드는 것이었다. 밖에서 두 사나이가 문을 밀어대며 욕지거리를 하고 빗장을 흔들었을 때, 그 순간 라스콜리니코프 자신도 같이 소리 지르고, 침을 뱉고, 욕하고, 실컷 웃어젖히고 싶었던 기억이 떠올라왔다.

"혹시 당신 머리가 돌지 않았소? 그렇지 않으면……." 자묘토프는 문득 무슨 생각을 했는지 입을 다물었다.

"그렇지 않으면? 그래 '그렇지 않으면.' 뭐란 말이오? 자, 어서 말하시오."

"별것 아닙니다." 자묘토프는 화난 어조로 말했다. "모두 쓸데없는 소리죠."

두 사람 사이에 잠시 침묵이 흘렀다. 그러자 라스콜리니코프는 또 발작적으로 웃음을 터뜨렸다. 다시 울적해진 그는 자묘토프가 옆에 있는 것도 잊어버린 듯이 탁자에 팔꿈치를 대고 머리를 괴었다.

오랜 침묵이 이어졌다.

"왜 차를 드시지 않습니까? 식잖아요." 자묘토프가 말했다.

"네? 뭐라고요? 차? ……아……." 라스콜리니코프는 차를 한 모금 마시고 빵을 입에 넣었다. 그리고 자묘토프를 바라보았을 때 문득 모든 기억이 되살아난 듯 흠칫하며 몸을 떨었다. 그러나 다시금 그의 얼굴은 아까처럼 비웃음을 머금은 표정으로 되돌아갔다. 그는 계속해서 차를 마셨다.

"요즘은 그런 악당이 무척 늘었지요." 자묘토프가 말했다. 〈모스크바 신문〉에서 읽었습니다만, 요전에도 대규모 위조지폐단이 붙잡혔다더군요. 회사를 뺨칠 만한 규모의 인원이었답니다. 지폐를 위조하고 있었대요."

"그건 벌써 꽤 오래된 거요! 나는 벌써 한 달 전에 읽었소." 라스콜리니코프는 침착하게 말했다. "그런데 당신은 그런 자들을 악당이라고 부르나요?" 그는 엷은 웃음까지 띠며 덧붙였다.

"악당이 아니면 뭡니까?"

"악당이라고 하기에는 너무 어린애들이더군. 그렇지 않습니까? 그만한 일을 하는데는 셋도 많은데, 50명이 다 뭡니까? 그중 한 사람이라도 취해서 지껄이기만 하면 만사가 틀어진다는 걸 몰라요? 서로를 자신보다 더 믿을 수 있어야 하는데, 그 따위는 풋내기들 짓입니다. 은행에서 지폐를 바꾸는 데 믿을 수도 없는 사내를 고용하다니! 그것도 처음 만난 사람을 말입니다. 아니, 백만 루블을 바꾸는 데 성공했다고 칩시다. 그럼, 그 뒤로는 서로 일생 동안을 얽매고 사는 게 아니오! 그럴 바에야 차라리 목을 매는 게 낫지. 그런데 그 작자들은 아예 돈을 바꾸지도 못 했잖소? 은행에서 5천 루블을 받아들고는 손이 부들부들 떨려 4천 루블만 겨우 세고 나머지는 세지도 못하고 허둥지둥 도망쳐 나왔다니, 의심받을 만도 하지. 결국 그 한 사람의 어리석은 짓 때문에 모든 게 물거품으로 돌아간 것이오. 세상에 이보다 더 바보 같은 짓이 또 어디 있겠소?"

"손이 떨렸다는 것 말씀입니까?" 자묘토프가 입을 열었다.

"그거야 가능한 일이지요. 아니, 분명 있을 수 있어요. 끝까지 견뎌내지 못하는 일이란 흔히 있는 법이니까요."

"그쯤 가지고요?"

"당신 같으면 견디어낼 수 있겠소? 나는 못하겠는걸! 1백 루블에 매수되어 위조지폐를 가지고 전문가가 득실거리는 은행으로 뛰어든다는 것은 상상조차 못하겠군요. 당신 같으면 당황하지 않을까요?"

라스콜리니코프는 문득 다시금 '혓바닥을 낼름 내밀고 싶은' 강렬한 충동에 휩싸였다. 오한이 등골을 스쳐갔다.

"나라면 그런 식으로는 하지 않겠소. 나는 돈을 이렇게 바꿀 거요. 먼저 천 루블은 한 장 한 장 조사하면서 서너 번쯤 세고, 다음 천 루블은 중간쯤 세다가 50루블짜리 한 장을 뽑아내어 앞뒤를 살펴보고 그것도 위조지폐가 아닌가 살핀단 말이오. 그러고는 '안심이 안 되는군요. 전번엔 저의 친척 한 분이 25루블을 속았지 뭡니까' 하고 지껄여대는 겁니다. 3천 루블에 와서는 '오, 실례합니다. 2천 루블째가 마음에 걸리는군요' 하고는 다시 2천 루블째를 셉니다. 이렇게 해서 5천 루블을 세고 난 뒤에 둘째 다발과 다섯째 다발에서 한 장씩 빼냅니다. 그러고는 미심쩍다는 듯이 '이것 좀 바꿔주십시오' 하는 거요. 이렇게 귀찮게 굴어 은행원을 진땀 빼게 하는 거지요. 겨우 다 바꾸면 문을 열고 나가는 척하다가 또다시 '잠깐만 또 실례하겠습니다.' 하고 무슨 질문을 한다면 더욱 좋지요. 나 같으면 이런 식으로 하겠소."

"그거 참, 당신은 무서운 소릴 하는군요." 자묘토프는 웃으면서 말했다. "그러나 막상 당하면 힘들걸요! 우리뿐 아니라 어떤 사람이라도 장담하지 못하오. 이런 예를 보아도 그렇습니다. 바로 노파 살해사건 말입니다. 대낮에 그런 짓을 하고 요행히 도망친 걸 보면 꽤 대담무쌍한 흉한이기는 한 모양인데, 그 역시 온몸이 떨렸던 모양이거든요. 미처 훔치질 못했으니까요. 아마 끝까지 참아낼 수가 없었을 거요. 범행을 저지른 수법으로 보아 뻔하오."

이 말에 라스콜리니코프는 모욕을 느낀 듯한 표정을 지었다.

"뻔하다고? 그럼, 지금 당장에 녀석을 잡아보시면 어떻소? 지금 곧!" 그는 소리치면서 짓궂게 자묘토프를 약 올렸다.

"두고 보시오. 잡아낼 테니!"

"누가? 당신이? 당신이 잡아요? 어림없는 소리! 당신네들 수법이란, 한 푼도 없던 자가 별안간 물 쓰듯 돈을 쓰지 않느냐 하는 것을 눈여겨보는 거지요? 그런 식이라면 조그만 아이들이라도 당신네들을 속여넘길 수 있을 거요."

"그런데 녀석들은 모두 그 짓을 하거든요." 자묘토프는 대답했다. "목숨을 걸고 위험한 짓을 해서 교묘히 살인을 하고 나서는 그 길로 술집으로 가서 꼬리를 잡히는 거요. 돈을 물 쓰듯 하니 잡힐 수밖에. 모두가 한결같이 당신처럼 교활하지는 못하니까요. 당신이라면 물론 술집 같은 데야 안 가겠지요?"

라스콜리니코프는 눈살을 찌푸리고 자묘토프를 똑바로 바라보았다.

"아마 당신은 그런 경우 나라면 어떻게 할까, 그게 알고 싶어서 침을 삼키는 모양이군요?" 그는 불쾌한 투로 물었다.

"알고 싶소." 자묘토프는 정색을 하고 잘라 말했다. 그의 말투며 눈짓에는 지나칠 정도의 긴장감이 엿보였다.

"정말이오?"

"무척 알고 싶소."

"좋습니다. 나같으면 이렇게 하죠." 라스콜리니코프는 다시 얼굴을 자묘토프의 얼굴에 갖다 대고 속삭이듯 말하기 시작했다. 이번에는 자묘토프가 흠칫했다. "나 같으면 이렇게 하겠소. 먼저 현금을 집어넣고 다음에는 패물을 훔친 뒤, 뛰쳐나와서는 아무데도 들르지 않고 어딘가 한적한 장소로 갑니다. 울타리가 있을 뿐 거의 오가는 사람이 없는 채소밭 같은 곳으로 곧장 달려간단 말이요. 그곳은 전부터 점찍어 놓은 곳으로, 뒷마당의 울타리 구석에는 그렇지, 무게가 20킬로그램쯤 나가는 바윗덩이가 굴러 있지요. 집을 지을 때부터 줄곧 거기에 굴러 있던 그런 것 말입니다. 그래 그 바윗돌을 들추면 틀림없이 구멍이 패어 있을 겁니다. 그 구멍에 훔친 것을 몽땅 쓸어넣고 다시 돌로 덮어놓으면 끄떡없단 말이요. 이렇게 1년이나 2년 내지 3년쯤 내버려두면, 자, 당신은 찾아낼 수 있을 것 같소? 정말 찾을 수 있소?"

"당신은 미쳤군요." 웬일인지 자묘토프도 속삭이듯 말했다. 그리고 라스콜리니코프로부터 얼굴을 떼고는 물러섰다. 그러자 라스콜리니코프의 얼굴이 창백해지며 입술이 바들바들 떨리기 시작했다. 그는 떨리는 입술을 자묘토프 쪽으로 돌려서 애써 놀렸으나 아무 말도 나오지 않았다. 30초쯤 그는 그렇게 입술만 움직이고 있었다. 그는 자신의 행위를 의식했지만, 억제할 기력을 잃고 말았다. 노파를 죽였을 때, 문빗장이 흔들릴 때의 그 무서운 비밀이 금방이라도 입 밖으로 튀어나올 것만 같았다. 그는 참으려고 했지만 어느새 입을 열었다.

"만약 내가 노파와 리자베타를 죽였다면 어떻게 하겠소?" 그는 정신이 번쩍 들었다. 해서는 안 되는 말이었다.

자묘토프는 흠칫 놀라 그를 쳐다보더니 얼굴이 탁자보처럼 새파래졌다. 그 얼굴에 일그러진 미소가 지나갔다.

"무슨 당치도 않은 소릴." 자묘토프는 들릴락말락하는 목소리로 말했다. 라스콜리니코프는 날카로운 시선으로 그를 쏘아보았다.

"숨기지 마시오, 그렇게 믿었죠? 그렇죠?"

"천만의 말씀! 오히려 지금은 전보다 더 믿어지지 않소!" 자묘토프는 당황해서 말했다.

"마침내 실토했군! 자, 참새 씨가 걸려들었구나! '지금은 전보다 더 믿어지지 않는다.'라니, 전에는 그렇게 생각했던 게 아니오?"

자묘토프는 자못 당황하는 눈치였다.

"아니야, 아니라니까! 그거야, 당신이 일부러 나를 위협해서 그런 말을 하게 한 것이 아닙니까."

"그럼, 의심하지 않는다는 소리요? 그렇다면 내가 경찰서에서 나왔을 때 당신 네들은 뒤에 남아 무슨 이야기들을 했소? 또 화약 중위는 내가 의식을 되찾자 나를 의심했지요? 야, 여봐!" 그는 종업원을 부르며 일어서더니 모자를 손에 들었다. "얼마지?"

"20코페이카입니다." 종업원이 달려오면서 대답했다.

"자, 팁으로 20코페이카를 더 주지. 놀라셨죠? 나는 돈이 많소." 돈을 쥔 손을 떨면서 그는 말했다. "붉은 지폐와 푸른 지폐로 모두 25루블이요. 이 돈이 어디서 났을까요? 내가 입고 있는 이 양복은? 내가 빈털터리라는 것은 잘 알고 있잖소? 벌써 하숙집 안주인을 조사했을 테고……. 아냐, 이젠 됐어! 아세 코즈.[11] 안녕……. 그럼, 또……."

그는 일종의 살벌하고 히스테릭한, 거의 참지 못할 어떤 쾌감에 휩싸여 온몸을 와들와들 떨었다. 그는 무척 피로한 몸으로 다시 우울한 기분에 사로잡혀 집으로 돌아가려고 했다. 그의 얼굴은 발작이라도 하고난 것처럼 일그러져 있었다. 피로감이 점점 더 그를 짓눌러왔다. 조그만 충동, 조그만 감정에도 곧 흥분했으나 그 흥분이 사라짐에 따라 그의 몸은 형편없이 기력을 잃고 마는 것이었다.

혼자 남은 자묘토프는 생각에 잠긴 채 그 자리에 오래 앉아 있었다. 라스콜리니코프는 예의 사건에 관한 자묘토프의 생각을 뿌리부터 뒤집어놓고 그로 하여금 간단히 마지막 결론을 내려버리게 한 것이었다.

'일리야 페트로비치는…… 허수아비야!' 그는 명확히 단정지었다.

라스콜리니코프가 바깥문을 열었을 때, 그는 마침 들어서고 있던 라주미힌과 마주쳤다. 둘은 이마를 맞부딪칠 뻔했다. 처음에 둘은 서로 눈만 껌벅거리며 서 있었다. 마침 상대가 누구라는 것을 알아차린 라주미힌의 눈에 분노의 빛이 번쩍이기 시작했다.

---

11) 이제 이런 짓은 그만둡시다.

"자네, 이런 곳에 와 있었군!" 그는 큰 소리로 고함을 질렀다. "잠자리에서 빠져나와서! 나는 긴 의자 밑까지 찾았단 말이야! 천장 위까지 올라가 보고! 자네를 놓쳤다고 나스타샤를 때리려고 하기까지 했단 말이야. 그런데 이런 곳에 와 있다니! 로쟈! 어떻게 된 일이야! 이야기나 들어보세! 솔직히 말해보게!"

"자네들한테 진절머리가 나서 말이야, 혼자 있고 싶었을 뿐이야." 라스콜리니코프는 침착하게 대답했다.

"혼자서라구? 아직 걷지도 못하는 주제에, 그처럼 파리한 얼굴로 숨을 헐떡이고 있으면서! 멍텅구리야……. 수정궁 같은 곳에서 뭘 하고 있었나? 어서 말 좀 해보라니까!"

"제발 나를 놔줘!" 라스콜리니코프는 옆으로 빠져나가려고 했다. 화가 치솟은 라주미힌이 그의 덜미를 잡았다.

"놔달라고? 어디서 그런 말이 나오나! 자네 내 맛을 좀 보게. 꽁꽁 묶어서 방에 가둔 다음에 문을 잠가버릴 테니."

"내 말을 좀 듣게, 라주미힌!" 라스콜리니코프는 침착하게 말했다. "내가 자네에게 신세지고 싶어 하지 않는다는 걸 모르겠나? 뭣 때문에 자네는……. 모처럼의 호의에 침을 뱉으려는 사람에게 억지로 친절하려는 거야? 아니, 그뿐만이 아니지. 이 친절이 너무나 벅차서 견딜 수 없는 사람한테 말일세. 도대체 자네는 내가 앓기 시작하자마자 뭣 때문에 나를 찾아왔나? 나는 그대로 죽어버렸더라면 얼마나 기뻤을지 모르네. 오늘만 해도 자네는 날 괴롭히고 있어. 자네에겐 진절머리가 난다고 그만큼 이야기하고 있잖나. 정말 호기심으로 사람을 들볶는 것은 이쯤으로 그만두게나! 분명히 말하겠네만, 이런 일은 모두 내 회복에 지장을 가져오는 걸세. 줄곧 나를 짜증나게만 하고. 조시모프만 해도 아까 나를 짜증나게 하지 않으려고 방에서 나가지 않았던가! 제발 부탁이니 자네는 이제 나를 따라다니지 말아주게! 도대체 자네가 나를 강제로 붙잡아둘 무슨 권리라도 가지고 있단 말인가? 더구나 자네만 해도 이젠 내가 완전히 제정신으로 말하고 있다는 걸 알고 있겠지? 여보게, 자네, 가르쳐주게나, 도대체 어떤 식으로 부탁해야 자네가 나를 따라다니지 않고 시중을 그만 들어주겠나? 나보고 은혜를 모르는 놈이라 해도 좋고, 짐승 같은 녀석이라 해도 좋네. 다만 부탁이니 나를 혼자 내버려두게나. 상관 말아주게! 상관 말란 말이야!

상관 말란 말이야!" 처음에 라스콜리니코프는 제법 침착하게 말을 꺼내며 화풀이를 하려고 했으나, 어느새 그의 말투는 루진을 대할 때처럼 격해지고 있었다.

선 채로 잠시 생각하던 라주미힌은 곧 그의 손을 놓았다.

"어디로든지 냉큼 꺼져버려!" 그는 우울한 목소리로 조용히 말했다. 그러나 라스콜리니코프가 떠나려 했을 때 그는 다시 소리쳤다. "잠깐! 내 말도 들어보게. 자네는 입만 나불거리고 수다만 떠는 족속들 중 하나일세! 조금 괴로운 일이라도 생길라치면 암탉이 알을 품고 다니듯 가슴을 앓게 되고, 또 그런 때까지도 남의 이야기나 흉내 내고……. 도대체 자네에겐 독자적인 곳이라곤 하나도 없어. 자네의 혈관엔 고래기름으로 만든 사람처럼 피 대신 치즈를 짜고 난 찌꺼기 국물이 흐르고 있단 말이야. 자네 따위 나는 전혀 신용하지 않아! 자네는 언제나 어떻게 해서든지 인간답지 않은 티를 내려는 것을 뭣보다 앞세운다니까. 여보게, 기다리라니까!" 그는 라스콜리니코프가 다시 나가려는 것을 보고 화가 머리끝까지 치밀어 소리 질렀다. "끝까지 들어보란 말이야! 바로 오늘이 내가 집들이 하는 날이라 사람들이 모이기로 한 것쯤은 알고 있겠지. 지금쯤은 슬슬 모여들고 있을 거야. 나는 지금 큰아버지에게 손님 대접을 떠맡기고 달려온 걸세. 어쨌든 자네가 바보가 아니라면, 외국 사상을 모방하는 멍청이가 아니라면 말일세. 아니, 로쟈. 분명히 말하겠네만 자네는 사랑스럽고 영리한 사내거든. 아니야, 그래도 바보지……. 그런데 자네가 바보가 아니라면 오늘 우리 집에 와서 하룻밤을 같이 보내면 어떻겠나? 그렇다고 구두창이 닳도록 걸어다녀야 되는 일도 없을 테니 말일세. 벌써 밖으로 나왔으니까 이제 와선 별 수 없지! 자네에게 푹신한 안락의자를 마련해주겠네. 집주인한테 있으니까……. 차라도 마시면서 이야기하지 않겠나……. 하지만 그것도 싫다면 잠을 자도 좋네. 아무튼 우리와 함께 있어주게……. 조시모프도 오기로 했어. 어떤가? 와주겠지?"

"가지 않겠어."

"빌어먹을!" 라주미힌은 안타까운 듯이 소리쳤다. "어떻게 알겠나? 자네는 자네 스스로를 자기가 책임질 수 없는 상태가 아닌가! 도대체 자네는 아무것도 모르고 있단 말이야……. 나만 해도 이런 식으로 천 번도 더 말다툼을 했지만,

역시 그때마다 화해를 했지. 화해하지 않고서는 좀처럼 못 견디는 성미거든. 그때마다 난 상대방을 찾아가곤 하지……. 자, 자네도 얼른 같이 가세. 포진코프네 집 3층일세."

"여보게, 라주미힌! 아마 자네는 친절을 억지로 떠맡긴다는 자기 만족을 위해서라면, 누구한테 매를 맞아도 괜찮은 모양이로군."

"누가? 나 말인가? 그런 걸 생각만 해도 그 녀석 코를 비틀어버리겠어! 포진코프네 집 47호, 파부쉰킨이라는 관리집이야."

"글쎄, 가지 않을 거라니까." 라스콜리니코프는 몸을 돌려 걸어갔다.

"내기를 걸어도 좋아. 자네는 틀림없이 올 걸세." 라주미힌은 그의 등에 대고 크게 소리 질렀다. "만약 오지 않으면 절교하겠어. 여보게, 잠깐만. 자묘토프는 여기 있던가?"

"그래."

"만났나?"

"만났어."

"얘기했나?"

"했지."

"무슨 말? 아니……. 필요 없네. 어서 우리 집으로 오기나 해. 포진코프네집 47호, 파부쉰킨이야. 그럼, 잊지 말게."

라스콜리니코프는 샤토바야 거리를 건너 골목으로 접어들고 있었다. 그의 뒷모습을 멍하니 바라보던 라주미힌은 마침내 단념한 듯한 표정을 지으며 건물 안으로 들어갔다. 그는 층계를 오르다가 문득 걸음을 멈추었다.

"제기랄!" 그는 중얼거렸다. "제법 조리 있게 이야기를 하고 있어……. 그렇지만 역시 바보가 아닌가? 미친 사람이라고 조리 있는 말을 못하란 법이 없는 거니까. 조시모프도 확실히 그걸 걱정했던 거야." 그는 이마를 툭 쳤다. "하지만 어떻게 한다? 저 녀석은 투신자살도 마다않고 할 녀석이거든. 이거 큰일났군. 혼자 내버려둘 수는 없어!" 그는 곧 라스콜리니코프의 뒤를 쫓아갔으나 이미 그의 모습은 그림자도 보이지 않았다. 그는 퉤! 침을 뱉고 나서 속히 자묘토프에게 이야기를 들어보려고 수정궁 쪽으로 바삐 걸음을 옮기기 시작했다.

라스콜리니코프는 다리 쪽을 향하여 똑바로 걸어갔다. 다리 중간쯤 오자 걸음을 멈추고 난간에 두 팔을 괸 채 먼 곳을 바라보기 시작했다. 라주미힌과 헤어진 뒤부터 그는 심한 피로를 느끼고 있었다. 거리 한복판 아무 곳에라도 눕고 싶을 정도로 그는 피로했다. 그는 허리를 굽혀 물을 들여다보았다. 장미빛으로 물드는 저녁놀이며, 어슴푸레해지는 황혼에 싸여 희미하게 보이는 먼 마을이며, 마지막 태양 빛이 강 왼쪽에 늘어선 집집의 창문을 통해 강렬하게 반사되는 풍경이며 점점 검게 변하는 운하의 물을 정신없이 바라보고 있었다. 차츰 그의 시야에서 붉은 원 같은 것이 빙글빙글 돌기 시작했다. 이에 따라 집들도, 행인들도, 거리도, 마차도 한데 얽혀 빙글빙글 돌기 시작했다. 그는 몸을 떨었다. 어떤 괴이하고 추악한 환상 때문에 다시 밀어닥친 혼돈에서 구원을 얻은 듯했다.

문득 그는 자기 곁에 누군가 서 있음을 느꼈다. 그는 고개를 돌렸다. 얼굴은 몹시 야위어 길게 보이고 눈은 움푹 들어가 검푸른 빛을 띠었으며 머리에는 수건을 쓴 여인이 서 있었다. 그 여인은 그를 똑바로 바라보고 있었지만, 실은 아무것도 보지 않는 듯한 초점이 없는 시선이었다. 그녀가 난간에 오른손을 짚고 오른발을 번쩍 들어 난간 밖으로 내민 순간, 그녀의 몸은 어느새 깊은 운하 속으로 떨어지고 있었다. 더러운 물이 삽시간에 갈라지며 희생자를 삼켜버렸다. 1분쯤 지나자 여인은 물 위로 떠올라서 조용히 물결을 따라 흘러내려갔다. 머리와 발은 물에 잠긴 채 등과 치마만이 둥그렇게 부풀어 올라 있었다.

"투신자살이다! 투신자살이다!" 많은 사람들이 소리치기 시작하자 사람들이 모여들어 양쪽 강기슭은 구경꾼으로 가득 찼다. 다리 위에 있는 라스콜리니코프의 주변에도 사람들이 밀려와 그를 이리 밀치고 저리 밀치고 했다.

"아이구머니나! 바로 옆집에 사는 아프로시뉴쉬카가 아냐!" 경악에 찬 여자의 목소리가 들려왔다. "건져주세요, 여러분! 제발 살려주세요!"

"보트를! 보트를!" 군중 속에서 누군가가 외쳤다.

그러나 보트는 필요 없었다. 한 순경이 층계를 달려내려가 장화를 벗어던지고 물로 뛰어든 것이다. 마침 여인은 층계에서 서너 걸음쯤 되는 곳을 흘러가고 있었으므로 순경은 오른손으로 여자의 옷을 움켜쥐고 왼손으로는 동료가 내밀어 준 장대를 잡고 쉽게 나올 수 있었다. 여인을 물 밖으로 끌어내 돌층계 화강암 포석 위에 눕혔다. 그러자 여인은 곧 정신을 차렸다. 그러나 일어나 앉아서는 두 손으로 물에 젖은 옷을 까닭없이 매만지기도 하고 재채기를 하기도 하고 코도 풀었으나 말은 한마디도 없었다.

"술이 너무 취해서 이렇게 됐을 뿐이에요. 취했을 뿐이에요." 아프로시뉴쉬카 옆에서 아까 소리쳤던 그 여인이 말했다. "전에도 목매어 죽으려고 한 적이 있었어요. 오늘 제가 시장에 가는 동안에도 혹시나 하고 옆에 계집애 하나를 딸려 놓았더랬지요. 그런데 어느새 이런 짓을 벌일 줄이야! 이 여자는 바로 이웃에 살고 있어요. 저기 보이는 저 두 번째 집이에요."

군중은 흩어지기 시작했다. 순경들이 아직 여인 옆에서 이것저것 보살펴주고 있었다. 누군가 경찰서에 대해서 뭐라고 떠들고 있었다……. 모든 것을 냉담하고 무관심하게 바라보던 라스콜리니코프는 곧 싫증이 나버렸다. '안 돼, 보기 흉하거든……. 물은……안 돼.' 그는 혼잣말로 중얼거렸다. '별 수 없어!' 그는 덧붙였다. '기다릴 거야 없지! 제기랄! 방금 누가 경찰서가 어떠니 떠들어댔지만, 도대체 그건 무엇일까? 왜 자묘토프는 경찰서에 없었을까? 경찰서는 9시 넘도록 열려 있을 텐데…….' 그는 난간에 등을 기대고 비스듬이 서서 주위를 잘 살펴보았다.

'흥! 그게 어쨌다는 거냐! 그걸로 된 거야!' 그는 경찰서 쪽으로 걷기 시작했다. 그의 마음속은 허전했다. 아무것도 생각하고 싶지 않았다. '모든 것을 단번에 처리해버리자!' 하고 아까 집을 나올 때 다짐했던 생각도 사라지고 우울증마저 걷혀버려, 그의 마음에는 완전한 무관심만이 남아 있었다.

'이런 것도 하나의 결말이겠지!' 그는 따분한 듯이 강가를 느릿느릿 걸어갔다. '아무튼 끝내버리자. 그렇게 하고 싶으니까……. 그러나 그런다고 해서 그것이 결말이 될 수 있을까? 아니, 아무래도 좋다. 사방 한 자 정도의 공간이야 있겠지. 빌어먹을! 정말 무슨 결말이 이래! 아무래도 결말 같지 않은걸. 그가 녀석들에게 정말로 이야기하고 말까. 그렇잖으면 말하지 않을까? 모르겠군……. 제기랄! 무엇보다도 나는 지쳤어. 어디든 가서 드러누워버렸으면. 무엇보다도 창피해서……. 이런 꼬락서니가 되다니, 정말 침이라도 뱉고 싶군. 젠장, 어쩌자고 이런 우스꽝스러운 생각이 떠오른담…….'

경찰서에 가려면 곧장 앞으로 가다가 두 번째 모퉁이에서 왼쪽으로 돌아야만 했다. 거기서부터는 두 걸음도 채 안 되는 거리다. 그러나 첫 번째 모퉁이까지 왔을 때 그는 멈춰섰다. 거기서 잠시 생각한 뒤 옆골목으로 돌아 두 골목을 빠져 길을 돌기 시작했다. 그러한 그의 행동에는 사실은 아무 목적도 없었을 것이다. 그리고 어쩌면 사태를 조금이라도 미룸으로써 시간 여유를 갖고 싶은 심정이었는지도 모른다.

그는 길바닥을 내려다보며 걸었다. 그러자 문득 누군가가 그의 귓가에 대고 뭐라고 속삭이는 듯한 느낌이 들었다. 얼굴을 들어보니 거기는 바로 그 집 앞이었다. 그는 그 일이 있었던 날 밤부터 이곳엔 전혀 오지 않았으며 곁을 지나쳐 본 적도 없었다.

뭐라 설명할 수는 없지만 거의 본능적으로 그는 건물로 들어가 대문을 지나 오른쪽으로 첫 번째 현관으로 가서 4층을 향해 낯익은 층계를 올라가기 시작했다. 비좁고 답답한 계단은 무척이나 어두웠다. 그는 매 층을 지날 때마다 걸음을 멈추고 신기한 듯이 주위를 두리번거렸다. 아래층 홀에 달려 있던 창틀이 모두 떼어져 있었다. '그때는 이렇지 않았는데.' 하고 그는 생각했다. 이윽고 니콜라이와 미트레이가 일하던 2층 방이 나타났다. '문이 닫혀 있군. 문도 새로 칠했고 세를 놓으려는 걸까?'

이제 3층……. 그리고 4층……. '여기다! 바로 여기다!' 문득 수상쩍은 생각이 그를 사로잡았다. 그 방 문이 활짝 열려 있었고, 안에 사람이 있는지 말소리가 들려왔다. 사람이 있다는 것은 전혀 뜻밖이었다. 그는 잠시 망설이다가 몇 계단을 올라가 방 안으로 들어갔다.

방은 깨끗이 단장되어 있었다. 안에는 일꾼들이 있었다. 뜻밖의 광경 앞에서 그는 깜짝 놀랐다. 웬일인지 그는 그날 밤 남겨두고 간 시체가 아직도 그 자리에 누워 있으리라고 생각했기 때문이다. 그러나 지금 눈앞에 있는 그 방은 벽지가 뜯어져 있고 가구는 하나도 보이지 않았다. 이상한 분위기였다. 그는 창문턱에 걸터앉았다.

일꾼은 둘뿐이었다. 둘 다 젊은이였는데, 그중 하나는 더 젊어 보였다. 그들은 벽지를 말끔히 뜯어낸 벽에 연보랏빛 꽃무늬가 있는 새 벽지를 바르고 있었다. 라스콜리니코프는 웬일인지 그것이 마음에 걸렸다. 옛 모습이 사라져가는 것이 마음 아픈 듯 그는 적의에 찬 눈으로 새 벽지를 쏘아보았다.

일꾼들은 일이 지체되었는지 서둘러 끝내고 돌아갈 준비를 하고 있었다. 그들은 라스콜리니코프의 등장에 조금도 신경 쓰지 않는 것 같았다. 그는 그렇게 앉은 채로 둘이 주고받는 이야기에 귀 기울였다.

"그런데 말이야, 그 여자가 아침에 내게 와서 말이야." 나이 든 사람이 말했다. "그것도 굉장히 일찍, 더구나 무척 말쑥한 차림을 하고 왔단 말이야. '이봐, 내가 뭐라고 그처럼 얼룩덜룩 눈부시게 차려입고 왔어?' 그랬더니 그 여자가 하는 말이 '여보, 치트바실리치, 난 이제 당신 거예요.' 이러지 않겠나? 말하자면 그렇게 된 셈일세! 멋지게 차린 폼이라니, 그건 정말 잡지 그대로였어. 잡지 그대로였단 말일세."

"잡지라니요, 형님?" 젊은 청년이 물었다. 그는 그 '형님'으로부터 많은 가르침을 받는 것 같았다.

"잡지란 말이야. 그렇지, 예쁘게 색칠을 한 그림을 말하는 거야. 그 잡지가 토요일마다 외국에서 양복점으로 우송돼 오거든. 그러면 요즘 남녀들은 그 책을 보고 알맞은 옷들을 고른단 말일세. 남자는 대개 외투 정도지만, 여성용은 자네 재산을 모조리 털어도 살 수 없을 정도의 비싼 옷이란 말이야."

"이 페테르[12]엔 정말 없는 게 없어." 젊은 사내가 황홀한 듯이 말했다. "아버지와 어머니는 돈으로 못 사지만 다른 것은 뭐든지 있거든."

"그렇고 말고, 그것만 빼놓으면 뭐든지 있고말고." 나이 많은 자가 마치 격언이라도 외우듯이 말했다.

라스콜리니코프는 일어나서 전에 트렁크며 침대 그리고 옷장 등이 놓여 있던 다음 방으로 들어갔다. 가구들을 모두 치워서 그런지 방은 더욱 좁아보였다. 벽지를 뜯어버린 한구석에는 성상을 안치해 놓았던 자취가 그대로 남아 있었다. 방을 한 번 둘러보고 나서 그는 다시 창가로 왔다. 나이 많은 일꾼이 힐끗 그를 돌아다보았다.

"무슨 용무시죠?" 라스콜리니코프를 향해 몸을 돌리며 그는 물었다.

대답 대신 라스콜리니코프는 문간방으로 걸어가 초인종 끈을 쥐더니 세게 잡아당겼다. 그러고는 그 소리에 귀를 기울이며 기억을 더듬었다. 그 순간의 무섭고 고통스럽던 추악한 감정이 차츰 선명하게 되살아났다. 그는 끈을 잡아

---

12) 페테르부르크.

당길 때마다 몸이 부들부들 떨렸다. 점점 말로 형용할 수 없는 쾌감에 사로잡혔다.

"무슨 일이지요? 대체 당신은 누구요?"

손위 일꾼이 앞으로 다가왔다. 라스콜리니코프는 다시 방으로 들어갔다. "방을 좀 얻어볼까 해서" 그는 천연덕스럽게 말했다. "이렇게 방을 구석구석 살펴보고 있는 거요."

"밤중에 집을 보러 오셨다니? 만일 그렇더라도 문지기와 같이 와야 할 게 아니오?"

"마루는 닦았나? 새로 칠을 한 모양이군." 라스콜리니코프가 말했다. "이젠 핏자국이 없어졌나?"

"피라니요?"

"이 방에서 노파와 동생이 죽었잖나? 이 근방이 피바다였어."

"당신은 도대체 누구요?" 일꾼은 섬뜩해진 듯이 물었다.

"나 말인가?"

"그렇소."

"그걸 알고 싶소? 그렇다면 같이 경찰서로 갑시다. 거기서 얘기해줄 테니."

일꾼은 의혹에 찬 눈으로 라스콜리니코프를 바라보았다.

"우린 돌아갈 시간이 되었소. 일이 너무 늦어졌소. 자, 알료쉬카, 어서 문을 잠그고 집으로 가세!" 나이 먹은 일꾼이 재촉했다.

"그럼, 가지!" 라스콜리니코프는 내키지 않는 듯이 말하고 앞장서서 바깥으로 나가 천천히 층계를 내려갔다. "여봐, 문지기!" 그는 문 앞에서 소리 질렀다. 문 입구에는 몇 사람이 서 있었다. 문지기 둘, 여인 하나, 그리고 가운을 입은 가게 주인 외에 한두 사람이 더 있었다. 라스콜리니코프는 그 앞으로 불쑥 나섰다.

"무슨 일이신지요?" 문지기 하나가 물었다.

"경찰에는 다녀왔소?"

"방금 갔다오는 길입니다만, 무슨 일이죠?"

"다들 있던가요?"

"네……. 계셨습죠."

"부서장도 있던가요?"

"잠깐 와 계셨는데요. 그런데 왜 그러십니까?"

라스콜리니코프는 그 말에는 대답하지 않고 생각에 잠긴 듯이 그들과 나란히 섰다.

"방을 보러 왔다는군요." 나이 먹은 일꾼이 지나가면서 말했다.

"어떤 방을?"

"우리가 일하고 있는 방 말입니다. 핏자국은 어째서 씻었느냐, 여기서 살인이 있었는데, 나는 이 방을 빌리러 왔다고 하면서 줄이 끊어질 정도로 마구 초인 종을 잡아당기지 않겠소? 그러고는 내가 누군지 얘기해줄 테니 같이 경찰서로 가자느니 어쩌느니 하면서 늘어붙잖아요."

문지기는 눈살을 찌푸렸다.

"도대체 당신은 누구요?" 그는 언성을 높였다.

"로지온 로마노비치 라스콜리니코프, 전엔 대학생이었소. 사는 곳은 저편 골목에 있는 시르의 집 14호. 가서 문지기한테 물어보면……. 나에 대해서 잘 알고 있지." 라스콜리니코프는 시선 한 번 주지 않고 어두컴컴해지는 거리를 응시하며 말했다.

"그 방엔 뭣 때문에 들어가셨소?"

"보러 간 거요."

"보다니, 뭘?"

"경찰에 끌고 갈까?" 옆에 있던 상인이 불쑥 말을 꺼내고는 다시 입을 다물었다.

라스콜리니코프는 어깨 너머로 얼굴을 돌려서 지그시 상인을 보며 여전히 낮은 목소리로 천천히 입을 열었다.

"갑시다!"

"그래, 넘겨버려!" 용기를 얻은 상인이 가로막았다. "안 그래? 어째서 그 일에 관해 얘기를 꺼낸 거야? 뭔가 숨기고 있어, 그렇잖아?"

"도대체 무슨 일이오?" 슬슬 화가 치밀기 시작한 문지기가 다시 고함쳤다. "뭣 때문에 이렇게 시비를 거는 거요?"

"경찰에 가는 것이 무서워졌나?"

라스콜리니코프는 놀리듯 그에게 물었다.

"무섭긴 뭐가 무섭단 말이야? 너야말로 뭘 그렇게 우물거리고 있지?"

"불한당 녀석!" 하고 여편네가 소리쳤다.

"그만둬, 상대도 하지 마!" 농부들이 입는 외투 앞자락을 풀어 헤치고 허리에 열쇠 꾸러미를 찬 덩치 큰 다른 문지기가 소리쳤다. "어서 꺼져, 이 사기꾼아! 썩 꺼져버리라니까!"

문지기는 라스콜리니코프의 덜미를 잡아 길거리로 밀어냈다. 라스콜리니코프는 하마터면 쓰러질 뻔했으나 겨우 중심을 잡고 일어나자 잠시 동안 말없이 구경꾼들을 바라보더니 이윽고 걸어가기 시작했다.

"괴상한 녀석이군!" 일꾼이 말했다.

"요즘은 저런 사람이 왜 그리 많은지 몰라요" 하고 여편네가 말했다. "경찰에 끌고 갔으면 좋았을걸." 상인이 덧붙여 말했다.

"그럴 것까지는 없어." 키 큰 문지기가 말했다. "저런 게 억지를 부리는 수법이거든. 까닭 없이 시비를 걸고…… 뻔한 일이야. 섣불리 말려들기라도 하면 감당못 할 지경에 빠져들고 말지…… 빤하지 뭔가!"

'갈까, 가지 말까?' 라스콜리니코프는 걸음을 멈추고 마치 누구의 지시라도 기다리는 사람처럼 주위를 살폈지만, 아무런 반응도 없었다. 모든 것은 그가 디디고 있는 돌처럼 차갑게 죽어 있었다. 아니, 그에게만 모든 것이 죽어 있는 것이다. 그 순간 그는 2백 걸음쯤 떨어진 저쪽 어둠 속에 모인 군중들이 떠들어대는 소리를 들었다…… 군중들 가운데에는 마차 한 대가 서 있었다. 거리 한가운데에는 가로등 하나가 빛을 내고 있었다. '무슨 일일까?' 라스콜리니코프는 그쪽으로 다가갔다. '무엇에든지 매달리고 싶어서 어쩔 줄 모르는군.' 하고 생각하면서 그는 차디차게 웃었다. 왜냐하면 이미 경찰서로 갈 것을 굳게 결심하고 있었으므로, 금방 모든 일은 끝장날 것이라고 생각하고 있었기 때문이다.

7

거리 한가운데에는 두 마리의 튼튼한 잿빛 말이 끄는 화려한 신사용 마차가 서 있었다. 마부가 내려서 말에 재갈을 바싹 물리고 있을 뿐 그 밖의 사람은 보이지 않았다. 여기저기에서 많은 사람들이 몰려들었는데, 그 맨 앞에는 순경들이 서 있었다. 그중 한 순경이 등불을 켜들고 몸을 굽혀 바퀴 옆의 길바닥을 비추고 있었다. 사람들은 웅성거리거나 소리치고, 탄식하고 있었다. 마부는 어쩔 줄 몰라하는 얼굴로 중얼거렸다.

"이런 변이 있나! 세상에 이런 변이 있나!"

억지로 군중들 틈을 비집고 들어간 라스콜리니코프는 마침내 이 소동의 원인을 알아낼 수 있었다. 길바닥에는 비록 초라하지만 어딘가 관리 티가 나는 차림을 한 사나이가 말에 짓밟혀 피투성이가 된 채 쓰러져 있었다. 온몸이 피투성이로, 특히 얼굴은 알아볼 수 없을 만큼 엉망이 되어 있었다.

"여러분!" 마부가 울먹이는 목소리로 말했다. "정말 어쩔 수가 없었습니다. 저는 속력을 낸 것도 아니고 더구나 비키라고 고함까지 질렀습니다. 다들 보고 계셨으니까 잘 아시겠지만요. 인간이란 실수를 하게 마련이지요. 물론 저도 그렇습니다만, 주정뱅이가 길을 똑바로 걸을 수 없다는 건 뻔한 일이지만……. 나는 이 양반이 비틀거리며 금방 쓰러질 듯이 길을 가로지르려 하기에 한두 번, 아니, 세 번씩이나 고함을 지르고 고삐를 잡아당겼습죠. 그러자 이 양반은 곧장 말 밑으로 기어들어가 쓰러져 버렸답니다! 일부러 그랬는지 아니면 정신을 차릴 수 없을 만큼 잔뜩 취해서 그랬는지는 알 수 없지만……. 그런데 말이 아직 어린 놈이라 겁이 많기 때문에 그만 놀라서 삽시간에 달려버렸죠. 게다가 이 양반이 비명을 지르니 더 그럴 수밖에요. 그래 그만 이런 변이 생겼습죠."

"그래, 맞아, 그대로야!" 구경꾼 속에서 누군가가 보증하듯 소리쳤다.

"소리친 건 사실이오! 마부는 세 번이나 소리쳤단 말이요!" 다른 목소리가 맞장구쳤다.

"그렇소! 우리 모두가 들었소!" 또 누군가가 고함쳤다.

하긴 마부도 생각보다는 그렇게 기가 죽어 있거나 겁에 질려 있는 것 같지 않았다. 틀림없이 부유층에 속할 이 마차의 주인은 지금 어디선가 마차가 오기를 기다리고 있을 것이다. 순경들은 오히려 그런 점을 더 신경 쓰는 것 같았다. 우선 이 사나이를 가까운 병원이나 경찰서로 옮겨야만 했다. 그러나 이 사나이를 알아보는 사람은 아무도 없었다.

라스콜리니코프는 사람 틈을 비집고 더 가까이 다가가서 들여다보았다. 마침 등불이 사나이의 얼굴을 환하게 비추었다. 라스콜리니코프가 아는 사람이었다.

"내가 아는 사람이오!" 그는 앞으로 뛰어나갔다. "그는 관리요. 지금은 퇴직했지만, 9등관인 마르멜라도프란 사람이지요! 이 근처 코체리의 집에 살고 있습니다. 빨리 의사를 좀 불러주십시오! 돈은 여기 있습니다!" 그는 주머니에서 돈을 꺼내 순경에게 보여주었다. 그는 몹시 흥분한 상태였다.

신원이 밝혀지자 순경들은 일단 짐을 더는 듯했다. 라스콜리니코프는 재빨리 자기 이름과 주소를 알려주고 나서, 마치 아들과 같은 태도로 인사불성이 된 마르멜라도프를 속히 집으로 옮기도록 부탁했다.

"바로 저기 네 번째 집입니다." 그는 혼자서 동동거렸다. "코체리의 집 말입니다. 독일 사람이며 부자인⋯⋯. 틀림없이 이 사람은 술을 마시고 돌아오던 길이었을 겁니다. 이 사람을 나는 잘 압니다. 모주꾼이지요. 집에는 가족이 기다리고 있소. 부인과 아이들⋯⋯. 그리고 큰딸도 있소. 병원으로 가는 동안에 혹시 잘못되면 안 되니⋯⋯. 어서 서둘러 주십시오. 비용은 모두 내가 책임지겠소. 뭐라 해도 가족들의 간호가 제일이거든요! 어서 갑시다! 절대로 죽게 내버려둬서는 안 되오!"

그는 순경의 손에 살짝 돈 몇 푼을 쥐어주었다. 부상자는 곧 옮겨졌다. 몇 사람이 나서서 같이 거들어주었다. 코체리네 집까지는 겨우 30걸음밖에 되지 않았다. 라스콜리니코프가 조심스레 다친 사람의 머리를 받쳐들고 걸으면서 길 안내를 했다.

"자, 여기입니다. 층계를 올라갈 때는 머리를 위로 해야만 합니다. 옳지! 옳지! 모든 비용은 염려 마십시오." 그는 쉴 새 없이 중얼거렸다.

카테리나 이바노브나는 늘 그렇듯이 두 손을 가슴에 댄 채 쿨룩쿨룩 기침을 하며 좁은 방 안을 창가에서 난롯가로, 난롯가에서 창가로 왔다갔다하고 있었다. 요즘 그녀는 열 살 난 딸 폴렌카와 자주 이야기를 주고받곤 했다. 딸은 아직 모든 이야기를 알아들을 만큼 성숙하지는 못했으나 자기가 어머니에게 위안을 주어야 한다는 것을 알고 있었으므로 언제나 초롱초롱한 눈으로 어머니를 따라다니며 모든 것을 이해한다는 태도를 보이려 애쓰는 것이었다. 폴렌카는 동생을 재우려고 옷을 벗기고 있었다. 셔츠를 벗기는 동안 남동생은 얼굴을 찡그리며 꼼짝도 하지 않고 의자에 앉은 채 두 다리를 앞으로 뻗치고 있었다. 셔츠는 밤 사이에 빨아서 말려야 했다. 그 밑의 여자아이도 칸막이 옆에 서서 누더기 같은 옷을 벗겨주기를 기다리고 있었다.

층계로 향한 문은 활짝 열려 있었다. 옆방에서 새어드는 담배 연기를 빼내기 위해서였다. 폐병을 앓고 있는 이 불행한 여인은 담배 연기 때문에 더 심하게 기침을 했다. 카테리나 이바노브나는 일주일 동안 눈에 띌 만큼 수척해졌으며, 얼굴의 붉은 반점이 전보다 더욱 선명하게 보였다.

"정말 너는 상상도 못할 거야, 폴랴!" 카테리나 이바노브나는 방 안을 거닐면서 말했다. "외할아버지 집에 있을 때 우리가 얼마나 즐겁고 행복하게 살았는지……. 지금은 그 주정뱅이가 나를 망치고 너희까지 이 꼴로 만들고 말았지만 말이야……. 너희 외할아버지는 5등관으로, 군인이라면 대령인데 그건 현지사와 같은 위치란다. 물론 현지사보다는 한 계급 낮지만, 사람들은 할아버지에게 곧잘 이렇게 말하곤 했단다. '우리는 당신을 지사님과 같이 생각해요, 이반 미하일로비치.' 그러면 나는…… 쿨룩쿨룩……. 아. 이놈의 기침이……." 그녀는 가래를 뱉고 가슴을 누르면서 말을 이었다. "내가……. 아, 그 마지막 무도회 때…… 바로 귀족 회장 댁에서였지……. 그때 베즈제멜리나야 공작 부인의 눈에 들어서 말이다……. 그분이 누군가 하면 폴랴, 바로 네 아버지와 결혼했을 때 축복해주신 분이란다……. 바로 그분이 나를 보자 이렇게 말하는 거야. '오, 바로 졸업식 때 숄을 걸치고 춤추던 그 귀여운 아가씨 아니에요?' ……아, 어서 그 해진 옷이나 깁자. 어서 바늘을 갖다가 내가 가르친 대로 꿰매거라. 그렇잖으면 내일은…… 쿨룩쿨룩…… 아주 터져버리니까." 고통을 참으며 그녀는 말을 계속했다. "그 무도회에서 나는 페테르부르크에서 막 온 스체고 리스코라는 공작과 마주르카를 추었는데, 이튿날 그 사람이 내게 청혼을 했단다. 그러나 나는 진정으로 감사하면서 내게는 이미 정한 사람이 있기 때문에 받아들일 수 없다고 거절했단다. 그 정한 사람이란 다름 아닌 바로 네 아버지였다. 폴랴! 그 사실을 알고 네 할아버지가 얼마나 화내셨는지 아니? 더운 물이 준비되었으니 속옷을 이리 내라. 그리고 양말은? 리다야!" 그녀는 막내딸을 바라보았다. "오늘 밤은 속옷을 입지 말고 자거라. 양말은 저기 놔둬라…… 같이 빨 테니까……. 그 주정뱅이는 왜 아직도 돌아오지 않는 거야? 망할 놈의 술주정뱅이……. 쿨룩쿨룩……. 아! 아니, 무슨 일일까!" 그녀는 현관으로 들어서는 사람들과 그들이 든 짐짝 같은 것을 보고 소리쳤다. "대체 그게 뭐지요? 무얼 가지고 오는 거죠? 네?"

"어디다 눕힐까요?" 피투성이인 마르멜라도프를 방으로 옮겨놓으면서 한 순경이 물었다.

"소파에 눕히는 게 좋겠소. 저기 있는 그 긴 소파에다 말이오! 머리는 이쪽으로 돌리고……." 라스콜리니코프가 지시했다.

"마차에 치었습니다. 술이 취해서……." 입구에서 누군가가 알려줬다.

카테리나 이바노브나는 금방 파랗게 질려 우뚝 선 채 가쁜 숨을 몰아쉬고 있었다. 나이 어린 리도치카는 울며 폴렌카에게 매달려 오들오들 떨기 시작했다.

마르멜라도프를 눕히고 나서 라스콜리니코프는 카테리나 이바노브나에게 다가갔다.

"침착하십시오." 그는 다급히 말했다. "거리를 질러가다가 마차에 치이셨습니다만, 염려하실 건 없습니다. 곧 정신이 드실 겁니다. 제가 이리로 모시도록 부탁한 것입니다. 전 이곳에 온 적이 있지요. 기억나십니까? 비용은 걱정하지 마십시오."

"늘 그 모양이더니 마침내는……." 카테리나는 절망에 찬 소리로 울부짖으며 남편 곁으로 달려갔다.

라스콜리니코프는 그 여자가 졸도하지 않은 것을 보고 안심했다. 불행한 사나이의 머리에는 어느새 베개가 받쳐져 있었다. 카테리나는 남편의 옷을 벗긴 뒤 상처를 자세히 살펴보기 시작했다. 떨리는 입술과 찢어질 듯한 가슴을 억제하면서 그녀는 분주히 이 모든 일을 해나갔다.

그동안 라스콜리니코프는 의사를 부르러 사람을 보냈다. 의사는 한 집 건너에 살고 있었다.

"의사가 곧 올 겁니다." 그는 카테리나 이바노브나에게 말했다. "염려하실 것은 없습니다. 치료비는 제가 다 내겠습니다……. 물 좀 주십시오. 냅킨이나 수건이 있으면 좀 주시고요. 빨리……. 어떻게 다쳤는지 아직 확인할 수 없거든요……. 다치기만 하셨지 돌아가시지는 않았으니까요. 틀림없습니다……. 의사는 뭐라고 할까요!"

카테리나 이바노브나는 창가로 달려갔다. 구석진 자리에 있는 부서진 의자 위에 더러운 옷들을 빨기 위해 떠놓은 커다란 물통이 있었다. 카테리나는 일주일에 두세 번쯤은 밤에 빨래를 해왔던 것이다. 비록 가족들이 모두 하나밖에 없는 옷일망정 더러운 걸 입고 다니는 것을 싫어했기 때문에 그녀는 아픈 몸인데도 밤중에 빨래를 해왔다.

카테리나 이바노브나는 물통을 들려고 했으나 너무 무거워 하마터면 넘어질 뻔했다. 그러나 어느새 라스콜리니코프는 수건을 찾아내어 물에 적셔서 마르멜라도프의 피투성이 얼굴을 닦아내기 시작했다. 카테리나 이바노브나는 가슴을 두 손으로 움켜잡고 호흡을 가다듬었다. 그녀 자신이 먼저 간호를 받아야 할 처지였다. 문득 라스콜리니코프는 다친 사람을 이곳에 데려온 것을 후회했다. 순경도 당황하고 있었다.

"폴랴!" 카테리나 이바노브나가 말했다. "빨리 소냐한테 갔다오너라. 혹시 집에 없더라도 아버지가 다치셨으니 들어오는 즉시 이리 오란다고 말해둬라! 폴랴! 어서 서둘러 갔다오너라!"

"힘껏 뛰어!" 남동생이 불쑥 소리질렀다. 그러나 그 아이는 더 이상 움직이지 않고 조금 전과 같은 자세로 두 다리를 뻗으며 잠잠해졌다.

그러는 동안 방 안은 온통 사람들로 꽉 찼다. 그러나 순경들은 한 사람만 남겨놓고 모두 돌아가버렸다. 그나마 남은 순경은 층계에서 몰려드는 구경꾼들을 도로 층계로 밀어내느라 진땀을 흘리고 있었다. 그러나 리페베브첼 부인 집에 세들어 사는 사람들은 입구에서 실랑이를 하다가 이윽고 북새통에 방 한가운데까지 밀려오고 말았다. 카테리나 이바노브나는 화가 머리 끝까지 치밀었다.

"죽을 때만이라도 좀 조용히 죽게 해 줘요!" 그녀는 구경꾼들을 보고 소리쳤다. "뭐가 그렇게 신기합니까! 입에 담배까지 물고서! 콜록콜록콜록! 차라리 모자까지 쓰지 그래! ……어머나, 정말 모자를 쓴 사람이 있네! ……썩 나가요! 하다못해 죽은 사람에게만이라도 예의를 지켜주면 어때!"

기침 때문에 숨이 가빴지만 위협은 효과가 있었다. 모든 사람들이 카테리나를 무서워하는 것 같았다. 셋방살이를 하는 사람들은 내심 야릇한 만족감을 느끼면서 문 쪽으로 물러났다. 그 만족감은 친한 사람에게 예기치 못한 불행이 닥쳐왔을 때 아무리 가까운 사람들 사이에서조차 으레 일어나는 감정으로 진심으로 슬픔과 연민을 갖는다 해도 예외없이 누구나 느끼게 마련인 감정이었다.

문밖에서, 괜스레 환자 옆에서 소란만 피우지 말고 병원으로 어서 옮기는 것이 좋지 않겠느냐는 소리가 들렸다. "여기서 죽으면 안 된다구!"

카테리나 이바노브나는 사람들을 야단치려고 문 쪽으로 달려갔다. 마침 그녀는 이때 갑작스러운 사건을 수습하기 위해 달려오던 안주인 리페베브첼 부인과 마주쳤다. 이 여인은 몹시 수다스럽고 푼수 없는 독일 여자였다.

"악, 이 일을 어쩌면 좋은가!" 그녀는 두 손을 마주쳤다. "당신 남편이 술에 취해 마차에 치었다구요. 어서 병원으로 옮겨요! 나는 이 집 주인이란 말이에요!"

"함부로 말하지 마세요. 아말리야 루드비코브나!" 카테리나 이바노브나는 눈을 치켜뜨고 위압하듯 말했다. 이 여주인 앞에서 그녀는 언제나 상대가 자기 신분을 잊지 않도록 위압하듯 말했다. 지금도 그 만족감을 버릴 수는 없었다. "아말리야 루드비코브나……! 또 아말리야 루드비코브나라고 부르는군요. 전에도 몇 번이나 말하지 않았어요? 내 이름은 아말리야 이반이란 말이에요!"

"댁은 아말리야 이반이 아니에요. 댁은 아말리야 루드비코브나예요. 나는 저기서 웃고 있는 레베쟈트니코프처럼 아첨이나 하는 그런 여자가 아니에요." 이때 문밖에서 와! 웃음소리와 함께 또 붙었군 하는 고함 소리가 들렸다. "그러니까 나는 언제라도 아말리야 루드비코브나라고 부를 거예요. 이 이름을 어째서 당신이 못마땅하게 여기는지 모르겠어요……. 어쨌든 지금 당신 눈에도 세묜 자하르이치가 어떻게 되었는지 보이겠죠. 그는 지금 생명이 꺼져가고 있단 말이에요. 알겠어요? 자, 아셨으면 아무도 들어오지 못하게 해줘요! 그리고 죽을 때만이라도 좀 조용히 해주세요! 그렇잖으면 당신의 소행을 지사님에게 일러바치겠어요. 지사님은 어릴 때부터 내가 잘 아는 분이고, 세묜 자하르이치 역시 가끔 신세를 져서 알고 있는 분이에요. 세묜 자하르이치에게 얼마나 많은 친구와 보호자가 있는지는 누구나 잘 아는 사실이에요. 다만 남편은 자기가 불행한 처지이기 때문에 그들을 멀리했을 뿐이에요! 그러나 보세요!" 그녀는 라스콜리니코프를 가리켰다. "지금은 친절하고 돈 많고 인맥도 넓은, 세묜 자하르이치와는 어릴 때부터 친한 사이였던 이분이 우리를 돕고 있잖아요. 걱정 말아요. 당신 신세는 지지 않을 테니까요."

한마디 한마디 야무지게 내뱉던 카테리나 이바노브나는 갑자기 터진 기침으로 말을 멈춰야 했다. 이때 혼수상태였던 부상자가 의식을 회복하여 신음 소리를 냈다. 그녀는 얼른 그쪽으로 달려갔다. 남편은 눈을 떴다. 그러나 아직 제정신이 안 들었는지 앞에 있는 라스콜리니코프를 멍청하게 쳐다보았다. 이따금씩 깊은 숨을 몰아쉬는 그는 호흡이 무척 가쁜 듯했다. 입 양끝엔 피가 엉겨붙어 있고 이마에는 구슬땀이 맺혀 있었다.

라스콜리니코프를 알아보지 못한 채 그는 천천히 주위를 둘러보기 시작했다. 그 모습을 내려다보는 카테리나 이바노브나의 눈에서 눈물이 흘러내렸다.

"가슴이 온통 뭉개져버렸어! 저 피! 저 피!" 그녀는 절망적으로 외쳤다. "웃옷을 벗겨야겠어! 옆으로 누워봐요, 세묜 자하르이치!" 그녀는 큰 소리로 남편에게 외쳤다.

그때 비로소 마르멜라도프는 아내를 알아보았다.

"사제를 불러주오!" 기어들어가는 목소리로 그가 말했다.

카테리나 이바노브나는 창가로 물러나서 문턱에 이마를 문지르며 참담한 목소리로 외쳤다.

"아! 이 빌어먹을 놈의 세상!"

"사제를!" 잠시 동안 말이 없던 반죽음 상태의 부상자가 다시금 말했다.

"모시러 갔어요!" 카테리나 이바노브나는 큰 소리로 말했다. 그는 이 말을 듣고 입을 다물었다. 그는 불안하고 슬픔에 찬 눈으로 아내를 바라보았다. 아내는 다시 남편의 머리맡으로 다가갔다. 그는 조금 진정된 듯했으나, 오래 가지는 못했다. 그의 시선은 방 한구석에서 겁에 질려 이쪽을 보고 있는 리도치카에게 머물렀다.

"아......아......"

그는 무언가 말하고 싶어 하는 눈치로 어린 딸을 가리켰다. "왜 그래요?" 카테리나가 물었다.

"저 애는 맨발이야! 맨발!" 그는 어린 딸의 맨발을 가리키며 중얼거렸다.

"가만 있어요! 맨발을 처음 봐요?" 카테리나 이바노브나는 짜증나는 듯이 소리쳤다.

"마침 의사 선생님이 오셨군요. 오, 감사합니다!"

라스콜리니코프가 기쁜 듯이 외쳤다.

고지식해 보이는 늙은 독일인 의사가 표정 없는 얼굴로 주위를 두리번거리며 들어왔다. 그는 곧 환자의 맥을 짚고 주의 깊게 머리를 만져보더니 곧이어 카테리나의 도움을 받아 피에 젖은 셔츠의 단추를 벗기고 가슴을 헤쳤다. 가슴은 처참할 지경이었다. 오른쪽 갈비뼈가 두세 개 부러지고 왼쪽 가슴 위의 누런 빛 도는 검은 멍…… 말발굽의 무참한 흔적이었다. 이맛살을 찌푸리는 의사에게 순경은 바퀴에 치어 30걸음이나 끌려갔었다고 말했다.

"지금까지 숨을 쉬고 있는 게 신기할 정도입니다." 의사는 라스콜리니코프에게 가만히 귓속말을 했다.

"뭐라고요?" 그는 다시 물었다.

"가망이 없습니다."

"전혀 희망이 없단 말씀입니까?"

"네, 지금이 마지막 숨입니다…… 머리를 심하게 다쳤군요……. 글쎄……. 피를 뽑을 수는 있지만……. 역시 별 도움이 안 될 것입니다. 기껏해야 5분 내지 10분 정도겠지요."

"그럼, 하다못해 피라도 뽑아봅시다."

"글쎄요……. 하지만 다시 말해두는데, 그것 역시 헛일일 겝니다."

이때 군중이 양쪽으로 갈라지며 성찬을 든 백발의 사제가 나타났다. 순경이 뒤따라 들어왔다. 의사는 그 자리에서 일어서며 사제에게 의미 있는 눈짓을 했다.

라스콜리니코프는 의사에게 조금만 더 있어달라고 간청했다. 의사는 할 수 없다는 듯이 남았다.

모두 뒤로 물러섰다. 참회는 간단하게 끝났다. 죽어가는 사람은 아무것도 모르는 듯했다. 그는 이따금 알아들을 수 없는 말을 띄엄띄엄 웅얼거리고 있었다. 카테리나 이바노브나는 리도치카를 안고 의자에서 내려선 어린 막내둥이와 함께 한쪽 난로 옆으로 가서 꿇어앉았다. 오들오들 떨고만 있는 여자아이와 달리 사내아이는 맨 무릎을 꿇은 채 조그만 손으로 성호를 그으면서 깊이 머리를 숙였다. 그렇게 하는 것이 아주 재미난 모양이었다. 카테리나 이바노브나는 눈물을 삼키며 마음속으로 기도를 올렸다. 때때로 어린아이의 셔츠를 바로 입혀주기도 하고 옷장에서 숄을 꺼내 살이 드러난 딸의 어깨를 덮어주기도 했다. 그러는 동안 구경꾼들이 안쪽 방문을 또 열었다. 그러나 사람들은 출입구에 서 있을 뿐 문턱을 넘어오려 하지 않았다. 한 자루의 촛불이 이러한 모든 정경을 비추고 있었다.

이때 언니를 데리러 갔던 폴렌카가 사람들 틈을 헤치고 달려들어왔다. 가쁜 숨을 내쉬면서 소녀는 어머니에게로 달려갔다.

"이제 곧 올 거예요. 길에서 만났어요."

어머니는 그 딸아이도 옆으로 가까이 당겨서 꿇어앉게 했다. 그때 사람들 사이로 한 젊은 여자가 조용히 나타났다. 이 여자의 출현은 가난과 절망으로 가득 찬 방 안 공기에 이상한 분위기를 불러일으켰다. 그녀의 차림새 역시 초라했으나 어떤 특수한 세계에서 자연스레 익힌 취향이며 법칙을 반영하는 듯 천하고 유난스러운 옷차림이었으며, 천박한 목적을 고스란히 드러내고 있었다. 소냐는 문 앞에 우뚝 선 채 들어오려고도 하지 않고 어찌할 바를 모르며 주위를 두리번거렸다. 그녀는 지금 자신이 입은 기묘한 빛깔의 낡은 비단옷, 번쩍이는 구두, 밤에는 필요 없는 양산, 빨간 깃이 달린 둥근 밀짚모자 등 이 자리와는 전혀 어울리지 않는 옷차림을 하고 있다는 것을 의식하지 못하는 듯했다. 비스듬히 쓴 모자 밑으로 공포에 놀라 벌어진 입과 파리해진 얼굴이 보였다.

열여덟 살쯤 되어보이는 소냐는 몸집이 작고 마른 편이나 아름답고 매력 있는 푸른 눈과 금발을 가진 예쁜 아가씨였다. 그녀는 소파와 사제를 번갈아 쳐다보고 있었다. 뛰어온 탓인지 숨을 헐떡거렸다. 이윽고 사람들이 수군거리는 소리가 그녀 귀에도 들린 모양이었다. 그녀는 눈을 내리깔고 문턱을 한 걸음 넘어섰으나 여전히 그대로 멈춰 서 있었다.

참회와 성례는 끝났다. 카테리나 이바노브나는 남편 곁으로 갔다. 사제는 돌아가는 길에 작별과 위로의 말을 두어 마디 건네려 했다.

"이 아이들은 어떻게 하면 좋겠습니까?" 카테리나는 아이들을 가리키며 초조한 듯이 날카로운 음성으로 말했다.

"하느님은 자비로우십니다. 주님께 모든 것을 맡기십시오."

사제가 말했다.

"흥, 자비로우면 뭘 합니까? 우리에게는 오지도 않는걸."

"그렇게 말하면 안 됩니다, 부인. 그것은 하느님에 대한 죄악입니다." 사제는 고개를 내저으며 말했다.

"그럼, 이것은 죄가 아닌가요?" 카테리나 이바노브나는 죽어가는 남편을 가리키며 외쳤다.

"이 참변을 일으킨 사람이 당신에게 보상해드릴 것입니다. 적어도 수입을 잃은 만큼은……."

"당신은 제 말을 이해 못 하시는군요!" 카테리나 이바노브나는 한 손을 저으며 안타까운 듯이 외쳤다. "누가 보상을 해준답디까? 그이가 술에 취해 스스로 마차 아래로 뛰어들었는걸요!……. 수입이란 또 뭐죠? 이 사람은 돈벌이는커녕 죽도록 우리를 고생만 시켰답니다. 술꾼이라 그저 마시기만 했을 뿐이에요! 집안 물건도 훔쳐다가 팔아서 술을 마셔버렸어요! 모든 것을 술 때문에 망쳐버렸어요. 저 사람이 죽은 것은 오히려 잘 된 일이에요! 이젠 손해가 적어질 테니까!"

"사람이 죽을 때는 모든 것을 용서해야만 합니다. 그런 말은 죄악입니다. 부인! 그런 마음 역시 죄악입니다."

카테리나는 그때까지 남편 곁에서 물도 먹여주고 땀도 닦아주고 베개도 고쳐주곤 하면서 그를 돌보고 있었다. 그러면서 때때로 사제를 돌아보며 이야기를 털어놓았다.

"사제님! 그런 말은 소용없습니다. 용서하라고요! 오늘 밤만 해도 만약 마차에 치이지 않았다면 이 양반은 곤드레가 되어 들어왔을 거란 말예요. 이 양반은 다 떨어진 셔츠 하나밖에 없고, 그 위에 누더기를 걸쳤을 뿐예요. 그리고 이 양반은 그대로 쓰러진 채 잠들어버린답니다. 그런데도 나는 밤중까지 물을 철벅거리며 이 양반과 아이들의 더러워진 옷가지를 빨아야 한단 말예요. 그러고 나서 그걸 창 밖에 널어 말리고 날이 새면 꿰매고……. 이게 내가 보내는 밤이랍니다! 그걸 이제 와서 용서니 뭐니 한들 무슨 소용이 있느냐구요! 용서야 벌써 옛날에 했지요!"

무섭도록 심한 기침 때문에 그녀는 말을 멈췄다. 그녀는 손수건에 가래침을 뱉어, 보라는 듯이 사제에게 내밀었다. 손수건은 피로 흥건히 젖어 있었다…….

신부는 고개를 숙인 채 아무말도 하지 않았다.

마르멜라도프는 마지막 순간에 이르러 있었다. 그는 몸을 굽혀 내려다보고 있는 아내에게서 눈을 떼지 않았다. 그는 무언가 말하고 싶다는 듯 열심히 혀를 움직이며 분명치 않은 소리를 내고 있었다. 자기에게 용서를 빌고 있다는 것을 알아차린 카테리나 이바노브나는 명령하듯 이렇게 외쳤다.

"잠자코 있어요! 말하지 않아도 알아요! 당신이 하고 싶어 하는 말을……."

환자는 입을 다물었다. 그러나 허공을 헤매던 환자의 시선이 문 앞에 이르렀을 때 거기에 서 있는 소녀의 모습이 눈에 들어왔다.

지금까지 그는 소녀를 알아보지 못하고 있었다……. 소녀는 한구석에 서 있었던 것이다.

"저건 누구지? 저건 누구야?" 마르멜라도프는 갑자기 쉰 듯한 가쁜 목소리로 말하더니 불안과 공포에 쫓기듯 딸이 서 있는 문 쪽을 가리키며 몸을 일으키려고 허우적거렸다.

"가만히 누워 있어요! 진정하라니까요!" 카테리나 이바노브나가 소리쳤다.

그러나 그는 필사적인 노력으로 한쪽 팔꿈치를 일으켜 세웠다. 한참 동안 그는 뚫어지게 딸을 바라보았다. 이제까지 그는 그런 차림을 한 딸의 모습을 본 적이 없었다. 비로소 그는 딸을 알아보았다. 멸시당하고 짓밟히고 그런 차림새를 부끄럽게 여기면서도 죽음을 앞둔 아버지에게 마지막 작별 인사를 할 차례를 기다리고 있는 딸. 말할 수 없는 고뇌가 그의 얼굴에 역력히 나타났다.

"내 딸 소냐! 용서해다오."

그는 팔을 내밀려고 했으나, 순간 몸의 균형을 잃어 마룻바닥으로 굴러떨어지고 말았다. 사람들이 달려가서 긴 의자에 다시 눕혔으나, 그는 이미 운명 직전에 있었다. 소냐는 외마디 소리를 지르며 달려가 아버지를 안은 채 기절하고 말았다. 그는 딸의 팔에 안긴 채 마지막 숨을 거두었다.

"기어코 소원을 풀었어!" 카테리나 이바노브나는 남편의 죽음을 보고 소리쳤다. "앞으로 어떻게 한담? 어떻게 장례를 치르지? 그보다도 저 아이들을 내일부터 어떻게 먹인담?"

라스콜리니코프는 카테리나에게 조용히 다가갔다. "카테리나 이바노브나!" 그는 말을 꺼냈다. "지난주에 남편께서 저에게 가정의 모든 형편을 말한 적이 있습니다……. 그때 그분은 감격 어린 어조로 부인에 관한 일을 얘기했죠. 사실입니다. 그래서 나는 자신의 슬픈 약점에서 헤어나지 못하면서도 여러 가족들에 대한, 특히 카테리나 이바노브나 당신에 대한 그분의 깊은 사랑에 감명을 받고 그 이후로 우리는 서로 가깝게 지냈던 것입니다……. 그러므로 이제부터 제가 해야 할 일, 즉 죽은 분에 대한 저의 의무를 수행하려는 데 대해 넓은 아량을 베풀어주십시오. 여기에……20루블쯤 있습니다……. 이게 조금이라도 부인께 도움이 된다면……나는 아니……요컨대 다시 들르겠습니다. 반드시 들르겠습니다……. 어쩌면 내일이라도 다시 들를지 모르겠습니다……. 안녕히 계십시오!"

그는 말을 마치자 총총걸음으로 방을 나와 모여 있는 사람들을 헤치고 층계 쪽으로 걸어갔다. 그러나 그 군중 속에서 뜻밖에도 경찰서장 니코짐 포미치를 만났다. 그는 사고 소식을 보고받고 직접 처리하기 위해 나온 터였다. 경찰서에서 한 번 만난 뒤 처음이었지만, 니코짐 포미치는 곧 그를 알아보았다.

"오, 당신이군요." 서장이 알은체했다.

"죽었습니다." 라스콜리니코프는 간단히 대답했다. "의사도 와주었고 사제님도 다녀가셨으니 할 일은 다 한 셈이죠. 몹시 가엾은 부인이니 너무 괴롭히지 말아주십시오……. 더구나 폐병을 앓고 있거든요. 될 수 있으면 용기를 북돋워주는 것이 좋겠습니다. 당신은 친절한 분이니까요." 그는 상대방의 눈을 똑바로 쳐다보고 쓴웃음을 지으며 말을 맺었다.

"그건 그렇고, 당신은 피투성이군요." 니코짐 포미치는 등불에 드러난 라스콜리니코프의 조끼에 묻은 핏자국을 가리켰다.

"그렇죠, 피투성이입니다……. 온몸이 다 피투성이죠." 라스콜리니코프는 그 특유의 표정으로 대답하면서 미소를 띤 채 고개를 한 번 숙여 인사하고는 계단을 내려갔다.

그는 느릿한 동작으로 조용히 층계를 밟았다. 온몸이 야릇한 흥분에 싸여 스스로 의식할 사이도 없이 온몸 구석구석까지 힘찬 생명감이 넘쳐나는 듯했으며 어떤 새롭고 흐뭇한 감각이 가득 차 올랐다. 이 감각은 사형 선고를 받은 사람이 뜻밖에 특별 사면을 받았을 때의 느낌과 흡사했는지도 모른다. 층계 중간쯤에서 집으로 돌아가던 사제가 그의 옆을 지나쳤다. 라스콜리니코프는 고개 숙여 인사했다. 막 마지막 계단을 내려섰을 즈음 갑자기 등 뒤에서 요란한 발소리가 들렸다. 누군가 그의 뒤를 쫓아오고 있었다. 폴렌카였다. 그 소녀는 달음질쳐 오며 그를 불렀다.

"여보세요! 잠깐만요!"

고개를 돌렸을 때, 소녀는 그의 바로 뒤에까지 와 있었다. 희미한 불빛이 마당으로부터 스며들었다. 라스콜리니코프는 자기를 바라보고 있는 소녀의 여위긴 했으나 귀여운 얼굴을 바라보았다. 소녀는 그를 보면서 아이답지 않게 즐거운 미소를 지었다. 아마도 소녀는 무언가 무척 즐거운 임무를 띠고 달려온 모양이었다.

"아저씨 이름이 뭐예요? ……그리고 어디 사세요?" 소녀는 숨을 할딱거리며 다그치듯 물었다.

그는 소녀의 어깨에 두 손을 얹고 일종의 행복감 같은 것을 느끼면서 소녀를 바라보았다. 소녀를 보는 것이 그로서는 즐거워 못 견딜 지경이었다. 왜 그런지 자신도 알 수 없었다.

"누가 물어보라고 하던?"

"소냐 언니가요." 소녀는 여전히 웃으며 대답했다.

"나도 그렇게 짐작했어. 소냐 언니일 거라고."

"엄마도 그러셨어요. 소냐 언니가 그 말을 하니까 엄마가 어서 뛰어가보라고 하셨어요."

"넌 소냐 언니가 좋으냐?"

"누구보다도 제일 좋아요!" 폴렌카는 아주 힘주어 말했다. 소녀의 미소에는 진실이 깃들어 있었다.

"나도 좋아해 주겠니?"

대답 대신 소녀는 가까이 다가왔다. 그는 입맞춤하려고 내미는 소녀의 도톰한 입술을 보았다. 순간 소녀는 성냥개비처럼 가냘픈 팔로 그를 꼭 껴안고, 가슴팍에 조그마한 머리를 묻었다. 소녀는 점점 세게 어깨를 들먹이며 흐느끼기 시작했다.

"불쌍한 아버지!" 잠시 뒤에 소녀는 두 손으로 눈물을 훔치며 얼굴을 들었다. "요즘엔 모든 것이 불행한 일들뿐이에요." 소녀는 묘하게 정색한 얼굴로 한마디 덧붙였다. 아이들이 문득 어른스럽게 말하고 싶을 때 억지로 지어보이는 표정이었다.

"아버지는 너를 사랑해 주셨니?"

"리도치카를 가장 좋아하셨어요." 소녀는 웃음기 없는 심각한 얼굴로 어른스럽게 대답했다. "왜냐하면 그 애는 언제나 병치레를 하는 데다 제일 막내거든요. 그래서 아버지는 언제나 그 애에게 줄 선물을 사가지고 들어오셨어요. 아버지는 우리한테 책 읽는 법도 가르쳐주셨어요. 저한테는 문법과 성서까지……" 자랑스러운 듯 소녀는 이야기를 계속했다. "엄마는 아무 내색도 안 하셨지만 우리는 엄마가 마음속으로 기뻐하는 것을 알았어요. 아버지도 또한 그런 사실을 눈치채신 것 같고요. 언젠가 엄마는 제게 프랑스어를 가르쳐주시겠다고 했었지요. 저도 이제 공부할 나이거든요."

"너 기도할 줄 아니?"

"알다 뿐이에요? 오래전부터 알고 있었던걸요. 어른처럼 혼자서도 기도드릴 수 있어요. 콜랴와 리도치카는 엄마와 함께 소리를 내며 드리지요. 처음에는 성모께 올리고 그다음에는 '주여, 소냐 언니를 용서하시고 축복하시옵소서.' 하는 기도를 올리지요. 그러고는 '주여, 우리들의 두 번째 아버지를 용서해주시고 축복해 주소서.' 하고요. 왜냐하면 본래 우리 아버지는 세상을 떠나고 지금 아버지는 친아버지가 아니거든요. 우리는 돌아가신 아버지를 위해서도 기도를 올리지요."

"폴렌카, 내 이름은 로지온이란다. 언젠가 나를 위해서도 기도해 주렴. '주님의 종인 로지온' 하고 말이야. 그것으로 되니까."

"앞으로 평생 동안 아저씨를 위해 기도할게요." 소녀는 다시 그를 껴안았다.

라스콜리니코프는 소녀에게 이름과 주소를 알려주고, 내일 꼭 오겠다고 약속했다. 소녀는 기쁜 마음으로 돌아갔다. 그가 거리로 나왔을 때는 이미 10시가 지난 늦은 시각이었다. 여인이 투신했던 바로 그 자리였다.

"이젠 됐어!" 그는 승리자처럼 단호히 말했다. "신기루 같은 건 꺼져버려라! ……환상의 공포나 환영도 꺼져버려라! ……인생이 있다. 그렇잖나? 나는 이렇게 어엿이 살아 있으니까. 내 인생이 노파와 함께 죽을 수는 없는 거야. 편안히 천국에서 잠드소서. 이런 정도의 기도라면 충분한 거야. 그렇지, 할멈? 이젠 물러나시지! 지금이야말로 이성과 광명의 왕국…… 바야흐로 의지와 힘의 왕국이 온 거야……. 자, 어떤가! 한 번 힘을 겨뤄보지 않겠나!"어떤 보이지 않는 힘에 도전하듯 그는 기세 당당하게 소리쳤다. "더구나 나는 이미 사방이 한 자인 공간에서라도 살 작정까지 하지 않았나."

"……나는 지금 몸이 무척 쇠약해졌다. 그러나 아마 병은 완전히 완쾌한 모양이야. 아니, 아까 나올 때부터 나았다는 생각이 들었어. 그런데 포진코프 집은 여기서라면 그다지 멀지 않겠어. 이렇게 되면 좀 멀긴 해도 어쩔 수 없이 라주미힌에게 들러야 되겠군……. 내기에 이기도록 해주어야지. 우쭐대겠지만 상관있나! 힘! 힘이 필요해. 힘이 있어야 모든 일을 할 수 있는 것이다! 그리고 힘은 역시 힘으로써 얻어야 한다! 이런 원리를 그들은 전혀 모를 것이다!" 라스콜리니코프는 자신 있게 되뇌이며 발을 질질 끌 듯이 다리를 건너갔다. 시시각각으로 솟구치기 시작한 긍지와 자신감은 순식간에 그를 다른 사람으로 변모해 놓았다. 그러나 그는 자기를 바꾸어놓은 것이 무엇인가를 깨달을 수가 없었다. 다만 지푸라기라도 잡으려 했던 그때부터 '나도 살 수 있다! 아직 인생이 남아 있다. 내 목숨은 노파와 같이 될 수 없다.' 이런 외침이 터진 것이다. 이것은 어쩌면 너무 성급한 결론이었는지도 모르지만, 그러나 그는 그것을 알아채지 못했다.

'하지만 주님의 종인 로지온을 위하여 기도를 드려달라고 부탁하지 않았던가! 그러나 그것은……. 만일의 경우를 위한 것이다.' 그는 이런 어린아이 같은 생각에 저절로 웃음이 나왔다. 그러나 기분은 매우 유쾌했다.

라주미힌의 방은 곧 알 수 있었다. 포진코프 집에서는 새로 이사 온 라주미힌을 알고 있었으므로 문지기의 안내를 받을 수 있었다. 층계를 올라가자 벌써 많은 사람들이 모였는지 떠들썩하니 활발한 이야기 소리가 들려왔다. 층계로 통하는 문이 열려 있었으므로 고함 소리라든가 말다툼하는 소리가 들렸다. 꽤 커다란 라주미힌의 방에는 열다섯 명쯤의 손님이 모여 있었다. 라스콜리니코프는 현관에서 걸음을 멈췄다. 방 한쪽에서는 주인집 하녀 둘이 두 개의 커다란 사모바르와 고기만두와 안줏거리 등을 담은 크고 작은 접시와 술병 사이에서 분주하게 손을 놀리고 있었다. 라스콜리니코프는 그 하녀들에게 라주미힌을 좀 불러달라고 부탁했다. 라주미힌은 반색하며 뛰어나왔다. 라주미힌은 벌써 거나하게 취해 있었다. 본디 그는 아무리 퍼마셔도 절대로 취하는 법이 없는 사나이였으나 오늘은 왠지 취한 듯이 보였다.

"사실은……." 라스콜리니코프는 재빨리 말했다. "내가 여기에 온 것은 자네가 내기에 이겼음을 알려주고, 그리고 인간이란 누구나 코앞의 일이 어떻게 되어나갈지 알 수 없다는 것을 말해주기 위해서야. 그러니 나는 방 안에는 들어가지 않겠네. 몸이 피곤해서 당장 쓰러질 것만 같으니 여기서 그냥 돌아가겠어! 그럼, 내일 우리 집에 들러주게."

"정 그렇다면, 내가 집까지 바래다주겠네. 자네 입으로 그토록 피로하다고 할 정도니까……."

"자네는 손님이 있잖나? 그런데 저 곱슬머리 사나이는 누구지? 방금 이쪽을 내다본 사람 말일세."

"저 친구 말인가? 알 게 뭐람! 큰아버지와 아는 사람이겠지……. 그렇잖으면 제멋대로 끼어든 자든지……. 손님들은 큰아버지가 맡아서 잘 접대할 걸세. 큰아버지는 훌륭한 분이지. 지금 자네한테 소개 못 하는 게 유감이군. 어쨌든 저들은 내가 없어도 그만이야. 나도 바람 좀 쐬어야겠어. 마침 잘 왔네. 여기 더 있었더라면, 아마 틀림없이 저들과 한바탕 싸움을 벌였을 거야. 정말 진정일세. 아무튼 엄청난 거짓말들을 하니까. 자네는 상상조차 못 할 정도네. 인간이란 얼마나 거짓말을 할 수 있는 것인지 알 수가 없어! 아니, 상상 못 할 것도 없겠군. 우리라고 거짓말 안 하는 것은 아니니까 멋대로 거짓말하게 내버려두는 거지. 그러다가 언젠가는 집어치우겠지. 참, 잠깐만 기다리게. 조시모프를 불러올 테니까."

조시모프는 마치 라스콜리니코프를 잡아먹기라도 할 듯한 기세로 뛰어나왔다. 그 태도엔 일종의 특별한 호기심이 잘 드러나 있었다. 곧 그의 얼굴은 명랑해졌다. 환자를 알뜰히 살피고 난 뒤 그는 말했다.

"가서 쉬도록 해야죠. 자기 전에 이것을 복용하면 좋을 텐데, 한번 먹어보겠소? 아까 지어둔 가루약 한 봉지가 있는데."

"두 봉지라도 좋소." 라스콜리니코프가 말했다.

"자네가 바래다주겠다니 안심이네." 조시모프는 라주미힌에게 말했다. "내일은 어떨지 경과를 두고 봐야 알겠지만 오늘로 봐서는 꽤 좋아졌네. 아까와 비교하면 딴판이니까. 정말 알 수 없는 일이야. 학문은 일생의 사업이라더니……."

거리로 나오자마자 라주미힌은 라스콜리니코프에게 말했다.

"지금 나올 때 조시모프가 귓속말로 뭐라고 한 줄 아나? 여보게, 나는 말일세. 녀석들을 바보라고 생각하니까 자네에게는 솔직히 말할 작정이네. 조시모프는 말이야, 내게 이런 명령을 내렸네. 자네를 바래다주는 도중에 될 수 있는 대로 이야기를 걸어 자네에게 말을 시키라는 거야. 그래서 그 이야기 내용을 나중에 자기한테 들려달라는 거야. 말하자면…… 그는 자네를 미치광이거나 아니면 그에 가깝다고 생각하는걸세. 하지만 괘념치 말게. 첫째 자네는 녀석보다 세 배나 머리가 좋고, 둘째 자네는 미치지 않았으니 그 친구가 무슨 생각을 하든 아랑곳할 것이 없거든. 그리고 셋째로 저 뚱뚱보 녀석은 외과 전문의인 주제에 지금은 정신병에 한눈을 팔고 있거든. 물론 자네에 관해서 말이네만, 오늘 있었던 자묘토프와 자네의 대화로 녀석은 완전히 방향을 바꾼 걸세."

"자묘토프가 자네에게 모두 이야기하던가?"

"모두 들었네. 정말 잘했어. 그것으로 나도 이야기 내용을 모두 이해할 수 있었으니까. 자묘토프도 이해했다네……. 그렇지, 말하자면 로쟈, 문제는…… 난 지금 조금 취했네만…… 그런 건 걱정할 것 없고……. 문제는 이 생각이 말일세…… 알겠지, 사실 녀석들의 머리에도 몇 번씩 떠올라서는 내내 맴돌았을 걸세, 알겠나? 다시 말해서 녀석들은 아무도 그 생각을 발설하지 않을 걸세. 왜냐하면 그게 너무 엉뚱하고 더구나 그 칠장이가 체포당하고 나서는 그 혐의가 완전히 풀려 영원히 사라지고 말았으니 말일세. 하지만 어째서 녀석들은 그렇게 바보람! 난 그때 자묘토프를 갈겨주기까지 했다네. 이건 우리만의 이야기일세. 부탁이니 알고 있다는 시늉조차 해서는 안 되네. 녀석은 보기보다는 신경이 무척 예민하거든. 라비자의 가게에서도 그랬다네. 하지만 오늘에서야 모든 것이 분명해졌다네. 원인은 그 부서장인 일리야 페트로비치일세. 그가 그때 자네가 경찰서에서 졸도한 것을 이용한 거야. 나중에는 자기도 부끄러웠던 모양이더군. 나는 훤히 알고 있어……."

라스콜리니코프는 열심히 들었다. 라주미힌은 술 취한 김에 마구 지껄여댔다.

"내가 그때 기절한 것은 숨이 답답한 데다 페인트 냄새가 지독했기 때문이야." 라스콜리니코프는 말했다.

"나도 알아! 더구나 페인트 냄새뿐만이 아니라 벌써 한 달 전부터 염증이 잠복하고 있었기 때문이야. 조시모프가 증인이야. 아무튼 그 도련님이 지금 얼마나 기가 죽었는지 자네한테 보여주고 싶을 정도라니까! '나는 그분의 새끼손가락만큼의 값어치도 없습니다.' 하더군. 여보게, 그분이란 바로 자네를 말하는 걸세. 여보게, 때때로 정말 솔직할 때가 있다네. 정말 좋은 약이었어. 녀석에겐 좋은 약이 됐거든. 어제의 그 수정궁 이야기 말일세! 그건 더할 나위 없이 완벽했어! 그렇지 않았나? 자네는 우선 처음에 녀석을 놀라게 해서 간담을 서늘케 했거든! 예의 잠꼬대 같은 헛소리를 녀석이 새삼스레 믿도록 한 뒤, 갑자기 혀를 날름거리며 '자, 어떠냐!'는 식으로 해놓았으니 말일세. 정말 나무랄 데가 없어. 그 녀석은 풀이 죽어 고개를 들지 못한다네! 자네는 정말 능란한 솜씨를 발휘했어. 녀석들은 그런 식으로 다뤄야 하거든. 젠장, 내가 그 자리에 있었더라면 얼마나 좋았겠나! 그 녀석은 지금도 자네를 기다린다네! 포르피리도 자네와 사귀고 싶어 하더군……."

"그래? ……녀석까지도? ……하지만 어째서 또 나를 미치광이로 취급하는 건가?"

"아냐, 미치광이라는 게 아닐세. 아무래도 내가 너무 지껄였나보군……. 아까 조시모프가 놀랐던 것은 말일세, 알겠나? 자네가 그 사건에만 관심을 보였기 때문일세. 그러나 자네가 왜 관심을 갖는지를 이젠 확실히 알았거든. 사정을 확실히 알고 보니…… 말하자면 그 사건은 그때의 자네 신경을 극도로 흥분시켜 자네의 병과 얽혀버린 걸세……. 여보게, 난 말이야, 좀 취했다고 해서 하는 말은 아니지만 조시모프는 어찌 된 녀석인지 종잡을 수가 없네. 무언가를 생각하는 모양인데……. 자네에게 말해두겠네만, 녀석은 정신병에 몰두하고 있거든. 그러나 자네는 신경 쓸 필요 없네."

두 사람은 3초쯤 말이 없었다.

"사실은 말이야, 라주미힌!" 라스콜리니코프는 입을 열었다. "자네에게 사실대로 말하고 싶네만, 나는 방금 사람이 죽어가는 곳에 있었다네. 어느 관리가 죽었거든……. 그래 나는 거기서 내 돈을 모조리 털어주고 말았어. 아니, 그뿐만 아니라 바로 지금 한 인간이 내게 키스를 해줬어. 그 인간은 예를 들어 내가 누구를 죽였다 치더라도 역시…… 요컨대 나는 거기서 또 하나의 인간을 만난 거야…… 불길처럼 빨간 깃털이 달린…… 아냐, 나는 되는 대로 지껄이고 있군. 몹시 지쳤기 때문이야. 손 좀 빌려주게……. 이제 곧 층계겠지…….”

“여보게, 갑자기 왜 그러나?” 라주미힌이 놀라 소리쳤다.

“조금 어지럽군. 하지만 그 탓은 아냐. 그보단 우울해서 못 견딜 지경이네! 마치 여자아이처럼 말일세! 그런데 저건 뭔가, 저기 좀 보게!”

“왜 그러나!”

“자네는 보이지 않나? 내 방에 불이 켜져 있어. 문틈으로 불빛이 새어나오고 있군…….”

두 사람은 어느새 안주인의 방 입구에 있는 마지막 계단에 이르렀다. 분명히 위층에 있는 라스콜리니코프의 다락방에 불이 켜져 있었다.

“이상한데! 나스타샤일까.” 라주미힌이 말했다.

“이 시각에 그 여자가 와 있을 까닭이 없을 텐데. 벌써 잠든 지 오랠 거야……. 누구이면 어떤가! 그럼, 잘 가게!”

“무슨 소릴 하는 거야? 어차피 장승처럼 여기까지 왔으니 방까지 함께 들어가세!”

“그 뜻은 알겠어. 하지만 여기서 자네와 헤어지고 싶은걸. 자, 손을 이리 내게, 잘 가게!”

“왜 그러나, 로쟈?”

“아무것도 아닐세! 좋아. 그럼, 같이 가세. 자네가 증인인 셈이지…….”

그들은 다시 층계를 올라가기 시작했다. 그때 문득 조시모프의 말이 옳을지도 모르겠다는 생각이 라주미힌의 머릿속을 스쳐갔다.

“이런! 내가 너무 지껄였기 때문에 또 이 녀석의 기분을 어지럽힌 모양이군!” 그는 속으로 중얼거렸다.

그런데 문 옆에 이르자 갑자기 안에서 말소리가 들려왔다. “대체 누구일까?” 라주미힌이 의아한 듯 소리쳤다.

라스콜리니코프가 먼저 문을 열어젖혔다. 그리고 그대로 문턱에 우뚝 서고 말았다.

그의 어머니와 누이동생이 긴 의자에 걸터앉은 채 벌써 한 시간 반이나 그가 돌아오기를 기다리고 있었던 것이다. 그렇다면 그는 어째서 그들이 올 것이라는 것을 예상치 못하고 다른 일에만 매달렸던 것일까? 그들이 그곳을 떠나 이미 여기로 향했다는 소식을 듣고서도 말이다. 그 시간 동안 두 모녀는 지금도 함께 있는 나스타샤에게 이것저것 속속들이 물어 아들이 환자라는 것을 알았다. 더구나 열 때문에 정신도 온전치 못하면서 밖에 나갔다는 이야기를 듣고는 놀라 어쩔 줄을 모르고 있었다. 아, 그 애는 어떻게 되었을까? 두 사람은 울었다. 그가 돌아오기를 기다리는 한 시간 반 동안 두 사람은 십자가의 괴로움을 견뎌내고 있었던 것이다.

라스콜리니코프가 나타나자 두 사람은 감격해서 환희에 찬 비명을 질렀다. 두 사람은 그에게 달려들었다. 그러나 그는 장승처럼 우뚝 서 있을 뿐이었다. 갑작스레 엄습한 견딜 수 없는 의식이 벼락처럼 그를 때렸다. 그도 어머니와 누이를 마주 안으려 했지만 팔이 말을 듣지 않았다. 어머니와 누이는 그를 꼭 껴안으며 입을 맞추고 웃기도 하고 울기도 했다. 그러나 한 걸음 앞으로 내딛는 순간 그는 그대로 의식을 잃고 풀썩 바닥에 쓰러지고 말았다. 방 안은 수라장으로 변했다. 공포에 찬 외침, 신음 소리……. 문간에 서 있던 라주미힌이 재빨리 뛰어들어와 억센 팔로 환자를 안아 올려 긴 의자 위에 눕혀놓았다.

"걱정하지 마십시오! 괜찮습니다!" 그는 어머니와 누이에게 소리쳤다. "잠시 의식을 잃었을 뿐입니다. 큰일은 아닙니다. 많이 좋아졌으니 걱정할 것 없다고 조금 전에 의사도 말했습니다. 물이나 갖다주십시오! 아, 벌써 의식이 돌아왔군요!"

라주미힌은 두냐의 손을 잡아끌어다가 그가 정신이 들었음을 확인시켰다. 어머니와 누이는 감동과 감사의 마음을 담아 마치 하느님을 우러르 듯 라주미힌을 바라보았다. 두 사람은 이미 나스타샤로부터 이 '싹싹한 젊은이'가 자신들의 로쟈를 위해 얼마나 애써왔는지를 익히 들어 알고 있었다. 이 호칭은 이날 밤 두냐와 이것저것 이야기를 주고받을 때, 풀리헤리야 알렉산드로브나 라스콜리니코바 자신이 라주미힌에게 붙인 것이었다.

3 비범한 청년의 고뇌

1

라스콜리니코프는 몸을 일으켜 긴 의자에 앉았다. 그는 맥없이 손을 흔들어 어머니와 누이에게 밑도 끝도 없는 위로의 말을 늘어놓고 있는 라주미힌을 말렸다. 그러고 나서 어머니와 누이동생의 손을 잡고 잠시 동안 말없이 번갈아 쳐다보았다. 어머니는 아들의 시선에서 섬뜩함을 느꼈다. 그 시선에는 고뇌가 서린 치열한 감정이 있었고, 동시에 광인처럼 느껴지는 무엇인가가 번득이고 있었다. 풀리헤리야 알렉산드로브나는 조금씩 흐느끼기 시작했다. 두냐의 얼굴은 창백했다. 그녀의 손은 오빠의 손 안에서 떨리고 있었다.

"그만 돌아가주세요……. 이 친구와 함께……." 그는 라주미힌을 가리키며 띄엄띄엄 말했다. "내일 다시! 내일 모든 것은…… 그래, 오신 지는 오래되셨나요?"

"저녁때 왔다, 로쟈." 풀리헤리야 알렉산드로브나가 대답했다. "기차가 연착하는 바람에……. 그런데, 로쟈! 나는 무슨 일이 있어도 여기에 있고 싶다! 여기서 너와 함께 자고 네 곁을 떠나지 않겠다."

"나를 괴롭히지 말아주세요!" 그는 초조한 듯이 손을 흔들었다.

"여기엔 제가 남겠습니다!" 라주미힌이 큰 소리로 말했다. "한순간이라도 여길 떠나지 않겠습니다……. 집에 있는 손님 같은 건 될 대로 되라지. 화를 낸들 무슨 상관이람! 그쪽은 큰아버지가 적당히 상대해 줄 테니까요."

"정말 뭐라고 감사드려야 할지……." 풀리헤리야 알렉산드로브나가 라주미힌의 손을 잡고 계속 말하려 하자 라스콜리니코프가 다시 막았다.

"안 돼요, 안 된다니까!" 그는 신경질적인 목소리로 되풀이했다. "나를 괴롭히지 말라니까! 제발 이젠 그만해둬요……. 안 된다니까……."

"어머니, 가요. 잠깐 문밖에라도 나가 있자구요." 어쩔 줄 몰라하던 두냐가 속삭였다. "우리가 너무 오빠를 괴롭혔나봐요."

"그럼, 3년 동안이나 보고 싶어 하던 네 오빠를 찾아왔는데 얼굴도 제대로 보지 못하고 돌아가잔 말이냐?" 풀리헤리야 알렉산드로브나는 다시 흐느끼기 시작했다.

"잠깐만!" 라스콜리니코프는 다시 그들을 불렀다. "모두 제각기 떠들어대니 머리가 혼란스러워서 뭐가 뭔지 모르겠지만……. 루진은 만났어요?"

"아직 못 만났다. 하지만 그 사람은 우리가 도착한 것을 알고 있을 게다. 듣자니까 루진 씨가 친절하게도 너를 방문했다더구나." 어머니는 주저하면서 말했다.

"흥……. 그가 친절하다고요? 두냐, 아까 난 루진에게 층계에서 차 던져버리겠다고 윽박질러서 쫓아 보내버렸지……."

"저걸 어쩌나, 로쟈! 너는 어쩌자고……. 아냐, 설마 너는……." 놀란 나머지 소리 지르려던 풀리헤리야 알렉산드로브나는 두냐를 보자 얼른 입을 다물고 말았다.

아브도챠 로마노브나는 오빠를 응시하면서 그의 다음 말을 기다리고 있었다. 나스타샤에게 그 사건을 들은 두 사람은 그렇잖아도 마음 아프게 생각하던 참이었다.

"두냐!" 라스콜리니코프는 힘주어 말했다. "나는 이 결혼에 반대야! 그러니 너도 그자를 만나거든, 아예 딱 부러지게 거절해서 앞으로 다시는 그림자도 비치지 말라고 일러라!"

"어머나, 그럴 수가 있냐, 로쟈!" 풀리헤리야가 울먹이며 소리쳤다.

"오빠, 무슨 소리예요!" 아브도챠 로마노브나의 목소리는 노여운 어조였으나 곧 그것을 억제하며 상냥하게 말했다. "오빠는 아직 제정신이 아니에요. 너무 피곤한 거라구요."

"제정신이 아니라고? 천만에. 난 지금 멀쩡해! 너는 나를 위해 루진에게 시집 가려는 거지? 나는 그 따위 희생 달갑지 않다. 내일까지는 꼭 편지를 써라. 거절하는 편지를 말이다. 그러곤 내일 아침엔 그 편지를 내게 보여다오! 그걸로 끝장이다!"

"그럴 수는 없어요!" 누이동생은 발끈하여 소리쳤다. "대체 무슨 권리로……."

"두냐, 너도 성미가 급하구나. 그만해, 내일로 미루자꾸나." 어머니는 겁을 먹고 두냐에게 다가서며 말했다. "자, 가자. 그러는 것이 좋겠다."

"헛소리를 하는 겁니다." 취기가 남은 라주미힌이 소리쳤다. "제정신이 아닌 다음에야 어떻게 그런 소리가 나오겠습니까? 내일이면 이런 변덕은 깨끗이 가셔버리죠……. 아닌 게 아니라 오늘 그 사람을 내쫓은 것은 사실 그대로입니다. 그리고 상대편도 화를 냈지요……. 이 자리에서 한바탕 강연을 하며 자기 지식을 늘어놓았지만, 결국은 본전도 못 찾고 달아났습니다."

"그럼, 그건 사실인가보군요?" 풀리헤리야 알렉산드로브나는 외쳤다.

"오빠, 그럼, 내일 다시 만나요." 두냐의 목소리에는 동정이 깃들어 있었다. "어머니, 가요……."

"그럼, 잘 자거라. 로쟈!"

"알아들었지, 두냐?" 라스콜리니코프는 마지막 힘을 쥐어짜듯 말했다. "나는 헛소리를 하는 것이 아니야. 이 결혼은 비열해. 나는 비열한 인간이 돼도 좋지만 너까지 그래서는 안 돼……. 비열한 사람은 하나로 족해! 비록 내가 비열한 놈이라 해도 그런 동생은 동생으로 여기지 않을 테다! 나 아니면 루진, 둘 중하나를 택하거라……. 그럼, 가도 좋아."

"자네 정말 미쳤나? 이 폭군 녀석아!" 라주미힌이 소리쳤으나 라스콜리니코프는 돌아보지 않았다. 더 이상 기력조차 없어 보이는 듯했다. 지칠 대로 지친 그는 긴 의자에 몸을 눕힌 채 벽 쪽으로 돌아누웠다. 아브도챠 로마노브나는 호기심에 가득 찬 눈으로 라주미힌을 건너다보았다. 그녀의 검은 눈이 반짝이며 빛났다. 라주미힌은 이 시선을 받자 저도 모르게 움찔했다. 풀리헤리야 알렉산드로브나는 얼빠진 듯이 그 자리에 서 있었다.

"도저히 그냥 돌아갈 수는 없어요!" 그녀는 암담한 기분에 싸여 속삭였다. "나는 여기에 남겠어요!……. 당신이 두냐를 좀 바래다주시겠어요?"

"그러시면 모든 일이 틀어집니다." 라주미힌은 여전히 흥분한 상태였으나 짐짓 낮은 목소리로 속삭였다. "우선 층계까지만이라도 나갑시다. 나스타샤, 불을 밝혀줘! 그런데 솔직히 말씀드리면……." 그는 층계까지 나오자 속삭이듯 말을 계속했다. "아까도 실은 나와 의사를 때리려고 덤벼들기까지 했답니다. 의사에게까지 대들었단 말입니다. 의사는 흥분시키면 안 된다면서 가버렸습니다만,

저는 혼자 아래에서 지키고 있었지요. 그런데 녀석은 옷을 갈아입고 어느 결에 빠져나갔던 겁니다. 그러니 지금 내버려두지 않으면 또 이 밤중에 빠져나가서 무슨 일을 저지를지 모릅니다."

"아, 무슨 말을 하시는지!"

"더구나 아브도챠 로마노브나만 해도, 어머니와 함께가 아니면 그런 하숙에 혼자 있을 수가 없습니다. 정말 지독한 곳이니까요! 도대체 그 얌체 녀석 루진도 조금은 좋은 하숙을 구해 놓음직하건만······. 하긴 저도 지금 술이 취해서 입이 사납지만, 그리 언짢게 생각지 말아주십시오······."

"하지만 이 댁 안주인에게 말씀드려 보겠어요." 풀리헤리야 알렉산드로브나는 결심을 바꾸지 않았다. "아무데라도 좋으니 두냐와 나를 오늘 밤만 재워달라고 말해보겠어요. 그 아이를 이대로 두고 가다니, 그럴 수는 없어요. 없고말고요!"

이야기하는 동안 그들은 어느 틈에 층계를 내려와 안주인 방 앞에 와 있었다. 나스타샤는 밑에서 불을 밝혀주고 있었다. 라주미힌은 꽤 흥분한 상태였다. 반 시간 전 라스콜리니코프를 배웅하며 걸어왔을 때 괜한 소리를 지껄인 것은 그 자신도 알고 있었지만, 사실 오늘 밤 마신 엄청난 주량에 비하면 아주 멀쩡한 편이었으며 여느 때와 다름 없었다. 그런데 지금 라주미힌은, 기분 좋게 몽롱해지고 술기운이 제법 도는 것 같았다. 그는 두 여자의 손을 붙들고 그녀들을 설득하기 위해 이런저런 설명을 늘어놓기 시작했다. 한마디 할 때마다 그는 두 여인의 손을 부서져라 움켜쥐었다. 그러고는 아브도챠 로마노브나의 눈을 넉살 좋게 찬찬히 들여다보는 것이었다.

두 여자가 아픔을 참지 못한 나머지 손을 빼려고 했으나, 그런 것에는 아랑곳없이 더욱 세게 손을 움켜쥐었다. 만약 이 두 사람이 이 층계에서 거꾸로 뛰라고 말하면, 그는 틀림없이 앞뒤 가리지 않고 그대로 실행했을 것이다. 로쟈의 일에만 정신이 쏠려 있던 풀리헤리야 알렉산드로브나는 이 젊은이의 무례를 깨달았으나, 그녀에게는 이 젊은이가 구세주 같은 존재였으므로 뭐라고 탓할 도리가 없었다. 한편 아브도챠 로마노브나는 오빠 친구의 야성적이고 불타는 듯한 눈길에 두려움을 느끼고 있었다. 나스타샤로부터 이 남자에 대한 예비지식을 들어두지 않았더라면 그녀는 분명히 어머니의 손을 끌고 도망쳤을 것이다. 그러나 그녀는 결코 이 남자로부터 도망치지 못하리라는 것을 느꼈다.

10분쯤 지나자 마음이 가라앉기 시작했다. 라주미힌은 언제나 자기의 마음속을 시원스레 털어놓는 성격이었으므로 상대방은 곧 그가 어떤 남자인가를 알아차릴 수가 있었다.

라주미힌은 풀리헤리야 알렉산드로브나를 설득하려고 크게 외쳤다.

"안주인한테 말하다니, 소용없는 일입니다. 그야말로 어리석기 짝이 없는 짓이라구요. 아무리 어머니라도 로쟈에겐 소용없습니다. 옆에 누군가 한 사람만 있어도 그는 미치광이처럼 발작합니다. 그렇게 되면 큰일납니다. 모든 것은 저를 믿고 맡겨주십시오. 저는 이럴 생각입니다. 여기는 나스타샤가 감시하게 하고, 저는 우선 두 분을 숙소로 모시겠습니다. 두 분만 걷기에는 밤이 너무 이슥하기 때문입니다. 페테르부르크라는 데는……. 아니, 이런 것은 아무래도 좋습니다. 나는 다시 이곳으로 왔다가 15분 뒤에는 두 분 숙소로 달려가 소식을 알려드리겠습니다. 그러고는 우리 집으로 달려가 조시모프를 데려오겠습니다. 의사인 그 친구는 본디 술을 못하는 사람이라 취해 있지는 않을 것입니다. 그를 로쟈에게 데리고 간 뒤 또 두 분께 가겠습니다. 이렇게 하면 두 분께서는 한 시간에 두 번 보고를 받게 되는 셈입니다. 거기에다 의사의 보고까지 곁들여서 말입니다. 만일 상태가 심상치 않으면 제가 즉시 두 분을 모시러 달려가겠습니다. 물론 별 이상이 없으면 그대로 편히 주무시는 겁니다. 저는 날이 샐 때까지 출입구 방에 머무를 테니까요. 로쟈는 조금도 눈치채지 못할 것입니다. 조시모프도 환자에게 최대한 가까이 있도록 주인집에 머무르게 하겠습니다. 자, 어떻습니까? 도대체 로쟈에게 의사보다도 두 분이 더 필요하다고 생각하십니까? 의사가 절대로 필요합니다. 이제 안심하시고 돌아가십시오. 안주인에게 말하겠다는 건 생각도 마시고요. 저는 머물러도 상관없지만 두 분은 절대로 안 됩니다. 그녀는 아주 괴팍한 성격이라 아브도챠 로마노브나와 저 사이를 질투할지도 모릅니다. 그녀는 상상할 수 없을 정도로 이상한 여자입니다. 물론 저도 바보 축에 드는 편입니다만……. 자, 그까짓 건 문제가 아닙니다. 우선 나갑시다. 이젠 제 말씀대로 하시겠지요. 자, 그래도 걱정스러우신가요?"

"가요, 어머니"하고 아브도챠 로마노브나가 말했다. "이분은 반드시 약속을 지키실 거예요. 또 이제까지 오빠를 돌봐주지 않았어요? 거기다 의사까지 모셔온다니 더 이상 어떻게 잘할 수 있겠어요!"

"맞습니다. 당신은……. 당신은 날 알아주시는군요. 당신은…… 천사입니다!" 라주미힌은 기쁨에 들떠 소리쳤다. "자, 갑시다. 나스타샤는 환자 옆에 가 있어줘. 불을 가지고…… 15분 뒤에는 내가 돌아올 테니까!"

풀리헤리야 알렉산드로브나는 아직 불만이었으나 더는 고집을 세우지 않았다. 라주미힌은 두 사람의 팔을 잡고 계단을 내려갔다. 어머니는 다소 불안을 느끼고 있었다.

'틀림없이 좋은 사람이겠지만, 이렇게 취한 상태로 약속한 것을 제대로 지킬 수 있을까?'

"아, 알겠습니다. 제가 이처럼 취해 있으니까 그게 근심이 되시는 거지요?" 라주미힌이 미리 짐작하고 넘겨짚었다. 말은 그렇게 하면서도 그는 성급한 걸음걸이로 앞서갔기 때문에 두 여자는 부지런히 그의 뒤를 따라가는 형편이었다. 하지만 그는 그런 줄도 모르고 있었다.

"어이없는 일이지요! 왜냐하면 저는 확실히 바보처럼 취하긴 했어도, 그건 중요하지 않거든요. 저는 취하지 않았단 말입니다. 솔직히 말씀드리면 두 분을 보는 순간 온몸이 흥분에 휩싸여버린 거지요……. 사실 저 같은 놈은 웃어넘겨도 그만입니다! 언짢게 생각하지 마십시오. 자격이 없는 사람입니다! 두 분을 모셔다 드리고 저는 곧 이 운하에서 물을 두어 통 머리에 뒤집어쓸 작정입니다. 그렇게 하면 멀쩡해질 테니까요……. 제가 얼마나 두 분을 사랑하는지 알아주신다면! 제발 비웃으시거나 노여워하진 말아주십시오……. 다른 녀석들에게는 화를 내셔도 좋지만 제게만은 화내지 말아주십시오. 저는 그 녀석의 친구니까 두 분한테도 친구인 셈이지요. 그렇게 되었으면 하고 생각할 뿐입니다만……. 저는 그걸 예감하고 있답니다……. 작년이었던가, 그런 순간이 있었지요……. 아니, 예감 같은 건 전혀 없었습니다. 왜냐하면 두 분은 하늘에서 내려오듯 갑자기 제 앞에 나타나셨으니까요. 아마 저는 오늘 밤 잠 한숨 못 잘 겁니다. 조시모프는 그가 미치기라도 한 것이 아닌가 하고 근심했었지요……. 그래서 흥분시키지 말라고 당부했답니다."

"무슨 말씀을 하시는 거예요!" 아브도챠 로마노브나도 놀라서 두 눈을 크게 뜨고 물었다.

"그런 말을 하긴 했습니다만 그건 아닙니다. 전혀 다릅니다. 녀석은 약도 먹었지요. 가루약인데 제가 봤거든요. 그러던 참에 두 분께서 오셨지요……. 제기랄……. 두 분은 내일 오셨어야 하는 건데, 그러나 우리가 온 것은 잘한 일입니다. 한 시간만 지나면 조시모프로부터 소식을 들을 수 있을 겁니다. 그 친구는 취하지 않았을 테니까요. 아마 그때쯤이면 저도 술이 깰 것입니다. 그런데 어쩌자고 나는 이렇게 엉망으로 취해버렸을까? 그건 집에 온 녀석들과 터무니없는 논쟁을 했기 때문입니다. 결코 논쟁할 생각은 아니었는데! 너무 터무니없는 소리를 하기에 하마터면 맞붙어 싸울 뻔도 했답니다. 집에는 대표격으로 큰아버지를 남겨두고 왔습니다. 정말 믿지 못하실 겁니다. 녀석들은 철저한 무개성을 고집하면서 그게 최고라고 하거든요! 무엇보다도 자기 자신이 되고 싶지 않다고 하며, 심지어 자기 자신과 닮고 싶지도 않다는 거예요! 더구나 녀석들은 그것이야말로 최고의 진보라고 생각하니! 하다못해 자기 나름대로 엉터리 주장이라도 지껄일 수 있다면 또 모르지만……."

"저 잠깐만……." 풀리헤리야 알렉산드로브나가 그의 말을 막으려 했다.

그러나 상대는 더욱 열을 올려 이야기를 계속할 뿐이었다.

"참, 그렇군요." 라주미힌은 목소리를 더욱 높여 말했다. "말하자면 내가 그들의 엉터리 말에 대해서 욕하고 있다고 생각하시는군요? 천만에요! 오히려 저는 녀석들이 엉터리로 지껄여대는 것을 무척 좋아한답니다. 엉터리는 다른 모든 생물에 대해서 사람만이 갖는 유일한 특권이기 때문이지요. 엉터리란 진리로 향한 길이다, 이런 말입니다. 엉터리로 지껄이는 한 저도 인간입니다. 열네 번 또는 백열네 번을 엉터리로 지껄이지 않고는 진리에 이를 수 없다, 그런 말입니다. 그렇다고 해서 이것이 조금도 명예롭지 못한 것은 아닙니다. 그런데 우리는 그 엉터리를 한 가지나마 자기 머리로는 생각해내지도 못하거든요! 엉터리라도 좋으니 자기 나름대로의 엉터리를 떠들어달라 그 말입니다. 그렇다면 저도 그 녀석에게 키스를 해주겠습니다. 자기 나름의 엉터리, 이것은 남의 말을 흉내 내는 것보다 훨씬 훌륭하지 않습니까? 이건 인간과 새의 차이입니다. 진리는 달아나지 않지만 인간을 허수아비로 만들 수도 있으니까요. 그러한 예도 있습니다. 그런데 지금의 우리는 어떻습니까? 우리는 모두 너나 할 것 없이 과학, 문명, 사색, 발명, 이상, 원망, 자유주의, 이성, 경험, 그리고 그 밖에도 무엇무엇……이니 하는, 말하자면 중학교 예과 1학년생 정도니까요! 남의 지식에 의지해서 살다보니, 그게 속편하니까 아주 그 습관이 몸에 배었다 그 말입니다. 그렇지 않습니까? 제 말이 일리가 있지 않습니까?" 라주미힌은 두 여자의 손을 움켜쥐며 소리쳤다. "그렇지요?"

"도무지 모르겠어요, 무슨 말인지." 가엾은 풀리헤리야 알렉산드로브나가 말했다.

"그래요, 그래요……. 당신 말씀에 완전히 찬성할 수는 없지만요." 아브도챠 로마노브나가 정색하며 덧붙였다. 그러고는 갑자기 자지러지게 비명을 질렀다. 라주미힌이 그야말로 못 견딜 만큼 세게 손을 움켜잡았기 때문이었다.

"그렇습니까? 당신은 그렇다는 거죠? 그렇다면…… 당신은……." 라주미힌은 갑자기 기뻐 날뛰며 소리쳤다. "당신은 선(善)과 순결과 예지(叡知)와…… 그리고 완벽의 원천입니다. 손을 내밀어주십시오. 당신의 손도 함께……. 나는 여기 무릎꿇고 앉아 여러분의 손에 입 맞추고 싶습니다!"

라주미힌은 정말 길 한가운데에서 무릎을 꿇었다. 다행히 거리에는 아무도 지나는 사람이 없었다.

"그만두세요, 제발. 갑자기 왜 그러세요?" 풀리헤리야 알렉산드로브나가 난처해하며 만류했다.

"알았으니 그만 일어나세요!" 두냐도 웃으며 난처해했다.

"그럴 수 없습니다! 손을 주시기 전에는……. 됐습니다! 이젠 됐습니다. 자, 일어나겠습니다. 갑시다! 저는 불행한 얼간이입니다! 전 상대할 만한 가치가 없는 놈입니다. 거기다 술까지 잔뜩 취했으니 두 분을 사랑할 자격조차 없습니다. 그러나 두 분에게 경의를 표할 자격은 있습니다. 이것은 짐승 아닌 인간 저마다의 의무이기 때문입니다. 그래서 저는 숭배하는 것입니다……. 자, 여기가 숙소입니다……. 이 하숙만 보더라도 로쟈가 표트르 페트로비치를 달가워 않는 것은 마땅한 일이 아닐까요? 어떻게 이런 곳에 계시란 말입니까? 뻔뻔스러운 일입니다! 어떤 사람들이 드나드는 곳인지나 아십니까? 틀림없이 당신은 신부지요? 그렇다면 말씀드리겠습니다만, 이런 정도밖에 못하는 신랑은 비열한 인간입니다!"

"저, 잠깐, 라주미힌 씨. 당신은 제정신이 아니군요." 풀리헤리야 알렉산드로브나가 말했다.

"옳습니다, 말씀대로 저는 지금 제정신이 아닙니다. 면목없습니다." 라주미힌은 정신을 차린 듯했다. "하지만…… 하지만…… 제가 이런 식으로 말했다고 해서 화내지 말아주십시오! 저로서는 진정으로 성의껏 말씀드리는 것이지 다른 뜻은 아무것도……. 그렇지, 그렇다면 염치없는 이야기지만, 아냐, 요컨대 저는 당신에게 그리…… 그…… 아냐, 상관없어, 그만둡시다. 왜 이런 식으로 말하는지 그 까닭을 설명하려 했는데, 그만두겠습니다……. 하지만 우리는 낮에 그 사람이 들어오자마자 곧 알았습니다. 그 녀석은 우리 친구가 아니었지요. 그가 이발소에서 머리를 손질하고 자기의 지식을 자랑삼아 떠들었다고 해서 그런 것은 아닙니다. 녀석은 염탐질하는 사기꾼이며 유대놈의 협잡꾼이랍니다. 뻔하죠. 그래도 그를 총명하다고 하시겠습니까? 아닙니다. 녀석은 바보 멍텅구리입니다! 그럼요! 그런 남자가 당신에게 어울리나요? 그만두십시오! 아시겠습니까?" 그는 방으로 통하는 층계를 오르기 시작하다가 문득 걸음을 멈추었다. "비록 우리집에 온 녀석들이 술꾼이라 하더라도 그쪽이 오히려 더 성실합니다. 확실히 그들은 엉터리로 지껄이죠. 저 역시 엉터리리로 말합니다. 하지만 엉터리로 지껄이긴 해도 결국에는 진실에 이른답니다. 왜냐하면 우리는 올바른 길에 서 있으니까요. 그러나 루진은 그렇지 못합니다. 아까 집에 온 녀석들을 욕하긴 했습니다만, 사실 나는 그들을 좋아합니다. 자묘토프도 존경까지는 아니더라도 틀림없이 사랑하고 있습니다. 그는 애송이니까요. 조시모프 성실하고 기술이 좋으니까 사랑하는 것입니다. 하지만 이젠 말도 다 했고 용서도 받았습니다. 용서해주셨지요? 그렇죠? 그럼, 갑시다. 전 이 복도를 알고 있습니다. 한 번 와본 적이 있지요. 저 3호실은 추문이 떠돌았던 때도 있었지요……. 그런데 몇 호실이었죠? 8호실? 그런데 문을 잠그고 아무에게도 열어주지 마십시오. 저는 15분 뒤에 다시 오겠습니다. 반 시간 뒤에는 조시모프와 함께 오겠습니다. 그럼, 다녀오겠습니다!"

"이 일을 어쩌면 좋으냐, 두냐?" 풀리헤리야는 불안과 난처함이 뒤섞인 투로 딸에게 말했다.

"걱정하지 마세요, 어머니." 두냐는 모자와 망토를 벗으며 어머니를 안심시키려고 말을 이었다. "그분은 술자리에서 금방 나온 탓에 그렇게 횡설수설하지만요. 정말 하느님이 우리를 돕기 위해서 보내신 거예요. 그분 정도라면 믿을 수 있을 거예요. 더구나 오빠를 위해서 지금도 그토록 열심히 애써주잖아요……."

"하지만 두냐, 그가 정말 다시 와줄까?……. 아, 왜 로챠를 내버려두고 왔을까……. 그 애가 정말 그러리라고는 꿈에도 몰랐다. 우리를 조금도 반가워하지 않는 것 같았어……."

그녀는 눈물을 글썽거렸다.

"아니에요, 어머니. 그렇지 않아요. 어머니는 우시느라고 오빠를 똑똑히 보시지 못해서 그래요. 오빠는 열 때문에 제정신이 아닌 거예요. 모두 병 때문이에요."

"글쎄, 바로 그 병이 걱정이야. 너도 보지 않았니? 어쩜 너한테 그런 말투로 대할 수 있니, 두냐?" 그녀는 딸의 심중을 꿰뚫어 보려는 듯이 딸의 눈을 들여다보았다. 그러나 두냐가 로챠의 편을 들자 오빠의 언사를 염두에 두고 있지 않다는 것을 눈치채고 안심했다. 어머니는 끝까지 딸의 마음을 떠보느라고 덧붙였다. "하지만 내일이면 아마 그 아이도 후회할 게다."

"그렇지 않을 거예요. 내일이 되어도 그 문제에 대한 생각은 변함이 없을 거예요." 아브도챠 로마노브나는 잘라 말했다. 이 말은 풀리헤리야 알렉산드로브나가 입 밖에 꺼내기를 주저하고 있음을 알고 있었으므로 두냐가 미리 못박아 놓은 것이었다.

두냐는 어머니에게로 다가가 키스했다. 어머니는 말없이 두냐를 꼭 안았다. 둘은 초조하게 라주미힌을 기다리기 시작했다. 두냐는 팔짱을 낀 채 방 안을 이리저리 거닐었고, 어머니는 의자에 걸터앉아 그런 딸의 모습을 눈으로 뒤쫓고 있었다. 방 안을 왔다갔다하며 생각에 골몰하는 것은 아브도챠 로마노브나의 버릇이었다. 이럴 때면 어머니는 언제나 딸의 명상을 깨뜨리지 않으려고 조심하곤 했다.

잔뜩 술에 취한 라주미힌이 느닷없이 아브도챠를 사랑한다고 말한 것은 참으로 어처구니 없는 일이었다. 그러나 팔짱을 끼고 방 안을 거닐고 있는 아브도챠 로마노브나의 모습을 한 번이라도 본 사람이라면 그의 마음을 이해하게 되리라. 아브도챠 로마노브나는 매우 아름다웠다. 후리후리한 키에 날씬한 몸매, 그리고 굳센 의지가 엿보이나 거칠지 않고 오히려 부드러움과 우아함을 돋

보이게 했다. 얼굴 윤곽은 오빠를 닮았으나 훨씬 더 미인이었다. 오빠보다 얼마쯤 밝았으며 검은 빛을 띤 머리와 긍지에 빛나는 까만 눈에는 선량함이 묻어나왔고, 파리한 얼굴이었으나 병적인 느낌은 없었다. 그녀의 얼굴은 젊은 여성답게 싱싱하고 건강에 빛났다. 조그만 입의 선명한 입술은 턱과 함께 살짝 앞으로 튀어나와 있는데, 이것이 아름다운 그녀의 얼굴에 유일한 흠으로서 일종의 오만함이 느껴졌다. 그러나 그 때문에 오히려 그녀의 얼굴에는 독특한 강인함이라 할까, 우아한 기품 같은 것을 풍겼다.

얼굴 표정은 밝다기보다 오히려 언제나 성실한 느낌을 주며 우수의 그림자가 스며 있는 듯하기도 했다. 하지만 그러면서도 쾌활하고 싱싱하며 아무런 그늘도 없는 웃음이 아주 잘 어울렸다. 열렬하고 솔직하며 단순하고 아주 힘이센 술주정꾼 라주미힌이 그녀를 보자마자 금세 반한 것도 무리는 아니었다. 더구나 우연은 마치 일부러 그렇게 하기라도 한 것처럼 오빠와 만난다는 기쁨과 애정으로 가득 차 있던 멋진 순간에 두냐를 그와 만나도록 한 것이었다. 뿐만 아니라 그는 오빠의 과격하고 무자비한 말투에 맞서 노여움으로 떨리는 그녀의 아랫입술을 볼 수 있었던 것이다. 그리하여 그는 어쩔 도리 없이 자제력을 잃고 말았다.

그런데 그가 조금 전에 하숙집 안주인 프라스코비야 파블로브나가 아브도챠 로마노브나뿐만 아니라 어머니인 풀리헤리야 알렉산드로브나에 대해서까지도 질투하리라고 말한 것은 사실이었다. 풀리헤리야 알렉산드로브나는 마흔세 살에 접어들었지만 아직도 여전히 아름다웠으며 타고난 명랑함과 섬세한 감각을 지녔고, 게다가 정직하고 순결한 마음의 정열을 잃지 않아 중년의 나이보다 꽤 젊어보였다. 한 가지 더 말하자면, 나이 들었으면서도 이러한 것들을 잃지 않는다는 것은 영원한 아름다움을 소유할 수 있는 최대의 방법이라는 것이다. 그렇기 때문에 비록 머리가 희고 눈가에 잔주름이 생기고 근심과 슬픔으로 볼이 여위었다 하더라도 그토록 아름다워보이는 것이었다. 그것은 아랫입술의 생김새만 빼고는 20년 뒤의 두냐 얼굴과 조금도 다를 바 없었다. 본디 풀리헤리야 알렉산드로브나는 다정다감하고 연약해 보이는 여인으로서 웬만한 일에는 양보하고 동의할 수 있는 사람이었다. 그러나 거기에는 언제나 성실에 의한 계율, 또는 양보할 수 있는 한계와 신념이 있어, 어떠한 경우에도 그녀는 그 한계선을 결코 넘어서지 않았다.

라주미힌과 헤어진 지 20분쯤 지났을 때 노크 소리가 들렸다. 라주미힌이 약속대로 찾아온 것이었다.

"들어가지는 않겠습니다. 시간이 없으니까요." 문이 열리자마자 그는 다급하게 입을 열었다. "깊이 잠들었습니다. 아주 편하게요. 열 시간쯤 잤으면 좋겠는데요. 나스타샤가 지키고 있습니다. 제가 갈 때까지 곁을 떠나지 말라고 당부했지요. 그럼, 이번에는 조시모프를 데려와서 소식을 전하도록 하겠습니다. 그런다음 자리에 드십시오. 몹시 피곤해 보이시는군요."

그는 다시 복도로 사라졌다.

"어쩌면…… 믿음직스럽기도 해라!" 풀리헤리야 알렉산드로브나가 만족한듯이 말했다.

"참 좋은 분이에요!" 아브도챠 로마노브나도 감동한 듯이 말했다.

그녀는 다시 방 안을 이리저리 거닐기 시작했다. 한 시간쯤 흘렀을까 복도에서 발소리가 나더니 곧이어 노크 소리가 울렸다. 두 여인은 이미 라주미힌을 믿고 있었다. 과연 그는 조시모프를 데리고 온 것이었다. 조시모프는 술자리를 빠져나와 라스콜리니코프에게로 가는 것을 쾌히 승낙했으나, 여자들을 찾아가는 일은 영 마음이 내키지 않았던 모양이다. 그냥 술이 취해서 지껄여대는 소리려니 생각했던 것 같다. 그러나 그의 자존심은 곧 누그러졌다. 뿐만 아니라 흐뭇한 쾌감마저 느낄 수 있었다. 자기를 그야말로 예언자처럼 기다리고 있었던 것을 깨달았기 때문이다. 그는 겨우 10분 앉아있었으나 그 동안에 풀리헤리야 알렉산드로브나를 충분히 이해시키고 안심시켰다. 그는 전과 달리 동정 어린 말투이긴 하나 중대한 문제를 상담하는 스물일곱 살의 사나이답게 모든 일을 겸손하고 성실한 태도로 대하려 애썼다. 이야기 뼈대에는 조금도 어긋남이 없이, 또 두 여인과 그 이상의 어떤 개인적인 친밀한 관계를 맺으려는 바람 같은 건 털끝만큼도 비치지 않았다. 그는 아브도챠 로마노브나의 아름다운 용모에 내심 놀랐지만, 그쪽으로 얼굴을 돌리지 않으려 애쓰면서 줄곧 풀리헤리야 알렉산드로브나만 바라보았다. 사실 그는 이러한 자기 태도에 대해서 아주 큰 만족감을 느꼈다. 그는 환자가 아주 양호한 상태에 있다고 알렸다. 이어서 그는 자기 의견을 덧붙였는데, 근래 몇 달 동안의 영양 부족과 몇 가지 정신적인 원인이 그 병을 발생시켰다고 말했다. 이를테면 여러 가지 복잡한 정신적·물질적인 영향과 불안, 두려움, 근심, 어떤 종류의 관심 등에서 온 결과인 듯싶다고 덧붙여 설명했다. 조시모프는 아브도챠 로마노브나가 열심히 귀 기울이고 있음을 알자 이 주제에 대해 더 자세히 설명했다.

"정신 이상의 염려라도 있나요?" 풀리헤리야의 근심스러운 듯한 질문에는 침착하게 아무 염려없다는 듯한 미소를 지으며 자신의 말이 너무 과장되어 전해졌다고 대답했다. 물론 환자에게는 어떤 고정관념 같은 것이 보이며 편집광 증세도 나타나지만, 이것은 지금 의학 부문의 매우 흥미 있는 문제로서 자신이 특별한 관심을 가지고 있기 때문이라며 덧붙여 말했다. 그리고 환자가 지금까지 줄곧 신열 때문에 제정신이 아니었다는 점도 고려하지 않을 수 없고…… 그러나 가족들이 도착하여 그에게 힘과 마음의 위안을 주었으므로 결국 좋은 영향을 끼쳤으리라 생각되며, 다만 새롭고 유별난 충격만 피하도록 하면—하고 그는 의미 있는 말로 이야기를 마치고 일어섰다. 그러자 진심 어린 축복과 뜨거운 감사의 말이 쏟아졌고, 요구하지 않았는데도 아브도챠는 손을 내밀어 악수로 환송해 그를 흐뭇하게 만들었다. 더구나 의젓하고 상냥한 인상을 남겼다는 사실에 그는 더없이 만족스러워했다.

"이야기는 내일 하기로 하지요. 오늘은 그만 주무십시오. 꼭 주무셔야 합니다." 조시모프와 함께 물러가면서 라주미힌이 다짐했다. "내일은 되도록 빨리 와서 소식을 전해드리겠습니다."

거리로 나오자 조시모프가 말했다.

"그런데 정말 멋진 아가씨로군, 그 아브도챠 로마노브나 말일세!"

"멋지다? 멋지다고?" 갑자기 라주미힌은 조시모프에게 달려들어 그의 멱살을 움켜잡았다. "네 녀석은 조금이라도 수상한 짓을 했다가는 어떻게 되는지 알지, 응?" 조시모프를 벽 쪽으로 밀어붙이며 라주미힌은 험상궂게 말했다. "알겠지?"

"이것 놓게, 이 주정뱅이 녀석아!" 조시모프는 몸을 버둥거렸다. 그리고 상대가 손을 놓자 그 얼굴을 유심히 살펴보더니 별안간 웃음을 터뜨리고 말았다. 라주미힌은 힘없이 두 손을 내려놓고 어둡고 심각한 표정으로 생각에 잠긴 듯이 그 앞에 버티고 서 있었다.

"물론 나는 멍청이야." 그는 구름 낀 하늘처럼 잔뜩 무거운 얼굴로 대답했다. "하지만 자네만 해도……."

"아닐세, 그만두세. 자네만 해도라니, 나는 그런 부질없는 공상엔 빠지지 않네."

그들은 묵묵히 걷기 시작했다. 라스콜리니코프의 하숙에 다다랐을 무렵에야 라주미힌이 몹시 근심스러운 듯이 침묵을 깨뜨렸다.

"그런데 말이야," 그는 조시모프에게 말했다. "자네는 좋은 사람이기는 하지만 다른 것은 그만두더라도 여자를 밝히는 녀석임엔 틀림없어. 나는 알고 있거든. 더구나 상대를 가리지도 않는 추잡한 녀석이지. 자네는 신경질적인 얼뜨기며 변덕쟁이고 닥치는 대로 먹어서 뚱뚱보인 데다 자기의 욕망을 전혀 참을 줄도 몰라. 그러니 내가 추잡하다고 할 수밖에. 왜냐하면 그건 추잡한 것과 통하는 길이거든. 더구나 자네는 자제심이 없어. 그러니 터놓고 말해서 이런 식으로 살아가는 자네가 어떻게 훌륭하고 헌신적인 의사가 될 수 있는지 아무래도 알 수가 없네. 깃털 이불에 파묻혀 잠자는 의사가 어떻게 밤마다 환자를 위해서 일어날 수 있겠나. 하긴 이제 3년쯤 지나면 환자를 위해서 일어나는 일도 없어지겠지. 제기랄, 이런 이야기를 하려는 게 아닌데. 사실은 말일세. 자네는 오늘 밤 안주인의 방에서 지내야 하네. 그녀의 승낙은 얻어놨어. 나는 부엌에서 자기로 했고. 아마 자네가 안주인에게 접근하기에는 오늘 밤처럼 좋은 기회가 또 없을 거야. 그리고 확언하네만, 그 여자는 자네가 상상하던 그런 여자가 아닐세……."

"여보게, 나는 아무 생각도 하지 않았네."

"사실 그 여자는 부끄럼을 잘 타고 말이 없으며 내성적인 데다 믿을 수 없을 만큼 순진하다네. 한숨 정도로 녹아 떨어지는 여자란 말일세. 양초같이 녹아 버린단 말일세! 그러니 부탁일세. 내 평생의 부탁이니 나를 그 여자로부터 구해주게! 정말 매력 있는 여자라네! 은혜는 잊지 않겠네, 절대로 잊지 않겠네."

조시모프는 못 참겠다는 듯이 웃어댔다.

"제기랄, 술이 어지간히 취했군그래! 하지만 무엇 때문에 내가 그 여자를?"

"장담하겠네, 딱히 성가신 일은 없을 걸세. 적당히 구슬러보게. 뭐, 별것없어. 옆에 앉아 이야기만 하면 되니까. 더구나 자네는 의사 아닌가. 어딘가 적당한

데를 찾아내어 치료라도 시작하면 되는 거라구. 괜찮아, 절대로 후회하진 않을 걸세. 그 여자 방에는 피아노가 있어. 난 말일세, 자네도 알다시피 조금은 칠 줄 알거든. 나는 러시아 노래를 하나 알고 있지. '뜨거운 눈물로 지새우며…….' 라는 순수한 러시아식 노래 말일세. 그 여자는 순수한 러시아식을 좋아하거든. 뭐, 노래가 맺어주는 인연이니 어쩌니 하는 그런 걸세. 그런데 자네는 피아노의 명수 아닌가. 루빈시테인[1] 정도는 뺨치지……. 장담하네. 정말 후회하진 않을 걸세."

"혹시 자네 그 여자와 무슨 약속이라도 한 게 아닌가. 정식 계약서 같은 것이나 아니면 약혼이라도……."

"천만에! 그런 일은 있을 수 없네. 더구나 그녀는 그런 여자도 아니고, 또 거기다 체바로프도 있고……."

"그렇다면 그냥 내버려두면 되잖나!"

"아냐, 그렇게 간단한 일이 아니거든!"

"어째서 할 수 없나?"

"어쩐지 뜻대로 잘 안 된단 말일세. 남녀 사이란 그런 거야."

"그럼, 어쩌려고 그 여자를 유혹했나?"

"아냐, 유혹하다니. 오히려 내가 유혹당한 걸세. 내가 바보였으니까. 하지만 그 여자에게는 나나 자네나 별반 차이가 없네. 다만 누구든 곁에서 한숨만 쉬어주면 되는 거라구. 그러니 여보게……. 어떻게 좋은 말이 얼른 나오지 않네만, 예를 들면…… 그래 자네는 수학을 잘하지 않나? 지금도 공부를 하고 있고 말이야. 그러니 자네는 그 여자에게 적분을 가르쳐주는 거야. 농담이 아냐. 진담일세. 왜냐하면 아까도 말했지만 그 여자에겐 어차피 마찬가지니까. 그 여자는 자네를 쳐다보면서 한숨을 쉴 걸세. 그리고 그게 1년을 두고 내내 계속될 테고. 나도 말이야, 그 여자에게 이틀이나 줄곧 프러시아 상원 이야기를 해줬다네……. 그 밖에는 달리 할 이야기가 없었거든. 그러니까 그 여자는 한숨을 쉬다가 저절로 흥분하고 말더군. 다만 사랑 이야기만은 조심하게. 굉장히 수줍어하니까. 그 대신 곁을 떠나기 싫다는 표정만 짓고 있으면 되는 걸세. 그것으

---

1) 안톤 루빈시테인(1829~1894). 러시아의 피아니스트이자 작곡가.

로 충분하지. 아무튼 아주 있기가 편하다네. 집에 있는 것과 다름없지. 책을 읽거나 앉아 있거나 뒹굴며 뭘 쓰고 있어도 상관없다네. 키스 정도도 무방하고, 단 신중하지 않으면……."

"하지만 뭣 때문에 내가 그 여자와……."

"빌어먹을, 어떻게 설명이 잘 안 되는군……. 아무튼 자네와 그 여자는 아주 잘 어울린단 말일세! 나는 전에도 자네를 떠올렸었지……. 왜냐하면 어차피 자네는 그리로 빠질 테니까. 그러니 지금이나 나중이나 자네로서는 마찬가지 아니겠나? 거기에는 이 사람아, 비단 깃털 이불이 있다네. 아니 깃털 이불뿐 아니라 말하자면 사람을 끌어들이는 듯한 그 무엇인가가 있거든. 거기는 땅 끝이고 닻을 내려 배를 세워두는 곳이며, 고요한 파도가 일렁이는 피난처고 지구의 배꼽이며, 세 마리의 고래가 떠받치고 있는 세계의 기초야. 살짝 구운 팬케이크, 기름진 고기만두나 밤마다의 사모바르, 은밀한 한숨이나 부드러운 여자옷이나 따뜻한 난로 옆 침대 같은 것의 원천일세! 한마디로 말해 죽은 듯도 하고 산 듯도 한, 양쪽 기분을 한꺼번에 느낄 수 있는 그런 곳이라네. 여보게 정말, 멋대로 지껄이고 말았네만, 이제 그만 눈을 붙이기로 하세. 알겠나? 나는 밤중에 이따금씩 깨서 녀석이 어떻게 자고 있나 살피러 가볼 테니. 뭐 별것 있나. 자네는 아무 걱정 말게. 만약 그럴 생각이 있다면 한 번쯤은 들여다봐 주게나. 다만 헛소리라든가 열이라든가 조금이라도 이상한 기색이 보이면 바로 나를 깨워주게. 하기야 그럴 염려는 없겠지만……."

2

라주미힌은 이튿날 아침 7시가 지나자 뭔가 마음이 개운치 않은 듯 심각한 얼굴빛으로 깨어났다. 이날 아침 그의 마음속에는 몇 가지 뜻하지 않은 새롭고도 거추장스러운 의혹이 생겨났다. 언젠가 이런 심정이 되리라고는 전혀 생각해보지 못했던 것이다. 어제의 일은 아주 사소한 것까지도 기억이 났다. 그리고 자기 신변에 뭔가 이상한 변화가 생겼으며, 지금까지 전혀 느껴보지 못했던 어떤 감회, 즉 어떤 것과도 다른 새로운 감명을 받았음을 알았다. 하지만 그와 동시에 자기 가슴속에 불타오르기 시작한 몽상은 아무리 생각해봐도 이루어질 수 없는 것이며, 그러기에 그처럼 너무나 자명한 현실 앞에서 절망할 수밖에 없는 것이었다. 그는 '저주스러운 어제'부터 줄곧 지녀왔던 훨씬 더 절실한 문제와 의혹으로 생각을 급히 돌렸다.

그에게 가장 괴로운 기억은 어제 자기가 '천하고 비열한' 모습을 드러냈다는 일이었다. 꼭 술에 취해서 그랬던 것만은 아니었다. 결혼을 앞둔 아가씨 앞에서 그 아가씨의 약점을 노려 지레짐작한 어리석은 질투심에서 그녀의 남편 될 사람에 대해 욕설을 퍼부었다. 더구나 두 사람의 관계나 약속 같은 것은 말할 것도 없고, 상대의 인품마저 제대로 알지 못하면서 비난했던 일이 문제였다. 도대체 자기는 무슨 권리로 그 남자를 그처럼 조급하게 비판하고 말았단 말인가? 그보다 누구에게 그런 비판의 역할을 부탁받았단 말인가? 도대체 아브도차 같은 여성이 돈 때문에 그런 쓸개 빠진 놈에게 일생을 맡긴다는 일이 있을 수 있단 말인가? 아니, 어쩌면 그 남자에게 그만한 가치가 있을는지도 모른다. 그렇다면, 그 하숙집은? 하지만 정말 그것이 그런 유의 하숙집이라는 걸 그 사나이가 몰랐을 수도 있지 않은가? 더구나 그는 새로운 집을 마련하고 있는 중이라고 했으니……. 제기랄, 얼마나 수치스러운 이야기인가! 술에 취했다 하더라도 그게 무슨 변명이 되겠나? 그야말로 자기를 더욱 치사하게 만드는 어리석은 핑계일 뿐이다. 취중에 진실을 말한다더니, 그 진실이 드러나고 만 것이다. '즉 더러운 질투심 때문에 자신의 본성을 드러내고 말았다!' 이게 과연 용납될 수 있을까? 그런 숙녀에 비하면 내 꼴은 도대체 뭐란 말이냐? 술주정꾼에 무뢰한이 아닌가. 아니, 이런 비교를 하는 것부터가 말이 안 되는 일이다. 순간 라주미힌의 얼굴은 절망으로 일그러졌다. 문득 그는 어제 층계 위에서 한 이야기를 기억했다. 이 집 안주인이 아브도차 로마노브나를 질투하리라고 한 말이었다. 그는 더욱 견딜 수가 없었다. 주먹으로 곁의 부엌 난로를 힘껏 내리쳤다. 손을 다치고 벽돌 하나가 굴러떨어졌다.

"그야 물론." 그는 스스로 타이르듯 중얼거렸다. "이런 실수는 엎질러진 물이다……. 차라리 생각하지 않는 게 낫다……. 내가 할 일이란 묵묵히 두 사람을 위해 일하는 것뿐이다. 새삼스레 사과하는 것도 우스꽝스럽다. 그저 입을 다물자……. 그리고 시간이 흐르면 그것으로 그만이다!"

그러면서도 옷을 입을 때 그는 여느 때보다 세심하게 주의를 기울여 살펴보는 것이었다. 물론 갈아입을 옷은 없었으나, 혹 있었다 하더라도 그는 '일부러라도' 다른 옷을 입지 않았을 것이다. 그러나 고의적으로 예의를 무시하는 듯한 모습을 하고 있을 수는 없었다. 상대의 감정을 모욕할 권리는 없으니까. 더욱이 그들은 자기를 초대한 것이 아닌가! 그는 정성스럽게 솔질을 했다. 셔츠는 비교적 깨끗했다. 이런 점을 보면, 그는 깨끗한 것을 좋아하는 편이었다.

그날 아침 그는 오랫동안 세수했다. 나스타샤에게 비누를 빌려, 머리며 목덜미며 특히 두 손을 깨끗이 씻었다. 면도를 하느냐 마느냐 하는 문제에 이르자—프라스코비야 파블로브나에게는 죽은 남편이 쓰던 고급 면도기가 아직 그대로 있었다—그만두기로 작정했다.

'이대로가 좋다! 면도를 한다면 속 보이는 짓을 하는 셈이다. 면도는 하지 말자! 그런데 문제는 거칠고 더럽고 선술집 주인 같은 티가 나는 데 있다. 더구나 나도 조금은 예의범절을 아는 사람이라고 자처하는데, 예의범절을 갖춘다는 게 무슨 대단한 자랑거리란 말인가. 예절쯤은 누구나 갖추는 것이다. 그리고 조금 더 깔끔해야 한다……. 거기다가…… 아무리 뭐라 해도—그는 그것을 기억하고 있었다—그런 장면을 벌여 놓았으니……. 파렴치하다고 할 정도는 아니지만, 그렇다 해도 말이야! 정말 어쩌자고 그런 터무니없는 생각이 떠올랐담! 흥……. 그런 짓을 저질러놓고서도 뻔뻔스럽게 아브도챠를 또 생각하다니! 제기랄! 이런 망할! 좋아, 일부러 더 더럽고 기름때가 묻은 선술집 주인 빰칠 만한 옷차림으로 나가보자, 상관있나! 암, 더 형편없는 옷차림으로 나가야지!'

이렇게 혼자 중얼거리던 참에 프라스코비야의 응접실에서 밤을 지샌 조시모프가 들어왔다.

그는 집으로 돌아가는 길에 잠깐 환자 상태를 알아보고 가려던 참이었다. 라주미힌은 환자가 정신없이 잠들어 있다고 전했다. 조시모프는 저절로 잠에서 깨어날 때까지는 깨우지 말라고 일러놓고, 자기는 10시쯤에 들러보겠다고 약속했다.

"밖으로 뛰쳐나가지만 않으면 좋겠는데……." 하고 그는 덧붙여 말했다.

"젠장, 자기 환자조차 마음대로 다루지 못하니 어떻게 치료를 한담! 그런데 환자가 그 하숙집으로 가기로 했나, 아니면 부인들이 이곳으로 오기로 했나?"

"아마 부인들이 오겠지." 그가 묻는 속셈을 알아차리고 라주미힌은 말했다. "이리 오면 자기들끼리 집안 이야기를 시작할 거야. 나는 자리를 피하겠어. 하지만 자네는 의사니까 나보다는 권리가 있어."

"나는 고해받는 신부가 아닐세. 잠깐 들렀다가 곧 돌아올 예정이네. 이 일 말고도 여러 가지로 몹시 바쁘다네."

"한 가지 걱정스러운 점은." 라주미힌은 얼굴을 찌푸리며 말했다. "어제 나는 술이 잔뜩 취한 김에 로쟈에게 터무니없는 이야기를 아주 많이 지껄였네……. 온갖 이야기를 다 했지……. 그……. 발광 증세가 있다고 자네가 근심하더라는 말까지도……."

"자네는 부인들 앞에서도 잘도 나불거리더군."

"실수였네! 두들겨 맞아도 할 말은 없어. 그런데 자네는 거기에 대한 어떤 확고한 생각이라도 있는가?"

"그렇지는 않아. 내가 어떻게 알 수 있겠나? 편집광이라는 말은 애초에 자네가 꺼낸 걸세. 나를 처음 친구한테 데려갔을 때부터 말이야. 하긴 어제 칠장이 이야기를 한 건 너무 지나쳤어. 내가 미리 경찰서에서 일어난 사건을 알았더라면 그 말을 하지 못하게 했을 텐데. 본디 편집광이란 한 방울의 물을 바다로 생각하게 되고, 꾸며낸 망상을 현실처럼 보게 되거든. 사실 나도 자묘토프로부터 말을 듣고서야 사건을 어느 정도 알게 된 걸세……. 세상에는 이런 일도 있네. 마흔 살 된 어떤 정신 분열증 환자가, 식사 때 자기를 조롱한다고 여덟 살짜리 남자아이를 칼로 찔러 죽인 사건이지……. 그런데 로쟈는 병이 난 데다 경찰에게 의심까지 받고 있으니 견디겠나. 더욱이 로쟈는 지금 심각한 과대망상에 사로잡혀 있네. 자존심은 또 얼마나 강한가……. 아무튼 자묘토프는 지나쳤네. 자묘토프는 귀여운 녀석이지만 가끔 말이 많아서 탈이야."

"대체 누구에게 말했길래? 기껏해야 나와 자네밖에 더 있나?"

"포르피리도 있지."

"그 사람에게 이야기한 게 어떻다는 거야!"

"그보다도 자네는 그 어머니와 누이동생한테 어느 정도 영향력이 있겠지? 오늘은 환자를 상대하는 일에 좀 더 조심하라고 일러주게."

"그렇게 하지." 라주미힌은 뜨악하니 대답했다.

"그런데 로쟈는 왜 루진을 싫어할까! 부자인 데다 그 여자도 그다지 싫어하는 눈치는 아니건만……. 그렇지 않은가! 그 사람들은 한푼도 없을 테니. 안 그래?"

"뭘 쓸데없이 캐고 있나!" 라주미힌은 짜증 나는 듯이 소리쳤다. "도대체 내가 그들이 돈이 많은지 없는지 어떻게 안단 말인가? 그렇게 궁금하면 직접 그들에게 물어보게."

"왜 그리 흥분하나? 술은 깼을 텐데……. 그럼, 이만 가겠네. 프라스코비야 파블로브나에게 어젯밤에는 신세 진 것에 대해 고맙다고 전해주게. 문을 걸어버려서 문틈으로 인사를 했는데, 대답이 없더군. 하녀가 사모바르를 들고 복도를 지나간 것을 보면 틀림없이 7시에 일어났을 텐데. 어쨌든 나는 만나 뵐 영광을 얻지 못했어."

라주미힌이 바카레예프의 방에 나타난 것은 정각 9시였다. 두 여인은 7시쯤 일어나서 지금까지 초조하게 그를 기다리고 있었다. 라주미힌은 침울한 얼굴로 거북한 듯 인사하고는 곧 그러한 자기 자신에 대하여 화를 냈다.

그러나 라주미힌의 걱정은 기우에 지나지 않았다. 풀리헤리야 알렉산드로브나는 그를 보자마자 달려와서 두 손을 꽉 움켜잡았다. 라주미힌이 언뜻 본 아브도챠 로마노브나의 얼굴에도 경멸과 멸시의 표정은커녕 감사와 존경이 빛이 넘치고 있었다. 그는 오히려 꾸지람 듣는 편이 더 마음 편하다고 여겨질 정도였다.

그는 준비한 대로 말하기 시작했다.

'환자는 아직도 자고 있다. 상태는 아직 양호하다.' 이 말을 듣자 풀리헤리야 알렉산드로브나는 오히려 그 편이 잘 됐다고 말했다. '왜냐하면 미리 꼭 상의해야 할 일이 있기 때문'이라는 것이었다. 이어서 차를 같이 마시면 어떻겠느냐고 물었다. 두 사람은 라주미힌을 기다리느라고 아직 차를 들지 않고 있었던 것이다. 아브도챠 로마노브나가 초인종을 울렸다. 더러운 옷을 입은 사람이 나타나자 그녀는 차를 주문했다. 얼마 뒤 차가 날라져왔는데, 그 불결하고 볼썽사납기란 여자들이 얼굴을 붉힐 정도였다. 라주미힌은 이 여관에 대한 욕설이 목까지 치솟아 올랐으나 문득 루진을 떠올리고는 꾹 눌러버렸다. 다행히 곧 풀리헤리야 알렉산드로브나가 이런저런 질문을 해주었기 때문에 그는 겨우 정신을 가눌 수 있었다.

여러 질문에 대답하는 동안 때로는 같은 말을 반복하기도 하고 또 때로는 이어지는 질문에 설명을 멈추기도 하면서 4, 50분을 넘겼다. 그리고 그가 알고 있는 한, 요 1년 동안 라스콜리니코프의 신변에서 일어난 중요한 사건을 세세히 이야기한 뒤 병의 상세한 보고를 하고서야 말을 끝냈다. 물론 그는 경찰서에서 일어난 일과 그 밖에 그것과 관련된 모든 사건에 대해선 발설하지 않았다. 두 사람은 끝까지 열심히 귀 기울였다. 그러나 이제는 이야깃거리도 없어지고 듣는 쪽도 만족한 듯 여겨졌으나 그래도 두 모녀는 아직 할 이야기가 많이 남아 있다고 생각하는 모양이었다.

"좀 더 이야기해 주세요. 당신 의견이라도……. 아 참 용서해 주세요. 아직도 우리는 당신의 성함을 모르는군요." 풀리헤리야 알렉산드로브나가 당황하며 말했다.

"드미트리 프로코피치라고 합니다."

"그러세요, 드미트리 프로코피치 씨. 나는 꼭 알고 싶어요……. 대체 그 아이가 지금 어떠한 생각을 하고 있는지……. 제 말을 아시겠어요? 다시 말하면…… 그 아이가 좋아하고 싫어하는 것이 무엇인지……. 아무 때고 그렇게 성을 내는지, 그리고 어떤 희망을 품고, 어떤 공상을 하는지, 지금은 어떤 일이 그 아이를 사로잡고 있는지…… 그런 것들을 알고 싶어 못 견디겠어요."

"참, 어머니도! 그렇게 한꺼번에 물으시면 어떻게 대답할 수가 있어요?" 두냐가 끼어들었다.

"정말 그렇구나. 하지만 그 아이가 이 지경이 되어 있으리라고는 상상도 못했거든요, 드미트리 프로코피치 씨."

"그렇죠, 그건 당연하시겠지요." 라주미힌은 대답했다. "저는 어머니가 계시지 않기 때문에 대신 해마다 큰아버지가 오시곤 합니다만, 오실 때마다 저를 몰라봅니다. 얼굴도 잘 못 알아보시는 겁니다. 총명하신 분인데도 그러시는데, 어머님께서는 로쟈를 3년이나 못 보셨으니 오죽하시겠습니까. 그런데, 뭐라고 말씀드리면 좋을까요? 저는 로쟈와 사귄 지 1년 반 됩니다. 침울하고 까다롭고 교만하고 자존심이 강하지요. 요즘 들어서는—어쩌면 훨씬 전부터일지 모르겠습니다만—의심이 많아졌고 우울증 증세까지 보입니다. 모든 일에 너그럽고 강직한 녀석인데, 자기 감정을 남에게 이야기하기 싫어해서 말로 자기 마음을 표현하기보다는 차라리 인정사정없는 행동으로 뜻을 드러내는 그런 성격입니다. 하지만 어떤 때는 우울증이 아니라 그저 쌀쌀하기만 하고 인간미를 통 느낄 수 없을 만큼 무감각할 때도 있답니다. 마치 서로 반대인 성품이 번갈아가면서 나타나는 것 같죠. 이따금 무서울 정도로 말이 없을 때도 있고요. 언제나 시간이 없다느니 방해하지 말라느니 하고 입버릇처럼 얘기하더니 요즈음은 뒹굴기만 하고 아무것도 하지 않는답니다. 비난하는 것은 아닙니다만, 그것도 기지가 없어서가 아니라 그런 부질없는 것에 낭비할 시간이 없다는 태도랍니다. 남의 말은 건성으로 듣기 일쑤고요. 아무튼 남이 관심을 갖는 일은 외면해버린답니다. 자기를 아주 과대평가하고 있지만, 그럴 권리가 아주 없는 것도 아니지요. 아무튼 제 생각으로는 두 분이 오셔서 그 친구에게 좋은 변화가 있으리라고 기대됩니다."

"아, 제발 그렇기나 했으면!" 사랑하는 로쟈에 대한 라주미힌의 비평에 쓰라림을 느끼면서 풀리헤리야 알렉산드로브나는 외쳤다.

여기에 용기를 얻은 라주미힌은 아브도챠 로마노브나에게로 시선을 돌렸다. 말하는 동안에도 몇 번인가 눈길을 주었지만, 그것은 잠시뿐이었다. 아브도챠 로마노브나는 탁자 앞에 앉아 주의 깊게 귀 기울이기도 하고 습관대로 팔짱을 끼고 거닐며 질문하기도 하고 다시 깊은 생각에 잠기기도 했다. 그녀 역시 다른 사람의 말을 반밖에 듣지 않는 버릇이 있었다. 그녀는 얇은 천으로 지은 옷을 입고 목에는 살이 비치는 흰 스카프를 두르고 있었다. 라주미힌은 두 여인의 옷차림으로 그들의 살림이 넉넉치 않다는 것을 곧 눈치챘다. 만약 아브도챠 로마노브나가 여왕 같은 옷차림을 했다면 라주미힌이 그렇게까지 신중하지는 않았을 것이다. 그런데 지금 그녀는 그토록 초라한 모습이며, 그것을 또 그가 곧 알아차렸기 때문에 오히려 공포심이 그의 마음에 스며들었다. 그는 자신의 말 한마디 한마디며 태도 하나하나에 신경을 곤두세웠다. 말할 나위도 없이 이것은 그렇잖아도 스스로 자신감이 없는 남자에게는 몹시 답답한 일이었다.

"오빠의 성격에 대해 흥미로운 이야기를 많이 해주셔서 감사합니다. 아주 정확한 비평이었어요. 저는 당신이 오빠를 그저 정신없이 감싸는 줄만 알았어요." 그녀는 미소를 머금고 말했다. 그리고 잠시 생각에 잠기더니 뜻밖의 한마디를 덧붙였다. "그리고 오빠 곁에 틀림없이 여자가 있을 거라는 말씀, 그럴 듯하다고 생각해요."

"그런 말은 하지 않았습니다만, 하긴 그럴 수도 있겠지요. 다만……"

"다만 뭐요?"

"아무도 사랑하지 않는다는 거지요. 네, 절대로 그는 아무도 사랑하지 않을 것 같습니다." 라주미힌은 솔직히 단언했다.

"그럼, 사랑할 능력이 없다는 거예요?"

"아니, 그런 게 아니에요. 아브도챠 로마노브나, 당신은 정말로 오빠와 꼭 닮았군요. 하나에서 열까지 모두 말입니다." 이 말은 거의 무의식 중에 나온 것이었다. 그러자 그때 자기가 말한 라스콜리니코프에 대한 비판을 상기하고 그는 민망하여 얼굴이 홍당무처럼 새빨개졌다. 아브도챠 로마노브나는 그것을 보고 마침내 웃지 않을 수 없었다.

"로쟈에 대해서는 둘 다 잘못 판단한 것 같군요." 풀리헤리야 알렉산드로브나가 불만스러운 듯이 말했다. "물론 난 방금 한 이야기를 가지고 하는 말이 아니라, 두냐! 루진 씨가 편지에 써보낸 것……. 우리 둘이서 추측했던 건 혹시 사실이 아닌지도 모르겠다만, 드미트리 프로코피치 씨, 그 아이가 얼마나 공상을 즐기며, 게다가 또 뭐라면 좋을까…… 얼마나 변덕스러운 아이인가 하는 것을 당신은 상상조차 못 하실 거예요. 그 아이의 성격은 열다섯 살쯤부터 도저히 내 힘으로는 감당할 수 없게끔 되어 버렸답니다. 나는 지금도 그 아이가 도저히 상상할 수 없는 엉뚱한 일을 저지를 수도 있다고 봅니다. 한 1년 반 전에 이런 일이 있었지요. 당신도 아실지 모르지만, 그 아이가 아닌 밤중에 홍두깨 격으로 갑자기 하숙집 딸과 결혼하겠다고 하지 않겠어요. 그때도 얼마나 내 속을 썩이고 괴롭혔는지 압니까?"

"그 이야기를 자세히 아시나요?" 아브도챠 로마노브나가 라주미힌에게 물었다.

"당신은 틀림없이" 풀리헤리야가 격해지면서 말을 계속했다. "내가 울면서 간청하면, 아니, 그 일 때문에 상심해서 멍이 들고 끝내 죽기라도 한다면 그리고 집안이 얼마나 가난에 쪼들리고 있는가를 누누이 설명해 주었더라면 그 아이가 생각을 바꿀 수도 있었다고 생각하는 거죠? 그런데 그런 장애쯤 그 아이는 태연하게 여긴답니다. 그 아이가 우리에게 애정이 있는지 그것조차 우리는 짐작할 수 없답니다."

"로쟈로부터 직접 그런 말을 들은 적은 없었습니다만" 라주미힌은 조심스럽게 말했다. "그러나 자르니츠이나에게서 조금은 들었지요. 그 여자는 말주변이 없는 편이지만, 제가 들은 이야기엔 조금 이상한 점이 있었습니다……."

"무슨 얘기인데요?" 두 여자가 동시에 물었다.

"대단한 이야기는 아닙니다. 제가 들은 바로는 이 결혼은 다 됐거나 마찬가지였는데 신부가 죽는 바람에 성립되지 않았습니다만, 솔직히 말해 어머니인 자르니츠이나도 이 결혼을 탐탁치 않게 여겼던 모양입니다. 더구나 소문으로는 신부될 사람은 얼굴이 못생긴 편이고 거기다 병들어 눕기가 일쑤였다고 합니다. 남이 모르는 장점도 있었겠지요. 그렇지 않고서야 그리 될 수 있었겠습니까? 지참금도 전혀 없었던 모양이던데 그는 지참금 따위는 바라지도 않았습니다만……. 요컨대 이런 문제는 겉으로 드러난 것만 가지고 판단할 수 없는 것이랍니다. 물론 로쟈는 지참금을 바라는 그런 인간이 아니고……. 아무튼 이런 이야기는 간단히 말해버릴 수 없기는 합니다."

"틀림없이 훌륭한 아가씨였을 거예요." 아브도챠 로마노브나가 불쑥 말했다.

"좀 안된 얘기지만, 사실 그 여자가 죽었기에 망정이지. 그렇지 않았으면 로쟈가 그 아가씨를 망쳐놨을지 반대로 그 아가씨가 로쟈를 망치게 됐을지 모를 일이잖아요." 풀리헤리야 알렉산드로브나가 말을 맺었다. 이어서 그녀는 못마땅해하는 두냐의 눈치를 살피면서 로쟈와 루진 사이에 일어난 어제 일에 관해서 조심스럽게 묻기 시작했다. 어머니로서는 이 사건이 꽤 마음에 걸리는 듯했다. 라주미힌은 자세히 그 이야기를 해준 다음 나중에는 자신의 생각까지 덧붙였다. 그는 로쟈가 일부러 표트르 페트로비치를 모욕한 것이라고 비난하고, 그것은 병 때문은 아니라고 말했다.

"그는 병이 나기 전부터 그런 생각을 품고 있었습니다." 그는 덧붙여 말했다.

"나도 그렇게 생각해요." 풀리헤리야 알렉산드로브나는 낙담한 얼굴로 대답했다. 그런데 신기한 일은, 라주미힌이 표트르 페트로비치의 이야기를 아주 주의 깊게 존경의 빛까지 곁들여가며 이야기한 점이었다. 그것은 아브도챠 로마노브나까지도 놀라게 했다.

"그럼, 표트르 페트로비치를 어떻게 생각하세요?" 풀리헤리야 알렉산드로브나는 복잡한 심정을 누르지 못하고 그에게 물었다.

"앞으로 따님의 남편 되실 분에게 감히 제가 뭐라고 말을 하겠습니까?"라주미힌은 딱딱할 정도로 분명하게 대답했다. "이건 제가 공연히 말하는 것이 아닙니다. 왜냐하면 저…… 아브도챠 양이 스스로 자유 의사로 그분을 선택하셨다는 그 한 가지 일만으로도 그렇게 말할 수 있는 겁니다. 어제 제가 말했던 건 다만 취했기 때문입니다. 믿어주십시오……. 어제는 정신이 없었습니다. 미친놈처럼 굴었지요……. 정말 부끄럽기 짝이 없는 일이었습니다."라주미힌은 얼굴을 붉히며 입을 다물었다. 아브도챠 로마노브나도 얼굴을 붉혔으나 달리 어떤 말도 꺼내지 않았다. 그녀는 루진의 이야기가 나올 때부터 입을 다물고 있었다.

한편 풀리헤리야 알렉산드로브나 역시 몹시 당황했다. 마침내 그녀는 자기들을 몹시 괴롭히고 있는 어떤 사건 하나를 띄엄띄엄 말하기 시작했다.

"사실은 말이죠, 드미트리 프로코피치 씨." 그녀는 다소 주저하는 빛을 보이며 말을 꺼냈다. "이분에게는 사실을 모두 말해도 괜찮겠지, 두냐?"

"그러세요, 어머니." 아브도챠는 격려하듯이 말했다.

그녀는 딸에게 허락을 얻자 가벼워진 기분으로 말문을 열었다.

"실은 이렇답니다. 오늘 아침 표트르 페트로비치로부터 편지를 받았는데, 우리가 도착한 것을 알려준 데 대한 회답입니다. 사실은 그 사람이 역으로 나오기로 했는데 대신 다른 사람을 시켜 우리를 여관으로 안내하더군요. 자기는 오늘 아침에 오기로 하고요. 그런데 아침에도 그는 오지 않고 편지만 보내왔지요……. 참, 이야기를 듣는 것보다는 이 편지를 직접 읽어보는 편이 낫겠군요. 그 속에 걱정스러운 이야기가 하나 있어요…… 읽어보시면 아시겠지만…… 사실은 그 점에 대해 당신의 허심탄회한 의견을 듣고 싶어요. 당신은 누구보다도 로쟈와 친하니까요. 당신은 어쩌면 우리를 도와줄 수도 있을 거예요. 하긴 두냐는 이미 결심한 것 같습니다만, 저는 아직도 갈팡질팡하고 있습니다. 그래서 이렇게 당신을 기다리고 있었지요."

라주미힌은 어제 날짜로 된 편지를 펼쳐서 읽기 시작했다.

친애하는 풀리헤리야 알렉산드로브나 씨께 몇 자 적어 올립니다. 역에 마중나가기로 했던 저의 예정은 뜻하지 않은 사정이 생겨 부득이 다른 사람을 보내게 되었습니다. 그리고 내일 찾아뵙기로 한 예정 역시 대법원에 급한 일이 생기기도 했고, 또한 당신들 세 가족의 만남을 방해하는 듯한 느낌이 들어 일부러 그만두기로 했습니다. 대신 내일 오후 8시쯤에 직접 숙소로 찾아가 인사드리기로 하겠습니다. 그리고 특히 용서를 구할 일이 하나 있는데, 제가 뵈러 갈 때 되도록 로쟈와 대면하지 않게 해주셨으면 합니다. 사실은 오늘 그로부터 아주 크게 모욕을 받은 까닭입니다. 그리고 저는 여러 가지 일에 대해 상의드리고 싶고 아울러 당신의 의견도 듣고 싶습니다. 이렇게 부탁드렸음에도 만약 로쟈가 동석한다면 저는 그 자리에서 즉시 물러가겠으며, 그 경우 그것은 자업자득이라는 것을 명심해주십시오. 제가 이렇게까지 염려하는 것은 오늘만 해도 중병을 앓는 듯 보이던 로쟈가 두 시간 뒤에는 거의 회복한 것처럼 보였으므로, 어쩌면 외출하여 그곳에 들를지도 모르기 때문입니다. 제가 직접 목격한 바로는, 아드님은 오늘도 마차에 치어 죽은 어느 주정꾼 집에서 소문이 좋지 않은 그 집 딸에게 장례 비용이라면서 25루블을 주었답니다. 당신이 돈 때문에 어려움을 겪는 것을 아는 저로서는 매우 의아한 일이 아닐 수 없었습니다. 끝으로 아브도챠 로마노브나에게 저의 존경의 뜻을 전해주시고, 아울러 당신께 드리는 존경의 마음 또한 받아주십시오.

루진

"어떻게 하면 좋을까요, 드미트리 프로코피치 씨?" 풀리헤리야 알렉산드로브나는 심난하여 물었다. "도대체 내가 어떻게 로쟈를 오지 말라고 합니까? 그 아이는 그 아이대로 표토르 페트로비치를 쫓아보내라 하고, 저쪽은 저쪽대로 로쟈를 오지 못하게 하라니…… 만일 로쟈가 알게 되면 일부러라도 올 것입니다. 그렇게 되는 날이면……"

"글쎄요, 저는 이렇게 생각하는데요……. 즉 아브도챠 로마노브나의 생각에 달렸다고 말입니다." 라주미힌은 침착한 어조로 말했다.

"그런데 딸도 온당치 못한 소리를 한단 말이에요. 무슨 생각에선지 앞뒤 설명도 하지 않고 무조건 제 오빠를 8시에 오라고 해서 둘을 만나게 하자는 거예요……. 글쎄, 자기도 잘 모르겠지만, 아마도 그게 가장 좋겠다는 겁니다. 하지만 나는 이 편지를 그 아이에게 보이고 싶지 않아요. 그래 제 생각엔 당신이 어떻게든 방법을 써서 로쟈를 이곳에 오지 않게 했으면 하는 거예요. 그 애는 성미가 몹시 급한 편이니까요……. 더구나 나는 뭐가 뭔지 도무지 종잡을 수 없어요. 도대체 어떤 주정꾼이 죽었는지, 그 딸이 어떻다는 건지, 왜 소중한 돈을 주었는지, 그 돈이 어떤 돈인데……."

"정말 여간 애써 만든 돈이 아닌데요, 어머니." 아브도챠 로마노브나가 말했다.

라주미힌은 곰곰이 생각에 잠기며 말했다.

"사실 그 친구는 어제 제정신이 아니었어요. 어제 그가 레스토랑에서 벌였던 일은 제법이었지만……. 아 참, 죄송합니다. 그런데 그 죽었다는 사람이나 어떤 아가씨에 관한 이야기나 어제 집으로 돌아가면서 확실히 듣기는 했습니다만, 무슨 말인지는 저 역시…… 아니, 저도 어제는 제정신이 아니었거든요."

"그보다도 어머니, 여기서 이러고 있을 게 아니라 직접 오빠한테 가보면 어떨까요? 그럼, 어떻게 하면 좋을지 결정지을 수도 있을 거예요. 정말 그게 좋겠어요……. 아니, 어느새 10시가 지나버렸잖아요." 그녀는 목에 걸고 있던 시계를 보며 소리쳤다. 그것은 가느다란 줄에 매인 금시계로, 그녀의 차림과는 어울리지 않을 만큼 훌륭했다.

'틀림없이 약혼자에게서 선물로 받은 것이겠지.' 라주미힌은 이렇게 짐작했다.

"어머나, 시간이 됐구나……. 두냐, 정말 시간이 됐어!" 풀리헤리야 알렉산드로브나는 정신을 차리고 말했다. "너무 늦게 가면 우리가 어제 일로 아직 화내고 있다고 오해할지 모른다. 어쩌면 좋으니!"

어머니는 서둘러 외투를 걸치고 모자를 썼다. 두냐도 옷을 입었다. 두냐의 장갑은 낡을 대로 낡아 군데군데 해져 있었다. 라주미힌은 두 여인의 이런 초라한 차림에서 훌륭한 옷차림 만큼이나 기품이 있음을 느꼈다. 라주미힌은 존경해 마지않는 시선으로 두냐를 바라보았다. 문득 그녀와 동행한다는 자랑스러움이 넘쳐올랐다.

'감옥 안에서 자기 양말을 기웠다고 하는 그 여왕도 사실은 그 순간 진정 여왕답게 보였으리라. 그 어떤 화려한 의식이나 행차 때보다 오히려…….' 이런 생각이 그의 머리에 잠시 떠올랐다.

"아! 정말 어쩜담." 풀리헤리야 알렉산드로브나는 신음에 가까운 소리를 냈다. "사랑하는 아들을 만나러 가는 길인데 이렇게 불안하다니……. 이런 법이 있을까!……. 난 무섭다우, 드미트리 프로코피치 씨."

"두려워할 것 없어요, 어머니!" 두냐는 어머니에게 키스하며 말했다.

"오빠를 믿으세요. 저는 믿어요."

"물론 나도 그 애를 믿어……. 그런데도 어쩐지 나는 밤새도록 잠시도 눈을 붙일 수가 없었다!" 가엾은 부인은 힘없이 말했다.

그들은 거리로 나섰다.

"두냐, 내가 새벽에 잠깐 눈을 붙였을 때, 뜻밖에도 마르파 페트로브나를 꿈에 봤다……. 온통 새하얀 옷을 입고 내 곁으로 오더니 손을 잡고는 고개를 젓는 거야. 나를 책망이라도 하듯이 무서운 얼굴이었어……. 이건 좋은 징조가 아니겠지……. 참, 드미트리 프로코피치 씨, 당신은 아직 모르고 계시지요? 마르파 페트로브나가 세상을 떠났다는 것을."

"아니, 모르겠네요. 어디 계시는 마르파 페트로브나 씨이지요?"

"정말 갑작스러운 일이었지요. 더구나……."

"나중에 말씀하세요, 어머니." 두냐가 재빨리 가로막았다. "이분은 전혀 모르시잖아 마르파 페트로브나가 누구인지."

"난 알고 계신 줄만 알았지……. 용서하세요, 드미트리 프로코피치 씨! 저 역시 요사이 며칠 동안은 정신을 차릴 수가 없군요. 당신을 우리의 구원자처럼 생각했기 때문에 뭐든지 다 알고 있으리라고 착각했어요. 정말 혈육이나 다름없다고 생각했지요……. 불쾌하게 생각지는 마세요……. 아니, 그런데 손이 왜 그렇지요? 다쳤나요?"

"괜찮습니다, 조금 다쳤을 뿐이지요……." 라주미힌은 기분이 아주 행복했다.

"저는 때때로 생각나는 대로 곧장 말을 해버리기 때문에 곧잘 두냐에게 핀잔을 받는답니다……. 그런데 우리 아이는 왜 그런 좁은 동굴 같은 곳에서 살고 있을까요? 지금쯤 일어났을까요? 집주인도 그렇지, 그런 곳도 방이라고 세를 놓다니. 그리고 당신은 아까 그 아이가 자기 속을 털어놓기 꺼려한다고 말씀하셨는데, 그렇다면 내가 또 평소처럼 간섭하면 그 아이가 싫어하겠군요. 드미트리 프로코피치 씨, 가르쳐줘요. 그 아이는 어떻게 다루어야 하지요? 이젠 정말 어떻게 해야 할지 모르겠어요."

"눈치를 봐서 얼굴을 찡그리면 우선 말을 중단하십시오. 특히 건강 상태에 관해선 묻지 마십시오. 몹시 싫어합니다."

"아, 드미트리 프로코피치 씨, 어미 노릇 하기가 이렇게 어려운 것인가요? 벌써 층계로군요…… 정말 겁부터 나는 층계야."

"어머니, 얼굴이 창백해 보여요. 자, 마음을 푹 놓으세요." 두냐가 어머니를 달래듯이 다정하게 말했다. 그녀는 눈물까지 글썽이며 말을 이었다.

"오빠는 어머니 만나는 걸 기뻐할 텐데, 오히려 어머니가 그처럼 괴로워하셔서야."

"여기서 기다리십시오. 일어났는지 제가 먼저 가서 보고 오지요."

두 여인은 층계를 앞서 올라가는 라주미힌의 뒤를 천천히 따랐다.

4층에 있는 안주인의 방문 앞까지 왔을 때, 그 문이 살며시 열리더니 호기심으로 가득 찬 두 개의 까만 눈이 어둠 속에서 두 사람의 모습을 엿보고 있다. 그러다가 서로 눈이 마주치자 방문은 꽝 소리를 내면서 닫혔다. 그것이 너무 갑작스럽게 큰 소리를 냈으므로 풀리헤리야 알렉산드로브나는 하마터면 비명을 지를 뻔했다.

3

"아주 좋아졌습니다. 안심하십시오." 두 여인을 맞이하며 조시모프는 쾌활한 목소리로 말했다. 그는 10분 전에 미리 와서 어제 앉았던 긴 의자에 앉아 이들을 기다리고 있었다. 라스콜리니코프는 옷을 단정히 입고 맞은편 구석에 앉아 있었다. 얼굴을 깨끗이 씻고 머리도 말끔히 빗어 넘겼다. 보기드문 일이었다. 삽시간에 방 안은 사람들로 가득찼으나, 그래도 나스타샤는 손님들 뒤를 따라 들어와 한자리를 차지하고 지켜섰다.

확실히 라스콜리니코프는 거의 건강을 되찾은 듯 보였으며, 특히 어제에 비해 더욱 그러했다. 다만 얼굴빛이 조금 좋지 않았고 기분이 산란한 듯했다. 그는 언뜻 보기에 몸을 다쳤거나, 어떤 극심한 육체적 고통을 참고 있는 사람같이 보였다.

눈살을 찌푸리고 꽉 다문 입술에 눈은 붉게 충혈해 있었다. 여전히 말수는 적었으며, 이야기하는 품도 마지못해 겨우 입을 떼는 것 같았다. 그의 동작에는 이따금 어떤 불안 같은 것이 엿보였다.

만약 손에 붕대를 감았다든가 손가락에 헝겊 조각이라도 두르고 있었더라면, 손가락이 곪아 몹시 쑤신다든가 또는 팔을 다쳤다든가 하는 그런 환자의 표정이 틀림없었을 것이다.

그러나 이 파리하고 불쾌한 듯한 얼굴에 어머니와 누이가 들어서는 한순간 실낱같은 한 줄기 빛이 비치는 듯했다. 하지만 그것도 잠시, 그전보다 더욱 짙은 고뇌의 그림자가 드리울 뿐이었다. 그리고 풋내기 의사에게 있음 직한 정열을 기울여 환자의 모습을 자세히 관찰하던 조시모프는 라스콜리니코프의 얼굴에 가족을 만난 순간부터 기쁨 대신 다른 어떤 표정이 떠올라 있다는 것을 알아차렸다. 그것은 앞으로 한두 시간쯤 어떤 괴로운 형벌 같은 것을 겪어야 한다는 체념의 빛이었다. 아울러 지금부터 나올 이야기 한마디 한마디가 이 환자의 상처를 온통 들쑤시게 되리란 것도 알아차렸다. 그러나 어제는 편집증을 보이던 환자가 오늘은 그런대로 자신을 잘 억제하며 겉으로 감정을 드러내지 않는 것을 보고 새삼 놀라지 않을 수 없었다.

"오늘은 기분이 무척 좋아졌어요." 라스콜리니코프는 어머니와 누이를 맞아 상냥하게 키스해주며 말했다. 이 한마디로 풀리헤리야 알렉산드로브나는 금방 화색을 되찾았다.

"이젠 어제 같지는 않네." 라스콜리니코프는 고개를 돌려 라주미힌과도 악수를 나누며 말했다.

"저는 오늘 이 사람을 보고 정말 놀랐습니다." 조시모프가 말을 꺼냈다. 그는 모두 와주었기 때문에 마음이 놓인 모양이었다. 거의 10분 동안이나 그는 이미 환자와 나눌 아무런 이야깃거리를 찾지 못했기 때문이었다. "이제 사나흘 지나면 예전 상태로 돌아갈 수 있을 겁니다. 그러나 오래전에 생긴 병이라서……. 당신 자신에게도 책임이 있다고 생각되지 않습니까?" 그는 어쩌다 환자를 흥분시키기라도 하는 날이면 큰일이라는 듯이 조심스럽게 미소지으며 말했다.

"정말 그랬는지도 모르지요." 라스콜리니코프는 차디차게 대답했다.

"내 말은 이런 뜻입니다." 조시모프는 됐다 싶어 말을 이었다. "앞으로의 완전한 회복은 사실 당신 스스로 마음먹기에 달려 있다는 것입니다. 지금이니까 하는 말입니다만, 당신은 무엇보다 그 병의 근본 원인을 밝혀서 스스로 극복해 나가야만 합니다. 그렇지 않으면 완쾌란 힘든 일이지요. 그 근본 원인은 나보다도 당신 자신이 잘 알고 있으리라 생각됩니다. 당신은 총명한 사람이니 당연히 자기 관찰도 하고 있을 테니까요. 내 생각엔 당신이 대학을 그만두면서부터 건강이 나빠지기 시작한 게 아닌가 합니다. 본디 당신은 무엇을 하지 않으면 못 배기는 성격이 아닙니까? 그러니까 제 생각엔 어서 일자리를 구해 앞날의 확고한 목표를 세우면 어떨까 합니다."

"그렇지요, 그래. 말씀 그대로입니다……. 그럼, 저는 되도록 빨리 복학하도록 해야 하지요. 그러면 모든 일이 순조롭게 될 것입니다."

부인들의 환심을 사고자 계산된 효과를 떠올리며 충고했던 조시모프는 라스콜리니코프의 얼굴에 떠오른 조소의 빛을 보고 몹시 당황했다. 그러나 그것은 한순간뿐이었다. 풀리헤리야 알렉산드로브나는 조시모프에게 어젯밤의 방문에 대한 감사의 말을 하기 시작했다.

"밤에 이 사람이 왔었다고요?" 라스콜리니코프는 깜짝 놀란 얼굴을 했다. "그럼, 어머니는 밤새 주무시지도 못하셨겠군요? 그렇게 긴 여행을 하신 다음에 말입니다."

"그렇지도 않다, 로쟈. 그건 2시 전이었으니까. 집에 있을 때도 두냐와 나는 2시 전에 자본 적이 없단다."

"저도 이분에게는 어떻게 감사해야 할지 모르겠습니다." 라스콜리니코프는 얼굴을 찌푸리며 고개를 숙였다. "돈 문제는 그다음으로 친다 하더라도……. 이런 말을 한다고 언짢게 생각지는 마십시오." 그는 조시모프를 보았다. "나는 당신이 왜 그런 호의를 베푸시는지 이유를 모르겠습니다. 정말 짐작조차 할 수 없습니다……. 그래서 솔직히 말하면 알 수 없기 때문에 오히려 더 부담을 느낍니다."

"그렇게 흥분하지 마십시오." 조시모프는 억지로 미소를 띠었다. "당신이 나의 첫 환자라고 생각하십시오. 의사란 개업하고 만난 첫 환자에게는 거의 핏줄 같은 애정을 느끼게 마련이니까요. 어떤 친구는 반해버리기까지 한답니다. 그런데 나는 아직 그다지 환자가 많지 않은 편이라서……."

"저 친구에게도 할 말이 없지요." 이번엔 라주미힌을 보며 라스콜리니코프는 말했다. "나는 저 친구에게 모욕과 괴로움만 주었으니까요."

"실없는 소리 그만하게. 자네는 오늘 몹시 감상적이군그래!" 라주미힌이 말했다.

그러나 만약 라주미힌에게 예민한 통찰력이 있었다면, 그가 감상적이기는커녕 오히려 그 반대라는 것을 감지했을 것이다. 그러나 아브도챠 로마노브나는 이 사실을 눈치채고 있었다. 그녀는 불안한 눈초리로 오빠의 거동을 줄곧 지켜보았다.

"어머니께도 드릴 말씀이 없습니다." 라스콜리니코프는 미리 외어두었던 것처럼 말을 줄줄 쏟아냈다. "어제 여기서 두냐와 함께 저를 기다리는 동안 얼마나 마음을 졸이셨겠습니까? 오늘에 와서야 비로소 깨닫게 되었지요." 라스콜리니코프는 빙긋 웃으며 누이동생에게 손을 내밀었다. 그 미소 속에는 처음으로 진실의 감정이 내비쳤다. 두냐는 기쁨과 감사의 마음이 가득 담긴 표정으로, 그가 내민 손을 뜨겁게 움켜쥐었다. 어제의 그 다툼이 있은 뒤 처음으로 그는 누이동생에게 이야기를 건 것이었다. 오누이의 이런 다정한 모습을 지켜보는 어머니의 얼굴은 기쁨과 행복으로 가득 차 보였다.

"이래서 나는 이 녀석이 좋다니까!" 무엇이든지 과장하길 좋아하는 라주미힌은 의자 위에서 몸을 힘껏 빙그르르 돌려보였다. "녀석은 이런 장난을 곧잘 한답니다."

'정말 이 아이가 하는 일이란 모든 것이 이렇게 잘 되어가거든.' 어머니는 마음 속으로 생각했다. '얼마나 아름다운 마음씨일까! 어제 있었던 동생과의 시무룩한 감정을 이렇게 쉽게 풀어버리다니, 그것도 적당한 때를 틈타 손까지 내밀고 상냥하게 바라보고 있잖은가. 저 아이의 아름다운 눈매, 저 아름다운 윤곽이 뚜렷한 얼굴! 두냐보다도 더 아름답다니까⋯⋯. 그런데 어쩌자고 저런 옷을 입고 있을까? 바프루쉰 댁 가게의 아파나시 이바노비치의 옷보다도 더 형편없구나! 아, 마주 껴안고 울고 싶구나! 그런데 왜 이렇게 겁이 날까. 저토록 상냥하게 이야기하는데 왜 난 두려운 걸까? 무엇 때문일까?'

"아, 로쟈, 너는 믿지 못할 거다." 풀리헤리야는 아들의 말에 빨리 대답하려고 안타까워하면서 서둘러 말을 꺼냈다. "두냐와 나는 어제만큼 불행한 적이 없었단다. 물론 지금은 이렇게 행복하지만……. 어쨌든 너도 생각해보렴. 오직 너를 만나보려는 생각 하나로 기차에서 내려 곧 달려왔는데 이 여자분이…… 그렇지, 바로 이분이야! 그렇지요, 나스타샤? ……글쎄 이분이 앓고 있는 네가 밖으로 도망쳐서 지금 모두 찾고 있는 중이라고 하지 않겠니? 그때 우리의 마음이 어떠했는지 너는 상상도 못 할 거야. 나는 네 아버지의 친구였던 포탄치코프 중위—너에게는 아마 기억이 없을 거다—의 끔찍스러운 최후를 떠올리기까지 했단다. 그분은 알코올 중독자가 되어 머리가 돌아버렸지. 그때 너와 마찬가지로 집을 뛰쳐나가 뒤뜰 우물에 빠졌단다. 시체는 이튿날이 되어서야 겨우 건져낼 수 있었지. 물론 우리가 너무 과장하여 생각하기는 했지만 말이야. 나중에는 루진 씨라도 찾아가서 의논해보려 했었단다……. 하다못해 그분 힘이라도 빌려볼까 해서 말이다. 우린 단둘뿐이 아니냐. 단둘이서 어쩌겠니." 그녀는 눈물을 글썽이며 푸념을 늘어놓다가 갑자기 입을 다물고 말았다. '모두가 다시 행복을 찾았다'고는 하지만 아직 루진의 이야기를 꺼내기에는 시기상조인 듯해서였다.

"그야 그렇겠지요, 정말 몹시 마음을 졸이셨겠군요……." 라스콜리니코프는 중얼거리듯이 대답했다. 하지만 그 대답은 어딘가 공허하고 무덤덤해서 다시 한번 두냐를 놀라게 했다.

"그런데 내가 무슨 말을 하려고 했더라!" 그는 무언가 열심히 생각해내려는 듯 말했다. "그렇지, 그렇군! 어머니, 그리고 두냐, 제가 만나러 가기 싫어서 이렇게 기다리고 있었다고는 결코 생각지 마십시오."

"무슨 말이냐, 로쟈?" 어머니는 가당찮다는 듯 물었다.

'어쩐지 오빠는 마지못해 얘기하고 있는 것 같아.' 하고 두냐는 생각했다. "화해도 사과도, 마치 무슨 교회의 기도문이나 숙제를 암송하는 것 같아."

"저는 아까 일어나자마자 가 뵈려고 했는데 옷 때문에 나갈 수가 없었지요. 어제 나스타샤더러…… 피 묻은 옷을 빨아달라고 할 생각이었는데, 깜빡 잊어버린 바람에 지금에서야 겨우 옷을 갈아입었으니까요."

"피라니! 무슨 피냐?" 풀리헤리야 알렉산드로브나는 흠칫 놀라며 물었다.

"아니, 걱정하실 일은 아니에요, 어머니. 사실은 어제 거리를 정신없이 헤매다 우연히 마차에 치인 사람을 발견했어요……. 관리입니다만……."

"정신없이 헤매다녔다고? 하지만 자네는 모두 기억하고 있잖나." 라주미힌이 끼어들었다.

"그렇지." 어쩐 일인지 지나치게 조심스러워하며 라스콜리니코프는 이 물음에 대답했다. "모두 이야기하지, 아주 사소한 일까지. 그런데 왜 그런 짓을 했는지, 무엇 때문에 거기로 갔는지, 어쩌자고 그런 소리를 지껄였는지, 이런 점이 아무래도 제대로 설명이 안 되는 걸세."

"그건 매우 널리 알려진 증상입니다." 조시모프가 끼어들었다. "일을 진행하는 것은 때로 지극히 교묘할 정도로 해치우지만 그 행위의 지배력, 즉 행위의 근본은 뒤죽박죽이기 때문에 병적인 감각에 의해 좌우됩니다. 일종의 꿈 같은 현상이지요."

'이 녀석은 날 미친놈으로 취급하고 있군……. 하긴 그게 편리할지도 모르지' 라스콜리니코프는 생각했다.

"하지만 그런 것은 건강한 사람에게도 있잖아요?" 두냐가 근심스러운 눈초리로 조시모프를 쳐다보며 물었다.

"참으로 옳은 말씀입니다." 조시모프는 대답했다. "그러한 의미로 본다면 우리는 실제 모두가 미친 사람과 다름없는 경우가 많습니다. 그 차이는 사실 얼마 되지 않지요. 다시 말하면 환자가 우리보다 정도면에서 조금 더하다는 것뿐이지요. 모든 면에서 조화가 이루어진 인간은 사실 없는 것이나 마찬가지입니다. 몇만 명 중 한 명, 아니면 몇십만 명 중의 한 명꼴 정도라고 할 수 있을까요. 그것도 실은 명확하지 못한 예에 지나지 않습니다만……."

자기가 좋아하는 화젯거리에 신이 나서 흥겹게 떠들어 대던 조시모프가 저도 모르게 내뱉은 '미친 사람'이라는 말에 모두가 이맛살을 찌푸렸다. 라스콜리니코프는 이 말에 그다지 주의를 기울이지 않은 것 같았다. 그는 핏기 없는 입술에 미소를 띠며 생각에 잠긴 듯한 태도로 앉아 있었다. 그는 무언가 궁리를 하고 있었다.

"참, 아까 중단했던 이야기를 계속하게. 마차에 치인 사람은 어떻게 됐나?" 라주미힌이 화제를 돌렸다.

"뭐라구?" 라스콜리니코프는 정신이 번쩍 드는 듯이 되물었다. "음……. 그렇지……. 바로 그 사람을 집까지 옮기느라고 피투성이가 됐지……. 그런데 어머니, 어제 죄송스러운 일을 하나 저질렀습니다. 그땐 그야말로 제정신이 아니었던 모양입니다. 어머니가 보내주신 돈을 모조리 써버렸지요⋯⋯. 그 죽었다는 사람의 부인에게 장례 비용으로 주었습니다⋯⋯. 그 부인은 불쌍하게도 폐병을 앓고 있는 데다가 아비 없는 어린아이 셋이 굶주리고 있고, 집 안은 텅텅 비어 아무것도 없고, 큰딸이 하나 있지만⋯⋯. 정말 그 광경을 보셨더라면 어머니라도 가만 계시지는 못했을 겁니다⋯⋯. 하긴 나에게 그럴 자격은 전혀 없죠. 더구나 어머니가 그 돈을 어떻게 마련하셨는지 저는 잘 알고 있거든요. 남을 동정하려면 스스로 자격을 가져야만 할 것입니다. 그렇지 않고서야 '개새끼여! 배가 고프다면 죽어버려라!'이지요." 그는 소리 내어 마구 웃어댔다. "그렇지 않니, 두냐?"

"아니에요, 그렇지 않아요." 두냐는 단호하게 부인했다.

"허! 그럼, 너도 무엇인가 생각이 있는 모양이로군?" 그는 야멸찬 눈으로 그녀를 힐끗 보더니 냉소를 띠며 중얼거렸다. "그렇다면 알아주어야겠는걸⋯⋯. 정말 훌륭해. 나도 그걸 생각했어야 했지⋯⋯. 어떻든 그 편이 너에겐 나을지도 모르겠구나⋯⋯. 어느 한계까지는 가는 거야. 뛰어넘으면 불행할 거고 그렇지 않으면 더욱 불행해질 그런 한계를⋯⋯. 아냐, 하긴 이런 얘기가 무슨 쓸모가 있겠나!" 격발한 자기 자신에 화를 내면서 그는 안타까운 듯이 덧붙였다. "어머니, 저는 다만 어머니에게 사과드리고 싶었을 뿐이에요."

어머니는 즐거운 듯이 말했다.

"괜찮다, 로쟈! 나는 네가 하는 일은 모두 훌륭하다고 믿는단다!"

"너무 믿어주시지 않는 편이 좋겠는데요." 그는 어색한 미소를 지으며 대답했다. 이와 같은 대화에도, 이러한 침묵에도, 용서를 구하던 말에도 어딘가 뻣뻣한 긴장이 어려 있었다. 누구나 그것을 느낄 수 있었다.

'모두 날 두려워하는 모양이야.' 어머니와 누이동생에게로 얼른 눈길을 보내며 라스콜리니코프는 속으로 생각했다. 사실 풀리헤리야 알렉산드로브나는 침묵이 흐르면 흐를수록 더욱더 두려움을 느끼는 것이었다.

'떨어져 있을 때는 나도 두 사람을 사랑하는 것 같았는데.' 언뜻 이런 생각이 그의 머리를 스쳐갔다.

"로쟈, 마르파 페트로브나가 돌아가셨단다!" 갑자기 풀리헤리야 알렉산드로브나가 말을 꺼냈다.

"마르파 페트로브나라니요?"

"왜 스비드리가일로프의 부인 있잖니? 그녀가 바로 마르파 페트로브나란다. 얼마 전 그 사람에 대한 것을 편지로 써보내지 않았니?"

"아, 네. 생각나는군요……. 생각납니다……. 그래 정말 돌아가셨나요?" 그는 막 잠에서 깨어난 듯 흠칫했다. "정말로 돌아가셨어요? 어쩌다가요?"

"그게 말이다. 여간 갑작스러운 일이 아니었지." 풀리헤리야 알렉산드로브나는 그가 흥미를 보이자 힘을 얻은 모양이었다. "바로 내가 너에게 편지를 보낸 그 무렵이었지. 바로 그날이었어! 소문으로는 그 무서운 사내가 원인이었던 모양이더구나. 남자가 아주 심하게 부인을 때렸다는 거야!"

"그 부부는 늘 그런 식이었니?" 그는 누이동생 쪽으로 몸을 돌리며 물었다.

"아니에요, 사실은 그 반대였어요. 부인에게는 언제나 참을성 있고 정중하게 대했으니까요. 오히려 부인의 심술을 지나치다 싶을 정도로 너그럽게 받아들이는 듯한 경우도 무척 많았거든요. 그렇게 7년 동안이나……. 그러다가 어쩐 일인지 갑자기 참을 수 없었던 모양이에요."

"7년 동안이나 참았다면, 무서운 사내라는 건 거짓말이로군. 그런데 너는 그 사람 편을 드는 것 같은데?"

"아니에요, 아니에요. 그는 무서운 사람이에요. 그만큼 무서운 남자는 이 세상에 또 없을 거예요."

두냐는 진저리가 난다는 듯이 몸을 떨고는 다시 생각에 잠겨버렸다.

"그 일은 아침에 일어났지." 풀리헤리야 알렉산드로브나는 갑자기 서두르며 말했다. "그런 일이 있은 뒤 그 여자는 읍내로 가겠다고 마차를 준비하도록 시켰단다. 그런 일이 있으면 읍내로 가는 버릇이 있었거든……. 그날 점심은 아주 맛있게 먹었다고 하더라."

"그렇게 매를 맞고서도요?"

"하지만 그게 그 사람의 습관이었다고 하니까……. 식사를 마치자 읍내 가는 시간에 늦지 않으려고 곧 욕실로 들어갔단다……. 무슨 목욕 요법인가 하는 것을 하고 있었다는구나. 집에는 차가운 샘이 있어서 그분은 거의 빠짐없이 목욕을 하고 있었던 거야. 그런데 물에 들어가자마자 갑자기 기절해서……."

"그야 당연하죠!" 조시모프가 말했다.

"그렇게 매를 많이 맞았나?"

"그런 거야 아무려면 어때요." 두냐가 말했다.

"흥! 그런데 어머니는 정말 별것에 다 관심이 많으시군요. 그런 쓸데없는 이야기를……." 라스콜리니코프는 갑자기 안절부절못하면서 자기도 모르게 말이 나왔다.

"아니, 무슨 말부터 시작해야 할지를 몰라서 그랬구나." 풀리헤리야 알렉산드로브나가 한숨을 쉬며 말했다.

"그런데 다들 왜 나를 무서워하지요?" 일그러진 입술에 미소를 띠며 라스콜리니코프는 물었다.

"그래요, 맞아요." 두냐가 정색하고 말했다. "층계를 올라올 때 어머니는 무서워서 성호까지 그으셨으니까요."

라스콜리니코프의 얼굴이 순간 경련이라도 일어난 듯 흉하게 일그러졌다.

"두냐! 너 무슨 소리를 하고 있니? 로쟈, 신경 쓸 것 없다. 두냐, 너는 어쩌자고!" 풀리헤리야 알렉산드로브나는 낭패스러운 목소리로 소리쳤다. "나는 기차를 탈 때부터 이런 생각만 줄곧 했단다……. 만날 때 로쟈는 어떤 표정을 지을까, 또 우리는 어떻게 그동안 쌓이고 쌓인 그 많은 이야기를 해야 할까 하고……. 그래서 나는 그 순간의 기쁨을 생각하고 들떠 있던 나머지 그 긴 여행이 조금도 지루하지 않았단다. 두냐, 너는 괜한 소리를! 로쟈, 네 얼굴을 보는 것만으로도 난 지금 행복하단다."

"이제 그만해두세요, 어머니." 라스콜리니코프는 어머니의 손을 꼭 쥔 채 시선을 피하려 애쓰며 말했다. "말할 기회는 앞으로도 얼마든지 있어요."

갑자기 그의 몸이 떨리고 얼굴이 괴로움으로 일그러졌다. 또다시 요전의 그 무서운 감각이 죽음과도 같은 차가운 바람을 일으키며 그의 마음속을 스쳐갔다. 그는 순간 자신의 위선을 절실하게 느꼈다. 그는 앞으로 누구와도 이야기할 수 없으리라는 것을, 또 그런 기회마저 없으리라는 것을 깨달은 것이었다. 이 생각이 몹시 큰 충격을 주었기 때문에 한순간 억제할 힘을 잃어버린 그는 비척대며 일어나 밖으로 나가려 했다.

"왜 그러나?" 라주미힌이 재빨리 그를 붙잡았다.

다시금 자리에 앉은 그는 이번에는 눈을 굴리며 주위를 둘러보기 시작했다. 방 안에 있는 사람들은 모두 조심스런 시선으로 그를 지켜보았다.

"왜들 그렇게 따분한 얼굴을 하고 있나?" 라스콜리니코프는 별안간 큰 소리로 외쳤다. "뭐라고 말 좀 해봐요! 왜 그렇게 모두 멍청해졌지! 자, 뭐든 얘기해 봐요. 모처럼 이렇게 모였는데 잠자코 있다니. 자, 말을 해봐요!"

"아, 다행이야. 나는 꼭 어제 같은 일이 생기는 줄만 알았지." 풀리헤리야 알렉산드로브나는 성호를 그으며 말했다.

"도대체 왜 그래요, 오빠?" 아브도챠 로마노브나가 이해할 수 없다는 듯 말했다.

"아니, 아무것도 아니다. 그저 잠깐 어떤 일이 생각나서……." 그는 갑자기 큰 소리로 웃기 시작했다.

"대단한 일이 아니라니 다행이군요! 사실은 나도 좀 염려했었죠." 조시모프는 긴 의자에서 일어나며 말했다. "나는 좀 볼일이 있어서……. 나중에 또 오도록 하지요……. 그때 또 뵙게 되면……." 그는 고개를 가볍게 숙이더니 밖으로 나갔다.

"참 훌륭한 분이로구나!" 풀리헤리야 알렉산드로브나가 감탄 섞인 어조로 말했다.

"확실히 훌륭하고 교양도 있는 총명한 사람이죠……." 갑자기 라스콜리니코프가 웬일인지 전과는 달리 빠르고 쾌활한 목소리로 말하기 시작했다. "병들기 전부터 어디선가 꼭 만났던 사람 같아……. 그런데 이 친구 역시 좋은 사람이죠……." 그는 턱으로 라주미힌을 가리켰다. "이 사람이 마음에 들지 않더냐, 두냐?" 그리고 그는 소리 내어 웃었다.

"네, 몹시……." 두냐가 대답했다.

"쳇! 이 녀석이!" 빨갛게 상기된 얼굴로 라주미힌은 일어섰다. 풀리헤리야 알렉산드로브나는 살며시 미소를 띠었다. 라스콜리니코프는 여전히 껄껄대며 웃고 있었다.

"어디 가나?"

"나도 좀 볼일이 있어서……."

"괜한 수작 말고 좀 더 있게나. 조시모프가 가니까 갑자기 볼일이 생겼단 말인가? 가면 안 되네! 지금 몇 시지? 12시? 오, 두냐! 멋진 시계로구나. 그런데 왜 모두 점잔만 빼고 있지…… 나 혼자 떠들고 있잖아?”

“이건 마르파 페트로브나가 준 선물이에요.” 두냐가 말했다.

“아주 비싼 거란다.” 풀리헤리야 알렉산드로브나가 말했다.

“그런데 너무 커서 여자에게는 어울리지 않는 것 같군.”

“난 그 점이 좋은걸요.” 두냐가 말했다.

‘이제 보니 신랑의 선물이 아니었구나.’ 어쩐지 라주미힌은 즐거워진 기분이었다.

“나는 또 루진이 보낸 선물인 줄 알았지.” 라스콜리니코프가 말했다.

“그 사람은 아직 두냐에게 아무것도 선물하지 않았단다.”

“그런데 어머니! 제가 어떤 여자한테 반해서 결혼까지 하려 했던 일을 기억하고 계신가요?” 그는 갑자기 어머니를 향해 얼굴을 치켜들며 물었다. 어머니는 엉뚱하게 흐르는 화제와 그 말을 꺼냈을 때 그의 말투에 놀라 어이가 없을 지경이었다.

“아무렴, 로쟈. 기억하고 말고.” 풀리헤리야 알렉산드로브나는 두냐와 라주미힌의 얼굴을 살폈다.

“음, 그래요! 하지만 뭘 어떻게 얘기하면 좋을까? 이젠 기억도 희미하고 그 여자는 몹시 허약한 처녀였지요.” 그는 생각에 잠기더니 눈을 내려뜨며 말을 계속했다. “늘 앓기만 했지요. 거지에게 동정 베풀기를 좋아하고, 소원은 수도원에 들어가는 것이었습니다. 언젠가는 그 말을 하며 눈물을 흘리기도 하더군요. 이제야 겨우 기억나는군!…… 꽤 못생긴 여자였어요. 정말 왜 그런 여자에게 반했는지 모르겠어요. 아마 그 여자가 늘 앓고 있었기 때문이었을까요? 절름발이나 꼽추였다면 더욱 좋아했을 겁니다…….” 그는 무슨 일이 생각난 듯 웃었다. “말하자면 봄날의 꿈 같은 거지요…….”

“아녜요, 단순한 꿈만이 아니에요.” 두냐는 열을 올리면서 말했다.

그는 물끄러미 누이동생을 주시했다. 그러나 그녀의 말을 듣지 못했거나 이해할 수 없었던 모양이다. 그는 다시 자기만의 생각에 빠지면서 어머니에게로 다가가 입을 맞추고 다시 제자리에 앉았다.

“넌 지금도 그 처녀를 사랑하는구나!”

"그 여자를 지금도?……. 아 참, 어머니는 지금 안주인의 딸 얘기를 하셨군요! 사실 오래전의 일이죠……. 이 세상 일이라고는 도저히 믿어지지 않아요." 그는 방 안에 있는 사람들을 하나하나 살펴보았다. "저는 지금 어머니까지도 마치 수만 리 먼 데서 보는 것 같습니다……. 그런데 우리는 왜 이런 이야기를 하는 거지요? 뭘 새삼스레 물을 것이 남았담?" 어딘지 짜증 나는 듯한 어조로 말을 맺은 그는 손톱을 깨물며 생각에 잠겨버렸다.

"그런데 로쟈, 너는 왜 이렇게 우중충한 방을 얻었냐? 마치 관 속 같구나." 풀리헤리야 알렉산드로브나의 말이 무거운 침묵을 깨뜨렸다. "네가 우울증에 걸린 이유도 반 이상은 이 음침한 방 때문일 게다."

"방이오?……." 그는 멍한 눈길로 물었다. 그는 살며시 야릇한 웃음을 띠면서 문득 덧붙여 말했다. "하긴 방 탓도 있겠죠……. 저도 그런 생각을 하지 않은 건 아닙니다……. 하지만 어머니, 지금 어머니는 정말 기묘한 것을 생각해내셨군요."

조금만 더 이렇게 계속됐다면 이 단란한 분위기도, 3년 만에 이루어진 혈육 간의 해후도, 거짓으로 꾸민 진심 아래 매우 친밀한 듯 주고받는 대화도……. 모든 것이 그에게는 참으로 견딜 수 없는 부담이 되고 말았을 것이다. 그러나 그는 피할 수 없는 문제 하나를 결말지어야 했다. 눈을 떴을 때부터 그는 그 문제만을 내내 생각했다. 문득 그는 이 순간이 그 문제로 들어가기에 적합한 때라는 것을 알았다.

"이봐, 두냐." 그는 심각한 얼굴로 무뚝뚝하게 말했다. "어제 일은 내가 사과하겠다. 하지만 근본적으로 양보했다고 생각하면 오해야. 바로 루진에 관한 일인데, 나는 아무리 비열한 놈이 돼도 상관없지만 너까지 그럴 수는 없어, 알겠니? 너는 나와 루진 둘 중 하나를 택해야 한다. 그러니까 네가 루진을 택한다면 나는 그 시간부터 너를 누이동생으로 생각하지 않겠어."

"로쟈, 로쟈! 그렇다면 어제와 하나도 다를 게 없구나." 풀리헤리야 알렉산드로브나는 슬픈 듯이 외쳤다. "무엇 때문에 너는 자꾸 스스로 비열한 놈이라고 말하니? 어제도 그러더니……. 나는 더 참을 수 없구나……."

"오빠!" 두냐도 단호하고 분명하게 대답했다. "이 문제는 처음부터 오빠가 잘못이었어요. 어제 밤새도록 생각해봤지만 역시 오빠가 잘못한 거예요. 우선 오빠는 단순히 내가 누구를 위해 희생적으로 몸을 바친다고 착각하고 있어요. 하지만 난 내 자신을 위해 결혼할 뿐이에요. 희생양이 되어 결혼하는 것이 아니란 말이에요. 결과적으로 가족을 위한 것이 된다면 더욱 좋겠지만, 그러나 그 때문에 결심한 것은 아니었어요……."

'거짓말 마라!' 그는 치미는 화를 억누르며 생각했다. '건방진 것 같으니! 은혜를 베풀려고 하면서 내색을 하지 않는다……. 아, 모두가 위선적이야! 그네들의 사랑이란 증오와 뭐 다를 것이 있나. 나는……. 이런 무리들이 미워서 못 견디겠어!'

"그러니 나는 루진 씨와 결혼하겠어요." 두냐는 말을 계속했다. "두 가지 악 중에서 좀 더 작은 악을 선택하고 싶은 거예요. 난 그 사람이 내게 기대하는 걸 모두 성실하게 이행할 작정이에요. 그러니 그 사람을 속이는 결과는 되지 않으리라고 생각해요……. 왜 그런 식으로 웃지요, 오빠?" 그녀도 마찬가지로 흥분했으며 그 눈에는 노여움이 번뜩였다.

"무엇이든지 다 하겠다고?" 라스콜리니코프는 독기에 찬 미소를 띠며 물었다.

"어느 선까지는요. 루진 씨의 구혼 방법이라든가 형식을 보고 난 금방 그분이 뭘 요구하고 있는가를 알아냈어요. 그분은 물론 자기를 과대평가하고 있는지도 몰라요. 하지만 그 대신 나에 대해서도 매우 존중해 주리라고 믿어요. 어째서 또 웃어요?"

"그럼, 넌 뭣 때문에 얼굴을 붉히고 있니? 넌 거짓말을 하는 거야. 알고 있으면서도 내게 지는 게 싫어서 여자의 고집으로 거짓말을 하는 거라구……. 네가 어떻게 루진을 존경할 수 있겠니. 나는 그를 만나 얘기도 했지만 말이야. 솔직히 말해 넌 돈에 자신을 팔려 하고 있는 거야. 요컨대 천박스러운 짓이야. 하긴 네가 하다못해 얼굴이라도 붉혀주니 고맙긴 하다만."

"그렇지 않아요. 거짓말이 아니라니까요." 두냐는 차츰 당황하기 시작했다. "그분이 나를 인정해주고 아껴주리라는 것을 알기 때문에 결혼하려는 거예요. 마찬가지로 내가 그분을 존경할 수 없을 것 같다면 하지 않겠지요. 난 오늘 그것을 확신했어요. 결코 오빠가 말하는 그런 비굴한 짓이 아니란 말예요. 만일 그렇다고 해서 그렇게까지 말한다는 건 너무하잖아요! 왜 오빠는 자신도 없는 용기를 내게 요구하지요? 그건 횡포예요! 폭력이에요! 내가 누구를 망친다는 거예요? 나 하나밖에 더 망치겠어요……. 나는 살인을 자행하고 있는 건 아녜요!……. 아니, 어째서 그런 눈으로 보죠? 어째서 그처럼 창백해졌어요? 로쟈, 왜 그래요? 오빠!"

"아, 이를 어쩌나! 기절하고 말았구나!" 풀리헤리야 알렉산드로브나가 외쳤다.

"아니…… 괜찮아요……. 아무렇지도 않다니까요! 잠깐 현기증이 났을 뿐이지…… 기절한 건 아닙니다……. 그저 기절이라고만 소리를 치니……. 음…… 무슨 말을 하려고 했었더라? 그렇지……. 대체 넌 어떻게 그 사람을 존경할 수 있게 됐고, 그 녀석이 널…… 그러니까 너를 아껴주리라는 확신을 가질 수 있게 됐니? 너는 분명히 그렇게 말했지? 그렇잖으면 내가 잘못 듣기라도 했나?"

"어머니, 오빠에게 루진 씨의 편지를 보여주세요!" 두냐가 말했다.

풀리헤리야 알렉산드로브나는 떨리는 손으로 편지를 건네주었다. 대단한 호기심을 나타내며 받아든 그는—그러나 편지를 펴보기도 전에 깜짝 놀란 듯이 두냐를 바라보았다.

"이상하군!" 그는 갑자기 새로운 생각이 떠오른 듯 천천히 말했다. "도대체 뭣 때문에 이토록 초조해하고 있을까? …… 왜 떨고 있을까? 아무하고나 멋대로 결혼하면 어때서!" 그는 중얼거리며 넋빠진 얼굴로 누이동생을 바라보았다.

그는 여전히 야릇한 놀라움의 표정을 띤 채 편지를 펴들었다. 그러고는 세밀히 그 편지를 몇 번인가 되풀이해 읽었다.

풀리헤리야 알렉산드로브나는 몹시 불안에 사로잡혀 있었다. 그 밖의 사람들도 사태가 어떻게 돌변하게 될지를 예측해보고 있었다.

"이거 참 놀라운데!" 편지를 어머니에게 돌려주며 라스콜리니코프는 입을 열었다.

"녀석은 사건을 다루는 변호사라서 말투에도 어쩐지 그런 티가 엿보이는군. 하지만 글은 도무지 돼먹지 못했어."

한자리에 모여 있던 사람들은 모두 좀 움찔했다. 그들은 전혀 다른 것을 예상했던 것이다.

"그래, 그런 사람들은 그렇게 쓰기 마련이지." 라주미힌이 한마디 했다.

"자네도 읽었나?"

"응."

"로쟈, 우리가 보여드렸다……. 상의나 해보려고……." 풀리헤리야 알렉산드로브나가 당황해 말했다.

"말하자면 법원에서 쓰는 독특한 문체일세." 라주미힌이 가로막았다. "법원 문서는 아직도 그런 투로 쓰거든."

"법원? 옳지, 아닌 게 아니라 법원식이로군. 사무적인 투야……. 아주 무식하다고 할 수는 없지만 좋은 문장이라고도 할 수 없어. 말하자면 사무적인 투야!"

"루진 씨는 자기의 학력이 낮다는 것을 숨기지 않아요. 그는 독학으로 성공한 것을 몹시 자랑으로 여기고 있어요." 두냐는 오빠의 말에 불만을 표시했다.

"흥, 자랑으로 여긴다면 그럴 만한 까닭도 있겠지. 나는 반대하지 않아. 너도 이 편지에 대해 내가 이런 식으로밖에 흠을 잡지 못하므로 그러한 나의 태도에 화를 내는 것이겠지. 내가 일부러 이렇게 하잘것없는 얘기를 들춰가며 너에게 화풀이하고 있다는 정도로 생각하겠지. 하지만 그런 게 아니야. 나는 이 편지를 읽는 동안 지금의 경우에서 꽤 본질적일 수 있는 생각이 떠올랐다. 편지에는 자업자득이니 어쩌니 하는 추상적인 말이 있는데, 더구나 그 말에 한층 뚜렷한 의미를 강조하고 있어. 뿐만 아니라 내가 가면 바로 자리를 뜨겠다고 협박까지 하고 있잖니. 자리를 뜨겠다는 이 협박은 어머니와 네가 만약 자기 말을 듣지 않는다면 이미 페테르부르크까지 불러올린 지금에 와서도 버리겠다는 협박이나 다름없어. 그런데 너는 어떻게 생각하니? 루진이 이런 투로 쓴 경우와, 예컨대 이와 똑같은 것을 이 사람이나" 그는 라주미힌을 가리켰다. "또는 조시모프나 그렇지 않으면 내 친구 가운데 누군가가 쓴 경우를 놓고 볼 때, 네가 당하는 모욕의 정도도 마찬가지일까?"

"달라요." 두냐는 애써 힘주어 대답했다. "잘 알겠어요. 이 편지는 너무 소박하게 쓴 거예요. 그리고 그분은 다만 문장 실력이 서투른 것뿐인지도 모르고, 오빠의 비평은 그럴 듯해요. 뜻밖의 정도로."

"이건 법원식 문장이지. 법원식으로는 이런 투로밖에 쓰지 못하거든. 즉 자기 생각보다 더 험상궂게 전달되지. 그러나 너를 좀 실망시키게 될는지 모르지만 말이야. 이 편지엔 또 하나 은연중에 나를 중상하는, 그것도 상당히 비열하게 만든 구절이 있어. 나는 어제 폐병 환자로 절망에 허덕이는 과부에게 돈을 주고 왔단다. 그것은 '장례비용의 명분'이니 뭐니 하고 준 게 아니라 분명히 장례비에 보태 쓰라고 준 거야. 더구나 그 돈은 이 편지에 적혀 있는 것처럼 '소문이 좋지 않은' 아가씨에게 준 것이 아니라—나는 그 아가씨를 어제야 처음으로 봤거든—엄연히 과부에게 직접 주고 왔단다. 그러니까 이러한 점에서 나를 중상하고 우리 사이를 이간질하려는 의도가 고스란히 엿보인단 말이야. 이것이 이른바 법원식일지도 모르지만, 너무나 속이 훤히 들여다보이고 순박할 정도로 성급한 짓이거든. 그는 영리한 사나이이긴 해. 그러나 현명한 처세술이란 영리함만으로는 안 되는 거야. 바로 그러한 점들을 미루어 볼 때 이 사나이의 됨됨이는 훤히 드러난 셈이야. 때문에…… 이 녀석이 너를 존경할 수 있으리라고는 도저히 생각되지 않는단 말이야. 그렇지, 이런 말을 하는 것도 진심으로 너를 위해서고 혹시 네게 무슨 참고라도 되지 않을까 해서……."

두냐는 대답이 없었다. 그녀의 결심은 이미 확고부동했다. 그녀는 다만 밤이 되기를 기다릴 뿐이었다.

"그럼, 로쟈. 넌 어떻게 결정하겠니?" 아들의 이야기에 전에 없던 사무적인 말투를 접하자 더욱 불안을 느끼며 풀리헤리야 알렉산드로브나가 물었다.

"결정하다니, 뭘 말입니까?"

"그 편지에 씌어 있는 것 말이다. 표트르 페트로비치는 만약 네가 온다면 가겠다고 하지 않았니. 그래, 넌 어떻게 할 작정이냐 말이다. 가겠니?"

"그거야 제가 결정할 일이 아니라 첫째로 어머니가 결정하셔야죠. 표트르 페트로비치의 그런 요구를 모욕으로 생각지 않으신다면……. 또 둘째로는 두냐가 결정할 일이고…… 역시 모욕을 느끼지 않는다면……. 저야 어머니가 좋으신 대로 하겠어요." 그는 무감각하게 말했다.

"두냐는 마음을 정한 지 오래다. 그대로 할 생각이다." 풀리헤리야 알렉산드로브나가 생각할 것도 없다는 듯 대답했다.

"나는 그 자리에 오빠가 꼭 오면 좋겠어요." 두냐가 말했다. "올 거죠?"

"가지."

"이분에게도 부탁하겠어요. 오늘 밤 8시에 와주셨으면 해요." 두냐는 라주미힌을 보며 말했다. "어머니, 저는 이분도 초대하겠어요."

"그게 좋겠구나, 두냐. 자, 너희가 그렇게 결정했으니." 풀리헤리야 알렉산드로브나는 딸의 의견에 동조했다. "좋고말고. 그러는 편이 나에게도 얼마나 안심이 되는지. 난 마음먹은 대로 말하지 않곤 못 배기는 성미라…… . 표트르 페트로비치가 화내든 말든 그건 내가 알 바 아냐."

4

이때 조용히 문이 열리고 한 처녀가 주위를 두리번거리며 들어섰다. 모두 놀라움과 호기심에 찬 시선으로 그녀를 바라보았다. 라스콜리니코프는 그녀가 누구인지 얼른 알아보지 못했다. 소피야 세묘노브나 마르멜라도바였다. 그는 그녀를 어제 처음 본 데다, 마침 방 안 분위기와 옷차림 탓으로 전혀 기억할 수가 없었던 것이다. 그녀는 어제와 달리 초라한 옷차림으로 수줍음 많은 소녀처럼 겁먹은 표정을 짓고 있었다. 그러면서도 한편으로는 예의를 지키려고 무척 조심하는 태도였다. 그녀는 검소한 평상복을 입었는데, 유행이 지난 낡은 모자를 쓰고 손에는 어제처럼 양산을 들고 있었다. 뜻밖에도 방 안에 사람이 가득한 것을 보고 그녀는 당황하기보다는 어찌할 바를 몰라 어린아이처럼 겁을 집어먹고 그대로 돌아가려는 듯한 몸짓을 했다.

"아, 당신이었군요." 라스콜리니코프는 너무 뜻밖의 방문에 외치며 어쩔 줄 몰라했다.

그때 그는 루진의 편지 때문에 어머니와 누이동생이 '소문이 좋지 않은' 여자에 대해 알고 있다는 것을 기억했다. 조금 전 그는 루진의 중상에 항의하며 그 여자를 거기서 처음 보았을 뿐이라고 말했는데 뜻밖에도 그 당사자가 나타난 것이다. 그리고 그는 '소문이 좋지 않은'이라는 표현에 전혀 반박하지 않았다는 것을 생각해냈다. 이러한 일들이 어지럽게 그의 머릿속을 스쳐갔다. 문득 그는 이 모욕받은 아가씨가 너무나 위축되어 있다는 것을 깨닫고 갑자기 가엾어졌다. 그녀가 두려워한 나머지 달아나려는 듯한 태도를 보였을 때 그는 마음속에서 무언가 꿈틀거리는 듯한 느낌이 들었다.

"당신이 오리라곤 생각지도 못했습니다." 눈짓으로 상대편을 만류하면서 라스콜리니코프는 재빨리 입을 열었다. "앉으십시오. 물론 카테리나 이바노브나의 심부름으로 오셨겠죠? 자, 마음 놓고 우선 여기에 앉으십시오. 아니, 이쪽이 아니라 거기에 어서…… ."

소냐가 들어왔을 때, 세 개밖에 없는 의자 가운데 문 쪽에 있는 의자에 앉았던 라주미힌이 길을 터주기 위해 일어섰었다. 처음에 라스콜리니코프는 소냐를 조시모프가 앉았던 긴 의자 한끝에 앉히려고 했으나, 문득 그것은 가까운 사이에나 하는 것 같기도 했고 그 긴 의자가 자기의 침대로도 쓰고 있다는 데 생각이 미치자 그만 라주미힌의 의자를 가리키고 말았던 것이다.

"자네는 여기에 와 앉게." 그는 라주미힌을 조시모프가 앉았던 자리에 앉혔다.

두려움에 몸이 굳어 겨우 자리에 앉은 소냐는 살며시 눈치를 보며 두 여자를 훔쳐보았다. 어떻게 이런 사람들과 같이 앉게 되었는지 그녀는 스스로도 이해할 수 없는 모양이었다. 그런 생각이 들자 그녀는 깜짝 놀란 듯이 다시 벌떡 일어나서 어쩔 바를 몰라 안절부절못하며 라스콜리니코프에게 말했다.

"저는……. 저는 잠깐 들렀을 뿐예요. 방해가 되어 죄송합니다." 그녀는 주저하며 겨우 입을 열기 시작했다. "어머니 심부름으로 왔어요. 아무도 보낼 사람이 없어서……. 어머니는 내일 장례식에 부디 참석해 주십사고 간곡히 부탁드리라고 하셨어요. 장례식은 내일 아침 미사를 마친 뒤에……. 미트로파니엘스키 성당에서……. 거행합니다. 그리고 저희 집에서, 어머니 계신 곳에서……. 집 안끼리 모여 식사라도……. 꼭 부탁드리겠습니다……. 어머니가 신신당부하셨어요."

거기서 말이 막혀 소냐는 입을 다물고 말았다.

"가겠습니다……. 꼭 가고말고요……." 엉거주춤 따라 일어선 라스콜리니코프도 소냐처럼 말이 막혀 더듬으며 대답했다. "자, 좀 앉으십시오." 그는 불쑥 말했다. "잠깐 얘기가 있어서……. 그렇지 않으면 혹시 무슨 바쁜 일이라도? ……괜찮으시다면 2분만 시간을 내주실 수 없겠습니까……." 그는 그녀에게 의자를 권했다. 다시 앉은 소냐는 정신을 잃을 듯이 몸 둘 바를 몰라하며 두 여인을 흘끗 바라보았다. 그러나 그녀는 곧 시선을 떨구고 말았다.

라스콜리니코프의 핼쑥했던 얼굴은 어느새 붉게 상기되어 있었다. 그는 전혀 딴사람처럼 보였다. 눈은 불타오르듯 이글거렸다.

"어머니." 그는 또렷한 목소리로 말했다. "소피야 세묘노브나 마르멜라도바 양입니다. 아까 말씀드린 마차에 치인 그 불행한 마르멜라도프 씨의 따님입니다."

풀리헤리야 알렉산드로브나는 소냐를 힐끔 보고는 이내 이맛살을 찌푸렸다. 로쟈의 날카로운 시선에도 그녀는 자신의 태도에 만족감을 맛보고 있었다. 두 냐는 정색을 하고 이 가련한 여자를 살펴보기 시작했다. 소개하는 소리를 듣자 소냐는 얼굴을 들려고 했으나 그러지 못하고 전보다 더 당황해서 고개를 파르르 떨었다.

"한 가지 물어보고 싶은 것이 있습니다." 라스콜리니코프는 그녀에게 말했다. "댁에 무슨 일은 없었습니까? ……경찰이 와서 ……성가시게 한다든지?"

"그런 건 없었어요. 아버지가 돌아가신 원인이 아주 확실하니까요. 다만 같은 집에 사는 사람들이 화를 냈을 뿐이에요."

"왜요?"

"시체를 오래 놓아두었다구요……. 날씨가 더운 탓에 냄새가 나거든요……. 그래서 오늘 저녁 전에 묘지로 옮겨다가 내일까지 성당에 모셔두려고요. 처음에 어머니는 반대했지만, 지금은 어쩔 수 없는지 그러기로 했어요……."

"그럼, 오늘 가봐야겠군요?"

"아니에요. 어머니는 내일 성당에서의 장례식 때 당신이 와주시길 바라고 있어요. 그리고 집에 들러 추도식에도 참석해 주셨으면 하고……."

"추도식을 합니까?"

"네, 그저 형식뿐입니다만……. 어제는 도와주셔서 무척 감사했다는 말씀을 전해드리라고 어머님이 당부하셨어요……. 정말 당신이 아니었더라면 장례도 못 치를 뻔했어요." 그녀의 입과 턱이 갑자기 떨리기 시작했다. 그러나 그녀는 안간힘을 다하여 떨림을 억누르며 다시금 눈을 재빨리 내리깔았다.

그동안 라스콜리니코프는 그녀를 찬찬히 뜯어보고 있었다. 무척 마르고 파리한 작은 얼굴은 그다지 단정한 편은 아니었고 앙상하게 모난 품이 날카로운 인상을 느끼게 했다. 코와 턱도 작았으며 뾰족했다. 미인이라고까지는 할 수 없었지만 푸른 눈이 투명하고 맑아서 그것이 생기를 띨 때는 누구든 끌리지 않을 수 없을 정도로 얼굴 전체의 표정이 남달리 선량하고 순진해 보였다. 그리고 그녀의 얼굴이며 모습 전체에도 하나의 두드러진 특색이 있었다. 그녀는 열여덟이라는 나이에도 아주 어려 보여 꼭 어린 소녀처럼 느껴지는 것이었다. 그런 점이 그녀의 행동에도 가끔 나타나곤 했다.

"그런데 카테리나 이바노브나가 몇 푼 안 되는 그 돈으로 깨끗이 뒤치다꺼리를 끝내고 거기다가 추도식까지 치를 수 있을까요?" 라스콜리니코프가 물었다.

"관도 싼 것으로 짰고……. 또 되도록 간소하게 했기 때문에 얼마 들지 않았어요……. 둘이서 계산해보니까 추도식을 치를 만큼 돈이 남았고 또 카테리나 이바노브나가 꼭 해야겠다고 해서요. 그렇게라도 하지 않으면 어머니는 위안을 얻을 수가 없어요……. 보셨겠지만…… 어머니는 그런 분이시라……."

"알겠습니다, 잘 알았습니다……. 그런데 왜 제 방을 자꾸 살핍니까? 그렇잖아도 지금 어머니가 관 같다고 하신 참이었습니다."

"어제는 돈을 전부 털어주셔서……." 소냐는 갑자기 묘하게 힘을 주어 재빨리 말하더니 다시금 고개를 푹 떨구었다. 입술과 턱이 다시 떨리기 시작했다. 그녀는 라스콜리니코프의 가난한 모습에 충격을 받고 자기도 모르게 이 말이 나온 것이다. 침묵이 찾아왔다. 어쩐 일인지 두냐의 눈에 상쾌한 빛이 감돌고 풀리헤리야 알렉산드로브나도 상냥한 시선으로 소냐를 바라보았다.

"로쟈." 풀리헤리야 알렉산드로브나가 일어서며 말했다. "그럼, 나중에 같이 식사하는 걸 잊지 마라. 자, 두냐, 우린 이만 돌아가자……. 그리고 로쟈, 너는 산책이라도 좀 하고 오면 어떻겠니? 그리고 잠깐 누워 쉰 다음에 되도록 빨리 그쪽으로 오려무나……. 우리가 너를 너무 피곤하게 한 것 같구나."

"네, 그럴게요." 그는 일어서며 대답했다. "하지만 저는 아직 볼일이 남아 있어서……."

"뭐라고, 그럼, 식사를 같이 못 하겠단 말인가?" 라주미힌이 외쳤다. "도대체 무슨 변덕인가?"

"아, 물론 가야지……. 그리고 자네는 잠깐만 남아줬으면 좋겠어. 어머니, 지금은 이 사람이 없어도 괜찮겠죠?"

"그래, 괜찮다. 이따가……. 드미트리 프로코피치 씨, 당신도 꼭 와주시겠죠?"

"꼭 오세요." 두냐도 말했다.

고개 숙여 인사하는 라주미힌의 얼굴은 환히 빛나 보였다. 잠시 그들 사이에 어색한 기분이 감돌았다.

"그럼, 우린 가겠다. 잘 있거라, 로쟈. 아니, 이따 만나자. 아무래도 '잘 있거라'라는 말이 싫구나. 잘 있어요, 나스타샤……. 이거 좀 봐, 또 '잘 있으라'는 말을 했군!"

풀리헤리야 알렉산드로브나는 처음에는 소냐에게도 인사하려고 했지만 왠지 말이 나오지 않아 그대로 나오고 말았다.

그러나 아브도챠 로마노브나는 마치 차례를 기다리고 있었다는 듯이 소냐 곁을 지날 때 상냥하고도 정중하게 인사했다. 소냐는 어쩔 줄을 몰라 허둥대며 답례했다. 아브도챠 로마노브나의 상냥한 인사가 몹시 마음에 걸리는지 얼굴에는 어떤 괴로운 표정마저 떠올랐다.

"두냐, 조심해서 가거라." 라스콜리니코프는 문까지 따라나왔다. "자, 손을 다오!"

"악수는 벌써 했잖아요. 잊었어요?" 두냐는 상냥한 웃음을 띠었다.

"상관있나, 다시 한번!"

그는 누이동생의 손을 쥐었다. 두냐는 미소를 띤 채 얼굴을 붉히며 손을 거두자 곧 어머니를 따라 밖으로 나가버렸다. 어쩐지 그녀는 행복에 가득찬 듯했다.

"자, 이걸로 됐구나!" 자기 자리로 돌아온 라스콜리니코프는 명랑한 얼굴로 소냐를 보며 입을 열었다. "죽은 자에게는 안식을, 산 자에게는 더 나은 삶을 주소서! 그렇지요, 네? 안 그렇습니까?"

소냐는 갑자기 명랑해진 그의 얼굴을 멍하니 바라보았다. 라스콜리니코프도 얼마 동안 말없이 그녀를 물끄러미 바라보았다. 순간 죽은 마르멜라도프에게서 들은 그녀의 딱한 처지에 관한 이야기가 기억에 되살아나기 시작했다……

"두냐." 밖으로 나오자마자 풀리헤리야 알렉산드로브나가 입을 열었다. "이렇게 밖으로 나오기를 정말 잘했다는 생각이 드는구나. 어제 기차 안에서는 설마 이런 걸로 즐거워하리라고 생각이나 했겠니?"

"그런데 어머니, 거듭 말씀드리는 건데 오빠는 아직도 몸이 좋지 않은 것 같아요. 물론 눈치는 채셨겠지요? 우리 일에 대해 생각하느라고 병이 났는지도 모르겠어요. 따뜻하게 대해 준다면 웬만한 일쯤이야 견뎌낼 수 있을 거예요."

"견뎌내지 못한 건 네가 아니냐?" 풀리헤리야 알렉산드로브나는 못마땅한 눈치였다. "얘, 두냐, 나는 너희 둘을 자세히 보았는데 어쩌면 둘이 그렇게도 닮

왔니! 생김새보다도 그 성격이 말이다. 둘 다 우울하고 까다롭고 툭하면 흥분하기 잘하고 자존심이 강하며, 그러면서도 마음은 너그럽고…… 하지만 그 아이가 이기주의자라니, 그럴 리야 없겠지. 두냐, 안 그러니?……. 아, 오늘 밤 일을 생각하니 벌써부터 가슴이 죄어드는 것 같구나!"

"너무 걱정하지 마세요. 어머니. 잘 되겠죠."

"하지만 너도 우리의 현재 처지를 한번 생각해 보렴. 표트르 페트로비치가 우리를 버린다면 대체 어떡할 셈이냐?" 풀리헤리야 알렉산드로브나는 자기도 모르게 그만 이 말을 하고 말았다.

"그런 사람이라면 문제될 것도 없죠!" 두냐는 경멸하는 듯한 말투로 잘라 말했다.

"그런데 우리가 나오기를 잘했어!" 풀리헤리야 알렉산드로브나는 재빨리 말머리를 돌렸다. "네 오빠가 급한 볼일이 있다고 했는데, 사실 바람을 쐬는 것도 나쁠 건 없지. 그 방처럼 비좁고 숨 막히는 곳도 없을 거야…… 하지만 여기선 마음껏 공기를 마실 수도 없구나. 거리를 거닐어봐도 마치 꼭 닫아놓은 방 안에 있는 것 같아. 정말 무슨 거리가 이럴까! 얘, 조금 비켜서라! 부딪치겠다! 어머나 피아노를 싣고 오는군…… 정말 굉장히 복잡한 거리구나…… 나는 말이다, 여자도 무서운 생각이 들어……"

"여자라니요, 어머니?"

"왜 방금 왔던 소피야 세묘노브나 말이다……"

"어째서요?"

"나도 모르겠지만 어쩐지 그런 예감이 드는구나. 두냐, 너는 믿지 않겠지만 그 처녀가 들어서는 순간 나는 아, 이것이 바로 가장 큰 원인이었구나 하는 생각이 들었단다."

"원인이고 뭐고 그런 게 어디 있어요!" 두냐는 못마땅하다는 듯이 말했다. "예감이니 뭐니 그게 무슨 말씀이세요, 어머니! 오빠는 그 여자와 어제 비로소 알게 된 사이 아니에요? 들어왔을 때만 해도 잘 알아보지 못했을 정도였다구요."

"글쎄, 두고 봐라!……. 그 여자가 또 내 속을 태울 테니……. 내 말이 틀림없어……. 처음에는 그 여자가 흘끔거리며 쳐다보는 눈초리가 어찌나 무서웠던지

의자에 앉아 있을 수도 없을 정도였단다. 그리고 로쟈가 그 여자를 소개했을 때는 또 어땠지? 표트르 페트로비치의 편지를 보고 나서도 아무렇지도 않게 소개를 하다니……. 네 오빠한테는 그 여자가 아주 소중한 존재인 모양이지?"

"그 사람이 무슨 소릴 썼건 그런 게 무슨 상관이에요. 우리 일만 하더라도 무척 소문에 오르내리고 다들 여러 가지로 써댔지만, 지금에 와선 모두 잊어버리고 말았잖아요. 나는 그 여자가 아주 훌륭하리라는 생각이 들어요. 그 말은 모두 엉터리예요!"

"그렇다면 오죽이나 좋겠니."

"루진 씨는 질 나쁜 중상가예요." 두냐는 갑자기 말했다.

풀리헤리야 알렉산드로브나는 입을 다물고 말았다. 대화는 끊겼다.

5

"사실은 자네에게 부탁이 좀 있네." 라스콜리니코프는 라주미힌을 창가로 불렀다.

"저는 그만 갈게요. 어머니에게 오시겠다는 말을 전하죠." 소냐는 고개 숙여 인사하면서 말했다.

"잠깐만 기다려주십시오, 소피야 세묘노브나. 비밀 얘기가 아니니까 들어도 괜찮습니다……. 나중에 할 말이 있습니다……. 그런데 여보게." 한쪽 말이 끝나기도 전에 라스콜리니코프는 라주미힌에게 말했다. "자넨 알고 있지?…… 뭐라더라…… 옳지, 포르피리 페트로비치 말일세."

"알고말고! 친척인걸. 그래, 무슨 일인가?" 라주미힌은 호기심에 사로잡혀 있었다.

"확실히 그는 그 사건…… 그 살인 사건 말일세. 어제도 자네들이 얘기했던……. 그 담당이겠지?"

"응……. 그래서?" 라주미힌은 놀라서 눈을 크게 치떴다.

"그는 전당 잡힌 사람들을 조사하고 있는 모양인데, 실은 나도 거기에 물건을 잡혔었어. 대단한 것은 아니지만……. 고향을 떠날 때 누이동생이 기념으로 준 금반지와 아버지의 유물인 은시계야. 비록 6루블밖에 안 나가지만 나에게는 무엇보다 귀중한 물건들일세. 기념품들이거든. 그래서 나는 어떻게 하면 좋을지 갈피를 못 잡겠네. 그걸 잃어버리기는 싫어. 특히 시계만은 꼭 찾고 싶네. 아까 두냐의 시계 이야기가 나왔을 때는 어머니가 보자고 하실까 봐 조마조마 했다네. 아버지의 유물이라고는 그것 하나뿐이거든. 만약 그 시계가 없어진다 면 아마 어머니는 드러눕고 말지도 몰라. 어쨌든 어머니도 여자니까. 그래서 이 렇게 자네와 의논하는 걸세. 무슨 좋은 방법이 없겠나? 경찰에 신고하면 된다 는 건 알고 있지만 포르피리에게 직접 말하면 어떨지. 자네 생각은 어떤가? 되 도록이면 급히 서둘러야 하거든. 식사 시간에 어머니가 그 말을 꺼낼지도 모르 니까 말일세."

"물론 경찰서에서야 안 되지. 직접 포르피리를 찾아가야 하네!" 라주미힌은 이상하리만큼 흥분하여 소리쳤다. "정말 안됐군! 그렇다면 우물쭈물할 것 없이 바로 가세. 몇 걸음 안 되니 틀림없이 만날 수 있을 거야."

"그럼…… 갈까……."

"그 녀석은 자네와 안면을 튼다는 걸 알면 그야말로 좋아서 어쩔 줄 모를 거 야. 자네 이야기를 종종 해주었거든. 어제도 했지……. 자, 가세! 그럼, 자네도 그 노파를 알고 있었나? 그랬군……. 이거 참, 멋지게 되어 가는걸. 참, 저…… 소피야 이바노브나……."

"소피야 세묘노브나일세." 라스콜리니코프가 바로잡았다. "소피야 세묘노브 나, 이 사람은 내 친구 라주미힌으로 아주 좋은 사람입니다."

"지금…… 나가신다면……." 소냐는 라주미힌을 전혀 쳐다보지도 않고 말했 으나 그로 인해 오히려 더욱 당황하고 말았다.

"함께 나갑시다!" 라스콜리니코프가 결정했다. "오늘 안으로 틀림없이 당신 댁에 들르겠습니다, 소피야 세묘노브나. 그런데 주소를 좀 가르쳐주십시오." 그 는 당황하지는 않았지만 어쩐지 조급한 듯이 그녀의 시선을 피했다. 소냐는 그 에게 자신의 주소를 적어주고 나자 갑작스레 얼굴을 붉혔다. 세 사람은 밖으로 나섰다.

"문을 잠가야지?" 층계를 뒤따라 내려오며 라주미힌이 물었다.

"잠가본 일이 없네……. 하긴 2년 동안이나 자물쇠를 사야겠다고 늘 생각 하기는 했지만." 그는 아무렇지도 않은 투로 말했다. 그리고 웃으면서 소냐에 게 말을 걸었다. "하기야 자물쇠를 잠글 필요가 없는 인간이 가장 행복한 거죠……."

대문 앞에서 세 사람은 걸음을 멈추었다.

"오른쪽으로 가셔야겠군요, 소피야 세묘노브나. 그건 그렇고 이곳은 어떻게 알고 찾아오셨지요?" 라스콜리니코프는 뭔가 전혀 다른 말을 하고 싶은 듯이 그녀에게 물었다. 그는 아까부터 그녀의 부드럽고 맑은 눈을 한 번 더 들여다보고 싶었으나 어쩐 일인지 그게 그렇게 쉽지 않았다."

"어머나, 어제 폴랴에게 계신 곳을 가르쳐주셨잖아요?"

"폴랴? 옳지, 폴랴 말이지요? 그…… 여자아이……. 동생이죠? 그럼, 그 아이에게 주소를 가르쳐줬었나?"

"어머나, 잊으셨나요?"

"아니…… 기억납니다."

"당신에 관해서는 언젠가 아버지에게서 들은 적 있어요……. 그때는 성함을 모르고 있었지요. 아버지도…… 모르셨고요……. 그러나 어제 성함을 물어두었기 때문에 라스콜리니코프 씨 댁이 어디냐고 물어서 찾았어요. 그런데 당신이 셋방살이를 하고 계시리라곤 짐작도 못 했어요. 그럼, 이만 실례할게요."

두 사람과 헤어지자 소냐의 마음은 조금 가벼워졌다. 그녀는 총총걸음으로 걸어갔다. 1초라도 빨리 두 사람의 시야에서 벗어나고자 그녀는 스무 걸음쯤 되는 다음 골목까지 재빠르게 걸어갔다. 그러고는 혼자가 되면 지금까지 주고받은 말 한마디 한마디를, 그리고 여러 가지 일들에 대해서 마음 놓고 생각하고 판단하리라 마음먹었다. 일찍이 그녀는 이런 느낌을 가져본 적이 없었다. 전혀 새로운 하나의 세계가 언제부터인가 어렴풋한 형태로 그녀의 마음속에 펼쳐지고 있는 것이다. 문득 그녀는 오늘 라스콜리니코프가 그녀가 있는 곳에 들르고 싶노라고 한 말을 생각해냈다. 그것은 오전 동안일지도 모른다. 아니, 지금 당장일지도 모른다.

'오늘만은 아니었으면, 제발 오늘만은!' 그녀는 마치 무엇인가에 질린 어린아이가 누군가에게 애원하는 것처럼 심장이 얼어붙는 듯한 심정으로 되풀이했다. '아, 어쩌면 좋아!……. 그분이 내가 있는 곳으로……. 그 방에…… 그분이 오시면……. 아, 어쩌면 좋담.'

소냐는 이런 생각에 열중했기 때문에 낯선 사내가 바로 자기를 뒤따르고 있는 것을 눈치채지 못했다. 그 사나이는 대문을 나설 때부터 뒤쫓기 시작했다. 라주미힌과 라스콜리니코프와 소냐가 길에 서서 잠시 걸음을 멈추고 이야기를 했을 때 그들 곁을 지나던 그 사나이는 '라스콜리니코프 씨 댁이 어디냐고 물어서 찾았어요.'라는 소냐의 말에 웬일인지 몸을 움찔 떨었다. 그는 재빠르게 소냐와 이야기하고 있는 라스콜리니코프의 생김새와 집 위치를 쳐다보며 그것을 머리에 새겨두었다. 이러한 일은 순식간에 이루어졌다. 곧이어 사나이는 그들과 떨어진 곳에서 걸음을 늦추었다. 소냐를 기다렸던 것이다. 그리고 그는 소냐를 뒤따르기 시작했다.

'어디로 돌아갈 작정인가? 확실히 저 얼굴은 어디선가 본 적이 있는데…….' 사나이는 소냐의 얼굴을 기억 속에서 더듬었다. '일단 뒤쫓아 보자.'

길이 꺾이는 곳에 이르자, 사나이는 맞은편 거리로 건너가 고개를 돌리고 전혀 알아채지 못한 채 걸어오는 소냐를 바라보았다. 모퉁이에 이르자 소냐도 꺾어들었다. 사나이는 맞은편 보도에서 앞서가는 소냐의 모습을 놓치지 않으려고 애쓰며 뒤따라갔다. 오십 걸음 정도 간 다음 그는 다시 소냐 있는 쪽 보도로 옮겨가서 그녀 뒤를 쫓아 다섯 걸음쯤 사이를 두고 따르기 시작했다.

사나이는 쉰 살쯤 돼 보였으며 키는 보통보다 약간 크고 통통했으며 넓은 어깨가 좀 올라갔기 때문에 조금 구부정해 보였다. 값비싼 옷을 몸에 맞도록 차려입어 보기에도 위풍당당한 신사였다. 그는 새 장갑을 낀 손으로 멋진 지팡이를 소리 내어 짚으며 걸어갔다. 그의 넓적한 얼굴에 광대뼈가 솟아오른 모양은 제법 보기 좋았으며, 얼굴에는 윤기가 돌아 페테르부르크 사람 같지 않았다. 머리숱은 무척 많고 온통 아마(亞麻) 빛이었다. 흰 머리가 얼마쯤 희끗희끗 섞여 있을 뿐이며 삽 모양으로 폭넓게 늘어진 턱수염도 더부룩하여 오히려 머리카락보다 윤기가 있을 정도였다. 하늘빛 눈은 차가운 느낌이 감돌며 무슨 생각에 잠겨 있기라도 한 듯 차분히 가라앉아 있었다. 그의 입술은 붉었다. 한마디로 말해서 조금도 늙은 티가 나지 않는, 나이보다 훨씬 젊어보이는 사나이였다.

소냐가 운하 기슭에 이르렀을 때 거리에는 그들 두 사람뿐이었다. 소냐를 관찰하던 사나이는 곧 그녀가 아주 골똘히 무슨 생각에 잠겨 있음을 깨달았다. 자기 집에 도착하자 소냐는 대문으로 들어갔다. 그도 그 뒤를 따르면서 무언가에 놀란 듯한 얼굴로 문을 들어섰다. 안뜰로 들어서자 소냐는 오른쪽으로 꺾어 자기 방으로 통하는 층계 모퉁이로 향했다.

"이것 봐라!" 낯선 신사는 중얼거리며 그녀를 따라 층계를 올라갔다.

그제야 소냐는 그의 존재를 알아차렸다. 그녀는 3층으로 올라서더니 복도를 접어 들어가 문에 '재봉사 카페르나우모프'라고 백묵으로 씌어 있는 9호실 벨을 눌렀다.

"허, 별일이군." 그 신사는 알지 못할 어떤 우연에 놀라며 또 중얼거렸다. 그는 이웃 8호실의 벨을 눌렀다. 두 문 사이의 거리는 겨우 여섯 걸음쯤이었다.

"당신은 카페르나우모프 댁에 있습니까?" 사나이는 소냐를 보며 미소지었다. "어제 그에게 조끼 수선을 부탁했지요. 저는 바로 옆집 레스릿히 부인, 게르트루다 카르노브나 댁에 있습니다. 참 기묘한 인연이군요."

소냐는 주의 깊게 그를 살폈다.

"이웃사촌이십니다." 사나이는 퍽 유쾌한 듯이 말했다. "나는 페테르부르크에 온 지 사흘밖에 안됩니다. 그럼, 또 뵙겠습니다."

소냐는 대답하지 않았다. 문이 열리자 곧바로 안으로 들어갔다. 어쩐지 부끄러운 생각이 들기도 했고 또 어딘가 꺼림칙하기도 했다.

6

라주미힌은 포르피리를 찾아가는 도중 전에 없이 흥분하고 있었다.

"여보게, 거참, 잘 되었네." 그는 몇 번이나 같은 말을 되풀이했다. "난 정말 뭐라고 표현할 수 없이 기쁘단 말일세!"

'도대체 무얼 기뻐한단 말인가?' 라스콜리니코프는 속으로 생각했다.

"자네가 그 노파에게 전당을 잡힌 줄은 몰랐지. 그런데…… 그런데…… 그건 오래전 일인가? 말하자면 그 집을 출입한 지 오래되었나?"

'정말 단순한 머리를 가진 엉터리 친구로군!'

"언제부터냐고?" 라스콜리니코프는 잠깐 걸음을 멈추고 생각해내려 했다. "아마 노파가 죽기 사흘 전쯤 될까……. 그러나 나는 지금 물건을 찾으러 가는 게 아니라네." 그는 당황한 빛을 띠며 그 물건을 걱정하는 것처럼 말했다. "왜냐하면 나는 또다시 1루블 은화 한 닢뿐인 빈털터리가 되어 버렸거든. 어제의 그 빌어먹을 열병 덕분이지!" 그는 열병이라는 말에 특히 힘을 주었다.

"음…… 그래, 그래, 맞아." 라주미힌은 무슨 까닭에서인지 연신 맞장구를 쳤다. "그러니까 자네는…… 그때 좀 충격을 받은 거야……. 더구나 자네는 말일세, 헛소릴 할 적에도 줄곧 반지니 줄이니 하고 지껄이더군! 오, 이제야 알겠네……. 모든 것을 완전히 알았단 말이야."

'옳지! 역시 녀석들 머리엔 그런 생각이 박혀 있었군! 이 친구는 나를 위해서라면 십자가에 못 박히는 것도 마다하지 않을 녀석이지만, 그런데도 어째서 내가 반지에 대해 헛소리를 했는가가 뚜렷해졌노라면서 이처럼 기뻐하지 않는가! 역시 녀석들은 모두 그렇게 생각했던 거야!'

그는 불쑥 물어보았다.

"그 친구 있을까?"

"있고말고." 라주미힌은 급히 대답했다. "여보게, 그 녀석은 아주 멋진 사나이라네. 두고 보게나! 좀 무뚝뚝한 점이 있긴 하지만. 아니, 그렇다고 붙임성이 없다는 것이 아니라 다른 뜻에서 무뚝뚝하단 말일세. 상당한 녀석이지. 영리하다기보다는 머리가 좋은 거지. 하기야 사고방식이 좀 유별나긴 하지만. 의심 많고 또 회의파여서 비꼬기가 일쑤고……. 남을 골탕먹이기 좋아하거든. 아니, 골탕먹인다기보다 놀려대는 거지……. 별것 아니라 낡은 물질주의적 방법이지……. 하지만 수완은 대단해서 사건은 잘 처리하네. 암, 잘하고말고……. 작년에도 거의 실마리조차 풀리지 않은 살인 사건을 훌륭히 해결해냈거든. 아무튼 자네와 무척 사귀고 싶어 한다네!"

"어째서 그렇게 사귀고 싶어 하나?"

"아니, 별로 어떻다는 그런 얘기가 아니라…… 요즘 자네가 병들고 나서부터 자네 얘기가 자주 나온 셈이지……. 그 친구는 유심히 듣더군. 언젠가 내가 자네는 법과를 다니다가 어떤 사정으로 중퇴했다는 이야기를 했더니 참 안된 일이라고 말한 적이 있었지……. 아마 그런 얘기를 들은 뒤부터 자네를 만나보고 싶어 하는 눈치였어……. 어제도 자묘토프가……. 이봐, 로쟈, 나는 어제…… 술에 취한 채 자네를 집까지 바래다주면서 쓸데없는 소리를 상당히 지껄인 모양이더군……. 사실은 말일세, 그 때문에 자네가 과장해서 생각지 않을까 걱정하고 있네."

"무엇을? 나를 미친놈으로 다루었다는 그것 말인가? 하긴 그럴지도 모르지."
라스콜리니코프는 입가에 경련 비슷한 웃음을 띠었다.

"그래⋯⋯. 그렇지⋯⋯. 어제 내가 자네에게 말한 건 모두 엉터리야. 술 취한 기분에 한 말일세."

"변명할 필요는 없어! 나도 이제 정말 지긋지긋해졌어!" 라스콜리니코프는 더욱 짜증나는 듯이 소리쳤다. 하지만 이러한 태도에는 좀 허세가 있기도 했다.

"알고 있어, 잘 알았네. 틀림없이 잘 알고 있네. 말하기조차 창피할 정도니까⋯⋯."

"창피하다면 말을 말게나!"

둘은 입을 다물었다. 라주미힌이 기쁨을 느끼면 느낄수록 라스콜리니코프는 불쾌해졌다. 포르피리에 관한 라주미힌의 말은 어느 정도 그의 불안을 더해주었다.

얼굴이 핼쑥해지고 가슴이 두근거리는 것을 느끼면서 라스콜리니코프는 생각했다.

'그 녀석에게도 애원하듯 나가는 수밖에 없겠군. 그나마도 자연스럽게 해야 하거든. 아니, 가장 자연스러운 것은 애원조니 뭐니 하는 그런 짓은 하지 않는 거야. 좋아, 일부러 아무 말도 하지 말자! 아니, 일부러 그러는 것도 자연스럽지 못하겠군. 제기랄, 닥치면 무슨 수가 나오겠지⋯⋯. 거동이나 보는 거야⋯⋯. 하지만 지금 찾아가는 것은 괜찮을까? 불나방이 스스로 불로 뛰어드는 격이니 말이야. 아무래도 가슴이 두근거리는군. 이거 좋지 않은걸!⋯⋯.'

"저 회색 집일세." 라주미힌이 말했다.

'그런데 중요한 것은, 어제 내가 그 노파 집에 가서 피 이야기를 물었던 것을 포르피리가 알고 있는가 하는 점이다. 이 점을 나는 들어가자마자 알아내야 한다. 상대방의 얼굴빛으로 알아내야 해. 그렇지 않고서는⋯⋯. 아니, 무슨 일이 있더라도 알아내고야 말 테다!⋯⋯.'

"그런데 말이야." 라스콜리니코프는 문득 라주미힌에게 교활한 듯한 웃음을 지어보이며 말했다. "난 오늘 아침부터 눈치채고 있었네만, 아무래도 자네, 오늘 좀 턱없이 흥분하는 것 같군. 그렇지 않은가?"

"뭐, 흥분한다고? 난 조금도 흥분하지 않았네." 라주미힌은 얼굴을 찌푸렸다.

"아닐세, 여보게! 훤히 드러나네. 아까 의자에 앉을 때만 해도 자네답지 않게 가장자리에 걸터앉아 줄곧 얼굴을 실룩거리고 있었잖나. 까닭도 없이 껑충 껑충 놀라 뛰면서 말일세. 괜스레 화를 내는가 하면, 까닭도 없이 벌떡 일어나고……. 다음에는 어찌 된 영문인지 얼음사탕처럼 금방 녹아버릴 듯한 표정이 되어서 심지어는 얼굴마저 붉히는 판국이더군. 저녁 식사 초대를 받았을 때는 그야말로 귀 밑까지 새빨개지던데."

"그럴 리가 있나, 당치도 않은 소릴……. 도대체……. 무슨 소리인가?"

"그럼, 뭣 때문에 초등학교 어린아이처럼 안절부절못하나? 거보게, 또 붉어졌군!"

"이 돼지 같은 녀석!"

"여보게, 뭘 우물쭈물하나? 로미오 군! 가만있자, 오늘 이 이야기를 어디서 한 번 해줄까? 하하하! 옳지, 어머니를 웃겨드려야겠군. 그리고 또 누군가 다른 사람도……."

"여보게, 그러지 말게, 그러지 마. 이건 진지한 이야기야, 진지한……. 그런 소리를 하면 어떻게 되겠나. 제기랄!" 라주미힌은 등골이 오싹한 듯이 어찌할 바를 몰라 쩔쩔매기만 했다. "그들에게 무얼 이야기하겠다는 건가? 여보게, 자네……. 쳇, 이 돼지 같은 자식!"

"정녕 봄날의 장미꽃이로구나! 아닌 게 아니라 정말 어울리는군. 6척이 넘는 로미오 군, 오늘 따라 유난히 멋을 부렸잖나? 손톱까지 깎고……. 자네 언제부터 이랬지? 게다가 포마드까지 발랐잖아! 어디 허리 좀 굽혀보게."

"돼지 같은 자식!"

라스콜리니코프는 더 견딜 수 없는 듯이 웃었다. 그리고 큰 소리로 웃으면서 두 사람은 포르피리의 집으로 들어갔다. 이것은 라스콜리니코프의 계산이기도 했다. 두 사람이 웃으면서 들어와 현관에서는 아직 큰 소리로 웃고 있다는 것을 안방까지 알리고 싶었던 것이다.

"여기서 한마디라도 입을 떼봐라, 비틀어 죽여버릴 테니!" 라스콜리니코프의 어깨를 움켜쥐면서 라주미힌은 미친 듯이 외쳤다.

  그러나 라스콜리니코프는 이미 방 안에 들어서던 참이었다. 그는 어떻게 해서든 웃지 않으려고 애써 참는 듯한 표정으로 방 안에 들어갔다. 그 뒤를 따라 완전히 창피스러운 꼴이 되어 사나운 표정을 한 라주미힌이 작약꽃처럼 새빨개져서 겸연쩍은 듯이 들어섰다. 그 표정이나 모습이 어찌나 우스꽝스러웠던지 라스콜리니코프가 웃는 것도 무리가 아닐 성싶었다. 소개받기도 전에 방 한가운데 서 있던 라스콜리니코프는, 놀란 듯이 두 사람을 바라보는 주인에게 고개 숙여 인사하고는 아직도 터져나오려는 웃음을 억지로 참는 듯한 표정으로 손을 내밀어 악수를 청하면서 하다못해 두세 마디쯤 자기 소개의 말을 꺼내려 했다.

  그런데 간신히 정색을 하여 뭐라고 중얼거리면서 그가 언뜻 라주미힌에게 눈길을 돌리자, 그 순간 도저히 참아내지 못하고 말았다. 억누를 대로 억눌러왔던 만큼 웃음은 한결 맹렬한 기세로 폭발하고 말았다. 라주미힌이 이 '뱃속에서 우러나오는' 웃음을 광포(狂暴) 바로 그것이라 할 수도 있는 험상궂은 표정으로 받아들였기 때문에 이 자리의 정경에는 더 이상 바랄 수 없는 진실성 있는 명랑함과 무엇보다도 자연스러움이 감돌았다. 더구나 라주미힌이 안성맞춤으로 그것을 도운 격이 되었다.

  "망할 자식!" 라주미힌은 손을 휘두르면서 달려들었다. 그 바람에 빈 잔이 놓여 있는 작은 탁자가 쓰러지면서 요란스러운 소리를 냈다.

  "여러분, 어쩌자고 탁자를 부숴놓습니까? 국고의 손실입니다." 포르피리는 유쾌한 듯이 소리쳤다.

  장면은 다음과 같은 모습으로 벌어져갔다. 라스콜리니코프는 자기의 손이 주인의 손에 쥐어져 있다는 것도 잊어버리고 마음껏 웃고 있었으나 너무 지나쳐서는 안 되겠다 싶어 가능한 자연스럽게 끝장을 내려고 그 틈을 엿보고 있었다. 비록 행동이 지나쳤음을 깨달은 라주미힌은 한동안 깨진 컵 조각을 침울하게 내려다보더니 침을 퉤 뱉고는 창가로 걸어가버렸다. 그는 방 안에 있는 사람들에게 등을 돌린 채 그 자리에 우뚝 서서 야릇한 표정으로 얼굴을 찌푸리고는 창 밖을 바라보았다.

  포르피리도 웃고 있었다. 그는 이유를 알고 싶어 하는 눈치였다. 한구석의 의자에는 자묘토프가 앉아 있었으나, 손님이 들어오자 일어서서 미소를 띤 채 기다리고 있었다. 다만 이 광경을 보는 그의 눈에는 어쩐지 수상쩍은 듯한 심상치 않은 느낌이 있었으며, 특히 라스콜리니코프를 바라보는 눈초리에는 당황한 빛마저 느껴졌다. 뜻하지 않은 자묘토프를 보고 라스콜리니코프는 불쾌한 충격을 받았다.

'이러한 일도 미리 계산에 넣었어야만 했다!'

라스콜리니코프는 생각했다.

"정말 죄송하게 되었습니다." 그는 난처한 듯이 머뭇거리며 입을 열었다. "라스콜리니코프라고 합니다……."

"천만의 말씀입니다. 참으로 유쾌합니다. 당신들도 정말 유쾌한 듯이 들어오셨고……. 그런데 저 친구는 인사도 하고 싶지 않은 모양이군요." 포르피리 페트로비치는 턱으로 라주미힌을 가리켰다.

"정말이지 뭣 때문에 저렇게 화를 내는지 모르겠습니다. 다만 오는 길에 로미오를 닮았다고 말한 죄밖에는 없는데……. 그리고 그것을 증명해줬을 뿐입니다. 정말 그것밖에는 없는데 저렇게 흥분하다니, 알 수 없는 일입니다."

"돼지 같은 자식!" 라주미힌은 고개를 돌리지 않은 채 부르짖었다.

"그 한마디에 저 정도라면 분명 무슨 이유가 있을 법도 합니다." 포르피리는 소리 내어 웃었다.

"뭐라고, 이 녀석! 예심 판사 티를 내는 녀석아……. 너희들 따윈 개한테나 물려가라지!" 라주미힌은 고함쳤다. 그러나 곧 자기도 웃음을 터뜨리며 모든 것을 잊은 듯한 얼굴로 포르피리 곁으로 다가갔다. "이젠 그만하세……. 자네들 모두 멍텅구리로군. 자, 용건부터 말하지. 이 사람이 바로 내 친구 로지온 로마노비치 라스콜리니코프일세. 첫째는 자네와 알고 싶어서, 둘째는 부탁이 있어서 함께 왔네. 오, 자묘토프! 자네도 여기 있었군그래. 어쩐 일인가? 아니, 자네들은 전부터 서로 아는 사이였나?"

'일이 묘하게 되어가는군.' 라스콜리니코프는 가슴이 울렁거렸다. 자묘토프는 잠시 당황하는 눈치였다. 그는 솔직하게 말했다.

"어제 자네 집에서 알았지."

"그러니까 나를 거치지 않고 직접 알았군. 실은 지난 주일에 저 사람이 자네

를 소개해달라고 무척 졸라댔다네. 그래, 그거 참, 잘됐네……. 담배는 어디에
있나?”

포르피리는 간편하게 가운 속에 깨끗한 셔츠를 입고 실내화를 신고 있었다.
서른다섯이나 여섯쯤 되어 보이고 키는 좀 작달막하고 아랫배가 튀어나와 보
일 만큼 뚱뚱했다. 깨끗이 면도한 얼굴에는 턱수염이나 구레나룻도 없고, 크고
둥근 머리를 짧게 깎아 올려 뒤통수가 야릇하게 둥글고 툭 튀어나와 있었다.
살이 포동포동하나 약간 주먹코인 얼굴은 환자 티가 날 만큼 누르스름했으나
표정에는 활기가 있었으며, 사람을 얕보는 듯한 느낌도 들었다. 그리고 줄곧 누
구에겐가 눈짓이라도 하듯이 껌벅거리는 속눈썹 속에서 야릇하게 맑은 물빛
과 같은 표정만 없었더라면 아주 선량한 인상을 주었을 것이다. 그 눈의 표정
은 어딘지 여자다운 느낌이 나는 그의 모습과 전혀 어울리지 않아, 얼른 보았
을 때 받는 인상보다도 훨씬 준엄한 분위기가 그의 얼굴에서 감도는 것이었다.

포르피리 페트로비치는 손님이 ‘부탁할 일’이 있다는 말을 듣자, 곧 손님을
앉히고 자기도 함께 앉아 유심히 상대편 얼굴을 보며 재촉이라도 하듯 용건을
기다렸다. 이러한 응시는 처음 만난 사람으로 하여금 큰 부담을 느끼게 하는
것이었다. 더욱이 그 부탁할 것이 대수롭지 않을 때는 더욱 부담스럽기 마련이
었다. 그러나 라스콜리니코프는 간단하고도 명료하게 자기의 용건을 설명했다.
그러면서 그는 포르피리의 사람됨을 찬찬히 관찰했다. 포르피리도 이야기를
주고받는 동안 그에게서 눈길을 떼지 않았다. 같은 탁자에 앉은 라주미힌이 두
사람을 번갈아 보며 주의 깊게 말을 듣고 있었는데, 그러한 태도에는 지나치게
관심을 갖는 듯한 느낌이 엿보였다.

‘이 멍텅구리 녀석아!’ 라스콜리니코프는 속으로 욕했다.

“경찰에 신고서를 내셔야 하겠습니다.” 포르피리는 지극히 사무적인 어조였
다. “그 사건, 즉 그 살인 사건에 대해 들었던 바 이러이러한 물건이 내 것이어
서 찾고자 하니 담당 예심 판사에게 신고한다는 식으로 말입니다. 하긴 경찰
에서 적당히 써주리라 생각됩니다만.”

“바로 그 일입니다만, 사실은 지금” 라스콜리니코프는 애써 난처한 표정을
지으면서 말했다. “제 수중에 돈이 없습니다. 그걸 찾을 만한 돈이……. 그래서
저, 돈이 생기면 찾기로 하고 먼저 신고만 해두려 합니다만…….”

"그야 마찬가지죠." 포르피리 페트로비치는 돈에 대한 이야기를 냉정하게 들어넘기며 대답했다. "그리고 형편에 따라서는 제게 직접 서면으로 제출하셔도 좋습니다. 같은 뜻의 제출서를 말입니다. 즉 사실이 이러하니 물건은 내 것이므로 선처하시길 바란다……."

"여느 용지라도 괜찮을까요?" 라스콜리니코프는 종이를 살 만한 돈도 없다는 걸 내비쳤다.

"아무 종이라도 상관없습니다!" 갑자기 포르피리 페트로비치는 얕잡아보기라도 하듯 눈을 가늘게 뜨고 그를 지그시 쏘아보았다. 아니 이것은 아주 순간적이었으므로 라스콜리니코프가 그저 그렇게 느꼈는지도 모를 일이었다. 그러나 그런 점은 틀림없이 있었다. 라스콜리니코프는 그 눈초리의 의미가 의심스러웠다.

'다 알고 있구나!' 이런 생각이 번개처럼 그의 머리를 스쳐갔다.

"죄송합니다. 대수롭지도 않은 일로 폐를 끼쳐드려서." 그는 당황하며 말을 계속했다. "5루블쯤밖에 안 되는 물건입니다만, 실은 그것이 기념품이라서 제겐 없어서는 안 될 물건이죠. 그래서 이번 사건을 들었을 때 굉장히 놀랐습니다."

"그래서 어제 조시모프에게 포르피리가 전당 잡힌 사람들을 조사한다는 말을 하니까 그렇게 놀랐군?" 라주미힌이 의미심장한 듯이 말참견을 했다.

이건 정말 너무 지나친 일이었다. 라스콜리니코프는 참을 수 없는 눈초리로 그를 노려보았다. 그러자 갑자기 정신이 번쩍 났다.

"자네, 또 나를 놀릴 셈인가?" 라스콜리니코프는 정말 화난 듯 그에게 덤벼들었다. "물론 자네에게는 내가 그런 대단치도 않은 물건에 지나친 신경을 쓰는 것처럼 보이겠지. 그렇다고 나를 욕심쟁이라든가 이기주의자라고 욕할 수는 없네. 내게는 그 물건들이 없어서는 안 될 것들이니까. 벌써 들었겠지만, 그 시계는 아버지의 유일한 유물이란 말일세. 나를 우습게 생각해도 좋아. 그렇지만 마침 어머니가 올라오셨거든요." 그는 갑자기 포르피리에게로 말머리를 돌렸다. "만약 어머니가 아시게 되면……." 그는 다시 라주미힌을 돌아보며 아주 격렬한 말투로 지껄였다. "그 시계가 없어졌다는 것을 아시게 된다면, 맹세할 수도 있네만 어머니는 슬픔 때문에 몸을 가누지도 못할 거야! 어머니는 여자니까."

"그런 뜻으로 말한 게 아닐세, 여보게! 그와는 정반대란 말이야!" 라주미힌은 어찌할 바를 몰라 소리쳤다.

'이만하면 잘됐을까? 자연스러웠을까? 혹 지나치진 않았을까?' 라스콜리니코프는 생각했다. '그런데 왜 여자니까라는 말을 했을까?'

"어머님이 오셨다고요?" 무슨 까닭인지 포르피리 페트로비치가 물었다.

"네."

"언제 오셨지요?"

"어제저녁입니다."

포르피리는 뭔가 생각을 정리하는 듯이 입을 다물었다.

"당신 물건이 분실될 염려는 조금도 없습니다." 그는 침착하고 차가운 어조로 말을 계속했다. "사실 당신이 오시길 기다리고 있었습니다."

그는 아무 일도 없었다는 듯이 담뱃재를 바닥에다 털고 있는 라주미힌 앞으로 재떨이를 밀었다. 라스콜리니코프는 섬뜩했다. 그러나 포르피리는 라주미힌의 담뱃재가 마음에 걸리는 듯 이쪽을 주의하지 않는 것 같았다.

"아니, 기다리고 있었다니? 그럼, 자넨 이 친구가 전당 잡혔다는 것을 알고 있었단 말인가?" 라주미힌이 외쳤다.

포르피리 페트로비치는 똑바로 라스콜리니코프를 쳐다보았다.

"당신의 두 가지 물건―반지와 시계는 종이에 싸인 채 그 노파 집에 있었지요. 그 종이에 당신 이름과 주소가 연필로 똑똑히 씌어 있었습니다. 물건을 맡긴 날짜까지……."

"정말 잘 살피셨군요!" 라스콜리니코프는 어색한 웃음을 띠며 상대편의 눈을 똑바로 보려 했으나 견딜 수 없어 갑작스레 덧붙였다. "아니, 이런 말씀을 드린 것은 전당 잡힌 사람이 많을 텐데……. 그 많은 이름을 외기는 힘들었으리라는 생각이 들었기 때문입니다. 그런데 당신은 전당 잡힌 모든 사람을 기억하고 계시며, 거기다가……."

'바보처럼! 왜 이런 쓸데없는 말을 덧붙이나?'

"아니, 전당 잡힌 사람들은 이미 거의 판명되고 당신만이 오시지 않았기 때문에―" 포르피리는 희미하지만 충분히 눈치챌 수 있는 비웃음을 띠면서 말했다.

"저는 몸이 좀 불편해서……."

"알고 있었습니다. 그리고 뭔가 몹시 정신이 산란하시다는 것도. 지금도 안색이 좋지 않아 보입니다."

"그렇지 않습니다……. 이젠 아주 건강합니다!" 라스콜리니코프는 태도를 갑자기 바꿔 사납고 밉살맞은 듯이 잘라 말했다. 증오가 온몸에서 끓는 것만 같아 도저히 억누를 수가 없었다. '흥분하면 말을 실수한다.' 문득 그런 생각이 들었다. '그러나 저들이 도대체 무엇이길래 이렇게 나를 괴롭히는 것일까!'

"조금 불편했다니?" 라주미힌이 대들었다. "거짓말하지 마! 자네는 어제까지만 해도 헛소리를 했단 말이야. 여봐, 포르피리. 그러고도 이자는 우리가 없는 사이에 슬쩍 옷을 입고 밤새도록 헤매다녔다네! 더구나 그게 말일세, 완전히 몽유 상태였거든. 상상할 수 있겠나? 놀라운 일이지!"

"완전한 몽유 상태란 말이지! 그거 참!" 어딘가 여자 같은 몸짓으로 머리를 흔들며 포르피리가 물었다.

"쓸데없는 소리! 그 말을 믿어서는 안 됩니다! 하긴 당신은 아예 믿지 않으리라 생각됩니다만!" 흥분하다 보니 그만 말을 실수하고 말았다. 그러나 포르피리 페트로비치는 이 말을 알아듣지 못한 것 같았다.

"몽유 상태가 아니라면 어째서 외출했느냔 말이야." 라주미힌은 흥분했다.

"그래, 왜 나갔지? 무엇하러? 왜 몰래 나갔지? 정말 자넨 정신이 있었나? 이젠 모든 위험이 없어졌으니 나는 기탄없이 말 좀 해야겠네!"

"어젠 저 녀석들이 지긋지긋했습니다." 라스콜리니코프는 대담하게 입가에 미소를 담고 포르피리를 바라보았다. "다만 나는 저자들로부터 벗어나기 위해 방을 구하러 나갔던 참이었습니다. 그래서 돈도 있는 대로 갖고 나갔습니다. 자묘토프 씨도 그 돈을 보았습니다만. 그렇지요, 자묘토프 씨? 어제 내가 제정신이었나 몽유 상태였나 한 번 논쟁의 결말을 지어주시오."

그는 이 순간 문득 자묘토프를 목 졸라 죽이고 싶은 마음이 솟구쳤다. 입을 다물고 있는 자묘토프의 눈초리가 너무나 거슬렸던 것이다.

"제가 보기엔 어제 당신의 말투는 지나칠 정도로 똑똑했소. 약간 초조한 빛을 띠기는 했습니다만." 자묘토프는 아무렇지도 않은 듯이 말했다.

"저 역시 니코짐 포미치에게서 이미 들었습니다만⋯⋯." 포르피리 페트로비치가 중간에 나섰다. "어제 꽤 늦게 마차에 치어 죽은 어느 관리집에서 당신을 만났다던가요⋯ ⋯."

"바로 그 관리의 일만 해도!" 라주미힌이 가로챘다. "자네는 그 관리집에서도 머리가 돌지 않았단 말인가? 자넨 장례비라 하더라도 15루블이나 20루블 정도만 주고 적어도 3루블은 남겨뒀어야 했네! 그런데 자네는 25루블을 모두 주어 버렸단 말일세!"

"하지만 여보게, 내가 어디선가 노다지를 캐냈는지 누가 아나? 그래서 어젠 갑부 행세를 해본 걸세⋯⋯. 자묘토프 씨는 알고 계실 거야⋯⋯ 내가 노다지를 캐냈다는 것을⋯⋯. 아니 정말 죄송하군요." 그는 입술을 실룩거리면서 포르피리에게로 눈을 돌렸다. "이런 일로 반 시간이나 폐를 끼쳤군요. 지루하시지요?"

"천만의 말씀입니다. 오히려 제가 얼마나 유쾌한지 아마 당신은 상상도 못 하실 겁니다. 아, 참 잘 오셨습니다. 이렇듯 보고 듣는 게 어찌나 즐거운지 모르겠습니다."

"차라도 좀 주게! 목말라 죽겠네!" 라주미힌이 외쳤다.

"아, 그렇군. 용서하게, 깜박 잊었어. 그런데 그것보다 우선 뭘 좀 먹어야지?"

"뭐든지 좋네. 어서 가져오기만 하게."

온갖 상념이 라스콜리니코프의 머릿속을 소용돌이쳤다. 그는 미칠 듯이 초조해졌다.

'무엇보다 이들이 아무것도 꺼리는 기색이 없고 감추지 않는 것이 수상하다. 만약 이들이 내가 한 일을 모른다면 어째서 니코짐 포미치와 함께 나에 관한 이야기를 했을까? 그러니까 이들은 노골적으로 내 뒤를 따라다니는 것이다. 그들은 맞대놓고 침을 뱉는 것이다!'

분노가 다시 끓어올랐다.

'치려면 당장에 쳐라. 고양이가 쥐를 갖고 놀 듯하는 것은 질색이다. 너무 무례한 짓이다! 포르피리 페트로비치, 결코 나도 가만히 있지는 않겠다⋯⋯. 너희 얼굴에다 모든 진상을 낱낱이 폭로할 테다! 그렇게 되면 내가 얼마나 너희를 경멸하는지 알 것이다!'

그는 간신히 숨을 내쉬었다.

'그런데……. 혹시 이것은 나 혼자만의 과대망상이 아닐까? 공연히 혼자서 오해하고 화를 내고, 그들은 아무것도 모르고 있는데 말이다. 이들은 모두 평범한 말만 쓰고 있다……. 하지만 그 말 속엔 뭔가 숨겨져 있다. 이자들은 여느 일상 용어를 쓰지만, 틀림없이 가시가 들어 있다. 어떻게 이자들은 아무 거리낌 없이 '그 노파네 집'이라고 말할 수 있을까? 또 자묘토프는 무엇 때문에 내 말투가 지나칠 정도로 똑똑했다고 했을까? 이자들의 말투는 왜 모두 이 모양일까? 그렇다……. 바로 그 말투가 문제다. 그런데 같이 있으면서도 라주미힌은 이런 것 하나 눈치채지 못할까? 하긴 죄 없는 바보는 본디 아무것도 눈치채지 못한다. 아, 또 열이 나는군!……. 혹시 그건 내 착각이었을까? 아니, 내가 보기엔 틀림없었어……. 하긴 그가 눈짓할 이유가 없다. 아니, 혹시 내 신경을 교란시키기 위해서일까? 또는 나를 희롱하려고? 어쨌든 내 망상이 아니라면 그들은 알고 있음에 틀림없다! 뻔뻔스러운 자묘토프……. 정말 자묘토프는 뻔뻔스러울까? 자묘토프는 하룻밤 사이에 생각이 변한 것이다. 나도 그것은 예감했었다. 이자는 여기서 자기 안방처럼 행세하지만 오늘 처음 온 것이 아닐까. 그럼, 포르피리는 왜 그를 손님으로 대접하지 않고 의자 쪽으로 등을 돌려대고 앉았을까? 그들은 의논하고 있었을 것이다. 내 일을 의논하고 있었음에 틀림없다. 내가 들어서자 말을 중단했을 것이다. 그런데 내가 방을 구하러 다닌 것을 알고 있을까? 우선 이것을 알아내야 한다. 아까 방을 구하려 했었다는 말을 했을 때 이자는 고개를 들지 않았다. 하긴 그 말을 잘했다. 뒤에 많은 도움이 될 거야. 하하하! 그는 어제 일을 모두 알고 있는 듯이 말했어! 하지만 어머니가 오신 것도 모르고 있잖은가? 그런데 그 노파가 날짜까지 연필로 적어놓다니! 하지만 지지는 않을걸. 아직 사실이 드러난 것이 아니거든. 단순한 가정이야. 그렇다면 증거를 보여봐라! 내가 방을 구하러 갔다는 것은 사실이 아니야! 몽유 상태지. 난 뭘 말해야 되는 건지 알고 있어……. 하지만 이 녀석들은 방에 대한 것을 알고 있는 것일까? 이걸 알아내기 전까지는 결코 돌아가지 않겠다! 그래……. 그런데……. 난 여기에 무엇하러 왔을까? 터무니없이 초조한 것은, 이건 사실인지 모르겠군! 제기랄, 어쩌자고 걸핏하면 이렇게 초조해진담! 아니, 병자의 모습으로는 이게 안성맞춤이야. 그들은 나를 어리둥절하게 해서 무언가 실마리를 잡아내려 하고 있다! 왜 난 여기에 온 것일까?' 이런 상념들이 번개처럼 그의 뇌리를 스쳤다.

포르피리 페트로비치가 들어왔다. 그는 대단히 유쾌해 보였다.

"자네 집 연회에 갔다온 뒤부터 머리가 좀……. 몸에도 기운이 하나 없으니……." 아까와는 전혀 다른 어조로 그는 라주미힌을 향해 말했다.

"그래, 재미는 있었나? 나는 자네들이 한창 흥이 났을 때 나와서……. 이기긴 누가 이겼나?"

"승부가 날 리 없지. 밑도 끝도 없는 문제로 하늘을 날아다니다가 말았네."

"로쟈, 어제 어떤 문제로 다투었는지 짐작 가나? 범죄의 유무(有無)라는 문제였네. 참 터무니없는 문제였지."

"뭐, 이상할 것도 없잖은가? 흔한 사회문제인걸." 라스콜리니코프는 흥미없는 듯이 말했다.

"문제는 그런 형태로 생긴 것이 아냐." 포르피리가 한마디 했다.

"물론 그렇지!" 라주미힌은 언제나의 버릇대로 서둘러 말했다. "로쟈의 의견을 듣고 싶네. 꼭 말해 주게. 어제 나 혼자서 정말 악전고투했다네. 자네가 오길 얼마나 기다렸는지 아나? 여러 사람들에게 자네가 올 것이라고 말했었거든. 토론은 사회주의의 견지에서부터 시작되었지. 말하자면 범죄는 제대로 갖추어져 있지 않은 사회제도에 대한 항의라는 걸세. 그런데 앵무새처럼 그 말만 할 줄 알았지, 다른 원인은 모두 부정하려고만 하거든, 모두!"

"또 엉터리를 지껄이는군!" 포르피리 페트로비치가 외쳤다. 그는 활기를 띠며 라주미힌을 더욱 부채질했다.

"모두 부정한단 말이야!" 라주미힌은 말을 가로막았다. "엉터리는 무슨 엉터리야! 녀석들의 밑천을 들춰볼까? 닥치는 대로 모두 환경에 침식당한 탓이라는 그것뿐이거든. 늘 지껄이는 뻔한 말이지. 그래서 사회가 완전하게 조직된다면 곧 모든 범죄는 소멸된다, 왜냐하면 항의의 대상이 없어지며 삽시간에 정의가 지배하기 때문이다, 라고 하더군. 인간의 본성이란 아랑곳없다는 거지. 인간의 본성 따위는 제외된 채 아예 문젯거리도 되지 않는다는 거야. 녀석들의 말을 빌리면 인류가 역사적인 산 과정을 밟고 끝까지 발전하거나 그 스스로 완전한 사회가 조직되는 게 아니라 그와 반대로 일종의 수학적인 계산으로 산출된 사회조직이 단번에 전 인류를 조직하며, 일시에 모든 산 과정보다 앞서고 모든 역사적 산 과정을 뛰어넘어 그것을 올바르고 죄 없는 사회로 만든다는 거야. 그래서 그들은 역사를 싫어하고 '역사에 기록된 모든 것은 추악하고 우열한 것' 뿐이라고 하며 그 밖의 모든 것은 모조리 우열하다고 하네. 생활의 살아 있는 과정을 싫어하는 것과 같은 거지. 살아 있는 혼 따위는 필요 없어! 살아 있는 혼은 생활을 요구하고, 살아 있는 혼은 기계학을 따르지 않고, 살아 있는 혼은 의심이 많으며, 살아 있는 혼은 반동적이라는 거야! 그런데 이쪽은 약간 송장 냄새가 나긴 하지만 고무로라도 만들 수 있어. 그 대신 살아 있지도 않고 의지도 없으며, 노예 같고 반역도 일으키지 않아! 그래서 결국은 모든 것이 이른바 그 공동 숙사, 푸리에가 제안한 공산주의적 이상(理想) 숙사의 벽돌을 쌓는 일이라든가, 복도를 만드는 일이라든가, 방을 만드는 일에 낙착되고 말지! 공동 숙사는 마련되었지만 그 친구들의 본성은 아직 공동 숙사에 어울리도록 되어 있지 않거든. 이 본성은 생활을 탐내고, 생활과정을 아직 다 마치지 못했기 때문에 무덤으로 가기엔 아직 빠른 셈이지! 논리만으로는 인간의 본성을 뛰어넘을 수 없는 법이야! 논리가 예상할 수 있는 것은 세 가지 경우뿐이지만 현실에는 수백 만이나 있거든! 이 수백 만을 떼어내어 모든 것을 안락이라고 하는 하나의 문제로만 귀결시켜보게. 가장 손쉬운 문제의 해결 방법일세! 흠뻑 반할 정도로 명쾌하고, 생각해야 한다는 번거로움도 필요 없지. 이 생각하는 번거로움이 필요 없다는 바로 그것이 노른자위일세. 생활의 온갖 비밀이 30쪽 남짓한 팸플릿에 들어갈 수 있으니까."

"드디어 터졌군. 마구 쏟아져나오는데. 손이라도 잡아주어야지." 포르피리는 웃었다. "생각 좀 해보십시오." 그는 라스콜리니코프를 향해 얼굴을 돌렸다. "어젯밤도 이와 똑같았습니다. 단칸방에서 여섯의 목소리가 떠들어댔죠. 더구나 그전에 폰스[2] 술을 듬뿍 마셨으니…… 상상하시겠습니까? 아니, 여보게, 그건 엉터리일세. '환경'은 범죄에 커다란 구실을 하는 걸세. 한번 증명해 볼까?"

"커다란 구실을 한다는 것쯤이야 알고 있어. 그럼, 내가 한 가지 묻겠네. 마흔이 다 된 사나이가 열 살 난 여자애를 겁탈했다면 어떻게 되나? 이것도 환경이 시킨 일일까?"

---

2) 포도주나 화주(火酒)에 우유·물 따위를 섞고 설탕·레몬·향료 따위와 혼합하여 맛을 낸 음료. 보통 펀치 볼로 혼합하여 뜨거운 것을 마신다.

"그렇고말고. 엄격하게 따지면 그것 역시 환경 탓이지." 포르피리의 어조는 뜻밖에도 엄숙했다. "소녀에 대한 범죄야말로 오히려 더욱더 그 환경으로 설명할 수 있네."

라주미힌은 흥분할 대로 흥분했다.

"듣고 싶다면 내 당장이라도 증명할 수 있네." 그는 큰소리쳤다. "자네 눈썹이 흰 것은 이반 대제(大帝)의 종루(鐘樓) 높이가 70미터이기 때문이라고 말일세. 더구나 명쾌하고 정밀하며 진보적으로, 아니, 자유주의적인 뉘앙스마저 덧붙여 논증해 주겠네. 하고말고! 자, 내기 걸겠나?"

"좋아, 걸었네! 자, 우리 한번 저 녀석의 논증을 들어봅시다!"

"또 시치미를 떼는군. 빌어먹을!" 라주미힌은 외치며 벌떡 일어서더니 한 손을 마구 휘둘렀다. "자네와 이야기하다간 끝이 없겠네. 로쟈, 그 친구 말을 듣지 말게. 그자의 말은 모두 엉터리야. 어제도 단순히 사람들을 놀려주기 위해서 그 일당들 편을 든 거야. 어제 무슨 말을 한지 아나? 물론 그 말을 들은 그 일당들은 좋아 죽을 지경이었거든……. 이 녀석의 이러한 상태는 2주일쯤은 문제없이 계속되지. 작년에도 무슨 생각이 들었는지 수도사가 되겠다고 큰소리를 쳐대며 우리를 속였었지. 그뿐인가. 요전엔…… 결혼을 하게 됐는데 준비가 끝났다고 허풍을 떨었어. 새 옷까지 맞추고 우리도 축하 준비를 하고 나니까 결혼은커녕 신부 그림자도 얼씬하지 않았지. 모두 잠꼬대란 말일세!"

"또 엉터리 소리를 지껄이는군! 내가 양복을 새로 맞춘 것은 그 전의 일일세. 옷을 새로 맞췄기 때문에 모두를 놀려주고 싶은 생각이 든 거야."

"정말 당신은 그처럼 시치미를 잘 떼십니까?" 라스콜리니코프는 천연스레 물었다.

"그렇지 않다고 생각하셨나요? 가만히 계십시오. 당신도 한번 골탕먹여야겠군요, 하하하! 그런 게 아니라 당신에게는 사실대로 이야기해 드려야겠습니다. 사실은 그 문제―범죄라든가 여자 아이니 하는 얘기 때문에 지금 생각났는데, 물론 오래전부터 관심을 갖고 있었습니다만, 당신의 그 논문 말입니다. '범죄에 관해서'라고 했던가……. 잘 생각이 나지 않습니다만 한 2개월 전에 〈월간논단〉에서 재미있게 읽은 기억이 납니다."

"내 논문을 〈월간논단〉에서?" 라스콜리니코프는 의아한 얼굴로 물었다. "반

년 전 대학을 중퇴했을 때 어느 책에 관한 논문을 쓴 일이 있긴 합니다만, 그건 〈월간논단〉이 아니라 〈주간논단〉이었죠."

"그런데 〈월간논단〉에 실렸답니다."

"그러고 보니 〈주간논단〉은 그때 폐간이 되어 그 논문이 실리지 않았습니다만……."

"그렇습니다. 그런데 〈주간논단〉이 폐간되고 난 뒤에 〈월간논단〉과 병합되었거든요. 그래서 당신 논문도 2개월 전 〈월간논단〉에 실린 거지요. 몰랐나요?"

라스콜리니코프는 사실 아무것도 모르고 있었다.

"허, 그거 참. 당신은 논문의 원고료를 청구할 수 있었을 텐데요! 그렇지만 당신도 좀 색다른 분이군요! 자기와 직접 관계있는 일마저도 모르실 정도로 동떨어져 살고 계시다니! 정말 이건 사실이지요?"

"훌륭하군, 로쟈! 그건 나도 까맣게 몰랐는걸." 라주미힌이 떠들어 댔다. "얼른 도서실에 가서 찾아봐야지. 두 달 전이라고 했지? 그게 몇 호인가? 하긴 상관없어. 찾으면 되니까! 이건 보통일이 아닌걸? 그걸 말도 하지 않다니!"

"그런데 그것이 내 논문인 줄 어떻게 아셨습니까? 머리글자만 서명했는데요."

"우연히 요 며칠 전 편집자로부터 들어 알았죠. 서로 잘 아는 사이거든요. 참 재미있게 읽었습니다."

"그랬군요, 나는 거기서 범죄의 모든 과정에 있어 범인의 심리 상태를 분석했습니다."

"맞습니다. 범죄란 언제나 질병을 수반한다고 주장하셨더군요. 참으로 독창적인 견해입니다……. 그런데……. 무엇보다 흥미를 느낀 것은 거의 끝에 가서 덧붙인 결말이었습니다. 그러나 유감스럽게도 너무 암시적이라 명백치 못했습니다. 한마디로 말하면 세상엔 어떤 범죄라도 저지를 수 있는 사람…… 아니, 할 수 있을 뿐 아니라 그 범죄에 대해 절대적인 권리를 가진 법률에도 방해받지 않는 그런 종류의 인간이 존재하고 있음을 암시한 것인데, 지나치게 간단해서 잘 모르겠더군요."

라스콜리니코프는 자기 생각을 고의적으로 과장한 자기 사상의 곡해에 대하여 엷은 웃음을 띠었다.

"아니, 뭐라고! 범죄에 대한 권리! 그럼, 환경에 침식당했기 때문이 아니란 말인가?" 라주미힌은 뭔가 흠칫 놀라는 듯한 표정을 지으면서 되물었다.

"그렇지, 그게 전혀 그러한 이유에서가 아니란 말일세." 포르피리가 대답했다. "그 논문에 따르면, 모든 사람을 평범한 사람과 비범한 사람 둘로 나눌 수 있다고 했거든. 평범한 사람은 늘 복종을 해야 하니까 법률을 범할 권리가 없지만, 비범한 사람은 특히 비범하기 때문에 어떤 범죄든 저지를 권리가 있으며 어떠한 법도 그에게 적용되지 않는다는 거야. 분명 그렇지요? 내가 잘못 읽지 않았다면."

"도대체 그게 뭔가? 그런 일이 어디 있단 말인가?" 라주미힌은 의아한 듯이 중얼거렸다. 라스콜리니코프는 다시금 엷은 웃음을 지었다. 그는 주위 사람들이 자기를 어디로 이끌어가려는가를 재빨리 간파했다. 그는 자기가 썼던 논문을 떠올리고 곧 도전할 마음가짐을 갖추었다.

"제가 쓴 것은 그런 게 아닙니다." 그는 솔직하고 겸손한 태도로 입을 열기 시작했다.

"그러나 어느 점으로 보아서는 정확한 해석이라 할 수 있겠지요. 아니, 완전하다고 할 수 있을 정도입니다—사실 그가 정확한 해석이라고 말해준 것이 그에게 만족감을 준 것 같았다—다만 한 가지 잘못을 지적하자면, 다름이 아니라 나는 결코 당신이 해석한 대로 비범한 사람은 언제나 온갖 불법을 저질러야 하고, 그래야만 할 의무가 있다고 주장한 것은 아닙니다. 제가 암시한 것은 다만 비범한 사람은 권리를 가졌는데, 그 권리란 공적인 권리가 아니고 자기 양심을 뛰어넘어…… 어느 장애를 넘어설 수 있다는 것을 말하는 것입니다. 다만 그것은 사상—더구나 그 사상이 온 인류를 위한 구체적인 의의로서 요청될 때—바로 그때에 한해서만 그 사상의 실천이 허용됩니다. 당신은 내 논문이 명백하지 않다고 말씀하셨지요. 이제 자세히 설명하겠습니다. 당신도 원하실 테니까요. 그래서 내 생각으로는 만약 케플러나 뉴턴의 발견이 어느 과정을 거치지 않고서는, 예를 들어 한 사람, 열 사람, 백 사람, 혹은 그 이상의 사람들이 방해한다면, 그리고 이 많은 사람들의 생명을 희생시키지 않고서는 도저히 그 발견을 이룩하지 못할 때, 이런 경우 뉴턴의 자기 발견을 인류에게 보급하기 위해서 그 방해자들을 해치울 권리가 있다는 것입니다. 아니, 그렇게 해야만 할 의무를 걸머지고 있다고 봅니다. 물론 그렇다고 해서 뉴턴이 마음대로 사람을 죽이거나 시장을 찾아다니며 도둑질할 권리를 가졌다는 것은 아닙니다. 내가 기억하기에는, 그 논문을 이렇게 전개한 것 같습니다. 즉 온 인류의 예를 들어 건설자나 입법자를 보더라도 태곳적부터 오늘날까지 리쿠르고스, 솔론, 마호메트, 나폴레옹 같은 사람은 모두 하나같이 새 법률을 반포하고 그 법률에 의해 종래 사회가 신봉해오던 구법(舊法)을 파괴한 그 하나만으로도 범죄자인 것입니다. 그들은 자기를 위해서 피를 흘려야만 할 경우에 처하면—무고한 피도 있고 옛 질서를 위해 흘린 비장한 피도 있지만—조금도 주저하지 않고 피를 흘리게 했습니다. 이렇게 보면 이제까지의 인류를 위한 건설자나 은인들은 모두 도살자입니다. 이건 중요한 일입니다. 정도의 차이는 있지만 사람은 누구를 막론하고 위대한 점이 있거나 남보다 조금이라도 뛰어난 점이 있는 사람이라면, 아니, 좀 색다른 말이라도 할 줄 아는 사람이라면 누구든지 자기가 타고난 그 천성 때문에 범죄자가 될 수밖에 없는 것입니다. 사실 범죄자가 되지 않고 남을 초월하기란 어려우니까요. 마찬가지로 그저 그런 대로 편안만을 찾고 초월할 만한 일을 못 하는 사람 역시 그 천분 때문에 어쩔 수 없는 일입니다. 물론 제 생각으로는 그 사람들은 그런 일로 편안만을 찾아서는 안 될 의무가 있다고 봅니다. 또 한 가지 말씀드릴 건, 이제까지 제가 말한 것이 새로운 게 아니라는 사실입니다. 당신도 아시겠지요. 이런 문제는 벌써 몇천 번도 더 넘게 논의되어 온 것이고 몇천 번도 더 쓰였던 것입니다. 다만 평범한 사람과 비범한 사람이라고 분류한 것은 좀 독단에 치우쳤다고도 할 수 있겠지만, 그렇다고 해서 정확한 숫자를 주장할 수 있는 것은 아닙니다. 저는 이런 근본 사상에 나대로의 깊은 신념이 있을 뿐입니다. 좀 더 분석해서 말씀드리면, 사람이란 자연법칙에 따라 대개 두 가지 유형으로 분류할 수 있는데, 자기 자신과 같은 인간을 번식시키는 외에는 아무런 능력도 갖지 못한 저급한 인간, 즉 평범한 사람, 한마디로 말해 다만 물질에 지나지 않는 사람과 순수한 인간으로서 자신이 지닌 새로운 언어를 구사할 줄 아는 천분을 가진 사람들, 이렇게 둘로 나눌 수 있습니다. 더 세밀히 구분하면 끝이 없겠지만, 이 두 유형의 경계선은 아주 뚜렷합니다. 제1유형, 즉 물질적인 분류는 대개 보수적이고 질서적이며 복종 생활을 영위할 뿐 아니라 오히려 복종적인 일을 달게 받아들이는 사람들입니다. 제 생각으로는 그들은 복종적이어야 할 의무를 지니고 있습니다. 그것이 그들의 천직이니까요. 틀림없이 그들은 그러한 생활이 조금도 불만스럽지 않을 것입니다. 이와 반대로 제2유형은 거의 법과 초월하는 사람들로서 스스로 가진 능력에 따라 파괴자나 그렇지 않으면 그런 경향을 갖게 마련입니다. 이들의 범죄는 상대적이며 여러 가지가 있겠지만, 어쨌든 그들의 대부분은 어떤 목적을 세워놓고 그 밑에서 현재의 기성 질서를 파괴하려고 애씁니다. 만일 자기네들의 사상을 실현하기 위해서 어떤 경우에든 아마도 그들의 양심은 그 행동을 하도록 도와줄 것입니다. 물론 이것은 사상의 정도나 규모에 따라 차이가 있어야겠죠. 이 점이 바로 주의 깊게 생각해야 할 점입니다. 바로 이러한 견지에서 지난번 발표한 논문에 범죄에 대한 점을 언급했을 뿐입니다—당신도 기억하시겠지만, 이 논의의 발단은 법률문제였습니다 그렇다고 걱정하실 필요는 없습니다. 대중은 언제라도 결코 그들에게 그런 권리를 인정해주지는 않을 테니까요. 오히려 그들을 처벌하고 교살하기를 주저하지 않을 것입니다. 정도의 차이는 있겠지만 그렇게 함으로써 그들은 자기네들의 질서를 지킬 수 있을 것입니다. 그러나 다음 세대가 오면 그들 대중은 자기네들이 교살했던 범죄자들에 대해서 기념비를 세우고 높은 단 위에 모셔놓고 절을 함으로써 자기네들의 기성 질서로 삼을 것입니다. 제1유형은 현재의 지배자가 되고 제2유형은 미래의 지배자가 됩니다. 제1유형은 세계를 보존하여 그것을 확대해 나가고, 제2유형은 세계를 움직여 어떤 목적으로 이끌어갑니다. 그러므로 결과적으로 둘은 다 같이 존재할, 완전히 평등한 권리를 가지고 있습니다. 요컨대 제 생각에 따르면, 누구나 다 동등한 권리를 갖고 있다고 봅니다. 그리하여 vive la guerre eternelle[3] 인 셈이지요. 물론 새 예루살렘[4]이 올 때까지의 이야기입니다!"

"그럼, 당신 역시 새 예루살렘을 믿습니까?"

"믿고말고요." 라스콜리니코프는 힘주어 말했다. 그는 이야기하는 동안 줄곧 카펫 위의 한 지점만 응시했다.

"아, 아니, 하느님을 분명히 믿느냐는 말이지요. 너무 캐물어서 죄송합니다만."

"믿습니다." 라스콜리니코프는 눈을 들어 포르피리의 얼굴을 바라보았다.

---

3) 영원한 싸움 만세.
4) 〈요한 계시록〉 21장에 나오는 새로운 지상낙원.

"그렇다면⋯⋯. 나사로의 부활 또한 믿습니까?"

"믿습니다. 그런데 어째서 그런 질문을 하시지요?"

"진심으로 믿습니까?"

"진심입니다."

"흠⋯⋯. 정말 얄궂은 질문만 해서 죄송합니다. 그럼, 처음 문제로 되돌아갑니다만, 그들은 언제나 틀림없이 처형당하는 것이야 아니겠죠. 개중에는 반대로⋯⋯."

"생존 시에 승리를 얻는다는 말씀이지요? 물론입니다. 생존 시에 목적을 달성하는 자도 있습니다. 그때는⋯⋯."

"도리어 그가 스스로 사람을 처벌하기 시작한다는 말씀입니까?"

"그것이 필요하다면⋯⋯. 아니, 대부분이 그렇게 될 것입니다. 정말 당신의 날카로운 관찰력에 놀랐습니다."

"칭찬해주시니 감사합니다. 그런데 하나만 더 묻고 싶습니다. 그 평범한 사람과 비범한 사람의 구별은 어떻게 합니까? 태어날 때부터 그런 표시가 찍혀 있나요? 그 점을 좀 더 명확하게 알았으면 하는데요. 외면으로 봐서 결정적인 것이 있었으면 하기 때문이랍니다. 이런 것까지 묻는 것은 단순히 실무적이며 온건한 인간이 지니는 자연스러운 불안이라 여기시고 이해해 주십시오. 그건 그렇고⋯⋯. 어떻습니까? 예컨대 그들이 특수한 제복을 만든다든지 낙인이라도 찍는다든지⋯⋯. 이렇게는 도저히 못 하겠지만, 이런 염려가 앞서는군요. 즉 혼란이 일어나 한 유형의 인간이 다른 유형의 범주에 속한다는 망상을 하고, 당신이 했던 그 적절한 표현, 즉 '모든 장애물을 제거하기' 시작한다면, 그때는 어떻게 되는 겁니까?"

"그렇죠. 그야 종종 일어나는 일입니다. 그러한 지적은 아까보다 더욱 날카로울 정도군요."

"이거 정말⋯⋯."

"아니, 천만의 말씀. 다만 한 가지 생각하실 점은 그러한 잘못은 틀림없이 첫 번째 부류, 즉 '범인'—이건 매우 서투른 칭호입니다만—측에서 생겨날 수 있다는 것입니다. 그들은 선천적으로 유순하긴 합니다만, 그래도 앞의 경우에서도 볼 수 있듯이 자연의 장난으로 인해 아주 많은 이들이 스스로를 진보적인 인간, '파괴자'인 양 생각하고 새 언어를 함부로 지껄이기를 좋아합니다. 그것을 아주 성실한 것처럼 생각하지요. 그들은 아울러 실제의 새로운 사람들을 인정하지 않는 경우가 많습니다. 아니, 그것을 시대에 뒤떨어진 비열한 일이라고 경멸하는 경우가 많지요. 그러나 제 생각으로는 그렇다고 해서 유별나게 위험이 많다고는 보지 않습니다. 그들도 오래 가지는 않을 테니까요. 때때로 그들에게 채찍질을 하여 자기들의 신분을 깨닫게 해주는 것도 좋겠지요. 그 이상은 없어도 좋습니다. 집행인도 필요 없습니다. 그들은 자책하고 반성할 테니까요. 그들의 품성은 훌륭하거든요. 서로 도와주기도 하고 스스로 자기를 벌할 줄도 아니까요……. 또 공적으로 참회의 뜻을 표하기도 합니다. 이건 아주 교훈적입니다. 요컨대 당신은 아무 걱정도 하실 필요 없습니다……. 그러한 법칙이 있으니까요."

"그것만으로 좀 안심은 됩니다만, 또 하나 귀찮은 문제가 있습니다. 이것도 설명해주셨으면 좋겠군요. 대체 사람을 죽여도 좋은 권리를 가진 비범한 사람이 얼마나 많이 있나요? 나야 물론 굽실거려도 좋습니다만, 하지만 그러한 인간이 너무 많으면 무척 곤란한 일이 아닐까요. 안 그렇습니까?"

"네, 그것도 염려없습니다." 라스콜리니코프는 말을 계속했다. "새로운 사상을 가진 인간, 아니, 새로운 이치를 말할 수 있는 이도 극히 소수에 불과합니다. 이상할 정도로 적은 수입니다. 다만 명백한 것은 그러한 유형과 더 세밀한 부류에 속하는 사람이 태어나는 순서가 어떤 자연법칙에 의해서 참으로 정확하게 정해져 있다는 것입니다. 그 법칙은 지금은 비록 분명하지 않지만, 나는 그것이 드러나리라는 것을 믿고 있습니다. 인류의 대부분 즉 물질은 다만 어떤 노력에 의해서, 오늘날까지 신비적 과정에 의해서, 잡혼이라는 방식에 의해서 천 명에 한 명이라도 자주적인 인간을 낳기 위해 이 세상에 존재하고 있는 것입니다. 좀 더 커다란 자주성을 지닌 인간은 아마 만 명에 한 명꼴밖에 태어나지 못할 것입니다―저는 지금 가정하고 있는 것입니다만―더 위대한 사람이라면 10만 명에 하나일지도 모릅니다. 천재적인 인간이라면 수백만 명 중에 한 사람, 참된 대천재, 즉 인류의 완성자라면 아마 몇억이라는 인간이 살다가 죽어간 뒤에야 하나 태어날지도 모릅니다. 물론 지금 제가 그런 것들이 끓고 있는 무슨 증류기(蒸溜器)를 들여다보고 하는 말은 아닙니다. 그러나 일정한 법칙은 반드시 존재하고, 또 존재하지 않으면 안 됩니다. 거기에는 우연이란 있을 수 없습니다."

"도대체 자네들은 둘이서 농담을 하는 건가?" 라주미힌이 보다 못해 소리 질렀다. "말장난 경쟁이라도 하고 있나? 앉은 채 서로 놀려대기만 하고! 로쟈, 자네는 그 말을 진정으로 하는 건가?"

라스콜리니코프는 라주미힌을 향해 침울하고 핼쑥한 얼굴을 들었으나 입을 열지는 않았다. 이 조용하고 슬퍼 보이는 얼굴과 포르피리의 노골적이고 까다롭고 버릇없는 풍자와의 대조가 라주미힌으로 하여금 이상한 기분에 휩싸이게 했다.

"그게 진심이었다면……. 그건 정말 자네 말대로 새로울 게 하나도 없지. 사실 우리는 그것을 수없이 읽고 듣고 했으니까. 하지만 지금 얘기 가운데 참으로 독창적인 것, 그러니까 자네만이 주장하는 의견은, 무서운 일이긴 하네만 자네가 양심에 비추어 유혈을 허용하고 있다는 점이겠군. 더구나 미안한 말이지만, 몹시 광신적으로 말일세. 그러고 보니 자네 논문의 근본 사상도 여기에 있는 셈이야. 그러나 양심에 비추어 유혈을 인정한다는 것은, 그것은…… 그건 내가 생각하기에는 합법적으로 피를 흘려도 좋다고 허가된 것보다 더 무서운 것일세."

"사실이 그래. 훨씬 무섭지." 포르피리가 동의했다.

"아니, 자네는 지나치게 과장해서 생각하고 있네! 어딘가 잘못된 점이 있어. 나도 그 논문을 꼭 읽어보겠네만, 자네는 너무 과장하고 있는 거야. 자네가 그런 식으로 생각할 리 없어……. 읽어보겠네."

"그럴 리 없네. 내 논문에 그런 말은 없어. 다만 암시에 지나지 않아." 라스콜리니코프가 말했다.

"그렇지요, 그렇습니다." 포르피리는 좀 당황한 태도였다. "당신의 범죄에 대한 의견을 이제는 완전히 이해하겠습니다. 그런데…… 또 지나치게 물어서 죄송합니다만—아니, 너무 귀찮게 해서 부끄러울 정도입니다!—꼭 하나만 더 묻겠습니다. 앞서 말한 분류의 혼란에 관한 것입니다만, 사실 실제에서는 혼동할 경우가 굉장히 많으리라고 여겨지는데……. 예컨대 어느 한 청년이 자기를 리쿠르고스나 마호메트인 것처럼 생각하고—물론 미래에 대한 꿈이지요—모든 장애물을 제거하기 시작했다고 하면······. 즉 목적에 필요한 자금 조달을 시작했다면······. 그 결과는 어떻게 될까요?"

한구석에 앉아 있던 자묘토프가 갑자기 웃음을 터뜨렸으나 라스콜리니코프는 고개도 까딱하지 않았다.

"동의해야 하겠습니다만." 라스콜리니코프는 차분하게 대답했다."그런 경우가 있긴······ 하겠지요. 바보 멍텅구리 같은 녀석이란 흔히 그런 유혹에 넘어가기 쉬우니까요. 특히 청년이라면 더욱 그렇습니다."

"그것 보시오. 그렇다면 그 결과는 어떻게 될까요?"

"마찬가지입니다." 라스콜리니코프는 빙그레 웃음 지었다."그건 내 책임이 아닙니다. 그런 일은 현재에도 있을 뿐 아니라 미래에도 있을 것입니다. 지금도 이 친구가―그는 라주미힌을 턱으로 가리켰다―나보고 피를 허용하느니 했지만, 그게 어떻다는 것입니까? 사회는 여전히 유형과 감옥과 예심 판사와 징역 등등으로 충분히 담을 쌓고 있잖습니까? ······무엇을 또 걱정하십니까? 도둑이나 잡아내면 그만 아닙니까?"

"만일 잡아냈다고 하면?"

"마땅한 벌을 받아야 하겠지요."

"꽤 논리적이군요. 그럼, 그의 양심은 어떻게 되지요?"

"당신하고야 관계없잖습니까?"

"저는 인도적인 관점에서 묻는 것입니다."

"양심 있는 인간이라면 자기 죄를 자각하고 고민하겠지요. 이 자책이야말로 그에게는 가장 큰 벌일 것입니다. 징역과는 다른 차원의 벌이지요."

"하지만 참된 천재라면 말일세." 라주미힌이 얼굴을 찌푸리며 물었다.

"다시 말해서 그 살인의 권리를 부여받은 친구들은 자기가 저지른 그 유형에 대해서도 전혀 괴로워해서는 안 되는 게 아닌가?"

"왜 그런 말을 하나. 그건 허용된 것도 아니고 금지된 것도 아닐세. 희생자를 불쌍하다고 여기며 고민하면 돼. 고민과 고통이라는 것은 넓은 지식과 깊은 감정을 가진 사람에게 꼭 필요한 걸세. 요컨대 위대한 인간이라면 세상의 온갖 커다란 슬픔을 모두 맛봐야만 한다는 생각이 드네." 그는 좀 생각에 잠긴 듯한 어조로 말을 맺었다.

그는 눈을 들어 찬찬히 좌석을 훑어보더니, 빙그레 웃음을 띠며 모자를 집어들었다. 그는 아까 이 방에 들어섰을 때보다도 훨씬 태연했다. 그리고 자기 자신도 그것을 의식했다. 모두 자리에서 일어났다.

"욕하시거나 화내셔도 하는 수 없습니다만, 아무래도 참을 수가 없습니다." 포르피리 페트로비치가 다시 말을 꺼냈다. "한마디만 더 묻겠습니다. 귀찮게 굴어서 정말 죄송하군요. 그다지 대수롭지는 않은 생각입니다만, 참고가 될까 해서요……."

"괜찮습니다. 마음 놓고 물어주십시오." 라스콜리니코프는 핼쑥한 얼굴로 정색하며 그의 앞에 도사린 채 기다렸다.

"별건 아닙니다만……. 어떻게 말을 해야 좋을까요……. 아니, 이런 생각은 좀 짓궂다고나 할까……. 심리적인 것이라서요……. 말하자면 당신이 그 논문을 쓰실 무렵 아니, 그런 일이야 있을 수 없겠지만, 헤헤헤! 당신은 자신에 대해 조금이나마 스스로가 '비범한' 인간, 즉 당신이 말씀하시는 뜻으로 '새로운 언어를 사용하는 사람'의 하나라고 생각하신 적은 없는지요……. 어떻습니까?"

"충분히 있을 수 있지요." 라스콜리니코프는 거의 경멸스럽다는 듯이 대답했다. 라주미힌은 흠칫 놀랐다.

"그렇다면 혹시 이런 건 마음에 품지 않으셨습니까? 예를 들면 생활의 위협이나 궁핍으로, 또는 온 인류를 구해보고 싶다는 이유로 장애물을 넘으려는 결심을…… 자세히 말하면, 사람을 죽이거나 도둑질을 해서……."

그는 다시 마치 눈짓이라도 하듯 왼쪽 눈을 껌벅이며 빙그레 웃었다.

"만약 내가 그럴 생각이었다면 이런 말을 아무한테나 지껄이지 않을 것입니다." 라스콜리니코프는 도전적으로 멸시의 빛을 띠며 대답했다.

"아니, 다만 좀 물어보았을 뿐입니다. 당신의 논문을 좀 더 잘 이해하고 싶었을 뿐입니다. 말하자면 문학적인 관점에서 말입니다."

'이건 뻔한 수작이 아닌가!' 라스콜리니코프의 몸은 혐오감으로 떨렸다. "미리 말씀드려 두겠습니다만" 그는 무뚝뚝하게 말했다. "나는 결코 나 자신을 마호메트나 나폴레옹으로 생각해본 적은 없었습니다. 따라서 그런 인간이 아닌 내가 어떤 행동을 해야만 하는가에 대한 시원한 대답을 할 능력이 없습니다."

"왜 그러십니까? 오늘날 러시아에 사는 사람치고 자신을 나폴레옹으로 자처하지 않는 사람이 있다고 생각하십니까?" 포르피리는 능글맞은 태도로 물었다. 그 목소리의 억양조차 무슨 의미를 포함하고 있는 듯했다.

"지난주에 도끼로 노파를 죽인 자도 미래의 나폴레옹이 아닐까요?" 한구석에 있던 자묘토프가 물었다.

라스콜리니코프는 잠자코 포르피리를 바라보았다. 라주미힌의 얼굴은 몹시 우울해 보였다. 그는 아까부터 무슨 흑막이 있음을 눈치채고 이에 고통을 받고 있는 듯했다. 그는 화난 눈초리로 주위를 둘러보았다. 이런 상태로 무거운 침묵이 1분쯤 흘러갔다. 라스콜리니코프는 몸을 일으켰다.

"돌아가시겠습니까?" 포르피리는 유난히 상냥한 태도로 라스콜리니코프에게 손을 내밀며 말했다. "뵙게 되어 매우 기쁩니다. 부탁하신 것은 염려 마십시오. 아까 말씀드린 것처럼 써주십시오. 아니, 그보다도 직접 사무실로…… 나를 찾아주시는 편이 좋겠군요. 2, 3일 안으로요……. 물론 내일이라도……. 11시면 틀림없이 나는 그곳에 있습니다. 완전히 수속을 마치고, 그리고 말씀도 들어보고 싶습니다……. 당신은 그곳에 가장 마지막으로 가신 분이니까요……. 그러니 무슨 얘기를 들려주셨으면 합니다……." 그는 선량한 표정으로 말을 맺었다.

"당신은 정식으로 나를 취조하실 모양이군요, 준비를 완전히 마친 뒤에?" 라스콜리니코프는 날카롭게 물었다.

"왜 그런 말씀을 하십니까? 이젠 그럴 필요는 조금도 없습니다. 당신은 오해하고 있습니다. 사실 기회를 놓치고 싶지 않아서요……. 전당 잡힌 사람을 모두 찾아봤지요. 그중에는 증언을 할 사람도 있습니다……. 그런데 당신은 남은 한 사람이란 말입니다……. 참, 그렇군." 포르피리는 갑자기 기쁜 듯이 소리쳤다. "마침 이제 생각났군요. 제가 정신이 나갔었나 봅니다." 포르피리는 라주미힌을 보았다. "자네, 그 니콜라이의 일에 대해서 귀에 못이 박이도록 이야기했었지. 그건 나도 잘 알고 있었어. 스스로 말이야."

포르피리는 다시 라스콜리니코프 쪽으로 돌아섰다. "그 젊은이는 혐의가 없답니다. 그런데 어쩔 도리가 없어서 드미트리에게마저 폐를 끼치는 결과가 되어버렸지요……. 문제는요, 다시 말해서 문제의 핵심은요, 그때 층계를 지나가시면서…… 아 참, 당신이 가셨던 것은 7시가 지나서였죠."

"7시 넘어서지요." 라스콜리니코프는 대답했다. 그러나 곧 대답하지 않아도 좋았을 걸 하는 생각이 그를 불쾌하게 만들었다.

"그렇다면 7시가 넘어서 층계를 올라갈 때 혹시 못 보셨는지요? 2층의 문이 열린 방입니다만…… 생각나십니까? 일꾼 둘이서 무언가 하고 있지 않았나요? 하다못해 그중 하나만이라도 좋습니다만, 두 사람은 페인트 칠을 하고 있는데, 기억이 없으신가요? 이건 그들한테 참으로 중요한 점이니 다만……"

"칠장이 말인가요? 저는 본 적이 없습니다." 라스콜리니코프는 기억을 더듬듯이 천천히 대답했다. 동시에 그는 온 정신을 모아 어서 빨리 포르피리의 질문 속에 감추어진 올가미를 찾아내려고 애썼다.

"전혀 없습니다. 문이 열린 방도 기억에 없습니다……. 아, 그런데 4층에서— 그는 올가미를 간파하고 개가를 올렸다—한 관리가 이사하고 있었지요……. 바로 알료나 이바노브나의 맞은편 방인데……. 기억납니다……. 군인 출신의 인부 하나가 소파를 들어내며 나를 벽으로 떠밀었지요……. 하지만 칠장이는 전혀 기억에 없습니다. 문이 열린 방도 없는 것 같았는데……. 아니, 없었습니다……."

"여보게, 무슨 소릴 하는가?" 라주미힌은 정신이 번쩍 나서 이제야 알았다는 듯 소리쳤다. "페인트 칠을 하고 있던 것은 살인이 났던 바로 그날이 아닌가? 이 친구가 거길 간 것은 그 사흘 전이야. 도대체 자네는 무얼 묻고 있나?"

"이거 참, 내 정신이 말이 아닐세!" 포르피리는 자기 이마를 쳤다. "제기랄! 이놈의 사건 때문에 머리가 어떻게 된 것 같아." 그는 사과라도 하듯 라스콜리니코프를 향해 돌아섰다. "다만 저는 누구든지 7시가 지나서 두 일꾼을 본 사람은 없는지 그것만 생각하느라고……. 또 당신에게 물어보면 알 것 같아서……. 그런 착각을 했군요."

라주미힌이 언짢아하면서 충고했다.

"좀 더 주의해야지."

마지막 말은 현관에서 주고받았다.

포르피리 페트로비치는 상냥한 태도로 그들을 문까지 배웅해 주었다. 두 사람은 얼마 동안 침울하고 불쾌한 얼굴을 한 채 말없이 걸어갔다. 라스콜리니코프는 깊은 한숨을 몰아쉬었다.

"그럴 리가 없어! 나는 믿지 않아!" 라주미힌은 라스콜리니코프가 내세우는 논거를 열심히 반박하면서 난처한 얼굴로 되풀이했다. 그들은 이미 바카레예프네 하숙집까지 와 있었다. 거기에서는 풀리헤리야 알렉산드로브나와 두냐가 아까부터 기다리고 있었다. 라주미힌은 얘기에 열중하여 오는 도중에도 수없이 걸음을 멈추곤 했다. 그는 그 사건이 두 사람 사이에 비로소 뚜렷이 화제에 올랐다는 것만으로도 완전히 얼빠진 듯 흥분하고 있었다.

"믿지 않는 편이 좋지!" 라스콜리니코프는 차갑고 무뚝뚝하게 쓴웃음을 띠며 대답했다. "자네는 아직 눈치채지 못한 모양인데, 나는 한마디 한마디 저울질하고 있었네."

"의심이 많으니까 저울질했을 테지. 음……. 사실 포르피리의 태도는 뭔가 숨기고 있는 것 같았어. 특히 자묘토프의 생각은 아주 달라졌더군. 자네 말대로 좀 수상했어. 왜 그랬을까? 어떻게 변했을까?"

"하룻밤을 자고 보니 생각이 달라진 거야."

"그렇지 않아. 오히려 그 반대야! 만약 그들이 그런 생각을 품었다면 감추려고 애쓰는 법이거든. 나중에 기습하기 위해서……. 그러나 아까는 노골적이 아니었나?"

"그러나 이렇게 생각해볼 수도 있어. 만약 그들이 확실한 증거를 잡았거나 어떤 근거를 가졌다면 좀 더 통쾌한 승리를 위해 감출지도 모르지만, '하긴 벌써 가택수색을 했어야 하는데! 그들한테는 아직 확실한 단서가 없어. 아무것도 없거든. 모두 신기루로만 보이겠지. 양쪽 다 엉터리거든. 관념뿐이야. 그래서 그들은 노골적인 방법으로 우선 정신을 못 차리게 해보려는 수작일세. 단서는 잡히지 않고 화는 나니까 한번 터뜨려본 건지 모르지. 또는 어떤 속셈이 있는지도 몰라……. 그는 꽤 총명해 보였거든……. 그래서 아는 척하며 나를 위협하려고 했던 모양이지……. 이것도 일종의 심리학이야……. 그러나 이런 것을 설명하기란 정말 어렵네. 그만두세!"

"하지만 참을 수 없는 모욕이었어! 자네 기분도 알겠네. 이젠 우리도 터놓고 이 얘기가 나왔으니 말이네만. 드디어 그 이야기를 이렇게 시작한 건 분명 잘된 일이야. 나도 지금 털어놓지만, 그들이 그런 의심을 품고 있었던 건 오래전부터 깨닫고 있었네. 물론 아주 어렴풋할 정도였지. 하지만 무슨 까닭일까? 어디에 그런 근거가 있지? 내가 얼마나 흥분했는지 자네는 알아줘야겠네! 그렇지 않겠나? 가난과 우울증에 시달리는 불우한 대학생이 정신착란과 열에 들떠 드러눕기 전날 밤, 아니, 어쩌면 그 열병은 이미 시작되었는지도 모르지. 문제는 그 점일세. 이 의심 많고 자존심 강하며 자의식이 대단한 인간이 반년 전부터 외부와의 접촉을 피해 방에만 틀어박혀 있다가 처음으로 누더기에다 닳아빠진 구두를 신은 채 어느 경찰관으로부터 모욕받고 있다. 그리고 7등관 체바로프에게로 넘어간 기한이 지난 어음을 내려다보고 썩은 페인트 냄새와 37도에 가까운 더위와 탁한 공기와 북적거리는 사람, 그 전날 찾아가 처음으로 본 노파가 피살됐다는 이야기……. 이런 것이 한꺼번에 덮친 데다 공복에서 오는 현기증! 그래서야 졸도하지 않고 배기겠나! 그걸 그 자식들은 단서로 삼아서는 의심을 한단 말이야. 그런 괘씸한 것들이 어디 있어! 만약 내가 자네라면 얼굴에다 침을 탁 뱉어 주겠어. 뺨도 마구 후려갈겨주고……. 로쟈, 용기를 내게. 창피하잖아!"

'녀석이 제법 그럴 듯한 말을 하는군.' 라스콜리니코프는 생각했다.

"침이라도 뱉으라고? 하지만 내일은 심문을 당한다네." 라스콜리니코프는 비통하게 말했다. "또 녀석들을 상대로 변명을 해야 하나? 어제 식당에서 자묘토프와 이야기한 것마저도 화가 나서 죽을 지경인데."

"제기랄! 내가 직접 포르피리에게 가야겠어! 친척끼리 하듯이 녀석의 멱살을 움켜쥐고 속셈을 낱낱이 털어놓게 해야지. 자묘토프 따위는……."

'이제야 눈치를 채는군.' 라스콜리니코프는 생각했다.

"가만 있어!" 라주미힌이 그의 어깨를 잡으며 소리쳤다. "가만 있자, 자네가 잘못한 거야. 곰곰이 생각해보니 자네가 잘못 생각했어! 그게 무슨 간계인가? 자네는 칠장이에게 대한 질문이 올가미라고 생각하겠지만, 잘 생각해 보게. 만약 자네가 그 범인이라 하더라도, 바보가 아닌 이상 누가 그걸 봤다고 말하겠나? 누구든 보았을지라도 안 보았다고 잡아떼는 게 보통이 아닐까? 누가 불리한 말을 증언하겠는가 말일세!"

"아닐세. 만약 내가 범인이라면 봤다고 했을 걸세." 되도록 혐오의 빛을 띠며 라스콜리니코프는 대답했다.

"자기에게 불리한 말을 할 수 있나?"

"허, 그렇지 않다니까. 무조건 모른다고 손을 내젓는 것도 시골뜨기 아니면 경험 한 번 없는 풋내기들의 짓일세. 조금이라도 지식이 있고 경험이 있다면 되도록 어쩔 수 없는 외부적인 사실을 인정하고 들어가는 법이네. 그걸 이용하여 경찰로 하여금 뜻밖의 추측을 시키기도 하고, 또 아주 다른 암시를 주어 사건을 전혀 엉뚱한 곳으로 이끌어가기도 하지. 포르피리도 아마 내가 그러리라 생각하고, 사실같이 보이기 위해 보았다고 대답하면……. 그걸로 무슨 확실한 단서라도 잡아보려 했을 것일세."

"그런 것도 같군. 사실 사건 발생 사흘 전이면 문이 열린 방도 칠장이도 없었을 테니까. 그래, 그런 수작을 붙인 걸 보면 자네가 흉사가 있던 날 그 시각에 그곳으로 갔다는 것을 우겨댈 모양이었는지 모르겠는데!"

"그래! 그자는 바로 그걸 노린 거야. 내가 허겁지겁하다가……. 칠장이를 보았다고 말할까 싶어 그런 계략을 쓴 게 틀림없어!"

"그걸 누가 모를까!"

"아니, 걸려들 만도 하지. 우스운 계략이지만 의외로 교활한 녀석이 넘어가는 수도 있거든. 교활하면 교활할수록 그런 엉터리 같은 계략으로 덤벼들리라곤 생각도 못한단 말일세. 그래, 교활한 인간이 의외로 어리석은 자에게 넘어가는 것도 이런 이치일세. 포르피리는 그렇게 바보는 아니란 말이야."

"그렇다면 녀석은 비열한 놈이지!"

라스콜리니코프는 웃지 않을 수 없었다. 동시에 마지막 설명을 했을 때 자기 몸을 엄습했던 그 흥분과 흥미가 몹시 이상하게 느껴졌다. 그때까지의 대화는 침울하고 혐오에 찬 기분에 할 수 없이 계속했던 것이었기 때문이었다.

'나도 장단을 맞추는 경우가 있군!' 그는 속으로 생각했다.

그러나 거의 같은 순간, 어떤 이상한 불안이 되살아났다. 가슴이 두근거릴 만큼 불안은 커져갔다. 둘은 이미 바카레예프네 하숙집까지 와 있었다.

"혼자서 먼저 가게." 라스콜리니코프는 말했다. "곧 돌아오겠어."

"어딜 가나? 여기까지 왔는데!"

"볼일이 좀 있어……. 30분이면 되네……. 두 사람에게 그렇게 일러주게."

"마음대로 하게, 나도 따라갈 테니까."

"여보게, 자네마저 또 날 괴롭힐 작정인가?"

라스콜리니코프는 괴롭고 비통한 초조에 휩싸여 절망에 찬 시선으로 쏘아보았다. 라주미힌은 그만 발길을 돌릴 수밖에 없었다. 들어가는 라스콜리니코프의 뒷모습을 보다가 갑자기 이를 악물었다. 그는 두 주먹을 불끈 쥐며 포르피리란 놈, 오늘 당장 레몬을 짜듯 짜버려야지, 결심했다. 그는 오래도록 기다리고 있는 풀리헤리야 알렉산드로브나를 위로하기 위해 층계를 올라가기 시작했다.

라스콜리니코프가 집에 다다랐을 때 얼굴은 땀으로 뒤범벅이었고 호흡은 괴로울 정도로 가빠져 있었다. 성급히 층계를 올라간 그는 문이 활짝 열린 방으로 들어가자 곧 자물쇠를 잠가버렸다. 그러고는 미친 사람처럼 부리나케 그때 장물을 감추었던 방 한구석으로 달려갔다. 그는 벽의 구멍으로 손을 쑥 집어넣었다. 그리고 몇 분 동안인가 구멍을 손으로 휘저었다. 마침내 아무것도 없음을 확인하자 그는 한숨을 몰아쉬었다. 조금 전 바카레예프네 집에 닿았을 때 문득 어떤 생각이 그의 머릿속을 스쳐갔던 것이다. 즉 무슨 단추나 혹은 그런 것을 쌌던 노파의 필적이 있는 종잇조각 같은 것이 어느 틈에 떨어져 있다가 뒷날 발각되어 확고한 증거물이 되면 어쩌나 하는 불안이 그의 몸을 떨게 했던 것이다.

라스콜리니코프는 생각에 몰두하는 듯이 잠시 동안 가만히 서 있었다. 그의 입술에 기묘하고 비열한 듯한 반무의식적인 미소가 떠올랐다. 그는 모자를 들고 밖으로 나섰다. 그의 머리는 뭐가 뭔지 모를 만큼 혼란에 빠져 있었다. 그는 층계를 내려갔다.

"저기 저 사람이 바로 그 사람입니다!" 이런 외침 소리가 난 곳을 향해 라스콜리니코프는 눈을 들었다.

대문 앞에 서 있는 문지기가 가운 같은 옷 위에 조끼를 입은 어떤 사나이에게 그를 가리켜주고 있었다. 멀리서 봐서는 꼭 시골 여인처럼 보이는 장사치 같은 조그만 남자였다. 낡은 모자를 쓴 머리를 아래로 비스듬히 숙이고 있었기 때문에 온몸이 구부정해 보였다. 여윈 얼굴에는 주름이 잡혀 있어 쉰 살이 넘어 보였고, 작은 눈은 음산하고 험상궂으며 불만스러운 듯한 표정이었다.

"무슨 일이오?" 문지기 곁으로 다가가며 라스콜리니코프가 물었다.

그 남자는 곁눈으로 라스콜리니코프를 찬찬히 살펴보는 듯하더니 아무 말도 남겨놓지 않은 채 몸을 돌려 거리를 향해 걸어갔다.

"대체 누구요?" 라스콜리니코프가 다시 물었다.

"저도 잘 모르는 사람인데, 댁 이름을 대고 여기 이런 학생이 있는지, 누구네 집에 하숙하는지 묻더군요. 마침 그때 댁이 나온 겁니다. 그래서 내가 알려주었더니 지금 보신 것처럼 그냥 가버리지 않겠습니까!"

문지기 또한 의아한 눈치였다. 그러나 그는 그렇게 대단한 일이 아니라고 단정했는지 곧 몸을 돌려 자기 집으로 들어가버렸다.

라스콜리니코프는 그 남자의 뒤를 쫓기 시작했다. 잠시 뒤 그는 여전히 느린 걸음으로 머리를 수그린 채 걷고 있는 그 사나이를 따라잡을 수 있었다. 그는 걸음을 빨리하여 그 사나이 옆으로 다가갔다. 그는 사나이의 옆얼굴을 바라보았다. 상대방도 곧 그를 알아차리고 힐끗 바라보았으나, 곧 눈길을 떨구었다. 둘은 얼마 동안 어깨를 나란히 하고 걸어갔다.

"나에 대해서 뭔가 물어본 모양이죠……. 문지기에게?" 라스콜리니코프의 목소리는 몹시 나지막해서 들릴락 말락했다.

사나이는 아무 반응도 보이지 않았다. 그래서 둘은 말없이 또 걸어갔다.

"대체 누구십니까……. 사람을 찾고 나서 한마디 말도 없으니……. 무례가 아니오? 대체 무슨 일이오?" 라스콜리니코프의 목소리는 토막토막 끊어져나왔으며 불안에 떨고 있었다. 낯선 남자가 마침내 그를 향해 눈을 들었다. 그 눈이 음흉하게 빛났다.

"살인자!" 사나이는 낮으나 분명하고 단호한 목소리로 말했다.

옆에서 걷던 라스콜리니코프의 다리가 마구 떨리기 시작했다. 순간 등이 오싹해지고 맥이 쭉 빠져버렸다. 두 사람은 또 묵묵히 걸어갔다.

사나이는 그에게 눈길을 보내지 않았다.

"뭐라고 하셨죠……. 뭐라고요……. 누구더러 살인자라고요……?" 모기소리만한 목소리로 라스콜리니코프가 겨우 물었다.

"바로 네가 살인자다!" 사나이는 여전히 분명하게 똑똑 끊어 말했다. 그는 승리에 찬 미소를 띠고 파리하게 질린 얼굴로 빛을 잃어가는 라스콜리니코프의 눈을 쏘아보았다. 두 사람은 이미 네거리로 나서고 있었다. 낯선 사나이는 이쪽으로 눈 한 번 돌리지 않고 왼쪽 거리로 접어들었다. 그 자리에 선 라스콜리니코프는 한참 동안 사라져가는 그 사나이의 뒷모습을 지켜보았다. 50걸음쯤 걸어가서야 사나이는 돌아다보았다. 라스콜리니코프는 사나이의 얼굴에 분명히 떠오른 어렴풋한 승리의 미소를 본 것 같았다.

공포에 질린 라스콜리니코프는 다리를 후들후들 떨면서 집으로 되돌아왔다. 모자를 탁자에 놓고 10분쯤 그대로 꼼짝하지 않은 채 서 있었다. 그는 힘없이 긴 의자에 엎어져서는 병든 사람처럼 가냘픈 신음 소리를 냈다. 30분쯤 그는 눈을 감고 있었다.

그는 아무 생각도 하지 않았다. 다만 어떤 상념의 조각들—어린 시절엔가 혹은 다른 어느 곳에서 본 듯한 기억조차 없는 사람들의 얼굴, 교회의 종루, 어느 레스토랑의 당구대, 당구를 치던 어떤 장교, 어느 지하실에서 풍겨나오던 담배 냄새, 선술집, 구정물에 젖은 달걀 껍질이 무수히 깔린 언제나 음침한 그 뒤층계가 머리를 스치고 지나갈 뿐이었다. 이러한 모든 것들이 회오리처럼 얽혀 소용돌이치고 있었다. 그는 그중에서 마음에 드는 것을 골라 그것에 더욱 기억을 확대시키려고 애썼으나 이내 그 상념조차 망각에 묻혀버렸다. 그러고는 어떤 무거운 짓눌림만이 가슴에 가득 차오르는 것이었다. 그러나 못 견딜 만큼 괴롭지는 않았다. 마침내는 상쾌한 기분이 들기까지 했다. 가벼운 오한은 여전히 그의 몸을 떨게 했지만, 그러나 그는 여기에서도 어떤 쾌감의 감촉을 맛볼 수 있었다.

이때 계단을 쿵쿵거리며 올라오는 성급한 발소리가 들려왔다. 그것이 라주미힌임을 알아차린 라스콜리니코프는 잠든 시늉을 했다. 문을 열고 들어선 라주미힌은 잠시 멈칫하며 무언가 생각하는 듯하더니 곧 발소리를 죽이고 걸어왔다. 그는 긴 의자 옆으로 가만히 다가왔다. 나스타샤의 속삭임이 들려왔다.

"조용히 하세요, 지금 막 잠들었나 봐요. 지금은 푹 쉬게 놔두세요. 식사는 나중에 해도 좋으니까요."

"하긴 그래." 라주미힌은 고개를 끄덕였다.

두 사람은 조심스럽게 밖으로 나갔다. 30분쯤이 또 흘러갔다. 눈을 뜬 라스콜리니코프는 두 손을 머리에 괴고 반듯이 누웠다.

'그 사람은 대체 누굴까? 그 땅 속에서 갑자기 솟아난 듯한 그 사람은 뭘하는 자일까? 그 사나이는 모든 것을 다 본 것 같다. 다 보았음에 틀림없다. 그럼, 그때 그 사나이는 어디에 숨어서 뭘 보았을까?…… 음……' 라스콜리니코프는 오한으로 몸을 떨면서 생각했다.

'니콜라이가 문 뒤에서 주운 손궤―이런 일이 있을 수 있을까? 증거가 된다! 10만분의 1의 단서라도 놓치면……. 그것은 이집트의 피라미드만 한 증거가 되고 만다. 그때 날아다니던 파리 한 마리가 있었는데, 그놈이 보았을까? 그럴 리는 없다!'

라스콜리니코프는 문득 자기가 육체적으로 나약해졌음을 깨닫고 혐오감을 억누르지 못했다. 그는 쓴웃음을 지었다.

'나는 이렇게 될 줄 알고 있었어야 했다. 나 자신을 잘 알면서 또 자신을 예감하면서 하필이면 왜 도끼로 그런 짓을 했을까?……. 나는 이것도 알았어야 했다……. 가만있자, 나는 그전부터 알고 있었잖나!'

라스콜리니코프는 절망에 잠겨 숨을 몰아쉬었다. 때때로 그는 어떤 상념에 꼼짝없이 사로잡히기도 했다.

'하긴 그런 족속은 뭔가 다른 점이 있어. 아니, 모두 나같이 바보들이야. 모든 것을 허용받은 주권자는 툴롱을 폐허로 만들고, 파리에서 대학살을 감행했고, 이집트에 대군을 버려둔 채 도주했고 모스크바 원정에서 50만 대군을 희생시켰고, 빌뉴스에서는 농담 한마디로 위기를 모면했다.[5] 죽으면 모두 그를 위해 기념비를 세워 우상으로 떠받든다……. 이렇게 그 모든 일이 그에게는 허용된 일이다. 아니, 이자들은 여느 인간과 달리 청동으로 이루어졌을 거야!'

어떤 뜻밖의 생각 하나가 문득 머리에 떠올라 그는 자칫하면 웃음이 터져나올 뻔했다.

'나폴레옹, 피라미드, 워털루 그리고 한편 침대 밑에 붉은 트렁크를 넣어두고 있는 여위고 꾀죄죄한 관리의 과부며 고리대금업자인 그 노파. 이것만 가지고서야 아무리 포르피리 페트로비치라 할지라도 소화하기가 어려우리라!……. 소화하다니, 될 법이나 한 얘긴가!……. 미적 감각이 훼방을 놓거든 '한 나폴레옹이 노파의 침대에 기어든다!' 이 말이지. 제기랄, 시시하군!'

---

5) 모두 나폴레옹의 행적을 순서대로 서술한 것이다.

때때로 그는 신열 때문에 헛소리를 하고 있다는 느낌이 들기도 했다. 그는 열병과도 같은 환희의 기분으로 빠져들어갔다.

라스콜리니코프는 꿈속에서 발작적으로 흥분하며 생각했다.

'대체 그 노파가 뭐란 말이냐! 노파에게 손을 댄 것부터가 내 손해다. 그 노파는 문제도 아니다. 그 노파는 내 손에 죽은 게 아니라 자기 병 때문에 죽어간 것이다. 나는 다만 어서 빨리 장애물을 뛰어넘고 싶었을 뿐이었으니까. 내가 죽인 것은 인간이 아니다. 난 인간을 죽인 게 아니라 주의(主義)를 죽였다. 그러나 주의를 죽이긴 했지만, 나는 끝내 장애물을 뛰어넘지 못하고 이렇게 제자리에 머물러 있는 것이 아닌가? 다만 죽였을 뿐이다. 아니, 지금 생각해보면 그 살인마저 못한 셈이다!⋯⋯. 그럼, 내 주의는 어디로 갔는가? 어째서 라주미힌은 바보처럼 사회주의를 공격했던 것일까? 그들은 일을 좋아하며 장삿속에 눈이 밝아 온 '인류의 행복'을 위해 일하지 않는가? 그러나 나는 이 세상을 한 번 살 뿐이다. 나의 삶은 결코 두 번 주어지지 않는다. 나는 결코 '인류 전체의 행복'을 염두에 둔 적이 없다. 나는 나대로 스스로 살고 싶을 뿐이다. 그렇잖으면 죽는 것만 못하다. 나는 다만 '인류 행복'의 도래를 기대하면서도 자기의 푼돈 1루블을 주머니에 넣고 굶주리고 있는 어머니 곁을 그냥 스쳐가기가 싫었던 거야. 나는 전체의 행복을 건설하기 위해 벽돌을 한 장 한 장 나르고 있다. 이것으로 나는 정신적 위안을 느끼고 있다, 하고 말했겠다. 하하하! 어째서 너희들은 나를 버려두었나? 나는 한 번의 삶밖에는 갖지 못한다! 난 살고 싶은 것이다⋯⋯. 아, 나는 미적 취미를 가진 한 마리의 이(蝨)에 지나지 않는다. 그 이상의 아무것도 아니다.' 그는 미친 듯이 웃어댔다.

'그렇다! 나는 이(蝨)에 지나지 않는다.'

라스콜리니코프는 이 상념에 몰두하여 모든 일을 이에 결부시켜 거기에서 위안을 얻으려 했다.

'지금 '나는'이라는 것을 고찰하는 것이 그 첫째 증거야. 둘째는 한 달 동안 꼬박 전능하신 하느님을 증인으로 불러내어, 이건 내 육신과 욕망 때문이 아니라 다른 훌륭한 좋은 목적 때문이라고 실컷 응석부렸기 때문이지⋯⋯. 하하하! ⋯⋯셋째로는, 실행에 옮기는 데 무엇보다도 정의에 입각하여 양과 척도와 숫자를 계산하여 많은 이들 중 가장 무익한 놈을 해치움으로써 내 과업의 제1보에 필요한 비용을 얻으려 했다. 남은 돈은 모두 유언장에 의해 수도원으로 보내면 되는 거다……. 하하하!……. 그러니 나는 틀림 없는 이(蝨)다!'

라스콜리니코프는 이를 악물면서 덧붙였다.

'죽은 이(蝨)보다도 어쩌면 나 자신이 더 비열하고 추악하기 때문이야. 더구나 죽이고 난 뒤에 자신에게 이렇게 말하리라는 것을 미리 예감하고 있었기 때문이야! 도대체 이것 이상으로 추악한 일이 어디 있단 말인가! 아, 저속해, 비열해! 아, 나는 칼을 한 손에 들고 말에 올라탄 예언자의 심정을 잘 이해할 수 있어! 알라의 명령이노라, 그대 떨고 있는 자여, 복종할지어다! 소리치던 예언자가 옳았던 것이다. 어느 거리에 솜씨 좋은 포병들을 일렬로 나란히 세워놓고 그야말로 변명 한마디 듣지 않고 죄없는 자나 죄있는 자나 모조리 쏘아죽인 예언자! 복종할지어다, 그대 떠는 자여, 희망을 갖지 말지어다, 그것은 너희가 알 바 아니도다!……. 그렇고말고, 그 따위 노파를 누가 용서한담!'

그의 머리카락은 땀에 흠뻑 젖고 부들부들 떨리는 입술은 타들어갔으며 시선은 천장에 고정되어 있었다.

'어머니, 동생, 내가 얼마나 사랑하는 사람들인가! 그런데 나는 두 사람을 왜 미워하나? 나는 둘을 증오해. 육체적으로도 밉다. 그들이 내 옆에 있기만 해도 나는 참을 수가 없을 정도다……. 지난번에 나는 어머니에게 다가가서 키스를 했지. 기억난다……. 하지만 어머니를 끌어안으면서 나는 생각했지. 만약 어머니가 아신다면 어떻게 될까 하고……. 그때 모든 것을 고백해버렸어야 했던 것일까? 이건 내가 마음먹기에 달렸지……. 흠, 그 사람은 나와 똑같은 사람이어야만 하지.'

라스콜리니코프는 기습해 온 어떤 열병과 싸우듯 필사적으로 생각을 계속했다.

'아, 정말 그 노파가 밉다! 만약 숨을 돌려서 되살아난다면 나는 다시 죽여버릴 것이다. 아, 가엾은 리자베타! 왜 그녀가 불쑥 그 자리에 나타난 것일까! 그런데 나는 왜 그녀에 대해서는 생각하지 않는 것인가? 마치 죽이지 않은 것처럼……. 리자베타! 소냐! 두 여자 모두 선한 눈을 가진 귀엽고 상냥한 여자들……. 왜 그녀들은 울지 않을까? 어째서 그녀들은 신음 소리 한 번 내지 않는 것인가?……. 그녀들은 모든 것을 남에게 주면서……. 사랑스러운 고요한 눈

으로 보고 있어……. 소냐, 소냐! 조용한 소냐!……'

라스콜리니코프는 정신이 없었다. 스스로도 이상하게 여겨지는 것은 자기가 어떻게 번잡한 거리로 나왔는지 기억이 나지 않는다는 사실이었다. 이미 해가 저무는 저녁 무렵이었다. 황혼은 점점 짙어가고 둥근 달이 차츰 환해지고 있었다. 그러나 날씨는 전에 없이 무더웠다. 사람들은 떼지어 거리를 오갔다. 직공과 관리들은 집을 향해 서둘러 걸었고 그 밖의 사람들은 산책하고 있었다. 석탄 냄새, 먼지, 시궁창 냄새가 거리에 넘쳐흘렀다.

라스콜리니코프는 수심에 잠겨 걷고 있었다. 집에서 나올 때 어떤 계획을 품고 있었던 그는 무엇인가 해야 한다고 느꼈지만, 그게 무엇인지 모조리 잊고 말았다. 갑자기 그는 걸음을 멈추고 맞은편 거리를 바라보았다. 한 사나이가 역시 선 채로 손짓을 하고 있었다. 그는 길을 건너 그 사나이에게로 다가갔다. 그러자 그 사나이는 몸을 획 돌리더니 아무 말 없이 돌아보지도 않고 그대로 머리를 숙인 채 걸어가기 시작했다.

'그럼, 이 사나이는 내게 손짓한 게 아니었나? 아니, 나는 분명 보았는데.'

라스콜리니코프는 그 뒤를 따라갔다. 한 열 걸음도 채 못 가서 그는 몸을 움찔 떨었다. 가운에 조끼를 받쳐 입은 꼽추처럼 보이는 아까 그 남자였다. 라스콜리니코프는 사이를 두고 따라갔다. 그의 심장이 고동치기 시작했다. 골목으로 접어들 때까지도 사나이는 한 번도 뒤돌아보지 않았다. '내가 뒤쫓는 것을 모르는 걸까?' 라스콜리니코프는 계속해서 뒤따라갔다. 사나이는 어느 커다란 건물 대문으로 들어서고 있었다. 그 뒤를 바싹 따라붙은 그는 혹시 그 사나이가 뒤돌아보며 또 부르지나 않나 하고 그 입구 안을 살펴보았다. 대문을 지나 뜰 안으로 들어선 사나이는 과연 획 돌아서면서 손짓 비슷한 몸짓을 했다. 라스콜리니코프가 문을 지나 뜰로 발을 들여놓은 순간 사나이의 모습은 그의 시야에서 사라지고 말았다. 그리고 보니 사나이는 문 바로 옆에 있는 첫 층계로 올라간 것이 분명했다.

라스콜리니코프는 곧 그 뒤를 따라 올라갔다. 그는 2층에서 뚜벅뚜벅 나는 규칙적인 발소리를 들을 수 있었다. 그리고 그 층계는 몹시 낯익은 듯했다. 아래층 창문이 보였다. 신비롭고도 슬픈 달빛이 유리를 통하여 비쳐들고 있었다. 바로 2층이었다. 바로 칠장이들이 칠을 하던 그 방이었다. 어째서 기억하지 못

할까? 앞서 간 사나이의 발소리가 뚝 그쳤다. '아마 앞에 서 있지 않으면 어디에 숨어 있는 모양이다.' 이윽고 3층까지 올라왔다. 더 올라가 볼까? 주위는 무섭도록 고요했다. 그는 계속 걸어갔다. 정적을 깨뜨리는 자신의 발걸음 소리에 놀라 그는 숨을 깊이 들이쉬었다. 아, 왜 이렇게도 어두울까? 그 꼽추 같은 사나이는 이곳 어느 구석엔가 숨어 있을 게 틀림없다. 그는 층계 맞은편의 활짝 열린 방을 보았다. 그는 잠시 머뭇거리다가 그 방으로 들어갔다. 입구는 컴컴하고 텅 비어 있는 듯한 느낌이었다. 인기척이 없고 방 안의 모든 물건은 하나도 빼놓지 않고 밖으로 실어낸 듯했다. 그는 발 끝으로 소리 없이 응접실로 들어갔다. 저편으로 비쳐들어온 달빛이 온 방을 파랗게 물들이고 있었다. 그 방은 그대로였다. 의자며 경대며 노란색 소파며, 액자에 넣은 풍경화도 예전과 같은 자리였다. 둥글고 커다란 달이 붉은 빛과 구릿빛으로 창문을 비치고 있는 것이 다를 뿐이었다.

'달빛 때문이다! 그래서 방 안이 이렇게 고요하게 보일 뿐이다!' 라스콜리니코프는 생각했다. '저 달은 틀림없이 수수께끼를 풀어보려고 하는 거야.'

그렇게 선 채 그는 오랫동안 기다렸다. 달빛이 고요해질수록 심장은 더욱 심하게 고동쳤다. 나중에는 아플 정도였다. 순간 마른 나뭇가지가 꺾이는 듯한 소리가 울렸다. 그러나 그 무언가 부러지는 듯한 소리마저 가라앉자 방 안은 다시 전처럼 죽은 듯이 고요해졌다. 파리 한 마리가 유리창에 부딪히며 윙윙거렸다. 마침 그때 그는 벽장과 창문 사이에 걸려 있는 여자 외투 같은 것을 하나 발견했다. '어떻게 이런 곳에 여자 외투가 걸려 있을까?' 그는 생각했다. '전에는 저런 외투가 없었는데…….'

라스콜리니코프는 조용히 다가서서 외투 뒤를 살폈다. 그는 누가 숨어 있음을 곧 눈치챘다. 손으로 외투를 걷어치우자 의자 하나가 나타났다. 의자에는 노파가 앉아 있었는데, 고개를 숙이고 있어 얼굴이 보이지 않았다. 그는 잠시 노파 앞에 서 있었다. '무서워하는군!' 문득 그런 생각이 들자 살그머니 올가미에서 빼낸 도끼로 그 노파의 머리를 내리쳤다. 몇 번인가 계속해서 내리쳤다. 한 번, 또 한 번……. 그러나 이상하게도 그 노파는 꿈쩍도 하지 않았다. 그는 더 가까이 다가가서 몸을 굽히고 노파를 자세히 살펴보려 했다. 그러자 노파는 점점 더 머리를 숙였다. 그는 할 수 없이 마룻바닥에 닿을 정도로 몸을 굽히고는 밑에서 노파의 얼굴을 들여다보았다. 들여다보는 순간 숨이 콱 막혔다. 노파는 앉은 채로 웃고 있었던 것이다. 문득 침실 문이 열리며 그곳에서도 이와 똑같은 웃음소리와 속삭임 소리가 들려왔다. 피가 거꾸로 솟는 듯했다. 순간 그는 온 힘을 다해 노파의 머리를 힘껏 내리쳤다. 그러나 도끼를 내리칠 때마다 침실에서 웃음소리와 속삭이는 목소리는 높아졌다. 이번에는 노파도 온몸을 흔들며 웃는 것이었다. 그는 재빨리 도망치려 했다. 그러나 문 앞에는 사람들이 와글와글 들끓고 있었다. 층계를 향해 활짝 열린 문에도 층계 위에도 그 아래에도, 서로 머리를 맞댄 많은 사람들이 이곳을 노려보고 있었다. 그러고는 잠잠해지며 무엇을 기다리는 듯 가만히 서 있는 것이었다! 그의 심장은 쿵쾅거리며 고동쳤다. 바닥에 달라붙은 다리는 조금도 움직일 수 없었다. 그는 소리 지르며 안간힘을 썼다.

그때 눈이 번쩍 뜨였다.

라스콜리니코프는 가쁜 숨을 몰아쉬었다. 그러나 이상하게도 그 악몽은 여전히 계속되는 듯했다. 그의 방문이 열려 있으며, 문턱 위에는 여태껏 한 번도 보지 못한 사나이가 우뚝 선 채 이쪽을 지켜보고 있었다.

라스콜리니코프는 억지로 눈을 떴다가 곧 감고 말았다. 슬며시 돌아누운 그는 꼼짝도 하지 않았다. '이건 꿈의 연속일지도 모른다. 아니, 이건 현실이 아닐까? 그는 주위를 둘러보려고 눈을 떴다.

낯선 사나이는 한참 동안 그를 지켜보더니, 얼마 뒤 조심스럽게 문턱을 넘어 안으로 들어와 등 뒤로 살그머니 문을 닫았다. 그리고 탁자 앞까지 다가와서는 잠시 주위를 살폈다. 그는 라스콜리니코프에게서 눈길을 떼지 않은 채 긴 의자에 앉더니 모자를 벗어 옆 탁자 위에 올려놓고 두 손을 지팡이 위에 포개고는 그 위에 턱을 괴었다. 오랫동안 기다릴 태세를 갖추고 있음이 분명했다. 껌벅이는 속눈썹을 보아하니 그 사나이가 결코 젊은 편이 아니며, 숱 많은 턱수염을 허옇게 기른 중년 신사임을 알아차렸다.

이렇게 10분쯤 지나갔다. 창문은 아직 훤했으나 해는 거의 저물어가고 있었다. 방 안은 고요했다. 층계 쪽에서도 소리 하나 들리지 않았다. 커다란 파리 한 마리가 유리창에 부딪히며 윙윙거리고 있을 뿐이었다. 이제는 더 이상 이대로 있을 수가 없었다.

라스콜리니코프가 벌떡 몸을 일으켜 긴 의자에 걸터앉았다.

"말씀하십시오. 대체 당신은 무슨 일로 찾아왔습니까?"

"나는 당신이 잠든 게 아니라 자는 척하고 있다는 것을 알고 있었습니다."

낯선 사나이는 여유 있게 미소 지으며 비꼬는 투로 말했다.

"나는 아르카지 이바노비치 스비드리가일로프라는 사람입니다……."

4 죄의식에 사로잡힌 라스콜리니코프

1

라스콜리니코프는 문득 내가 아직 꿈을 꾸는 게 아닐까 하는 생각이 들었다. 그리고 이 뜻하지 않은 손님을 찬찬히 미심쩍은 눈으로 바라보았다.

"스비드리가일로프? 무슨 당치도 않은 소릴! 그럴 리가 있소?" 마침내 그는 의심스러운 나머지 크게 소리쳤다.

이러한 외침에도 손님은 도무지 놀라는 빛을 보이지 않았다.

"저는 두 가지 일 때문에 당신을 찾아왔습니다. 첫째는 제가 오래전부터 댁에 대한 이런저런 소문을 듣고 있었으므로 한 번 만나 뵙고 싶었고, 둘째로는 댁의 누이동생 아브도챠 로마노브나의 장래에 도움을 주려는 계획에 대해서 어쩌면 댁에서도 거절하지 않으실 거라고 생각했기 때문입니다. 제가 아무 소개도 없이 찾아간다면 댁의 누이동생은 저를 의심하고 발도 들여놓지 못하게 하겠지요. 그러나 댁의 말씀이라면 반대하지는 않을 것 같고 해서……."

"잘못 생각하신 것 같습니다." 라스콜리니코프는 말을 가로막았다.

"실례지만, 두 분은 어제 도착하셨다지요?"

라스콜리니코프는 대답이 없었다.

"어저께 왔을 겁니다. 저도 알지요. 저는 그저께 도착했습니다. 그런데 로지온 로마노비치, 제가 댁에게 하고 싶은 얘기는 다름이 아니라 그 사건에 관한 것입니다. 물론 변명해도 곧이듣지 않으시겠지만 저도 나름대로 할 말은 있습니다. 그렇지 않겠습니까. 그 사건을 어디서 어떻게 본다 해도, 저만 혼자 비난받아야 할 까닭이 어디 있겠습니까. 편견을 버리고 상식적으로 판단한다면 말입니다!"

라스콜리니코프는 내내 대꾸 없이 찬찬히 바라보고만 있었다.

"자기 집에 와 있는 외로운 처녀의 꽁무니를 쫓아다니며 '추잡한 청을 해서 모욕을 주었다.'는 것입니까, 그렇죠? 너무 앞질러 말하는 것 같군요! 하지만 생각해보시오. 나도 인간입니다. 그리고 나도 etnihil humanum[1]이란 말입니다……. 다른 사람처럼 아름다운 여자에게 반하기도 하고 사랑도 할 수 있는 것이 아니겠습니까? 이런 일은 우리 의지로도 어쩔 수 없는 것이니까요. 이렇게 생각하면 모든 게 자연스럽게 설명되지 않습니까? 다시 말해서 문제의 핵심은 나라는 인간이 악당이냐, 아니면 희생자냐 하는 것이지요. 어째서 희생자냐고요? 아니, 그렇잖습니까? 둘이서 미국이나 스위스로라도 달아나자고 말했을 때만 해도 저는 정말 사심이 없었고 진정으로 두 사람의 행복을 이룩해보려고 생각했으니까요……. 본디 이성은 정열의 노예라고 하지 않습니까? 아니, 실례되는 말입니다만, 제가 받은 상처가 어쩌면 훨씬 컸는지도 모릅니다."

"문제는 그런 것이 아닙니다." 라스콜리니코프는 혐오스럽다는 표정으로 말을 막았다. "당신이라는 남자가 마음에 들지 않았다는 그것뿐이니까요. 당신이 악당이건 아니건 그런 것에 상관없이 두냐는 당신과 사귈 생각은 없으니까 돌아가주십시오!"

스비드리가일로프는 갑자기 큰 소리로 웃어댔다.

"아니, 당신도 정말…… 당신은 정말 까다로운 분이군요." 그는 아주 가까운 사이라도 되는 듯 웃어 보였다. "정말 골탕이라도 먹여볼까 하는 생각도 없잖아 있었는데 원, 집어내기라도 하듯이 속셈을 맞혀버렸군요."

"그것 보시오, 그렇게 말하면서도 또 골탕 먹이려 하시거든."

"그럴 것 없잖습니까, 어떻습니까?" 스비드리가일로프는 빙긋 웃으면서 되풀이 말했다. "이것은 bonne guerre[2]이며, 정당한 거래랍니다. 그건 그렇고, 당신 때문에 이야기가 잠시 빗나갔습니다만, 아무튼 다시 한 번 다짐해 두겠습니다. 즉 마당에서의 일만 없었더라면 이러쿵저러쿵하는 말썽은 절대로 생겨나지 않았을 것이란 말입니다. 마르파 페트로브나가……."

"마르파 페트로브나도 당신이 죽였다던데요?" 라스콜리니코프는 사납게 말을 막았다.

---

1) 인간적인 것에는 무관심하지 않다.
2) 정정당당한 투쟁.

"아마 그 소문을 들은 모양이지요? 하긴 안 들었을 리가 없겠지만……. 그 대답은 하기가 아주 곤란합니다. 그러나 이 문제에 대해서 제 양심은 조금도 거리낄 것이 없습니다. 그리고 이 때문에 제가 무엇을 두려워한다고 생각하시면 곤란합니다. 그 일은 누구의 의심도 받지 않을 만큼 자연스러운 일이었으니까요. 임검(臨檢)의사의 말도 술을 한 병이나 마신 데다 밥까지 잔뜩 먹고 금방 물에 들어간 탓에 졸도하게 된 것이라고 진단을 내렸습니다……. 그 밖에는 다른 원인을 찾아볼 수가 없었습니다. 그보다 저는 이번 기차를 타고 오는 도중에 혹시 내가 그 불행에 간접적으로나마 관계가 있지 않을까, 어떤 정신적 자극 같은 것을 주지 않았나 곰곰히 생각했습니다. 그러나 스스로 결론을 내렸습니다. 결코 그런 일조차도 없었다고."

라스콜리니코프는 웃기 시작했다. "걱정도 팔자시군요!"

"왜 웃으시지요? 좀 생각해보십시오. 저는 같이 살면서 두 번밖에는 매질을 한 일이 없었습니다. 그것도 멍이 들지 않을 정도로……. 저를 파렴치한이라고는 생각하지 마십시오. 저도 그게 어리석은 짓이라는 것쯤은 잘 알고 있습니다. 하지만 마르파 페트로브나는 그런 얼빠진 짓을 오히려 좋아했습니다. 당신의 동생에 관한 이야기도 완전히 가라앉은 뒤라서 마르파 페트로브나는 사흘 동안이나 집에 틀어박혀 있을 수밖에 없었습니다. 읍내로 들고 나갈 만한 이야깃거리가 없었을 뿐만 아니라 편지 낭독에도 읍내 사람들은 싫증나 있었기 때문입니다. 편지를 들고 다니면서 읽었다는 소문은 들으셨겠지요. 그러던 참에 하늘에서 떨어진 듯이 두 번째 매질이 있었던 것이지요. 그 여자는 곧 마차를 준비하도록 분부했지요……. 그런데 말입니다, 이건 누구나 다 아는 일입니다만, 여자란 겉으로는 아무리 성난 얼굴을 하고 있어도 모욕을 당하면 도리어 흐뭇해합니다. 하긴 그런 경우는 누구에게나 있으며, 인간이란 대개 모욕당하는 것을 좋아하지요. 댁은 그런 걸 알고나 계시는지? 특히 여자들은 더욱더 그렇습니다. 여자들이란 그것만을 낙으로 삼고 있다 해도 과언이 아니지요."

라스콜리니코프는 벌떡 일어나 방을 나가버리고 싶은 생각이 들었지만, 얼마쯤 호기심도 나고 일종의 타산 같은 것이 잠시 동안 자신을 억눌렀다.

"댁은 싸움을 좋아하십니까?" 라스콜리니코프는 멍청한 어조로 물었다. 스비드리가일로프는 침착하게 대답했다.

"뭐, 그다지. 마르파 페트로브나와는 한 번도 싸운 적이 없습니다. 그녀는 언제나 내게 만족했습니다. 제가 채찍을 손에 든 것은 7년 동안 겨우 두 번밖에 없었지요. 그것 말고도 한 번 아주 애매한 경우가 있긴 했습니다만……. 처음은 결혼한 지 두 달 지나서 시골로 내려가자마자였고, 다음은 이번 최근의 경우입니다. 당신은 저를 무서운 악당이요 보수주의자이며 농노제 옹호자로 여겨왔겠지요? 헤헤…… 로지온 로마노비치, 상기해보십시오. 몇 해 전, 그 고마운 언론자유시대(농노 해방 전후의 풍조)에 이름은 잘 기억나지는 않지만 어떤 귀족이 여러 사람들 앞에서 모욕당한 일이 있었습니다. 그 사나이는 기차 안에서 독일 여성을 채찍으로 때렸지요. 기억하고 계신지요? 또 그와 같은 해에 〈세기지(世紀紙)〉의 스캔들 사건이 일어났지요. 푸시킨의 작품 〈이집트의 밤〉 공개 낭독 말입니다. 기억하시겠지요? 검은 눈동자여! 오, 내 청춘의 황금시대여, 너는 지금 어느 곳에 있느냐! 이런 사건들에 대한 제 의견은 이렇습니다. 그 독일 여자에게 매질을 한 신사에게는 그다지 깊은 동정을 보낼 수가 없습니다. 왜냐하면 실제로 그것은…… 동정할 여지가 없기 때문입니다. 그럼에도 저는…… 이렇게 설명하지 않을 수 없습니다. 세상에는 제아무리 진보주의자라 할지라도 시종 신사적인 태도를 유지할 수 있다고 스스로 장담할 수는 없다고 말입니다. 그때는 누구 하나 그런 견지에서 사건을 보아주는 사람이라곤 없었습니다만, 실은 이 견해가 참된 인도주의적 견해였습니다. 사실입니다!"

스비드리가일로프는 갑자기 웃기 시작했다. 라스콜리니코프는 이 사람이 뭔가 굳은 결심을 하고 있으며 어떤 속셈이 있다는 것을 뚜렷이 알게 되었다.

"당신은 이 며칠 동안 이야기 상대가 아무도 없었던 모양이지요?"

"글쎄요. 하지만 그것이 어떻단 말입니까. 말주변이 너무 없어서 놀랐지요?"

"아니, 오히려 너무 유창하기 때문에 어리둥절할 지경입니다."

"말하자면 제가 댁의 무례한 질문에도 성내지 않았다고 해서 말입니까? 그렇지요? 그러나…… 뭣 때문에 화를 내겠습니까." 그는 뜻밖에도 소박한 표정을 지으며 덧붙였다. "저는 대체로 어떤 일에나 그다지 관심이 없는 인간이거든요." 그는 생각에 잠긴 듯 말을 이었다. "특히 지금은 그렇답니다. 무슨 일거리가 있는 것도 아니고……. 하긴 당신은 내가 다른 속셈이 있어서 비위라도 맞추려고 이러는 줄로 생각하실지 모르겠군요. 하지만 당신의 동생에게 용무가 있다고 미리 말씀드렸는데 다른 속셈이 뭐가 있겠습니까. 그러나 털어놓고 말하면 저는 따분해서 못 견디겠습니다. 특히 요즘 사흘 동안은 더욱더 그랬습니다. 그래서 당신을 뵙게 된 것이 무척 기쁩니다. 노여워하지 마십시오. 로지온 로마노비치! 하지만 언뜻 보면 당신은 무슨 일이 있는지 무척 이상해진 것 같습니다. 아무리 봐도 뭔가가 있습니다. 특히 현재가 그렇습니다. 그렇다고 지금 이 순간 그렇다는 것이 아니라 좀 더 넓은 뜻에서의 현재 말입니다…… 아니, 아니, 이제 그런 이야기는 그만둡시다. 그런 얼굴 하지 마십시오! 이래도 저는 당신이 생각하시는 것처럼 그렇게 곰같이 미련한 사람은 아니니까요."

라스콜리니코프는 침울한 표정으로 그를 바라보았다.

"아니, 곰이 아니라" 그는 잠시 말을 끊었다. "아주 좋은 집안에서 자라신 듯한 생각마저 드는군요. 적어도 그럴 생각만 있으시다면 충분히 훌륭한 신사로 행세할 수 있는 분이오."

"저는 남의 의견 같은 것에는 그리 신경 쓰지 않습니다." 그는 무뚝뚝하고 좀 거만한 태도로 대답했다. "그러니 저속한 인간이 되었다 해서 그리 나쁠 것도 없는 셈입니다. 더구나 저속한 인간이라는 옷은 우리나라 기후엔 정말 입기 편하며 게다가 본디 그런 경향도 있고 보니……." 그는 다시 웃으면서 말을 맺었다.

"그러나 저는 당신이 이곳에 아는 사람이 많다고 들었는데요. 그런데 아무 목적도 없다면 저 같은 사람에게 뭣 때문에 관심을 가지십니까?"

"아는 사람이 많다는 것은 맞는 말입니다." 하고 스비드리가일로프는 핵심을 말하지 않고 다른 말만 받았다. "그 사람들과는 이미 가끔 만났습니다. 벌써 사흘 동안이나 이렇게 돌아다녔으니까요. 그리고 내가 알아차리면 저쪽에서도 알아차리는 것 같더군요. 그야 물론 나도 옷을 깨끗이 입고 다녔고 가난한 편은 아닙니다. 농노 해방도 우리에게는 그다지 큰 영향이 없었습니다. 산림과 초원은 남아도는 곳이니까 수입도 그다지 줄지는 않았습니다. 그러나…… 저는 그런 곳에는 가지 않습니다. 전부터 진절머리가 나 있었으니까요. 벌써 사흘 동안이나 돌아다녔지만 어느 누구에게도 말을 걸지 않았습니다……. 그리고 또 거리, 대체 어쩌다가 이런 거리가 러시아에 생겼을까요? 말씀 좀 해주십시오. 관리와 온갖 신학생이 사는 거리! 사실 8년 전쯤 이곳에서 빈둥거렸을 때는 그리 많은 일을 알아차리지 못했습니다……. 다만 해부학만은 지금도 희망을 걸고 있습니다. 정말 이건 솔직한 얘기입니다."

"해부학이라니요?"

"아무튼 이 클럽이니 듀소[3]니 쓸데없이 생겨난 유흥장, 아니, 말하자면 그 진보인가 하는 건데, 이런 건 우리와 아무 관계도 없단 말씀입니다." 그는 줄곧 묻는 말엔 대답하지 않고 다른 말만 계속했다. "뭐, 이제 와서 새삼스레 사기도박꾼이 되는 것도 신통치 않고요."

"사기도박도 해보셨나요?"

"당연한 일이 아니겠습니까? 한 8년 전에 참으로 고상한 친구들과 사귀었거든요……. 심심풀이로 한 셈이죠. 모두 예절 바른 친구들이었는데 그중에는 시인도 있었고 자본가도 있었지요. 대체로 우리 러시아 사회에서는 가장 예절 바른 사람은 산전수전 다 겪지 않습니까? 정말 내가 지금에 와서 이처럼 맥을 못 추게 된 것도 시골에 틀어박혀 있었기 때문입니다. 그 무렵 나는 빚 때문에 감옥에 갈 뻔한 일이 있었답니다. 상대는 네진 태생의 그리스인이었죠. 그런데 마침 난데없이 마르파 페트로브나가 나타나서 타협을 해주고, 더구나 3만 루블로 나를 보증 서서 빼내 주었답니다. 내 빚은 전부 7만 루블이었죠. 그게 동기가 되어 마르파와 정식으로 결혼한 것입니다. 결혼하자 마르파는 나를 무슨 보물단지처럼 여기며 곧 제 고향으로 데려갔답니다. 그녀는 나보다 다섯 살 위였습니다만 정말 극진히 사랑해주더군요. 그래서 나는 7년 동안이나 그 시골에서 나오지 않았던 것입니다. 더구나 아내는 죽을 때까지 타인의 명의로 된 3만 루블의 차용서를 손에 꼭 움켜쥐고 있었습니다. 그러니까 내가 배반이라도 한다면 함정에 빠지게 되는 것이지요! 또 그 정도의 일은 넉넉히 해치울 만한 여자입니다! 본디 여자란 이런 모순된 감정을 자기 내부에 태연히 간직할 수 있는 모양이더군요."

"만약 그 증서가 없었다면 당신은 도망쳤겠군요?"

"그건 대답하기가 좀 곤란한데요. 나는 그런 증서의 구속은 받지 않았습니다. 나는 아무데도 가고 싶은 생각이 없었습니다. 도리어 마르파 쪽에서 내가

---

3) 페테르부르크의 레스토랑.

우울하게 지내는 것을 보고 두 번이나 외국으로 가기를 권했었지만, 거긴 가서 뭘 합니까! 외국에는 전에도 가끔 가봤습니다만, 구역질이 났습니다. 그렇게까지는 아니더라도 아침 먼동이 틀 때 나폴리만을 보노라면 어딘지 모르게 마음이 침울해지지 않겠습니까. 더구나 꺼림칙한 것은 무언가 침울해지는 원인이라도 있어 보이는 것입니다! 그저 고향이 제일이더군요. 고향에서는 만사를 남의 탓으로 돌리고 자신을 변호할 수가 있거든요……. 지금은 북극 탐험이라도 가고 싶은 심정입니다. 왜냐하면 j'ai le vin mauvais.[4] 대체로 마시는 것을 싫어합니다만, 내게서 술을 빼면 무엇이 남겠습니까. 벌써 몇 차례나 겪어봤지요. 그런데 참, 누구한테 들으니까 이번 일요일에 유스포프 공원에서 베르크[5]가 큰 경기구를 탄답니다. 얼만가 요금을 내면 태워준다는 말을 들었는데, 그게 정말입니까?"

"한번 타보시면 어떻겠습니까?"

"제가요? 글쎄…… 어떨까요……."

스비드리가일로프는 중얼거리며 진지하게 생각하는 모양이었다. '대체 어떻게 하겠다는 거냐! 진심으로 그러는 걸까?' 라스콜리니코프는 생각했다.

"정말 증서 같은 것에 구속받고 있었던 건 아닙니다." 스비드리가일로프는 생각에 잠긴 채 말을 계속했다.

"제가 마을을 떠나지 않은 것은 누구의 구속 때문이 아니었습니다. 어디까지나 내 의사였습니다. 벌써 1년이 지났습니다만, 내 명명일(命名日)에 마르파 페트로브나는 그 증서를 나에게 돌려주고 상당한 돈까지 주었습니다. 그녀는 상당한 재산가였습니다. '이만하면 제 마음을 아시겠지요, 아르카지 이바노비치?' 그때 그녀는 이런 말을 했지요. 당신은 아마 믿지 않으실 겁니다. 아무튼 나는 마을에서 손꼽힐 만한 지주가 되어 그 부근에까지 알려지게 되었습니다. 책도 주문해서 읽었습니다. 처음에는 마르파 페트로브나도 찬성했으나 나중엔 제가 너무 공부에 몰두하지 않을까 걱정했지요."

"아마 마르파 페트로브나가 무척 그리워지는 모양이로군요!"

"제가 그래 보입니까? 하긴 그럴지도 모르죠. 그런데 당신은 유령을 믿습

---

4) 나는 술버릇이 고약하니까요.
5) 그 무렵 페테르부르크에서 유원지를 여러 개 소유했던 재력가.

니까?"

"어떤 유령 말입니까?"

"어떤 거라니요, 그냥 유령 말입니다!"

"당신은 믿습니까?"

"글쎄요, pour vous plaire⁶⁾ 믿지 않는다고도 말할 수 있겠습니다만, 믿지 않는다고 단언할 수도 없고……."

"그럼, 유령이 나타난단 말입니까?"

스비드리가일로프는 뭐라고 설명할 수 없을 만큼 야릇한 눈초리로 그를 바라보았다. 얄궂은 미소로 입을 일그러뜨리며 그는 말했다.

"마르파 페트로브나가 가끔 나타난답니다."

"나타나다니요?"

"벌써 세 번이나 나타났지요. 제가 그 유령을 처음 본 것은 바로 그 장례식날, 묘지에서 돌아온 지 약 한 시간 뒤였습니다. 내가 이곳으로 떠나오기 전날 밤이었지요. 두 번째는 그저께 동틀 무렵 말라야 비세라 역에서였고, 세 번째는 바로 두 시간 전 하숙방에서였답니다. 제가 혼자 있을 적에."

"꿈이 아니고요?"

"그럼요, 세 번 다 눈을 뜨고 있을 때였답니다. 와서 1분쯤 이야기하다가는 문 쪽으로 나가버립니다. 언제나 일정하게 문 쪽으로 나갔습니다. 발소리까지 들리는 듯한 느낌이 들었습니다."

"어찌 된 영문인지 저는 그런 얘기를 듣기 전부터 당신에게는 틀림없이 그런 일이 있을 거라고 생각했습니다!" 갑자기 라스콜리니코프는 말했다. 그와 동시에 이런 말을 입 밖에 낸 데 대해 자기 자신도 놀랐다. 그는 몹시 흥분하고 있었다.

"그렇습니까? 당신이 그런 걸 생각하고 있었다구요?" 놀라면서 스비드리가일로프는 물었다. "사실입니까? 그것 보십시오. 그래서 내가 우리 두 사람에게는 서로 공통점이 있다고 말하지 않았던가요?"

"그런 말은 하지 않았습니다!" 라스콜리니코프는 흥분하여 덤벼들 듯이 말

⁶⁾ 원하신다면.

했다.

"말하지 않았다구요?"

"그렇고말고요."

"나는 그런 말을 한 것 같은데요. 조금 전에 내가 들어왔을 때 당신이 지그시 눈을 감고 누운 채 자는 시늉을 하고 있는 것을 보고 나는 혼잣말을 했습니다. '이 사람이 그 남자구나!' 하고요."

"그게 무슨 말입니까, 그 남자라는 게? 그게 대체 무슨 말입니까?" 라스콜리니코프는 소리쳤다.

"무슨 말이냐고요? 실은 나도 무슨 뜻인지 잘 모르겠는데요……." 갑자기 좀 당황한 듯이 스비드리가일로프는 중얼거렸다.

1분쯤 침묵이 흘렀다. 두 사람은 눈을 크게 뜨고 서로 노려보고 있을 뿐이었다.

"말도 안 되는 소리요!" 못마땅한 듯이 라스콜리니코프는 크게 소리쳤다. "그래, 부인이 나타나서 무슨 말을 합디까?"

"마르파 말입니까? 정말 쓸데없는 얘기지요. 그런데 인간이란 묘하거든요. 나는 그런 게 마음에 들지 않습니다. 처음에 나타났을 때는, 그때 나는 몹시 피로했습니다. 장례식, 명복을 비는 기도, 미사, 공양, 이런 일을 다 치르고 나서 나 혼자 서재에서 담배를 피워 물고 생각에 잠겨 있을 때였습니다. 그녀가 문을 열고 들어와 '여보, 아르카지 이바노비치, 오늘 너무 바빠서 당신은 시계에 태엽 감는 것을 잊었군요' 하지 않겠습니까? 그런데 그 시계는 말입니다, 7년을 두고 내가 매주 감아주고 있었기 때문에 어쩌다 내가 잊어버리기라도 하면 그녀는 반드시 주의를 주었거든요. 그런데 다음 날은 이미 이곳으로 오는 도중이었습니다만, 그 전날 밤 제대로 눈을 붙이지 못했으므로 몹시 피로하고 눈도 좀 부어 있는 상태였는데 커피를 시키면서 문득 보니까, 마르파가 트럼프를 손에 들고 '여보, 당신의 여행을 점쳐줄까요, 아르카지 이바노비치?' 이러는 겁니다. 그녀는 트럼프를 가지고 점치는 데는 귀신이었습니다. 그런데 그때 왜 내가 점쳐달라고 하지 않았는지 지금 와서 생각하니 몹시 유감입니다. 그러나 그때는 너무 놀라서 달아났습니다. 그러자 때마침 발차 벨이 울렸지요. 그리고 오늘은 식당에서 지독한 점심을 갖다 먹고 위가 거북해서 앉아 있었습니다. 앉아서 담배를 피우고 있으려니까 새로 맞춘 초록색 비단 옷자락을 끌며 마르파가 나타났답니다. '안녕, 아르카지 이바노비치? 이 옷이 마음에 들어요? 아니쉬카도 이렇게는 못 지을 거예요' 하잖겠습니까? 아니쉬카란 그 마을 양재점 직공이며 농노의 딸입니다. 모스크바로 공부하러 갔다온 착한 아가씨죠. 그러고 나서 그녀는 내 앞에 선 채 몸을 한 바퀴 빙그르르 돌리지 않겠습니까? 내가 옷과 얼굴을 찬찬히 바라보며 '당신도 호기심이 대단한걸, 마르파 페트로브나. 이런 부질없는 일로 수고스럽게 찾아오다니' 이렇게 말을 던져보았더니 '어머나, 잠깐 보러 오는 것도 안 되나요' 하지 않겠습니까? 좀 놀려줄 작정으로 '나는 말이오, 결혼할 작정이라오' 했더니 '그건 자유니까 마음대로 해요. 아내의 장례도 다 치르기 전에 장가를 들다니……. 그리 명예롭지 못한 일이잖아요? 그것도 훌륭한 여자라면 또 몰라도. 나는 다 알고 있지만, 그 애를 위해서도 당신을 위해서도 좋지 않아요. 기껏해야 남의 웃음거리밖에는 안 될 테니까요' 하고는 휙 나가버리지 않겠습니까. 옷자락 끌리는 소리가 정말 확실하게 들렸답니다. 우스운 얘기가 아닙니까? 안 그렇소?"

"하긴 지금 이야기도 모두 거짓말일지 모르겠군요." 라스콜리니코프는 대꾸했다.

"나는 거짓말은 하지 않습니다." 스비드리가일로프는 무슨 생각에 잠긴 듯이 대답했다. 질문이 무례하다는 것에는 조금도 신경 쓰지 않는 듯이 보였다.

"그러면 그 이전에는 유령을 보신 일이 한 번도 없었나요?"

"아닙니다. 한 6년 전에 한 번 본 일이 있습니다. 우리 집에 피리카라는 하인이 있었는데, 그 사나이가 죽어 장례를 막 치르고 난 뒤에 그만 깜박 잊고 '피리카, 내 파이프!' 하고 큰 소리로 찾았더니만, 그가 문득 들어와 내 파이프가 놓여 있는 찬장 쪽으로 가지 않겠습니까. 나는 앉아 있는 채로 이놈이 복수하러 왔군 생각했습니다. 그가 죽기 전에 나와 심하게 다툰 일이 있었거든요. 그래서 나는 '너는 어쩌자고 팔꿈치가 떨어진 옷을 입고 나타났어! 어서 썩 나가지 못해, 빌어먹을 자식!' 하며 고함을 치니까 그때야 휙 돌아서서 나가더니 다시는 들어오지 않았지요. 마르파한테는 그 얘길 하지 않았습니다. 나는 그 사나이를 위하여 미사라도 드릴까 했습니다만, 쑥스러운 것 같아 그만두었습니다."

"의사한테 진단을 한번 받아보죠?"

"말씀하지 않아도 잘 알고 있습니다. 사실 어디가 나쁜지는 모르겠습니다만, 건강하지 못한 것만은 사실입니다. 그러나 내가 생각하기엔 당신보다 내가 다섯 배는 더 건강할 겁니다. 내가 묻고 싶은 건 유령이 나타난다는 이야기를 믿느냐 믿지 않느냐 하는 것입니다. 유령의 존재를 믿느냐 하는 거지요."

"당치도 않은 소리, 누가 그런 걸 믿습니까!" 라스콜리니코프는 적대감을 드러내면서 소리 질렀다.

스비드리가일로프는 한눈을 팔면서 고개를 갸우뚱하고 혼자 중얼거렸다.

"그러나 세상 사람들은 너는 병자다, 그러니까 네 눈에 보이는 것은 다만 환상에 지나지 않는다, 말하지요. 하지만 이건 엄밀히 말한다면 논리적이 아닙니다. 하긴 나도 유령은 병자의 눈에만 나타난다는 말에는 동감입니다. 하지만 그것은 다만 유령이 병자의 눈앞에 나타난다는 사실을 말하는 것이지 유령 자체의 존재를 부정하는 말은 아니라는 겁니다."

"분명코 유령이라는 건 있을 리가 없습니다!" 라스콜리니코프는 우겼다.

"없다고요! 당신은 정말 그렇게 생각하십니까?" 스비드리가일로프는 천천히 그를 바라보며 말을 이었다. "그럼, 이렇게 생각해보시는 게 어떨까요. 진지하게 생각해보십시오. '유령은 말하자면 다른 세계의 조그마한 그림자이며, 그 시작이라 하겠다. 따라서 건강한 인간이 그것을 볼 수 없음은 당연하다. 왜냐하면 건강한 인간이란 가장 지상적(地上的)인 존재이므로 이 세상의 질서에 의해 살아야 한다. 그러나 병이 들어 신체 어느 기관이 조금이라도 정상적인 지상의 질서를 파괴한다면 곧 다른 세계의 가능성이 나타나기 시작한다. 그리하여 병이 진행됨에 따라 다른 세계와의 접촉이 잦아진다. 그러므로 완전히 숨을 거두고 나면 곧 다른 세계로 옮겨간다.' 이런 생각을 나는 오래전부터 하고 있었습니다. 만일 내세(來世)를 믿으신다면 이런 생각도 믿을 수 있겠지요."

"나는 내세 같은 것은 믿지 않습니다." 라스콜리니코프는 말했다.

스비드리가일로프는 무슨 생각을 골똘히 하며 앉아 있었다. 그가 불쑥 물었다.

"가령 거기에는 거미나 혹은 그와 비슷한 곤충밖에 살지 않는다고 하면 어떻겠습니까?"

이 사람은 미쳤구나, 라스콜리니코프는 생각했다.

"우리는 언제나 영원이라는 것을, 이해할 수 없는 관념이라 해서 아주 큰 것으로 생각하고 있습니다! 어째서 영원이라는 것을 크게만 생각해야 합니까? 지금 그런 것 대신에 시골 목욕탕처럼 그을리고 조그마한 방이 있다고 가정하고 그 방 구석구석마다 거미줄이 쳐져 있다, 그런 것이 영원이라고 생각해보십시오. 나는 이런 것들이 눈앞에 아물거릴 때가 있습니다."

"대체 당신은 그보다 더 위로가 되고 더 근거 있는 생각이 떠오르지 않습니까?" 감정이 북받친 목소리로 라스콜리니코프는 소리쳤다.

"더 근거 있는 것이라고요? 그런 건 모르겠는데요. 어쩌면 이것이 당신이 말씀하시는 근거 그 자체일지도 모르지요. 그리고 나는 일부러라도 그렇게 보고 싶습니다!" 스비드리가일로프는 종잡을 수 없는 미소를 지으며 대답했다.

이 거친 대답을 듣자마자 라스콜리니코프는 일종의 오한 같은 것에 사로잡혔다. 스비드리가일로프는 머리를 들고 그를 찬찬히 바라보더니 갑자기 큰 소리로 웃기 시작했다.

"아니, 이게 어떻게 된 셈입니까?" 그는 외쳤다.

"30분 전만 해도 우리는 서로 얼굴도 모르는 원수로 여겨왔지요. 더구나 우리 사이에는 아직 해결되지 않은 용건도 있고. 그런데도 우리는 용건 같은 건 제쳐놓고 이런 문학적인 이야기에 빠져 있다니! 그래, 내 말이 맞지 않습니까? 우리는 똑같은 족속입니다!"

"미안합니다만" 라스콜리니코프는 초조해하며 말을 계속했다. "어서 빨리 용건을 말씀해주십시오……. 그리고…… 나는 좀 바쁩니다. 시간이 없습니다. 지금 나가보아야 합니다……."

"실례했군요, 실례했습니다. 그런데 당신의 동생 아브도챠 로마노브나가 루진 씨하고 결혼을 하신다지요, 표트르 페트로비치하고?"

"제발 동생 이야기는 꺼내지 마십시오. 그 애의 이름도요. 당신이 정말 스비드리가일로프 씨라면 그 애 이름을 내 앞에서 입에 올릴 수는 없으리라고 생각되는데요."

"하지만 나는 그분 얘기를 하러 왔는데, 이름을 안 부를 수가 있습니까?"

"좋습니다, 말씀하십시오. 되도록 빨리!"

"나는 말입니다, 아내의 친척 되는 루진 씨에 관해서는 이미 당신이 판단을 하고 계실 줄로 믿습니다. 말하자면 당신이 반 시간이라도 그 사람하고 만났든지 혹은 무슨 얘기든 그에 대해서 확실한 얘기를 들으셨다면 말입니다. 그는 아브도챠의 남편 될 자격이 없는 사람입니다. 내가 보건대 이번 처사는 그녀가 매우 고결하여, 이해를 초월해서 그…… 자신의 가족을 위해 자기를 희생하려는 것이 분명합니다. 그래서 제가 지금까지 당신에 관한 여러 이야기를 종합해 본 결과, 당신은 이 혼담이 이해에 관계없이 파혼되기를 바라고 계시는 모양이더군요. 이렇게 직접 당신을 만나고 나니 더욱 그런 생각이 듭니다."

"말씀은 알겠습니다만, 그건 너무 단순한 생각이 아닐까요? 실례지만, 너무 뻔뻔한 생각이란 말입니다." 라스콜리니코프는 말했다.

"제가 혹시 주머니나 채우려고 악착같이 대드는 것으로 해석하는 모양이신데, 그런 건 조금도 염려 마십시오, 로지온 로마노비치. 만일 내가 내 이익을 걱정하고 있다면 이토록 솔직하게 말할 수 있겠습니까? 나도 그런 바보는 아닙니다. 정말 그러시다면 이 일에 대해서 내가 느낀 심리적인 문제를 설명해드리겠습니다. 앞서 내가 아브도챠 로마노브나에 대한 사랑을 변명할 때 내 편이 희생자였다고 말씀드렸습니다만, 지금은 그 애정이 다 식은 상태입니다. 애정을 조금도 느끼지 않습니다. 그래서 나 자신도 이상하게 생각합니다. 사실 요전에는 무엇인가를 느껴왔거든요……."

"그건 무위와 방탕 탓이오." 라스콜리니코프는 말을 막았다.

"그 말씀이 옳습니다. 나는 방탕무위한 인간입니다. 그러나 당신의 누이동생은 여러 가지 훌륭한 점을 갖고 있으므로 나 같은 놈도 조금은 감동할 수밖에 없었습니다. 하지만 이런 것은 다 쑥스러운 일이라는 걸 나 자신도 지금은 잘 알고 있습니다."

"오래전부터 알고 있었습니까?"

"이전부터 알고는 있었지만 더욱 확실하게 느낀 것은 바로 그제 페테르부르크에 도착했을 때입니다. 하긴 모스크바를 지날 무렵에는 루진 씨와 맞서서 어떻게든 아브도챠 로마노브나 양을 손에 넣어보려는 생각도 있었습니다."

"말씀 도중에 미안하지만, 나를 찾아온 용건부터 어서 말씀하십시오. 나는 좀 바쁩니다. 어디 좀 가봐야 할 일이 있어서……."

"잘 알겠습니다. 난 이곳에 도착해서 무슨…… 항해라도 하려고 결심했었습니다. 그래서 떠나기 전에 여러 가지 필요한 준비를 해두려고 생각했던 거지요. 아이들은 큰어머니 댁에 맡겼습니다. 그 아이들은 재산도 있고 해서 나 같은 사람이 없어도 상관없거든요. 더구나 나는 아버지 자격이 없습니다! 내가 내 몫으로 차지한 것은 반 년 전 마르파 페트로브나에게 선물로 받은 것뿐인데, 이것만 있으면 나는 충분합니다. 아 참, 바쁘신데 죄송합니다. 이제부터 용건을 말씀드리기로 하겠습니다. 항해를 하기 전에 나는 루진 씨와 담판을 짓고 갈 작정입니다. 그가 미워서 그러는 것은 아닙니다. 하지만 그 때문에 마르파 페트로브나와 싸웠습니다. 이 혼담을 위해 마르파가 애썼다는 것을 알았기 때문입니다. 그래서 나는 지금 당신을 통해서 아브도챠를 한 번 만나고 싶습니다. 당신이 참석한 자리에서 만나겠습니다. 가장 먼저 말하고 싶은 것은, 루진 씨와의 결혼은 동생에게 손톱만큼도 이익되지 않을 뿐만 아니라 도리어 손해볼 게 뻔한 노릇이라는 것을 설명해주고 싶습니다. 그리고 앞서의 불쾌했던 일에 대해서도 사과하고 1만 루블을 드리고 싶습니다. 그렇게 해서 루진 씨와의 파혼에서 오는 손해를 덜어드리려고 생각했습니다. 아마 이 파혼에는 누이동생도 별다른 이의가 없을 것입니다. 그녀는 어떤 계기가 마련되기를 기다리고 있다고 저는 확신합니다."

"당신은 정말 미쳤군요!" 라스콜리니코프는 화가 난다기보다는 어이가 없어서 외쳤다. "무슨 소리를 하시는 겁니까!"

"당신한테 호통 들을 것쯤은 저도 각오하고 있었습니다. 그러나 첫째, 나는 부유하지는 않지만 이 1만 루블은 있으나마나 한 돈입니다. 오히려 나에게는 아무 소용없는 돈입니다. 만일 아브도챠 로마노브나가 받아주지 않는다면 아마 나는 더 미련하게 써버릴 것입니다. 둘째, 내가 양심에 거리낄 일은 털끝만큼도 없습니다. 나는 이 돈을 제공하는 데 대해서 그 어떤 타산도 없으니까요. 그래서 지금은 믿으시건 안 믿으시건 언젠가는 당신이나 아브도챠 로마노브나께서 알아주실 줄 압니다. 정말 모든 문제는 내가 존경하는 누이동생을 괴롭히고 불쾌하게 한 데 있습니다. 그러므로 나는 지금 진심으로 후회하고 진지하게 생각하고 있습니다. 그렇다고 해서 내가 한 일에 대하여 보상한다는 그런 뜻은 아닙니다. 다만 그분을 위해 조금이라도 도움이 되는 일을 하고 싶을 뿐입니다. 나라고 해서 남에게 나쁜 일만 하라는 법은 없으니까요. 만약 내 제안에 1백만분의 1이라도 다른 속셈이 있다면 겨우 1만 루블밖에 되지 않는 적은 돈을 내놓지는 않을 것입니다. 5주일 전만 하더라도 더 많은 돈을 드리려고 했습니다. 뿐만 아니라 어쩌면 나는 머지않아 어느 처녀하고 결혼하게 되는지도 모르겠습니다. 그렇게 되면 아브도챠 로마노브나에게 다른 마음을 품고 있지나 않을까 하는 의심은 자연 사라지겠지요. 결론으로 말씀드리는데, 아브도챠 로마노브나가 루진 씨와 결혼하더라도 그만한 액수의 돈은 받으실 겁니다. 좀 다른 연줄로 해서이긴 합니다만…… 어쨌든 로지온 로마노비치, 화만 내시지 말고 좀 침착하게 생각해보십시오."

말을 마치자 스비드리가일로프는 지극히 냉정하고 침착한 태도를 보였다.

"제발 이젠 그만두십시오." 라스콜리니코프는 말했다. "너무나 뻔뻔스러운 이야기입니다."

"천만의 말씀. 그렇다면 이 세상에서 인간이 인간에게 줄 수 있는 것은 악(惡)뿐이라는 결론이 되지 않겠습니까? 천만의 말씀이지요. 부질없는 세상의 규율에 얽매여 사소한 약간의 선(善)을 행할 권리마저 갖지 못하게 되죠. 어리석은 일이 아니겠습니까? 가령 내가 죽었다고 합시다. 그래서 내가 그만한 돈을 당신 동생에게로 남겨준다는 유언을 했다면, 그래도 그녀는 거절할까요?"

"물론 거절할 겁니다."

"아니, 그럴 리가 없습니다. 안 된다면 안 돼도 좋습니다. 그러나 1만 루블이라는 돈은 급할 경우에는 요긴한 것입니다. 어쨌든 내가 지금 말한 것을 아브도챠 로마노브나에게 전해주십시오."

"아니, 그건 못 하겠습니다."

"그러시다면 로지온 로마노비치, 하는 수 없이 내가 직접 만날 기회를 만들어야겠습니다. 즉 쓸데없는 걱정을 끼치게 되겠는데요."

"그럼, 내가 전해만 준다면 당신은 만나지 않아도 좋단 말입니까?"

"글쎄, 뭐라고 말해야 할지 좀 곤란하군요. 나도 한 번은 꼭 만나뵙고 싶으니까요."

"그런 생각은 그만두십시오."

"유감입니다. 당신은 아직 나를 잘 모르시는 모양이지만, 이제 차츰 가까워지게 될 겁니다."

"우리가 가까워진다구요?"

"왜 친해지지 못하지요?" 하고 스비드리가일로프는 싱긋 웃으며 일어나 모자를 집어들었다. "나도 실은 당신을 그리 괴롭힐 생각은 없었습니다. 그래서 이리로 오면서도 그다지 기대는 하지 않았습니다. 그러나 오늘 아침 당신 얼굴을 보고 좀 놀랐습니다……."

"오늘 아침 나를 어디서 보셨단 말씀입니까?" 라스콜리니코프는 불안하게 물었다.

"정말 우연이었죠……. 나는 늘 당신과 나 사이에는 꼭 들어맞는 뭔가가 있을 듯한 생각이 들었지요……. 그렇다고 걱정은 마십시오. 난 짓궂은 인간은 아닙니다. 사기도박꾼들과는 충분히 기분을 맞출 수 있었고, 내 먼 친척 뻘 되는 스비르베이 공작도 나를 싫어하지는 않는답니다. 그리고 라파엘로의 마돈나에 대한 감상문을 프리르코바 부인의 앨범에 쓸 재주도 있는가 하면 마르파 페트로브나와도 7년 동안 하루도 마을을 떠나지 않고 살았고 예전에는 센나야의 뱌젬스키 공작 댁에 묵은 일도 있었답니다. 그리고 어쩌면 베르크와 함께 경기구를 타게 될지도 모르는 사람입니다."

"그건 어쨌든 좋습니다만, 한 가지 물어보고 싶은 게 있습니다. 당신은 여행을 곧 떠나십니까?"

"여행이라니요?"

"아니, 그 항해인가 뭔가 말입니다……. 아까 말씀하시지 않았습니까?"

"항해? 아, 맞습니다! ……분명히 그런 얘길 했었지요……. 그러나 그것은 넓은 뜻으로 말한 거랍니다……. 솔직히 말해서 지금 그 질문은 내게 충격적인 것입니다!" 그는 이렇게 덧붙이더니 갑자기 크게 웃었다. "경우에 따라서는 항해 대신 결혼을 하게 되는지도 모르겠습니다. 결혼 중매를 서주겠다는 사람이 있으니까요."

"이곳에서 말씀입니까?"

"그렇습니다."

"언제 그럴 겨를이 있었습니까?"

"그건 그렇다치고, 아브도챠 로마노브나를 꼭 한번 뵙고 싶은데요. 진심입니다. 그럼, 안녕히 계십시오……. 아 참! 하마터면 중요한 일을 잊을 뻔했군! 로

지온 로마노비치, 마르파 페트로브나가 죽으면서 두냐에게 3천 루블을 주라
는 유언을 남겼다고 전해주십시오……. 이건 정말입니다……. 마르파 페트로브
나는 죽기 일주일 전에 내 앞에서 모든 걸 정리했습니다. 아마 2, 3주일 안으로
그 돈을 받게 될 것입니다."

"정말입니까?"

"정말입니다. 꼭 전해주십시오. 그럼, 이만 실례합니다. 내가 묵고 있는 곳은
바로 요 앞입니다."

말을 마치고 나가려던 스비드리가일로프는 문간에서 라주미힌과 마주쳤다.

2

벌써 8시였다. 두 사람은 루진보다 앞서가려고 급히 바카레예프네 하숙으로
갔다.

"여보게, 저 남자는 도대체 누군가?" 거리로 나서자 곧 라주미힌이 물었다.

"스비드리가일로프라는 사람이야. 내 동생이 가정 교사로 가 있을 때 욕을
보이려던 지주지. 그가 하도 꽁무니를 따라다녀서, 누이는 그의 아내인 마르파
페트로브나한테 쫓겨났다네. 그 뒤에 그녀는 두냐에게 사과했지. 그런데 그녀
가 이번에 갑자기 죽었다나. 아까 여기서 이야기한 건 그 여자에 관해서야. 왜
그런지는 모르지만 나는 그 사나이가 몹시 무서워졌어. 그는 아내의 장례식을
치르자마자 곧 달려왔다는군. 좀 괴상한 놈인데 무슨 결심을 단단히 하고 온
모양이야……. 그는 아무래도 무엇인가 눈치챈 것 같아……. 그놈에게서 두냐
를 지켜줘야 할 텐데…… 이 일을 자네에게 말하려던 참일세. 괜찮겠나?"

"지킨다고? 그 따위 녀석이 아브도챠 로마노브나에게 무슨 짓을 하겠나? 어
쨌든 로쟈, 그렇게 말해주니 고맙네……. 암, 암, 지키고말고! ……그런데 그 자
식은 지금 어디에 묵고 있나?"

"그건 모르겠네."

"왜 물어보지 않았나? 거참! 내가 알아보도록 하지!"

"자넨 그 남자를 봤나?" 잠시 잠자코 있다가 라스콜리니코프는 물었다.

"응, 봤지. 잊진 않아."

"똑똑히 보았나? 확실히 봤어?" 라스콜리니코프는 다그쳐 물었다.

"응, 똑똑히 기억한다니까. 1천 명 중에서라도 가려낼 수 있어. 난 사람을 잘 기억하거든."

두 사람은 다시 말이 없었다.

"흠…… 그렇군." 하고 라스콜리니코프는 중얼거렸다. "그러나……어쩌면…… 문득 그런 생각이 드는군……. 아니, 아무래도 그렇게 여겨지는데……그건 환상이 아니었을까?"

"그게 무슨 소리인가? 자네가 대체 무슨 말을 하는 건지 통 알아들을 수가 없네."

"하지만 자네들은 줄곧 말하고 있었잖나." 라스콜리니코프는 입가에 일그러진 미소를 지으면서 말을 계속했다. "나더러 미친 사람이라고. 그러니 지금도 나는 정말로 미쳐버려서 환영밖에 보이지 않는가 싶은 생각이 든 걸세!"

"여보게, 무슨 소릴 하나?"

"누가 알겠나? 내가 정말로 미쳐서 요 2, 3일 동안에 있었던 일이 어쩌면 모두 상상 속에서 있었던 일인지 누가 아나……."

"로쟈! 또 머리가 이상해진 모양이군! 대체 그 자식이 무슨 소리를 지껄였나. 무슨 볼일이 있어 왔다고 하던가?"

라스콜리니코프는 대답이 없었다. 라주미힌은 잠시 생각에 잠겼다.

"로쟈, 내 말 좀 들어보게." 그는 말문을 열었다. "내가 아까 자네한테 들러봤더니 자네는 잠이 들어 있더군. 그래서 밥을 먹고 난 뒤에 포르피리한테 갔었지. 자묘토프도 아직 그곳에 있지 않겠나. 나는 곧 그 말을 끄집어내려고 했지만 잘 안되더군. 아무래도 말을 할 수가 없었어. 그리고 그자들이 말을 들어주어야 할 텐데, 도무지 못 알아듣는 것 같거든. 그렇다고 당황한 기색도 전혀 없었고. 하는 수 없이 나는 포르피리를 창가로 불러서 말했지. 그러나 역시 말이 잘되지 않았어. 말하자면 그도 외면하고 있었고 나도 외면하는 격이 되고 말았지. 마침내 나는 그 녀석 코빼기에 주먹을 들이밀고 친척 입장에서 너 같은 놈을 두들겨 주겠다고 했지. 그러나 그는 나를 흘끔흘끔 쳐다보고만 있더군. 나는 그만 침을 퉤 뱉고 나와 버렸어. 그것뿐이야. 정말 바보 같은 짓이지. 자묘토프하고는 한마디도 하지 않았어. 그런데 내가 서투른 짓을 했구나 하는 생각이 들었다네. 그러나 층계를 내려오면서 문득 이런 생각을 했지. 무엇 때문에 우리는 이런 일에 자꾸만 신경 쓰나 하고. 만일 자네에게 위험한 일이 있었다거나 또는 어떤 사건이 생겼다면 모르지만, 자네에겐 아무 일도 없지 않나! 자네는 이 일에 아무 관계도 없으니까 녀석들 따위는 아예 거들떠보지도 않으면 되는 걸세. 오히려 우리 쪽에서 녀석들을 비웃어줘야겠네. 만일 내가 자네 입장이라면 더욱더 녀석들을 골려주겠네. 나중에 가서 녀석들이 창피한 꼴을 톡톡히 당하도록 말일세! 걱정 말게. 골탕 먹이는 것은 나중에 가서 하더라도 우선은 코웃음이나 쳐주면 되네!"

"그야 그렇지!" 라스콜리니코프는 대답했다.

그러나 마음속으로 '하지만 내일이면 이 녀석이 무슨 말을 할 것인가' 하고 생각했다. 그리고 '그 일을 알면 라주미힌은 어떻게 생각할까' 생각하면서, 이런 생각이 지금까지 한 번도 머리에 떠오르지 않은 것이 이상하다고 여기며 라스콜리니코프는 찬찬히 친구를 바라보았다. 포르피리를 방문한 라주미힌의 말에는 거의 흥미를 느낄 수 없었다. 아까부터 그의 머리에는 온갖 생각이 떠올랐다가는 사라지고 또 떠올랐다가는 사라지곤 했던 것이다…….

그들은 복도에서 루진과 마주치고 말았다. 루진은 8시 정각에 와서 방을 찾고 있었으므로 세 사람은 나란히 서서 들어갔으나 서로 얼굴도 보지 않고 인사도 하지 않았다. 두 사람이 먼저 들어가고 루진은 현관에서 외투를 벗고 적당히 머뭇거리면서 시간을 끌었다. 풀리헤리야 알렉산드로브나는 그를 맞으려고 문턱까지 나왔다. 두냐는 오빠와 인사를 나누고 있었다.

표트르 페트로비치는 방 안에 들어서자 부인들과 매우 상냥하게, 그리고 전보다 한결 의젓하게 인사를 나누었으나, 어딘지 모르게 좀 당황해서 몸 둘 바를 몰라하는 눈치였다. 풀리헤리야 알렉산드로브나 역시 좀 어색한 얼굴로 사모바르가 끓고 있는 둥근 탁자 앞에 모두 앉도록 권했다.

두냐와 루진은 탁자 앞에 마주 앉았다. 라주미힌은 풀리헤리야 알렉산드로브나와 마주 앉게 되었으며, 라주미힌은 루진 옆에 자리 잡았고 라스콜리니코프는 누이동생 옆에 자리를 잡았다.

한순간 침묵이 흘렀다. 루진은 향수 냄새가 나는 모시 손수건을 천천히 꺼내들고 아주 신사다운 모습으로 자기가 모욕당한 일에 대해서 충분한 설명을 요구해야겠다고 굳게 결심하면서 코를 풀었다. 그는 현관에 들어서면서부터 외투를 벗지 않고 들어가 그 자리에서 모든 것을 사람들에게 깨우쳐주고 또 단단히 혼내주려고 생각하고 왔지만 차마 그렇게 하지는 못 했다. 그는 흐리멍 텅한 일을 싫어했으므로 이 경우 설명이 필요했다. 이렇게 노골적으로 인권이 유린된 이상 어떤 이유가 없어서는 안 되었다. 그는 그 이유를 알아야만 했다. 혼내주는 것쯤은 언제든지 할 수 있고 어차피 모든 일은 그의 손에 달려 있으니까.

"오시는 길에 별일 없으셨겠죠?" 그는 풀리헤리야 알렉산드로브나에게 형식 적인 인삿말을 했다.

"덕분에 별일 없었습니다, 표트르 페트로비치."

"다행입니다. 아브도챠 로마노브나도 그다지 피로하지 않았나요?"

"저는 젊고 튼튼하니까 괜찮았어요. 하지만 어머님은 몹시 피로하셨던가 봐 요." 두냐는 대답했다.

"할 수 없습니다. 우리나라 철도는 워낙 기니까요. '어머니 러시아'는 넓고 끝 이 없다는 거죠. 어제 저도 마중나가고 싶은 생각은 굴뚝 같았지만 바빠서 시 간을 못 냈습니다. 그러나 곤란한 일은 없었으리라 생각합니다만."

"아니에요, 표트르 페트로비치! 우리는 내려서 어쩔 줄을 몰라 당황했습니 다." 목소리에 특별히 힘을 주어 풀리헤리야 알렉산드로브나는 재빨리 말했다. "만약 하느님이 어제 이 드미트리 프로코피치 씨를 보내주시지 않으셨다면 우 리는 어떻게 됐을지 몰라요. 이분이 바로 드미트리 프로코피치 라주미힌이랍 니다." 하고 그녀는 라주미힌을 루진에게 소개했다.

"벌써 뵈었습니다…… 어제." 적의에 찬 눈으로 라주미힌을 흘겨보며 루진은 중얼거렸다. 그리고 이맛살을 찌푸리며 입을 다물고 말았다. 표트르 페트로비 치는 겉으로 보기에는 제법 상냥한 듯하고 또 애써 상냥한 체하기도 하지만, 실은 조금만 불쾌한 일을 당해도 자제를 못 하고 쩔쩔매는 사람이었다. 그러므 로 사교에 세련된 멋진 신사라기보다는 도리어 밀가루 자루라는 편이 알맞은 그런 부류에 속하는 인간이었다. 사람들은 다시 잠잠해졌다. 라스콜리니코프 는 고집스러울 정도로 말이 없었다. 아브도챠 로마노브나는 때가 올 때까지는 침묵을 깨뜨리려고 하지 않았다. 라주미힌은 아무 할 말이 없었다. 그래서 풀 리헤리야 알렉산드로브나는 다시금 마음을 졸이기 시작했다.

"마르파 페트로브나가 돌아가셨답니다. 당신은 못 들으셨어요?" 마음속에 두었던 이야깃거리를 끄집어내면서 그녀는 말문을 열었다.

"왜 못 들었겠습니까. 아마 내 귀에 맨 먼저 들어왔을 겁니다. 지금도 아르카지 이바노비치 스비드리가일로프가 부인의 장례를 치르자마자 그 길로 페테르부르크로 달려온 사실을 알리러 온 참입니다. 내가 아는 정보가 거의 확실할 겁니다."

"페테르부르크로요? 아니, 정말 이리로요?" 두냐는 불안한 어조로 되물으며 어머니의 눈치를 살폈다.

"말씀대로입니다. 그런데 출발을 서두르는 품이라든가 그전 일을 미루어보건대, 무슨 속셈이 있는 것처럼 생각되는군요."

"아니, 그 사람이 또 여기서도 두냐를 괴롭히려는 게 아닐까요?" 풀리헤리야 알렉산드로브나는 외쳤다.

"당신이나 아브도챠 로마노브나는 뭐 그리 근심할 일은 없다고 봅니다. 그야 물론 당신이 그 사나이와 전혀 관계를 갖지 않을 결심만 한다면 말입니다. 나는 그가 지금 어디에 머무르고 있는지 찾고 있는 중입니다……."

"아, 표트르 페트로비치 씨, 지금 하신 말씀을 듣고 내가 얼마나 놀랐는지 당신은 모르실 거예요." 풀리헤리야 알렉산드로브나는 말을 계속했다. "나는 그 사람과 두 번밖에 만나본 일이 없지만, 왜 그런지 자꾸 그 사람이 무서워요. 나는 마르파 페트로브나도 그가 죽인 것 같아요."

"그 점에 대해서 쉽게 단정적으로 말할 수 없을 것입니다. 그렇지만 나는 정확한 정보를 가지고 있습니다. 그 사나이는 모욕감 같은 그런 정신적인 자극을 주어 그 사건에 영향을 미쳤을지도 모릅니다. 그 점에 대해서는 나도 반대하고 싶지 않습니다. 어쨌든 그 사람의 평소 소행이나 성질이 말씀하신 그대로니까요. 그 사나이에게 지금 돈이 있는지 없는지, 그리고 마르파 페트로브나가 그에게 얼마나 남겨주었는지는 나도 모르겠습니다. 하지만 머지않아 곧 알게 될 것입니다. 그러나 이 페테르부르크에 오면, 조금은 재산을 가지고 있을 테니 그 사나이는 곧 옛 습성을 드러낼 것이라 믿습니다. 그 사나이는 완전히 타락해서 방탕에 몸을 맡긴 그런 사람 중의 하나이니까요! 운 나쁘게도 8년 전 그 사나이에게 반하여 그를 빚에서 구해준 마르파 페트로브나는 또 다른 일로 난처한 지경에 빠질 뻔했을 때도 그를 구했다고 하더군요. 오직 그 부인의 노력과 희생 덕분에 어떤 형사 사건이 문제가 되기 전에 얼버무려졌다는 것입니다. 그 사건은 몹시 잔인하며 상식으로는 도저히 생각할 수 없는 살인 사건으로서, 그게 알려졌으면 시베리아 유형은 틀림없을 그런 것이었답니다. 그는 그러한 사람이랍니다. 참고 삼아 말씀드리는 것입니다.”

“아, 하느님!” 풀리헤리야 알렉산드로브나는 외쳤다. 라스콜리니코프는 주의 깊게 귀를 기울였다.

“정확한 정보를 갖고 계시다니, 그게 정말이에요?” 두냐는 날카롭고 당황한 어조로 물었다.

“나는 죽은 마르파 페트로브나한테 들은 것입니다. 그러나 법률적인 견지에서 본다면 그 사건은 무척 애매한 데가 있습니다. 이 지방에 사는 외국 사람 중에 돈놀이도 하고 다른 장사도 하는 레슬릿히라는 여자가 있었습니다. 아마 지금도 살고 있을 겁니다. 이 레슬릿히라는 여자와 스비드리가일로프 씨는 오래전부터 아주 친하고 비밀 관계까지 있었답니다. 이 여자 집에 먼 친척 뻘 되는 조카딸이 하나 있었지요. 나이는 열네댓 살밖에 안 된 말 못하고 귀까지 안 들리는 처녀였습니다. 이 처녀를 레슬릿히는 몹시 미워하고 매사에 잔소리를 했습니다. 가끔씩 혹독한 매질을 하기도 했답니다. 그러던 어느 날, 이 처녀가 다락방에서 목을 매고 죽어 있는 것이 발견되었지요. 그리고 이 사건은 처녀가 자살했다고 마무리되었습니다. 그런데 그 뒤 그 처녀가…… 스비드리가일로프에게 무참히 능욕을 당했다고 밀고한 사람이 있었답니다. 그러나 일은 좀 애매하게 되었지요. 왜냐하면 그 밀고한 여자가 신용할 수 없는 독일 여자였기 때문입니다. 그래서 결국 사건은 마르파 페트로브나의 노력과 돈 덕택에 소문으로만 끝났습니다. 그러나 그 소문은 의미심장한 것이었지요. 물론 아브도챠 로마노브나는 그 집에서 고문을 받다가 죽은 하인 피리카의 이야기를 아시겠지요. 6년 전 아직 농노제가 있던 시절의 얘깁니다.”

“내가 들은 이야기는 그와는 전혀 다릅니다. 하인이 제 손으로 목을 매어 죽었다던데요?”

“그건 그렇습니다. 그러나 어디까지나 스비드리가일로프 씨의 학대와 고문이 그 사나이로 하여금 자살을 하게 한 것입니다. 아니, 좀 더 적절하게 말하면 자살을 하게 만든 것입니다."

"그건 처음 듣는 이야기로군요." 두냐는 조심스럽게 대답했다. "나는 아주 이상한 소문을 들었습니다. 즉 피리카는 우울 증세가 있는 자칭 철학자며, 여러 사람의 말에 의하면 지나치게 책을 읽었기 때문이라던데요. 목을 맨 원인도 스비드리가일로프한테 매를 맞은 탓이 아니라 남한테 놀림을 받았기 때문이라더군요. 내가 있을 땐 그는 하인을 잘 다뤄서 모두가 그를 좋아했답니다. 피리카가 죽은 데 대해 그에게 욕하기는 했었습니다만."

"아브도챠 로마노브나, 당신은 갑자기 그 사나이를 변호하려고 하는 것 같은데요." 애매한 미소로 입을 일그러뜨리며 루진은 말했다. "확실히 그 사나이는 여자들을 참으로 교묘하게 유혹하는 친구였지요. 그 슬픈 실례로 이상하게 죽은 마르파 페트로브나를 들 수 있죠. 나는 다만 의심할 나위도 없이 당신들의 눈앞에 다가오고 있는 그 사나이의 야심에 대해서 당신과 어머님께 주의하도록 말씀드리려고 생각하던 참입니다. 나는 그 사나이가 머지않아 빚 때문에 감옥 신세를 지게 될 것이 틀림없다고 생각합니다. 마르파 페트로브나는 아이들의 장래를 무척 생각했으니까 그 사람에게 소유권을 넘겨줄 생각은 조금도 없었을 것입니다. 그러므로 만일 그 사나이에게 무엇을 남겨주었다면 기껏해야 꼭 필요한 것뿐이고 그리 가치도 없는 일시적인 것이므로, 그러한 습관을 지니고 있는 사나이로서는 채 1년도 못 갈 것이라고 생각합니다."

"루진 씨, 제발" 두냐는 말했다. "제발 스비드리가일로프 씨의 이야기는 그만 둬요. 그런 말을 들으면 기분이 나빠 못 견디겠어요."

"그가 바로 조금 전에 나한테 왔더군." 비로소 라스콜리니코프는 입을 열었다. 둘러앉았던 사람들은 이 말을 듣고 모두 소리를 질렀다. 모두가 그에게로 시선을 보냈다. 루진까지도 흥분하고 있었다.

"한 시간 반쯤 전 내가 자고 있는 방으로 들어와서 나를 깨워놓고는 자기 소개를 하더군." 라스콜리니코프는 말을 계속했다. "꽤 비위 좋고 유쾌해 보이더라. 그리고 나하고 친해지길 무척 바라더군. 더욱이 그 사나이는 너를 만나보고 싶어 하더라, 두냐. 글쎄, 나더러 그 역할을 맡아달라고 조르면서 네게 무언가 줄 게 있다며 그 내용을 내게 말했어. 그 사나이가 하는 말이, 마르파 페트로브나가 죽기 일주일 전에 너에게 3천 루블을 전해달라고 유언했다더구나. 아마 그 돈이 머지않아 네 손에 들어오게 될 것이라고 했어.”

“어머나, 고마워라!” 풀리헤리야 알렉산드로브나는 소리 지르며 성호를 그었다. “그분을 위해 기도해라, 두냐. 어서 기도해.”

“그건 정말입니다.” 하고 루진은 자기도 모르게 말해버렸다.

“그리고, 그리고 어떻게 되었어요?” 두냐는 다음 말을 재촉했다.

“그리고 그 사나이가 말하기를, 자기도 그다지 부자는 아니며 재산은 모두 큰어머니 댁에 가 있는 아이들 소유로 되어 있다고 하더군. 그리고 우리 하숙집 근처에다 숙소를 정했다고 했는데, 아직 난 모르겠다. 또 물어보지도 않았고…….”

“그런데 그 사람이 두냐에게 주겠다는 것이 뭘까?” 하고 풀리헤리야 알렉산드로브나는 겁을 집어먹고 물었다.

“네게는 다 말해주었겠지?”

“네, 다 말했습니다.”

“뭐라고 하더냐?”

“그건 나중에 말하겠습니다.” 라스콜리니코프는 입을 다물고 찻잔으로 손을 가져갔다.

루진은 시계를 꺼내 보았다.

“나는 볼일도 있고 해서 그만 가봐야겠습니다. 그러면 여러분께 방해도 안 될 것 같고…….”

그는 좀 시무룩해져서 말하더니 의자에서 일어나려 했다.

“루진 씨, 잠깐만.” 두냐가 말했다. “오늘 밤은 천천히 있다가 갈 생각이었잖아요? 어머니에게 드릴 말씀이 있다고 편지까지 하고는 그냥 가시다니요.”

“그건 그렇습니다, 아브도챠 로마노브나.” 루진은 다시 의자에 앉으며 의젓한 말투로 말했으나 모자는 아직 손에 든 채였다. “확실히 나는 당신과 존경하는 어머님과 함께 조용히 얘기하고 싶었습니다. 그것도 무척 중요한 일에 대해서 말입니다. 하지만 당신 오빠께서 스비드리가일로프 씨의 제안인가 하는 것에 대해 내 앞에서 얘기하지 않으시니, 그와 똑같은 이유로 나도…… 다른 분이 계시는 자리에서 중요한 용건을 말하고 싶지 않습니다. 게다가 그토록 당부한 중요한 문제가 실행되지 않았으니 말입니다…….” 루진은 괴로운 빛을 띠며 점잖게 입을 다물었다.

"우리 모임에 오빠를 참석시키지 말아달라는 부탁을 지키지 않은 건 내가 고집했기 때문이에요." 두냐는 말했다. "당신 편지에 오빠한테 모욕당했다고 씌어 있어서, 나는 서로 마음에만 품고 있을 게 아니라 툭 털어놓고 화해했으면 해서 그랬어요. 만일 오빠가 정말 당신을 모욕했다면, 오빠는 당신에게 사죄해야 하겠죠. 또 그러리라 믿어요."

루진은 갑자기 거만한 태도를 취했다.

"아브도챠 로마노브나, 이 세상에는 아무리 선의로 해석해도 도저히 잊을 수 없는 모욕이 있습니다. 무슨 일에나 일정한 한계가 있어서 그 선을 넘는 것은 몹시 위험한 일입니다. 한 번 넘고 나면 다시 회복하기가 쉽지 않으니까요."

조금 안타까운 듯이 두냐는 말을 막았다.

"루진 씨, 나는 그걸 말한 게 아니에요. 좀 너그럽게 생각해주세요. 우리의 장래는 다른 데 있는 것이 아닙니다. 한시바삐 이 문제가 명백해져서 원만하게 해결되어야만 해요. 나는 거리낌 없이 말씀드립니다만, 그 길밖에는 다른 방법이 없다고 생각해요. 만일 당신이 조금이라도 나를 생각한다면, 어렵겠지만 그 일만은 오늘이라도 해결해버렸으면 좋겠어요. 거듭 말씀드립니다만, 만일 오빠에게 잘못이 있다면 오빠는 사과할 거예요."

"당신이 그 문제를 걸고 넘어지리라고는 생각지도 못했습니다, 아브도챠 로마노브나."

루진은 점점 열이 올랐다.

"당신을 소중히 여기는 것, 말하자면 존경한다는 것과 당신 가족의 누군가를 아무리 애써도 좋아할 수 없다는 것은 전혀 문제가 다르다고 생각하는데요. 당신의 손길이 내게 멎는 행복을 바라긴 합니다만, 그렇다고 해서 마음에도 없는 의무를 질 순 없습니다."

두냐는 감정 어린 목소리로 말을 가로막았다.

"아, 언제까지나 그런 것을 유감으로 생각하는군요, 루진 씨. 그런 건 잊어버리고 언제까지나 제가 생각해왔던 것처럼, 아니, 그렇게 되어주길 바라고 있었던 것처럼 그런 너그럽고 총명한 루진 씨로 돌아가줘요. 저는 당신에게 커다란 약속을 하고 있습니다. 난 당신의 약혼자예요. 그러니까 이 일만은 제게 맡겨요. 제가 두 사람 사이를 화해시키려고 나선 것은 당신에게도 그렇지만, 오빠에게도 지금에야 비로소 털어놓은 거예요. 오늘 당신에게서 편지를 받은 뒤 무슨 일이 있어도 이 자리에 나와달라고 오빠를 부르면서 나는 아무런 말도 하지 않았어요. 부디 좀 너그럽게 생각해줘요. 이제 만일 당신들이 화해하지 않는다면 저는 당신과 오빠 두 사람 가운데 어느 한 사람만을 선택할 수밖에 없습니다. 오빠나 당신이 저를 그런 입장으로 몰아넣은 거예요. 나는 선택을 잘못하고 싶지도 않고 또 잘못해서도 안 된다고 생각해요. 당신을 택하면 오빠와 헤어져야만 하고 오빠를 택하면 당신과의 인연이 끊어지죠. 그래서 저는 지금이야말로 뚜렷이 알고 싶어요. 그리고 알 수 있으리라 생각해요. 말하자면 오빠는 내게 진정한 오빠인가, 그리고 당신은 정말 나를 소중히 여기고 내 가치를 인정해줄 사람인가, 나의 남편이 될 사람인가 하는 것을 말이에요."

"아브도챠 로마노브나." 루진의 표정이 굳어졌다. "당신의 말은 지나치게 의미심장합니다. 아니, 기탄없이 말한다면, 나를 너무 무시하는 듯싶습니다. 나와…… 그 오만한 청년을 비교하는 무례한 얘기는 그만두더라도, 지금 하신 말씀으로 봐서는 당신은 나하고 하신 약속을 어길 가능성을 인정하고 있습니다. '루진이냐, 오빠냐?' 하는 말씀은 내가 당신에게 얼마나 의미 없는 존재인가를 시인하는 게 아니겠습니까? ……내가 보기에는 우리 사이에 존재하는 관계나 의무로 봐서…… 그런 건 용납될 수 없습니다."

"뭐라고요!" 두냐는 흥분했다. "저는 당신과의 관계를 지금까지의 제 일생에서 가장 중요한 것으로, 제 모든 인생이나 다름없는 것으로 생각하고 있어요. 그런데 당신에 대한 평가 방법이 서투르다고 화를 내다니!"

라스콜리니코프는 잠자코 비웃고만 있었다. 라주미힌은 온몸을 떨었다. 그러나 루진은 이 반박을 인정하려고 하지 않았다. 오히려 한마디 한마디가 더욱 집요해졌고, 초조해 보였다. 마치 점점 더 열이 오르는 사람 같았다.

"일생을 같이할 남편에 대한 사랑은 남매 사이의 사랑을 능가해야만 합니다." 그는 교훈조로 말했다. "어쨌든 나를 동일시하는 건 참을 수 없습니다……. 아까 난 방문한 사연을 오빠 앞에서 말하고 싶지도 않고 말할 수도 없다고 주장했습니다만, 어차피 말이 나왔으니 다시 한 번 당신 어머님께 말씀드리기로 하지요. 말하자면 가장 중대한 근본 문제만을, 그리고 나에게는 가장 모욕적인 그 단점을 간단히 설명해드리려고 합니다. 당신 아드님이 말입니다." 그는 풀리헤리야 알렉산드로브나 쪽으로 몸을 돌렸다. "어제 라스수드킨 씨, 참…… 아니시던가요? 용서하십시오, 성함을 잊어버려서요." 그는 상냥하게 라주미힌에게 인사했다. "이분 앞에서 아드님은 내 생각을 곡해해 모욕을 주었습니다. 언젠가 당신하고 커피를 마시면서 세상 이야기를 했었지요? 즉 세상의 쓴맛을 다 겪은 가난뱅이 여자와 결혼하는 것은 부유한 집 여자와 결혼하는 것보다 도덕적으로 좋고 부부관계로 보더라도 그렇다고 한 이야기 말입니다. 아드님은 내가 보기에 당신의 보고를 바탕으로 하여 내 말을 아주 나쁜 뜻으로만 해석한 모양입니다. 그 이야기에 대해 내가 무슨 간악한 야심이라도 가진 것처럼 비난하지 않겠습니까. 그래서 말씀입니다만, 풀리헤리야 알렉산드로브나, 제발 오해를 푸시고 안심시켜주신다면 그것으로 만족하겠습니다. 로지온 로마노비치에게 내가 한 말을 편지에 어떻게 쓰셨는지 한번 들려주시면 좋겠습니다."

"잘 기억나지 않는데요." 풀리헤리야 알렉산드로브나는 난처해하며 말했다. "나는 나 자신이 아는 데까지 썼을 뿐입니다. 로쟈가 당신한테 어떻게 말했는지는 모르지만……. 혹시 우리 저 애가 아주 과장해서 말했는지도 모르지요."

"그러나 당신의 암시가 없고서야 아드님이 과장할 리 없잖습니까?"

"루진 씨." 하고 풀리헤리야 알렉산드로브나는 표정이 굳어지며 말했다. "나나 두냐가 당신에 대해 나쁜 얘기를 했다면 우리가 지금 이 자리에 와 있을 리 없잖습니까?"

"그래요, 어머니." 두냐가 맞장구쳤다.

"그러니까 내가 나쁘다는 말씀이로군요!" 루진은 볼멘소리로 말했다.

"루진 씨, 당신은 로쟈만을 탓하고 계십니다만, 당신 역시 아까의 편지에 로쟈에 대해 거짓말을 쓰셨더군요." 풀리헤리야 알렉산드로브나는 기세를 올리며 따졌다.

"거짓말을 쓴 기억은 없는데요."

"당신은 이렇게 쓰셨지요." 라스콜리니코프는 상대방을 돌아보지도 않은 채 날카로운 목소리로 말했다. "내가 어제 마차에 치어 죽은 사람의 부인에게 돈을 주었는데도 당신은 그걸 부인이 아니라 그의 딸에게 줬다고 하셨지요. 그 딸이라는 여자를 나는 어제까지는 본 적도 없습니다. 당신이 그런 말을 한 건 나와 가족 사이에 싸움을 붙이기 위한 것이며, 그 때문에 그런 비열한 언사를 써가며 알지도 못 하는 처녀의 소행을 덧붙이기까지 하지 않았습니까. 그런 비열한 중상이 어디 있습니까!"

"실례합니다만"루진은 분노로 몸을 떨면서 대답했다. "그 편지에 내가 당신의 성격과 행동에 대해서 언급한 것은, 다만 그래주기를 요구하신 당신의 어머니와 동생의 부탁을 받았기 때문입니다. 다시 말해서 당신을 만났을 때의 거동이라든가 나를 대하는 인상 같은 것 말입니다. 그리고 만일 그 편지 내용에 관해서 조금이라도 사실과 다른 데가 있다면 내게 보여주십시오. 말하자면 당신이 돈을 낭비하지 않았다든가, 그 가족은 불행한 가족들이지만 너저분한 인간은 한 사람도 없다거나 하는 이야기도 써 있다면 말입니다."

"당신이 얼마나 훌륭한 사람인지는 모르지만, 내가 본 바로는 당신 따위는 당신이 누명을 뒤집어씌운 그 불행한 아가씨의 새끼손가락만한 값어치도 없어요!"

"그럼, 당신은 그 아가씨를 어머니나 동생과 한자리에 앉힐 용기가 있단 말이오?"

"그게 그렇게도 알고 싶다면 말씀드리지. 나는 그런 것쯤은 벌써 다 실행했어요. 오늘 그 아가씨를 어머니와 두냐와 함께 나란히 앉혔으니까."

"로쟈!"풀리헤리야 알렉산드로브나는 크게 소리 질렀다.

두냐는 얼굴을 붉혔고 라주미힌은 눈살을 찌푸렸다. 루진은 짓궂고 교만한 미소를 짓고 있었다.

"아브도챠 로마노브나."그는 말을 이었다. "보시는 바와 같이 이래가지고는 서로 타협할 여지가 없습니다. 나는 이미 모든 이야기가 다 끝났다고 생각합니다. 그만 가야겠습니다. 가족끼리 만나는 기쁨과 비밀 이야기를 더 이상 방해하고 싶은 생각은 없습니다."그는 의자에서 일어나며 모자를 집어들었다. "그러나 가기 전에 한마디만 더 하겠습니다. 앞으로는 절대로 이런 자리를 마련하지 말아주십시오. 풀리헤리야 알렉산드로브나에게 특히 부탁드립니다. 더군다나 이 사건에 관한 나의 편지는 모두 당신한테 보냈던 것이니까요."

풀리헤리야 알렉산드로브나는 슬며시 화가 났다.

"아니, 왜 그러시지요? 당신은 당신의 권력으로 우리를 마음대로 해보고 싶은 모양이군요. 표트르 페트로비치, 당신 말씀대로 약속을 지키지 못한 이유는 두냐가 이미 말씀드리지 않았습니까? 내 딸은 좋은 생각을 가지고 있었습니다. 당신이 한 편지는 마치 명령이라도 하는 투였습니다. 우리가 당신의 말이라면 하나도 빼놓지 않고 복종해야 한다고 생각하시나요? 오히려 당신은 지금 우리에게 좀 더 친절하고 너그럽게 대해주어야 하지 않을까요? 왜냐하면 우리 모녀는 모든 것을 뿌리치고 오직 당신을 믿고 이리 왔으니까요. 그러니까 그렇잖아도 당신 손아귀에 쥐어져 있는 셈이 아닙니까?"

"아니, 전혀 그렇다고만은 할 수 없습니다, 풀리헤리야 알렉산드로브나! 특히 이 순간, 페트로브나의 3천 루블이라는 유산 얘기가 나오고부터는 말입니다. 더욱이 나에 대한 태도가 달라진 것으로 보아 마침 좋은 기회라고 여기시는 모양인데요." 루진은 비꼬아 말했다.

"그런 말씀을 하시는 걸 보니, 정말 우리의 딱한 처지를 이용해보려는 속셈이었던 모양이군요." 두냐도 참지 못하고 화를 냈다.

"하지만 현재로서는 적어도 그런 것을 고려할 수가 없습니다. 이제는 무엇보다도 아르카지 이바노비치 스비드리가일로프 씨가 당신 오빠에게 전권을 위임한 비밀 제안을 방해하고 싶지 않습니다. 내가 보기에는 그 제안은 당신에게 매우 중대하며, 게다가 아마 무척 반가운 소식일 것 같군요."

"아니, 무슨 소리를!" 풀리헤리야 알렉산드로브나가 외쳤다. 라주미힌도 그대로 자리에 앉아 있을 수가 없었다.

"두냐, 넌 이래도 부끄럽지 않으냐?" 라스콜리니코프가 물었다.

"오빠, 왜 부끄럽지 않겠어요." 두냐는 말했다. "루진 씨, 어서 나가주세요!"

그녀는 화가 나서 창백해진 얼굴을 루진 쪽으로 돌렸다.

루진은 결과가 이렇게 되리라고는 꿈에도 생각하지 못했다. 그는 자기 자신과 자기의 권력과 의지할 데 없는 두 사람의 처지에 너무나 기대를 품었던 것이다. 그리하여 지금까지도 이러한 결과를 믿을 수가 없었다. 그의 얼굴은 핼쑥해졌고 입술은 바르르 떨렸다.

"아브도챠 로마노브나, 내가 지금 이런 꼴로 이 방을 나선다면 그땐 잘 기억해두십시오……. 다시는 오지 않을 것입니다. 잘 생각해주십시오! 나는 한 입으로 두 말하지 않습니다."

"그런 뻔뻔한 말을!" 두냐는 벌떡 일어서며 소리를 질렀다. "저도 당신이 다시 돌아오기를 바라지 않습니다!"

"뭐라고요? 그렇습니까?" 루진은 마지막 순간까지도 이런 결과리라고는 믿지 못했으므로 모든 희망이 사라져버린 것이 명백해지자 잠시 멍하니 있었다. "그렇습니까! 그러나 당신은 아시겠지요, 아브도챠 로마노브나! 내가 항의할 수 있다는 것쯤."

"당신이 무슨 권리로 내 딸에게 그런 소리를 함부로 하는 거지요!" 풀리헤리야 알렉산드로브나는 몸이 바싹 달아 참견했다. "대체 무슨 항의를 한단 말인가요? 무슨 권리가 있어서 그러는 거지요! 나가세요. 두 번 다시 오지 마세요! 이처럼 길을 잘못 들어선 것도 따지고 보면 우리 잘못이에요. 누구보다도 내가…"

"풀리헤리야 알렉산드로브나, 그러나 말입니다." 루진은 미친 사람처럼 펄펄 뛰었다. "당신은 그런 언약으로 나를 붙들어 매 놓고, 이제 와서는 당신 마음대로 깨뜨리다니…… 그리고 심지어는…… 나는 그 일로 해서 쓸데없이 돈만 쓰고 말았잖습니까……."

이 마지막 말은 루진의 성격을 너무나 잘 보여주었다. 분노를 참느라고 얼굴이 창백해진 라스콜리니코프까지도 더 참지 못하고 큰 소리로 웃기 시작했다. 그러나 풀리헤리야 알렉산드로브나는 자제력을 잃고 말았다.

"돈을 썼다고요? 대체 무슨 돈을 썼단 말입니까? 설마 우리 짐을 말하는 건 아니겠지요? 그건 차장이 공짜로 실어준 것이랍니다. 그런데 뭐라고요! 우리가 당신을 붙들어매났다고요! 정신 좀 차리세요, 루진 씨! 그와 반대로 당신이 우리 모녀의 손발을 묶어놓은 것이에요. 결코 우리가 당신을 묶어놓은 것이 아닙니다!"

"어머니, 그만두세요. 이제 그만했으면 됐어요!" 아브도챠 로마노브나는 애원했다. "루진 씨, 제발 부탁이니 나가주세요!"

"나가주다뿐이겠소. 하지만 마지막으로 한마디만 더 해야겠소!" 하고 그는 이미 제정신이 아닌 채로 외쳤다. "아마 당신 어머니는 벌써 잊으신 모양이지만, 그때 당신에 관한 악평이 한창 떠돌고 있을 때인데도 난 당신을 아내로 맞이할 결심을 했던 거고요. 말하자면 나는 당신을 위하여 세상의 온갖 추문을 무시했던 겁니다. 또한 당신의 명예를 회복시켰던 거요. 그러니 내가 거기에 대한 보수를 청할 수도 있고, 감사를 요구해도 무방하다고 생각합니다. 하지만 이제 와서야 간신히 눈을 떴습니다! 어쩌면 세상의 추문을 무시한 내가 경솔했는지도 모를 일이오."

"이 녀석이 죽고 싶은 모양이야!" 라주미힌이 의자에서 벌떡 일어나며 당장이라도 한 대 후려갈길 듯한 기세로 외쳤다.

"당신은 비열하고 간악한 인간이에요!" 두냐가 말했다.

"아무 말도 하지 마! 가만히 있어!" 라스콜리니코프는 라주미힌을 말리고 나서 루진 곁으로 바싹 다가섰다. "어서 나가주십시오!" 그는 조용하면서도 뚜렷한 어조로 말했다. "아무 말도 마시고 나가주십시오. 그렇지 않으면⋯⋯."

루진은 잠시 동안 분을 못 참아 핼쑥하게 일그러진 얼굴로 그를 쏘아보더니 획 몸을 돌려 밖으로 나가버렸다. 이때 이 사나이가 라스콜리니코프에게 품은 분노와 증오는 그 무엇과도 비할 바가 못 되었다. 그는 라스콜리니코프를 모든 일의 장본인이라고 생각했다. 더욱이 놀라운 일은, 그는 층계를 내려가면서 어쩌면 일이 완전히 망쳐진 것은 아닐지도 모르며 두 여인과의 관계는 '충분히' 회복될 가망이 있다고 생각했던 것이다.

3

사건의 요점은 마지막 순간까지도 이러한 결말을 털끝만큼도 예기치 못한 데 있었다. 그는 가난하고 의지할 데 없는 두 여인이 자기 세력 밑에서 벗어나리라고는 전혀 예상도 못 하고 마지막까지 밀고 나간 것이었다. 이러한 그의 신념을 부채질하던 것은 허영심과 자부심이라고 할까. 일종의 자기도취였다. 본디 루진은 벼락출세를 한 사람으로서, 병적으로 자존심이 강하고 자기 지혜와 재능을 높이 평가할 뿐만 아니라, 때로는 거울 앞에 혼자 서서 자기 얼굴에 반하기도 하는 그러한 인물이었다. 그러나 그가 이 세상에서 무엇보다도 아끼고 높이 평가하는 것은 많은 노력과 갖은 방법을 다해서 얻은 자기 재산이었다. 바로 그 돈이야말로 그를 자기보다 높은 자리에 있는 모든 사람들과 동등하게 끌어올려준 유일한 힘이었다.

아까 그가 두냐에게, 자기는 나쁜 소문이 있는데도 그녀를 아내로 맞아들일 결심을 했다고 비통한 어조로 말한 것은 어디까지나 솔직한 심정이었으며, '그 배은망덕'에 깊은 분노를 느꼈기 때문이었다. 그러나 그가 두냐에게 청혼했을 때는 이미 모든 얘기가 헛소문인 것을 충분히 알고 난 뒤였다. 그 당시 그 소문 은 마르파 페트로브나의 말에 의해서 진상이 밝혀졌고, 두냐를 열심히 변호하 던 마을 사람도 그 일을 잊어버리고 있었다. 그리고 그 자신도 그런 사정을 다 알고 있었던 이상 차마 이를 부정할 수는 없었다. 그럼에도 그는 두냐를 자기 위치에까지 끌어올리려 한 자신의 결심을 매우 높이 평가하고 그걸 공적으로 생각하고 있었다. 그리하여 지금 두냐에게 이것을 이야기한 것도 자기가 여태 까지 소중히 하며 마음속으로 혼자 찬양하던 소중한 비밀의 상념을 말한 셈 인데, 어찌하여 남들은 자기의 공적을 찬양할 줄 모르는지 이해할 수 없었다. 그래서 지난번에 라스콜리니코프를 방문했을 때도 그런 생각에서 더없이 달 콤한 감사를 받을 은인의 심정으로 찾아갔던 것이다. 그러므로 지금도 그가 층 계를 내려가면서 자기는 이루 말할 수 없는 모욕을 받았으며, 자기가 베푼 은 혜를 배신당했다고 느낀 것도 당연한 일이라 하겠다.

두냐는 그에게 없어서는 안 될 존재였다. 그녀를 단념한다는 것은 생각조차 못할 일이었다. 벌써 5, 6년 동안이나 오래도록 그는 결혼이라는 즐거운 공상 과 함께 줄곧 돈을 모으며 시기가 오기만을 기다리고 있었다. 그는 가슴속 깊 이 은근히 호탕한 기분을 품은 채 품행이 좋고 가난하지만 젊고 아름답고 집 안 좋고 교양도 있으며, 그리고 이 세상 고초를 다 맛보고 나서 나약해진 처녀, 그래서 자기에게 순종하고 평생 자기를 은인으로 생각하는 노예 같은 여자를 그리고 있었다. 그는 시간이 있을 때마다 뭐라 형용할 수 없이 즐겁고 매력적이 며 아름다운 이 문제에 관한 갖가지 장면과 달콤한 에피소드를 환상으로 그려 왔던 것이다! 그러던 차에 이 수년째의 꿈이 거의 현실로 다가왔다. 아브도챠 로마노브나의 아름다움과 교양은 대번에 그를 놀라게 했고 의지할 데 없는 그 녀의 환경이 몹시 그의 마음을 끌었던 것이다. 그는 공상 이상의 즐거움을 느 꼈다. 그녀는 성품이 훌륭하고 의지가 굳으며 교양과 두뇌가 자기보다 뛰어나 다고 생각했다. 이러한 여자가 평생을 두고 자기의 위엄에 대해서 노예와도 같 은 감사를 느끼며 그 앞에 공손히 무릎 꿇고 머리 숙이는 것에 군림하려는 것 이었다! ……몇 시간 전까지만 해도 그는 오랜 숙고와 많은 기대를 품고 장차

근본적으로 진로를 달리하여 더욱 넓은 활동 무대로 발을 내딛는 동시에, 이미 오랫동안 갈망하던 상류 사회로 천천히 진출해볼 생각이었다……. 그는 페테르부르크로 진출해볼 결심이었던 것이다. 그는 여자란 그야말로 정말 필요한 물건이라고 느꼈다. 아름답고 기품 있으며 교양 있는 여자의 매력은 그의 인생행로에 빛나는 장식이 되어 세상 사람들의 마음을 그에게 쏠리게 할 뿐만 아니라, 그의 후광으로 작용할 수 있는 물건이라고 생각했다……. 그렇건만 지금에 와서 그것이 한꺼번에 수포로 돌아가려 하고 있지 않은가! 이 뜻하지 않은 결렬이야말로 그의 머리 위에 벼락이 떨어진 것과도 같았다. 그것은 추악한 장난이요, 넌센스였다. 그는 조금 뽐내본 것에 지나지 않았던 것이다. 그는 하고 싶은 말도 제대로 하지 못했다. 그는 농담을 좀 하고 그것에 정신이 팔렸을 뿐인데, 이런 심각한 결과가 되고 말았다! 게다가 그는 두냐를 자기 나름대로 생각하고 마음속으로 완전히 그녀 위에 군림하고 있었던 것이다. 그러던 것이 돌연…… 아니다! ……아니, 내일은 다시 만사를 회복하고 치료하고 수정하지 않으면 안 된다. 그러기 위해서는 첫째 모든 일의 원인인 그 오만한 젊은 녀석을 단단히 혼내주어야만 한다. 그리고 그는 병적인 감각으로 자신도 모르게 라주미힌을 생각했다……. 그러나 이 점에 대해서는 그도 곧 마음 놓을 수가 있었다. '물론 그 녀석도 그놈과 똑같은 족속이다!' 그러나 그가 진심으로 두려워하는 것은 스비드리가일로프였다. 한마디로 말해서 수많은 근심 걱정이 눈앞에 막아서는 것이었다…….

"아니, 제가 나빴어요!" 어머니를 끌어안고 뺨을 비비며 두냐는 말했다. "제가 그만 그 사람의 돈을 탐냈던 거예요. 하지만 오빠, 난 맹세할 수 있어요! 난 그가 그렇게까지 비열한 사람인 줄은 정말 몰랐어요. 만약 전부터 그 사람을 제대로 알았더라면, 무슨 일이 있어도 기대하지 않았을 거예요! 오빠, 나를 나무라지 말아요!"

"하느님이 너를 구해주신 게다! 하느님이 구해주신 게야!" 풀리헤리야 알렉산드로브나는 지금 일어난 모든 사실을 아직도 완전히 이해하지 못하는 듯 무의식적으로 말했다.

5분쯤 뒤에는 모두 즐거워 웃음까지 터져나왔다. 다만 두냐만이 오늘의 일을 불쾌하게 여기고 때때로 눈살을 찌푸렸다. 풀리헤리야 알렉산드로브나는 자기도 한데 어울려 기뻐할 줄은 꿈에도 생각지 못했었다. 아침까지만 하더라도 루진과 헤어진다는 건 무서운 불행이라고 여겨졌다. 한편 라주미힌은 즐거워 어쩔 줄을 몰랐다. 그는 아직 자기 기쁨을 충분히 표현할 수는 없었으나 마치 5푸드[7]나 되는 저울추가 가슴에서 떨어져 나간 것 같은 기분으로 열병 환자처럼 떨었다. 이제야 자기는 온 생애를 바쳐서 두 여자를 위해 노력할 권리가 생겼다고…… 아니, 지금은 아직 무슨 일이 일어날지 알 수 없지 않은가! 그러나 그는 더 한층 조심성 있게 장래의 생각을 몰아내며 자신의 공상을 두려워하고 있었다. 다만 라스콜리니코프만이 아직 의자에 앉은 채 침울하고 넋 나간 모습을 하고 있었다. 그는 무엇보다도 우선 루진을 멀리해야 한다고 주장했으면서도, 지금 일어난 일에는 누구보다도 가장 흥미가 없는 듯이 보였다. 그래서 두냐는 오빠가 아직 자기한테 화가 난 것이라고 생각했다. 풀리헤리야 알렉산드로브나는 걱정스러운 눈으로 그를 바라보았다.

"스비드리가일로프가 오빠에게 뭐라고 말했어요?" 두냐는 그의 앞으로 가까이 다가갔다.

"아, 그래, 그래!" 풀리헤리야 알렉산드로브나가 외쳤다. 라스콜리니코프는 머리를 들었다.

"그는 너에게 1만 루블을 주겠다는 거야. 그래서 내가 있는 자리에서 너를 꼭 한 번 만나보고 싶다는구나."

"만나고 싶다고? 어떤 일이 있어도 그건 안 된다!" 풀리헤리야 알렉산드로브나는 외쳤다. "더구나 뻔뻔하게도 이 아이에게 돈을 주고 싶어 하다니!"

그제야 라스콜리니코프는 자못 무심한 태도로 스비드리가일로프와 만났던 일을 이야기했다. 쓸데없는 말을 하지 않으려고, 또 실제로 필요하지 않은 말은 하기 싫어서 마르파 페트로브나의 유령 이야기는 빼버렸다.

"그래서 오빠는 뭐라고 대답했어요?" 두냐는 물었다.

"처음엔 너에게 말을 전해줄 수가 없다고 했더니, 그 사나이는 어떤 수단을 써서라도 직접 만나야겠다고 하지 않겠니. 그리고 너를 향한 그 많은 열정은 어리석은 일이었다고 단언하더라. 지금은 너에게 아무런 감정도 느끼지 않는다

---

7) 러시아에서 쓰는 무게 단위. 1푸드는 약 16.38kg에 해당한다.

는 거야······. 그 사나이의 말은 너를 루진에게로 보내고 싶지 않다는 것이 요점이야······. 대체로 이야기의 앞뒤가 맞지 않는 말투더구나."

"오빠는 그 사람을 어떻게 생각해요? 오빠한테는 그가 어떤 사람으로 보이지요?"

"솔직히 말해서 잘 모르겠다. 1만 루블이나 되는 돈을 남에게 주겠다는 사람이 자기는 부자가 아니라는 둥 어디로 가버리고 싶다고 말하는가 하면, 10분도 채 못 되어 자기가 한 말을 깨끗이 잊어버린단 말이야. 그리고 갑자기 한다는 소리가 어서 결혼해야겠다고 하면서, 신붓감이 있다고 하더라. 물론 무슨 목적이 있겠지만, 대부분은 시시한 일일 게다. 하지만 그가 불순한 생각을 품고 있다면, 그런 우둔한 짓을 한다는 게 좀 이상한 생각이 드는구나······. 물론 나는 너를 위해서 그 돈을 거절했다. 대체로 내가 보기에는 이상한 사람이야······. 아니, 이상하다기보다······ 발광의 징조처럼 느껴졌어. 하긴 내가 잘못 보았을지도 모르지만. 혹시 그가 헛소리를 하고 갔는지 누가 알겠니. 그러나 마르파 페트로브나의 죽음이 그에게 상당한 타격을 준 것 같아······."

"오, 주여. 그 여자의 영혼을 진정시켜 주옵소서!" 풀리헤리야 알렉산드로브나는 외쳤다. "나는 언제나, 언제나 그 여자를 위해서 기도하겠다, 두냐. 만일 그 3천 루블이 아니라면, 우리가 앞으로 어떤 처지가 되겠니. 정말 그 돈이야말로 하늘에서 떨어진 것 같구나! 로쟈, 오늘 아침 우리 수중에는 3루블밖에 남아 있지 않았단다. 나와 두냐는 어디에 시계라도 잡히려고 이 궁리 저 궁리 하고 있었다. 우리는 자진해서 주기 전에는 루진한테 돈을 받지 않기로 했었으니까."

두냐는 스비드리가일로프의 제안에 크게 충격을 받은 듯했다. 장승처럼 서서 무언가 생각에 잠겼다.

"그 사람은 어떤 무서운 일을 계획하고 있는 거예요!" 그녀는 몸을 떨다시피 하며 혼잣말을 중얼거렸다.

라스콜리니코프는 그녀의 이 심상치 않은 공포를 깨달았다. 그는 두냐에게 말했다.

"그 남자와 종종 만날 것만 같다."

"그를 조심합시다! 내가 그놈이 있는 곳을 알아보지!" 라주미힌은 의기양양하게 떠들어댔다. "절대로 놓치지 않겠습니다! 로쟈가 나에게 부탁했으니까.

로쟈가 나더러 내 누이를 보호해주게 하고 부탁했으니까요. 당신도 허락해주시겠지요, 아브도챠 로마노브나?"

두냐는 미소 지으며 그에게 손을 내밀었다. 그러나 얼굴에는 아직 근심스러운 빛이 채 가시지 않았다. 풀리헤리야 알렉산드로브나는 딸의 얼굴을 조심스럽게 바라보았다. 그녀는 3천 루블이라는 돈에 꽤 안심한 것 같았다.

15분 뒤에는 모두가 활기 띤 대화를 주고받았다. 라스콜리니코프도 말은 하지 않았지만 오가는 대화에 잠시 동안 열심히 귀 기울이고 있었다. 라주미힌은 열변을 토했다.

"어째서 두 분께서 시골로 돌아가야 합니까?" 그는 즐거워 덤벙대기 시작했다. 마치 술 취한 사람 같은 말투로 뇌까렸다. "그리고 시골에서 무엇을 하시려고요? 무엇보다도 중요한 것은 이곳에 모두 같이 계셔야 합니다. 그게 서로에게 도움이 될 겁니다. 얼마나 도움이 되겠나 한번 생각해 보십시오. 그리고 잠시 동안이라도 좋으니…… 나를 친구같이 대해주십시오. 그럼, 단연코 훌륭한 일을 할 수 있을 것입니다. 자세히 설명할 테니 들어보십시오, 내 계획을 말입니다. 아직 아무 일도 일어나기 전에 문득 이런 생각이 머리에 떠올랐습니다……. 나에게는 큰아버지가 한 분 계십니다. 참으로 훌륭하고 점잖은 노인입니다. 그 큰아버지가 1천 루블쯤 갖고 있답니다. 자기는 연금만으로도 충분하니까, 한 2년 기한부로 그 돈을 저더러 쓰라는 겁니다. 이자는 연 6푼이라도 좋다는군요. 그 의도는 잘 알고 있습니다. 큰아버지는 다만 나를 도와주시겠다는 것뿐입니다. 그러나 그동안 나는 그리 돈이 필요 없었습니다. 하지만 금년에 큰아버지가 오시면 그 돈을 빌리겠습니다. 그러니까 당신들에게로 온다는 3천 루블 가운데 1천 루블만 나에게 투자해주십시오. 우선은 그것으로 충분합니다. 그러니까 말하자면 우리는 합자를 하는 셈이지요. 그렇다면 그 돈을 가지고 무엇을 하느냐 그 말씀이겠지요?"

라주미힌은 사업 계획을 설명하기 시작했다. 많은 서적상이나 출판업자가 자기 상품에 대한 성질을 잘 파악하지 못하기 때문에 실패로 돌아가는 것이 보통이지만, 착실한 것만 낸다면 수지가 맞는 사업이요 때에 따라서 상당한 이익을 얻을 수 있는 사업이라고 주장했다. 라주미힌은 벌써 2년 동안이나 남의 일을 해온 데다 유럽 3개 국어에 정통했으므로 늘 그런 꿈을 꾸고 있었던 것이다. 한 엿새 전에 그가 라스콜리니코프를 보고 자기는 독일어가 신통치 않다고 말했었지만, 그것은 그에게 번역 원고 절반을 맡겨 3루블의 선금을 받게 하기 위함이었다. 그 말이 거짓이라는 것은 라스콜리니코프도 잘 알고 있었다.

라주미힌은 점점 더 열을 올렸다.

"어찌 이런 좋은 기회를 놓칠 수 있겠습니까. 가장 중요한 자금, 즉 자기 돈이 있는데 말입니다. 물론 대단한 노력이 필요합니다. 그러나 우리 다같이 노력합시다. 당신도, 아브도챠 로마노브나도, 나도, 로쟈도……. 어느 출판업자는 지금 굉장한 이익을 내고 있습니다! 그런데 이 사업의 근본 문제는 먼저 번역물을 잘 선택하는 데 있습니다. 우리는 번역도 하고 출판도 하고 무엇이나 다 같이 합시다. 지금은 내가 도움이 될 것입니다. 나는 경험이 있으니까요. 벌써 한 2년 동안 여러 출판사를 돌아다녀서 그 내막을 훤히 알고 있습니다. 결코 어려운 일이 아닙니다. 정말이지 어째서 먹으라고 입에까지 갖다준 음식을 그대로 돌려보낸단 말입니까? 전 좋은 책을 두세 권 알고 있습니다. 그 기획만으로도 한 권에 1백 루블을 받을 수 있을 만큼 좋은 책을 알고 있습니다. 그중 한 권은 기획료로 5백 루블을 준다 해도 거들떠보지 않겠습니다. 그런데 모두들 어떻게 생각하십니까? 만일 내가 누구한테 이런 이야기를 한다면 바보 같은 녀석이라며 혹시 의심할지도 모르겠습니다. 어쨌든 인쇄, 제작, 판매 같은 모든 잡무를 나한테 맡겨주십시오! 그런 일도 잘 알고 있으니까요! 먼저 소규모로 출발해서 사업을 크게 확장하기로 합시다. 적어도 그것만으로 먹고 지낼 수는 있으니까요. 아무리 손해 본다 해도 본전은 찾을 수 있으니까요."

두냐의 눈이 빛났다. 그녀가 말했다.

"지금 그 말씀 꽤 멋있어요, 드미트리 프로코피치 씨."

"나는 그런 건 모릅니다만" 풀리헤리야 알렉산드로브나가 맞장구쳤다. "참좋은 사업인 것 같습니다. 그러나 앞일은 아무도 모릅니다. 새로운 일이라 좀불안하군요. 물론 우리 가족은 이곳에 남아야 할 형편입니다. 당분간이라도……."

그녀는 로쟈를 바라보았다.

"오빠는 어떻게 생각해요?" 두냐가 다정한 목소리로 물었다.

"나도 좋다고 생각해. 회사를 세운다는 것은 미리 생각할 필요가 없지만, 책을 대여섯 권 출판하면 틀림없이 성공할 게다. 나도 출판하면 반드시 팔릴 거라고 생각하고 있는 게 하나 있으니까. 그런데 이 친구가 경영을 잘하리라는 것은 조금도 의심스럽지 않아. 사업적인 두뇌를 가지고 있거든……. 그리고 어머니와 너에게는 아직 천천히 상의할 수 있는 시간도 있고……."

"만세!" 라주미힌은 외쳤다. "그러면 잠깐만 기다려주십시오. 이 집에 같은 주인이 가지고 있는 방이 있습니다. 그 방은 독립해 있으므로 다른 방들하고는 통로가 없을 뿐 아니라, 가구도 딸려 있습니다. 게다가 방세도 싸고, 작기는 하지만 방이 셋이나 됩니다. 우선 그것을 빌리기로 하시죠. 내일 아침 그 시계를 전당포로 가지고 가서 돈을 마련해오겠습니다. 그리고 앞으로 만사가 잘될 것입니다. 우선 중요한 것은 세 분이 한데 있어야 한다는 것입니다. 로쟈도 함께…… 아니, 여보게, 로쟈. 자네 대체 어디 나가나?"

"어머나, 로쟈. 너 벌써 가려는 거니?" 풀리헤리야 알렉산드로브나는 깜짝 놀라 물었다.

라주미힌이 외쳤다.

"하필이면 이런 때?"

두냐는 의심 가득한 놀란 얼굴로 오빠를 바라보았다. 라스콜리니코프의 손에는 모자가 들려 있었다. 그는 밖으로 나갈 채비를 하고 있었다.

"살아 있는 나를 마치 장송(葬送)이나 하듯, 모두 영원한 작별을 고하는 것 같군요." 무언가 이상한 듯이 라스콜리니코프는 말했다.

그는 웃는 듯했으나, 미소 같지 않았다. "하긴 이것이 마지막 이별일지도 모르지만." 그는 불쑥 이런 말을 했다. 이 말은 그가 마음속으로 생각하던 것이었으나 그만 입 밖으로 불쑥 나오고 말았다.

"얘야, 너 왜 그러니!" 어머니가 외쳤다.

"오빠, 어딜 가요!"

두냐는 의아한 듯이 물었다.

"잠깐 가봐야 할 데가 있어." 자기가 하려던 말에 동요한 듯이 그는 어물어물 대답했다. 그러나 그의 핼쑥한 얼굴에는 굳은 결의가 드러나 있었다. "내가 말하고 싶었던 것은…… 아니, 이곳으로 오는 도중 너와 어머니한테 말하려 했던 것은…… 잠시 서로 헤어져 있는 것이 좋겠다는 거다. 나는 지금 몸도 성치

않고 심란하기도 하지만……. 나중에 다시 또 올 테니, 내가 직접 올 테니, 그
래……. 오게 된다면, 어머니와 너는 잊지 않고 사랑해…… 다만 나는 상관치
말고 혼자 내버려뒀으면 좋겠어. 나는 벌써 오래전부터 그렇게 마음먹었어. 그
건 굳게 결심한 것이니까…… 혹 어떤 일이 있더라도, 죽는 한이 있더라도 나
는 혼자 있고 싶다. 나에 대해서는 완전히 잊어줬으면 좋겠어. 그러는 편이 좋
아……. 나에 대해서 알아보거나 하지도 말고. 필요하면 내가 직접 오거나 와
달라고 부르든지 할 테니까. 걱정할 필요는 없어. 그렇지 않으면 모든 것이 그전
처럼 될지도 몰라……. 그러나 날 아직 사랑한다면 인연을 끊어줘……. 만일 그
렇지 않으면 나는 어머니와 널 미워하게 돼. 나는 자꾸 그런 생각이 들어…….
잘 있어!"

"무슨 소리를 하는 거냐!" 풀리헤리야 알렉산드로브나가 외쳤다.

어머니와 누이동생은 무시무시한 공포에 사로잡혔다. 라주미힌도 그러했다.

"로쟈, 로쟈! 마음을 풀어다오. 전과 같이 살아보자꾸나!" 가엾은 어머니는
목이 메어 부르짖었다.

그러나 라스콜리니코프는 천천히 문 쪽으로 몸을 돌려 방을 나가고 있었다.
두냐는 그 뒤를 쫓았다.

"오빠! 오빠는 어머니를 어쩔 생각이에요!" 분노에 찬 눈으로 오빠를 노려보
며 그녀는 중얼거렸다.

라스콜리니코프도 괴로운 듯이 동생을 바라보았다.

"아무것도 아니야, 또 올게. 가끔 오겠다!" 그는 자기가 무슨 말을 하는지 또
렷하게 의식하지 못하는 듯이 나지막한 목소리로 중얼거리더니 그대로 방을
나가버렸다.

"냉혹한 이기주의자!" 두냐는 외쳤다.

"저 녀석은 지금 기분이 이상해진 겁니다. 냉혹한 게 아닙니다! 제정신이 아
닌 겁니다! 아직 그걸 모르시겠습니까? 그런 투로 말하시다니, 당신이야말로
냉정한 사람이오……." 라주미힌은 두냐의 손을 꼭 쥐면서 입을 귀에 갖다 대
고 속삭였다. "곧 다녀오겠습니다!" 하고 그는 죽은 사람같이 늘어져 있는 풀리
헤리야 알렉산드로브나에게 말하고 밖으로 나갔다.

라스콜리니코프는 복도 끝에서 그를 기다리고 있었다.

"자네가 달려나올 줄 알고 있었네." 라스콜리니코프는 말했다. "저 방으로 다시 들어가서 두 사람과 함께 있어 주게……. 내일도…… 그리고 영원히 말일세. 나도…… 또 올지도 모르겠네……. 올 수만 있다면 말일세. 그럼, 나는 가네!"

그는 악수도 하지 않고 그냥 걸어갔다.

"그래, 자네 어디로 간단 말인가? 이게 무슨 짓인가? 자네는 대체 어쩌자는 거야? 그래, 이럴 수가 있는가?"

라주미힌은 어쩔 줄 몰라하며 중얼거렸다. 라스콜리니코프는 다시 한번 걸음을 멈췄다.

"마지막으로 말해두지만, 이제부터는 결코 나를 찾지 말게. 나는 자네에게 대답할 말이 아무것도 없으니까……. 나한테 오지도 말게. 어쩌면 내가 올지도 모르니까……. 나 혼자 내버려 둬달란 말일세…… 그러나 우리 가족은 내버려 두지 말게, 알아듣겠나?"

복도는 어둠침침했다. 두 사람은 램프 옆에 서 있었다. 그들은 1분쯤 아무 말 없이 서로 바라보고만 있었다. 라주미힌은 일생을 두고 이 순간을 잊을 수 없었다. 라스콜리니코프의 번뜩이며 쏘아보는 눈에는 시시각각으로 힘이 깃들어 그의 넋과 의식을 꿰뚫는 듯했다. 라주미힌은 갑자기 오싹해졌다. 뭔가 이상한 것이 두 사람 사이를 스치고 지나가는 것 같았다……. 무슨 생각이 암시를 주는 듯 번쩍이고 지나갔다. 문득 뭔가 알 수 없는 무섭고 추악한 것을 두 사람은 깨달았다……. 라주미힌은 죽은 사람처럼 얼굴이 핼쑥해졌다.

"이제는 다 알았지?" 라스콜리니코프는 병적인 얼굴을 찌푸리며 말했다. "이제 들어가게. 그들한테로 돌아가주게." 그는 문득 말하고 나서 휙 몸을 돌려 밖으로 나가버렸다.

이날 밤 풀리헤리야 알렉산드로브나한테 무슨 일이 일어났는지는 새삼스럽게 쓸 필요가 없을 것이다. 라주미힌은 방으로 돌아오자, 두 사람을 위로하며 로쟈는 안정이 필요하다고 설득했다. 그리고 로쟈는 매일같이 올 테니 두고보라고 장담했을 뿐 아니라 로쟈는 건강이 매우 나쁘니까 감정을 상하지 않도록 주의할 것과, 자기는 그를 위하여 좀 더 훌륭한 의사를 찾아 충분한 진찰을 받도록 하겠다고 맹세했다……. 한마디로 이날 밤부터 라주미힌은 그들을 위한 아들이요, 오빠가 된 것이었다.

라스콜리니코프는 그 길로 도랑가에 있는 소냐의 집을 향해 걸어갔다. 그 집은 푸른 색을 칠한 낡은 3층집이었다. 그는 문지기를 찾아가 재봉사 카페르나우모프가 살고 있는 방을 대강 알아냈다. 뒤뜰 한구석에서 비좁고 어둠침침한 층계 입구를 발견했다. 간신히 올라가 보니 뜰 쪽으로 복도가 나 있었다. 그가 카페르나우모프의 방문을 찾느라고 어둠 속을 더듬으며 망설이고 있을 때, 그로부터 세 걸음쯤 떨어진 곳에서 갑자기 문이 열렸다. 그는 기계적으로 문을 잡았다.

"거기 누구세요?" 불안한 목소리로 한 여자가 물었다.

"접니다……. 당신을 찾아온 길이오." 라스콜리니코프는 대답과 함께 조그마한 현관으로 들어섰다. 거기에는 다 찌부러진 의자 위에 구부러진 구리촛대가 있고, 촛불이 켜져 있었다.

"어머나, 당신이었군요!" 소냐는 가냘픈 목소리로 외치며 장승처럼 그 자리에 우뚝 서고 말았다.

"당신 방은 어디요? 이쪽입니까?" 라스콜리니코프는 그녀를 쳐다보지도 않고 급히 방으로 들어갔다.

잠시 뒤 소냐는 촛불을 들고 뒤따라 들어왔다. 그리고 촛불을 내려놓고 나서 생각지도 않았던 그의 방문에 놀란 듯 형용하기 어려운 흥분에 사로잡혀 멍하니 서 있었다. 파리한 그녀의 얼굴에는 홍조가 떠오르고 눈에는 눈물마저 괴어 있었다……. 그녀는 안타깝기도 하고 부끄럽기도 하고 또한 행복한 기분이 들기도 했다……. 라스콜리니코프는 슬쩍 외면하며 탁자 앞에 있는 의자에 걸터앉았다. 그 사이에 그는 방 안을 훑어보았다.

방은 큼직했으나 천장이 지나치게 낮았다. 카페르나우모프한테 빌려 쓰고 있는 단칸방으로, 오른쪽 벽에 그 방으로 통하는 문이 나 있었다. 문은 닫혀 있었다. 반대편 오른쪽 벽에는 언제나 꽉 닫혀 있는 문이 또 하나 있었다. 거기는 다른 번호가 달린 이웃방이었다. 소냐가 있는 방은 방이라기보다는 광 같은 곳이었다. 그리고 흉하게 뒤틀린 네모꼴이 기형적인 느낌을 주었다. 창문이 세 개나 달린 도랑 쪽 벽은 방 안을 비스듬히 지르고 있었다. 그로 해서 한쪽 구석은 예각을 이루고 흐린 빛으로는 잘 보이지 않을 만큼 깊숙한 데 반해서, 또 한쪽 구석은 보기 좋게 둔각을 이루고 있었다. 이렇게 넓은 방에 가구가 거의 없었다. 오른쪽 구석에 침대 하나와 그 옆문 가에 의자가 하나 놓여 있을 뿐이었다. 그리고 침대가 놓인 벽 쪽에는 다른 방으로 통하는 문이 있고, 바로 그 옆에 파란 커버가 덮인 얇은 판자로 된 싸구려 탁자가 놓여 있었다. 탁자 주위에는 등나무 의자가 두 개 있고, 맞은편 벽을 따라 예각을 이룬 구석 근처에 조그마한 텅 빈 잡목 장롱이 잊힌 듯이 놓여 있었다. 이것이 이 방에 있는 가구의 전부였다. 닳아서 낡아빠진, 누런 벽지가 구석구석 검게 변색한 품이 겨울이면 습기가 차고 가스가 스며드는 모양이었다. 한눈에 방주인이 가난하다는 것을 알 수 있었다. 침대 곁에는 커튼도 없었다.

무례하게 방 안을 두리번거리는 손님을 아무 말 없이 바라보던 소냐는, 마침내 재판관이나 자기 운명을 결정하는 사람 앞에 서 있기라도 한 듯 두려움으로 와들와들 떨기 시작했다.

"이처럼 늦게 와서…… 벌써 11시죠?" 라스콜리니코프는 내내 소냐의 얼굴을 보지 않고 물었다.

"네." 소냐는 중얼거리다가 문득 생각난 듯이 말했다. "아 참, 그런가 봐요!" 마치 이 한마디에서 활기라도 되찾은 듯 그녀는 갑자기 서둘러 말했다. "방금 주인집 시계가 11시를 쳤어요……. 난 들었어요……. 그래요."

"내가 당신을 찾아오는 것은 이게 마지막이 될 거요." 라스콜리니코프가 이리로 찾아오기는 이번이 처음이었지만 그는 얼굴을 찌푸리고 말을 계속했다. "나는 어쩌면 당신을 영원히 못 보게 될지도 모릅니다……."

"어디로…… 떠나세요?"

"아직 잘 모르겠소……. 모든 게 내일……."

"그럼, 내일은 어머니한테도 가지 않으실 작정이세요?" 소냐는 떨리는 목소리로 물었다.

"그것도 아직 모르겠소. 모든 것은 내일 아침에야…… 아니, 문제는 그게 아니오. 사실은 할 말이 있어서 찾아왔어요……."

그는 생각에 잠긴 시선을 그녀에게로 돌렸다. 그제야 상대편이 아직 서 있는 것을 알았다. 그는 어조를 바꾸어 상냥한 목소리로 조용히 말했다.

"왜 그러고 서 있어요? 어서 앉아요."

소냐는 앉았다. 그는 동정 어린 눈빛으로 상냥하게 잠시 그녀를 바라보았다.

"아니, 왜 이렇게 말랐어요! 이 손 좀 보시오! 뼈가 앙상한 게 꼭 죽은 사람 손 같군."

그는 소냐의 손을 잡았다. 소냐는 가냘픈 미소를 지었다. "나는 본디부터 이런 걸요."

"집에 있을 때도 이랬소?"

"네."

"물론, 그랬겠죠!" 라스콜리니코프의 말투가 갑작스레 거칠어지더니 표정과 말하는 태도가 지금까지와는 딴판으로 변했다. 그는 또다시 주위를 살펴보았다. "이 방은 카페르나우모프에게서 빌린 거요?"

"네……."

"그들은 저쪽 방에 있나요?"

"네……. 저쪽에도 이만한 방이 하나 있어요."

"모두 한방에서 사나요?"

"네, 그래요."

그는 침울하게 말했다.

"나더러 이런 방에 있으라면, 밤에는 무서워 못 있겠는걸."

"이 집 사람들은 모두 좋고 친절해서……." 아직 마음이 가라앉지 않은 모양인지 소냐는 얼빠진 듯이 대꾸했다. "가구도 다…… 이 집 거예요. 모두 좋은 사람이어서, 아이들까지도 곧잘 나한테 놀러 온답니다……."

"그 말더듬는 아이 말이지요?"

"네……. 주인도 말더듬이에 절름발이입니다. 안주인도 역시…… 더듬는다고는 할 수 없지만 발음이 확실치 못한 것 같아요. 아주머니는 참 좋은 분이에요. 주인은 전에 하인으로 일하던 분인데, 애가 일곱이에요……. 맏아들이 말을 좀 더듬고, 다른 아이들은 몸이 허약하다뿐이지…… 더듬지는 않아요……. 그런데 그 이야기를 어디서 들으셨어요?" 소냐는 뜻밖이라는 듯이 덧붙였다.

"언젠가 당신 아버님이 모든 걸 나에게 이야기해주셨어요. 아버님은 당신 얘기도 다 들려주셨지요……. 당신이 6시에 집을 나가 8시가 지나서야 들어온다는 것도, 카테리나 이바노브나가 당신 침대 옆에 무릎 꿇고 있었다는 것까지도

다 들었지요."

소냐는 당황한 듯했다. 그녀는 머뭇머뭇하면서 속삭였다. "저, 오늘 본 듯한 생각이 들었어요."

"누구를?"

"아버지 말이에요, 제가 거리를 거닐고 있으려니까 아버지 같은 사람이 지나가지 않겠어요? 확실히 아버지 같았어요. 혹시나 해서 저는 어머니한테 들러 보려고까지 했으니까요……."

"산책하고 있었나요?"

"네." 소냐는 작은 목소리로 대답하고 당황스러워 눈을 내리깔고 말았다.

"아버지하고 같이 있을 때, 카테리나 이바노브나가 당신을 구박했다고요?"

"천만에요, 무슨 말씀을 하세요, 아니에요!" 소냐는 겁먹은 듯 그의 얼굴을 바라보았다.

"그럼, 당신은 아직 그녀를 사랑합니까?"

"어머니를 사랑하느냐고요? 네, 물론이죠!" 소냐는 괴로운 듯이 팔짱을 끼면서 슬프게도 말끝을 흐렸다. "아! 당신은 어머니를…… 아니, 아무것도 모르는 거예요. 왜냐하면 지금 어머니는 아주 어린아이 같으시니까요……. 불행만 잇따라 닥쳐와서 머리가 완전히 이상해진 거예요……. 하지만 전에는 참 영리한 분이었어요……. 얼마나 마음 넓고…… 얼마나 착한 분이었는지 몰라요! 당신은 아무것도 모르실 거예요……. 아!"

소냐는 절망한 사람처럼 흥분하여 손을 비벼댔다. 핼쑥하던 볼은 다시 빨갛게 물들고 눈에는 고뇌의 빛이 넘쳐흘렀다. 아마 그녀 마음속에서 무섭게도 많은 일이 심금을 건드려 무엇을 표현하고 싶고, 이야기하고 싶고, 변호라도 하고 싶어 못 견디는 듯했다. 일종의 끝없는 동정심 같은 것이 갑자기 그녀 얼굴 가득히 활짝 피어올랐다.

"나를 구박했다고요! 그게 무슨 말씀이세요! 그래, 구박했다고 합시다. 그게 어쨌다는 거예요. 당신은 아무것도 모르니까 그런 말씀을 하시는 거예요……. 어머니는 정말 불행한 분이에요! 더구나 병까지 걸렸고……. 어머니는 정의를 찾고 있어요……. 어머니는 무슨 일에나 정의로워야 한다고 믿고, 또 그걸 요구하고 있어요……. 아무리 괴로운 경우에 놓이더라도 어머니는 결코 나쁜 일은 안 할 거예요. 그래서 어머니는 이 세상을 올바르게 살아가기가 몹시 어려운 줄을 모르고 초조해하고 있어요. 꼭 어린아이 같은 분이에요! 그러나 어머니는 정직한 사람이랍니다. 정말 정직한 분이지요.”

“그건 그렇고, 당신은 앞으로 어떻게 할 작정입니까?”

그러자 소냐는 의아한 듯이 그를 바라보았다.

“당신은 가족들을 어깨에 짊어지지 않으면 안 되잖습니까. 하긴 전에도 당신이 맡아왔다지만요. 돌아가신 당신 아버지도 술값을 얻으러 당신한테 가끔 들렀다는 말을 들었는데요. 그건 그렇고, 이제부터 어떡할 셈이죠?”

“어떻게 해야 좋을지 모르겠어요.” 소냐는 슬픈 듯이 말했다.

“다들 거기 남아 있을 건가요?”

“글쎄요, 아직 그 집에는 방세가 밀려 있어요. 하지만 오늘도 주인이 나가달라고 하고, 또 카테리나 이바노브나도 더 이상 그곳에 있고 싶어 하지 않아요.”

“어째서 그분은 그렇게 큰소리치는 걸까요? 아마 당신한테 기대를 걸고 있는 게 아닐까요?”

“제발 그런 말씀 말아요……. 우리는 한집안 식구예요. 그리고 다같이 살아야 할 신세들이에요.” 소냐는 갑자기 흥분하여 초조해지기까지 했다. 카나리아와 같은 종류의 작은 새가 화를 낸다면 틀림없이 이렇게 될 것이다. “어떡하면 좋을까요? 정말 어떡하면 좋을까요?” 그녀는 흥분해서 말했다. “오늘만 해도 어머니는 얼마나 운 줄 아세요? 그분은 머리가 이상해진 거예요. 당신은 아직 몰라요! 머리가 이상해졌어요. 내일은 모든 걸 제대로 갖추어야지, 음식도 그렇고 모든 것을 갖추어야지 하고 어린애처럼 초조해하는가 하면, 손을 뒤틀고 피를 토하고, 울음을 터뜨리기도 하다가는, 자포자기하고는 머리를 벽에 부딪히려고 하지 않겠어요. 그러다가 흥분이 가라앉으면 어머니는 여전히 나를 의지하려 드는 거예요. 그리고 내가 자기한테는 둘도 없는 후원자라는 거예요. 그리고 어머니는 이제 어디서 돈을 좀 마련해서 자기와 함께 조용한 시골로 가시겠대요. 거기서 좋은 집안의 아가씨들을 위해 기숙 학교를 세우고 나를 사감으로 두겠대요. 그때에야 비로소 아름다운 생활의 새 출발을 하게 된다면서 나를 끌어안고 키스를 하고 달래기도 했어요. 어머니는 진심으로 그렇게 믿는 거예요! 공상을 완전히 믿는 거예요! 그러니 어떻게 그걸 말리겠어요?

오늘도 온종일 쓸고 닦고 옷가지를 깁고 한 뒤 그 약한 몸으로 대야를 들고 방 안으로 들어오다가 그만 숨이 막혀 마룻바닥에 쓰러지셨답니다. 그러면서도 오늘 아침은 나하고 둘이서 폴랴와 로냐의 구두를 사러 시장에 갔었어요. 모두 해졌으니까요. 그런데 돈이 모자랐어요. 모자라도 많이 모자랐어요. 당신은 잘 모르겠지만, 그분은 눈이 높기 때문에 아주 예쁘고 멋진 구두를 골랐어요……. 그러더니 어머니는 상점 주인 앞에서 돈이 부족하다고 그만 울지 않겠어요……. 참으로 딱해서 보고 있을 수가 없었어요."

"그야 물론 그렇겠죠, 당신네 그 살림살이로는." 라스콜리니코프는 쓴웃음을 지으며 말했다.

"그럼, 당신은 어머니가 불쌍하다고 생각지 않으세요? 불쌍하다고?" 소냐는 다시 벌떡 일어나려는 듯했다.

"그때 어머니는 아무것도 보지 않고 돈을 다 털어주셨어요. 그러니 그 모습을 보셨더라면 어떻게 하셨겠어요. 제가 어머니를 몇 번이나 울렸는지 아세요! 바로 지난주에도 그랬어요! 아, 나라는 인간은! 아버지가 돌아가시기 일주일 전의 일입니다. 전 참 지독한 일을 했어요! 참말 내가 몇 번이나 그런 짓을 했는지 몰라요. 오늘도 그 일을 생각하고 온종일 가슴이 아팠답니다!" 소냐는 회상에 잠겨 말을 맺으며 두 손을 비볐다.

"참혹한 짓을 했다고요?"

그녀는 울면서 말했다.

"네, 제가 말입니다, 제가! 그때 가니까요, 돌아가신 아버지가 '소냐, 이것 좀 읽어다오. 어쩐지 머리가 좀 아프구나. 이 책 좀 읽어다오……' 하고 책을 내놓지 않겠어요. 그건 이웃에 사는 안드레이 세묘노이치 레베쟈트니코프한테서 빌려온 책이었지요. 그분은 늘 그런 웃음거리 책을 즐겨 읽으셨으니까요. 나는 '이제 갈 때가 되었어요' 하고 읽으려 하지 않았어요. 그때 나는 카테리나 이바노브나에게 깃을 보이러 간 거였어요. 헌옷 장사를 하는 리자베타가 깃과 소매 덮개를 싸게 갖다주었는데, 참 예쁘고 아직 새것인 데다 장식이 달려 있었어요. 그런데 카테리나 이바노브나는 그 깃이 마음에 드는지 몸에 걸치고 거울에 비춰보더니 '이거 내게 줄 수 없겠니? 부탁이야' 하면서 졸랐어요. '부탁이야' 하고 간청하는 품이 무척 마음에 들었던 모양이에요. 하지만 그녀가 그런 걸 입어봐야 무슨 소용 있겠어요? 기껏해야 행복했던 옛 시절을 회상하는 것뿐이겠지요! 거울에 비친 자기 모습을 보고 반했지만, 벌써 그녀에게서 그런 옷과 물건이 없어진 지 오래거든요. 그러나 그녀는 지금까지 남한테 물건을 달라고 해본 적이 없었답니다. 자존심이 강해서 오히려 자기 것을 털어주는 성격이니까요. 그런데 그때만은 달라고 한 거예요. 어지간히 마음에 들었던 모양이에요! 하지만 난 주기가 아까웠어요. '어머니한테 드려봐야 아무 소용 없잖아요? 안 그래요, 어머니?' 나는 이렇게 말해버렸어요. 아무 소용 없잖느냐고, 정말 쓸데없는 말이었어요! 그러자 그녀는 나를 원망스러운 눈초리로 노려보았지요. 내가 거절한 게 몹시 괴로웠던가 봐요. 나는 차마 보고 있을 수가 없었어요. 그녀가 괴로워한 것은 깃 탓이 아니라 내가 거절했기 때문이에요. 나는 다 알고 있었어요. 지금이라도 좋으니 완전히 처음부터 그때로 돌아갈 수 있다면, 전에 한 그 말을 모조리……. 아, 저는…… 하지만 무슨 소용 있겠어요……. 당신하고는 아무 관계도 없는 일이로군요!"

"그 헌옷 장수 리자베타를 잘 아시오?"

"네……. 그럼, 당신도 그녀를 아시는군요?" 소냐는 좀 놀라는 빛으로 되물었다.

"카테리나 이바노브나는 폐병을 앓고 있다지요. 아마 오래가지 못할 겁니다." 라스콜리니코프는 잠시 아무 말 없이 있더니, 소냐가 묻는 말에는 대답하지 않고 다른 말을 했다.

"아니, 아니에요. 왜 그런 말씀을!" 소냐는 무의식적으로 그의 두 손을 잡았다. 마치 그런 소리를 하지 말아달라고 빌기라도 하듯이.

"돌아가시는 편이 더 낫지 않습니까?"

"아니에요, 그렇지 않아요, 어째서 죽는 게 낫겠어요!" 그녀는 놀라 자기가 무슨 말을 하고 있는지 의식하지 못한 채로 떠들었다.

"그러나 아이들은? 만일 죽는다면 그 애들은 누가 돌봐줄까? 당신이 아니라면?"

"아, 난 그런 건 몰라요!" 소냐는 거의 절망적으로 외쳤다. 그리고 두 손으로 머리를 감쌌다. 아마 이러한 생각이 몇 번이나 소냐의 머리를 스치고 지나갔으리라. 그는 다만 그것을 끄집어내준 데 지나지 않았다.

"예컨대 당신이 지금 카테리나 이바노브나가 살아 있는 동안 전염병이라도 걸려서 병원에 입원이라도 하게 된다면, 그때는 어떻게 하겠소?" 그는 사정없이 추궁했다.

"아, 당신은 무슨 말씀을 하세요? 대체 무슨 말씀을 하세요! 그런 일은 있을 수 없어요!" 소냐의 얼굴은 두려움으로 일그러졌다.

"어째서 있을 수 없단 말입니까?" 라스콜리니코프는 거친 조소를 머금고 말을 이었다. "그런 일이 없으리라고 누가 보증합니까? 만약 그런 일이 생긴다면 그때는 그 애들이 어떻게 되죠? 온 식구가 거리로 구걸하러 나갈 게 아니오. 그녀는 기침을 하며 동냥을 하고 다닐 게 아니겠소. 그리고 오늘처럼 어느 벽에다 머리를 부딪치고 쓰러져버리겠지. 어린것들은 울고…… 그러다가 경찰서에 옮겨져 병원으로 가서 죽고 말겠지요. 그러나 아이들은……."

"아, 아니에요!……. 그건 하느님이 허락하지 않으실 거예요!" 가슴이 답답해진 소냐의 입에서 참다못해 이런 말이 튀어나왔다. 그녀는 기도하는 듯한 눈으로 그를 보면서, 마주잡은 손에 말없는 애원을 담고 마치 라스콜리니코프 한 사람에게 모든 운명이 걸려 있기라도 하듯 가만히 귀를 기울이고 있었다.

라스콜리니코프는 벌떡 일어나 방 안을 왔다갔다하기 시작했다. 1분쯤 흘렀다.

소냐는 무서운 고민에 싸여 손과 머리를 떨어뜨린 채 잠자코 서 있었다.

"만일의 경우를 위해서 저축을 할 수는 없습니까?" 그녀 앞에서 갑자기 걸음을 멈추며 그는 물었다.

"어려워요." 소냐는 나직이 대답했다.

그는 비웃듯이 말했다.

"물론 어렵겠지요! 그러나 노력이라도 해본 적이 있소?"

"왜 해보지 않았겠어요?"

"그런데 당장에 막히고 말았다! 물론 그렇겠지! 듣지 않아도 뻔해!" 그는 다시 방 안을 거닐기 시작했다. 또 1분쯤 흘렀다.

"돈을 날마다 벌진 않겠죠?"

이 말에 소냐는 더욱 당황하며 다시 얼굴을 붉혔다. 잠시 후에 그녀는 속삭이듯 말했다.

"네."

"폴랴도 똑같은 운명에 놓이겠지." 그는 불쑥 말했다.

"아니에요! 아니에요! 그럴 리 없어요!" 소냐는 절망에 사로잡혀 외쳤다, 마치 갑자기 누가 칼로 찌르기라도 한 듯이. "그런 끔찍한 일은 하느님이 허락하지 않으실 거예요!"

"하지만 하느님은 당신에게 그걸 허락하고 있잖습니까?"

"아니에요, 하느님이 그러실 리 없어요! 그 애는 하느님께서 반드시 지켜주실 거예요, 하느님께서⋯⋯." 그녀는 정신없이 지껄였다.

"그러나 어쩌면 신이란 이 세상에 없는지도 모르지요." 라스콜리니코프는 일종의 잔인한 쾌감을 느끼며 말하고 그녀를 바라보았다.

갑자기 소냐의 얼굴은 변했다. 그리고 경련이 얼굴을 스치고 지나갔다.

형용할 수 없는 비난의 표정으로 그녀도 그를 노려보고 있었다. 뭐라고 이야기하고 싶은 듯했으나, 아무 말도 하지 못하고 그저 두 손으로 얼굴을 가린 채 비통하게 흐느껴 울기 시작했다.

"당신은 카테리나 이바노브나의 정신이 이상하다고 했지만, 당신도 머리가 좀 이상해진 게 아니오?" 잠시 말이 없다가 그는 물었다.

한 5분쯤 지났다. 그는 역시 아무 말 없이 그녀를 보지도 않은 채 이리저리 서성거리고 있었다. 마침내 그녀 앞으로 다가갔다. 그의 눈이 이글이글 타올랐다. 그는 두 손으로 소냐의 어깨를 감싸안고 눈물에 젖은 얼굴을 빤히 들여다보았다. 그녀의 눈동자는 메마르고 불타는 듯하고 날카로웠으며, 입술이 바들바들 떨리고 있었다⋯⋯. 갑자기 그는 방바닥에 엎드려 그녀의 발에 입을 맞추었다. 소냐는 깜짝 놀라 마치 미친 사람을 피하듯 몸을 비켰다. 사실 그는 정말 미친 사람 같아 보였다.

"당신, 이게 무슨 짓이에요, 나 같은 사람에게!" 그녀는 새파랗게 질려서 중얼거렸다. 갑자기 그녀의 가슴은 아프도록 죄어들었다.

그는 벌떡 일어났다.

"나는 당신에게 머리를 굽힌 게 아니오. 온 인류의 고통 앞에 머리를 굽힌 거요." 그는 못마땅한 듯이 쏘아붙이고 창가로 갔다. "내 말을 좀 들어봐요." 그는 1분쯤 지나 다시 그녀 앞으로 되돌아왔다. "아까 나는 어느 무례한 녀석에게

너 같은 건 당신의 새끼손가락만한 값어치도 없다고 말해줬지……. 그리고 내가 오늘 누이동생에게 당신하고 자리를 같이할 수 있는 영광을 누리게 해주었다고 말했소."

"아니, 무슨 말씀을 그렇게 하셨어요! 더욱이 당신 동생 앞에서!" 하고 소냐는 놀라며 소리쳤다. "나와 자리를 같이하는 게 영광이라고요! 하지만 저는…… 부끄러운 여자예요……. 아, 당신은 무슨 그런 당치도 않은 말씀을 하셨어요!"

"나는 당신의 불명예스러운 일이라든가 죄악을 두고 말한 게 아니라, 당신의 위대한 고통을 두고 말한 것뿐이오. 당신이 무척 죄 많은 사람이라는건, 아마 사실이겠지요." 그는 격앙된 목소리로 덧붙였다. "당신이 죄인인 까닭은 첫째 쓸데없는 일에 자신을 굽히고 팔았기 때문이오. 어찌 그걸 두렵다고 하지 않겠소! 자신이 그토록 증오하는 진흙 속에서 살면서, 그리고 조금이라도 눈을 뜨고 본다면 이런 짓을 해도 역시 남을 돕는다거나 어떤 불행에서 구하지는 못하리라는 것쯤 알게 될 것이오. 그러니 이런 구렁텅이에 빠져 있는 것이 어찌 두려운 일이라 아니하겠소! 그래서 내가 첫째 묻고 싶은 것은" 하고 그는 거의 분노에 찬 목소리로 말했다. "어찌하여 그런 치욕스럽고 천한 일과 그와는 정반대인 신성한 감정이 나란히 있는가 하는 거요. 그러지 말고 차라리 물속으로 뛰어들어 모든 것을 흘려보내버리는 편이 옳지 않을까! 그 편이 천 배나 더 옳고 현명한 방법이 아닐까?"

"그럼, 그들은 다 어떡하고요?" 소냐는 괴로운 듯이 그를 흘끗 쳐다보며 되물었다. 그러나 그 목소리에는 놀라는 기색이 전혀 없었다.

라스콜리니코프는 이상한 얼굴로 그녀를 보았다. 그리고 그녀의 눈을 보는 순간 모든 것을 알아차렸다. 그러니까 이러한 생각은 이미 그녀의 가슴 깊은 곳에 자리잡고 있었는지도 모를 일이었다. 아니, 그녀는 몇 번이나 절망에 빠졌기 때문에 어떻게 하면 단번에 끝낼 수 있을까 하고 진심으로 죽음을 생각했는지도 모른다. 그래서 그토록 잔인한 그의 말을 들어도 그리 놀라지 않았던 것이다. 그리고 그녀는 상대의 말이 냉혹하다는 생각조차 하지 않았다. 그의 힐책과 그녀의 수치에 대한 그의 특수한 견해의 뜻조차 그녀는 알지 못했다. 그리고 그것은 그 역시 잘 알고 있었다. 그러나 이 더럽고 수치스러운 처지를 생각하는 마음이 오래전부터 그녀를 악몽같이 괴롭히고 있었다는 것을 그는 잘 알고 있었다. 그리고 그녀가 오늘까지 죽음으로써 모든 것을 끝장내고 싶은 유혹을 뿌리칠 수 있었던 이유가 대체 무엇이었을까, 그는 생각했다. 이때 그는 그 불쌍한 어린 고아들과 반미치광이로 벽에다 머리를 부딪고 다니는 그 비참한 폐병쟁이 카테리나 이바노브나가 그녀에게 어떤 의미를 지니고 있는가를 깨달았다.

그러나 그럼에도 이만한 기질과 자기가 받은 교육으로, 소냐는 어떠한 일이 있더라도 이러고만 있을 사람이 아니라는 것도 잘 알고 있었다. 하지만 그는 계속 타오르는 하나의 의문을 떨쳐낼 수가 없었다. 어째서 그녀는 오랫동안 이런 처지에 놓여 있는 것일까? 물속에 뛰어들지 못했다면 어떻게 미치지 않았을까? 물론 소냐의 입장은 불행하게도 유일한 예외라고는 할 수 없지만 사회적으로 볼 때 하나의 우연한 현상이라는 것까지도 알고 있었다. 그러나 이 우연이라는 것도 그녀가 받은 약간의 교육과 그동안의 생활환경으로 보아, 이런 생활을 하게 된 시작 단계에서 자신을 죽여버릴 수 있었을 게 아닌가. 대체 무엇이 그녀를 붙들어 매어 놓았는가? 타락이 아닐까? 이 모든 치욕은 다만 기계적으로 그녀에게 닿았을 뿐이지 진짜 타락은 털끝만큼도 그녀의 심장에 스며들지 못했다. 그는 이런 것까지도 알고 있었다. 그녀는 눈앞에 서 있지 않은가……. 그녀가 취할 수 있는 길은 세 가지이다. 물에 빠져 죽거나, 정신병원으로 들어가거나, 그렇지 않으면…… 결국 이성을 저버리고 마음을 단단히 먹고 타락한 생활로 뛰어드는 것이다, 그중에서도 맨 마지막 생각은 그에게 가장 저주스러운 것이었다. 그러나 그는 굉장한 회의주의자였고 게다가 젊기 때문에 매사를 추상적으로 생각하는 편이어서 냉담했고, 그리하여 마지막 해결, 즉 타락을 가장 있음직한 일로 믿을 수밖에 없었다.

'그러나 그건 과연 사실일까?' 하고 그는 마음속으로 자문해보았다. '아직 마음의 순결을 지키고 있는 이 소녀가 결국에는 그 더러운 악취가 풍기는 구렁텅이로 그걸 의식하면서까지 끌려들어갈 것인가! 그리고 과연 그녀가 오늘날까지 참고 견뎌온 것도 이런 생활을 그다지 추악하게 느끼지 않은 탓일까? 아니, 아니야, 그럴 리는 없다! 아니다, 지금까지 그녀가 투신자살하지 않은 이유는 그것이 신에 대해 죄(罪)가 되기 때문이다. 그리고 그 가족들에 대한……. 만약 그녀가 지금까지 미치지 않았다면…… 그러나 그녀가 미치지 않았다고 누가 보장하겠는가? 그녀는 과연 건전한 판단력을 가지고 있을까? 건전한 판단력을 가지고 있는 사람이 그런 말을 할 수 있을까? 또 그런 생각을 할 수 있을까? 멸망의 구렁텅이 속에 빠져 위험 신호를 받고 있는 그녀가 감히 들으려고도 하지 않고, 손을 내젓고, 귀를 막고 있을 수 있을까? 어쩌면 기적이라도 기다리고 있는 게 아닐까? 아니, 분명히 그렇다. 그리고 이런 모든 현상은 발광의 징조가 아닐까?'

그는 집요하게 이런 생각을 했다. 그리고 마지막 결론은 무엇보다도 그의 마음에 들었다. 그는 더욱 눈길을 모아 소냐의 얼굴을 지켜보았다.

그는 물었다.

"그래, 소냐, 당신은 하느님께 열심히 기도드립니까?"

소냐는 대답이 없었다. 그는 옆에 서서 대답을 기다렸다.

"하느님이 안 계신다면 난 어떻게 됐을까요?" 그녀는 힘주어 빠르게 속삭였다. 그리고 갑자기 눈이 빛나며 그의 손을 꼭 쥐었다.

'아, 내 생각이 틀림없구나!' 그는 생각했다.

"그래, 당신의 하느님이 당신에게 무엇을 주었지요?" 그는 다그쳐 물었다.

소냐는 대답하기 곤란한 듯이 한참 동안 가만히 있었다. 가냘픈 그녀의 가슴은 흥분으로 물결치고 있었다.

"아무 말씀 말아주세요! 더 묻지 말아주세요! ……당신은 그럴 자격이 없어요!" 하고 그녀는 앙칼지고 분노에 찬 눈으로 그를 쏘아보면서 갑자기 외쳤다.

'그랬구나! 역시 그랬구나!' 하고 그는 끈덕지게 마음속으로 되풀이했다.

"하느님은 무엇이든 다 해주십니다!" 그녀는 눈을 내리깐 채 재빨리 입속으로 중얼거렸다.

'이게 해답이다! 이게 해답의 실마리다!' 그는 호기심에 차서 그녀를 찬찬히 바라보며 스스로 이렇게 결정했다.

새로운 이상한 생각과 거의 병적인 감정을 품고 그는 파리하게 여위고 윤곽이 고르지 못한 못난 얼굴과, 그토록 격렬히 불타기도 하고 준엄하고 힘찬 감정으로 빛날 수도 있는 상냥하고도 푸른 눈망울과, 분노에 떨고 있는 그 조그마한 몸을 바라보았다. 모든 것이 점점 이상하고 도저히 있을 수 없는 일처럼 느껴졌다. '신들린 거야! 신들린 거야!' 그는 마음속으로 단정했다.

장롱 위에 책이 한 권 놓여 있었다. 그는 왔다 갔다 하면서 그것을 눈으로만 더듬다가 마침내 집어들어 펴보았다. 그것은 러시아 말로 번역된 신약성서였다. 낡고 다 해진 가죽 표지를 씌운 책이었다.

"이건 어디서 났소?" 그는 방 한구석에서 말을 건넸다.

소냐는 여전히 탁자에서 세 걸음쯤 떨어진 곳에 꼼짝 않고 서 있었다. 그녀는 그를 바라보지도 않고 있다가 마지못해 대답했다.

"누가 가져다주었어요."

"누가?"

"리자베타가 가져다준 거예요. 제가 부탁해서."

'리자베타! 기묘하군!' 하고 그는 생각했다.

소냐의 모든 것이 시시각각으로 점점 기괴하고 이상하게만 보였다. 그는 책을 들고 촛불 앞으로 다가가 페이지를 넘기기 시작했다.

"나사로에 관한 이야기가 어디 있더라?" 그는 불쑥 물었다.

소냐는 대답하지 않고 끈질기게 바닥만 내려다보고 있었다. 그녀는 탁자를 향해 비스듬히 서 있었다.

"나사로의 부활이 어디 씌어 있지? 소냐, 좀 찾아주시오."

그녀는 곁눈으로 그를 바라보았다. 그리고 그에게로 다가가려고도 하지 않고 거친 목소리로 중얼거렸다.

"거기는 아녜요……. 요한복음에 있어요……."

"그러지 말고 찾아서 읽어주시오." 그는 의자에 앉아 탁자 위에 손을 얹고 한 손으로 머리를 괴었다. 그리고 무언가 들어보려는 태도로 몸을 가누며 침울한 얼굴로 옆쪽에 눈길을 고정시켰다.

'3주일쯤 지나면 정신 병원 쪽으로 가게 되겠지. 아마 나도 거기에 있을 터이고, 그보다 더 악화하지 않는다면' 그는 마음속으로 중얼거렸다.

소냐는 라스콜리니코프의 청에 도리어 미심쩍은 표정으로 탁자 앞에 주춤주춤 다가서서 책을 집어들었다.

"읽은 적이 없어요?"

소냐는 탁자 저쪽에서 그를 건너다보며 물었다. 그녀의 목소리는 꽤 날카로웠다.

"훨씬 전…… 중학교 시절에 읽어보았을 뿐이오. 어서 읽어주시오!"

"교회에서도 못 들으셨나요?"

"나는…… 그런 곳에 가본 적이 없소. 그래, 당신은 자주 가오?"

"아, 아녜요." 소냐는 당황해하며 중얼거렸다.

라스콜리니코프는 빙긋이 웃었다.

"알겠어……. 그럼, 내일 아버지 장례식에도 나가지 않겠군?"

"갈 거예요, 지난주에도 그러한 곳에 갔었어요……. 추도식에."

"누구의 추도식에?"

"리자베타요. 도끼에 머리를 맞아 죽었어요."

라스콜리니코프의 신경은 차츰 긴장되고 머리가 빙빙 돌기 시작했다. "리자베타하고는 가까운 사이였소?"

"네……. 정직한 여자였어요……. 여기에도 찾아왔었지요……. 자주 오진 못했지만…… 이따금 찾아왔어요……. 나는 리자베타와 함께 성경을 읽기도 하고 또…… 얘기도 했답니다. 그녀는 반드시 하느님을 만나실 분이에요."

성경 구절 같은 끝의 이 한마디는 그의 귀에 기묘한 감명으로 다가왔다. 더구나 소냐가 리자베타와 은밀하게 만나왔다는 것도, 또 두 사람이 모두 광신자라는 것도 새로운 발견이었다.

'이런 곳에 있다간 나까지 광신자가 되겠구나! 전염되겠어!' 이런 생각이 들자 라스콜리니코프는 불쑥 "어서 읽어봐요!" 하고 초조한 어조로 억지를 쓰듯 외쳤다.

소냐는 아직도 망설이고 있었다. 심장이 터질 듯이 두근거렸다. 어쩐지 읽어주고 싶은 마음이 들지 않았다.

라스콜리니코프는 이 '불행한 미친 여자'를 괴로운 심정으로 바라보았다.

"읽어드린들 무슨 소용 있겠어요? 당신은 하느님을 믿지 않잖아요……." 그녀는 가만히 가쁜 숨을 내쉬면서 중얼거렸다.

"한 번만 읽어주시오! 꼭 듣고 싶으니까!" 하고 라스콜리니코프는 고집했다. "리자베타에게는 읽어주었을 게 아니오?"

소냐는 페이지를 넘겨 그곳을 찾았으나 손이 떨리고 입이 열리지가 않았다. 두 번이나 고쳐 읽었으나 역시 첫 구절이 제대로 발음되지 않았다.

"어떤 병든 자가 있으니 이는…… 베다니에 사는 나사로라……." 소냐는 기를 쓰고 겨우 이것만을 읽었다. 그러나 셋째 구절부터는 목소리가 굳어지며 마치 지나치게 죈 악기의 줄이 끊어지듯 말이 끊어지고 말았다. 숨이 막히고 가슴이 답답해졌다.

라스콜리니코프는 소냐가 왜 자기를 위하여 읽어주기를 꺼리는지 그 이유를 잘 알았다. 그러나 그 까닭을 알면 알수록 점점 더 초조해져서 계속 읽으라고 고집을 부렸다. 지금의 소냐는 자기의 모든 것을 송두리째 드러내어 벌거숭이가 된다는 것이 얼마나 쓰라린 일인가를 그는 너무나 잘 알고 있었다. 라스콜리니코프는 그녀의 이런 감정이 어쩌면 어릴 때부터 불행한 아버지와 생활을 비관한 끝에 정신이 이상해진 계모, 그리고 굶주림에 허덕이는 아이들과, 차마 들을 수 없는 고함 소리와 꾸짖는 소리로 가득 찬 우울한 가정에서 자랄 때부터 이미 뿌리박힌 비밀인 것도 잘 알고 있었다. 그러나 라스콜리니코프는 그와 동시에 그녀가 읽으면서 무척 괴로워하고 또한 읽기를 몹시 두려워하는 반면에 그러한 괴로움이나 근심에도 이 남자에게 무슨 일이 있더라도 지금, 만일 나중에야 어떻게 되든 간에 간절히 읽어주고 싶다는 심정을 그녀의 눈에서 읽었으며, 감격에 찬 그녀의 흥분을 이해했다. 소냐는 자신을 가다듬고 떨리는 목소리를 억제해가며 요한복음 제11장을 계속 읽어내려갔다. 이리하여 제19절까지 읽어내려갔다.

"많은 유대인이 마르다와 마리아에게 그 오라비의 일로 위문하러 왔더니, 마르다는 예수께서 오신다는 말을 듣고 곧 나가 맞이하되 마리아는 집에 앉았더라. 마르다가 예수께 여짜오되 '주께서 여기 계셨다면 내 오라비가 죽지 아니하였겠나이다. 그러나 나는 이제라도 주께서 무엇이든지 하느님께 구하시는 것을 하느님이 주실 줄을 아나이다.'"

여기서 소냐는 읽기를 멈추었다. 다시금 목소리가 떨려 말문이 막힐 듯한 수줍은 예감에서…….

"예수께서 이르시되 네 오라비가 다시 살아나리라. 마르다가 이르되 마지막 날 부활 때에는 다시 살아날 줄을 내가 아나이다. 예수께서 이르시되 나는 부활이요 생명이니 나를 믿는 자는 죽어도 살겠고 무릇 살아 나를 믿는 자는 영원히 죽지 아니하리니 이것을 네가 믿느냐 이르되……."

소냐는 무척 괴로운 듯이 숨을 잠깐 돌리고 나서 또박또박 힘주어 읽었다. 마치 여러 사람 앞에서 참회라도 하듯이.

"주여, 그러하외다. 주는 그리스도시요 세상에 오시는 하느님의 아들이신 줄 내가 믿나이다."

소냐는 잠깐 멈추고 눈을 들어 흘끗 라스콜리니코프가 앉아 있는 쪽을 바라보더니 재빨리 마음을 가다듬고 다시 읽기 시작했다. 라스콜리니코프는 의자에 앉은 채 소냐를 돌아보지도 않고 탁자에 팔꿈치를 괴고 있었다. 몸 한 번 움직임 없이 그냥 다른 쪽을 바라보며 귀만 기울이고 있었다. 마침내 32절까지 읽어나갔다.

"마리아가 예수 계신 곳에 가서 뵈옵고 그 발 앞에 엎드리어 이르되 주께서 여기 계셨다면 내 오라비가 죽지 아니하였겠나이다 하더라. 예수께서 그가 우는 것과 또 함께 온 유대인들이 우는 것을 보시고 심령에 비통히 여기시고 불쌍히 여기사 이르시되 그를 어디 두었느냐. 이르되 주여, 와서 보옵소서 하니 예수께서 눈물을 흘리시더라. 이에 유대인들이 말하되 보라, 그를 얼마나 사랑했는가 하며 그중 어떤 이는 말하되 맹인의 눈을 뜨게 한 이 사람이 그 사람은 죽지 않게 할 수 없었더냐 하더라."

라스콜리니코프는 소냐 쪽을 돌아보았다. 가슴이 두근거렸다. 음, 과연 그렇구나! 소냐는 정말 열병에 걸린 듯이 온몸을 와들와들 떨고 있었다. 라스콜리니코프는 그러기를 기다렸던 것이다.

소냐는 위대하고 전무후무한 기적의 한 장면까지 읽어나가고 있었다. 그녀는 위대한 승리감에 사로잡히고 말았다. 목소리도 점점 금속성의 맑은 음향을 띠었다. 눈앞이 어두워져 읽고 있는 문장이 뒤엉켰으나 소냐는 보지 않고도 읽어나갈 수 있었다. '맹인의 눈을 뜨게 한 이 사람이…… 할 수 없었더냐' 하는 마지막 구절에 와서 소냐는 좀 목소리를 낮추면서 신을 믿지 않는 눈먼 유대인의 의심과 비난과 중상을 전하고, 또 그들이 1분 뒤에 마치 벼락을 맞은 듯이 땅에 엎드려 통곡하면서 신앙으로 들어간 기분을 불타는 듯한 정열로 전했다. '이 사람도, 이 사람도, 장님과 같은 믿음이 없는 이 사람도 이제 기적을 듣고 믿게 되리라. 그렇다, 그렇다! 지금 이 자리에서 바로' 하고 소냐는 생각했다. 소냐는 즐거운 기대에 온몸을 떨었다.

"이에 예수께서 다시 속으로 비통히 여기시며 무덤에 가시니 무덤이 굴이라 돌로 막았거늘 예수께서 이르시되 돌을 옮겨놓으라 하시니 그 죽은 자의 누이 마르다가 이르되 주여, 죽은 자가 나흘이 되었으매 벌써 냄새가 나나이다."

소냐는 이 나흘이라는 말에 힘을 주었다.

"예수께서 이르시되 내 말이 네가 믿으면 하느님의 영광을 보리라 하지 아니하였느냐 하시니 돌을 옮겨놓으니 예수께서 눈을 들어 우러러 보시고 이르시되 아버지여, 내 말을 들으신 것을 감사하나이다. 항상 내 말을 들으시는 줄을 내가 알았나이다. 그러나 이 말씀하옵는 것은 둘러선 무리를 위함이니 곧 아버지께서 나를 보내신 것을 그들로 믿게 하려 함이니이다. 이 말씀을 하시고 큰 소리로 나사로야, 나오라 부르시니……."

그녀는 마치 스스로 눈앞에 본 듯이 감격에 벅차 후들후들 떨면서 크게 읽었다.

"죽은 자가 수족을 베로 동인 채로 나오는데, 그 얼굴은 수건에 싸였더라. 예수께서 이르시되 풀어놓아 다니게 하라 하시니라. 마리아에게 와서 예수께서 하신 일을 본 많은 유대인이 그를 믿었으나……."

소냐는 읽기를 그쳤다. 감정이 북받쳐 더 읽을 수 없었던 것이다.

그녀는 책을 덮고 벌떡 의자에서 몸을 일으켰다.

"나사로의 부활은 여기까지예요." 소냐는 띄엄띄엄 준엄한 어조로 말했다. 그리고 라스콜리니코프를 보기가 부끄러운 듯이 옆으로 몸을 돌리고 꼼짝하지 않고 서 있었다. 소냐의 병적인 전율은 여전히 이어지고 있었다. 구부러진 촛대 위에서 타오르는 촛불은 묘하게도 이 초라한 방과 어울려 성서를 함께 읽고 있는 매춘부와 살인자를 아련히 비추면서 오래전부터 가물거리고 있었다. 그리고 한참이 흘렀다.

"당신에게 할 말이 있어서 왔는데……." 이맛살을 찌푸린 채 라스콜리니코프는 문득 큰 소리로 말하며 일어나 소냐 쪽으로 걸어갔다. 소냐는 아무 말 없이 눈을 들어 라스콜리니코프를 바라보았다. 그 눈길은 아주 날카로웠으며 어떤 굳은 결심이 담겨 있었다.

"나는 오늘 가족을 버리고 왔소. 어머니와 동생을 말이오. 나는 이제 그들한테는 가지 않겠소. 그들과 인연을 끊고 왔소."

"왜 그러셨어요?" 소냐는 움찔하며 물었다. 조금 전에 라스콜리니코프의 어머니와 동생을 만난 일은 그리 또렷하지는 않지만 뭐라고 표현할 수는 없는 그 무엇이 소냐의 가슴에 남아 있었던 것이다.

그래서 소냐는 인연을 끊었다는 말을 공포에 가까운 기분으로 들었다.

"지금의 나에게는 당신 한 사람이 남았을 뿐이오. 어서 나하고 갑시다……. 그래서 나는 일부러 당신을 찾아온 거요. 우리는 다같이 저주받은 인간이오. 그러니까 어서 나하고 같이 갑시다!" 라스콜리니코프의 눈은 이글이글 불타고 있었다.

'마치 반미치광이 같구나!' 소냐는 생각했다.

"어딜 가요?" 물으면서 소냐는 무서운 듯이 저도 모르게 한 걸음 뒤로 물러났다.

"그건 나도 몰라요. 다만 알 수 있는 건 같은 길이라는 것뿐이오. 그것만은 확실하오, 그것만은. 목적이 같으니까!"

소냐는 그를 바라보았으나 한마디도 알아들을 수가 없었다. 다만 그가 한없이 불행한 사람이라는 것을 알았을 뿐이었다.

"당신이 누군가에게 어떤 말을 해도 그 누구도 알아주지 못하니까……. 그러나 나만은 알아주지. 내게는 당신이 필요하니까, 그래서 나는 지금 당신을 찾아온 거요."

"알 수 없어요……." 소냐는 속삭이듯 말했다.

"이제 알게 될 거요. 그래, 당신은 나와 같은 과오는 저지르지 않았다는 거요? 하지만 당신도 선을 넘어선 몸이오……. 선을 넘어선 몸이야. 당신은 자기 자신에게 손을 댄 셈이지. 분명히 한 생명을 망친 셈이지……. 자신의 생명. 그건 마찬가지야! 당신은 정신과 이성으로써 살아갈 수 있는 인간이지만, 결국은 센나야 광장에서 끝마칠 운명이잖소……. 그러나 당신은 그때까지도 견디어내지 못할 거요. 만약 혼자 남게 되면 나같이 미치고 말 거요. 지금도 좀 이상해 뵈니까. 그러니까 우리는 같은 길을 걸어야 한단 말이오! 자, 갑시다!"

"아니, 당신은 왜 그런 소리만 하세요!" 소냐는 라스콜리니코프의 말에 기묘하게도 격하게 흥분했다.

"왜 그런 말만 하느냐고? 언제까지 이러고만 있을 수는 없어서 하는 말이오.

그게 이유라면 이유지. 이젠 애들처럼 질질 짜고, 뭐 하느님이 용서하지 않는다느니 하는 말만 하지 말고 정신 좀 바짝 차리고 생각해야 할 때가 왔으니 말이오. 만약 당신이 내일이라도 병이 나서 병원에 가게 된다면 어떻게 되느냔 말이오? 그 미치광이인 폐병쟁이는 곧 죽어버리겠지만, 그 어린것들은 어떻게 되느냔 말이오. 과연 어린 폴랴는 몸을 망치지 않고 견딜 수 있을까? 당신은 그런 아이들이 거리 구석구석에서 어머니를 위하여 동냥을 하러 나선 것을 본 적이 없소? 나는 그 아이들의 어머니들이 어디서 어떠한 환경 속에서 살아가는지 알고 있소. 그런 곳에서는 아이가 아이로 남아 있을 수 없으니까. 그곳에는 일곱 살 난 아이도 성적으로 타락하고 도둑이 되는 게 고작이니 말이오. 그러나 아이들은 그리스도의 화신이 아니오? '천국은 그들의 것이니라.' 예수는 그들을 존중하고 사랑하라고 말씀하지 않았던가요. 아이들은 미래의 인류야……."

"그럼, 어떡하면 좋아요?" 소냐는 신경질적으로 울부짖으며 손을 꼭 쥐고 내뻗었다.

"어떡하긴 뭘 어떡해! 파괴할 걸 단번에 파괴하면 그만이오! 그것뿐이오. 그리고 스스로 고통을 받으면 그만이오! 그래, 아직 모르겠소? 하지만 차츰 알게 될 거요……. 자유와 힘, 특히 중요한 건 힘이지! 전전긍긍하는 인간들에 대해서, 그리고 개미떼 같은 무리들에 대해서 권력을 잡는 것이오! 이게 목적이오! 그걸 잊지 말아주오! 이게 당신에게 보내는 선물이오! 어쩌면 당신과 이야기를 하는 것도 이것이 마지막이 되는지 모르겠소. 내일 만약 내가 오지 않으면 자연히 모든 소문을 듣게 될 것이오. 그때 다시 한 번 내가 한 말을 생각해 보오. 생활하는 동안 언젠가는 그 뜻을 알게 될 거요. 하지만 만일 내가 다시 온다면 그땐 당신에게 누가 리자베타를 죽였는지 다 말해주겠소. 자, 그럼!"

소냐는 무서워 몸을 떨었다.

"그럼, 당신은 누가 죽였는지 안단 말이에요?" 소냐는 무서운 생각에 얼음장 같이 몸이 굳어졌다. 그리고 놀란 얼굴로 라스콜리니코프를 바라보며 물었다.

"알고말고. 그러니까 말해준다는 거지……. 당신에게만 말이오! 나는 당신을 택한 거요. 나는 당신에게 용서받으러 온 것이 아니라 이야기하러 왔을 뿐이오! 나는 오래전부터, 당신 아버지한테서 처음 당신 이야기를 들었을 때부터 이 얘기를 해줄 사람으로 당신을 택했소. 리자베타가 아직 살아 있을 때부터 그걸 생각하고 있었소. 안녕, 악수는 하지 않아도 돼. 그럼, 내일 만납시다."

라스콜리니코프는 나가버리고 말았다. 소냐는 미친 사람을 보듯 그의 뒷모습을 바라보았다. 그러나 그녀는 자기도 미친 사람 같다는 생각이 들었다. 소냐는 아찔했다. '아! 저이는 어떻게 리자베타를 죽인 사람을 알고 있을까! 그 말은 무슨 뜻일까? 아, 무서워!' 그러나 이 순간 그런 생각은 머리에 떠오르지도 않았다. 아무리 생각해도! 아무리 생각해도……. '아, 저이는 무척 불행한 사람이 아닐까? 저이는 어머니와 누이동생을 버렸잖은가? 왜 버렸을까? 무슨 일이 생겼을까? 그리고 저이는 무엇을 생각하고 있을까? 대체 저이는 내게 무슨 말을 했던가? 저이는 내 발에 입맞추며 말했어…… 말했어. 그렇지, 저이는 확실히 이런 말을 했다. 나 없이는 살 수 없다고…… 아, 어쩌면 좋아…….'

소냐는 밤새껏 열에 시달렸다. 그녀는 몇 번이나 침대에서 일어나 울다가 두 손을 마주 비비기도 하다가 열병을 앓을 때처럼 깊은 잠에 빠져서는 의식을 잃고 폴랴며, 카테리나 이바노브나며, 리자베타며, 복음서를 읽은 일이며, 그리고 그에 관한 일 등이 어수선하게 나타나는 꿈을 꾸었다. 파리한 얼굴에 타는 듯한 눈을 가진 그 사람……. 그는 그녀의 발에 입 맞추며 울고 있었다…… 아, 하느님이시여!

오른쪽 문 맞은편에는 소냐의 방과 게르트루다 카르노브나 레스릿히 부인의 방을 가로막고 있는 방문이 하나 있었고, 그 문 저쪽에는 레스릿히 부인의 방에 딸린 중간 방이 있었다. 그 방은 오래전부터 비어 있었다. 부인은 그 방을 세놓으려고 마음먹고 있었기 때문에 문 옆과 도랑 쪽으로 난 유리창에 광고문을 붙여놓았다. 소냐는 전부터 이 방에 사람이 없다고만 생각해왔다. 그러나 이날 밤에는 스비드리가일로프가 그 빈 방 문 옆에 붙어서서 그녀와 라스콜리니코프의 대화를 엿듣고 있었다. 라스콜리니코프가 나가자, 스비드리가일로프는 잠시 서서 무엇을 생각하더니 발뒤꿈치를 들고 빈 방과 잇닿아 있는 제 방으로 가서 의자 하나를 들고 와서는 소냐의 방문 옆에 놓았다. 그는 두 사람의 대화를 흥미진진하게 생각했다. 그래서 앞으로, 다시 말해서 내일이라도 지금과 같이 꼬박 몇 시간을 그렇게 서서 고생하지 않도록 조금이라도 편한 자리를 준비해둘 생각으로 의자까지 가져다 놓은 것이었다.

이튿날 아침 정각 11시 라스콜리니코프가 경찰서 예심부를 찾아가 포르피리 페트로비치에게 자신이 방문했음을 알려달라고 청했을 때, 그는 그렇게 오랫동안 들어오라는 말이 없는 데 꽤 놀랐다. 그가 들어가기까지는 적어도 10분이나 걸렸다. 라스콜리니코프는 그들이 곧 달려들지 않을까 생각했다. 그러나 그가 대기실에 서 있을 때 여러 사람이 그의 곁을 지나갔건만 그 누구도 자기와는 관련 없어 보였다. 사무실인 듯한 다음 방에는 몇몇 서기가 의자에 앉아 글을 쓰고 있었는데, 그들 가운데에서도 누구 하나 라스콜리니코프가 누구며 어떤 사람인지 짐작조차 못하는 것 같았다. 라스콜리니코프는 좀 불안하고 미심쩍은 눈으로 주위를 둘러보았다. 주위에 간수 같은 사람이라도 있어서 자기가 어디로 달아나지 못하도록 몰래 감시의 눈을 빛내고 있지나 않을까 하고 둘러보았으나, 그러한 기색도 전혀 없었다. 그저 바쁘게 일하고 있는 사람들 외에 몇 사람이 보일 뿐 누구 하나 그를 눈여겨 보지 않았다. 비록 그가 어디로 나가버린다 해도 마찬가지일 것이었다. 그래서 만약 어제의 수수께끼 같은 사나이, 다시 말하면 그 땅 속에서 솟아난 듯한 유령 같은 사나이가 모든 것을 보고 있었다고 한다면, 지금 이렇듯 라스콜리니코프를 오래도록 기다리게 할 리 없다는 생각이 그의 머릿속에서 굳어져갔다. 그리고 자기 발로 어슬렁어슬렁 걸어 들어올 때까지, 11시까지 멍청히 기다리고 있을 리 없지 않은가? 그러고 보면 그 사나이는 아직 아무것도 고발하지 않았던가……. 그렇지 않으면 그 사나이는 아무것도 모르고 아무것도 보지 못했던가, 그 어느 한쪽이다. '그렇다, 어떻게 그 사나이가 볼 수 있었단 말인가?' 그러니까 어제 라스콜리니코프에게 일어난 모든 사건은 역시 초조한 병적인 상상력의 과장된 일종의 환상이었는지도 모른다. 이러한 추측은 어제 격심한 불안과 절망 속에 빠져 있을 때도 이미 그의 마음속에서 굳어지고 있었던 것이다. 이제 이렇게 모든 것을 돌이켜 생각해보고 새로운 투쟁에 대한 마음의 준비를 하는 동시에 그는 자기가 갑작스레 떨고 있음을 느꼈다. 그리고 자기는 지금 한없이 미운 포르피리 페트로비치에 대한 공포 때문에 떨고 있다고 생각하자, 그의 마음속에는 분노가 끓어올랐다. 지금 그에게 무엇보다도 두려운 것은 그 사나이와 만나는 일이었다. 그는 한없이 그 사나이를 증오했다. 이 증오 때문에 그만 자신을 폭로하지는 않을까 두려워할 정도였다. 그러나 그 증오가 너무 강했기 때문에 떨림은 곧 멎어버렸다. 그는 냉정하고 침착한 얼굴로 들어가리라 마음먹었다. 그리고 되도록 침묵을 지키면서 저편의 눈치를 살피기로 했다. 그래서 이번만은 무슨 일이 있더라도 병적으로 초조해지기 쉬운 자기 성질을 이겨내야만 한다고 굳게 결심했다. 마침 그 순간에 포르피리 페트로비치가 그를 불러들였다.

포르피리 페트로비치는 자기 방에 혼자 있었다. 그의 방은 크지도 작지도 않고 알맞았다. 거기에는 기름천 씌운 소파 앞에 큰 탁자와 사무용 책상이 놓이고 한구석에는 벽장과 의자 몇 개가 있었는데, 모두 손질이 잘 된 누런 빛이 도는 나무로 만든 관청용 가구였다. 칸막이가 쳐진 한쪽 벽에는 잠긴 문이 하나 있었는데 그쪽으로는 틀림없이 방이 또 있는 듯했다.

라스콜리니코프가 들어가자 포르피리 페트로비치는 곧 그 문을 닫아버려 두 사람은 서로 마주 보게 되었다. 포르피리 페트로비치는 아주 유쾌한 듯이 상냥한 얼굴로 맞아들였으나 채 몇 분도 지나기 전에 라스콜리니코프는 몇 가지 징후로써 상대가 어딘가 좀 당황하고 있음을 알았다. 뜻밖의 일로 어리둥절해하거나 혹은 몰래 무엇을 하다가 들킨 사람과도 같은 태도였다.

포르피리는 그에게 두 손을 내밀면서 말했다.

"여, 선생! 어서 오십시오……, 어떻게 이처럼 여기를…… 자, 어서 앉으십시오! 당신한테 실례일까요? 선생이니 하는 말이…… 다시 말해 tout court?[8] 뭐 너무 허물없이 군다고 생각지 마십시오……. 자, 어서 이쪽 소파에……."

라스콜리니코프는 그에게서 눈을 떼지 않았다.

어떻게 이처럼 여기를이라든가, 너무 허물없다는 데 대한 사과라든가, 'tout court'와 같은 프랑스어라든가, 이 모든 것이 특수한 징후가 아닐 수 없었다. '그러나 이자는 나에게 두 손을 내밀면서도 어느 한 손도 잡지 않고 슬쩍 빼버리지 않았는가?' 이런 생각이 의심쩍게 그의 머리를 스치고 지나갔다. 두 사람은 서로 눈치만 살펴보다가 시선이 마주치면 번갯불처럼 날쌔게 서로의 눈길을 돌려버렸다.

"신고서를 가지고 왔습니다…… 시계에 관한……. 이것입니다만, 서식(書式)은

---

8) 너무 친밀해 보여서?

이것으로 되는지, 그렇지 않으면 다시 고쳐써야 하는지요?"

"네? 신고서? 아, 됐습니다……. 염려 마십시오, 이걸로 충분합니다." 포르피리 페트로비치는 무언가 몹시 바쁜 듯 성급히 말했다. 그러나 말하고 나서 신고서를 집어들어 읽어보았다. "네, 잘됐습니다. 이 이상 아무것도 필요 없습니다." 그는 여전히 성급한 어조로 말하며 종이를 탁자 위에 놓았다. 그리고 나서 1분쯤 있다가 다른 이야기를 늘어놓으며 다시 한 번 신고서를 집어들어 자기 옆에 있는 사무용 책상 위에 놓았다.

"당신은 분명히 어제 나에게…… 정식으로…… 그…… 피살된 노파와의 관계를 물어보겠다고 말씀하신 듯한데요?" 라스콜리니코프는 다시 말을 시작했으나, 이때 '왜 나는 분명히라는 말을 집어넣었을까?' 하는 생각이 번개처럼 머리를 스치고 지나갔다. 그리고 '그러나 나는 또 왜 분명히라는 말을 한 것 때문에 이처럼 마음 쓰는 것일까?' 하는 또 하나의 생각이 불현듯 일었다.

그러자 그는 포르피리와 접촉했다는 것만으로, 단지 두세 마디 말을 건네고 두세 번 눈을 마주쳤을 뿐인데도 갑자기 의심이 순식간에 터무니없을 만큼 엄청난 크기로 부풀어올랐다는 것을……. 그리고 그것이 더할 나위 없이 위험하여 신경이 곤두서고 흥분이 강하게 번져옴을 육체적으로 느꼈다. '큰일이다! 큰일났다! ……또 쓸데없는 소리를 하는구나!'

"그렇지요, 그렇지요! 그러나 염려하실 건 없습니다! 시간은 많으니까요!" 페트로비치는 탁자 주위를 이리저리 거닐면서 말했다.

그러나 특별한 목적이 있어서 그러는 것 같지는 않았다. 때때로 창가로 성큼성큼 걸어가보는가 하면 사무용 책상 쪽으로 걸어가기도 하고 다시 탁자 쪽으로 돌아오기도 했다. 그리고 라스콜리니코프의 의혹에 찬 눈초리를 피하는가 하면, 갑자기 한자리에 서서 그의 얼굴을 똑바로 쏘아보기도 했다. 이때 특히 이상하게 느껴진 일은, 그의 작고 토실토실한 몸이 마치 공처럼 이리저리 튀어가서 사방의 벽과 구석에 맞아 도로 퉁겨져나오는 듯한 느낌을 준다는 것이었다.

"염려 마십시오, 염려 마십시오!…… 자, 담배 피우시겠습니까? 여기 궐련이 있습니다." 포르피리는 손님에게 궐련을 권하면서 말을 이었다. "실은 당신을 이리로 모시긴 했습니다만, 바로 그 칸막이 옆이 내 거처랍니다. 관사지요. 하지만 지금은 임시로 사택에 가 있습니다. 여기를 얼마쯤 수리할 필요가 있어서요. 이젠 거의 다 됐습니다만…… 그런데 관사라니 참 영광스러운 일이 아니거든요. 어떻습니까, 당신은 그렇게 생각지 않습니까?"

"그럼요, 영광스러운 일이지요." 라스콜리니코프는 거의 비웃는 눈빛으로 상대편을 바라보며 대답했다.

"영광스러운 일입니다, 참 영광스러운 일입니다……." 포르피리 페트로비치는 갑자기 다른 것을 생각해낸 듯 되풀이했다. 그는 문득 라스콜리니코프를 바라보며 두어 걸음쯤 앞에 멈춰서서 거의 외치듯이 말했다.

"그렇습니다! 정말 영광스러운 일입니다!"

관사가 영광스러운 일이라는 말의 반복은, 그 말 자체의 뜻과 그가 지금 정색을 하고 손님에게 보내고 있는 어떤 의미가 깃들어 있는 듯한 이상한 눈길과는 아주 어울리지 않았다.

그것이 라스콜리니코프의 적의를 불러일으켰다. 그래서 그는 조소하는 듯한 도전적인 태도를 억누를 수가 없었다.

그는 태연히 상대편을 바라보며, 그리고 자기의 태연함에 일종의 희열을 느끼면서 갑자기 말했다.

"그런데 이른바 예심 판사라는 친구들은 심리에 앞서 준비해야 할 마음가짐이라든가 무슨 심리 수법 같은 것이 있는 모양이더군요. 이를테면 처음에는 넌지시 아무것도 아닌 일, 혹은 중대하기는 하나 전혀 관계가 없는 것부터 시작해서 피신문자에게 용기를 준다든가 좀 더 적절히 말하면 상대편의 주의를 헝클어버리고 그 경계심을 마비시켜놓은 다음 나중에 가서 갑자기 치명적이고 위험천만한 질문을 불쑥 퍼부어 상대편의 정신을 어리둥절하게 하는 방법 같은 거 말입니다. 어떻습니까, 그렇지 않습니까? 이런 것은 오늘날까지 온갖 법규나 훈령(訓令)을 봐도 여태껏 신주처럼 떠받들어지는 모양이더군요……."

"허참, 무슨 말씀을…… 그럼, 당신은 관사 이야기를 한 것도 그 때문이라고 생각하시겠군요……. 그렇지요?"

포르피리 페트로비치는 가늘게 뜬 눈을 깜박였다.

이때 무엇인가 유쾌한 듯한 교활한 빛이 그의 얼굴을 스치고 지나갔다. 그리고 이마의 주름살이 펴지고 눈이 가늘어지면서 얼굴 윤곽이 길어지는 성 싶더니, 그는 지긋이 라스콜리니코프의 눈을 바라보면서 갑자기 온몸을 흔들며 신경질적인 웃음을 오랫동안 터뜨렸다. 라스콜리니코프도 억지로 웃기 시작했다. 그러자 포르피리가 그를 보고 얼굴이 거의 자줏빛이 되도록 웃어대는 바람에 라스콜리니코프의 혐오감은 갑자기 모든 경계심을 압도하고 말았다. 그는 웃음을 거두고 얼굴을 찌푸리며 포르피리가 무언가 속셈이 있는 듯이 끝없이 오래 웃는 동안 계속 상대편에게서 눈을 떼지 않고 밉살스러운 듯이 그 얼굴을 바라보았다. 서로가 경계하기를 잊고 있음이 분명했다. 포르피리 페트로비치만 해도 상대편을 마주 본 채 조소하면서 상대가 그 웃음을 증오의 빛으로 받아들이는 데도 이러한 상태에는 그리 관심이 없었던 것이다. 이 마지막 사실이 라스콜리니코프에게는 아주 의미심장하게 느껴졌다.

그는 포르피리 페트로비치가 조금 전에도 전혀 당황한 빛을 보이지 않았으며, 자기가 함정에 빠졌다는 것을 알았다. 거기에는 틀림없이 자기가 모르는 무언가가 있고 어떤 목적이 있으며, 또 어쩌면 이미 모든 것이 준비되어 있어서 지금 이 순간에 폭로되어 머리 위에 떨어지게 될지도 모른다는 사실을 알았다.

라스콜리니코프는 거기서 바로 용건에 들어가고자 자리에서 일어나며 모자를 집어들었다.

"포르피리 페트로비치!" 강한 어조이긴 하나 몹시 초조한 목소리로 라스콜리니코프는 입을 열었다. "어제 당신은 신문할 게 있으니 와달라고 하셨죠." 그는 특히 신문이란 말에 힘을 주었다. "나는 그래서 왔습니다. 물어보실 일이 있으면 아무거나 물어보십시오. 그렇지 않으시다면 이만 실례하겠습니다. 시간이 없습니다. 볼일이 있어서……. 나는 이 길로 말에 밟혀죽은 관리의 장례식에 가야 합니다. 그 사람의 일은 당신도 알고 계시겠지만……." 라스콜리니코프는 덧붙였으나 이 덧붙인 말에 그는 초조해졌다. 그리고 점점 더 몸이 달아서 "이젠 이런 일이 지긋지긋합니다. 아시겠습니까? 실은 오래전부터랍니다……. 내 병도 이것이 원인의 하나가 되었을 정도로…… 그러니까……." 거의 소리치듯 말했다. 그러나 동시에 병에 관한 이야기를 꺼낸 것은 지나치게 일렀다는 느낌도 들었다. "나를 신문하시든가, 지금 곧 돌려보내주시든가 해주십시오……. 그러나 신문을 하시려거든 형식대로 하시도록 부탁드리겠습니다. 그렇잖으면 거절하겠습니다. 그러면 오늘은 이만 실례하겠습니다. 둘이서 이렇게 마주 앉아 있어봐야 아무 소용도 없고……."

"천만에요! 대체 당신은 무슨 말씀을 하시는지! 당신에게 무슨 신문을 한단 말입니까?" 포르피리 페트로비치는 갑자기 웃음을 거두고 어조와 표정을 바꾸어 마치 암탉이 우는 듯 성급하게 말하기 시작했다. "조금도 염려하지 마십시오." 다시 이리저리 왔다 갔다 하기 시작하더니 갑자기 포르피리는 라스콜리니코프를 자리에 도로 앉히려고 애쓰면서 다급히 말했다. "시간은 넉넉합니다. 시간은 충분하오. 그리고 이런 일은 아무것도 아니지요! 나는 당신이 와주신 데 대해 무척 기뻐하고 있습니다……. 당신을 손님으로 모시고 있으니까요. 로지온 로마노비치 씨, 방금 함부로 웃은 실례를 용서해주십시오. 로지온 로마노비치 씨였지요, 당신의 부칭(父稱)은? 사실 나는 신경이 예민한 인간이기 때문에 당신의 남달리 날카로운 관찰력에 나도 모르게 웃음이 나오고 만 것이랍니다. 사실 나는 가끔 고무 인형처럼 온몸을 떨면서 웃을 때가 있습니다. 반 시간쯤이나 계속해서 말입니다. 결국 잘 웃는 편이지요. 내 체질이 이래서 때때로 졸도하지 않을까 염려가 됩니다. 자, 앉으십시오. 왜 그러십니까? ……자, 어서, 그렇지 않으면 당신이 화내신 것으로 알겠습니다."

라스콜리니코프는 여전히 화가 난 듯 얼굴을 찌푸리고 잠자코 상대편 말에 귀 기울이며 관찰하고 있었다. 그러나 그는 모자를 손에 든 채 다시 자리에 앉았다.

포르피리는 방 안을 서성대면서 여전히 손님과 시선이 마주치는 것을 피하듯 하며 말을 계속했다.

"로지온 로마노비치 씨, 나 자신에 관한 일을 말씀드리지요. 말하자면 내 성격에 대한 설명이라고나 할까 그런 얘깁니다만. 실은 나는 독신으로 사교계도 모르는 보잘것없는 인간입니다. 게다가 이미 끝장난 인간, 시들어 빠진 인간, 쓰러져가는 인간입니다. 그리고 또…… 그리고 또…… 로지온 로마노비치 씨, 당신도 아실지 모르지만 우리 러시아에서는, 특히 이 페테르부르크의 사회에서는 아직 친한 사이는 못 되지만 서로 존경하고 있는 총명한 두 사람이, 말하자면 현재의 당신과 나 같은 사람이 자리를 같이 하게 되면 거의 30분 동안은 서로 화제를 찾지 못하여 긴장해서 가만히 앉은 채 바라보고만 있겠지요. 대체로 화제란 누구에게나 있는 것으로, 특히 여자들은 화제가 풍부하지요…….

상류 사회 사람들에게는 화제란 준비되어 있는 것입니다. C'est de rigueur.[9] 그러나 우리 같은 중류층 사람은 모두 수줍어하고 말솜씨가 없습니다. 이를테면 사색적이지요. 왜 그럴까요? 사회에 대한 관심이 없어서일까요, 아니면 지나치게 정직해서 서로 속이는 것을 꺼려하는 탓일까요…… 나는 도무지 알 수가 없습니다. 그래, 당신은 어떻게 생각하십니까? 아, 그 모자 좀 내려놓으시죠. 곧 가시려는 것 같아서 보기 민망스럽습니다……. 나는 당신이 찾아온 것을 무척 기뻐하고 있으니까요……."

라스콜리니코프는 모자를 내려놓았으나 여전히 침묵을 지키면서 얼굴을 찌푸린 채 포르피리 페트로비치의 공허하고 멈출 줄 모르는 수다에 귀를 기울이고 있었다.

'대체 이 사나이는 무슨 생각에서, 이런 부질없는 소리를 지껄여서 내 주의를 어지럽히려는 것일까?'

포르피리는 쉬지 않고 계속 떠들어댔다.

"장소가 장소이다 보니, 커피 한 잔도 대접 못하는군요. 그러나 5분쯤 친구하고 같이 앉아 이야기를 하며 즐겨선 안 된다는 법은 없겠지요. 어쨌든 이런 직책이란…… 말입니다. 저, 선생. 내가 자꾸 왔다 갔다 한다고 신경 쓰지 마십시오. 당신이 기분 나빠하지 않을까 걱정이 되긴 하지만 실은 나에게는 이런 운동이 꼭 필요하거든요. 나는 늘 앉아만 있기 때문에 단 5분 동안이라도 이렇게 거닐 수 있는 게 여간 즐겁지 않습니다. 치질이 있어서…… 그래서 운동으로 치료하려 생각하고 있지요. 하긴 소문에 따르면 5등관, 4등관, 3등관까지도 줄넘기를 한다고 하더군요. 오늘날은 과학 시대거든요…… 그렇습니다……. 그런데 이곳의 직무니 신문이니 하는 그런 형식적인 일은, 방금 당신께서도 신문이라는 말을 했지만 로지온 로마노비치 씨, 이 신문이란 건 신문당하는 사람보다도 신문하는 사람이 더 혼란을 일으키는 경우가 생긴답니다. 그건 당신이 참으로 정확하고 예리하게 관찰하신 대로입니다—라스콜리니코프는 전혀 그런 말을 한 적이 없었다—정말 혼란을 일으킨답니다. 그러니 늘 그 소리가 그 소리로, 같은 말만 되풀이하니 북이나 치고 있는 것과 뭐가 다르겠습니까! 하기야

9) 그것은 빼놓을 수 없는 것이니까요.

요즘은 개혁이 시작되었으니까 우리도 하다못해 명칭만이라도 바꾸기를 기대하고 있습니다. 헤헤헤! 그런데 우리가 신문 때 쓰는 수법 말입니다. 당신의 훌륭한 표현을 빌리면 말입니다만 완전히 그 의견에 찬성입니다. 자, 그렇잖습니까. 어떤 피고라도, 아무리 우둔한 농민 출신의 피고라도 잘 깨닫지 못하는 사람은 없습니다. 예를 들면 처음에는 아무런 관계도 없는 질문을 퍼부어서, 당신의 교묘한 표현에 따르면 말입니다. 도끼 등으로 정면에서 내리친다, 하하하! 바로 정면에서 말입니다. 당신의 훌륭한 표현에 따르면 말입니다. 헤헤! 그런데 당신은 내가 그 관사 이야기로 당신을 어떤 방향으로 몰아가리라고 생각하셨나요? ……헤헤! 당신도 어지간히 비꼬길 좋아하시는 분이시군요! 아니, 이젠 그만두겠습니다! 아, 그렇지! 말하는 김에 한마디 더 해두겠습니다만, 말이나 사상이란 무언가 하나를 유인하는 것이니까요. 그런데 아까 당신이 형식이라는 말씀을 하셨지요. 즉 신문 형식에 대해서 말입니다……. 그런데 대체 이 형식대로란 것은 무슨 뜻입니까! 형식이란 대개 쓸데없습니다. 때에 따라서는 친구처럼 정답게 얘기하는 편이 오히려 유리할 때가 있지요. 그렇게 하더라도 형식은 절대로 달아나지 않습니다. 이 점만은 안심하십시오. 그런데 한 가지 물어보겠습니다만, 실질적으로 형식이라는 것은 대체 무엇입니까? 형식이라는 것이 예심 판사를 구속하는 일은 어떤 경우에도 있을 수 없습니다. 예심 판사의 일은 말하자면 일종의 예술과도 같습니다. 다시 말해서 독특한 예술이라고 할까, 그와 비슷한 것이죠……. 헤헤헤!"

포르피리 페트로비치는 잠깐 숨을 돌렸다. 그는 지칠 줄 모르고 줄곧 지껄여댔다. 무의미하고 공허한 말을 늘어놓기도 하고 갑자기 무슨 수수께끼와도 같은 말을 하는가 하면 다시 무의미한 말로 되돌아가 떠들어댔다. 그는 방 안을 거의 뛰다시피했다. 포동포동하게 살찐 짤막한 다리를 점점 더 빨리 움직이면서 발끝에 눈길을 보낸 채 오른손은 뒷짐을 지고 왼손은 줄곧 내저으며 지금 자기가 지껄이고 있는 말과는 전혀 어울리지 않는 몸짓을 하는 것이었다.

라스콜리니코프는 그가 방 안을 돌아다니는 동안 두어 번 문 옆에서 잠깐 걸음을 멈추고 무언가에 귀 기울이는 것을 눈치챘다.

'이자는 누구를 기다리는 것일까?'

"아니, 정말 당신이 말씀하신 대로입니다." 포르피리 페트로비치는 다시 유쾌한 듯이, 그리고 아주 순박한 태도로 라스콜리니코프를 바라보며 말을 이었다. 그 때문에 이쪽은 흠칫 몸을 떨면서 순간 정신을 차렸다. "사실 그대로죠, 신문 형식을 참으로 따끔하게 비웃으셨군요. 헤헤헤! 아닌게 아니라, 물론 모두는 아닙니다. 우리의 의미심장한 심리적 방법이란 아주 우스운 것이라서요. 아니, 오히려 아무 소용도 없는 것이라 할 수 있겠군요. 대개의 경우 지나치게 형식에 얽매이는 경향이 있습니다. 참…… 내가 또 형식이란 걸 가지고 떠들어댔군. 그런데 여기 예컨대 내가 위임받은 어떤 사건을 위해서 갑이나 을이나 병을 범죄자로 생각한다고 합시다……. 아니, 좀 더 적절히 말해서 혐의를 둔다고 합시다……. 참 당신은 앞으로 법률가가 되기를 희망하셨다지요?"

"네, 그럴 작정이었습니다만……."

"그렇다면 당신에게 한 가지 뒷날을 위한 참고로서 말씀드리겠습니다. 그러나 내가 건방지게 당신한테 강의를 한다고 생각하시면 곤란합니다. 당신은 이미 훌륭한 범죄론 같은 것을 발표하신 분이니까요! 나는 다만 한 가지 사실을 들어 말씀드리는 데 불과합니다. 그래, 내가 만약 갑이나 을이나 병을 범죄자라고 생각했다고 합시다. 그런데 묻겠습니다만, 내가 증거를 얼마쯤 붙잡았다고 하더라도 미리부터 그 본인을 불안하게 할 필요가 있을까요? 물론 그중에는 한시바삐 체포해야 할 사람도 있긴 하지요. 그러나 그중에는 또 다른 성질의 인간도 있습니다. 그런 사람은 잠시 동안 거리를 싸다니게 내버려두어도 괜찮습니다. 헤헤헤! 그런데 당신은 내 말을 잘 알아듣지 못하시는 것 같군요. 그러면 좀 더 알기 쉽게 말씀드리지요. 예를 들면 만일 내가 그 사나이를 너무 일찍 감옥에 가두어둔다면, 그 때문에 나는 도리어 그 사나이에게 정신적인 안정을 제공하게 되는 셈이 되거든요. 헤헤헤! 당신은 지금 웃으시는군요.―라스콜리니코프는 웃을 생각은 조금도 없었다. 그는 입술을 꽉 다물고 타는 듯한 시선을 포르피리 페트로비치에게서 떼지 않고 앉아 있었다.―사실 어떤 종류의 범죄자에 대해서는 특히 그렇게 하지 않으면 안됩니다. 인간은 각양각색이지만, 실제적인 방법은 누구에게나 하나밖에 없으니까요. 그래, 당신은 방금 증거라는 문제를 들어 말씀하셨지요. 그러나 지금 예컨대 증거라는 것이 필요하다고 보더라도, 사실 그 증거라는 것은 대부분 어느 쪽으로나 해석할 수 있는 것이거든요. 예심 판사며 마음 약한 사람이기에 고백하지만 나는 심리 결과를 이른바 수학적인 명쾌한 증거를 잡고 싶은 것입니다. 즉 2×2=4가 된다는 식의 확실한 꼼짝달싹 할 수 없는 증거를 말입니다. 만일 지금 내가 그 사나이를 서둘러 가둔다고 합시다. 혹 그가 틀림없는 진범이라고 확신하더라도 말입니다. 그때야말로 그 사나이에 대한 그 이상의 증거를 얻을 방법을 내 스스로 포기해버린 거나 마찬가지가 됩니다. 왜냐고요? 그것은 그 사나이에게 일정한 지위를 주고, 말하자면 심리적으로 일정한 방향을 부여해서 그 사나이를 진정시켜주기 때문에 그 사나이는 나로부터 떠나 자기 껍질 속으로 도망쳐버리고 마는 까닭입니다. 즉 자기가 죄인이라는 것을 자각하고 말입니다. 들리는 바에 의하면, 세바스토폴에서는 알마강(江) 전투 직후, 이제 막 적이 전력을 다해서 세바스토폴을 무찌를 것이라고 사람들은 두려워했지요. 그런데 적이 정공법(正攻法)에 의한 포위법을 택해서 첫 번째 참호열을 파는 것을 보고 그 사람들은 매우 기뻐하며 안심했다는 말이 있습니다. 정공법을 쓰는 경우에는 적어도 두 달 동안은 끌고 나갈 수 있기 때문입니다. 당신은 또 웃으시는군요. 그리고 또 믿지 않는군요. 그야 당신의 태도가 옳습니다. 옳고 말고요. 지금과 같은 것은 모두 특수한 경우입니다. 하지만 로지온 로마노비치 씨, 이러한 경우에는 다음과 같은 사실도 고려해야 합니다. 이를테면 모든 법률상의 형식이라든가 법칙이라는 것이 적용되고 대상이 되고 책에도 써 있는 보편적인 경우는 사실 존재하지 않는다는 것을 말입니다. 그 까닭은 모든 사건, 예를 들면 범죄 같은 것도 그것이 사실로서 나타나자마자 곧 완전히 특수한 경우가 되어버리고, 때에 따라선 전혀 전례가 없는 것으로 되어버리기 때문입니다. 그래서 자칫 잘못하면 아주 우스꽝스러운 사건이 발생하는 경우도 흔합니다. 그런데 만일 내가 어떤 사나이를 자유롭게 방임해두어 체포도 하지 않고 괴롭히지도 않는다면, 오히려 상대편은 내가 모든 비밀을 다 알고 있어 줄곧 밤낮으로 자기 뒤를 밟으며 감시하고 있다는 것을 알게 되든가 의심하게 됩니다. 그래서 끊임없이 나로부터 혐의를 받고 위협받고 있다고 생각하게 되면 그 사나이는 머리가 혼란해져 마침내는 자수하게 됩니다. 더구나 '2×2=4'라는, 이른바 수학적으로 정확한 증거가 되는 어떤 일을 저지르게 마련입니다. 얼마나 재미있는 일입니까? 이런 예는 어리석기 짝이 없는 농민에게도 있는 일이지요. 더욱이 우리네 현대의 지식 계급들, 더구나 어떤 방면에 특히 발달한 인간들도 마찬가지입니다. 그러니까 우리로서는 그 사나이가 어떤 방면에 발달한 인물인가를 아는 것이 가장 급선무입니다. 결국 문제는 신경입니다. 당신은 그 신경을 잊고 있는 것입니다! 현재 이런 족속들의 신경은 모두 병적이고 영양실조에다가 초조함을 느끼고 있습니다. 이를테면 비장 때문에 고통받는 거지요. 그들이 얼마나 초조함을 느끼는지 알 수 없는 정도입니다. 이것은 실제로 금광과도 같은 것입니다. 그러니까 그 사나이가 아무리 자유롭게 거리를 싸돌아다녀도 나는 그다지 걱정하지 않습니다. 잠시 동안 제멋대로 산책을 하도록 내버려두는 것이 좋습니다. 내가 어떻게 하지 않더라도 그 사나이는 내 손아귀에 들어 있는 거나 마찬가지이며, 어디로도 달아날 수 없다는 것을 나는 잘 알고 있으니까요! 그래, 어디 달아날 데가 있습니까. 헤헤! 외국으로 도망친다고요? 외국으로 달아날 수 있는 사람은 폴란드 사람 정도지, 그 사나이는 아닙니다. 더구나 나는 그를 완전히 놓아두고 있는 것은 아닙니다. 줄곧 뒤를 밟으며 적당한 수단을 쓰고 있거든요. 그러면 국내 깊숙한 시골 골짜기에라도 도망치면 어떠냐고요? 하지만 거기에는 농민들이 살고 있습니다. 진짜 어리석기 짝이 없는 러시아 농민들이 살고 있습니다. 교양 있는 현대인이라면 우리나라 농민과 같은 이방인하고 사느니보다는 차라리 감옥살이를 택할 것입니다. 헤헤! 그러나 이러한 것은 모두 하잘것없는 외면적인 문제입니다. 대체 도망이란 무엇입니까? 그건 형식에 불과합니다. 요점은 그런 게 아닙니다. 어디로 도망칠 데가 없기 때문에 그 사나이가 나한테서 달아나지 않는 것은 아닙니다. 그 사나이는 심리적으로 나에게서 달아날 수가 없는 것입니다. 헤헤, 자, 어떻습니까, 이 표현은? 즉 그 사나이는 자연법칙에 의해서 도망칠 데가 있어도 달아나지 못하는 것입니다. 당신은 촛불에 뛰어드는 불나방을 본 일이 있지요? 그 사나이는 불나방이 촛불 둘레를 빙빙 돌 듯이 내 둘레를 자꾸만 돌 것입니다. 그러나 자유도 기쁘지 않으므로 생각에 잠기거나 당황하기 시작합니다. 그러고는 거미줄에 걸려들 듯 스스로 자신을 꽁꽁 동여매고 죽도록 고민할 게 뻔합니다!⋯⋯아니, 그뿐 아니라 2×2=4라는 정확한 수학적 증거까지도 스스로 만들어 제공해주는 것입니다. 다만 막간을 좀 길게 해줄 필요는 있습니다만. 그리고 끊임없이 그 반경을 점점 좁혀가며 내 주위를 빙빙 돌다가 마침내 내 입 속으로 확 뛰어드는 것입니다. 그러면 나는 그것을 꿀꺽 삼키기만 하면 되니, 이것이야말로 정말 고마운 일이 아니겠습니까? 헷헷! 당신은 그래도 믿어지지 않습니까?"

라스콜리니코프는 대답하지 않았다. 그는 여전히 긴장한 표정으로 포르피리 페트로비치의 얼굴을 쏘아보면서 새파랗게 질려 꼼짝도 않고 앉아 있었다. '대단한 강의로군!' 그는 등골이 서늘해지는 것을 느끼면서 생각했다. '이쯤 되면 어제처럼 고양이가 쥐를 어르는 정도가 아니다. 설마 이 사나이가 부질없이 자기의 힘을 내보이거나…… 충고를 하는 것은 아니겠지. 그런 짓을 하기엔 이 사나이는 너무 영리해……. 물론 여기에는 어떤 목적이 있을 텐데, 그것이 대체 무엇일까? 음, 네놈이 나를 위협해서 교활하게 되속이려는 게지! 쳇, 어리석게. 그러나 네놈에겐 아무 증거도 없고 어제 그 사나이도 이제 이 세상에는 없다. 그저 네놈은 나를 어리둥절하게 해서 초조하게 만들어서는 그 틈을 타서 단숨에 해치우려는 속셈이지. 천만의 말씀, 안 되지, 안 돼! 그렇다 하더라도 어째서 이런 말을 나에게 하는 것일까!…… 놈은 나의 병적인 신경을 노리는 것일 게다! ……안 되지, 안 돼. 네놈이 아무리 재간을 피우더라도 소용없어……. 어디 한번 두고 보자, 네놈이 어떤 재간을 피우는가!'

그리고 그는 무섭고도 예측할 수 없는 파국에 대해서 있는 힘을 다해 마음을 굳게 다짐했다. 이야기를 듣는 동안 그는 당장에라도 포르피리에게 덤벼들어 목졸라 죽이고 싶은 충동을 느꼈다. 그는 이리로 오기 전부터 자기에게 이런 생각이 일어날까 무서워하고 있었다. 그는 입술이 바싹 마르고 심장이 거세게 뛰고 있음을 느꼈다. 그러나 그는 여전히 침묵을 지키고 시기가 올 때까지는 한마디도 하지 않기로 결심했다. 지금의 자기 처지로서는 그것이 가장 좋은 전술이라고 생각했다. 그렇게 하고 있으면 자기 쪽에서 말할 걱정이 없을뿐더러 한 걸음 나아가 그 침묵으로 적을 초조하게 만들어 적으로 하여금 무슨 말을 하도록 할 수 있기 때문이었다. 적어도 그는 이것에 기대를 걸고 있었다.

"보아하니 당신은 내 말을 믿지 않으시는 것 같군요. 그리고 내가 또 무슨 농담이라도 하고 있다고 생각하시는 것 같군요."

포르피리는 점점 더 유쾌한 듯이 만족스럽게 웃으면서 다시 방 안을 왔다 갔다 하기 시작했다.

"그러시는 것도 무리가 아닙니다. 내 생김새부터가 다른 사람에게 우스꽝스럽게 여겨지도록 하느님이 만들어 놓았으니까요. 말하자면 어릿광대지요. 그러나 다시 한 번 되풀이하겠습니다만, 로지온 로마비치 씨, 아무쪼록 이 늙은이를 너그러이 용서하고 들어주십시오. 당신은 아직 젊습니다. 말하자면 청춘기에 있습니다. 그러므로 여느 젊은이들처럼 사람의 지혜를 가장 높이 평가하고 있습니다. 따라서 유희적인 기지나 논리의 추상적인 논증이 당신을 유혹하는 것 같습니다. 내가 군사상의 사건에 관해서 판단하는 한, 마치 예전 오스트리아의 군사회의와 흡사한 것입니다. 책상에 앉아 회의를 할 때는 그들이 나폴레옹을 분쇄하여 포로로 잡기도 하고 자기 서재에서는 기지를 다하여 계략을 꾸미고 술책에 빠뜨리기도 합니다만, 사실은 어떻습니까? 마크 장군 같은 사람은 자기의 모든 부하를 이끌고 항복하지 않았습니까? 헤헤헤! 아니, 로지온 로마노비치 씨, 내가 문관의 처지인 주제에 군사상 문제를 예로 드는 것을 당신이 비웃을 것이라는 정도는 잘 알고 있습니다. 그러나 어쩔 수 없습니다. 이게 내 약점이니까요. 군사 방면에 관심이 있어 전쟁 보고서 읽는 걸 좋아하거든요…… 참말 나는 길을 잘못 들어섰습니다. 나 같은 사람은 사실 군대에 근무했으면 좋았을 텐데……. 그러면 나폴레옹 정도는 몰라도 소령쯤은 되었을 것입니다. 헤헤헤! 그럼, 이제부터 나의 특수한 경우에 대한 상세한 이야기를 해드리겠습니다. 사실이라든가 자연이라는 것은 실로 중요한 것입니다. 그리고 때로 그것은 아주 면밀한 고찰까지도 뒤집어 엎어놓을 수가 있지요. 자, 이 늙은이의 말을 좀 들어보십시오. 나는 진심으로 말하고 있으니까요, 로지온 로마노비치.—이렇게 말했을 때 이제 겨우 서른다섯 살인 포르피리 페트로비치는 정말 갑자기 늙은이 같아 보였다. 목소리도 변하고 허리까지 굽어보였다—게다가 나는 솔직하게 털어놓고 얘기하는 인간입니다. 혹시 그렇지 않았던가요? 어떻습니까, 당신 생각은? 나 자신은 그렇게 생각하는데요. 이런 일을 공짜로 당신에게 가르쳐주고도 아무런 보수를 요구하지 않는 것만 보아도 알 수 있잖습니까? 헤헤! 자, 그건 그렇고, 얘기를 더 계속하겠습니다. 기지란 놈은 훌륭한 것으로, 말하자면 자연의 아름다움이요 인생의 위안으로서 어떠한 요술도 부릴 수 있다고 봅니다. 그래서 자칫하면 자기 망상에 빠지는 비참한 예심 판사들은 가끔 그것을 판단하는 데 고심하는 수가 있습니다. 자연성(自然性)이라는 것이 그 비참한 예심 판사를 구해줍니다. 이게 곤란한 거지요. 그러나 온갖 장애를 밟고 넘어서려 하는, 이건 어저께 당신이 대단히 현명하고 교묘한 표현을 써서 말씀하신 것이지만, 그러한 청년은 이런 점을 염두에 두지 않는 것입니다. 그래서 어느 사나이가 훌륭하게 거짓말을 했다고 합시다. 즉 이것은 특수한 경우입니다만, 그 사나이가 남몰래 아주 교묘하게 거짓말을 했다고 합시다. 그리고 크게 승리한 것처럼 생각하고 자기 기지의 성과를 즐길 수 있다고 생각하는데 갑자기 쓰러지고 맙니다. 가장 중요하고도 소동이 나기 쉬운 고비에서 말입니다. 하기야 병 때문이라든가 또는 방 공기가 무덥다든가 해서 그랬다고 해도 좋습니다. 그러나 결과는 마찬가지입니다. 역시 어떤 암시를 던져주는 점에서는 말입니다. 그 사나이는 실로 교묘하게 거짓말을 해 넘겼지만, 가엾게도 자연을 고려할 것을 잊었던 것입니다. 여기에 바로 교활한 함정이 있습니다. 또 그 사나이는 자기를 놀리느라고 자기에게 혐의를 걸고 있는 사나이를 농락하기 시작합니다. 짐짓 연극처럼 파랗게 질려보이기도 하지만, 그것이 무척 자연스럽고 너무나도 진실인 듯이 질려보이기 때문에 짐짓 어떤 암시를 던져주게 되는 것입니다. 혹시 처음에는 속여넘길 수 있다 하더라도 상대편이 바보가 아닌 이상 하룻밤 사이에 이쪽에서도 눈치채버립니다. 하나하나가 이런 식이지요. 뭐라고 넌지시 한마디만 던지면 자기 편에서 대뜸 초조해져서 묻지도 않은 말을 한다든가, 또 그와는 반대로 잠자코 있지 않으면 안 될 일을 줄곧 지껄여대다든가 하며 여러 가지 뜻있는 말까지 그만 입 밖에 내버리거든요. 헤헤! 그러다가 마침내는 자기 스스로 찾아와서 왜 나를 체포하지 않느냐, 언제까지 내버려둘 작정이냐고 묻는 판이죠. 헤헤! 이러한 현상은 지극히 기지가 발달한 심리학자나 문학자들에게도 일어날 수 있단 말입니다. 자연이란 거울과 같습니다. 가장 투명한 거울과 같은 것입니다. 자기 자신을 비춰보고 즐길 만합니다. 그건 그렇다 하고, 로지온 로마노비치 씨, 왜 그렇게 얼굴이 핼쑥해졌습니까? 숨이 답답하신 게 아닙니까? 창문이라도 열어드릴까요?"

"아니, 염려 마십시오." 라스콜리니코프는 외치고 갑자기 큰 소리로 웃기 시작했다. "조금도 염려하지 마십시오."

포르피리는 그 앞에서 잠시 걸음을 멈추고 서 있다가 자기도 소리 내어 웃기 시작했다. 라스콜리니코프는 그 발작적인 웃음을 갑자기 뚝 그치고 소파에서 벌떡 일어났다.

"포르피리 페트로비치 씨!" 라스콜리니코프는 떨리는 다리로 간신히 서 있음에도 그 목소리는 높고 또렷했다. "마침내 나는, 당신이 나를 그 노파와 동생 리자베타를 죽인 용의자로 지목하고 있다는 것을 똑똑히 알았습니다. 그래서 내가 당신에게 설명하고 싶은 것은, 그런 이야기에는 나도 싫증난 지 오래라는 것입니다. 만일 법에 따라서 나를 조사할 권리가 있다고 생각하신다면 서슴지 말고 조사하십시오. 체포하시려면 체포하십시오. 그러나 나를 눈앞에서 비웃는다든가 괴롭히는 일만은 용서할 수 없습니다." 갑자기 그의 입술이 떨리고 눈에는 분노의 불길이 타오르면서 지금까지 억제하고 있었던 말이 한꺼번에 쏟아져 나왔다. "용서할 수 없습니다!" 그는 갑자기 부르짖으며 힘껏 탁자를 두들겼다. "알겠습니까, 포르피리 페트로비치 씨? 용서할 수 없습니다!"

"아니, 왜 그러십니까, 또!" 적잖이 놀란 빛으로 포르피리 페트로비치는 부르짖었다. "로지온 로마노비치, 자! 정신 좀 차리십시오! 도대체 왜 이러십니까?"

"용서할 수 없어!" 라스콜리니코프는 다시 한 번 외쳤다.

"자, 좀 조용히 하십시오! 사람들이 듣고 달려오겠습니다! 그러면 대체 뭐라고 말하겠습니까? 좀 생각해보십시오." 포르피리 페트로비치는 자기 얼굴을 라스콜리니코프의 얼굴 가까이 갖다 대고 무서운 듯 나직이 속삭였다.

"용서할 수 없어, 용서할 수 없어!" 라스콜리니코프는 기계적으로 되풀이했다. 그러나 그 소리도 어느새 완전히 속삭이는 목소리로 변하고 말았다. 포르피리는 재빨리 몸을 돌려 창문을 열기 위해 달려갔다.

"환기를 해야겠군, 신선한 공기로! 그리고 물을 마시도록 하십시오. 아무래도 발작인 것 같습니다!" 포르피리는 물을 가져오라고 하기 위해 문 쪽으로 달려가려 했으나, 때마침 한쪽 구석에 물이 담긴 컵이 하나 있었다. "자, 드십시오." 그는 컵을 들고 라스콜리니코프 곁으로 돌아와 속삭이듯 말했다. "이걸 마시면 좀 나아질지 모릅니다."

이러한 포르피리 페트로비치의 놀라움과 관심이 너무나도 자연스러워서 라스콜리니코프는 입을 다물고 아주 강렬한 호기심으로 그를 바라보기 시작했다. 그러나 물은 받지 않았다.

"로지온 로마노비치 씨, 당신이 그렇게 하고 계시면 스스로 자신을 미친 사람으로 만들고 맙니다. 자, 드십시오. 조금이라도 좋으니 마셔요!"

포르피리는 억지로 물이 든 컵을 그의 손에 쥐어주었다. 라스콜리니코프는 기계적으로 그것을 입으로 가져갔으나, 문득 정신을 차리고 혐오스럽다는 표정을 지으며 컵을 탁자 위에 올려놓았다.

"그렇습니다, 발작이 일어났던 것입니다! 그러다간 또다시 병이 재발합니다." 포르피리 페트로비치는 친밀하고 동정 어린 어조로 암탉과 같은 소리를 내기 시작했으나 어딘지 모르게 좀 당황한 표정을 짓고 있었다. "아! 당신은 어쩌자고 자기 몸을 그처럼 돌보지 않습니까? 어제도 드미트리 프로코피치가 나한테 왔었습니다. 나에게 비꼬기를 잘하는 좋지 못한 버릇이 있다는 것은 나도 인정합니다. 그는 어떤 결론을 내린 줄 아십니까⋯⋯! 아! 드미트리는 어제 당신이 돌아가신 뒤에 와서 같이 식사를 했습니다만, 어찌나 지껄여대는지 어안이 벙벙했습니다! 거참, 어처구니가 없도록 말이지요! 대체 그는 당신이 보냈습니까? 자, 앉으십시오! 선생, 좀 앉으십시오."

"아니, 내가 부탁한 것은 아닙니다! 그러나 나는 그가 당신을 찾아왔던 것도, 또 왜 왔었는지도 잘 알고 있습니다." 라스콜리니코프는 날카롭게 말했다.

"알고 계셨다고요?"

"알고 있습니다. 그래, 그게 어쨌다는 겁니까?"

"다름이 아니라 로지온 로마노비치 씨, 나도 당신의 일을 꽤 많이 알고 있습니다. 무엇이나 다 알고 있지요! 나는 당신이 해질 무렵 방을 얻으러 나가 초인종을 울리고 피 이야기를 묻고 해서 그곳 직공과 문지기를 어리둥절하게 만든 일까지 알고 있지요. 그야 그때 당신의 정신 상태는 나도 잘 알고 있습니다⋯⋯. 하지만 그런 일을 하면 자기 자신이 미친 사람이라고 알리고 다니는 것과 마찬가지입니다. 정말이오! 그러다가는 머리가 이상해지고 말 것입니다. 지금 당신의 몸 속에서는 첫째는 운명적으로, 둘째로는 경찰에서 받은 모욕 때문에 고결한 분노가 어마어마한 기세로 끓어오르고 있습니다. 그리고 그 때문에 당신은 되도록 빨리 모든 사람에게 무슨 말이든 하도록 하여 단번에 모든 일을 해결하려고 이리저리 싸다니는 거죠, 그렇지 않습니까? 당신의 마음을 잘 알아맞혔지요? ⋯⋯당신이 그렇게 하고 있으면 그건 당신 혼자뿐만 아니라 라주미힌까지도 이상하게 만드는 것입니다. 당신도 아시다시피 그는 그런 역할을 하기에는 너무나 착한 사람입니다. 당신은 지금 병중에 있고, 그는 친절한 사람이니까 병이 곧 그에게도 감염되기 쉽습니다. 이제 당신의 기분이 좀 진정되면 모든 걸 이야기해드리지요. 우선 좀 앉으십시오! 좀 앉으십시오! 그리고 좀 쉬십시오. 안색이 참 안됐습니다. 잠깐 앉으십시오."

라스콜리니코프는 자리에 앉았다. 전율은 이미 사라지고 온몸이 달아올랐다. 그는 놀란 나머지 자기에게 친절히 대해주는 포르피리 페트로비치에게 일종의 놀라움을 느끼며 긴장하고 그의 말에 귀 기울였다. 그는 포르피리의 말을 믿고 싶었으나 한마디도 믿기지는 않았다. 그러면서도 자기가 셋방을 구하러 나갔던 일을 알고 있다는 포르피리의 뜻밖의 말에 깜짝 놀랐다.

'어떻게 이 녀석은 그 셋집에 관한 것을 알고 있을까?' 하는 생각이 문득 떠올랐다. '그걸 자신의 입으로 말하다니!'

"그렇습니다. 꼭 그와 같은 심리적 사건이 우리가 취급한 재판 사건 가운데 있었습니다. 심리적이며 참으로 병적인 경우였습니다만." 포르피리는 재빨리 말을 이었다. "역시 어떤 사나이가 자기 스스로 살인범이라고 죄를 뒤집어썼는데, 그 방법이 기막히지요. 자기가 본 환각을 끄집어내기도 하고 증거를 제공하기도 하고 범행 시의 광경을 자세히 진술하기도 해서 듣는 사람을 어리둥절하게 만들었습니다! 그런데 그 사나이는 아주 우연히 살인의 원인이 되기는 하였으나 그것은 극히 일부에 지나지 않습니다. 그리고 그 사나이는 자기가 살인의 원인이 되었다고 생각하고 고민한 나머지 멍청하게 되어버려 온갖 망상에 사로잡히고 완전히 머리가 돌아서 나중에는 자기가 진범인 것처럼 착각하게 된 것입니다. 그러나 대법원에서 사건을 잘 심리한 결과 그 불행한 사나이는 무죄임이 판명되어 감시를 받아야 한다는 조건부로 풀려났습니다. 이러한 것은 오로지 대법원 덕택이지요. 사실 놀랄 만한 일이 아닙니까? 그러니까 선생, 그렇게 하고 다니면 선생도 어떻게 될지 모르겠습니다. 밤중에 초인종을 울리러 가고 피에 관해서 묻고 할 만큼 신경과민이 되는 것은 열병 같은 병에 걸렸을 때는 무리가 아닙니다. 이러한 심리는 내가 경험에 의해서 연구한 것입니다. 이런 증상이 심하게 되면 때에 따라서는 창문이나 종루 같은 곳에서 뛰어내리기도 하지요. 초인종을 울렸다는 것도 마찬가지입니다…… 병이지요. 로지온 로마노비치, 병입니다! 당신은 자기 병을 지나치게 가볍게 보고 있습니다. 경험 있는 의사에게 진찰을 받으시는 게 어떻습니까? 당신이 늘 진찰을 받고 있는 그 뚱뚱보 의사는 대체 뭐하는 사람입니까? 당신은 섬망증(譫妄症)에 걸렸습니다!

당신이 하고 있는 행동은 모두 그 열 때문입니다……."

순간 라스콜리니코프는 주위에 있는 모든 것이 뱅뱅 돌기 시작한 것처럼 느껴졌다.

'설마, 설마' 생각이 아물거렸다. '이것도 거짓말이야 아니겠지? 아냐, 아냐!' 그는 이러한 생각을 자기 마음속에서 떨쳐버렸다. 그는 이런 생각이 얼마나 자신의 감정을 격앙시키고 그래서 발광할지도 모른다고 미리부터 느꼈기 때문이다.

"그건 열 때문에 정신없이 그런 것이 아니라 내 정신으로 한 일입니다!" 하고 그는 포르피리 페트로비치의 술책을 간파하기 위해 극도로 긴장하면서 크게 외쳤다. "제정신이었습니다, 나는 제정신이었습니다. 아시겠습니까!"

"네, 알고 있습니다. 듣고 있습니다! 당신은 어제도 헛소리를 하지 않았다고 특히 그것을 주장했지요! 당신이 말하는 내용은 다 알고 있습니다! 네, 알고 말고요……. 그러나 여보시오, 로지온 로마노비치 씨, 한 가지만 더 말씀드릴 테니 들어주십시오. 만일 당신이 정말 죄가 있다든가 혹은 그 저주받을 사건에 어떤 관계가 있다면, 당신은 그것을 정신이 없어서 한 게 아니라 확실한 의식이 있어서 한 일이라고 주장할 수 있을까요? 더욱이 그것을 특별히 강조하고, 모두 제정신으로 한 일이라고 그렇게 주장할 수 있을까요? 글쎄, 그럴 수가 있을까요? 한번 생각해보십시오! 내 생각으로는 그와 정반대입니다. 만일 당신에게 어떤 약점이 있다면 당신은 무슨 일이 있더라도 사실은 정신이 없었다고 주장해야 할 것입니다. 그렇지 않았습니까? 그렇지요?"

이 물음 속에는 무언가 함정이 있는 듯한 느낌이 들었다. 라스콜리니코프는 자기 쪽으로 고개를 들이미는 포르피리를 피해서 소파 뒤에 몸을 기댔다. 그리고 아무 말 없이 망설이듯 찬찬히 상대를 살펴보았다.

"그리고 라주미힌의 일만 해도, 어제 그 친구가 나한테 온 것이 그 친구 자신의 의사였는가, 혹은 당신이 부탁했는가 하는 문제를 생각해봐도 그렇습니다. 당신의 입장으로서는 그 친구가 자기 뜻으로 온 것이 되어야 하고 만약 당신이 시켜서 왔다면 그 사실을 감추지 않으면 안 될 것입니다. 그런데도 당신은 그것을 조금도 감추지 않습니다! 뿐만 아니라 당신의 사주에 의한 것이라고까지 주장하십니다."

라스콜리니코프는 그런 것을 주장한 기억이 없었다. 오한이 등골을 스치고 지나갔다.

"당신 얘기는 모두 엉터리입니다." 라스콜리니코프는 병적인 미소로 입술을 일그러뜨리며 약한 목소리로 천천히 말했다. "당신은 또다시 내 뱃속을 들여다보며 내 대답을 미리 다 알고 있다는 것을 과시하려 하고 있습니다." 필요한 말을 적절하게 구사하지 못한다고 느끼면서 그는 덧붙여 말했다. "그리고 당신은 나를 위협하려 하고 있습니다……. 그렇지 않으면 다만 나를 조롱하는 것입니다……." 그는 상대편을 계속 지켜보고 있었다. 그러다가 갑자기 다시 힘없는 증오가 그 눈에 번뜩였다. "당신 말은 모두 엉터리야!" 라스콜리니코프는 소리쳤다. "범죄자에게는 감추지 않아도 되는 것을 되도록 감추지 않는 것이 좋은 방법이라는 것쯤은 당신도 잘 알고 있잖습니까. 나는 당신 같은 사람을 믿지 않소!"

포르피리는 소리 내어 웃기 시작했다.

"당신은 참 변덕꾸러기입니다! 당신에게는 손들었습니다. 당신은 어딘지 편집광 같은 데가 있습니다. 그래, 당신은 나를 믿지 않는다고 말씀하셨지요. 그러나 나는 그렇게 생각지 않습니다. 당신은 이미 나를 믿고 있습니다. 4분의 1아르신쯤은 믿고 있습니다. 이제 나는 1아르신 전부 믿게 하겠습니다. 왜냐하면 나는 진심으로 당신을 사랑하고 진심으로 당신의 행복을 바라니까요."

라스콜리니코프의 입술이 떨렸다.

"그렇고말고요, 당신의 행복을 바라고 있고말고요. 그래서 마지막으로 말씀드리겠습니다," 라스콜리니코프의 팔을 자못 정답게 살짝 잡으면서 그는 말을 계속했다. "분명히 말씀드리겠습니다. 병에 주의하십시오. 그리고 이제는 당신의 가족분들도 오셨으니까 그분들도 좀 생각해주셔야 하지 않습니까. 당신은 그분들을 안심시키고 위로해드려야 할 터인데, 도리어 놀라게만 하고 있으니……."

"그래, 그게 어쨌단 말입니까? 어떻게 그걸 아시지요? 왜 그런 데 흥미를 갖고 있습니까? 그러고 보면 당신은 틀림없이 내 뒤를 밟고 있군요. 그래서 그걸 내게 알리려는 거지요?"

"천만에요! 모두 당신한테서 들은 이야기가 아닙니까? 당신은 너무나 흥분한 나머지 자신의 입으로 다른 사람에게 한 말을 벌써 잊어버렸군요. 라주미힌과 자묘토프한테서도 어제 이런저런 흥미 있는 얘기를 자세하게 들었지만요. 아니, 당신이 무어라 하더라도 나는 말하겠습니다. 당신은 그 의심 때문에 예리한 기지를 가지고 있으면서도 사물에 대한 판단력조차 잃어버린 것입니다. 또 같은 얘기가 되겠습니다만, 예를 들면 그 초인종 사건만 해도 그렇습니다. 그렇게 귀중한 사실까지도 정말 굉장한 사실입니다, 나는 툭 털어놓고 이야기하지 않았습니까. 예심 판사인 내가 말입니다! 당신은 그 점을 전혀 인정하지 않으시지요? 그러나 내가 만일 조금이라도 당신을 의심하고 있다면 이러고 있을 수가 있겠습니까! 천만에요! 먼저 당신의 의심을 던 뒤, 내가 사실을 알고 있는 것 같은 내색은 손톱만큼도 하지 말아야 할 겁니다. 그리고 당신의 주의를 전혀 다른 데로 돌려놓고 당신의 표현대로 하자면 갑자기 도끼 등으로 머리를 내리치고 그리고 '대체 당신은 밤 10시, 이미 11시가 가까운 때에 살인 사건이 일어난 집에서 무엇을 했는가? 왜 초인종을 울렸는가? 무엇 때문에 피 이야기를 물었는가? 무엇 때문에 문지기를 어리둥절하게 만들어서 경찰서 부서장한테 달려가라고 했는가?' 묻습니다. 내가 조금이라도 당신을 의심하고 있다면 우선 이런 태도로 나왔을 것입니다. 그리고 정식으로 당신의 증언을 듣고 가택 수색을 하고 때에 따라서는 당신을 체포해야 할 것입니다…… 그러므로 나는 당신에게 아무런 혐의도 품고 있지 않은 셈이 됩니다. 그런데 당신은 올바른 판단력을 잃어버렸군요. 아니, 당신에게는 아무것도 보이지 않는 것이오. 이것을 거듭 당신에게 말해둡니다."

라스콜리니코프는 몸을 부르르 떨었다. 포르피리 페트로비치는 그것을 분명히 보았다.

"모두 엉터리야!" 라스콜리니코프는 부르짖었다. "당신이 무슨 목적으로 이러는지는 몰라도, 당신이 거짓말하고 있는 것만은 틀림없습니다……. 좀전까지도 당신은 그런 투로 말하지 않았습니다. 내가 오해할 리는 없습니다…… 당신은 거짓말을 하고 있습니다."

"내가 거짓말한다고요?" 포르피리는 말을 가로챘다. 그는 몸이 달아 이야기하는 것처럼 보였으나 극히 유쾌하고 비웃는 듯한 표정을 잃지 않았다. 그러면서도 라스콜리니코프가 자기에 대해 어떤 생각을 품고 있건 그런 것은 아랑곳

없다는 태도였다. "내가 거짓말한다고요? 그러면 아까 내가 당신한테 어떤 태도를 보였겠습니까? 이래 봬도 나는 예심 판사입니다. 나 자신이 당신에게 모든 변호 방법을 암시하기도 하고 털어놓기도 하지 않았습니까. 병이니 헛소리니 우울증이니 경찰 족속들이니 하는 모든 심리적 문제까지 내 입으로 말해버리지 않았습니까? 그렇지 않습니까? 하하하! 그러나 말이 나온 김에 말해둡니다만 이러한 모든 심리적 변호 방법과 구실과 회피는 전혀 효과가 없는 것입니다. '병이었다, 열에 들떠 있었다, 환상이었다. 그런 생각이 들었다, 그러나 기억이 없다.' 그것들은 모두 그러했겠지만, 그러나 그 병에 걸려 있는 동안 열 때문에 제정신이 아닐 때는 어째서 다른 환각이 아닌 그런 환각만이 아른거리지요? 다른 환각도 보임 직하잖습니까? 그렇죠? 하하하!"

라스콜리니코프는 오만하게 멸시하는 듯한 눈으로 그를 쏘아보았다.

라스콜리니코프는 벌떡 일어서는 바람에 포르피리와 부딪치자 그를 밀어젖히듯 하면서 높은 목소리로 말했다. "나는 이것을 알고 싶단 말입니다. 즉 당신은 나에 대해서는 절대로 의심할 바가 없다고 생각하시는지 그렇지 않은지, 그것을 나에게 말해주십시오. 포르피리 페트로비치 씨! 명백히 그리고 결정적으로 어서 말해주십시오. 당장 이 자리에서!"

"이거 야단났는걸! 아니, 정말 당신은 대답하기 곤란한 말만 하시는군요." 포르피리는 진정 유쾌하고 교활하면서도 조금도 걱정스러운 기색이 없는 얼굴로 외쳤다. "그런데 당신이 그런 것은 알아 뭘 합니까. 누가 당신 마음을 어지럽히지도 않았는데요. 마치 당신은 철없는 어린아이 같군요. 무엇 때문에 그처럼 신경 씁니까? 무엇 때문에 그처럼 자기가 나서야 합니까? 도대체 무슨 그럴 까닭이라도 있습니까, 네? 하하하!"

"다시 한 번 말합니다만." 라스콜리니코프는 격분해서 외쳤다. "더는 참을 수가 없습니다!……."

"무엇을 말입니까? 분명치 않다는 것을 말입니까?" 포르피리가 물었다.

"놀리지 마시오! 나는 싫습니다! ……싫단 말입니다! ……참을 수가 없습니다! 정말 싫습니다! ……듣고 있나요? 들어요?" 그는 다시 한 번 주먹으로 탁자를 쾅 치며 외쳤다.

"아, 조용히, 조용히 하십시오! 다른 사람이 듣잖습니까! 진심으로 충고하는

데 자신을 소중히 여기십시오. 농담이 아닙니다!"포르피리는 속삭이듯 말했으나, 이번에는 좀전의 부드러운 선량함이나 겁먹은 표정은 얼굴에 떠오르지 않았다. 뿐만 아니라 잔뜩 눈살을 찌푸리고 대번에 모든 비밀과 모호한 태도를 깨뜨리려는 듯이 엄하고 솔직하며 명령하는 듯한 태도가 보였다. 그러나 그것도 한순간에 지나지 않았다. 가슴이 서늘해진 라스콜리니코프는 곧 광란에 사로잡혔다. 그러나 이상하게도 그는 맹렬하게 광기에 사로잡혀 있었음에도 조용히 이야기하라는 상대의 명령에 복종했다.

"나는 남에게 놀림감이 되는 게 싫습니다!"라스콜리니코프는 갑자기 조금 전과 같은 어조로 속삭였다. 그러나 자기가 명령을 따를 수밖에 없음을 의식하고 적잖이 화가 났다. 그리고 그것을 의식하자 더욱 분노가 치밀어올랐다. "나를 체포하시오. 가택 수색을 해보시오. 단 형식에 따라서 말입니다. 놀리는 듯한 흉내는 그만둬 주십시오! 나를 놀리는 건 그만둬!"

"아니, 형식 같은 것은 염려 마십시오."포르피리는 여전히 교활한 미소를 띠고 아주 만족스러운 듯이 라스콜리니코프를 바라보며 그의 말을 가로챘다. "내가 오늘 당신을 부른 것은 어디까지나 가족적인 분위기 속에서 친구로서 부른 것입니다!"

"나는 당신의 우정 같은 건 바라지 않습니다. 바라지 않는 정도가 아니라 그런 건 침이라도 뱉어주고 싶습니다! 아시겠습니까? 자, 보시오. 그래서 나는 모자를 들고 나갑니다. 자, 체포할 생각이 있으면 무슨 말이든 좀 해보시죠."

그는 모자를 들고 문 쪽으로 걸어가려 했다.

"한 가지 뜻하지 않은 선물이 있습니다만, 그럼 보시지 않겠군요?"포르피리는 다시 그의 팔꿈치를 잡아 문 앞에 멈춰 세우며 크게 소리 내어 웃었다. 그는 분명히 유쾌한 듯하고 장난기가 있어 보였다.

그 때문에 라스콜리니코프는 완전히 격분하고 말았다.

그는 갑자기 걸음을 멈추고 놀라는 듯한 눈으로 포르피리를 바라보면서 물었다.

"뜻하지 않은 선물이란 무엇입니까? 어떤 것입니까?"

"뜻하지 않은 선물은 저기 내 방에 있습니다. 하하하!"포르피리는 자기 관사로 통하는 칸막이에 붙은 문을 손으로 가리켰다. "나는 그자가 도망치지 못하도록 자물쇠를 잠가두었지요."

"무슨 말입니까? 어디? 뭐가?" 라스콜리니코프는 그쪽으로 다가가 문을 열려고 했으나 굳게 잠겨 있었다.

"잠겨 있습니다. 여기 열쇠가 있습니다!" 포르피리는 정말로 주머니에서 열쇠를 꺼내 라스콜리니코프에게 보였다.

"모두 엉터리야!" 라스콜리니코프는 드디어 자제력을 잃고 고함치기 시작했다. "엉터리야, 이 빌어먹을 어릿광대 같으니!" 그는 소리치고 문 쪽으로 물러가다가 조금도 겁내는 빛이 없는 포르피리에게 달려들었다. "알았어, 완전히 알았다!" 그는 포르피리에게 덤벼들었다. "네놈은 엉터리 소리를 늘어놓아 내 애를 바싹 태운 다음 꼬리를 잡으려는 거지?"

"아니, 당신은 그 이상으로 꼬리를 드러낼 것이 아무것도 없소. 로지온 로마노비치, 당신은 정말 제정신이 아니오. 그렇게 큰 소리를 지르면 사람을 부르겠소."

"거짓말이야! 뭐가 나와! 사람을 부르면 될 게 아냐. 네놈은 내 병을 알고 있으니까 사람을 미치도록 놀려서 꼬리를 잡으려는 거지? 그게 네놈의 속셈이지? 그래, 무슨 증거라도 있으면 내놔! 나는 모든 걸 알고 있어! 증거 같은 게 있을 리 없지. 그저 자묘토프 식으로 어리석기 짝이 없는 시시한 추측이 있을 뿐이야! ......네놈은 내 성격을 알고 있으니까 나를 미치광이처럼 만들어 갑자기 신부니 배심원이니 하고 들춰내서는 어리둥절하게 할 셈이지? ......네놈이 기다리고 있는 건 그 사람들이지, 응? 무엇을 기다리고 있다는 거야? 어디 있단 말이야? 자, 보여줘!"

"어, 배심원은 또 뭡니까? 당신의 상상력은 대단하군요. 도대체 그래가지고야 당신이 말하듯 형식대로 하긴 다 틀렸습니다. 당신은 심리를 모르시나요....... 아니, 형식은 달아나지 않습니다. 이제 당신 자신이 스스로 알게 될 겁니다." 포르피리는 나직하게 중얼거리며 문 쪽으로 귀를 기울였다.

그러자 정말로 그 방문 쪽에서 뭐라고 떠드는 목소리가 들려왔다.

"아, 왔구나." 하고 라스콜리니코프는 소리쳤다. "네놈이 그들을 부르러 보냈지! ......네놈은 그들이 오기를 기다리고 있었던 거지! 이건 계획적이다....... 자, 모두들 이리 내놔 봐. 배심원이건 증인이건 무엇이건...... 내놔 봐. 각오는 이미 돼 있었으니까! 각오는!"

그러나 그때 기묘한 사건이 일어났다. 라스콜리니코프는 물론 포르피리도 이런 결말이 오리라고는 생각지 못했던 뜻밖의 일이었다.

6

뒷날 라스콜리니코프가 이 순간을 생각할 때, 모든 것은 다음과 같은 형태로 떠올랐다.

문 저쪽에서 들려온 목소리가 갑자기 커졌다고 생각되자 문이 빠끔히 열렸다.

"무슨 일이이야?" 포르피리 페트로비치는 못마땅한 듯이 외쳤다. "미리 주의하지 않았어······."

그 순간 대답은 없었으나, 문 저쪽에 몇 사람이 있어서 누구를 떠밀려 하는 기색이었다.

"대체 무슨 일이야?" 포르피리 페트로비치는 불안한 듯 되풀이했다.

"미결수 니콜라이를 데리고 왔습니다." 누군가가 대답하는 목소리가 들렸다.

"안 돼! 도로 데리고 가! 좀 더 기다려! ······뭣 때문에 데리고 왔나! 무슨 꼴이람!" 문 쪽으로 달려가며 포르피리가 소리쳤다.

"아니, 그게······." 다시 같은 목소리가 입을 열었으나 곧 뚝 끊어지고 말았다.

겨우 2초밖에 안 되는 사이였으나 본격적인 다툼이 시작되더니 이윽고 누군가를 힘껏 밀어젖히는 듯한 소리가 들렸다. 그리고 뒤이어 새파랗게 질린 사나이가 느닷없이 포르피리 페트로비치의 사무실로 뛰어들어왔다.

그 사나이는 모습이 얼른 보기에 무서울 정도로 이상했다. 그는 똑바로 자기 앞을 바라보고 있었으나 그의 눈에는 아무것도 보이지 않는 듯했다. 그 눈에는 결심의 빛이 떠돌고 있는 동시에 마치 형장으로 끌려가는 사람과 같은 파리한 죽음의 빛이 온 얼굴을 뒤덮고 있었다. 핏기를 잃어버린 입술은 바들바들 떨고 있었다.

아직 무척 젊은 사람으로, 평민 옷을 걸치고 머리는 짧게 깎았으며 갸름하게 마른 얼굴을 한 여윈 중키의 남자였다. 그때 그에게 떠밀린 사나이가 그의 뒤를 따라 맨 먼저 방 안으로 뛰어들어와서 그의 어깨를 잡았다. 교도관이었다. 그러나 니콜라이는 그 손을 뿌리쳐버렸다.

　문가에는 호기심에 찬 구경꾼들이 몇몇 모여 있었다. 그중 어떤 사람은 방 안까지 들어오려고 했다. 이 일은 거의 한순간에 일어난 것이었다.

　"저리 가 있어! 아직 이르다! 부를 때까지 기다려! ……어쩌자고 이 사나이를 이렇게 빨리 데리고 온 거야!" 포르피리 페트로비치는 그만 당황해서 못마땅한 듯이 소리쳤다. 그러자 니콜라이가 갑자기 그 자리에 무릎을 꿇었다.

　"뭐야?" 포르피리는 어이가 없어서 소리쳤다.

　"잘못했습니다! 제가 나빴습니다! 제가 죽였습니다!" 니콜라이는 좀 헐떡였으나 갑자기 꽤 높은 목소리로 말했다.

　잠시 침묵이 흘렀다. 모두 어리둥절한 듯이 교도관까지도 물러서서 니콜라이한테 가까이 가려는 생각도 하지 못하고 기계적으로 문 쪽으로 뒷걸음질쳐서는 우뚝 멈춰서 있었다.

　"어떻게 된 거냐?" 한순간 말문이 막혔던 포르피리 페트로비치가 정신을 가다듬고 소리쳤다.

　"제가…… 죽였습니다……." 잠시 입을 다물고 있다가 니콜라이는 다시 되풀이했다.

　"무슨 소릴…… 무슨…… 누굴 죽였단 말인가!" 포르피리 페트로비치는 분명히 당황하고 있었다. 니콜라이는 다시 잠시 동안 입을 다물고 있었다.

　"알료나 이바노브나와 그 동생 리자베타 이바노브나를 제가…… 죽였습니다……. 도끼로. 그만 환장을 했습죠……." 갑자기 그는 말하고 나서 다시 입을 다물었다. 그는 여전히 무릎을 꿇은 채였다.

　포르피리 페트로비치는 잠시 무엇을 생각하는 듯이 서 있다가 갑자기 벌떡 일어나서 손으로 구경꾼을 내쫓기 시작했다. 그들은 냉큼 쫓겨나고 문이 닫혔다.

　포르피리는, 한쪽 구석에 선 채 놀란 눈초리로 니콜라이를 바라보는 라스콜리니코프를 흘끗 보고 그쪽으로 걸음을 옮기려다가 갑자기 멈춰서 그를 바라보던 눈길을 이내 니콜라이에게로 돌렸다. 그러고는 또 라스콜리니코프를 보고 다시 니콜라이에게로 눈길을 옮기더니 갑작스레 화가 치미는 듯 니콜라이에게로 뛰어갔다.

"이놈, 환장을 했다느니 뭐니 하며 어째서 묻지도 않은 소릴 하는 거냐?" 그는 증오에 찬 어조로 소리쳤다. "나는 네가 환장을 했는지 어쨌는지 아직 묻지 않았어……. 자, 말해 봐……. 네가 죽였나?"

"제가 죽였습니다……. 다 말씀드리겠습니다." 니콜라이는 말했다.

"흠! 무엇으로 죽였는가?"

"도끼로, 전부터 준비해뒀습죠."

"덤비지 말고 말해! 그래, 혼자서 했나?"

니콜라이는 그 질문을 이해하지 못하는 듯했다.

"너 혼자 죽였는가?"

"혼자입니다, 미치카에게는 아무 죄도 없습니다. 그 친구는 아무 관계도 없습니다."

"미치카 이야긴 하지 않아도 좋아……."

"……."

"그럼, 어째서 너는 그 층계를 뛰어내려 갔나? 문지기가 너희 두 사람을 보았다고 말하던데?"

"그건 속이기 위해…… 그때…… 미치카와 함께 뛰어내려 간 것입니다." 마치 미리 외워둔 걸 암송하는 듯 좀 서둘러 니콜라이는 대답했다.

"흥, 생각대로군!" 포르피리는 증오에 찬 어조로 외쳤다. "마음에도 없는 소리를 지껄이고 있어!" 그는 혼잣말처럼 중얼거리더니 다시 문득 라스콜리니코프를 돌아보았다.

포르피리는 니콜라이에게 정신이 팔려 한순간 라스콜리니코프의 일을 잊고 있었던 모양이었다. 갑자기 그에 대한 생각이 다시 떠올랐는지 당황하는 기색이 태도에도 드러났다.

"로지온 로마노비치! 이거 참, 미안하게 됐습니다!" 포르피리는 라스콜리니코프에게로 다가갔다. "이대로라면 별 도리 없겠군요. 돌아가도록 하시오. 여기 계셔도 소용없고, 사실 뜻하지 않은 선물이로군요! 자, 어서." 그는 라스콜리니코프의 손을 잡고 문 쪽을 가리켰다.

"당신에게도 뜻밖이었던 모양이지요?" 라스콜리니코프는 아직 아무것도 분명히 알지 못했으나 아주 기운이 나서 말했다. "하기야 당신으로서도 뜻밖의 일이었겠지요. 보십시오, 손이 그처럼 떨리고 있잖습니까, 포르피리 페트로비치 씨."

"네, 떨립니다. 너무 뜻밖의 일이어서!"

그들은 이미 문 앞에 와 있었다. 포르피리는 라스콜리니코프가 어서 나가주기를 초조하게 기다렸다.

라스콜리니코프는 갑자기 생각난 듯이 말했다.

"그렇다면 뜻밖의 선물이란 것은 결국 구경할 수 없는 셈이로군요."

"그렇게 말씀하시는 당사자도 아직 이처럼 떨고 계시네요. 하하! 당신도 짓궂은 분이시군! 자, 그럼, 또 만납시다."

"아니, 나는 이것으로 마지막이라고 생각하는데요!"

"글쎄요, 하느님이 알아서 하시겠죠, 하느님이!" 이상하게 일그러진 미소를 머금으며 포르피리는 나직하게 중얼거렸다.

사무실을 지나면서 라스콜리니코프는 여러 사람들이 자기를 지켜보고 있음을 알았다.

대기실의 군중 속에서 그날 밤 경찰서로 가려고 했던 그 집의 두 문지기를 알아볼 수가 있었다. 그들은 서서 무언가를 기다리고 있었다.

그가 층계에 발을 내딛자마자 갑자기 뒤에서 포르피리의 목소리가 들려왔다. 돌아다보니 포르피리가 숨을 헐떡거리며 그를 쫓아오는 참이었다.

"한마디만 더, 로지온 로마노비치. 한 가지 일러드릴 말씀을 잊었습니다. 다른 일이야 하느님께서 알아서 하실 터이지만, 역시 정식으로 여쭤볼 일이 좀 있으리라는 생각이 들어서……. 그러니 다시 뵙게 될 것입니다. 그럼, 안녕히."

포르피리는 미소 지으면서 그 앞에 발을 멈추었다. "그렇죠." 그는 다시 한 번 덧붙였다. 그리고 무언가 더 말하고 싶은 것이 있는 듯했지만 어쩐지 머뭇거리는 눈치였다.

"포르피리 페트로비치 씨, 조금 전의 일을 용서해주십시오. 그만 지나치게 화를 냈습니다."

라스콜리니코프는 완전히 기운을 되찾자 자기의 냉정함을 뚜렷이 보여주고 싶은 심정을 억누를 수가 없었다.

"아니, 괜찮습니다, 괜찮습니다." 자못 기쁜 듯이 포르피리는 말을 받았다.

"그건 오히려 내가 할 말입니다……. 나는 가시 돋친 성질이 돼놔서요! 미안합니다, 미안해요! 자, 그럼, 또 뵙겠습니다. 하느님 뜻으로 부디 다시 뵙도록 합시다!……."

"그러면 서로를 똑똑히 알게 된다는 말입니까?" 라스콜리니코프는 말을 받아넘겼다.

"그렇지요, 서로 똑똑히 알도록 합시다." 포르피리 페트로비치는 맞장구치고 나서 눈을 가늘게 뜨며 정색하고 그를 바라보았다. "이제 명명일의 축하회에 가십니까?"

"장례식입니다."

"아 참, 장례식이었지요! 아무쪼록 몸조심하십시오. 몸을……."

"나는 뭐라고 말씀드리면 좋을지 모르겠습니다." 이미 층계를 내려가던 라스콜리니코프는 문득 포르피리 쪽을 돌아보며 말했다. "사업의 발전을, 하고 인사하고 싶습니다만, 하긴 당신 사업도 희극적이로군요!"

"어째서 희극적입니까?" 포르피리 페트로비치는 발걸음을 돌리다 말고 귀에 거슬리는 듯이 물었다.

"그렇잖습니까, 당신은 그 가련한 니콜카(니콜라이)가 자백하기까지 당신의 이른바 독특한 심리적 방법으로 괴롭혔음이 틀림없지요? 밤낮으로 '너는 살인자다, 너는 살인자다……' 괴롭혔을 것입니다. 그런데 이제 그 사나이가 자백해 버리자, 당신은 다시 '거짓말 마, 넌 살인자가 아니야! 너는 그런 일을 할 수 없어! 마음에도 없는 말 하지 마!' 하고 뼈가 녹아나도록 괴롭히려 하거든요. 자, 이래도 희극적인 사업이 아니란 말입니까?"

"헤헤헤! 그러고 보니 지금 내가 니콜라이에게 '마음에도 없는 말'이라고 한 것을 들으신 모양이로군요?"

"듣고말고요."

"헤헤! 참 예민합니다! 정말 예민합니다. 무슨 일이나 다 알고 계시니! 그야말로 빈틈없이 재주가 넘쳐 흐른다고 하겠습니다! 더구나 희극의 요령을 알고 계시거든요. 헤헤! 하기야 작가 중에서는 고골이 그런 재능이 있었다죠?"

"네, 고골이 그렇지요."

"음, 고골이라…… 자, 그럼."

"그럼 또."

라스콜리니코프는 그 길로 곧장 집으로 돌아왔다. 그는 너무 머리가 혼란스럽고 뒤죽박죽되어, 집으로 돌아오자마자 긴 의자에 몸을 던지고 조금이라도 생각을 정리해보려고 15분쯤 꼼짝 않고 있었다. 니콜라이에 관해서는 생각해보려고도 하지 않았다. 그는 심한 충격을 받았다. 니콜라이의 자백 가운데에는 무언가 지금의 자기로서는 도저히 이해하기 어려운, 그리고 설명할 수 없는 놀라운 무엇이 잠재해 있었기 때문이었다. 그러나 니콜라이의 자백은 엄연한 사실임에 틀림없었다. 이 사실이 가져오는 결과도 그는 금방 알 수 있었다. 허위는 결국 폭로된다. 그때는 다시 자기를 취조하기 시작할 것이다. 그러나 적어도 그때까지는 자유롭다. 그러니까 그동안 반드시 자기를 지키기 위한 무슨 조치를 해둬야 한다. 어차피 위험은 피할 수 없을 테니까.

하지만 그렇다 해도 위험은 어느 정도의 것일까? 사태는 차츰 분명해져 가고 있었다. 포르피리와 만났던 조금 전의 장면을 대충 생각해볼 때, 그는 두려움에 다시 한 번 몸을 떨었다. 물론 그는 아직 포르피리의 속셈을 완전히 아는 것은 아니었다. 조금 전의 그의 목적을 다 간파할 수는 없었다. 그러나 폭로된 술책만 보더라도, 포르피리의 이 '한 수'가 얼마나 무서운 것이었나 하는 사실을 어느 누구도 라스콜리니코프 이상으로 느낄 수는 없었을 것이다. 참으로 라스콜리니코프가 한 걸음만 더 내디뎠던들 그의 정체는 완전히 드러났을지도 모른다. 그의 병적인 성격을 잘 알며 첫눈에 그것을 정확하게 꿰뚫어 보고 파악한 포르피리는, 좀 지나친 데가 있긴 하나 꽤 확실한 행동을 하고 있었다. 조금 전에 라스콜리니코프가 자기 입장을 몹시 손상시킨 것은 사실이었다. 그러나 사실에 도달하기까지에는 아직 거리가 있었지만, 이들은 역시 상대적인 것에 지나지 않았다. 그러나 과연 그럴까? 과연 그는 모든 것을 이해하고 있을까? 잘못 생각하는 것은 아닐까? 오늘 포르피리는 어떤 결과로 이끌어가려고 했던 것일까? 정말 그는 오늘 무엇인가 준비하고 있었을까? 만일 그것이 사실이라면 그것은 무엇일까? 정말 그는 무엇을 기다리고 있었을까, 그렇지 않았을까? 만일 니콜라이로 인해 그 뜻하지 않았던 결말이 오지 않았다면 두 사람은 오늘 어떻게 헤어졌을까?

포르피리는 술책을 거의 다 보여주었다. 물론 그것은 모험인지 모르나 어쨌든 보여주었다. 만일 실제로 포르피리에게 무언가 그 이상의 다른 생각이 있었다면 그것까지 내보였으리라. 라스콜리니코프에게는 그렇게 느껴졌다. 그러나 '뜻하지 않은 선물'이란 대체 무엇일까? 그저 조롱하는 일에 지나지 않는 것일까, 그렇지 않으면 무슨 의미가 있는 것일까? 그 말 속에는 무슨 증거될 만한 것이나 확고한 기소(起訴) 자료 같은 것이라도 숨어 있는 게 아닐지? 그리고 어제의 그 사나이는? 그 사나이는 어디로 사라져버린 것일까? 오늘 그는 어디 있었을까? 만약 포르피리에게 어떤 증거가 있었다면 물론 어제의 그 사나이와 관련이 있을 것이다.

그는 고개를 수그린 채 팔꿈치를 무릎 위에 세워 두 손으로 얼굴을 감싸고 긴 의자에 앉아 있었다. 신경질적인 전율이 아직도 그의 온몸에 일고 있었다. 마침내 그는 모자를 집어들고 일어났다. 그리고 잠시 생각하고 나서 문 쪽으로 발길을 향했다.

왜 그런지 그는 적어도 오늘 하루만은 절대로 안전하다고 생각해도 좋다는 예감이 들었다. 갑자기 그는 희열에 가까운 감정을 마음속으로 맛보았다. 그는 한시바삐 카테리나 이바노브나한테 가고 싶었다. 물론 장례식에는 시간이 늦었지만 미사에는 늦지 않을 것이다. 그러면 거기서 소냐를 만날 수 있을 것이다.

그는 걸음을 멈추고 잠시 생각했다. 병적인 미소가 입술에 떠올랐다.

"오늘이다! 오늘이다!" 그는 혼잣말로 되풀이했다. "그렇다, 오늘이다! 반드시 그렇게 해야지……."

그가 문을 열려고 하자 갑자기 그 문이 저절로 열리기 시작했다. 그는 깜짝 놀라 뒤로 물러섰다. 문은 천천히 그리고 조용히 열리더니 갑자기 사람 모습이 나타났다. 땅에서 솟아난 듯한 바로 어제의 그 사나이였다.

사나이는 문턱 위에 서서 말없이 라스콜리니코프를 흘끗 보고는 방으로 한 걸음 들어섰다. 그는 어제와 똑같은 모습이었으나, 그 얼굴과 눈초리에는 뚜렷한 변화가 있었다. 지금 그는 어딘지 모르게 풀이 죽어 잠시 선 채 긴 한숨을 내쉬었다. 만일 그가 그 자세에서 손바닥을 한쪽 볼에 대고 고개를 한쪽으로 기울이면 영락없이 시골 여자 모습 그대로일 것이다.

"무슨 용건입니까?" 라스콜리니코프는 죽은 사람처럼 새파랗게 질려서 물었다.

사나이는 잠시 잠자코 있더니 갑자기 마루에 닿을 만큼 깊숙이 허리를 굽혔다. 적어도 오른손은 마루에 닿았다.

"왜 그러십니까!" 라스콜리니코프는 소리쳤다.

"죄송하게 됐습니다." 사나이는 기어들어가는 목소리로 말했다.

"뭐가?"

"나쁜 생각을 했었습니다."

두 사람은 서로 물끄러미 얼굴을 마주 보았다.

"난 화가 났습니다. 그때 당신이 오셔서 아마 취하셨던 것 같은데 그 집에 와서 문지기에게 경찰에 가라고 하고 피 이야기를 물어보셨지요. 그걸 그저 주정꾼의 짓으로만 생각하고 그냥 내버려둔 것이 화가 났던 것입니다. 어찌나 화가 나는지 참을 수가 없었습니다. 그러다가 당신 주소를 알아둔 것을 생각해 내고 어제 여기 와서 물어보았더니……."

"누가 왔었습니까?"

라스콜리니코프는 순간적으로 어떤 생각을 더듬으며 말을 막았다.

"접니다. 결국 당신한테는 미안한 짓을 한 거죠."

"그럼, 당신은 그 집에 있는 사람이오?"

"네, 그 집에 있었습니다. 그때 다른 사람과 같이 문가에 서 있었지요. 벌써 잊으셨소? 우리는 전부터 거기에 일터를 가지고 있습니다. 모피를 가공하는 직공이지요. 집에서 주문을 받고 있습니다……. 하지만 뭐니뭐니해도 어찌나 화가 났던지……."

이때 문득 라스콜리니코프는 그제 그 집 문간에서 일어난 일이 환하게 떠올랐다. 그때 그곳에는 문지기 말고도 몇몇 남자와 여자가 서 있던 것이 생각났다. 그리고 그때 갑자기 자기를 경찰에 데려가라고 소리친 어떤 목소리를 기억해냈다. 그 얼굴은 생각나지도 않고 지금 만나도 알 수 없지만, 그때 자기가 그쪽을 향해 뭐라고 대꾸한 기억이 남아 있었다.

그러니까 이것으로 어제의 그 공포는 완전히 없어진 셈이었다. 무엇보다도 무섭게 생각되는 것은 이런 사소한 일 때문에 하마터면 자신을 망쳐버릴 뻔했던 일이었다. 그리고 보면 셋방을 얻으려던 일과 피에 관한 이야기 말고는 이 사나이로서는 아무 말도 할 수 없었을 것이었다. 따라서 포르피리가 잡은 증거도 열에 들떠 있었던 그 행위 말고는 달리 아무것도 없을 것이다. 두 가지로 해석할 수 있는 심리 말고는 아무런 확실한 증거도 없는 것이다. 그러므로 이 이상 어떤 사실도 나타나지 않는다면…… 그런 건 나타날 리가 없다. 절대로 없다. 절대로 없다! 그때는…… 그들이 나를 어떻게 할 수 있단 말인가? 비록 체포한다고 하더라도 무슨 명목으로 나를 처벌할 수 있을 것인가? 그러고 보면 포르피리가 알고 있는, 내가 방을 구하려 했다는 사실도 지금 알게 된 것이 틀림없다. 그전에는 전혀 몰랐을 것이다.

"그럼, 오늘 포르피리에게 말한 것은 당신이었군요……. 내가 거기 갔었다는 이야기를 한 것은!" 그는 문득 머리에 떠오른 생각에 놀라면서 외쳤다.

"어디 계시는 포르피리 말씀입니까?"

"예심 판사 말이오."

"네, 제가 말했습니다. 문지기들이 가지 않겠다고 하기에 제가 갔습니다."

"오늘 말입니까?"

"당신이 가시기 바로 전입니다. 거기서 당신이 추궁당하는 것을 다 듣고 있었습니다."

"어디서, 무엇을, 언제?"

"역시 거기죠. 그 칸막이 뒤에서. 나는 내내 거기 서 있었습니다."

"뭐라고요? 그럼, 뜻하지 않은 선물이란 당신이었군그래! 아! 세상에 이런 일도 있을 수 있을까?"

직공이 다시 말을 시작했다. "문지기들이 제 말을 듣지도 않고, 이젠 늦었으니 바로 알리지 않았다고 야단이라도 맞으면 손해라고 하면서 가려 하지 않기 때문에 화가 나서 잠을 이룰 수가 없었습니다. 그래서 나름대로 여러 가지로 조사를 했는데 어제야 조사가 끝났으므로 오늘 찾아갔던 것입니다. 처음 갔을 때 그 사람은 없었습니다. 한 시간 뒤에 갔더니 그때도 만나주지 않았습니다. 그래서 세 번째에야 겨우 만났습니다. 나는 모든 걸 사실대로 말했지요. 그러자 그 사람은 방 안을 이리저리 왔다갔다하고 주먹으로 자기 가슴을 치며 말하더군요. '쳇, 멍텅구리 같은 녀석들아, 네놈들은 나를 무슨 꼴로 만들 작정인가. 그런 걸 진작 알았더라면 녀석에게 호위를 딸려서 잡아왔을 텐데!' 말씀하시더군요! 그러고는 달려가 누구를 부르더니 그 사람과 한구석에서 쑥덕거리고 나서 다시 내 곁으로 와 물어보고 야단치고 했습니다. 나는 모든 걸 말했습니다. 어제 당신이 내게 한 이야기에 대해서 나는 아무 말도 하지 않았으며, 당신은 내가 누군지 몰랐다는 이야길 했죠. 그때도 그 사람은 방 안을 뛰어다니면서 자기 가슴을 치며 화를 내기도 하고 그러다가는 다시 뛰어다녔습니다. 그러다가 당신이 왔다는 말을 듣고는 '저 칸막이 뒤에 숨어 있어. 어떤 말을 들어도 절대로 움직여서는 안 된다.' 하고 말하면서 자기 손으로 의자를 날라다주고 문을 잠가버렸지요. 어쩌면 너도 신문할지 모른다고 하면서. 그런데 니콜라이가 끌려나오자 당신이 가신 뒤에 나를 돌려보내줬습니다. 그리고 다시 불러 신문해도 될 거라고 말했습니다⋯⋯."

"니콜라이는 당신 앞에서 신문당했소?"

"당신을 보내자, 나도 곧 돌려보내고 나서 니콜라이를 신문하기 시작했습니다."

직공은 말을 끊고 나서 갑자기 손 끝이 마루에 닿도록 또 절을 했다.

"이렇게 나쁜 짓을 하고 중상한 저를 용서해 주십시오."

"하느님이 용서해 주시겠지요."

라스콜리니코프는 대답했다.

그러자 직공은 마룻바닥까지는 아니지만 허리께까지 머리를 숙이고 나서 천천히 몸을 돌려 방을 나갔다.

"자, 이제 모든 것이 더 애매해졌다. 모든 게 아무렇게나 해석할 수 있게 애매한 것이 되어버렸다."

라스콜리니코프는 자기 자신에게 확인하듯 말하고 나서는 그 어느 때보다도 힘차게 방을 나섰다. 그는 층계를 내려가면서 증오에 찬 미소를 지으며 말했다.

"자, 이제부터 싸워야지."

그 증오는 자기 자신에게 던져진 것이기도 했다. 그는 자기의 '소심함'을 경멸과 수치가 뒤섞인 심정으로 상기하고 있었다.

5 기괴한 음모 고독한 사람들

1

두냐와 풀리헤리야 알렉산드로브나를 상대로 하여 서로 옥신각신 운명을 좌우하는 담판을 하고 난 다음 날 아침, 루진은 술이 깨는 듯한 느낌이 들었다. 그가 다시없이 불쾌하게 느낀 것은 이미 일어나버린 그 사건을, 말하자면 어제까지는 비현실적으로 느끼고, 또 있을 수 없는 것처럼 생각하던 일을 이미 뒤바꿀 수 없는 기정사실로서 인정해야 한다는 사실이었다. 상처받은 자존심의 검은 뱀이 밤새도록 그의 심장을 핥으며 괴롭히는 것이었다. 잠자리에서 일어나자 루진은 곧 거울을 들여다보았다. 하룻밤 사이에 마음이 복잡해 황달이라도 걸리지 않았을까 걱정스러웠기 때문이다. 그러나 아직까지는 아무렇지도 않았다. 요즘에 와서 조금 살이 오르기 시작한 귀족적이고 하얀 자기 얼굴을 바라보면서, 어쩌면 두냐보다 훌륭한 신붓감을 구할 수 있으리라는 확신이 생겨 잠시 동안 자기 자신을 위로해보기까지 했다. 그러나 곧 제정신이 들자 옆에다 침을 퉤 뱉어버렸다. 이 때문에 한방에 있는 친구 안드레이 세묘노이치 레베쟈트니코프는 자기도 모르는 사이에 냉소를 지었다.

재빨리 그 사실을 눈치챈 그는 이 젊은 후배와의 마음속 장부에 그 조소를 연결시켰다. 요즘에 와서 그는 이 젊은 후배에게 빌려준 돈이 꽤 많다는 생각이 들자, 문득 어제 이 사나이에게 그녀들과 만난 면담의 결과를 이야기해준 것은 서투른 짓이었다고 여겨져 불쾌한 감정이 점점 더해갔다. 그것은 그가 흥분해서 홧김에 저지른 어제의 두 번째 실수였……. 그리고 오늘 아침에도 누가 일부러 그렇게 하기라도 한 것처럼 불쾌한 일만 자꾸 일어났다. 대법원에서도 그가 지금까지 담당하던 사건이 실패로 돌아갔다. 특히 다가온 결혼을 위해 세를 얻은 집이 그의 마음을 초조하게 만들었다. 자기 돈을 들여 수리까지

해놓은 그 집의 주인은 돈을 많이 번 독일인 직공이었는데, 계약을 취소해달라고 해도 말을 듣지 않을 뿐만 아니라 거의 새 집이나 다름없이 손질한 집을 그대로 돌려주겠다는데도 계약서에 쓰인 위약금 전액을 요구했다. 가구점 주인도 마찬가지였다. 사기는 했으나 아직 배달도 되지 않은 물건의 선금을 한 푼도 돌려주려 하지 않았다. '가구 때문에 일부러 결혼할 수는 없는 일이 아닌가!' 하고 루진은 혼자 이를 갈면서 억울해했다. 그러자 그와 동시에 다시 한 번 헛된 희망이 그의 머리를 스치고 지나갔다. '정말 그 이야기는 수습할 수 없을 만큼 틀어져버리고 만 것일까? 정말 다시 한 번 어떻게 해볼 수는 없을까?' 두냐 일을 생각하면 그의 마음은 다시 유혹적인 자극에 들쑤셔지는 듯했다. 그는 괴로운 마음으로 이 순간을 보냈다. 만약 지금 루진이 자기 마음대로만 할 수 있다면 라스콜리니코프를 없애버렸으리라.

'실수는 그것뿐이 아니다. 그 두 사람에게 돈을 한푼도 주지 않은 것도 실책이다' 그는 침울한 마음으로 레베쟈트니코프의 방으로 돌아가면서 생각했다. '제기랄, 어째서 나는 유대인 같은 짓을 했을까? 참으로 계획 없이 행동했다! 그 두 여자를 좀 더 곤경에 빠뜨려서 나를 하느님같이 생각하도록 만들려고 한 것인데, 그것이 그만 이렇게 되고 말았으니……. 쳇! ……만약 그 두 사람에게 지참금이나 선물 명목으로 함이나 화장함(化粧函), 보석, 옷감 등을 크노프 상점이나 영국 상점에서 살 수 있도록 1천5백 루블쯤 주었던들 이 일은 좀 더 깨끗이…… 더 확실하게 성사되었을 것! 그리 간단히 파혼할 수는 없었을 텐데! 그런 부류의 사람들은 파혼하는 경우에는 반드시 선물이며 돈을 돌려보낸다는 것을 괴로워하기도 하고 아까워하기도 하는 법이지. 그리고 양심이 허락하지 않아 지금까지 그처럼 친절하게 돌봐준 사람을 그렇게 쉽사리 쫓아낼 수는 없었을 거야…… 흠! 내가 큰 실수를 했군!' 이런 생각이 들자 루진은 다시 한 번 이를 갈면서 자기 자신을 바보라고 나무랐다. 물론 이것은 마음속으로만 이었다.

이러한 결론에 도달하면서 그는 초조한 마음으로 집으로 돌아왔다. 그러나 돌아올 때는 기분이 더 나빠져 있었다. 카테리나 이바노브나의 방에서 치러지고 있을 추도식 준비는 얼마쯤 그의 호기심을 끌었다.

그는 어제부터 이 추도식 이야기를 들었으므로 자기도 거기에 초대받았으리라 예상했으나, 자신의 분주한 일 때문에 다른 일에는 전혀 생각이 미치지 못했던 것이다. 그래서 그는 묘지에 가 있는 카테리나 이바노브나 대신 빈 집을 봐주고 식사 준비를 하면서 탁자 주변을 바삐 돌아다니는 리페베프첼 부인에게 물어서 추도식이 성대히 거행되며, 같은 집에 사는 사람들은 거의 모두 초대받았다는 사실을 알았다.

그중에는 고인과 안면이 없는 사람도 끼어 있으며, 카테리나 이바노브나와는 싸움까지 한 적 있는 안드레이 세묘노이치 레베쟈트니코프조차 초대되어 있었다. 그리고 마지막으로 그 자신, 루진도 초대했을 뿐 아니라 이 집에 세들어 있는 사람들 가운데 가장 귀한 손님으로서 와주기를 간절히 바란다는 이야기를 들었다. 또 아말리야 이바노브나 리페베프첼 자신도 지금까지의 불쾌했던 일을 잊어버리고 정중하게 초대되어 있었다. 그래서 그녀는 지금 그것을 마음속으로 기꺼이 생각하여 주인 대신 열심히 일을 돌보며 상복이긴 하나 비단옷으로 단장하고 아주 자랑스럽게 과시하고 있었다. 이런 정보들을 입수하자 루진은 어떤 생각이 떠올랐다. 그는 생각에 잠겨 자기 방으로, 즉 안드레이 세묘노이치 레베쟈트니코프의 방으로 들어왔다. 초대받은 사람들 가운데 라스콜리니코프도 끼어 있음을 알았기 때문이다.

안드레이 세묘노이치는 어찌 된 일인지 이날 아침은 자기 방 안에만 틀어박혀 있었다. 이 사나이와 루진 사이에는 어떤 묘한, 그러나 어떤 점에서는 자연스러운 관계가 이루어지고 있었다. 루진은 이곳으로 이사온 그날부터 한없이 그를 멸시하고 증오도 해왔지만 동시에 그를 좀 두려워하기도 했다. 그가 페테르부르크에 도착하자마자 이 사나이의 집에 방을 얻은 것은 생활비를 아끼기 위해서만은 아니었다. 물론 그것이 중요한 원인이기는 했으나 거기에는 또 다른 이유가 있었다. 루진은 지난날 자기가 시골에 있을 때 가르친 제자였으며 보증인이 되어준 바 있는 안드레이 세묘노이치가 가장 급진적인 진보주의자의 한 사람으로서, 듣기만 해도 놀랄 만한 어떤 단체의 중요한 역할을 하고 있다는 소문을 들어왔다. 이 소문은 루진을 놀라게 했다. 강력하고도 모든 것을 알고 모든 것을 멸시하는 단체, 그리고 모든 사람을 폭로하는 단체는 이미 오래전부터 그를 위협하고 있었다. 그것은 무언가 특수하고 막연한 공포였다. 그때는 그가 시골에 머물 때라서 이러한 종류의 것에 대해서는 정확한 이해는커녕 이해 비슷한 것조차도 없었다. 그도 다른 사람들처럼 페테르부르크에는 진보주의자라든지 허무주의자라든지 폭로주의자 또는 그 밖의 무리들이 있다는 말을 들었다. 그리고 많은 사람들처럼 이것들의 성격이나 의의를 어리석게도 과장하고 곡해한 것이다. 요 몇 년 동안 그가 가장 두려워한 것은 이 폭로주의자로서, 이것이야말로 그가 자기의 사업을 페테르부르크로 옮기려는 계획과 공상을 할 때마다 그를 끊임없이 불안의 구렁텅이로 몰아넣는 근본 원인이었다. 그 점에서 그는 어린아이처럼 무척 겁을 내고 있었다. 그가 시골에서 자기 경력을 쌓기 시작할 무렵, 그는 그때까지 자기가 의지하던 현의 유력자이며 또 그의 보호자였던 사람이 무참하게도 폭로의 희생자가 된 일을 두 번씩이나 보았다. 그리고 그중 한 사람은 추문에 휩싸여 현을 저버렸고, 또 다른 한 사람은 자칫 잘못하면 아주 시끄러운 일을 일으킬 뻔했었다. 그러므로 루진은 페테르부르크에 도착하자마자 그 진상을 파악하고, 경우에 따라서는 선수를 써서 그들 '새로운 세대'에 알랑거려보려고 마음먹었던 것이다. 그래서 그는 안드레이 세묘노이치 레베쟈트니코프에게 기대를 걸고 있었다. 그래서 라스콜리니코프를 방문했을 때만 하더라도, 그는 이미 들은 풍월로 그렇게 판에 박힌 듯한 말을 쓸 수 있는 정도가 되었던 것이다.

물론 그는 레베쟈트니코프가 더할 나위 없이 단순하고 평범한 사람이라는 것을 재빨리 알아차렸다. 그렇다고는 해도 그는 레베쟈트니코프가 결코 자신이 마음 놓을 수 있는 상대가 아니라는 것도 금방 깨달았다. 만약 그가 레베쟈트니코프처럼 진보주의자란 모두 바보라고 확신하게 되더라도, 짐짓 그의 불안은 그리 쉽게 사라지지는 않을 것이다. 안드레이 세묘노이치는 언제나 그에게 교의(敎義)라든가 사상이나 체계를 무기로 하여 대들었지만 그런 것들은 그에게 전혀 관심이 없는 일들이었다.

그에게는 그 나름의 목적이 있었다. 그는 그저 다음과 같은 것을 한시바삐 알고 싶을 뿐이었다. 즉 거기에서는 어떠한 일이 어떻게 일어나고 있는가? 그 사람들은 진정 실력이 있는가, 어떤가? 거기에는 과연 자기가 두려워할 만한 것이 있는가? 만약 자기가 무슨 일을 시작한다면 그들이 자기를 폭로할 것인가? 만일 폭로한다면 대체 무엇에 대해서일까? 대체로 요즘은 무엇을 폭로하는가? 뿐만 아니라 그들이 정말로 힘을 가지고 있다면, 교묘하게 그들과 접촉하여 그들을 한번 골탕 먹여 줄 수는 없을 것인가? 그리고 이것이 필요한 일인가 그렇지 않은 일인가? 그들을 이용하여 어떻든 자기 출세에 힘이 되도록 할 수는 없는 것일까? 그의 앞에는 수많은 의문이 놓여있었다. 레베쟈트니코프는 어떤 관청에 근무하고 있는 아주 심한 선병질(腺病質)의 키 작은 사나이로서 남달리 머리카락이 누르스름했으며, 위가 가늘고 밑이 둥그스름한 황갈색 구레나룻을 늘 자랑스럽게 여겼다. 게다가 그는 늘 눈병을 앓았다. 본디는 꽤 소심한 편인데도 말하기 시작하면 자신만만해져서, 때로는 지나칠 만큼 거만하게 지껄이기도 했다. 그것은 그의 허약한 몸집과 대조되어 언제나 우스꽝스러운 느낌을 주곤 했다. 그러나 아말리야 이바노브나의 셋방 사람들 중에서 그가 가장 성실한 편으로 알려져 있었다. 술주정도 없고, 방세도 꼬박꼬박 물었기 때문이다. 이러한 성격이면서도 그는 어딘지 모자라는 데가 있었다. 그가 진보주의나 '새로운 세대'에 합류하고 있는 것도 실은 겉멋에 지나지 않았다. 이 사나이는 별 고민 없이 최신 유행의 사조에 빠져버리고, 곧 그것을 속화(俗化)하여 때로는 가장 성실하게 봉사하면서도 모든 것을 희화화(戱畵化)해버리는 수많은 속된 인간의 하나요, 그리고 무엇 하나 제대로 배우지 못하는 저능아 가운데 한 사람이었다.

그러나 레베쟈트니코프는 아주 좋은 사람이었음에도 지금은 자기의 동거인이며 이전에는 자기의 보호자였던 루진에게 싫증을 내기 시작하고 있었다. 그렇다고 해서 서로가 어떤 속셈을 드러내보인 것은 아니었다. 자연스럽게 그런 마음이 굳어지고 만 것이었다. 레베쟈트니코프가 아무리 둔한 인간이라 해도 루진이 자기를 이용하고 있으며 마음속으로는 은근히 멸시하고 있다는 것, 그리고 실제로는 좋은 사람이 아니라는 것을 차츰차츰 깨달은 것이다. 그는 푸리에의 이론과 다윈의 학설을 루진에게 설명해주려 했으나, 특히 요즘에 와서 루진은 몹시 비웃는 태도로 들을 뿐 아니라 때로는 욕지거리마저 서슴지 않던 것이다. 그것은 루진 쪽에서 상대편의 정체를 꿰뚫어 보았기 때문이기도 했다. 즉 레베쟈트니코프는 단순히 머리가 둔한 속물일 뿐만 아니라 어쩌면 거짓말쟁이요, 자기네 모임에서도 아무 중요한 자리도 차지하지 못하고 그저 다른 사람한테 들은 말을 되풀이할 뿐이라는 것이었다. 그것도 횡설수설하는 식으로 자기 자신의 선전 사업도 할 줄 모르는 엉터리여서 폭로주의자가 되기에는 어림도 없어보였다. 이야기가 나온 김에 몇 마디 더 하자면, 루진은 처음 일주일 반 동안은 레베쟈트니코프가 퍼붓는 이상한 찬사까지도 감수했다. 이를테면 레베쟈트니코프가 어느 상가에 새로운 '공산자치단체'를 창설하는 경우 루진이 그 건설에 힘을 다할 것이라든지, 또는 결혼하자마자 두냐가 애인을 만들려고 마음먹는다 하더라도 루진은 그 일을 방해하지 않을 것이라든지, 또 앞으로 태어날 자식에게도 세례를 받게 하지 않을 것이라는 등 온갖 말을 했으나, 그는 이렇다 할 대꾸도 없이 잠자코 듣고만 있었던 것이다. 즉 루진은 여느 때의 버릇대로 자기에 관해서 어떤 말을 하든지 항의하지 않고, 또 어떠한 칭찬을 받더라도 잠자코 듣고 있었다. 그만큼 그로서는 온갖 처사가 마음에 들었던 것이다.

루진은 그날 아침, 웬일인지 5푼 이자가 붙은 증권을 몇 장 바꾸어 와서 탁자 앞에 앉아 지폐와 채권 다발을 계산하고 있었다. 그때까지 돈이라는 것을 가져본 적이 없는 레베쟈트니코프는 방 안을 왔다 갔다 하면서 그런 돈뭉치쯤은 아무렇지도 않다는 듯이 경멸의 눈길을 보냈다. 그러나 루진은 레베쟈트니코프가 이토록 많은 돈을 정말 무관심하게 보고 있다고는 결코 생각하지 않았다. 또 레베쟈트니코프는 상대가 자기에 관해서 그런 생각을 품고 있다는 것을 알고 있어, 결국 루진이 이쪽의 무력함과 두 사람 사이에 현격한 차이가 있다는 것을 보여주기 위해 돈뭉치로 젊은 자기의 마음을 들뜨게 하고 비웃을 수 있는 기회가 온 것을 기뻐하고 있을지도 모른다고 생각하고 있었다.

레베쟈트니코프는 루진 앞에서 새로운 특별 '공산자치단체' 건설이라는 자기가 좋아하는 문제를 꺼내려고 했으나, 오늘은 상대편이 전에 없이 초조해하고 거의 관심을 보이지 않는다는 걸 깨달았다. 주판알을 튕기면서 뱉는 루진의 간단한 항의와 비평은 너무나 속이 빤히 들여다보이는 의식적인 모욕과 조소로 가득했다. 그러나 '휴머니스트'로 자처하는 레베쟈트니코프는 루진의 이러한 정신 상태를 루진이 어제 두냐와 파혼한 탓으로 돌리고 한시바삐 그 문제를 이야기해보고 싶은 희망에 불탔다. 그는 이 문제가 존경하는 친구를 위로해줄 뿐만 아니라, 앞으로 루진의 정신적 발달에 반드시 이익이 될 만한 진보적이며 선전적인 가치가 있다고 생각했던 것이다.

"대체 거기서는 어떤 추도식이 있는가? 저…… 과부의 집에서는?" 하고 루진은 레베쟈트니코프의 말이 가장 중요한 대목에 이르렀을 때 가로채며 갑자기 물었다.

"아직도 전혀 모르고 계시는 것 같군요. 바로 어제 제가 그것을 주제로 해서 그러한 종교적 의식에 대한 의견을 말씀드리지 않았습니까……. 그리고 그 여자가 당신도 초대하지 않았습니까……. 그걸 저도 들었습니다. 당신도 그 여자와 이야기하고 계셨으면서, 뭘……."

"나는 설마 그 가난뱅이 바보 여자가 또 다른 바보 녀석 라스콜리니코프한테서 받은 돈을 몽땅 추도식에 써버리라고는 꿈에도 생각지 못했네. 지금 그 곁을 지나오면서 깜짝 놀랐지 뭔가. 준비가 대단하던데, 술이니 뭐니 하며!…… 손님도 여럿 청하고. 대체 무슨 법석이지!"

루진은 무슨 속셈이 있는지 이런저런 질문을 하면서 그를 이 화제에 끌어들였다. 갑자기 그는 고개를 치켜들며 덧붙였다.

"뭐, 나도 초대받았다고? 언제지, 그게? 잘 생각이 나지 않는걸. 하기야 어차피 가지는 않을 테지만. 내가 가서 뭘 하겠어? 그저 어제 잠깐 지나가는 길에 그 가난한 관리의 부인더러 어쩌면 부조 명목으로 연금을 받을지 모르겠다는 말을 해주었을 뿐인데. 그럼, 그 여자가 나를 초대한 것은 그 때문이 아닐까? 허허허!"

"나도 갈 생각이 없습니다." 레베쟈트니코프가 말했다.

"그야 그럴 테지! 그 여자를 때렸으니 꺼리는 것은 당연한 일이지. 허허허!"

"누가 누구를 때렸단 말입니까?" 레베쟈트니코프는 안절부절못하며 얼굴을 붉혔다.

"자네지. 자네가 카테리나 이바노브나를 한 달 전에 때리지 않았나? 어제 부인한테서 들었네. 그래, 그것이 바로 자네들의 신조라는 거지……. 부인 문제라니 배꼽이 웃을 노릇이군. 하하하."

말을 마치자 루진은 마음이 좀 가라앉았는지 다시 주판알을 튕기기 시작했다.

"그건 모두 터무니없는 중상입니다!" 이 이야기가 나올까 봐 줄곧 전전긍긍하던 레베쟈트니코프는 버럭 화를 내며 소리쳤다. "그 이야기는 사실과 전혀 다릅니다. 그건 다른 이야기입니다. 당신이 잘못 전해들은 것입니다. 정말 밑도 끝도 없는 이야기입니다! 나는 그때 방어 태세를 취했을 뿐입니다. 그 여자가 먼저 덤벼들어 할퀴려 하고…… 내 턱수염을 잡아뜯었지요……. 누구나 자기 인격을 옹호한다고 해서 나쁘다고 할 수는 없잖습니까? 그리고 나는 누구든지 폭행을 하는 것을 용서하지 않으니까요……. 원칙적으로 말입니다. 만일 그걸 허용한다면 그건 이미 전제주의나 다를 바 없으니까요. 그때 나는 대체 어떻게 하는 게 옳았습니까? 그저 멍청하게 그 여자 앞에 서 있어야 했을까요? 나는 다만 그 여자를 조금 밀어냈을 뿐입니다."

"허허허!" 루진은 기분 나쁜 웃음을 터뜨렸다.

"당신은 화를 견딜 수 없으니까 나한테 화풀이를 하시는군요……. 그것은 쓸데없는 이야기며 부인 문제하고는 조금도 관련이 없습니다. 당신은 오해하시는 겁니다. 나는 그때 부인들이 모든 점에서, 체력까지도 동등하다면, 그런 경우에도 평등해야 한다고 생각했으니까요. 물론 뒤에 나도 그런 문제는 본질적으로 가능하지 않다고 결론을 내렸지만 말입니다. 왜냐하면 싸움이라는 것은 결코 있어서는 안 되며 앞으로의 사회에서는 생각할 수도 없는 것이기 때문입니다……. 게다가 싸움에서 평등을 말한다는 건 우스운 일이니까요. 나도 그렇게 바보는 아닙니다……. 하기야 아직 싸움이란 것은 있습니다……. 앞으로는 없어지겠지만 현재로서는 말입니다. 에이, 제기랄! 당신과 이야기하고 있으면 이상하게도 엉뚱한 데로 빗나가버리고 말거든! 결국 내가 추도식에 가지 않는 것은 그런 불쾌한 일이 있었기 때문이 아닙니다. 다만 내 주의에 따라서 가지 않는 것이지요. 추도식이라는 저속한 편견에 참여하기 싫어서입니다. 그저 그뿐입니다! 하기야 가도 상관은 없겠지만, 간다면 그저 웃어주기 위해서일 뿐입니다……. 그런데 유감스럽게도 추도식에 사제는 한 사람도 오지 않을 것입니다. 사제라도 온다면 꼭 가겠는데요."

"그러면 남의 집 잔치에 가서 대접받은 음식에 침을 뱉고 초대해준 사람에게도 침을 뱉는다, 그런 말이로군?"

"아니, 침을 뱉어주겠다는 건 절대로 아닙니다. 그저 항의를 한다는 것입니다. 나는 유익한 목적을 가지고 있으니까요. 나는 계몽과 선전을 간접적으로 도울 수 있는 것입니다. 사람이란 누구나 계몽하고 선전할 의무가 있습니다. 그것은 강하면 강할수록 좋을지 모르겠습니다. 나는 사상의 씨를 뿌릴 수 있습니다……. 그 씨앗으로부터 사실이 생겨납니다. 어째서 내가 그들을 모욕하는 게 됩니까? 하긴 처음에는 화를 낼지도 모르겠으나 차츰 내가 자기들에게 이익을 가져다준다는 것을 깨달을 겁니다. 우리 친구 중에 체레뇨바라는 여자가 있는데 그녀가 집을 뛰쳐나와서…… 어느 남자에게 몸을 맡겼을 때, 자기 부모에게 편견 속에서 살아가기는 싫으니까 자유 결혼을 한다고 편지를 보냈거든요. 그런데 그건 너무 난폭한 짓이다, 부모가 충격을 덜 받도록 좀 더 관대하고 좀 더 부드럽게 써야 한다고 그 여자를 비난하는 사람도 있었습니다. 그러나 그런 것은 다 쓸데없는 일이며, 부드럽게 쓸 필요는 없다는 것이 내 생각입니다. 오히려 그럴 때는 항의할 필요가 있는 것입니다. 저 바렌츠 같은 여자는 7년 동안이나 남편과 함께 살고 나서, 두 아이를 버리고 편지 한 장으로 남편에게 이렇게 선고하지 않았습니까. '나는 당신과 함께 있어서는 행복해질 수 없다는 것을 깨달았습니다. 나는 당신이 공산자치단체라는 색다른 사회 조직이 있음을 나에게 숨기고 속여왔다는 사실을 결코 용서할 수 없습니다. 나는 요즘 그러한 것의 존재를 어떤 훌륭한 사람한테서 들었기 때문에 그분에게 몸을 맡겨 함께 공산자치단체를 조직하기로 했습니다. 당신을 속이는 것은 파렴치한 일이라고 여겨지기 때문에 솔직하게 말씀드리는 것입니다. 당신은 좋을 대로 하세요. 그러나 저를 다시 데려가려는 생각은 하지 마세요. 그것은 이미 늦었습니다. 행복을 빕니다.' 그런 종류의 편지는 이렇게 써야 합니다!"

"그 체레뇨바라는 여자는 언젠가 자네가 세 번째 자유 결혼을 했다고 한 그 여자가 아닌가?"

"엄격히 판단한다면 겨우 두 번째지요! 그러나 그것이 네 번째건 다섯 번째건 그런 것은 아무래도 상관이 없습니다. 내가 만약 부모님이 돌아가신 것을 유감으로 생각한 적이 있다면, 바로 지금입니다. 만일 부모님이 살아계시다면 심한 반항으로 가슴을 아프게 해 줬으리라는 공상을 얼마나 했는지 모를 정도니까요! 사실 나는 일부러라도 그렇게 했을 겁니다……. 아이는 이른바 '떨어진 빵조각'이며, 다시 부모의 품 안에 돌아갈 수 없다는 그런 생각은, 쳇, 틀렸습니다! 나는 부모님에게 보여주고 싶었습니다. 깜짝 놀라게 해주고 싶어요. 정말 부모가 없는 게 유감입니다."

"깜짝 놀라게 해줄 상대가 없어서라, 허허허! 그건 좋도록 하게." 루진이 말을 막았다. "그건 그렇고, 한 가지 물어보고 싶네만, 자네는 그 죽은 관리의 딸을 알고 있겠지? 무척 약해보이는 여자 말이야! 그 딸에 대해서 한 말은 모두 사실인가?"

"그게 어쨌단 말입니까? 내 생각으로는, 내 개인의 신념으로 말한다면 그녀는 여자로서 가장 정상적인 상태입니다. 어째서 그게 나쁜 겁니까? 즉 distinguons[1]입니다. 그야 현재 사회에서는 물론 정상적인 것이 아닙니다. 왜냐하면 현재는 강제적이니까요. 그러나 미래 사회에서는 완전히 정상적인 것이 됩니다. 왜냐하면 그때는 자유로운 상태에 있게 되니까요 . 하긴 지금도 그녀에게 그만한 권리가 부여되어 있습니다. 그녀는 괴로워하지만 그것은 그 여자의 기금(基金), 말하자면 밑천이니까 본인이 그것을 마음대로 할 권리를 가지고 있는 것입니다. 물론 미래 사회에서는 기금이 필요 없게 될 것입니다. 소피야 세묘노브나 개인에 관해서 나는 그 여자의 현재의 행위를 사회 제도에 대한 용감하고 인격화된 반항이라고 보고 있습니다. 그래서 나는 그녀를 깊이 존경합니다. 그 여자를 보기만 해도 정말 즐거워질 정도랍니다!"

"그렇지만 그렇게 말하는 자네 자신이 그 아가씨를 이 방에서 내쫓은 장본인이라고 들었는데!"

레베쟈트니코프는 격분해서 소리쳤다.

"그것도 중상입니다! 사실은 전혀 다릅니다. 절대로 그런 게 아닙니다. 그것은 그때 카테리나 이바노브나가 영문도 모르고 엉터리로 지껄인 거랍니다. 내가 소피야 세묘노브나에게 구애(求愛)하다니, 당치도 않은 소릴! 나는 그저 사심 없이 그녀에게 반항심을 일깨워주기 위해 노력하고 그녀의 정신적인 발전을 꾀했을 뿐입니다……. 나에게는 다만 반항심만이 필요했던 것입니다. 그리고 소피야 세묘노브나 자신도 이젠 더 이상 집에 있을 수가 없었던 게 아닙니까?"

"공산자치단체에 들라고 꾀지 않았나? 그렇지?"

"당신은 뭐든지 넘겨짚으시는데, 내가 한마디 한다면 그 넘겨짚는 방법이 무척 서투르군요. 실례지만 주의하라는 말씀을 드리고 싶습니다. 사실 당신은 아무것도 모릅니다! 공산자치단체에서는 그런 일을 하지 않습니다. 오히려 공산

---

1) 특성.

자치단체는 그런 일을 없애기 위해서 설립된 것입니다. 공산자치단체에서는 지금까지의 본질을 송두리째 바꾸었습니다. 여기서 우둔했던 것도 거기 들어가면 현명해지고, 지금 자연스럽지 못한 것도 거기서는 자연스러운 것이 되어버립니다. 즉 모든 것은 사람이 어떤 환경에서, 어떤 사회에서 살고 있는가에 달려 있습니다. 모든 일은 환경에 달려 있는 것이기 때문에 인간 그 자체는 문제가 되지 않습니다. 소피야 세묘노브나와 나는 지금까지도 친밀하게 교제하고 있습니다만, 이것이야말로 그녀가 한 번도 나를 자기의 적이라든가 모욕을 준 당사자라고 생각한 일이 없다는 증거가 아니고 무엇이겠습니까. 그렇고말고요! 나는 지금 그녀에게 공산자치단체에 가입하도록 권유하고 있습니다. 그러나 그것은 전혀 다른 기초 위에 선 공산자치단체입니다. 당신은 무엇이 우스워서 그럽니까? 우리는 지금 종전의 것보다 한층 넓은 기초 위에 선 특수한 공산자치단체를 창설하려 하고 있습니다. 우리는 신념에 따라서 한 걸음 더 나아가고 있습니다. 우리는 더 많은 것을 부정하고 있습니다! 만약 도브롤류보프[2]가 관속에서 살아나온다면 나는 녀석을 한바탕 골탕 먹여 보겠습니다. 벨린스키[3] 따위는 말할 것조차 없이 추방이죠! 그러나 지금은 소피야 세묘노브나에게 계몽을 계속하렵니다. 그녀는 참으로 아름다운 마음씨를 가진 여자니까요!"

"결국 그 아름다운 마음씨를 노리려는 거군, 응? 하하!

"아니오! 절대로 아닙니다! 그와 정반대입니다!"

"흠, 정반대라! 하하하! 말 한번 잘했군!"

"정말입니다! 내가 당신에게 숨길 일이 뭐가 있겠습니까? 좀 생각해보십시오! 사실 이상하게도 그녀는 내 앞에 서면 굳어져서 순결하게 느껴질 만큼 수줍어한답니다!"

"그래서 자네가 물론 계몽해주는 셈이지…… 허허! 그런 수줍음도 결국 무의미하다는 것을 증명해 보이는 것이겠지?"

"다릅니다! 전혀 다릅니다! 어째서 당신은 계몽이라는 말을 그렇게 저속하고 어리석게 해석하십니까? 당신은 아무것도 모릅니다! 아, 당신은 아직 기초조차 서 있지 않군요! 우리는 여성의 자유를 찾고 있는데, 당신은 한 가지 일밖

---

2) 니콜라이 도브롤류보프(1836~1861). 러시아의 시인, 비평가, 혁명적 민주주의자.
3) 비사리온 벨린스키(1811~1848). 러시아의 문학 평론가.

에 알지 못해요. 나는 여성의 정조라든가 수치심이라는 문제는 그 자체가 무익한 편견이므로 개의치 않지만, 나하고 있을 때의 그녀의 순진함은 전적으로 인정하지 않을 수 없습니다. 왜냐하면 그 속에는 그녀의 모든 의지와 권리가 포함되어 있기 때문입니다. 물론 그녀가 자진해서 나에게 '당신을 소유하고 싶다'고 말한다면, 나는 내가 굉장한 행운아라고 생각할 것입니다. 나는 그녀가 아주 마음에 드니까요. 그러나 지금은, 적어도 지금까지는 그녀에 대해 나 이상으로 예의 있고 공손하게 그 가치를 존중하며 대해준 사람은 아무도 없을 것입니다……. 나는 기다리고 있습니다. 그리고 기대하고 있습니다. 그저 그것뿐입니다!"

"그것보다는 열심히 선물이나 해주지그래. 내기를 걸어도 좋지만, 자네는 이 점에는 아직 생각이 미치지 못했을 걸세."

"방금 말했듯이, 당신은 아무것도 모르고 있습니다! 물론 그녀는 그런 처지에 있지요. 그러나 그것은 다른 문제입니다. 당신은 다만 그녀를 경멸하고 있습니다. 어느 사실만을 보고, 이건 경멸당해 마땅하다고 오해하고 나면 당신은 이미 인간의 본질을 인도적인 입장에서 보기를 포기해버리는 거지요. 당신은 아직 그녀의 본질이 얼마나 훌륭한지 모릅니다. 다만 한 가지 내가 유감스럽게 생각하는 일은, 그녀가 요즘은 웬일인지 독서를 그만두고 내게 책을 구하러 오지 않는 것입니다. 전에는 곧잘 왔었는데 말입니다. 그리고 또 하나 서운한 것은 항의만은 참으로 굳세고 과감하게 해냈지만, 이 점에 대해서는 이미 훌륭히 증명되어 있습니다만, 아직 자립성이라고 할까 독립하겠다는 마음이 약하고 부정(否定)하는 방법이 소극적이기 때문에 어떤 편견 같은 것이나…… 우열함을 아직 완전히 떨쳐버리지 못했다는 것이죠. 그러나 그녀는 어떤 문제에 관해서는 아주 뛰어난 이해력을 보입니다. 예를 들면 그녀는 손에 키스하는 문제를 잘 이해하고 있습니다. 즉 남자가 여자의 손에 키스하는 것은 여성을 가장 낮은 존재로서 멸시하고 있다는 것을 말입니다. 이 문제는 우리 모임에서 토론한 적이 있는데, 나는 그것을 곧 그녀에게 설명해주었습니다. 프랑스의 노동조합에 대해서도 그녀는 열심히 귀 기울였습니다. 지금 내가 설명하는 것은, 미래 사회에서는 남의 방에 자유로이 드나들 수 있게 될 것인가라는 문제입니다."

"그건 또 어떻게 되는 건가?"

"요즘 우리가 토론한 것은, 공산자치단체의 단원은 남녀를 가리지 않고 다른 단원의 방에 언제든지 드나들 수 있는 권리가 있는가 하는 문제인데…… 결국 그런 권리가 있다는 결론을 얻었습니다……."

"그럼, 만일 그때 남자나 여자가 마침 불가피한 욕구를 충족시키고 있는 순간이라면 어쩌겠나? 허허."

레베쟈트니코프는 정색을 하면서 벌컥 화를 내고 말았다.

"당신은 언제나 그 저주받을 '욕구'라는 것만 말하는군요!" 그는 증오에 찬 목소리로 외쳤다.

"쳇, 내가 언젠가 당신에게 체계를 설명하면서 그만 이 저주받을 욕구라는 말을 입 밖에 낸 것을 얼마나 후회하고 있는지 모릅니다. 빌어먹을 것 같으니! 이런 것은 당신 같은 사람에게는 장애가 되는 돌입니다. 무엇보다도 나쁜 점은 아직 명확히 알기도 전에 놀려대는 것입니다. 더구나 자기네가 옳다고 생각하고 큰소리까지 치거든요! 나는 이러한 문제를 풋내기에게 설명할 때는 그 사람이 충분히 성숙해서 방향이 결정된 뒤에라야 가능하다고 여러 번 주장해왔는데, 쳇! 자, 생각해보십시오. 시궁창 속에서도 이토록 부끄럽고 경멸할 만한 것을 발견했습니까? 나는 우선 어떠한 시궁창도 깨끗하게 치울 용의가 있습니다. 그것은 자기 희생도, 아무것도 아닙니다. 그저 단순한 일입니다. 사회를 위한 유익하고도 고상한 활동에 지나지 않습니다. 그것은 다른 어떤 활동보다도 뒤지지 않고, 오히려 라파엘로나 푸시킨의 활동보다 훨씬 나은 것입니다. 왜냐하면 이것이 한결 더 유익하니까요."

"좀 더 고상하다, 하기야 좀 더 고상한 일이기도 하겠지, 하하하!"

"좀 더 고상하다는 건 뭡니까? 인간 활동을 정의하는 데 있어서 그런 표현은 나로서는 알 수 없습니다. '좀 더 고상하다'든가 '좀 더 관대하다'든가 하는 것은 모두 다 무의미하며 열등하고 편견에 찬 말입니다. 나는 그러한 말을 부정합니다! 인간에게 유익한 것은 모두 고상한 것입니다! 나는 유익하다는 말밖에 모릅니다! 웃으시려거든 얼마든지 웃으십시오. 하지만 이건 틀림없는 사실입니다!"

루진은 크게 웃어댔다. 그는 이미 계산을 끝내고 돈을 집어넣은 뒤였다. 그러나 그중에서 얼마만큼은 웬일인지 그냥 탁자 위에 남겨두었다. 이 '시궁창론'

은 진부하기 이루 말할 수 없는 문제임에도 이미 루진과 그 밖의 젊은 친구 사이에 오해와 불화의 원인이 되었다. 그리고 무엇보다도 우스운 것은 레베쟈트니코프가 진심으로 화를 낸 일이었다. 루진은 언제나 그런 식으로 화풀이를 했었으나, 지금의 그는 더욱더 레베쟈트니코프를 놀려주고 싶은 심정에 사로잡혔던 것이다.

"당신은 틀림없이 어제 일이 실패했기 때문에 그렇게 화를 내고 시비를 거는 것입니다." 레베쟈트니코프는 드디어 벌컥 화를 내면서 말했다. 그러나 그는 '독립심'이나 '반항심'이 있으면서도 어찌 된 일인지 루진에게는 감히 그 반항심을 내세우지 못하고 오래전부터 가지고 있는 일종의 습관적인 공손한 태도를 지니고 있었다.

"그보다 묻고 싶은 게 있는데……." 하고 루진은 못마땅한 듯이 거만하게 말했다. "자네가 할 수 있을까……. 아니, 그보다는 이렇게 말하는 게 더 좋겠군. 자네는 정말 지금 말한 젊은 여자하고 그토록 절친한 사이인가? 그렇다면 지금 곧 그 아가씨를 이 방으로 불러줬으면 좋겠네. 방금 모두 묘지에서 돌아온 모양이니까……. 떠들썩한 발소리가 들리는군……. 나는 잠깐 그 아가씨를 만날 일이 있네."

"대체 무슨 일이신데요?" 레베쟈트니코프는 놀라서 물었다.

"아니, 대단한 건 아닐세. 나는 오늘이나 내일 이곳을 떠날 작정이니까 그전에 이야기해두고 싶은 걸세……. 하기야 상관없다면 자네도 그 이야기를 하는 동안 한자리에 있어주게. 정말 그러는 게 좋겠군. 그렇지 않으면 자네가 어떻게 생각할는지 모를 일이니."

"나는 결코 다른 생각을 하지 않았습니다……. 그저 물어보았을 뿐입니다. 만약 용건이 있으시다면 그녀를 부르는 것쯤은 문제없습니다. 그럼, 곧 갔다오지요. 그러나 안심하십시오. 절대로 당신을 방해하지는 않을 테니까요."

정말 5분도 채 지나지 않아 레베쟈트니코프는 소냐를 데리고 돌아왔다. 소냐는 언제나와 마찬가지로 머뭇거리며 몹시 놀란 듯한 얼굴로 들어왔다. 그녀는 이처럼 언제나 처음 만나는 사람을 무척 두려워했다. 어릴 적부터도 그러했지만, 요즘에 와서는 더욱 심해진 듯했다……. 루진은 상냥하고 공손하게, 그러나 조금은 들뜬 듯한 흉허물없는 태도로 맞이했다. 루진으로 본다면 이러한 태도는 자기와 같이 명예 있고 점잖은 인간이 그녀처럼 젊고 어떤 의미에서 흥미 있는 여자를 대하는 태도로서는 예의범절에 알맞은 것이기도 했다. 그는 속히 그녀의 용기를 복돋워주려고 애쓰면서 탁자 맞은편에 앉도록 했다. 소냐는 앉아서 주위를 둘러보았다. 레베쟈트니코프에게, 탁자 위에 놓여 있는 돈에, 그리고 다시 루진에게로 눈길을 보냈다. 그리고 소냐는 못박힌 듯이 루진에게서 눈을 떼지 않았다. 레베쟈트니코프는 문 쪽으로 가려고 했다. 루진은 벌떡 일어나서 소냐에게 그대로 앉아 있으라고 손짓하고는 문간에서 레베쟈트니코프를 붙잡았다.

루진은 속삭이듯 물었다.

"라스콜리니코프는 있던가? 벌써 왔던가?"

"라스콜리니코프요? 있습니다. 왜 그러십니까. 네, 거기 있습니다……. 방금 들어오는 걸 봤습니다……. 왜 그러시지요?"

"그럼, 부디 이 자리에 같이 있어주게나. 내가 이 아가씨와 단둘이 남지 않도록. 아무것도 아닌 일이지만, 괜히 오해를 받을지 모르고…… 그쪽에서, 라스콜리니코프가 쓸데없는 말을 퍼뜨리는 것이 싫단 말일세……. 무슨 말인지 알겠나?"

"아, 알겠습니다. 알겠습니다!" 레베쟈트니코프는 문득 깨달았다. "그렇습니다. 당신은 그럴 필요가 있습니다……. 그러나 내 생각엔 지금 당신이 걱정하고 있는 것은 지나친 듯합니다. 그러나…… 역시 할 수 없는 일이겠죠. 좋습니다. 나는 여기 남아 있겠습니다. 여기 창가에 서서 방해가 안 되도록 말입니다……. 당신은 그럴 필요가 있습니다……."

루진은 소파로 돌아와 소냐의 맞은편에 앉아서 뚫어지게 그녀를 바라보더니 갑자기 엄숙한 표정을 지었다. 그것은 '아가씨, 절대로 쓸데없는 생각은 하지 마오.' 이렇게 말하기라도 하는 듯했다. 소냐는 어찌할 바를 몰랐다.

"소피야 세묘노브나, 우선 당신이 대신 어머니께 사과드려주십시오……. 틀림없이 그렇죠? 카테리나 이바노브나가 당신에겐 어머님이 되시지요?" 루진은 엄숙하나 자못 상냥한 말투로 입을 열었다. 그것으로 보면 그가 품고 있는 생각이 지극히 친절한 것임을 알 수 있었다.

"네, 그렇습니다. 당신이 말씀하시는 대로입니다. 어머니입니다." 소냐는 재빠르나 머뭇거리는 말투로 대답했다.

"그런데 실은 오늘 내가 부득이한 사정으로 추도식에 참석하지 못하게 되었다고 잘 말씀드려주십시오. 모처럼 어머님이 초대해주셨지만, 나는 댁의 다과회…… 아니, 추도식에 갈 수 없게 되었다고 말이오."

"그러죠. 그렇게 말씀드리지요. 지금 곧." 소냐는 급히 의자에서 일어났다.

"아니, 그것만이 아닙니다." 루진은 소박하며 예의에 익숙하지 않은 그녀의 모습을 보고 웃으면서 말을 가로막았다. "당신은 나를 잘 모르는군요, 소피야 세묘노브나! 내가 이런 하잘것없는 내 개인의 일로 당신을 수고스럽게 오라고 한 줄 아신다면 곤란합니다. 내 용건은 달리 있으니까요."

소냐는 급히 자리에 앉았다. 탁자 위에 그대로 놓여 있는 회색과 붉은 색 지폐가 눈에서 아른거렸으나 소냐는 곧 시선을 돌려 루진을 쳐다보았다. 다른 사람의 돈에 눈길을 준다는 것이 갑자기 무례한 일로 느껴졌던 것이다. 소냐는 루진이 왼손에 들고 있는 금테 안경과 그 가운뎃손가락에 낀 크고 육중한 누런 보석이 박힌 훌륭한 반지에 눈길을 멈추려고 했으나, 재빨리 시선을 거두고 어찌할 바를 몰라 다시 루진의 눈을 똑바로 바라보았다. 그는 아까보다 더욱 엄숙한 태도로 잠깐 입을 다물고 있더니 말을 이었다.

"나는 어제 지나가는 길에 불행한 카테리나 이바노브나와 두어 마디 주고받았습니다만, 그것으로도 충분히 그분께서 자연스럽지 못한 상태에 계신 걸 알게 되었습니다. 이런 표현이 적절할지……."

"그렇습니다…… 자연스럽지 못합니다." 재빨리 소냐가 맞장구쳤다.

"더 간단히, 더 알기 쉽게 말하면 병에 걸리셨더군요."

"네, 간단하고 알기 쉽게 말해서 그래요. 병에 걸렸지요."

"그렇습니다. 그래서 나는 그분의 비할 데 없는 불행한 운명을 예감하고 인도주의적인 감정에서, 말하자면 동정에서 무엇이든 좀 도움이 되어드리고 싶은데요. 보아하니 그 불행한 가족들은 지금 당신 하나만을 의지하는 것 같더군요."

"한 가지 여쭤보고 싶습니다만……." 소냐는 갑자기 일어났다. "어제 당신은 연금을 받게 될지도 모르겠다고 어머니한테 말씀하셨나요? 왜냐하면 어머니는 벌써 어제부터 연금과 관련해서 당신을 번거롭게 하고 있다는 말씀을 제게 하셨기 때문이에요. 그건 정말인가요?"

"원, 무슨 당치도 않은 말씀을. 그건 어떤 의미에서는 터무니없는 이야기랍니다. 나는 재직 중에 죽은 공무원의 부인에게 일시적인 부조금이 지급된다고 말했을 뿐입니다. 그것도 누가 추천이라도 했을 경우에 한한다고 말씀드린 것뿐입니다. 그런데 돌아가신 아버님은 연한을 다 채우지 않았을 뿐더러, 최근에는 통 출근도 하지 않은 것 같더군요. 한마디로 희망이 있다손치더라도 아주 희박할 뿐 아니라, 실제로 이러한 경우에는 부조금을 받을 권리가 없습니다…… 그런데 그분은 연금까지 생각하고 계시다니, 허허허, 참 빈틈없는 부인입니다!"

"네, 연금에 대한 건…… 그건 어머니가 믿기를 잘하는 마음씨 고운 사람이기 때문이에요. 그렇게 마음씨가 좋기 때문에 무엇이나 곧 믿어버리지요. 더구나…… 어머니는 지금 머리가 그래서…… 그렇지요. 그럼, 실례하겠어요." 소녀는 일어나서 나가려 했다.

"좀 기다리십시오, 이야기가 아직 끝나지 않았으니까요."

"네, 아직 끝나지 않았어요?" 소녀는 중얼거렸다.

"자, 어서 앉으십시오."

소녀는 몹시 당황하여 세 번째로 다시 앉았다.

"불쌍한 아이들과 살아가는 당신 어머니의 모습을 보고 나는, 조금 전에도 말씀드린 바와 같이 힘이 미치는 대로 좀 도와드리고 싶습니다. 힘닿는 데까지는 말입니다. 예를 들면 그분을 위하여 의연금을 모금한다든가, 또는 복권 판매 같은 것을 주최한다든가…… 이러한 것을 해볼까 합니다. 흔히 이런 경우에는 친한 사람이나, 남이라도 다른 사람을 도와주기 좋아하는 사람들이 기획할 수 있는 것이니까요. 즉 내가 말하고 싶었던 것은 이것입니다. 그런 일을 할 수 있으리라고 생각합니다만……."

"네, 참 좋은 생각이에요……. 하느님이 반드시 당신을……." 소녀는 루진을 바라보며 말꼬리를 흐렸다.

"할 수 있습니다. 그러나…… 그것은 다음에…… 아니, 오늘이라도 마음만 먹으면 할 수 있을 테니까, 밤에 다시 만나 상의해서 기금을 만들기로 합시다. 7시쯤 이리로 와주십시오. 아마 레베쟈트니코프 씨도 협력해주실 겁니다. 하지만 여기서 미리 꼭 한 가지 말씀드려둬야 할 일이 있습니다. 실은 당신을 여기까지 와달라고 한 것도 그 때문입니다. 소피야 세묘노브나! 다름이 아니라 내 생각으로는…… 돈을 카테리나 이바노브나에게 주어서는 안 된다는 것입니다. 그건 위험합니다. 그 증거로는 오늘의 그 추도식을 보십시오. 내일이면 당장 먹어야 할 빵 조각도 없는 형편에…… 또 구두라든가 그 밖의 모든 것이 옹색하면서도, 오늘은 자메이카산 럼주라든가 마데이라산 붉은 포도주라든가, 그 밖에 커피까지 사들이고 있잖습니까. 나는 지나는 길에 잠깐 보았습니다만. 그런데 내일은 또 빵 한 조각까지도 당신의 신세를 지게 되겠지요. 너무나 바보 같은 일이 아닙니까? 그러니 그 의연금에 관해서는 어머니께 알리지 말고 당신 혼자만 알고 있는 것이 좋으리라고 생각합니다. 잘못된 생각일까요?"

"저는 모르겠어요. 그녀가 그런 일을 하는 것은 오늘이 처음이라서……. 평생에 한 번밖에 없는 일이에요. 그녀는 그저 공양을 하고 싶고 추도식을 하고 싶다는 일념에서 하신 일입니다……. 하지만 그녀는 아주 똑똑한 여자예요. 하여튼 지금 말씀하신 것은 좋도록…… 해주세요. 저는 진심으로…… 아니, 온 가족들도 모두…… 하느님께 당신을…… 고아들도……."

소냐는 말끝을 맺지 못하고 울음을 터뜨렸다.

"그렇습니다. 그럼, 그렇게 하시지요. 그런데 이것은 우선 급하신 대로 생활비에 보태쓰십시오. 약소하나마 제 성의이니 당신 가족을 위해 받아주시기 바랍니다. 그런데 꼭 부탁드릴 것은 절대로 제 이름을 밝히지 말아달라는 것입니다. 그럼, 어서……. 나도 여러 가지로 사정이 있어서, 이것밖에 드릴 수 없습니다만……." 루진은 10루블 지폐를 정성껏 펴서 소냐 앞에 내밀었다. 소냐는 그 것을 받아쥐자 얼굴이 새빨갛게 되어 벌떡 일어나서 입 속으로 뭐라고 중얼거리며 재빨리 인사를 했다. 루진은 생색이라도 내듯 거만한 태도로 그녀를 정중하게 문까지 배웅했다. 소냐는 루진의 방을 나서자 심한 흥분으로 지치고 당황해서 카테리나 이바노브나에게로 돌아갔다.

이 1막극이 벌어지는 사이에 레베쟈트니코프는 이야기에 방해가 되지 않도록 창가에 서 있기도 하고 방 안을 거닐기도 했다. 소냐가 밖으로 나가버리자 그는 재빨리 루진 곁으로 다가와 정중하게 손을 내밀었다.

"나는 모든 것을 듣고 보았습니다." 그는 특히 마지막 말에 힘을 주면서 말했다. "참으로 고결하십니다. 즉 내가 말하려는 것은 인도주의적이라는 것입니다. 당신은 상대편의 감사를 피하려고 하셨지요. 그것을 내 눈으로 보았습니다. 사실 내 주의로는 개인적인 자선에는 동감할 수 없습니다. 왜냐하면 자선은 죄악을 근본적으로 뿌리 뽑지 못할 뿐만 아니라, 오히려 그것을 조장하는 것이니까요. 그럼에도 나는 오늘 당신의 행위를 만족스러운 눈으로 바라보고 있었다는 것을 고백하지 않을 수 없습니다. 사실입니다, 사실입니다. 정말 마음에 들었습니다."

"무슨 대단한 일이라고!" 루진은 좀 흥분해서 레베쟈트니코프를 흘끗 보며 말했다.

"아니, 그렇지 않습니다! 당신과 같이 어제의 일로 모욕당하여 분개해 있으면서도 남의 불행을 생각할 수 있는 그런 사람은 비록 그가 사회적 과실을 저질렀다 하더라도 존경할 만한 인물입니다. 루진 씨, 나는 당신이 이런 일을 할 수 있는 사람이라고는 생각지도 못 했습니다. 더욱이 당신의 사고방식으로 미루어 본다면 말입니다! 사실 당신의 사고방식이라는 것이 얼마나 당신을 방해하는지! 말하자면 어제의 실패가 얼마나 당신의 마음을 어지럽혔는지." 선량한 레베쟈트니코프는 다시금 루진에게 애정을 느끼면서 외쳤다. "대체 무엇 때문에 당신에게 결혼이 필요합니까? 그 정식 결혼이라는 것 말입니다. 경애하는 루진 씨, 무엇 때문에 당신은 결혼에 있어 합법성을 필요로 합니까? 내 말이 언짢으시다면 나를 때려도 좋습니다. 실은 나는 그 결혼이 깨지고 당신이 자유롭게 된 것을 기뻐합니다. 당신이 인류를 위해 아직 완전히 멸망하지 않았다는 것을 기뻐합니다. 기뻐합니다……. 그만 본심을 털어놓고 말았습니다!"

"솔직히 말해서 자네의 이른바 그 자유 결혼 따위를 했다가 아내에게 배반당하기라도 하거나 남의 어린아이를 기르는 것이 싫기 때문이지. 그래서 나는 정식 결혼이 필요했던 걸세."

잠자코 있을 수도 없으므로 루진은 말했다. 그러나 그는 몹시 마음에 걸리는 것이 있는 듯 무엇인가 생각에 잠겼다.

"어린아이? 당신은 어린아이에 대해서 말씀하셨죠?" 레베쟈트니코프는 진격 나팔 소리를 들은 군마처럼 몸을 떨었다. "어린아이, 이것이 가장 중대한 사회 문제라는 건 나도 동감입니다. 그러나 아이에 관한 문제는 별도로 해결되어야 합니다. 어떤 사람들은 가정에서의 어린아이를 완전히 부정할 정도니까요. 그러나 아이 문제는 나중으로 미루고, 우선 아내의 부정(不貞)에 관해서 토론해 봅시다! 사실 난 이런 문제는 딱 질색입니다. 경기병[4]식, 푸시킨적인 표현은 미래의 사전 속에는 들어 있지 않을 것입니다. 대체 부정이란 무엇입니까? 이 무슨 착오입니까? 대체 무엇이 부정입니까? 무엇을 위한 부정입니까? 참으로 시시한 일입니다. 자유 결혼에서는 그런 것이 없습니다. 부정, 그것은 정식 결혼의 자연적 산물에 지나지 않습니다. 말하자면 정식 결혼의 수정(修正)이요, 반항입니다. 그런 의미에서 조금도 부끄러울 것은 없습니다……. 만약 내가 혹시 정식 결혼을 한다면 나는 오히려 당신이 저주하는 그 부정을 환영하리라고 생각합니다. 그리고 그때 나는 아내에게 말하겠습니다. '여보, 나는 여태까지는 당신을 그저 사랑했지만, 이제부터는 당신을 존경하겠소. 왜냐하면 당신은 나에게 멋지게 반항했기 때문이오!'라고. 당신은 웃고 계시는군요? 그건 당신이 아직 편견에서 벗어나지 못한 증거입니다. 이래 봬도 나는 정식 결혼을 하고 아내에게 배반당하는 일이 얼마나 불쾌한가를 잘 알고 있습니다. 그러나 그것은 다만 서로를 천대하는 비열한 사실의 비열한 결과에 지나지 않습니다. 자유 결혼에서처럼 부정이 공공연하게 되면 그때는 이미 그런 것은 사라지고 생각할 수도 없게 되어 부정이라는 명칭도 사라지게 될 것입니다. 뿐만 아니라 당신 부인은 그녀의 행위로 말미암아 당신을 존경하고 있음을 증명하는 셈이 됩니다. 부인은 당신이라는 사람을 자기 행복을 방해하지 않는 사람, 즉 다른 남자가 생겼다 하더라도 자기에게 복수하지 않는 정신적으로 성숙한 사람으로서 존경할 것입니다. 이것은 내가 이따금 공상하는 일이지만 만약 내가 아내를 맞이한, 쳇, 아니, 결혼하는 일이 있다면 말입니다. 자유 결혼이든 합법적 결혼이든 말입니다. 나는 아내가 언제까지나 정부를 만들지 않는다면 아마도 나 스스로 정부를 구해줄 것입니다. '여보 나는 당신을 사랑하지만 그 이상으로 당신의 존경을 받고 싶은 거요, 알겠소!' 말하면서요 그렇잖습니까, 내 말대로죠, 틀립니까?"

　루진은 들으면서 히죽히죽 웃었으나 그리 흥미를 느끼는 것 같지는 않았다. 흥미를 느끼기는커녕 전혀 듣지도 않았다. 그는 확실히 무언가 다른 일을 생각

---

4) 여성정복자의 대명사.

하고 있었고 레베쟈트니코프도 그것을 그제야 겨우 눈치챘다. 루진은 무엇인가 마음에 걸리는지 두 손을 비비면서 생각에 골몰하고 있었다. 그리고 레베쟈트니코프는 뒷날 이러한 모든 일을 돌이켜 생각하게 된 것이다.

2

어째서 카테리나 이바노브나의 혼란스러운 머릿속에 무의미한 추도식을 하겠다는 생각이 일어났는지는 정확히 설명하기는 힘들다. 정말 그것 때문에 라스콜리니코프한테서 장례 비용으로 받은 20루블이나 되는 돈 가운데 10루블에 가까운 돈을 써버린 것이었다. 카테리나 이바노브나는 셋방살이를 하고 있는 모든 사람, 그중에서도 특히 아말리야 이바노브나에게 고인이 '그들과 비교해서 결코 뒤떨어지지 않을뿐더러 어쩌면 훨씬 뛰어난 인간이었는지도 모른다'는 것과, 그들 중 누구 하나도 고인 앞에서 뽐낼 권리가 없다는 것을 알려주기 위해 '적당히' 추도식을 하는 게 고인을 위한 자기의 의무라고 생각했는지도 모른다. 또는 많은 가난한 사람들이 다른 사람에게 '뒤떨어지지 않기' 위해서, 남에게 '업신여김받지 않기' 위해서 온 힘을 다해 오늘날 어떤 사람에게나 의무처럼 되어 있는 사회적인 의식에 저금한 돈을 몽땅 털어넣어버리는 가난한 사람들 특유의 자존심이 무엇보다도 큰 영향을 주었는지도 모른다.

그리고 카테리나 이바노브나는 이 세상 모든 것으로부터 버림받은 듯한 생각이 드는 오늘날, 이 기회에 한집에 사는 '천대받는 보잘것없는 셋방 사람들'에게 자기가 '생활 방식과 손님 접대법'을 알고 있을 뿐만 아니라 본디 이런 천한 생활을 하기 위해 태어난 것이 아니라는 것을 보여주려 했다. 즉 훌륭한 귀족이라고도 할 수 있는 대령의 가정에서 태어났으므로 자기 손으로 마루를 청소하고 밤중에 아이들의 누더기를 세탁하는 그런 여자로 태어나지 않았다는 것을 보여주고 싶다고 생각한 것이다. 이러한 것이 진실에 가까운 이유라고 볼수 있다. 이러한 자존심과 허영심의 발작은 이따금 몹시 가난하고 타격을 받은 사람들에게 찾아와 그들의 마음속에서 초조하고 억누를 수 없는 욕구로 변해버리기도 한다. 더구나 카테리나 이바노브나는 조금도 학대받을 사람이 아니었다. 그녀는 환경 때문에 기죽었는지 모르겠으나 정신적으로 압도당하는 일, 즉 위협에 굴복하는 일은 있을 수 없었다. 더욱이 소냐가 그녀를 가리켜 머리가 이상하다고 한 것은 근거 없는 말이 아니었다. 물론 확실히 절대적으로 그렇다고 말할 수는 없지만, 요 1년 동안 그 불쌍한 머리가 몹시 시달림을 받아 얼마쯤 달라지지 않을 수 없었던 것이다. 의사 말에 따르면, 폐병이 격심하게 악화되면 지적 능력의 혼란에 영향을 준다고 한다.

술이 있기는 했으나 종류가 많지는 않았다. 마데이라산 술이 있다는 것은 과장이었지만, 술이 있기는 했다. 그 밖에 보드카며 럼주며 리스본 포도주 등이 있었는데, 모두 품질이 좋지 못한 것이었다. 그러나 양은 넉넉했다. 음식은 꿀밥 외에 리페베프첼 부인이 자기 집 부엌에서 가져온 두세 가지의 요리가 있었다. 그중에는 블린[5]도 있었다. 그리고 식후에는 차와 펀치를 제공하려고 사모바르가 두 개나 준비되어 있었다. 장보기는 카테리나 이바노브나 자신이 리페베프첼 부인 집에서 기거하는 아무도 아는 사람이 없는 폴란드 사람을 데리고 분주히 처리했다. 이 사람은 카테리나 이바노브나의 부탁을 받고 곧 그녀가 시키는 대로 씨근거리며 어제 하루와 오늘 아침 나절을 꼬박 뛰어다녔다. 자기 모습이 되도록 남의 눈에 띄도록 애쓰면서, 그리고 조금만 무슨 일이 있어도 연방 카테리나 이바노브나에게 달려왔다. 때로는 공설 시장까지 그녀를 찾아와 줄곧 그녀더러 사모님이라고 불러댔기 때문에, 처음에는 카테리나도 이 친절하고 너그러운 사람이 없었다면 자기는 꼼짝하지 못했을 것이라고 말했지만 나중에는 그만 질리고 말았다.

카테리나 이바노브나는 처음 보는 사람은 누구 할 것 없이 가장 훌륭하고, 아름다운 색채로 장식해서 그 사람이 민망할 만큼 칭찬하는 버릇이 있었다. 그리고 상대편을 칭찬하려는 의도가 지나쳐 전혀 없는 이야기까지 꾸며내어서는 자기 스스로 그것을 사실처럼 믿기도 했다. 그 뒤에는 곧 환멸을 느끼고 바로 몇 시간 전까지 글자 그대로 숭배하던 사람과 싸움을 하고 침을 뱉고 밀어버리는 일을 예사로 했다. 그녀는 본디 웃기 잘하고 명랑하고 온순한 성격이었다. 하지만 끝없이 이어지는 불행과 실패로 말미암아 모든 사람이 다같이 평화와 즐거움 속에서 살기만을 바라고 그 밖의 생활은 하지 않기를 바라는 마음이 너무 강했기 때문에 생활에서의 아주 사소한 부조화나 조그만 실패라도 그

_____
5) 핫케이크.

녀를 거의 광분 상태로 몰아넣었다. 그래서 조금 전까지는 가장 빛나는 희망과 공상을 품고 있다가도 곧 운명을 저주하여 닥치는 대로 찢고 던지고 머리를 벽에 부딪치는 것이었다. 리페베프첼 부인만 해도 무슨 이유에서인지 갑자기 카테리나 이바노브나의 신뢰와 존경을 받고 있었다. 그것은 아마 오늘 추도식이 있다는 말을 듣고 그 부인이 충심으로 모든 수고를 자기가 맡겠다고 했기 때문이었을 것이다. 사실 그녀는 식탁을 준비하기도 하고 식탁보와 식기 등을 장만하기도 하면서 자기집 부엌에서 음식 만드는 일을 맡았던 것이다. 카테리나 이바노브나는 모든 일을 그녀에게 맡기고 집을 잘 봐달라고 하면서 묘지로 갔다.

모든 것이 훌륭하게 준비되어 있었다. 식탁에는 깨끗한 식탁보를 깔아놓고 식기, 포크, 나이프, 술잔, 컵, 찻잔, 이러한 것은 물론 셋방살이를 하는 여러 사람으로부터 빌려온 물건이라 모양과 크기가 각각 달랐지만 아무튼 정해진 시간에 저마다 제자리에 놓였다. 리페베프첼 부인은 자신의 임무를 훌륭하게 다했다고 느끼면서 검정 옷에 새 상장(喪章)을 단 모자를 쓰고 빈틈없이 몸치장을 하고는 자랑스러운 모습으로 묘지에서 돌아온 사람들을 맞이했다. 이러한 긍지는 당연한 것이었으나 왜 그런지 카테리나 이바노브나의 마음에 들지 않았다. '흥, 마치 아말리야 이바노브나가 없었더라면 식탁 준비도 할 수 없었을 것이라는 듯한 눈치야!' 그리고 새 리본이 달린 모자도 마음에 들지 않았다. '어쩌면 이 못난 독일 여자는 자기가 집주인이라고, 자비심을 베풀어 셋방살이를 하면서 어렵게 살아가는 사람을 도와준다고 뽐내고 있는 게 아닐까? 자비심에서! 천만의 말씀이지! 나의 아버지는 거의 지사(知事)에 비길 만한 대령이었고 때로는 40명분의 식탁을 차린 일도 있었단 말이야. 그러니까 정체도 모르는 아말리야 이바노브나 같은 인간은, 아니, 루드비코브나라고 부르는 게 낫겠군. 그런 인간은 부엌에도 들어가지 못했을걸……' 그리고 그녀는 속으로 오늘이야말로 꼭 아말리야 이바노브나를 골려주고 분수를 깨닫게 해줘야겠다고, 그렇지 않으면 언제까지 거드름 피울는지 모른다라고 생각했으나 때가 올 때까지는 그러한 감정을 입 밖에 내지 않으리라고 마음먹었다.

그리고 또 한 가지, 카테리나 이바노브나의 초조한 마음을 부채질하는 원인이 된 불쾌한 일이 있었다. 장례식에는 묘지까지 따라왔던 폴란드 사람을 빼고는 초대받은 셋방 사람들 그 누구도 얼굴을 내밀지 않더니 추도식, 즉 식사 때만은 시시하고 인간답지 않은 무리들이 꾸역꾸역 모여들었기 때문이었다. 게다가 그들 가운데 나이도 들고 얼마쯤 지위가 있는 사람들은 서로 상의라도 한 듯이 아무도 참석하지 않았다. 말하자면 셋방살이하고 있는 사람들 가운데 가장 지위가 높아 보이는 루진 같은 사람은 나타나지 않은 것이다. 게다가 그녀는 어제 저녁에 아말리야 이바노브나 폴랴, 소냐, 그리고 폴란드 사람 등에게 이 훌륭하고 관대한 신사 루진은 자기의 전남편의 친구이며 자기 아버지의 집에도 드나든 적이 있고 각 방면에 교제가 넓은 사람으로, 자기를 위하여 연금이 나오도록 온갖 힘을 다해줄 것을 약속해주었다고 허풍떨었던 것이다. 그러나 여기서 주의해두지만, 카테리나 이바노브나가 다른 사람과의 관계나 재산을 자랑하더라도 그것은 어떤 이해관계나 타산이 있어서가 아니라 그저 감정이 내키는 대로 아무 욕심도 없이 남을 칭찬해주고 싶고, 그저 상대편의 가치를 추켜세워주고 싶은 그런 소박함에서 나온 것이다. 그리고 아마 루진을 따라서 흉내 낸 것인지 그 추악한 망나니 레베쟈트니코프조차 나타나지 않았다. 대체 그 망나니는 자기 자신을 어떻게 생각하고 있을까? 이 사나이를 초대한 것은 다만 자비심에서였고, 그것도 루진과 같은 방에서 살며 그와 아는 사람이므로 그냥 둘 수 없어서 초대했던 것인데. 그리고 과년한 딸을 데리고 있는, 아말리야 이바노브나의 셋방에 온 지 겨우 2주일밖에 안 되는데도 언젠가 마르멜라도프가 술에 취해 돌아왔을 때 일어난 소동에 대해 몇 번 불평을 터뜨린 적이 있는 그 아니꼬운 부인도 오지 않았다. 카테리나 이바노브나는 이 사실을 벌써 아말리야 이바노브나를 통하여 알고 있었다. 그것은 아말리야 이바노브나가 카테리나 이바노브나와 말다툼을 하며 온 가족을 내쫓겠다고 위협했을 때, 너희 가족들이 그 발 밑에도 미치지 못할 훌륭한 셋방 사람에게 괴로움을 끼치기 때문이라고 고래고래 소리 지른 일이 있었기 때문이다. 그래서 카테리나 이바노브나는 오늘 자기 같은 사람은 발 밑에도 미치지 못한다고 하는 그 부인과 딸을 오기가 나서라도 초대하기로 한 것이었다. 그것은 특히 지금껏 우연히 마주칠 때마다 그 부인이 거만하게 외면하곤 했으므로 한층 더했다. 이렇게 해서 그녀는 그 부인에게 자기들의 사상이나 감정이 당신들보다 고상하기 때문에 원한을 잊어버리고 초대한다는 것을 알려주고, 동시에 또 카테리나 이바노브나가 이런 생활에 젖은 사람이 아니라는 것을 보여주고 싶었던 것이다. 그래서 식사를 하는 동안에 죽은 아버지가 지사와 동등한 처지였음을 그들에게 설명해주고, 그와 동시에 도중에서 만났을 때 외면하는 것은 어리석은 일이라는 것을 슬쩍 꼬집어줄 작정이었다. 그리고 그 밖에도 뚱뚱보 육군 중령, 실은 퇴역한 2등 대위도 오지 않았다. 그러나 그는 어제 아침부터 술에 취해서 녹초가 되었음을 알고 있었다.

참석한 사람은 폴란드인으로, 기름때 묻은 연미복을 입고 여드름투성이 얼굴에 역한 냄새를 풍기는 과묵한 사무원, 그리고 오래전에 우체국에 근무한 일이 있다는 귀머거리며 장님과 다름없는 노인 한 명뿐이었는데, 이 노인은 언제부터인지 어떤 사람의 동정으로 아말리야 이바노브나의 셋방에 있게 된 것이다. 그 밖에 주정꾼인 퇴역 중위가 하나 있었는데, 전에 식량국 서기로 있던 사람으로 예의도 모르고 큰 소리로 웃어대는 남자였다. 조끼도 걸치지 않은 것으로 보아 다른 것도 미루어 알 수 있는 남자였다! 또 누군가 알지도 못 하는 한 사나이가 카테리나 이바노브나에게 인사도 없이 그냥 탁자에 앉았다. 그리고 끝으로 한 남자가 입을 양복이 없기 때문에 잠옷 바람으로 들어오려는 것을 아말리야 이바노브나와 폴란드인이 너무 무례하다고 간신히 밖으로 끌어냈다. 그러자 그 폴란드인은 아말리야 이바노브나의 셋방에는 산 일도 없고, 이곳 사람들은 아무도 본 일이 없는 폴란드인 두 사람을 데리고 왔다. 이런 것 저런 것이 모두 합쳐져서 카테리나 이바노브나의 마음을 불쾌하게 만들었다. '이러고 보니 대체 누구를 위해서 이런 준비를 했는지 모르겠어!' 장소가 비좁다고 해서 정작 자기 아이들은 온 방에 가득 찬 식탁에는 앉지 못하고 안방쪽 트렁크 위에 식탁보를 씌워주었다. 그리고 긴 의자에 두 어린아이를 앉힌 것이었다. 그 때문에 누나인 폴랴는 마치 귀족 집안의 어린이처럼 두 어린 동생의 시중을 들거나 음식을 먹여가며 두 아이의 코를 닦아주어야만 했다.

이런저런 이유로 카테리나 이바노브나는 자신도 모르게 여느 때보다 더 거드름 피우며 교만한 태도로 모든 사람을 대하지 않을 수 없게 되었다. 사실 그녀는 이미 그중 몇 사람을 엄한 눈초리로 훑어보며 깔보듯 식탁에 앉기를 권했다. 카테리나 이바노브나는 왜 그런지 여러 사람이 참석하지 않은 책임이 아말리야 이바노브나한테 있다고 생각했기 때문에 갑자기 눈에 두드러지도록 그녀를 소홀히 취급하기 시작했다. 그러자 그녀도 그것을 눈치채고 기분이 상하고 말았다. 시작이 이렇자 끝이 좋을 수가 없었다. 이윽고 모두가 자리에 앉았다.

라스콜리니코프는 마침 모두 묘지에서 돌아왔을 때 들어섰다. 카테리나 이바노브나는 아주 기뻐했다. 첫째로 그는 모든 손님들 가운데 유일하게 교양 있는 손님이고 다들 알다시피 2년 뒤에는 이곳 대학에서 교수의 지위로 올라가실 분인 까닭이며, 둘째로는 그가 오자마자 곧 장례식에는 어떻게든 참석하려 했으나 부득이한 사정으로 참석하지 못했다는 것을 정중하게 사과했기 때문이었다. 카테리나 이바노브나는 덤벼들다시피 해서 그를 자기 바로 왼쪽 자리에 앉혔다. 오른쪽에는 아말리야 이바노브나가 앉아 있었다.

카테리나는 음식이 순서대로 여러 사람들에게 잘 돌아가도록 끊임없이 마음 썼다. 특히 요 2, 3일 동안에 더 심해진 듯한 기침 때문에 고통스럽게도 쉴 새 없이 말이 끊기고 호흡이 고르지 못한데도, 줄곧 라스콜리니코프 쪽을 향해 울적한 감정과 생각대로 되지 않은 추도식에 관한 불만을 반쯤 속삭이는 듯한 목소리로 성급하게 쏟아놓았다. 그러자 불만은 문득 여기 모인 손님들과 그중에서도 특히 집 주인에 대한 자못 불쾌하고도 억누를 수 없는 조소로 바뀌어버렸다.

"모든 게 저 부엉이 탓이에요. 제가 누구를 두고 말하는지 아시겠어요? 저 여자 말예요. 저 여자!" 카테리나 이바노브나는 집 주인 쪽을 턱으로 가리켰다. "보세요, 저 눈을 부릅뜬 모습을. 아마 우리가 자기 이야기를 하고 있는 것을 눈치챈 모양이지요. 그러나 무슨 말을 하는지 몰라서 눈만 부릅뜨고 있군요. 쳇, 부엉이 같은 년! 호호호! ……콜록, 콜록! 더구나 저런 모자를 뒤집어쓰고 어쩔 셈인지! 콜록, 콜록, 콜록! 아시겠지요. 저 여자는 자기가 나를 보호하고 있으며 자기가 이 자리에 앉아 있음으로 해서 나에겐 큰 영광이라는 것을 알아주기를 몹시 바라고 있어요. 그런데 나는 저 여자가 똑똑한 사람인 줄 알고 저 여자더러 될수록 좋은 사람들을, 즉 고인의 친지만을 초대해달라고 부탁했는데, 좀 보세요, 저 여자가 끌고 온 인간들을. 죄다 어릿광대 같은 사람들뿐이잖아요! 더럽기 짝이 없는 사람들이에요! 저 더러운 얼굴을 한 사나이 좀 보세요, 두 발이 달린 코흘리는 귀신 같잖아요! 그리고 저 폴란드인들……. 호호호! 콜록콜록 콜록! 저런 자들을 본 사람은 아무도 없을 거예요! 나도 처음 봤어요. 그래, 어쩌자고 저런 사람들이 여기 왔을까요, 정말 물어보고 싶어요. 아주 얌전하게 나란히들 앉잖아요. 여보세요!" 그녀는 갑자기 그중 한 사람을 불렀다. "블린은 드셨어요? 좀 드세요! 맥주도, 보드카는 어떻습니까? 저것 좀 보세요. 벌떡 일어나 절만 하잖습니까? 정말 배가 고픈 모양이에요. 불쌍하게도! 그러나 상관없습니다. 얼마든지 먹도록 내버려둡시다. 소란피우지 않는 것만 해도 다행이에요. 그저…… 나는 정말 주인집 은수저가 걱정이에요! ……아말리야 이바노브나!" 카테리나는 별안간 여주인을 향해 일부러 모든 사람이 들으란 듯이 말했다. "혹 당신 숟가락이 없어지는 일이 있어도 난 책임질 수 없으니 그런 줄이나 알고 계세요. 미리 말해두는 것이지만! 호호호." 그녀는 또 라스콜리니코프 쪽을 향해 다시 한 번 주인댁을 턱으로 가리키고 나서 자기의 우스갯소리가 즐거워서 못 견디겠다는 듯이 허리를 잡아가며 웃어댔다. "무슨 말인지 못알아듣는군요! 저 여자가 멍하니 입을 벌리고 앉아 있는 꼴 좀 보세요. 영락없이 부엉이에요, 새 리본을 단 수리부엉이에요, 호호호!"

여기서 다시 웃음은 한참 동안이나 이어진 참을 수 없는 기침으로 끊겼다. 손수건에는 피가 묻고 이마에서는 땀방울이 스며나오고 있었다. 카테리나는 잠자코 라스콜리니코프에게 피를 보였다. 그리고 숨을 돌리기가 무섭게 곧 원기를 회복하여 얼굴에 붉은 반점을 띠고 소곤거리기 시작했다.

"실은 말이에요. 나는 저 사람한테 그 부인과 따님을 불러달라고 부탁했어요. 누구 이야기인지 아시겠지요? 이런 때에는 모든 일에 아주 능숙한 태도로 실수가 없도록 해야 하는 법인데, 글쎄 그 교만하기 짝이 없는 바보 같은 시골뜨기를 끌어오지 못했군요. 그녀는 어떤 소령의 과부로 연금을 타려고 문턱이 닳도록 관청에 드나드는 모양인데, 쉰 살이나 됐으면서 눈썹을 그린다, 분을 바른다, 루주를 칠한다 하는 그런 여자지요……. 그런데 그 빌어먹을 년이 초대를 받았으면 오는 게 당연하지 않겠어요? 더욱이 이런 경우에 오지 못한다면 인사치레로라도 미안하다고 사과 한마디 해야 하는 거 아니에요! 그건 그렇고, 루진 씨는 왜 오지 않는지 알 수 없군요. 그리고 소냐는 어디 있을까? 대체 어딜 갔을까? 아, 저기 오는군요. 아니! 소냐, 너 어딜 갔었니? 아버지 장례식 날에 그렇게 단정치 못하면 이상하지 않니? 로지온 로마노비치, 당신 곁에 앉혀주세요. 자, 여기가 네 자리다, 소냐…… 무엇이든지 먹고 싶은 걸로 들어라. 젤라틴을 씌운 생선이라도 먹어보렴. 그게 좋을 게다. 블린도 곧 들어올 거야. 그런데 아이들에게는 뭘 좀 주었니? 폴랴, 너희들에게도 다 있니? 콜록 콜록 콜록, 그래 그래, 오냐 오냐. 착하다, 로냐, 그리고 콜랴, 발을 흔들면 못써. 지체 있는 집 도련님같이 점잖게 앉아 있어야지. 뭐라고 했지, 소냐?"

소냐는 서둘러 여러 사람이 다 들을 수 있도록 애쓰면서 자기가 본인 대신에 꾸며대기도 하고 더욱이 수식까지 보태어 골라낸 정중한 말씨로 루진의 사과 말을 전했다. 그리고 그녀는 루진이 이런저런 용건도 있고 앞으로 진행하려 하는 일에 관한 의논도 있고 하니 틈나는 대로 직접 만나뵈러 오겠다는 말을 전해달라는 부탁이 있었다는 것도 덧붙였다.

소냐는 이 소식이 카테리나 이바노브나의 마음을 가라앉히고 진정시킬 뿐만 아니라, 그 자부심을 채워주고 또한 무엇보다도 그 긍지를 만족시키리란 것을 알았다. 그녀는 라스콜리니코프 곁에 앉자 재빨리 그에게 머리 숙여 보이고 잠깐 호기심에 찬 눈길을 던졌다. 그러나 그다음에는 그쪽을 보거나 말하는 것을 피하는 듯했다. 소냐는 카테리나 이바노브나의 마음을 풀어주려고 그녀만 바라보고 있었으나 그 얼굴은 어딘가 방심 상태에 있는 듯이 보였다. 소냐도 카테리나 이바노브나도 마련해둔 옷이 없었으므로 상복은 입지 못했다. 소냐는 갈색이 도는 누런 수수한 옷을 입었고, 카테리나 이바노브나는 서양목으로 지은 줄무늬진 값싼 옷을 입고 있었다. 루진에 관한 이야기는 순조롭게 진행되었다. 엄숙한 태도로 소냐의 말을 다 듣고 난 카테리나 이바노브나는 역시 엄숙한 어조로 루진 씨의 안부를 물었다. 그리고 곧 라스콜리니코프에게 다른 사람이 들으라는 듯이 루진 씨가 아무리 자기네 일가에게 깊은 성의를 보인다 하더라도, 그리고 아무리 그가 자기의 친정 아버지와 옛 우정을 가지고 있다 하더라도 그만한 훌륭한 신사가 이러한 이상한 무리들 틈에 끼인다는 것은 참으로 어울리지 않는 일이라고 속삭였다.

"그러니까 로지온 로마노비치, 당신이 이런 누추한 곳인 데도 이런 변변치 못한 초대에 쾌히 응해주신 데 특히 감사를 드립니다." 카테리나는 거의 다른 사람들도 들을 수 있는 목소리로 덧붙였다. "하기는 그 불쌍한 제 남편과 생전에 그토록 가까이 지내셨기 때문에 약속대로 와주신 줄로 압니다만."

그리고 카테리나는 다시 한 번 오만한 태도로 손님들을 둘러보고는 갑자기 집주인다운 태도로 탁자 맞은편 귀머거리 노인을 보며 불고기는 안 드시겠어요, 리스본 술은 받으셨는지요 하고 큰 소리로 물었다. 노인은 대답이 없었다. 그러자 곁에 있던 사람들이 장난 삼아 쿡쿡 찔렀으나 당사자는 자기한테 무슨 말을 했는지조차 오랫동안 모르는 눈치였다. 노인은 그저 멍하니 입을 벌리고 주위를 둘러볼 뿐이었다. 그것이 더욱더 그 자리의 기분을 북돋워주었다.

"어머나, 정말 얼빠진 사람 같군요! 보세요, 어쩌자고 저런 사람을 데려왔을까. 그런데 루진 씨에 대해선 저는 언제나 철석같이 믿고 있었어요."

카테리나 이바노브나는 라스콜리니코프에게 말을 계속했다. "그분은 물론 비교가 안 됩니다." 그녀는 날카롭게 큰 소리로 말하고는 갑자기 위엄 있는 표정을 지으며 아말리야 이바노브나 쪽으로 몸을 돌렸기 때문에 상대방은 그 기세에 질릴 정도였다. "저런 주책없고 수다만 떠는 인간과는 비교도 안 됩니다. 대체 저런 모녀는 우리 아버지 집에서 하녀로도 쓰지 않을 거예요. 우리 죽은 남편만은 사람이 좋으니까 상대할 영광을 누릴 수 있었는지는 모르지만요."

"아닌 게 아니라 이것만은 무척 좋아하시는 분이셨어. 술이라면 정말 맥을 못추셨으니!" 열두 잔째 보드카를 들이켜면서 별안간 식량국 퇴직 관리가 외쳤다.

"사실 죽은 제 남편은 그런 결점을 가지고 있었습니다. 그건 셋방 사람들이 다 아는 사실입니다." 카테리나 이바노브나는 갑자기 그 사나이의 말꼬리를 붙들고 늘어졌다. "그러나 제 남편은 사람이 좋고 마음이 결백한 사람이어서 자기 가족을 사랑하기도 했지만 존경도 했답니다. 다만 한 가지 나쁜 점은 너무 사람이 좋은 탓으로 어떤 망나니건 전혀 정체도 알지 못하는 사람이나 자기 구두바닥만큼도 가치가 없는 인간들과도 함께 술을 마셨다는 것입니다. 그러나 로지온 로마노비치, 남편의 주머니 속에는 늘 닭 모양으로 생긴 생강과자가 들어 있었답니다. 죽은 사람같이 취해가지고 돌아오는 때도 아이들 선물만은 잊지 않았지요."

"다닭? 이봐요, 지금 닭이라고 하셨지요?" 식량국 관리가 소리쳤다.

카테리나 이바노브나는 대답도 하지 않았다. 그녀는 무슨 생각에 잠겨 한숨을 푹 쉬었다.

"당신도 다른 사람들처럼 내가 그분에게 너무 엄격하게 대했다고 생각하시지요?" 카테리나는 라스콜리니코프를 향해 말을 계속했다. "그러나 그건 그릇

된 생각이에요! 남편은 나를 존경해주었어요. 그야말로 진정으로 존경해주었어요! 정말 마음씨 고운 분이었으니까요! 그래서 나도 이따금 그이가 가엾어 못 견딜 때가 있었어요. 곧잘 구석에 틀어박혀 내 눈치를 살피는 때가 있었는데, 그런 때는 너무 불쌍해서 상냥하게 해주고 싶은 생각도 들었습니다. 마음속으로 그렇게 하면 또 술을 퍼마실 게다 하고 생각을 돌이키곤 했지요. 내가 좀 잔소리를 하면 얼마쯤 억제할 수 있었거든요.”

“그렇지, 곧잘 머리채를 잡아끌곤 하셨지요. 그것도 한두 번이 아니었지.” 다시 식량국 관리가 외치며 보드카를 한 잔 들이켰다.

“머리를 쥐어뜯다뿐이에요. 세상에는 비로 쓸어내는 편이 훨씬 나을 바보 같은 놈들도 있는데요. 그러나 이건 제 남편을 두고 하는 말이 아니에요!” 카테리나 이바노브나는 내뱉듯 식량국 관리에게 쏘아붙였다.

카테리나의 뺨은 붉은 점이 더 짙어졌고 가슴은 세차게 물결쳤다. 1분만 더 계속되면 그녀가 무슨 일을 저지를지 모를 정도였다. 사람들은 모두 재미있는 듯 웃어댔다. 그리고 식량국 관리를 쿡쿡 찌르며 무엇인지 귓속말을 했다. 그들은 두 사람을 부추기려고 마음먹었던 것이다.

“그렇다면 한 가지 여쭙겠습니다만, 도대체 그게 무슨 뜻인가요?” 식량국 관리는 입을 열기 시작했다. “도대체 누구를, 누구를 비꼬아서…… 아니지, 그만둡시다! 제기랄! 과부댁이니까! 과부이시니 눈감아드려야지……. 쳇, 그만두겠소!” 그리고 그는 보드카를 꿀꺽 들이켰다.

라스콜리니코프는 너무나 혐오스러워서 말없이 그 이야기를 듣고 있었다. 그는 카테리나 이바노브나가 줄곧 자기 접시에 옮겨놓아 주는 음식에 다만 예의로써 손을 대고 있었으나, 그것도 그저 그녀의 기분을 상하게 하지 않기 위해서였다. 라스콜리니코프는 소냐의 얼굴을 물끄러미 지켜보았다. 소냐는 더욱 불안한 듯 걱정스러운 얼굴이 되어갔다. 그녀도 이 추도식이 평온하게 끝나지 않으리라는 예감이 들어서 카테리나 이바노브나의 흥분한 모습을 겁에 질려 지켜보고 있었다. 그녀는 그 시골뜨기 모녀가 카테리나 이바노브나의 초대에 그토록 경멸스러운 태도를 보인 중요한 원인이 바로 소냐 자기 자신에게 있다는 것을 알았다. 특히 어머니 쪽이 초대에 화를 내며 “어떻게 내 딸을 그런 여자와 같은 자리에 앉힐 수 있어요?”라고 했다는 이야기를 소냐는 아말리야 이바노브나를 통해서 들었던 것이다. 소냐는 그 이야기를 떠올렸다. 그런데 카테리나 이바노브나는 소냐에 대한 이 모욕이, 자기 자신에 대한 모욕이나 자기 아버지나 자식에 대한 모욕보다도 훨씬 중요한 의미를 지니고 있다고 생각하고 있었다. 한마디로 치명적인 모욕이었던 것이다. 그래서 카테리나 이바노브나가 저런 주책없고 수다만 떠는 인간에겐 자기네 신분을 알려주지 않고는 절대로 배겨내지 못하리라는 것을 소냐는 잘 알고 있었다. 마침 그때 누가 일부러 그런 싸움을 노린 듯이 검은 빵으로 화살이 꽂힌 두 개의 심장을 만들어 접시에 담아 탁자 한끝에서 소냐 쪽으로 보내왔다. 카테리나 이바노브나는 그만 울화가 치밀어올라 이런 것을 만들어보낸 것은 술취한 당나귀 새끼가 틀림없다고 탁자 저쪽을 향해서 큰소리로 외쳤다. 그러자 무언가 흥미롭지 못한 일이 일어날 것 같은 예감을 느끼면서, 카테리나 이바노브나의 오만한 태도에 진심으로 화가 난 아말리야 이바노브나는 자신의 불쾌한 기분을 떨쳐버릴 겸 모든 사람에게 자기 평판을 높여보려는 생각으로 아무 이유도 없이 느닷없이 약사 카롤이라는 자기가 아는 사나이가, 밤중에 마차를 타고 어딘가를 가다가 '마부가 죽이려 해 카롤은 마부에게 목숨만 살려달라고 눈물을 흘리며 애걸복걸하다가 너무나 놀라고 무서워 그만 심장을 찔러버렸다'는 이야기를 끄집어냈다. 카테리나 이바노브나도 잠깐 얄궂은 미소를 띠었지만 곧 뒤이어 아말리야 이바노브나에게 러시아말로 우스운 얘기를 할 생각은 하지 말라고 한마디 했다. 그 때문에 그녀는 더욱 약이 올라 파테르[6]는 베를린에서도 아주 훌륭한 인물로 언제나 두 손으로 주머니를 더듬고[7] 다녔답니다, 라고 응수했다. 웃기 잘하는 카테리나 이바노브나는 참을 수가 없어서 배를 움켜쥐고 깔깔대기 시작했다. 아말리야 이바노브나도 마지막 인내심을 잃을 뻔했으나 간신히 억눌렀다.

"봐요, 정말 수리부엉이 같죠!" 카테리나 이바노브나는 유쾌한 듯이 다시 라스콜리니코프에게 속삭이기 시작했다. "저 여자는 손을 자기 주머니에 찌르고라고 해야 할 걸 손으로 주머니를 더듬고 걸어다닌다고 말하고 말았군요. 콜록 콜록! 로지온 로마노비치, 당신은 이렇게 생각지 않으세요? 이 페테르부르크에

---

6) 아버지.
7) 러시아어로 '주머니를 더듬다'에는 '소매치기를 하다'라는 뜻이 있다. 독일 출신인 아말리야 이바노브나가 러시아어에 서투른 것을 보여주고 있다.

와 있는 외국인들은 모두 어디서 왔는지 정체를 알 수 없는 독일 사람이지만 한결같이 우리보다 바보예요. 참말 그렇지 않아요? 약사 카롤이 무서움에 심장을 찔러 버렸다느니, 그 사나이가—코흘리개 같으니!—마부를 붙들어맬 생각을 하지 못하고 눈물을 흘리며 애걸복걸했다느니 하는 것은 말도 되지 않아요. 얼마나 바보 같은 여자예요! 그런 이야기를 자못 재미나는 듯이 생각하는 자기 자신이 바보라는 것을 조금도 깨닫지 못하니 말이에요. 내 생각으로는 이 주정꾼인 식량국 관리가 훨씬 영리할 거예요. 아무튼 마지막 정신까지 마셔버린 방탕자라는 것을 잘 알고 있으니까요. 하긴 이 사람들은 지금 제단에는 한껏 성실하고 점잔을 피운다는 게 요 모양이지만요……. 저 부엉이가 새침해서 눈을 부릅뜨고 있군요. 골이 난 모양이에요! 호호, 콜록 콜록 콜록!"

카테리나 이바노브나는 아주 유쾌한 기분으로 정신없이 이런저런 신세타령을 하다가, 갑자기 이제 연금이 들어오면 그것을 자본 삼아 꼭 자기 고향인 T시에다 좋은 집안의 딸들을 위해 기숙 학교를 세울 작정이라는 이야기까지 했다. 카테리나 이바노브나는 아직 이 이야기를 라스콜리니코프에게 하지 않았으므로 이 매력적인 이야기에 그만 열중하고 말았다. 그러자 어느새 어떻게 된 일인지 그 '상장(賞狀)'이 그녀의 손에 들려 있었다. 그것은 이제는 고인이 된 마르멜라도프가 술집에서 라스콜리니코프에게 자기의 아내 카테리나 이바노브나가 여학교 졸업 때 지사와 그 밖의 다른 사람 앞에서 숄 춤을 춰서 받았다는 그 상장이었다. 그리고 그 상장이야말로 이번 기숙 학교를 설립하려는 카테리나 이바노브나의 자격을 증명하는 것이 되는 셈이다. 그러나 그것은 무엇보다도 그 오만하고 주책없는 수다쟁이 모녀가 추도식에 참석할 경우, 두 사람을 한마디도 못 하게 혼내주고 또한 자기 자신이 대단히 훌륭한 귀족이라고 해도 좋을 만한 대령의 집안에 태어났기 때문에 요즘 부쩍 늘어가는 여성 사기꾼에 비하면 훨씬 낫다는 것을 확실하게 증명해 보이려는 심산에서 준비해 두었던 것이다. 상장은 곧 술 취한 손님들의 손에서 손으로 옮겨갔다. 카테리나 이바노브나는 그것을 그리 말리려 하지 않았다. 거기에는 그녀가 7등관이며 훈장을 가진 사람의 딸이라는 것이 틀림없이 기록되어 있기 때문이었고, 따라서 대령(대령은 5등관)의 딸이라고 해도 크게 다르지 않았다. 한껏 기분이 좋아진 카테리나 이바노브나는 T시에서 펼쳐질 아름답고 편안한 미래의 생활을 곧 자세하게 이야기하기 시작했다. 그녀가 기숙 학교를 위해 초빙하려는 교사 이야기며, 그녀의 여학교 시절에 프랑스어를 가르쳐준 망고라는 존경하는 프랑스 노인 이야기며, 그 노인은 T시에서 여생을 보내고 있으니 적당한 봉급으로 초빙하면 응해줄 것이라는 이야기 등을 늘어놓는 것이었다.

마침내 이야기는 소냐에게로 옮겨갔다. "얘는 나와 같이 T시로 가서 모든 것을 도와주기로 했습니다." 그러나 그때 탁자 한끝에서 누군가가 픽 웃었다. 카테리나 이바노브나는 곧 경멸하듯 탁자 끝에서 일어난 웃음소리를 모르는 척하려고 애쓰며 짐짓 목청을 돋워 소피야 세묘노브나가 자기 조수로서 충분한 재능이 있으며 그녀의 온순함, 인내, 희생, 기품, 교육 등에 대해 역설하기 시작했다. 그리고 소냐의 볼을 가볍게 두드리고 반쯤 일어나 그녀에게 두 번이나 뜨거운 키스를 했다. 소냐는 얼굴이 새빨개졌고 카테리나 이바노브나는 와락 울음을 터뜨리며 자기는 신경이 약한 여자가 되어 흥분한 나머지 몸이 좀 이상해졌다고 하고, 마침 식사도 끝난 듯하니 이젠 차를 내와도 좋겠다고 말했다.

마침 이때 아무도 자기와 말상대를 해주지 않은 것에 무척 기분이 상했던 아말리야 이바노브나가 갑자기 마지막 시도를 했다. 아말리야는 카테리나 이바노브나에게, 이번에 세워질 기숙 학교에서는 여학생들이 속옷을 깨끗이 하기 위해서는 특별히 주의가 필요하기 때문에 늘 속옷을 감독하는 훌륭한 부인을 한 분 둬야 하며, 둘째로는 꽃다운 젊은 여학생들이 밤중에 어떠한 소설이건 몰래 읽지 못하도록 감시해야 한다고 사뭇 의미심장하게 주의를 주었다. 그러나 몸이 이상해져서 이젠 접대에도 싫증나버린 카테리나 이바노브나는 곧바로 아말리야 이바노브나의 말을 가로채, 당신은 쓸데없는 소리만 하고 아무것도 모른다, 여학생들의 속옷 걱정은 의복 담당 직원이 할 일이며 훌륭한 여학교 교장이 할 일은 아니다. 그리고 소설을 읽는 것도 전혀 나쁘지 않은 일이니 제발 참견하지 말아달라고 쏘아붙였다. 아말리야 이바노브나는 홍당무가 되었다. 그리고는 화가 나서 나는 그저 일이 잘 되기를 바랐을 뿐이다, 나는 될 수 있는 대로 잘 되기를 바랐을 뿐이다, 그런데 당신은 오래전부터 겔트[8]도 내지 않고 있잖느냐고 대꾸했다. 그러자 카테리나 이바노브나는 대뜸 일이 잘 되기

---

8) 독일어 geld(돈)를 러시아 식으로 읽음.

를 바랐다는 것은 새빨간 거짓이라고 말하고, 어제만 하더라도 고인의 유해가 탁자 위에 놓여 있을 때도 집세 이야기로 날 괴롭히지 않았느냐며 꼼짝 못 하게 했다. 이 말을 듣자 아말리야 이바노브나는 차근차근 조리 있게 나는 그 부인 모녀를 초대했지만 오지 않았다, 이유는 부인 모녀가 가문이 좋은 분이라 신분이 천한 여자한테는 올 수 없기 때문이라고 말했다. 카테리나 이바노브나는 냉큼 그 말꼬리를 잡아, 너는 천박한 여자니까 진짜 가문이라는 게 어떤 것인지 판단하지 못한다고 응수했다. 아말리야 이바노브나는 참을 수 없다는 듯이 곧 우리 아버지는 베를린에서도 굉장히 유명한 사람으로 늘 두 손으로 주머니를 더듬고 다녔다, 그리고 언제나 이렇게 푸흐 푼흐! 말했다고 하며 아버지의 모습을 한층 더 잘 표현하기 위해 의자에서 벌떡 일어나 두 손을 주머니에 찌르고 볼을 부풀려서는 입 속으로 애매하게 푸흐 푸흐 소리와 비슷한 소리를 내보였다. 그러자 셋방 사람들은 일제히 와! 웃어대면서 이제 두 여자의 싸움이 벌어질 것을 예상하고 일부러 아말리야 이바노브나를 부추겼다. 카테리나 이바노브나는 이것만은 참을 수가 없어서 여러 사람이 듣도록 아말리야 이바보느브나한테는 아버지가 없다, 아말리야는 페테르부르크를 싸다니던 주정꾼 핀란드 여자로서 전에는 어디 하녀로 있었거나 아니면 그보다 더 천한 장사를 했었음에 틀림없다고 딱 잘라 말했다. 아말리야 이바노브나는 새우처럼 빨개지며, 카테리나 이바노브나야말로 아버지가 없는지 모르지만 자기 아버지는 베를린에서 이렇게 긴 프록코트를 입고 언제나 푸흐 푸흐 말했다고 째지는 듯한 목소리로 말했다. 카테리나 이바노브나는 경멸하듯이 자기의 신원을 모르는 사람은 없으며 이 상장에도 자기 아버지가 전에 대령이었다는 것이 확실히 활자로 인쇄돼 있다, 그런데 아말리야 이바노브나의 아버지는, 만약 그녀에게 아버지가 있었다면, 틀림없이 우유 장사를 하던 페테르부르크의 핀란드인일 것이다, 그러나 가장 확실한 것은 아버지가 없었다는 것이다, 왜냐하면 오늘날까지 아말리야 이바노브나의 부칭이 이바노브나인지 루드비코브나인지 잘 알 수 없는 것이 가장 좋은 증거가 아니겠느냐고 말했다. 그러자 아말리야 이바노브나는 화가 머리끝까지 치밀어 주먹으로 탁자를 치면서 자기는 아말리야 이바노브나지 루드비코브나가 아니다, 나의 아버지는 요한이라고 하며 시장을 지냈다, 카테리나 이바노브나의 아버지는 단 한 번이라도 시장 같은 걸 지내본 적이 없을 것이다 하고 째지는 듯한 목소리로 말하기 시작했다. 카테리나 이바노브나는 의자에서 일어나 파랗게 질려, 가슴을 세차게 들먹거렸으나 겉으로는 아주 침착한 목소리로 아말리야 이바노브나를 향해 만일 네가 다시 한 번만 더 그 망나니 아버지를 나의 아버지와 같이 취급한다면, 그때는 이 카테리나 이바노브나가 네 모자를 벗겨 발로 짓밟아줄 테니 그리 알라고 말했다. 이 말을 듣자 아말리야 이바노브나는 방 안을 왔다 갔다 하며 자기는 이 집 주인이다, 카테리나 이바노브나는 당장 이 집을 나가줘야겠다고 고래고래 소리 지르며 악을 썼다. 그리고 무엇 때문인지 느닷없이 식탁 위에 놓인 은수저를 모두 걷기 시작했다. 갑자기 방 안이 떠들썩해지면서 아이들의 울음소리가 일어났다. 소냐는 카테리나 이바노브나를 진정시키려고 옆으로 달려들었다. 그러나 이때 아말리야 이바노브나가 문득 노란 딱지니 뭐니 하고 떠들어대자 카테리나 이바노브나는 소냐를 밀어젖히고 조금 전에 모자 운운하던 위협을 실행에 옮기려고 아말리야 이바노브나 쪽으로 달려갔다. 마침 이 순간에 문이 열리며 난데없이 루진이 문간에 나타났다. 그는 거기에 선 채 엄하고 조심스러운 눈으로 방 안을 둘러보았다. 카테리나 이바노브나는 그에게로 달려갔다.

3

"루진 씨!" 카테리나 이바노브나는 외쳤다. "당신만이라도 내 편을 들어주세요! 저 바보 같은 여자한테 똑똑히 일러주세요. 불행한 처지에 있는 점잖은 부인을 그렇게 취급하는 법이 아니며, 그런 짓을 하면 재판을 받는다고요……. 나는 총독님께 직접 호소하여…… 이 여자로부터 보상을 받도록 하겠어요……. 제발 아버지를 생각해서라도 이 의지할 데 없는 아이들을 보호해주십시오"
"자, 부인…… 실례입니다만, 부인." 루진은 손으로 상대편을 말리면서 말했다. "아시다시피 나는 당신 아버님을 한 번도 뵈올 영광이 없었습니다……. 잠깐 기다리십시오, 부인! 게다가 나는 당신과 아말리야 이바노브나의 그칠 줄 모르는 싸움에 끼어들 생각은 조금도 없습니다……. 나는 다만 볼일이 있어 왔을 뿐이오……. 저 당신의 의붓딸인 소피야…… 이바노브나와…… 틀림없죠? ……좀 할 이야기가 있어 왔으니 잠깐 실례 하겠습니다……."
루진은 카테리나 이바노브나 옆을 돌아 소냐가 있는 맞은편 구석으로 걸어갔다.

카테리나 이바노브나는 벼락 맞은 사람처럼 그대로 거기 서 있었다. 카테리나는 루진이 어째서 자기 아버지의 환대를 부정했는지 도무지 알 수 없었다. 물론 자기 혼자 꾸며서 생각해낸 것이지만, 카테리나는 이미 이 인연에 대한 생각을 추호도 의심할 수 없었던 것이다. 루진의 사무적이고 냉정하며 위협에 가득 찬 모욕적인 태도는 카테리나를 몹시 놀라게 했다. 그리고 모두들 그가 나타나자 어찌 된 셈인지 차츰 조용해졌다. 뿐만 아니라 이 사무적이며 착실한 사나이가 이 자리의 공기와는 너무나 어울리지 않는 데다 무슨 중요한 용건으로 찾아온 듯해서, 그렇다면 이제 무슨 일이 벌어질 것이 틀림없다는 생각들을 하는 것이었다. 소냐 옆에 서 있던 라스콜리니코프는 그가 지나가도록 조금 비켜섰다. 그러나 루진은 그를 알아보지 못한 것 같았다. 1분쯤 지나자 레베쟈트니코프가 문가에 나타났다. 방 안에는 들어서지 않았으나 호기심이라기보다는 놀라움에 가까운 표정으로 그곳에 멈춰 서 있었다. 그는 귀 기울이고 있었으나 무슨 일이 일어났는지는 알지 못하는 눈치였다.

"모처럼의 모임을 방해한 것 같아 죄송합니다만, 사실은 아주 중대한 용건이 있어서……." 루진은 막연하고 애매한 투로 말했다. "마침 여러분이 한자리에 계셔주시니 나로서는 오히려 다행입니다. 아말리야 이바노브나, 당신은 이 집 주인으로서 이제 시작할 나와 소피야 세묘노브나의 이야기를 들어주시길 바랍니다. 소피야 세묘노브나!" 루진은 놀라움에 어쩔 줄 몰라하는 소냐를 바라보며 이야기를 꺼냈다. "실은 내 친구 안드레이 세묘노이치 레베쟈트니코프의 방에서 당신이 왔다 간 직후 탁자 위에 있던 1백 루블짜리 지폐 한 장이 없어졌습니다. 만일 당신께서 어떻게든지 그것을 알고 계셔서 지금 그것이 어디 있는지 알려주신다면 나는 이 자리에 계시는 여러분을 증인으로 해서 사건은 그것으로 끝낼 것을 맹세합니다. 그러나 그렇지 않을 경우에는 할 수 없이 비상수단을 쓸 수밖에 없습니다. 그때는…… 스스로가 저지른 일에 대한 대가를 받아야 한다는 걸 생각해주셔야겠습니다."

완전한 침묵이 방 안을 지배했다. 울던 아이들까지도 잠잠해졌다. 소냐는 죽은 사람처럼 파리한 얼굴로 가만히 선 채 루진의 얼굴을 쳐다볼 뿐 대답 한마디도 없었다. 아직 무슨 이야기인지 알아듣지 못하는 것 같았다. 그렇게 몇 초가 지났다.

"자, 어떻게 할 셈입니까?" 루진은 소냐를 바라보며 물었다.

"저는 몰라요…… 저는 아무것도 몰라요……" 겨우 소냐는 힘없는 목소리로 말했다.

"모른다고요? 정말 모릅니까?" 루진은 되묻고 나서 또 몇 초 동안 잠자코 있다가 "잘 생각해보십시오, 아가씨." 엄하기는 하나 짐짓 타이르듯 말했다. "잘 생각해보십시오. 좀 더 생각할 시간을 드리고 싶으니까요. 만약 내가 분명히 그렇다는 확신이 없다면 물론 지금까지의 경험으로 보아 이렇게 덮어놓고 당신에게 죄를 씌우려는 모험은 하지 않습니다. 그렇지 않습니까. 왜냐하면 이렇게 직접 공공연하게 근거가 없는 죄를 뒤집어씌우면, 비록 그것이 잘못해서 생긴 일이라 할지라도 나는 어떤 의미에서 스스로 책임을 져야만 하니까요. 그런 것쯤은 나도 알고 있습니다. 오늘 아침 나는 돈이 필요해서 액면 3천 루블의 5푼 이자가 붙은 채권을 현금으로 바꾸었습니다. 금액은 내 지갑 속에 적혀 있습니다. 그 증인은 레베쟈트니코프입니다. 나는 돈을 세기 시작했습니다. 나는 그것을 2천3백 루블까지 세어 지갑에 넣고, 지갑은 프록코트 옆주머니에 넣었습니다. 그래서 탁자 위에는 지폐로 5백 루블쯤 남아 있었지요. 그중 석 장은 1백 루블 지폐였습니다. 마침 그때 내가 오시라고 해서 당신이 들어오셨지요. 그리고 내 방에 와 있는 동안 당신은 웬일인지 안절부절못하며 이야기 도중에 세 번씩이나 일어나 이야기도 다 끝나기 전에 나가려고 서둘렀습니다. 이 사실은 모두 레베쟈프니코프가 증명해줄 수 있습니다. 아마 아가씨 자신도 그걸 부정하시지는 않겠지요? 또 내 말을 증명해주시겠죠. 내가 레베쟈트니코프를 통해 당신을 부른 것은 다만 당신의 계모되시는 카테리나 이바노브나의 의지할 데 없는 가엾은 처지에 대해서 이야기하면서 추도식에 갈 수 없다는 말을 전하고 또 이분을 위해 무슨 의연금 모집이나 복권 판매 같은 것을 한다면 얼마나 좋은 일일까 생각하고 그것을 상의하기 위해서였습니다. 거기에 대해 당신은 감사의 눈물까지 흘렸지요. 나는 무엇이나 있는 대로 이야기하고 있습니다. 그것은 첫째 당신의 기억을 되살리기 위함이요, 둘째로는 내 기억이 어떤 사소한 일이라도 잊어버리지 않는다는 걸 당신에게 알리기 위해서입니다. 그리고 나는 탁자 위에서 10루블 지폐 한 장을 집어서 당신 계모를 위한 생활비 부조라면서 당신에게 작은 성의나마 보내지 않았습니까. 이것은 모두 레베쟈트니코프가 보고 있었던 것입니다. 그리고 나는 당신을 문까지 배웅했습니다. 그때 역시 당신은 머뭇거리는 태도였습니다. 그 뒤에 레베쟈트니코프와 단둘이 남아서 한 10분쯤 이야기를 하고 레베쟈트니코프도 나가버렸기 때문에 나는 다시 돈이 놓여 있는 탁자로 향했습니다. 그런데 놀랍게도 그 돈 중에서 1백 루블짜리가 한 장 보이지 않았습니다. 잘 생각해보십시오. 나는 도저히 레베쟈트니코프를 의심할 수는 없습니다. 그런 일은 상상하는 것조차 부끄러운 일입니다. 그리고 내가 계산을 잘못했다는 것도 있을 수 없습니다. 왜냐하면 난 당신이 오기 바로 전에 한 번 셈을 마치고 총액이 틀림없음을 확인해두었으니까요. 그래서 나는 당신의 망설이던 모습, 줄곧 나가려고 서두르고 있었던 일, 그리고 당신이 잠시 동안 탁자 위에 손을 올려놓고 있었던 일 등을 생각해내고 마지막으로 당신의 사회적 환경과 거기에 결부된 습성 등을 고려한 결과, 내 본의는 아니지만 당신에게 의심을, 물론 잔인합니다만 당연하게 품지 않을 수 없습니다. 여기서 한마디 더 해둘 것은, 나는 충분하고 명백한 신념이 있음에도 이 고발은 나에게 일종의 모험이라는 것을 스스로도 알고 있다는 점입니다. 그러나 아시다시피 그대로 참을 수가 없어 일어서고 말았습니다. 그것은 즉 당신의 그 증오스러운 배은망덕 때문입니다. 어떻습니까? 내가 당신을 부른 것은 당신의 가난한 새어머니를 위해서입니다. 그리고 나는 10루블을 부조금으로 당신에게 드렸습니다. 그런데 이게 뭡니까? 그 당장에 나에게 이런 행위로써 보답하는 것은 아무리 생각해도 좋지 않은 일입니다. 당신에게는 교훈이 필요합니다. 잘 생각해보십시오. 더구나 나는 진실한 벗으로서 당신께 부탁드리는 것입니다. 지금 나 이상의 친구는 당신에게 없으니까요. 반성해주십시오! 그렇지 않으면 나도 용서하지 않겠습니다. 자, 어떻게 하시겠습니까!"

"저는 아무것도 훔치거나 하지 않았어요." 소냐는 공포에 떨면서 속삭였다. "당신은 저에게 10루블을 주셨습니다. 자, 도로 받으세요." 소냐는 주머니에서 손수건을 꺼내 매듭을 찾아서 풀고 10루블 지폐를 빼내 루진에게 내밀었다.

"그러면 당신은 다른 1백 루블은 고백하지 않는군요." 그는 10루블 지폐를 받으려고도 하지 않고 꾸짖는 듯 모질게 말했다.

소냐는 주위를 둘러보았다. 모두가 비웃는 듯한 증오에 찬 무서운 얼굴로 소냐를 바라보고 있었다. 그녀는 라스콜리니코프를 바라보았다……. 그는 팔짱을 낀 채 벽가에 서서 불타는 듯한 눈으로 소냐를 보고 있었다.

"아, 하느님!" 이런 소리가 소냐의 가슴에서 터져나왔다.

"아말리야 이바노브나, 경찰에 알려야겠으니 수고스럽지만 어서 문지기를 불러주십시오." 조용하면서도 상냥한 말투로 루진이 말했다.

"정말 어이가 없군! 나도 저 아이가 한 짓이라고 생각하고 있었어요!" 아말리야 이바노브나는 두 손을 탁 마주쳤다.

"당신도 그렇게 짐작했다고요?" 루진이 말을 가로챘다. "그러면 이전에도 이렇게 추측할 근거가 조금이라도 있었나보군요. 그럼, 아말리야 이바노브나, 지금 하신 말씀을 기억해주십시오. 증인도 많으니까요." 갑자기 주위에서 떠들썩한 소리가 일어났다. 모두가 웅성거렸다.

"뭐, 뭐라고요!" 카테리나 이바노브나는 제정신이 들자 문득 외쳤다. 그리고 마치 묶여 있던 쇠사슬이 끊어진 듯 루진에게 달려들었다. "뭐라고! 당신은 이 아이가 도둑이라는 겁니까? 이 소냐가? 아, 어쩌면 당신이 이토록 비열한 인간이라니!" 카테리나는 소냐 쪽으로 달려가 그 여윈 손으로 그녀를 꼭 껴안았다. "소냐! 네가 저런 사람한테서 10루블을 받아가지고 오다니! 이 바보 같은 것! 어서 그 돈 이리 내라! 그 돈을 어서 이리 내라니까. 자!"

카테리나 이바노브나는 소냐의 손에서 지폐를 빼앗아서 꾸깃꾸깃 뭉치더니 손을 들어 루진의 얼굴에 냅다 던졌다. 지폐는 루진의 눈에 맞고 마루 위에 떨어져 튀었다. 아말리야 이바노브나는 달려가서 돈을 집었다. 루진은 화가 머리 끝까지 치밀어서 소리 질렀다.

"그 미친 여자를 붙잡아주시오!"

이때 문간에 레베쟈트니코프와 나란히 네댓 사람의 얼굴이 나타났다. 그중에는 시골에서 와 있는 두 부인의 모습도 보였다.

"뭐라고! 미친 여자라고? 나를 미쳤다고 했어? 이 바보 같은 녀석이!" 카테리나 이바노브나는 째지는 듯한 소리를 질렀다. "이 바보 같은 엉터리 변호사, 비겁한 놈아! 그래, 소냐가, 우리 소냐가 네놈의 돈을 훔쳤다고? 소냐가 도둑이라고? 소냐가 오히려 네게 주면 주었지, 이 바보 같은 녀석!" 하고 외치며 카테리나 이바노브나는 히스테릭하게 웃기 시작했다. "여러분, 이 바보 같은 녀석을 보았습니까?" 카테리나는 모두에게 루진을 가리키며 이리 뛰고 저리 뛰면서 외쳐댔다. "아, 너도 한편이지!" 카테리나는 문득 주인 여자를 보며 "이 소시지 장수⁹)야, 네년도 지금 소냐가 훔쳤다고 했지? 치마에 심을 넣어 입은 이 거지 같은 프로이센의 닭다리 같은 년아! 아, 여러분! 이 아이는 저 빌어먹을 놈한테 갔다와서는 한 발짝도 밖에 나간 적이 없습니다. 여기 로지온 로마노비치와 나란히 앉아 있었습니다……. 그 아이의 몸을 조사해보세요. 아무데도 나가지 않았으니까 돈은 반드시 그 애의 몸에 있을 겁니다. 찾아봐요, 어서 찾아봐요! 그 대신 만약 아무것도 나오지 않는다면…… 그때는 절대로 가만두지 않을 테다. 나는 황제님께, 인자하신 황제님께 달려가 그 발 밑에 엎드려 탄원하겠다! 이제 곧, 오늘 안으로 나는 의지할 데 없는 과부니까 만나주실 게다! 네 녀석은 안 만나주리라고 생각하겠지! 어떤 일이 있어도 나는 가서 만날 수 있다! 너는 이 애가 온순하니까 그걸 믿고 꾸민 거지? 그렇지? 그러나, 조사해! 어서 조사하라니까!"

카테리나 이바노브나는 미친 듯이 루진을 툭툭 치면서 소냐 쪽으로 잡아끌었다.

"나도 각오하고 있습니다, 모두 책임을 지겠습니다……. 그러나 진정하십시오, 부인. 진정해주십시오! 나도 당신이 고집통이라는 것을 너무나 잘 알고 있습니다……. 하지만 이걸 어떻게 해야 한담?" 루진은 중얼거렸다. "사실은 경찰이 와야 하는 건데. 하기야 지금도 증인은 충분하지……. 나는 각오가 되어 있어…… 하지만 남자라서 거북한걸. 상대가 여자고 보니……. 혹시 아말리야 이바노브나의 손을 빌릴 수 있다면…… 그러나 그럴 수는 없고, 어떻게 하면 좋을까?"

"아무라도 상관없어요! 누구든지 하고 싶은 사람이 조사하면 돼요!" 카테리나 이바노브나는 부르짖었다. "소냐, 저 사람들에게 주머니를 뒤집어 보여줘라! 자, 봐요! 악당, 무엇이 있어? 손수건밖에 더 있어요? 알았지요! 이번에는 자, 저쪽 주머니를. 자, 자! 이제는 알겠지요?"

카테리나 이바노브나는 주머니를 뒤집어 보일 뿐 아니라 하나하나 속을 끄

---

9) 독일인에 대한 욕.

집어내 보였다. 그러자 오른쪽 주머니에서 별안간 종이 한 장이 튀어나와 공중에 포물선을 그리며 루진의 발 밑으로 떨어졌다. 모든 사람들의 눈길이 그리로 모아졌다. 그리고 소리를 쳤다. 루진은 몸을 굽혀 두 손가락으로 종잇조각을 집어 여러 사람에게 보이도록 치켜들고 그것을 폈다. 그것은 여러 번 접은 1백 루블짜리 지폐였다. 루진은 손을 휘휘 저어서 여러 사람에게 그 지폐를 보였다.

"도둑년! 썩 나가라, 순경! 순경!" 아말리야 이바노브나가 소리치기 시작했다. "저것들은 모두 시베리아로 쫓아버려야지! 나가줘요!"

여기저기에서 외치는 소리가 요란하게 일어났다. 라스콜리니코프는 소냐에게서 눈을 떼지 않고 때때로 루진 쪽으로 재빨리 눈길을 옮기며 잠자코 있었다. 소냐는 의식을 잃은 듯이 그 자리에 서 있었다. 그녀는 이미 놀라는 기색도 없었다. 그러자 갑자기 그녀의 얼굴이 새빨개지더니 소리를 지르며 두 손으로 얼굴을 감쌌다.

"아녜요, 저는 아녜요! 저는 훔치지 않았어요. 저는 몰라요!" 소냐는 가슴이 찢어지는 듯한 소리를 지르며 카테리나 이바노브나를 얼싸안았다. 카테리나도 소냐를 붙들고 모든 사람으로부터 딸을 보호해주려는 듯 자기 가슴에 꽉 껴안았다.

"소냐! 소냐! 나는 믿지 않는다! 얘, 나는 믿지 않는다!" 카테리나 이바노브나는 소냐를 두 손으로 어린애처럼 흔드는가 하면 마구 입맞추기도 하고 손을 잡고는 물어뜯을 듯이 입맞추기도 하며 외쳤다. "네가 도둑질을 했다고! 정말 어처구니없는 사람들이야! 아! 한심스럽구나! 정말! 바보 같은 사람들이야, 바보들." 그녀는 사람들을 향해 말했다. "그래요, 당신들은 아직 몰라요, 이 아이의 마음이 어떤지. 이 아이가 도둑질을 했다고요, 이 아이가? 소냐는 당신들이 필요하다면 입고 있는 단벌옷마저 내줄 만큼 착한 아이랍니다. 소냐는 그런 아이입니다! 이 아이가 노란 딱지를 받은 건 사실입니다. 그것은 우리 아이들이 죽게 되었기 때문이지요. 결국 우리를 위해서 몸을 판 것입니다. 아! 돌아가신 당신, 여보, 여보. 당신은 보셨어요, 보셨어요? 이것이 당신의 추도식이랍니다. 아, 하느님! 자, 이 애를 보호해주십시오, 네? 뭘 우두커니 거기 서 있기만 합니까, 로지온 로마노비치! 어째서 한마디도 해주지 않는 거예요? 당신도 그 말을 믿습니까? 당신들은 모두, 모두 이 애의 새끼손가락만한 값어치도 없습니다.

하느님, 제발 보호해주소서!"

가엾은 폐병 환자인 의지할 데 없는 카테리나 이바노브나의 슬픔이 아마 모든 사람에게 강렬한 감명을 준 모양이었다. 이 고통에 일그러진 메마른 폐병 환자의 마를 대로 마른 얼굴과 피가 달라붙은 입술, 이 목쉰 부르짖음, 하느님의 도움을 애원하는 어린애처럼 의심할 줄 모르면서도 절망적인 기도, 거기에는 너무나 참혹하고 너무나 비통한 것이 있었으며, 누구나 이 가엾은 여인을 불쌍히 여기지 않을 수 없었다. 루진은 태도를 바꾸어 곧 그녀에게 동정을 베풀었다.

"부인! 부인!" 루진은 위엄이 가득 찬 목소리로 불렀다. "이것은 당신과 관계없는 일이잖습니까! 아무도 당신에게 악의가 있었다든가 공범자로 생각하지는 않습니다. 당신은 주머니를 뒤집어 보이며 범행을 폭로했으니까요. 당신이 아무것도 몰랐다는 것은 명백합니다. 만약 가난이 소피야 세묘노브나로 하여금 이런 행위를 하도록 시켰다면 아가씨, 어째서 당신은 자백하려고 하지 않았습니까? 망신당하는 것이 두려워서였습니까? 처음 하는 짓이어서 그랬습니까? 혹시 제정신이 아니었는지도 모르지요. 아마 그랬겠지요……. 그런데 무엇 때문에 그런 짓을 할 생각이 났을까요, 여러분?" 그는 사람들에게 말했다. "여러분, 나는 지금 개인적으로 받은 모욕을 깨끗이 잊어버리고 깊은 동정의 마음으로써 이 사건을 이걸로 끝마치겠습니다. 알겠습니까, 아가씨? 이번 치욕이 교훈이 되어 앞으로 당신에게 도움이 되기를 빌겠습니다." 그는 소녀에게 말했다. "나는 더 이상 추궁하지 않기로 하겠습니다. 즉 이것으로 끝낼 셈입니다. 이젠 충분합니다!"

루진은 곁눈으로 슬쩍 라스콜리니코프를 보았다. 두 사람의 시선이 마주쳤다. 라스콜리니코프의 타는 듯한 눈초리는 그를 태워버릴 듯했다. 그러나 카테리나 이바노브나는 아무것도 귀에 들리지 않는 것 같았다. 그녀는 소냐를 껴안고는 미친 듯이 입맞추고 있었다. 아이들도 그 조그마한 손으로 소냐에게 매달렸다. 폴랴 역시 아직 뭐가 뭔지 잘 몰랐지만 흐느끼며 눈물로 부어오른 귀여운 얼굴을 소냐의 어깨에 파묻은 채 눈물을 흘리고 있었다.

"얼마나 비열한 짓이란 말인가!" 이때 갑자기 문가에서 큰 소리가 들렸다. 루진은 재빨리 주위를 둘러보았다. "이런 비열한 짓이 어디 있담!" 레베쟈트니코프는 그의 눈을 똑바로 쳐다보며 되풀이했다.

루진은 흠칫 놀라서 몸을 떠는 듯했다. 모두 그걸 알아차렸다. 뒷날 사람들은 모두 이 일을 기억해냈다. 레베쟈트니코프는 한 발짝 방 안으로 들어섰다.

"나를 증인으로 내세우다니, 어떻게 그런 뻔뻔한 말이 나옵니까?" 루진 쪽으로 다가가면서 그는 말했다.

"뭐가 어떻다는 건가, 레베쟈트니코프? 무슨 이야기를 하는 거야?" 루진이 중얼거리듯 말했다.

"그건 당신이…… 중상모략을 하고 있다는 말입니다, 내 말뜻은요!" 레베쟈트니코프는 잘 보이지 않는 작은 눈으로 그를 매섭게 쏘아보며 열띤 어조로 말했다. 그는 사뭇 분개한 상태였다. 라스콜리니코프는 빨려 들어가듯이 그를 지켜보며 말 한마디 한마디에 유심히 귀 기울여 그 말뜻을 마음속으로 헤아리고 있었다. 방 안에는 다시 침묵이 흘렀다.

루진은 거의 얼이 빠져버린 것 같았다. 특히 처음 한순간이 그러했다.

그는 떠듬거리며 말했다.

"만약 자네가 내게 그런…… 그보다 자네 머리가 좀 돌지 않았나?"

"나야 멀쩡합니다만, 당신은 어쩌자고…… 참, 기막힌 악당이로군! 아, 어쩌면 이렇게 비열할 수가 있담! 나는 모조리 들었습니다. 나는 모든 것을 알기 위해 일부러 여태껏 기다렸습니다. 왜냐하면 솔직히 말해서 아직도 뭐가 어떻게 돌아가는 일인지 이해하기가 어려우니까요……. 도대체 무슨 꿍꿍이속이 있어서 이런 짓을 했는지 알 수 없거든."

"내가 무슨 짓을 했단 말인가? 그런 수수께끼 같은 어리석은 소리는 그만두게! 아니면 자네는 취하기라도 했나?"

"당신 같은 비열한 인간이라면 술도 마시겠지만, 나는 그렇지 않습니다. 나는 보드카를 입에 대어 본 적이 없습니다. 내 신념에 어긋나니까요! 아시겠습니까, 여러분, 이 사람은 자기 손으로 이 1백 루블 지폐를 소피야 세묘노브나에게 주었습니다. 내 눈으로 똑똑히 보았습니다. 내가 증인입니다. 맹세라도 하겠습니다! 이 사람입니다! 이 사람!" 레베쟈트니코프는 한 사람 한 사람에게 되풀이했다.

"자네 혹시 미치기라도 했나? 이마에 피도 안 마른 것이!" 루진은 크게 소리

질렀다. "그 아가씨 스스로 자네 앞에서, 자네 눈 앞에서, 방금 모두가 있는 자리에서 스스로 시인하지 않았나? 10루블 말고는 나한테서 받은 것이 없다고. 그렇다면 어떻게 해서 내가 그것을 줄 수 있었겠나!"

"나는 봤어, 다 지켜봤단 말이야!" 레베쟈트니코프는 되풀이하여 외쳤다. "이런 일은 내 주의에 어긋나긴 하지만, 나는 지금 당장이라도 재판소에 가서 어떠한 선서라도 하겠소. 왜냐하면 나는 다 보았으니까요. 당신이 슬그머니 돈을 쑤셔넣는 것을 말이오. 다만 나는 어리석게도 당신이 남몰래 은혜를 베풀어주는 것으로 생각했어. 문 앞에서 그녀와 헤어질 때 한 손으로 그녀의 손을 잡고는 다른 한 손, 즉 왼손으로 그녀의 주머니에 슬며시 지폐를 넣지 않았습니까. 나는 다 봤습니다, 다 봤단 말이오!"

루진은 핼쑥해졌다. 그러나 그는 위압하듯 소리쳤다.

"터무니없는 말은 집어치우게! 도대체 창가에 서 있던 자네가 어떻게 그게 지폐인 줄 알았단 말인가? 자네는 잘못 본 걸세……. 근시니까 분명 허깨비를 본 거야."

"천만에, 무슨 허깨비람! 분명 나는 떨어져 있었지만 모든 걸 다 봤습니다. 물론 창가에서는 사실 알아보기가 어렵지요. 그건 당신 말대로입니다. 하지만 나는 다른 이유로 그게 1백 루블이라는 것을 알았습니다. 다름이 아니라, 당신이 소피야 세묘노브나에게 10루블을 주려고 할 때, 내가 똑똑히 봤습니다만, 탁자 위에서 1백 루블도 같이 집었기 때문입니다. 나는 그때 옆에 서 있었기 때문에 똑바로 보았습니다. 게다가 그때 내 머리에는 번쩍 어떤 생각이 떠올랐기 때문에 더욱 당신의 손에 지폐가 있다는 것을 잊지 않았습니다. 당신은 그것을 집어들고 나중까지 기다리고 있었습니다. 그리고 나는 거의 그 일을 잊어버리고 있었는데, 당신이 일어서면서 그것을 오른손에서 왼손으로 옮겨쥐다가 하마터면 떨어뜨릴 뻔했지요. 그래서 나는 다시 생각했습니다. 왜냐하면 내 머리에는 당신이 나 몰래 자선을 베풀 생각이로구나, 하는 조금 전의 생각이 떠올랐기 때문입니다. 아시겠지요, 내가 유심히 지켜본 까닭을? 그래서 당신이 교묘하게 지폐를 주머니에 집어넣는 것을 보았단 말입니다. 봤습니다, 나는 봤어요. 맹세할 수 있습니다!"

레베쟈트니코프는 숨이 막힐 것만 같았다. 여기저기에서 놀란 듯한 부르짖음이 들려왔다. 그중에는 위협적인 외침도 있었다. 사람들은 모두 루진에게 몰려들었다. 카테리나 이바노브나는 레베쟈트니코프에게로 달려갔다.

"레베쟈트니코프 씨, 나는 당신을 오해하고 있었습니다. 아무쪼록 저 아이를 보호해주세요! 소냐 편은 당신 한 사람뿐이에요! 저 아이는 고아입니다. 하느님이 당신을 보내주신 것입니다. 아, 친절하신 레베쟈트니코프 씨!" 카테리나 이바노브나는 저도 모르게 갑자기 그 앞에 무릎을 꿇었다. 루진은 격분한 나머지 미친 사람처럼 정신없이 외쳤다.

"엉터리야! 여보게, 그런 엉터리 말은 작작하게! 잊어버렸다, 기억났다, 잊어버렸다라니, 대체 그게 뭐야! 그럼, 내가 일부러 지폐를 넣었단 말인가? 무엇 때문에, 무슨 목적으로? 나와 이 아가씨와 대체 무슨 관계가 있단 말인가……."

"무엇 때문이냐고? 내가 모르겠다는 게 그것이오. 그러나 내가 지금 말하는 것이 사실인 것만은 틀림없습니다. 결코 착각이 아닙니다. 즉 그 때문에 나는 그때 곧 당신에게 감사의 뜻을 표하려고 당신의 손을 잡으면서 다음과 같은 의문이 내 머리에 떠오른 것을 지금도 기억할 정도니까요. 결단코 확실합니다. 당신은 정말 더러운 범죄자입니다. 그런데 대체 무엇 때문에 그녀의 주머니에 그것을 넣었을까 하는 의문은 남습니다. 자신의 행위를 감추고 싶어서일까, 아마 내가 다른 반대의 신념을 가지고 있어서 근본적으로 고칠 수 없는 개인적 자선을 부정한다는 것을 알고 있었기 때문일까라고 생각하고 결국 그렇게 큰 돈을 주는 것은 내게 보이기 멋쩍었기 때문이라고 여겼지요. 그게 아니면 혹시 당신이 그녀에게 뜻하지 않은 선물을 주어, 그녀가 집으로 돌아가 주머니 속에 1백 루블짜리 지폐가 들어 있는 것을 보고 깜짝 놀라는 것이 재미있어서일지 모른다고 생각했습니다. 어떤 자선가는 이런 식으로 자기의 선행을 꾸미는 것을 아주 좋아하니까요. 나는 그것을 알고 있었습니다. 하지만 나는 또 이렇게도 생각해보았습니다. 즉 그녀가 주머니에 든 돈을 발견한 뒤 감사하다고 인사하러 오나 안 오나 시험하기 위해서가 아닐까 하고요! 그리고 또 감사를 피하려고 성경 말씀처럼 왼손이 하는 일을 오른손에 알리지 말지어다라는 식으로 할 작정인가 하고 말입니다……. 다시 말해서 어쩐지 그런 생각이 들었습니다. 아니, 그때는 너무나 여러 가지 생각이 떠올랐기 때문에 이건 나중에 한번 곰곰이 생각해보려고 했던 거지요. 말하자면 내가 비밀을 알고 있다는 것을 당신한테 알려준다는 것은 너무 눈치 없는 행동 같은 생각이 든 겁니다. 그렇게 생각하면서도 소피야 세묘노브나가 그것을 알지 못한 상태로 자칫 돈을 떨어뜨리기라도 하면 어쩌나 하는 걱정을 했습니다. 그 때문에 나는 여기 와서 소피야 세묘노브나를 불러내어 주머니에 1백 루블이 들어 있다는 것을 알려주려고 결심했습니다. 그리고 도중에 잠깐 코비라트니코프 부인 방에 들러 《실증적 방법 개론》이라는 책을 갖다줄 겸 특히 피테리트의 논문—아, 바그너의 것도 함께 추천해주고, 여기에 와보니 이 소동이 난 게 아닙니까! 자, 어떻습니까. 당신이 그녀의 주머니 속에 1백 루블을 넣어주는 것을 내가 실제로 보지 못했더라면 이런 생각이나 판단을 도대체 어떻게 할 수 있었겠습니까?”

레베쟈트니코프는 이렇듯 논리적 귀납법을 결론에 응용한 긴 말을 마쳤는데, 몹시 피로한지 얼굴에는 구슬 같은 땀이 흘렀다. 그는 러시아 말로는 충분히 설명할 힘이 없었기 때문에, 하긴 다른 나라 말 또한 하나도 몰랐지만, 변호라는 큰 소임을 훌륭하게 끝마치고 나자 단번에 기력이 소모되어 갑자기 마른 것같이 느껴졌다. 그럼에도 그의 연설은 큰 효과를 불러왔다. 그는 열성적으로 신념을 가지고 말했기 때문에 모두가 그의 말을 믿는 것 같았다. 루진은 형세가 불리한 것을 깨달았다.

“자네 머리에 그런 어처구니없는 의문이 떠올랐다 해서 그게 나와 무슨 상관이 있단 말인가!” 하고 그는 부르짖었다. “그러한 것은 아무 증거도 못돼. 자네는 그런 것을 꿈에서 보았음에 틀림없어. 그뿐이야. 분명히 말해두겠네만, 자네는 엉터리를 늘어놓고 있는 걸세. 뭔가 나에게 유감이 있어서 거짓말을 주워대며 중상하는 거네. 암, 그렇지. 내가 자네의 자유사상적인 무신론적 사회 의식에 공명하지 않으니까 앙갚음하는 거야. 그렇고말고!”

그러나 이러한 말은 루진에게 아무 도움이 되지 못했다. 도움은커녕 오히려 여기저기에서 무서운 비난의 목소리가 터져나오기 시작했다.

“이거 보게, 이제야 속이 드러났군!” 레베쟈트니코프는 크게 소리쳤다. “거짓말 마라! 경찰을 불러보라지. 내가 증인 선서라도 할 테니. 다만 한 가지 궁금한 건 무엇 때문에 이 녀석이 그런 비열한 짓을 했는가 하는 점입니다! 아, 치사하고 야비한 녀석 같으니!”

“어째서 이자가 일부러 그런 짓을 했는지 나는 설명할 수 있습니다. 만약 필요하다면 내가 선서해도 좋습니다!" 라스콜리니코프는 단호하게 입을 열며 한 걸음 앞으로 나섰다.

그는 보기에도 단호하고 침착했다. 사람들은 얼른 보아 그가 정말 사건의 진상을 알고 있으며, 따라서 이로써 사건도 결말에 이르렀다는 것을 알았다.

"이것으로 모든 사실을 알 수 있게 되었습니다." 라스콜리니코프는 똑바로 레베쟈트니코프 쪽을 바라보며 말을 이었다. "대체로 이 사건의 시초부터 나는 어떤 비열한 흉계가 있지 않을까 의심을 품었습니다. 그것은 나만이 알고 있는 어떤 특수한 사정에 의해 의심하게 되었기 때문입니다. 그 사정을 이제 말하겠습니다만 거기에 모든 열쇠가 있습니다! 레베쟈트니코프 씨, 지금 모든 일이 근본적으로 명확해진 것은 당신의 귀중한 증언 때문입니다. 여러분, 잘 들어주십시오. 이 신사는—그는 루진을 가리켰다.—요즘에 와서 한 처녀에게, 다시 말해서 내 동생인 아브도챠 로마노브나 라스콜리니코바에게 청혼을 했습니다. 그런데 페테르부르크에 오자마자, 그제 일입니다만, 사나이는 처음 만난 자리에서 나와 말다툼을 하고 방에서 쫓겨났습니다. 거기에는 증인 두 사람이 있습니다. 그래서 이 사나이는 그걸 몹시 유감으로 여겼지요. 솔직히 말해 나는 엊그제만 해도 이 사나이가 레베쟈트니코프 씨, 당신과 한방에 묵고 있다는 걸 전혀 몰랐습니다. 그래서 당연한 일이긴 합니다만, 우리가 싸움을 한 그날, 그러니까 내가 돌아가신 마르멜라도프의 친구로서 그 부인 되시는 카테리나 이바노브나에게 장례 비용으로 돈을 얼마쯤 드린 것을 이 사나이가 다 알고 있으리라고는 더욱 몰랐습니다. 그런데 이 사나이가 곧 그 사실을 우리 어머니에게 편지로 내가 가지고 있는 돈을 모두 카테리나 이바노브나가 아니라 소피야 세묘노브나에게 주어버렸다고 일러바치는 한편, 게다가 소피야 세묘노브나의…… 그녀의 생활에 대해서 아주 비열한 말로써, 소피야 세묘노브나와 무슨 특별한 관계라도 있는 듯이 암시해 보였습니다. 이것은 모두 상상이 갈 줄 압니다만, 내가 어머니와 동생이 장만해준 귀중한 돈을 좋지 못한 목적을 위해 몽땅 낭비해버렸다고 고자질해서 우리 사이를 이간하려는 것이었지요. 그래서 어제 저녁 나는 어머니와 동생에게, 이 사나이도 함께 있었습니다만, 돈은 카테리나 이바노브나에게 장례비용으로 드렸지 소피야 세묘노브나에게 준 것이 아니며, 소피야 세묘노브나와는 그제까지만 해도 서로 얼굴도 보지 못한 사이임을 증명해서 그 진상을 밝혔던 것입니다. 그리고 그때 나는 덧붙여서 루진은 그가 갖고 있는 모든 장점을 한데 모아도 그가 그토록 나쁘게 이야기한 소피야 세묘노브나의 새끼손가락만한 가치도 없다고 말해주었습니다. 그러자 이자가 그럼, 당신은 동생을 소피야 세묘노브나와 같은 자리에 앉힐 수 있느냐고 묻기에 나는 그것을 이미 오늘 다 실행했다고 대답했습니다. 어머니와 동생이 자기가 중상한 대로 나와 싸우지 않는 것을 보고 이 사람은 속이 상하여 말끝마다 어머니와 동생에게 용서할 수 없는 폭언을 입에 담기 시작했습니다. 마침내 이 사람은 밖으로 쫓겨났습니다. 이런 것은 모두 어제 일어난 일입니다. 그래서 지금 특히 주의하실 것은, 만약 지금 소피야 세묘노브나가 도둑이라는 것이 증명된다면 첫째 내 동생과 어머니에 대해 자기의 의심이 거의 옳았다는 것을 증명하게 되는 셈입니다. 즉 내가 소피야 세묘노브나를 동생과 같이 취급한 데 대한 이 사나이의 분개가 정당한 일이며, 그리고 이 사나이가 나를 공격한 것은 내 동생, 즉 자기 약혼자의 명예를 보호하기 위함이었다는 것이 됩니다. 한마디로 오늘 이 사건을 통하여 다시 한 번 나와 우리 가족 사이를 이간질하여, 내 어머니와 동생의 환심을 사려고 했던 것입니다. 동시에 그가 나에 대해 개인적인 복수를 기도했다는 것은 더 말할 필요도 없습니다. 왜냐하면 소피야 세묘노브나의 명예와 행복은 나한테 아주 소중하다고 생각하는 근거를 이 사람은 가지고 있으니까요. 이런 것이 모두 그의 속셈입니다. 나는 이 사건을 이렇게 해석합니다. 이것이 모든 원인입니다. 다른 원인은 있을 수 없습니다."

라스콜리니코프는 대강 이런 식으로 자기 설명을 끝맺었다. 그의 이야기는 이따금 여러 사람의 고함소리에 끊어지면서도 아주 흥미있게 전해졌다. 이러한 방해에도 그는 침착하고 힘 있고 정확하고 명료하게 날카로운 어조로 말을 맺었다. 그 날카로운 목소리와 신념에 찬 말투, 그 엄한 얼굴빛은 모든 사람들에게 야릇한 감명을 주었다.

"그렇습니다, 그렇습니다, 분명히 그렇습니다!" 레베쟈트니코프는 좋아서 맞장구쳤다. "그건 틀림없을 겁니다. 이자는 소피야 세묘노브나가 우리방에 들어오자 곧 나를 붙들고 라스콜리니코프가 와 있던가, 카테리나 이바노브나의 손님 가운데 그를 보지 못했느냐고 물었으니까요. 이 사나이는 그걸 묻는 데도 일부러 나를 창가로 불러 슬그머니 물었거든요. 그것으로 보면 이 사나이에게는 어떤 일이 있어도 당신이 여기에 계셔야만 했던 거요! 그렇지, 그대로입니다."

루진은 잠자코 경멸의 미소를 짓고 있었다. 그러나 그의 얼굴은 파랗게 질려 있었다. 그는 어떻게 하면 이 궁지에서 빠져나갈까 하는 것만 궁리하는 듯했다. 할 수만 있다면 그는 모든 것을 팽개치고 도망치고 싶었을 것이다. 그러나 지금으로선 거의 불가능한 일이었다. 왜냐하면 그렇게 한다면 자기에게 쏟아지는 비난이 사실이며, 그가 소피야 세묘노브나를 중상한 것이 사실임을 그대로 인정하는 것이 되기 때문이다. 그렇지 않아도 이미 거나하게 취한 사람들은 몹시 흥분해 있었다. 더욱이 식량국 관리는 잘 알지도 못하면서 누구보다도 먼저 떠들어대며 루진에게 대단히 불쾌한 조치를 제의했다. 그들 가운데에는 술을 마시지 않은 사람도 끼어 있었다. 다른 여러 방에서 사람들이 모여들었다. 세 폴란드인은 흥분해서 줄곧 '이 악당'이라고 소리쳤는데, 그때마다 온갖 위협적인 말을 폴란드어로 중얼거리는 것이었다. 소냐는 긴장해서 듣고 있었으나, 마치 졸도에서 깨어난 사람처럼 모든 사정을 알지 못하는 눈치였다. 그녀는 다만 라스콜리니코프로부터 눈을 떼지 않았다. 이 사람만이 자기를 살려줄 수 있으리라고 느꼈던 것이다. 카테리나 이바노브나는 괴로운 듯이 가쁜 숨을 헐떡거렸으나 이미 지칠 대로 지친 모습이었다. 주인 여자 아말리야 이바노브나는 누구보다도 가장 멍청하게 입을 벌린 채 어찌 된 까닭인지 도무지 알 수 없는 듯했다. 그녀가 알 수 있었던 것은 루진이 무엇인가를 실수한 모양이라는 것뿐이었다.

라스콜리니코프는 다시 무슨 말을 하려고 했으나 사람들이 끝까지 하지 못하게 했다. 다들 루진을 둘러싸고 떠들어대며 욕설과 협박을 했기 때문이었다. 그러나 루진은 조금도 두려워하는 빛을 보이지 않았다. 소냐에게 누명을 씌우려던 계획이 완전히 실패로 돌아간 것을 알자 그는 갑자기 뻔뻔스러운 태도로 나왔다.

"잠깐, 여러분, 밀지 마시고 길을 좀 내주십시오!" 군중을 헤치면서 그는 말했다. "허 참, 그런 위협은 말아주셨으면 좋겠군요. 미리 말씀해두겠습니다만, 이렇게 한다고 해서 어떻게 되거나 하지는 않을 테니까요. 뭐가 된단 말입니까. 이런 일로 겁내지는 않습니다. 오히려 당신들은 폭력으로 형사범을 은폐한 책임을 져야만 합니다. 이 여자의 범행은 말할 나위도 없이 입증됐으니까요. 나는 어디까지나 진실을 밝힐 것입니다. 재판관은 결코 장님이 아닐 테고…… 술에 취해 있지도 않을 것이며, 이들 이름난 무신론자이자 선동가이며 거기다 설익은 자유사상에 미쳐 날뛰는 친구들의 말을 믿지도 않을 테니까요. 이 친구들은 개인적인 원한을 앙갚음하려는 것뿐이란 말입니다. 그런데 이 사실이야말로 두 사람이 모두 멍텅구리라는 것을 스스로 인정하는 게 아닙니까. 자, 실례하겠습니다!"

"지금 당장 내 방에서 당신의 냄새조차도 남지 않도록 해주십시오. 냉큼 나가달란 말입니다. 우리 사이는 이것으로 마지막입니다. 정말 기가 막힌 일이로군요. 애써가며 이런 남자를 계몽하려 했으니…… 2주일 동안이나 말이야!"

"아니, 레베쟈트니코프, 내가 이사한다는 것은 이미 조금 전에 말해두었잖나. 자네는 아직도 나를 말리고 싶은 모양이지만, 이젠 다만 자네가 멍텅구리라는 한마디만을 더 덧붙여두겠네. 그러지 말고 열심히 자네의 그 머리와 근시안이나 치료하도록 하게나. 자, 그럼, 여러분, 이만 실례!"

그는 웅성거리며 서 있는 사람들 사이를 헤치며 빠져나갔다. 그러나 식량국 관리는 욕설만으로 그를 놓아주고 싶지는 않았다. 그래서 그는 탁자 위의 컵을 집어 루진을 향해 던졌다. 컵은 루진을 지나치고 그대로 날아가 아말리야 이바노브나에게 맞았다. 아말리야는 자지러지게 비명을 질렀다. 식량국 관리는 컵을 던지느라 너무 힘을 쓴 나머지 몸을 채 가누지도 못하고 털썩 탁자 아래로 쓰러지고 말았다. 루진은 자기 방으로 돌아갔으며, 30분 뒤에는 이미 이 집에서 사라져버렸다. 본디 겁이 많은 소냐는 그전부터 자기가 어떤 사람보다도 가장 희생되기 쉬운 존재이며, 또 누구든지 아무 비난도 받지 않고 마음껏 자신을 욕보일 수 있다는 것을 알고 있었다. 그러나 이 마지막 순간까지 소냐는 모든 사람에 대한 경계심과 착한 마음씨와 순종으로 말미암아 간신히 이 불행도 모면할 수 있을 듯한 생각이 드는 것이었다. 그래서 그 환멸이란 그녀에게 너무나 괴로운 것이었다. 물론 소냐는 인내로써 모든 것을 불평 없이 참을 수 있었다. 오늘의 재난까지도. 그러나 처음 순간에는 그것이 너무나 벅찬 일이었다. 그래서 지금은 자기의 결백함이 밝혀졌음에도 처음의 놀라움과 처음의 실신 상태가 사라져 모든 것을 분명히 생각해보니, 자신의 무력함에 대한 절망과 모욕감이 가슴을 파고드는 것을 어찌할 수가 없었다. 마침내 그녀는 히스테리를 일으키고 말았다. 소냐는 견딜 수가 없어서 방을 뛰쳐나와 자기 거처로 달려갔다. 루진이 이 집을 나간 바로 뒤였다. 아말리야 이바노브나도 여러 사람의 웃음과 함께 컵에 얻어맞았을 때부터 모두가 술에 취한 이 자리에 더 있을 수가 없었다. 그녀는 미친 듯이 날카로운 목소리를 지르며 카테리나 이바노브나에게 덤벼들었다. 모든 것이 이 여자 탓으로 여겨졌던 것이다.

"집을 비워줘요! 지금 곧! 썩 나가줘요!" 이 말과 함께 그녀는 카테리나 이바노브나의 물건을 손에 닿는 대로 마룻바닥에 내동댕이치기 시작했다. 그렇지 않아도 녹초가 되어 졸도라도 할 듯이 하얗게 질린 얼굴로 헐떡거리던 카테리나 이바노브나는 쓰러져 있던 침대에서 벌떡 일어나 아말리야 이바노브나에게 달려들었다. 그러나 그녀는 도저히 상대가 되지 않았다. 아말리야는 마치 새털이라도 불어버리듯 가볍게 그녀를 떠다밀었다.

"뭐야! 뻔뻔하게도 남에게 억울한 누명을 뒤집어씌워놓고도 모자라서 이제는 나에게까지 이러는 거야? 주인 양반의 장례날에 잔뜩 얻어먹고 나서는 아비 잃은 새끼들을 거느린 과부를 내쫓다니, 아, 나는 어디로 가야 한단 말인가!" 가련한 여인은 울음섞인 목소리로 헐떡거리며 부르짖었다. "하느님!" 문득 그녀는 눈을 빛내며 외쳤다. "대체 이 세상에는 정의란 없는 것입니까! 우리 같은 고아를 보호하지 않고 누구를 보호하시렵니까? 어디 두고 보자! 세상에는 재판과 진리라는 게 있다. 나는 그것을 찾아내고야 말겠다! 죄받을 년, 이제 좀 두고 봐라! 폴랴, 잠깐만 아이들과 함께 있거라, 내 곧 다녀오마! 밖에서라도 좋으니 기다리고 있거라! 어디 이 세상에 진리가 있나 없나 가봐야지." 카테리나 이바노브나는 언젠가 죽은 마르멜라도프가 이야기했던 녹색 모직 목도리를 머리에 뒤집어쓴 다음 아직도 방 안에서 무질서하게 서성대는 술 취한 셋방 사람들 사이를 비집고 울부짖으면서 거리로 뛰어나갔다. 지금 당장 무슨 일이 있더라도 정의를 찾아야 한다는 정처없는 목적을 품고서……. 폴랴는 무서워서 아이들을 데리고 방 한구석에 놓인 궤짝 위에 움츠리고 앉아, 그중 두 아이를 꼭 껴안고 온몸을 오들오들 떨며 어머니가 돌아오기를 기다렸다. 아말리야 이바노브나는 방 안에서 왔다 갔다 하며 날카로운 소리를 지르기도 하고 울기도 했으며 손에 잡히는 대로 마룻바닥에 내던지는 등 난폭하게 굴었다. 셋방 사람들은 저마다 제멋대로 지껄여댔다. 그중에는 지금 일어난 일을 자기 나름대로 해석해서 결론내리는 사람도 있었고 싸우는 사람도 있었으며, 노래를 부르기 시작하는 사람도 있었다.

'이젠 나도 가야겠군!' 라스콜리니코프는 생각했다. '자, 소피야 세묘노브나, 당신은 무슨 말을 하려는지 어디 들어봅시다!'

그는 소냐의 거처로 걸음을 옮겼다.

4

라스콜리니코프는 자신의 가슴에 그토록이나 큰 공포와 고뇌를 지녔으면서도 소냐를 위해 루진을 상대로 조금도 겁내는 기색 없이 당당히 변호했다. 하기야 아침에 그만큼 괴로움을 겪은 다음이기도 하고, 견딜 수 없을 정도의 기분을 바꿔준 그 기회에 오히려 기쁨을 느꼈던 것도 사실이다. 물론 소냐를 도우려는 그의 기분은 상당히 개인적인 심정을 근거로 한 것이었음은 말할 나위도 없다. 특히 그의 머리에는 줄곧 얼마 뒤에 있을 소냐와의 만남이 눈에 아른거려서 이따금 지독히도 불안해졌다. 그는 소냐에게 누가 리자베타를 죽였는가를 확실히 알려주어야만 했던 것이다. 무서운 고통이 예감되어 그는 마치 그것을 떨쳐내기라도 하듯 두 손을 휘저었다. 그러므로 카테리나의 방에서 나오면서, '자, 소피야 세묘노브나, 당신은 무슨 말을 하려는지' 하고 마음속으로 외쳤을 때 그는 확실히 외면적인 흥분 상태에 있었다. 방금 루진을 상대했을 때의 용기와 도전, 승리감에서 미처 깨어나지 못했던 것이다. 그런데 이상한 일이 일어났다. 카페르나우모프의 집까지 다다르자, 갑작스레 허전함과 공포가 그를 사로잡았다. 망설이듯이 문 앞에서 머뭇거리며 그는 자신에게 계속 질문을 던졌다. '누가 리자베타를 죽였는지, 그것을 말할 필요가 있을까?' 이 의문의 기묘함은 그가 그와 동시에 말하지 않을 수 없다는 것뿐만 아니라 그 순간을 조금이나마 늦춘다는 것조차 불가능하다고 불쑥 직감했다는 점에 있다. 어째서 불가능한지는 아직 알 수 없었다. 그는 단순히 그렇게 직감했을 뿐이었다. 그러나 필연성에 대해 자기가 무력하다는 이 괴로운 의식이 그를 짓누르는 듯했다. 더 이상 이것저것 생각하기가 괴로워서 그는 재빨리 문을 열고 문턱을 밟고 서서 소냐를 쳐다보았다. 그녀는 작은 탁자에 팔꿈치를 괴고 두 손으로 얼굴을 가린 채 앉아 있다가, 라스콜리니코프를 보자 곧 일어서서 그를 맞아들였다.

마치 그를 기다리고 있었던 듯했다.

"당신이 아니었더라면 저는 어떻게 되었을까요." 방 가운데쯤에서 라스콜리니코프와 마주치자 그녀는 빠른 어조로 말했다. 이 말만을 한시바삐 그에게 전하고 싶었던 모양이었다. 그러고는 잠자코 기다리고 있었다.

라스콜리니코프는 탁자 앞까지 가서 방금 소냐가 일어선 의자에 걸터앉았다. 그녀는 거기서 두어 걸음쯤 앞에 서 있었다. 어제와 똑같은 위치였다.

"어떻습니까, 소냐?" 라스콜리니코프는 이렇게 말하며 갑자기 자기 목소리가 떨리고 있음을 느꼈다. "모든 것은 '사회적인 처지와 거기에 흔히 있을 수 있는 습관' 때문입니다. 아까 그 말에 대해서는 아셨겠지요?"

고통의 빛이 소냐의 얼굴에 떠올랐다.

"제발 어제 같은 그런 식의 이야기는 하지 말아주세요!" 소냐가 말을 가로막았다. "부탁이니 이제 그만둬주세요! 당신까지 그러시지 않아도 저는 이처럼 괴로우니까요." 그리고 그녀는 곧 미소를 지었다. 이런 비난을 입에 담아 그의 기분을 상하게 하지나 않았을까 싶어 깜짝 놀랐던 것이다. "저는 아무 생각도 없이 거기서 뛰어나왔습니다만, 그쪽은 어떻게 됐나요? 지금 가보려고 했지만, 어쩐지 당신이…… 당신이 오실 듯한 생각이 들어서……."

라스콜리니코프는 소냐에게 아말리야 이바노브나가 가족을 방에서 쫓아냈으며 카테리나가 진실을 찾으러 어딘가로 달려갔다는 이야기를 했다.

소냐가 소리쳤다.

"아, 어떻게 하면 좋아요! 빨리 가봐요……."

그녀는 자기 망토를 집어 들었다.

"언제나 이렇단 말이야!" 라스콜리니코프는 짜증스러운 듯이 외쳤다. "당신 머리에는 그 사람들 생각밖에 없어! 잠깐이라도 나하고 같이 있어주시오."

"하지만…… 어머니는?"

"그분이 당신 없이 살 수 있겠소? 집을 뛰쳐나갔다면 가만 있어도 이리로 오게 마련입니다." 그는 언짢은 듯이 덧붙였다. "이리로 왔을 때 당신이 없다면 당신만 나쁜 사람이 되는 셈이지……."

소냐는 마지못해 의자에 앉았다. 라스콜리니코프는 말없이 마루를 내려다보며 무엇인가 궁리하고 있었다.

"아까는 루진에게 그럴 생각은 없는 듯했었지만." 라스콜리니코프는 소냐를 외면한 채 말을 꺼냈다. "만약 그가 그럴 생각만 있었다면, 비록 그렇지 않다 하더라도 그럴 작정이었더라면 당신은 감옥살이를 했어야 할지도 몰랐습니다. 나하고 레베쟈트니코프가 그 자리에 없었더라면! 그렇지요?"

"네." 소냐는 가냘픈 목소리로 대답했다. 그리고 얼빠진 듯이 불안하게 되풀이했다. "네."

"사실 나는 그 자리에 어쩌면 참석하지 못했을지도 모릅니다! 더구나 레베쟈트니코프가 온 것은 순전한 우연이 아니었겠소?"

소냐는 잠자코 있었다.

"만약 감옥에 들어갈 지경에 이르렀다면 어떻게 되었을까? 어제의 이야기를 기억하오?"

소냐는 역시 대답하지 않았다. 그는 잠시 기다렸다.

"아니, 또 아, 아무 말도 말아주세요 그만두세요! 하고 울부짖지나 않을까 생각했지." 라스콜리니코프는 웃었으나 그것은 애써 지은 웃음이었다. "왜 그러십니까, 또 입을 다물긴가요?" 1분쯤 지나자 그는 물었다. "역시 무엇인가를 이야기해야겠지요? 이를테면 난 레베쟈트니코프가 말하는 '문제'인가 하는 걸 당신이 어떻게 해결할지 알고 싶군요. 아니, 이건 정말로 심각한 이야기입니다. 아시겠소, 소냐? 만일 당신이 미리부터 루진의 음모를 알아차렸다고 합시다. 다시 말해서 그의 음모 때문에 카테리나 이바노브나와 아이들도 모두 파멸할 것을 알고 있었다고 합시다. 더구나 확실히 말입니다. 아니, 당신도 함께 말이지요. 함께라고 한 것은 당신이 자기 자신은 전혀 생각하려 들지 않기 때문이오. 폴레치까도 그렇지……. 역시 똑같은 길을 더듬어야 될 테니 말입니다. 자, 그래서 말입니다, 만약 이런 문제의 해결이 갑자기 모두 당신에게 맡겨졌다고 합시다. 이 세상에서 누가 살아야만 옳을까, 다시 말해서 루진이 살아남아 나쁜 짓을 거듭해야 하는가, 카테리나 이바노브나가 죽어야만 하는가 하는 문제입니다. 만약 그렇다면 당신은 어떤 판결을 내리겠습니까? 어느 쪽이 죽어야만 한다고 생각하십니까? 그걸 듣고 싶습니다."

소냐는 불안한 눈으로 그를 바라보았다. 어딘가 분명치 않은 듯하며, 무엇인가를 간접적으로 암시하는 듯하는 말투에 그녀는 야릇한 공포에 가까운 감정을 느꼈다. 소냐는 찬찬히 그를 바라보면서 말했다.

"저는 어쩐지 당신이 그러한 것을 물으시리라고 예상했었습니다."

"글쎄, 그건 그렇다치고, 어떻게 판결내리겠습니까?"

"어째서 당신은 그런 있을 수 없는 일을 물으세요?" 소냐는 언짢아하는 기색으로 물었다.

"그럼, 루진이 살아남아서 나쁜 짓을 거듭하는 편이 좋다는 겁니까? 당신은 그런 일마저 결정짓지 못하오?"

"하지만 제가 하느님의 뜻을 어떻게 알 수 있겠어요……. 더구나 어째서 당신은 물어서는 안 될 일을 물으세요? 무엇 때문에 그처럼 아무 의미도 없는 질문을 하시지요? 더구나 그것이 제 결단과 관계되다니, 그런 법이 어디 있어요? 누구는 살아서는 안 된다는 그런 재판권을 누가 저에게 맡겼단 말씀이에요?"

"하느님의 뜻이니 어쩌니 하는 것을 들춰낸다면야 하는 수 없지." 라스콜리니코프는 음울하게 중얼거렸다.

"그보다도 솔직히 말씀해주실 수 없으세요, 당신에게 무엇이 필요한지를?" 소냐는 괴로운 듯이 소리쳤다. "당신은 또 다른 데로 화제를 돌리려고 하시는군요……. 대체 당신은 저를 괴롭히기 위해서 오신 거예요?"

소냐는 견딜 수 없어 갑자기 흐느껴 울기 시작했다. 그는 침울하고 안타까운 심정으로 그녀를 바라보았다. 5분쯤 흘렀다.

"당신 말대로요, 소냐." 마침내 라스콜리니코프는 작은 목소리로 입을 열었다. 그는 갑자기 사람이 달라진 듯했다. 일부러 그러는 듯싶은 넉살좋은 태도라든가 힘도 없는 도덕적인 투가 말끔히 가셨다. 목소리마저 갑작스레 가냘퍼졌다.

"어제 나는 당신에게 바로 내 입으로 애원하기 위해서 오는 것이 아니라고 말했었소. 그런 주제에 지금은 어쩐지 그야말로 용서를 비는 투로 말머리를 꺼내놨으니……. 내가 루진이나 하느님의 뜻에 대해서 말한 것은 나 자신을 위해서였소……. 그건 바로 내가 용서를 빈 거요, 소냐……."

그는 웃어보이려 했으나 그 파리한 미소 속에는 어쩐지 맥빠진 애매함이 깃들어 있었다. 그는 고개를 숙이고 두 손으로 얼굴을 감쌌다.

그러자 난데없이 소냐에 대한 표독스러운 증오와도 비슷한 야릇하고 뜻하지 않은 감각이 그의 마음을 스쳐갔다. 그는 스스로 이 감정에 흠칫 놀라고 겁에 질려 갑자기 고개를 쳐들고는 유심히 그녀를 살폈다. 그러나 그와 마주친 것은 물끄러미 자기를 바라보고 있는 불안하고 비통하게 느껴질 만큼 조심스러운 그녀의 눈길이었다. 거기에는 사랑이 있었다. 그러자 그의 증오는 환상처럼 사라졌다. 착각이었던 것이다. 어떤 감정을 다른 감정으로 잘못 생각했던 것이다. 그것은 그 순간이 왔음을 뜻하는 것에 지나지 않았다.

다시 그는 두 손으로 얼굴을 감싼 채 고개를 깊숙이 숙이고 말았다. 별안간 그는 파랗게 질린 채 의자에서 일어나 소냐를 쏘아보았다. 그러나 그대로 한마디도 하지 않고 무의식적인 동작으로 그녀의 침대로 자리를 옮겼다.

그의 가슴속에서 이 순간은, 그가 노파의 등 뒤에 서서 이미 도끼를 올가미에서 벗겨 이제는 한시도 지체할 수 없다고 느꼈던 그 순간과 참으로 무서울 정도로 비슷했다.

"왜 그러세요?" 소냐는 무척 겁먹은 듯이 물었다.

그는 한마디도 할 수가 없었다. 이런 식으로 고백하게 되리라고는 생각조차 못 했던 것이다. 더구나 그는 지금 자기가 어떤 상태인지조차도 알 수 없었다. 그녀는 조용히 옆으로 다가오더니 그와 나란히 침대에 걸터앉았다. 그리고 찬찬히 그를 지켜보며 기다렸다. 그녀의 심장은 격렬하게 뛰고 있어 마치 금방이라도 멈춰버릴 것만 같았다. 못 견디도록 안타까운 심정이었다. 그는 죽은 사람처럼 파리한 얼굴을 그녀에게로 돌렸다. 그의 입술은 억지로 무슨 말을 하려고 맥없이 실룩거리고 있었다. 소냐의 가슴에 공포가 스쳐 갔다.

"어머나, 왜 그러세요?" 슬쩍 몸을 뒤로 젖히듯 하면서 그녀는 되풀이했다.

"아무것도 아니오, 소냐. 무서워하지 말아요……. 시시한 일이오! 아니, 정말 생각해보면 별것 아니오." 그는 열에 들떠서 헛소리하는 사람 같은 얼굴로 중얼거렸다. "어쩌자고 나는 당신을 괴롭히러 오는 걸까?" 그녀를 보면서 그가 덧붙여 말했다. "정말 어째서일까? 나는 언제나 자신에게 이렇게 물어보고 있소, 소냐……."

아마 15분 전이었다면 그는 자신에게 이렇게 물어볼 수 있었는지 모른다. 그러나 지금은 거의 얼빠진 채 온몸에 쉴새없는 전율을 느끼면서 그저 헛소리하듯 맥없이 뇌까리기만 했다.

"아, 당신은 정말로 괴로워하시는군요." 그녀는 가만히 그의 얼굴을 들여다보며 동정 어린 목소리로 말했다.

"모두 다 부질없는 일이오! 그런데 소냐" 그는 무슨 까닭인지 갑자기 미소 지었다. 파리하고 맥없는 그 미소는 잠시 계속되었다. "어제 내가 무슨 이야기를 하려 했던 것을 기억하오?"

소냐는 불안한 표정으로 기다렸다.

"내가 어제 돌아가면서 이것으로 당신하고는 이제 영원히 만날 수 없을는지도 모른다, 그렇지만 만약 또 올 수 있다면 그때는 당신에게 말하겠다고 했지……. 누가 리자베타를 죽였는지를."

소냐는 갑자기 온몸을 와들와들 떨기 시작했다.

"그래서 나는 그것을 말하러 온 거요."

"그럼, 어제 당신은 정말로……." 소냐는 간신히 속삭이듯 말했다. "하지만 어떻게 알고 계시지요?" 갑자기 정신이 번쩍 나는 듯 빠른 말투로 물었다. 소냐는 숨이 막힐 듯했다. 얼굴빛이 차츰 핼쑥해졌다.

"알고 있소."

그는 1분쯤 입을 다물었다.

"범인을 잡았나요?" 조심조심 소냐가 물었다.

"아니, 잡은 게 아니오."

"그럼, 어떻게 그걸 알고 계시지요?" 다시 1분쯤 침묵이 흐른 뒤 소냐는 거의 알아들을 수 없는 목소리로 또다시 물었다.

라스콜리니코프는 그녀에게로 얼굴을 돌린 채 꿰뚫을 듯한 눈길로 지그시 바라보았다. 그는 여전히 일그러진 맥없는 미소를 지으며 말했다.

"맞혀봐."

경련이 소냐의 온몸을 휩쓰는 듯했다. 어린아이 같은 미소를 지으며 그녀가 물었다.

"아니, 당신은…… 저를…… 어째서 그렇게 놀라게 하세요?"

"쉽게 말하자면, 나는 그와 가까운 친구인 셈이오…… 잘 알거든." 라스콜리니코프는 이젠 눈을 뗄 수 없게 되어버린 것처럼 끈덕지게 그녀의 얼굴을 지켜보면서 말을 이었다. "그 녀석은 리자베타를…… 죽일 생각은 아니었지……. 그녀를 죽인 건 우연이었소……. 그 녀석은 할멈만을 죽일 생각으로…… 할멈이 혼자 있을 때…… 찾아간 거야……. 그런데 마침 그때 리자베타가 들어왔소……. 그래서 그만…… 그 여자까지 죽인 거지.”

또다시 무서운 침묵이 1분쯤 흘렀다. 두 사람은 줄곧 서로의 얼굴을 쳐다보고 있었다.

“아직도 알아맞힐 수 없소?” 높은 종루에서 뛰어내리는 듯한 심정으로 그가 물었다.

“네.” 들릴락 말락 하게 가느다란 목소리로 그녀가 속삭이듯 대답했다.

“자세히 보시오.”

이렇게 말한 순간, 다시 전에 겪었던 그 감각이 갑작스레 그의 마음을 얼어붙게 했다. 그는 소냐를 보았다. 그러자 그 얼굴에 리자베타의 얼굴이 겹친 듯한 생각이 들었다. 그는 자기가 도끼를 들고 다가갔던 그때의 리자베타의 표정을 생생하게 기억했다. 그녀는 한 손을 앞으로 내밀고 어린아이와도 같이 겁에 질린 표정을 지으면서 벽 쪽으로 뒷걸음질쳤다. 그것은 어린아이가 갑자기 무엇인가에 놀라, 그 무엇인가를 눈 한 번 깜박이지 않고 불안한 듯이 지켜보면서 뒷걸음질치며 조그마한 손을 앞으로 내밀고는 금세라도 울음을 터뜨리려는 모습과도 같았다. 그런데 그와 거의 같은 반응이 지금 소냐에게도 일어난 것이다. 그녀는 똑같은 모습으로 겁에 질린 채 잠시 동안 그를 지켜보더니 갑자기 왼손을 앞으로 내밀고 살짝 그의 가슴을 찌르기라도 하듯이 손가락 끝을 세워 슬그머니 그에게서 피하려는 듯 침대에서 천천히 일어났다. 라스콜리니코프를 똑바로 지켜보는 그녀의 눈길은 빨려들 듯이 그에게 못박힌 채 꼼짝도 하지 않았다. 그러자 그녀의 공포가 불쑥 그에게 전해졌다. 똑같은 모습의 겁에 질린 표정이 그의 얼굴에도 나타나며 똑같은 눈길로 그녀를 지켜보기 시작했다. 그의 얼굴에도 어린아이 같은 미소가 떠올랐다.

“알았소?” 드디어 그가 속삭였다.

“아!” 그녀의 가슴에서 끔찍한 비명이 솟구쳤다.

소냐는 비틀거리며 침대에 쓰러지더니 베개에 얼굴을 파묻었다. 그러나 다음 순간, 그녀는 벌떡 일어나 재빨리 그에게 다가가서 그의 두 손을 잡고 자기의 가녀린 손가락으로 으스러지도록 움켜쥐었다. 그러고는 다시 찰싹 달라붙듯이 눈도 깜짝하지 않고 그의 얼굴을 들여다보았다. 이 최후의 절망적인 눈길로 소냐는 마지막 희망을 찾아내어 움켜쥐려 했던 것이다. 그러나 희망은 없었다. 전혀 의심할 나위도 없었던 것이다. 모든 것은 그대로였다. 뒷날에 가서도 이 순간이 떠오를 때마다 그녀는 야릇하고 이상한 감정이 되었다. 어째서 그때 소냐는 이젠 의심할 나위도 없다는 것을 그런 식으로 한순간에 알아차렸던 것일까? 비록 아무리 그녀라 해도 무엇인가 그와 비슷한 것을 예감하고 있었다고는 말할 수 없지 않은가? 그런데 지금 그가 그런 말을 꺼내자마자 그녀는 다름아닌 바로 그 일을 마치 자기가 예감했던 것처럼 불쑥 느꼈던 것이다.

"이젠 그만해, 소냐! 충분하단 말이야! 나를 괴롭히지 말아줘!"그는 괴로운 듯이 애원했다.

그는 이런 식으로 고백하리라고는 생각조차 못 했다. 그러나 실제 그렇게 되어버리고 만 것이다.

소냐는 넋을 잃은 듯이 벌떡 일어나자 손을 마주 비비며 방 한가운데쯤까지 걸어갔다. 그러나 곧 되돌아와서 다시 그의 바로 곁에 어깨가 맞닿을 만큼 바싹 다가앉았다. 그러자 갑자기 무엇인가에 찔리기라도 한 듯이 그녀는 소스라치게 놀라며 외마디 소리를 지르더니 무엇 때문인지 자기도 모르면서 다짜고짜 그의 발 아래 무릎을 꿇었다. 절망에 쫓긴 듯이 그녀는 소리쳤다.

"대체 당신은 자기 자신에게 그런 짓을 저지르셨어요!"

그러더니 갑자기 벌떡 일어나서 그의 목에 달려들어 그를 두 팔로 으스러지게 껴안았다.

라스콜리니코프는 한 걸음 뒤로 물러서서 슬픈 듯한 미소를 지으면서 그녀를 바라보았다.

"소냐, 당신은 이상한 여자로군. 내가 이런 이야기를 했는데도 끌어안고 입을 맞추다니, 당신도 정신이 없는 모양이지?"

"당신보다 불행한 사람이 이 세상에 아무도 없어요, 아무도!"그의 말도 들리지 않는지 그녀는 정신없이 소리쳤다. 그러고는 갑작스레 발작이라도 일어난듯이 흐느껴 울기 시작했다.

벌써 오랜 옛날에 잊어버렸던 감정이 물결처럼 그의 가슴에 스며들어 순식간에 그의 마음을 부드럽게 했다. 그는 그 감정에 거역하지 않았다. 눈물이 두 방울 그의 눈에서 넘쳐 속눈썹에 맺혔다.

"그럼, 당신은 나를 버리지 않을 거지, 소냐?" 그는 희망 비슷한 것을 느끼면서 그녀를 보고 물었다.

"네, 언제까지나, 어디를 가더라도!" 소냐가 말했다. "당신을 따라가겠습니다, 어디든지 따라가겠어요! ……아, 하느님……. 아, 저는 불행한 여자예요! …… 어째서, 어째서 좀 더 미리 당신을 알지 못했을까요! 어째서 좀 더 일찍 와주시지 않으셨어요? 아, 야속해라!"

"그래서 이렇게 왔잖소."

"하지만 지금에서야! 아, 지금 새삼스레 어떻게 한단 말씀이에요! 우리 함께, 함께!" 그녀는 정신없이 되풀이하며 또 그를 끌어안았다. "시베리아 유형이라도 함께 가겠어요!"

그의 얼굴에 갑자기 경련이 스쳐가는 듯했다. 얼마 전의 그 밉살스럽고 교만하다고도 할 수 있는 미소가 입 가장자리에 떠올랐다.

"나는 말이오, 소냐, 아직 시베리아에 갈 생각은 없는지도 몰라." 하고 라스콜리니코프는 말했다.

소냐는 얼른 그를 쳐다보았다.

불행한 사나이에 대한 감격과 고통으로 가득 찬 동정의 발작이 지나가자 다시금 살인이라는 무서운 생각이 소냐를 내리쳤다. 갑작스레 말투가 달라진 그의 목소리에서 그녀는 문득 살인자의 목소리를 들었다. 소냐는 소스라치며 그를 지켜보았다. 소냐는 아직 아무것도 몰랐다. 어째서 살인이 일어났는지, 어떻게 해서, 또 무엇 때문에 일어났는지도. 지금 다시 이러한 의문이 한꺼번에 그녀의 의식에서 불타올랐다. 그리고 다시금 소냐는 믿을 수 없게 되어버렸다.

'이 사람이, 이 사람이 살인자라니! 어떻게 그런 일이 있을 수 있을까?'

"대체 어떻게 된 것일까! 나는 지금 어디에 서 있을까?" 소냐는 아직 제정신이 들지 않았는지 깊은 의혹 속에 잠긴 채 뇌까렸다. "어째서 당신이, 당신 같은 분이…… 그런 짓을 하실 수 있었어요? 어떻게 된 거예요?"

"그거야 훔치기 위해서였지! 이젠 그만, 소냐." 지쳤다기보다 오히려 화난 듯이 그는 대답했다.

소냐는 얼빠진 듯이 서 있다가 갑자기 큰 소리로 외쳤다.

"당신은 굶주리셨군요! 당신은…… 어머니를 도와드리려고, 그렇지요?"

"아니야, 소냐, 아니야." 그는 외면하고 머리를 수그리며 중얼거렸다. "나는 그렇게까지 굶주리지는 않았소……. 그렇지, 어머니를 도와드리려는 생각은 틀림없이 있었지만……. 그나마도 조금은 달라……. 더 이상 나를 괴롭히지 말아줘, 소냐!"

소냐는 철썩 소리가 나도록 두 손을 마주쳤다.

"하지만 이런 일이, 이런 일이 모두 사실이라니! 아, 어째서 이것이 사실이란 말이에요! 누가 그런 걸 믿는단 말예요. 어떻게, 어떻게 자신은 얼마 안 되는 돈을 모두 털어가며 남을 도와주면서 훔치기 위해 사람을 죽일 수 있단 말이에요? 아!……."

소냐는 문득 목소리를 높였다.

"어머니께 주신 그 돈도…… 그 돈도, 아! 어쩌면 좋아! 그럼, 그 돈도……."

그는 재빨리 말을 가로막았다.

"아니오, 소냐 그 돈은 아니야, 염려 마오! 그 돈은 어머니가 어떤 상인을 통해 보내주신 거요. 내가 병들었을 때, 내가 준 그날 받은 거요. 라주미힌이 알고 있어……. 그가 대신 받아준 거니까……. 그 돈은 내 거야. 진짜 내 돈이란 말이오."

소냐는 의아한 표정으로 그의 말을 듣고 있었다. 그리고 열심히 무슨 생각인가를 맞춰보려 하고 있었다.

"그런데 그 돈은……. 하기야 거기에 돈이 있었는지 어땠는지도 몰랐었지만 말이오." 그는 작은 목소리로 생각에 잠긴 듯 덧붙여 말했다. "나는 그때 할멈의 목에서 지갑을 벗겼지…… 불룩한 가죽 지갑이었소……. 하지만 나는 그 안을 보지 않았소. 그럴 여유가 없었던 거요. 틀림없이…… 물건은 장식 단추라든가 금줄 같은 것이었소. 그래서 그 물건과 지갑을 나는 거리의 남의 집 마당에 있는 바윗돌 밑에 묻어버렸지, 다음 날 아침에…… 지금도 모두 거기 있을 거요……."

소냐는 미동도 않고 신경을 집중해 듣고 있었다.

"하지만 그럼…… 어째서 훔치기 위해서였다고 말씀하시는 거예요? 결국 당신은 아무것도 훔치지 않은 셈이잖아요?" 소냐는 지푸라기라도 잡는 심정으로 재빨리 물었다.

"글쎄, 알 수가 없어……. 나는 결심이 서지 않았던 거요. 그 돈을 가질까 말까 하는 것 말이오." 그는 다시 생각에 잠긴 듯 뇌까리다가 문득 정신을 차리고는 잠시 입가에 엷은 웃음을 띠었다. "제기랄, 나는 또 어쩌자고 쓸데없는 소리를 해버렸담, 응?"

소냐의 머리에 언뜻 '이 사람은 미친 게 아닐까?' 하는 생각이 스쳐갔다. 그러나 곧바로 그녀는 그 생각을 떨쳐버렸다. '아니야, 다른 무언가가 있는 거야.' 그러나 그것이 무엇인지 그녀로서는 전혀 짐작조차 할 수 없었다.

"이봐요, 소냐." 그는 문득 어떤 영감이 떠오른 듯이 말했다. "나는 이렇게 말하고 싶소. 만약 내가 굶주림 때문에 죽인 것이라면," 그는 한마디 한마디에 힘을 주어가며 수수께끼 같은 심각한 눈으로 그녀를 지켜보면서 말을 이었다. "나는 지금 행복했을 거라고 생각해! 믿어줘! 하지만 그것이 당신한테 어떻다는 거요, 그게 어떻다는 거야!" 잠깐 사이를 두고 나서 그는 어떤 종류의 절망감으로 소리쳤다. "내가 나쁜 짓을 했습니다, 하고 고백한들 그게 당신과 무슨 상관이 있다는 거요? 나에 대한 이 어리석은 승리가 당신에게 어떻다는 거야! 아, 소냐! 이런 것 때문에 나는 당신을 찾아왔단 말인가!"

소냐는 다시 무슨 말을 하려다가 입을 다물고 말았다.

"내가 어제 함께 가자고 당신한테 말한 것은, 내게 남아 있는 건 당신밖에 없기 때문이오."

"하지만 어디로?" 소냐는 조심스레 물었다.

"도둑질하러 가거나 사람을 죽이러 가자는 건 아니니 염려 마오. 그런 일로 가는 게 아냐." 라스콜리니코프는 빙그레 웃었다. "우리는 인간 됨됨이가 다른 걸……. 그리고 소냐, 나는 이제야, 겨우 바로 이 순간에야 알았소. 당신한테 어제 어디 가자고 했는지를. 솔직히 말해 어제 당신한테 가자고 했을 때는 나 자신도 어디로 가야 할지 몰랐소. 당신에게 가자고 했던 것이나 이리로 온 것이나 모두 오로지 당신이 나를 버리지 말아주었으면 하는 절박한 심정에서였소. 나를 버리지 않겠지, 소냐?"

소냐는 그의 손을 꼭 쥐었다.

'그렇다 치더라도 어째서 나는 이 여자에게 말해버린 것일까? 어째서 고백하고 말았을까?' 조금 지나자 그는 한없는 고뇌의 눈으로 그녀를 지켜보며 절망에 휩싸여 소리쳤다. "지금 당신은 내 설명을 기다리고 있는 거지, 소냐? 앉아 기다리는 거지, 그렇지? 나는 알아. 하지만 당신에게 뭐라고 해야 좋을까? 어차피 당신은 아무것도 이해할 수 없을 테고, 당신은 다만…… 나 때문에 괴로워할 뿐이오! 그것 보오, 지금 당신은 울면서 또 나를 껴안잖소. 하지만 당신은 무엇 때문에 나를 껴안는 거요? 내가 혼자서는 견디지 못해서 괴로움을 남과 나눠가지러 왔기 때문일까? '당신도 괴로워해 봐. 내가 좀 편해지도록!' 하고 말이오. 도대체 당신은 그런 비열한 사나이를 사랑할 수 있을까?"

"하지만 당신도 괴로워하시잖아요?" 소냐가 소리쳤다.

또다시 아까와 같은 감정이 물결치듯 밀려와 라스콜리니코프의 마음을 한순간 부드럽게 했다.

"소냐, 내 마음은 악독하오. 그걸 잊어서는 안 돼. 그걸로 많은 걸 설명할 수 있으니까. 내가 온 것은 내가 악독하기 때문이오. 오지 않을 사람도 있지. 하지만 나는 겁쟁이고…… 비열한 인간이오! 하지만…… 어쨌든 좋아! 이런 건 아무래도 상관없이……. 이젠 이야기해야겠는데, 어쩐지 말머리를 꺼낼 수가 없군……."

그는 말을 끊고 생각에 잠겼다. 그리고 또다시 소리쳤다.

"그렇지, 우리 둘은 서로 다른 인간들이야! 전혀 닮지 않았어. 그런데도 어째서 여기로 왔을까. 절대로 용서할 수 없는 일이야!"

"아녜요, 그렇지 않아요. 정말로 잘 오셨어요!" 소냐가 소리쳤다. "제가 알고 있는 편이 더 좋은 거예요, 훨씬 좋아요!"

라스콜리니코프는 고통스러운 표정으로 그녀를 바라보았다. 겨우 생각을 정리한 것처럼 그가 말했다.

"정말 그렇군! 처음부터 이렇게 되도록 정해졌던 거요. 다시 말하면 나는 나폴레옹이 되고 싶었던 거요. 그래서 죽인 거야, 이젠 알겠지?"

"아녜요." 소냐는 순진하게 겁먹은 듯이 속삭였다. 그녀는 열심히 부탁했다. "하지만…… 계속해서 말씀해주세요. 저는 알아요, 마음으로는 모든 걸 알 수 있어요!"

"알 수 있다고? 좋아, 그럼, 이야기해보지!" 라스콜리니코프는 입을 다물고 오랫동안 생각에 잠겼다.

"사실은 이런 거요. 나는 언젠가 자신에게 이런 문제를 던져봤지. 즉 만약 나폴레옹이 나와 같은 처지에 놓였다고 한다면 말이오, 그 출세길을 여는 데 필요한 툴롱이라든가 이집트라든가 몽블랑 원정이라든가 하는 것도 없으며, 그처럼 아름다운 기념비 구실을 하는 것 대신 시시하기 짝이 없는 14등관 관리의 과부 할멈밖에 없다고 합시다. 더구나 그 할멈의 트렁크에서 돈을 훔쳐내기 위해, 이건 출세를 위한 거요, 알겠소? 어떤 일이 있어도 그 할멈을 죽여야만 했다고 합시다. 그런 경우 달리 아무 방법이 없다면 과연 그는 그것을 실행했을까? 그것이 기념비 같은 구실을 하지 못한다고, 더구나…… 죄 많은 짓이라 해서 망설이지는 않았을까? 여기서 당신에게 말하고 싶은 것은, 이 '문제'를 두고 오랫동안 골몰하는 동안 나는 무척이나 부끄러웠다는 거요. 왜냐하면 나는 마침내 결론을 얻을 수 있었거든. 그것도 갑작스럽게. 나폴레옹이라면 망설이기는커녕 기념비 구실을 하지 못한다는 의미 따위도 생각하지 않았을 게 틀림없다고…… 아니, 무엇 때문에 망설일 필요가 있는지 전혀 이해도 하지 못했을 거야. 그리고 만약 정말로 다른 방법이 없다고 한다면 부질없는 생각에 잠기는 그런 짓은 아예 집어치우고 단숨에 목 졸라 죽여버렸을 것이 틀림없소! 그래서 나도 부질없는 생각에 골몰하는 것을 집어치운 거요. 그리고 권위 있는 선례에 따라…… 목을 졸라 죽인 셈이지……. 정말로 지금 말한 그대로였어! 당신에겐 우스꽝스럽겠지? 그렇지, 소냐? 여기서 무엇보다도 우스꽝스러운 건 그게 사실 그대로였다는 점이오……."

소냐에게 이것은 우스꽝스럽다느니 할 수 있는 이야기가 아니었다.

"좀 더 분명히 말씀해주세요……. 비유 같은 건 그만두시고." 아까보다 더 겁먹은 듯이 머뭇거리며 겨우 들릴 정도의 목소리로 소냐는 부탁했다.

라스콜리니코프는 소냐를 돌아보고 슬픈 듯이 그녀의 손을 잡았다.

"그렇지, 이번에도 당신 말 그대로군, 소냐, 이런 건 모두 부질없소. 그저 지껄여보는 것에 지나지 않소! 그보다 당신도 알고 있듯이 어머니는 거의 빈털터리요. 동생은 어쩌다 보니 교육을 받아 여기저기 가정 교사 자리라도 찾아보려고 헤매다녔지. 두 사람의 모든 희망은 나에게만 쏠린 셈이오. 나는 공부를 했지. 그런데 학비를 끝까지 댈 수 없어 한때 휴학해야 했소. 하기야 그런 상태가 이어졌더라면 10년이나 20년 뒤엔 사태가 호전된다는 걸 전제로, 나는 기껏해야 선생이나 관리가 되어 연봉 1천 루블쯤 받을 희망도 있었지.—그는 마치 수업 시간에 배운 내용을 암송하는 듯한 말투로 지껄였다.—하지만 그동안 어머니는 근심과 슬픔 때문에 메말라버려 결국 나는 어머니를 편하게 해드리지 못할 거요. 그럼, 동생은…… 아니, 동생은 훨씬 더 지독한 꼴을 당할지 몰라! …… 그렇다면 무엇 때문에 평생 동안 모든 것에 눈을 감고 모든 것에 등을 돌려 어머니 일마저 잊고 동생의 오욕을 얌전히 견뎌내야 하오? 무엇 때문에? 어머니와 동생을 희생시켜 그 대신 새로이 아내와 자식을 만들고, 그들도 마지막엔 결국 무일푼이 되어 제대로 먹지조차 못하게 한 채 이 세상에 버려두고 가기 위해서인가? ……때문에 나는 결심한 거요. 할멈의 돈을 내 것으로 만들어 그걸로 우선 몇 해 동안의 생활을 보장받는 거요. 어머니를 괴롭히는 일 없이 마음 놓고 대학에서 공부하고, 대학을 나온 뒤에는 첫걸음을 내디딜 자금으로 쓸 수도 있으며, 더구나 모든 것을 떳떳하고 철저하게 해서 완전히 새로운 출세의 길을 닦아 새로이 독립한 인생 항로를 걷고 싶었소. 이게 모두요. 그래서 나는 할멈을 죽였소. 그건 나쁜 일임에 틀림없소……. 이젠 그만 하지!"

그는 허탈해진 듯이 겨우 말을 맺자 고개를 떨어뜨렸다.

"아, 그렇지 않아요, 그렇지 않아." 소냐는 비통하게 소리쳤다. "그런 일이 어떻게 있을 수 있어요……. 그렇지 않아요, 그렇지 않아!"

"그렇지 않다는 걸 당신도 아는군! ……하지만 나는 진지하게 이야기한 거요. 진실을!"

"그게 어떻게 진실이에요! 아, 하느님!"

"나는 이를 한 마리 죽였을 뿐이오, 소냐. 아무 쓸모도 없는 추잡스럽고 해만 끼치는 이를."

"오, 사람을 보고 이라니?"

"물론 이가 아니란 건 나도 알아." 그는 야릇한 눈초리로 소냐를 보면서 대답했다. "하기야 나는 지금 거짓말을 하는 거요, 소냐." 그는 덧붙여 말했다. "이미 오래전부터 거짓말을 하고 있었지……. 지금 한 말은 모두 엉터리요. 당신이 말한 대로야. 원인은 전혀 다른 거요……. 나는 오랫동안 누구와도 이야기를 하지 않아서, 소냐…… 나는 지금 머리가 몹시 아프오." 그의 눈은 열병에 걸린 것처럼 불타고 있었다. 마치 열에 들뜨기 시작한 듯했다. 불안한 미소가 그의 입 언저리에 맴돌았다. 흥분한 정신 상태의 깊숙한 내부에서 이미 무서운 무력감이 내비치고 있었다.

소냐는 그가 얼마나 괴로워하는지 알 수 있었다. 그녀 역시 현기증이 나기 시작했다. 더구나 그의 야릇한 말투. 무엇인지 알아들을 수 있을 듯도 하지만…… 그렇지만 어떻게 그런 일이…… "아, 하느님!"

그녀는 절망한 나머지 손을 마주 비벼댔다.

"아니오, 소냐. 그런 게 아니야!" 라스콜리니코프는 갑자기 머리를 쳐들고 다시 이야기하기 시작했다. 뜻하지 않은 사고의 전환에 놀라 다시금 흥분하기 시작한 모양이었다.

"그런 게 아니라…… 이렇게 생각해 줘! 그렇지, 정말 그게 좋겠어! 나는 교만하고 질투가 심하고 심술궂고 비열하고 집념이 강하고 게다가 아마도 발광 증세가 있는 사람이라고 생각하는 거요. 차라리 그 모두를 합쳐 생각하는 게 좋소! 어차피 그전부터 발광 증세가 있다고 들어왔고, 나도 알고 있었거든! 나는 아까 대학 다닐 학자금을 댈 수 없었다고 말했지. 하지만 어쩌면 댈 수 있었을지도 몰랐소. 학교에 낼 정도의 돈은 어머니가 보내주셨을 테고 구두며 옷이며 빵을 살 돈은 내가 벌 수 있었거든. 정말이오! 가정 교사 자리도 있었고, 50코페이카씩은 받았으니까. 라주미힌만 해도 일하고 있거든. 그런데 나는 심술이 나서 일하려 하지 않았던 거요. 그렇지 심술이 난 거야. 이게 꼭 맞는 말이로군! 그래서 나는 개미처럼 내 보금자리에 틀어박혀버렸소. 당신은 내 방에 온 적이 있으니까 봤겠지……. 그런데 소냐, 낮은 천장이라든가 비좁은 방은 마음이나 머리를 짓눌러버리게 마련이오! 아, 그 골방 구석을 얼마나 미워했는지 당신은 모를 거요! 그런데 그러면서도 거기를 빠져나올 생각이 들지 않았거든! 일부러 생각을 하지 않았어! 며칠이고 거기서 나오려고 일하려고도 하지 않았으며 먹으려고도 하지 않은 채 누워 있기만 했던 거요. 나스타샤가 먹을 것을 갖다주면 먹고 갖다주지 않으면 종일 굶었소. 심술을 부려서 부탁하지 않았지. 밤에는 불도 없는 컴컴한 방에서 그냥 잤소. 초를 살 돈을 벌기도 귀찮았으니까. 공부를 해야만 하는데도 책을 팔아버리고 책상 위의 노트나 수첩에는 지금 먼지가 1인치나 쌓여 있소. 나는 아무것도 하지 않고 벌렁 누운 채 생각에 잠겨 있는 것이 좋았어. 줄곧 생각만 했지……. 더구나 늘 꿈을 꾸는 거야. 온갖 이상한 꿈이었소. 이야깃거리도 안 되는 꿈이었지. 그런데 그때부터 머리에 아른거리기 시작한 게 있었어……. 아니, 그런 게 아냐! 나는 또 다른 이야기를 하고 있군! 사실은 말이야, 그 무렵 나는 언제나 혼자서 자신에게 물어보고 있었던 거요. '어째서 나는 이처럼 바보일까? 다른 친구들이 바보임을 내가 확실히 알고 있으면서도 어째서 나는 조금도 영리해지려 하지 않을까?' 이렇게 말이오. 나중에는 알았지만 소냐, 모두가 영리해질 때까지 기다린다는 건 엄청난 시간이 걸리는 일이더군. 그리고 이런 것도 알게 되었소. 즉 그런 일은 절대로 있을 수 없다, 인간이란 쉽사리 변하지 않고 또 인간들을 개조할 사람이 나타날 듯한 기색도 없다, 도대체 그런 일에 애를 쓰면 그만큼 손해를 보는 것이라고 말이오! 아니, 정말 그래! 이건 녀석들의 법칙이거든…… 법칙이야, 소냐! 그래! 그래서 이제 나도 알았소, 소냐. 머리와 마음이 굳세고 힘 있는 자가 녀석들의 지배자가 된다는 것을 말이오. 많은 일을 눈 딱 감고 해낼 수 있는 인간이 녀석들 사이에서 권리를 갖게 되는 거요. 좀 더 많은 사람들을 짓밟을 수 있는 자만이 녀석들 사이에서 입법자가 되는 거요! 누구보다도 앞장서서 결단내리는 이만이 누구보다도 올바른 거야! 지금까지도 줄곧 그러했고 앞으로도 줄곧 그럴 거요! 눈을 감은 장님만이 그걸 알아차리지 못하는 거요!"

라스콜리니코프는 이렇게 말하면서 소냐의 얼굴을 보고 있었으나 그녀가 알아듣는지 어떤지는 이미 신경 쓰지 않았다. 그는 완전히 열에 들뜬 듯싶었다. 그는 어떤 환희 같은 것에 도취되어 있었다. 확실히 그는 너무 오랫동안 누구와도 이야기하지 못했던 것이다! 소냐는 이 음산한 교리문답이 그의 신념이기도 하고 법률이기도 하다는 것을 알아차렸다.

"나는 그때 깨달은 거요. 소냐." 그는 정신없이 들떠서 말을 계속했다. "권력은 다만 허리를 굽혀 그걸 줍는 사람에게만 주어진다고 말이오. 방법은 단 하나밖에 없지. 용감하게 결단내려 단행하기만 하면 되는 거요! 이때 내게 한 가지 생각이 싹텄소. 평생 처음으로 나 말고는 아무도 감히 생각하지 못한 그런 생각이 떠오른 거요. 아무도 생각하지 못한 거야! 나는 문득 확실하게 알아냈지. 지금까지는 단 한 사람도 이러한 불합리의 곁을 지나치면서도 그 꼬리를 잡아 슬쩍 흔들어보는 참으로 간단한 일마저 냉큼 하려들지 않았거든. 아니, 지금도 하고 있지 않아. 나는…… 나는 결단을 내리고 싶었던 거요. 그래서 죽였지……. 소냐, 나는 다만 실행하고 싶었을 뿐이오. 이것이 모든 이유요!"

"아, 아무 말도, 아무 말도 하지 마요!" 소냐는 두 손을 마주 비비면서 소리쳤다. "당신은 하느님에게서 떠난 거예요. 그래서 하느님께선 당신을 벌주시려고 악마에게 보내신 거예요!……."

"아, 생각나는군, 소냐! 그건 내가 어둠 속에 드러누워 이런저런 일을 생각하고 있었을 때요. 그럼, 그건 악마가 나를 유혹한 거로군!"

"아무 말씀 마세요! 제발 나를 놀리지 말아주세요. 그것은 하느님을 모독하는 거예요. 당신은 아무것도 모르는 거예요! 오, 하느님, 이 사람은 아무것도, 아무것도 몰라요!"

"잠자코 있어줘, 소냐, 나는 지금 소냐를 놀리는 게 아니오, 나 스스로도 악마에게 유혹당했음을 알고 있으니까. 아무 말 말아주오. 소냐! 제발 아무 말 말아줘." 그는 끈덕지고 음울하게 되풀이했다. "나는 모든 것을 다 알고 있어, 그건 모두 내가 어둠 속에 누워 있을 때 이미 몇 번이나 생각하며 자신에게 속삭였던 거요, 그런 것에 대해 나는 가장 사소한 점에 이르기까지 나 자신과 논의를 거듭했지. 그래서 모두 알고 있는 거요. 그리고 나는 그런 생각을 되풀이하는 것이 진절머리나도록 싫어진 거야. 싫증이 날대로 나버린 거야. 나는 모조리 잊어버리고 처음부터 새로 시작하려 했지. 그래서 혼자 되풀이하는 생각을 걷어치운 거요. 설마 당신은 내가 바보처럼 단순히 앞뒤조차 가리지 않고 한 일이라곤 생각하지 않겠지? 나는 생각하는 인간으로서 한 거요. 그런데 그것이 나를 파멸시킨 거요! 그리고 설마 당신은 나에 대해서 이렇게는 생각하지 않겠지. 이를테면 일단 내가, 나는 과연 권력을 지닐 자격이 있을까 따위로 자문이라도 하기 시작한다면, 그건 이미 내게는 권력을 지닐 자격조차 없다는 것을. 또한 만약 인간은 이[虱]인가 하는 의문을 갖기라도 한다면 이미 내게 인간은 이[虱]가 아니며, 인간이 이[虱]일 수 있다는 의문 같은 것을 가져보지도 않고, 회의를 한다든가 하는 일도 전혀 없이 똑바로 목표를 향해 나아가기만 하는 사람에게 있어서만이 그럴 수 있다는 것을 나는 아오. 나는 벌써 며칠을 두고 나폴레옹이라면 이런 짓을 했을까 하지 않았을까 하는 문제로 줄곧 고민했으니 자신이 나폴레옹이 아님을 확실히 안 셈이지……. 소냐, 나는 이런 아무 쓸모없는 상념의 고통을 질리도록 견뎌왔소. 그래서 그런 것을 모조리 떨쳐내고 싶다고 생각한 거요. 소냐, 나는 이러쿵저러쿵하는 그따위 이론을 아예 무시하고 죽이고 싶었소. 나를 위해서, 나 한 사람을 위해서 죽이고 싶었던 거요! 이 점에 대해선 나 자신에게 거짓말을 하고 싶지 않았소. 나는 어머니를 도와주고 싶어 죽인 게 아니오. 전혀 당치 않은 소리지! 돈과 권력을 손에 넣고 인류의 은인이 되기 위해 죽인 것도 아니오. 터무니없지! 나는 그저 죽였을 뿐이오. 나를 위해서, 나 하나만을 위해 죽인 거요. 그러고 나서 내가 어떤 의미에서 은인이 되든 평생을 두고 거미처럼 모든 사람을 거미줄로 사로잡아 그 피를 빨아먹게 되어도 그 순간의 나에게는 아무래도 상관없었던 거요! 더구나 소냐, 내가 죽였을 때 필요로 했던 것은 돈이 아니었소. 돈보다 오히려 다른 그 무엇이 필요했던 거요…… 이제는 그게 무엇인지를 완전히 알았어…… 이해해주겠지! 비록 같은 길을 걷는다 해도 나는 두 번 다시 살인을 하지 않을 거요. 나는 다른 것을 알 필요가 있었소. 다른 것이 나를 인도한 거요! 내가 그때 한시바삐 알고 싶었던 것은 나도 다른 사람과 마찬가지로 이[蝨]냐, 그렇잖으면 인간이냐 하는 점이었소. 나는 짓밟고 넘어설 수 있는가, 그렇잖으면 할 수 없는가, 일부러 허리를 굽혀 주울 것인가, 그렇잖으면 하지 않을 것인가, 나는 겁에 질려 떨기만 하는 벌레인가, 아니면 사람을 죽일 권리를 가졌는가……"

"사람을 죽일 권리요? 사람을 죽일 권리가 있다고요?" 소냐는 두 손을 마주쳤다.

"아, 소냐!" 그는 초조한 듯이 소리치면서 무엇인가를 반박하려 하다가는 그대로 경멸하듯 입을 다물고 말았다.

"이야기를 끝까지 들어줘, 소냐. 나는 당신에게 한 가지만을 증명하려 했던 거요. 그때는 악마에게 홀렸던 것이지만, 그게 끝나자 악마 녀석은 내게 그런 짓을 할 자격이 없다고 설명하지 않겠소. 왜냐하면 나도 다른 친구들과 마찬가지로 똑같은 이[蝨]였으니까! 녀석은 나를 웃음거리로 삼은 거요! 그래서 나는 당신에게 왔어! 손님으로서 맞아주오! 내가 만일 이[蝨]가 아니었다면 뭣하러 당신을 찾아왔겠소! 그때 내가 할멈에게 간 것은 그저 시험해보기 위해서였거든…… 정말 그래서였소. 믿어줘!"

"그러곤 죽여버렸어요! 죽여버렸잖아요!"

"그런데 어떤 식으로 죽였다고 생각하오? 그런 식으로 죽일 수도 있을까? 내가 그리로 간 것처럼 그렇게 사람을 죽이러 가는 사람이 어디 있담. 내가 어떤 상태로 사람을 죽이러 갔는가는 언젠가…… 이야기해주지……. 정말 나는 노파를 죽인 것일까? 나 자신을 죽인 거지 노파를 죽인 게 아냐……. 영원히 내 자신을 죽인 거야! 죽인 거야, 영원히! 할멈을 죽인 것은 악마였어, 내가 아니야. 이제 그만해, 됐단 말이야! 내버려둬줘." 라스콜리니코프는 갑자기 격렬한 고통에 사로잡히며 소리쳤다. "나를 내버려둬!"

그는 무릎에 두 팔꿈치를 괴어 집게로 죄듯이 두 손바닥으로 머리를 감쌌다. "괴로우시지요!" 안타까운 비명이 소냐의 입에서 나왔다.

"자, 이제부터 어떻게 하면 좋을지 좀 가르쳐주오."

불쑥 고개를 쳐들고 절망 때문에 보기 흉하게 일그러진 얼굴로 그녀를 쏘아 보면서 그가 물었다.

"어떻게 하다니요?" 소냐가 벌떡 일어서면서 소리쳤다. 여태까지 눈물이 가득 넘쳐흐르던 그녀의 눈이 갑자기 번들거렸다. "일어나세요!" 그녀는 그의 어깨를 움켜잡았다. 그는 놀라 얼빠진 듯 그녀를 바라보면서 몸을 일으켰다. "지금 당장 광장에 가서 네거리에 서세요. 무릎을 꿇고 먼저 당신이 더럽힌 대지에 입 맞추세요. 그러고는 주위를 향해 온 세계에 절하세요. 그리고 모든 사람이 들을 수 있도록 '제가 죽였습니다' 말하세요! 그러면 하느님께서 당신에게 새 생명을 주실 거예요. 가실 거죠?" 소냐는 발작이라도 일으킨 듯 온몸을 떨면서 그의 두 손을 꼭 움켜쥐고 타는 듯한 눈으로 그를 지켜보며 물었다.

라스콜리니코프는 소스라치게 놀랐다. 그녀의 뜻하지 않은 흥분에 어리둥절해졌다.

"유형을 말하는 거요, 소냐? 자수라도 하라는 말인가?" 라스콜리니코프는 깊숙이 가라앉은 목소리로 물었다.

"고통을 받고 그 고통으로 자신을 속죄하는 거예요. 그게 필요해요."

"싫어! 나는 거긴 가지 않겠어, 소냐."

"그럼, 이제부터 어떻게 살아갈 작정이세요? 뭘 의지하고 살아가려고요?" 소냐가 소리쳤다. "지금 와서 그런 일이 가능하겠어요? 어머님한테 뭐라고 말씀하실 작정이세요. 세상에 그런 말이 어디 있어요. 당신은 이미 어머니와 동생마저 버리셨군요. 그래요, 이미 그분들을 버리신 거예요! 아, 하느님! 이런 일은 이미 이 사람 스스로가 완전히 알고 있습니다. 하지만 어떻게, 어떻게 사람을 떠나서 살아갈 수 있을까요! 당신은 이제부터 어떻게 될까요?"

"어린애 같은 소리 하지 마, 소냐!" 라스콜리니코프는 부드럽게 말했다. "그들에게 내가 무슨 나쁜 짓을 했다는 거요? 어째서 갈 필요가 있지? 녀석들에게 뭘 말하겠소. 그런 건 모두가 환상이오……. 녀석들 자신이 몇 백만이나 되는 사람을 죽여놓고는 은인인 척하고 있잖소. 녀석들은 사기꾼이며 치사하고 비열해, 소냐……. 나는 가지 않겠어. 더구나 뭐라고 하겠어? 죽이긴 했습니다만 돈은 가질 용기가 없어 바윗돌 밑에 감췄습니다, 해야 하나?" 라스콜리니코프는 짓궂은 미소를 띠며 덧붙였다. "그런 말을 하면 녀석들은 우스갯거리로 여겨 물건도 빼앗지 못한 멍텅구리 녀석이라고 할 거야. 겁쟁이 바보라고 말이오! 소냐, 그 녀석들은 아무것도 알지 못해. 더욱이 알 만한 값어치도 없소. 어째서 가야 하지? 어림도 없어, 소냐, 어린아이 같은 소리 마오……."

"앞으로 더욱 고통스럽게 돼요, 틀림없이." 그녀는 처절한 애원의 빛을 담고 그에게 손을 내밀면서 되풀이했다.

"아마 나는 아직도 나 자신을 중상하고 있었던 모양이로군." 그는 우울한 듯이 암담한 목소리로 말했다.

"어쩌면 나는 아직도 이(蝨)가 아니라 인간일지 모르겠군. 너무 경솔히 자신을 탓한 모양이야……. 나는 계속 싸울 테다."

오만한 엷은 웃음이 그의 입 언저리에 떠올랐다.

"그런 괴로움을 짊어지고 가다니! 그나마도 평생토록, 한평생을?……."

"곧 익숙해지겠지……." 라스콜리니코프는 음산하고 우울하게 말했다. "들어주오." 5분쯤 뒤 그는 다시 입을 열었다. "그만 울어, 용건을 말해야지. 내가 이곳에 온 건 내가 지명 수배를 받아 머지않아 체포되리라는 것을 말하기 위해서요."

"아!" 소냐는 겁에 질린 듯이 외쳤다.

"아니, 어째서 그렇게 놀라지! 나보고 징역살이를 하라고 자기 입으로 말해놓고는 이제 와서 그처럼 놀라다니! 하지만 나는 녀석들에게 지지 않겠어. 나는 끝까지 녀석들과 싸우겠어. 녀석들이 무슨 수가 있담. 녀석들에게는 증거가 없단 말이오. 어제는 몹시 위험해서 나도 이젠 다 틀렸구나 싶었지. 하지만 오늘은 좀 달라. 녀석들의 증거란 모두 아무렇게나 해석되는 것뿐이거든. 즉 나는 녀석들의 기소 자료를 이쪽에 유리하게 이용할 수 있단 말이야, 알겠소? 나는 거꾸로 이용할 거요, 벌써 방법을 익혀두었으니까……. 하지만 역시 감옥에는 틀림없이 들어가게 되겠지. 어떤 사정만 없었더라면 오늘이라도 들어갔어야 했을 터인데. 아니, 어쩌면 오늘 바로 이제부터라도 들어가게 될 가능성이 있는지 몰라……. 그러나 그런 건 아무 상관없어. 소냐, 얼마 동안 들어가 있으면 곧 풀려나……. 왜냐하면 녀석들에게 진짜 증거라고는 하나도 없거든. 앞으로도 나타나지 않을 거고. 장담하지만 녀석들의 손에 있는 것만으로는 한 인간을 파멸시킬 수 없단 말이오. 그러나 이젠 알겠지……. 나는 다만 당신이 알아주기를 바랐을 뿐이오……. 동생과 어머니에겐 두 사람이 믿지 않도록, 깜짝 놀라지 않도록 무슨 수를 쓸 작정이야……. 하기야 동생은 이미 그럭저럭 안정된 모양이고, 그렇게 되면 어머니도…… 뭐, 그런 거지. 하지만 조심해 주오. 그런데 내가 감옥에 들어가면 면회 와주겠소?"

"네, 가고말고요! 가고말고요!"

두 사람은 폭풍이 있은 뒤 인적 드문 바닷가에 단둘이서 표착한 것처럼 한없는 슬픔에 잠겨 나란히 걸터앉아 있었다. 그는 소냐를 바라보며 그녀의 애정이 절실히 자기에게 쏠려 있음을 느꼈다. 다만 이상하게도 그는 문득 자기가 그만큼 사랑받고 있다는 것이 쓰리고 괴로웠다. 확실히 그것은 야릇하고 무서운 감각이었다. 소냐를 찾아오는 길에 그는 자기의 모든 희망과 구원이 그녀에게 달려 있는 듯이 느껴졌던 것이다. 그는 괴로움을 조금이나마 덜고 싶었다. 그런데 지금 그녀의 마음이 남김없이 자기에게 쏠려 있음을 보자, 그는 문득 자신이 그전보다 훨씬 더 불행해졌음을 느끼고 의식한 것이다.

"소냐, 내가 감옥에 들어간다면 차라리 찾아오지 않는 편이 좋겠소."

소냐는 대답하지 않았다. 그녀는 울고 있었다. 몇 분이 흘렀다. "십자가를 갖고 계세요?" 문득 생각난 듯이 그녀가 물었다.

라스콜리니코프는 처음 한동안 질문의 뜻을 이해할 수가 없었다.

"갖고 계시지 않군요. 그럼, 이걸 드리겠어요. 삼나무로 만든 거예요. 제게는 그것 말고도 구리로 된 리자베타의 십자가가 있어요. 저는 리자베타와 십자가를 서로 바꿨어요. 리자베타가 저에게 십자가를 주고 저는 그녀에게 성상을 주었지요. 이제부터 저는 리자베타의 것을 걸고 이건 당신에게 드리겠어요. 자, 받아주세요…… 제 것이니까요! 제 것이니까요!" 그녀는 졸랐다. "함께 괴로워 하기로 해요. 함께 십자가를 지기로 해요!"

"그럼, 받겠어!" 라스콜리니코프는 그녀를 슬프게 하고 싶지 않았다. 그러나 그는 십자가를 받으려고 내민 손을 다시 거두었다. "지금은 안 돼, 소냐. 나중 에 받는 게 좋겠소." 그녀를 안심시키려고 그는 덧붙였다.

"네, 네, 그러는 편이 좋겠어요, 그러는 편이." 그녀는 얼빠진 듯이 맞장구쳤 다. "괴로움을 받으러 갈 때 걸고 가세요. 제게 오시면 그때 당신에게 걸어드리 겠어요. 그러고 나서 기도를 올린 뒤 함께 가요."

이때 누가 문을 세 번 두드렸다.

"소피야 세묘노브나, 들어가도 좋습니까?" 아주 귀에 익은 정중한 목소리가 들려 왔다.

소냐는 흠칫 놀라면서 문으로 달려갔다. 아마빛 머리카락의 레베쟈트니코 프의 얼굴이 방 안을 들여다보고 있었다.

5

레베쟈트니코프는 몹시 근심스러운 듯했다.

"당신한테 말씀드릴 일이 있어서요, 소피야 세묘노브나. 실례하겠습니다, 당 신도 틀림없이 와 계시리라 생각했습니다." 그는 갑자기 라스콜리니코프에게 말을 걸었다. "아니, 그렇다고 뭐…… 그런 걸 생각했다는 것이 아니라……. 그 저 그런 생각이 들었을 뿐입니다……. 사실은 카테리나 이바노브나가 좀 이상 해졌습니다……." 그는 라스콜리니코프에게서 눈을 떼고 불쑥 소냐를 보며 말 했다.

소냐는 비명을 올렸다.

"아니, 적어도 그렇게 보인다는 것입니다. 다만…… 우리는 어떻게 할 수가 없었기 때문에…… 그래서…… 그분은 돌아오자, 아니, 돌아왔다기보다 어디 서 쫓겨난 모양으로, 어쩌면 얻어맞았는지도 모릅니다. 적어도 그렇게 보입니 다……. 그분은 마르멜라도프 씨가 다녔던 관청의 장관한테 달려갔는데, 마침 자리에 없더랍니다. 어느 고관의 식사 초대를 받은 거지요. 그런데 그분은 난데없이 그 식사 자리로 달려간 겁니다. 그러고는 떼를 쓸 대로 쓰다가 마침내 마르멜라도프 씨의 장관을 불러내고 말았답니다. 그것도 식사하고 있을 그 시간에 말이죠. 그래, 어떻게 되었는지는 상상할 수 있겠지요. 물론 그분은 내쫓기고 말았습니다. 그런데 그분 말로는 자기도 할 소리 못할 소리 해대다가 나중에는 뭔가를 집어던진 모양인데, 그야 있음직한 일이죠⋯⋯. 용케 체포되지 않았구나 하고 모두 이상해할 정도니까요! 지금 모두에게, 아말리야 이바노브나에게도 그 이야기를 들려주고 있는 중입니다만, 혼자 열을 올려 떠들고 날뛰는 바람에 무슨 말인지 잘 이해할 수가 없답니다. 아니, 말하자면 이런 소리를 하고 계시는 거지요. 자기는 여러 사람에게 버림받았으므로 아이들을 데리고 거리에 나가 손풍금을 켜면서 아이들에게 노래 부르게 하거나 춤추게 한다. 그리고 자기도 그렇게 하며 돈을 모은다, 그래서 날마다 그 장관 집의 창 밑에 가서 관리였던 아버지를 둔 행실 좋은 집안 아이들이 거리에서 구걸하는 것을 보여주는 거야 하고 말했답니다. 그렇게 말하면서 아이들을 때렸으므로 아이들은 울음을 터뜨렸지요. 로냐에겐 '시골집' 노래를 가르치고 남자아이에겐 춤을 가르치고 있습니다. 폴랴에게도. 그러고는 옷이란 옷을 모두 갈기갈기 찢어 풍각쟁이 모자 같은 것을 만들어주고 자기는 자기대로 악기 대신 두드리겠다면서 대야를 끌어내오니⋯⋯. 무슨 말을 해도 듣지 않습니다⋯⋯. 정말 지금쯤은 어떻게 되었는지 도저히 그대로 내버려둘 수가 없답니다!"

레베쟈트니코프의 이야기는 계속될 것 같았으나 거의 숨조차 쉬지 않고 귀를 기울이던 소녀가 갑자기 외투와 모자를 움켜쥐고는 달리면서 옷을 걸치며 방에서 뛰쳐나갔다. 라스콜리니코프가 그 뒤를 쫓았고, 레베쟈트니코프도 두 사람 뒤를 따랐다.

"틀림없이 미쳤습니다!" 라스콜리니코프와 함께 거리로 나온 레베쟈트니코프가 말을 걸었다. "소피야 세묘노브나를 놀라게 하지 않으려고 그런 것 같다고 말했지만, 의심할 여지가 없었습니다. 폐병 환자는 결핵이 머리에 미치는 수도 있는 모양이더군요. 나는 의학적인 처치는 못 하지만 그래도 그분을 달래보려고 했습니다. 그런데 전혀 듣질 않더군요."

"그 결핵에 대한 이야기를 하셨나요?"

"아니, 결핵에 대한 그런 이야기가 아니지요. 더구나 어차피 알지 못할 터이고 해서……. 다만 내가 말하고 싶은 것은 말입니다, 인간이란 실제로 울어야 할 일이 아무것도 없다는 것을 논리적으로 설득해 나가면 울음을 그치게 마련이라는 것입니다. 이건 틀림없습니다. 그렇지 않으면 당신은 울음을 그치지 않는다고 생각하십니까?"

"그렇게 되기라도 하면 인생은 편하겠군요." 라스콜리 니코프가 대답했다.

"아니, 잠깐만, 카테리나 이바노브나로서는 몹시 이해하기 힘든 일이겠지만, 당신은 알고 계실지 모르겠군요. 파리에서는 이미 순전히 논리적인 설득만으로 광인을 치료할 수 있는가에 대해 진지한 실험이 행해졌던 모양입니다. 최근에 돌아가신 어느 권위 있는 교수가 그러한 치료 방법을 생각해냈지요. 그 교수는 이러한 생각을 기초로 해서 착상을 했던 겁니다. 발광이라 해도 신체 조직에 특별한 이상이 있는 것은 아니며, 발광이라 함은 이른바 논리적인 오류이자 판단의 잘못이고 사물에 대한 그릇된 견해라는 것입니다. 이 교수는 환자를 모조리 설득하여 마침내 성과를 거두었다니 놀랍지 않습니까. 다만 교수는 그 치료에서 인간의 영혼을 주로 이용했기 때문에 이 치료 결과에 대해서 의심할 여지가 남아 있었나보더군요……. 적어도 그런 인상을 주고 있다는 것입니다……."

라스콜리니코프는 벌써 오래전부터 듣지 않고 있었다. 그는 자기 집 앞까지 오자 레베쟈트니코프에게 인사를 건네고는 문 안으로 들어갔다. 레베쟈트니코프는 정신이 번쩍 나서 주위를 두리번거리더니 또다시 달려가기 시작했다.

라스콜리니코프는 자기의 골방에 들어서자 중간쯤 가서 우뚝 섰다. '무엇 때문에 이곳으로 돌아온 것일까?' 그는 여전히 누렇게 낡아빠진 벽지와 먼지와 침대 대신으로 쓰이는 긴 의자를 둘러보았다……. 마당에서 무엇인가를 두들기는 날카로운 소리가 쉴 새 없이 들려온다. 어디서 못질을 하는 듯한 소리이다. 그는 창 옆으로 다가가 발 끝을 세우고 궁금한 듯이 마당을 살폈다. 그러나 마당은 텅 비어 있어 물건을 두들기는 사람은 보이지 않았다. 왼쪽으로 잇닿은 건물에 열어젖힌 창이 몇 개 보였으며, 창가에는 가냘픈 제라늄 화분이 놓여 있었다. 창 안쪽에는 빨래가 널려 있고……. 이것은 이미 그가 훤히 알고 있는 풍경이었다. 라스콜리니코프는 창에서 떠나 소파에 걸터앉았다.

라스콜리니코프는 여태까지 단 한 번도 지금처럼 무서운 고독감을 느껴본

적이 없었다. 확실히 그렇다. 그는 다시 한 번 진심으로 소냐를 증오하기 시작한 듯이 느껴졌던 것이다. 그나마도 이제까지보다 더욱 그녀를 불행하게 해버린 지금에 와서 그렇게 느낀 것이다. '어째서 나는 그녀의 눈물을 구하러 갔단 말인가? 아, 비열하지 않은가!'

"나 혼자 있자!" 라스콜리니코프는 딱 잘라 말했다.

"감옥에 그녀가 찾아오지 못하도록 하자!"

5분쯤 지나자 그는 얼굴을 들고 괴상한 미소를 지었다. 이상한 생각이 떠올랐던 것이다.

'어쩌면 유형을 가는 편이 훨씬 나을지도 모르겠다.' 문득 이런 생각이 머리를 스쳤다.

흐리멍텅하고 막연한 상념을 머리에 담은 채 자기가 얼마 동안이나 그대로 앉아 있었는지 라스콜리니코프는 기억이 나지 않았다. 갑자기 문이 열리며 동생 아브도챠 로마노브나가 들어왔다. 동생은 우선 문 앞에 서서, 조금 전에 그가 소냐의 방에 들어갔을 때처럼 그를 바라보았다. 그러고 나서 방으로 들어와 그와 마주보도록 놓여 있는 의자에 앉았다. 어제 그녀가 앉았던 똑같은 자리였다. 그는 말도 없이 아무런 관심도 없다는 태도로 동생을 바라보았다.

"화내지 마요, 네, 오빠! 저는 잠깐 들렀을 뿐이니까요." 두냐가 말했다. 두냐의 얼굴은 생각에 잠겨 있는 듯했으나 날카롭지는 않았다. 눈은 맑고 부드러웠다. 그는 동생이 애정을 가지고 자기를 찾아왔다는 것을 알았다.

"오빠, 저는 이제야 모든 것을 알게 되었어요, 모든 것을. 라주미힌 씨가 설명해주셨어요. 오빠는 터무니없는 지독한 혐의를 받고 괴로워했다는군요……. 라주미힌 씨는 아무런 위험도 없으며 오빠가 그처럼 몹시 근심할 필요도 전혀 없다고 말씀해주셨어요. 하지만 나는 그렇게 생각되지가 않아요. 오빠가 얼마나 분개해서 온몸의 피가 끓고 있는지 그 심정을 나는 잘 알고 있어요. 그 분노가 아마 영원히 가셔지지 않으리라는 것도요. 그 분한 생각이 영원히 자국을 남길지도 모른다는 생각이 들어요. 하지만 나는 그게 두려워요. 오빠가 우리를 버렸다는 것에 대해서는 오빠를 책망하지도 않고 책망할 수도 없어요. 지난번에 오빠를 심하게 대해서 미안해요. 나만 해도 만약 그처럼 커다란 불행을 겪으면 역시 모든 사람들을 버릴 것이라고 생각되니까요. 어머니에게는 이 이야

기에 대해서 아무말도 하지 않았어요. 하지만 늘 오빠 이야기를 했지요. 오빠
는 곧 돌아온다고요. 그런 말을 하더라고 말해드렸어요. 어머니 일은 걱정마요.
내가 위로해드릴 테니까요. 하지만 오빠도 어머니를 괴롭히지는 마요. 한 번만
이라도 좋으니 와줘요. 그분이 어머니라는 것을 생각해줘요! 내가 지금 온 것
은 한 가지만을 이야기하고 싶기 때문이에요." 두냐는 이미 일어서고 있었다.
"만약 내가 오빠를 도와줄 수 있다면, 만약 오빠에게…… 내 생명이든 무엇이
든…… 필요하게 되면 곧 불러줘요, 네? 나는 금방 달려올 테니까요. 그럼, 잘
있어요!"

동생은 뒤로 확 돌아서더니 문으로 걸어갔다.

"두냐!" 라스콜리니코프는 동생을 불러세우고는 일어서서 곁으로 다가갔다.
"그 라주미힌이란 사나이는 정말 좋은 녀석이란다."

두냐는 조금 얼굴을 붉혔다.

"그래서요?" 한참 뒤에 두냐가 되물었다.

"녀석은 수완도 좋고 부지런하고 성실하며 열렬히 사랑할 수도 있단다…….
잘 가거라, 두냐."

두냐는 얼굴이 새빨개졌다가 문득 불안에 사로잡혔다.

"왜 그래요, 오빠? 마치 영원히 이별이라도 하는 것처럼 그런 유언 같은 말
을……."

"비슷한 거야…… 안녕……."

라스콜리니코프는 성큼 돌아서더니 창 옆으로 걸어갔다. 두냐는 잠시 그 자
리에 멈춰선 채 걱정스러운 눈길로 그를 바라보다가 이윽고 불안으로 떨리는
가슴을 안고 문을 나섰다.

아니, 라스콜리니코프는 동생에게 쌀쌀했던 것이 아니었다. 마지막 순간이
긴 하나 그는 동생을 꼭 끌어안고 그녀에게 이별을 고하며 모든 것을 털어놓
고 싶은 충동까지 느꼈다. 그러나 그는 두냐에게 손을 내밀 결심을 할 수가 없
었다.

'뒷날 동생이 내가 지금 자기를 끌어안은 것을 생각해낸다면, 몸서리를 칠
것이다. 내가 자기의 키스를 훔쳤다고 말하겠지! 그렇지만 그녀가 견디어낼 수
있을지 모르겠군, 어떨까?' 5, 6분이 지나자 그는 다시 생각을 계속했다. '아냐,

견디지 못할 거야. 그러한 여자는 견뎌내지 못하는 법이니까! 그러한 여자가 견뎌내는 걸 본 적이 없어……'

그리고 그는 소냐를 생각했다.

창에서 냉기가 스며들었다. 마당의 햇살도 이젠 그리 따갑지 않았다. 그는 갑자기 모자를 집어들고 밖으로 나갔다.

물론 그는 자기의 병적인 상태를 신경 쓸 수 없었고 또 그럴 생각도 없었다. 그러나 마음속의 이 쉴 새 없는 불안과 공포가 그에게 영향을 미치지 않은 것도 아니었다. 그가 이런 상태에 있으면서도 진짜 고열에 쓰러지지 않은 것은 어쩌면 이 쉴 새 없는 내적인 불안이 인위적이며 또 비록 일시적이긴 하나 그의 육체와 의식을 아직도 지탱하고 있었기 때문일는지도 모른다.

그는 정신없이 헤매 다녔다. 해가 저물어가고 있었다. 그는 요즈음에 와서 일종의 유별난 애상을 느끼기 시작했다. 그 애상에는 이렇다 할 날카롭고 따끔한 것은 없었다. 그러나 무엇인가 꾸준하고 영원한 것이 거기서부터 휘몰아쳐, 그 차디찬 죽음의 외로움에 갇힌 끝없는 세월이 떠올라 '사방 한 자 공간에서의' 영원한 하루하루가 예감되는 것이었다. 저녁 무렵이면 으레 그러한 감각이 그의 마음을 으스러지도록 괴롭혔다.

"감상적으로 해지는 것을 보면서도 마음이 흔들리는 듯한, 어리석기 짝이 없는 육체적인 나약함에 빠져 있으니 단단히 정신 차리지 않으면 무슨 실수를 저지를지 모르겠는걸. 소냐는 그만두고라도 두냐에게까지 참회하러 갈는지 누가 안담!" 라스콜리니코프는 자기혐오를 느끼며 중얼거렸다.

이때 갑자기 누군가가 그를 불렀다. 그는 돌아보았다. 레베쟈트니코프가 달려왔다.

"사실은 말입니다, 방금 댁으로 당신을 찾으러 가려던 참입니다. 마침내 카테리나가 계획을 실행해서 아이들을 데리고 나가버렸습니다! 소피야 세묘노브나와 둘이서 겨우 찾아냈답니다. 자기는 냄비를 두들기고 아이들에게는 춤을 추게 하고 있더군요. 아이들은 울고 있었죠. 네거리나 가게 앞에서 그 짓을 하고 있는데, 구경꾼들이 줄줄 따라다니고 있습니다. 갑시다!"

"그래, 소냐는?" 레베쟈트니코프의 뒤를 급히 따르면서 라스콜리니코프는 불안한 듯이 물었다.

"마치 반미치광이입니다. 소피야 세묘노브나가 그렇다는 것이 아니라 카테리나 이바노브나가 그렇다는 것이지요. 하기야 소피야 세묘노브나도 반미치광이입니다. 하지만 카테리나 이바노브나는 이미 완전히 미쳐버렸거든요. 분명히 말씀드리겠습니다만, 완전한 발광이란 말입니다. 저래서야 경찰에 끌려가게 마련이죠. 그러기라도 하면 어떻게 되는지⋯⋯. 지금 그 사람은 다리 옆의 운하 둑에 있답니다. 소피야 세묘노브나 집 바로 옆입니다. 이제 다 왔습니다."

다리 근처 운하 둑의 소녀가 세든 집에서 두 집 건너쯤 되는 곳에 제법 많은 사람들이 모여 웅성거리고 있었다. 특히 남자아이와 여자아이들이 많았다. 카테리나의 흥분한 목쉰 소리가 벌써 다리 가까이에서부터 들려오고 있었다. 확실히 그것은 사람들의 흥미를 끌기에 충분한 기묘한 구경거리임에 틀림없었다. 낡아빠진 옷을 입고 파란 모직 숄을 걸쳤으며, 머리 한쪽에는 보기에도 망측한 찌그러진 밀짚모자를 쓴 카테리나는 아닌 게 아니라 진짜 미치광이였다. 그녀는 지칠 대로 지쳐서 헐떡거리며 겨우 숨을 몰아쉬고 있었다. 몹시 야윈 폐병 환자의 얼굴은 전보다 훨씬 괴로워 보였다. 더구나 폐병 환자는 밖의 햇빛 아래에서는 집 안에 있을 때보다 대개의 경우 환자 티가 더 나며 초라하게 보이게 마련이다. 그러나 그녀의 흥분 상태는 아직 가라앉지 않았으며, 오히려 시시각각으로 더욱 신경이 흥분되어오는 성싶었다. 그녀는 아이들에게 달려들어 꾸짖거나 달래며 사람들 앞에서 춤이나 노래를 가르쳐주기도 하고 어째서 이런 짓을 해야만 하는가 그 까닭을 장황하게 설명하는가 하면 아이들이 쉽사리 익히지 못하는 것을 보고 짜증을 내면서 아이들을 때리기도 했다. 그러다가 조금이라도 차림새가 좋은 사람이 서서 구경하는 것을 보면 이번에는 그 구경꾼에게 달려가서 훌륭한 집안의 귀족 태생이라 해도 좋을 정도인 이 아이들의 전락한 모습을 눈여겨봐 달라고 푸념을 늘어놓기 시작하는 것이었다. 그리고 구경꾼들 가운데에서 웃는 소리나 놀리는 말소리라도 들리면 재빨리 그 버릇없음을 트집 잡아 덤벼들고 말다툼을 벌이는 것이었다. 정말로 웃는 사람도 있었고 가엾은 듯이 머리를 흔드는 사람도 있었으나, 겁에 질린 아이들과 미친 여자의 이 한 무리는 누구에게나 흥미로운 구경거리임에 틀림없었다. 레베쟈트니코프가 이야기하던 냄비는 눈에 띄지 않았다. 적어도 라스콜리니코프의 눈에는 보이지 않았다. 다만 냄비를 두드리는 대신에 카테리나는 말라빠진 자기의 두 손을 마주쳐 박자를 맞추면서 폴랴에게 노래를 부르게 하고 로냐와 콜랴에게도 춤을 추게 하고 있었다. 거기에 맞춰서 자기도 함께 노래 부르려 하는 듯했으나 심한 기침 때문에 몇 번이나 되풀이해도 둘째 구절에서는 목소리가 막혔으므로 몹시 짜증을 내고 기침을 저주하며 눈물을 흘렸다. 무엇보다도 그녀를 화나게 하는 것은 콜랴와 로냐의 울음소리와 겁에 질린 모습이었다. 사실 아이들의 옷차림은 길거리의 풍각쟁이처럼 꾸며보려는 흔적이 엿보이기도 했다. 남자아이는 터키 사람처럼 보이기 위해 빨간 바탕에 흰색이 섞인 터번을 머리에 두르고 있었다. 로냐는 옷이 모자랐으므로 죽은 마르멜라도프의 털실로 짠 붉은 모자, 아니 모자라기보다 나이트캡이라는 편이 좋을 성싶은 것을 머리에 쓰고 그 모자에 카테리나의 할머니 때부터 전해내려와 지금은 가보(家寶)로서 트렁크 속에 깊이 간직해두었던 흰 타조깃을 꽂고 있었다. 폴랴는 여느 때 입던 옷 그대로였다. 그녀는 겁먹은 듯이 어머니를 쳐다보며 어찌할 바를 몰라 어머니 곁에서 떠나려 하지 않았을뿐더러 애써 눈물을 숨기면서 어머니의 발광을 눈치채고는 불안한 듯이 주위를 두리번거렸다. 그녀는 구경꾼들에게 질려버린 것이다. 소냐는 카테리나의 등에 바싹 달라붙어 울며 집으로 돌아가자고 쉴 새 없이 그녀를 설득하고 있었다. 그러나 카테리나는 전혀 들은 척도 하지 않았다.

"아서라, 소냐, 아서라!" 카테리나는 숨을 헐떡이며 쿨룩쿨룩 기침을 하다가는 숨이 가쁜 듯이 재빠른 말로 소리쳤다.

"내가 지금 무얼 애원하고 있는지 너는 모를 게다, 어린아이처럼! 이미 일러두지 않았니, 그 주정꾼 독일 여편네에게는 돌아가지 않겠다고. 평생 동안 온 정성을 다해 관청에 다니다가 직무를 위해 돌아가셨다고 할 수 있을 만큼 훌륭한 아버지의 아이들이 구걸하며 돌아다니는 것을 여러 사람들에게 보여주어야겠다. 온 페테르부르크에 보여줄 작정이야."

카테리나는 이미 이러한 꿈같은 이야기를 꾸며내고는 완전히 믿고 있었던 것이다.

"그 못된 장관에게도 보여주자꾸나, 소냐. 너는 정말 바보로구나. 이제부터 어떻게 먹고 살아갈 작정이냐? 너에게도 몹시 고생을 시켰지. 이젠 지긋지긋하단다. 어머나, 로지온 로마노비치, 당신이었군요!" 카테리나는 라스콜리니코프를 발견하자 달려들면서 소리쳤다. "이 바보에게 제발 설명 좀 해주세요. 이게 가장 현명한 방법이라고. 손풍금 켜는 것도 훌륭한 돈벌이가 되거든요. 누가 봐도 지금은 우리가 구걸하고 있긴 하지만 본디는 좋은 집안의 사람임을 바로 알아차릴 수 있지요. 그렇죠? 그런 장관 따위는 두고 보세요. 곧 파면당할 테니. 우리는 날마다 그 장관네 집 창문 아래에 갈 작정이에요. 그러다 폐하께서 지나가시면 나는 그 앞에 무릎을 꿇고 아이들을 앞으로 내보내 하소연할 작정이에요. '아버지여, 지켜주소서!'라고요. 폐하는 고아들의 아버지이시며 자비로운 분이시므로 틀림없이 지켜주실 거예요. 그따위 장관은……. 로냐, Tenez vous droite!10) 콜랴, 이번에는 다시 네가 춤출 차례로구나. 뭘 찔끔거리고 있니, 또 눈물을 흘리는구나! 뭐가, 도대체 뭐가 무서우냐, 바보 같으니! 아, 이 애들을 어떻게 하면 좋담? 로지온 로마노비치, 정말 철부지들이에요. 어떻게 할 수가 있어야지……!"

그렇게 말하고 카테리나는 자기도 울면서 한편으로는 쉴 새 없이 푸념을 늘어놓으면서 그에게 찔끔거리고 있는 아이들을 가리켜 보였다. 라스콜리니코프는 집으로 돌아가도록 그녀를 설득하기 위하여 그녀의 자존심에 호소하여 귀족 여자 기숙 학교의 교장이 될 사람이 손풍금이나 켜며 길을 헤매는 것은 창피한 일이라고 말했다.

"기숙 학교, 호호호! 꿈 같은 이야기예요!" 한바탕 웃고 나서 다시금 쿨룩거리며 카테리나는 소리쳤다. "아시겠어요, 로지온 로마노비치? 꿈은 사라진 거예요! 우리는 모든 사람들에게서 버림받은 거예요. 더구나 그 장관 녀석……. 들어보세요, 로지온 로마노비치. 나는 잉크 병을 던졌어요. 접수구 탁자 위에 놓인 서명부에 서명을 하다가, 마침 그 옆에 있기에 그걸 내던지고는 도망쳐 왔어요. 아, 무뢰한들 같으니, 무뢰한 같은 놈들! 침이나 뱉어줄걸! 이제부터는 이 아이들을 내가 키울 작정이에요. 누구에게도 의지하지 않겠어요. 저 아이에게는 여간 고생시킨 게 아니니까." 카테리나는 소녀를 가리켰다 "폴랴야, 그래 얼마나 거뒀니? 어디 좀 보자, 어머나! 겨우 2코페이카야! 아, 치사해. 꽁무니를 졸졸 따라다닐 뿐이지 한푼도 내놓지 않는군! 어머나, 저 시골뜨기는 뭘 보고

---

10) 몸을 바로 세워라.

웃는 거야!" 카테리나는 군중 속의 한 사람을 가리켰다. "이건 모두 이 콜랴가 철부지라 말썽만 부리기 때문이에요! 뭐냐, 폴랴? 나와 Parlez moi francais,[11] 가르쳐주었지. 몇 마디 말을 알잖아! 그렇잖으면 너희가 훌륭한 집안의 교양 있는 아이들로서 흔히 떠돌아다니는 손풍금쟁이들과 다르다는 걸 알 수 없단다. 우리는 길거리에서 광대놀이를 하는 게 아니라 고상한 로맨스를 노래 부르는 거니까…… 옳지, 그렇군! 우리 무얼 부를까? 우리는요…… 로지온 로마노비치, 무슨 노래를 부를까 하고 여기서 쉬고 있는 참이에요. 콜랴가 춤출 수 있는걸요……. 그렇잖아요? 아무런 준비도 없이 시작한 거니까. 그럼, 이제 결정해야겠군. 연습이 완전히 끝나면 네프스키 거리로 가자꾸나. 거기는 상류 사회 사람들이 훨씬 많으니까 우리가 곧 눈에 뜨일 거야. 로냐는 '시골집'을 알고 있지만 어중이떠중이가 모두 '시골집'을 부르잖아요! 그러니 훨씬 고상한 걸 불러야만…… 얘, 폴랴야, 무슨 좋은 생각 없니? 하다못해 너만이라도 어머니를 도와주어야지. 나는 말이다, 걸핏하면 잊어버리기 일쑤란다, 걸핏하면. 그렇지만 않으면 생각이 날 텐데! 그렇다고 '경기병(輕騎兵)은 칼에 기대어'를 부를 수도 없는 거고! 옳지, 프랑스 말로 '단돈 다섯 푼'을 부르자! 너희들에게도 가르쳐주었잖니. 그보다 이건 프랑스 말로 된 노래니까 너희가 귀족 집안 아이들이란 걸 금방 알게 되어 다른 것보다 훨씬 감동시킬 거야……. 그렇지 않으면 차라리 '말보로 대장은 전쟁하러 나가셨네'라도 괜찮아. 이건 진짜 동요로 귀족 집안에서는 아이들을 잠재울 때 꼭 부르는 거니까."

　　말보로는 전쟁하러 나가셨네
　　언제나 돌아오시려나……

　그녀는 노래를 부르기 시작했다……. "그런데 잘 안되는구나. '단돈 다섯 푼'이 좋겠어! 자, 콜랴, 손을 허리에 대고 어서어서 해라. 그리고 로냐, 너는 반대쪽으로 돌아가는 거야. 나하고 폴랴가 노래를 부르며 박수를 칠 테니!"

---

11) 프랑스 말로 이야기하자꾸나.

단돈 다섯 푼 단돈 다섯 푼
　　그것으로 꾸려나가야만 해

"콜록, 콜록, 콜록!—카테리나는 기침하면서 몸부림쳤다—폴랴야, 옷을 고쳐 입으려무나, 어깨가 너무 처졌구나." 기침하는 바람에 겨우 한숨 돌리면서 그녀는 주의를 주었다. "지금부터 각별히 예절에 조심해서 고상하게 굴어야만 해요. 너희가 귀족의 아이라는 걸 알아볼 수 있도록. 그때 내가 슬립을 훨씬 더 길게 잘라 두 폭으로 해야 한다고 말했는데도, 소냐, 네가 더 짧게 짧게 하고 쓸데없는 참견을 해서 아이들이 모두 이렇게 보기 흉한 꼴이 되었잖니……. 어머나, 또 모두 울고 있군! 왜 그래, 바보처럼! 자, 콜랴, 시작해요, 어서어서. 세상에 어쩌자구 말을 듣지 않는담!……."

단돈 다섯 푼 단돈 다섯 푼

"또 순경이 왔군! 제기랄, 도대체 무슨 볼일이야!"
　아닌 게 아니라 군중을 헤치면서 한 경관이 나타났다. 그러나 그와 동시에 문관 제복과 외투를 입고 목에 훈장을 건 쉰 살쯤 된 훌륭한 신사가 다가오더니 잠자코 카테리나에게 3루블짜리 지폐를 내밀었다. 그 신사의 옷차림과 훈장이 카테리나로서는 그지없이 기뻤으며 경관에게도 영향력을 주었다. 그의 얼굴에는 진심에서 우러나오는 동정심이 나타나 있었다. 카테리나는 그것을 받아들자 무슨 의식처럼 정중하게 머리를 숙였다.
　"감사합니다." 카테리나는 긴장한 투로 말을 이었다. "저희가 이런 짓을 하게 된 까닭을 말씀드리지요. 폴랴야, 이 돈을 좀 가지고 있거라. 봐라, 불행한 처지에 빠진 가난한 귀부인을 이렇게 도와주시는 훌륭하시고 너그러우신 분도 계시단다. 잘 아시겠지만, 여기 있는 아이들은 어엿한 집안의 아니, 귀족이라고도 할 수 있는 가정의 고아들이랍니다……. 그걸 그 장관이라는 사람은 떡 버티고 앉아 꿩 요리 따위를 먹으면서…… 내가 무슨 방해를 했다느니 하며 발을 동동 구르고 있었지요……. 나는 각하라고 말씀드렸단 말입니다. 돌아가신 주인 양반을 잘 알고 계시므로 고아들을 지켜주십시오, 더구나 주인의 전실 딸이 주인의 장례식날에 순 건달 같은 놈에게 모욕을 당했답니다……. 어머나, 또 순경이로군, 좀 살려주십시오!" 카테리나는 관리를 보고 소리쳤다. "어쩌자고 이 순경은 나를 성가시게 한담! 메시 스카야 거리에서도 순경에게 붙잡혔기 때문에 이곳으로 도망쳐왔는데…… 이봐요, 당신 무슨 볼일이 있지? 이 못난이 같으니!"

"길거리에서 이런 짓을 하는 것은 금지되어 있습니다. 남 보기에 흉한 짓은 말아주십시오."

"남 보기에 흉한 것은 당신이란 말이야! 나는 손풍금쟁이와 똑같은 일을 하잖아? 무슨 잔소리람!"

"손풍금쟁이라면 허가가 있어야 합니다. 그런데 당신은 허가도 받지 않고 멋대로 그런 식으로 사람을 모으고 있습니다. 도대체 어디 사십니까?"

"아니, 허가라고?" 카테리나는 소리치기 시작했다. "나는 오늘 남편의 장례식을 마치고 왔단 말이야. 허가는 무슨 놈의 허가야?"

"아주머니, 아주머니, 진정하십시오." 관리가 말하기 시작했다.

"갑시다. 내가 바래다드리지요. 이처럼 많은 사람들 가운데에서는 남 보기에도 흉하고…… 몸도 성치 않으신 모양이니……."

"당신은, 당신은 아무것도 모르시는 거예요!" 카테리나는 소리쳤다. "우리는 네프스키 거리로 갈 겁니다. 소냐, 소냐, 아니 이 애는 어디로 갔을까? 역시 울고 있군. 어머나, 다들 왜 그러지? 콜랴, 로냐, 도대체 어디로 가는 거냐?"

거리에 모여든 구경꾼들과 미쳐버린 어머니의 엉뚱한 행동에 겁을 집어먹은 콜랴와 로냐는 그들을 잡아 어디론가 데리고 가려는 순경이 다가오자, 도저히 견딜 수 없어 갑자기 약속이라도 한 듯이 손을 마주잡고 뛰기 시작한 것이었다. 가엾은 카테리나 이바노브나는 울부짖으며 두 아이의 뒤를 따라 달려갔다. 울면서 숨을 헐떡거리며 달려가는 그녀의 모습은 흉할 뿐만 아니라 지켜보는 사람들의 마음을 아프게 했다. 소냐와 폴랴가 그 뒤를 따라갔다.

"데리고 와요, 데리고 와, 소냐! 정말 바보처럼 은혜도 모르는 아이들이야! 폴랴, 두 아이를 붙잡아줘…… 너희 때문에 나는……."

카테리나는 힘껏 달리다가 돌부리에 채어 그 자리에 쓰러지고 말았다.

"어머나, 다쳐서 피투성이야! 어떡하면 좋아!" 허리를 굽히고 그녀를 들여다본 소냐가 소리쳤다.

모두 달려와 삥 둘러쌌다. 라스콜리니코프와 레베쟈트니코프가 맨 먼저 뛰어왔다. 관리도 급히 달려왔다. 그 뒤를 경관이 따랐으며, 일이 성가시게 될 것 같자 "그거 참!" 하고는 손을 흔들었다.

"비켜! 비켜!" 관리는 모여든 사람들을 몰아냈다.

"다 죽어간다!" 누군지 소리쳤다.

"미친 거야!" 다른 목소리가 말했다.

"어머나, 가엾게시리!" 성호를 그으면서 한 여자가 말했다. "그 여자아이와 남자아이는 붙잡았나? 아, 온다, 오는군. 언니가 붙잡았어……. 정말 말썽꾸러기들이야!"

그러나 카테리나를 자세히 살펴보니, 소냐가 생각한 것처럼 돌부리에 채어 다친 것이 아니었다. 길바닥을 새빨갛게 물들인 피는 그녀의 가슴에서 흘러 온 것임을 알 수 있었다.

"이건 나도 알고 있습니다. 본 적이 있습니다." 관리는 라스콜리니코프와 레베쟈트니코프를 보면서 중얼거렸다. "폐병입니다. 피가 이런 식으로 흘러 결국 질식해버린답니다. 얼마 전에 봤습니다만 내 친척의 딸이 역시 이래서 컵에 한 잔 반쯤 뱉어내더군요……. 갑자기……. 그건 그렇고, 어떻게 한담, 내버려두면 죽어버릴 텐데."

"이쪽으로 이쪽으로, 제가 있는 곳으로!" 소냐가 울부짖었다. "저는 저기 살고 있어요! 바로 저기 두 번째 집에요. 제가 있는 곳으로 빨리 빨리!……." 그녀는 여러 사람에게 부탁했다. "의사 선생님을 불러주세요……. 아아, 하느님!"

관리가 애를 써서 일은 제대로 되었다. 경관도 카테리나를 옮기는 일을 거들었다. 거의 죽어가는 그녀를 소냐의 방으로 옮기고 침대 위에 눕혔다. 각혈은 여전히 이어졌으나 그녀는 의식을 되찾는 듯싶었다. 방에는 소냐 이외에도 라스콜리니코프와 레베쟈트니코프, 관리, 그리고 조금전에 군중을 몰아내고 있던 경관이 한꺼번에 들이닥쳤다. 군중 가운데 몇몇 사람이 문 앞까지 따라왔다.

폴랴는 울면서 떨고 있는 콜랴와 로냐의 손을 잡고 방 안으로 들어왔다. 카페르나우모프의 집안 사람들도 달려왔다. 절름발이에다 애꾸눈이며 뻣뻣한 수

염과 구레나룻이 바늘처럼 돋아난 괴상한 풍채의 주인과 어딘지 평생을 두고 겁에 질려온 듯한 느낌이 드는 그의 마누라와 일년 내내 겁에 질리기만 하여 표정이 사라져버린 채 입만 헤벌리고 있는 아이들이었다. 그리고 이러한 사람들 뒤에서 난데없이 불쑥 스비드리가일로프의 모습도 나타났다. 라스콜리니코프는 아까 웅성거리는 사람들 틈에서는 그를 본 기억이 없었는데 어디서 그가 나타났는지 알 수 없어 놀란 듯이 그를 바라보았다.

의사와 신부를 불러야겠다는 말이 나왔다. 관리는 라스콜리니코프에게 의사한테 보여봐도 소용없을 거라고 귀엣말을 했으나, 그래도 불러오도록 지시했다. 주인인 카페르나우모프가 달려갔다.

그러는 동안 카테리나는 조금 진정이 되어 각혈도 잠시 멎었다. 그녀는 자기 이마의 땀을 손수건으로 닦으며 부들부들 떨고 있는 소냐의 창백한 얼굴을 꿰뚫을 듯한 날카롭고 병적인 눈으로 지그시 쳐다보고 있었다. 드디어 카테리나는 몸을 일으켜달라고 부탁했다. 양쪽에서 부축받아 카테리나는 침대 위에 일어나 앉았다.

"아이들은 어디 갔지?" 카테리나는 가냘픈 목소리로 물었다.

"폴랴, 동생들을 데려왔니? 정말 바보 같은 아이들이야! ……아니, 너희는 어쩌자고 달려갔지? ……아!"

카테리나의 바싹 메마른 입술에는 아직도 흥건히 피가 묻어 있었다. 그녀는 주위를 두리번거리며 둘러보았다.

"너는 이렇게 살고 있었구나. 소냐! 한 번도 온 적은 없었지만…… 그런데 이런 꼴로 오게 되었으니……."

카테리나는 괴로운 듯이 소냐를 바라보았다.

"우리가 너를 뼛골이 빠지도록 고생시켰구나, 소냐……. 폴랴, 로냐, 콜랴, 이리로 와…… 자, 소냐…… 이 애들을 부탁해……. 손에서 손으로 분명히 넘겼어……. 내 일은 이제 됐어! ……무도회가 끝나는 거야! 아, 헉! ……내 염려는 말아. 하다못해 죽을 때만이라도 조용히 죽게 해줘……."

카테리나를 다시 눕혔다.

"뭐라고? 신부님……. 그만둬라……. 그런 돈이 어디 있겠니? 나야 죄가 없으니까……. 하느님은 그렇잖아도 용서해주신단다……. 내가 얼마나 괴로워했는지를 하느님께서는 훤히 알고 계실 거야……. 비록 용서해주지 않는다 해도 그런대로 상관없어……."

불안하고 어지러운 의식 상태가 차츰 카테리나를 강렬하게 사로잡았다. 때때로 그녀는 흠칫 놀라 몸을 떨고는 주위를 휘둘러보면서 순간 모든 사람들의 얼굴을 눈여겨보았다. 그러나 의식이 혼란해져 곧 헛소리를 하기 시작했다. 그녀는 숨가쁜 듯 헐떡였다. 아직도 무엇인가 목에 걸려 있는 듯했다.

"난 말이야. 그 녀석에게 말해줬단다. '각하'하고 말이다." 카테리나는 한마디 할 때마다 숨을 내몰 듯하며 큰 소리로 고함쳤다. "아말리야 루드비코브나 년은……. 아! 로냐, 콜랴! 손을 허리에, 어서, 글리세, 글리세! 파트 바스크! 발꿈치로 장단을 맞춰…… 고상한 아이가 돼야 해.

　　다이아몬드와 진주뿐만 아니라……

"그러곤 다음이 뭐더라? 이걸 부르면 좋겠군……."

　　그처럼 고운 눈동자를 가졌으면서
　　아가씨여, 더 이상 뭘 바라는가?

"흥, 뻔하잖아! 바스 빌스트 투 메르라고? 뭐든지 생각해내는 거야, 바보야!
아, 그렇지 참.

　　한낮의 더위, 다게스탄의
　　골짜기에서……

"아, 이건 참 좋았지……. 이 노래는 말할 수 없이 좋았어. 폴랴야! 너희 아버지가 말이다……. 아직 약혼 시절이었을 때 즐겨 부르셨단다……. 아아, 그 시절엔…… 그렇지, 이걸 부르자! 하지만 어떻게 부르더라……. 난 잊어버렸어……. 생각나게 해다오, 어떻게 부르더라?"

카테리나는 극심한 흥분 상태에서 일어나려고 몸부림쳤다. 마침내 무섭게 들뜬 쉰 목소리로 그녀는 노래 부르기 시작했다. 한마디 한마디 숨이 끊길 듯이 외치는 그 얼굴엔 점점 더해가는 공포가 역력히 나타났다.

한낮의 더위…… 다게스탄의…… 골짜기에서!
가슴에 납 탄환을 갖고?

"각하!" 갑자기 카테리나는 가슴을 도려내는 듯한 고함을 지르며 눈물에 잠겼다. "고아들을 지켜주십시오! 돌아간 주인과의 우정을 잊지 않기를……. 귀족이라고도 할 수 있을 정도의! ……아, 헉!"

문득 의식을 되찾아 모든 사람들의 얼굴을 무서운 듯 바라보고 흠칫 놀라며 그녀는 떨다가 곧 소냐를 알아보았다.

"소냐, 소냐!" 소냐가 자기 옆에 있다는 것이 이상하다는 듯이 카테리나는 다정하고 부드럽게 말했다. "소냐야, 귀여운 소냐야, 너도 여기 있었니?" 카테리나는 다시 부축받으며 몸을 일으켰다.

"이젠 됐어……. 이별이야!…… 잘 있거라, 불쌍한 소냐야!…… 모두가 말라빠진 말을 쓰러지도록 탄 거야…… 이젠 더 갈 수 없구나!" 그녀는 절망과 증오를 담고 이렇게 외친 다음 베개 위에 털썩 머리를 떨어뜨렸다.

카테리나는 다시금 의식을 잃었다. 그러나 이 마지막 혼수 상태는 오래가지 않았다. 카테리나의 누렇고 파르스름한 바싹 메마른 얼굴은 뒤로 젖힌 채 입을 헤 벌리고 두 발이 경련을 일으킨 듯이 뻗쳐졌다. 그녀는 깊고 깊은 숨을 한 번 몰아쉬더니 그대로 숨지고 말았다.

소냐는 그녀의 유해에 엎드려 두 손으로 끌어안고 말라 비틀어진 그 가슴에 머리를 비벼대며 그대로 움직이려 하지 않았다. 폴랴는 어머니의 발에 매달려 울면서 그 발에 입맞추었다. 콜랴와 로냐는 무슨 일이 일어났는지 아직도 확실히 이해할 수 없는 모양이었으나, 무언지 몹시 무서운 것을 예감하고 서로 두 손으로 어깨를 껴안으며 서로의 눈을 가만히 보고 있더니 별안간 둘이서 동시에 입을 벌리고는 울부짖기 시작했다. 둘 다 모두 풍각쟁이 옷차림 그대로였다. 남자아이는 터번을 머리에 두르고 여자아이는 타조의 날개깃을 꽂은 모자를 쓰고 있었다.

그런데 이때 그 '상장'이 어떻게 되어서 침대 위의 카테리나 옆에 나타난 것일까? 그것은 바로 베개 밑에 놓여 있었다. 라스콜리니코프는 그것을 보았다.

그는 창 옆으로 갔다. 레베쟈트니코프가 다가와 말했다. "운명하셨습니다."

"로지온 로마노비치, 잠깐 두세 마디로 끝납니다만, 드릴 말씀이 있습니다." 스비드리가일로프가 천천히 다가왔다. 레베쟈트니코프는 곧 자리를 양보하여 눈치껏 어디론가 사라져버렸다. 스비드리가일로프는 깜짝 놀라는 라스콜리니코프를 구석진 안방 쪽으로 데리고 갔다.

"이번 비용, 즉 장례 비용이라든가 그 밖의 것을 내가 부담하겠습니다. 어쨌든 돈이 있으면 되지 않겠습니까. 솔직히 말해서 나는 당신에게도 말씀드린 바와 같이 여윳돈이 있으니까 말입니다. 이 두 어린아이와 폴랴는 내가 어디 좋은 고아원에라도 넣어서 어른이 되기까지 한 사람 앞에 1천5백 루블씩 기부하겠습니다. 이러면 소피야 세묘노브나도 마음 놓을 수 있을 테니까요. 그리고 소냐도 시궁창에서 구해주겠습니다. 착한 아가씨거든요. 그렇지 않습니까. 그리고 아브도챠 양에게 그 사람에게 주려던 1만 루블을 이렇게 해서 썼다고 전해주시지 않겠습니까?"

"도대체 무슨 목적으로 그런 엄청난 자선을 베푸는 겁니까?" 라스콜리니코프가 물었다.

"허참! 당신도 의심이 많은 사람이군!" 스비드리가일로프는 웃었다. "이 돈은 내게 여윳돈이라고 하지 않았습니까. 말하자면 그저 인도적으로 그런다고나 할까요. 그것도 용서하시지 않겠습니까? 그래도 저 여자는" 그는 유해가 놓인 구석을 가리켰다. "어느 돈놀이하는 할멈처럼 '이(蝨)'가 아니니까요. 네, 그렇지 않습니까. '실제에 있어서 루진이 살아남아 나쁜 짓을 계속할 것인가, 그렇지 않으면 그녀가 죽어야 하는가?'가 아니겠습니까. 내가 도와주지 않는다면 '폴랴도 같은 길을 걷는' 결과가 되니까요……."

스비드리가일로프는 라스콜리니코프를 지그시 바라보며 눈짓하는 듯한, 그리고 유쾌한 장난이라도 하는 듯한 투로 말했다. 라스콜리니코프는 소냐에게 했던 자기 자신의 말을 듣고 나자 순식간에 창백해지며 등골이 서늘해짐을 느꼈다. 그는 자기도 모르게 한 걸음 물러나서 이글거리는 눈초리로 스비드리가일로프를 바라보았다.

"어, 어떻게 당신이 알고 계십니까?" 그는 가까스로 숨을 몰아쉬면서 물었다.

"다름이 아니라 나는 여기 벽 하나를 사이에 둔 이웃의 레스릿히 부인에게 와 있으니까요. 이쪽은 카페르나우모프, 저쪽이 레스릿히 부인, 오랜 친구죠. 말하자면 이웃사촌인 셈이지요."

"당신이?"

"내가 말입니다." 스비드리가일로프는 몸을 뒤흔들고 웃으면서 말했다. "그런데 친애하는 로지온 로마노비치, 솔직히 말해서 나는 당신에게 완전히 흥미를 느끼고 말았습니다. 지난번만 해도 우리는 사이좋게 지낼 수 있다고 예언하지 않았습니까. 그런데 이처럼 사이가 좋아졌으니, 이제 당신은 내가 얼마나 붙임성 있는 인간인가 아시게 될 겁니다. 두고 보시오. 나하고라면 훌륭히 함께 잘 해나갈 수 있으니까요."

6 소냐의 사랑 라스콜리니코프의 참회

1

라스콜리니코프에게 야릇한 시기가 찾아왔다. 그것은 마치 갑작스레 눈앞이 안개로 싸여, 나아갈 곳 없는 답답한 고독 속에 갇혀버린 것 같았다. 오랜 시일이 지난 뒤 그가 이 무렵의 일을 생각해냈을 때, 그는 자신의 의식이 때때로 희미해졌다는 것과 그 상태가 중간에 몇 번 끊기긴 했어도 그대로 파국까지 이어졌음이 떠올랐다. 그즈음 자기가 여러 가지로 착각했다는 것, 이를테면 몇 가지 사건의 기간이나 시일을 착각했다는 것도 뚜렷이 이해되었다. 적어도 뒷날 그때 일을 상기하고 추억을 더듬어보려 했을 때, 그는 오히려 제삼자에게서 얻은 정보를 통해 자기에 관한 여러 가지 일을 알 수 있었던 것이다. 예컨대 한 가지 사건과 다른 사건을 뒤섞거나, 또는 어떤 종류의 사건을 자기의 상상 속에 서밖에 존재치 않는 상황의 결과로서 생각했었던 것이다. 때로 그는 병적일 만큼 고통스러운 불안에 사로잡혔다. 그리고 그것이 견디어낼 수 없는 공포로 바뀌는 일도 있었다. 하지만 그와 동시에 그때까지의 공포와는 전혀 다른 나른한 권태가 그를 사로잡은 몇 분이나 몇 시간, 아니, 며칠 전의 일까지도 그는 기억하고 있었다. 그것은 죽음을 눈앞에 둔 병자에게서 때때로 볼 수 있는 병적인 무관심 상태와 흡사한 것이었다. 최근 며칠 동안 그는 자기 자신의 상태를 명확하게 완전히 이해하는 것을 스스로 애써 피하는 듯했다. 몇 가지 절박한 사실이 당장에 해명을 요구하면서 유난히 무겁게 그를 짓눌렀다. 만일 그러한 몇 가지 근심거리에서 벗어나 도망칠 수 있었다면 그는 얼마나 기쁘게 여겼을까. 비록 그것을 잊는다는 게 그에게 피할 수 없는 완전한 파멸을 의미한다 하더라도. 특히 그를 불안하게 한 것은 스비드리가일로프였다. 말하자면 그는 스비드리가일로프에게 먹혀버렸다고 할 수 있었다. 카테리나 이바노브나의 임종

때 소냐의 방에서 스비드리가일로프가 너무나도 똑똑히 입에 올린 말, 그에게 너무나도 무서운 그 말을 듣고 난 뒤, 그의 사고는 정상적인 흐름에 혼란을 일으킬 것 같았다. 그러나 이 새로운 사실에 극도의 불안을 느끼면서도 어쩐 일인지 라스콜리니코프는 사태의 해명을 서두르려고 하진 않았다. 때로는 어딘가 먼 변두리의 싸구려 음식점 탁자에 홀로 앉아 어떤 생각에 골몰하고 있는 자신을 문득 깨달으며 갑자기 스비드리가일로프를 생각한 적도 있었다. 그러면서도 자기가 어떻게 이곳에 왔는지 조차도 기억에 없는 것이었다. 다만 한시바삐 이 사태와 이야기를 결말지어야만 하고, 할 수만 있다면 깨끗이 결말을 지어야 한다는 것이 문득 야릇하고도 생생하게 의식되는 것이었다. 언제인가 시(市)의 관문 밖에 나갔을 때는, 자기가 스비드리가일로프를 기다리고 있는 것이며 여기서 그와 만날 약속을 했기 때문이라고 생각했던 적도 있었다. 또 새벽녘 가까이 되어 어느 덤불 속 땅바닥에서 눈을 뜨고는 어째서 이곳에 왔는지 전혀 기억할 수 없는 일조차도 있었다. 하기야 카테리나 이바노브나가 죽고 나서 2, 3일 사이에 그는 두 번이나 스비드리가일로프와 얼굴을 마주친 적이 있었다. 그것은 대개 그가 지나다가 소냐의 집에 들렀을 때였고 언제나 1, 2분밖에 안 되는 짧은 만남이었다. 두 사람은 간단히 두세 마디의 이야기만 나눴을 뿐이며, 중요한 점에 대해서는 한 번도 화제에 올리지 않았다. 마치 두 사람 사이에 그 시기가 올 때까지는 이 일을 덮어두기로 하자는 묵계라도 되어 있는 듯했다. 카테리나 이바노브나의 유해는 아직 관에 모셔진 채로였다. 스비드리가일로프는 장례를 돕기 위해 바삐 뛰어다녔다. 소냐도 무척 바빴다. 마지막으로 만났을 때 스비드리가일로프는 카테리나의 아이들 일은 자기가 처리했는데 아주 잘 되었노라고 하면서, 자기에게 어떤 연줄이 있어서 도와주는 사람이 나타나 그 덕택에 세 고아는 바로 적당한 후생 시설에 넣을 수 있었다고 했다. 자기 재산이 있는 고아는 맨주먹뿐인 고아보다 훨씬 들어가기 쉬우며, 자기가 제공한 돈이 꽤 도움이 되었노라고 라스콜리니코프에게 보고했다. 소냐에 대해서도 무엇인가를 말하며, 가까운 시일 안에 자기가 직접 라스콜리니코프를 찾아가겠다고 약속했다. 상의하고 싶은 일도 있고, 꼭 이야기하지 않으면 안 될 이런저런 용건도 있다는 것이었다. 이 이야기는 층계 가까운 복도 입구에서 나누었다. 스비드리가일로프는 라스콜리니코프의 눈을 찬찬히 바라보며 잠시 입을 다물었다가 갑자기 목소리를 낮추어 물었다.

"그런데 어쩐 일이요, 로지온 로마노비치? 어쩐지 이상한 것 같군요, 정말! 듣기도 하고 보기도 하지만 아무것도 의식하지 못하는 것 같군요. 기운을 내시오. 한번 조용히 이야기나 해봅시다. 다만 유감스럽게 볼일이 많아서 탈이지요. 남의 일이나 내 일이나…… 아니, 로지온 로마노비치." 그는 불쑥 말을 꺼냈다. "인간이란 누구나 공기가 필요한 법이오, 공기, 공기 말입니다……. 무엇보다도 요!"

층계를 올라오는 사제와 보조신부에게 길을 비켜주려고 그는 갑자기 곁으로 다가섰다. 그들은 진혼기도를 올리기 위해 찾아온 것이었다.

스비드리가일로프의 주선으로 기도는 하루에 두 번씩 정해놓고 올려졌다. 스비드리가일로프는 그대로 가버렸다.

라스콜리니코프는 그 자리에 우뚝 선 채 잠시 생각하다가 이윽고 신부 뒤를 따라 소냐의 방으로 들어갔다.

그는 문 앞에 멈추어 섰다. 기도는 조용하고도 엄숙한 가운데 서글프게 시작되었다. 그는 아주 어렸을 때부터 죽음을 의식했다. 죽음의 존재를 피부에 느낄 때마다 무언가 짓눌리는 듯한 신비한 공포를 느끼곤 했다. 더구나 진혼기도를 듣는 것도 참으로 오래간만의 일이었다. 뿐만 아니라 여기에는 이것말고도 무언가 너무나 무섭고 불안한 것이 있었다. 그는 아이들을 물끄러미 바라보았다. 그들은 나란히 관 앞에 무릎꿇고 있었다. 폴랴는 울고 있었다. 그 뒤에서는 소냐가 겁먹은 듯 소리 죽여 울면서 기도를 올리고 있었다.

'그러고 보니 요즘 며칠 동안 그녀는 한 번도 내 얼굴을 보려고 하지 않는다. 말도 한마디 걸어주지 않는다.' 라스콜리니코프는 문득 이런 생각이 들었다.

햇살이 밝게 방 안을 비추고 있으며 향불 연기가 하늘하늘 피어오르고 있었다. 사제는 '주여, 안식을 주소서'를 봉독(奉讀)하고 있었다. 라스콜리니코프는 기도를 올리는 동안 줄곧 서 있었다. 축복을 주고 이별의 인사를 하고 나서 사제는 어쩐지 야릇한 눈길로 주위를 두리번거렸다. 기도가 끝나자 라스콜리니코프는 소냐 곁으로 다가갔다.

소냐는 갑자기 그의 두 손을 잡고 어깨에 머리를 기댔다. 이 단순한 행동에 라스콜리니코프는 오히려 흠칫했다. 의아하고 이상하기조차 했다. 왜 그럴까!

그에 대한 털끝만큼의 반발이나 혐오도 보이지 않았다. 그녀의 손은 조금도 떨리지 않았다. 그것은 이미 일종의 끝없는 자기 비하였다. 적어도 그로서는 그렇게 여겨졌다.

소냐는 한마디도 하지 않았다. 라스콜리니코프는 그녀의 손을 잡고 밖으로 나갔다. 그는 몹시 우울했다. 지금 이 순간 어디엔가 먼 곳으로 가서 홀로 있을 수 있다면 비록 거기서 평생을 살게 된다 해도 행복하게 생각했을 것이다. 그러나 문제는 요 며칠 동안 거의 홀로 있으면서도 결코 그로서는 자기가 혼자라는 실감이 나지 않는다는 점이었다. 교외로 나가본 적도 있었고 복잡한 거리로 나가본 적도 있었다. 언젠가는 잘 모르는 곳의 숲에까지 가보았다. 그러나 쓸쓸한 장소에 가면 갈수록 오히려 누군가 가까이에 있는 듯한 불안한 의혹이 강하게 느껴져서 야릇한 초조감을 느끼는 것이었다. 그래서 급히 서둘러 거리를 되돌아와 군중 속에 휩쓸려 싸구려 음식점이며 선술집에 들르거나, 헌옷가지를 파는 시장이라든가 센나야 광장으로 발길을 돌렸다. 이러한 곳에서는 어쩐지 기분이 포근해지며 고독감을 맛볼 수 있었다. 저녁 무렵에는 어느 싸구려 술집에서 노래를 듣기도 했다. 그는 거의 한 시간이나 거기 앉아 노래를 들었는데, 까닭도 없이 괜히 유쾌해졌던 것을 그는 기억하고 있었다. 그러나 마지막에 이를 즈음 그는 문득 다시금 불안에 사로잡혔다. 잊어버렸던 양심의 가책이 갑자기 꿈틀거리기 시작하는 그런 식이었다. '나는 이런 곳에 앉아 노래를 듣고 있지만, 과연 이렇게 해도 괜찮은 것일까?' 하는 심정이 되어버리는 것이었다. 하기야 자기 자신이 이렇게 불안한 원인은 그것만이 아님을 그는 바로 알아차렸다. 당장 해결해야 할 무엇이 있음에도 그것을 명확히 생각해낼 수도 없고 말로 표현할 수도 없는 것이었다. 모두 한데 엉킨 실뭉치처럼 되어가고 있었다. '아냐, 차라리 싸우는 편이 더 좋겠어! 포르피리만 해도 그렇고…… 스비드리가일로프도 상관없어……. 어떠한 도전이나 누구의 공격이라도 좋아……. 그렇지 그래.' 선술집을 나오자마자 아무 생각도 없이 달리려 했다. 그러나 문득 두냐와 어머니 생각이 떠올라 어쩐지 견딜 수 없는 공포에 사로잡혔다. 이날 밤 새벽녘이 되기 전에 그는 코레스드프스키섬의 풀속에서 열병 때문에 온몸을 떨며 눈을 떴다. 그는 발길을 돌려 아침 일찍 하숙집으로 돌아왔다. 몇 시간 동안 잠을 자고 나니 열병의 발작은 사라졌으나 그는 늦게서야 눈을 떴다.

오후 2시였다.

그날이 카테리나 이바노브나 집 장례날이었음이 떠오르자 거기에 참석하지 않은 것을 기뻐했다. 나스타샤가 식사를 가져오자 그는 엄청난 식욕을 느껴 마치 허기진 사람처럼 먹고 마셨다. 머리가 개운해지며 기분도 요 사흘 동안보다는 차분히 가라앉았다. 조금 전의 견뎌낼 수 없을 정도의 공포가 순간적이긴 했으나 이상하게 생각되었을 정도였다. 그때 문이 열리며 라주미힌이 들어왔다. "여! 먹고 있구나, 그리고 보니 병은 아닌 모양이로군!" 라주미힌은 이렇게 말을 걸며 의자를 끌어다가 라스콜리니코프의 맞은편 탁자 앞에 놓고 걸터앉았다. 그는 몹시 흥분해 있었으며 그것을 감추려고도 하지 않았다. 확실히 그는 화가 난 듯했으나 그다지 서두르는 것 같지 않고 특히 목소리를 높이는 것 같지도 않았다. 무엇인지 심상치 않은 꿍꿍이속을 숨기고 있는 듯이 보였다. "좀 들어보게." 라주미힌은 결심한 듯이 차분한 목소리로 말을 꺼냈다. "나는 이제 자네의 일은 전혀 상관치 않겠네. 왜냐하면 나로서는 아무것도 알 수 없다는 것이 갈수록 확실해졌기 때문일세. 하지만 내가 자네를 심문하러 왔다고는 생각하지 말게. 제기랄! 천만의 말씀이야! 자네가 지금 자기 비밀을 모두 털어놓는다 해도 나는 들어주지 않을지도 몰라. 침이나 내뱉고 나가버리지. 내가 온 건 말이지, 첫째로 자네가 미쳤는가 아닌가를 내 눈으로 마지막으로 똑똑히 확인하기 위해서야. 알고 있겠지만 자네는 정신이 병든 듯하며, 적어도 그것에 매우 가깝다는 의견이 있네. 아니, 어딘지 모르게 그렇단 말이야. 솔직히 말해서 나 자신도 이 의견을 지지하고 싶은 생각이 태산 같았네. 첫째 자네의 어처구니없는, 어떤 의미로는 저주스럽고 더구나 아무리 생각해도 설명할 수 없는 행동을 보건대 그렇고, 둘째로는 어머니와 누이동생에 대한 지난번의 자네 태도를 봐도 그래. 미쳤거나 짐승만도 못한 비열한 놈이 아닌 이상, 어떻게 자네가 그분들에게 그런 태도를 취할 수 있겠나. 그러니 자넨 미쳤다는 걸세……."

"자네가 두 사람을 만난 것은 언제인가?"

"바로 조금 전일세. 그런데 자넨 그 일이 있은 후에는 만나지 않았겠지? 도대체 어딜 그렇게 돌아다녔나? 말해보게. 나는 세 번이나 들렀다네. 어머니도 어제부터 몹시 몸이 나빠지셨어. 그리고 자네한테 간다고 하시네. 아브도챠 양이 아무리 말려도 막무가내일세. '만약 그 아이가 병들어 머리가 이상해졌다면 어머니가 보살펴주지 않고 누가 보살펴주지?' 하시며 말일세. 우리는 어머니를 혼자 보낼 수도 없고 해서 모두 함께 여길 와봤지. 그야말로 이 방문 앞에 올 때까지 줄곧 달리기만 했어. 그런데 들어와보니 자네는 간 곳이 없었지. 어머니는 바로 이 자리에 앉아서 10분이나 기다렸을 거야. 우리는 그 옆에 잠자코 버티고 있었던 셈이지. 그러다가 어머니는 일어서더니 '외출한 걸 보니 그 아이는 아무 일도 없는 모양이야, 어머니 같은 건 잊어버렸겠지. 그리고 보니 문 앞에 서서 마치 구걸이라도 하듯 애정을 강요하는 건 어머니로서 남보기 흉할 뿐 아니라 부끄러운 일이구나.' 하시잖겠나. 그러곤 여관으로 돌아가 누워버린 걸세. 지금은 열이 있으시다네. '그 아이는 자기 여자를 위해서라면 얼마든지 시간이 있는 모양이니까' 하시면서 말이야. 아마도 자기 여자란 소피야 세묘노브나를 두고 말씀하시는 것이겠지. 자네 약혼자인지 정부인지는 알 수 없네만. 그래서 나는 당장 소피야 세묘노브나에게로 가보았지. 아무튼 어떻게 된 까닭인지 이유나 알고 싶었거든. 그런데 가보니 관이 놓였고, 아이들이 울고 있지 않겠나. 소피야 세묘노브나는 아이들의 상복 치수를 재고 있더군, 자네는 없고. 그걸 보고 나는 양해를 구하고 거기서 나와 아브도챠 양에게 그대로 보고했네. 그러고 보니 모두가 엉터리며 자기 여자 같은 건 존재하지도 않았네. 그러니 가장 그럴 듯한 이유는 발광인 셈이지. 그런데 자네는 이처럼 여기 앉아서 마치 사흘이나 굶은 듯이 삶은 소고기를 뜯어 먹고 있으니! 그야 미친놈도 먹긴 하겠지. 그러나 자넨 내게 한마디도 하지 않네만, 틀림없이 자넨 미친놈이 아니야! 이건 맹세할 수 있어. 누가 뭐라든 미친놈이 아냐. 그러니 자네 일에 대해선 상관하지 않겠네. 왜냐하면 여기에는 어떤 비밀이, 숨기는 일이 있으니까 말일세. 나는 자네의 그 비밀에 장단을 맞추긴 싫네. 때문에 나는 자네에게 마음껏 욕설이나 퍼부어 울분을 풀까 하고 여기 들른 거야."

그는 일어서면서 이렇게 말을 맺었다.

"나는 앞으로 내가 어떻게 할 것인지 알고 있으니까."

"그래, 앞으로 무얼 하겠다는 건가?"

"내가 앞으로 뭘 하건 자네가 무슨 상관인가?"

"조심해, 홧술이라도 마시겠다는 거지!"

"어떻게…… 어떻게 그걸 알았나?"

"쳇, 그걸 왜 모르겠나!"

라주미힌은 1분쯤 입 다물고 있었다.

"자넨 언제나 참으로 궁리가 많은 사나이여서 단 한 번이라도 미쳐본 적이 없었지." 그는 갑자기 열정적인 투로 말을 꺼냈다. "자네 짐작대로 나는 이제부터 횟술이나 마시겠네! 그럼, 잘 있게나!" 이렇게 말하며 그는 나가려 했다.

"라주미힌, 틀림없이 잊그제의 일이야. 나는 누이동생과 자네에 관한 이야기를 했다네."

"나에 대해서? 하지만…… 엊그제 자넨 어디서 동생을 만날 수 있었나?"

라주미힌은 조금 핼쑥해진 얼굴빛으로 나가려다 말고 멈춰섰다. 그의 가슴속에서 심장이 천천히 긴장해 고동치기 시작했음을 알 수 있었다.

"여기 왔었지, 혼자서. 거기 앉아 나하고 이야기하다가 갔네."

"동생이?"

"그렇지, 그 아이가 말일세."

"그래, 자넨 무슨 이야기를 했나……? 나에 관해서 말일세."

"나는 자네가 좋은 남자고 성실하며 부지런하다고 말해주었지. 자네가 누이동생을 사랑하고 있다는 건 이야기하지 않았네. 그 아이 스스로 알고 있으니까."

"스스로 안다고?"

"그렇지, 뻔하잖은가! 내가 어디로 가버리든, 내 신상에 무슨 일이 일어나든 자네는 그 두 사람의 보호자가 되어주기 바라네. 즉 뭐라면 좋을까. 나는, 나는 두 사람을 자네에게 맡기는 걸세, 라주미힌. 이런 말을 하는 것은 자네가 누이동생을 사랑한다는 걸 잘 알고 있기 때문이며, 또한 자네 마음의 순수함을 믿기 때문이야. 또 동생도 자네를 사랑할는지 모른다고 생각하기 때문이고, 아니, 어쩌면 벌써 사랑하고 있는지도 모르지. 자, 이번에는 자네가 어떻게 할 것인지 스스로 결정지을 차례야. 횟술을 마실 필요가 있는가 없는가를."

"로쟈…… 사실은…… 그…… 쳇, 제기랄! 그건 그렇고, 자네는 어딜 가겠다는 건가? 아니, 그게 비밀이라면 그것도 좋네만! 하지만 나는…… 나는 비밀을 밝혀내고야 말겠네……. 나는 그게 부질없고 말도 안 되는 허튼소리인 줄 확인하고 있네만. 다시 말해서 자네 혼자서 꿍꿍이속을 차리고 있다는 걸세. 그건 그렇지만 자네는 좋은 녀석이군! 참 좋은 녀석이야!"

"지금 말하려는 것을 자네가 가로막았네만, 아까 자네가 비밀이니 숨기는 것을 알려 하지는 않겠다고 한 말은 썩 잘했네. 그러지 말고 얼마 동안 눈을 감고 잠자코 보고 있기만 하게. 때가 오면 모두 알게 돼. 그게 꼭 와야 할 때에는 말일세. 어제 어떤 사나이가 내게 한 말이네만, 인간이란 공기가 필요하다는 걸세. 공기, 공기 말이야! 나는 이제 그 사나이에게 가서 그것이 무슨 의미인가를 물어볼 작정이야."

라주미힌은 근심스러운 듯이 흥분한 모습으로 우뚝 선 채 무엇인가를 생각하고 있었다.

'이 녀석은 정치적인 음모에 가담하고 있구나! 틀림없어! 더구나 무슨 결정적인 행동을 하기 직전에 있어. 그게 틀림없어! 그렇게밖에는 생각되지 않아. 그리고 두냐도 그걸 알고 있는 거야……' 그는 문득 이런 생각을 했다.

"그럼, 아브도챠 양은 자주 찾아오는군?" 그는 억양을 붙이듯 하면서 이렇게 말했다. "그리고 자넨 공기가 좀 더 필요하다고 말한 사나이를 만나려 하고 있고……. 그러고 보니 그 편지도…… 그것도 그와 관련된 모양이군." 그는 마치 혼잣말처럼 이렇게 말을 맺었다.

"편지라니, 무슨?"

"그녀가 편지를 한 통 받았네, 오늘. 그리고 몹시 근심스러워하는 모습이더군, 몹시. 정도가 지나칠 만큼. 내가 자네 이야기를 꺼내니까 아무 말도 말아달라고 부탁하지 않겠나. 그러고 나서…… 그러고 나서 이런 말을 하더군. 어쩌면 매우 가까운 시일 안에 헤어지게 될지도 모른다고 말일세. 그러고는 또 뭔지 열정적인 투로 내게 고맙다는 말을 하고는 자기 방으로 들어가 열쇠를 채워버렸다네."

"그 아이에게 편지가 왔다고?"

라스콜리니코프는 생각에 잠긴 채 되물었다.

"그래, 편지야. 자네는 몰랐었나?"

두 사람은 입을 다물고 말았다.

"그럼, 잘 있게, 로지온. 나는 말일세…… 한때는…… 아니, 그만두세, 잘 있게. 사실은 말이야, 한때는 그런 것도…… 아니야, 잘 있게! 나는 가야 해. 술은 마시지 않겠네. 이젠 필요 없거든…… 무슨 당치도 않은 소리람!"

그는 서두르고 있었다. 그러나 이미 밖으로 나와 문을 닫으려다가 다시 불쑥 열고는 외면하듯 하면서 말했다.

"어차피 온 김에 잠깐! 지난번 그 살인 사건을 기억하겠지. 왜 포르피리 말일 세. 할멈 말이야. 사실은 말일세, 그 범인을 붙잡았다네. 자백하고 증거품을 모 조리 내놓은 걸세. 범인은 지난번의 그 칠장이 중 한 사람이었네. 기억나겠지? 내가 그때 변호해 준…… 그게 말야, 믿을 수 있겠나? 그때 문지기와 두 목격자 가 계단을 올라갈 때 둘이서 벌인 싸움과 장난의 1막 말일세. 그가 사람들의 주의를 다른 곳으로 쏠리게 하기 위해 연극을 했다는 걸세. 정말 그런 애송이 치고는 잘 꾸민 거지. 대단한 배짱이야! 믿어지지 않을 정도라네. 그걸 스스로 버젓이 설명하고는 완전히 자백했거든! 나도 꼼짝 못 하고 넘어간 셈이야! 하기 야 내가 보기에 그 친구는 단순히 시치미를 잘 떼고 요령 부리는 데 천재며 법 률적인 발뺌의 천재지. 다시 말하면 지금 와서 새삼스레 놀랄 것도 없는 일이 야! 하기야 있을 수 없는 일은 아니지. 그보다도 나는 녀석이 마침내 견디어내 지 못하고 자백했다는 점으로 보아 오히려 그를 신용하겠어. 있음직한 일이거 든……. 그건 그렇고, 나는 깨끗이 속아넘어간 셈이야! 녀석들 때문에 당치도 않은 법석을 떨었으니까!"

"제발 부탁이니 가르쳐주게. 자넨 어디서 그런 이야길 들었나? 더구나 자넨 어째서 그런 이야기에 그토록 흥미를 갖나?" 라스콜리니코프는 불안해하며 물었다.

"아니, 무슨 소리를 하나! 어째서 흥미가 있느냐고? 대단한 질문인데! 나는 포르피리로부터 들었네. 다른 데서도 들었지만 대부분은 그에게서 들은 정보 야!"

"포르피리한테서?"

"그래, 포르피리한테서."

"그럼, 뭐…… 뭐라고 그 녀석이 말하던가?" 라스콜리니코프는 겁먹은 듯이 물었다.

"녀석은 이 얘기를 참 잘 설명해주더군. 그 친구 특유의 심리적인 설명으로 말일세."

"녀석이 설명했다고? 녀석이 직접 자네에게 설명했나?"

"그래, 직접 설명했다니까. 잘 있게! 나중에 또 이야기하겠지만 지금은 볼일이 있어. 그 무렵엔…… 나도 한때는 그렇게 생각했지만…… 아무튼 좋아, 나중에 이야기하지. 난 이제 마실 필요가 전혀 없어졌어. 술 같은 게 없어도 자네 덕분에 톡톡히 취했네. 난 취했어, 로쟈. 술 없이 취해버렸어. 그럼, 잘 있게! 또 오겠어, 곧."

라주미힌은 나갔다.

'저 녀석은 정치적인 음모에 가담하고 있는 거야. 그게 틀림없어, 확실해!' 라주미힌은 천천히 계단을 내려가면서 결정적으로 그렇게 단정해버렸다.' 게다가 누이동생까지 끌어들인 거야. 아브도챠의 성격으론 그런 일이 충분히 있을 수 있지, 충분해. 두 사람은 서로 짜고서 만나고 있었어…… 그러고 보니 그 사람은 내게도 암시하지 않았던가. 그녀의 여러 가지 말이라기보다 말끝마다…… 이런저런 암시로 미루어 생각해보면 확실히 그랬던 셈이야! 그렇지 않고선 이 뒤죽박죽된 상황을 설명할 수 없잖은가! 그런데 나는 생각을 해도 하필이면…… 아, 나는 정말 어쩌자고 그런 생각을 했단 말인가! 그렇지, 그건 내 머리의 착란이었다. 때문에 그 두 사람에게는 미안한 짓을 하고 말았어! 그때 복도의 등불 아래에서 녀석이 내 정신을 어지럽힌 거야. 체! 어째서 그토록 창피하고 난폭하고 비열한 생각을 가졌단 말인가! 니콜라이가 자백을 해줘서 큰 도움이 됐어. 이렇게 되고 보니 그전 일이 깨끗이 설명되는군! 그때 녀석의 병이라든가 야릇한 행동, 그리고 훨씬 이전 대학에 다닐 때부터 언제나 꿀 먹은 벙어리처럼 우울하기만 했던 것도. 그건 그렇고, 그 편지는 어떻게 된 것일까? 이것도 확실히 수상하단 말이야. 누구에게서 온 편지일까? 아무래도 이상한 걸……. 흠, 어쨌든 모조리 밝혀내야지.' 두냐에 대한 것을 모조리 생각해내어 그 생각을 맞춰나가는 동안 그는 심장이 고동쳐옴을 느꼈다. 그는 소스라쳐 껑충 뛰듯이 달리기 시작했다.

라스콜리니코프는 라주미힌이 나가자 곧 일어나 창가 쪽으로 방이 비좁은 것도 잊은 듯이 구석으로 걷기 시작하다가는 이윽고 다시 긴 의자에 앉았다. 그는 심신이 모두 되살아난 듯한 느낌이었다. 다시 투쟁이다, 빠져나갈 곳을 찾은 것이다.

'그렇다, 빠져나갈 곳이 발견된 거야! 지금까지 너무 비좁고 숨이 막힐 지경이었으니까. 압박감이 무척 심했고, 어쩐지 머리가 마비된 듯했어. 포르피리와 만났을 때의 그 니콜라이 사건이 있은 뒤로는 나는 빠져나갈 곳도 없는 비좁은 데에서 숨이 막힐 지경이었어. 니콜라이의 일이 있었던 바로 그날 소냐와 만나는 그 1막극이 있었지. 그것은 내가 이전에 상상했던 것과 전혀 달랐으며 결과는 틀렸어…… 즉 갑작스레 두 손을 번쩍 들고 만 거야! 단번에! 그리고 이때 소냐에게 동의하지 않았던가, 진정으로 동의하지 않았던가. 이런 사건을 가슴에 안고 혼자서는 도저히 살 수 없다고. 그런데 스비드리가일로프는? 스비드리가일로프는 수수께끼야……. 나는 스비드리가일로프에게 불안한 마음이 들어. 이건 확실해. 하지만 이건 조금 종류가 다른 불안이야. 스비드리가일로프하고도 아직 싸워야만 해. 어쩌면 스비드리가일로프도 훌륭한 출구일는지 몰라. 하지만 포르피리는 문제가 달라.

그러니까 포르피리 자신이 직접 라주미힌에게 설명한 모양이군. 심리적으로 설명했어! 또다시 그 치사스러운 심리학을 들춰낸 거야, 그 포르피리가! 하지만 포르피리가 비록 한순간이나마 니콜라이가 범인이라고 믿었을까? 우리 사이에 그런 일이 있은 뒤, 니콜라이가 나타나기 전에 둘이서 서로 얼굴을 맞대고 했던 그런 연극이 있은 뒤 말이다. 그럴 수밖에 없는 것이, 거기에는 한 가지 말고는 올바른 해석 방법이 없잖은가?─라스콜리니코프는 요즘 2, 3일 사이에 포르피리와 만났던 그 장면을 조각난 단편 형태로 몇 번인가 생각했다. 정리된 것으로 생각해낼 기분이 들지 않았다. 그때 둘 사이에는 그런 말이 오가고, 그러한 동작과 몸짓이 나타났으며, 그런 눈길이 오갔고, 어떤 내용이 그와 같은 말로 이야기되었던 것이다.─이젠 더 나아갈 수 없는 한계까지 가버린 이상 니콜라이 따위에게 포르피리는 처음의 한마디, 처음의 몸짓 하나로 그의 속셈을 알아차렸을 거야. 니콜라이 따위의 힘으로 포르피리의 뿌리 깊은 확신이 흔들릴 리가 없어.

그런데 이건 또 어찌 된 영문이냐! 라주미힌마저 혐의를 두기 시작하고 있었다니! 복도의 등불 아래에서 있었던 장면은 그때 그대로는 끝날 수 없었던 거야. 그는 당장 포르피리에게로 달려갔었겠지……. 그러나 대체 무엇 때문에 녀석은 라주미힌을 그런 식으로 속여넘기려 했을까? 라주미힌의 눈을 니콜라이에게 쏠리게 한 목적은 무엇이었을까? 확실히 녀석은 무언가를 생각해낸 거야. 여기엔 꿍꿍이가 있어. 하지만 무슨 계획일까? 하긴 그날 아침으로부터 꽤 오랜 시간이 흘렀지. 지나치게 많이 흘렀을 정도야. 그런데 그사이에 포르피리에 대한 것은 그야말로 털끝만큼도 듣지 못했어. 이건 물론 좋지 못한 일이야…….' 라스콜리니코프는 모자를 손에 들고 잠시 궁리한 뒤 방에서 나갔다. 요 며칠 사이에 처음으로 그는 자기 정신이 온전하다고 느꼈다.

'스비드리가일로프와 먼저 끝장을 내야겠군.' 어떤 일이 있든, 그것도 되도록 빨리. 녀석도 아마 내가 찾아오기를 기다리고 있을 거야.' 그러자 한순간 그의 지쳐버린 마음속에서 불현듯 격렬한 증오가 치밀어올랐다. 그것도 두 사람 가운데 누군가 한 사람을, 스비드리가일로프나 포르피리를 태연히 죽여도 뉘우침이 없을 듯한 증오였다. 적어도 그는 지금 당장은 아니라 해도 앞으로 언젠가는 틀림없이 그렇게 할 수 있으리라고 느꼈다. '아무튼 두고 보자.' 그는 마음속으로 되풀이했다.

그런데 그가 안주인 거처의 현관으로 통하는 문을 열자, 뜻밖에도 그 포르피리와 정면으로 마주쳤다. 포르피리는 그의 방으로 들어오는 참이었다. 라스콜리니코프는 그 순간 우뚝 서고 말았다. 이상하게도 그는 포르피리가 나타난 것에 대해서 생각했던 것보다는 놀라지 않았으며, 무서운 느낌도 거의 들지 않았다. 그는 다만 흠칫했을 뿐이며 곧 마음을 바로 가늠할 수 있었다. '드디어 끝장일지도 모르겠군! 그건 그렇고, 그야말로 고양이처럼 슬며시 들어왔군. 전혀 몰랐어. 설마 엿듣지는 않았겠지?'

"뜻밖이시겠죠, 로지온 로마노비치." 포르피리는 웃으면서 소리쳤다. "진작부터 들르려고 생각했습니다만, 마침 근처를 지나가던 길이라서 잠깐 안부나 여쭤보는 것도 나쁘진 않겠다 싶었지요. 어디 가십니까? 방해하지는 않겠습니다. 하지만 괜찮으시다면 담배 한 대 피울 동안만이라도……."

"우선 앉으십시오. 포르피리 페트로비치, 앉으십시오." 라스콜리니코프는 아주 만족스럽고 상냥한 얼굴로 그에게 자리를 권했다. 그것은 만약 그가 자기 얼굴을 직접 볼 수 있었다면 어이없을 정도로 놀랐을 게 틀림없을 그런 태연한 얼굴이었다. 한 점의 그늘도 엿보이지 않는 훌륭한 연기! 사람은 곧잘 강도와 마주쳤을 때 죽음의 공포를 반 시간쯤은 이처럼 견디어내는 법이다. 그리고 막상 목에 칼이 들이대어질 때는 오히려 공포가 사라져버리게 마련인 것이다. 그는 포르피리와 마주앉은 채 눈도 깜빡하지 않고 그를 바라보았다. 포르피리는 눈을 가늘게 뜨고 담배를 피우기 시작했다.

'자, 말해 봐, 어서 말해 봐' 라스콜리니코프의 가슴을 뚫고 이런 말이 튀어나올 것만 같았다. '이봐, 어째서 잠자코 있나!'

2

"정말 이 담배라는 것은!" 포르피리는 한 대 피우고 나서 한숨 돌리자 겨우 입을 열었다. "그야말로 백해무익한데도 아무래도 끊을 수가 없군요! 기침이 나고 목구멍이 근질근질하며 숨이 차 옵니다. 정말 나는 소심한 편이라서 요전에 의사에게 진찰을 받으러 갔었지요. 한 환자를 적어도 30분 가까이 진찰하는 분이죠. 그런데 나를 보자 웃어버리고 말더군요. 타진도 하고 청진도 해본 다음 '당신은 폐가 부풀어서 특히 담배가 좋지 않소' 하지 않겠습니까? 하지만 어떻게 담배를 끊을 수 있겠습니까? 담배 피우는 대신 뭘 해야 좋겠습니까? 나는 술을 못하는 편이니까요, 이게 난처하답니다. 헤헤헤…… 정말 술을 못해 난처하거든요! 무슨 일이든 상대적이죠, 로지온 로마노비치, 무슨 일이든 상대적이란 말입니다!"

'이 녀석은 또 그 관청식 잔꾀를 부리기 시작한 것일까?'

라스콜리니코프는 이런 생각이 들자 속이 메스꺼워졌다. 지난번에 얼굴을 마주쳤을 때의 모든 장면이 문득 떠오르며 그때의 광경이 물결치듯이 그의 마음에 밀려왔다.

"사실은 엊그제 밤에도 들러봤습니다만, 모르셨습니까?" 포르피리는 방 안을 둘러보며 말을 이었다. "방 안에도, 그렇지, 이 방에도 들어와보았습니다. 역시 오늘처럼 이 근처를 지나다가, 옳지, 잠깐 인사라도 해야겠다는 생각이 들던 거죠. 들렸더니 문이 열려 있어 들여다보고는 잠시 기다렸습니다만, 결국 댁의 하녀에게 인사도 없이 돌아가고 말았죠. 자물쇠는 채우지 않습니까?"

라스콜리니코프의 얼굴은 차츰 어두워졌다. 포르피리는 마치 그의 마음을 꿰뚫어본 듯이 말했다.

"해명하러 온 겁니다. 로지온 로마노비치, 해명하려고요! 당신에게 해명해야만 할 의무도 있고 해서요." 그는 미소를 띤 채 이렇게 말을 이으면서 라스콜리니코프의 무릎을 손바닥으로 살짝 쳐보기도 했다. 그러나 그와 동시에 그의 얼굴은 갑자기 심각해지며 조심스러운 듯한 표정을 떠올렸다. 문득 슬픔의 그림자가 스쳐간 듯하여 그것이 라스콜리니코프를 놀라게 했다. 그는 지금까지 단 한 번도 포르피리의 그런 얼굴을 본 적이 없었을 뿐 아니라 상상한 일조차 없었다.

"지난번에는 참으로 기묘하게 되어버렸죠, 로지온 로마노비치. 처음 뵈었을 때에도 역시 뭔가 야릇하게 되어버렸습니다만, 그때는…… 아니, 지금에 와선 어차피 마찬가지죠! 실은 그래서 당신에게 실수를 해버린 게 아닌가 하는 생각을 하고 있답니다. 아무튼 어처구니없게 작별을 하고 말았으니까요. 기억나십니까? 당신도 신경이 곤두서서 와들와들 떨고 나도 몹시 흥분하여 무릎을 와들와들 떨었죠. 더구나 서로의 관계가 묘하게 엉클어져 신사적이지 못했으니, 이걸 어떻게 해야만 좋겠습니까. 그럴 수밖에 없는 것이, 우리는 신사니까요. 다시 말해서 어떠한 일에서나 우선 신사라는 거지요. 이 점은 분명히 기억하셔야 합니다. 기억하시겠지만, 그때는 터무니없이 일이 커져버렸으니까요……. 그쯤 되면 그건 이미 예절도 없는 판이라고 해야겠지요."

'도대체 이건 뭐냐? 날 뭘로 보는 거야?' 라스콜리니코프는 고개를 들어 유심히 포르피리를 살피면서 어이없는 듯이 자문했다.

"저는 말이지요, 이번엔 서로가 솔직담백한 편이 좋다고 생각한 겁니다." 포르피리는 고개를 조금 돌려 외면하고는 눈을 아래로 내리깔 듯하며 말을 이었다. 지난번의 희생자를 자기의 시선으로 더 이상 당황하게 만들고 싶지 않으며 자기 술책이나 간계도 이미 문제 삼지 않겠다는 그런 태도였다. "정말 그러한 혐의라든가 그러한 장면은 오래 이어지는 법이 아닙니다. 그때는 니콜라이가 끝장을 내줬으니 망정이지, 그렇지 않았더라면 우리 사이가 어떻게 되었을지 짐작조차 할 수 없거든요. 그때는 그 밉살맞은 직공이 칸막이 너머에서 줄곧 대기하고 있었는데, 혹시 눈치 채셨나요? 참, 벌써 알고 계시겠군요. 그 사나이가 그런 일이 있은 뒤 곧 당신을 찾아갔다는 것을 저도 알고 있으니까요. 하지만 그때 당신이 예상했던 것 같은 그런 일은 아무것도 없었답니다. 나는 누구를 부르러 보내지도 않았고, 무엇보다 먼저 수배도 하지 않았으니까요. 어째서 수배하지 않았느냐고요? 글쎄요, 어떻게 말씀드리면 좋을지. 솔직히 말씀드려서 나 자신이 그때는 정신을 못 차릴 지경이었으니까요. 문지기를 불러오는 것이 고작이었으니. 아 참, 지나다가 문지기를 보셨겠지요. 그때 내 머릿속에 어떠한 생각이 문득, 그야말로 번개처럼 스쳐갔거든요. 나는 그때 이미 뚜렷한 확신을 갖고 있었던 거죠. 로지온 로마노비치, 좋아, 하고 나는 생각했답니다. 비록 잠시 한쪽을 놓치더라도 그 대신 다른 한쪽 꼬리는 움켜쥐고 있어야겠다, 내가 노린 것만은 어떤 일이 있어도 놓치지 않겠다고 말이죠. 게다가 또 당신은 선천적으로 무척 흥분하기 쉬운 성격이니까요. 당신의 성격이나 감정의 여러 특징으로 미루어 생각해보면, 아니, 그 일부는 나로서도 파악하고 있다고 자부했습니다만 조금 정도가 지나치다는 생각이 든답니다. 그야 나도 그런 경우 사람이 흥분했다고 해서 불쑥 마음속을 털어놓기 시작하는 그런 식으로는 되지 않는다는 것쯤 생각할 여유가 있었지요. 하기야 사람이 견뎌내지 못할 화를 돋우는 경우라면 그런 일도 있을 수 있겠습니다만, 그렇다 해도 좀처럼 흔치는 않은 법이랍니다. 나도 그것을 판단할 수 있었죠. 아니, 나는 생각의 단서만이라도 좋고, 실오라기 같은 단서, 그것도 단 하나만이라도 좋으니 직접 손으로 만져볼 수 있는 물적 증거일 수 있는 단서를 바랐습니다. 예의 심리적으로 밀고 나가기만 하는 그런 게 아니었으면 했던 겁니다. 만일 이 사나이가 범인이라면 적어도 무엇인가 실질적인 것을 기대할 수 있지 않을까 생각한 셈이지요. 그때는 말입니다, 로지온 로마노비치, 당신은 성격, 무엇보다도 그 성격에 기대를 걸었던 거죠. 아니, 정말 그때는 당신에게 기대를 걸었는데."

"하지만 당신은…… 당신은 왜 또 그런 얘기를 이제 와서 새삼스레 꺼내십니까?" 라스콜리니코프는 자기 질문의 뜻도 자세히 생각해보지 않고 겨우 이렇게 중얼거렸다. '녀석은 무슨 이야기를 하는 것일까?' 그는 어리둥절했다. '도대체 내게 정말로 혐의가 없다고 생각하는 것일까?'

"어째서 이런 이야기를 하느냐고요? 해명하러 온 셈이죠. 뭐라고 할까, 말하자면 신성한 의무로써 말이오. 즉 그때의 그, 뭡니까, 내 머리가 얼마나 뒤죽박죽이었는가를 낱낱이 그리고 솔직하게 말씀드리고 싶었던 겁니다. 로지온 로마노비치, 나는 무척 당신을 짓궂게 들볶았으니까요. 그러나 나는 악당은 아닙니다. 나도 알고는 있답니다. 신경이 지칠 대로 지쳐 있으면서도 자존심과 자만심이 강하며, 더구나 신경질적인 인간이, 특히 신경질적인 인간이라는 것이 중요합니다만 그러한 모든 것을 참고 견디어낸다는 것이 얼마나 괴로운가를. 적어도 나는 당신이 누구보다도 고결할 뿐만 아니라 큰 인물이 될 수 있는 소질을 갖춘 사람으로서 존경하고 있답니다. 물론 당신의 견해를 하나에서 열까지 찬성한다는 것은 아닙니다만, 이 점은 미리 솔직히 더구나 진심으로 말씀드려 두는 것이 의무라고 생각합니다. 아무튼 당신을 속이는 짓만은 하고 싶지 않으니까요. 그래서 당신의 인품을 알고 나자, 나는 당신에게 애착을 느끼게 된 것이지요. 이런 말을 하면 당신은 웃으시겠죠? 이해할 수 있습니다. 당신이 나를 처음 보았을 때부터 나를 싫어하셨다는 것도 알고 있습니다. 왜냐하면 솔직히 말해서 내가 좋아질 까닭이 없으니까요. 그러나 당신이 어떻게 생각하시든 간에 나로서는 지금 온 힘을 기울여 당신에게 주었던 인상을 확실하게 증명해 보이고 싶은 겁니다. 진심으로 하는 말입니다."

포르피리는 심각한 표정을 지으며 입을 다물었다. 라스콜리니코프는 어떤 새로운 공포가 치밀어오르는 것을 느꼈다. 포르피리가 자기를 무죄로 여기고 있다는 생각이 갑자기 그의 공포를 자아냈던 것이다.

"어째서 갑자기 그런 꼴이 되어버렸는지를 순서대로 말씀드릴 필요는 없겠지요." 포르피리는 말을 계속했다. "아니, 오히려 쓸데없는 일로 여겨지는군요. 더구나 한다고 해서 제대로 되는 일도 아니고요. 왜냐하면 순서대로 이야기할 성질의 것이 아니니까요. 우선 처음에 소문이 퍼졌죠. 그게 어떤 소문이며 누구의 입에서부터 나왔느냐라든가……. 어떤 계기는 우연이었죠. 즉 있을 수 있는 기회와 있을 수 없는 기회가 똑같이 반반씩인 완전한 우연에서 시작되었단 말입니다. 어떤 거냐고요? 아니, 이것 역시 말할 나위도 없다고 여겨지는군요. 다만 이러한 소문과 우연이 그때 이따금씩 나에게 하나의 암시를 주었다는 것입니다. 어차피 털어놓는 김에 모두 솔직하게 털어놓겠습니다만, 당신에게 혐의를 둔 것은 내가 처음이었습니다. 하기야 전당 잡힌 물건에 그 할멈의 메모가 있기는 했지만 그런 건 모두 부질없는 것이죠. 그 같은 것이라면 몇백 명이라도 들춰낼 수 있습니다. 거기에다 나는 그 경찰서에서 있었던 사건을 자세히 들을 수 있는 기회가 있었습니다. 역시 우연이긴 합니다만, 다만 슬쩍 지나가는 말로 들은 것이 아니라 상당히 권위 있는 인물에게서 들었단 말입니다. 그 사나이는 자기는 그런 줄 미처 모르면서도 그때의 장면을 그야말로 놀라울 만큼 뚜렷하게 기억하고 있더군요. 로지온 로마노비치, 그래서 말하자면 이런 것이 차례차례로 겹친 셈이죠, 차례차례로요! 이쯤 되면 자연히 어떤 방향으로 생각이 돌아가는 것도 어쩔 수 없는 일이 아니겠습니까? 1백 마리의 토끼를 모아도 한 마리의 말을 만들 수는 없으며 1백 가지 혐의를 모아도 한 가지의 증거는 되지 않는 거죠. 확실히 영국 속담 그대로입니다. 그러나 이것은 이성적으로 사물을 생각할 때의 이야기지, 정열은, 정열이라는 것은 그렇지 않답니다. 아무튼 예심 판사라 해도 인간이니까요. 그래서 나는 잡지에 실린 당신의 논문이 생각났습니다. 기억하실는지 모르겠습니다만, 처음 만났을 때만 해도 이 이야기를 자세히 했었죠. 그때 내가 당신을 놀린 것은 당신의 속셈을 알아내기 위해서였습니다. 거듭 말씀드립니다만, 로지온 로마노비치, 당신은 무척 신경질적이며 병적이십니다. 당신이 대담하고 자부심 강하며 성격적으로 모든 일에 감수성이 강한 분이라는 건 벌써부터 나도 알고 있었답니다. 이러한 느낌은 내게도 비슷하게 있는 것이니까요. 그러기에 당신의 논문도 흥미 있게 읽었을 정도랍니다. 그건 잠이 오지 않는 밤에 흥분될 대로 흥분된 머리로 구상한 것이겠죠. 가슴에서는 심장이 고동치고 억눌린 열정이 꿈틀거린다는 그것 말입니다. 아니, 위험한 건 청년에게 흔히 있는 이 억눌린 자랑스러운 열정이라고 하겠죠. 그때는 놀려댔습니다만, 지금 와서 말씀드리자면, 나는 청년의 열정이 담긴 첫 습작을 무척 좋아한답니다. 연기와 안개가 가득 찬 듯한 이 안개 속에서 현(絃)의 소리가 들려오지요. 당신의 논문은 불합리하고 공상적이었지만 거기엔 진정에서 우러난 것, 어떠한 것과도 타협하지 않는 생생한 자랑스러움, 저돌적인 대담성이 가득 차 있었습니다. 음산한 느낌마저 들 정도였지요. 그게 좋은 겁니다. 나는 그 논문을 읽고 나서 그걸 따로 간수했습니다……. 그 이유는 이렇게 생각했기 때문이랍니다. '아니, 이 사나이는 그냥 있지는 않겠구나!'라고요. 하기야 이런 전제가 있었으므로 뒷날 깊이 파고들게 된 것도 당연하지 않겠습니까! 아니, 아니, 그렇다고 내가 무슨 다른 뜻으로 이런 말을 하는 건 아닙니다. 나는 다만 그렇게 알았을 뿐이랍니다. 도대체 무엇이 여기에 있다는 것일까? 아무것도 없지. 전혀 없어. 아니, 절대로 아무것도 없어. 그러고 보니 내가 이처럼 열중하는 것은 예심 판사로서 격에 맞지 않는 일이 아닐까. 왜냐하면 니콜라이를 손아귀에 넣었으며 이미 사실도 드러났으니까. 글쎄, 어떻게 생각하시건 사실임엔 틀림없으니까요! 더구나 자기 나름의 심리학마저 들추어내고 있으니. 이쯤 되면 조사해보지 않을 수도 없지요. 생사에 관한 문제니까요! 무엇 때문에 이런 것을 장황하게 설명하는지 궁금하신가요? 그건 말입니다, 당신께 사정을 말씀드리고 그때 내가 한 심술궂은 수작을 이성적으로라도 깨끗이 잊어주십사고 부탁드리고 싶기 때문입니다. 하기야 심술로 한 짓은 아닙니다. 진정으로 하는 이야기입니다만 헤헤헤, 내가 그때 이리로 가택 수색을 하러 오지 않았다고 생각하십니까? 왔었습니다. 왔고말고요. 허허, 당신이 병에 걸려 바로 거기 누워 계실 때 왔었답니다. 정식이라고도 할 수 없고 개인적인 자격이라고도 할 수 없는 그런 애매한 입장이었지만, 오긴 왔었습니다. 그야말로 머리카락 하나에 이르기까지 방 안을 조사했습니다. 더구나 처음의 증거가 미처 사라지기 전에 말입니다. 그러나 Umsonst[1]였습니다! 나는 생각했지요. 머지않아 이 사내는 찾아온다, 스스로 찾아온다, 그것도 아주 가까운 시일 안에, 만약 범인이라면 반드시 찾아온다고 말이죠. 다른 사내라면 오지 않을는지 모르나 이 사람만은 틀림없이 찾아온다고 확신했지요. 그런데 라주미힌이 당신에게 이것저것 지껄여대던 것을 기억하시오? 그건 당신을 흥분시키려고 내가 일부러 그렇게 꾀었던 거랍니다. 그로 하여금 지껄이도록 하게 하려고 일부러 소문을 들려주었던 거죠. 라주미힌은 성격적으로 한 번 흥분해버리면 물불 가리지 않으니까요. 그런데 자묘토프가 뭣보다 우선 직감적으로 느낀 것은 당신의 분노하는 품과 노골적인 대담성이었습니다. 왜냐하면 무슨 음식점 같은 데에서 아닌 밤중에 홍두깨식으로 '내가 죽였다!'고 하니 말입니다. 지나치게 대담했지요. 그쯤 되면 안하무인이랄 수밖에. 그래서 만일 이 사내가 범인이라면 대단한 투사임에 틀림없다고 생각한 것이죠! 아니, 그때는 정말 그렇게 생각했답니다. 나는 기다렸습니다. 당신이 찾아오기를 안타깝게 기다렸습니다. 그런데 자묘토프는 그때 당신한테 완전히 기가 죽어버렸었지요……. 아니, 그게 말입니다, 어느 것이나 모두 그 어느 쪽으로도 해석할 수 있는 밉살맞은 심리학이라 난처했

---

1) 독일어로 헛수고.

답니다. 그래서 안타깝게 당신을 기다리고 있었더니 하느님이 인도하셨는지 드디어 당신이 나타나지 않았겠습니까! 나는 그야말로 가슴이 뜨끔했답니다. 아니, 정말입니다. 그런데 당신은 그때 어떤 모습으로 찾아오셨습니까? 당신은 들어오면서 허리를 잡아가며 웃더군요. 그래서 나는 그때 거울을 바라보듯 모든 걸 환히 알아차렸답니다. 그러한 태도로 각별한 기분을 품으면서 당신을 기다리지 않았더라면 당신의 그 웃음소리에서 아무것도 눈치채지 못했을 테지만, 그런 생각을 한다는 건 아주 어려운 일이죠. 그리고 그때는 라주미힌 역시……참, 그렇지 그래, 돌입니다. 돌, 돌, 생각나십니까? 아직도 그 아래에 숨겨져 있다고 하던 돌이란 게 있었지. 정말 돌이 어느 채소밭에 뒹굴고 있는 것이 눈에 선하군요. 확실히 당신은 채소밭이라고 하셨지요. 자묘토프에게, 그리고 내가 있는 곳에서도 다시 한 번. 그래서 우리는 당신의 논문을 검토하기 시작한 거죠. 검토했다기보다 당신 스스로가 내용을 말씀해주셨소. 그러자 당신의 말 한마디 한마디가 이중의 뜻으로 해석되어 마치 다른 말이 속에 숨겨져 있는 듯 여겨지더군요. 다시 말해서 로지온 로마노비치, 나는 대강 이런 식으로 해서 마지막 기둥에 이르러 거기서 이마를 탁 부딪치고 정신이 번쩍 났던 것입니다. 아니, 이래서는 안 되겠다! 왜냐하면 그럴 생각만 있다면 이건 모두 마지막 한 점에 이르기까지 그와 반대인 쪽으로도 설명할 수 있지 않겠나? 아니, 그러는 편이 오히려 자연스러울 정도라고 말입니다. 괴로웠습니다……. 아! 한 오라기의 증거라도 잡았으면……! 하고 생각했답니다. 그러던 참에 그 초인종 이야기를 들었습니다. 나는 그야말로 온몸이 얼어붙는 것 같아 부들부들 떨고만 있었습니다. 드디어 한 오라기의 증거가 발견되었구나! 이거다! 하고 말입니다. 나는 이미 이러니저러니하고 생각하지 않기로 했지요. 전혀 그럴 생각이 나지 않더군요. 그때의 나는 정말 내 돈 1천 루블을 다 써도 아까운 생각이 들지 않을 정도였답니다. 내 자신의 이 눈으로 당신을 보기 위해서라면, 즉 그 직공이 맞대고 '살인자'라고 말한 뒤에 나란히 그 직공과 1백 걸음이나 걸어가던 그 모습을 말입니다. 1백 걸음을 걷는 동안 단 한마디도 그 사나이를 꾸짖는 말을 못 하신 모양이더군요. 등골을 스치는 그 오한이 어떻습디까! 병들어 정신을 차리지 못한 채 울린 초인종은? 로지온 로마노비치, 이쯤 되면 내가 그때 그러한 장난을 했다고 해도 이상할 것은 없지 않겠습니까? 더욱이 당신은 어째서 하필 그런 판국에 내게로 오셨습니까? 당신 역시 무엇엔가 마음이 들떠 있었던 게 아닌가요? 아니, 그게 틀림없을 겁니다. 만일 그때 니콜라이가 우리를 서로 떼어 놓지 않았더라면, 그때는……. 그런데 그때의 니콜라이가 생각나십니까? 자세히 기억하십니까? 그건 그야말로 날벼락이었답니다! 그런데 그걸 받아들인 내 솜씨는 어떠했습니까? 당신이 보다시피 나는 그런 벼락을 털끝만큼도 예상하지 않았거든요! 어떻게 믿을 수 있겠습니까! 하기야 그 일이 있고 나서 당신이 돌아간 뒤 그 사나이가 몇 가지 일에 대해 참으로 조리 있는 대답을 해서 나 자신도 깜짝 놀랐을 정도였지만요. 그래도 그 일이 있은 뒤로는 그의 이야기 같은 건 나는 단 한마디도 곧이듣지 않았지요! 한 번 마음먹었으면 그것으로 끝이니까요. 쳇, 무슨 잠꼬대야, 니콜라이 따위가 어떻게 그런 짓을 할 수 있담, 하고요!"

"조금 전에 라주미힌이 내게 말하더군요. 당신은 지금도 니콜라이를 범인으로 생각하고, 라주미힌에게도 그렇게 귀띔하며……."

그는 숨이 막혀 말을 끝까지 할 수 없었다. 그는 자기의 속셈을 모조리 들여다보고 있는 그 인간이 조금 전 자신이 한 말을 스스로 부정하고 있는 것을 이루 말할 수 없는 흥분에 휩싸인 채 듣고 있었다. 그는 믿기를 두려워했다. 그리고 믿지 않았다. 아직은 아무렇게나 해석할 수 있는 애매한 말 속에서 그는 무엇인가 명확하고 결정적인 것을 찾아내어 잡아보려고 안간힘을 썼다.

"라주미힌이!" 포르피리는 줄곧 말이 없던 라스콜리니코프가 질문하자 아주 즐겁다는 듯이 소리쳤다. "허허허! 아니, 사실은 라주미힌을 잠깐 제쳐놓고 싶었던 거랍니다. 단둘이서 조용히 이야기할 수 있도록 훼방 놓는 걸 피하고 싶었던 셈이지요. 라주미힌은 아무래도 거북하거든요. 우선 제삼자니까요. 내게도 얼굴이 새파랗게 되어 달려왔었습니다. 우선 그는 제쳐놓고 봅시다. 우리 일에 끼어들지 않아도 되니까! 그런데 니콜라이 일은 그게 어떤 속셈으로 벌어진 장면인지 알고 싶으시겠죠. 하지만 결국은 내가 그를 어떻게 이해하느냐 하는 게 됩니다만, 가장 먼저 말씀드리고 싶은 것은 그는 아직 미성년인 애송이라는 점입니다. 겁쟁이라는 게 아니라 말하자면 일종의 예술가지요. 내가 그를 이런 식으로 설명한다고 해서 웃으시면 안 됩니다. 그는 순진하고 무슨 일에든 감수성이 강한 사나이랍니다. 감정가며 몽상가지요. 노래도 부르고 춤도

추고, 이야기 같은 걸 시켜보면 제법 그럴 듯해서 다른 곳에서도 일부러 들으러 올 정도인 모양이더군요. 학교도 좀 다녔고 사소한 일에도 우습다고 허리를 잡아가며 웃기도 하고 곤드레가 되도록 마시기도 하지만, 말하자면 아직 젖비린내 나게 마시는 술이죠. 그때만 해도 그는 도둑질을 한 셈이지만 본인은 그것도 모릅니다. '땅에 떨어진 걸 줍는 게 어째서 도둑질이 됩니까?'라는 겁니다. 그리고 아시는지 모르겠습니다만, 그는 분리파 신도거든요. 아니, 분리파 신도라기보다 단순한 분파죠. 그의 집안에는 베군 교도가 있어서 말입니다. 그도 바로 최근까지 2년쯤이나 마을 장로 밑에서 수도 생활을 했답니다. 이건 모두 당사자인 니콜라이와 같은 고향인 자라이스크 마을의 친구들에게서 들은 이야기죠. 뿐만 아니라 그는 황야에 은둔하려고까지 했다더군요! 광신자처럼 되어서 말이죠. 밤마다 하느님께 기도드리며 낡은 진리의 책을 탐독했다고 합니다. 그러한 그에게 페테르부르크는 강렬한 충격을 주었던 셈이죠. 특히 여자와 술이 말입니다. 감수성이 강한 편이라서 장로에 대한 것이며 기타 모조리 잊어버린 셈이지요. 이 고장의 어느 화가가 그에게 반해서 열심히 그를 따라다닌 것도 알고 있습니다만, 그러던 참에 이번 사건이 일어났지요. 그래 겁이 나서 목을 매려고 하다가 도망쳤던 것입니다! 사실 민중 사이에 번지고 있는 우리나라의 사법활동에 대한 사고방식이란 한심스러운 거니까요! 재판이라는 말을 듣기만 해도 겁에 질려버릴 정도랍니다. 누구 책임이겠습니까! 새로운 재판 제도가 어떻게든 거기에 대답해주겠지요. 아니, 정말 그래주었으면 합니다! 그런데 아마도 감옥살이를 하게 되어서야 비로소 신성한 장로에 대한 생각이 난 모양입니다. 그와 동시에 성경도 나타나고……. 아시겠습니까, 로지온 로마노비치, 그러한 무리의 일부 사람들이 괴로워한다는 걸 어떤 식으로 해석하고 있는지를. 이건 특히 어느 누가 괴로워한다는 그러한 것이 아니라 오로지 괴로워해야 한다는 것이랍니다. 괴로움은 반드시 받아들여져야 하고, 더욱이 나라에서 주는 괴로움이라면 말할 나위도 없는 일이죠. 전에 무척 얌전한 어느 죄수가 꼬박 1년 동안 옥살이를 한 적이 있었습니다. 그는 밤이 되면 난로 앞에서 하루도 빠짐없이 꼭 성경을 읽었답니다. 읽고 또 읽은 결과가 어떻게 되겠습니까. 그야말로 아무 까닭 없이 갑자기 벽돌을 주워들어 간수장에게 집어 던졌답니다. 간수장한테서 그다지 심한 대우를 받지 않았는데도 말입니다. 더구나 그 던진 방법이 멋있었지요. 상대방을 다치지 않게 하기 위해 일부러 1미터나 옆을 겨누어 던졌으니 말입니다. 흉기를 갖고 간수에게 덤벼드는 죄수가 어떤 운명을 더듬어야 하는가에 대해서 잘 알고 있으면서도 그렇게 함으로써 괴로움을 스스로 불러들인 거지요. 그래서 나는 지금도 니콜라이는 고통을 받아들이려 하는 게 아닐까 의심하고 있답니다. 다만 그는 내가 알고 있다는 것을 모를 뿐이지요. 어떻습니까? 그런 일반 민중 가운데에서 공상가인 친구들이 나온다는 것을 찬성할 수 있겠습니까? 정말 흔한 예랍니다. 장로의 감화가 새삼스럽게 되살아난 거죠. 특히 목을 매려했던 뒤 더욱 절실해진 모양입니다. 하긴 그러는 사이에 자기 스스로 털어놓고 이야기해 주겠지만요. 그가 참아낼 수 있으리라고 생각하십니까? 좀 기다려보시오. 또 뒤집히고 말 테니! 나는 그가 자백을 번복하러 오기를 오늘이나 내일이나 하고 기다리고 있답니다. 나는 니콜라이라는 사나이에게 흥미를 느꼈기 때문에 그를 철저히 연구할 작정입니다. 당신이라면 어떻게 생각하시겠소? 하하! 그는 어떤 점에 대해선 참으로 그럴 듯하게 대답해줬기 때문에 필요한 정보도 얻을 수 있었고 준비도 되어 있답니다. 그런데 그것 이외의 점에선 더듬거리기만 하고 말이 막혀 아무것도 모른답니다. 모를 뿐만 아니라 자기가 모른다는 걸 알지도 못한답니다. 로지온 로마노비치, 이건 정말 니콜라이의 짓이 아닙니다. 이건 공상적이며 음산한 사건으로서 현대적인 사건이란 말이오. 인간의 마음이 흐려지고 피를 맑게 한다느니 하는 소리가 열심히 인용되어 쾌락이야말로 인생의 전부라고 선전되는 현대의 사건이란 말입니다. 여기에는 탁상공론이 있으며, 이론 때문에 초조하고 짜증나는 심정이 있죠. 여기에서는 맨 처음 한 걸음을 내딛는 결의를, 그것도 각별한 결의를 볼 수가 있단 말입니다. 산 위에서, 종각 위에서 뛰어내릴 결의 말입니다만, 실제로 범행을 저지를 때는 발이 전혀 땅에 붙어 있지 않는 겁니다. 문을 닫는 것도 잊고 있는 주제에 이론에 따라 죽여버리는 거지요. 두 사람이나 죽였단 말이오. 죽이긴 했으나 돈은 훔치지도 못 하고, 어떻게 겨우 훔친 것도 바위 밑에다 감춰버렸습니다. 더구나 문 옆에 숨어서 다른 사람이 문을 두드리거나 초인종을 울렸을 때 맛본 괴로움만으로는 부족해서 나중에 다시 비어 있는 그 방으로 열에 들뜬 채 찾아갔지요. 등골을 스치는 오한을 다시 한 번 맛보고 싶어서 견딜 수가 없었던 겁니다…… 하기야 그건 병 때문이라고 합시다.

그런데 설상가상으로 사람을 죽여놓고도 자신에게는 죄가 없다고 여기며 사람들을 경멸하면서 창백한 천사처럼 돌아다니거든요. 아니 그래, 그것이 니콜라이란 말입니까? 로지온 로마노비치, 그건 니콜라이가 아닙니다!"

그의 이 이야기는 그전에 늘어놓은 말들을 모두 부정(否定)하는 것 같은 말투의 연속으로서는 너무나도 뜻밖의 것이었다. 라스콜리니코프는 마치 무엇에 찔린 듯이 갑자기 온몸을 떨기 시작했다.

"그럼…… 누가…… 죽인 겁니까?……." 그는 견딜 수 없어 신음하는 듯한 목소리로 물었다. 포르피리는 뜻하지 않은 질문에 놀란 듯이 자기도 모르게 의자등받이에 몸을 젖혔다.

"누가 죽였느냐고요?……." 자기 귀를 믿지 못하겠다는 듯이 그는 상대방의 질문을 되받아서 물었다. "그야 당신이 죽인 거지요, 로지온 로마노비치! 죽인 건 당신입니다……." 그는 거의 속삭이는 듯한 목소리로, 그러나 그 목소리에 확신을 담아 덧붙였다.

라스콜리니코프는 긴 의자에서 펄쩍 튀어일어나 몇 초 동안 잠자코 서 있다가 다시 앉았다. 그동안 그는 한마디도 하지 않았다. 가벼운 경련이 자기도 모르게 그의 온 얼굴을 스쳐갔다.

"입술이 또 그때처럼 떨리는군요." 포르피리는 동정 어린 목소리로 중얼거렸다. "당신은 내 말을 오해하신 모양이군요, 로지온 로마노비치." 잠시 말이 없다가 그는 덧붙였다.

"그래서 그처럼 놀라신 겁니다. 오늘 내가 찾아온 것은, 이젠 당신에게 모든 문제를 털어놓고 다루려 했기 때문입니다."

"내가 죽인 게 아니야." 라스콜리니코프는 나쁜 짓을 하다가 들켜서 떨고 있는 어린아이처럼 이렇게 속삭였다.

"아니, 당신입니다, 로지온 로마노비치. 바로 당신이란 말입니다. 당신 말고는 아무도 할 수 없습니다."

두 사람은 입을 다물고 말았다. 이 침묵은 야릇할 정도로 길었으며 10분이 넘도록 이어졌다. 라스콜리니코프는 탁자에 팔꿈치를 괴고 말없이 머리카락을 손가락으로 쥐어뜯고 있었다. 포르피리는 조용히 앉아 기다렸다.

갑자기 라스콜리니코프는 경멸의 눈길로 포르피리를 바라보았다.

"또 낡아빠진 수법을 끄집어냈군요, 포르피리 페트로비치! 언제나, 언제나 같은 수법이야. 정말 싫증도 나지 않는 모양이군요."

"아, 이젠 그만하십시오. 지금의 나에겐 수법 같은 건 문제가 아니오. 여기 목격자라도 있다면 이야기가 다르지만, 우리는 단둘이 속삭이고 있는 셈이거든요. 당신도 아시다시피, 나는 토끼처럼 당신을 몰아대어 사로잡으리라 생각하고 온 건 아니니까요. 당신이 자백하든 안 하든 지금의 내게 아무런 상관도 없다는 말입니다. 당신이 뭐라고 말을 하든 나는 당신이 범인이라고 확신하니까요."

"그럼, 어째서 찾아오셨습니까?" 라스콜리니코프는 초조한 듯이 물었다. "또 아까와 같은 질문입니다만, 만일 나를 범인이라고 생각하신다면 어째서 나를 잡아가지 않습니까?"

"네, 그 질문 말입니까? 그럼, 하나하나 대답해드리지요. 첫째 다짜고짜 당신을 체포해버리면 내게 불리합니다."

"뭐가 불리합니까! 만일 당신에게 확신이 있다면, 당신은 당연히……."

"아니, 뭐가, 뭐가 확신이란 말입니까? 먼저 이건 모두 내 공상입니다. 더욱이 무엇 때문에 당신을 감옥에 넣어 진정시킬 필요가 있겠습니까? 자신이 부탁하고 있을 정도니까, 당신도 아실 것입니다. 이를테면 당신을 그 직공과 대질시킨다고 합시다. 그러면 당신은 이렇게 말하겠지요. '자네 술에 취하지 않았나? 내가 자네하고 있는 걸 누가 봤지? 나는 자네를 단순한 주정뱅이로만 생각했을 뿐이야. 뭣보다 그때 자넨 취해 있지 않았나?' 그렇게 되면 말입니다. 나는 거기에 대해 어떻게 답해야 좋겠습니까? 더구나 당신 말이 그 사람보다는 진실한 것 같거든요. 왜냐하면 그의 진술은 심리(心理)뿐이지만 그의 추한 얼굴로서는 격에 맞지 않거든요. 그런데 당신 쪽은 요령이 있어서 급소를 찌르고 있습니다. 그 녀석은 남에게 폐나 끼치고 다니는 주정꾼이며 더구나 그게 널리 알려져 있지요. 게다가 나도 벌써 몇 번이나 솔직히 털어놓았습니다만, 심리학이란 꼬리가 두 개 달린 놈이며 두 번째 꼬리가 훨씬 크고 진짜 같거든요. 거기다가 내게는 당신에 대한 아무런 반증도 없단 말입니다. 그래도 어차피 나는 당신을 체포할 것이며 지금 그 일을 미리 똑똑히 알리려고 이렇게 일부러 찾아왔습니다. 이건 전혀 상식에 어긋나는 일입니다. 그러나 그래도 결국 당신에게,

이것도 상식에는 어긋나지만 그렇게 하는 것은 내게 불리하다고 솔직히 말하고 있는 거지요. 그리고 내가 당신을 찾아온 둘째 이유는……"

"둘째 이유는?" 라스콜리니코프는 여전히 숨을 헐떡거렸다.

"아까도 말씀드렸듯이 나는 당신에게 해명해두는 것을 의무로 생각하고 있습니다. 당신에게 악당이라는 소리를 듣고 싶지는 않소. 더구나 믿으실지 어떨는지는 모르겠습니다만, 나는 진정으로 당신에게 호의를 갖고 있으니까요. 그러므로 셋째로 나는 솔직하고 분명하게 당신이 자수하시도록 권하러 온 것입니다. 그러시는 편이 당신에게도 비교가 안 될 만큼 유리하며, 또 나에게도 유리하답니다. 어깨의 짐을 벗을 수 있으니까요. 어떻습니까, 내가 솔직하게 말씀드리고 있지요?"

라스콜리니코프는 잠시 동안 생각에 잠겼다.

"포르피리 페트로비치, 당신은 스스로 심리학뿐이라고 말씀하고 계시면서 수학에도 상당히 몰두하고 계시는 모양이군요. 하지만 당신이 지금 실수하고 계신다면 어떻게 되겠습니까?"

"아니, 로지온 로마노비치, 나는 과오를 저지르고 있지 않습니다. 실오라기 정도의 것은 그때 하느님의 도움으로 찾아냈으니까요."

"실오라기 정도의 것이라니, 어떤?"

"아니, 어떤 것인가는 말하지 않겠습니다, 로지온 로마노비치. 게다가 이젠 나로서는 더 이상 지체할 권리가 없으니, 언젠가는 체포하겠습니다. 그러나 판단해주시기를 바라고 싶은 것은, 내게는 이미 어느 쪽이든 마찬가지라는 것입니다. 하여튼 나는 오로지 당신만을 위해서 생각하고 있는 거랍니다. 정말 그러는 편이 좋겠소. 로지온 로마노비치!"

라스콜리니코프는 표독스럽게 웃었다.

"그거야 우스꽝스럽다기보다 파렴치하다는 것이겠죠. 예컨대 내가 범인이라 해도 말입니다. 그런 말은 전혀 하지 않았지만 말이죠. 당신 자신이 나를 거기다 집어넣으면 진정되어버린다고 하시는데, 무슨 이유로 내가 찾아가서 자백해야만 하는 겁니까?"

"아니, 로지온 로마노비치, 말을 액면 그대로 받아들이시면 안 됩니다. 진정되지 않는다는 경우도 생각할 수 있으니까요! 왜냐하면 이건 단순한 이론, 그것도 내 이론으로서 당신이 내 권위를 인정하시는 것은 아니잖습니까. 어쩌면 나는 지금도 아직 무엇인가를 당신에게 숨기고 있을지 모릅니다. 당신에게 하나에서 열까지 털어놓아야만 할 그런 처지는 아니니까요, 허허! 둘째로 무슨 이득이 있느냐 하는 겁니다. 도대체 당신은 그것으로 어느 정도 감형될지 알고나 계십니까? 아무튼 당신은 어떠한 때 어떤 순간에 출두해야 한다고 생각하십니까? 하다못해 그것만이라도 생각해보십시오! 다른 사나이가 이미 죄를 뒤집어쓰고 사태를 모조리 뒤죽박죽으로 만들고 있는 때 아닙니까? 하느님께 맹세해도 좋습니다만, 나는 당신의 자수를 전혀 예상치 못했던 것처럼 '거기서 법정(法廷)' 일을 꾸며 구색을 맞춰드리겠습니다. 지금의 이러한 심리학은 전혀 없었던 것으로 치고, 당신에 대한 혐의도 없었던 것으로 해두겠습니다. 다시 말해서 범죄를 일종의 정신착란처럼 본다는 겁니다. 아니, 사실이 정신착란임에 틀림없으니까요. 나는 성실한 인간입니다. 로지온 로마노비치, 약속을 지키겠습니다."

라스콜리니코프는 슬픈 듯이 입을 다물고는 고개를 떨어뜨렸다. 오랫동안 생각했으나 그러는 동안 가까스로 엷은 웃음이 떠올랐다. 그러나 그 웃음은 기묘하게 다정하고 슬퍼 보였다.

"아니, 좋습니다!" 그는 포르피리에게 이미 아무것도 숨기지 않는다는 투로 말했다. "그럴 필요는 없습니다! 감형받을 필요 따윈 전혀 없습니다."

"바로 그겁니다, 내가 두려워하는 것은." 포르피리는 흥분하며 소리쳤다. 저도 모르게 튀어나온 외침 같았다. "그것이란 말입니다. 당신이 감형받을 필요 따윈 없다고 말하는 걸 나는 두려워하고 있었습니다."

라스콜리니코프는 슬픈 듯한 눈으로 찬찬히 그를 바라보았다.

"아니, 생명을 소홀히 해서는 안 됩니다!" 포르피리는 말을 이었다. "아직도 앞날이 창창한 셈이니까요. 어째서 감형이 필요 없다는 겁니까? 어째서 필요 없겠습니까? 당신도 성질이 급하시군요!"

"뭐가 앞날이 창창하다는 겁니까?"

"인생 말입니다! 당신은 예언자가 아니겠지요, 아직 모르는 것도 많겠죠? 구할지어다, 그러면 주시리라입니다. 어쩌면 하느님은 당신에게 그걸 바라고 계실지도 모릅니다. 게다가 그것만 해도 영원하지는 않으니까요. 쇠사슬만 해도……."

"감형이 있다, 이 말입니까……?" 라스콜리니코프는 웃기 시작했다.

"그럼, 뭡니까. 부르주아적인 치욕이라도 두려워하고 계시나요? 아니, 스스로도 알지 못하는 사이에 두려워하고 계시는지도 모를 일이군요. 그러니 아직 젊다는 겁니다! 그렇다 해도 당신이 두려워하거나 자수를 부끄럽게 여길 것 같지는 않은데요."

"제기랄, 무슨 부질없는!" 라스콜리니코프는 말하기조차 싫다는 듯이 경멸과 증오가 담긴 목소리로 속삭였다. 그는 또다시 일어서서 어디론가 나갈 듯한 태도를 보였으나, 절망의 기색을 역력히 나타내면서 다시 걸터앉았다.

"그렇지요, 그 부질없다는 것 말입니다! 당신은 사람을 믿을 수 없게 되어버렸기 때문에 내가 속이 뻔히 들여다보이는 겉치레 인사나 하는 걸로 생각하시는 거지요. 그러나 당신은 지금까지 얼마만큼이나 인생을 맛보셨습니까? 얼마나 깊게 이해하고 있습니까? 이론을 생각하긴 했지만 그것이 좌절되어 별로 신통한 것이 되지 못했기 때문에 부끄러워졌다, 결과가 비열하기 짝이 없는 것으로 되어버렸다, 그런 말이군요. 하긴 그렇다고 해서 당신 자신이 구제할 길 없는 비열한 인간이라는 말은 아닙니다. 아니, 비열한 인간이라니, 천만에요! 결국 당신은 자신을 속이지 못하여 갑자기 마지막 기둥에 부딪친 셈이죠. 내가 당신을 어떻게 본다고 생각하십니까? 나는 이렇게 생각합니다. 당신이라는 사람은 제아무리 가슴이 찢기는 한이 있더라도 미소를 지으며 박해자를 바라보고 있을 수 있는 사람이라고 말입니다. 물론 신념이라든가 신을 발견할 수 있다면 말입니다. 그러니 한껏 찾아내 살아주십시오. 당신은 무엇보다도 벌써 오래전에 공기를 갈아넣어야 했던 것입니다. 하기는 괴로움도 좋겠지요. 한껏 괴로워하시는 거겠지요. 니콜라이가 괴로움을 바라고 있는 것이 진실된 것인지 모릅니다. 그야 믿을 수 없는 측면도 있습니다. 기묘한 이론은 이제 들춰내지 마십시오. 이것저것 생각할 것이 아니라 순순히 생활에 몸을 맡기면 걱정은 필요 없어집니다. 말짱하게 강변으로 실어다주어 몸을 가누게 해준답니다. 어떤 강변이냐고요? 그걸 내가 어떻게 압니까? 나는 다만 당신은 아직 앞날이 창창한 분이라고 믿고 있을 뿐이지요. 당신이 지금 내 말을 형식적인 설교로 듣고 계신다는 것도 알고 있습니다. 하지만 언젠가는 생각이 나서 참고로 하시는 때가 오게 될 겁니다. 그 때문에 이처럼 이야기하는 겁니다. 그 할멈을 죽인 것만으로 끝나 그나마 다행입니다. 만일 다른 이론을 생각해내셨더라면 수억 배나 추악한 짓을 하셨을지도 모를 일이니까요! 그 점에 대해 하느님께서 무슨 까닭에서인지 당신을 지켜주셨을지도 모르잖습니까. 당신은 마음을 크게 갖고 너무 겁먹지 말아야 합니다. 이제부터 할 위대한 일의 실행을 앞두고 마음이 약해지셨나요? 아니, 여기서 마음이 약해지신다는 것은 부끄러운 일입니다. 그렇게 한 걸음을 내디딘 이상 마음이 꺾여서는 안됩니다. 그것이야말로 정의거든요. 그래서 정의가 요구하는 바를 실행하는 겁니다. 믿지 않는다는 것은 알고 있습니다. 그러나 반드시 생활이 실어다줍니다. 그러는 사이에 스스로 좋아하게 됩니다. 지금 당신에게 필요한 것은 공기입니다. 공기! 공기입니다."

라스콜리니코프는 흠칫 몸을 떨었다.

"도대체 당신은 누구입니까?" 그는 소리쳤다. "예언자이기라도 한가요? 어떻게 그처럼 태연히 뽐내면서 침착한 말투로 잔꾀에 지나지 않는 그런 예언을 할 수 있습니까."

"내가 누구냐고요? 나는 이미 볼장 다 본 사람이지요. 그 밖에는 아무것도 아닙니다. 그야 감정도 있고 게다가 얼마쯤 지식도 있을지 모릅니다만, 이미 완전히 끝장을 본 사람이랍니다. 하지만 당신은 다릅니다. 당신에겐 하느님께서 생활을 마련해주셨소. 하기야 당신 경우도 일생이 연기처럼 스쳐가 아무것도 남지 않게 되는지도 모르겠습니다만, 그러나 당신이 다른 부류의 인간들과 함께 어울린다고 해서 그것이 어떻다는 겁니까? 당신 같은 마음을 지닌 사람이 쾌적한 생활을 잃었다 해서 뉘우치는 일은 없겠죠? 하기야 당신은 너무 오랫동안 누구의 눈에도 띄지 않게 되는지 모르겠습니다만 그게 어떻다는 겁니까? 장래에 당신이 태양이 된다면 모두 당신을 우러러보겠지요! 태양은 우선 무엇보다도 태양이어야만 합니다. 왜 또 웃고 계십니까? 내가 실러 같은 투로 말하기 때문인가요? 내기를 걸어도 좋습니다만, 당신은 지금 내가 인사치레로 이런 말을 한다고 생각하시지요? 아니, 정말 인사치레일지 모르지만요, 허허허! 당신은 말입니다, 로지온 로마노비치, 내 말 같은 건 믿지 않는 게 좋을 겁니다. 정말 결코 믿지 않는 게 좋을 겁니다. 확실히 내 버릇이거든요. 다만 한마디 덧붙이겠습니다만, 내가 얼마만큼이나 비열한지는 당신 스스로 판단하실 수 있을 듯한데요!"

"당신은 언제 나를 체포할 작정이십니까?"

"글쎄요, 이제부터 하루 하고 반나절, 아니면 이틀 동안 당신 멋대로 돌아다니도록 해드리겠습니다. 잘 생각해보십시오. 하느님께 기도를 올리는 게 좋겠습니다. 그게 훨씬 유리할 테니까요. 틀림없이 유리합니다."

"하지만 내가 도망치면?" 라스콜리니코프는 이상하게 야릇한 미소를 지으며 물었다.

"아니, 당신은 달아나지 않습니다. 농부라면 도망칠 것이고, 지금 성행하는 분파의 신도, 즉 타인의 사상의 노예라면 도망치겠지만요. 그 친구들은 해군 소위 디르카[2]처럼 손가락 끝을 조금 보여주기만 해도 아무것도 의심하지 않고 그야말로 평생을 두고 믿어버리니까요. 그런데 당신은 이미 자기 이론을 믿고 있지 않소. 그럼, 무얼 갖고 도망칩니까? 더구나 도피 생활이란 천하고 괴로운 데다, 당신이 무엇보다도 필요로 하는 건 생활이고 확고한 입장이며, 당신만이 숨 쉴 공기지요. 하지만 도피 생활에 당신만의 공기가 있을까요? 도망쳐도 스스로 되돌아오고 말 것입니다. 당신은 우리를 떠나서는 살 수 없습니다. 하지만 당신은 투옥되어 한 달이나 두 달, 아니 석 달만 들어가 있으면 그 사이에 갑자기 내 말이 생각나 스스로 자수하게 될 겁니다. 그것도 분명 자신도 예측하지 못한 상태에서 말입니다. 그 한 시간 전에도 자기가 자수하기 위해 간다는 것도 생각하지 않을 게 틀림없죠. 나는 말입니다, 당신이 고통받을 생각이 들 거라는 확신까지 하고 있답니다. 지금은 내 말을 믿지 않으시겠지만 그걸 잊을 수 없게 될 겁니다. 왜냐하면 로지온 로마노비치, 고통이란 위대한 거니까요. 내가 뚱뚱하다는 것에 신경 쓰시지는 마십시오. 그럴 필요는 없소. 그건 내가 잘 알고 있으니까요. 이 이야기를 우스갯소리로 듣진 마십시오. 괴로움에는 사상이 있으니까요. 니콜라이는 올바릅니다. 아니, 로지온 로마노비치, 당신은 도망치거나 하지 않습니다."

라스콜리니코프는 일어서서 모자를 손에 들었다. 포르피리도 일어섰다.

"산책 나가십니까? 좋은 밤이 될 것 같군요. 다만 소나기가 오지 않았으면 좋

---

2) 고골의 희곡 〈결혼〉의 등장인물. 그러나 본문의 묘사에 해당하는 인물은 같은 작품의 해군 소위 페투호프이다. 도스토옙스키의 착각으로 보인다.

겠는데요. 하긴 오는 편이 좋겠군요. 개운하게……."

그도 모자를 손에 들었다.

"포르피리 페트로비치." 라스콜리니코프는 힘차게 다짐하는 투로 입을 열었다. "오늘 내가 자백했다고는 제발 해석하지 말아주십시오. 당신은 괴상한 분이기 때문에 나는 다만 호기심으로 이야기를 들었을 뿐이니까요. 나는 아무것도 당신에게 자백하지는 않았소……. 그 점을 잊지 마십시오."

"아, 그건 벌써 알고 있습니다. 잊어버리다니요. 아니, 왜 그러십니까, 몸을 떨고 계시니. 염려 마십시오. 당신 생각대로요. 바람이라도 좀 쐬고 오시오. 너무 지나치면 안 될 테지만. 만약을 위해 한 가지 더 부탁드립니다만." 그는 목소리를 낮춰 덧붙였다. "좀 쑥스럽지만 중요한 일입니다. 만약 말입니다. 어디까지나 만약에 말입니다. 나는 그런 것을 믿지도 않으며 당신이 그런 일을 하실 수 있는 분이라고 생각지도 않지만, 만약 어쩌다 만의 하나라도 바로 이 45시간 사이에 당신이 이 사건을 다른 형태로 끝장내겠다, 즉 어떤 공상적인 방법, 이를테면 스스로 자신에게 손을 대겠다는 생각이 일어나기라도 한다면 말입니다, 어리석은 가정이긴 합니다만, 그 점 용서하십시오, 그때는 짧아도 좋으니 내용을 정확하게 알 수 있도록 편지를 써서 남겨주십시오. 그저 두 줄, 단 두 줄이라도 좋으니 돌에 관해서도 적어 주십시오. 그 편이 떳떳하니까요. 그럼, 다시…… 좋은 궁리와 훌륭한 결심을 하시길 빌겠습니다!"

포르피리는 조금 허리를 굽혀 라스콜리니코프의 눈길을 피하듯 하면서 밖으로 나갔다. 라스콜리니코프는 창가에 서서 그가 밖으로 나가 멀리 갔다고 여겨질 때까지 초조하게 기다리고 있었다. 그리고 나서 그는 바쁜 걸음으로 방에서 나갔다.

3

그는 스비드리가일로프에게로 걸음을 서둘렀다. 이 사나이에게 무엇을 기대할 수 있을지는 그 자신도 알지 못했다. 다만 이 사나이는 그를 지배하는 어떤 힘을 갖고 있다는 것을 일단 의식하자, 벌써 그는 마음을 진정시킬래야 진정시킬 수가 없었다. 게다가 지금이야말로 그 시기에 다다른 것이었다.

가는 길에 특히 한 가지 의문이 그를 괴롭혔다. 도대체 스비드리가일로프는 포르피리에게 갔었단 말인가?

그가 할 수 있는 판단에 따르면 그 대답은, 맹세코 '아니다, 가지 않았다!'였다. 그는 다시금 몇 번이나 되풀이하여 포르피리와의 대화 내용을 처음부터 끝까지 검토하고 나서 결론을 내렸다. 아니다, 가지 않았다. 갔을 리가 없어!

그러나 아직은 가지 않았다 해도 앞으로 포르피리를 찾아갈 것인가?

지금의 그가 느낀 바로서는 찾아갈 것 같지 않았다. 왜냐고 물어도 그로서는 그 이유를 설명할 수 없었다. 비록 설명할 수 있다 하더라도 지금의 그로서는 특히 그런 문제에 신경 쓸 생각이 도무지 나지 않았다. 이러한 일이 그를 괴롭혔던 것은 사실이지만, 한편 그에게는 그런 것이 문제가 아니라는 기분도 있었다. 야릇한 이야기라서 다른 사람은 믿지 않겠지만, 그는 지금의 절박한 자기 운명에 대해서 웬일인지 둔하고 막연한 관심밖에 나타내지 않았던 것이다. 그를 진정으로 괴롭히던 것은 무엇인가 다른, 훨씬 거리가 먼 중대하고 특수한 일이었다. 그것은 어느 타인에 관한 것이 아닌 자기 자신에 대한 일임에 틀림없었으나 전혀 다른 근본적인 것이었다. 더구나 그는 헤아릴 수 없는 정신적인 피로를 느끼고 있었다. 하기야 이날 아침은 지난 며칠 동안에 비해 그의 두뇌 활동이 꽤 좋아진 것만은 틀림없었지만, 그보다도 이미 여기까지 온 이상 새삼스럽게 이처럼 조그마한 새로운 장애를 극복하기 위해 허둥댈 가치가 과연 있단 말인가? 이를테면 스비드리가일로프가 포르피리를 찾아가지 못하도록 이것저것 잔재주를 부리거나 정체도 알 수 없는 스비드리가일로프 같은 사나이를 애써 연구하거나 염탐해볼 만한 가치가 있단 말인가? 아, 이런 일은 이미 진절머리나도록 지긋지긋하잖은가?

그러나 이런 생각을 하면서도 그는 스비드리가일로프에게 가는 걸음을 서둘렀다. 그러고 보니 그는 이 사나이에게 어떤 새로운 것을 기대하고 있는 것일까? 어떤 충고나 어떤 도망칠 길이라도? 지푸라기라도 잡는다는 말이 있다! 말하자면 숙명 같은 어떤 종류의 본능이 이 두 사람을 마주치게 하려는 게 아닐까? 어쩌면 이것은 단순한 피로와 절망일지도 모른다. 또 필요로 하는 것은 스비드리가일로프가 아니라 다른 누구인데, 어쩌다가 스비드리가일로프가 등장한 것뿐인지도 모른다. 그 누구는 소냐일까? 도대체 무엇 때문에 지금 소냐를 찾아가야 하나? 다시금 그녀의 눈물을 구하러 가는 것인가? 아니, 그보다 그는 소녀가 두려웠다. 소녀는 그에게 있어 한 치의 용서도 없는 판결이며 번복할 수 없는 결정이었다. 소녀의 길을 갈 것인가, 자기의 길을 갈 것인가 둘 중 하나였다. 특히 지금은 소녀를 만날 마음이 내키지 않았다. 그럴 바에는 차라리 스비드리가일로프를 만나 그의 정체를 알아내는 게 낫지 않겠는가. 더구나 그는 실제로 이 사나이가 벌써 오래전부터 무슨 까닭에서인지 자기에게 필요한 존재가 되어가고 있음을 마음속으로 인정할 수밖에 없었다.

그러나 그렇다고 해서 두 사람 사이에 어떤 공통점이 있을 수 있겠는가? 나쁜 일에서조차 두 사람의 경우는 같을 수 없을 듯했다. 더구나 이 사나이는 사람들에게 몹시 불쾌한 느낌을 주며 확실히 비정상적일 정도로 음탕하고 교활하기 짝이 없는 거짓말쟁이로서, 어쩌면 매우 엉큼할는지도 모를 일이었다. 그에 대해서는 그러한 소문이 널리 퍼져 있었다. 아닌 게 아니라 그는 카테리나 이바노브나의 아이들을 돌봐주기로 했다. 그러나 그것이 무엇 때문이며 어떠한 의미를 지니고 있는지 누가 알 수 있겠는가? 이 사나이는 언제나 무슨 꿍꿍이나 어떤 음모를 감추고 있는 것이다.

또 한 가지, 요 며칠 사이 쉴 새 없이 라스콜리니코프의 머리에 아른거리며 그를 몹시 불안하게 하는 생각이 있었다. 하긴 그는 오히려 그 생각을 되도록 떨쳐내려는 노력까지 하고 있었다. 그토록 그에게는 견디기 어려운 생각이었던 것이다. 즉 이따금 이런 식으로 생각되었다. 스비드리가일로프는 늘 그의 주변을 배회하고 있었다. 아니, 지금도 서성거리고 있다. 스비드리가일로프는 그의 비밀을 눈치챘다. 스비드리가일로프는 두냐에게 야심을 품고 있었다. 그럼, 만약 지금도 품고 있다면? 무엇보다도 우선 거의 확실히 그렇다고 할 수 있다. 그리하여 그의 비밀을 냄새 맡고 그것으로써 두냐에게 무기로 쓸 생각을 하고 있다면?

이러한 생각이 때로는 꿈속에서도 그를 괴롭혔으나, 그토록이나 선명하게 의식의 표면에 떠오른 것은 지금이 처음이었다. 이 생각이 머리에 떠오르는 것만으로도 이미 그는 우울한 분노에 이끌리고 마는 것이었다. 우선 그렇게 된다면 자기 자신의 처지마저 한꺼번에 달라지고 말 것이다. 당장 두냐에게 털어놓아야만 한다. 두냐가 얼떨결에 경솔한 행동을 하지 않도록 하기 위해서 스스로 자수해야만 할지도 모른다. 편지? 오늘 아침에 두냐는 누군가로부터 편지를 받았다. 페테르부르크에서 누구한테 편지를 받을 수 있겠는가. '루진은 아니겠지?' 확실히 라주미힌이 감시를 하고 있긴 하지만 라주미힌은 아무것도 모른다. 그러고 보니 라주미힌에게도 밝혀야만 하지 않나? 라스콜리니코프는 이런 생각이 들자 혐오감이 치밀어 올랐다.

아무튼 되도록 빨리 스비드리가일로프를 만나야겠다고 그는 단단히 마음먹었다. 그를 상대로 한다면 장황한 설명은 모두 생략하고 칼로 베듯이 본론으로 들어갈 수 있다는 것이 그나마 약간의 구원이기도 했다. 그러나 만약 그가 그런 일을 하고도 남음이 있는 사내라면, 만일 스비드리가일로프가 두냐에 관해 어떤 음모를 꾀하고 있는 것이라면, 그때는…….

그 일이 있은 뒤 한 달쯤 사이에 완전히 피로에 지쳐버린 탓인지 라스콜리니코프에게는 이러한 문제를 해결하기 위한 대답이 이젠 한 가지밖에 준비되어 있지 않았다.

'그때는 녀석을 죽여버리겠다.' 그는 차디찬 절망에 빠져들면서 생각했다. 짓눌린 듯한 답답함이 가슴을 죄어들었다.

라스콜리니코프는 거리 한복판에서 걸음을 멈추고 주위를 두리번거렸다. 지금 걷고 있는 길은 어디쯤일까. 도대체 어디로 왔단 말인가? 그는 X거리에 와 있었다. 그곳은 센나야 광장을 지나 3, 40걸음쯤 간 거리였다. 왼쪽 건물은 2층이 모두 요릿집으로서 어느 창문이나 모두 열려 있었다. 창문에 움직거리는 사람 그림자로 보아 요릿집은 만원인 모양이었다. 홀에서는 노랫소리가 흘러나오고 클라리넷이며 바이올린 소리도 들렸으며 터키 북이 울리고 있었다. 여자의 간드러진 웃음소리도 들려왔다. 어째서 X거리로 왔는지 이해할 수 없는 채 그는 되돌아가려고 했다. 그러나 그때 갑자기 열어젖힌 요릿집 창문의 맨 끄트머리 창가에 놓인 탁자에 앉아 입에 파이프를 물고 있는 스비드리가일로프가 눈에 띄었다. 그는 저도 모르게 오싹하도록 놀랐다. 스비드리가일로프는 말없이 그를 지그시 살펴보고 있었다. 그런데 다시금 라스콜리니코프를 놀라게 한 것은, 불쑥 일어서더니 눈치채이지 않도록 슬그머니 그 자리를 피하려는 듯한 그의 태도였다. 라스콜리니코프도 그 순간 상대방을 보지 못한 듯 시치미 떼고는 딴 생각에 골몰한 것처럼 엉뚱한 곳을 바라보면서 곁눈질로 이따금씩 슬쩍 그의 모습을 눈여겨 살폈다. 그의 가슴은 세차게 두근거렸다. 틀림없다. 스비드리가일로프는 확실히 그가 보는 것을 바라지 않는 것이었다. 그는 물고 있던 파이프를 놓고 그대로 모습을 감추려 했다. 그러나 일어나서 의자를 뒤로 밀치는 순간 아마 라스콜리니코프가 자기를 찾아내어 관찰하고 있음을 눈치챈 모양이었다. 두 사람 사이는 마치 언젠가 라스콜리니코프의 방에서 그가 잠들려 할 때 찾아와 처음으로 얼굴을 마주친 그 상황과 비슷하게 되어버렸다. 스비드리가일로프의 얼굴에 교활한 미소가 떠오르더니 차츰 번져갔다. 양쪽 다 서로 상대가 눈여겨 관찰하고 있음을 알고 있었다. 드디어 스비드리가일로프가 큰 소리로 웃기 시작했다.

"자, 자, 괜찮으시면 들어오십시오. 나는 여기 있습니다!"그는 창문에서 소리쳤다.

라스콜리니코프는 요릿집으로 올라갔다.

스비드리가일로프는 큼직한 홀에 잇닿은 창문이 하나밖에 없는 조그마한 안쪽 방에 자리 잡고 있었다. 홀 쪽에서는 스무 개쯤 되는 작은 탁자를 마주보고 가수들의 시끄러운 합창을 들으면서 장사꾼이며 관리며 그 밖에 여러 부류의 사람들이 차를 마시고 있었다. 어디에선가 당구를 치는 소리도 들렸다. 스비드리가일로프 앞 탁자에는 마개를 딴 샴페인 병과 반쯤 술이 든 잔이 놓여 있었다. 작은 방 안에는 그 밖에도 조그마한 손풍금을 든 소년과 줄무늬진 치맛자락을 펼치고 리본이 달린 티롤 모자를 쓴 열일고여덟 살쯤 된 볼이 붉은 가수 아가씨도 있었다. 옆방에서 합창을 하고 있는데도 아가씨는 손풍금을 켜는 소년의 반주에 맞춰 제법 허스키한 목소리로 무엇인지 천박한 노래를 부르고 있었다…….

"자, 이젠 됐어!" 라스콜리니코프가 들어오자 스비드리가일로프는 그녀의 노래를 멈추게 했다.

아가씨는 노래를 그치고 공손히 기다리는 표정으로 앉아 있었다. 그녀는 겨우 가락을 흉내 냈을 정도의 형편 없는 노래를 부르면서도 성실하고 얌전한 표정이었다.

"여보게, 필립, 잔을 가져와!" 스비드리가일로프가 소리쳤다."

"나는 술을 마시지 않습니다." 라스콜리니코프가 말했다.

"좋으실 대로 하십시오, 이건 당신을 위해서가 아니니까요. 카챠, 마시렴! 오늘은 이것으로 됐어. 돌아가!" 스비드리가일로프는 그녀의 잔에 술을 가득 따라주고는 누런 1루블짜리 지폐 한 장을 꺼냈다. 카챠는 여자가 흔히 하듯이 잔에서 입술을 떼지 않은 채 스무 모금 만에 술을 다 마셔버리더니 돈을 받아들고 스비드리가일로프의 손에 입을 맞추고는 방에서 나갔다. 스비드리가일로프는 제법 정색하면서 그 키스를 받아들였다. 손풍금을 든 소년도 그녀 뒤를 어정어정 따라나갔다. 두 사람은 거리에서 불려온 패거리들이었다. 스비드리가일로프는 페테르부르크에 온 지 아직 일주일도 넘지 않았지만 벌써 근방에서 유지 행세를 하고 있었다. 요릿집 급사인 필립도 이제는 낯이 익어서 굽실거리고 있었다. 홀로 통하는 문도 닫힌 채였다. 스비드리가일로프는 이 방을 자기 집처럼 여기고 날마다 들어앉아 있는 모양이었다. 요릿집은 불결하고 품위가 없어 이류라고 할 수조차 없었다.

"당신을 찾아 댁으로 가려고 나섰습니다." 라스콜리니코프는 말을 꺼냈다. "그런데 어째서 나는 지금 센나야에서 X거리로 꼬부라져왔을까! 한 번도 이쪽으로 꺾어 들어온 적도 없었고 와본 일조차 없었는데! 센나야에서 이쪽으로 꺾여서야 안 되지. 당신 집이 여기 있는 것도 아니고, 그저 아무런 생각도 없이 꺾어지다 보니 당신이 나타났소! 이상한걸!"

"어째서 솔직히 말씀하시지 않습니까? 이것은 기적이라고."

"하지만 단순한 우연일지도 모르니까요."

"정말 여기 사람들의 사고방식이란!" 스비드가일로프는 웃기 시작했다.

"속으로는 기적을 믿으면서도 결코 인정하려 들지 않으니! 그러면서도 단순한 우연일지도 모른다느니 하면서 시치미를 떼거든. 정말 여기서는 자기 의견을 말할 때가 되면 모두 엄청난 겁쟁이가 되어버리거든요. 그렇지 않습니까, 로지온 로마노비치! 아니, 당신은 자기 의견을 갖고 계십니다. 그걸 갖는 데 망설이지도 않았습니다. 그러니까 당신이 내 흥미를 끈 것이지만······."

"다른 이유는?"

"그것으로 충분하겠지요."

스비드리가일로프는 분명히 흥분한 모양이었으나 그것은 잠시 동안이었다. 술도 반 잔쯤밖에는 마시지 않았다.

"하지만 당신이 나를 찾아오신 것은 분명 내가 자기 의견을 가진 사람이라는 것을 알기 이전이었을 텐데요." 라스콜리니코프가 되받았다.

"아니, 그때는 그때죠. 사람은 누구나 자기 나름의 사정이 있는 법입니다. 그런데 그 기적에 관한 이야기인데, 당신은 아마 요 2, 3일 동안 줄곧 잠만 자고 있었던 모양이로군요. 이 요릿집은 내가 당신에게 가르쳐드린 것입니다. 그러니까 곧장 이리로 오셨다고 해서 기적이라고 볼 수는 없습니다. 내가 길목을 설명하고 그것이 어디 있으며 언제 내가 여기 있는지를 이야기했습니다. 기억하시지요?"

"잊어버렸는데요." 라스콜리니코프는 깜짝 놀라면서 대답했다.

"그럴 테지요. 하지만 두 번이나 말했으니 장소가 저도 모르게 당신 기억에 새겨졌을 겁니다. 당신은 기계적으로 꼬부라져왔지만, 정말은 자기가 알지 못하는 사이에 정확히 이 장소로 걸어온 셈이지요. 나는 그때 당신에게 이야기해드리면서도 아무래도 모르시는 것 같아 단념했었죠. 로지온 로마노비치, 당신은 뜻밖에 자기 본성을 드러낸 셈이오. 아니, 그것도 있지만 페테르부르크에는 길을 걸으며 혼잣말하는 친구들이 아주 많더군요. 그게 증명합니다. 반미치광이의 거리더군요. 만약 우리나라의 과학이 발달하면, 의학자든 철학자든 저마다 전문에 따라 더없이 귀중한 페테르부르크 연구를 할 수 있을 텐데. 이 페테르부르크만큼 인간의 정신에 음울하고 기괴한 영향을 미치는 거리도 드뭅니다. 날씨 영향만 해도 대단하오! 하긴 여기가 온 러시아 정치의 중심이니 그러한 특질이 무엇에나 반영되어야만 하는지도 모르지요. 그러나 지금 말하려고 생각한 것은 그게 아니라 내가 몇 번이나 곁에서 당신을 관찰하고 있었다는 이야기입니다. 집을 나오실 때 당신은 머리를 똑바로 들고 걸으시지요. 그러나 스무 발짝쯤만 걸으면 벌써 당신은 머리를 숙이고 뒷짐을 집니다. 눈은 떴지만 앞도 옆도 보지 않습니다. 나중에는 입술을 우물거리며 혼잣말을 시작하지요. 때로는 한 손을 들고 연설하는 것처럼 하기도 하고. 그러다가 결국은 길 한복판에 장승처럼 우뚝 서버립니다. 이건 아주 좋지 않은 일입니다. 아마 나 말고도 당신에게 주목하는 사람이 있을 텐데, 그렇게 되면 참으로 불리합니다. 솔직히 말해서 나는 그런 건 아무래도 좋은 일이라 딱 당신을 치료할 마음은 없지만 말이죠. 하지만 말하는 뜻은 아시겠지요."

"나를 미행하는 사람이 있다는 것을 아십니까?" 라스콜리니코프는 상대방

얼굴을 살피듯 하면서 물었다.

"아니, 모릅니다, 아무것도." 스비드리가일로프는 놀란 듯이 대답했다.

"그럼, 내 일은 상관 말아주십시오." 라스콜리니코프는 얼굴을 찌푸리며 말했다.

"그러지요, 방해하지는 않겠습니다."

"그렇다면 말씀해주시오. 여기가 당신이 잘 들르는 장소며, 자진해서 두 번이나 나를 여기로 찾아오도록 가르쳐주셨다면 내가 한길에서 창문을 올려다보았을 때 어째서 슬그머니 달아나려 했습니까? 나는 다 알고 있었습니다."

"헷! 헷! 그럼, 어째서 당신은 내가 당신 문 앞에 섰던 그때 눈을 감고 긴 의자에 누운 채 자는 척하셨소? 전혀 잠들지 않았으면서……. 나도 다 알고 있었소."

"나에게는…… 그만한 이유가…… 있었는지도 모르잖습니까? 그런 것은 당신도 알고 계시잖소!"

"나 역시 내 나름의 이유가 있었는지도 모르죠. 당신한테는 말할 수 없지만."

라스콜리니코프는 오른쪽 팔꿈치를 탁자에 괴고 손가락으로 턱을 받치듯 하며 물끄러미 스비드리가일로프를 바라보았다. 어딘지 가면 같은 느낌을 주는 뭐라 말할 수 없는 기괴한 얼굴이었다. 루주를 칠한 듯 새빨간 입술과 밝은 갈색 턱수염, 거기다 아직도 꽤 짙은 갈색 머리털을 가진 살빛이 희고 혈색 좋은 얼굴이었다. 눈빛은 아주 푸르며 눈길은 답답할 만큼 야릇하게 무엇인가를 주시하고 있었다. 나이에 비해 아주 젊어 보이고 아름다운 얼굴이었지만 어쩐지 무섭고 불쾌한 데가 있었다. 양복은 아주 멋지고 가벼운 여름용으로 특히 셔츠는 사치스러웠다. 손가락에는 보석이 박힌 커다란 반지를 끼고 있었다.

"그래, 당신 같은 분과 앞으로도 더 여러 가지로 얽혀가며 사귀어야 한단 말인가요?" 라스콜리니코프는 격렬한 초조감에 사로잡히면서 불쑥 본심을 털어놓았다. "당신은 적으로 삼으면 위험하기 그지없는 사람임에 틀림없지만, 나는 이 이상의 연극은 딱 질색입니다. 알기 쉽게 말씀드리겠습니다만, 나는 당신이 생각하는 만큼 자신을 소중하게 여기는 편이 아니라는 것을 보여드리겠습니다. 아시겠습니까, 내가 당신을 찾아온 것은 분명히 말씀드리기 위해서입니다. 만약 당신이 아직도 누이동생에 대해 욕망을 품고 있으며, 요즘의 새 발견을 거기에 이용하겠다고 생각하신다면 당신이 나를 감옥으로 보내기 전에 당신을 죽이겠소. 이건 단순한 협박이 아닙니다. 아시다시피 나는 약속을 지키는 사나이거든요. 그리고 또 한 가지, 내게 하고 싶은 말이 있다면 뭐든지 주저 말고 말씀하십시오. 요즘에 와서 당신은 줄곧 무엇인지 나에게 말하고 싶으신 모양이고, 아무튼 시간이 귀중하니까요. 더구나 이러다간 시기가 너무 늦어질지도 모릅니다."

"어디 가시려고 그렇게 또 서두르는 겁니까?" 호기심에 찬 눈길로 그를 바라보면서 스비드리가일로프는 물었다.

"사람이란 누구나 자기 나름의 사정이 있는 법이니까요." 라스콜리니코프는 음울하게 짜증이 나는 듯한 투로 대답했다.

"당신은 자신이 솔직히 이야기하자고 말해놓고서도 벌써 첫 질문을 얼버무리고 계시는군요." 스비드리가일로프가 웃으면서 나무랐다. "당신은 늘 나에게 무슨 꿍꿍이가 있다고 생각하시기 때문에 나를 의심스러운 눈초리로 보시는 겁니다. 하기야 당신 처지에서 본다면 이해할 수도 있습니다만, 나는 당신과 사이좋게 지내고 싶은 생각은 간절하지만 당신의 의심을 풀어드리고자 일부러 애쓸 마음은 들지 않는군요. 애만 쓰다가 헛물켜는 것은 질색이고, 더구나 당신과 새삼스럽게 이야기해야 할 것도 없으므로……."

"그렇다면 왜 나를 그처럼 따라다니는 겁니까? 내 주변에 들러붙어 따라다니지 않았습니까?"

"왜냐하면 그건 흥미 있는 관찰 대상으로서였습니다. 사실 당신의 어처구니없는 상황이 내 마음에 들었기 때문이지요. 그래서입니다! 더구나 당신은 내가 무척 관심을 쏟고 있는 여성의 오빠이기도 하고, 마지막으로 또 한 가지 사실은 전부터 그 여성의 입으로 당신에 관한 이야기를 그야말로 귀가 아프도록 들었으니까요. 그녀에 대한 당신의 영향력은 대단한 것이라고 결론지은 셈이랍니다. 이 정도면 이유로는 충분하지요? 허허허! 하기야 솔직히 말씀드려, 당신의 질문은 내게 뜨끔했습니다. 금방 대답하기가 어려운 것도 있었구요. 도대체 당신만 해도 지금 나를 찾아오신 용건이야 어떻든, 무엇인가 새로운 것을 듣기 위해서가 아니겠습니까? 그렇죠? 그렇겠지요?"

스비드리가일로프는 교활한 웃음을 끈덕지게 되풀이했다. "여기까지 말씀드리면 이제 내가 이곳으로 오는 기차 안에서부터 당신을 주목했던 심정을 이해해주시겠지요. 다시 말해서 나 역시 당신에게서 무언가 새로운 것을 들을 수 없을까, 무언가 당신에게서 얻을 수 없을까 기대를 걸었단 말입니다. 정말 서로가 대단한 부자인 것 같습니다!"

"얻다니, 무얼 말입니까?"

"글쎄, 뭐라고 해야 좋을지? 아니, 나도 모릅니다. 어떻습니까, 나는 늘 이런 싸구려 요릿집에 들어앉아 있기만 하지요. 이게 낙이니까요. 아니, 낙이라기보다 다만 이렇게, 역시 어디엔가 눌러 있어야만 한단 말입니다. 하기야 그 가엾은 카챠만 해도, 보셨지요? ……글쎄, 내가 대식가라든가 음식에 훤히 밝은 그런 사람이라면 또 모르지만 그렇지도 않은 주제에 예사로 이런 것을 태연하게 먹을 수 있으니 말입니다!—그는 한구석에 있는 조그마한 탁자를 손으로 가리켰다. 그 위에는 감자가 든 형편없는 비프스테이크가 철판 접시에 놓여 있다.—그건 그렇고, 식사는 좀 하셨나요? 나는 조금 먹었더니 이젠 생각이 없군요. 포도주는 전혀 들지 않는 편이죠. 샴페인만은 예외입니다만, 그 샴페인만 해도 하룻밤에 한 잔만 있으면 충분합니다. 머리가 아파질 지경이지요. 지금은 잠시 기운이라도 차려보려고 가져오게 했습니다. 왜냐하면 잠깐 다녀올 곳이 있어서요. 그래서 이처럼 기분이 유쾌하답니다. 아까 초등학교 학생처럼 슬그머니 숨는 시늉을 한 것도 사실은 당신 때문에 방해가 되지 않을까 해서였습니다." 그러곤 그는 시계를 꺼냈다 "한 시간쯤은 당신과 보낼 수 있을 것 같군요, 지금이 4시 30분이니까요. 아니, 하다못해 뭔가 되었으면 좋겠는데요. 지주가 된다거나, 아버지가 된다거나, 군인이나 사진사나 신문 기자나 뭐라도 좋으련만……. 그런데 아무것도 없습니다. 아무런 전문 직업도 없는 셈입니다! 정말 따분할 때가 있답니다. 하기야 당신에게서 무언가 새로운 것을 들을 수 있지 않을까 기대는 했었습니다만."

"도대체 당신은 누구입니까, 무슨 생각으로 이곳에 오신 겁니까?"

"내가 누구냐고요? 알고 계실 텐데요. 귀족 출신으로 기병대에 2년 근무하고, 그러고 나서 이 페테르부르크에서 어정거렸던 셈이지요. 그 뒤는 마르파 페트로브나와 결혼하여 시골에서 살았지요. 이것이 모든 경력입니다!"

"도박사였던 모양이군요?"

"무슨 도박사입니까? 사기꾼이지…… 도박사가 아니지요."

"그러면 사기꾼이었단 말인가요?"

"그렇지, 역시 사기 도박사였지요."

"그럼, 몰매를 맞은 적도 있겠군요."

"그런 일도 있었지요. 하지만 그게 어떻다는 겁니까?"

"그렇다면 결투를 신청받으신 적도 있고…… 대체로 화려한 인생을 사셨군요."

"당신과 맞서서 다툴 생각은 없소. 더구나 철학은 질색입니다……. 솔직히 말씀드리자면 내가 이곳으로 급히 온 것은 여자 문제가 가장 큰 이유랍니다."

"마르파 페트로브나가 돌아가신 직후인데도요?"

"그렇지요." 스비드리가일로프는 뽐내는 듯 노골적인 웃음을 띠었다. "그것이 어떻다는 겁니까? 내가 여성에 대해 이런 투로 말하는 것이 못마땅한 모양이군요!"

"말하자면 음탕을 악으로 보느냐 어떠냐 하는 겁니까?"

"음탕? 이건 또 엄청난 비약이군요! 하지만 순서대로 먼저 여성에 대한 일반적인 면에서 대답해보지요. 사실은 잠시 이야기하고 싶은 기분이기도 하니까요. 그런데 한 가지 여쭤보겠습니다만, 도대체 무엇 때문에 내가 자제해야 하는 겁니까? 여자를 좋아하는 내가 무엇 때문에 여자를 멀리 해야 하는 겁니까? 이것도 하나의 사업임엔 틀림없지 않습니까?"

"그럼, 당신이 이곳에 온 목적은 음탕뿐인가요?"

"글쎄요, 음탕이라 해도 좋습니다만, 음탕이 몹시 비위에 거슬리는 모양이군요! 하여튼 난 솔직한 질문을 좋아합니다. 적어도 이 음탕이라는 것에는 일종의 항구적인 것, 자연에 뿌리박고 공상으로는 어쩔 수도 없는 것이 있지요. 빨갛게 달아오른 숯불처럼 쉴 새 없이 피를 끓게 하고 영원히 불타오르며 나이를 먹었다 해도 그처럼 쉽사리 꺼지지 않는 무엇인가가 있소. 어떻습니까? 역시 일종의 사업이 아니겠습니까?"

"뭘 좋아하고 계십니까? 그건 병입니다. 더구나 위험한."

"어, 또 비약하시는군요. 확실히 이것은 병일 수도 있겠죠. 무엇이나 정도가 지나치면 그러니까요. 게다가 이것만은 절대로 적당히 어물어물 넘어가지는 않거든요. 먼저 이건 사람에 따라 저마다 차이가 있는 것이며, 둘째로는 비열한 타산으로 따져도 무엇이든 간에 한도를 지키는 것이 마땅하지만, 그렇다고 해서 뾰족한 수도 없으니 이게 없다면 아마 권총 자살이라도 하는 수밖에 별 도리가 없겠지요. 확실히 성실한 인간은 따분해할지도 모르지만, 그렇다고 해서……."

"그럼, 당신은 권총 자살을 할 수 있겠군요!"

"또 비약하는군!" 스비드리가일로프는 얼굴에 혐오감을 드러내면서 대답했다. "이젠 그 이야기는 그만두었으면 좋겠습니다." 그는 재빨리 덧붙여 말했으나, 그 말투에는 지금까지 그의 이야기에서 풍기던 허황한 기세가 완전히 가셔 있었다. 표정마저 갑작스레 바뀐 듯했다.

"남 보기에도 망측한 약점이기도 합니다만 어쩔 도리가 없지요. '죽음'은 딱 질색이라서 그런 이야기를 하는 것도 좋아하지 않는답니다. 내가 얼마쯤 신비론자라는 걸 알고 계시나요?"

"아아! 마르파 페트로브나의 유령 말이군요! 어떻습니까, 여전히 나타납니까?"

"아니, 그런 이야기는 꺼내지 마십시오. 페테르부르크에선 아직 나타나지 않았습니다만, 그런 것은 될 대로 되라죠!" 그는 이상하게 초조한 듯이 소리쳤다. "아니, 그보다 아까 그 이야길…… 하지만… 그렇군! 시간이 없군요! 당신과 오래 있을 수 없는 게 유감입니다! 말씀드리고 싶은 게 있는데……."

"이제부터 무슨 약속이라도 있으십니까? 여자인가요?"

"네, 여자입니다. 그것이 조금 뜻밖의 경우라서요……. 아니, 그 이야기가 아닙니다."

"그럼, 그러한 환경의 어려움에서도 당신은 이미 아무것도 느끼지 못하시는 군요? 이젠 견디어낼 힘도 없어졌군요?"

"그렇다면 당신은 그 힘을 갖고 계신가요? 허허허! 정말 당신한테는 놀라지 않을 수가 없군요. 로지온 로마노비치, 그전부터 그렇다고 알고는 있었지만, 음탕이니 아름다움이니 하는 당신의 강의를 들으리라고는 상상도 못 했습니다! 당신은 실러…… 이상주의자로군요! 아니, 그게 이치에 맞고 이게 틀렸다고 한다면 그야말로 놀라운 일이겠습니다만, 그렇다고 해도 역시 현실에선 이상한 느낌이 드는군요…… . 정말 유감입니다. 참으로 흥미있는 분인데! 시간이 없습니다. 그건 그렇고, 당신은 실러를 좋아하십니까? 나는 굉장히 좋아한답니다."

"당신은 대단히 허풍선이로군요!" 라스콜리니코프는 조금 혐오감을 드러내며 말했다.

"원 천만의 말씀!" 스비드리가일로프는 웃으며 대답했다. "하기야 부정하지는 않습니다. 허풍선이도 상관없습니다. 그러나 죄가 되지 않는다면 허풍을 떨었다 해서 뭐가 나쁩니까. 나는 7년 동안이나 마르파 페트로브나와 시골에서 살았으니까요. 지금처럼 불쑥 당신 같은 총명한 분을 만나게 되면, 아니, 총명할 뿐 아니라 흥미로운 분을 만나게 되면 그저 이야기하고 싶어 못 견딘답니다. 더구나 반 잔쯤 술을 마셔 조금 얼큰하니까요. 사실은 그런 것보다 나를 이처럼 유쾌하게 만든 어떤 사정이 있지만…… 그에 대해서는…… 말씀드리지 않겠습니다. 아니, 어디로?" 스비드리가일로프가 깜짝 놀라면서 외쳤다.

라스콜리니코프는 일어서려 하고 있었다. 그는 짓눌린 듯이 무겁고 숨 막힐 듯한 기분이 되어가고 있었다. 더구나 이곳에 온 것이 어쩐지 겸연쩍어졌다. 스비드리가일로프는 이 세상에서 가장 쓸모없고 가장 시시한 악당이라고 확신했던 것이다.

"우선, 우선 좀 앉아주십시오! 아직은 괜찮지 않습니까?" 스비드리가일로프가 말했다. "하다못해 차라도 가져오게 하면 어떻겠습니까. 자, 앉아주십시오. 이젠 쓸데없이 떠들지는 않겠습니다. 말하자면 푸념을 늘어놓는 것 말입니다, 뭔가 착실한 이야기를 들려드리기 위해서였으니까요. 그렇지, 괜찮으시다면 내가 여성에게, 옳지, 당신의 말대로 구원받은 이야기를 할까요? 이건 당신의 첫 질문에 대한 대답이 될 수 있을지도 모르니까요. 왜냐하면 그 여성이란 당신의 누이동생이기 때문입니다. 모두 말씀드릴까요. 심심풀이도 겸해?"

"그러십시오. 하지만 설마 당신은…… ."

"네, 염려 마십시오! 더구나 아브도챠 양은 나처럼 천하고 시시한 녀석에게도 깊은 존경의 심정밖에 품지 못하게 하는 그런 분이니까요."

4

"아실는지 모르겠습니다만, 아니, 내가 직접 말씀드렸지요." 스비드리가일로프는 말을 꺼냈다. "나는 어마어마한 빚을 지고서 갚을 길이 막연한 채 이곳의 채무감옥(債務監獄)에 들어가 있었습니다. 그때 마르파 페트로브나가 보증을 서서 나를 끌어내준 경위에 대해서는 장황하게 말씀드리지 않겠습니다. 정말 여자가 남자에게 빠지기 시작하면 끝이 없더군요. 그 여자는 성실하고 머리도 결코 나쁘지 않았습니다. 교양은 엉터리였지만……. 그런데 어떻습니까, 이 질투심 강하고 정숙한 여자가 반미치광이가 되다시피 흥분하고 잔소리를 늘어놓은 끝이긴 합니다만 결국 나와 일종의 계약을 맺는 데까지 양보하고 말았으며, 이 계약을 결혼 생활을 하는 동안 줄곧 지켜왔던 겁니다. 더구나 그 여자는 나보다 꽤 나이가 위인 데다 일 년 내내 입에서 술 냄새가 풍겼단 말입니다. 나는 또 몹시 뻔뻔한 편이긴 하지만 한편으로는 어수룩할 정도로 정직한 면도 있으니만큼 그녀 앞에서 완전히 그녀에게만 충실할 수는 없다고 선언했습니다. 이 고백을 듣고 마르파 페트로브나는 반미치광이가 되도록 흥분했습니다만, 나의 난폭한 솔직함이 어떤 의미에선 그 여자의 마음에 들었던 모양이더군요. 미리부터 그처럼 선언할 정도라면 거짓말할 생각은 없는 모양이라고 말입니다. 글쎄, 질투가 심한 여자에겐 솔직함이 가장 좋은 약이랍니다. 그래서 몇 번이나 죽느니 사느니 수선을 피운 끝에 우리 사이에는 약속이 이루어졌지요. 첫째 절대로 마르파 페트로브나를 버리지 않고 영원히 그녀의 남편으로 있을 것, 둘째로 그녀의 허락 없이는 집을 떠나 다른 곳으로 가는 일이 없을 것, 셋째로 일정한 애인을 결코 만들지 않겠다는 것, 넷째 그 대가로 마르파 페트로브나는 내가 이따금 하녀를 건드리는 것은 용서하지만 단 그럴 경우에도 반드시 그녀의 승낙을 얻을 것, 다섯째는 절대로 우리와 똑같은 신분의 여자를 사랑하지 않겠다는 것, 여섯째로 만약 내가 진실하고 격렬한 정열에 사로잡혔을 경우엔 반드시 마르파 페트로브나에게 고백할 것. 하기야 마지막 사항에 대해선 마르파 페트로브나는 처음부터 그다지 염두에 두지 않았던 모양입니다. 그 여자는 영리했기 때문에 당연히 나에 대해서도, 진실로 여자를 사랑하지 못하는 단순한 난봉꾼이거나 건달로 밖에는 여기지 않았던 것이지요. 그런데 영리한 여자와 질투가 심한 여자란 하나의 여성이면서 전혀 별개의 인격이기도 하니, 이게 난처하단 말입니다. 하기야 어떤 부류의 사람을 공평하게 판단하기 위해서는 미리부터 이런저런 편견이라든가 늘 접촉하고 있는 인간이나 사물에 대한 습관적인 견해 등을 버려야만 할 필요가 있다더군요. 그러고 보니 다른 어떤 판단보다 앞서 당신의 판단에 의지할 수 있는 셈이지요. 마르파에 대해선 이미 여러 가지로 우스꽝스럽고 어처구니없는 이야기를 들으셨겠죠. 그 사람이 참으로 우스꽝스러운 습관을 몇 가지 지니고 있었다는 건 사실입니다. 그러나 솔직히 말씀드려서 나는 자신이 원인이었던 숱한 불행한 사건에 관해서는 진심으로 뉘우치고 있소. 하긴 아무래도 좋지요. 그지없이 다정한 남편이 그지없이 다정한 아내에게 바치는 예절 바른 조사(弔辭)라면 이 정도로 충분하겠죠. 마르파와 싸움이 벌어졌을 때 나는 주로 잠자코 있기만 하고 같이 맞서지도 않았습니다. 그러노라면 이 신사적인 태도가 언제나 효과를 거두게 마련이지요. 그게 그녀의 가슴에 감동을 준다기보다 마음에 들어버리는 거지요. 나를 자랑으로 여겼던 일조차 있을 정도니까요. 그러나 당신의 동생만은 차마 견뎌낼 수 없었지요. 그런 미인을 가정 교사로 들여놓다니, 어쩌자고 그런 용단을 내린 것인지! 내 생각으로는 마르파 자신이 정열적이며 감수성 강한 여자여서 저도 모르는 사이에 그녀에게 반했다기보다 사랑해버린 것으로 보입니다. 그 아브도챠 양이라면 말입니다, 난 한 번 보자 첫눈에 이거 안 되겠다 싶은 직감이 들었습니다. 어떻습니까, 그분의 얼굴조차 보지 않겠다고 다짐했답니다. 그런데 믿으실는지 어떨는지 모르겠습니다만, 첫 번째 계기를 그 아브도챠 양이 만들었단 말입니다. 그리고 이것 역시 믿지 않으시겠지만 마르파는 누이동생에게 반한 나머지 내가 전혀 누이동생에게 말을 걸지 않고, 자기가 일 년 내내 누이동생을 칭찬하는데도 내가 물어보는 말투가 냉담하다고 하면서 처음 한동안은 내게 덤벼들었을 정도였답니다. 그 사람이 무엇을 바라고 있었는지 나는 이해하기 어렵습니다. 그렇지요, 뻔한 이야기지만 그 사람은 아브도챠 양에게 나에 관한 이야기를 속속들이 들려주었단 말입니다. 마르파에겐 가정의 은밀한 이야기를 상대도 가리지 않고 아무에게나 떠들고 다니며 나에 대한 푸념을 늘어놓는 나쁜 버릇이 있었거든요. 그러므로 그처럼 멋있는 새 말동무를 내버려둘 리가 없었던 거죠. 그 두 사람 사이의 화제라면 나에 대한 것으로 정해져 있을 정도였으니까요. 때문에 아브도챠 양은 내게 얽혀 있는 음산하고 신비적인 전설을 틀림없이 모두 알고 있었을 것입니다……. 내기 걸어도 좋습니다만, 당신도 그러한 종류의 이야기를 들으셨겠지요?"

"들었습니다. 루진도 당신이 어떤 아이를 죽음으로 몰아넣는 따위의 짓을 했다면서 비난하더군요. 그게 사실입니까?"

"제발 그런 악취미적인 이야기는 하지 말아주셨으면 좋겠습니다." 스비드리가일로프는 혐오감을 드러내며 불쾌한 듯 퉁명스럽게 말했다. "그처럼 부질없는 이야기를 꼭 듣고 싶으시다면 언젠가 다시 자리를 마련해 말씀드리겠습니다. 하지만 지금은……."

"당신이 무슨 원인이 되어 죽었다는, 마을에 살던 하인 이야기도 들리더군요."

"제발 부탁이니 그만둬주십시오!" 스비드리가일로프는 도저히 견딜 수 없다는 듯이 다시금 말을 가로막았다.

"죽은 다음에도 파이프를 채워 주려고 당신에게 왔다던 그 하인 이야기가 아닙니까?…… 당신이 직접 말씀해 주셨지요."

라스콜리니코프는 차츰 짜증이 더해갔다.

스비드리가일로프는 물끄러미 라스콜리니코프를 바라보고 있었다. 그러자 그 순간 그의 눈길에 번갯불처럼 엉큼한 비웃음이 번뜩인 것처럼 느껴졌다. 그러나 스비드리가일로프는 자신을 억누르며 매우 정중한 태도로 대답했다. "맞습니다. 보아하니 당신도 이러한 일에 매우 흥미가 있으신 모양이군요. 그러면 되도록 빠른 기회에 자세한 내용에 이르기까지 당신의 호기심을 만족시켜드릴 것을 의무로 여기겠습니다. 아무래도 상관없습니다만, 몇몇 사람들은 나를 낭만적인 인물로 여기는 모양이더군요. 어떻습니까, 이쯤 되면 세상을 뜬 마르파에게 아무리 감사를 드린다 해도 부족하지 않겠지요. 아무튼 그녀는 누이동생한테 나에 관한 신비롭고 흥미진진한 이야기를 많이 들려주었으니까요. 그게 어떠한 인상을 주었는지는 캐내지 않겠습니다. 하지만 그게 내게 유리했던 것만은 틀림없습니다. 아브도챠 양이 나에게 혐오감을 품은 건 마땅한 일이며, 나 역시 언제나 음산하고 사람을 가까이하지 않는 듯한 표정을 짓고 있었던 셈이지만, 그래도 누이동생은 결국 내가 가엾어졌던 겁니다. 구원할 길 없는 인간에 대한 가엾은 심정이라는 거지요. 그런데 아가씨가 누군가를 가엾게 여긴다는 것은 무엇보다도 위험한 징조거든요. 그렇게만 되면 어떤 일이 있어도 구하고 싶어지는 거죠. 제정신으로 돌아오게 하고, 다시 솟아나도록 하고, 좀 더 숭고한 목적을 향해 새로운 인생과 활동으로 갱생시키고 싶어지지요. 요컨대 그러한 공상에 잠겨보고 싶은 거죠. 나는 작은 새가 스스로 그물 안으로 날아들 어오려는 것을 보고 곧 내 나름대로 마음의 준비를 하고 있었습니다. 아니, 얼 굴을 찌푸리시는군요. 로지온 로마노비치, 뭘 그러십니까, 아시다시피 부질없는 결과가 되고 말았으니까요. 거참, 이상하게 술맛이 나는군요. 솔직히 말씀드리 자면 나는 애초부터 이렇게 생각했답니다. 어째서 운명은 당신의 누이동생을 2세기나 3세기쯤의 어느 대공(大公)이나 원수(元首)나 소 아시아의 총독 딸로라 도 태어나게 해주지 않았단 말입니까. 그렇게 되었으면 그분은 틀림없이 어떤 어려운 순교나 고행에도 견뎌내며 빨갛게 달군 부젓가락을 가슴에 갖다 대도 생긋이 웃을 수 있는 그런 분이 되었을 텐데요. 아니, 자기가 앞장서서 그렇게 하셨을 것임에 틀림없지요. 그리고 4세기나 5세기에 살아 계셨더라면 이 세상 의 번거로움을 피하여 이집트의 사막에서 나무뿌리와 법열과 환상을 양식 삼 아 30년이라도 그곳에 살아 계셨을 게 틀림없습니다.

아니, 지금의 그분 자신도 오로지 한시바삐 누군가를 위해 어떤 괴로움을 받 고 싶다고 갈망하고 계시는 겁니다. 그 괴로움이 주어지지 않는다면 스스로 창 문에서 뛰어내릴지도 모르는 분이지요. 라주미힌인가 하는 친구의 이야기도 잠깐 들었습니다만, 생각이 깊은 젊은이인 모양이더군요, 이름은 사람을 나타 낸다고 하잖습니까. 신학생이겠지요, 틀림없이. 그런대로 누이동생을 지키게 두 시는 게 좋겠죠. 나는 누이동생을 이해할 수 있었다고 여기며 그것을 영광으로 생각하기도 한답니다. 하기야 그 무렵은, 다시 말해서 처음으로 알게 되었을 무 렵에는 당신도 경험하셨겠지만 대부분의 경우 무엇인가 생각이 모자라고 어리 석은 결과가 되어버려 잘못 판단한다든가 잘못 보거나 하는 법이랍니다. 정말 어째서 그분은 그처럼 아름다운 것일까요? 내가 나쁜 게 아닙니다.

그때 일은 아무래도 억누를 수 없는 정욕의 충동에서 시작된 거랍니다. 아 브도챠 양은 본 일도 없고 들은 일조차 없을 정도로 매우 순결한 분입니다. 아 시겠습니까. 나는 당신의 동생에 관한 이야기를 하고 있는 겁니다. 그분은 그토 록 높은 지성을 지니고 있음에도 아주 병적일 만큼 순결하답니다. 그분은 어쩌 면 그 때문에 신세를 망칠는지도 모르지요.

마침 그 무렵 우리 저택에 파라샤라는 처녀가 있었소. 검은 눈동자를 한 귀 여운 처녀로 다른 마을에서 데려온 지 얼마 안되는 하녀였지요. 나는 그때까지

한 번도 본 적이 없었습니다만, 얼굴 생김새는 아주 예쁜데 어처구니없을 만큼 멍텅구리 아가씨라서, 울부짖으며 온 저택에 들릴 정도로 비명을 질렀기 때문에 엉뚱한 추문이 되어버렸지요. 어느 날 점심 식사 뒤에 내가 뜰의 가로수가 있는 오솔길에 혼자 있는데 아브도챠 양이 일부러 거기로 찾아오셔서는 가엾은 파라샤를 건드리지 말아 달라고 눈을 반짝거리며 내게 부탁했단 말입니다. 이게 아마 우리가 단둘이 나눈 첫 대화일 것입니다. 나야 물론 그분의 희망을 따른다는 것을 영광으로 생각하고 풀죽은 듯한, 또는 당황한 듯한 태도를 보였답니다. 말하자면 제대로 연극을 꾸민 셈이죠. 거기서 교섭이 이루어져 그 뒤로는 은밀한 대화, 교훈, 훈계, 탄원, 애원, 마침내는 눈물이었지요. 정말 눈물까지 흘리셨답니다. 아가씨의 전도(前道)에 대한 정열이란 참으로 굉장히 격렬할 때가 있더군요. 나야 물론 모든 것을 내 운명 탓으로 돌리고 광명을 구하고 갈망하는 듯한 시늉을 하다가 드디어 마지막에 가서 여자의 마음을 정복할 절대적으로 확실한 비상 수단을 쓴 겁니다. 이 수법만은 누가 사용해도 결코 실수가 없으며 예외없이 모든 여성에게 효과를 발휘하는 신통한 것이었지요. 그렇다고 대단한 것이 아니라 누구나 알고 있는 아첨이라는 것입니다. 이 세상에서 뭐가 어려우니 어쩌니 해도 고지식한 정직 면에서는 그 1백분의 1이라도 거짓이 섞이게 되면 금세 부조화를 일으키고 당장에 추문이 되어 버린답니다. 그런데 아첨은 철저히 거짓투로 처음부터 끝까지 밀고 나가도 귀에 쾌감을 불러일으켜주며 듣는 사람에게 만족을 주는 법이거든요.

하기야 고상한 만족이라고는 할 수 없다 해도 만족임엔 틀림없죠. 더구나 아첨이란 아무리 속이 훤히 드러나보인다 해도 가장 밑바닥의 그 반은 틀림없이 진실로 보이죠. 게다가 이것은 어떠한 교육을 받은 사람이나 사회의 어느 계급에 속하는 사람에게도 해당되니까요. 성녀(聖女)라 해도 아첨으로 유혹할 수 있으니, 평범한 인간에 대해서야 말할 나위도 없지요. 지금도 생각할 때마다 저절로 웃음이 나오는 일이 있습니다. 나는 남편과 아이들과 정절에 몸과 마음을 바치고 있는 어느 귀부인을 유혹한 일이 있었습니다. 그런데 이게 또 기막히게 유쾌해서 아무런 힘도 들지 않았답니다. 아니, 그 부인은 확실히 정숙했습니다. 적어도 자기 나름으로는요. 내 작전이란 오로지 그 부인의 청순함에 압도당하여 쉴 새 없이 그 앞에 꿇어엎드리는 것뿐이었습니다. 나는 또 염치 좋게도 아첨을 늘어놓고는, 이를테면 이따금씩 악수할 혜택을 입거나 슬쩍 던지는 눈길을 받기라도 하면 곧 스스로 자신을 책망했답니다. 이건 내가 억지로 당신에게서 빼앗은 것이다, 당신은 저항하셨다, 내가 이런 정도의 일그러진 인간이 아니었더라면 결코 아무것도 얻지 못했을 만큼 저항을 하셨다, 당신은 너무나도 순결하기 때문에 내 음모를 알아차릴 수 없어 저도 모르게 마음에도 없이 내 손아귀에 잡히고 말았다는 이런 투랍니다. 결과적으로 내가 원한 것은 무엇이나 얻어낸 셈이지만 그 부인은 여전히 자기가 순결하고 아내로서의 의무나 책임을 다하고 있으니 본심과는 전혀 달리 돌부리에 채었을 뿐이라고 믿었답니다. 때문에 내가 드디어 진정으로 확신하고 있는 바를, 즉 당신도 나와 마찬가지로 쾌락을 추구하고 있었다고 말했을 때 그 부인은 몹시 화를 내더군요. 가엾은 마르파만 해도 아첨엔 약했답니다. 때문에 만약 내가 그럴 생각만 있었다면, 그녀는 살아 있는 동안 모든 재산을 내 앞으로 명의 변경해주었을 건 말할 나위도 없지요. 그런데 난 무척 술을 마시며 지껄여대고 있군요. 여기서 한 가지 노여워하지 말아주셔야 할 일이 있습니다. 사실은 그와 똑같은 효과가 아브도챠 양에게 나타나기 시작했다는 사실입니다. 그런데 내가 바보고 참을성이 없었기 때문에 모든 것을 망치고 말았지요.

아브도챠 양은 그 이전에도 몇 번인가, 한 번은 특히 심했습니다만 내 눈길을 무척 싫어하셨답니다. 믿어지십니까? 내 눈에 깃든 어떤 종류의 불꽃이 점점 강해지며, 더구나 난데없이 불타오르기 시작했으므로 누이동생은 겁을 먹고 마침내는 그것을 증오하기에 이르렀던 거죠. 자세히 말씀드려봐야 아무 소용도 없습니다. 우리 관계는 끝나버렸습니다. 게다가 나는 바보 같은 짓을 해버렸지요. 그분의 전도니 설교에 대해 한 번 건방지게 놀려댔답니다. 파라샤가 다시 등장했죠. 아니, 그 처녀 혼자가 아닙니다. 요컨대 소동이 벌어진 겁니다. 아, 로지온 로마노비치, 하다못해 평생에 한 번만이라도 누이동생의 눈이 이따금 얼마나 아름답게 빛나는가를 봐주셨으면 합니다. 나는 지금 취했습니다. 이미 술 한 잔을 모조리 들이켰으니까요. 하지만 그런 건 문제가 아닙니다. 나는 지금 진실을 말하고 있는 겁니다. 거짓말이 아닙니다. 나는 그 눈길을 꿈에서도 보았습니다. 마침내는 그분이 옷자락을 끄는 소리만 들어도 도저히 참을 수 없게 되어버렸지요. 정말이지 나는 간질병 발작이라도 일어나는 게 아닌가 하는 생각이 들었습니다. 내가 이토록 넋을 잃게 되리라고는 꿈에도 생각지 못했던 거죠. 화해할 필요가 있었지만, 그건 이미 가망이 없었습니다. 그래서 내가 어떻게 했으리라고 생각하십니까? 정말 인간이란 미칠 지경에 이르고 보면 어떤 바보 같은 짓을 하게 될지 모르겠더군요. 나는 아브도챠 양이 솔직하게 말해서 몹시 가난한 여자라는 것에 기대를 걸었습니다. 아 참, 실례했군요. 이런 말을 할 생각은 없었는데……. 하기야 나타내려는 개념이 같다면 무슨 말을 하든 마찬가지가 아니겠습니까? 말하자면 스스로 일해서 생활을 꾸려나가고, 어머니와 당신을 돌보고 계시다는 것을 알고 아차, 실례, 또 얼굴을 찌푸리시는군요. 아무튼 바로 그 점에 기대를 걸었던 겁니다. 그래서 나는 그분에게 내가 지니고 있는 돈을 모두 주려고 마음먹었습니다. 그 무렵에는 3만 루블 정도는 어떻게든 융통되었으니까요. 다만 그분이 하다못해 이 페테르부르크로라도 함께 도망쳐 줄 것이 조건이었습니다만. 물론 나는 영원한 사랑이건 행복이건 뭐든지 맹세할 작정이었답니다.

믿으실는지 모르겠습니다만, 그때 나는 빠질 대로 빠져버린 뒤였으니까요. 만약 그분이 나에게 마르파를 칼로 찔러 죽이거나 독살하거나 해서 자기와 결혼해달라고 했었더라면 당장 실행했을 겁니다! 그러나 모든 일은 당신도 아시다시피 그처럼 야단법석으로 끝나버리고 말았지요. 때문에 마르파가 그날 건달 같은 법률 브로커 루진을 끌고 와서는 중매를 서겠다고 해서 결혼 이야기가 진행되고 있음을 알았을 때 내가 얼마나 격분했는지 이해하시리라 믿습니다. 왜냐하면 그는 본질적으로는 내 제자나 마찬가지였으니까요. 그렇지요, 그렇지 않습니까? 그건 그렇고, 당신은 또 엄청나게 열심히 귀 기울이게 되셨군요……. 재미있는 분이야………."

스비드리가일로프는 견디지 못하고 주먹으로 탁자를 쳤다. 그는 얼굴이 새빨개져 있었다. 라스콜리니코프는 찔끔찔끔 어느 틈엔가 모조리 마셔 버린 한 잔 반쯤 되는 샴페인이 그에게 병적인 작용을 미쳤다는 것을 뚜렷이 알아차리고 그 기회를 이용하려 했다. 스비드리가일로프는 그에게 아주 의심스러운 인물이었던 것이다.

"옳지, 이제야 잘 알게 되었군요. 당신이 이곳으로 오신 건 내 동생 때문이었다는 것을." 그는 더욱 상대방을 초조하게 하려고 마주 대놓고 따끔하도록 스비드리가일로프에게 말했다.

"아, 이젠 됐습니다." 스비드리가일로프는 문득 정신이 난 것처럼 말했다. "그건 이미 말씀드렸을 텐데요……. 더구나 누이동생은 나 같은 사람은 참을 수 없으신 모양이고……."

"그렇지, 그건 확실합니다. 내게도 확신이 있소. 하지만 지금은 그게 문제가 아니오."

"그걸 확신하신다고요?" 스비드리가일로프는 눈을 가늘게 뜨고는 비웃는 듯한 웃음을 띠었다. "말씀대로 그분은 나를 사랑하지는 않습니다. 하지만 남편과 아내, 또는 애인 관계라는 것은 제삼자가 단정할 수 있는 그런 것이 아닙니다. 거기에는 반드시 온 세상에서 자신들 말고는 아무도 모르는, 당사자만이 아는 조그마한 한구석이 있는 법이지요. 당신은 아브도챠 양이 나를 혐오의 눈으로만 봤다고 단언할 수 있습니까?"

"아까부터 당신 이야기에서 나온 몇 가지 말이라든가 슬쩍 비춘 말투에서, 나는 당신이 지금도 두냐에게 어떤 종류의 꿍꿍이속과 뭔가 절박한 계획을 갖고 있다는 것을 눈치챘소. 어떤 비열한 계획 말이오."

"뭐라고요! 내가 그런 말을 비췄다고요?" 스비드리가일로프는 자기의 계획에 쓰인 형용사에는 아무런 신경도 쓰려 하지 않고 갑자기 어린아이처럼 소스라치게 놀랐다.

"그렇지, 지금만 해도 그렇습니다. 예를 들면 뭘 그렇게 겁내십니까? 그처럼 새삼스레 놀라기도 하고."

"내가 겁을 먹었다구요? 당신에게 말입니까? 오히려 당신이야말로 나를 두려워하고 계실 텐데요, cher ami![3] 정말 터무니없는 누명이군요……. 하기야 난 술에 취했습니다. 그건 시인합니다. 하마터면 또 말실수할 뻔했군. 술은 이제 그만 마셔야지! 여보게, 물을 가져오게!"

스비드리가일로프는 술병을 움켜쥐어 난폭하게 창 밖으로 집어던졌다. 필립이 물을 가져왔다.

"그런 건 부질없는 일입니다." 스비드리가일로프는 수건을 적셔 이마에 얹으

---

3) 내 친구여.

면서 말했다. "나는 단 한마디로 당신을 아무 소리도 못 하게 하여 당신의 의혹을 말끔히 사라져 버리도록 할 수도 있습니다. 이를테면 내가 결혼한다는 것을 아십니까?"

"그 이야기는 전에도 들었습니다."

"그랬던가요? 잊어버렸군요. 하지만 그때는 아직 확실한 이야기를 할 수 없었을 겁니다. 아직 신부도 만나보지 못했을 때였으니까요. 그럴 작정으로 있었던 것뿐이었죠. 그런데 지금은 어엿하게 신부 될 사람도 있고 일도 척척 진행되어 가고 있습니다. 만약 당장 급한 용건만 없다면 지금이라도 당신을 데리고 가서 보여주고 싶군요. 왜냐하면 당신의 조언을 듣고 싶으니까요. 제기랄! 이젠 10분밖에 남지 않았군요. 보오, 시계를 좀 보시오. 하지만 역시 말씀드릴까요. 왜냐하면 내 결혼 이야기는 꽤 재미가 있으니까요. 말하자면 독특한 거지요. 아니, 어디로? 또 돌아가시려는 거요?"

"아니오, 이렇게 되면 이젠 절대로 돌아가지 않겠습니다."

"절대로 돌아가지 않겠다고요? 글쎄, 두고봅시다! 진정으로 하는 말이지만, 당신을 데리고 가서 신부를 보여드리겠습니다. 다만 지금은 곤란합니다. 시간이 다 되었으니까요. 당신은 오른쪽으로 난 왼쪽으로, 안녕히, 하는 셈이죠. 당신은 저 레스릿히를 아시오? 왜 내가 하숙하고 있는 집의 레스릿히말입니다. 네? 들으신 적은? 아니, 뭘 생각하고 계신가요? 소문에 따르면 그 부인의 딸이 한겨울에 물에 빠져죽으려고 했다는 겁니다. 아시죠? 그런데 그 여자가 이번 일을 모두 진행시켜줬답니다. 내가 따분한 모양이니 기분이라도 풀어보라고 말입니다. 대체로 나는 성질이 까다롭고 따분한 편이거든요. 유쾌한 녀석이라고 생각하시나요? 아니, 까다롭습니다. 남에게 폐끼치기보다는 한구석에 틀어박혀 있는 편으로, 어떤 때는 사흘씩이나 입을 열지 않는 적도 있지요. 그런데 그 레스릿히라는 여자는 약삭빠른 할망구라서 이런 야심을 품고 있었답니다. 어차피 저 남자는 싫증이 나서 신부를 내버려둔 채 어디론가 사라져버리겠지, 그렇게 되면 그 색시를 맡아 다른 데로 돌려주자는 거죠. 다시 말해서 우리 계급이나, 조금 그 위의 사람에게 말입니다. 퇴직 관리로 맥을 못추는 늙은 아버지가 있는 모양인데, 의자에 앉은 채 3년 동안이나 다리를 움직여본 적이 없다더군요. 어머니는 생각이 깊고 현명한 부인인 모양입니다. 아들은 어느 도청에 다니는데, 돈을 부쳐오지 않는다더군요. 맏딸은 결혼하더니 찾아오지도 않고. 그런 주제에 어린 조카를 둘이나 맡아서 기르고 있습니다. 자기 아이들만으로서는 부족한 모양이죠. 그래서 중학교에 다니고 있는 막내딸을 도중에서 그만두게 하고 함께 살고 있지요. 그 애가 이제 한 달만 지나면 만 16세가 됩니다. 다시 말해서 한 달만 있으면 시집을 보낼 수 있는 겁니다. 그 딸을 내게로 보내는 셈이지요. 그쪽에도 가봤습니다. 그런데 이게 우습기 짝이 없답니다. 나는 이렇게 자기 소개를 했죠. 지주로 상처(喪妻)를 했으며 유래 있는 가문 출신이고 배경도 든든하고 재산도 있다고 말입니다. 아니, 내가 쉰 살이며 상대방이 아직 열여섯 살도 안됐다 해서 그게 어떻다는 겁니까? 누가 그런 것에 신경 쓰겠습니까? 그보다 매력적이 아닙니까? 네, 매력적이란 말입니다. 핫핫! 아가씨의 아버지와 어머니를 앞에 두고 내가 한마디 하던 장면을 한번 보여드리고 싶군요. 그때의 나라면, 돈을 치르고라도 볼 만한 가치가 있었으니까요. 그러는 사이에 처녀가 나에게 꾸벅 절을 했어요. 정말 상상도 못 하실 겁니다. 아직 단이 짧은 옷을 입고 미처 피지 않은 봉오리 같은 자태로 볼이 불그스름하게 물들어가더니 아침놀처럼 새빨개졌답니다, 물론 이야기는 듣고 있었겠지요. 당신이 어떤 취향의 여성을 좋아하시는지는 알 수 없습니다만, 나보고 말하라면 이 열여섯 살이라는 나이입니다. 아직도 어린티가 가시지 않은 눈매, 겁먹은 듯한 태도와 부끄러움의 눈물, 정말이지 이미 아름다움 이상이라고 하겠습니다. 더구나 그 처녀는 그림에서 빠져나온 듯이 아름다웠거든요. 어린 양 같은 곱슬머리를 몇 겹이나 작게 땋아서 늘어뜨린 밝은 빛깔의 머리칼, 도톰하고 새빨간 입술, 작은 발, 정말 기가 막히지요! 그로써 소개가 끝나자 나는 집안 사정 때문에 바쁘다는 핑계로 바로 그다음 날, 그러니까 엊그제 약혼을 했답니다. 그 뒤로는 가기만 하면 곧 처녀를 무릎에 앉히곤 내려놓지 않았소…… 그러면 처녀는 아침놀처럼 빨개지고 나는 쉴 새 없이 키스를 해주지요. 물론 어머니한테서 이분은 네 남편되실 분이니까 그러는 게 당연하다, 하고 들은 바가 있거든요. 참으로 천국입니다! 어쩌면 지금의 이 약혼 시절이 결혼하고 난 뒤보다 좋을는지도 모르겠군요. 여기에는 이른바 la nature et la vérité[4]가 있으니까요! 하하! 난 처녀

---

[4] 자연스러움과 진실함.

와 두 번쯤 이야기했는데 꽤 총명한 편이더군요. 이따금 나를 슬쩍 곁눈질로 볼 때가 있지요. 마치 이글이글 불타는 듯한 눈이었소. 그런데 말입니다. 그 처녀의 얼굴이 라파엘로의 마돈나와 같단 말입니다. 시스틴의 마돈나는 환상적이며 슬픔에 잠긴 광신자의 얼굴이죠. 본 적 없소? 그런 느낌이지요. 난 약혼한 바로 다음 날에 1천 5백 루블쯤의 선물을 갖고 갔답니다. 다이아몬드 장신구 일습과 진주로 된 것 일습, 그리고 은으로 만든 부인용 화장품 케이스, 한 상자에 여러 가지 것이 들어 있는 걸 말입니다. 이걸 보더니 아닌 게 아니라 마돈나의 얼굴이 새빨개지더군요. 어제도 그 처녀를 무릎에 앉혔습니다만, 내가 짓궂었던 모양인지 얼굴이 새빨개지면서 눈물까지 흘리더군요. 그러면서도 내가 눈치챌까 싶을 만큼 몸이 불타는 듯했답니다. 그리고 잠깐 동안 모두 밖으로 나가 단둘이 되자 갑자기 내 목에 매달렸단 말입니다. 스스로 그렇게 한 건 처음이랍니다. 그 가냘픈 두 손으로 나를 끌어안고 입을 맞추더니 자기는 유순하고 정직하고 착한 아내가 되어 당신을 행복하게 해드리겠습니다. 평생을, 평생의 1분의 1초를 모두 당신에게 바쳐 당신을 위해서는 무엇이나 희생하며, 그 대신에 당신에게선 다만 존경만을 받고 싶다, 그 밖에는 '아무것도, 아무것도 필요 없습니다. 선물 같은 건 필요 없어요.' 맹세하지 않겠습니까. 어떻습니까, 수줍음에 볼을 붉히고 감동의 눈물을 머금은 열여섯 살의 천사를 마주 보며 이런 고백을 듣는다는 것이? 제법 매력적이지요? 얼마쯤 값어치도 있죠, 네? 값어치가 있지요? 글쎄…… 한번 나의 신부에게로 가보지 않으시겠습니까……. 다만 지금은 곤란합니다만……."

"요컨대 당신은 그 나이와 지능 정도의 놀라운 차이에 정욕이 용솟음친 거로군요! 그래, 당신은 정말 그 결혼을 하실 작정이신가요?"

"어째서 그런 말을 하십니까? 물론 하겠소. 인간이란 누구나 자기 일은 자기가 처리하는 법이니까요. 자기를 가장 교묘하게 속일 수 있는 인간만이 가장 유쾌하게 살 수 있으니까요. 하하하! 아니, 당신은 언제부터 그렇게 꽁생원이 되셨습니까! 그러지 마시고 좀 나긋나긋하게 대해주시기를 부탁드립니다. 나는 죄 많은 인간이니까요. 허허허!"

"그렇지만 당신은 카테리나 이바노브나의 아이들을 돌봐주고 있지요. 아니…… 아니, 거기에는 그럴 만한 이유가 있었지요……. 이것으로 당신이라는 사람을 완전히 알게 되었군요."

"대체로 나는 아이들을 좋아하는 편이랍니다. 아주 아이를 좋아하거든요." 스비드리가일로프는 소리 내어 웃어댔다.

"여기에 관해 재미있는 일화를 하나 이야기해드리지요. 지금까지도 질질 끌고 있습니다만, 이곳에 온 바로 그날의 일이었습니다. 나는 곧 여기저기 재미볼 수 있는 곳을 찾아다녔답니다. 아무튼 7년 만이니 가슴이 설렐 수밖에요. 당신도 눈치채셨겠지만, 나는 내 친구들, 그전 친구들을 서둘러가며 만날 생각은 없었습니다. 아니, 되도록 오랫동안 만나지 않은 채 지내고 싶었지요. 하지만 그러한 무슨 비밀스러운 장소에 대한 생각 때문에 마르파와 시골에 있었던 무렵 나는 그야말로 죽도록 괴로움을 받았던 겁니다. 그러한 장소에서는 그 방면에 지식만 있다면 참으로 여러 가지 뜻하지 않은 희한한 것을 찾아낼 수 있거든요. 이건 기막힌 재미랍니다. 다들 취해 있죠. 교양 있는 젊은이들이 따분한 나머지 실현될 성싶지도 않은 꿈이나 잠꼬대에 정열을 낭비하면서 불완전한 이론 따위로 스스로를 위로하고 있거든요. 어디선지 유대인이 나타나서는 돈을 낚아채 가지만 다른 패거리들이야 부어라 마셔라죠. 이 거리는 벌써 첫 순간부터 불쑥 나에게 친근한 냄새를 풍겼습니다. 내가 마침 들어갔던 곳에서는 이른바 무도회라는 것이 벌어지고 있었소. 아니, 정말로 흔히 알려지지 않은 엄청난 유흥장이었습니다. 나는 이곳처럼 수상쩍고 희한한 유흥장을 좋아한답니다. 물론 캉캉 춤도 있었지요. 그것도 우리 시대에는 구경도 못해본 그런 것 말입니다. 정말 여기에도 진보가 있단 말입니다. 그런데 문득 보니 아주 예쁘장하게 옷을 차려입은 열세 살쯤 되어 보이는 여자아이가 이 방면의 명수와 춤을 추고 있고 그 앞에서는 다른 한 쌍이 추고 있지 않겠습니까. 벽 쪽 의자에는 그 여자아이의 어머니가 앉아 있고. 글쎄 대강 짐작 가시리라 생각됩니다만, 엄청난 캉캉이더군요. 그래서 그런지 여자아이는 어색해서 얼굴을 붉히고 있다가 마침내 견뎌내지 못하여 울어버리더군요. 그러자 명수는 그 아이를 안아올리고는 빙빙 돌면서 그 앞에서 여러 가지 몸짓을 해보이지 않겠습니까. 그 주변의 사람들은 모두 낄낄거리고요. 나는 비록 캉캉 같은 패거리라 해도 내가 거기에 있는 그런 순간엔 민중을 좋아한답니다. 그들은 껄껄거리며 소리치더군요. '됐어, 이젠 가봐. 여기는 아이들이 올 만한 곳이 아니야!' 내가 그런 일에 질색이고 그 패거리들이 즐기는 방법이 논리적이건 비논리적이건 아랑곳없죠! 나는 곧장 내 자리를 정하여 그 어머니 옆에 앉았습니다. 그러고는 나 역시 지방에서 온 사람인데 정말 여기는 버르장머리 없는 녀석들만 있어서 참으로 가치 있는 자를 가려낼 줄 모를뿐더러, 거기에 어울리는 경의조차도 나타낼 줄 모른다는 식으로 이야기를 시작했던 겁니다. 나는 돈을 많이 지니고 있다는 티도 드러냈소. 그러고는 내 마차로 바래다드리겠다고 제안했습니다. 그래서 집까지 바래다준 끝에 그녀와 사귀게 되었지요. 두 사람은 지방에서 온 지 얼마 안 되어 남의 조그마한 셋방에서 또 셋방살이를 하고 있었답니다. 나와 알게 된 것은 어머니에게도 딸에게도 더없는 영광이라고까지 그녀는 말하더군요. 듣자니 두 사람은 무일푼인 신세로 어느 관청에 탄원할 것이 있어서 왔다더군요. 그래서 그에 대한 수고로운 일도 해주고 돈도 융통해주겠다고 했지요. 두 사람은 정말로 춤을 가르쳐주는 줄만 알고 그 무도회에 나갔었다고 했습니다. 그렇다면 나이 어린 따님의 교육은 내가 어떻게든 맡아서, 프랑스 말이나 춤을 가르쳐주겠다고 했더니 그녀는 기뻐서 어쩔 줄 몰라하면서 이루 말할 수 없는 영광이니 뭐니 하더란 말입니다. 그래서 그 뒤로 줄곧 사귀어오고 있는 셈이지요……. 상관없으시다면 자리를 같이 해보시겠습니까? 다만 지금은 안 됩니다만……."

"그만두십시오, 그런 천하고 창피한 이야기는. 당신은 음탕하고 비열한 호색한이오."

"실러로군. 나의 실러여, 실러여 *Oú va-t-elle se la vertun icher?*[5] 그런데 나는 당신의 그 고함소리를 듣고 싶어 일부러 이런 이야기를 하는 겁니다. 아, 유쾌하군!"

"그럴 거요, 이런 때의 나는 나 자신이 생각해도 우스꽝스러우니까요." 라스콜리니코프는 화가 나는 듯이 중얼거렸다.

스비드리가일로프는 배를 잡고 웃어댔다. 그러고는 그제야 겨우 필립을 부르더니 계산을 마치고 일어섰다.

"허, 정말 취했군. *assez causé!*[6] 아, 유쾌하군!"

---

5) 덕은 어느 곳에 깃들었느뇨.
6) 너무 지껄였어.

"그야 유쾌하겠지요." 라스콜리니코프는 일어서면서 소리쳤다. "온갖 일을 다 겪은 호색한이 그런 수상쩍은 꿍꿍이속으로 자기의 여성 편력을 들려주고 있으니 유쾌하지 않을 수 있나. 더구나 이런 처지에 놓여 있는 나 같은 사나이를 상대로……. 활기를 띠지 않을 수 없지."

"어, 그런가요." 스비드리가일로프는 라스콜리니코프를 바라보면서 오히려 놀란 것처럼 대답했다. "그러고 보니 당신도 꽤 짓궂은 분이시로군요. 적어도 그런 소질만은 충분하오. 여러 가지로 사물을 인식할 수도 있고…… 더구나 실행하는 것만 해도 여러 가지로 하실 수 있지요……. 하지만 이제 그런 이야기는 그만둡시다. 느긋하게 이야기할 수 없어 정말 섭섭합니다. 하지만 당신은 내게서 떠나갈 리 없고……. 아, 그러지 마시고 잠깐 기다리십시오……."

스비드리가일로프는 요릿집에서 나왔다. 라스콜리니코프가 그 뒤를 따랐다. 하기야 스비드리가일로프는 그다지 취하지는 않았다. 잠깐 동안 취기가 돌았을 뿐이며, 차츰 깨기 시작하고 있었다. 그는 뭔가 각별히 근심스러운 중요한 일이라도 있는지 눈살을 찌푸리고 있었다. 어떤 기대가 그를 흥분시키며 들뜨게 하는 모양이었다. 라스콜리니코프에 대한 태도도 헤어질 즈음엔 완전히 달라져 차츰 난폭하고 비웃는 듯한 태도로 바뀌고 있었다. 라스콜리니코프도 그것을 눈치채고 몹시 불안해졌다. 그는 스비드리가일로프가 더욱 의심스럽게 여겨져서 그를 따라가 보리라고 마음먹었다.

"당신은 오른쪽, 나는 왼쪽, 그렇지 않으면 그 반대일지도 모르겠군요. 아무튼 adieu, mon plaisir.[7] 그럼, 다시 뵙겠습니다."

이렇게 말하면서 그는 오른편 센나야 광장 쪽으로 걸어갔다.

5

라스콜리니코프는 그의 뒤를 따라갔다.

"어떻게 된 겁니까!" 스비드리가일로프는 뒤를 돌아보면서 소리쳤다. "분명히 말씀드렸을 텐데요!"

"솔직히 말해서 나는 지금 당신과 헤어지고 싶지 않군요."

---

7) 내 기쁨이여, 잘 있거라.

"뭐라고요?"

두 사람은 걸음을 멈추었다. 그리고 1분쯤 서로 상대편의 힘을 가늠해보듯 물끄러미 시선을 나누었다.

"당신이 거나하게 취해서 한 이야기 말입니다." 라스콜리니코프는 대담하게 입을 열었다. "나는 확실히 단정했습니다. 당신이 내 동생에 대한 비열하기 짝이 없는 계획을 버리지 않았을 뿐 아니라, 더욱 거기에 열중하고 있다고 말입니다. 나는 아침에 동생이 누군가로부터 편지를 받았다는 것을 알고 있습니다. 당신은 아까도 줄곧 안절부절못하더군요……. 비록 당신이 겸사겸사로 어디선가 신부를 얻었다 해도 그런 건 아무런 의미도 없습니다. 나는 내 눈으로 확인하고 싶습니다……."

라스콜리니코프는 이런 말을 하면서도 자기가 지금 무엇을 바라고 있는지, 도대체 무엇을 자기 눈으로 확인하고 싶은 것인지 스스로도 확실히 알 수 없었다.

"옳지! 정 바라신다면 경찰을 부르겠습니다."

"부르시오!"

두 사람은 다시 1분쯤을 마주 보고 서 있었다. 마침내 스비드리가일로프의 표정이 달라졌다. 라스콜리니코프가 위협에 굴복하지 않을 것임을 확인하자 그는 갑자기 명랑하고 친밀해진 듯한 표정을 지었다.

"대단한 분이로군. 나는 일부러라도 당신의 사건 이야기를 꺼내지 않으려고 했는데. 물론 호기심은 꿈틀거렸지요. 아무튼 엄청난 사건이니까요. 모처럼 이쪽에서 다음 기회로 미루어드리려 했는데도 당신은 정말 죽은 사람까지 성나게 하실 수 있는 분이군……. 그렇다면 함께 갑시다. 다만 한 가지 미리 말씀드려 두겠습니다만, 나는 지금부터 돈을 가지러 잠깐 집에 들렀다가 그 뒤 방문을 잠그고 나서 마차를 불러 군도(群島) 쪽으로 가서 밤늦게까지 있을 겁니다. 그런데 당신은 나를 따라 어디까지 가시겠습니까?"

"나는 먼저 댁으로 가겠습니다. 하지만 당신한테 가는 것이 아니라, 소피야 세묘노브나를 찾아가는 겁니다. 장례식에 참석하지 못한 것을 사과하려고요."

"좋을 대로 하십시오. 그러나 소피야 세묘노브나는 집에 없습니다. 아이들을 모두 데리고 내 오랜 친구인 어느 명문의 노부인에게로 갔습니다. 몇 개의 고아원 감독을 하고 계시는 분이지요. 나는 카테리나 이바노브나의 세 아이의 양육비를 부담했을 뿐 아니라 고아원에도 얼마쯤 기부를 했기 때문에 그 부인의 환심을 얻었소. 더구나 소피야 세묘노브나의 신세를 설명해주었답니다. 모든 것을 하나도 감추지 않고 말입니다. 정말 효과가 놀랍더군요. 그래서 오늘 당장 소피야 세묘노브나에게 그 부인이 별장에서 나와 잠시 묵고 있는 호텔 쪽으로 직접 찾아오라는 전갈이 왔답니다."

"좋습니다. 아무튼 들러보겠습니다."

"마음대로. 나야 알 바 아니니 아무렇게나 하십시오. 자, 집에까지 왔군요. 그런데 당신이 그토록 나를 의심하는 것은, 내가 당신에게 이런저런 질문을 퍼부어서 괴롭히려 하지 않았던 탓임에 틀림없소……. 아시겠습니까. 당신은 그걸 정상적이 아니라고 여기신 거요. 내기 걸어도 좋습니다만, 바로 맞혔지요? 그렇다면 당신도 조심하는 편이 좋겠습니다"

"그래, 문 앞에서 엿들으라는 겁니까?"

"아니, 그저, 그저!"

스비드리가일로프는 웃어댔다. "여기까지 와서 당신이 한마디도 하지 않는다면 오히려 놀라운 일이지요. 하하하! 나도 그때 당신이…… 거기서…… 장난스럽게 소피야 세묘노브나에게 말씀드린 것에 대해서는 조금 이해할 수 있는 점도 있습니다만, 그렇다 해도 그건 뭡니까? 나는 머리가 굳어버린 인간이라 이제는 아무것도 이해할 수 없는 모양입니다. 부탁이니 설명해주십시오! 가장 새로운 사상으로 계몽해주십시오."

"당신에게는 아무것도 들리지 않았을 거요. 모두 다 거짓말이야!"

"아니, 그 일이 아니오. 그 일이라면 조금은 들었습니다. 그런 게 아니라 내 말은 당신이 유난히도 한숨만 쉬고 계시더라는 겁니다! 당신 안에는 실러가 늘상 들먹이고 있소. 그래서 이번에는 드디어 문 앞에서 엿듣지 말라, 이거로군요. 그럴 바에는 차라리 공적인 자리에 나가서 이러저러해서 대사건이 벌어졌습니다, 이론에 실수가 조금 생겼습니다, 신고하면 되잖습니까. 문 앞에서 엿들으면 안 되지만, 할머니를 손에 잡히는 물건으로 때려 죽이고는, 자기 만족을 맛보는 것은 상관없다는 그런 이야기라면, 차라리 냉큼 아메리카에라도 가시는 게 가장 좋겠군요! 도망이나 치십시오! 아마 아직은 시간이 있을 테니. 진심으로 하는 이야기입니다. 돈은 있나요? 여비 정도라면 드리겠습니다.

"그런 건 생각조차 하지 않았습니다."

라스콜리니코프는 울화가 치미는 듯 말을 가로막았다.

"이해합니다⋯⋯. 하기야 무리해선 안 되지요. 웬만하면 지껄이지도 마셔야지⋯⋯. 당신이 어떤 문제로 괴로워하고 계신가는 잘 압니다. 도덕적인 문제지요? 시민으로서, 인간으로서의 문제인가요? 그런 건 팽개치십시오. 이제 와서 어떻게 하겠습니까? 허, 허! 아직도 시민이고 인간이기 때문인가요? 그렇다면 아예 나서지 말았어야 좋았을 텐데. 분수에 맞지도 않는 일에 손대기보다는 글쎄, 권총 자살이라도 하는 게 낫겠지요. 그것도 싫으신가요?"

"당신은 나와 헤어지고 싶어 일부러 비위를 건드리는 것 같군⋯⋯."

"당신도 이상한 분이로군요. 그보다 이제는 다 왔습니다. 자, 어서 층계를 보시오. 여기가 소피야 세묘노브나에게로 가는 입구입니다만, 아무도 없소. 믿어지지 않소? 그렇다면 카페르나우모프에게 물어보시오. 열쇠를 맡겨두었을 겁니다. 옳지, 카페르나우모프 부인이로군, 네? 뭐라고요? 나는 조금 귀가 어둡답니다. 나갔나요. 어디로? 그거 보시오. 들었죠? 그분은 집에 없고 아마 밤늦게 돌아올 겁니다. 그럼, 이번엔 내 방으로 가 봅시다. 내 방도 보고 싶으셨죠? 자, 여기가 내 방입니다. 레스릿히 부인은 외출했습니다. 그 부인은 일년 내내 줄곧 바쁘니까요. 하지만 좋은 사람이랍니다. 정말로⋯⋯. 당신이 조금만 더 사려가 깊었더라면, 당신에게도 도움이 되는 사람인데. 그런데 잘 보십시오. 나는 이 서랍에서 5푼 이자의 채권을 꺼내겠습니다. 아직도 이렇게 있지요. 그래서 이것을 오늘 돈으로 바꿀 작정이랍니다. 보셨나요? 그럼, 더 이상 시간을 낭비할 수야 없지. 서랍에 자물쇠를 채우고, 방에도. 그리고 다시 층계로 내려갑시다. 상관없다면 마차를 부를까요? 나야 군도로 갑니다만, 잠깐 타보시면 어떻겠습니까? 그럼, 나는 이 마차로 에라긴 섬까지⋯⋯. 거절하시는군요. 지쳐버리셨소? 타십시오. 상관없습니다. 어, 비가 오려나? 하기야 천막을 내리면⋯⋯."

스비드리가일로프는 이미 마차에 올라 있었다. 라스콜리니코프는 자기 의심이 적어도 지금은 착각이었다고 판단했다. 한마디도 반박하지 않은 채 그는 등을 돌려 센나야 쪽으로 되돌아갔다. 그러나 도중에 한 번이라도 뒤를 돌아보았더라면 스비드리가일로프가 1백 걸음도 가지 않아 마부에게 요금을 치르고 길

위로 내려선 것을 볼 수 있었을 것이다. 그러나 그는 이미 모퉁이를 돌아가고 있었으므로 아무것도 볼 수 없었다. 격렬한 혐오감이 스비드가일로프로부터 그를 떼어놓은 것이었다. "단 한순간만이라도 그런 대악당에게, 그런 호색한인 날건달에게 무엇인가를 기대하려고 했다니, 꼴이 말이 아니로군!" 그는 저도 모르게 소리쳤다. 라스콜리니코프의 판단이 너무 성급하고 경솔했음은 사실이었다. 스비드리가일로프의 말솜씨에는 신비롭다고까지는 할 수 없어도 독특한 분위기를 느끼게 하는 무엇인가가 있었다. 그러나 동생에 관한 한, 라스콜리니코프는 스비드리가일로프가 결코 그녀를 내버려두지 않을 것이라고 아직도 굳게 확신하고 있었다. 다만 이러한 모든 일을 이것저것 생각한다는 것은 너무 힘겹고 견뎌낼 수 없는 일이었다. 언제나처럼 혼자가 되자 그는 스무 걸음도 걷지 않아서 이미 깊은 생각에 잠기고 말았다. 다리에 이르자 그는 난간에 기대 물을 내려다보기 시작했다. 그러나 어느 사이엔가 그의 등 뒤에 아브도챠 로마노브나가 서 있었다.

그는 다릿목에서 동생을 만났으나 제대로 얼굴도 보지 않은 채 그냥 스쳐갔던 것이다. 두냐는 이런 식으로 길을 걷는 오빠를 처음 보았기 때문에 놀라서 어쩔 줄을 몰랐다. 그녀는 멈춰서서 말을 걸까말까 망설였다. 그때 센나야 쪽에서 성급한 걸음으로 다가오는 스비드리가일로프의 모습을 보았다.

그러나 그는 남의 눈을 피해가며 조심스럽게 다가오는 모양이었다. 그는 다리에는 올라오지 않고 길가에 선 채 라스콜리니코프에게 들키지 않으려고 열심히 살피고 있었다. 그러면서도 두냐를 먼저 본 그는 연거푸 눈짓을 보내고 있었다. 오빠에게는 말을 걸지 말고 내버려둔 채 이쪽으로 오라는 뜻인 것 같았다.

두냐는 시키는 대로 했다. 그녀는 살며시 오빠의 뒤를 돌아 스비드리가일로프에게로 다가갔다.

"빨리 갑시다." 스비드리가일로프가 말했다. "우리가 만나고 있다는 것을 로지온 로마노비치에게 알리고 싶지 않습니다. 미리 말씀드려두겠습니다만, 우리는 바로 저기 있는 요릿집에서 함께 있었답니다. 오빠에게 우연히 들켜서 말입니다. 정말 따돌리느라 애먹었소. 오빠는 내가 보낸 편지에 대해 어떻게 아셨는지 뭔가 의심하고 계시더군요. 당신께서 말씀하시지는 않았겠죠? 그럼, 당신이 아니라면 누구일까요?"

"이젠 모퉁이를 돌아섰으니까 오빠에게 들킬 염려는 없습니다. 분명히 말씀 드리겠습니다만, 저는 더 이상 앞으로는 갈 수가 없어요. 여기서 모조리 말씀 해주세요. 모두 길가에서 할 수 있는 이야기니까요."

"아니, 그럴 수는 없습니다. 첫째로 이건 절대로 길가에서 할 수 없는 이야기 입니다. 둘째로 소피야 세묘노브나의 이야기도 들어야만 합니다. 셋째로 당신 에게 두세 가지 보여드리고 싶은 서류가 있습니다. 그리고 마지막으로 만약 당 신이 내 방으로 오시기를 거절한다면 나는 모든 설명을 그만두고 이대로 돌아 가버리겠습니다. 그렇게 되면 당신이 가장 사랑하는 오빠의 아주 흥미로운 비 밀이 완전히 내 손에 쥐어진다는 것을 잊지 마시길 바랍니다."

두냐는 망설이는 듯 발을 멈추고는 꿰뚫어 보는 듯한 눈으로 스비드리가일 로프를 응시했다.

"뭘 두려워하십니까?" 그는 태연히 나무랐다. "도회지와 시골은 다르답니다. 아니, 시골에서만 해도 피해자는 당신이라기보다 오히려 나였소. 하지만 여기 선……."

"소피야 세묘노브나에겐 이야기해두셨나요?"

"아니, 그분에게는 한마디도 하지 않았습니다. 더구나 지금 집에 있을지 어떨 지도 확실히 모르고 있습니다. 하지만 집에 있을 겁니다. 어제가 계모의 장례 식이었으니까요, 설마 이런 날에 손님을 받으러 가진 않았겠지요. 나는 때가 올 때까지는 이 이야기를 할 생각이 없으며, 당신에게 말씀드린 것도 조금은 후회 하고 있을 정도입니다. 털끝만한 실수가 밀고나 다름없게 되니까요. 내 집은 이 건물이오. 자, 이젠 다 왔습니다. 보시오. 저 사람이 이 집 문지기, 저 문지기는 나를 잘 알고 있지요. 보시오, 인사를 하는군. 저 문지기는 내가 당신과 함께 걷는 것을 보았으며, 물론 당신 얼굴도 기억하겠지요. 내가 그처럼 두렵고 의심 스럽다면 문지기를 만난 건 당신한테 유리한 셈이죠. 아니, 이처럼 실례되는 말 씀을 드려 죄송합니다. 그런데 나는 셋방살이를 하고 있습니다. 소피야 세묘노 브나 역시 나와 벽 하나를 사이에 두고 셋방살이를 하고 있지요. 우리 위층은 모두 셋집이니까요. 뭘 그렇게 아이들처럼 두려워하십니까? 내가 그토록 무서 운 사람으로 보입니까?"

스비드리가일로프는 자신을 경멸하는 듯한 일그러진 미소를 띠었다. 그러나 그는 이미 웃을 처지가 되지 못했다. 가슴이 울렁거리고 숨이 막히는 듯했다. 그는 차츰 달아오르는 흥분을 감추려고 유난스럽게 큰 목소리로 떠들어댔다. 그러나 두냐는 그 흥분을 눈치채지 못했다. 아이들처럼 자기를 무서워하고 있는 것이 아니냐, 그처럼 무서운 사람으로 보이느냐는 그의 말만 듣고도 이미 그녀는 분노가 치밀어 올랐다.

"당신이…… 염치없는 사람이라는 건 알고 있었습니다만, 저는 당신을 두려워하거나 하지는 않습니다. 앞장서요." 그녀는 겉으로 보기에는 태연한 태도로 말했으나, 얼굴은 몹시 창백했다.

스비드리가일로프는 소녀의 방 앞에서 멈췄다.

"집에 있는지 어떤지 확인해봅시다. 없군. 유감인걸! 하지만 곧 돌아올 겁니다. 그분은 고아들 일로 어느 부인을 찾아간 것이 틀림없으니까요. 그 아이들의 어머니가 돌아가셨거든요. 조금 관계가 있어 일을 봐주고 있답니다. 만약 10분이 지나도 그분이 오지 않는다면 오늘이라도 그분 댁으로 찾아뵙도록 하겠습니다. 자, 이게 방입니다. 이쪽의 두 개는 내가 쓰는 것이고, 이 문 옆이 집주인 레스릿히 부인의 거처랍니다. 자, 이번엔 이쪽을 보십시오. 가장 중요한 증거를 보여드리겠습니다. 내 침실에서 이 문을 열면 지금은 비어 있는 두 개의 방으로 통하지요. 이겁니다……. 그리고 이건 좀 자세히 봐 두는 게 좋을 겁니다……."

스비드리가일로프는 가구가 딸린 꽤 넓은 방을 두 개 쓰고 있었다. 두냐는 의심스러운 눈초리로 두리번거렸으나, 살림살이라든가 방의 배치에도 특별히 이상한 점이 있는 것 같지는 않았다. 하기야 스비드리가일로프의 거처가 거의 텅 빈 두 개의 방 사이에 낀 모양으로 되어 있다는 등의 몇 가지 사실을 보지 못한 것은 아니었다.

그의 방은 복도와 직접 연결되는 것이 아니라 거의 텅 빈 집주인의 두 방을 거쳐 들어가게 되어 있었다. 스비드리가일로프는 침실 쪽에서 자물쇠로 닫혀 있는 문을 열고 세로 내놓았다는 빈방을 구경시켰다. 두냐는 문 앞에서 서성거리며 어째서 이런 방을 자기에게 보여주는지 이해할 수 없는 표정을 지었다. 그래서 스비드리가일로프는 서둘러 설명하기 시작했다.

"자, 이 두 번째 큰 방을 보십시오. 그리고 이 문을 살펴보십시오. 여긴 자물쇠가 채워져 있습니다. 문 옆에 의자가 놓였지요. 두 방에 의자는 하나밖에 없소. 이건 내가 내 방에서 옮겨놓은 거랍니다. 엿듣기에 편리하도록. 바로 요 너머에 소피야 세묘노브나의 탁자가 있지요. 소피야는 거기 앉아서 로지온과 이야기를 나눴소. 이틀 밤을 계속 앉아서 엿들었는데, 이틀 다 두 시간쯤 이야기하더군요. 그러니 말할 것도 없이 그럭저럭 알게 된 셈이랍니다. 아시겠소?"

"엿들었다고요?"

"네, 엿들었습니다. 그럼, 내 방으로 갑시다. 여기엔 앉을 데도 없으니까."

그는 다시금 아브도챠 로마노브나를 자기의 거처로 쓰고 있는 첫째 방으로 데리고 들어와 그녀에게 의자를 권했다. 그리고 자신은 그녀로부터 적어도 70미터는 떨어진 곳에 놓인 탁자 앞에 걸터앉았다. 다만 그의 눈동자에는 일찍이 두냐를 그토록 겁먹게 했던 것과 똑같은 불꽃이 벌써 아른거리기 시작하고 있었으므로, 그녀는 흠칫 놀라며 다시금 의심스러운 표정으로 주위를 두리번거렸다. 그녀의 그러한 몸짓은 의식적인 것이 아니었다. 그녀는 그러한 불신감을 얼굴에 드러내지 않으려고 애쓰고 있었다. 그러나 스비드리가일로프의 거처가 다른 데와 너무나도 동떨어졌다는 것에 그녀는 마침내 공포를 느끼고 말았다. 그녀는 하다못해 집주인인 부인이 집에 있는가 없는가를 물어보려고 했으나 끝내 그렇게 하지 못하고 말았다. 자존심 때문이었다. 더구나 조심해야 한다는 공포와는 비교도 안 될 만큼 커다란 다른 근심거리가 마음속에 있었다. 그녀는 견딜 수 없도록 괴로워하며 안타까워했다.

"이것이 당신의 편지입니다." 편지를 탁자에 놓고 그녀는 말을 꺼냈다. "하지만 당신이 쓴 그런 일이 있을 수 있을까요? 당신은 오빠가 어떤 범죄를 저지른 듯이 암시하셨더군요. 꽤 강하게 암시하셨으니 이제 와서 부정하시지야 않겠지요. 그래서 말씀드리겠습니다만, 저는 그 어처구니없는 이야기에 대해선 그전에도 다른 곳에서 들은 적이 있지만 단 한마디도 믿지 않았습니다. 그건 추악하고 우스꽝스러운 이야기입니다. 저는 어떻게 그런 허무맹랑한 이야기가 생겨났는지 그 까닭도 알고 있어요. 당신이 증거 같은 걸 갖고 있을 리가 없어요. 당신은 증명해 보이겠다고 약속하셨죠. 자, 말씀해주세요! 하지만 미리 말해두겠습니다만, 나는 당신의 말을 믿지는 않습니다! 믿다니, 그런 일이 어떻게 있을 수 있겠어!"

두냐는 재빨리 입을 놀리며 이렇게 말했다. 순간 그녀의 뺨은 붉게 물들었다.

"글쎄올시다. 믿지 않으신다면 일부러 혼자서 나를 찾아오시거나 하지는 않으셨을 텐데요. 어째서 찾아오셨습니까! 호기심뿐이었던가요?"

"저를 괴롭히지 마시고 말씀해주세요!"

"당신이 용감한 아가씨임엔 틀림없군요. 솔직히 말해서 나는 당신이 라주미힌 씨에게 부탁하여 같이 오는 게 아닌가 생각했습니다. 그런데 그는 오지 않았고, 근방에서도 보지 못했지만 나는 살피고 있었답니다. 용감하십니다. 즉 오빠를 감싸고 싶었던 거지요. 하기야 당신은 언제나 신 같은 분이지만……. 그런데 오빠에 관해선 뭐라고 말씀드려야 할지? 그보다 아까 직접 보셨지요? 어떻습니까?"

"설마 그것 하나만을 근거로 삼고 계시는 것은 아니겠지요?"

"물론입니다. 근거는 그분 자신의 말입니다. 사실은 그분이 이틀 밤이나 잇따라 이곳으로 소피야 세묘노브나를 찾아오셨습니다. 두 사람이 어디 있었는가는 조금 전에 보여드린 바와 같습니다. 그런데 오빠는 소피야 세묘노브나에게 모조리 참회하셨답니다. 오빠는 살인자입니다. 물건을 전당 잡히러 가서는 죽은 관리의 부인인 돈놀이하는 노파를 살해하고 때마침 살인 현장에 우연히 들어온 리자베타라는 노파의 동생마저 죽여버렸지요. 흉기는 직접 갖고 간 도끼였습니다. 오빠가 두 사람을 죽인 건 물건을…… 오빠는 그 이야기를 직접 소피야 세묘노브나에게 낱낱이 고백하셨기 때문에 지금은 그 여자만이 비밀을 알고 있는 셈입니다. 하지만 살인에 관해선 미리 알지 못했고 실행하는 데 한몫 끼지도 않았지요. 끼기는커녕 오히려 당신처럼 떨고만 있더군요. 안심하셔도 좋습니다. 그 여자가 오빠를 배반하지는 않을 테니까요."

"그런 일이 어떻게 있을 수 있어요!" 두냐는 핏기가 가신 창백한 입술로 중얼거렸다. 그녀는 숨을 헐떡거렸다. "그럴 리가 없어요. 그럴 만한 까닭이 조금도 없잖아요. 동기가 전혀 없잖아요. 거짓말이에요! 거짓말!"

"훔치는 것, 바로 그게 이유입니다. 오빠는 돈과 물건을 훔쳤소. 하기야 오빠 자신의 고백에 따르면 그 돈이나 물건은 손도 안 댄 채 어느 바위 밑에 묻어두었다고 하시며, 지금도 거기에 있는 모양이더군요. 하지만 그건 오빠에게 손댈 용기가 없었기 때문입니다."

"하지만 어떻게 오빠가 훔치거나 도둑질을 했다고 생각할 수 있겠어요? 그런 일은 생각조차 할 수 없어요." 두냐는 이렇게 소리치며 의자에서 벌떡 일어났다. "당신도 오빠를 알고 계시지요? 만난 적이 있지요? 그가 도둑질을 할 수 있을 것 같아요?"

두냐는 스비드리가일로프에게 애원하듯이 말했다. 공포니 하는 그런 모든 것은 완전히 잊고 있었다.

"아브도챠 양, 이런 일은 몇 천 몇 만 가지로 분류할 수 있는 법입니다. 도둑 놈은 물건을 훔치지만 그 대신 도둑은 자기가 악당임을 알고 있습니다. 그런데 말입니다, 나는 우편 마차를 습격한 귀족 출신의 어느 사나이 이야기를 들은 적이 있는데, 어쩌면 그 사나이는 자기가 훌륭한 일을 한 줄로 여기고 있을지도 모른다는 겁니다! 물론 이것이 남의 이야기를 전해들은 것이라면 나도 당신과 마찬가지로 믿지 않았을 겁니다. 하지만 내 귀로 들은 이야기라 믿을 수 있단 말씀입니다. 소피야 세묘노브나에겐 그 동기에 관해서도 모조리 설명하시더군요. 그녀도 처음에는 자기 귀를 의심하는 듯했습니다만, 드디어 마지막에 가서는 눈을 믿은 겁니다. 자기 자신의 눈을. 오빠는 자기 입으로 그녀에게 들려주었으니까요."

"무슨……이유죠?"

"이야기하자면 길어집니다만, 아브도챠 양. 뭐라고 말씀드려야 할지, 여기에는 하나의 이론이 있습니다. 만일 핵심이 되는 목적만 좋다면 개개인의 악한 행위는 용납될 수 있다는 겁니다. 단 한 가지의 악과 1백 가지의 선행! 더구나 재능이 있고 지나치게 자부심이 강한 젊은이의 처지에서 보아 예컨대 여기에 겨우 3천 루블만 있다면 자기의 인생이며 앞날의 모든 목적이 달라질 텐데도, 3천 루블밖에 안 되는 돈이 뜻대로 되지 못함을 알면 얼마나 분하겠습니까. 게다가 굶주림이나 비좁은 하숙이나 남루한 옷, 자기의 사회적 지위, 그와 함께 누이동생이며 어머니의 사회적 지위가 초라하기 짝이 없다는 뚜렷한 자각에서 오는 초조함을 생각해보십시오. 더구나 무엇보다도 문제가 되는 것은 허영심입니다. 자존심과 허영심, 하기야 이건 좋은 쪽으로 돌아설 수도 있는 겁니다……. 나는 오빠를 나무라는 게 아니오. 그런 식으로 받아들이진 말아주십시오. 더구나 나와 상관있는 일도 아니니까요. 그리고 또 하나의 독특한 이론도 있는 모양이더군요. 하기야 그것은 흔한 이론입니다만, 그 이론에 따르면 인간은 단순한 물질과 특별한 인간으로 나눌 수 있다는 겁니다. 말하자면 높은 지위를 차지하여 법의 속박을 받지 않을 뿐 아니라 오히려 그와 반대로 다른 사람을, 즉 물질이며 찌꺼기인 사람들을 위해 법을 제정하는 인간 말입니다. 아니, 이건 진부하고 une théorie comme une autre[8]입니다만, 오빠는 나폴레옹에게 몹시 열중하고 계시는 모양이더군요. 즉 많은 천재들이 하나하나의 악에 눈길을 돌리지 않고 아무 망설임도 없이 그것을 넘어선 점에 완전히 사로잡혀 있는 겁니다. 당신의 오빠는 아마 자기도 천재적인 인간이라고 여기신 모양입니다. 다시 말해서 한때는 그렇게 믿었다는 말입니다. 오빠는 이론을 만들 수는 있었지만, 망설임 없이 법을 짓밟고 넘어설 수는 없었지요. 그러고 보니 자기는 천재적인 인간이 아니었다는 생각이 들어 몹시 괴로워했지요. 아니, 지금도 괴로워하는 것 같습니다. 글쎄요, 이건 자부심을 가진 젊은이에게는 굴욕적인 것이니까요. 특히 현대에선 말입니다……."

"하지만 양심의 가책은? 그럼, 당신은 오빠한테는 도덕적인 감정이 전혀 없다고 말씀하시는 건가요? 도대체 오빠가 그런 사람일까요?"

"아, 아브도챠 양, 현대에는 모든 것이 혼탁해지고 말았습니다. 하기야 이전에도 각별히 질서가 잡혀 있었던 때라고는 한 번도 없었습니다. 아브도챠 양, 러시아인이란 대부분 광막한 국민이어서 그 국토와 마찬가지로 광막하여 공상적이며 무질서한 것에 아주 쉽사리 동경을 느끼는 법입니다. 그러나 난처한 일은, 특별히 뛰어난 재능도 없이 광막해져버린다는 것입니다. 기억하실는지 모르겠습니다만, 곧잘 당신과 저녁식사를 마치고 나서는 뜰의 테라스에 앉아 이런저런 주제의 이야기를 하지 않았습니까. 당신은 그 광막이라는 것에 대해서 나를 비난하신 적이 있었지요. 어쩌면 오빠께서 이곳에 누워 사색에 잠겨 계실 그때에도 우리는 서로 이야기하고 있었는지 모릅니다. 우리나라의 교양 있는 사회에서는 신성한 전통이 특히 결여되어 있답니다. 아브도챠 양, 누군가 책

---

8) 대수롭지 않은 이론.

을 밑천삼아 꾸며내거나…… 케케묵은 연대기에서 무엇인가를 옮겨다놓은 것이 고작이랍니다. 더구나 그나마도 거의가 학자 같은 사람이 한 짓으로서 일종의 바보짓이니까요. 세상 경험이 많은 사람에게는 실례가 될 정도랍니다. 하기야 내 의견은 대강 아실 터이지만, 나는 절대로 남을 비난하지 않는 주의입니다. 아니, 이 점에 대해서는 이미 몇 번이나 말씀드렸지요. 내 사고방식에까지흥미를 보이신 적도 있었고……. 아니, 왜 그러십니까, 아브도챠 양……. 얼굴빛이 좋지 않군요!"

"저는 오빠의 그 이론을 알고는 있습니다. 모든 것을 허락받은 사람들에 관한 오빠의 논문을 잡지에서 읽었어요……. 라주미힌 씨가 갖다줘서."

"라주미힌 씨가? 오빠의 논문을? 잡지에 실린 그런 논문이 있었습니까? 전혀 몰랐군요. 그건 틀림없이 재미있겠군요! 아니, 그런데 어디 가십니까? 아브도챠 양?"

"저는 소피야 세묘노브나를 만나보고 싶어요." 두냐는 가냘픈 목소리로 말했다. "어떻게 가면 되죠? 지금쯤 돌아왔겠지요? 지금 당장 꼭 좀 만나고 싶어요. 그래서 그분께 직접……."

두냐는 말을 맺지 못했다. 그저 숨이 가쁘기만 했다.

"소피야 세묘노브나는 밤까지 돌아오지 않을 겁니다. 그분은 곧 돌아오든가아니면 아주 늦든가 둘 중 하나입니다……."

"그럼, 거짓말을 하셨군요! 알았어요……. 거짓말을 하신 거예요……. 모두 다거짓말이에요. 당신 말 따위를 누가 믿겠어요! 안 믿어! 믿지 않아!" 두냐는 완전히 넋을 잃고 분노 때문에 반미치광이가 되다시피 하여 고함쳤다.

그녀는 정신을 잃은 것처럼 비틀거렸다. 스비드리가일로프가 당황하여 의자에 앉히려 했다.

"아브도챠 양, 왜 그러십니까? 정신 차리세요. 자, 물입니다. 한 모금 마셔요……."

스비드리가일로프는 두냐에게 물을 뿜어댔다. 그녀는 흠칫 놀라며 정신을차렸다.

"효과가 꽤 있군." 스비드리가일로프는 눈살을 찌푸리며 중얼거렸다. "아브도챠 양, 진정하십시오! 오빠한테는 친구분이 있잖습니까. 우리 손으로 구해냅시다. 괜찮으시다면 내가 외국으로 데리고 가겠습니다. 나는 돈이 있습니다. 사흘이면 차표를 얻어낼 수도 있지요. 오빠가 사람을 죽였다 해도, 이제부터라도 여러 가지 착한 일을 하면 속죄받을 수 있으니 염려 마십시오. 아직은 훌륭한 인간으로 되돌아갈 수 있으니까요. 그보다 좀 어떻습니까? 기분이 언짢으신가요?"

"악당! 또 사람을 놀리다니! 돌아가게 해줘요."

"어디로 가시겠습니까? 어디로?"

"오빠한테요. 오빠는 어디 있어요? 알고 계시지요? 이 문은 어째서 잠긴 거예요? 아까 이 문으로 들어왔는데 지금은 잠겨 있어요. 어느 사이에 잠가놓으셨어요?"

"지금 우리가 하고 있는 이야기가 온 집 안에 알려지면 곤란하니까요. 나는 절대로 당신을 놀리지 않습니다. 다만 이런 투로 하는 이야기에 따분해졌을 뿐입니다. 도대체 그처럼 정신이 나가서 어디로 가시겠다는 겁니까? 그렇지 않으면 오빠를 밀고라도 하겠다는 겁니까? 그러면 오빠를 미치광이처럼 만들어 스스로 자수하게 만드는 결과가 됩니다. 오빠는 이미 미행당하고 있단 말씀입니다. 감시당하고 있어요. 당신은 경찰의 손에 오빠를 넘길 뿐입니다. 기다리십시오. 내가 조금 전에 오빠와 만나 서로 이야기를 나누어봤습니다만, 아직은 오빠를 구할 수는 있습니다. 좀 기다리십시오. 앉아서 함께 생각해봅시다. 당신을 뵙자고 한 것도 이 점을 둘이서 이야기하여 차분히 궁리해보려고 생각했기 때문입니다. 자, 앉으십시오!"

"어떻게 오빠를 구할 수 있다는 거예요? 정말 오빠를 구할 수 있나요?"

두냐는 의자에 걸터앉았다.

스비드리가일로프는 그 옆에 앉았다.

"모든 것은 다 당신 생각에 달려 있습니다. 당신, 당신 한 사람만의." 그는 눈을 번뜩이면서 거의 속삭이는 듯한 목소리로 말을 꺼냈다. 흥분 때문에 더듬거려 뚜렷이 알아들을 수 없는 말도 있었다.

두냐는 흠칫 놀라서 그에게서 물러섰다. 그는 온몸을 떨고 있었다.

"당신이…… 단 한마디만 하면 오빠는 구원받을 수 있소. 내가…… 내가 구해보겠소. 나에겐 돈도 친구도 있어 당장 오빠를 떠나게 할 수 있습니다. 여권은 내가 마련하겠소. 두 장, 하나는 오빠 것, 또 하나는 내 것이지요. 내게는 친구와 연줄이 있잖습니까? 당신에게도 여권을 마련해드리겠소. 당신 어머니에게도……. 라주미힌 따위가 뭡니까. 나도 당신을 사랑하오. 한없이 당신을 사랑하오. 제발 당신의 옷자락에 입맞추게 해주오. 부탁이오. 나는 그 옷자락 스치는 소리를 듣고 가만 있을 수가 없소. 당신 말씀이라면 뭐든지 하겠소. 뭐든지 할 수 있소. 불가능한 일이라도 해보이겠소. 당신이 믿는 것을 나도 믿겠소. 뭐든지, 뭐든지 하겠소. 나를 그런 눈으로 보지 마오. 아, 당신은 나를 애태워 죽이려 하고 있소……."

그의 말투는 헛소리 같기도 했다. 마치 저도 모르게 머리를 얻어맞은 것처럼 그는 갑자기 이상해졌다. 두냐는 소스라치게 놀라 문으로 달려갔다.

"열어주세요! 열어주세요!" 두냐는 두 손으로 문을 흔들며 문밖을 향해 큰소리로 고함쳤다. "열어주세요! 아무도 없나요?"

스비드리가일로프는 천천히 일어서면서 정신이 번쩍 나는 듯했다. 아직도 떨리고 있는 그의 입술에 엉큼하게 비웃는 듯한 미소가 천천히 번지기 시작했다.

"집에는 아무도 없소." 그는 천천히 사이를 두고 나서 작은 목소리로 말했다. "주인아주머니는 외출했습니다. 그렇게 소리쳐도 소용없습니다. 부질없는 짓입니다. 자신을 흥분시킬 뿐이오."

"열쇠는? 당장 문을 열어요. 비열한 인간 같으니!"

"열쇠는 잃어버렸어요. 찾아낼 수 없습니다."

"뭐라고요! 그럼, 폭력을 쓰겠다는 거로군요!" 두냐는 이렇게 소리치자 죽은 사람처럼 얼굴이 새파랗게 되어 한구석으로 달려가더니, 마침 가까이에 있던 작은 탁자로 재빨리 몸을 가렸다. 두냐는 소리를 지르지는 않았으나 파고들 듯한 눈으로 무섭게 상대를 노려보며 그의 동작 하나하나를 유심히 살폈다. 스비드리가일로프도 그 자리에서 꼼짝 않고 방 안의 다른 한구석에서 두냐와 마주본 채 서 있었다. 그는 자신을 억누르는 듯했다. 적어도 겉모습만은 그러했다. 그러나 얼굴빛은 창백하고 비웃는 듯한 조소가 그의 얼굴에서 사라지지 않았다.

"당신은 지금 폭력이라고 말하셨지요, 아브도챠 양. 만약 폭력을 쓰려 했다면 당신도 아시다시피 나는 지금보다 더 치밀한 준비를 갖췄을 겁니다. 소피야 세묘노브나는 집에 없고, 카페르나우모프한테까지 가려면 그 사이에 닫혀 있는 방이 다섯 개나 될 만큼 꽤 떨어져 있소. 더구나 나는 당신보다 적어도 두 배나 힘이 세오. 거기에다 나는 아무것도 두려워할 필요가 없소. 왜냐하면 나중에 당신에게 고소당할 걱정이 없기 때문이오. 당신이 오빠를 체포당하게 할 리는 없거든요. 더구나 누가 당신 말을 믿겠습니까? 그렇잖소? 아가씨가 혼자 사는 사나이의 방으로 혼자 찾아왔다면 알 만하지요. 그러므로 비록 오빠를 희생시키더라도 당신은 아무것도 증명할 수 없는 겁니다. 폭력을 증명하기란 무척이나 어려운 법이니까요, 아브도챠 양."

"비열한 놈!" 두냐는 증오에 사로잡혀 중얼거렸다.

"글쎄요, 그거야 마음대로 생각하시오. 그러나 한 가지 주의를 드리겠습니다. 나는 아직 제안의 형식으로밖엔 이야기하지 않았다는 겁니다. 내 개인적인 신념에서 말한다면, 당신 말씀대로 폭행은 비열한 행위입니다. 내가 그렇게 말한 건 다만 당신의 마음에 아무런 그림자도 남지 않도록 하고 싶었기 때문입니다. 예컨대 당신이…… 만일 말입니다, 내 제안대로 스스로 오빠를 구하실 생각이 드셨다고 해도 말입니다. 당신은 말하자면 다만 상황에 굴복당했을 뿐이지요. 비록 폭력이라 해도 말이오. 어떤 일이 있어도 이 말이 필요하다면 말입니다. 잘 생각해보십시오. 당신 오빠와 어머님의 운명은 당신 손에 달려 있습니다. 나는 당신의 노예가 되겠습니다…… 평생을 두고……. 자, 나는 이렇게 기다리겠습니다……."

스비드리가일로프는 두냐에게 여덟 발짝쯤 떨어진 곳에 놓인 소파에 걸터앉았다.

그가 결심을 단단히 한 것을 그녀는 의심할 나위가 없었다. 더구나 그녀는 이 남자를 알고 있었다.

갑자기 그녀는 주머니에서 권총을 꺼내 안전 장치를 푼 다음 권총 든 손을 탁자에 놓았다. 스비드리가일로프는 소파에서 벌떡 일어났다.

"옳지! 그런 수도 있었군!" 그는 뜻밖의 사태에 놀라서 소리쳤으나 얼굴에는 표독스러운 웃음을 띠고 있었다. "아니, 이쯤 되니 형세가 싹 바뀌었군요. 당신은 스스로 일을 쉽게 처리할 수 있도록 해주신 거요, 아브도챠 양! 그런데 그 권총은 어디서 났습니까? 설마 라주미힌 씨 것은 아니겠지요? 어! 내 권총이로군! 예전에 가졌던! 그때 무척 찾았었는데……. 그러고 보니 시골에서 사격을 가르쳐준 것도 헛일은 아니었군.”

“당신 권총이 아니야, 당신이 죽인 마르파 페트로브나 것이지. 나쁜 놈! 그 집엔 당신 것이라고는 아무것도 없었어. 당신이 무슨 짓을 할지 알 수 없는 인간이기 때문에 간수해둔 거야. 한 발짝이라도 움직여보라지, 정말로 죽여버릴 테니!”

두냐는 정신이 없었다. 그녀는 아무 때고 쏠 수 있도록 자세를 취했다.

“그럼, 오빠는 어떻게 하시겠습니까? 호기심으로 여쭤봅니다만…….” 스비드리가일로프는 역시 같은 자리에 선 채로 물었다.

“밀고를 하든 뭘 하든 마음대로 해! 꼼짝 마! 한 발짝이라도! 쏠 테야! 당신은 부인을 독살했어. 나는 알고 있어. 당신이야말로 살인자야!”

“그럼, 당신은 내가 마르파를 독살했다고 생각하시는군?”

“당신이지 누구야! 자신이 암시했잖아. 독약 이야기를 하며……. 독약을 사러 나간 것도 알고 있었어……. 준비를 했던 거야……. 당신이 틀림없어…… 악당!”

“만일 그게 사실이라 해도 그건 당신을 위해서가 아닌가……. 결국은 당신이 원인이었소.”

“거짓말이야! 나는 당신을 언제나, 언제나 싫어했어…….”

“아브도챠 양, 전도에 지나치게 열중한 나머지 저도 모르게 황홀한 기분이 되어 기울어지려 했던 걸 아마 잊으신 모양이군……. 나는 눈을 보고 알았소. 생각나십니까? 해질 무렵에 달이 떠 있었지. 거기다가 꾀꼬리도 울고 있었고.”

“거짓말이야!” 두냐의 눈은 분노로 번득였다. “거짓말이야! 거짓말이야! 거짓말쟁이!”

“거짓말? 아닌 게 아니라 거짓말일지도 모르겠군. 거짓말이지. 여성에게 이런 걸 생각나게 하는 것이 아니었는데.” 그는 쓴웃음을 지었다. “당신은 역시 쏘겠지, 귀여운 야수. 자, 쏴보시지!”

두냐는 권총을 올렸다. 그리고 하얗게 질린 얼굴로 핏기가 사라진 아랫입술을 바들바들 떨면서 불길처럼 번뜩이는 검고 커다란 눈으로 바라보더니, 결심한 듯이 겨냥을 하면서 그가 먼저 움직이기를 기다렸다. 그는 여태까지 이토록 아름다운 그녀를 한 번도 본 적이 없었다. 그녀가 권총을 든 순간 그 눈에 반

짝이는 불꽃에 그는 마치 타버리는 듯싶어 심장이 고통스럽게 쓰라리면서 죄어들었다. 한 걸음 앞으로 내디디자 총소리가 울렸다. 총알이 그의 머리카락을 스쳐 뒤쪽 벽에 맞았다. 그는 멈춰 서서 작은 소리로 웃었다.

"벌에 쏘였군! 대번에 머리를 겨누었어…… 이건 또 뭐야? 피로구나!"

그는 가늘게 줄기를 이루며 오른쪽 관자놀이에 흐르는 피를 닦으려고 손수건을 꺼냈다. 총알이 그의 머리 표면을 살짝 스쳐간 모양이었다.

두냐는 맥없이 권총을 아래로 내려뜨리더니 공포라기보다는 일종의 야릇하고 의아한 표정으로 스비드리가일로프를 바라보았다. 그녀는 자기가 무엇을 했는지, 어떻게 되었는지를 스스로도 알 수 없는 것 같았다.

"잘못 맞히신 겁니다. 다시 한 번 쏘십시오. 기다리겠습니다." 스비드리가일로프는 아직도 쓴웃음을 짓고 있기는 했으나 어두운 얼굴에 작은 목소리로 말했다. "그런 식으로 하면 안전 장치를 풀기도 전에 당신을 잡을 수 있겠군요!"

두냐는 움찔하고 진저리를 치더니 안전 장치를 풀고 다시 권총을 겨누었다. "나를 돌려보내줘요." 그녀는 절망적으로 소리쳤다. "정말 다시 한 번 쏘겠어요…… 죽여버릴 테야!"

"그렇겠지……. 세 발짝 거리면 못 죽이진 않을 테지. 하지만 죽이지 못하면…… 그때는……."

그의 눈이 번득이기 시작하며 그는 또다시 두 발짝 앞으로 나아갔다. 두냐는 방아쇠를 당겼다. 불발이었다!

"장전 방법이 나빴던 거요. 상관없소! 뇌관이 또 하나 있지요. 고치시오. 기다릴 테니!"

그는 그녀와 두 발짝 떨어진 곳에 서더니 무시무시한 결의가 담긴 격정에 불타는 무서운 눈길로 그녀를 쏘아보면서 기다렸다. 두냐는 그가 자기를 놓칠 바에야 차라리 죽음을 택할 마음임을 알아차렸다. "하지만…… 이번에는 틀림없이 죽일 수 있어. 두 발짝밖에 안 되는 거리니까……."

그녀는 갑자기 권총을 내던졌다.

"버렸군!" 스비드리가일로프는 놀란 듯이 소리치며 깊은 한숨을 몰아쉬었다. 무엇인가 갑자기 그의 가슴에서 떨어져나간 듯싶었다. 그것은 단지 죽음의 공포만은 아닌 것 같았다. 아니, 지금 이 순간에도 거의 공포를 느끼지 않았다.

그것은 훨씬 다른, 그 자신도 뚜렷이 규정지을 수 없었던, 훨씬 더 쓰라리고 음울한 감정으로부터의 해방이었다.

그는 두냐에게 다가가 한쪽 팔을 슬며시 그녀의 허리로 돌렸다. 그녀는 반항하지 않았다. 그러나 온몸이 나뭇잎처럼 떨리며 애원하듯 그를 바라보고 있었다. 그는 무슨 말인가 하려고 했다. 그러나 다만 입술만 일그러뜨렸을 뿐 아무 말도 하지 못했다.

"나를 놔줘, 응?" 두냐는 애원하듯 말했다.

스비드리가일로프는 흠칫 놀랐다. 이 반말에서 어쩐지 아까와는 다른 울림이 느껴졌다.

"그렇게 내가 싫은가?" 그는 부드럽게 물었다. 두냐는 고개를 끄덕였다.

"그래…… 사랑할 수도 없고? 절대로?" 절망 어린 목소리로 그가 속삭였다.

"절대로!" 두냐도 속삭였다.

스비드리가일로프의 마음속에서 말없이 다투는 무서운 순간이 흘렀다. 그는 무어라 표현할 수 없을 만큼 복잡한 감정이 담긴 눈으로 그녀를 바라보았다. 그는 갑자기 손을 떼고는 성큼 뒤로 돌아 재빨리 창문 쪽으로 가더니 창앞에 섰다.

다시 몇 초가 흘렀다.

"여기 열쇠가 있소!" 그는 외투 왼쪽 주머니에서 열쇠를 꺼내 자기 뒤의 탁자위에 놓았다. 두냐 쪽은 돌아보려고도 하지 않았다. "집으시오. 그리고 빨리 나가 주시오."

그는 꼼짝 않고 창 밖을 내다보고 있었다. 두냐는 열쇠를 집으려고 탁자로 다가갔다.

"어서! 어서!" 스비드리가일로프는 아직 그 자리에서 움직이지 않고 돌아보려고도 하지 않은 채 되풀이했다. 그러나 이 어서라는 말에는 확실히 무서운 울림이 담겨 있었다.

두냐는 그것을 알아차렸다. 열쇠를 손에 들자 그녀는 문 쪽으로 달려가 재빨리 자물쇠를 열고는 방에서 뛰쳐나갔다. 1분 뒤 그녀는 얼빠진 반미치광이처럼 강변을 달리고 있었다. 그녀는 K다리 쪽으로 달려갔다.

스비드리가일로프는 3분쯤이나 창 곁에서 서성댔다. 이윽고 천천히 뒤로 돌아서자 주위를 두리번거리며 손바닥으로 이마를 닦아냈다. 기묘하고 엷은 웃음이 일그러진 그의 얼굴에 번졌다. 참담하고 슬픈 약하디약한 미소, 절망의 미소였다. 이미 마르기 시작한 피가 손바닥을 더럽혔다. 그는 화난 듯이 그 피를 바라보고는 수건을 물에 축여 관자놀이를 닦았다. 두냐가 집어던져 문 앞에 팽개쳐진 권총이 문득 그의 눈에 띄었다. 그는 권총을 집어들어 훑어보았다. 조그마한 회중용 3연발 권총으로 구형이었다. 안에는 아직도 총알 두 개와 뇌관 하나가 남아 있었다. 아직도 한 번은 더 쏠 수 있는 것이었다. 그는 잠깐 생각하더니 권총을 주머니에 넣고 모자를 들고는 밖으로 나갔다.

6

그날 밤 10시쯤까지 그는 이곳저곳의 요릿집이라든가 유흥장을 돌아다녔다. 어디선가 카챠도 만났다. 그녀는 이번에도 또 다른 천박한 노래를 들려주었다. '어느 밉살스러운 난봉꾼이 카챠에게 키스하기 시작했다'라는 노래였다.

스비드리가일로프는 카챠와 악사, 그리고 다른 가수들과 급사, 또 사는 곳도 누구인지도 알 수 없는 두 서기에게도 술을 대접했다. 이 서기들과 어울린 것은 솔직히 말해서 두 사람의 코가 모두 삐뚤어져 있었기 때문이었다. 한 사람은 오른쪽, 또 한 사람은 왼쪽으로 코가 삐뚤어져 있어 이것이 스비드리가일로프의 흥미를 돋구었다. 두 사람이 나중에는 그를 어느 유원지까지 데리고 갔으므로 스비드리가일로프는 두 사람 몫의 입장료까지 치러주었다. 이 유원지에는 3년생의 가느다란 전나무 한 그루와 빈약한 숲이 있었다. 그 밖에도 '복스홀'이라고 불리는 건물도 서 있었다. 대단치 않은 그저 그런 술집에 지나지 않았으나, 그곳에서는 차도 마실 수 있었다. 더구나 초록빛 탁자와 의자도 몇 개 갖추어져 있었다. 서투르기 짝이 없는 합창단과, 광대처럼 코를 새빨갛게 물들였으면서도 우울한 티를 내고 있는 뮌헨 출신의 주정뱅이 독일인이 손님의 기분을 맞춰주고 있었다. 두 서기는 거기 온 다른 서기와 입씨름을 벌이는 품이 다투기라도 할 것 같았다. 스비드리가일로프는 말리지 않을 수 없었다. 그는 15분쯤이나 말려보았으나, 서기들이 터무니없이 왁자지껄 떠들어댔으므로 그 경위를 이해하기가 힘들었다. 간신히 알아들은 말로 미루어 짐작한 바에 따르면, 그들 가운데 하나가 무엇인가를 훔쳐내서는 마침 와 있던 유대인에게 재빠르게 슬쩍 팔아치웠는데, 돈을 받고서도 그걸 패거리와 나누어갖지 않는다는 것 같았다. 한참이 지나자 팔아넘긴 물건이 '복스 홀'의 찻숟가락임을 알 수 있었다. 그러자 복스 홀에서도 알아차리게 되어 일은 더욱 성가시게 되었다. 스비드리가일로프는 찻숟가락 값을 치러주고 일어나 유원지에서 나왔다. 10시쯤이었다. 스비드리가일로프는 '복스 홀'에서 술을 한 방울도 마시지 않고 차만 시켰다. 그나마도 체면을 지키기 위해서였다. 무덥고 답답한 밤이었다. 10시 가까이 되자 사방에서 먹장구름이 엄청나게 몰려들어 번개가 치고 천둥이 울리더니 폭포 같은 소나기가 퍼붓기 시작했다. 비는 방울방울 떨어지는 게 아니라 몇 개의 줄기가 되어 땅바닥을 두들겼다. 번개가 잇따라 번쩍거렸는데, 그것은 하늘이 훤해질 때마다 다섯까지 셀 수 있을 정도였다. 그는 흠뻑 젖은 채 집으로 돌아와 방문을 잠그고는 서랍을 열어 돈을 모두 꺼내고 두세 장의 서류를 찢어버렸다. 그러고 나서 돈을 주머니에 넣고 옷을 바꿔입으려다가 창 밖을 내다보고 천둥 소리에 귀를 기울이더니 단념한 듯 손을 흔들며 모자를 집어들고는 방에 자물쇠를 채우지 않은 채 복도로 나갔다. 그는 곧장 소냐의 방으로 들어갔다. 그녀는 방에 있었다.

소냐는 혼자가 아니었다. 카페르나우모프의 어린 아이들 넷이 그녀를 둘러싸고 있었다. 소냐는 아이들에게 차를 권하고 있었다. 말없이 눈인사를 건넨 스비드리가일로프를 맞이하며 흠뻑 젖은 그의 옷에 놀란 듯했으나, 한마디도 입 밖에 내지는 않았다. 아이들은 그야말로 겁에 질린 듯이 모두 달아나고 말았다.

스비드리가일로프는 탁자 앞에 앉더니 소냐에게 가까이 오라고 말했다. 그녀는 겁먹은 듯한 몸가짐으로 이야기를 기다렸다.

"소피야 세묘노브나, 나는 말입니다, 아메리카에 갈는지도 모릅니다. 그래서 뵙는 것도 오늘이 마지막이라는 생각이 들었으므로 처리할 것은 처리해야겠다 싶어 찾아온 겁니다. 오늘 그 부인과는 만나셨겠지요? 아니, 무슨 이야기가 있었는가는 알고 있으니 말씀하지 않아도 좋습니다―소냐는 머뭇거리며 얼굴이 붉어졌다―그분들은 늘 그러니까요. 하지만 당신 동생들에 대해서는 이걸로 완전히 뒷처리가 된 셈이며, 내가 각자에게 준 어엿한 영수증을 받아 신용할 수 있는 곳에 맡겨두었습니다. 하기야 만일이라는 것도 있는 법이니까 이 영수증은 당신에게 드리도록 하겠습니다. 자, 받으십시오! 이것으로 그 이야기는 끝난 겁니다. 그런데 여기에 5푼 이자가 붙은 국채로 3천 루블이 있습니다. 이 돈을 당신 몫으로 받아주십시오. 다만 이 돈에 관해서는 우리만 알고 있어야 하니, 어떠한 이야기를 들으셔도 그 누구에게도 말하지 마십시오. 이 돈은 당신에게 꼭 필요하실 겁니다. 왜냐하면 소피야 세묘노브나, 여태까지와 같은 생활을 한다는 것은 남 보기에도 흉할 뿐만 아니라, 이젠 그럴 필요가 전혀 없으니까요."

"폐만 끼쳐드려서 저는 어떻게 해야 할지, 그리고 아이들이나 어머니도 마찬가지이고……." 소냐는 성급하게 덧붙였다. "지금까지 고맙다는 말씀도 제대로 드리지 못했습니다만, 하지만…… 제발 언짢게 여기시진……."

"아니, 괜찮습니다."

"하지만 아르카지 이바노비치, 이 돈은 대단히 고맙긴 합니다만, 지금은 제게 필요하지 않습니다. 저 혼자라면 어떻게든 살아갈 수 있으니까요. 제발 은혜를 모르는 인간이라고는 생각하지 말아주시길 바랍니다. 당신이 그처럼 인정 많으신 분이라면 제발 이 돈은……."

"당신에게, 당신에게 드리는 겁니다, 소피야 세묘노브나. 그러니 제발 아무 말씀 마시고 받아주십시오. 더구나 나는 시간도 없습니다. 필요할 때가 올 겁니다. 로지온 로마노비치에게는 두 가지 길밖에 없습니다. 스스로 총알을 이마에 박거나, 그렇잖으면 블라디미르카[9]를 걷거나 둘 중 하나입니다."

소냐는 무서운 듯 몸을 와들와들 떨기 시작했다.

"마음 놓으십시오. 나는 모조리 알고 있습니다. 그 사람한테서 직접 들었으니까요. 하지만 나는 수다쟁이가 아니오. 아무에게도 이야기하지 않습니다. 그때 당신이 그 사람에게 용기를 내어 자수하라고 타이르신 것은 잘하신 일입니다. 그렇게 되는 게 훨씬 유익합니다. 그래서 마침내 블라디미르카로 결말이 나서 그 사람이 가게 된다면 당신도 따라가시겠어요? 그렇죠? 그렇겠죠? 그래, 만약 그렇게 된다면 돈이 필요해진단 말입니다. 그 사람을 위해서 필요해지는 겁니다. 아시겠지요? 당신에게 드리는 건 그 사람에게 드리는 것과 마찬가지지요.

---

9) 모스크바 인근 도시 블라디미르를 가로지르는 국도. 시베리아 유형지로 가기 위해서는 반드시 거쳐야 한다.

더구나 당신은 리페베프첼 부인에게 빚을 갚겠다고 약속했소. 나는 다른 사람에게 그 이야기를 들었습니다. 소피야 세묘노브나, 어쩌고 당신은 그처럼 생각도 없이 그런 약속이니 의무를 떠맡으시는 겁니까? 그 독일 여자에게 빚을 진 사람은 카테리나 이바노브나지 당신이 아니오. 당신은 그 같은 독일 여자는 알 바가 아니란 말입니다. 그런 식으로 세상을 살아갈 수 없습니다. 그리고 또 만약 내일이나 모레 사이에 나에 관해서 누가 묻기라도 한다면, 아니, 틀림없이 물을 겁니다. 내가 오늘 밤 여기에 들렀다는 것은 말하지 마십시오. 돈도 절대로 아무에게도 보이지 말고 나에게서 받았다는 것을 누구에게도 말하지 마세요. 그럼, 실례했습니다." 그는 의자에서 일어섰다. "로지온 로마노비치에게 안부 전해주십시오. 그리고 돈은 필요해질 때까지 라주미힌 씨에게라도 맡겨두시는 편이 좋을 겁니다. 라주미힌 씨를 아시지요? 물론 아시겠죠. 아주 좋은 사람입니다. 그에게로 갖고 가십시오. 내일이라도…… 아니, 적당한 시기에. 그때까지는 되도록 몸에 지니지 말고 숨겨두십시오."

소냐는 갑자기 의자에서 일어서더니 겁먹은 눈으로 그를 바라보았다. 그녀는 무엇인가 물어볼 것이 있는 듯한 생각이 들었으나 그것이 좀처럼 입에서 나오지 않았다. 더구나 어떤 식으로 말을 꺼내야 할지도 몰랐다.

"어째서…… 어째서 또 이처럼 비가 오는데도 외출하시나요?"

"아니, 아메리카까지 가겠다는 사람이 비를 무서워해서야. 하하! 그럼, 안녕히, 소피야 세묘노브나! 언제까지나 몸성히 잘 계십시오. 당신은 남에게 도움이 될 분이니까. 그리고…… 라주미힌 씨에게 내 안부나 전해주십시오. 그렇지, 그대로 전해주시기만 하면 됩니다. 아르카지 이바노비치 스비드리가일로프가 잘 계시라고 하더라고요. 잊지 말아주십시오."

그는 놀라움에 넋을 잃어 아직도 무엇인지 막연하고도 짓눌린 듯한 의혹에 사로잡혀 있는 소냐를 남겨두고 밖으로 나갔다.

나중에 드러난 바에 따르면, 이날 밤 11시가 지나 그는 또 하나 이상야릇한 방문을 마쳤던 것이다. 비는 아직도 그치지 않은 채 퍼부었다. 온몸을 흠뻑 적신 채 그는 11시 20분에 바실리예프스키섬의 마르이 거리 3가에 자리잡은 약혼자의 부모가 사는 아담한 집을 찾아갔던 것이다. 대문을 힘껏 두들겼기 때문에 처음 한동안은 큰 소동이 벌어진 것만 같았다. 그러나 스비드리가일로프는 그럴 생각만 있다면 아주 점잖은 태도를 보일 수 있는 사나이였으므로, 어디선가 술에 잔뜩 취해 자기가 무엇을 하고 있는지도 모르는 모양이라고 여긴 생각 깊은 신부 부모의 처음 추측은 곧 저절로 사라져버렸다. 허약할 대로 허약해진 아버지를 휠체어에 앉혀 데려온 다정하고 사려 깊은 어머니는 늘 하는 버릇대로 말머리를 돌려가며 자꾸 묻기 시작했다. 그녀는 절대로 곧 알아들을 수 있는 질문을 한 적이 없었다. 언제나 먼저 생글거리면서 손을 마주 비비고는 그 뒤에, 이를테면 스비드리가일로프는 결혼식을 언제 올리기로 작정했을까 하는 등의 아무래도 분명히 해야만 할 용건이 있을 때는 먼저 파리라든가 그곳의 궁전 생활에 대한 호기심에 넘치는 질문을 쉴 새 없이 퍼부은 뒤에, 차츰 순서를 따라 바실리예프스키섬 3가까지 이르게 마련이었던 것이다. 다른 때라면 이것은 상대를 매우 탄복시키는 화술이겠지만, 오늘의 스비드리가일로프는 어쩐 일인지 이상하고 조바심이 나는 듯해 처음에 약혼자가 이미 잠자리에 들었다는 이유로 거절당했음에도 꼭 약혼자를 만나야겠다고 억지를 쓰기 시작했다. 물론 약혼자는 일어나서 나왔다.

스비드리가일로프는 그녀를 보자마자 말을 꺼냈다. 사실은 피할 수 없는 사정 때문에 잠깐 동안 페테르부르크를 떠나야 하며, 그래서 여기에 여러 가지 증권 종류가 섞이긴 했으나 1만 5천 루블의 돈을 가져왔으니 내가 드리는 선물로써 받아주시면 좋겠다, 이미 오래전부터 결혼식을 올리기 전에 앞서 돈을 조금 그녀에게 선물하려고 생각하고 있었다고 말했다. 이 선물과 느닷없는 출발, 꼭 찾아와야만 했던 필연성 사이의 논리적인 연결은 물론 이런 설명으로는 뚜렷이 드러나지 않았으나, 사태는 꽤 순조롭게 진행되었다. 이러한 경우에 빠뜨릴 수 없는 '아!'라든가 '오!'라는 외침이나 온갖 질문 또는 놀라움이 어쩐 일인지 이상할 만큼 그다지 나오지 않았으며 모두가 그런 말을 삼갔다. 그 대신 가장 열렬한 감사의 말이 오갔고 그 감사는 매우 생각 깊은 어머니의 눈물로 증명되기도 했다. 스비드리가일로프는 일어서더니 웃는 얼굴로 약혼자에게 키스를 하고는 그녀의 뺨을 슬쩍 손가락으로 토닥이면서 곧 돌아오겠노라고 다짐했다. 그녀의 눈에서 어린아이다운 호기심과 함께 무엇인지 모를, 매우 심각한 말없는 질문을 알아차리자 잠깐 생각하더니 다시 한 번 그녀에게 입맞추고는, 이 선물이 곧 세상의 모든 어머니 가운데에서도 가장 사려 깊은 어머니의 손으로 들어가 재빨리 자물쇠에 채워져 간수되리라는 생각이 들자 마음속으로 분한 심정이 들기도 했다.

그는 여러 사람을 기묘한 흥분 속에 남겨둔 채 밖으로 나갔다. 그러나 다정한 모친은 거의 속삭이는 듯한 재빠른 말로 당장에 중대한 몇 가지 의문을 해소해 보였다. 말하자면 스비드리가일로프는 큰 인물로 중대한 사업이나 연줄이 있는 분이며 부자이므로 무엇을 생각하고 계시는지는 도저히 짐작할 수 없고 갑작스레 출발하시거나 문득 생각이 나서 돈을 주는 게 그렇게 놀랄 일이 아니라는 것이었다. 아닌 게 아니라 물에 빠진 것처럼 흠뻑 젖은 채로 찾아온 것은 이상하다고 할 수 있으나, 이를테면 영국 사람만 해도 더 야릇하며 더구나 이처럼 상류 계급에 속하는 사람은 남의 생각이야 아랑곳없이 멋대로 행동하는 법이다. 아니, 어쩌면 그분은 아무것도 두려워하지 않는다는 걸 보여주기 위해 일부러 그런 모습으로 찾아오셨는지도 모를 일이다. 그보다 중요한 일은 이 이야기를 아무에게도 해서는 안 된다는 것이다. 왜냐하면 앞으로 어떻게 될지 아무도 알 수 없으니까. 그리고 돈은 어디 자물쇠를 채워두어야지. 그런데 하녀인 페도샤가 그동안 줄곧 부엌에 있기 때문에 정말 다행이다. 그리고 무엇보다도 중요한 것은 절대로 저 교활한 레스릿히 부인에게 이 이야기를 해서는 안 된다. 입이 찢어지는 한이 있어도 이야기해선 안 돼. 이런 식의 쑥덕공론이 새벽 2시까지 이어졌다. 하지만 신부는 놀란 듯하기도 하고 조금 슬픈 듯하기도 한 태도로 일찌감치 잠자리로 돌아갔다.

한편 스비드리가일로프는 자정이 될 무렵 ××다리를 건너 페테르부르크 구역 쪽으로 발길을 돌리고 있었다. 비는 그쳤으나 바람이 술렁이고 있었다. 그는 와들와들 떨면서 1분쯤 무엇인지 기묘한 호기심과 어떤 의혹마저 느끼며 소 (小) 네바강의 검은 물을 바라보고 있었다. 그러나 그는 곧 물가에 서 있어 몹시 춥다는 것을 깨달았다. 그는 돌아서서 ××거리로 나왔다. 어디까지 뻗치는지 끝없는 ××거리를 그는 오랫동안, 30분 가까이나 걸어가면서 널빤지를 깔아놓은 어두운 포장 도로에 몇 번씩이나 발을 헛디뎌 쓰러질 뻔하면서도 유심히 거리의 오른쪽으로 눈을 돌려 무엇인가를 열심히 찾았다. 그는 이 거리의 어느 변두리 부근을 지난번에 마차로 지나쳤을 때 나무로 지은 꽤 큰 여관을 본 듯한 생각이 들었던 것이다. 여관 이름은 아드리아노프였던 것으로 기억했다. 그의 짐작은 틀림없었다. 그 여관은 이처럼 적적한 장소에서는 어둠 속이라 해도 쉽게 찾을 수 있을 만큼 훌륭한 지형지물이었다. 그것은 거무스름한 긴 목조 건물로서 이처럼 늦은 시각인 데도 아직 불빛이 반짝이고 있어 얼마쯤 활기까지 느껴졌다. 그는 여관으로 들어가 복도에서 마주친 누더기 차림의 사나이에게 방이 있느냐고 물었다. 사나이는 스비드리가일로프를 훑어보더니 태도가 갑자기 공손해지며 곧 그를 멀리 떨어진 작은 방으로 안내했다. 복도 끄트머리 가까이에 있는 층계 아래의 후텁지근하고 비좁은 모퉁이 방이었다. 하지만 모든 방이 가득 차 이것 말고는 빈 방이 없었다. 누더기 차림의 사나이는 궁금한 얼굴로 서서 기다리고 있었다.

"차는 있나?" 스비드리가일로프는 물었다.

"있습지요."

"그것 말고는 뭐가 되나?"

"송아지 고기와 보드카와 안주입죠."

"송아지 고기와 차를 갖다주게나."

"달리 분부하실 것은?" 누더기 차림의 사나이는 조금 놀란 기색마저 보이면서 물었다.

"아무것도 없어, 아무것도!"

사나이는 몹시 실망한 얼굴을 하고는 사라져갔다.

'틀림없이 재미있는 장소겠군.' 스비드리가일로프는 생각했다. '어째서 여태까지 몰랐을까. 아마 내가 어디엔가의 샹탕 카페[10]에서 돌아가는 손님으로 보인 모양이군. 오는 길에 벌써 한바탕 기분을 낸 것처럼. 그런데 여기는 어떤 사람들이 묵는 곳일까?'

그는 초에 불을 켜서 방 안을 유심히 살펴보았다. 창문이 하나밖에 없는 몹시 작은 방으로 스비드리가일로프의 키로도 겨우 고개를 들고 설 수 있을 정도였다. 몹시 지저분한 침대와 초라한 색의 페인트를 칠한 탁자와 의자 하나로 방 안이 거의 가득 차 있었다. 벽은 거의 낡아빠진 벽지를 바른 널빤지를 갖다 붙인 느낌이 들고 그 벽지도 먼지투성이인 데다 색깔을 겨우 알아볼 수 있을

---

10) 연주와 춤, 공연이 열리던 카페.

정도의 누런 빛이었고 무늬는 전혀 가려낼 수조차 없었다. 한쪽 벽과 천장의 일부는 대부분의 다락방이 그렇듯 비스듬히 기울어졌는데 여기서는 그 경사면 위가 층계였다. 스비드리가일로프는 촛대를 세워놓고 침대에 누워 깊은 생각에 잠겼다. 그런데 옆방에서 쉴 새 없이 들려오는, 때로는 고함소리와도 비슷한 야릇한 속삭임이 이윽고 그의 관심을 끌었다. 그 쑥덕거리는 말소리는 그가 방 안에 들어왔을 때부터 줄곧 이어진 것이었다. 그는 귀를 기울였다. 누군가가 상대방에게 욕설을 퍼붓기도 하고 거의 울다시피 하며 책망하고 있었으나 들리는 것은 한 사람의 목소리뿐이었다. 스비드리가일로프는 일어서서 촛불을 손으로 가려보았다. 그러자 벽의 작은 틈바구니에서 엷은 빛이 새어들어왔다. 그는 다가가서 엿보았다. 그의 방보다 조금 넓은 듯한 방에 손님이 둘 있었다. 웃옷도 입지 않고, 심한 고수머리인 데다 빨갛게 부어오른 듯한 얼굴의 사나이는 연설이라도 하는 듯한 몸짓으로 균형을 잡기 위해 두 발로 버티고 선 채 한 손으로 자기 가슴을 치면서 격렬한 투로 상대를 비난하고 있었다. 들어보니 상대방은 가난뱅이여서 관직이고 뭐고 없었던 것을 자기가 구렁텅이에서 건져주었으므로 아무 때고 자기 마음내키는 대로 쫓아낼 수 있지만 이것도 하느님의 거룩하신 뜻이 아니겠느냐는 그런 이야기였다. 책망을 듣고 있는 친구는 의자에 앉은 채 재채기를 하고 싶어 견딜 수 없지만 그럴 수는 없다는 듯한 표정을 짓고 있었다. 그는 이따금씩 송아지처럼 희멀뚱한 눈으로 말하는 쪽을 바라보았으나, 도대체 무슨 이야기인지 도저히 알아들을 수 없는 얼굴이었다. 아니, 상대의 이야기를 제대로 듣고나 있는지 미심쩍었다. 탁자 위에는 다 타가는 촛불과 거의 빈 보드카 병, 술잔, 빵, 컵, 소금으로 절인 오이, 벌써 빈 잔이 된 지 오래인 찻잔 등이 놓여 있었다. 이 광경을 유심히 살피고 난 스비드리가일로프는 흥미 없는 듯이 다시 침대에 걸터앉았다.

차와 송아지 고기를 갖고 돌아온 누더기 차림의 사나이는 한 번 더 달리 무슨 볼일이라도 있는지 물어보았으나 또다시 거절당하자 다시는 얼씬거리지도 않았다. 스비드리가일로프는 추위를 달래고자 얼른 찻잔을 들어 단숨에 비워버렸다. 그러나 식욕은 완전히 가셔버려 단 한 점의 고기도 먹을 생각이 나지 않았다. 열이 나기 시작하는 듯했다. 그는 외투와 윗옷을 벗고 담요를 뒤집어 쓴 채 침대에 누웠다. 짜증이 났다. '이럴 때 건강했으면 더 좋았을 텐데.' 그는 이렇게 생각하며 쓴웃음을 지었다. 방 안은 답답했고 촛불은 희미하게 켜져 있었다. 밖에는 바람이 술렁거렸으며 한구석에서는 쥐가 무엇인가를 갉는 소리가 들렸다. 더구나 온 방에는 쥐 냄새와 가죽 냄새 같은 것이 풍기고 있었다. 그는 옆으로 눕긴 했으나 줄곧 가위에라도 눌리듯 온갖 생각이 번갈아가며 맴돌았다. 무엇이라도 좋으니 한 가지 일에 생각을 집중해 매달리고 싶은 마음에 사로잡혔다. '창문 아래는 틀림없이 어느 정원이겠군. 나무가 술렁대고 있어. 밤, 폭풍이 부는 어두운 밤에 나뭇잎이 바스락거리는 소리를 듣는 것은 견딜 수 없군. 등골이 오싹하는 기분이야!' 문득 그는 아까 페트롭스키 공원 옆을 지나가다가 언짢은 심정으로 그 일을 생각했던 기억이 떠올랐다. 그것과 함께 ××다리와 소(小) 네바강의 일까지 떠올랐으며 조금 전에 물가에 서 있었을 때처럼 다시 으스스 춥기 시작했다. '나는 지금까지 한 번도 물을 좋아한 적이 없어. 풍경화에 나오는 물도 싫었으니까.' 그는 다시 이렇게 생각하다가 한 가지 기묘한 일이 떠올라 쓴웃음을 지었다. '이런 미학(美學)이니 상쾌함이니 하는 것은 지금 내게 아무런 상관도 없는데, 여기까지 와서 이것저것 가리기만 하는군. 이런 경우…… 동물은 반드시 장소를 가리는 모양인데, 바로 그거로군. 아까 페트롭스키 공원 쪽으로 갔어야 했는데! 아마 어둡고 추웠겠지, 허허! 상쾌한 기분까지 탐나기 시작한 모양이다! 그건 그렇고, 왜 촛불을 끄지 않는담. 옆방도 잠든 모양이구나.' 그는 촛불을 불어 껐다. 벽 틈으로 불빛이 보이지 않았으므로 그는 이렇게 생각했다. '그런데 마르파, 이제 슬슬 나타나기에 안성맞춤인걸. 어둡고 장소도 꼭 어울리고, 이런 순간이란 흔하지 않아. 그런데 이런 때 오히려 나타나지 않다니.'

문득 스비드리가일로프는 아까 두냐에 대한 계획을 행동으로 옮기기 한 시간 전에 그가 라스콜리니코프를 보고 두냐의 호위를 라주미힌에게 부탁하면 좋을 것이라고 권했던 생각이 떠올랐다.

'정말이지 그때 나는 라스콜로니코프가 눈치챘듯이 오히려 자신을 흥분시키기 위해 그 같은 말을 했던 거야. 그런데 그 라스콜리니코프란 녀석은 악당이야! 그토록 큰 짐을 끌고 다녔으니. 그런 부질없는 생각만 떨쳐내면 엄청난 악당이 될 수 있을 텐데. 지금은 아직 살고 싶은 집념이 너무나 강해. 이 점에 대해 그 같은 친구들은 비열하지. 그러나 그 녀석쯤이야 아무렇게나 되라지. 내가 무슨 상관이람.' 그는 좀처럼 잠을 이룰 수 없었다. 조금 전에 본 두냐의 모습이 차츰 그의 눈앞에 떠오르자 갑작스레 전율이 그의 몸을 스쳐갔다. '아니야, 그런 생각은 이제 집어치워야겠어.' 정신이 번쩍 나면서 그는 생각했다. '무언가 다른 것을 생각해야지. 내가 여태까지 누구에 대해서나 강렬한 증오심을 품어보지 못했다는 것이 야릇하고 우스꽝스럽구나. 앙갚음해야겠다는 생각을 가져본 적도 없어. 그런데 이건 좋지 못한 징조야! 논쟁도 싫고 어떤 일에 열중한 적도 없어. 이것도 나쁜 징조지. 그런데 아까는 그녀에게 아주 다양한 약속을 늘어놓았었군. 제기랄! 그녀라면 나를 어떻게 해서든 바로잡아주었을지 모르겠는데……'

스비드리가일로프는 다시금 입을 다물더니 이를 악물었다. 또다시 두냐의 모습이 그의 앞에 나타났다. 조금 전, 한 방을 쏘고 나서 몹시 겁에 질린 나머지 권총 든 손을 축 늘어뜨린 채 주검 같은 얼굴로 그를 바라보던 순간의 그녀 얼굴이었다. 그때였다면 그녀를 잡을 수 있었을 것이다. 그렇게 한다 해도 그녀는 이쪽에서 말해주지 않는 한 손을 들어 몸을 막는 일조차 하지 못했을 것이었다. 그는 그 순간 문득 그녀가 가엾어지고 가슴이 죄어드는 듯한 느낌이 들었던 것이 생각났다……. '제기랄, 빌어먹을! 또 똑같은 걸 생각하고 있군. 이런 것은 깨끗이 잊어버려야지, 깨끗이.'

스비드리가일로프는 이미 의식이 가물가물해졌다. 높은 열로 오한도 멈춘 듯했다. 그러자 갑작스레 담요 속 그의 손발 위를 무엇인가 스쳐간 듯했다. 그는 소스라치게 놀랐다. '원, 제기랄, 쥐로구나! 송아지 고기를 탁자 위에 둔 게 잘못이야……' 그는 도저히 담요를 걷어 젖히고 일어나서 추위를 느낄 생각은 들지 않았다. 그러자 또다시 무엇인가 기분 나쁜 것이 불쑥 그의 발 근처를 스쳐갔다. 그는 담요를 젖히고 촛대에 불을 켰다. 오한으로 떨면서 그는 몸을 구부리고 침대를 살펴보았다. 아무것도 없다. 그는 담요를 털었다. 그러자 갑자기 홑이불 위로 쥐가 튀어나왔다. 그는 쥐를 잡으려고 달려들었다. 그러나 쥐는 침대에서 뛰어내리지 않고 요리조리 도망치며 움켜쥔 손가락 사이에서 빠져나가 손등을 스쳐 살짝 베개 밑으로 기어들었다. 그는 베개를 내던졌다. 그러자 다음 순간 무엇인가 그의 품속으로 뛰어들더니 온몸을 기어다니다가 어느새 등 뒤 셔츠 속으로 기어들었음을 느꼈다. 그는 오싹해지며 눈을 떴다.

방 안은 어두웠고 그는 아까와 마찬가지로 담요를 뒤집어쓴 채 누워 있었다. 창 밖에서는 바람이 휘몰아치고 있었다. "정말 불쾌하군!" 그는 짜증나는 듯이 중얼거렸다.

그는 일어나서 창문으로 등을 돌리고 침대에 걸터앉았다. '이래서야 자지 않는 편이 낫겠군.' 창문에서 습기 찬 바람이 불어들어왔다. 그 자리에 앉은 채 그는 담요를 끌어당겨 몸에 둘렀다. 촛불을 켤 생각은 들지 않았다. 그는 아무 것도 생각하지 않았으며 생각하고 싶지도 않았다. 그러자 환각이 차례차례로 나타났다가는 사라지고 시작도 끝도 없이 아무런 연결 없는 단편적인 생각이 머리에 어른거렸다. 추위인지, 어둠인지, 습기인지, 그렇잖으면 창가로 휘몰아치며 나무를 술렁거리게 하는 바람인지 알 수 없는 무엇인가가 그의 내부에 끈덕진 환상에의 유혹과 욕망을 불러일으켰다. 그러자 이윽고 그의 눈에는 잇따라 꽃 모양이 아른거리기 시작했다. 아름다운 풍경이 상상 속에서 그려졌다. 밝고 따뜻하며 거의 덥다시피 느껴지는 한낮, 오순절(五旬節)의 축제일이다. 향기 그윽한 꽃들이 피었다가 지는 꽃밭에 에워싸인 호화로운 영국식 전원의 자그마한 별장, 칡덩굴이 뒤엉키고 장미꽃 덤불에 둘러싸인 입구, 사치스러운 양탄자를 깔고 중국식 도자기 꽃병에 꽂은 신기한 꽃들로 장식한 밝고 시원한 층계, 유난히 눈에 띈 것은 창가의 화분에 가꾸어진 다정스러운 흰 수선화 다발이었다. 그것은 진한 향기를 내뿜으면서 선명한 초록빛의 싱싱하고 긴 꽃줄기 위에 고개를 숙이고 있었다. 그는 그 고운 수선화 곁을 떠나기가 싫었으나 그래도 층계를 올라가 천장이 높고 널찍한 홀로 나왔다. 그러자 거기서도 창문이라든가 테라스로 통하는 열린 문 옆이라든가 테라스 위 할 것 없이 어느 곳에나 꽃이 놓여 있었다. 마룻바닥에는 방금 베어낸 향기 짙은 풀이 깔려 있었으며, 창문이 열린 채로 있어 상쾌한 산들바람이 방 안으로 흘러들고 있었다. 창문 그늘에서는 작은 새가 지저귀고 홀 한가운데의 하얀 비단보를 씌운 탁자 위에는 관이 하나 놓여 있었다. 이 관은 하얀빛 엷은 비단을 씌웠는데 가장자리는 흰색 주름으로 꾸며져 있었다. 관은 화환으로 온통 둘러싸여 있었다. 그리고 관 속에는 꽃에 묻히듯 순백의 비단 드레스를 입고 대리석으로 새겨놓은 듯이 두 손을 가슴 위에서 꼭 마주잡은 한 소녀가 누워 있었다. 그러나 소녀의 헝클어진 머리카락, 밝은 금빛 머리카락은 흥건히 물에 젖어 있었다. 이미 차갑게 굳어버린 얼굴 또한 대리석으로 조각한 듯했으나, 소녀의 창백한 입술에 떠오른 미소에는 어딘지 앳되지 않은 한없는 슬픔과 깊은 원망이 넘쳐흘렀다. 스비드리가일로프는 이 소녀를 잘 알고 있었다. 성상이나 촛불도 이 관 옆에는 없었으며, 기도하는 소리도 들리지 않았다. 소녀는 강에 몸을 던져 자살했기 때문이었다. 겨우 열네 살밖에 되지 않았음에도 이 소녀의 마음은 이미 찢기고 상처받아 스스로 제 목숨을 끊은 것이었다. 능욕이 그 마음을 더럽혔다. 능욕이 어린아이의 의식을 공포와 놀라움으로 전율케 하여, 천사처럼 순결한 그 넋을 더할 나위 없는 수치로 가득 채워 아무도 듣지 않는, 참혹하게 능욕당한 절망적인 마지막 외침을 그녀에게서 앗아갔던 것이다. 그것은 차디찬 눈이 녹을 무렵의 밤 암흑 속에서 있었던 사건이었으며, 그날 밤도 바람이 휘몰아치고 있었다…….

　스비드리가일로프는 정신이 번쩍 들자 침대에서 일어나 창가로 다가갔다. 손으로 더듬어 빗장을 찾아내어 창문을 열었다. 바람이 미친 듯이 그의 비좁은 방 안으로 몰아쳐 한겨울의 서리처럼 그의 얼굴과 셔츠 하나로 가린 가슴을 차디차게 얼어붙도록 했다. 창문 아래는 틀림없이 정원처럼 꾸민 유원지인 것 같았다. 낮에는 여기서도 노랫소리가 들리고 탁자에는 차가 나왔을 것이다. 지금은 여러 나무들이며 풀숲에서 빗방울이 창문에 부딪쳐 마치 무덤처럼 어둡기만 했다. 유심히 살펴보아도 무엇인가가 있는 성싶은 거무스름한 반점을 겨우 분간할 수 있을 정도였다. 스비드리가일로프는 등을 굽혀 창가에 두 팔꿈치를 괸 채 5분쯤이나 물끄러미 어둠 속을 바라보았다. 캄캄한 어둠을 뚫고 갑작스레 포성이 울렸다. 연이어 또 한 방.

　'아, 경보구나! 강물이 넘치는 모양이군. 아침이 되면 낮은 지대에서는 길거리에 물이 넘쳐흘러 지하실이며 창고가 물에 잠긴다. 지하의 쥐들이 떠오르고 사람은 비와 바람 속에서 욕지거리나 하고 물에 빠진 쥐처럼 흠뻑 젖은 채로 살림살이를 위층으로 옮겨놓겠지…… 그건 그렇고, 지금 몇 시나 됐을까?' 그가 이런 생각을 하는 순간 가까이에서 마치 한껏 서두르고 있는 것처럼 괘종 시계가 3시를 쳤다.

　'그렇군, 한 시간이 지나면 날이 샐 거야! 무얼 기다려야 한단 말인가? 바로 나가서 곧장 페트롭스키 공원으로 가자! 거기서 커다란 풀덤불을 찾아내는 거야. 비를 흠뻑 머금어 어깨가 살짝 스치기만 해도 몇백만 개의 물방울을 한꺼번에 머리 위로 내리쏟는 풀덤불을……'

스비드리가일로프는 빗장을 지르고 창가에서 떠나 촛대에 불을 붙인 다음 윗옷과 외투를 걸치고 모자를 쓰자 촛대를 손에 들고 복도로 나왔다. 어느 골방에서 지저분한 살림살이와 타다 남은 촛불에 둘러싸여 잠들어 있을 누더기 차림의 사나이를 찾아내어 숙박비를 치른 뒤 여관에서 나갈 작정이었다.

'두 번 다시 없는 기회야, 더 좋은 기회는 찾을 수 없어.'

그는 길고 비좁은 복도를 끝에서 끝까지 오랫동안 헤맸으나 아무것도 눈에 띄지 않았다. 차라리 큰 소리로 불러볼까 하는 생각이 들었을 때 문득 어두운 한구석의 낡은 선반과 문 사이에 무엇인지 꿈틀거리는 듯한 괴상한 것이 보였다. 촛불로 비추면서 허리를 굽혀 자세히 보니 어린아이였다. 다섯 살쯤 된 여자아이였는데, 걸레처럼 흠뻑 젖은 옷을 입고 부들부들 떨면서 울고 있었다. 아이는 스비드리가일로프를 보아도 무섭지 않은지 크고 검은 눈에 둔중한 놀라움의 빛을 띠고 그를 바라보더니 이따금 흐느껴 울었다. 흔히 오랫동안 울었던 어린아이는 울음을 멈춘 뒤에도 문득 생각난 것처럼 이렇게 흐느껴 우는 법이다. 여자아이의 얼굴은 창백하게 야위었으며 추위로 몸이 얼어붙은 성싶었다. '그런데 이 아이는 어째서 이런 곳에 왔을까? 여기에 웅크린 채 밤새껏 자지 않았음에 틀림없어.' 그는 아이에게 이것저것 물어보았다. 아이는 갑자기 기운을 내어 아직도 잘 돌지 않는 혀로 무슨 말인지 무척 재빠르게 이야기하기 시작했다. 엄마가 어떻다는 둥, 엄마 때려라는 둥, 어느 누구의 찻잔을 깨뜨려버렸다느니 하는 뜻인 것 같았다. 여자아이는 쉴 새 없이 떠들어댔다. 그리고 이야기를 듣고 나자 그럭저럭 다음과 같은 사정을 짐작할 수 있었다. 이 여자아이는 부모의 천덕꾸러기로서, 아마도 이 여관에서 일하고 있는 일년 내내 술에 취한 듯한 하녀인 어머니에게 몹시 매를 맞고 꾸지람을 들어왔던 모양이다. 그런데 어머니의 찻잔을 깨뜨리고는 너무 무서워 초저녁부터 집에서 도망쳐나와 오랫동안 마당 한구석에서 비를 맞으며 숨어 있다가 겨우 이 자리로 기어들어 선반 밑에서 흠뻑 젖은 몸으로 어둠과 두려움으로 와들와들 떨고 울면서 밤새껏 이 구석에 웅크리고 있었고, 지금은 그런 짓을 했다고 호되게 매 맞을 게 무서워서 못 견디겠는 모양이었다. 스비드리가일로프는 여자아이를 안아올려 자기 방으로 데리고 가 침대 위에 앉혀 옷을 벗기기 시작했다. 맨발에 신은 소녀의 구멍투성이 구두는 밤새도록 웅덩이에 담가놓은 것처럼 몹시 젖어 있었다. 옷을 벗기자 그는 소녀를 침대에 눕혀 머리부터 푹 담요를 둘러주었다. 소녀는 곧 잠이 들었다. 여기까지 뒷바라지를 끝내자 그는 다시금 우울한 기분에 빠져들었다.

'또 쓸데없는 참견을 했군!' 그는 답답한 쓰라림을 맛보며 문득 생각했다. '뭐냔 말이야, 부질없이!' 짜증을 내면서 이번에야말로 어떤 일이 있어도 누더기 차림의 사나이를 찾아내어 한시바삐 이곳을 떠나려고 촛대를 손에 들었다. '쳇, 이 꼬마 계집애 같으니!' 그는 이미 문을 열면서 밉살맞은 듯이 이렇게 생각했으나 다시 한 번 되돌아와서는 여자아이가 잠들었는지를 확인하려 했다. 살그머니 담요를 들춰보니 아이는 곤히 잠들어 있었다. 담요에 싸여 훈훈해진 모양인지 창백한 뺨에는 벌써 불그스름한 화색이 돌고 있었다. 그러나 이상하게도 이 홍조는 여느 아이들과는 달리 야릇하게 선명하고도 빛깔이 진해 보였다. '열에 들뜬 모양이로군.' 술에 취했을 때와 같은 붉은 빛이었다. 마치 한 잔 가득 술을 먹은 것처럼 새빨간 입술은 불타는 듯이 보였다. 그런데 이것은 웬 까닭일까? 문득 여자아이의 길고 검은 속눈썹이 바르르 떨리다가는 눈을 끔벅거리며 조금 치켜뜨는 듯했는데, 그 그늘에서 교활한 듯하면서도 날카롭게 어린아이답지 않은 눈이 슬쩍 눈짓을 한 듯한 생각이 들었다. 아이는 잠든 시늉을 하고 있을 뿐인 듯했다. 그런 것임에 틀림없었다. 소녀의 입술은 차츰 미소짓기 시작했으며 웃음을 참기라도 하듯 실룩거리며 떨렸다. 그러나 이윽고 소녀는 더 참지 못하는 성싶었다. 그것은 이미 웃음이었다. 틀림없는 웃음이었다. 어딘지 넉살 좋고 도전하는 듯한 표정이 어린아이답지 않은 그 얼굴에 나타났다. 그것은 음탕이었다. 그것은 창녀의 얼굴이었다. 프랑스 매춘부의 넉살 좋은 얼굴이었다. 두 눈은 이미 아무런 망설임도 없이 치켜뜨고 있었다. 그 눈은 부끄러운 기색조차 없이 타오르는 듯한 빛으로 그를 훑어보고 그를 유혹하며 그에게 웃음을 던지고 있다…… 이 웃음, 이 눈, 여자아이의 얼굴에 나타난 모든 표정에는 무엇인지 한없이 추악하고 끔찍한 것이 있었다.

"뭐야! 아직 다섯 살밖에 안 된 여자아이가!" 스비드리가일로프는 등골이 서늘해져서 중얼거렸다. "이건…… 이건 어떻게 된 거야?" 그러나 이윽고 여자아이는 그 타오를 듯한 얼굴을 그에게로 돌리며 손을 내밀었다…….

"쳇, 빌어먹을!" 스비드리가일로프는 흠칫 놀라 소리치면서 여자아이를 향하여 손을 들어올렸다……. 그러나 그 순간 그는 눈을 떴다.

그는 조금 전과 같은 침대 위에 아까와 마찬가지로 담요를 두르고 있었다. 촛불은 꺼진 채였고 창 밖은 이미 훤하게 밝았다.

'밤새껏 악몽에 시달렸어!' 그는 온몸이 으스러지는 듯한 피로를 느끼면서 표독스러운 심정으로 일어났다. 뼈마디가 쿡쿡 쑤셨다. 밖에는 짙은 안개가 자욱하여 눈앞을 분간할 수도 없었다. 이미 5시가 가깝다. 늦잠을 잤구나! 그는 일어나서 아직도 젖어 있는 윗옷과 외투를 입었다. 주머니 속을 손으로 더듬어 권총을 꺼내 뇌관을 바로잡았다. 그리고는 의자에 걸터앉아 주머니에서 꺼낸 수첩의 가장 눈에 잘 띄는 페이지에 큼직한 글씨로 몇 줄 적어넣었다. 그것을 한 번 읽고 나자, 그는 탁자에 팔꿈치를 받치고 다시 생각에 골몰했다. 권총과 수첩은 그의 팔꿈치 바로 옆에 놓여 있었다. 잠을 깬 파리가 여전히 탁자 위에 놓여 있는 손대지 않은 송아지 고기에 몰려들었다. 그는 오랫동안 그것을 바라보다가 이윽고 오른쪽 손으로 파리 한 마리를 잡으려 했다. 잠시 동안 애를 썼으나 결국은 잡지 못하고 말았다. 그러다가 이처럼 부질없는 일에 열중하고 있는 자신을 깨닫고서 그는 부르르 몸을 떨고 진저리를 치며 일어서더니 결단이라도 내리듯 방에서 나갔다. 1분 뒤 그는 벌써 거리에 서 있었다.

우유처럼 짙은 안개가 거리마다 자욱했다. 스비드리가일로프는 나무토막으로 포장한 지저분하고 미끄러운 길을 따라 네바강 쪽으로 걸어갔다. 그의 눈에 하룻밤 사이에 물이 불어난 네바강이며 페트롭스키섬과 축축한 풀숲, 나무들과 덤불이 아른거리다가 이윽고 그 덤불이 보이기 시작했다. 무엇인가 다른 것을 생각하려고 그는 짜증스러운 심정으로 눈길을 건물 쪽으로 돌렸다. 거기에서는 길가는 사람이나 마차와도 마주치지 않았다. 덧문이 닫힌 화사한 노란빛을 칠한 작은 목조 집들이 쓸쓸하고 지저분하게 보였다. 추위와 습기가 몸 속으로 스며들어 오한이 일기 시작했다. 이따금 구멍가게라든가 채소가게의 간판과 마주치면 그는 그것을 하나하나 낱낱이 읽어냈다. 이윽고 나무토막으로 포장한 길을 지나치자 커다란 석조 건물 옆으로 나왔다. 꼬리를 오그린 얼어붙은 더러운 강아지가 그의 앞을 가로질렀다. 외투를 입은 정신없이 곤드레가 된 주정뱅이가 얼굴을 땅에 댄 채 길가에 가로누워 있었다. 그는 흘끗 그 사나이를 보고는 앞으로 나아갔다. 왼쪽에 높은 소방탑이 보였다. '이거다!' 그는 생각했다. '여기면 됐어. 어째서 꼭 페트롭스키섬으로 가야 하나? 적어도 그럴 만한 직책상의 증인도 필요하지 않은가…….'

그는 이 새로운 생각에 쓴웃음을 지으며 Y거리 쪽으로 다시 돌아갔다. 거기엔 망루가 달린 커다란 건물이 있었다. 그 건물의 커다란 닫힌 문 옆에는 회색 군인 외투를 입고 구리로 만든 말굽 모양의 철모를 쓴 몸집이 자그마한 사나이가 서 있었다. 그는 졸린 듯한 눈으로 다가오고 있는 스비드리가일로프를 곁눈질로 차갑게 흘겨보았다.

그의 얼굴에는 모든 유대인에게 예외 없이 쓸쓸하게 새겨져 있는 영원히 지워지지 않는 일그러진 슬픔이 있었다.

스비드리가일로프와 철모를 쓴 사나이는 말없이 잠시 서로 바라보고만 있었다. 마침내 철모를 쓴 사나이는 취하지도 않은 사내가 자기에게서 세 발짝도 되지 않은 곳에 버티고 선 채 말없이 자기를 훑어보고 있는 것에 대해 괘씸한 생각이 들기 시작했다.

"이봐, 당신 여기서 무슨 볼일이 있어?" 그는 그 자리에 우뚝 선 채 꼼짝도 않고 물었다.

"아니, 아무것도 아닐세. 안녕한가!"

"여기서 이러면 안 돼."

"나는 말일세, 여보게. 외국에 간다네."

"외국?"

"아메리카야."

"아메리카로?"

스비드리가일로프는 권총을 꺼내 안전 장치를 풀었다. 철모를 쓴 사나이는 눈썹을 곤두세웠다.

"이봐, 무슨 일이야. 여기선 안 돼!"

"어째서 여기서는 안 되지?"

"안 되니까 안 되지."

"여보게, 어디서든 마찬가지 아닌가? 좋은 자린걸. 나중에 누가 물으면 아메리카로 갔다고 하게."

스비드리가일로프는 총구를 자기의 오른쪽 관자놀이에 댔다.

"이봐, 안 돼, 여기서는 안 돼." 철모를 쓴 사나이는 눈을 치뜨고는 부르르 떨면서 소리쳤다.

스비드리가일로프는 방아쇠를 당겼다.

7

그와 같은 날, 이미 저녁 무렵인 6시가 좀 지나서 라스콜리니코프는 어머니와 동생이 머물고 있는 곳으로 걸음을 옮기고 있었다. 라주미힌이 소개해준 바카레예프네 집의 그 방이다. 층계 입구는 큰길 쪽에 있었다. 라스콜리니코프는 집이 가까워 오자 아직도 주저하는 듯이 걸음을 늦추며 들어갈까말까 망설였다. 그러나 어떤 일이 있어도 그가 되돌아갈 까닭은 없었다. 이미 결심을 굳힌 상태였다. '어차피 마찬가진데. 두 사람은 아직 아무것도 모를 테고. 나를 이상한 녀석으로 여기는 것쯤은 이미 아무렇지도 않아.' 그의 옷차림은 볼품이 없었다. 밤새 비를 맞았기 때문에 진흙투성이였고 옷은 군데군데 찢기고 닳아 빠져 있었다. 그의 얼굴은 피로와 궂은 날씨와 육체적인 쇠약, 그리고 거의 하루 밤낮으로 끊임없이 이어진 자기 자신과의 싸움으로 처참하도록 변모하고 말았다. 간밤에 그는 어딘지도 잘 알 수 없는 곳에서 혼자 밤을 새웠던 것이다. 그러나 적어도 마음속으로 결정은 내렸다. 그는 문을 두드렸다. 어머니가 문을 열었다. 두냐는 집에 없었다. 때마침 하녀도 자리에 없었다. 풀리헤리야는 처음에는 너무 기뻐서 말도 하지 못할 정도였으나 그의 손을 잡고 방 안으로 맞아들였다.

"어머나, 정말 잘 왔구나!" 기쁨으로 목이 메면서 어머니는 말을 꺼냈다. "나를 노엽게 생각하지 말아다오, 로쟈. 이렇게 바보같이 눈물을 흘리면서 맞아들인다구. 이건 우는 게 아니라 웃는 거야. 운다고 생각하니? 아니야, 기쁘단다. 그저 실없는 버릇이라서 눈물이 나오는 거지. 아버지가 돌아가신 뒤로 생긴 버릇이란다. 무슨 일이 있으면 금방 눈물이 나와서 말이다. 앉으려무나. 고단하지? 그렇게 보인다. 어머나, 어쩌면 그렇게 흙투성이니?"

"어제 비를 맞았거든요, 어머니……." 라스콜리니코프가 말했다.

"아니야, 아니라니까!" 풀리헤리야는 그의 말을 가로막으며 큰 소리로 외쳤다. "너는 내가 어미 된 버릇으로 그전처럼 네게 이것저것 캐물을 것이라고 생각하겠지. 걱정하지 않아도 돼. 나도 알고 있으니까. 뭐든지 다 알고 있으니까. 나도 이곳 사람들의 방법을 알게 되어 아닌 게 아니라 그러는 편이 현명하다고 여기게 되었단다. 어차피 나는 네 생각을 알 수 없을 테고 네게서 낱낱이 이야기 들으리라는 것은 아예 단념했단다. 네 머리에는 그야말로 어떤 사업이나 계획이 있을지도 모를 일이고, 어떤 생각이 떠오르고 있는지도 알 수 없으니까. 그걸 내가 옆에서 끼어들어 무얼 생각하느냐고 묻지는 않을 테다. 나는 말이다…… 아니, 참! 어째서 나는 또 이렇게 두서없이 말을 하고 있담……. 나는 말이다, 로쟈야, 잡지에 실린 네 논문을 세 번이나 읽었단다. 라주미힌 씨가 갖다주어서. 그래, 읽어보고는 아차 했단다. 나는 어째서 이렇게 바보일까, 그 아이는 이런 일을 하고 있지 않은가, 이제야 수수께끼가 풀렸구나 하고 말이다. 배운 사람들은 모두 그렇거든. 그때 너에게는 틀림없이 새로운 생각이 머리에 떠오르던 참이었어. 그것에 골몰하고 있었는데 나는 훼방만 놓고 괴롭혔으니. 그야 읽어도 모르는 것투성이였지만 말이다. 그건 할 수 없단다. 나 같은 사람은……."

"보여주세요, 어머니."

라스콜리니코프는 잡지를 손에 들고 슬쩍 자기의 논문을 보았다. 그의 지금 처지이며 상태와는 모순된 것이었으나, 그래도 그는 자기가 쓴 것이 활자로 된 것을 처음으로 볼 때 필자라면 으레 느끼는 그 야릇하고 달콤한 기분을 맛보았다. 더구나 아직 스물세 살이라는 그의 나이 탓도 있었다. 하지만 그것도 한순간의 일이었다. 몇 줄 읽어나가자 그는 얼굴을 찌푸리며 견딜 수 없는 적막감에 가슴이 죄어들었다. 요즘 몇 달 동안에 있었던 그의 정신적인 투쟁이 곧 생각났다. 혐오와 뉘우침이 뒤섞인 기분으로 그는 논문을 탁자에 집어던졌다.

"하지만 로쟈야, 내가 아무리 바보라 해도 네가 이제 곧 학문으로 으뜸간다고는 말할 수 없지만 우수한 인물 가운데 한 사람이 되리라는 것은 알고 있단다. 네가 미치광이였다니, 어떻게 그런 일을 생각할 수 있담. 호호호! 너는 모를 테지만 정말로 그런 생각을 하는 사람들이 있단다! 정말 시시껄렁한 사람들이야. 그 사람들이 어떻게 진짜 인재를 알아볼 수 있담! 두냐조차도 믿으려

했으니 더 말하면 뭘 하겠니. 돌아가신 아버지께서는 두 번이나 잡지에 투고하셨단다. 처음은 시였는데, 내가 원고를 아직 간수하고 있으니 언젠가 보여주마. 두 번째는 어엿한 소설이었단다. 나는 자청해서 그 원고를 깨끗이 정서해드렸었지. 그런데 실릴 수 있도록 둘이서 열심히 기도했는데도 끝내 실리지 못하고 말았단다! 로쟈야, 나는 6, 7일 전만 해도 네 옷이라든가 살아가는 모양새라든가, 먹는 것이나 신고 있는 것을 보고 그야말로 몹시 마음이 쓰라렸지만, 지금은 내가 바보였다고 생각하고 있단다. 왜냐하면 그럴 생각만 있다면 너의 머리와 재능으로써 무엇이든지 갖춰놓을 수 있으니 말이다. 지금의 너는 그런 것을 바라지 않고 훨씬 더 중요한 일에 골몰하고 있거든……."

"두냐는 어디 나갔어요, 어머니?"

"나갔단다, 로쟈야. 그 아이는 잠시도 집에 있지 않는단다. 늘 나를 혼자 내버려두고 말이야. 라주미힌 씨는 친절하게도 자주 들러서 네 이야기를 여러 가지로 해주신단다. 그분은 너를 좋아하며 존경하고 있더구나. 그야 두냐만 해도 그렇게 나를 함부로 여기지는 않지만. 나는 푸념하는 게 아니란다. 그 아이는 그 아이 나름대로의 성격이 있고, 내 성격은 또 다르니까. 아마 그 아이에게는 뭔가 숨겨야 할 일이 생긴 듯하더라만, 나는 너에게 아무것도 숨길 것이 없단다. 그야 두냐는 아주 영리하고 게다가 나와 너를 사랑한다는 건 알고 있지만……. 하지만 어떻게 된 셈인지 도무지 모르겠구나. 오늘은 네가 와줘서 정말 고맙다만, 그 아이는 어디를 돌아다니지. 돌아오면 이렇게 말해줄 작정이란다. 네가 없는 동안에 오빠가 다녀갔는데 너는 어디서 헛된 시간을 보내고 있었느냐고. 로쟈야, 나에겐 그처럼 인사치레를 하지 않아도 좋단다. 올 수 있다면 그야 더할 나위도 없지만, 힘들다면 하는 수 없다고 여기고 기다릴 터이니 말이다. 네가 나를 사랑한다는 건 잘 알고 있으니 그것으로 흡족하단다. 네가 쓴 것을 읽거나 여러 사람이 하는 네 이야기를 듣거나, 게다가 불쑥 네가 찾아와주면 그처럼 좋은 일이 어디 있겠니? 지금만 해도 어미를 위로해주려고 찾아온 것이려니 그렇게 생각한단다."

그렇게 말하며 풀리헤리야는 갑자기 울기 시작했다.

"어머나, 또! 나를 보지 말아다오. 정말 바보로구나! 아, 이를 어째, 우두커니 앉아 있기만 하고." 그녀는 껑충 튀어 오르듯이 일어나면서 소리쳤다. "커피가 있는데 내올 생각도 하지 않다니! 늙은이가 망령이지 뭐냐. 이제 곧 내오도록 하마!"

"어머니, 그만두세요. 곧 갈 테니까요. 저는 그래서 온 게 아닙니다. 부디 제 이야기를 들어주세요."

풀리헤리야는 겁먹은 듯이 그의 옆으로 다가왔다.

"어머니, 비록 어떤 일이 일어나더라도, 저에 관한 어떠한 소문이 들려와도, 또 사람들에게서 무슨 소리를 들어도 지금과 마찬가지로 저를 사랑해주시겠지요?" 그는 갑작스레 가슴이 벅차오르는 듯 아무런 생각도 없이 물었다.

"로쟈, 로쟈야, 너 왜 그러니? 왜 그런 말을 하는 거냐! 너에 대해 이러쿵저러쿵할 사람이 누가 있겠니! 난 누구의 이야기도 믿지 않는단다. 누가 찾아온다 해도 쫓아내고 말 테다."

"전, 저는 언제나 어머니를 사랑한다는 것을 확실히 말하려고 온 겁니다. 지금 단둘이 있을 수가 있어서 기쁘답니다. 두냐가 집에 없다는 것조차 기뻤어요." 그는 아까와 마찬가지로 가슴이 벅찬 듯이 말을 이었다.

"저는 솔직히 말하려고 온 겁니다. 어머니, 비록 어머니가 불행해진다 해도 잊지 말아주십시오. 어머니의 아들은 자기 자신보다 어머니를 더 사랑한다고요. 그리고 제가 매정하다든가 어머니를 사랑하지 않는다고 생각하셨을지도 모르지만, 그건 모두 오해입니다. 저는 언제나 어머니를 계속 사랑하겠습니다. 하지만 이젠 됐어요. 저는 이런 식으로 이제부터 시작해야겠다는 생각이 들었답니다……."

풀리헤리야는 말없이 그를 으스러지도록 가슴에 끌어안고 흐느껴 울었다. "로쟈야, 왜 그러니, 나는 알 수 없지만."

어머니는 겨우 이렇게 말했다. "나는 말이다, 지난번에 너를 만난 다음부터 줄곧 네가 우리를 성가시게 여기고 있다고 생각했단다. 하지만 이제부터 네가 커다란 불행을 겪어야 한다는 것, 그 때문에 네가 괴로워한다는 것을 잘 알게 되었다. 로쟈야, 나는 훨씬 전부터 이렇게 되리라고 예감했었단다. 이런 말을 꺼내 안됐구나. 하지만 줄곧 그것만을 생각하느라고 밤에는 잠도 제대로 자지 못한단다. 어젯밤에는 두냐도 밤새 헛소리를 하면서 너에 관해서만 지껄이더구나. 얼마쯤은 알아들을 수 있었지만, 무슨 소리인지 하나도 모르겠더구나.

그래서 아침에는 마치 처형장에 끌려가는 듯한 기분으로 무슨 예감 같은 것을 느껴 기다리고 있었는데, 역시 생각대로였어! 로쟈, 로쟈야, 어디 가니? 어디 먼 곳에라도 갈 작정이냐?"

"예, 먼 곳입니다."

"그래, 예상했던 대로야! 그런데 만약 네가 그렇게 해주길 바란다면, 나도 함께 갈 수 있단다. 두냐도. 그 아이는 너를 사랑해. 아주 사랑한단다. 그리고 상관없다면 소피야 세묘노브나도 함께 가면 어떻겠니? 정말 그 사람이라면 나는 딸처럼 함께 살아도 좋다는 생각이 들었단다. 라주미힌 씨가 수고해주시면 모두가 함께 살 수 있게 되지……. 하지만…… 너는 어디로…… 가는 거냐?"

"어머니, 안녕히 계십시오."

"뭐라고! 오늘 당장에!" 마치 영원히 자식을 잃는 듯이 그녀는 소리쳤다.

"저는 가야만 해요, 이제는 시간도 됐고요. 아무래도 꼭……."

"그럼, 내가 함께 갈 수 없겠니?"

"안 돼요. 하지만 저를 위해서 무릎 꿇고 하느님께 기도드려주십시오. 어머니의 기도라면 들어주실지 모르니까요."

"아무렴, 성호를 그어주고 말고. 축복해주겠다! 자, 이렇게 말이다. 아, 이게 뭐람, 무슨 짓을 하고 있는 거람!"

확실히 그는 기뻤다, 아무도 없이 어머니와 단둘이 있을 수 있다는 것이. 얼마 전부터 그 무서웠던 며칠이 지난 뒤 처음으로 그의 마음이 부드러워진 것 같았다. 그는 어머니의 발 밑에 엎드려 그 발에 입맞추었다. 그리고 두 사람은 껴안고 울었다. 이제는 그녀도 놀라거나 당황스럽게 물어보지 않았다. 그녀는 이미 훨씬 전부터 아들에게 무언가 무서운 일이 일어나고 있음을 알고 있었다. 그리고 지금 그에게 무서운 순간이 닥쳐왔다는 것을 깨달았다.

"로쟈, 나의 귀여운 아들아." 그녀는 흐느껴 울면서 말했다. "지금의 너는 어렸을 때의 너와 어쩌면 그토록 닮았느냐. 너는 곧잘 내게 와서 이렇게 나를 끌어안고는 키스해주었지. 아버지께서 살아계시고 가난하게 지낼 때도, 네가 있다는 그것만으로도 우리는 위로가 되었단다. 그리고 아버지께서 돌아가신 뒤에도 몇 번이나 성묘를 가서는 지금처럼 너와 부둥켜안고 함께 울기만 했던 것도 틀림없이 어머니로서의 내 마음이 불행을 예감했기 때문일 거야. 그날 밤,

나는 말이다. 기억하겠니, 우리가 이곳에 도착하자마자 너를 처음 보았을 때부터 네 눈빛을 보고 모든 것을 짐작했단다. 그때 너를 보자 가슴이 철렁하더구나. 오늘은 말이다, 네게 문을 열어주고 얼굴을 보자마자, 아, 운명의 때가 왔구나 생각했단다. 로쟈야, 너는 지금 당장 멀리 떠나버리는 것은 아니겠지?"

"네."

"또 올 거지?"

"네…… 오겠습니다."

"로쟈, 화를 내지는 말아다오. 나는 장황하게 물어보진 않겠다. 그래서는 안 된다는 걸 아니까. 하지만 몇 마디라도 이야기해주렴. 너는 아주 먼곳으로 가는 거냐?"

"아주 먼 곳입니다."

"그럼, 거기 무슨 일자리라든가 출세할 길이라도 있는 거냐?"

"글쎄, 어떻게 될지…… 어머니, 다만 저를 위해 기도해주십시오……." 라스콜리니코프는 문으로 발길을 돌렸다. 그러나 그녀는 아들을 붙잡고 절망이 어린 눈길로 그의 눈을 바라보았다. 그녀의 얼굴은 공포로 일그러져 있었다.

"이러지 마세요, 어머니." 라스콜리니코프는 이곳에 들른 것을 크게 후회하면서 말했다.

"영원히 이별하는 것은 아니겠지? 설마 영원한 이별은 아니겠지? 다시 올 거지? 내일도 오겠지?"

"오겠어요, 오겠습니다. 그럼, 안녕히 계세요." 그는 간신히 어머니 손을 뿌리치고는 밖으로 나왔다.

상쾌하고 밝고 따스한 저녁 무렵이었다. 날씨는 이미 아침부터 구름 한점 없이 맑게 개어 있었다. 라스콜리니코프는 집으로 돌아가고 있었다. 그는 걸음을 서둘렀다. 그는 모든 일을 해가 저물기 전에 마치고 싶다고 생각했다. 그리고 그때까지는 그 누구도 만나고 싶지 않았다. 자기 방으로 올라가면서 나스타샤가 사모바르를 끓이다 말고 물끄러미 그의 뒷모습을 지켜보고 있다는 것을 알았다. '누가 나를 찾아 오기라도 한 것일까?' 포르피리의 얼굴이 눈앞에 아른거려 그는 기분이 언짢았다. 그러나 자기 방으로 가서 문을 열었을 때 그의 눈에 들어온 사람은 두냐였다. 그녀는 혼자서 깊은 생각에 골몰해 있던 참이었다. 이미 꽤 오랫동안 그를 기다렸던 모양이었다. 그는 문 앞에 멈춰섰다. 그녀는 흠칫 놀란 듯이 긴 의자에서 일어나 그의 앞에 우뚝 섰다. 눈도 깜박이지 않은 채 그를 지켜보는 동생의 눈에는 공포와 한없는 슬픔이 깃들어 있었다. 그리고 이 눈길만으로도 그는 동생이 모든 것을 알아차렸음을 깨달았다.

"들어가도 좋겠니, 그렇잖으면 돌아갈까?" 그는 주저하는 듯한 말투로 물었다.

"나는 오늘 하루 종일 소피야 세묘노브나한테 가 있었어요. 둘이서 오빠를 기다렸어요. 틀림없이 거기에 들르리라고 생각했었지요."

라스콜리니코프는 방 안으로 들어가자 지친 듯이 의자에 주저앉았다.

"왠지 맥이 빠지는 것 같구나, 두냐야. 몹시 피곤해. 하다못해 지금이라도 기운을 차렸으면 싶은데."

그는 의혹 어린 눈길을 누이동생에게 보냈다.

"밤새도록 어디 있었어요?"

"잘 기억나지 않는구나. 나는 말이다, 두냐야. 마지막 결판을 지으려고 몇 번이나 네바 강변을 헤매었어. 그건 생각이 난다. 거기서 자살할 작정이었지. 하지만…… 결심할 수가 없었단다." 그는 의혹을 품은 눈으로 다시 한 번 두냐를 보면서 속삭였다.

"정말 다행이에요! 우리는 무엇보다도 그걸 가장 두려워하고 있었어요. 나도, 소피야 세묘노브나도! 그럼, 오빠는 아직 삶을 믿는 거지요? 다행이에요!"

라스콜리니코프는 쓴웃음을 지었다.

"아니, 나는 믿지 않아. 하지만 방금 어머니와 함께 부둥켜안고 울고 왔단다. 나는 하느님을 믿지 않아. 그래도 어머니한테는 나를 위해 기도해달라고 부탁했지. 뭐가 어떻게 돌아가는지 아무것도 모르겠다. 두냐야, 나는 뭐가 뭔지 도무지 알 수가 없구나."

"어머니한테 갔었어요? 그럼, 어머니한테 말했나요?" 두냐는 흠칫 놀라며 소리쳤다. "정말로 결심해서 모든 걸 털어놓은 거예요?"

"아니, 말하지 않았어…… 말로는. 하지만 어머닌 대강 눈치채고 계신 모양이야. 어머니는 네가 밤에 헛소리하는 걸 들으셨다더군. 아마 반쯤은 알고 계실 거야. 내가 찾아간 것은 잘못이었는지도 몰라. 내가 왜 찾아갔는지 그것조차 모르겠구나. 두냐, 나는 비열한 인간이란다."

"비열한 인간이라도 고통을 짊어지기 위해 가려 하고 있잖아요. 가는 거지요?"

"가지, 지금 갈 거야. 그래, 고통을 피할까 해서 나는 강에 몸을 던지려 했단다. 두냐, 그런데 강가를 서성거리면서 생각했어. 지금까지 나는 자신을 굳센 인간으로 여겨오지 않았던가. 그렇다면 이 치욕쯤 뭐가 두려운가 하고." 그는 말끝을 맺지 않은 채 앞질러 말했다.

"이건 자존심일까, 두냐?"

"자존심이에요, 오빠."

생기 잃은 그의 눈에서 번쩍 불빛이 번뜩였다. 자기가 아직 자존심을 잃지 않았다는 것이 마음을 흡족하게 하는 듯했다.

"설마 내가 물을 무서워했으리라고는 생각지 않겠지?"

그는 동생의 얼굴을 들여다보면서 흉하게 일그러진 얼굴로 웃었다.

"아, 로쟈, 그만둬요!" 두냐는 비통하게 소리쳤다.

잠시 침묵이 흘렀다. 그는 눈을 아래로 내리깐 채 앉아 마룻바닥을 내려다보았다. 두냐는 탁자의 다른 끄트머리에 앉아 마음 아픈 듯이 그를 바라보았다. 갑자기 그가 일어섰다.

"이미 늦었어, 가야지. 나는 지금 자수하러 가겠어. 그러나 무엇 때문에 자수하러 가는지 모르겠구나."

굵은 눈물 방울이 그녀의 뺨을 따라 흘러내렸다.

"두냐야, 울어주는 거냐? 그럼, 네 손을 잡아도 괜찮겠니?"

"그런 것까지 의심했나요?"

누이동생은 오빠를 으스러지도록 껴안았다.

"고통을 짊어지러 간다는 그것만으로도 자기 죄의 반은 가시는 게 아니에요?" 그를 껴안고 입을 맞추면서 두냐는 소리쳤다.

"죄? 뭐가 죄야?" 갑작스레 치밀어오른 사나운 분노에 휩쓸리면서 그가 고함쳤다. "내가 그 더럽고 백해무익한 이(蝨)를, 아무에게도 도움되지 않는 돈놀이하는 할멈을 죽여버렸으니 마흔 가지나 되는 죄를 용서받을 수 있을 것이다. 가난뱅이의 피나 빨아먹는 그런 할멈을 죽인 것이 죄란 말이냐? 나는 죄라고는 생각지 않아. 그걸 속죄하고 싶은 생각은 없다. 어째서 모두들 사방에서 죄다, 죄다, 하고 나를 윽박지르는 거냐. 이제야 나는 확실하게 알겠구나. 나의 약한 마음이 얼마나 어리석었는가를 이제야 겨우 알겠어. 이 필요도 없는 치욕을 받으러 가는 지금에서야! 내가 자수하려고 결심한 것은 다만 비열하고 무능하기 때문이야. 그리고 포르피리가 권했듯이 그게 나에게 유리하기 때문일 뿐이야!"

"오빠, 오빠, 무슨 말을 하는 거예요? 오빠는 다른 사람의 피를 흘리게 했잖아요!" 두냐는 절망적으로 소리쳤다.

"모두가 흘리는 피 말이냐?" 라스콜리니코프는 마치 넋빠진 듯이 말을 받았다. "이 세상에서 언제나 폭포처럼 흐르고 흘리는 그 피 말이냐? 샴페인처럼 흐르게 해서, 그 피로 말미암아 카피톨리누스 신전에서 월계관을 받아쓰고 뒷날에는 인류의 은인으로서 우러러 받들게 한 그 피 말이냐.[11] 그러지 말고 좀 더 눈을 똑바로 뜨고 잘 보려무나! 나만 해도 여러 사람에게 착한 일을 하려 했던 거야. 몇백 몇천의 착한 일을 할 수 있었던 거야. 그 한 가지 우열한 행위, 아니 우열이라고도 할 수 없는 그저 단순하고 졸렬하기 짝이 없는 행위 대신에 말이다. 왜냐하면 그 사상 자체는 실패하고 만 지금에 와서 그렇게 여겨질 만큼 우열한 것은 결코 아니니 말이다. 실패하고 나면 뭐든지 우열하게 보이는 법이야! 나는 그 우열한 행위로써 다만 자신의 독립을 얻고 싶었던 것뿐이다. 자금을 얻기 위한 첫 한 걸음을 내디디려 했을 뿐이야. 그렇게 되었더라면 그와 견주어 비교도 안 될 만큼의 큰 소득이 생겨 모든 것이 보상되었을 텐데…… 그런데 나는 그 첫걸음마저 참아내지 못했어. 그건 내가 미약한 인간이었기 때문이다. 그게 문제의 전부였어. 때문에 나는 역시 너희가 사물을 보듯이 그런 눈으로 보지는 않겠어. 만약 성공했더라면 영예의 월계관을 받아 썼을 터인데, 지금은 꼼짝 못 한 채 함정에 빠져버렸으니……"

"하지만 그건 아니에요. 절대 그렇지 않아. 오빠는 무슨 말을 하는 거예요?"

"아, 방법이 좋지 못했던 거야! 심미적인 입장으로 보아도 그다지 훌륭한 방법은 아니었어. 하지만 나는 도무지 알 수가 없구나. 어째서 폭탄이라든가 포위

---

11) 율리우스 카이사르는 페르가몬에서 해적들을 처형하고, 로마로 돌아온 뒤 카피톨리누스 신전에서 군 사령관으로 임명되었다.

공격으로 사람을 죽이는 것이 훨씬 더 훌륭한 방법이란 말이냐? 심리적인 공포증은 무력함의 첫 번째 징후란 말이다. 나는 지금까지 한 번도 지금처럼 뚜렷이 이 사실을 깨달은 적이 없었단다. 그리고 지금만큼 나 자신의 범죄를 알 수 없게 되어버린 적도 없었지. 나는 지금만큼 굳세고 확신에 가득 찬 적은 한 번도 없었던 거야……."

창백하고 피로에 지쳐서 수척해진 그의 얼굴에 순간 홍조가 떠올랐다. 그러나 이 마지막 말을 외치면서 그는 저도 모르는 사이에 두냐와 눈길이 마주쳤다. 그리고 그 눈길에서 자기 때문에 겪은 고통을 읽어내고 그는 소스라치며 정신이 번쩍 들었다. 라스콜리니코프는 무엇보다도 이 가엾은 두 여성을 불행하게 만들었다고 느꼈다. 그 원인은 모두 그에게 있었던 것이다.

"두냐, 귀여운 동생아! 만약 내게 죄가 있다면 용서해다오. 하기야 용서할 수조차 없겠지만. 잘 있거라. 토론은 그만두자. 가봐야지, 무슨 일이 있어도 가봐야 해. 제발 부탁이니 나를 따라오지는 마라. 아직 들를 곳이 있으니까……. 그보다는 바로 돌아가 어머니 곁에 있어주렴. 제발 부탁이니. 이건 내가 너에게 하는 가장 마지막 간청이다. 절대로 어머니 곁을 떠나서는 안 돼. 나는 어머니를 도저히 견디어내지 못할 정도로 불안하게 만든 채 나와버렸다. 자살하든가, 미쳐버리든가 둘 중의 하나야. 함께 있어줘. 라주미힌이 돌봐줄 거야. 녀석에게는 내가 이야기를 해두었어……. 나 때문에 울 건 없다. 살인자이긴 하지만 나는 평생 용기 있고 성실한 인간이 되도록 노력하겠어. 언젠가는 너도 내 이름을 듣게 될 날이 있을지도 몰라. 나는 증명해보일 테다……. 그럼, 지금은 이만. 다시 만날 때까지 잘 있거라." 그는 마지막 말과 다짐을 듣는 두냐의 눈에 또다시 형언할 수 없이 슬프고 고통스러운 표정이 깃드는 것을 보고 재빨리 말을 맺었다. "어째서 우니? 울지 마, 울지 말라니까. 이것으로 영원히 헤어지는 것도 아니잖느냐! 참, 그렇군! 잠깐만 기다려다오……. 잊어버렸군."

라스콜리니코프는 탁자 곁으로 가서 먼지를 뒤집어쓴 두꺼운 책 한 권을 꺼내들자 갈피 사이에 끼어 있던 상아판에 수채화로 그려진 조그마한 초상화를 꺼냈다. 그것은 일찍이 그의 약혼녀로서, 열병으로 죽은 주인아주머니의 딸이며 수도원에 들어가고 싶다고 하던 그 이상한 아가씨의 초상화였다.

1분쯤 그는 이 표정이 풍부하고 병적인 얼굴을 물끄러미 들여다보다가 초상화에 입을 맞추더니 그것을 두냐에게 주었다.

"이 사람하고는 말이다, 곧잘 그 일에 대해서 이야기를 했단다. 이 사람하고만은." 라스콜리니코프는 생각에 잠기는 얼굴로 말했다. "이 사람 가슴에 그처럼 추악하게 실현된 그 일을 여러 가지로 들려주었어. 걱정하지 않아도 돼." 그는 두냐를 돌아보았다. "그녀는 동의하지 않았으니까. 너처럼 말이다. 그러니까 나는 그녀가 이미 이 세상에 없다는 점이 마음 놓이는 거야. 중요한 것은, 가장 중요한 것은 이제부터 모든 것이 새로워지며 모든 것이 완전히 달라진다는 것이란다." 그는 다시금 자기 생각에 골몰하더니 갑자기 낙담한 말투로 이렇게 소리쳤다. "모든 것이 말이다. 하지만 나는 각오가 되어 있는 걸까? 나 자신도 그것을 바라는 걸까? 나의 시련을 위해서 그것이 필요하기는 해. 하지만 이처럼 어리석은 시련이 뭐가 된단 말이냐? 그게 뭐가 된다는 거지? 20년의 유형 생활을 마치고 늙어빠지고 고통에 시달려 멍청이가 된 뒤에 가까스로 그것을 깨닫는 편이 지금 그것을 생각하는 것보다 좋다는 것일까. 만약 그렇다면 나는 무엇 때문에 사는 것일까? 아, 나는 이제야 깨달았어. 내가 비열한 인간이라는 것을. 오늘 아침 동이 트기 전 네바 강변을 서성거릴 때!"

두 사람은 마침내 밖으로 나왔다. 두냐는 괴로운 심정이었다. 그러나 그녀는 오빠를 사랑했다. 그녀는 걷기 시작했다. 그러나 50걸음쯤 걸어가다가 다시 한 번 뒤돌아서서 오빠를 바라보았다. 라스콜리니코프의 모습은 아직도 보였다. 모퉁이까지 오자 라스콜리니코프도 뒤를 돌아보았다. 두 사람은 마지막 눈길을 나누었다. 그러나 그녀가 자기를 보고 있다는 것을 알자 라스콜리니코프는 어서 가라는 듯이, 마치 성이라도 난 것처럼 손을 흔들고는 성큼성큼 모퉁이를 돌아가버렸다.

'나는 심술쟁이야. 그건 나도 알아.' 1분이 지나자 자기가 두냐에게 보인 노여움의 손짓을 부끄럽게 여기며 라스콜리니코프는 이렇게 생각했다. '내게 그만한 가치가 없는데도 어째서 그들은 나를 이처럼 사랑하는 것일까. 만약 내가 외톨박이여서 누구에게도 사랑받지 못했더라면 나 역시 결코 아무것도 사랑하지는 않았을 텐데! 이런 일 따위는 전혀 일어나지 않았을 텐데. 그건 그렇고, 재미있게 되었는걸. 도대체 앞으로 10년 사이에 내 정신이 그처럼 유순해져서 누구를 만나도 나는 강도라고 참회하고 여러 사람 앞에서 얌전히 눈물을 흘릴 수 있게 된단 말이냐? 그렇지, 바로 그거야, 그거! 그러기 위해서 녀석들은 나를 유형 보내야겠다고 말하는 것이 아닌가. 녀석들에겐 그게 필요하단 말이지……. 지금도 그 녀석들이 거리에 서성대고 있어. 그런데 녀석들은 하나같이 그 본성부터 비열하기 짝이 없는 날강도들이거든, 뿐만 아니라 백치야! 그 주제에 내가 유형이라도 면하게 된다면 녀석들은 정의의 분노로 안절부절못하겠지! 아, 나는 정말로 녀석들을 증오한단 말이다.' 그는 깊은 생각에 빠졌다. '도대체 어떤 과정을 거쳐야 그렇게 될 수 있담. 마침내 내가 녀석들 앞에서 아무 소리도 못 하고 굴복하다니, 진정으로 굴복하다니! 하지만 어째서 그렇게 되지 않는다고 말할 수 없는 것일까? 물론 그렇게 될 게 틀림없어. 20년 동안의 끊임없는 압박이 목적을 이룩하지 못할 리는 없지. 빗방울이 돌을 닳게 하니까. 그럼, 어째서 그렇게까지 해서 살아가야 한단 말이냐. 모든 게 그렇게 돼. 책에 적힌 대로 그렇게 될 수밖에 없다는 것을 스스로 잘 알면서도, 어째서 나는 가려고 하는 것일까!'

그가 이런 의문을 자신에게 던져본 것은 어젯밤부터 따지면 백 번은 더 되었으리라. 그래도 그는 여전히 걸어가고 있었다.

8

그가 소냐의 방으로 들어갔을 때는 주위가 이미 어두워지기 시작하고 있었다. 소냐는 하루 종일 불안해서 안절부절못하면서 그를 기다렸다. 두냐도 함께였다. 소냐가 그 일을 알고 있다고 어제 스비드리가일로프가 한 말이 생각나서 두냐가 아침부터 찾아온 것이었다. 두 여자가 서로 이야기를 나누며 눈물을 흘리던 광경이나 또 두 사람이 얼마만큼이나 서로 털어놓고 이야기했는가를 장황하게 묘사할 필요는 없을 것이다. 두냐는 이처럼 서로 만남으로써 적어도 하나의 위로를 얻고 돌아갈 수 있었다. 오빠는 외톨박이가 아니다. 그 여자, 소냐에게로 오빠는 맨 먼저 참회를 하러 갔던 것이다. 오빠는 인간이 필요할 때 그 여자로부터 인간을 찾았다. 소냐는 운명이 이끄는 대로 어디로든지 오빠를 따라갈 것이 틀림없다. 두냐는 거기에 대해 물어보지는 않았으나 그렇게 되리라는 것을 잘 알고 있었다. 두냐는 어떤 경건한 감정이 담긴 눈으로 소냐를 바라보았으며, 그것이 처음에는 너무나 경건한 태도여서 소냐를 어리둥절하게 했을 정도였다. 소냐는 금세라도 울음이 터질 것만 같았다. 소냐는 오히려 자기가 두냐를 똑바로 쳐다볼 자격이 없는 여자라고 생각했던 것이다. 두 사람이 처음으로 라스콜리니코프가 있는 자리에서 얼굴을 마주쳤을 때 그토록 친절과 존경의 뜻을 담아 소냐에게 인사를 건네주던 두냐의 아름다운 모습은, 그 뒤로 소냐의 뇌리에 평생을 두고 가장 아름답고 범접하지 못할 환영(幻影)으로서 영원히 새겨졌던 것이다.

두냐는 기다리다 못해 오빠의 하숙에서 기다리겠다면서 소냐를 남겨둔 채 결국 자리를 떴다. 오빠가 먼저 그곳으로 갈 것 같은 생각이 들어 견딜 수 없었던 것이다. 소냐는 홀로 남게 되자 갑자기 그가 정말로 자살할는지도 모른다는 두려움 때문에 가슴이 죄어드는 것만 같았다. 두냐도 마찬가지로 그것을 두려워했다. 그러나 두 사람은 하루 종일 온갖 이유를 들어가며 결코 그럴 리가 없다고 서로 위로하면서 함께 있었던 동안만은 그래도 마음을 가라앉힐 수가 있었다. 그러나 이제 서로가 떨어져 있으려니 두 사람 모두 한 가지 일만을 생각하기 시작했다. 소냐는 어제 스비드리가일로프가 자기를 보고 라스콜리니코프에게는 두 가지 길밖에 없다, 블라디미르카로 가든가 그렇지 않으면…… 하던 말이 생각났다. 더구나 소냐는 라스콜리니코프의 허영, 오만함, 자존심, 신을 믿지 않는다는 것 등을 알고 있었다. '그 사람을 계속 살아나가게 할 수 있는 것은 겁과 죽음의 공포밖에 없을까?' 마침내 소냐는 절망에 빠지면서 이렇게 생각했다.

그러는 동안 해는 어느덧 서쪽으로 기울어가고 있었다. 소냐는 낙심한 듯이 창가에 서서 눈길을 밖으로 돌렸다. 그러나 이 창문에서 보이는 것은 칠도 제대로 하지 않은 옆 건물의 엉성한 벽뿐이었다. 그녀가 기다리다 지쳐 이제 불행한 사람의 죽음을 확신하기에 이르렀을 때 마침 라스콜리니코프가 방 안으로 들어왔다.

기쁨의 외침이 소냐의 가슴속에서 솟구쳐나왔다. 그러나 라스콜리니코프의 얼굴을 바라보고 그녀는 갑작스레 창백해졌다.

"아, 그렇군!" 라스콜리니코프는 엷은 웃음을 띠고 말했다. "당신의 십자가를 얻으려고 온 거야. 소냐, 나에게 네거리로 가라고 말한 것은 당신이 아니오? 이제 그럴 때가 오니 당신은 겁이 나는 거요?"

소냐는 흠칫 놀라면서 그를 바라보았다. 이러한 말투가 그녀에게는 이상하게 들렸다. 차디찬 전율이 온몸을 스쳐갔다. 그러나 조금 뒤 소냐는 그의 이런 태도나 말이 허세라는 것을 깨달았다. 라스콜리니코프는 이야기하면서도 왠지 구석 쪽만 바라볼 뿐, 마치 그녀를 똑바로 바라보기를 피하는 것 같았다.

"알겠어, 소냐? 나는 그러는 편이 유리할 거라고 생각한 거요. 여러 가지 사정이 있어서……. 하지만 그런 것을 장황하게 설명할 거야 없겠지. 한 가지 화가 나서 견딜 수 없는 게 있는데, 뭔지 알아? 그 어리석고 야만적인 짐승 같은 모습을 한 녀석들이 곧 나를 둘러싸고 버릇없이 위아래를 훑어보거나, 어처구니없는 질문에 하나하나 대답하라고 강요한다든가, 뒤에서 비방하는 것이 견딜 수 없는 거야. 제기랄! 알겠어, 나는 포르피리한테는 가지 않아. 녀석이라면 이제 진절머리가 나거든. 나는 오히려 사이가 좋지 않은 화약 중위에게로 가겠어. 깜짝 놀라게 해줄 작정이야. 극적인 효과가 좀 있을 테니까. 그러나 냉정하게 해야지. 요즘 와서 나는 조금 지나치게 흥분을 잘하곤 하니까. 믿지 않겠지만, 나는 지금도 누이동생이 마지막으로 돌아서서 나를 보려 했기 때문에 그야말로 위협하듯이 주먹을 휘둘러 보였어. 참 어리석기 짝이 없는 짓이지! 아, 나도 이렇게 되고 말았는가. 그런데 어떻게 된 거야. 십자가는 어디 있어?"

라스콜리니코프는 완전히 넋을 잃은 듯했다. 한자리에 잠시도 서 있지 못하고 한 가지 일에 정신을 집중하지 못했다. 여러 가지 생각이 서로 얽히며 앞을 다투어 튀어나오려고 해서 이야기도 전혀 앞뒤가 맞지 않았다. 손이 가늘게 떨리고 있었다.

소냐는 말없이 서랍에서 십자가를 두 개 꺼냈다. 측백나무와 놋쇠로 만든 것이었다. 그리고 그녀는 성호를 긋고 그에게도 그어준 뒤에 측백나무 십자가를 그의 가슴에 걸어주었다.

"이게 말하자면 십자가를 짊어진다는 상징이로군. 하하, 마치 지금까지의 고통이 아직도 부족하다는 것 같소. 측백나무 십자가란 말하자면 일반 민중의 십자가라는 것이지. 놋쇠로 만든 건 리자베타 거니까 당신이 지니겠군. 어디 좀 보여주오! 그럼, 이것이 그 여자 목에 걸려 있던 게로군. 바로 그때 말이지! 나는 이것과 비슷한 두 개의 십자가를 알고 있소. 은으로 된 것과 조그마한 성상이었지. 그것을 그때 할멈의 가슴에 내던지고 왔소. 그게 지금 있었으면 좋았을 텐데. 정말 그걸 내가 걸었더라면 좋았을걸. 그건 그렇고, 엉터리 말만 지껄이며 정작 중요한 볼일은 잊어버리고 있었군. 왠지 넋빠진 것 같아! 알겠소, 소냐? 내가 온 것은 다름이 아니라 당신한테 미리 알려두려고, 즉 당신이 알아야겠다 싶어서……. 자, 이젠 됐어……. 난 그 일만을 위해서 온 거니까. 그렇지, 좀 더 이야기할 것이 있었던 듯한 생각이 들었는데. 하지만 내가 그리로 간다는 것은 당신 자신이 바랐던 일이기도 하고, 이것으로 이제 내가 감옥살이라도 하게 된다면 당신 희망도 이루어지는 셈이오. 그런데 왜 울지? 당신도 마찬가지로군. 그만둬, 제발. 아, 그렇게 하고 있으면 내가 얼마나 괴로운지 당신은 아오?"

하지만 그의 마음속에는 하나의 감동이 움트고 있었다. 소냐를 바라보면서 그의 마음은 죄어들었다. 이 여자에게 나는 무엇인가? 왜 이 여자는 울고 있는 것일까! 어째서 어머니나 두냐처럼 나를 두둔하려 하는가? 내 유모 구실이라도 할 작정인가?

"성호를 긋고 한 번만이라도 좋으니 기도를 하세요." 소냐가 떨리는 목소리로 겁먹은 듯이 말했다.

"암, 그러지. 당신의 마음이 풀릴 만큼! 더구나 소냐, 진정으로 말이오."

하지만 그가 말하고 싶었던 것은 무언가 다른 것이었다. 그는 몇 번이나 성호를 그었다. 소냐는 숄을 집어들어 머리에 썼다. 그것은 초록빛 모직 숄로, 아마 예전에 마르멜라도프가 서로 돌아가며 쓴다고 하던 그 숄인 듯했다. 라스콜리니코프는 얼른 그 생각이 떠오르기는 했으나 확인해 보지는 않았다. 그도 사실 어쩐지 마음이 심란하여 가라앉지 않는 것을 느끼기 시작하고 있었다. 그는 이 때문에 흠칫했다. 소냐가 함께 나가려 하는 것을 보고는 더욱 충격을 받았다.

"왜 그러오! 어디를 가려고? 여기 있어줘! 여기! 나는 혼자 갈 테야." 라스콜리니코프는 짜증스러운 듯 이렇게 소리치면서 거의 화가 난 듯한 얼굴로 문 쪽으로 걸어갔다. "무엇 때문에 나에게 동반자가 필요하담!" 밖으로 나오면서 그는 중얼거렸다.

소냐는 방 한가운데 그대로 남았다. 라스콜리니코프는 작별 인사도 하려 하지 않았다. 그는 그녀의 존재조차 잊고 있었다. 표독스럽고 반항적인 의혹만이 그의 마음에 들끓었다.

'과연 이 길밖에 없을까, 모든 것이 이것으로 해결될까?' 층계를 내려오면서 그는 다시 생각했다. '지금이라도 마음을 돌려 다시 한 번 처음부터 시작할 수 없을까……. 자수하러 가지 않아도 되는 길은 없을까……. 자수하러 가지 않아도 되는 길은 없을까!'

그러나 그러면서도 그는 가고 있었다. 갑작스레 자신에게 이런 질문을 한다는 것이 얼마나 공허한 일인지 절망적으로 느껴졌다. 거리로 나오자 그는 소냐에게 작별 인사를 하지 않았다는 것과 초록빛 숄을 걸친 그녀가 그의 고함소리에 꼼짝도 하지 못한 채 방 한가운데 우뚝 서 있던 것이 생각이 나서 문득 걸음을 멈추었다. 그러나 그 순간 갑자기 한 가지 생각이 뚜렷이 떠올랐다. 그것은 그에게 마지막 타격을 주려고 이때를 기다리고 있기라도 한 듯했다.

'도대체 무엇 때문에, 무슨 볼일이 있어서 나는 지금 그녀를 찾아갔단 말이냐? 볼일이 있다고 그녀에게 말했지? 그러나 도대체 무슨 볼일이 있었던 거야? 볼일 같은 건 아무것도 없었어. 간다는 것을 알리러 갔다고? 그럴 필요가 있을까? 나는 그녀를 사랑하는 걸까. 그럴 리야 없겠지, 그럴 리야! 조금 전만 해도 강아지처럼 그녀를 내몰지 않았던가? 그녀에게 십자가를 얻는다는 것이 정말 필요했을까? 아, 나는 정말로 타락했구나! 아니야, 내게는 그녀의 눈물이 필요했어. 겁에 질리는 그녀의 모습을 보는 것이 필요했던 거야. 그녀가 마음의 상처를 입고 시달리는 것이! 무엇이라도 좋으니 매달려서 그 시기를 늦추는 것이! 인간을 보는 것이 필요했던 거야! 그러한 내가 그토록이나 교만해지고 자만심에 가득 차다니 우습지 않은가? 나는 거지야, 쓸모없는 인간이야, 비열한 놈이야, 비열한 놈!'

라스콜리니코프는 운하의 둑길을 따라 걸어갔다. 이미 둑길도 얼마 남지 않았다. 그러나 다리에 다다르자 그는 문득 발길을 멈추었다. 그리고 갑자기 다리 있는 쪽으로 접어들어 센나야 광장으로 발길을 돌렸다.

라스콜리니코프는 뚫어지도록 양옆을 살피며 한 가지 한 가지를 긴장한 눈길로 유심히 둘러보았으나 그 무엇에도 정신을 집중할 수가 없었다. 모두 그의 관심에서 빠져나가고 있었다.

'이제 일주일, 아니 한 달만 지나면 나는 호송 마차에 실려 이 다리를 건너 어디엔가로 끌려가겠지. 그때 어떤 심정으로 이 운하를 볼 것인가? 그걸 기억해두고 싶다!' 이러한 생각이 머리를 스쳤다. '저 간판만 하더라도, 그때가서 나는 저 글자를 어떤 기분으로 읽을까? 저기엔 타바리쉬체스트보(Товарищество)[12] 라 씌어 있군. 옳지, 이 A를, A를 기억해두자. 한 달 뒤에 이 A를 다시 볼 때 난 어떤 기분을 느낄까? 그때 나는 무얼 느끼고 생각할까……. 아, 정말 부질없는 생각이로군. 나는 어째서 또 이런 일에만 신경을 쓴담. 확실히 이런 일에는 그 나름의 흥미가 있을 게 틀림없긴 하지만……. 하하하! 나는 무엇을 생각하는 걸까? 마치 어린아이처럼 굴고 있구나. 자기 자신한테 허세를 부리고 있으니 더구나 자신을 부끄럽게 여겨야 할 까닭이 뭐람? 야, 왜 이렇게 밀어대지! 그런데 이 뚱뚱보 독일 녀석, 나에게 부딪친 이 녀석은 누구한테 부딪쳤는지 알고나 있을까? 아기를 안은 여자가 구걸을 하고 있군. 저 여자는 내가 자기보다 행복하다고 여길 터이니 재미있군. 어떻게 할까, 심심풀이 삼아 적선해줄까. 어렵쇼, 5코페이카 동전이 주머니에 남아 있군. 자, 자…… 받아두오, 아주머니!'

"하느님의 은총이 있으시기를!" 구걸하는 여자의 목멘 소리가 들려왔다. 그는 센나야 광장으로 들어섰다. 사람들과 부딪치는 것이 불쾌해서 견딜 수가 없었다. 그러나 그는 사람들이 웅성거리고 있는 곳을 향해 걸어갔다. 당장에 혼자만 될 수 있다면 그는 세상의 모든 것을 버려도 좋을 듯한 심정이었다. 그러나 그는 잠깐이라도 홀로 있을 수 없음을 스스로 알고 있었다. 군중 속에서 한 주정꾼이 소란을 피우고 있었다. 자꾸만 춤을 추려는 듯했으나 몇 번이나 되풀이해 봐도 옆으로 쓰러지는 것이었다. 사람들은 그를 둘러싸고 있었다. 라스콜리니코프는 웅성거리는 사람들을 비집고 안으로 들어가 잠시 주정뱅이를 바라보다가 갑자기 숨 막힐 듯한 목소리로 짤막하게 웃어댔다. 조금 뒤에는 그는 이미 주정뱅이 같은 것은 까맣게 잊어버린 채, 그를 바라보기는 했으나 이미 그 모습을 보고 있지는 않았다. 이윽고 그는 자기가 어디 있는지도 분간하지 못하는 듯 그 자리에서 떠나갔다. 그러나 광장 한가운데에 이르자 그는 문득 한 가지 충동에 사로잡혔다. 어떤 하나의 감각이 갑작스레 그의 전부를, 육체와 정신을 사로잡았다.

문득 소냐의 말이 떠올랐다. "지금 당장 광장에 가서 네거리에 서세요. 무릎

---

12) '조합'을 뜻하는 러시아어 'Товарищество(토바리쉬췌스트보)'의 철자 /o/가 /a/로 잘못 표기되어 있다.

을 꿇고 우선 당신이 더럽힌 대지에 입맞추세요. 당신은 대지에 대해서도 죄를 저지른 거예요. 그러고는 주위를 향해 온 세계에 절을 하세요. 그리고 모든 사람이 들을 수 있도록 제가 죽였습니다, 하고 말하세요!"이 말이 생각나자 그의 온몸이 부들부들 떨리기 시작했다. 지난번부터 줄곧, 특히 요 몇 시간은 더욱 심하게 그를 억눌러왔던 빠져나갈 곳 없는 고통과 불안이 너무나 컸던 탓인지 그는 새롭고 빈틈없이 충실한 감각의 가능성에 거리낌 없이 몸을 맡겼다. 이 감각은 갑자기 발작처럼 불붙더니 순식간에 불길처럼 타올라 그의 온몸을 사로잡았다. 눈물이 넘쳐흘렀다. 서 있던 그 자세로 그는 갑자기 땅 위에 쓰러지며 엎드렸다.

광장 한가운데에 무릎 꿇은 그는 이마를 비벼대고 환희와 행복에 벅찬 감격을 느끼면서 이 더럽혀진 대지에 입맞추었다. 그러고는 일어나서 다시 한 번 몸을 굽혔다.

"저것 좀 봐. 어지간히 취했군!"그의 옆에서 한 젊은이가 말했다. 여기저기에서 폭소가 터졌다.

"저 친구는 예루살렘으로 갈 모양입니다. 아이들과 고향에 작별을 고하고는 온 세계에 절을 하고 수도 페테르부르크의 길바닥에 입맞추고 있는 겁니다." 술에 얼큰한 장사꾼이 이렇게 떠벌렸다.

"아직 젊은 친구인데." 다른 사람이 참견했다.

"귀족 출신인 모양이야!" 누군가가 정색하면서 말했다.

"요즘 세상에 알 게 뭐람. 누가 귀족이고 누가 그렇지 않은지."

이러한 외침이나 말소리가 라스콜리니코프의 감정을 억제시켰으며, 이미 목까지 치밀어오른 "제가 죽였습니다." 하는 말조차 그대로 혓바닥에 얼어붙게 만들었다. 그러나 그는 이러한 외침을 귓전으로 흘려버렸다. 그리하여 주위를 둘러보지 않은 채 옆 골목으로 접어들어 곧장 경찰서로 발길을 돌렸다. 하나의 환상이 길을 걷는 사이에 언뜻 그의 눈앞을 스쳐갔으나 그는 그리 놀라지 않았다. 그럴 수 있으리라고 그는 이미 짐작했던 것이다. 그가 센나야 광장에서 왼쪽을 돌아보고 두 번째로 머리를 숙였을 때 50걸음쯤 떨어진 곳에서 소냐의 모습이 보였던 것이다. 그녀는 광장에 세워진 목조 가건물 그늘에서 그가 보지 못하도록 몸을 숨기고 있었다. 그리고 보니 소냐는 그의 슬픈 걸음을 줄곧 따라오고 있었던 것이다! 라스콜리니코프는 이 순간 소냐는 이미 영원토록 그에게서 떠나지 않으리라는 것을, 비록 운명이 어떻게 변하든 그녀는 이 세상 끝까지라도 그를 따라오리라는 것을 직감하고 이해했다. 그의 가슴속은 마구 끓어오르는 듯했다……. 그러나 이미 숙명의 장소에 이르러 있었다.

라스콜리니코프는 제법 힘찬 걸음으로 문을 들어섰다. 3층까지 올라가야만 했다. '올라가는 동안 시간은 있다.' 그는 생각했다. 그에게는 계속해서 운명의 시각까지는 아직도 멀었고, 또 시간이 충분히 남아 있으며, 또한 아직 많은 것을 다시 생각할 수 있는 것 같았다.

이날도 나선형 층계는 여전히 지저분했으며, 달걀 껍질이 흩어져 있었다. 셋집들의 문도 지난번과 마찬가지로 열려 있었으며, 부엌에서도 그때처럼 고약한 악취가 풍겼다. 라스콜리니코프는 그때 이후로 이곳에 온 적이 없었다. 그의 다리는 막대기처럼 뻣뻣해지고 부들부들 떨렸으나 그는 계속 걸어갔다. 그는 한숨 돌리고 나서 마음을 바로잡고 떳떳하게 들어가려고 잠시 걸음을 멈췄다. '하지만 무엇 때문에? 왜 그래야만 하나?' 자기 행동의 의미를 깨닫자 문득 이런 생각이 떠올랐다. '어차피 이 잔을 마셔야 한다면 이젠 모든 게 마찬가지가 아니겠나? 역겨울수록 좋지 않겠는가?' 이 순간 그의 머릿속에 화약 중위인 일리야 페트로비치의 모습이 떠올라왔다. '역시 녀석한테로 가야 할까? 다른 녀석이면 안 되는 걸까? 니코짐 포미치는 어떨까? 지금 발길을 돌려 서장의 자택으로 가면? 그럼 적어도 가족처럼 대해 줄 것이다……. 아니, 아니야. 화약 중위한테 가야지. 화약 중위에게 가야지. 마실 거면 굳게 마음먹고 마셔야지, 단숨에…….'

식은땀이 온몸에 흘러 자기가 무엇을 하고 있는지 거의 의식도 못한 채 그는 경찰서 사무실 문을 열었다.

안에는 사람들이 많지 않았다. 문지기 같은 사나이와 장사치 같은 남자가 서 있을 뿐이었다. 문지기는 칸막이 뒤편에서 얼굴조차 내밀지 않았다. 라스콜리니코프는 다음 방으로 들어갔다. '어쩌면 아직 말하지 않아도 되는지 모르겠구나.' 다시 이런 생각이 머리를 스쳤다. 이 방에는 사복을 입은 서기인 듯한 사나이가 책상 앞에 앉아 무엇인가를 쓰고 있었으며, 구석 쪽에 또 한 사람의 서기가 앉아 있었다. 자묘토프는 보이지 않았다. 니코짐 포미치도 물론 없었다.

"아무도 없습니까?" 라스콜리니코프는 책상 앞의 사나이에게 물었다.

"누구를 찾습니까?"

"아, 옳지! 옳지! 목소리도 들리지 않고 모습도 보이지 않지만 러시아 사람 냄새가 난다라는 문구가 어느 옛이야기에 나온 것 같은데…… 잊어버렸군! 여─어, 정말 오래간만이군요!" 갑작스레 귀에 익은 목소리가 울려왔다.

라스콜리니코프는 떨기 시작했다. 그의 앞에 화약 중위가 서 있었다. 난데없이 세 번째 방에서 나온 것이었다. '이게 운명이라는 걸까.' 라스콜리니코프는 생각했다. '어떻게 그가 여기로?'

"여기를 찾아오셨나요? 무슨 볼일로?" 일리야 페트로비치는 소리쳤다. 그는 확실히 기분이 유쾌해 보였으며 조금 흥분한 듯했다. "볼일이 있으셔서 좀 일찍 오셨나 봅니다. 나도 마침 우연히 여기에 들른 셈이니까. 하지만 내가 할 수 있는 일이라면 도와드리지요. 난 솔직히 당신에게…… 저, 성함이 어떻게 되시더라? 실례입니다만……."

"라스콜리니코프입니다."

"옳지, 그래. 라스콜리니코프 씨! 행여 내가 잊어버렸다고는 생각지 않으시겠지요……. 로지온 로……로……지오노비치, 틀림없이 그렇지요?"

"로지온 로마노비치입니다."

"그래, 그래. 로지온 로마노비치! 정말 그걸 알고 싶어서 몇 번이나 조사를 했을 정도랍니다. 사실은 당신에게 그때 너무 심했다는 생각이 들어서 말입니다. 나중에야 이야기를 들었습니다만, 당신은 청년 문학가라 할까. 아니 학자이신 모양으로…… 말하자면 그 첫출발을…… 아니, 정말입니다만! 본디 문학가라든가 학자이신 이상, 뭐니 뭐니 해도 그 첫출발은 독창적이어야 합니다. 나도 아내도 모두 문학에는 경의를 품고 있지요. 아내는 아주 몰두할 정도요……. 문학과 예술에 말입니다. 인간이란 고결하기만 하면 재능과 지식과 이성과 천재로써 나머지는 무엇이나 얻을 수 있으니까요! 예컨대 모자 말입니다만, 도대체 이 모자란 무엇이겠습니까? 모자란 블린과 마찬가지로 살 수 있지요. 나는 그걸 침메르만 가게에서 살 수 있단 말입니다. 그런데 모자 아래에 간직된 것, 모자 속에 가려진 것이야 내가 살 수 없지요! 정말 솔직히 말씀드려서 나는 당신한테 사과하려는 생각까지 했습니다만, 잠깐 궁리한 나머지 당신은…… 아니,

여쭤보지 못했습니다만, 정말 무슨 볼일이 있으신가요? 가족들이 오셨다더군요?"

"네, 어머니와 동생이."

"다행히도 동생분을 뵐 영광을 누렸지요. 교양 있고 아름다운 분이시더군요. 솔직히 말씀드려 그때 당신과 그토록 옥신각신 다투었다는 게 후회스러워 못 견디겠더군요. 하기야 그때는 그때죠! 그렇지만 당신이 기절하는 바람에 나는 조금 의혹을 품었던 셈입니다만, 그건 나중에 가서 참으로 명확하게 이해할 수 있었습니다. 광신과 맹목! 당신의 분노는 이해합니다. 그런데 가족분들이 올라오셔서 거처를 옮기실 작정인가요?"

"아니, 나는 그저 잠깐…… 들러볼까 해서…… 자묘토프가 여기에 있을까 싶어서."

"네, 그렇군요! 두 분은 친구가 되신다지요. 얘기를 들었답니다. 그런데 자묘토프는 여기에 없습니다. 섭섭했죠. 말하자면 우리는 자묘토프를 잃은 셈이랍니다. 어제부터 자리가 바뀌었지요……. 전근입니다. 그런데 전근 가기 전에 여러 사람 욕을 실컷 하고 갔습니다……. 꼴불견이었지요……. 경솔한 젊은이더군요. 그뿐이랍니다. 제법 장래성도 있습니다만, 그런데 한번 우리나라의 그 훌륭한 여러 젊은이와 사귀어보십시오. 시험인지 뭔지를 치른다고 합니다만, 우리나라 시험이란 몇 마디만 적당히 얼버무리고 나팔이나 불어대면 그것으로 끝이거든요. 그 친구는 말하자면 당신이나 라주미힌과는 사람됨이 전혀 다르더군요. 당신이야 학문을 닦은 분이고 하니 실패하더라도 낙망하지는 않겠지요. 당신에게 생활의 아름다움이란 이를테면 nihil est[13]지요. 금욕자, 수도자, 은둔자라는 말이지요. 당신에게는 책과 펜과 학문을 닦는 연구가 있기에 당신의 정신은 날개를 펼칠 수 있는 겁니다. 나 자신만 해도 조금은…… 당신은 리빙스턴의 여행기를 읽으셨나요?"

"못 읽었습니다."

"나는 읽었습니다. 하기야 요즘은 니힐리스트라고 일컫는 친구들이 몹시 뽐내기 시작하더군요. 도대체 지금 시대는 이게 뭡니까? 한번 여쭤보고 싶은 일

---

13) 아무것도 아닌 것.

이군요. 하지만 나는 당신에게…… 아니, 당신은 물론 니힐리스트가 아니겠지요. 솔직하게 말씀해주십시오, 솔직하게!"

"아닙니다……."

"아니라고요, 아니, 솔직하게 허물없이 이야기하십시오. 당신 혼자 있는 셈치고 말입니다. 수르지바라면 이야기도 다르고, 문제가 달라집니다만…… 내가 두르지바[14]라고 할 생각이었다고 여기십니까. 아니, 잘못 생각하셨습니다! 우정이 아니라 시민 또는 인간으로서의 감정, 휴머니즘의 감정과 가장 숭고한 것에의 사랑이랍니다. 나는 직무에 대해서는 공적인 인간도 될 수 있지만 시민이며 인간이라는 자각을 늘 잊지 않는 것이 의무라고 생각하기도 합니다. 이를테면 방금 자묘토프 같은 사람은 수상쩍은 장소에나 들락거리며 기껏해야 샴페인이며 론 지방의 포도주 한 잔을 갖고 프랑스 사람처럼 소란을 피울 수도 있는 그런 친구지요. 나 같은 사람은 말하자면 충성심과 고결한 감정에 불타서 말입니다, 지위나 신분도 있으며 어엿한 직무도 가지고 있답니다. 결혼도 했으며, 아이도 있지요. 시민이며 인간으로서의 의무를 다하고 있는 셈입니다. 하지만 여쭤보겠습니다만, 그 친구는 뭡니까? 당신을 교양 있는 훌륭한 분이라 여기고 말씀드리는 겁니다만. 그건 그렇고, 요즘 와서는 그런 산파들까지 부쩍 늘어나기 시작하더군요."

라스콜리니코프는 미심쩍은 듯 눈을 치켜떴다. 방금 식사를 마친 듯한 일리야 페트로비치의 말은 거의 공허한 울림으로 그의 앞에 뿌려졌다. 그런데도 상대방의 몇 마디 말은 그로서도 알 수 있었다. 그는 미심쩍은 얼굴로 상대를 보며 이 결말이 어떻게 날 것인가 궁금하게 여겼다.

"아니, 내가 말씀드리고 있는 것은 그 단발을 한 아가씨들에 관해서입니다." 이야기하기를 무척 즐기는 성싶은 일리야 페트로비치가 말을 계속했다. "사실 그 무리들에게 산파라는 별명을 붙인 사람은 나입니다. 정말 제법 핵심을 찌른 별명이 아니겠습니까, 핫핫! 대학에 가서 해부학을 배우고 있으니까요.[15] 그렇지만 어떻습니까. 만약 내가 병에 걸렸다면 어떻게 그러한 풋내기 아가씨들을 불러서 치료받을 생각이 나겠습니까. 하하하!" 일리야 페트로비치는 자기의

---

14) 러시아어로 수르지바(직무)와 두르지바(우정)의 발음이 비슷한 것을 이용한 말장난.
15) 1860년대 러시아에서 여성 교육은 교사와 산파 두 분야에서 제한적으로 이루어졌다.

경구(警句)가 아주 흐뭇한지 껄껄 웃었다. "아닌 게 아니라 너무 지나친 계몽이라고도 할 수 있겠습니다만, 계몽받았다면 그것으로 되는 게 아닙니까? 어째서 그걸 악용할 필요가 있습니까? 어째서 어엿한 인간을 모욕하는 겁니까, 그건달 자묘토프가 했듯이 말입니다. 그 녀석이 어째서 나를 모욕했느냐 그 말입니다. 더구나 요즘 그 자살이라는 게 유행하더군요. 정말 상상조차 못 할 정도랍니다. 그 친구들은 마지막 한 푼까지 모조리 써버리고는 자살해버리거든요. 여자나 남자나 모두 마찬가지죠……. 더구나 오늘 아침엔 요즈음 이곳으로 왔다는 어떤 사람의 이야기가 들리더군요. 여보게, 닐 파브리치! 뭐라고 했지? 그 신사 말이야. 아까 페테르부르크에서 권총 자살을 했다고 연락 온 것 말일세!"

"스비드리가일로프입니다." 다음 방에서 누군가 쉰 목소리로 맥빠진 대답을 했다.

라스콜리니코프는 흠칫 놀랐다.

"스비드리가일로프! 스비드리가일로프가 자살했다니!" 그는 소리쳤다.

"아니! 스비드리가일로프를 아십니까?"

"네…… 알고 있습니다. 최근에 이곳에 왔죠……."

"그렇지요, 요즘에 왔습니다. 부인이 세상을 떠났지요……. 여자라면 맥을 못 추는 사람이었소. 그런데 갑자기 자살했지요. 더구나 말도 안 되는 추태였답니다. 수첩에 제정신으로 죽는 것이니까 자기가 죽었다고 해서 아무도 책망을 하지 말도록 몇 마디 적어놓았다고 하더군요. 이 사나이는 돈도 있었던 모양입니다. 그런데 당신은 또 어떻게 아십니까?"

"그저 아는 사이랍니다……. 동생이 그 댁 가정 교사로 있었기 때문에……."

"네, 그래요…… 그럼, 그 사나이에 관해서 이야기해주실 수 있겠군요. 당신은 그런 눈치를 못 챘었나요?"

"어제 만났습니다만…… 그는 술을 마시고 있더군요. 나도 아무것도 몰랐습니다."

라스콜리니코프는 무엇인가가 그의 위에 떨어져 자기를 짓누르고 있음을 느꼈다.

"아니, 또 얼굴빛이 나빠지는군요. 하여튼 여기는 공기가 나빠서……."

"네, 이제 슬슬 돌아가야지." 라스콜리니코프는 중얼거렸다. "미안합니다, 페를 끼쳐서……."

일리야 페트로비치는 악수를 청했다.

"나는 다만…… 잠깐 자묘토프에게……."

"알겠습니다, 알겠습니다. 정말 즐거웠습니다."

"나도…… 기뻤답니다……. 그럼, 안녕히……." 라스콜리니코프는 미소를 머금었다.

그는 밖으로 나왔다. 비틀거렸다. 현기증이 났다. 그는 자기가 서 있다는 감각마저 없었다. 오른손으로 벽을 짚으면서 계단을 내려가기 시작했다. 장부를 한 손에 들고 경찰서로 올라오던 문지기가 그에게 부딪친 것 같았다. 또 아래층에서는 강아지가 큰 소리로 짖어대고 어느 여자가 그 개에게 방망이를 집어던지며 야단치는 듯한 느낌이 들었다. 그는 아래로 내려가서 가운데 마당으로 나왔다. 그러자 그 가운데 마당 입구에서 멀지 않은 곳에 죽은 사람처럼 얼굴이 창백한 소냐가 서서 등골이 서늘할 정도로 날카로운 눈길을 그에게 던지고 있었다. 그는 그녀 앞에 우뚝 섰다. 무엇인지 쓰라린 고통으로 가득 찬, 무엇인가 안간힘을 쓰고 있는 표정이 그녀의 얼굴에 나타났다. 그녀는 절망적인 몸짓으로 두 손을 마주 쥐었다. 그의 입가에 일그러지고 멍청해 보이는 미소가 떠올랐다. 그는 잠깐 그 자리에 우뚝 서 있었으나 이윽고 쓴웃음을 짓더니 되돌아서서 다시 경찰서로 올라갔다.

일리야 페트로비치는 자리에 앉아 서류를 뒤적이고 있었다. 그의 앞에는 방금 층계를 올라오다가 라스콜리니코프와 부딪쳤던 사나이가 서 있었다.

"아니? 또 오셨군요? 뭐, 잊으신 거라도? ……아니, 왜 그러십니까?"

라스콜리니코프는 입술이 새파랗게 질린 채 침착한 눈으로 상대를 바라보면서 조용히 그에게로 다가가더니 책상 있는 곳까지 오자, 거기에 한 손을 짚고는 무슨 말인가 하려는 듯한 몸짓을 했다. 그러나 그는 할 수 없었다. 무엇인지 알아들을 수 없는 소리를 냈을 뿐이었다.

"기분이 언짢으신 모양이군요. 여기 의자! 자, 앉으십시오. 앉으시오! 물!"

라스콜리니코프는 쓰러질 듯이 의자에 주저앉았으나, 눈은 몹시 불쾌한 충격을 받은 듯한 일리야 페트로비치의 얼굴에서 떼려고 하지 않았다. 두 사람은 1분 가까이 서로 얼굴을 마주 보며 기다리고 있었다.

누군가가 물을 가지고 왔다.

"바로 내가……." 라스콜리니코프가 말을 꺼냈다.

"물 좀 드십시오."

라스콜리니코프는 한 손으로 물을 밀어내고 작은 목소리로 띄엄띄엄, 그러나 또렷이 말했다.

"바로 내가 그때, 관리의 미망인인 노파와 그 동생 리자베타를 도끼로 죽이고 금품을 훔쳤습니다."

일리야 페트로비치는 입을 헤 벌렸다. 주위에서 사람들이 급하게 몰려들었다. 라스콜리니코프는 자기의 진술을 되풀이했다.

7 에필로그

1

시베리아! 광막하고 황량한 큰 강 기슭에 러시아 행정 중심지의 하나인 도시가 펼쳐져 있다. 여기에는 요새가 있고 그 안에 감옥이 있어, 우리의 라스콜리니코프는 제2급 유형수로서 이미 9개월 동안 이곳에 유폐되어 있었다. 범행을 저지른 날로부터 벌써 1년 반 가까운 세월이 흘렀다.

재판은 별다른 지장없이 끝을 맺었다. 피고는 여러 가지 상황을 혼란스럽게 만들거나, 자신을 이롭게 할 목적으로 불분명한 진술을 하거나, 사실을 왜곡하거나, 자질구레한 점을 잊어버리거나 하는 일 없이 분명하고 정확하게, 그리고 자세히 그 진술을 확인했다. 그는 범행 경과에 대해 빠짐없이 소상하게 이야기했다. 살해당한 노파가 죽을 당시 손에 쥐고 있던 전당물(철판을 댄 나뭇조각)의 비밀과 노파에게서 열쇠 꾸러미를 빼앗을 때의 상황도 자세히 얘기했다. 어떤 모양의 열쇠가 몇 개쯤 있었고, 트렁크의 생김새는 어떠했으며 어떤 물건이 그 안에 들어 있었던가 하는 점까지 낱낱이 진술했다. 그는 또 리자베타 살해의 수수께끼도 해명했다. 먼저 코흐가 와서 문을 두드렸던 일로부터 얼마 뒤에 학생이 온 일, 그 두 사람이 주고받은 대화 내용까지 모두 재현하면서 자세히 진술했다. 또한 범인인 자신이 범행을 한 뒤 어떻게 계단을 뛰어 내려갔고, 어디서 니콜라이와 미치카가 아우성치는 소리를 들었으며, 어떻게 해서 빈방에 몸을 숨겼다가 집으로 돌아갔는지를 진술한 다음, 끝으로 훔친 물건을 숨긴 보즈네센스키 거리의 어느 건물 안에 있는 돌의 위치까지 밝혔다. 과연 돌 밑에서 훔친 물건과 지갑이 나왔다. 그것으로 범죄 사실은 명백해졌다. 예심 판사나 재판관들은 그가 물건이나 지갑을 처분하지 않고 그대로 숨겨놓았다는 사실에 크게 놀랐지만, 그보다도 본인이 훔친 물건에 대해 잘 기억하지 못할 뿐 아니라, 그 개수마저 잘 모르고 있다는 데 대해서는 정말 놀라지 않을 수 없었다. 특히 그가 한 번도 지갑을 열어본 적이 없어서 그 안에 돈이 얼마나 들어 있었는지조차 알지 못한다는 사실은 믿어지지가 않을 정도였다. 지갑 속에는 317루블의 지폐와 20코페이카짜리 은전 세 닢이 들어 있었다. 오랫동안 돌 밑에 깔려 있었기 때문에 위쪽에 있던 큰 지폐 두서너 장은 몹시 상해 있었다. 피고는 다른 모든 점은 스스로 정직하게 인정하면서도 어째서 이 사실에 대해서만은 허위 진술을 하는가? 이 점을 규명하기 위해 모두가 오랫동안 고심했다. 몇몇 사람들 특히 심리학자들은 '피고는 정말로 지갑 속을 보지 않았기 때문에, 그 안에 무엇이 들어 있었는지조차 모른 채 돌 밑에 숨겨두었다는 사실도 있을 수 있는 일이다.'라고 인정했다. 그 결과 이 범죄는 일시적인 정신착란, 즉 아무런 목적도, 이해타산도 없는, 살인강도 행위에 대한 병적인 편집광 증세가 악화된 상태에서 이루어졌다고밖에 할 수 없다는 결론이 내려졌다. 거기에다가, 때마침 최근에 어떤 종류의 범죄에 특히 적용하려는 경향이 뚜렷한 최신 유행의 일시적 정신착란설이라는 이론이 떠들썩하게 제기되었다. 더구나, 오래 전부터 라스콜리니코프는 우울증 증세를 보였다는 것이 의사인 조시모프와 이전의 친구들, 그리고 하숙집 안주인이며 하녀 등 많은 증인에 의해 뚜렷이 확인되었다. 이러한 온갖 일들이 라스콜리니코프는 흔히 볼 수 있는 살인자나 강도범 같은 흉악범과는 달리, 무언가 다른 것을 속에 간직하고 있다는 결론을 내리게 하는 데 크게 도움이 되었다. 다만, 이 견해를 지지하는 측 사람들이 몹시 유감스럽게 생각한 것은, 범인 자신이 거의 자기변호를 하려 들지 않는다는 사실이었다. 무엇이 그로 하여금 살인강도를 저지르게 했는가 하는 질문에, 그는 매우 또렷하고 상식에 어긋날 만큼 정확하게, 그것은 모두 자기 자신의 가난함과 비참함, 의지할 데 없는 처지가 원인이며, 노파를 죽이면 적어도 3천 루블의 돈을 손에 넣을 수 있을 것이므로 그것으로 출세의 첫발을 확실히 내디딜 수 있을 것이라고 생각했기 때문이라고 진술했다. 요컨대, 자기가 사람을 죽이려고 결심한 것은 본디 경솔하고 속이 좁은 성격이 가난과 실의 때문에 극도로 초조해진 탓이라고 덧붙였다. 그렇다면 무엇이 피고를 자수 행위로 이끌었는가 하는 심문에 대해 피고는 정직하게 '진심으로 뉘우침'이라고 말했다. 이 모든 진술을 할 때 그의 말투와 태도는 거의 난폭하다 해도 좋을 지경이었다.

그러나 판결은, 그 범행으로 미루어 예측했던 것보다도 훨씬 관대했다. 그것은 피고가 변명하려 하지 않을 뿐 아니라, 스스로 자기의 죄를 무겁게 하려는 심정이 엿보였기 때문인지도 몰랐다. 이 사건의 불가사의한 특수 사정도 참작되었다. 범행을 저지를 때의 피고의 병적인 상태는 의심할 여지가 전혀 없었다. 그가 훔친 물건을 사용하지 않았다는 점은, 부분적으로 싹트기 시작한 뉘우침의 증거이며 또 범행 시의 정신 상태가 정상이 아니었기 때문이라고 추정되었다. 의도하지 않았던 리자베타의 살해는, 오히려 이 제2의 이유를 뒷받침하는 역할을 해주었다. 두 번이나 살인을 저지르면서도 문이 열린 것을 몰랐다는 사실은 비정상적이기 때문이라는 것이다. 그리고 마지막으로, 의기소침한 광신자 니콜라이의 허위자백으로 말미암아 사건이 극도의 혼란 속에 빠져들었을 때, 진범에 대한 명백한 증거는커녕 혐의조차 거의 없었음에도—예심 판사 포르피리는 약속을 지켜 끝까지 입을 다물었다—굳이 자수했다는 사실, 이런 점들이 모두 정상참작의 여지를 주었던 것이다.

게다가 또, 전혀 뜻밖으로 피고측에 매우 유리한 몇 가지 사실이 밝혀졌다. 대학을 중퇴한 라주미힌이 어디선가 정보를 얻어와서, 피고인 라스콜리니코프가 대학에 다닐 무렵 자기의 가난한 주머니를 털어 폐병에 걸린 가난한 학우를 돕고, 거의 반 년에 걸쳐 생활비를 대주었다는 사실을 증언했다. 뿐만 아니라 그 학우가 세상을 떠나자, 뒤에 남은 병든 늙은 아버지의 뒷바라지도 맡아 가며—죽은 친구는 열세 살 때부터 자기가 벌어서 그 아버지를 부양했다고 한다—마침내는 병원에 모셨는데 불행히도 그가 죽자 장례식까지 치러주었다는 것이다. 그리고 예전 하숙집 주인인 과부 자르니츠이나도, 그들이 아직 5번가의 다른 집에 살았을 무렵인 어느 날 밤 불이 났을 때, 그가 이미 불길이 번진 방에 뛰어들어 화상까지 입어가면서 두 어린아이를 구출해낸 이야기를 진술했다. 이 사실은 면밀히 조사하는 과정에서 많은 증인에 의해 꽤 훌륭하게 입증되었다. 결국 자수했다는 사실과 그 밖의 서너 가지의 정상참작에 의하여 피고는 형기 8년이라는 비교적 가벼운 제2급 징역을 선고받았다.

재판이 시작되었을 무렵 라스콜리니코프의 어머니는 병이 들었다. 아브도챠와 라주미힌은 재판이 끝날 때까지 그녀를 페테르부르크 밖으로 옮기자고 의논했다. 그래서 라주미힌은 몸소 재판의 모든 과정을 살펴볼 수 있고, 되도록

이면 아브도챠와 자주 만날 수 있도록 하기 위해 페테르부르크에서 그리 멀지 않은 철도 언저리의 마을을 선택했다. 풀리헤리야의 병은 좀 기묘한 신경계통의 병으로서, 어느 정도 정신착란에 가까운 증상을 수반하고 있었다. 아브도챠가 오빠와의 마지막 면회를 마치고 돌아왔을 때, 어머니는 이미 병이 깊어져 신열에 들뜬 붉은 얼굴로 헛소리를 하고 있었다. 그날 밤 그녀는 오빠에 관해 어머니가 물으면 어떻게 대답할 것인지 라주미힌과 의논하여, 오빠는 어떤 사람의 의뢰를 받고 국경에 가까운 먼 곳으로 갔는데, 그 일은 머지않아 오빠에게 돈과 명예를 가져다 줄 것이라는 이야기를 함께 꾸며냈다.

그러나 놀랍게도 그때도 그 후에도 어머니는 아무것도 물으려고 하지 않았다는 것이다. 오히려 그녀는 자신도 아들의 갑작스러운 출발에 대해 한 가지 이야기를 꾸며놓고 있었다. 어머니는 눈물을 흘리면서 아들이 작별 인사를 하러 왔을 때의 광경을 얘기했다. 그리고 이야기 도중 자신밖에 모르는 중대한 비밀이 많다는 것과, 아들에게는 강력한 적이 많기 때문에 잠깐 몸을 숨길 필요가 있다는 것을 은연중에 내비쳤다. 아들의 앞날에 대해서도, 몇 가지 불리한 사정만 개선된다면 반드시 밝아지리라고 어머니는 믿어 의심치 않는 듯했다. 그러고는 라주미힌에게 아들은 머지않아 나라에서 인정하는 인물이 될 것이며, 그것은 아들의 논문과 빛나는 문학적 재능이 증명한다고 장담했다. 이 논문을 그녀는 끊임없이 읽고, 때로는 소리 내어 읽기도 했으며 껴안고 잘 정도로 몰두했으나, 그럼에도 로쟈가 지금 어디에 있느냐고는 거의 물으려고도 하지 않았다. 사실 두 사람이 그녀 앞에서 그 이야기만은 꺼렸으므로 이 한 가지 일만으로도 그녀의 의심을 불러일으키기에 충분했을 것이다. 마침내 두 사람도 어머니의 이 이상한 침묵을 걱정하기 시작했다. 예컨대 이전에 시골에서 살았을 때는 귀여운 로쟈한테서 빨리 편지가 왔으면 하는 오직 그 희망과 기대만으로 살아가는 듯했었는데, 지금은 아들한테서 편지가 오지 않아도 불평 한마디 하지 않았다. 이런 상황은 아브도챠를 심한 불안으로 휘몰았다. 아브도챠는 얼핏 어머니가 아들의 운명에 뭔가 무서운 일이 일어났음을 예감하고 있어서, 더욱 무서운 사실을 알게 될까 봐 바로 묻기를 두려워하고 있는 게 아닌가 하는 생각이 떠올랐다. 어느 편이든 아브도챠는 어머니의 머리가 정상적인 상태가 아님을 확실히 알아차렸다.

언젠가 두어 번쯤, 어머니 쪽에서 라스콜리니코프가 지금 어디에 있는지를 대답하지 않을 수 없도록 화제를 돌린 적이 있었다. 그러나 그 대답이 어쩔 수 없이 애매하고 불확실하게 되자, 그녀는 갑자기 몹시 슬픈 듯한 우울한 표정으로 침묵했고, 그것이 꽤 오랫동안 이어졌다. 마침내 아브도챠는 거짓말을 하거나 잔꾀를 피우는 게 어렵다는 걸 깨닫고, 어떤 점에 관해서는 차라리 철저한 침묵으로 버티는 쪽이 낫다고 결론을 내렸다.

그러나 어머니가 오빠에 관한 무슨 중대한 사태를 걱정하고 있다는 것을 점차 확실하게 느낄 수 있었다. 특히 아브도챠는 그 마지막 운명의 날의 전날 밤, 스비드리가일로프와의 사이에 그런 일이 벌어진 뒤 자기가 한 잠꼬대를 어머니가 들었다고 한 오빠의 말이 떠올랐다. 그때 어머니는 뭔가를 눈치챈 것이 아닐까? 이따금 어머니는 때에 따라서는 며칠, 몇 주일이고 입을 다문 채 눈물만 흘리다가 갑자기 히스테릭하게 명랑해지면서 아들의 일과 자신의 희망, 장래에 일어날 일 따위에 관해 잠시도 쉬지 않고 떠들기도 했다……. 그녀의 상상은 때로는 몹시 기괴했다. 두 사람은 그녀를 위로하고자 맞장구를 쳐주었다. 어쩌면 그녀 쪽에서도 두 사람이 오직 자신을 위로하기 위해 맞장구를 치고 있다는 걸 확실히 알고 있는지도 몰랐다. 그래도 그녀는 이야기를 멈추지 않았다.

범인이 자수한 지 다섯 달 뒤에 판결이 내려졌다. 라주미힌은 가능한 한 자주 옥중의 그를 찾아갔다. 소냐도 마찬가지였다. 마침내 헤어져야 할 때가 왔다. 아브도챠는 그 이별이 영원한 것이 아님을 오빠에게 맹세했다. 라주미힌 역시 맹세했다. 라주미힌의 젊고 정열적인 두뇌에는 이 3, 4년 사이에 될 수 있는 대로 생활의 기반을 잡고 얼마쯤이라도 저축을 하여, 대체로 땅은 기름지지만 노동력, 인구, 자본이 부족한 시베리아로 옮겨가 살려는 계획이 착실히 뿌리내리고 있었다. 그곳에 가서 로쟈가 있는 같은 고장에 자리잡아, 그리고…… 모두 함께 새로운 생활을 시작하는 것이다. 작별 인사를 주고받을 땐 모두 눈물을 흘렸다. 어머니의 병세에 대해 자세한 이야기를 듣고부터 라스콜리니코프는 더욱 우울해졌다. 감옥에 있는 동안에도 무슨 까닭인지 소냐하고는 그다지 많은 이야기를 하지 않았다. 그러나 소냐는 스비드리가일로프가 준 돈으로 이미 호송반을 따라 떠날 준비를 갖춰놓고 있었다. 그 일에 관해서는 그녀와 라스콜리니코프 사이에 아무런 의논도 없었지만, 그러나 결국은 그렇게 되리라는 것을 두 사람 모두 알고 있었다. 드디어 마지막 작별을 하게 되었을 때, 출옥 뒤 두 사람의 행복한 장래를 비는 동생과 라주미힌의 열성적인 말에 대해 라스콜리니코프는 야릇한 미소로 대답하고는, 어머니의 병이 곧 불행한 결과로 끝나리라는 것을 예언했다. 라스콜리니코프와 소냐는 마침내 출발했다.

두 달 뒤, 아브도챠는 라주미힌과 결혼했다. 초대 손님 중에는 포르피리와 조시모프도 끼여 있었다. 라주미힌에게는 굳은 의지가 엿보였다. 그는 대학을 졸업하기 위해 다시금 학교에 나가 강의를 듣기 시작했다. 두 사람은 줄곧 미래의 계획에 관한 얘기를 주고받았다. 5년 뒤에는 틀림없이 시베리아로 옮기리라는 굳은 결의를 다졌다. 그러나 그때까지는 그곳에 있는 소냐만을 믿을 수밖에 없었다.

풀리헤리야는 딸과 라주미힌의 결혼을 기꺼이 축복해주었다. 그러나 결혼식을 치른 뒤에는 한층 근심스러운 모습을 보여주었다. 그러한 풀리헤리야를 잠시나마 즐겁게 해주기 위해서 라주미힌은, 이전의 학우와 늙은 아버지의 얘기나 라스콜리니코프가 지난 해 두 어린 생명을 불길 속에서 구해내기 위해 화상을 입고 병까지 났었다는 이야기를 들려주었다. 이 두 가지 이야기는, 그렇지 않아도 정신이 망가진 풀리헤리야를 환희의 절정으로 인도했다. 그녀는 끊임없이 그 얘기를 중얼거렸고, 아브도챠가 늘 옆에 붙어 있었음에도 거리에서까지 떠들어댔다. 합승마차 안이나 상점에서도 사람들을 붙들고는 아들에 관한 일이나 논문, 아들이 학우를 도와주었다는 것과 화재로 화상을 입은 일 따위를 화제로 올렸다. 아브도챠조차 어떻게 어머니를 말려야 할지 망설였을 정도였다. 또 만일 누군가가 라스콜리니코프란 이름을 듣고 얼마 전에 일어난 사건을 생각해내고 그 이야기라도 꺼낸다면 그야말로 큰일이 아닐 수 없었다. 풀리헤리야는 불 속에서 구출한 어린이 어머니의 주소까지 알아내고 굳이 그 어머니를 방문하겠다고 고집하기도 했다. 마침내 그녀는 갑자기 우는가 하면, 자주 몸져 눕고 열에 들뜨곤 했다. 어느 날 아침, 그녀는 불현듯이 자기의 계산에 따르면 로쟈는 머지않아 돌아올 것이라고 말했다. 자기와 헤어질 때 그 애가 9개월 뒤에 틀림없이 돌아온다고 했다는 것이다. 그때부터는 날마다 방 안을 정리하며 아들 맞을 준비를 했다. 아들이 오면 쓰게 하겠다고 정한 방, 다시 말해 자기 방을 가꾸거나 가구를 손질하거나, 바닥을 닦거나, 새로운 커튼을 내걸기 시작했다. 아브도챠는 불안했지만 아무 말 없이 오빠를 맞기 위한 일들을 도왔다. 끊임없는 환상과 눈물 속에 불안한 하루를 보낸 뒤 그날 밤 늦게 그녀는 병이 났고, 이튿날 아침에는 열이 올라서 헛소리를 했다. 뇌에 염증이 생긴 것이다. 2주일 후에 그녀는 죽었다. 열에 들떠 있을 때 그녀의 입에서 새어나온 말로 미루어 보면, 그녀는 주변 사람들이 짐작했던 것보다도 훨씬 더 아들에게 무시무시한 운명이 닥쳤음을 의식하고 있었다는 것을 알 수 있었다.

시베리아에 도착한 바로 다음부터 페테르부르크와의 통신이 이루어지고 있었지만, 라스콜리니코프는 오랫동안 어머니의 죽음을 알지 못했다. 편지로 소식을 주고받는 일은 소냐를 통해 이루어지고 있었다. 소냐는 매월 정기적으로 페테르부르크의 라주미힌 앞으로 편지를 써 보냈고, 마찬가지로 매월 페테르부르크로부터 답장을 받았다. 소냐의 편지는 처음 얼마 동안 아브도챠와 라주미힌 두 사람이 볼 때 어딘지 정이 없는 것 같아 불만스러웠다. 그러나 시간이 흘러감에 따라 두 사람 모두 그녀가 그 이상 더 잘 쓸 수 없다는 것을 알았다. 왜냐하면, 결과적으로 볼 때 불행한 라스콜리니코프의 생활 상태가 가장 완전하고도 정확하게 두 사람에게 전해졌기 때문이다. 소냐의 편지는 처음부터 끝까지 극히 평범한 일상적인 일, 라스콜리니코프의 옥중 생활에 관한 간단명료한 묘사로 이루어졌다. 거기에는 그녀 자신의 희망도, 미래에 대한 예상도, 자기 감정의 묘사도 전혀 없었다. 라스콜리니코프의 심경이나 내면 생활의 설명 같은 것은 하려고도 하지 않고 그저 사실만을 적고 있었다. 즉 라스콜리니코프가 한 말, 그의 건강 상태에 관한 자세한 보고, 지난번에 면회했을 때 무엇을 바랐다든가, 무엇을 부탁했다든가, 어떤 말을 했다든가 하는 것밖에 씌어 있지 않았다. 그러나 이러한 사실들을 놀랄 만큼 상세하게 적었기 때문에, 결국 불행한 라스콜리니코프의 모습이 저절로 눈앞에 떠오르는 것이었다.

그러나 아브도챠와 라주미힌은 이러한 소식에서 그다지 기쁨을 찾아낼 수 없었다. 특히 처음 한동안은 더욱 그러했다. 소냐는 줄곧 라스콜리니코프가 우울하고 말수가 적으며, 편지를 받을 때마다 전하는 그쪽 소식에 대해서도 전혀 관심을 나타내지 않는다고 알려왔다. 그리고 가끔 그가 어머니 소식을 묻기 때문에, 이제는 사실을 짐작하고 있으리라는 생각에서 큰맘 먹고 어머니의 죽음을 알렸더니, 놀랍게도 그 소식을 듣고도 그다지 동요를 보이지 않았으며, 적어도 겉으로 보기에는 그렇게 느껴졌다고도 써 보냈다. 그는 자기 자신의 내부에 틀어박혀 껍질을 닫고 자기를 가두어두고 있는 듯이 보이지만, 그래도 자기의 새로운 생활에 대해서는 솔직한 태도를 유지하고 있으며, 가까운 장래까지는 아무런 요행도 기대하지 않고 경솔한 희망 따위는 전혀 품지 않으며—이것은 그의 처지로서는 마땅한 일이기도 하다—그리고 지금까지와는 전혀 다른 새로운 생활 환경에도 그리 불편해하지 않는다는 것이었다. 그녀는 그의 건강 상태가 만족할 만한 것이라고 써서 보내오기도 했다. 그가 노역을 나가며 딱히 그것을 피하는 일도 없고 또 그렇다고 스스로 앞장서서 하는 것도 아니며, 식사엔 거의 관심이 없지만 일요일과 축제일이 아니면 이건 식사라고도 할 수 없을 정도의 지독한 것이어서 그도 마침내는 소냐로부터 돈을 조금 받아 매일 자기 손으로 차를 끓이게 되었다는 것, 그가 다른 것에 대해서는 조금도 신경 쓰지 말 것이며 신경을 쓰면 오히려 초조해지기만 할 뿐이라고 당부했다는 것 등을 전해왔다. 그리고 소냐는, 교도소 안의 라스콜리니코프의 방은 여럿이 함께 쓰고 있으며 감방의 내부를 본 일은 없으나 비좁고 불결하고 음침한 듯이 보이며, 그는 널빤지로 된 침대에 담요 한 장을 깔고 잘 뿐으로 그 밖에는 아무것도 갖추려 하지 않는다고 전해오기도 했다. 그러나 그가 그런 식으로 비참한 생활을 감수하는 것은 무슨 별다른 계획이나 뜻이 있어서가 아니라, 오로지 자기 자신의 운명에 대한 소홀함과 겉으로 드러난 무관심에 따른 것이었다. 소냐는 또한 솔직하게 이렇게도 써 보내왔다. 라스콜리니코프는 특히 처음 얼마 동안은 소냐의 방문을 기뻐하지 않을 뿐만 아니라, 소냐에게 화를 내고 말도 잘하지 않은 채 난폭한 태도를 보였으나, 나중에는 이 면회가 거의 습관이나 요구처럼 되어서 소냐가 며칠 동안 병에 걸려 찾아가지 못하거나 하면 몹시 쓸쓸해한다는 것이었다. 두 사람의 면회는 일요일이나 축제일에는 감옥의 문 옆이나 위병소(衛兵所)에서 이루어졌으며, 단 5, 6분 동안 그곳으로 불려나오는 것이라 했다. 또 평상시에는 노역을 해야 하기 때문에 소냐가 작업장이나 벽돌 공장, 또는 강변의 오두막집으로 찾아가서 만나야 한다는 것이었다.

소냐는 자신의 일에 대해서도 알려왔는데, 거리에 몇몇 아는 사람과 후원자의 도움으로 바느질을 하고 있으며, 거리에는 양장점이 없기 때문에 여러 집에서 꼭 필요한 존재가 되었다고 했다. 이윽고 마지막으로—아브도챠는 최근에 온 몇 통의 편지에서 일종의 동요와 불안이 나타난 것을 눈치챘다—라스콜리니코프가 사람들을 피한다는 것, 감옥 안에서 따돌림을 받고 있다는 것, 날마다 침울한 기분에 잠겨서 안색이 몹시 나빠졌다는 것 등을 알리는 편지가 왔다. 그러던 중 갑자기 아주 최근의 편지에서 소냐는, 라스콜리니코프가 몹시 아파 쓰러져서 감옥에 부속된 병원에 수용되었다는 것을 알려왔다.

2

라스콜리니코프는 꽤 오래전부터 병에 걸려 있었다. 그러나 그를 무너뜨린 것은 옥중 생활의 무서움도 아니요, 중노동도, 험한 음식도, 짧게 깎인 머리도, 누더기 차림도 아니었다. 아아! 이런 고통이나 가책쯤은 그에게 아무것도 아니었다. 오히려 그는 노역을 반가워했다. 노동으로 육체를 학대하면 적어도 몇 시간쯤은 편안한 잠을 얻을 수 있었기 때문이었다. 또 바퀴벌레가 떠다니는 건더기 없는 양배추수프도 그에게는 그리 문제가 되지 않았다. 학생 시절에는 그런 수프조차도 못 먹는 일이 자주 있지 않았던가? 발에 채워진 족쇄도 그에게는 문제가 되지 않았다. 그럼 깎인 머리와 줄무늬 죄수복이 부끄러웠을까? 누구 앞에? 소냐에게인가? 그것은 당치도 않다. 소냐는 그를 두려워했기 때문에 그녀에게 부끄러움을 느낄 필요 따위는 없었다.

그런데 참 이상한 얘기지만 소냐에게조차 그는 늘 부끄러운 기분을 느꼈다. 그래서 일부러 난폭하고 거친 태도로 그녀를 괴롭혔던 것이다. 라스콜리니코프의 자존심이 상처를 입은 까닭이다. 병이 난 것도 바로 그 때문이었다. 아아, 차라리 스스로 자신을 처벌할 수 있더라면 그는 얼마나 행복했을까! 그랬더라면 그는 창피건 치욕이건 뭐든지 참고 견디어냈을 것이다. 라스콜리니코프는 엄격하게 자신을 심판했다. 그러나 냉엄한 양심은, 누구에게나 있을 수 있는 흔한 실수 외에 그의 과거에서 특별히 무서운 죄과 따윈 전혀 발견하지 못했던 것이다. 그래서, 그가 부끄러워한 것은, 자기가 맹목적인 어떤 운명의 판결에 의하여 이토록 아무 희망도 없이 헛되고 어리석게 신세를 망친 끝에, 얼마쯤이나마 평안을 얻으려고 이 판결의 '무의미함'과 타협하여 그 앞에 굴복했다는 사실이었다.

현재는 대상도 목적도 없는 불안, 미래는 아무런 보상도 받지 못할 끊임없는 무익한 희생, 이것이 이 세상에서 그의 앞날에 가로놓인 전부였다. 8년이 지나도 그는 아직 서른두 살이므로 새출발을 할 수 있다고는 하지만, 그런 것이 무슨 위안이 될 수 있단 말인가! 무엇 때문에 사는가! 무엇을 목표로 삼아야 하는가? 무엇을 지향해야 하는가? 존재하기 위해서 사는가? 하지만 그는 지금까지 살아오는 동안 수많은 순간들을 사상을 위해, 희망을 위해, 나아가서는 공상을 위해 자기의 존재를 바치려 하지 않았던가! 그는 단순히 존재하는 것만으로는 부족했다. 훨씬 더 광대한 것이 필요했다. 어쩌면 그 치열한 소망으로 미루어 볼 때, 그는 그 당시 자신을 다른 인간들보다도 많은 것이 허용되는 인간으로 생각했었는지도 모른다.

아아! 하다못해 운명이 그의 가슴에 회한의 정이라도 솟아나게 해주었더라면, 심장을 짓부수고 꿈을 쫓아버리는 듯한 회한, 그 무서운 고통으로 말미암아 목을 맬 밧줄이나 몸을 던질 심연이 눈앞에 어른거릴 정도의 회한, 그런 치열한 회한의 정이라도 솟아나게 해주었더라면! 그렇다, 그는 그것을 얼마나 갈망했는지 모른다. 고통과 눈물, 그것 역시 엄연한 삶이 아닌가! 그러나 그는 자신이 저지른 죄에 회한의 정 따위는 느끼지 않았다.

적어도 라스콜리니코프는, 자신을 감옥으로까지 몰아넣게 한 추악하고도 어리석은 행동에 대해 전에 분통을 터뜨렸듯이, 자기 자신의 어리석음 그 자체에 대해서도 분통을 터뜨려야 마땅했을 것이다. 그런데도 감옥에 들어와 오히려 자유롭게 지금, 다시 한 번 이제까지의 자기 행위를 검토하고 숙고한 결과, 아무래도 예전 그 운명의 날에 생각했던 만큼 그 행동들이 그렇게 어리석고 추악하게 여겨지지 않는 것이다.

'대체 내 사상의 어떤 점이 창세 이래 이 세상에 우글거리고 있는 다른 무수한 사상이나 이론보다 치졸했단 말인가? 전혀 얽매이지 않고 일상의 영향, 지배로부터 해방된 넓은 안목으로 이 사건을 본다면, 물론 나의 사상은 절대로 그처럼 기이한 것은 아닐 것이다. 아아! 5코페이카의 값어치밖에 안 되는 값싼 부정론자나 현자 양반들아, 어째서 당신들은 그런 어중간한 곳에서 헤매고 있는 것인가!'

'그렇지만 내 행위가 그들의 눈에 그토록 추악하게 비치는 것은 무슨 까닭인가?' 그는 때때로 이렇게 자문했다.

'그것이 죄악이기 때문일까? 하지만 죄악이란 도대체 무엇이란 말인가? 내 양심은 편안하다. 물론 형사상의 범죄는 저질렀다. 법률 조문을 침범하고, 피가 흐른 것만은 사실이니까. 그렇다면 그 침범에 대한 대가로서 내 목을 치면 된다……. 그것으로 충분하지 않은가! 하지만 그렇게 된다면, 권력을 물려받지 않고 스스로의 힘으로 그것을 장악한 수많은 인류의 은인들은 그 첫걸음에서 물론 처형되었어야만 했을 것이다. 그러나 그 사람들은 성공했고 따라서 그들은 정당한 것이다. 그런데 나는 성공하지 못했고 그 때문에 내게는 이 첫걸음을 자신에게 허용할 자격이 없었던 것이다.'

이 한 가지, 즉 첫걸음을 견뎌내지 못하고 자수했다는 한 가지 점에서만 그는 자신의 죄를 인정했다.

라스콜리니코프는 또 왜 그때 자살하지 않았던가 하는 점에서도 크게 괴로워했다. 어째서 일부러 강까지 가서 강물을 내려다보고 서 있었으면서 자기는 자수를 택했던가? 살고자 하는 욕망이 그토록 강했고, 그것을 극복하기가 그렇게도 어려웠단 말인가? 그토록 죽음을 두려워하던 스비드리가일로프조차 그것을 극복하지 않았던가?

그는 괴로워하면서 이 의문을 풀려고 애를 썼지만, 그러나 강물을 내려다보고 섰던 그때 이미 자기 내부와 신념 속에 분명 심각한 허위가 가로놓여 있음을 예감했을 텐데도 그것을 깨닫지 못했던 것이다. 그는 또 이 예감이야말로 그의 생의 커다란 전환, 부활, 새로운 인생관의 예고가 될 수 있음을 이해하지 못했던 것이다.

그는 같은 감방의 죄수들을 보고는 놀랐다. 그들이 하나같이 열렬하게 삶을 사랑하고 그것을 소중히 여기는 데 놀랐다. 확실히 감옥에 있는 편이 바깥세상에 있을 때보다도 훨씬 더 삶을 뜨겁게 사랑하고 그 가치를 인정하며 존중하는 것 같았다. 그들에게는 단 한 줄기 햇빛, 울창한 숲, 어딘지도 모르는 구석진 덤불 속의 옹달샘 따위가 믿어지지 않을 만큼 커다란 의미를 갖고 있었다.

감옥 안, 라스콜리니코프의 주위에는 그가 깨닫지 못하는 것도 많았으나, 그보다도 그는 처음부터 그런 것을 보려는 마음이 전혀 없었다. 그러나 어느 사이에 여러 가지 일들이 그를 놀라게 했다. 무엇보다도 그가 가장 놀란 것은, 그와 동료 죄수들 사이에 가로놓인 도저히 뛰어넘을 수 없는 심연이었다. 마치 서로 인종이 다른 것 같은 느낌이었다. 그와 그들은 불신의 눈을 번뜩이며 적의를 가지고 서로 노려보았다. 그는 이러한 대립의 일반적인 원인을 알고 있었고, 또 이해했다. 그러나 그 원인이 이토록 뿌리 깊고 강한 것인 줄은 몰랐다. 이 감옥에는 역시 유형수로서 폴란드인 정치범도 수용되어 있었다. 이런 정치범들은 일반 죄수들을 모두 무지몽매한 농노로 단정하고 늘 업신여겼다. 그러나 라스콜리니코프는 그들을 그런 식으로 대하지 않았다. 그는 이 무지한 사람들이 그 폴란드 사람들보다 훨씬 현명하다는 것을 알았다.

그렇건만, 그러한 그가 모두에게서 호감을 얻지 못하고 배척당하고 있었던 것이다. 아니, 마침내는 증오의 대상이 되고 말았다. 무엇 때문일까? 그는 이유를 알 수 없었다. 자기보다 훨씬 중죄를 저지른 죄수들로부터 멸시당하고 조롱받고 그의 죄에 대해 비웃음을 받았다.

"너는 나리 양반이야!" 그들은 걸핏하면 이런 말을 했다. "도끼를 들고 사람을 죽이고 다니는 건 격에 맞지 않아. 그런 건 나리들이 할 짓이 못 되거든."

사순절 둘째 주일에, 그는 같은 감방의 죄수들과 함께 교회에 기도를 올리러 갈 차례가 되었다. 동기는 알 수 없었으나 신앙심에 관한 싸움이 벌어졌다. 그러자 다른 모든 죄수들이 한꺼번에 그에게 덤벼들었다.

"이 불신자 놈아! 네놈에겐 신앙심이라는 게 없지?" 그들은 일제히 떠들어댔다. "이따위 놈은 죽여버려야 해!"

그는 단 한 번도 그들과 하느님이나 신앙에 대해서 말한 적이 없었는데, 그들은 그를 무신론자라 하여 죽이려고 했던 것이다. 간수가 뛰어들어와 허겁지겁 말리지 않았더라면 피를 보고 말았을 것이다.

라스콜리니코프에게는 또 한 가지 해결할 수 없는 의문이 있었다. 어째서 그들은 그토록 소냐를 좋아하는 것일까? 소냐가 그들의 비위를 맞춰준 것도 아니었다. 그들이 소냐를 자주 본 것도 아니며, 어쩌다가 그를 만나기 위해 잠시 동안 작업장에 찾아왔을 때 먼 발치에서 흘끗 본 정도에 지나지 않았다. 그런데도 모두가 소냐를 잘 알고 있었다. 소냐가 자기를 따라 이곳에 왔다는 것도, 어디서 어떻게 지내고 있는지도 모르는 사람이 없었다. 소냐가 그들에게 돈을 준 것도 아니었고, 특별히 이렇다 할 도움을 준 것도 아니었다. 단 한 번, 크리스마스 때 감옥 안에 있는 죄수들에게 고기만두와 흰 빵을 선물해주었을 뿐이었다. 그런데도 그들과 소냐 사이에는 어느덧 친밀한 관계가 맺어져 있었다. 소냐는 그들을 위해 가족에게 보내는 편지를 써주었다. 그들의 가족들은 이곳에 오면 그들에게 넣어줄 돈이나 물건까지 그녀에게 맡겼다. 그들의 아내나 정부들이 이야기를 듣고 찾아왔다. 또 그녀가 라스콜리니코프를 만나러 작업장으로 갈 때, 그들과 얼굴을 마주치기라도 하면 그들은 모두 모자를 벗고 인사하며 "안녕하십니까, 소냐. 당신은 우리의 상냥한 어머닙니다. 인정 많고 상냥한 소중한 어머닙니다." 이런 칭찬의 소리를 하는 것이었다. 난폭하고 흉악한 죄수들이 이 여위고 자그마한 여인에게 이런 찬사를 보내는 것이다. 그럴 때마다 그녀도 미소 짓고 답례를 한다. 그들에게는 그녀의 미소야말로 천금과도 같은 보배였다. 그들은 그녀의 걸음걸이까지 좋아하여 돌아서서 사라져가는 그 뒷모습을 언제까지나 바라보며 칭찬하곤 했다. 작은 몸집까지 칭찬의 대상으로 삼는 지경이었다. 그중에는 병을 치료해달라고 찾아오는 사람까지 나오게 되었다.

라스콜리니코프는 사순절이 끝날 무렵부터 부활절 한 주일 동안을 내내 병원에 누워 있었다. 그러나 병세가 차츰 차츰 회복되면서 신열에 시달리던 때 꾸었던 꿈이 생각나곤 했다. 이런 꿈이었다.

온 세계가, 아시아의 오지에서 유럽 전역에 걸쳐 만연하는 전대미문의 끔찍한 전염병에 희생될 운명에 놓였다. 극히 소수의 선택받은 사람 몇몇을 제외하고는 모조리 죽어야만 했다. 병의 원인은 섬모충과 같은 미생물이 나타나 인체에 기생하는 것이었다. 게다가 이 미생물은 마성을 지니고 있어 지력과 의지가 있었다. 여기에 홀린 사람들은 삽시간에 정신이 착란되어 흉악하게 발광하는 것이었다. 그것에 감염되면 일찍이 인류가 한 번도 품은 적이 없었던 강렬한 자신감을 가지고, 나는 총명하다, 내 신념은 정당하다고 믿게 되는 것이다. 자기의 판단, 학문상의 결론, 도덕적 신념 및 신앙을 이토록 절대적이라고 믿었던 사람들은 일찍이 없었다. 마을 전체가, 온 민족이 여기에 감염되어 미쳐가고 있었다. 모든 사람들이 불안에 휩싸여 서로 이해하지 못하고 저마다 자신만이 진리를 안다고 생각하며, 다른 사람들을 보고 괴로워한 나머지 자기 가슴을 치고 손을 비벼대며 울었다. 누구를 어떻게 심판해야 좋을지 몰랐고, 선과 악의 구별에 대한 견해도 일치되지 않았다. 사람들은 하찮은 원한으로 서로를 죽였다. 서로가 상대편을 멸망시키기 위해 군대를 소집했으나 진군 도중에 갑자기 내분이 일어났다. 대열은 엉망이 되고 병사들은 서로 덤벼들어 찌르고 베고 물어뜯으며 상대의 살점을 뜯어 먹었다. 지방마다 경종을 울리어 대소집을 했지만, 누가 무엇 때문에 소집하는지 영문을 몰랐고, 모두가 하나같이 불안에 떨었다. 모두 저마다의 아주 평범한 일상적인 생활조차 포기한 채 마침내 농사짓는 일조차 중단되었다. 화재가 일어나고 기근이 닥쳐왔다. 사람이고 물건이고 남김없이 멸망해갔다. 전염병은 기승을 부리며 갈수록 더 만연했다. 온 세계에서 이 재난을 모면할 수 있었던 것은 고작 몇 사람에 지나지 않았다. 그들이야말로 새로운 종족과 새로운 생활을 창조하여 이 땅을 새롭게 정화할 사명을 띤 순수하고 선택받은 사람들이었는데, 그러나 누구 한 사람 어디서고 이 사람들을 보지 못했으며 그 목소리를 들은 사람도 없었다…….

라스콜리니코프는 이 무의미한 악몽이 자신의 기억 속에 이토록 슬픈 반향을 남기고, 신열에 들떠서 꾼 꿈의 인상이 이토록 오래 지워지지 않은 채 남아 있는 것에 괴로워했다.

이미 부활절이 지난 지도 2주일째로 접어들었다. 따스하고 맑게 갠 봄날이 이어졌다. 감옥의 병원에서도 창문마다 활짝 열어놓았다. 엄중하게 창살이 박혀 있는 감옥 병원의 문 아래에는 감시병이 왔다 갔다 하고 있었다.

소냐는 라스콜리니코프가 앓아누운 동안 병원에 단 두 번밖에 문병을 오지 못했다. 올 때마다 일일이 허가를 받아야 했고, 그 절차가 너무나 번거로웠기 때문이다. 그 대신 그녀는 곧잘 병원 안뜰로 들어와 병실 창문 아래에 서 있었다. 어느 날 저녁 무렵, 거의 회복한 라스콜리니코프는 잠에서 깨어나 무심코 창가로 가보았다. 그러자 멀리 병원 정문 옆에 서 있는 소냐의 모습이 눈에 띄었다. 그녀는 거기에 서서 무엇인가를 기다리고 있는 것 같았다. 그 순간, 무엇인가가 그의 심장을 꿰뚫는 듯한 느낌이 들었다. 그는 흠칫하며 급히 창가에서 물러났다. 이튿날은 그녀가 보이지 않았다. 그다음 날도 마찬가지였다. 라스콜리니코프는 자신이 몹시 걱정스럽게 그녀를 기다리고 있음을 깨달았다. 마침내 그는 퇴원했다. 감방으로 돌아온 그는, 소냐가 병이 나서 아무 데도 나가지 않고 누워 있다는 이야기를 죄수들로부터 전해 들었다.

라스콜리니코프는 걱정이 되어 견딜 수가 없어 사람을 시켜 소냐의 상태가 어떤지 알아보게 했다. 얼마 뒤에 라스콜리니코프는 그녀의 병이 그리 위험하지 않다는 소식을 들을 수 있었다. 한편 소냐는 라스콜리니코프가 자기를 몹시 걱정하고 있다는 말을 듣고 곧 연필로 쓴 편지를 보내어 자기 병은 그의 병에 비해 훨씬 가벼우며, 단순한 감기에 지나지 않으니까 곧 작업장으로 만나러 나갈 수 있을 거라고 알렸다.

그날도 맑게 갠 따뜻한 날이었다. 이른 아침 6시쯤, 라스콜리니코프는 강변으로 작업을 나갔다. 그곳의 오두막에 설화석고(說話石膏)를 굽는 가마가 있고, 그것을 굽는 것이 그들의 일과였다. 같이 간 죄수는 그를 포함해 3명이었다. 잠시 쉬는 동안 라스콜리니코프는 오두막에서 나와 움막 옆에 쌓아놓은 통나무에 걸터앉아 황량한 넓은 강물을 바라보았다. 그 너머에는 광막하고 끝없는 광야가 햇빛을 담뿍 받은 채 펼쳐져 있고, 유목민의 천막이 보일락 말락 한 검은 점이 되어 흩어져 있었다. 거기에는 완전한 자유가 있었다. 그리고 이곳과는 전혀 다른 별개의 민족이 살고 있었다. 그곳에서는 시간 그 자체가 멈춰 아브라함과 그 양 떼들의 시대가 아직도 계속되고 있는 듯했다.

라스콜리니코프는 가만히 앉은 채 눈을 떼지 않고 그윽이 바라보았다. 그의 상념은 환상으로, 환상에서 관조(觀照)로 옮아갔다. 무념무상의 상태가 되었다. 알 수 없는 우수가 그의 마음에 젖어들었다.

갑자기 그의 곁에 소냐가 나타났다. 그녀는 발소리를 죽이고 살며시 다가와서 라스콜리니코프의 옆에 앉았다. 아직 이른 새벽이라 추위가 가시지 않았다. 그녀는 언제나의 초라한 낡은 외투를 입고 초록빛 두건을 쓰고 있었다. 아직도 병색이 가시지 않아서 얼굴이 파리하고 뺨도 야윈 느낌이었으나, 그녀는 반가운 듯 상냥하게 웃으며 언제나처럼 조심스럽게 손을 내밀었다.

소냐는 늘 그에게 조심스럽게 손을 내밀었다. 때로는 그가 손을 뿌리치지나 않을까 해서 두려운지 손을 아예 내밀지 않기도 했다. 라스콜리니코프는 언제나 마지못한 얼굴로 소냐를 대했고, 때로는 처음부터 끝까지 아무 말없이 있기도 했다. 그러면 소냐는 겁에 질린 채 깊은 슬픔에 잠겨 돌아가고는 했다. 그러나 오늘 아침 그들의 굳게 잡은 손은 영원히 떨어지지 않을 것처럼 보였다. 라스콜리니코프는 그녀의 얼굴을 흘끗 보고는 아무 말 없이 땅을 내려다보았다. 그들은 단둘뿐이었고 지켜보는 사람도 없었다.

어떻게 해서 그렇게 되었는지도 그 자신도 알 수 없었으나, 라스콜리니코프는 갑자기 누군가에게 잡혀 소냐의 발밑으로 떠밀린 것 같은 기분을 느꼈다. 라스콜리니코프는 그녀의 무릎을 안고 소리 내어 울었다. 처음 얼마 동안 소냐는 겁에 질려 얼굴이 새파랗게 되었다.

소냐는 벌떡 일어서서 몸을 떨며 유심히 그를 지켜보았다. 그러자 한순간에 그녀의 심장은 모든 것을 알아차렸다. 그녀의 두 눈은 끝없는 행복으로 빛나기 시작했다……. 사랑이 두 사람을 소생시켰다. 두 사람의 가슴은 갸륵하게도 서로가 상대방을 소생시키지 않고는 견딜 수 없는 생명의 한없는 샘을 간직하고 있었던 것이다. 두 사람의 눈에는 눈물이 맺혀 있었다. 두 사람 모두 창백했고 여위어 있었다. 그러나 이 병들어 지친 창백한 얼굴에는 새로운 미래, 새로운 생활에의 완전한 부활의 아침이 이미 환하게 빛나고 있었다.

두 사람은 참을성 있게 기다리기로 결심했다. 그들에게는 아직도 7년의 형기가 남아 있었다. 그 7년 동안에 얼마만큼 견뎌내기 어려운 많은 고통과 얼마만큼 친밀한 끝없는 행복이 교차될 것인가! 어쨌든 라스콜리니코프는 부활한 것이다. 그는 그 소생을, 갱생한 자신의 온 존재로서 절실하게 느꼈다. 소냐는 어떠한가? 그녀는 그의 생활에 자기의 온 존재를 쏟아넣는 것, 그것이 소냐의 삶의 모든 보람이었다.

그날 밤 감방 문이 닫힌 뒤, 라스콜리니코프는 자리에 누워 소냐에 대해 생각해보았다. 이날은 그때까지 적이었던 모든 죄수들이 자기를 보는 눈빛조차 완전히 달라진 것 같았다. 라스콜리니코프가 먼저 말을 걸자 그들의 대답에서도 따뜻함이 느껴졌다. 그러나 명심할 것은, 마땅히 이렇게 되었어야만 했다는 것이다. 이제 모든 일이 달라져야만 했다.

라스콜리니코프는 줄곧 소냐를 생각했다. 끊임없이 그녀를 괴롭히고 그녀의 마음을 아프게 했던 일들이 떠올랐고, 또 창백하고 여윈 그녀의 조그만 얼굴이 보일 듯했다. 그러나 이제는 그런 회상도 그를 거의 괴롭히지 않았다. 그는 이제부터 자기가 얼마나 무한한 애정으로 그녀의 모든 괴로움을 보상해줄 것인가를 잘 알고 있었기 때문이다.

게다가 이러한 모든 것이, 과거의 온갖 괴로움이 이제는 아무것도 아니지 않는가! 모든 것이, 죄를 짓고, 판결을 받고, 시베리아로 오게 된 일조차도, 이제

이 최초의 뜨겁고 치열한 감동 덕분에 마치 자기 이외의 다른 곳에서 일어난 일인 것처럼 느껴지며, 어떤 이상한 남의 일 같은 인상을 주었다. 이날 밤 그는 오랫동안 계속해서 무엇을 생각하거나, 그 생각을 집중할 수가 없었다. 또 사실 현재의 그로서는 무슨 일이고 의식적으로는 해결할 수가 없었을 것이다. 오로지 감정의 도취에만 잠겨 있을 뿐이었다. 변증법적인 활자의 나열 대신, 직접적이고 현실적인 인생 그 자체가 모습을 드러낸 것이다. 그 결과 의식 속에서도 전혀 새로운 무엇인가가 형성되어야 했다.

베개 밑에는 신약성서가 놓여 있었다. 라스콜리니코프는 그녀가 틀림없이 종교 이야기로 그를 괴롭히며 강요하다시피 성경책을 떠맡기리라고 각오하고 있었다. 그런데 놀랍게도 소냐는 한 번도 그 말을 입에 담지 않았을 뿐 아니라 성서를 권하려고조차 하지 않았다. 그래서 라스콜리니코프 쪽에서 병이 나기 얼마 전에 소냐에게 부탁하여 가져오게 했던 것이다. 그러나 아직 한 번도 펼쳐보지 않았다.

라스콜리니코프는 지금도 책장을 펴보지는 않았지만, 어떤 생각이 그의 뇌를 스쳐갔다. '이제는 그녀의 신념이 내 신념이 되어도 좋지 않을까? 적어도 그녀의 감정, 그녀의 소망은…….'

소냐도 온종일 흥분에 휩싸여 있었다. 밤이 되자 다시 감기가 도졌을 정도였다. 그러나 이루 말할 수 없이 행복해서 그녀는 그 행복이 두렵기조차 했다. 7년, 겨우 7년이 아닌가! 그들이 처음으로 행복을 느끼기 시작했을 무렵, 가끔 두 사람은 이 7년을 7일로 여기게 되었다. 사실 라스콜리니코프는 새로운 인생은 결코 거저 얻어지는 것이 아니고 더욱더 값진 희생을 치러야 하며, 그런 후의 위대한 현실적인 행동으로 비로소 얻을 수 있다는 사실조차 전혀 잊고 있었을 정도였다…….

그러나 여기에는 이미 새로운 이야기가 시작되고 있다. 한 인간이 서서히 갱생의 길을 걸어가는 이야기, 그가 점차 새로운 인간이 되어가며 하나의 세계에서 다른 세계로 서서히 옮아가서 지금까지 전혀 알지 못했던 새로운 미지의 현실을 알게 되는 이야기이다. 그것은 새로운 이야기의 주제가 될 수도 있지만 지금 우리의 이야기는 여기에서 끝을 맺는다.

도스토옙스키의 소설들
채수동

톨스토이와 더불어 러시아 문학을 대표하는 도스토옙스키 작품에 대한 평가는 저마다 상이하다. 그러나 시각 차이에 따른 다양한 평가에도 불구하고 도스토옙스키를 20세기 문학의 대표 작가로, 러시아 문학의 최고봉으로 올려놓는 데는 아무 이견이 없을 것이다.

그의 작품은 농노제의 구질서가 무너지고 자본제적 관계로 변모해가는 과도기적인 시대의 여러 모순을 생생하게 소설로 형상화한 것일 뿐만 아니라 인간의 내면세계를 파고들어가 자신만의 독자적인 방법으로 근대소설의 가능성을 열어놓은 선구적인 작품으로 평가받고 있다. 도스토옙스키의 작품에 대한 고찰은, 우선 그의 삶의 과정을 추적하면서 그 삶의 구체적인 형태들과 매개되어 있는 작품들을 개괄적으로 훑어봄으로써, 해석의 차이에서 올 수 있는 오류를 줄이고 가장 일반적인 평가를 하려 한다.

모스크바 빈민구제병원 의사의 둘째아들로 태어난 도스토옙스키는 도시적인 환경에서 자라났다. 이런 환경으로 어려서부터 문학에 관심을 갖게 되어 낭만적인 전기나 역사소설에 심취했다. 그는 열여섯 살 때 페테르부르크 공병사관학교에 입학한다. 졸업한 다음에는 공병국에서 근무했다. 그는 그곳에 정착을 못 하고 1년 만에 그만두게 된다. 그 뒤부터 생계를 꾸려 나갈 수단이 거의 없었다. 어머니는 이미 돌아가셨고, 농노들에게 살해당한 아버지는 유산을 거의 남기지 않았다. 그러나 때를 맞추어 틈틈이 번역했던 발자크의 《외제니 그랑데》가 호평을 받았다. 여기에 힘을 얻은 도스토옙스키는 본격적인 작가로서의 길을 걷게 된다.

1846년에 그는 첫 중편소설 《가난한 사람들》을 발표하였다. 이미 원고를 완성해 놓았던 그는, 불안한 마음으로 친구를 통해 문학평론가 비사리온 벨린스키에게 이 원고를 보냈다. 벨린스키는 이 무명의 청년 작가를 불러, 주인공의 숨겨진 본성을 밝히는 예술적 재능을 칭찬해 주었다. 도스토옙스키는 이때의 기쁨을 오랜 세월이 흐른 뒤에 이렇게 회상했다.

"진실은 예술가인 당신한테 고지되고 선언되었소. 그것은 천부적인 재능으로 주어진 것이라오. 그 재능을 소중히 여기고 거기에 충실하시오. 그러면 당신은 위대한 작가가 될 것이오!"

《가난한 사람들》은 크게 노력을 기울인 작품도 아니고 초심자의 기술적 결함으로 완성도가 떨어지는 작품이었지만, 벨린스키의 칭찬은 예언적인 통찰이었다. 벨린스키는 이 작품에서 러시아 최초의 사회 소설을 읽어 낸 것이었다. 이 작품은 고아 소녀에 대한 사랑을 아버지다운 애정으로 감추고, 그 애정을 감상적인 방법으로 표현하면서 존경을 얻으려고 애쓰는, 가난하고 늙은 관리의 절망적인 노력을 다루고 있기 때문이다. 또한 이 작품은 사랑에 빠진 가난한 사람들, 당시의 처참한 사회 상황에 희생된 사람들의 희망과 노력이 어떤 결실도 맺지 못하는 비극적인 상황에 대한 뛰어난 통찰을 보여 준다. 주제를 다루는 도스토옙스키의 솜씨는 독자들의 열렬한 호응을 얻었다. 그는 이제까지 방식에 새로운 차원(주인공의 갈등을 내면에서 관찰하는 심리분석적 관심)을

《죄와 벌》을 집필한 상트페테르부르크의 아파트 1864~67년까지 이곳에 살았다.

고뇌하는 도스토옙스키 내면을 잘 포착한 그림. 1870년대, 페로프 작.

더했기 때문이다. 그는 형 미하일에게 쓴 편지에서 자신의 접근 방식을 이렇게 설명했다.

"나는 종합이 아니라 분석으로 글을 써 나갑니다. 다시 말해서 나는 깊숙한 곳으로 뚫고 들어가며, 모든 원자를 분석하면서 전체를 발견하는 것입니다."

사실상 그는 러시아 사실주의 소설의 독자적인 전통을 수립한 것이다. 이때부터 그는 '새로운 고골의 탄생'이라는 찬사를 받으며 러시아 문학계에 그 이름을 떨치기 시작했다.

그는 공상적 사회주의 사상에 관심을 보이기 시작했다. 《백야》《네토츠카 네즈바노바》 등의 글을 발표하면서 한 시대의 전형적인 인물을 여러 유형으로 창조해 내는 한편, 푸리에의 공상적 사회주의를 신봉하는 페트라셰프스키의 그룹과의 교류를 넓혀 갔다.

이 시기의 혁명가들과의 교류는 그 삶의 형태를 뒤바꿔 놓았고, 그의 창작 활동에도 큰 흔적을 남기게 된다. 그즈음 러시아는 니콜라이 1세 황제의 억압 통치 아래 놓여 있었다. 도스토옙스키는 정치·사회 개혁운동에 가담하여, 이상주의자인 미하일 페트라셰프스키의 집에서 금요일마다 열린 토론회에 참석했다.

이 모임에서는 프랑스의 공상적 사회주의자들의 사상이 토론되었다. 그는 이 토론회뿐만 아니라 급진적인 소책자를 불법 출판할 계획을 세우고 있던 소규모 비밀결사에도 참석했다. 서유럽을 휩쓴 혁명운동이 러시아에 미칠 영향을 염려한 정부는, 1849년 4월 페트라셰프스키 모임 회원들에 대한 체포령을 내렸다. 같은 해 9월, 오랜 수사가 끝난 뒤 체포당한 218명의 정치범들 가운데 도스토옙스키를 포함한 21명이 총살형을 선고받았다. 그런데 그해 말 극적인

감금된 도스토옙스키(오른쪽) 페트라셰프스키 사건에 연루 체포된 그는 페트로파블로프스크 요새의 감옥에 8개월 간 수감되었다(1849).

해결이 이루어졌다. 도스토옙스키는 이때의 상황을 형 미하일에게 보낸 편지에서 이렇게 썼다.

"오늘, 12월 22일, 우리는 모두 세묘노프 광장으로 끌려갔습니다. 거기서 십자가에 입을 맞추고 사형수의로 갈아 입었습니다. 그런 다음 일행 중 3명이 처형장으로 끌려가 기둥에 묶였습니다. 저는 앞에서 여섯 번째였고, 3명씩 끌려갔으므로, 저는 2번째 그룹에 속해 있었습니다. 이제는 정말이지 1분의 여유도 없었습니다. 그렇지만 옆에서 나팔소리가 울려퍼지더니 모든 것이 끝났습니다. 기둥에 묶여 있던 사람들이 풀리고, 사면을 알리는 황제 폐하의 칙령이 낭독된 것입니다."

황제의 사면령이 발표되기 직전에 죽음을 각오하고 처형에 대비했던 숨막히는 무시무시한 경험은 그의 기억에 깊이 새겨져, 후기 소설에 끊임없이 등장한다. 사형 선고는 시베리아의 옴스크 유형지에서 4년 동안 중노동을 하고 다시 4년 동안 군대에서 병졸로 복무하는 것으로 감형되었다.

시베리아 옴스크 감옥에서 지낸 4년은 그를 인도주의자, 공상적 사회주의자

《죄와 벌》삽화 라스콜리니코프가 도끼로 고리대금업자인 노파 알료나 이바노브나를 죽이는 장면.

에서 슬라브적 신비주의자, 인종사상의 제창자로 사상적 전환을 갖게 했다.

감옥에서의 유형생활을 마친 그는 5년간 의무적인 군 생활을 해야 했다. 그는 유형생활 중에 생각해 둔 다양한 구상과는 아무 관계도 없는 익살스러운 단편소설을 쓰기 시작했다. 《아저씨의 꿈》(1859)은 세미팔라틴스크를 모델로 삼았음이 분명한 한 지방도시의 위선적인 사회를 풍자적으로 묘사한 작품으로, 그보다 앞서 활동한 니콜라이 고골의 창작 방법을 따르고 있다. 뒤이어 좀 더 야심적인 중편소설 《스테판치코보 마을 사람들》(1859)이 발표되었는데, 비록 예술적으로는 균형이 잡혀 있지 않지만, 이중인격자인 주인공 오피스킨에 대한 묘사 덕분에 이 작품은 졸작의 운명을 벗어날 수 있었다. 그러나 이 2편의 작품은 비평가들의 관심을 끌지 못했다. 이 2편의 작품을 발표한 직후, 그는 쇠사슬에 묶여 유형을 떠난 지 만 10년 만에 자유의 몸이 되어 그가 사랑하는 상트페테르부르크에 돌아와도 좋다는 허가를 받았다.

귀환 뒤 그는 농노해방이 목전에 다다른 고조된 사회적 분위기에서 형의 협력을 얻어 〈브레먀〉라는 잡지를 창간했다. 이 잡지가 주창한 입장은 서유럽주의자와 슬라브주의자, 양대 지식인 그룹의 이념적 화해였으며, 러시아를 구하기 위해서는 두 파벌이 대중과 손을 잡아야 한다고 촉구했다. 그는 논설과 소설을 통하여 인텔리겐치아와 민중의 참된 접근방식을 모색했으며, 그 덕분에 잡지는 성공을 거두었다. 시인인 아폴론 마이코프와 비평가인 아폴론 그리고리예프 및 니콜라이 스트라호프 등 그의 견해에 동조하는 친구들이 주위에 모여들었고, 그의 정치적·사회적·예술적 견해에 상당한 영향을 미쳤다.

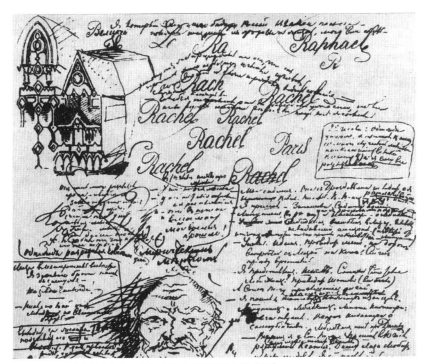

《악령》초고 인물상이나 수도원 스케치가 그려져 있어 흥미롭다.

   《죽음의 집의 기록》(1861~62)은 도스토옙스키가 일찍이 누렸던 문학적 명성을 되살려 주었다. 투르게네프가 갈채를 보냈고, 톨스토이는 도스토옙스키의 최고 걸작이라고 높이 평가했다. 이 소설은 아내를 죽인 혐의로 강제노동형을 선고받은 한 남자의 회고록 형식으로 표현되었지만, 사실은 도스토옙스키 자신이 유형지에서 겪은 경험을 생생하게 묘사하고 있다. 그는 객관성을 유지하기 위해 애쓰면서, 유형생활을 묘사하고 특별한 죄수들의 심리를 날카롭게 통찰하는 한편, 감동적인 삽화를 통하여 이 버림받은 사람들이 잃어버린 자유 때문에 당하는 고통을 상징적으로 암시하고 있다.

   거의 같은 무렵, 그는 〈브레먀〉에 《상처받은 사람들》(1861) 장편소설을 연재했다. 가족과 인습을 무시하고 남자에게 사랑을 바친 여자의 권리를 다룬 이 소설은 비평가들을 괴롭혔지만, 독자 대중들은 무척 기뻐했다. 적어도 몇 개의 초상들, 예를 들면 그가 처음으로 완전히 묘사한 전형적인 이중 정서의 여성인 주인공 나타샤, 어린이의 심리에 대한 그의 깊은 이해를 반영하는 어린 넬리, 그리고 고집불통인 악당 발코프스키 등은 그의 주요 소설에 등장할 더욱 인상적인 등장인물의 선구자이다.

다음의 수년 간은 농노해방 뒤에 야기된 정치적 반동과 사회적 환멸의 한 시대로서, 또한 그의 생활에도 중대한 사건이 겹친 시기였다. 1862년 여름에 이르자, 도스토옙스키는 〈브레먀〉로 벌어들인 돈으로 오래전부터 꿈꾸었던 외국 여행을 처음으로 실현할 수 있게 되었다. 그는 이 여행에 자극받아 《여름 인상에 대한 겨울 메모》(1863)라는 유명한 기사를 통해, 여행에서 관찰한 유럽 문명의 악덕 때문에 러시아의 고귀한 운명에 대한 그의 신념이 더욱 강해졌다고 선언했다. 그러나 그해에 정부는 〈브레먀〉에 실린 어떤 기사를 스트라호프가 쓴 비애국적인 기사라고 생각하여 〈브레먀〉를 폐간했다. 이 위기가 닥치자, 도스토옙스키는 돈을 빌려 다시 외국으로 몸을 피했다.

그리고 도스토옙스키는 고국으로 돌아온 뒤, 약간의 유산을 받아 형과 함께 〈에포하〉라는 잡지를 다시 창간했으며, 이 잡지 창간호에 《지하로부터의 수기》(1864) 제1부를 발표했다. 이 작품의 이름 없는 주인공은 합리적인 이기주의가 인간을 지배할 수 있다고 믿는 급진적 사회주의자들을 풍자한 것이기도 하지만, 절대진리는 존재하지 않으며 모든 선은 상대적이라고 믿으면서 자신을 날카롭게 분석하는 소외된 개인이기도 하다. 그의 이중성은 의지와 이성의 근본적인 갈등에서 비롯된다. 이 작품은 주인공이 자기성찰을 강조하고, 이 자기성찰은 참고 견딜 만한 현실 세계에서 혼란에 빠진 인간의 정신생활에 초점을 맞추고 있다는 점에서, 성격 묘사에 대한 도스토옙스키의 접근 방식이 달라진 것을 보여 준다. 본질적으로 《지하로부터의 수기》는 앞으로 그가 쓸 걸작들에 대한 철학적 서론이라고 할 수 있다. 도덕적·종교적·정치적·사회적 사상과 관련된 걸작 장편소설들의 중심 개념이 이 작품에 거의 모두 나와 있기 때문이다.

1864~65년은 도스토옙스키에게 불행이 잇따른 시기였다. 아내와 형이 죽었으며, 잡지는 빚더미에 짓눌려 도산했다. 채무자 감옥에 갇힐 위기에 놓이자, 그는 어느 출판업자에게 소설 고료를 선불받아 외국으로 도망쳤다. 상습적인 도박꾼이 된 것이다. 그는 한 잡지 편집장에게는 《죄와 벌》이라는 또 다른 소

설을 써 줄 테니 선금을 달라는 편지를 보냈다. 결국 돈이 도착했고, 그는 1865년 10월 러시아로 돌아왔다.

이 어려운 시기에 그는 전 세계 독자들의 가슴에 길이 자리잡게 되는 불후의 명작을 생산해 냈다. 도스토옙스키의 두 번째 걸작 《백치》(1868~69)는 이처럼 불우한 상황에서 태어났다. 이 소설의 출발점은 러시아 신문에 보도된 어떤 형사재판 사건 기사였다. 이런 사건들을 그는 '환상적인 사실주의'라고 불렀지만, 이것을 소설에 이용할 때는 외부세계가 아니라 등장인물들의 마음과 정신 세계를 강조했다. 그는 평범한 러시아인의 문제에 관심이 많았지만 '인간 내부의 인간'을 추구하는 과정에서 그런 문제들을 한 차원 끌어올려 보편적 의미를 부여했다. 그는 작가 노트에 이렇게 썼다.

"사람들은 나를 심리학자라고 부른다. 그러나 사실은 그렇지 않다. 나는 단지 더 높은 의미에서 사실주의자일 뿐이다. 다시 말해 나는 인간 영혼의 모든 심연을 묘사한다."

그는 조카딸에게 보낸 편지에서 《백치》의 주요 의도는 "절대로 아름다운 인간(즉 도덕적인 의미에서)을 묘사하는 것이다. 이 세상에 절대로 아름다운 인간

《카라마조프 형제들》 삽화　'대심문관' 장면. 예수 그리스도와 대심문관이 얼굴을 맞대는 극적인 장면. 현대 러시아 대표적 초상화가 일리야 글라주노프 작.

은 오직 한 사람뿐이다. 그는 바로 그리스도이다"라고 밝혔다. 그러나 인간의 나약함은 주인공 미슈킨의 순수한 도덕적 성정을 손상시키고, 예판친 집안과 이볼긴 집안, 로고진 그리고 미슈킨의 사랑을 얻기 위해 다투는 유별난 경쟁자 아글라야 및 나스타샤와 그의 관계를 좌우한다. 이 작품에서 이들을 비롯하여 관능·탐욕·범죄에 굴복하는 여러 등장인물들이 미슈킨의 도덕적 신념을 시험하는 장면은 특히 뛰어나다. 이들은 그의 신념과 밝은 성격에 이끌리지만 봉사와 동정심 및 우애를 외치는 그의 계시는 그들을 끌어들이지 못한다. 그의 체험은 그리스도가 바리새인들 틈에서 겪었던 체험을 상징한다. 결국 그가 자신의 선량함으로 감동시킨 죄인들은 불행해지고 그 자신은 백치가 된다.

《악령》은 모스크바의 한 대학생이 배신자로 의심받아 동료 혁명가들 손에 살해당했다는 선정적인 신문기사를 계기로 구상되었다. 도스토옙스키는 이 줄거리에 당시 구상하고 있던 《위대한 죄인의 생애》의 특징과 인물을 집어넣었는데, 특히 《악령》의 중심인물인 스타브로긴의 면모에 그런 특징이 잘 스며들어 있다. 행동과 극적인 사건으로 가득 찬 이 소설에서 그는 혁명 음모가들을 바보와 악당으로 풍자하고 있다. 그들이 희생양으로 삼으려 하는 개심한 샤토프는 도스토옙스키의 반혁명사상을 반영한다. 이런 반혁명적 태도는 제정 러시아의 미래에 대한 그의 민족주의적 신념을 표현하며, 이 신념은 러시아 정교회의 그리스도에 대한 믿음의 일부로서만 의미를 가질 수 있다.

《악령》을 지배하는 것은 수수께끼 같은 인물 스타브로긴이다. 그의 매력적인 성격은 반역적 급진주의자인 샤토프와 키릴로프뿐만 아니라 흥미 있는 자유주의자 스테판 베르호벤스키 노인과 혁명가인 그의 아들 표트르에게도 영향을 주며, 주요한 여자 등장인물인 리자베타와 다리야 및 마리야는 그에게 운명적인 매력을 느낀다. 그러나 그가 신에 대한 믿음을 잃자 그의 본성인 타고난 선량함은 위축되어 버린다. 그가 어린 소녀를 강간하는 것은 악에 완전히 굴복한 것을 상징한다. 도스토옙스키는 교훈적인 의도로 이 작품을 썼지만 이 작품이 과장된 목적소설이 되지 않은 것은 오로지 그의 예술이 지닌 힘 덕분이다. 그는 선정적인 요소와 이념적인 요소를 결합하기 좋아하지만, 이 작품만큼 뛰어난 예술기법으로 그 요소들을 결합한 작품은 드물다.

《카라마조프 형제들》(1879~80)을 집필하기 시작했을 무렵, 작가로서 도스토옙스키의 명성은 러시아 전역에 알려져 있었다. 저명인사들이 그를 방문했고 그는 저명한 편집자이자 작가인 네크라소프의 장례식에서 추도사를 낭독해 달라는 요청을 받았다. 과학 아카데미는 그를 문학부 준회원으로 선출했다. 그리고 1880년에 시인 알렉산드르 푸시킨 추모제에서 행한 연설은 러시아의 세계적 소명을 힘차고 분명하게 예언함으로써 청중들을 감동시켰다. 그가 창작생활을 시작한 이후 줄곧 준비하다시피 한 《카라마조프 형제들》은 한 마디로 말하면 아버지 살해

《카라마조프 형제들》의 무대　원작에 나오는 수도원의 모델이 된 스타라야 루사의 옵티나 푸스틴 수도원.

에 대한 이야기로, 심오한 심리적·정신적 암시로 애증의 갈등을 도입하면서 아버지 살해 과정을 냉혹하게 전개해 간다. 소설 전체를 통해 끈질기게 이어지는 것은 믿음과 신에 대한 추구이며, 이것이야말로 이 작품의 중심 사상이다.

　형제들 가운데 막내인 알료샤는 그리스도교적 이상을 구현한 존재로 그려지는데, 삶의 의미보다는 오히려 삶 자체를 사랑한다. 드미트리 역시 삶을 사랑하지만 그 의미는 찾지 못한다. 삶 자체보다 삶의 의미에 더 관심이 많은 이반은 가장 흥미로운 인물이며, 창조자인 도스토옙스키의 정신을 형상화한 존재라고 할 수 있다. 이반의 이중성은 인간과 신의 끝없는 투쟁에 집중되어 있다. 그는 반역행위로 시작하여 신의 세계에 대한 형이상학적 반란으로 끝을 맺는다. 이반은 도스토옙스키 자신이 신앙을 추구하게 된 동기였던 이른바 저주받은 문제들, 죄와 고통 그리고 이것들과 신의 존재와의 관계에 관심을 갖는다. 이반이 신의 세계를 거부하는 것은 유명한 〈대심문관의 전설〉에 밀도 있게 극화되어 있다. 그리고 이에 대한 대답은 소설의 다음 장에서 우주의 조화라는 비밀은 머리가 아닌 가슴과 감정 그리고 믿음으로 이해할 수 있다는 조

시마 장로의 설교 속에 제시된다.

지금까지 도스토옙스키의 삶과 그 삶과 연관지어서 그의 작품에 대한 분석을 해 보았다. 더욱 심도 깊은 연구는 문학사가들의 몫으로 돌리고, 이 책 《죄와 벌》에 대해 논의를 진전시켜 보기로 한다.

《죄와 벌》은 그의 후기 작품인데, 그의 사상적 경향과 인생 전반을 꿰뚫어볼 수 있는 대표작으로 우리 독자들에게도 이미 낯익은 작품이다. 도스토옙스키의 5대 장편 중의 하나이며, 그의 첫 장편소설인 이 작품은 1865년에 집필되었고, 다음해 1월부터 12월까지 〈러시아 통보〉지에 연재된 작품이다.

이 작품의 구상은 그가 옴스크 감옥에 있을 때 시작했는데, 《죽음의 집의 기록》에 세상 모든 것을 두려워하지 않는 사나이로 그려지고 있는 살인범 오를로프가 원형이라고 하니까 그의 구상은 15년이란 세월 동안 이루어진 것이다. 이 소설은 현재 작품의 6분의 1에 해당하는 중편으로 처음 구상되었다고 한다. 제목도 참회로 지어 놓았고 일인칭 주인공의 고백 형식을 띤 채 진행되었다가, 완전히 처음부터 다시 쓰기 시작하여 《죄와 벌》을 완성한 것이다.

이 소설의 줄거리는 그의 작품 《백치》《악령》《카라마조프 형제들》과 마찬가지로 살인사건을 다룬 범죄를 주제로 한 작품으로, 그 시기는 1860년대 경제공황 때이다. 무대는 페테르부르크의 빈민가이다. 이 작품은 살인을 다룬 흔해빠진 추리소설에 주목할 만한 철학적·종교적·사회적 요소들을 집어넣음으로써 평범한 추리소설적 긴장감에 새로운 차원을 더해주었으며, 발표되자마자 큰 성공을 거두었다. 이 소설의 혁신적 기법과 강렬한 문체, 그리고 범죄자와 도덕적 불구자들의 가장 어두운 내면을 밝혀주는 영적 광휘가 독자와 비평가들을 사로잡았다.

주인공인 라스콜리니코프는 가정 교사 자리를 잃고 대학에도 다니지 못하는 가난한 학생으로 늙은 어머니와 함께 변변치 못한 연금과 적은 돈벌이로 근근이 생계를 유지하고 있었다. 그의 여동생은 어느 지주의 집에서 가정 교사를 하고 있었는데 그 집 주인이 그녀를 좋아해서 일을 잃게 된다. 라스콜리니코프는 어려운 상황에 빠진 자기 가족을 구하고 자기 자신도 이 지겨운 가난을 벗어나 정상적으로 대학을 졸업한 뒤 출세의 길로 들어서고 싶었다. 그래서 그는 목돈을 마련하기 위하여 전당포 노파를 살해하고 돈을 강탈한다. 그

스타라야 루사의 별장 도스토옙스키는 만년의 10년 동안 이 별장에서 보내면서 소설 《미성년》 (1875)을 비롯 많은 명작을 집필했다.

러나 뜻밖으로 노파의 여동생까지 순간적으로 살해하게 된다.

이 뜻밖의 제2의 살인은 그의 양심에 가책을 느끼게 했고, 악몽에 사로잡히게 된다. 여기서 복잡한 자기내면의 싸움과 함께, 예심 판사와 경찰을 상대로 하는 외적·심리적 싸움이 시작된다. 예심 판사는 증거가 거의 없어 완전범죄나 다름없는 이 사건 범인과 심리전을 벌인다. 마지막 대면에서는 범인에게 자수를 권유한다.

한편 순결한 마음이 돋보이는 창녀 소냐를 만나 그의 범죄를 모두 이야기하고 그녀로부터 자수할 것을 또 권유받게 된다. 그는 드디어 예심 판사의 논리적 영향과 소냐의 도덕적 감화에 굴복하여 자수를 결심하고 그 죄값을 치를 시베리아 유형길을 떠난다. 그를 뒤쫓아 간 소냐는 감옥 가까이에 살면서 그의 갱생의 길을 돕는다. 《죄와 벌》의 줄거리는 가장 통속적인 내용을 근간으로 하고 있다. 하지만 이런 통속적인 소재가 도스토옙스키의 천재적인 예술성에 의하여 불후의 명작으로 승화된 것이다. 이것은 그의 문학이 가지는 독특한 창의성과 깊은 예술적 통찰력에 있다고 하겠다. 이 소설은 결국 추상적인 이론이 인간에 가한 학대와 그것에 대한 인간성의 엄격한 보복의 과정을 형상화했으며, 이성을 초월한 인간성과 종교적 심리의 소중함을 말해 주고 있다. 인간성을 흐리게 하는 이러한 극단적인 자아의 주장을 부정하고, 결국 양심과 신의 섭리에 따라야 한다는 것이다.

《죄와 벌》은 이상과 이념에 대한 신성과 양심의 승리로 끝나게 된다. 그는 자기 결론의 정당성을 증명하기 위하여 무신론적 개인주의에 의한 합리주의 사상을 끝까지 추구함으로써 그것을 증명해 내고 만다. 결국 주인공의 패배와 파멸의 필요성을 묘사해 냄으로써 그 사상의 근본적인 오류를 증명하려 했던 것이다. 《죄와 벌》은 그의 여러 작품 중에서도 감탄을 불러일으킬 만큼 정확한 인간 내면 묘사에 뛰어난 심리적 관념소설의 극치를 이룬 작품이며, 극적인 긴장감과 전율은 다른 어느 작품에서도 찾아보기 힘들 것이다.

도스토옙스키는 1860년대 러시아 사회의 사상적 혼란기에 청년층에 번진 사상적인 갈등과 도덕적 기준의 동요 가운데 그들이 나아가야 할 방향을 잃고 어두운 현실에서 방황하는 데서 착안하여 청년 라스콜리니코프의 인간형을 창조했으며, 이것은 그의 문학의 대명사와도 같은 상징적 인물의 하나로서 우리의 마음에 지울 수 없는 발자취를 남겼다고 하겠다.

《카라마조프 형제들》을 끝낸 도스토옙스키는 몇 달 뒤인 1881년 2월 9일 상트페테르부르크에서 세상을 떠났다.

오늘날 도스토옙스키는 가장 널리 읽히는 19세기 소설가로 손꼽힌다. 그 까닭은 아마 그가 소설에서 제1·2차 세계대전 사이의 세대 및 전후세대를 괴롭힌 도덕적·종교적·정치적 문제들을 효과적으로 극화했기 때문일 것이다. 독일의 철학자·시인인 프리드리히 니체는 도스토옙스키의 영향을 받았다고 인정했고, 나치 지배 이전의 한 독일 비평가는 마르틴 루터 다음으로 독일에 가장 큰 정신적 영향을 끼친 인물은 바로 도스토옙스키라고 말했다. 20세기 프랑스의 경우, 소설가 앙드레 말로는 도스토옙스키가 자기 세대의 지성사에 깊은 영향을 미쳤다고 말했으며, 철학자 장 폴 사르트르는 자신의 실존철학은 이성의 횡포에 대한 도스토옙스키의 비난에서 영감을 얻었노라고 말했다. 도스토옙스키의 작품은 러시아에서도 널리 읽혔으며 솔제니친을 비롯한 러시아 작가들은 그의 작품에서 많은 영향을 받았다. 자신의 이상을 독자들에게 전달하고

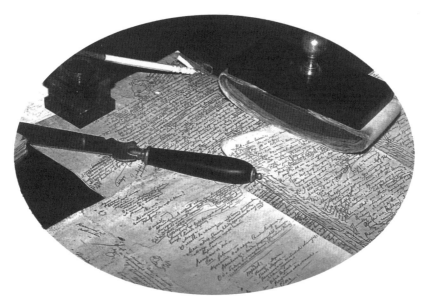

도스토옙스키의 서재 책상에 놓인 초고 페테르부르크 근교 노브고로드 현 스타라야 루사에 있는 도스토옙스키 별장의 서재에 전시되어 있다.

독자들의 체험을 변형시키는 능력이 작가의 위대성을 가늠하는 척도가 된다면 도스토옙스키는 20세기 미국 소설에도 상당한 영향을 미쳤다. 미국 소설에서 확신을 갖지 못한 채 회의라는 질병에 허덕이며 신음하는 인물들은 도스토옙스키의 반영웅적 주인공들로부터 창조된 형상이기 때문이다.

그의 작품은 단순히 하나의 소설로서가 아니라 우리 인간에게 삶의 빛을 더해 주는 인생 안내서라고 말할 수 있다.

도스토옙스키 연보

1821년 　　　　모스크바 마리인스카야 빈민구제병원 군의 미하일 안드레예비
　　　　　　　치와 어머니 마리야 포도로브나 사이에서 7남매 중 차남으로 태
　　　　　　　어남.

1833년(12세)　가을 형 미하일과 드라슈소프 씨 집에서 기숙사 생활.

1834년(13세)　여름 다로보예에서 지내면서 월터 스콧의 작품 탐독. 10월 도스
　　　　　　　토옙스키와 형 미하일, 체르마크가 경영하는 중학 과정의 기숙
　　　　　　　학교에 들어감.

1837년(16세)　어머니 마리야 포도로브나 도스토옙스키 사망. 갑작스런 후두염
　　　　　　　과 목소리 상실로 고생함. 이 병은 그를 평생 따라다님. 5월 아버
　　　　　　　지와 형 미하일 그리고 표도르 도스토옙스키, 수도 페테르부르
　　　　　　　크로 일주일 간에 걸친 마차 여행(모스크바와 페테르부르크 두 도
　　　　　　　시간의 철도는 1851년에 개통됨). 두 형제는 페테르부르크로 가서
　　　　　　　중앙공병학교의 입학을 목표로 K.F. 코스토마로프가 경영하던
　　　　　　　기술학교에 들어감. 9월 두 형제가 공병학교에 응시 하나 표도르
　　　　　　　혼자 합격(형 미하일은 신체검사 결과 불합격)

1838년(17세)　1월 육군 공병학교에 정식으로 입학. 이때 발자크, 위고, 괴테, 호
　　　　　　　프만의 작품을 탐독.

1839년(18세)　아버지 미하일 안드레예비치 도스토옙스키, 그의 영지에서 농노
　　　　　　　들의 원한을 사서 살해당함.

1841년(20세)　연극에 열중하여, 희곡 〈마리아 스튜어드〉〈보리스 고도노프〉
　　　　　　　를 썼다고 하나 원고는 현존하지 않음. 알렉산드리야 극장을 자
　　　　　　　주 드나들며 발레와 음악회를 감상함.

1842년(21세)　8월 육군 소위가 됨.

1843년(22세)	8월 공병학교를 졸업하고 공병국 제도실에서 근무. 9월 친구 리젠캄프 박사가 살고 있는 아파트에 자리잡음. 박사의 환자들과 알게 됨. 12월 발자크의 소설 《외제니 그랑데》(1834년 판) 번역. 형 미하일에게 공병학교 친구들과 더불어 번역 작업을 할 것을 제의.
1844년(23세)	2월 경제적으로 크게 어려워짐. 유산 관리인으로부터 일시금을 받고, 토지와 농노에 대한 유산 상속권을 방기함. 10월 19일 제대함. 《가난한 사람들》 집필 시작.
1845년(24세)	3월 소설 《가난한 사람들》 끝냄. 5월 원고를 친구 그리고로비치에게 읽어 줌. 그리고로비치가 이 글을 네크라소프에게 가져감. 네크라소프, 열광하여 그다음 날로 유명한 평론가 벨린스키에게 보임. 작품이 성공을 거둠. 여름 레벨에 있는 형의 집에서 기거하며 두 번째 중편소설 《분신》에 착수함. 11월 하룻밤 만에 《아홉 통의 편지로 된 소설》을 씀. 12월 벨린스키의 집에서 열린 문학 모임에서 《분신》을 낭독함.
1845년(25세)	1월 24일 《페테르부르크 선집》에 《가난한 사람들》 발표. 2월 두 번째 작품인 《분신》을 《조국의 기록》에 발표. 봄 페트라셰프스키를 알게 됨. 여름 레벨에 있는 형 집에서 《프로하르친 씨》 집필. 10월 5일 게르첸을 알게 됨. 《여주인》과 《네토츠카 네즈바노바》 쓰기 시작. 가벼운 간질 증세. 10월 《프로하르친씨》 잡지 《조국의 기록》에 발표.
1847년(26세)	1월 《아홉 통의 편지로 된 소설》을 잡지 《동시대인》에 발표. 1~3월 벨린스키와 절연. 6월 《페테르부르크 연대기》를 신문 《상트 페테르부르크 통보》에 발표함. 7월 7일 센나야 광장에서 갑작스러운 첫번째 간질 발작. 《가난한 사람들》이 단행본으로 나옴. 10~12월 《여주인》을 《조국의 기록》지에 발표함.
1848년(27세)	페트라셰프스키와 스페쉬네프의 사회주의 이론에 흥미를 느낌. 12월 페트라셰프스키의 집에서 푸리에주의와 공산주의에 관한 강연을 들음. 《조국의 기록》에 발표한 작품들 : 《남의 아내》(1월)

《약한 마음》(2월), 《폴준코프》, 《닳고 닳은 사람 이야기》(1장 《퇴역 군인》, 2장 《정직한 도둑》, 후에 1장을 완전히 삭제하고 제목도 《정직한 도둑》으로 바꿈), 《크리스마스 트리와 결혼식》, 《백야》(12월), 《질투하는 남편》(《질투하는 남편》을 12월 《조국의 기록》에 발표하였으나, 1월에 발표한 《남의 아내》와 합쳐 《남의 아내와 침대 및 남편》으로 개작함).

1849년(28세) 연초에 페트라셰프스키 친구들 집에서 금요일마다 열리는 문학 모임에 참석, 출판의 자유, 농노해방, 재판제도 개혁에 대하여 발언. 1~2월 《조국의 기록》에 《네토츠카 네즈바노바》 일부 발표(4월 체포로 인해 작업이 중단됨). 4월 7일 푸리에의 탄생일 기념으로 〈페트라셰프스키 모임〉에서 점심 식사. 4월 15일 페트라셰프스키 집에서 열린 한 모임에서 도스토옙스키는, '절대 왕정의 입장을 신봉했다는 이유로 고골을 비난하는 내용을 담은' 벨린스키의 편지를 두 번째로 읽음. 4월 23일 고발당하여 새벽 5시에 체포당함. 9월 30일 재판 시작. 11월 13일 벨린스키의 '사악한' 편지를 퍼뜨린 죄목으로 사형을 선고받음. 12월 22일 세묘노프스키 광장에서 사형수들의 형을 집행하기 직전, 황제의 특사로 형 집행이 중단되고 강제 노동형으로 감형됨.

1850년(29세) 1월 11일 토볼스크에 도착하여 이곳에서 여러 명의 12월 당원(제카브리스트) 아내들의 방문을 받음. 그중 폰비진의 아내는 그에게 10루블짜리 지폐를 표지에 숨긴 복음서를 몰래 건네 줌. 1월 23일 옴스크에 도착하여 4년을 지냄. 이 기간 동안 가족에게 편지 쓰기를 금지당한 채 혹독하고 비참한 수용소 생활을 견뎌냄.

1854년(33세) 2월 중순 출옥. 2월 22일 감옥 생활을 묘사한 편지를 형에게 보냄. 3월 2일 시베리아 전선 세미팔라친스크에 주둔 중인 제7대대에 배치됨. 봄에 세무관 이사에바와 알게 됨. 이사에바 부인에게 반함. 이 기간에 투르게네프, 톨스토이, 곤차로프, 칸트, 헤겔 등의 서적을 탐독함. 11월 21일 세미팔리친스크에 검찰관으로 임명된 브란겔 남작과 가까운 친구가 됨.

1855년(34세) 니콜라이 1세 사망. 8월 4일 세무관 이사에바 사망. 12월 브란겔, 세미팔라친스크를 떠남. 이해에《죽음의 집의 기록》을 쓰기 시작.

1856년(35세) 브란겔이 상트페테르부르크에서 도스토옙스키의 사면을 위해 활동을 함. 11월 26일 마리야 드미트리에브나 이사에바가 오랜 망설임 끝에 도스토옙스키의 청혼을 승낙함

1857년(36세) 2월 6일 마리야 드미트리에브나 이사에바와 결혼. 8월 감옥에서 구상하고 집필에 들어갔던《작은 영웅》이〈조국의 기록〉에 M이라는 익명으로 실림.

1858년(37세) 봄 카트코프에게 편지를 보내〈러시아 통보〉지에 중편소설 게재를 요청함. 카트코프 받아들임. 6월 19일 형 미하일이 정치와 문학 잡지〈시대〉지의 출판 허가를 요청함. 9월 미하일, 잡지 출판 허가 받음. 두 편의 중편과 장편 한 편을 씀.

1859년(38세) 3월《아저씨의 꿈》이〈러시아〉지에 실림. 4월 11일 소설《스테판치코보 마을 사람들》을 카트코프에게 보냄. 10월 6일 네크라소프,〈동시대인〉지에서《스테판치코보 마을 사람들》출판에 동의함. 도스토옙스키는《죽음의 집의 기록》집필 구상. 12월 상트페테르부르크에 도착(10년 만의 귀환). 며칠 뒤 스트라호프와 알게 되고 친구가 됨. 뒷날 그는 도스토옙스키의 공식 전기를 쓰게 됨. 11~12월《스테판치코보 마을 사람들》이〈조국의 기록〉지에 실림.

1860년(39세) 봄, 여배우 A.I 쉬베르트의 집에 드나들게 되고 그녀의 남동생 부부와도 알게 됨. 3~4월 문학 기금을 위한 두 편의 연극에 참여(고골의《검찰관》과《코》). 9월〈러시아 세계〉지(67호)에《죽음의 집의 기록》연재 시작. 11월 검열 당국은《죽음의 집의 기록》의 불온한 표현들을 삭제한다는 조건으로 이 책의 출판을 허가함. 가을, 형과 함께 문학 서클〈편집자들의 모임〉결성. 당대의 유명 인사들이 대거 참여. 도스토옙스키의 작품들이 두 권의 책으로 나옴. 1권 :《가난한 사람들》,《네토츠카 네즈바노바》,《백야》,《정직한 도둑》,《크리스마스 트리와 결혼식》,《남의 아내와 침대 밑 남편》《작은 영웅》. 2권 :《아저씨의 꿈》,《스테판치코보 마을 사

람들〉.

1861년(40세)   3월 5일 2월 19일의 농노 해방령이 시행됨. 7월 《상처받은 사람
들》 〈시대〉지에 기고. 이해에 곤차로프, 오스트롭스키, 살티코프
시체드린 등 많은 작가들과 관계를 맺음. 《상처받은 사람들》이
두 권의 단행본으로 출간됨.

1862년(41세)   《죽음의 집의 기록》의 두 번째 부분이 〈시대〉지에 실림. 1월 16일
《죽음의 집의 기록》의 단행본을 내기 위해 바주노프와 계약. 6월
7일 처음으로 외국 여행. 6월 8~26일 베를린, 드레스덴, 프랑크푸
르트, 쾰른, 파리 등을 여행. 7월 초 런던에 가서 게르첸 만남. "도
스토옙스키가 어제 나를 만나러 왔습니다. 그는 순수하고, 그다
지 명석하지는 않지만 매력 있는 사람입니다. 그는 러시아 민족
을 열광적으로 믿고 있습니다."(1862년 7월 17일 게르첸이 오가레프
에게 보낸 편지) 7월 8일 파리로 돌아가기 전 게르첸에게 자신의
서명이 든 사진을 선물함. 7월 15일 쾰른으로 갔다가 라인 강을
거쳐 스위스로, 그 뒤 이탈리아로 감. 12월 〈시대〉지에 《악몽 같
은 이야기》 발표.

1863년(42세)   2월 〈시대〉지에 《여름 인상에 대한 겨울 메모》 연재됨. 4월 〈시
대〉지, 스트라호프가 1월에 발생한 폴란드인의 무장 봉기 실패
에 관해서 폴란드인에게 유리한 기사를 실었다는 이유로 4호로
발행 정지됨. 5월 〈시대〉지 출판 금지당함. 8월 외국으로 떠남. 파
리에 8월 14일 도착. 9월 이탈리아로 출발. 바덴바덴에서 머물다
가 토리노로 감. 그 뒤 제네바, 로마, 리보르노로 여행. 9월 17일
로마의 성 베드로 성당 방문. 9월 18일 포럼 산책. 스트라호프에
게 편지를 보내 《노름꾼》에 대한 이야기와 돈이 궁한 사정을 호
소함. 스트라호프는 도스토옙스키가 토리노로 가기 전, 그에게서
〈독서를 위한 총서〉의 편집자가 되겠다는 약속을 받아 냄. 10월
나폴리 체류. 그곳에서 게르첸 가족을 만남. 그 뒤 토리노로 돌
아옴. 이 시기에 《노름꾼》과 《지하로부터의 수기》 쓰기 시작. 10
월의 마지막 10일 동안 러시아로 돌아감.

1864년(43세) 1월 발루예프, 형 미하일에게 〈세기(世紀)〉지 출판 허가 내줌. 3월 21일 〈세기〉지 첫 호 나옴. 3~4월 《지하로부터의 수기》를 〈세기〉지에 발표. 4월 4일 '오전 문학 모임'에서 《죽음의 집의 기록》의 일부를 낭독함. 4월 15일 아내 마리야 드미트리에브나 저녁 7시에 숨을 거둠. 4월 말 페테르부르크로 돌아감. 7월 10일 아침 7시, 파블로프스크에서 형 미하일 사망. 그의 아내가 〈세기〉지 발간을 계속해 나갈 것을 허가받음. 9월 25일 친구 아폴론 그리고리예프 죽음. 《죽음의 집의 기록》이 두 권의 독일어 판으로 라이프치히 출판사에서 나옴.

1865년(44세) 코르빈 그리코프스카야 부인, 뒷날 유명한 수학자가 된 소피야 코발레스카야와의 우정이 시작됨. 4~5월 코르빈 그리코프스카야 부인에게 청혼하나 거절당함. 6월 〈세기〉지 2호에 《악어》 연재(《기이한 사건 혹은 아케이드에서의 돌발적 사건》이라는 제목으로 연재 시작). 〈세기〉지, 재정난으로 발행 중단(통권 13호). 여름에 출판업자 스젤로프스키와 계약을 맺고, 자기의 모든 작품을 양도하고 1866년 11월 1일까지 일정 분량의 새 소설을 탈고하겠다고 약속. 계약을 이행하지 못할 경우 스젤로프스키는 보조금 지금 없이 이후의 모든 작품에 대한 저작권을 가지기로 함. 도스토옙스키, 3천 루블을 받고 모든 작품의 저작권을 팔아 버림. 7월 말 비스바덴에 도착. 카트코프에게 《죄와 벌》의 구상을 알리는 편지의 초안 작성. 편지에 소설의 줄거리 묘사. 11월 8일 브란겔에게, 비스바덴에 온 첫 주에 세 차례의 간질 발작이 있었음을 편지로 알림. 카트코프가 그에게 선불금 지급. 11월 말 《죄와 벌》 초고를 태워 버림. '새 형식, 새 플롯이 내 마음을 사로잡아 나는 모두 다시 시작했다.' (1866년 2월 18일 브란겔에게 보낸 편지)
도스토옙스키의 전집이 검토와 보충을 거쳐 스젤로프스키 출판사에서 나옴.
1권 : 《여주인》, 《프로하르친 씨》, 《약한 마음》, 《죽음의 집의 기록》, 《가난한 사람들》, 《백야》, 《정직한 도둑》. 2권 : 《상처받은 사람들》, 《지하로부터의 수기》, 《악몽 같은 이야기》, 《여름 인상에 대한 겨울 메모》 등.

도스토옙스키의 여러 단편들과 중편들이 같은 출판사에서 단행본으로 나옴.《가난한 사람들》, 《백야》, 《약한 마음》, 《여주인》, 《프로하르친씨》 등.《죽음의 집의 기록》의 세 번째 판이 검토를 거치고 새 장들이 추가되어 나옴.

1866년(45세) 1월《죄와 벌》, 《러시아 통보》지에 연재 시작(12월호로 완결). 1월 14일 대학생 다닐로프가 고리대금업자 포포프와 그의 하녀 노르만을 살해하고 금품을 강탈함. 도스토옙스키는 《백치》를 쓰며 이 사건을 숙고함. 3~4월《동시대인》지에 《죄와 벌》에 대한 비호의적인 평이 실림. 4월 4일 러시아 황제 알렉산드르 2세에 대한 카라코조프의 암살 계획. 도스토옙스키는 이 사건에 깜짝 놀람. 6월 여름을 여동생의 가족이 사는 곳에서 가까운 모스크바의 교외 지역인 류블리노에서 보냄.《노름꾼》의 줄거리와 《죄와 벌》 5부 작업. 10월 스젤로프스키에게 약속한 소설을 제때에 끝내기 위해 안나 그리고리에브나 스니트키나를 속기사로 고용. 그다음 날《노름꾼》 구술 시작. 29일에 끝냄. 30일, 31일 원고 정서함. 11월《노름꾼》 원고를 스젤로프스키에게 가져감. 11월 8일 안나 그리고리에브나에게 청혼. 그녀의 수락.

도스토옙스키 전집 제3권 나옴(스젤로프스키 출판사).

수록 작품 : 《노름꾼》, 《분신》, 《크리스마스 트리와 결혼식》, 《남의 아내와 침대 및 남편》, 《작은 영웅》, 《네토츠카 네즈바노바》, 《아저씨의 꿈》, 《스테판치코보 마을 사람들》, 스젤로프스키 출판사에서 단편, 중단편들이 단행본으로 나옴.《분신》, 《지하로부터의 수기》, 《노름꾼》, 《크리스마스 트리와 결혼식》, 《악어》, 《악몽 같은 이야기》 등. 그 외에 《상처받은 사람들》 세 번째 개정판.《스테판치코보 마을 사람들》의 세 번째 판 출간.

1867년(46세) 2월 15일 저녁 7시, 삼위일체 대성당에서 도스토옙스키와 안나 그리고리에브나의 결혼식. 3월 30일 도스토옙스키와 그의 아내,

모스크바에 도착. 듀소 호텔로 감. 모스크바에서 보석상 카밀코프가 양가집 아들 마주린에게 살해당하는 사건이 발생. 도스토옙스키는 이 범죄 사건을 《백치》의 마지막에 이용함. 4월 14일 도스토옙스키 부부, 외국으로 떠나 4년 넘게 체류. 4월 17일과 18일 베를린 체류. 4월 19일 드레스덴에 도착, 미술관에서 라파엘의 마돈나 감상. 책 사들임. 5월 4일 함부르크로 출발. 5월 15일 드레스덴으로 돌아옴. 6월 디킨스, 위고를 읽음. 베토벤, 바그너의 음악회 감상. 이달 여러 번의 간질 발작을 일으킴. 6월 21일 바덴바덴으로 떠남. 6월 28일 투르게네프를 만나러 감. 러시아와 서양의 관계에 대한 생각 차이로 말다툼. 7월 16일 도벨린스키에 관한 기사 쓰기 시작. 8월 11일 제네바로 떠남. 바젤에 들러 미술관 방문. 8월 13일 제네바 도착. 8월 28일 가리발디와 바쿠닌의 협력으로 제네바에서 평화와 자유 연맹의 첫 번째 회의 열림. 도스토옙스키. 여러 회의에 참석. 10월 《백치》 집필. 12월 6일 《백치》의 최종 원고 작업 돌입. '내 소설의 주요 생각은 지극히 완전한 사람을 그리는 데 있다.' 《죄와 벌》 수정판이 두 권으로 바주노프 출판사에서 나옴.

1868년(47세) 2월 22일 딸 소피야 태어남. 3월 10일 한 가족(6명)이 탐보프에서 살해되는 사건 발생. 16세의 고등학생이 용의자로 지목됨. 도스토옙스키는 이 사건을 《백치》 2부에 이용함. 5월 12일 어린 딸 소피야 죽음. 9월 밀라노 도착. 성당에 감. 11월 피렌체로 출발. 그곳에서 겨울을 보냄. 〈러시아 통보〉지에 《백치》 게재.

1869년(48세) 러시아의 친구들과 활발한 서신 교환. 무신론에 관한 소설을 구상. 7월 프라하에서 사흘을 보낸 다음 베니스, 볼로냐를 거쳐 드레스덴으로 돌아감. 9월 14일 딸 류보프 출생. 11월 21일 모스크바에서 혁명 운동가 네차예프를 지도자로 하는 '민중의 복수'라는 혁명 단체가 불복종을 이유로 농학과 학생 이바노프를 암살함(이른바 네차예프 사건). 도스토옙스키는 이 사건을 주의 깊에 연구하여 뒷날 《악령》에 이용함.

1870년(49세) 봄 니힐리즘에 대한 〈악의적인 것〉 작업(《악령》). 6~8월 프랑스 프로이센 전쟁. 도스토옙스키. 자기 일기와 서신에 유럽의 사건들에 대한 언급. 〈오로라 L'Aurore〉지에 《영원한 남편》 실림. 《죄와 벌》, 전집 제4권으로 나옴(스젤로프스키 출판사).

1871년(50세) 1월 〈러시아 통보〉지에 《악령》 연재 시작. 3~5월 파리코뮌. 도스토옙스키의 편지와 《미성년》의 작가의 노트에서 이 사건을 반영했음을 밝힘. 7월 1일 네차예프의 재판. 재판의 내용이 《악령》 2부와 3부에서 이용됨. 7월 5일 드레스덴을 떠나 페테르부르크 도착. 7월 16일 페테르부르크에서 아들 표도르 태어남. 바주노프 사에서 '동시대 작가 총서'의 하나로 《영원한 남편》이 단행본으로 나옴.

1872년(51세) 5월 15일 여름을 지내기 위해 스타라야 루사로 떠남. 며칠 뒤 딸의 팔을 수술하기 위해 페테르부르크로 다시 돌아옴. 10월 30일 〈시민〉지에서 도스토옙스키와 공동 작업할 것임을 알림. 11~12일 안나 그리고리에브나, 《악령》을 직접 출판하기 위해 교섭. 도스토옙스키. 〈시민〉지의 편집 일을 맡음. 12월 말 도스토옙스키. 〈시민〉지 1호에 〈작가 일기〉 제1장 원고 조판 작업. 독감과 폐기종으로 고생하기 시작.

1873년(52세) 1월 1일 〈시민〉 지 제1호가 나옴. 편집장을 맡음. 성무권의 담당 검사관 포베도노스체프가 왕위 계승자 알렉산드르 알렉산드로비치에게 편지와 《악령》 견본 보냄. 2월 26일 안나 그리고리에브나가 출판한 《악령》 판매 시작. 2월 27일 슬라브 자선 단체의 회원으로 뽑힘. 6월 11일 검열법 위반으로 25루블의 벌금형과 48시간의 구류(키르키즈 대표단 사건)처분받음. 6월 15일 시인 주체프 사망. 그에 대한 글을 〈시민〉지에 기고함. 《악령》이 세 권의 단행본으로 나옴. 정치적, 연대기적, 문학적 기사와 중편 소설, 일상 생활을 묘사한 〈작가 일기〉가 〈시민〉지에 연재됨. 〈작가 일기〉(〈시민〉지 제6호)에 단편 《보보크》가 실림.

1874년(53세) 1월 《백치》, 두 권의 단행본으로 나옴. 3월 11일 〈시민〉지 10호에 기고한 글 〈러시아에 사는 독일인들에 대한 비스마르크 왕자의 생각과 관련된 두 단어〉로 잡지는 첫 번째 경고를 받음. 3월 21일과 22일 센나야 광장의 보초에게 체포당함. 이때 《레 미제라블》을 다시 읽음. 4월 22일 건강상의 이유로 〈시민〉지의 편집장직 사퇴. 그러나 기고는 중단하지 않음. 6월 4일 스타라야 루사를 떠나 온천 요법을 받으러 엠스에 감. 6월 12일 엠스 도착. 독감에 걸림. 엠스에 싫증을 냄. 푸시킨을 다시 읽고 《미성년》 작업. '엠스가 너무 싫은 나머지 감옥이 더 나을 것 같다.' 7~8월 제네바에 가서 딸 소냐의 무덤에 감. 8월 10일 스타라야 루사로 돌아옴. 이곳에서 겨울을 나기로 결심함. 10월 12일 네크라소프에게 보낸 편지에 〈조국의 기록〉지에 자기 소설 《미성년》이 실릴 것이라고 알림.

1875년(54세) 8월 10일 아들 알렉세이 태어남. 12월 길에서 일곱 살의 어린 거지와 자주 만나며 그의 생활에 관심을 가지고 질문을 함. 현대의 부모와 아이들에 관한 소설 구상. 12월 27일 비행 청소년을 위한 감화원 방문. 12월 31일 개인 잡지 〈작가 일기〉의 발행 허가가 내려짐. 《죽음의 집의 기록》 제4판이 두 권의 책으로 나옴. 《미성년》이 〈조국의 기록〉 (1~12월호)에 실림.

1876년(55세) 1월 월간 〈작가 일기〉 제1호 발행. 단편 《예수의 크리스마스에 초대된 아이》 발표. 2월 〈작가 일기〉 2월호에 단편 《농부 마레이》 발표. 3월 영적 경험. 〈작가 일기〉 3월호에 단편 《백살의 노파》 실림. 10월 도스토옙스키가 〈작가 일기〉에서 말한 계모 코르닐로바의 재판이 열림. 그는 죄수를 두 번 방문함. 《온순한 여자》집필, 〈작가 일기〉 11월호에 발표. 12월 6일 카잔 광장에서 대학생들의 시위와 난투극. 〈작가 일기〉에서 이 사건을 상세히 다룸. 《미성년》이 3권의 단행본으로 나옴. 〈작가 일기〉 계속 발간.

1877년(56세) 4월 러시아 황제의 성명. 러시아 군대가 터키 영토에 진입. 도스토옙스키는 성명을 읽고 카잔 성당에 감. 4월 22일 코르닐로바의 두 번째 재판에 참석함. 피고는 무죄 석방됨. 〈작가 일기〉 4월

호에 단편 《우스운 인간의 꿈》 발표. 도스토옙스키 가족, 여름을 안나 그리고리에브나의 남동생 소유지에서 보냄. 7월 19일 쿠르스크 지방으로 떠남. 어린 시절을 보낸 다로보예로 감. 12월 27일 시인 네크라소프 사망. 충격에 싸인 도스토옙스키는 밤을 새워 죽은 시인의 시를 낭독함. 12월 29일 연말 공식 회의에서 도스토옙스키가 과학 아카데미 러시아 문헌 분고의 객원 회원으로 뽑혔음을 알려 옴. 12월 30일 네크라소프 장례식에서 간단한 연설을 함. 〈작가 일기〉 계속 발간. 《죄와 벌》 4판이 두 권으로 나옴. 《온순한 여자》가 〈상트페테르부르크 신문〉에 프랑스어로 번역됨. 단행본으로도 나옴.

1878년(57세) 연초 도스토옙스키, 매달 문학인 협회가 주관하는 저녁 모임 참가. 5월 16일 세 살의 어린 아들 알렉세이가 갑작스러운 간질 발작으로 죽음. 6월 23일 러시아 영성의 중심지 중 하나인 옵치나 수도원에 감. 암브로시 장로와 두 번의 대화. 그로부터 《카라마조프 형제들》의 영감을 얻음. 12월 계획을 세우고 《카라마조프 형제들》의 첫 부분 씀. 12월 14일 《상처받은 사람들》의 넬리 이야기를 자선 문학의 밤 모임에서 낭독.

1879년(58세) 3월 9일 문학 기금을 위한 연회에서 도스토옙스키는 《카라마조프 형제들》의 일부분을 낭독함. 3월 20일 어린 딸을 괴롭힌 혐의로 고발당한 외국인 브룬스트의 재판. 도스토옙스키는 이 사건에 매우 깊은 인상을 받아 《카라마조프 형제들》에 이용함. 빅토르 위고의 주재로 열리는 런던 문학 회의에 참여해 달라는 요청을 건강상의 이유로 거절함. 7월 22일 엠스로 떠남. 베를린에서 이틀 머무름. 수족관, 박물관과 티어가르텐 구경. 7월 24일 엠스 도착. 9월 러시아로 돌아옴 《카라마조프 형제들》 작업. 10월 알렉세이 톨스토이의 미망인, 톨스토이 백작 부인이 도스토옙스키에게 드레스덴 박물관에 있는 라파엘의 '시스티나의 마돈나' 사진을 보여 줌. 《카라마조프 형제들》(소설 3부의 제4권까지) 〈러시아 통보〉에서 나옴. 〈작가 일기〉 제2판 1876년 《상처받은 사람들》 제5판.

1880년(59세) 1월 17일 도스토옙스키와 프랑스 외교관이자 작가인 보귀에 사이에 논쟁(보귀에는 뒷날 유명한 책, 《러시아 소설》(1886)을 씀). 도스토옙스키는 다음과 같이 말함. "우리는 모든 민족들의 특징을 가지고 있습니다. 그 위에 모든 러시아의 특징도. 그 이유는 우리는 당신들을 이해할 수 있기 때문입니다. 그러나 당신들은 우리에 미치지 못합니다." 4월 6일 페테르부르크 대학에서 열린 블라지미르 솔로비요프의 박사 통과 심사에 참석. 5월 11일 모스크바에서 열리는 푸시킨 동상 제막식에서 슬라브 자선 단체의 대표로 임명됨. 5월 23일 모스크바 도착. 5월 24일 도스토옙스키를 축하하는 오찬. 여러 작가들 참석. 6월 6일 푸시킨 동상 제막식. 6월 7일 첫 번째 공개 회의, 투르게네프 연설. 6월 8일 두 번째 공개 회의. 도스토옙스키, 대중에 열광을 불러일으킨 푸시킨 동상에 가서 자기가 받은 월계관을 바침. 6월 10일 모스크바를 떠나 스타라야 루사로 감. 《카라마조프 형제들》 쓰기 시작. 11월 8일 〈러시아 통보〉지에 《카라마조프 형제들》의 마지막 장을 보냄. "내 소설을 끝냈습니다. 이 소설에 바친 3년과 출판한 2년. 나에게는 의미 있는 순간입니다. 작별 인사를 하지 않은 것을 용서하시기 바랍니다. 나는 20년은 더 살면서 글을 쓸 작정입니다." 11월 29일 한 편지에서 나쁜 건강 상태에 대해 불평(폐기종으로 고생). 12월 10일 15세의 젊은 시인 메레시콥스키가 도스토옙스키에게 자신의 시를 읽어 줌. "제대로 쓰기 위해서는 고통을 감내해야 한다." 《푸시킨에 대한 연설》이 〈모스크바 통보〉지에 실림. 《카라마조프 형제들》, 〈러시아 통보〉지에 연재(11월 완결). 〈작가 일기〉 제2판 1880년. 《카라마조프 형제들》 단행본 며칠 만에 모두 팔림.

1881년(60세) 1월 〈작가 일기〉 작업. 1월 19일 알렉세이 톨스토이의 부인 집에서 열린 연극 〈폭군 이반의 죽음〉에서 수도승 역을 맡음. 1월 26일 상속 문제로 여동생이 찾아와 다투고 간 뒤 도스토옙스키 각혈, 5시 반에 의사 본 브레첼 도착, 진찰 도중 다시 각혈, 의식을 잃음, 6시경 병자 성사를 받음, 7시경 아내와 아이들에게 작별 인사, 1월 27일 각혈 멈춤. 1월 28일 아침 11시 또 각혈. 저녁 7시 자식들에게 자신의 성서를 건네줌. 저녁 8시 38분 도스토옙스키 사망. 1월 31일 알렉산드르 네프스키 수도원 묘지에 묻힘. 많은 사람들이 긴 행렬을 이루며 그를 애도함. 《죽음의 집의 기록》 제5판 나옴. 《상처받은 사람들》의 프랑스어 번역이 〈상트 페테르부르크 신문〉에 실림. 《죽음의 집의 기록》 영역됨. 《상처받은 사람들》 스웨덴어로 번역됨.

채수동

한국외국어대학 러시아어과 졸업. 미국 뉴욕대학 대학원 수료(러시아문학). 미국 콜럼비아대학 대학원 수학(러시아문학). 주러시아대사관 총영사. 주수단대사관 대사. 한국외국어대학교 러시아문학 강의. 지은책《한 외교관의 러시아 추억》. 옮긴책 톨스토이《인생이란 무엇인가》《사람은 무엇으로 사는가》《이반 일리치의 죽음》도스토옙스키《죄와 벌》《악령》《백치》《미성년》

세계문학전집024
Фёдор Михайлович Достоевский
ПРЕСТУПЛЕНИЕ И НАКАЗАНИЕ
죄와 벌
도스토옙스키 지음/채수동 옮김
동서문화사창업60주년특별출판
1판 1쇄 발행/2016. 9. 9
1판 2쇄 발행/2022. 6. 1
발행인 고윤주
발행처 동서문화사
창업 1956. 12. 12. 등록 16-3799
서울 중구 마른내로 144(쌍림동)
☎ 546-0331~2 Fax. 545-0331
www.dongsuhbook.com
＊
이 책의 출판권은 동서문화사가 소유합니다.
의장권 제호권 편집권은 저작권법에 의해 보호를 받는 출판물이므로
무단전재와 무단복제를 금합니다.
사업자등록번호 211-87-75330
ISBN 978-89-497-1483-7 04800
ISBN 978-89-497-1459-2 (세트)